2027 학년도 수능 국어

홀수기출

평가원 최신

문학

∞

반드시 반복되는 **수능 국어** 기출의 논리

수능 국어 학습의 출발, 홀수 기출 분석 시리즈

박광일 선생님이 강조하는 올바른 수능 국어 기출 분석법을 홀수 기출 분석 시리즈에 모두 담았습니다.

"
기출 분석은 단순히 문제를 풀고
정답을 맞히는 과정이 아니라,
영역별로 지문의 구조와
핵심 내용을 파악하고,
정답과 오답을 결정하는
정확한 근거를 찾아내는 과정입니다.
"

우리가 기출을 분석해야만 하는 이유

❶ 기출 분석은 수능 국어의 성격을 명확하게 이해하게 해 줍니다.

❷ 기출 분석은 수능 국어에서 출제자가 무엇을 물어보는지 알 수 있게 해 줍니다.

❸ 기출 분석은 수능 국어에서 출제자가 사용하는 용어와 표현의 의미를 정확히 이해하게 합니다.

❹ 기출 분석은 수능 국어 문제의 유형과 물어보는 방식을 이해하게 하고 정답을 도출하는 올바른 사고방식을 길러 줍니다.

❺ 기출 분석은 문제를 틀린 근본적인 원인을 파악하게 하고, 이에 대한 해결책을 찾아 수능 국어를 가장 효과적으로 대비할 수 있도록 합니다.

*1~3 단계 학습은 총 21주 과정입니다.

1단계

홀수 기출 평가원 최신 [문학 / 독서] 학습 (8주 완성)

홀수 공부법 TIP

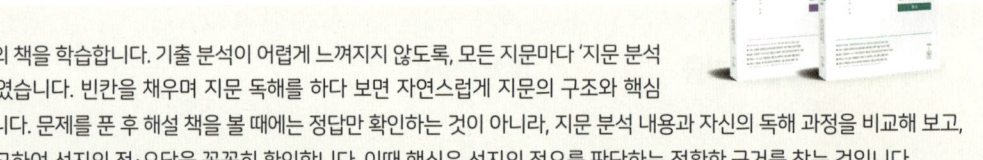

☑ **1단계에서는** 총 2권의 책을 학습합니다. 기출 분석이 어렵게 느껴지지 않도록, 모든 지문마다 '지문 분석 빈칸 채우기'를 제공하였습니다. 빈칸을 채우며 지문 독해를 하다 보면 자연스럽게 지문의 구조와 핵심 내용을 파악할 수 있습니다. 문제를 푼 후 해설 책을 볼 때에는 정답만 확인하는 것이 아니라, 지문 분석 내용과 자신의 독해 과정을 비교해 보고, 다양한 학습 장치를 참고하여 선지의 정·오답을 꼼꼼히 확인합니다. 이때 핵심은 선지의 정오를 판단하는 정확한 근거를 찾는 것입니다.

☑ **1~2일차에는** 2026학년도 수능 문제를 풀고 해설 책에 수록된 '박광일의 CHECK POINT'를 참고하여 최신 수능 국어의 출제 경향을 파악하고 자신의 문제 풀이를 점검합니다.

☑ **3일차부터는** 각 영역별 기본 → 심화 순으로 기출 분석을 합니다. 『홀수 기출 평가원 최신 [문학 / 독서]』에서는 난이도를 고려하여 기본 과 심화 를 각 지문의 상단에 표시해 두었습니다. 기출 분석을 처음 시작하는 학습자는 기본 지문을 학습한 후 심화 지문을 학습하는 것을 권장합니다.

> 단, 기출 문제는 수능 때까지 반복적으로 분석해야 하고, 학습자마다 시기별 학습 순서가 다르므로, 이를 고려하여 원하는 지문을 쉽게 찾아볼 수 있도록 **책에서는 최신 6개년 기출을 연도순으로 배치했습니다.**

학습 주차		홀수 기출 평가원 최신 [문학]		문제 책 페이지	홀수 기출 평가원 최신 [독서]		문제 책 페이지	학습 체크
1 주차	1일차 (월 일)	INTRO 26 수능 [1~4] INTRO 26 수능 [5~9]	기본 기본	P.014 P.016	INTRO 26 수능 [1~3] INTRO 26 수능 [4~9]	기본 심화	P.014 P.016	☐
	2일차 (월 일)	INTRO 26 수능 [10~13] INTRO 26 수능 [14~17]	기본 기본	P.020 P.022	INTRO 26 수능 [10~13] INTRO 26 수능 [14~17]	심화 심화	P.020 P.022	☐
	3일차 (월 일)	PART 1 _ 현대시 ① PART 1 _ 현대시 ④	기본 기본	P.028 P.034	PART 1 _ 독서론 ① PART 1 _ 독서론 ②	기본 기본	P.026 P.028	☐
	4일차 (월 일)	PART 1 _ 현대시 ⑤ PART 1 _ 현대시 ⑦	기본 기본	P.036 P.040	PART 1 _ 독서론 ③ PART 1 _ 독서론 ④	기본 기본	P.030 P.032	☐
	5일차 (월 일)	PART 1 _ 현대시 ⑧ PART 1 _ 현대시 ⑨	기본 기본	P.042 P.044	PART 1 _ 독서론 ⑤ PART 1 _ 독서론 ⑥	기본 기본	P.034 P.036	☐
2 주차	1일차 (월 일)	PART 1 _ 현대시 ② PART 1 _ 현대시 ③	심화 심화	P.030 P.032	PART 1 _ 독서론 ⑦ PART 1 _ 독서론 ⑧	기본 기본	P.038 P.040	☐
	2일차 (월 일)	PART 1 _ 현대시 ⑥ PART 1 _ 현대시 ⑩	심화 심화	P.038 P.046	PART 1 _ 독서론 ⑨ PART 1 _ 독서론 ⑩	기본 기본	P.042 P.044	☐
	3일차 (월 일)	PART 2 _ 고전시가 ② PART 2 _ 고전시가 ③	기본 기본	P.054 P.056	PART 1 _ 독서론 ⑪ PART 1 _ 독서론 ⑫	기본 기본	P.046 P.048	☐
	4일차 (월 일)	PART 2 _ 고전시가 ⑤ PART 2 _ 고전시가 ⑦	기본 기본	P.060 P.064	PART 1 _ 독서론 ⑬ PART 1 _ 독서론 ⑭	기본 기본	P.050 P.052	☐
	5일차 (월 일)	PART 2 _ 고전시가 ⑧ PART 2 _ 고전시가 ①	기본 심화	P.066 P.050	PART 2 _ 인문 · 사회 ① PART 2 _ 인문 · 사회 ③	기본 기본	P.056 P.060	☐
3 주차	1일차 (월 일)	PART 2 _ 고전시가 ④ PART 2 _ 고전시가 ⑥	심화 심화	P.058 P.062	PART 2 _ 인문 · 사회 ④ PART 2 _ 인문 · 사회 ⑤	기본 기본	P.062 P.064	☐
	2일차 (월 일)	PART 2 _ 고전시가 ⑨ PART 3 _ 현대소설 ②	심화 기본	P.068 P.074	PART 2 _ 인문 · 사회 ⑥ PART 2 _ 인문 · 사회 ⑧	기본 기본	P.066 P.070	☐
	3일차 (월 일)	PART 3 _ 현대소설 ③ PART 3 _ 현대소설 ⑦	기본 기본	P.078 P.086	PART 2 _ 인문 · 사회 ⑭ PART 2 _ 인문 · 사회 ⑰	기본 기본	P.082 P.088	☐
	4일차 (월 일)	PART 3 _ 현대소설 ⑨ PART 3 _ 현대소설 ⑩	기본 기본	P.090 P.094	PART 2 _ 인문 · 사회 ② PART 2 _ 인문 · 사회 ⑦	심화 심화	P.058 P.068	☐
	5일차 (월 일)	PART 3 _ 현대소설 ⑫ PART 3 _ 현대소설 ⑬	기본 기본	P.098 P.100	PART 2 _ 인문 · 사회 ⑨ PART 2 _ 인문 · 사회 ⑩	심화 심화	P.072 P.074	☐

학습 주차		홀수 기출 평가원 최신 [문학]	문제 책 페이지	홀수 기출 평가원 최신 [독서]	문제 책 페이지	학습 체크
4 주차	1일차 (월 일)	PART 3 _ 현대소설 ⑭ 기본 PART 3 _ 현대소설 ⑮ 기본	P.102 P.104	PART 2 _ 인문·사회 ⑪ 심화 PART 2 _ 인문·사회 ⑫ 심화	P.076 P.078	☐
	2일차 (월 일)	PART 3 _ 현대소설 ⑯ 기본 PART 3 _ 현대소설 ① 심화	P.106 P.072	PART 2 _ 인문·사회 ⑬ 심화 PART 2 _ 인문·사회 ⑮ 심화	P.080 P.084	☐
	3일차 (월 일)	PART 3 _ 현대소설 ④ 심화 PART 3 _ 현대소설 ⑤ 심화	P.080 P.082	PART 2 _ 인문·사회 ⑯ 심화 PART 3 _ 과학·기술 ① 기본	P.086 P.092	☐
	4일차 (월 일)	PART 3 _ 현대소설 ⑥ 심화 PART 3 _ 현대소설 ⑧ 심화	P.084 P.088	PART 3 _ 과학·기술 ② 기본 PART 3 _ 과학·기술 ③ 기본	P.094 P.096	☐
	5일차 (월 일)	PART 3 _ 현대소설 ⑪ 심화 PART 4 _ 고전산문 ① 기본	P.096 P.110	PART 3 _ 과학·기술 ④ 기본 PART 3 _ 과학·기술 ⑦ 기본	P.098 P.104	☐
5 주차	1일차 (월 일)	PART 4 _ 고전산문 ② 기본 PART 4 _ 고전산문 ③ 기본	P.112 P.116	PART 3 _ 과학·기술 ⑧ 기본 PART 3 _ 과학·기술 ⑬ 기본	P.106 P.118	☐
	2일차 (월 일)	PART 4 _ 고전산문 ④ 기본 PART 4 _ 고전산문 ⑥ 기본	P.118 P.122	PART 3 _ 과학·기술 ⑰ 기본 PART 3 _ 과학·기술 ⑤ 심화	P.126 P.100	☐
	3일차 (월 일)	PART 4 _ 고전산문 ⑧ 기본 PART 4 _ 고전산문 ⑨ 기본	P.126 P.128	PART 3 _ 과학·기술 ⑥ 심화 PART 3 _ 과학·기술 ⑨ 심화	P.102 P.108	☐
	4일차 (월 일)	PART 4 _ 고전산문 ⑩ 기본 PART 4 _ 고전산문 ⑪ 기본	P.130 P.132	PART 3 _ 과학·기술 ⑩ 심화 PART 3 _ 과학·기술 ⑪ 심화	P.112 P.114	☐
	5일차 (월 일)	PART 4 _ 고전산문 ⑬ 기본 PART 4 _ 고전산문 ⑭ 기본	P.136 P.138	PART 3 _ 과학·기술 ⑫ 심화 PART 3 _ 과학·기술 ⑭ 심화	P.116 P.120	☐
6 주차	1일차 (월 일)	PART 4 _ 고전산문 ⑮ 기본 PART 4 _ 고전산문 ⑯ 기본	P.140 P.142	PART 3 _ 과학·기술 ⑮ 심화 PART 3 _ 과학·기술 ⑯ 심화	P.122 P.124	☐
	2일차 (월 일)	PART 4 _ 고전산문 ⑤ 심화 PART 4 _ 고전산문 ⑦ 심화	P.120 P.124	PART 4 _ 주제 복합 ① 기본 PART 4 _ 주제 복합 ② 기본	P.130 P.134	☐
	3일차 (월 일)	PART 4 _ 고전산문 ⑫ 심화 PART 5 _ 갈래 복합 ① 기본	P.134 P.146	PART 4 _ 주제 복합 ④ 기본	P.142	☐
	4일차 (월 일)	PART 5 _ 갈래 복합 ② 기본 PART 5 _ 갈래 복합 ③ 기본	P.150 P.154	PART 4 _ 주제 복합 ⑧ 기본	P.158	☐
	5일차 (월 일)	PART 5 _ 갈래 복합 ⑤ 기본 PART 5 _ 갈래 복합 ⑨ 기본	P.162 P.178	PART 4 _ 주제 복합 ⑨ 기본	P.162	☐
7 주차	1일차 (월 일)	PART 5 _ 갈래 복합 ⑩ 기본 PART 5 _ 갈래 복합 ⑬ 기본	P.182 P.194	PART 4 _ 주제 복합 ⑩ 기본	P.166	☐
	2일차 (월 일)	PART 5 _ 갈래 복합 ⑮ 기본 PART 5 _ 갈래 복합 ④ 심화	P.202 P.158	PART 4 _ 주제 복합 ⑬ 기본 PART 4 _ 주제 복합 ⑮ 기본	P.178 P.186	☐
	3일차 (월 일)	PART 5 _ 갈래 복합 ⑥ 심화	P.166	PART 4 _ 주제 복합 ⑯ 기본 PART 4 _ 주제 복합 ⑰ 기본	P.190 P.194	☐
	4일차 (월 일)	PART 5 _ 갈래 복합 ⑦ 심화	P.170	PART 4 _ 주제 복합 ③ 심화	P.138	☐
	5일차 (월 일)	PART 5 _ 갈래 복합 ⑧ 심화	P.174	PART 4 _ 주제 복합 ⑤ 심화	P.146	☐
8 주차	1일차 (월 일)	PART 5 _ 갈래 복합 ⑪ 심화	P.186	PART 4 _ 주제 복합 ⑥ 심화	P.150	☐
	2일차 (월 일)	PART 5 _ 갈래 복합 ⑫ 심화	P.190	PART 4 _ 주제 복합 ⑦ 심화	P.154	☐
	3일차 (월 일)	PART 5 _ 갈래 복합 ⑭ 심화	P.198	PART 4 _ 주제 복합 ⑪ 심화	P.170	☐
	4일차 (월 일)	PART 5 _ 갈래 복합 ⑯ 심화	P.206	PART 4 _ 주제 복합 ⑫ 심화	P.174	☐
	5일차 (월 일)	PART 5 _ 갈래 복합 ⑰ 심화	P.208	PART 4 _ 주제 복합 ⑭ 심화	P.182	☐

2 단계

홀수 기출 고난도 선별 (상) 학력평가 학습 (5주 완성)

홀수 공부법 TIP

☑ **2단계에서는** 문제 책의 각 지문마다 '평가원 연계 POINT'를 수록하여 학력평가 기출에서 발견한 평가원 기출의 학습 요소를 소개하고, 이와 함께 풀어 보면 좋을 평가원 기출을 안내하였습니다. 『홀수 기출 평가원 최신 [문학 / 독서]』 에서 해당 기출 지문을 찾아 오늘 풀어 본 문제와의 연관성을 고려하며 복습합니다.

☑ **매일매일** 1단계에서 학습한 지문 분석법과 문제 풀이법을 떠올리며 문학과 독서를 한 세트씩 풀고, 해설 책을 참고하여 선지를 판단하기 위해 내가 찾은 근거와 해설의 내용이 일치하는지 비교해 보세요.

학습 주차	PART 1 [문학]	PART 2 [독서]
1주차	CHAPTER 1 현대시 5 SET	CHAPTER 1 인문 5 SET
2주차	CHAPTER 2 고전시가 4 SET CHAPTER 3 현대소설 1 SET	CHAPTER 2 사회 5 SET
3주차	CHAPTER 3 현대소설 4 SET CHAPTER 4 고전산문 1 SET	CHAPTER 3 과학 5 SET
4주차	CHAPTER 4 고전산문 4 SET CHAPTER 5 갈래 복합 1 SET	CHAPTER 4 기술 5 SET
5주차	CHAPTER 5 갈래 복합 5 SET	CHAPTER 5 주제 복합 5 SET

*해당 교재에는 세부 계획표가 제공됩니다.

홀수 기출 고난도 선별 (하) 평가원 [문학 / 독서] & 홀수 기출 N회독 평가원 모의고사 학습 (8주 완성)

3 단계

홀수 공부법 TIP

☑ **3단계에서는** 총 3권의 책을 학습합니다. 먼저 1~2단계에서 학습한 지문 분석법과 문제 풀이법을 떠올리며『홀수 기출 고난도 선별 (하) 평가원 [문학 / 독서]』에서 각각 한 세트씩 풀고 해설책을 참고하여 선지를 판단하기 위해 내가 찾은 근거와 해설의 내용이 일치하는지 비교해 보세요.

☑ **홀수 기출 N회독 평가원 모의고사는** ❶ 실전처럼 제한 시간을 두고 문제를 풀어 봅니다. ❷ 채점을 한 후 '약점 CHECK 분석표'를 작성하여 영역별, 문제 유형별로 나의 취약점을 진단합니다.

학습 주차	홀수 기출 고난도 선별 (하) 평가원 [문학]	홀수 기출 고난도 선별 (하) 평가원 [독서]	홀수 기출 N회독 평가원 모의고사
1주차	PART 1 현대시 5 SET	PART 1 인문·예술 5 SET	1회차 2회차
2주차	PART 1 현대시 1 SET PART 2 고전시가 4 SET	PART 1 인문·예술 4 SET PART 2 사회 1 SET	3회차 4회차
3주차	PART 3 현대소설 5 SET	PART 2 사회 5 SET	5회차 6회차
4주차	PART 3 현대소설 5 SET	PART 2 사회 2 SET PART 3 과학 3 SET	7회차 8회차
5주차	PART 3 현대소설 1 SET PART 4 고전산문 4 SET	PART 3 과학 5 SET	9회차 10회차 11회차
6주차	PART 4 고전산문 3 SET PART 5 갈래 복합 2 SET	PART 3 과학 3 SET PART 4 기술 2 SET	12회차 13회차 14회차
7주차	PART 5 갈래 복합 5 SET	PART 4 기술 5 SET	15회차 16회차
8주차	PART 5 갈래 복합 2 SET PART 6 극 3 SET	PART 4 기술 2 SET PART 5 주제 복합 3 SET	17회차 18회차

*해당 교재에는 세부 계획표가 제공됩니다.

홀수 기출 분석 시리즈 6개월 학습 PLAN을 마친 후에는

수능 때까지『홀수 기출 평가원 최신 [문학 / 독서]』위주로 반복 학습하되,

『홀수 기출 N회독 평가원 모의고사』를 통해 파악한 나의 취약 부분을 집중적으로 분석해 보세요.

첫째 2021학년도~2026학년도 평가원 기출 문학 영역의 전 지문과 문제를 수록하여 최신 출제 경향에 맞는 학습을 할 수 있습니다.

둘째 박광일 선생님의 2026학년도 수능 국어 문학에 대한 총평, 지문별 CHECK POINT 및 문제별 유형 분석을 통해 2027학년도 수능 대비 학습 전략을 제시합니다.

문제 책

PART 3
현대소설 ❶

심화 2026학년도 9월 모평

염상섭, 「두 출발」

[1~4] 다음 글을 읽고 물음에 답하시오.

[앞부분의 줄거리] 위세를 떨치던 안양덕 집안에서 머슴으로 일ㅎ
김원석이 양덕영감의 집에서 명절 떡을 훔쳐 온다. 이 떡으로 ㅁ

최신 평가원 기출 갈래별 수록

최근 6년간 평가원이 출제한 수능과 모의평가 문학 영역을 갈래별로 수록하였습니다. 한 세트당 5~6분 안에 풀어 보는 것을 권장합니다.

≫ 지문을 두 장면으로 나누고, 장면의 핵심 내용을 정리해 보세요.

장면 01 _____ 착용 정책에 불만을 품은 사원들이 모여서 이야기를 하던 중, 그들의 이야기를 비웃는 듯하던 잡역부 사내 _____는 작업 중 ___을 잃은 사람도 있다고 말함

빈칸 채우기 & 문제 풀기

'지문 분석 빈칸 채우기'를 하면서 작품을 읽다 보면 자연스럽게 문제를 풀기 위해 필요한 요소를 파악할 수 있습니다. 이를 바탕으로 선지의 정오를 판단하며 문제를 풀어 보세요.

1. [A]에 나타난 서술상 특징으로 가장 적절한 것은?
① 서술자가 특정 인물의 시선에 의존하여 사건의 전모를 제한적으로 전달하고 있다.
② 이야기 외부의 서술자를 통해 인물에 대한 주관적 평가를 직접적으로 밝히고 있다.

해설 책

(다)
화자가 속세로부터 벗어난 공간에 있음
ⓐ「청산이 둘러 있고 벽수도 흘러간다」
풍월이 벗이 되어 ⓑ「백운(白雲)」에 누웠으니
화자가 심리적으로 가깝게 여기는 대상
백구(白鷗)야 백년을 함께 놀자 하노라 〈제2수〉
- 채헌, 「석문가」 -

작품 해설

문제 풀이와 관련된 작품의 특징과 핵심 내용을 지문에 정리하여 출제자의 관점에서 작품을 해석하는 방법을 습득할 수 있습니다.

고전시가 현대어 풀이

고전시가 원문 옆에 현대어 풀이를 배치하여 작품의 내용을 쉽게 이해할 수 있도록 했습니다.

현대어 풀이

때마침 부는 가을바람 반갑게도 보이는구나
말술이 다나 쓰나 술병을 메고 벗을 불러
언덕 너머 어촌에 뱃놀이 가자꾸나

이것만은 챙기자
＊내: 안개.
＊현사할샤: 야단스럽다.
＊천공: 조물주.
＊만수천림: 온갖 나무들.
＊성현: 성인과 현인을 아울러 이르는 말.

이것만은 챙기자

지문에 자주 등장하는 어휘를 풀이하여 기출 분석 과정에서 자연스럽게 어휘력을 키울 수 있습니다.

해설 책

전체 줄거리

명나라 청주에 살던 김시광과 여 부인은 화주암에 발원을 올려 아들 진옥을 낳는다. 그러나 남 선우가 일으킨 전쟁으로 시광은 무인도에 버려지고, 여 부인은 중이 되며, 진옥은 부모와 생이별한다. 진옥은 화산 도사에게 학문과 무예를 익히고, 유 승상의 딸과 인연을 맺는다. 진옥은 과거에 급제하고, 이에 우양 공주와 결혼하라는 황제의 명을 거절하여 하옥된다. 진옥은 감옥에서 풀려난 뒤 유 소저와 혼인한다. 재침입한 남 선우와의 전쟁에서 승리한 진옥은 혼자 배를 타고 돌아오다 아버지와 재회하고, 용왕의 부탁으로 동곡 용왕을 물리친다. 한편, 우양 공주가 진옥을 모함하면서 유 소저는 죽을 위기에 처하고, 때마침 도착한 진옥이 용왕에게 받은 선물로 유 소저의 목숨을 구한다. 화산 도사의 도움으로 어머니와 재회한 진옥은 우양 공주가 태자 독살의 누명을 씌우면서 위기에 처하나, 화산 도사가 준 약으로 태자를 살리고 죄인들을 처단한다. 이후 진옥의 집안은 대대로 벼슬을 하며 행복하게 산다.

인물 관계도

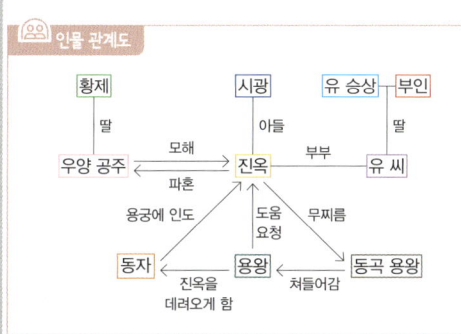

전체 줄거리 & 인물 관계도

작품 전체의 줄거리와 인물 관계도를 제공하여 작품에 등장하는 주요 인물들의 관계를 보여 주고 전체 맥락을 한눈에 파악할 수 있도록 했습니다.

기틀잡기

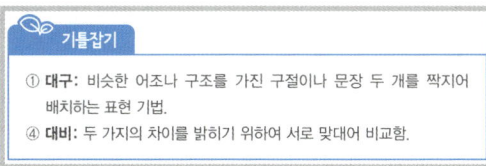

① **대구**: 비슷한 어조나 구조를 가진 구절이나 문장 두 개를 짝지어 배치하는 표현 기법.
④ **대비**: 두 가지의 차이를 밝히기 위하여 서로 맞대어 비교함.

기틀잡기

문학 개념어 풀이를 통해 표현상, 서술상 특징을 묻는 문제 유형을 해결하고, 수능 국어의 기반을 다질 수 있습니다.

외적 준거에 따른 작품 감상 | 정답률 65

3. 〈보기〉를 참고하여 (가)를 이해한 내용으로 가장 적절한 것은?

〈보기〉

권호문의 「한거십팔곡」은 지향하는 삶을 실천하는 태도의 변화 과정을 형상화한 연시조로, 〈제1수〉부터 〈제19수〉까지의 내용이 긴밀히 연결되어 있다.

보기 분석

• 권호문, 「한거십팔곡」
 – 지향하는 삶을 실천하는 태도의 변화 과정을 형상화
 – 〈제1수〉~〈제19수〉 내용 연결됨

정답풀이

① 〈제3수〉의 '임천이 좋으니라'에는 〈제1수〉의 '마음에 하고자 하여'에 담긴 태도와는 다른 태도가 나타난다.

〈보기〉에서 「한거십팔곡」은 지향하는 삶을 실천하는 태도의 변화 과정을 형상화'하였다고 했다. 〈제3수〉의 '임천이 좋으니라'는 자연에 묻혀 조화

문항 해설

혼자서도 완벽한 기출 분석을 할 수 있도록 〈보기〉 분석과 모든 문항의 정·오답의 근거를 담은 친절하고 상세한 해설을 제시했습니다.

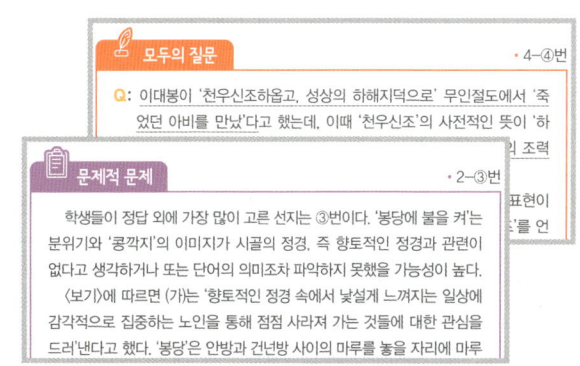

모두의 질문 · 4–④번

Q: 이대봉이 '천우신조하옵고, 성상의 하해지덕으로' 무인절도에서 '죽었던 아비를 만났'다고 했는데, 이때 '천우신조'의 사전적인 뜻이 '하...
...이 조력...

문제적 문제 · 2–③번

학생들이 정답 외에 가장 많이 고른 선지는 ③번이다. '봉당에 불을 켜는 분위기'와 '콩깍지'의 이미지가 시골의 정경, 즉 향토적인 정경과 관련이 없다고 생각하거나 또는 단어의 의미조차 파악하지 못했을 가능성이 높다.
〈보기〉에 따르면 (가)는 '향토적인 정경 속에서 낯설게 느껴지는 일상에 감각적으로 집중하는 노인을 통해 점점 사라져 가는 것들에 대한 관심을 드러'낸다고 했다. '봉당'은 안방과 건넌방 사이의 마루를 놓을 자리에 마루

모두의 질문 & 문제적 문제

온라인 강의와 현장에서 수험생들이 많이 한 질문들에 대한 명쾌한 답변을 제시하고, 오답률이 높았던 문제를 심화 분석하여 매력적인 오답의 함정에 빠지지 않고 정답을 고르는 방법을 익히도록 했습니다.

INTRO

. . . . . .

2026학년도
대학수학능력시험

해설 P.006

[1~4] 다음 글을 읽고 물음에 답하시오. 기본

[중모리] 그때에 사슴이 발론하되 근래 인간이 하 무서워 짐승을 잡아먹기 온갖 꾀가 다 생기고 산중에 수목이 없어 은신할 곳 없어지니 각기 의견 들어 보면 방책이 있을런가 이 모임을 했사오니 수령님의 좋은 꾀를 일러 주옵소서

[아니리] 호랑이가 수령 말을 듣더니마는 거두룸을 피우며 오늘은 노소고하를 막론하고 자세히 말해 보라 토끼가 여짜오되

[자진모리] **사냥개**라 허는 것은 같은 우리 모족(毛族)으로 사람 집에 기식허니 제 무슨 아첨으로 내 잘 맡는 자랑허여 심산궁곡 층암절벽 찾고 찾어 들어와 동제 간 살해만 허니 수령님 이후로는 사냥개를 있는 대로 다 잡어 잡수오면 그 덕이 모든 금수에게 미치오리다

[아니리] 호랑이 듣더니만 다 잡어 먹었으면 네 원통함도 풀고 나도 배부른 꼴을 보련마는 일등 **포수**가 따러다녀 어설피 물랴다가 조총에 불이 번듯 탄환이 쑥 나오면 거 내 신세는 어쩔 것이냐

그때에 별주부 저기 토 선생 계시오 부른다는 것이 수로 팔천 리를 아래턱으로 밀고 오자니 아래턱이 뻣뻣허여 토 자가 살짝 늘어져 호 자로 되였것다 저기 호 생원 계시오 불러 놓으니 첩첩산중 호랑이가 생원 말 듣기는 제 평생 처음이라 ⓐ반기 듣고 내려오는듸

[엇모리] 범 내려온다 범이 내려온다 송림 깊은 골로 한 짐승이 내려온다 누에머리를 흔들며 양 귀 찢어지고 몸은 얼숭덜숭 꼬리는 잔득 한 발이 남고 동아 같은 뒷다리 전동 같은 앞다리 새낫 같은 발톱으로 엄동설한 백설 격으로 잔디 뿌리 왕모래를 좌르르르 흩으며 주홍 같은 입 벌리고 홍행행 허는 소리 산천이 진동하고 강산이 뒤눕고 땅이 뚝 꺼지난 듯 자라가 ⓑ깜짝 놀래여 목을 움치고 가만히 엎졌을 제

[아니리] 호랑이가 척 내려와 이것 무엇인고 이리 보아도 둥굴둥굴 저리 보아도 둥굴 둥굴아 하고 불러도 대답이 없것다 옳다 이것 한 입가심 허여 볼까

자라가 ⓒ깜짝 놀래여 여보 당신이 뉘라 허시오

호랑이 깜짝 놀래 에끼 이것 보아라 도리줌치 속에 배암 잡어 넣어 놓은 것같이 생긴 것이 인사성은 밝네 나는 ㉠이 산중 지키는 호 생원 어른이로다

자라가 호랑이란 말을 듣고서 겁짐에 바로 일러 나는 명색이 자라 새끼요

[중모리] 호랑이 ⓓ반기 듣고 얼시구나 좋을시고 내 평생에 원하기를 왕배탕이 원일러니 오늘날 만났구나 맛진 진미를 먹어 보자 으르르르앙 허고 달려드니 자라 듣고 깜짝 놀래여 아이고 내 자라 아니요 이놈 그러면 무엇인고 내가 두꺼비요 두꺼비 같

으면 더욱 좋다 너를 산 채로 불에 살라 술에 타 먹었으면 만병회춘 명약이라니 너를 먹으리라 아이고 내 남생이요 남생이 같으면 더욱 좋다 습기에는 제일이라 허니 너를 산 채로 먹으리라

[아니리] 별주부 듣고 기가 막혀 이 급살 맞어 죽을 놈이 **동의보감**을 얼마나 통달허였는지 보는 대로 약 취해 먹기로만 드니 기왕 죽을 바에는 속임수나 한번 써 보고 죽을 밖에 없구나 허고 목을 길게 내놓으며 네 이놈 호랑아 내 목 나간다

호랑이 ⓔ깜짝 놀래 에끼 이것 목 나온다 고만 나오시오 하루 수천 발 나오겠소 대체 당신 명색이 무엇이오

나는 수국 전옥주부 공신 사대손 별주부 별나리로다 이놈 내 목이 이 모양 된 내력을 들어 보아라

[자진모리] 우리 ㉡수궁 퇴락허여 영덕전 새로 질 제 일천팔백 칸 기와를 내 손으로 올리다가 추녀 끝에 뚝 떨어져 목으로 잘칵 꺼꾸러져 이 모양이 되얏기로 명의다려 문의한즉 호랑이 쓸개를 열 보만 먹으면 목이 즉효헌다기로 우리 수궁 도리랑귀신 잡어 타고 호랑이 사냥을 나왔더니 쓸개 한 보 못 주겠느냐 도리랑귀신 게 있느냐 이 호랑이 배 갈라라 앞으로 기어들며 도리랑 도리랑 허고 달려들어 호랑이 아랫도리를 꽉 물고 뺑 돌아 놓으니

[아니리] 호랑이 ⓕ질색허여 아이고 별나리 이것 좀 놓아주시오 이놈 잔말 말고 쓸개만 내놓아라 호랑이 그 육중헌 놈이 자라에게 매달려 애걸을 허는듸

[중모리] 별나리 전에 비나이다 나는 오대독신으로 오십이 다 되도록 슬하 일점혈육이 없소 만일 내가 죽게 되면 **선영**에 죄가 망극허오 차라리 내 왼눈이나 하나 빼 잡수시오 이놈 잔말 말고 쓸개만 내놔라 여기만 놓아주면 당장에 쓸개를 드리리다

[아니리] 별주부 가만히 생각한즉 쓸개 주겠다고 놓아 달라는 것이 얼주검이 된 모양이라 꽉 물었던 호랑이 아랫도리를 슬그머니 늦춰 놓으니

[휘모리] 호랑이 몽그랐다 후다닥 뛰어갈 제 급한 난리 화살 닫듯 조총에서 철환 닫듯 오림에서 조조 닫듯 산을 넘고 바다 건너 홀연히 간 곳 없네

[아니리] 전라도 **해남**에서 냅다 뛴 놈이 의주 **압록강 가**에서 숨을 내쉬고 한편을 살펴보는데 남생이 한 마리가 뽀쪼롬허고 내다보니 별주부로 알았것다 에끼 저놈 그 새 저기 쫓아왔구나 게서 또 후다닥 빼 놓은 것이 함경도 ㉢세수람 고개에다 딜럼 올라앉어 장담을 허것다 내 용맹이나 된 게 여기까지 살아왔지 잔 놈 같았으면 하마 그놈 뱃속에 굳었으렷다

– 작자 미상, 「수궁가」 –

>> 지문을 세 장면으로 나누고, 장면의 핵심 내용을 정리해 보세요.

| 장면 01 | 산중 짐승들이 모여 인간을 피할 방책을 의논하던 중, 별주부가 실수로 토 선생 대신 ＿＿ 생원을 부르자 호랑이가 반가워하며 내려감 |

| 장면 02 | 자라(별주부)는 호랑이가 자신을 약으로 취해 먹으려고 하자, 목을 길게 내놓고 ＿＿＿＿＿＿를 써서 위기를 벗어나려고 함 |

| 장면 03 | 자라가 호랑이 쓸개를 먹으면 자신의 목이 낫는다며 겁을 주자, ＿＿＿＿＿＿는 멀리 도망감 |

1. 윗글에 대한 이해로 적절하지 <u>않은</u> 것은?

① 사슴이 호랑이에게 대책을 구하자 호랑이는 거드름을 부리며 다른 동물들에게 발언하게 하였다.

② 호랑이가 자라의 외양에 주목하여 관심을 보이자 자라는 호랑이보다 먼저 자신의 정체를 밝혔다.

③ 자라는 자신을 해치려고 드는 호랑이에게 목을 내밀어 놀라게 한 후 도리랑귀신을 들먹이며 맞섰다.

④ 호랑이가 쓸개를 주겠다며 놓아 달라는 것을 듣고 자라는 호랑이가 얼주검 상태가 되었다고 생각하였다.

⑤ 호랑이는 남생이가 내다보는 것을 보고 자신이 매달려 애걸했던 자라가 자신을 쫓아왔다고 생각하였다.

2. ㉠~㉢에 대한 이해로 가장 적절한 것은?

① ㉠은 공동의 문제를 해결하기 위한 모족의 노력이 나타나는 공간으로, 이곳에서 자라와 호랑이의 화해가 이루어진다.

② ㉡은 자라가 자신의 내력을 소개하며 언급한 공간으로, 자라는 호랑이와의 만남을 예상하고 이곳에서 이를 대비하였다.

③ ㉢은 호랑이가 안도감을 나타내는 공간으로, 이곳에서 호랑이는 살아남은 것을 자신의 능력을 넘어서는 뜻밖의 행운이라고 여겼다.

④ ㉠은 자라가 자신의 행위로 인해 위험에 빠지게 된 공간이며, ㉡은 자라가 위험에서 벗어나고자 언급한 공간이다.

⑤ ㉠은 호랑이의 지위가 다른 존재의 발언을 통해 확인되는 공간이며, ㉢은 호랑이가 다른 존재와의 비교를 통해 자신의 위엄을 부정하는 공간이다.

3. ⓐ~ⓕ에 대한 설명으로 가장 적절한 것은?

① ⓐ와 ⓑ는 각기 다른 주체가 예의를 갖춘 상대의 태도에 대해 보인 반응이다.

② ⓑ와 ⓒ는 동일한 주체가 상대의 당황하는 모습에 대해 보인 반응이다.

③ ⓒ와 ⓕ는 각기 다른 주체가 상대의 말이나 행동으로 인해 생긴 위기 상황에서 보인 반응이다.

④ ⓓ와 ⓔ는 동일한 주체가 자신의 숙원이 성취될 수 있음을 확인하면서 보인 반응이다.

⑤ ⓔ와 ⓕ는 동일한 주체가 상대의 예상 밖 제안에 대해 보인 반응이다.

4. 다음에 제시된 선생님의 설명을 참고하여 윗글을 감상한 내용으로 적절하지 <u>않은</u> 것은? [3점]

> 선생님: 「수궁가」는 우화에서 판소리 사설로 발전한 작품입니다. 동물들이 인물로 등장하는 우화 속 세상에 청중의 현실 속 다양한 요소를 중첩하는 방식으로 이야기의 변모가 이루어졌어요. 이로써 부정적 면모를 지닌 다양한 인간에 대한 비판을 드러내거나, 현실감을 부여하여 인물이 처한 상황을 강조하거나, 현실이라면 불가능한 상황을 가능한 것으로 과장되게 표현하여 청중의 흥미를 높였어요.

① '사냥개'에 대한 토끼의 평가에서, 현실에서 사냥개가 사람에게 길들여진 것을 우화 속 상황에 중첩함으로써 강자의 환심을 사 이익을 얻는 인간에 대한 비판이 드러남을 알 수 있군.

② 자라가 '동의보감'을 떠올린 데서, 현실의 의서를 우화 속 상황에 중첩함으로써 명약을 탐하는 속내를 지식을 내세워 숨기는 위선적 인간에 대한 비판이 드러남을 알 수 있군.

③ '포수'에 대한 호랑이의 태도에서, 현실의 인간이 지닌 힘을 우화 속 인물들의 위계질서에 중첩함으로써 권력자가 상대에 대한 두려움을 보여 위신을 잃는 상황이 강조됨을 알 수 있군.

④ 호랑이가 '선영'을 언급한 데서, 현실의 윤리를 우화 속 인물이 내세운 구실에 중첩함으로써 자손의 도리를 말하며 곤란한 처지를 벗어나려는 인물의 절박한 상황이 강조됨을 알 수 있군.

⑤ 호랑이가 '해남'에서 '압록강 가'까지 뛴 데서, 현실의 지명을 우화 속 공간에 중첩함으로써 실제라면 단숨에 닿기 불가능한 거리를 이동하는 상황이 과장되게 표현된 것임을 알 수 있군.

(가)

두고 온 것들이 빛나는 때가 있다
빛나는 때를 위해 소금을 뿌리며
우리는 이 **저녁**을 떠돌고 있는가
사방을 둘러보아도
등불 하나 켜 든 이 보이지 않고
등불 뒤에 속삭이며 **밤을 지키는**
발자국 소리 들리지 않는다
잊혀진 목소리가 살아나는 때가 있다
잊혀진 ㉠한 목소리 잊혀진 다른 목소리의 끝을 찾아
목메이게 부르짖다 잦아드는 때가 있다
잦아드는 ㉡외마디 소리를 찾아 칼날 세우고
우리는 이 **새벽**길 숨가쁘게 넘고 있는가
하늘 올려보아도
함께 어둠 지새던 **별 하나 눈뜨지 않는다**
그래도 **두고 온 것들**은 빛나는가
빛을 뿜으면서 한 번은 되살아나는가
우리가 뿌린 **소금들** 반짝반짝 별빛이 되어
오던 길 환히 비춰 주고 있으니

– 이시영, 「그리움」 –

(나)

감나무 잎새를 흔드는 게
어찌 ⓐ바람뿐이랴.
감나무 **잎새**를 **반짝**이는 게
어찌 햇살뿐이랴.
아까는 ⓑ오색딱다구리가
따다다닥 찍고 가더니
봐 봐, 시방은 ⓒ청설모가
쪼르르 타고 내려오네.
사랑이 끝났기로서니
그리움마저 사라지랴.
그 그리움 날로 자라면
주먹송이처럼 커 갈 땡감들.
때론 머리 위로 ⓓ흰 구름 이고
때론 온종일 ⓔ장대비 맞아 보게.
이별까지 나눈 마당에
기다림은 웬 것이랴만,
감나무 그늘에 평상을 놓고
그래 그래, **밤**이면 **잠 뒤척여**
산이 우는 소리도 들어 보고
새벽이면 퍼뜩 깨어나
계곡 물소리도 들어 보게.
그 기다림 날로 익으니
서러움까지 **익어선**
저 **짙푸른 감들**, 마침내
형형 등불을 밝힐 것이라면
세상은 어찌 환하지 않으랴.
하늘은 어찌 부시지 않으랴.

– 고재종, 「감나무 그늘 아래」 –

(다)

천지간에 만물이 소리를 내게 만드는 것은 무엇인가? 초목은 움직이지 않으면 그 자체로 소리가 나지 않으나 바람이 불면 소리가 난다. 그런즉 초목이 소리를 내게 하는 것은 바람이다. 금석은 때리지 않으면 그 자체로는 소리가 나지 않으나 물건이 때리면 소리가 난다. 그런즉 금석이 소리를 내게 하는 것은 물건이다. 무릇 크고 작은 만물이 소리를 내는 것은 또한 반드시 그렇게 만드는 것이 있다. 사람이 세상에 태어나면 안으로는 오장이 있고 밖으로는 형체가 있지만 그것만으로 어찌 소리를 내겠는가. 기(氣)가 안에 쌓이고 밖으로 드러난 뒤라야 소리가 나는 것이다. 그런즉 사람이 소리를 내게 하는 것은 기이다.

소리는 한 가지가 아니니, 쓸모없는 소리가 있고 쓸모 있는 소리가 있다. 재채기 소리와 코 고는 소리는 사람의 소리 가운데 쓸모없는 것이고, 탄식하고 담소하는 소리는 사람의 소리 가운데 쓸모 있는 것이다. 쓸모 있는 소리에는 아름다운 소리와 추한 소리가 있다. 사람이 그 소리를 듣고 좋아하면 아름다운 소리이고, 미워하면 추한 소리이다. 아름다운 소리에는 실상이 있는 소리가 있고 흩어지는 소리가 있다. 입에서 나와 글로 쓰이지 못하면 흩어지는 소리가 되고, 입에서 나와 글로 쓰이면 실상이 있는 소리가 된다. 실상이 있는 소리에는 바른 것이 있고 삿된 것이 있다. 또 바른 것 같으면서 삿된 것도 있고, 혹 삿된 것 같으면서 바른 것도 있다. ㉢사람의 소리로서 남에게 듣기 좋고, 남에게 듣기 좋아 글로 쓰이고, 글로 쓰였으면서 바름에 합당하다면 그것을 일컬어 ㉣좋은 소리라 한다. 좋은 소리를 내는 것은 참으로 어려운 일이구나.

최립은 좋은 소리를 내는 사람에 가깝다. 그의 문장이 비록 완성된 것은 아니지만 그 뜻은 바름을 향한다. 그러니 학업을 게을리하지 않는다면 바르게 되는 데 무슨 어려움이 있겠는가. 내가 들으니 소리를 내는 만물은 그 본체가 크면 그 소리 또한 크고, 그 본체가 작으면 그 소리 또한 작다고 한다. 최립은 소리가 크니 그 본체가 큰 것을 알 만하다. 사람의 본체는 마음이니 그의 마음이 가히 크다고 하겠다. 내가 또 들으니 크게 부딪치면 큰 소리가 나며, 작게 부딪치면 작은 소리가 난다고 한다. 큰 바람이 초목을 움직이면 천지를 뒤흔들 듯하나, 작은 바람이 불면 한 번 살랑거림에 불과할 뿐이다. 금석을 치는 것도 또한 이와 같다. 사람의 소리는 기가 크면 그 소리가 크게 나고 기가 작으면 그 소리가 작게 나니, 최립의 기는 가히 크다고 하겠다.

– 이이, 「최립에게 주는 글」 –

>> 지문의 핵심 내용을 정리해 보세요.

(가)

화자와 대상의 관계	어둠 속에서 빛나는 때를 위해 _____을 뿌리는 우리
상황?	빛나는 때를 위해 소금을 뿌리며 저녁을 떠돎 → 아무도 없는 어둠 속에서 _____ 숨가쁘게 넘으며 하늘을 보아도 별이 보이지 않음 → 두고 온 것들은 빛나고, 한 번은 되살아나는 것인가 생각함 → 우리가 뿌린 소금들이 _____이 되어 오던 길을 비춰 줌

(나)

화자와 대상의 관계	감나무를 관찰하며 성숙에 대해 성찰하는 사람
상황?	감나무 _____를 바라봄 → 사랑이 끝나도 _____이 사라지지 않음 → 시간이 흐르며 그리움이 자라면 _____들이 커 갈 것임 → 감나무 그늘에서 자연의 소리를 들어 보자고 함 → 서러움까지 익어 짙푸른 감들이 _____을 밝힌다면 세상이 환해질 것임

>> 지문을 **세 부분**으로 나누고, 핵심 내용을 정리해 보세요.

(다)

01	만물이 소리를 내는 것은 그렇게 만드는 것이 있으며, 사람이 소리를 내게 하는 것은 ___임
02	좋은 _____는 남에게 듣기 좋고, 글로 쓰였으면서 바름에 합당한 것으로, 좋은 소리를 내는 것은 어려움
03	최립은 뜻이 _____을 향하며 기가 가히 큼

5. (가)~(다)에 대한 설명으로 가장 적절한 것은?

① (가)는 계절을 나타내는 소재로 시적 분위기를 조성하고 있다.

② (나)는 자연을 관조하며 시적 상황을 탈속적 태도로 바라보고 있다.

③ (다)는 글쓴이와 타인의 생각을 비교하며 세태를 비판하고 있다.

④ (가)와 (다)는 모두, 연쇄적 표현을 통해 주체의 태도 변화 과정을 보여 주고 있다.

⑤ (나)와 (다)는 모두, 가정적 표현을 통해 대상의 속성을 드러내고 있다.

6. 〈보기〉를 참고하여 (가), (나)를 감상한 내용으로 적절하지 않은 것은? [3점]

> 〈보기〉
>
> (가)와 (나)는 밝음과 어두움의 이미지를 활용하는 양상이 서로 다르다. (가)는 연대를 상실한 암울한 현실 상황을 어두운 밤으로 표상하고, 빛이 회복되는 미래에 대한 소망을 드러낸다. 이러한 소망은 소금을 뿌리며 그리운 이를 찾아다니는 행동으로 형상화된다. (나)는 자연 속에서 공존하고 있는 명암의 이미지를 바탕으로 성숙에 대한 성찰을 드러낸다. 이러한 성찰은 자연물과 내면을 동일시하며 시간의 흐름에 따른 변화의 양상을 그려 내는 방식으로 나타난다.

① (가)에서 '사방을 둘러보'며 '발자국 소리'가 '들리지 않'음을 확인하는 것은, '밤을 지키는' 이의 눈을 피해 다니며 그리운 존재를 찾고 있는 암울한 현실 상황을 보여 주는군.

② (가)에서 '오던 길'을 '소금들'이 '환히 비춰 주'는 것은, '두고 온 것들'이 되살아날 미래를 기대하게 한다는 점에서 빛의 회복에 대한 소망이 실현될 수 있음을 암시하겠군.

③ (나)에서 '반짝'이는 '잎새'와 '그늘'을 함께 지닌 '감나무' 아래에 '평상을 놓'는 것은, 밝음과 어두움이 어우러져 있는 자연에서 내면에 대한 성찰을 이어 가고 있음을 나타내는군.

④ (가)에서 '별 하나 눈뜨지 않'는 밤은 함께하던 이가 보이지 않는 상실의 상황을, (나)에서 '잠 뒤척'이는 '밤'은 마음이 감처럼 '익어' 가는 데 필요한 성숙의 시간을 의미하겠군.

⑤ (가)에서 '빛나는 때를 위해' '저녁'부터 '새벽'까지 길을 걷는 행동과, (나)에서 '짙푸른 감들'이 '등불을 밝힐 것'이라는 전망은 모두, 밝음이 나타날 것이라는 인식을 드러내는군.

7. ㉠~㉣에 대한 이해로 적절하지 <u>않은</u> 것은?

① ㉠이 '목메이게 부르짖'는 것과 ㉡을 찾고자 '숨가쁘게' 길을 넘는 것에는 모두, 대상을 향한 간절한 마음이 드러난다.

② ㉢ 중에는 쓸모는 있지만 남들이 듣고 미워하는 소리가 있는 한편, ㉣은 아니지만 남들이 듣고 좋아하는 소리도 있다.

③ ㉠이 잦아드는 것은 '다른 목소리의 끝'에 닿지 못하고 있는 상태를, ㉣이 흩어지는 것은 아름다운 소리가 글로써 실현되지 못한 상태를 의미한다.

④ ㉠은 '잊혀진' 상태이지만 다시 '살아'날 수 있다고 화자가 생각하는 대상이고, ㉣은 바른 것 같으면서도 삿된 것일 수 있다고 글쓴이가 생각하는 대상이다.

⑤ ㉡을 찾기 위해 화자는 미세한 소리에도 '칼날'을 '세우'듯이 민감하게 반응하려 하고, ㉢ 중에서 담소하는 소리뿐만 아니라 탄식하는 소리도 글쓴이는 쓸모 있다고 여기고 있다.

8. ⓐ~ⓔ를 중심으로 (나)를 이해한 내용으로 가장 적절한 것은?

① 화자는 ⓐ가 흔드는 것이 감나무 잎새뿐이라고 여기다가 ⓑ를 보며 그 생각을 바로잡고 있다.

② 화자는 ⓑ가 내는 소리와 ⓒ의 움직임을 통해 감나무 열매가 충분히 익은 상태임을 짐작하고 있다.

③ 화자는 ⓑ와 ⓒ가 감나무에서 만났다가 한순간에 헤어지는 것을 보며 자신의 사랑이 끝났음을 떠올리고 있다.

④ 화자는 감나무 열매가 자라는 과정에서 ⓓ를 만나기도 하고 ⓔ를 만나기도 하는 일이 유의미하다고 여기고 있다.

⑤ 화자는 ⓑ와 ⓒ가 감나무를 떠난 후에 ⓓ와 ⓔ가 오는 것을 보며 머지않아 새로운 사랑이 시작될 것을 기대하고 있다.

9. 〈보기〉를 참고하여 (다)를 감상한 내용으로 적절하지 <u>않은</u> 것은?

〈보기〉

(다)는 마음에서 기가 움직여 뜻이 소리로 나오는 데 있어 도리에 합당해야 좋은 글[文]이라는 글쓴이의 문학론을 바탕으로, 상대의 문장을 평가하며 칭찬과 당부를 전하고 있다.

① '만물'이 소리 나는 이치에서 시작하여 '사람'이 소리를 내는 이치를 밝히며, 소리를 화두로 삼아 문장에 대해 말하고 있군.

② '소리'가 지닌 상반된 특성들이 서로 균형을 이루어야 '좋은 소리'임을 제시하여, 문장이 궁극적으로 도달해야 할 바를 드러내고 있군.

③ 최립의 문장이 완성된 것은 아니지만 '참으로 어려운 일'에 가까움을 언급하며, 그의 문장에 대한 평가를 드러내고 있군.

④ 최립의 문장에 담긴 '뜻'이 도리에 합당함을 향하고 있음을 언급하며, 그가 학업에 정진할 것을 당부하고 있군.

⑤ 글로 드러난 최립의 소리가 크게 나는 것이 그의 '마음'과 '기'에서 비롯됨을 언급하여, 그의 문장이 뜻을 크게 드러내고 있음을 칭찬하고 있군.

MEMO

"8·15 이후의 비극은…… 주민들이, 그러니까 국민들이 중요하지 않은 것처럼 되는 가운데에 그 마을과 동네가 이루어지고 역사가 이루어져 왔다는 바로 그 점에 있는 것 아니겠습니까? 그게 앞으로도 그럴까요? 적어도 이 독가촌에서만은 그렇게 되지 않을 겁니다."

㉠이 세상에서 서로 말이 통하지 않는 두 종류의 인간군들이 사는가 보았다.

"역사에 관해서 말씀을 하시니, 나는 무식하고 먹고살기에 바빠서. 도무지 그런 얘기라는 것이…… 글쎄요."

허명두 씨는 하품을 하였다.

[A]
"실례지만 선생께서는 8·15 직후에 무슨 청년당 일에……?"

온 씨의 어조가 진지한 것이 아니었다면 허명두 씨는 욕설을 퍼부어 네가 무슨 사찰 요원이냐고 따질 뻔하였다. 하지만 허명두 씨는 오랜만에 증오가 되살아나서 온 씨를 냉담하게 바라보며 입을 열었다.

"8·15 직후라? 그때 참 별의별 못난 것들이 제 세상 만났다고 착각하며 날뛰었지요."

"역시 그러셨구만."

"왜? 나를 본 적이라도?"

"많이 보았지요. 지금도 많이 보고 있고. 이봐요. 허 선생. 더 이상 서툰 짓은 하지 마시오. 당신이 무슨 짓을 꾸미고 있는지 다들 알고 있소. 그런데 이제 당신 같은 사람들이 날뛰던 시대는 서서히 지나가고 있는 거요. 우리의 피땀으로 이룩한 독가촌을 가지고 서툰 짓을 벌이려고 하다가는 당신이 온전치는 못할 거요."

"나한테 협박을 하는 것이라면…… 그런 협박은 하나도 무섭지 않으니 어디 한번 해볼 대로 해보라지."

허명두 씨는 증오를 억누르며 말했는데 온 씨도 거연히 일어났다.

"내가 한 말 명심하시오. 당신 같은 사람이 날뛰던 시대는 서서히 지나가고 있다는 것을."

그러고 나서 온 씨는 가 버렸는데, 독가촌 일대에는 금방 그 소문이 돌 대로 돌았다. 온 씨가 만나는 사람에게마다 ⓐ이야기를 퍼뜨렸기 때문이었다.

허명두 씨로서는 마지막 안간힘을 내어 그가 일으켜 보려는 이번 싸움이 과거 어느 때보다도 어렵다는 것은 알고 있었다. 그리고 온 씨의 말이 단순한 협박만은 아니라는 것도 알았다. ㉡그러나 그렇기는 하지만 명분이나 사리의 옳음이란 것이 싸움에 무슨 필요가 있단 말인가.

이러한 사단이 벌어지게 된 것은 다름이 아니었다. 아무도 거들떠보지 않던 심심산골, 불모의 황무지였던 이곳 독가촌 일대가 하루아침에 각광을 받는 지대로 둔갑이 되었기 때문에 생긴 일이었다. 특히 독가촌은 오늘의 달라진 인문지리의 환경으로 따져 보았을 적에 고속도로와 접속이 되게 될 교통 요충지가 되었을 뿐 아니라 관광지로서의 좋은 조건을 모두 구비하고 있다는 것이었다.

[중략 부분 줄거리] 허명두는 온 씨와의 언쟁 전에 있었던, 외부 기업 측으로부터 독가촌의 주택 매입을 요청받은 일을 회상한다.

행정 당국은 지목(地目) 변경은 해 두었지만 서류상으로는 그 모든 가옥들이 무허가 주택이나 다름없었으며, 따라서 집들의 매매는 권리금에 다름이 아니었다. 물론 불하를 내게 될 적에는 이미 지어진 집 임자에게 기득권을 부여하게 될 터이었다. 허명두 씨가 관청을 들락거리고 야금야금 집들을 사두게 된 것이 이 때문이었다.

그러다가 그는 ⓑ소문을 듣고 찾아온 온 씨와 만나 언쟁을 벌이게 되었던 것이지만, 온 씨가 무슨 이야기를 하고 싶어 하는지 모르는 바는 아니었다. ㉢전국 각처에서 찾아든 사람들이 이곳 독가촌에 정착하여 그럭저럭 안정을 얻을 만하게 된 이즈음 이곳이 외부의 자본에 의해 관광지로 돼 버린다면 도대체 이 사람들은 또 어느 곳으로 찾아들어 가 얼마만큼 방황을 해야 한다는 말인가? 그러니 두메산골이었던 곳을 피땀 흘려 오늘의 독가촌으로 개척해 온 이곳 사람들이 이 마을을 지켜야 한다는 것이 틀린 말일 수는 없는 것이었다. 더구나 농촌 부락으로서는 어느 정도 자립할 수 있는 터전도 굳혀 놓은 게 사실이었다. 온 씨의 주장은 옳은 것이었다. 허명두 씨의 입장에서도 그것은 부정할 수 없었다. 피땀 흘려 가꾼 땅이 도시의 온갖 잡것들이 논다니를 치는 관광지로 되려는 것을 어찌 귀농 개척자들이 가만 보고만 있을 것인가. 하지만 그런 사리만을 가지고는 모자란다는 것이 현실인 것이고, 그 모자란는 부분을 채워 놓고 있는 게 무엇이겠느냐를 따져 보면서 허명두 씨는 웃음을 짓는 것이었다. 대한청년단 시절의 일하며 화랑동지회의 체험들을 그가 요 근래 부쩍 회상해 보는 것도 그 때문이었다. ㉣명분보다는 실리를 추구해 오는 측이 항상 이겨 오고 있었던 게 아닌가. 온 씨가 찾아와서 자신에게 하였던 말을 그가 곰곰 생각해 보는 것도 그 때문이었다. '이제 당신 같은 사람들이 날뛰던 시대는 서서히 지나가고 있다'는 말을 그는 물론 실감으로 받아들이고는 있으되, ㉤문제는 그것이 아직까지는 완전히 지나간 게 아니라는 데 있었다.

– 박태순, 「독가촌 풍경」 –

>> 지문을 **두 장면**으로 나누고, 장면의 핵심 내용을 정리해 보세요.

> **장면 01** 황무지였던 _____ 일대가 각광을 받게 되자 이를 두고 허명두와 온 씨가 _____을 벌임

> **장면 02** 허명두는 농촌 부락으로서의 독가촌을 지켜야 한다는 온 씨의 주장에 수긍하는 한편 _____를 추구하는 것이 더 중요하다고 생각함

10. [A]에 대한 이해로 적절하지 <u>않은</u> 것은?

① 온 씨와 허명두는 서로에게 질문을 하며 상대의 반응을 살폈다.

② 허명두는 온 씨의 발언에 불쾌해하며 과거에 자신이 느꼈던 감정을 떠올렸다.

③ 온 씨는 허명두와 대화를 나누며 상대에 대한 자신의 짐작이 맞았다고 생각하였다.

④ 온 씨는 상대의 행위를 평가하는 표현을 반복하며 허명두에게 꾸미고 있는 일을 그만두라고 경고하였다.

⑤ 온 씨가 공격적인 태도를 보이자 허명두는 에둘러 말하여 상대의 관심을 다른 곳으로 돌릴 수 있었다.

11. ⓐ와 ⓑ에 대한 이해로 가장 적절한 것은?

① ⓐ가 형성된 과정은 ⓑ가 주변에 전해진 것과 무관하다.

② ⓐ가 처음 퍼진 시점은 ⓑ가 처음 퍼진 시점보다 앞선다.

③ ⓐ는 ⓑ로 인한 인물 간의 갈등을 해결할 실마리를 제공하고 있다.

④ ⓐ가 주변에 빠르게 확산된 것은 ⓑ가 거짓으로 판명되었기 때문이다.

⑤ ⓐ에는 ⓐ를 처음 퍼뜨린 인물이 ⓑ와 관련하여 찾아가 만난 인물에게 확인한 내용이 반영되어 있다.

12. '독가촌'에 대한 설명으로 가장 적절한 것은?

① 고속도로가 연결될 것이 알려진 후 외부 사람들의 관심을 받게 된 곳이다.

② 허명두가 지목 변경으로 기득권을 부여받고서 집들을 사들이고 있는 곳이다.

③ 마을 사람들이 농사를 지어 왔지만 여전히 경제적으로 자립하기 어려운 곳이다.

④ 온 씨가 마을 사람들과 함께 농업 중심의 기존 생활양식을 바꾸려 하는 곳이다.

⑤ 관광지로서의 좋은 조건을 갖추게 하려고 마을 사람들이 피땀 흘려 노력한 곳이다.

13. 〈보기〉를 참고하여 ㉠~㉤을 이해한 내용으로 적절하지 <u>않은</u> 것은? [3점]

〈보기〉

윗글에서 서술자는 부정적 인물인 허명두에게 초점화하여 그의 내면을 서술하였다. 이를 통해 허명두가 자신의 생각이나 경험을 일반화하거나, 주어진 상황을 주관화하거나, 상대의 생각을 헤아리는 모습을 보여 준다. 이는 인물의 생각을 타당한 것처럼 보이게 하지만 한편으로는 상황을 자신에게 유리하게 해석하는 인물의 태도를 드러내어, 서술의 이면에 그 부정성에 대한 서술자의 비판이 함께 있음을 보여 준다.

① ㉠: 인물과 상대를 '두 종류의 인간군'으로 일반화함으로써 상대와의 인식 차이가 좁힐 수 없는 것임을 드러내어, 상대와 소통이 어렵다는 인물의 생각이 타당한 것처럼 서술하였다.

② ㉡: 마을의 상황을 '싸움'으로 주관화함으로써 상대가 추구하는 '사리의 옳음'이 싸움에서 이기는 데에 유용하지 않음을 드러내어, 인물의 생각이 타당한 것처럼 서술하였다.

③ ㉢: 상황 변화가 '안정'을 위협한다는 상대의 생각을 헤아림으로써 변화의 부정성을 인정하면서도 무엇이 변화의 원인인지는 달리 보아, 인물의 왜곡된 시선이 드러나도록 서술하였다.

④ ㉣: '실리'를 추구한 측이 언제나 우위를 차지했다며 과거의 경험을 일반화함으로써 현재 상황에서도 실리가 우선되어야 한다고 합리화하여, 인물의 생각이 타당한 것처럼 서술하였다.

⑤ ㉤: '그것'이 지나가고 있음에도 '아직'은 유효하다고 주관화함으로써 현실의 변화를 인식하면서도 기존의 선택을 고수하여, 인물의 자기중심적 태도가 드러나도록 서술하였다.

(가)

온성이 몇 리런고 ㉠우리 말이 지쳤구나
서성 밖에 잠깐 쉬어 말 얻어 먹이려니
홀연히 소주 장사 앞에 와 팔려 하니
그 술을 먹어 보자 ㉡촌인(村人)의 솜씨 아녀
분명 관가 술일네 그 곡절 모를쏘냐
이 사람이 술 즐김을 태수가 들었더라
미리 독에 빚어 예 와서 기다린 지
여러 날이 되었더라 ㉢수상히 오는 손을
나인 줄 짐작하고 짐짓 싸게 파는구나
자연히 이 소식을 바람결에 들으니
알은체 무엇 하리 담뱃대 둘을 주고
한 병을 기울이니 감홍로와 진배없네
㉣유심터라 이 부사야 너 언제 날 알더냐
여기에서 종성 가기 오십 리가 된다 하니
바삐 가는 저문 길에 얼음 밑에 빠지고나
버선 행전 다 적시고 동태가 되었더라
이 몰골 이 거동을 남 뵈기 부끄럽다
만인 중에 출두하고 남여 위에 높게 앉아
㉤억지로 발 드리운들 그 누가 저어하리

(중략)

여러 달 주리다가 혹시 혹시 출두하면
음식은 장하건만 하나나 살로 가랴
여러 날 침떨다가 더운 방에 들어오면
가슴에 열이 나니 먹느니 냉수로다
뉘라서 어사 벼슬 좋다고 하던가
봉고파출* 쾌한 일가 형문 곤장 차마 하랴
못할 일 마지못하니 제 심정 글러지고
송사 진 이 원통하여 몹쓸 말 지어내니
모르는 이 어이 알리 그 말을 곧이듣네
고맙단 이 잠깐이오 원수는 대대로다
괴롭기는 저 혼자라 못할 것이 어사로다

– 구강, 「북새곡」 –

*봉고파출: 어사가 고을 원을 파면하고 관가의 창고를 잠금.

(나)

이 시름 저 시름 여러 가지 시름 ⓐ방패연에 세세히 적어
정월 대보름에 서풍이 고이 불 제 하얀 실 한 얼레를 끝까지
풀어 띄울 제 큰 잔에 술을 부어 마지막 전송하자 둥게 둥게 둥
둥 떠서 높고 높이 솟아올라 백룡의 굽이같이 굼틀뒤틀 뒤틀어

져 구름 속에 들거고나 동해 바다 건너가서 외로이 섰는 나무에
걸렸다가
풍소소 우낙락할 제* 자연 소멸 하여라

– 작자 미상, 사설시조 –

*풍소소(風蕭蕭) 우낙락(雨落落)할 제: 바람 솔솔 불고 비가 후둑후둑
내릴 때에.

(다)

강원도 설화지를 제 크기로 ⓑ연을 지어
대사(大絲) 황사(黃絲) 백사(白絲) 줄을 통 얼레에 살이 없이
바람이 한창인 제 삼간 퇴김 사간 근두* 반공에 솟아올라 구름
에 걸쳤으니 풍력도 있거니와 줄맥*이 없이 그러하랴
먼 데 임 줄맥을 길게 대어 낚아 올까 하노라

– 작자 미상, 사설시조 –

*삼간 퇴김 사간 근두: 갖은 재주를 부려 연을 날리는 것을 말함.
*줄맥(脈): 줄의 힘.

(가)

화자와 대상의 관계	암행어사가 된 고충을 말하는 '나'
상황?	_____으로 가는 길에 말이 지쳐 잠시 쉬었다 가기로 함 → 소주 장사가 갑자기 나타나 술을 싸게 팜 → 얼음 밑에 빠진 자신의 모습을 부끄러워함 → _____이나 형문 곤장을 마지못해하며 이를 괴롭게 여김 → 송사에서 진 사람의 몹쓸 말에 괴로워하며 _____의 임무를 수행하는 고충을 토로함

(나)

화자와 대상의 관계	_____에 시름을 적어 날리는 사람
상황?	방패연에 자신의 시름을 세세히 적음 → 정월 대보름에 큰 잔에 ____을 부은 뒤 연을 전송함 → 연이 _____에 걸렸다가 자연 소멸하기를 바람

(다)

화자와 대상의 관계	연줄의 힘을 빌려 ____과 만나고 싶은 사람
상황?	_____로 지은 연을 갖은 재주를 부려 반공에 솟아오르게 함 → 연이 구름에 걸쳐짐 → 줄의 힘으로 먼 곳에 있는 임을 낚아 오고 싶어 함

14. (가), (나)에 대한 설명으로 가장 적절한 것은?

① (가)는 남의 말을 인용하여 목적지의 위험성을 드러내고 있다.

② (가)는 대구와 대조 표현을 함께 사용하여 화자의 괴로운 처지를 드러내고 있다.

③ (나)는 가상의 존재에 빗대는 표현을 사용하여 자연 현상의 변화를 드러내고 있다.

④ (나)는 방위의 의미를 포함한 두 어휘를 사용하여 대상이 서로 반대 방향으로 이동함을 드러내고 있다.

⑤ (가)와 (나)는 모두, 색채를 나타내는 표현을 통해 배경 속에서 대상의 움직임을 뚜렷하게 드러내고 있다.

15. ㉠~㉢에 대한 이해로 적절하지 않은 것은?

① ㉠은 행로를 잠시 멈추게 된 이유가 되는 인식으로, 서성 밖까지 이르는 여정이 고단했음을 드러내고 있다.

② ㉡은 술맛에 대한 평가로, 장사가 홀연히 등장했다는 인식과 함께 술의 출처를 판단하는 근거가 된다.

③ ㉢은 장사에게 화자가 어떻게 보였을지 추측한 진술로, 화자에게 물건을 싸게 판 이유를 추정하는 단서가 되고 있다.

④ ㉣은 이 부사에 대한 평가로, 좋은 술을 얻은 것은 그가 옛 인연이 있었던 화자를 알아보았기 때문이라는 생각을 바탕으로 한다.

⑤ ㉤은 발을 내려 모습을 가리는 행위의 효과를 의심하는 표현으로, 위엄을 세우기 어렵겠다는 인식과 연결되고 있다.

16. ⓐ, ⓑ에 대한 이해로 가장 적절한 것은?

① ⓐ는 감긴 실을 끝까지 풀어서 멀리 떠나보내려는 대상이다.

② ⓐ는 비를 기원하여 바다 건너 자연물에 걸어 두려는 대상이다.

③ ⓑ는 바람이 잦아들었을 때 하늘에 유유히 띄워 두는 대상이다.

④ ⓐ와 ⓑ는 모두, 임에게 보내려는 전언을 담고 있는 대상이다.

⑤ ⓐ와 ⓑ는 모두, 집단의 의지를 실현하기 위해 날리는 대상이다.

17. ⟨보기⟩를 참고하여 (가)~(다)를 감상한 내용으로 적절하지 않은 것은? [3점]

⟨보기⟩

이 시가들은 경험의 실상과 외적 대상을 다양한 모습으로 표현한다. (가)는 장면 속에서 묘사된 행위를 통해 정서나 의미를 드러내기도 하고, 화자를 대상화하며 해학의 대상으로 삼기도 한다. (나)와 (다)는 동일한 소재를 중심으로 시상을 전개하며, 구체적이고 생동감 있는 표현을 통해 대상이 그 자체로 부각되는 모습을 보여 준다. 하지만 (나)는 화자가 가지고 있는 정서를 대상과 행위에 담아내고, (다)는 대상으로부터 화자의 정서가 촉발되는 모습을 보여 준다.

① (가)에서 얼음물에 빠져 '버선 행전' 다 적시는 대목은 경험을 실감 나게 보여 주면서 화자를 장면 속에서 대상화하여 '동태가 되었더라'라고 우스꽝스럽게 표현하는군.

② (나)는 정월 보름날에 '큰 잔에 술을' 붓는 행위로 예를 갖추며 연을 '마지막 전송'하는 모습을 통해 평안함에 대한 화자의 바람을 담아내는군.

③ (다)에서 연이 '솟아올라 구름'에 걸치는 것을 보고 화자가 연줄의 힘을 빌려 '먼 데 임'에게 가려고 하는 것은 대상의 역동성이 화자의 욕망을 불러일으키는 모습을 보여 주는군.

④ (가)에서 '가슴에 열'이 나서 '냉수'를 먹는 행위는 임무 수행에서 느낄 수 있는 고충을 드러내고, (나)에서 근심을 '세세히 적'는 행위는 문제 해소를 원하는 화자의 마음을 보여 주는군.

⑤ (나)는 연이 '굼틀뒤틀 뒤틀어져' 올라가는 모습을 생동감 있게 묘사하여, (다)는 연의 재료를 '강원도 설화지'로 구체적으로 제시하고 '크기'까지 언급함으로써 대상 자체를 부각하는군.

MEMO

MEMO

MEMO

PART 1

현대시

[1~4] 다음 글을 읽고 물음에 답하시오.

(가)

　마을 안에 차 집어넣고
　이 집, 한 집 건너 저 집, 또 저 집,
　구름처럼 피고 있는 **살구꽃**과 만난다.　　　[A]
　빈집에는 작지만 **분홍빛 더 실린** 꽃구름,
　때맞춰 깬 벌들이 이리저리 날고
　날개맥(脈) 덜 여문 나비들이 저속으로 오간다.
　소의 순한 얼굴이 너무 좋아
　소 앞세우고 오는 마을 사람과 눈웃음으로 인사한다.　　[B]
　하늘 구름이 온통 동네에 내려와 있으니
　말을 걸지 않아도 말이 되는군.
　차에 올라 시동 걸고도 한참 동안 밖을 내다본다.
　꽃들의 생애가 좀 짧으면 어때?
　달포 뒤쯤 이곳을 다시 지날 때
　이 꽃구름들 낡은 귀신들처럼 그냥 **허옇게 매달**려 있다면……
　꽃도 황홀도 **때맞춰** 피고 지는 거다.

　다리를 건너 가속 페달 밟으려다 말고
　천천히 차를 몬다.
　몸 돌려 보지 않아도　　　　　　　　　　　　[C]
　차 거울들 속에 꽃구름 피고 있고
　차 거울로는 잘 잡히지 않으나
　하늘의 연분홍을 땅 위에 내려 받는 검은 둥치들이　[D]
　군소리 없이 구름을 잔뜩 인 채 서 있겠지.
　차를 멈추고 뒤돌아본다.
　아 **하늘의 기둥**들!　　　　　　　　　　　　[E]

　　　　　　　　　　　　　　　　　　– 황동규, 「살구꽃과 한때」 –

(나)

　1
　저 하잘것없는 한 송이의 달래꽃을 두고 보드래도, 다사롭게 타오르는 햇볕이라거나 보드라운 바람이라거나 거기 모여드는 벌나비라거나 그보다도 이 하늘과 땅 사이를 어렴풋이 **이끌고 가는 크나큰** 그 어느 알 수 없는 **마음**이 있어 저리도 조촐하게 **한 송이의 달래꽃은 피어나는 것이요 길이 멸하지 않을 것**이다.

　2
　바윗돌처럼 꽁꽁 얼어붙었던 대지를 뚫고 솟아오른 저 애잔한 달래꽃의 **긴긴 역사**라거나 그 막아 낼 수 없는 위대한 힘이라거나 이것들이 빚어내는 아름다운 모든 것을 내가 찬양하는 것도

오래오래 우리 마음에 걸친 거추장스러운 푸른 **수의(囚衣)**를 자작나무 허울 벗듯 훌훌 **벗고 싶은** 달래꽃같이 위대한 역사와 힘을 가졌기에 이렇게 살아가는 것이요 살아가야 하는 것이다.

　3
　한 송이의 달래꽃을 두고 보드래도 햇볕과 바람과 벌나비와 그리고 또 무한한 마음과 입 맞추고 살아가듯 너의 뜨거운 심장과 아름다운 모든 것이 샘처럼 왼통 괴어 있는 그 눈망울과 그리고 항상 내가 꼬옥 쥘 수 있는 그 뜨거운 핏줄이 나뭇가지처럼 타고 오는 뱅어같이 예쁘디예쁜 손과 네 고운 청춘이 나와 더불어 가야 할 저 **환히 트인 길**이 있어 늘 이렇게 죽도록 사랑하는 것이요 사랑해야 하는 것이다.

　　　　　　　　　　　　　　　　　　– 신석정, 「역사」 –

>> 지문의 핵심 내용을 정리해 보세요.

(가)

화자와 대상의 관계	살구꽃 핀 _____의 정경을 한참 바라보는 사람
상황?	차를 마을 안에 집어넣고 _____을 봄 → 벌들, 나비들, 소의 얼굴을 봄 → 마을 사람과 _____으로 인사함 → 차에 타서 한참 밖을 내다봄 → 다리를 건너 천천히 차를 몰며 차 _____로 살구꽃을 봄 → 차를 멈추고 뒤돌아봄

(나)

화자와 대상의 관계	_____을 보며 사소한 대상의 위대한 힘을 떠올리는 '나'
상황?	조촐하게 피어난 한 송이 달래꽃을 봄 → 달래꽃이 위대한 _____와 힘을 가졌다고 생각함 → 너와 환히 트인 ___로 더불어 가고자 함

1. (가)와 (나)의 공통점으로 가장 적절한 것은?

① 공감각적 심상을 활용하여 대상의 외양을 묘사하고 있다.

② 영탄적 어조를 통해 대상에 대한 그리움을 부각하고 있다.

③ 중심 소재를 반복적으로 제시하여 주제 의식을 드러내고 있다.

④ 대립적인 의미의 시어를 통해 현실에 대한 비판 의식을 강조하고 있다.

⑤ 말을 주고받는 방식을 사용하여 의인화된 대상과의 교감을 나타내고 있다.

2. [A]~[E]에 대한 이해로 적절하지 <u>않은</u> 것은?

① [A]: '이 집', '저 집'과 '빈집'으로 시선을 이동하며 대상의 형태와 색채를 인식하고 있다.

② [B]: '소'와 '마을 사람'에게 호의적 시선을 보내고 '하늘 구름'의 영향을 의식하고 있다.

③ [C]: '다리를 건너'며 '꽃구름'과 이별하는 상황에서도 '차 거울들'에 비친 대상을 보고 있다.

④ [D]: '차 거울로는' 시야에 온전히 들어오지 않는 '검은 둥치들'이 묵묵히 서 있는 모습을 떠올리고 있다.

⑤ [E]: 대상과의 정서적 거리가 멀어지는 상황에서 '차를 멈추고 뒤돌아봄'으로써 경외감을 드러내고 있다.

3. (나)에 대한 설명으로 적절하지 <u>않은</u> 것은?

① 1에서 '저 하잘것없는 한 송이의 달래꽃을 두고' 본다는 것은 사소해 보일 수 있는 대상에 대한 관심을 드러낸다.

② 2에서 '얼어붙었던 대지'라는 부정적 여건을 극복하여 '뚫고 솟아오른'다는 것은 '달래꽃'의 강인한 모습을 드러낸다.

③ 2에서 '이것들이 빚어내는 아름다운 모든 것'을 '찬양'한다는 것은 '역사와 힘'의 위대함을 기리는 태도를 드러낸다.

④ 3에서 '예쁘디예쁜 손'을 '항상 내가 꼬옥 쥘 수 있'다는 것은 함께하는 존재와의 결속에 대한 화자의 인식을 드러낸다.

⑤ 3에서 '네 고운 청춘'을 '죽도록 사랑하'겠다는 것은 공동체의 갈등을 해소하기 위한 화자의 희생정신을 드러낸다.

4. 〈보기〉를 참고하여 (가), (나)를 감상한 내용으로 적절하지 <u>않은</u> 것은? [3점]

> 〈보기〉
>
> (가)와 (나)는 시간적 속성에 주목하여 시적 대상을 의미화한다는 점에서 공통적이지만, 구체적 이미지와 추상적 관념을 통합하는 방식의 측면에서 차이를 보인다. (가)는 대상의 일시성에 주목하며 포착한 경험 세계를 비유와 묘사를 통해 그려 냄으로써 생명과 자연에 대한 내적 인식을, (나)는 대상의 영속성에 주목하며 인식한 관념적 세계를 감각적으로 형상화함으로써 역사에 대한 상징적 의미를 드러내고 있다.

① (가)에서 꽃을 '구름'으로, 나무둥치를 '하늘의 기둥'으로 비유한 것을 통해, '때맞춰' 꽃을 피워 하늘과 땅을 연결하고 있는 생명에 대한 내적 인식이 드러나는군.

② (가)에서 '분홍빛 더 실린' 꽃의 모습과 '때맞춰 깬 벌'의 움직임을 포착하여 그려 낸 것을 통해, 작은 생명이 선명하게 드러나는 순간에 대한 관심을 엿볼 수 있군.

③ (나)에서 온 세상의 역사를 '이끌고 가는' 힘은 '크나큰' 마음으로 표현되며, '한 송이의 달래꽃'이 '피어나는 것'이라는 구체적인 이미지를 통해 감각적으로 형상화되는군.

④ (가)에서 '살구꽃'이 '허옇게 매달'린 모습에 대한 지향은 '달포 뒤쯤' 회복될 생명에 대한 기대로, (나)에서 '수의'를 '벗고 싶은' 소망은 '환히 트인 길'로 상징된 역사적 전망으로 이어지는군.

⑤ (가)에서 '꽃들의 생애가 좀 짧아도 괜찮다'는 것은 일시성에 주목하여 자연의 섭리를, (나)에서 '길이 멸하지 않을 것'은 영속성에 주목하여 '긴긴 역사'의 의미를 인식함을 보여 주는군.

[1~4] 다음 글을 읽고 물음에 답하시오.

(가)

손 흔들고 떠나갈 미련은 없다
며칠째 청산에 와 발을 푸니
㉠흐리던 산길이 잘 보인다.
상수리 열매를 주우며 인가를 내려다보고
쓰다 둔 편지 구절과 버린 칫솔을 생각한다.
남방으로 가다 길을 놓치고
두어 번 허우적거리는 여울물
산 아래는 때까치들이 몰려와
모든 야성을 버리고 들 가운데 순결해진다.
길을 가다가 자주 뒤를 돌아보게 하는
서른 번 다져 두고 서른 번 포기했던 ⓐ관습들
서쪽 마을을 바라보면 나무들의 잔숨결처럼
㉡가늘게 흩어지는 저녁 연기가
한 가정의 고민의 양식으로 피어오르고
생목 울타리엔 들거미줄
맨살 ㉢비비는 돌들과 함께 누워
실로 이 세상을 앓아 보지 않은 것들과 함께
잠들고 싶다.

— 이기철, 「청산행」 —

(나)

나는 차를 앞에 놓고
고즈넉한 저녁에 호을로 마신다.
내가 좋아하는 차를 마신다.
그러나 이것은 다만 사실일 뿐,
차의 짙은 향기와는 관계 없이
이것은 물과 같이 담담한 사실일 뿐이다.

누구의 시킴을 받아
참새 한 마리가 땅에 떨어지는 것도 아니고
누구의 손으로 들국화를 어여삐 가꾼 것도 아니다.
차를 마시는 것은
이와 같이 ⓔ스스로 달갑고 가장 즐거울 뿐,
이것은 다만 사실이며 또 ⓑ관습이다.
나의 고즈넉한 관습이다.

물에게 물은 물일 뿐
소금물일 뿐,
앞으로 남은 십년을 더 살든지 죽든지

나에게도 나는 나일 뿐,
㉣이제는 차를 마시는 나일 뿐,

이 짙은 향기와는 관계도 없이
차를 마시는 사실과 관습은
내가 아는 내게 대한 모든 것이다.
그리고 모든 것에 대한 모든 것도 된다.

— 김현승, 「사실과 관습: 고독 이후」 —

>> 지문의 핵심 내용을 정리해 보세요.

(가)

화자와 대상의 관계	세속을 떠나 _____으로 들어가 자연과 동화되고자 하는 사람
상황?	자연의 세계인 청산에 들어왔지만, _____를 내려다보며 일상의 것들을 떠올림 → _____을 버리고 순결해진 때까치들처럼 세속을 잊고 들거미줄과 돌들 같은 자연과 함께 누워 잠들고자 함

(나)

화자와 대상의 관계	차를 마시는 행위를 통해, 차를 마시는 _____과 관습이 내가 아는 '나'에 대한 모든 것임을 깨달은 '나'
상황?	'나'는 저녁에 차를 마시며, 이 행위가 _____한 사실임을 깨달음 → 세상의 일들이 누구의 시킴을 받아서 일어나는 것이 아니듯이, 차를 마시는 일도 그렇다고 생각함 → 차를 마시는 사실과 _____이 내가 아는 '나'에 대한 모든 것이라고 인식함

1. (가), (나)에 대한 설명으로 적절하지 <u>않은</u> 것은?

① (가)는 인격화한 대상을 통해 화자의 심리를 내포하고 있다.

② (나)는 대상을 한정하는 어휘들을 사용하여 주제 의식을 강조하고 있다.

③ (가)는 (나)와 달리, 공간의 이동에 따라 포착된 사물을 통해 화자의 태도를 드러내고 있다.

④ (나)는 (가)와 달리, 화자를 거듭 명시하면서 시상을 전개하고 있다.

⑤ (가)와 (나)는 모두, 자연물에 화자의 정서를 투영함으로써 대상에 대한 친밀감을 드러내고 있다.

2. ⓐ, ⓑ에 대한 이해로 가장 적절한 것은?

① ⓐ는 '길을 가다가 자주 뒤를 돌아보게' 하는 것이라는 점에서 다시 돌아갈 수 없는 그리움의 대상이다.

② ⓑ는 '홀로' 하는 행위라는 점에서 행위 주체의 사회적 고립을 드러내고 있다.

③ ⓐ는 바라봄의 대상인 '서쪽 마을'과 관련되어 있다는 점에서 피안에 대한 지향을, ⓑ는 일과를 마친 '저녁'과 관련되어 있다는 점에서 안식에 대한 지향을 드러내고 있다.

④ ⓐ는 '서른 번 다져 두고 서른 번 포기'한 것이라는 점에서 내면의 갈등을, ⓑ는 '고즈넉한' 상황에서 이루어지는 '담담한 사실'이라는 점에서 내면의 평정함을 내포한다.

⑤ ⓐ는 사물들을 '내려다보아' 촉발된 것이라는 점에서 자기 연민의 성격을, ⓑ는 '달갑고', '좋아하는' 것이라는 점에서 자기 위안적 성격을 띠고 있다.

3. ㉠~㉤에 대한 이해로 적절하지 <u>않은</u> 것은?

① ㉠은 대상이 이전에는 제대로 파악되지 않았음을 드러내는 표현이다.

② ㉡은 '저녁 연기'의 형상으로 '한 가정'의 상황과 처지를 시각화한 표현이다.

③ ㉢은 '맨살'을 드러낸 '돌들'이 부대끼는 형상으로 세파에 시달리는 모습을 나타내는 표현이다.

④ ㉣은 '차를 마시는 것'이 화자의 선호에 따른 주체적 행위임을 드러내는 표현이다.

⑤ ㉤은 '나'에 대한 현재의 인식이 이전과는 달라졌음을 드러내는 표현이다.

4. 〈보기〉를 참고하여 (가), (나)를 감상한 내용으로 적절하지 <u>않은</u> 것은? [3점]

〈보기〉

자연과 절대자는 각각 인간에게 안식을 주거나 인간과 세계를 규정하는 중요한 준거로 인식되어 왔다. (가)는 세속의 일상을 떠나 자연에 들어온 화자가 점차 자연에 동화되어 가는 과정과 심리 상태를 그리고 있다. (나)는 자신과 세계 인식의 준거였던 절대자와의 관계를 회의하고 자신이 경험한 사실에 기초하여 존재를 인식하겠다는 태도를 표명하고 있다.

① (가)의 '쓰다 둔 편지 구절과 버린 칫솔을 생각한다'는 것은 자연에 온전히 동화되지 못하는 화자의 심리를 보여 주는 것이겠군.

② (나)의 '차를 마시는' 행위가 '내가 아는 내게 대한 모든 것', '모든 것에 대한 모든 것'으로 확장되는 것은 경험적 사실을 '나'와 모든 존재들에 대한 인식의 유일한 근거로 삼겠다는 의식이 반영된 것이겠군.

③ (가)의 '발을 푸니' '잘 보인다'는 것은 화자가 자연에 친숙해지는 심리 상태를, (나)의 '앞으로 남은 십년을 더 살든지 죽든지'는 절대자에 대해 회의하고 현실에 얽매이지 않겠다는 태도를 드러내고 있겠군.

④ (가)의 '여울물'과 '때까치들'에는 자연에 들어와서 느끼는 화자의 심리가 투사되어 있음을, (나)의 '참새'의 떨어짐이 '누구'에 의한 것이 '아니'라는 데에서 절대자와의 관계에 대한 회의가 드러나 있음을 알 수 있겠군.

⑤ (가)의 '이 세상을 앓아 보지 않은 것들과 함께'는 자연에 동화되려는 태도를, (나)의 '물은 물일 뿐'은 경험적 사실로만 대상을 인식하겠다는 태도를 드러내는 것이겠군.

[1~4] 다음 글을 읽고 물음에 답하시오.

(가)

만년(萬年)을 싸늘한 바위를 안고도
뜨거운 가슴을 어찌하리야

어둠에 창백한 꽃송이마다
깨물어 피터진 입을 맞추어

마지막 한방울 피마저 불어 넣고
해돋는 아침에 죽어가리야

사랑하는 것 사랑하는 모든 것 다 잃고라도
흰뼈가 되는 먼 훗날까지
그 뼈가 부활하여 다시 죽을 날까지

거룩한 일월(日月)의 눈부신 모습
임의 손길 앞에 나는 울어라.

마음 가난하거니 임을 위해서
내 무슨 자랑과 선물을 지니랴

의로운 사람들이 피흘린 곳에
솟아 오른 대나무로 만든 피리뿐

흐느끼는 이 피리의 아픈 가락이
구천(九天)에 사모침을 임은 듣는가.

미워하는 것 미워하는 모든 것 다 잊고라도
붉은 마음이 숯이 되는 날까지
그 숯이 되살아 다시 재 될 때까지

못 잊힐 모습을 어이 하리야
거룩한 이름 부르며 나는 울어라.

— 조지훈, 「맹세」 —

(나)

저기 저 담벽, 저기 저 라일락, 저기 저 별, 그리고 저기 저 우리 집 개의 똥 하나, 그래 모두 이리 와 ㉠내 언어 속에 서라. 담벽은 내 언어의 담벽이 되고, 라일락은 내 언어의 꽃이 되고, 별은 반짝이고, 개똥은 내 언어의 뜰에서 굴러라. ㉡내가 내 언어에게 자유를 주었으니 너희들도 자유롭게 서고, 앉고, 반짝이고, 굴러라. 그래 봄이다.

봄은 자유다. 자 봐라, 꽃피고 싶은 놈 꽃피고, 잎 달고 싶은 놈 잎 달고, 반짝이고 싶은 놈은 반짝이고, 아지랑이고 싶은 놈은 아지랑이가 되었다. ㉢봄이 자유가 아니라면 꽃피는 지옥이라고 하자. 그래 봄은 지옥이다. ㉣이름이 지옥이라고 해서 필 꽃이 안 피고, 반짝일 게 안 반짝이던가. 내 말이 옳으면 자, ㉤자유다 마음대로 뛰어라.

— 오규원, 「봄」 —

>> **지문의 핵심 내용을 정리해 보세요.**

(가)

화자와 대상의 관계	____에 대한 변치 않는 사랑을 맹세하는 '나'
상황?	임을 위해 죽음조차 불사하려 함 → 임의 _____에 욺 → 임에게 드릴 것이 없음을 한탄함 → 임이 _____의 가락을 들어 주었으면 함 → 임에 대한 영원한 사랑을 맹세함

(나)

화자와 대상의 관계	담벽, _____, 별, 우리 집 개의 똥과 같은 대상들이 언어를 통해 자유를 누리기를 바라는 '나'
상황?	대상들에게 자유로운 _____의 세계에서 자유를 누리라고 권함 → 대상들 하나하나가 원하는 바를 실현하기를 바람 → 대상들이 제약 없이 자유롭기를 바람

1. (가), (나)에 대한 설명으로 적절하지 않은 것은?

① (가)는 1연과 6연에서 물음의 형식을 활용하여 화자의 상황 인식을 보여 준다.

② (가)는 4연과 9연에서 상황을 가정하는 표현을 활용하여 화자의 의지를 강조한다.

③ (나)는 반복적인 표현을 제시하면서 쉼표를 사용하여 리듬감을 형성한다.

④ (가)는 대비되는 시어를 활용하여 대상의 양면성을 드러내고, (나)는 반복되는 행위를 제시하여 대상의 효용성을 드러낸다.

⑤ (가)는 같은 시구를 5연, 10연의 마지막에서 반복하여 화자의 정서를 강조하고, (나)는 1연 끝 문장의 시어를 2연 첫 문장으로 연결하며 그 의미를 드러내고 있다.

2. 아픈 가락 에 대한 이해로 가장 적절한 것은?

① 임에게 자랑스레 내보일 화자의 자부심을 포함한다.

② 의로운 사람들이 보여 준 희생과 설움을 담고 있다.

③ 대나무에 서린 임의 뜻을 잊으려는 화자를 질책한다.

④ 피리의 흐느낌에 호응하여 화자의 억울함을 해소한다.

⑤ 구천에 사무친 원망을 살아남은 사람들에게 전달한다.

3. 다음에 따라 (가), (나)를 감상한 내용으로 적절하지 않은 것은? [3점]

> **선생님:** (가)는 부재하는 임을 기다리며 더 나은 세상에 대한 바람을 드러내고, (나)는 봄과 같은 세계에서, 대상들과 함께 자유를 누리려는 바람을 드러냅니다. 그러나 (가)는 대상에게 의미를 부여하는 화자의 시선이 두드러짐에 비해, (나)는 화자가 주목하는 대상들의 모습이 두드러진다는 차이를 보여요. 이 차이가 주변 존재들을 대하는 태도나 바람을 실현하는 방식에 반영되기도 해요.

① (가)의 화자가 바라는 세상은 '해돋는 아침'과 같이 '어둠'을 벗어나 밝음을 회복한 세상일 거야.

② (나)의 화자가 지향하는 세계에서 대상들은 '자유롭게 서고, 앉고, 반짝이고,' 구를 거야.

③ (가)의 화자는 '꽃송이'를 '창백한' 대상으로 바라보고, (나)의 화자는 대상들 각각의 모습에 주목하여 그 개별성을 드러내고 있어.

④ (가)의 화자는 '피마저 불어 넣는' 희생적 태도를 보이고, (나)의 화자는 대상들이 원하는 바를 실현하게 하여 '자유'를 함께 누리려는 태도를 보이고 있어.

⑤ (가)의 화자는 '붉은 마음'을 바쳐 부재하는 '임'을 기다리고, (나)의 화자는 '담벽' 안에서 '봄과 같은 세계'를 대상들과 공유하려 하고 있어.

4. 〈보기〉를 참고하여 ㉠～㉤의 의미를 설명한 것으로 가장 적절한 것은?

> 〈보기〉
>
> (나)는 언어의 한계와 가능성에 대한 시인의 탐구를 보여 준다. 언어를 사용함으로써 대상을 파악할 수 있지만 그 결과는 다시 언어에 구속된다는 필연적 한계를 갖는다. 그래서 시인은 기존의 언어 사용 방식을 벗어나려는 시도를 한다. 이를 통해 언어와 대상이 기존의 관습에서 벗어나 자유를 향해 나아갈 수 있는 가능성을 모색한다.

① ㉠은 자신의 언어 속에서도 기존의 언어 사용 방식이 유지된다는 생각을 의미한다.

② ㉡은 대상을 파악하는 행위까지 포기하면서 자유를 얻고자 하는 의도를 나타낸다.

③ ㉢은 새로운 표현을 시도하여 언어와 대상이 자유를 얻을 가능성을 모색하는 과정을 나타낸다.

④ ㉣은 대상들을 구속에서 벗어나게 하기 위해 외부 상황에 변화를 주었음을 의미한다.

⑤ ㉤은 언어의 새로운 가능성을 실현하여 자신이 제한한 의미에 따라 대상들이 움직임을 의미한다.

[1~4] 다음 글을 읽고 물음에 답하시오.

(가)

　한여름 채전으로 ㉠가 보아라

　수염을 드리운 몇 그루 옥수수에 가지, 고추, 오이, 토란, 그리고 **울타리**엔 덤불을 이룬 **넌출** 사이로 반질반질 윤기 도는 크고 작은 박이며 호박들!

　이 ㉡지극히 범속한 것들은 제각기 타고난 바탕과 생김새로 주어서 아낌없고 받아서 아쉼 없는 황금의 햇빛 속에 일심으로 자라고 영글기에 숨소리도 들릴세라 적적히 여념 없나니

　㉢과분하지 말라 의혹하지 말라 주어진 대로를 정성껏 충만시킴으로써 스스로를 족할 줄을 알라 오직 여기에 목숨의 유열과 천지와의 화합에 있거니

　한여름 채전으로 가 보아라

　나비가 심방 오고 풍뎅이가 찾아오고 잠자리가 왔다 가고 바람결에 스쳐 가고 **그늘**이 지나가고 **비**가 내리고 햇볕이 다시 나고 …… 이같이 ㉣많은 손님들의 극진한 축복과 은혜 속에

　이 지극히 범속한 것들의 지극히 충족한 ㉤빛나는 생명의 양상을 한여름 채전으로 와서 보아라

　　　　　　　　　　　　　　　　　　– 유치환, 「채전(菜田)」 –

(나)

　우리는 썩어 가는 참나무 떼, 　　　　[A]
　벌목의 슬픔으로 서 있는 이 땅
　패역의 **골짜기**에서
　서로에게 기댄 채 **겨울**을 난다
　함께 썩어 갈수록 　　　　　　　　[B]
　바람은 더 높은 곳에서 우리를 흔들고
　이윽고 잠자던 **홀씨**들 일어나 　　　[C]
　우리 몸에 뚫렸던 상처마다 버섯이 피어난다
　황홀한 **음지**의 꽃이여
　우리는 서서히 썩어 가지만
　너는 **소나기**처럼 후드득 피어나 　　[D]
　그 고통을 순간에 멈추게 하는구나
　오, 버섯이여
　산비탈에 구르는 낙엽으로도 　　　　[E]
　골짜기를 떠도는 바람으로도
　덮을 길 없는 우리의 몸을
　뿌리 없는 너의 독기로 채우는구나 　[F]

　　　　　　　　　　　　　　　　　　– 나희덕, 「음지의 꽃」 –

》 지문의 핵심 내용을 정리해 보세요.

(가)

화자와 대상의 관계	한여름 채전에서 자라나는 지극히 _____한 것들의 생명력에 대해 이야기하는 사람
상황?	다양한 채소들이 자라나는 한여름의 채전으로 가 보라고 함 → 여러 생명체와 자연이 조화를 이루며 만들어 내는 빛나는 _____의 양상을 보라고 함

(나)

화자와 대상의 관계	썩은 상처에서 피어난 _____의 강인한 생명력에 대해 이야기하는 우리
상황?	썩어 가는 참나무 떼가 서로에게 기댄 채 _____을 남 → 바람 때문에 홀씨가 일어나고, 나무의 뚫린 _____에서 버섯이 피어남 → 버섯의 강인한 생명력이 참나무를 채움

1. (가)와 (나)의 공통점으로 가장 적절한 것은?

① 사물의 모습에 대한 긍정적 인식을 바탕으로 중심 제재에 대한 예찬적 태도를 드러내고 있다.

② 주어진 현실에 순응하는 모습을 통해 중심 제재를 바라보는 비관적 태도를 암시하고 있다.

③ 풍경을 관조적으로 응시하는 시선으로 중심 제재의 외적 아름 다움을 표현하고 있다.

④ 인간의 행위에 대한 우호적 관점을 토대로 중심 제재의 심미적 속성을 강조하고 있다.

⑤ 장소에 대한 부정적 인식을 심화하여 중심 제재와의 정서적 거리를 부각하고 있다.

2. ㉠~㉤의 시적 기능에 대한 설명으로 적절하지 않은 것은?

① ㉠을 반복하고 변주하여 '채전'에서 겪을 수 있는 경험의 소중함을 느끼게 하려는 화자의 의도를 드러내고 있다.

② ㉡을 수식어로 반복하여 '범속한 것들'로부터 '충족' 느낌을 받는 화자의 정서를 강조하고 있다.

③ ㉢에서 부정 명령형을 사용하여 '주어진 대로' '족할 줄을 알아야' 한다는 화자의 인식을 제시하고 있다.

④ ㉣에서 사물을 인격화하여 '극진한 축복과 은혜'와 대비되는 화자의 시선을 반영하고 있다.

⑤ ㉤에서 관념을 시각화하여 '목숨의 유열과 천지와의 화합'이 이루 어진 대상에 대한 화자의 생각을 표현하고 있다.

3. [A]~[F]에 대한 이해로 가장 적절한 것은?

① [A]에서 참나무가 벌목으로 썩어 가는 모습은, [B]에서 바람에 흔들리는 나무의 모습과 순환적 관계를 형성한다.

② [B]에서 참나무의 상태에 변화를 가져온 움직임은, [C]에서 버섯이 피어나는 상황과 순차적 관계를 형성한다.

③ [C]에서 참나무의 상처에 생명이 생성되는 순간은, [D]에서 나무의 고통이 멈추는 과정과 대립적 관계를 형성한다.

④ [D]에서 참나무의 모습에 일어난 변화는, [E]에서 낙엽이나 바람이 처한 상황과 인과적 관계를 형성한다.

⑤ [E]에서 참나무의 주변에 존재하는 사물들은, [F]에서 나무를 채워 주는 존재로 제시된 대상과 동질적 관계를 형성한다.

4. <보기>를 바탕으로 (가)와 (나)를 감상한 내용으로 적절하지 않은 것은? [3점]

> ─────────〈보기〉─────────
>
> 생명 현상을 제재로 삼은 시는 대체로, 생명체들의 풍요로움을 감각적으로 형상화하거나, 생명 파괴의 현실을 극복하는 모습을 형상화한다. (가)는 만물의 조화로운 성장과 충만한 생명력에 자족하는 태도를, (나)는 인간의 욕망에 의한 상처와 고통으로 황폐화된 현실을 강인한 생명력이 피어나는 공간으로 변화시키는 모습을 드러낸다. 이러한 두 양상은 표면적으로 드러난 생명의 모습에서는 차이를 보이지만, 생명체들이 어우러져 살아가는 모습을 보여 준다는 점에서는 동일한 지향성을 지닌다고 할 수 있다.

① (가)의 '한여름'은 생명체들의 풍요로움을 감각적으로 드러내는, (나)의 '겨울'은 생명 파괴의 현실을 이겨 내는 시간적 배경으로 설정되어 있군.

② (가)의 '울타리'는 만물이 함께 살아가는 공간을 드러내는 경계로, (나)의 '골짜기'는 인간의 욕망이 투영된 장소로 제시되어 있군.

③ (가)의 '넌출'은 어우러진 생명체들이 현실의 삶에 자족하게 되는, (나)의 '홀씨'는 공존하던 생명체들이 흩어지게 되는 계기를 드러 내고 있군.

④ (가)의 '그늘'은 만물이 성장을 이루어 가는 배경으로서의, (나)의 '음지'는 현실의 고통을 극복하는 장소로서의 의미를 함축하고 있군.

⑤ (가)의 '비'는 생명의 충만함과 조화로움을 갖게 하는, (나)의 '소나기'는 황폐화된 현실에 생명력을 환기하는 대상으로 표상 되어 있군.

[1~3] 다음 글을 읽고 물음에 답하시오.

(가)

향아 너의 고운 얼굴 조석으로 우물가에 비치이던 오래지 않은
옛날로 가자

수수럭거리는 수수밭 사이 걸찍스런 웃음들 들려 나오며 호미와
바구니를 든 환한 얼굴 그림처럼 나타나던 석양……

구슬처럼 흘러가는 냇물가 맨발을 담그고 늘어앉아 빨래들을
두드리던 전설같은 풍속으로 돌아가자

눈동자를 보아라 향아 회올리는 무지갯빛 허울의 눈부심에
넋 빼앗기지 말고
철따라 푸짐히 두레를 먹던 ㉠정자나무 마을로 돌아가자 미끈
덩한 **기생충의 생리**와 허식에 인이 배기기 전으로 눈빛 아침처럼
빛나던 우리들의 고향 병들지 않은 젊음으로 찾아가자꾸나

향아 허물어질까 두렵노라 얼굴 생김새 맞지 않는 **발돋움의
흉낼**랑 그만 내자
들국화처럼 소박한 목숨을 가꾸기 위하여 맨발을 벗고 콩바심
하던 **차라리 그 미개지에로 가자** 달이 뜨는 명절밤 비단치마를
나부끼며 **떼지어 춤추던** 전설같은 풍속으로 돌아가자 냇물 굽이
치는 싱싱한 마음밭으로 돌아가자.

– 신동엽, 「향아」 –

(나)

이사온 그는 이상한 사람이었다
그의 집 담장들은 모두 빛나는 유리들로 세워졌다

골목에서 놀고 있는 부주의한 아이들이
잠깐의 실수 때문에
풍성한 햇빛을 복사해내는
그 유리 담장을 박살내곤 했다

그러나 얘들아, 상관없다
유리는 또 갈아 끼우면 되지
마음껏 이 골목에서 놀렴

유리를 깬 아이는 얼굴이 새빨개졌지만
이상한 표정을 짓던 다른 아이들은
아이들답게 곧 즐거워했다

견고한 송판으로 담을 쌓으면 어떨까
주장하는 아이는, 그 아름다운
골목에서 즉시 추방되었다

유리 담장은 매일같이 깨어졌다
필요한 시일이 지난 후, 동네의 모든 아이들이
충실한 그의 부하가 되었다

어느 날 그가 **유리 담장**을 떼어냈을 때, ㉡그 골목은
가장 햇빛이 안 드는 곳임이
판명되었다, **일렬로 선 아이들**은
묵묵히 벽돌을 날랐다

– 기형도, 「전문가」 –

>> 지문의 핵심 내용을 정리해 보세요.

(가)

화자와 대상의 관계	____에게 과거의 순수했던 고향의 모습으로 함께 돌아가기를 청하는 '나'(우리)
상황?	향에게 오래지 않은 _____로 가자고 함 → 가식적이고 부정적인 삶의 태도가 나타나는 현재를 벗어나 과거의 순수하고 행복했던 삶으로 돌아가자고 함

(나)

화자와 대상의 관계	이사 온 그가 _____ 담장을 깨도 괜찮다고 하며 아이들의 환심을 산 뒤 아이들을 부하로 길들이는 것을 지켜보는 사람
상황?	그의 집 유리 담장을 아이들이 박살내도 그는 괜찮다고 함 → 담장을 견고한 _____으로 쌓자고 주장한 아이는 추방됨 → 아이들은 그의 부하가 됨 → _____이 안 드는 골목에서 아이들은 묵묵히 벽돌을 나름

1. (가), (나)에 대한 설명으로 가장 적절한 것은?

① (가)는 과거를 회상하며 현실을 관망하는 태도를 드러내고 있다.

② (나)는 상징성을 띤 사건의 전개를 통해 주제를 암시하고 있다.

③ (가)와 (나)는 모두 음성 상징어를 활용하여 상상 세계의 경이로움을 나타내고 있다.

④ (가)와 (나)는 모두 동일한 시구의 반복과 변주를 통해 시적 분위기를 고조하고 있다.

⑤ (가)는 위로하는 어조로, (나)는 충고하는 어조로 시적 청자에게 말을 건네고 있다.

2. ㉠과 ㉡을 비교한 내용으로 가장 적절한 것은?

① ㉠은 '향'에게 귀환이 금지된 공간이고, ㉡은 '아이들'에게 이탈이 금지된 공간이다.

② ㉠은 '향'이 자기반성을 수행하는 공간이고, ㉡은 '아이들'이 '그'의 요청을 수행하는 공간이다.

③ ㉠은 '향'이 본성을 찾아가는 낯선 공간이고, ㉡은 '아이들'이 개성을 박탈당한 상실의 공간이다.

④ ㉠은 '향'의 노동과 놀이가 공존하던 공간이고, ㉡은 '아이들'의 놀이가 사라지고 노동만 남은 공간이다.

⑤ ㉠은 '향'과 화자의 우호적 관계가 드러나는 공간이고, ㉡은 '아이들'과 '그'의 상생 관계가 드러나는 공간이다.

3. 〈보기〉를 참고하여 (가), (나)를 감상한 내용으로 적절하지 않은 것은? [3점]

〈보기〉

(가)와 (나)는 모두 부정적 현실을 비판한 작품이다. (가)는 물질문명의 허위와 병폐에 물들어 가는 공동체가 농경 문화의 전통에 바탕을 두고 건강한 생명력과 순수성을 회복하기를 소망하는 작가 의식을 담고 있다. (나)는 환영(幻影)을 통해 대중의 이성을 마비시키고 대중을 획일적으로 길들이는 권력의 기만적 통치술에 대한 비판 의식을 담고 있다.

① (가)에서 '차라리 그 미개지에로 가자'라는 화자의 권유는 공동체의 터전을 확장하여 순수성을 지켜 나가려는 의식을 보여 주는군.

② (나)에서 골목이 '가장 햇빛이 안 드는 곳'으로 판명되었다는 것은 '유리 담장'이 대중을 기만하는 환영의 장치였음을 보여 주는군.

③ (가)에서 '기생충의 생리'는 자족적인 농경 문화 전통에 반하는 문명의 병폐를, (나)에서 '주장하는 아이'의 추방은 획일적으로 통제된 사회의 모습을 보여 주는군.

④ (가)에서 '발돋움의 흉내'를 낸다는 것은 물질문명에 물들어가는 상황을, (나)에서 '곧 즐거워했다'는 것은 권력의 술수에 대중이 길들여지고 있는 상황을 보여 주는군.

⑤ (가)에서 '떼지어 춤추던' 모습은 농경 문화 공동체의 건강한 생명력을, (나)에서 '일렬로', '묵묵히' 벽돌을 나르는 모습은 권력에 종속된 대중의 형상을 보여 주는군.

[1~4] 다음 글을 읽고 물음에 답하시오.

(가)

　돌담으로 튼튼히 가려 놓은 집 안엔 검은 기와집 종가가 살고 있었다. 충충한 울 속에서 **거미 알 터지듯 흩어져 나가는 이 집의 지손(支孫)*들.** 모두 다 싸우고 찢고 헤어져 나가도 **오래인 동안 이 집의 광영(光榮)을 지키어 주는 신주(神主)*들**은 대머리에 곰팡이가 나도록 알리어지지는 않아도 종가에서는 무기처럼 아끼며 **제삿날이면 갑자기 높아 제상(祭床) 위에 날름히 올라 앉는다.** 큰집에는 큰아들의 식구만 살고 있어도 제삿날이면 제사를 지내러 오는 사람들 오조 할머니와 아들 며느리 손자 손주 며느리 칠촌도 팔촌도 한데 얼리어 닝닝거린다. 시집갔다 쫓겨 온 작은딸 과부가 되어 온 큰고모 손구락을 빨며 구경하는 이종 언니 이종 오빠. 한참 쩡쩡 울리던 옛날에는 오조 할머니 집에서 동원 뒷밥*을 먹어왔다고 오조 할머니 시아버니도 남편도 **동네 백성들을 곧―잘 잡아들여다 모말굴림*도 시키고 주릿대를 앵기** 었다고. 지금도 종가 뒤란에는 중복사 나무 밑에서 대구리가 빤들 빤들한 달걀귀신이 융융거린다는 마을의 풍설. **종가에 사는 사람들은 아무 일을 안 해도 지내 왔었고 대대손손이 아―무런 재주도 물리어받지는 못하여 종갓집 영감님은** 근시 안경을 쓰고 눈을 찜찜거리며 먹을 궁리를 한다고 **작인(作人)들에게 고리대금을 하여 살아 나간다.**

　　　　　　　　　　　　　　　　　　　　　　－ 오장환, 「종가」 －

*지손: 맏이가 아닌 자손에서 갈라져 나간 파의 자손.
*신주: 죽은 사람의 위패.
*뒷밥: 고사나 제사를 지낸 후 객귀를 위해 차리는 상.
*모말굴림: 곡식을 담는 그릇 위에 무릎을 꿇리는 형벌.

(나)

　노래는 심장에, 이야기는 뇌수에 박힌다
　처용이 밤늦게 돌아와, 노래로써
　아내를 범한 귀신을 꿇어 엎드리게 했다지만
　막상 목청을 떼어 내고 남은 가사는
　베개에 떨어뜨린 머리카락 하나 건드리지 못한다　[A]
　하지만 처용의 이야기는 살아남아
　새로운 노래와 풍속을 짓고 유전해 가리라
　정간보가 오선지로 바뀌고
　이제 아무도 시집에 악보를 그리지 않는다
　노래하고 싶은 시인은 말 속에
　은밀히 심장의 박동을 골라 넣는다　[B]

　그러나 내 격정의 상처는 노래에 쉬이 덧나
　다스리는 처방은 이야기일 뿐
　이야기로 하필 시를 쓰며
　뇌수와 심장이 가장 긴밀히 결합되길 바란다.

　　　　　　　　　　　　　　　　－ 최두석, 「노래와 이야기」 －

▶▶ 지문의 핵심 내용을 정리해 보세요.

(가)

화자와 대상의 관계	_____의 모습을 비판적으로 바라보는 사람
상황?	종가 사람들은 모두 싸우고 찢긴 상태임 → _____이면 모두 모여 떠들썩함 → 과거 종가 사람들은 동네 사람들에게 마음대로 횡포를 부렸음 → 아무 재주도 없이 _____들에게 고리대금을 하여 살아감

(나)

화자와 대상의 관계	노래와 _____가 긴밀히 결합되길 바라는 '나'
상황?	노래는 _____에, 이야기는 _____에 박힘 → 목청이 없어진 가사는 힘이 없음 → 현재는 아무도 시집에 악보를 그리지 않아 노래하고 싶은 시인은 심장의 박동을 말 속에 은밀히 넣음 → 이야기로 ___를 쓰며 뇌수와 심장이 긴밀히 결합되기를 바람

1. (가)에 대한 이해로 가장 적절한 것은?

① '이 집의 지손들'이 '거미 알 터지듯 흩어져 나'간다는 데서, 종가의 번성에 대한 자부심을 드러낸다.

② '오래인 동안 이 집의 광영을 지키어 주는 신주들'이 '제삿날이면 갑자기 높아 제상 위에 날름히 올라앉는다'는 데서, 종가에 대한 풍자적 태도를 드러낸다.

③ '동네 백성들을 곧—잘 잡아들여다 모말굴림도 시키고 주릿대를 앵기었다'는 데서, 종가의 위세에 대한 시기심을 드러낸다.

④ '종가에 사는 사람들은 아무 일을 안 해도 지내 왔고 대대 손손이 아—무런 재주도 물리어받지는 못'했다는 데서, 종가의 내력을 존중하는 태도를 드러낸다.

⑤ '근시 안경을 쓰고 눈을 찜찜거리'는 '종갓집 영감님'이 '작인들에게 고리대금을 하여 살아 나간다'는 데서, 종가에 대한 선망을 드러낸다.

2. [A], [B]에 대한 이해로 가장 적절한 것은?

① [A]는 '노래'와 '가사'의 융합이 가져온 결과를 보여 준 것이다.

② [A]는 '노래'와 '이야기'가 결합되었을 때 나타나는 단점을 설명한 것이다.

③ [B]는 시인의 '말'에 '이야기'가 직접 연결된 상황을 표현한 것이다.

④ [B]는 '노래'의 성격이 약화된 '말'에 '노래'가 주는 감동을 불어 넣는 상황을 보여 준 것이다.

⑤ [A]는 '이야기'의 도입이 지닌 한계를, [B]는 '노래'의 회복이 지닌 의의를 설명한 것이다.

3. (가), (나)에 대한 설명으로 적절하지 않은 것은?

① (가)는 '쩌렁쩌렁 울리던 옛날'과 '달걀귀신이 융융거린다는 마을의 풍설'을 통해 '종가'에 대한 인상을 감각적으로 나타내고 있다.

② (가)는 '돌담으로 튼튼히 가려 놓은 집'과 '검은 기와집'을 통해 '종가'의 분위기를 드러내고 있다.

③ (나)는 '그러나'라는 시상 전환 표지를 활용하여 '노래'만으로는 화자가 바라는 '시' 창작이 어렵다는 점을 부각하고 있다.

④ (나)는 '처용'이 부른 '노래'와 '처용'에 대한 '이야기'의 성격을 비교하여 주제를 구체화하고 있다.

⑤ (가)는 '지금도'를 통해 '종가'의 불변성을, (나)는 '이제'를 통해 '시'의 영속성을 강조하고 있다.

4. 〈보기〉를 바탕으로 (가), (나)를 감상한 내용으로 적절하지 않은 것은? [3점]

〈보기〉

(가)에서 화자는 '종가'의 상황을 구체적으로 서술함으로써 종가와 연관된 사람들의 상처를 드러내고, 이러한 종가의 이야기가 현재의 상황과 연결되도록 현재 시제를 주로 사용하여 생동감 있게 표현했다. (나)에서 화자는 '시'가 '노래'의 성격을 되찾아야 할 뿐만 아니라, 감정의 과잉으로 상처가 오히려 깊어지기도 하는 노래의 한계를 극복하기 위해 '이야기'가 요구된다는 점을 강조했다. (가)는 종가에 대한 화자의 경험을 이야기한 산문 형식의 시이고, (나)는 「종가」와 같은, 이야기가 두드러진 시를 짓는 까닭을 제시한 시론 성격의 시이다.

① (가)는 종가 구성원들의 행동을 현재 시제로 생동감 있게 표현함으로써 종가의 이야기와 현실이 연관되도록 서술하고 있군.

② (가)는 '동네 백성들'이 받은 상처를 보여 줌으로써 종가의 부정적 측면을 드러내려는 화자의 의도를 부각하고 있군.

③ (나)는 상처가 노래에 쉽게 덧난다고 말함으로써 시에서 노래의 성격이 분리된 결과를 보여 주고 있군.

④ (나)는 '뇌수'와 '심장'의 결합을 희망한다고 말함으로써 시에 이야기도 필요하다는 생각을 담아내고 있군.

⑤ (가)는 종가에 얽힌 경험과 상처에 대한 이야기를, (나)는 시 창작에서 이야기의 활용이 지니는 의미를 제시하고 있군.

[1~3] 다음 글을 읽고 물음에 답하시오.

(가)
무너지는 꽃 이파리처럼
휘날려 발 아래 깔리는
서른 나문 해야

구름같이 피려던 뜻은 **날로** 굳어
한 금 두 금 곱다랗게 감기는 연륜(年輪)

갈매기처럼 꼬리 떨며
산호 핀 바다 바다에 나려앉은 섬으로 가자

비취빛 하늘 아래 피는 꽃은 맑기도 하리라
무너질 적에는 눈빛 파도에 적시우리

초라한 경력을 육지에 막은 다음
주름 잡히는 연륜마저 끊어버리고
나도 **또한** 불꽃처럼 **열렬히** 살리라

― 김기림, 「연륜」 ―

(나)
제 손으로 만들지 않고
한꺼번에 싸게 사서
마구 쓰다가
망가지면 내다 버리는
플라스틱 물건처럼 느껴질 때
나는 **당장** 버스에서 뛰어내리고 싶다
현대 아파트가 들어서며
홍은동 사거리에서 사라진
털보네 대장간을 찾아가고 싶다
풀무질로 이글거리는 불 속에
시우쇠처럼 나를 달구고
모루 위에서 벼리고
숫돌에 갈아
시퍼런 무쇠 낫으로 바꾸고 싶다
땀 흘리며 두들겨 **하나씩** 만들어 낸
꼬부랑 호미가 되어
소나무 자루에서 송진을 흘리면서
대장간 벽에 걸리고 싶다
지금까지 살아온 인생이
온통 부끄러워지고

직지사 해우소
아득한 나락으로 떨어져 내리는
똥덩이처럼 느껴질 때
나는 가던 길을 멈추고 문득
어딘가 걸려 있고 싶다

― 김광규, 「대장간의 유혹」 ―

>> **지문의 핵심 내용을 정리해 보세요.**

(가)

화자와 대상의 관계	지나온 인생을 떠올리며 새로운 삶에 대한 의지를 다지는 '나'
상황?	_____ 남짓의 인생을 되돌아 봄 → 바다에 나려앉은 ____으로 가고자 함 → 초라했던 지난 인생은 육지에 두고, 불꽃처럼 열렬한 삶으로의 변모를 다짐함

(나)

화자와 대상의 관계	무가치한 삶에서 벗어나 가치 있는 존재로 거듭나기를 소망하는 '나'
상황?	_____ 물건처럼 무가치한 삶을 사는 것에 거부감을 드러냄 → _____처럼 가치 있는 존재로 거듭나고 싶어 함 → 지나온 인생에 부끄러움을 느끼며 가치 있고 참된 삶에 대한 소망을 드러냄

1. (가)와 (나)에 대한 설명으로 가장 적절한 것은?

① (가)는 (나)와 달리 과정을 나타내는 시어들을 나열하여 시간의 급박한 흐름을 드러내고 있다.

② (나)는 (가)와 달리 자연물에 빗대어 화자의 움직임을 드러내고 있다.

③ (나)는 (가)와 달리 색채어를 활용하여 공간적 배경이 만들어 내는 분위기를 드러내고 있다.

④ (가)와 (나)는 모두 하강의 이미지가 담긴 시어를 활용하여 화자의 인식을 드러내고 있다.

⑤ (가)와 (나)는 모두 표면에 드러난 청자에게 말을 건네는 방식으로 화자의 정서를 드러내고 있다.

2. (가), (나)의 시어에 대한 이해로 적절하지 않은 것은?

① (가)에서 '열렬히'는 화자가 추구하는 삶에 대한 적극적인 태도를 표방한다.

② (나)에서 '한꺼번에'와 '하나씩'의 대조는 개별적인 존재의 고유성을 부각한다.

③ (나)에서 '온통'은 화자의 성찰적 시선이 자신의 삶 전반에 걸쳐 있음을 부각한다.

④ (가)에서 '날로'는 부정적 상황의 지속적인 심화를, (나)에서 '당장'은 당면한 상황에서 벗어나려는 절박감을 강조한다.

⑤ (가)에서 '또한'은 긍정적인 존재와 화자의 동질성을, (나)에서 '마구'는 부정적으로 취급되는 대상과 화자 간의 차별성을 부각한다.

3. 〈보기〉를 참고하여 (가), (나)를 감상한 내용으로 적절하지 않은 것은? [3점]

〈보기〉

　시인은 결핍을 느끼는 상황에서 새로운 가치를 발견하고 이를 통해 삶을 성찰하는 경우가 많다. 예컨대 「연륜」은 축적된 인생 경험에서, 「대장간의 유혹」은 현대인이 추구하는 편리함에서 결핍을 발견한 화자를 통해 일상에서 경험하는 것들이 재해석된다. 두 작품은 결핍된 상황에서 벗어나려는 의지를 구심점으로 삼아 시상을 전개한다.

① (가)에서 '서른 나문 해'를 '초라한 경력'으로 표현한 것은, 화자가 자신이 살아온 인생을 변변치 않은 경험으로 재해석한 것이겠군.

② (가)에서 '불꽃'을 긍정적인 이미지로 표현한 것은, '주름 잡히는 연륜'에 결핍되어 있는 속성을 끊을 수 있는 수단이라는 의미로 재해석한 것이겠군.

③ (나)에서 지금은 사라진 '털보네 대장간'을 '찾아가고 싶다'고 표현한 것은, 일상에서 결핍된 가치를 찾고자 하는 화자의 열망을 공간에 투영한 것이겠군.

④ (나)에서 '가던 길을 멈추고' '걸려 있고 싶다'고 표현한 것은, 화자가 추구하는 가치를 표상하는 사물의 상태가 되고 싶다고 진술함으로써 결핍에서 벗어나고자 하는 의지를 드러낸 것이겠군.

⑤ (가)에서 '육지'를 지나간 시간을 막아 둘 공간으로, (나)에서 '버스'를 벗어나고 싶은 공간으로 표현한 것은, '육지'와 '버스'를 화자가 결핍을 느끼는 공간으로 재해석한 것이겠군.

[1~3] 다음 글을 읽고 물음에 답하시오.

(가)

눈이 오는가 북쪽엔
함박눈 쏟아져 내리는가

험한 벼랑을 굽이굽이 돌아간
백무선 철길 위에
느릿느릿 밤새어 달리는
화물차의 검은 지붕에

연달린 산과 산 사이
너를 남기고 온
작은 마을에도 복된 눈 내리는가

잉크병 얼어드는 이러한 밤에
어쩌자고 잠을 깨어
그리운 곳 차마 그리운 곳

눈이 오는가 북쪽엔
함박눈 쏟아져 내리는가

　　　　　　　　　　　 - 이용악, 「그리움」 -

(나)

왜 그곳이 자꾸 안 잊히는지 몰라
가름쟁이 사래 긴 우리 밭 그 건너의 논실 이센 밭
가장자리에 키 작은 탱자 울타리가 쳐진.
훗날 나 중학생이 되어
아침마다 콩밭 이슬을 무릎으로 적시며
그곳을 지나다녔지
수수알이 ⓘ꽝꽝 여무는 가을이었을까
깨꽃이 하얗게 부서지는 햇빛 밝은 여름날이었을까
아랫냇가 굽이치던 물길이 옆구리를 들이받아
벌건 황토가 드러난 그곳
허리 굵은 논실댁과 그의 딸 영자 영숙이 순임이가
밭 사이로 일어섰다 앉았다 하며 커다란 웃음들을 웃고
나 그 아래 냇가에 소고삐를 풀어놓고
어항을 놓고 있었던가 가재를 쫓고 있었던가
나를 부르는 소리 같기도 하고
ⓛ쏴르르 쏴르르 무엇이 물살을 헤짓는 소리 같기도 하여
고개를 들면 아, ⓒ청청히 푸르던 하늘
갑자기 무섬증이 들어 언덕 위로 달려 오르면

들꽃 싸아한 향기 속에 두런두런 논실댁의 목소리와
ⓡ까르르 까르르 밭 가장자리로 울려 퍼지던
영자 영숙이 순임이의 청랑한 웃음소리
나 그곳에 오래 앉아
푸른 하늘 아래 가을 들이 ⓜ또랑또랑 익는 냄새며
잔돌에 호미 달그락거리는 소리 들었다
왜 그곳이 자꾸 안 잊히는지 몰라
소를 몰고 돌아오다가
혹은 객지로 나가다가 들어오다가
무엇이 나를 부르는 것 같아
나 오래 그곳에 서 있곤 했다

　　　　　　 - 이시영, 「마음의 고향 2 - 그 언덕」 -

>> 지문의 핵심 내용을 정리해 보세요.

(가)

화자와 대상의 관계	＿＿＿＿에 눈이 내리는지 물으며 그곳을 그리워하는 사람
상황?	북쪽에 눈이 내리는지 물음 → '너'가 있는 작은 ＿＿＿＿에도 눈이 내리는지 물음 → 밤에 잠 못 이루며 고향과 '너'를 그리워함

(나)

화자와 대상의 관계	기억 속 남아 있는 ＿＿＿＿의 모습을 떠올리며 고향을 그리워하는 '나'
상황?	그곳이 잊히지 않음 → 이웃들과 함께하며 평화로웠던 과거를 떠올림 → 잊히지 않는 그곳에 ＿＿＿＿ 서 있곤 함

1. (가)에 대한 이해로 가장 적절한 것은?

① '오는가'를 '쏟아져 내리는가'로 변주하여 대상에 대한 화자의 거부감을 드러내고 있다.

② '돌아간'과 '달리는'의 대응을 활용하여 두 대상 간에 조성되는 긴장감을 묘사하고 있다.

③ '철길'에서 '화물차의 검은 지붕'으로 묘사의 초점을 이동하여 정적인 이미지를 강화하고 있다.

④ '잉크병'이라는 사물이 '얼어드는' 현상을 활용하여 화자가 처한 현실의 변화 가능성을 암시하고 있다.

⑤ '잠'을 깬 자신에게 '어쩌자고'라는 의문을 던져 현재의 상황에서 느끼는 화자의 애달픈 심정을 드러내고 있다.

2. ㉠~㉤의 의미를 고려하여 (나)를 감상한 내용으로 적절하지 <u>않은</u> 것은?

① ㉠을 활용하여 유년의 화자가 경험한 가을이 단단한 결실을 맺는 시간임을 부각하고 있군.

② ㉡을 활용하여 냇가에서 놀던 유년의 화자가 누군가 자신을 부르는 소리를 물소리로 느낀 경험을 부각하고 있군.

③ ㉢을 활용하여 유년의 화자에게 순간적 감동을 느끼게 한 맑고 푸른 하늘의 색채를 부각하고 있군.

④ ㉣을 활용하여 무섬증에 언덕을 달려 오른 유년의 화자에게 또렷하게 인식된 이웃들의 밝은 웃음을 부각하고 있군.

⑤ ㉤을 활용하여 유년의 화자가 곡식이 익어 가는 들녘의 인상을 선명하게 지각한 경험을 부각하고 있군.

3. 〈보기〉를 참고하여 (가)와 (나)를 이해한 내용으로 적절하지 <u>않은</u> 것은? [3점]

〈보기〉

이용악과 이시영의 시 세계에서 고향은 창작의 원천이 되는 공간이다. 이용악의 시에서 고향은 척박한 국경 지역이지만 언젠가 돌아가야 할 근원적 공간으로 그려지는데, (가)에서는 가족이 기다리는 궁벽한 산촌으로 구체화된다. 이시영의 시에서 고향은 지금은 상실했지만 기억 속에서 계속 되살아나는 공간으로 그려지는데, (나)에서는 이웃들과 함께했던 삶의 터전이자 생명이 살아 숨 쉬는 평화로운 농촌으로 구체화된다.

① (가)는 '함박눈'으로 연상되는 겨울의 이미지를 통해 '북쪽' 국경 지역의 고향을, (나)는 '햇빛'을 받은 '깨꽃'에서 그려지는 여름의 이미지를 통해 생명력 넘치는 고향을 보여 준다.

② (가)는 '험한 벼랑' 너머 '산 사이'라는 위치를 통해 산촌 마을인 고향의 궁벽함을, (나)는 '소고삐'를 풀어놓고 '가재를 쫓는' 모습을 통해 농촌 마을인 고향의 평화로움을 보여 준다.

③ (가)는 '남기고' 온 '너'를 떠올림으로써 고향에서 기다리는 사람에 대한, (나)는 '밭 사이'에서 웃던 이웃들의 이름을 떠올림으로써 고향에서 함께 살아가던 이웃에 대한 기억을 보여 준다.

④ (가)는 '눈'을 '복된' 것으로 인식함으로써 고향에 돌아갈 날에 대한, (나)는 '무엇'이 '부르는 것 같'았던 언덕을 회상함으로써 고향으로의 귀환에 대한 기대를 드러낸다.

⑤ (가)는 '차마 그리운 곳'이라는 표현을 통해 근원적 공간인 고향에 대한 애틋함을, (나)는 '자꾸 안 잊히는지'라는 표현을 통해 내면에 존재하는 고향에 대한 변함없는 애정을 드러낸다.

[1~3] 다음 글을 읽고 물음에 답하시오.

(가)

…… 활자(活字)는 반짝거리면서 하늘 아래에서
간간이
자유를 말하는데
나의 영(靈)은 죽어 있는 것이 아니냐

벗이여
그대의 말을 고개 숙이고 듣는 것이
그대는 마음에 들지 않겠지
마음에 들지 않아라

모두 다 마음에 들지 않아라
이 황혼도 저 돌벽 아래 잡초도
담장의 푸른 페인트빛도
저 고요함도 이 고요함도

그대의 정의도 우리들의 섬세도
행동이 죽음에서 나오는
이 욕된 교외에서는
어제도 오늘도 내일도 마음에 들지 않아라

그대는 반짝거리면서 하늘 아래에서
간간이
자유를 말하는데
우스워라 나의 영(靈)은 죽어 있는 것이 아니냐
— 김수영, 「사령(死靈)」 —

(나)

한강물 얼고, 눈이 내린 날
㉠강물에 붙들린 배들을 구경하러 나갔다.
㉡훈련받나봐, 아니야 발등까지 딱딱하게 얼었대.
우리는 강물 위에 서서 일렬로 늘어선 배들을
㉢비웃느라 시시덕거렸다.

㉣한강물 흐르지 못해 눈이 덮은 날
강물 위로 빙그르, 빙그르.
웃음을 참지 못해 나뒹굴며, 우리는
보았다. 얼어붙은 하늘 사이로 붙박힌 말들을.

언 강물과 언 하늘이 맞붙은 사이로
저어가지 못하는 배들이 나란히
날아가지 못하는 말들이 나란히
숨죽이고 있는 것을 비웃으며, 우리는
빙그르르. ㉤올 겨울 몹시 춥고 얼음이 꽝꽝꽝 얼고.
— 김혜순, 「한강물 얼고, 눈이 내린 날」 —

≫ 지문의 핵심 내용을 정리해 보세요.

(가)

화자와 대상의 관계	죽어 있는 자신의 ___을 비판적으로 성찰하며 반성하는 '나'
상황?	'나'의 영이 _____와 달리 죽어 있다고 인식함 → 벗의 말을 고개 숙이고 듣는 것에 대해 부끄러움을 느낌 → 과거, 현재, 미래에 대해 부정적으로 인식함 → 죽어 있는 나의 영에 대해 냉소적이고 자조적인 태도를 보임

(나)

화자와 대상의 관계	_____에 붙들린 배들과 날아가지 못하는 _____을 보고 비웃는 우리
상황?	추운 겨울 강물에 붙들린 배들을 보고 비웃음 → _____도 얼어붙어 말들도 붙박힘 → 숨죽인 배들과 말들을 보며 비웃음

1. (가)에 대한 이해로 가장 적절한 것은?

① 시간적 표현을 열거하여, 시대에 대한 화자의 인식 변화를 드러낸다.

② 대상에 대한 호칭을 전환하여, 시적 대상에 대한 화자의 경외감을 표현한다.

③ 원근을 나타내는 지시어를 사용하여, 화자의 시선에 포착된 대상의 움직임을 표현한다.

④ 물음의 형식으로 종결하여, 시적 대상에 대한 화자의 깨달음이 부정되고 있음을 나타낸다.

⑤ 동일한 구절을 반복하여, 시적 상황에 대한 화자의 부정적 정서가 심화되는 과정을 드러낸다.

2. ㉠~㉤에 대한 이해로 적절하지 않은 것은?

① ㉠의 '붙들린 배'는 강이 얼었을 때 볼 수 있는 구경거리를 관심의 대상으로 표현한 것으로, 이를 통해 시상 전개의 계기가 형성된다.

② ㉡의 '아니야'는 배가 훈련을 받고 있다는 추측을 부정하는 표현으로, 배가 움직일 수 없는 상황이 배의 내부적 원인에서 기인하고 있음이 이를 통해 드러난다.

③ ㉢의 '시시덕거렸다'는 서로 모여 실없이 떠드는 모습을 표현한 것으로, 배가 질서정연하게 정렬된 모습에 대한 '우리'의 냉소가 이를 통해 드러난다.

④ ㉣의 '흐르지 못해'는 강이 언 상황이 강물의 흐름을 막고 있다고 여기는 것으로, 강물의 자연스러운 흐름을 방해하는 외부의 힘이 이를 통해 강조된다.

⑤ ㉤의 '꽝꽝꽝'은 강추위가 지속되는 현재의 상황을 감각적으로 표현한 것으로, 모든 것을 얼어붙게 하는 현실의 상황이 견고하다는 점이 이를 통해 강조된다.

3. 〈보기〉를 참고하여 (가), (나)를 감상한 내용으로 적절하지 않은 것은? [3점]

〈보기〉

자유로운 의사소통이 제한되는 사회에서 개인은 자신의 의사를 온전히 표현할 수 없어서 자유가 억압되고, 그 사회 또한 경직된다. 이런 맥락에서 (가)와 (나)를 해석할 수 있다.
(가)는 활발한 의사소통의 수단이어야 할 언어가 '활자'의 상태로만 존재한다고 표현함으로써 언어가 제 기능을 제대로 하지 못하는 상황에 주목한다. 이러한 상황에서 화자는 위축된 의사소통의 장에 적극적으로 참여하지 못하여, 경직된 사회에 대응하지 못하는 자신을 성찰한다. (나)는 자유롭게 쓰여야 할 언어를 '붙박힌 말'로 표현함으로써 개인의 언어 사용이 제한된 상황을 비판한다. 이러한 상황에서 말을 대체할 수 있는 웃음이나 몸짓과 같은 또 다른 의사소통의 방법을 보여 준다.

① (가)에서 '나의 영'에 대해 '우스워라'라고 자조한 것은 의사소통의 여지가 축소된 상황에서 자신의 참여만으로는 의사소통의 장을 활성화할 수 없다는 성찰을 드러낸다고 볼 수 있군.

② (나)에서 '우리'가 '언 강물' 위에서 비웃는 모습이나 '빙그르르' 뒹구는 장면은 언어 사용이 제한된 상황에서 또 다른 의사소통의 방법을 모색함을 드러낸다고 볼 수 있군.

③ (가)의 '하늘 아래'는 '고요함'이 있는 공간이라는 점에서, (나)의 '맞붙은 사이'는 '배'와 '말'이 '숨죽이고 있는' 공간이라는 점에서, 의사소통이 자유롭지 못한 경직된 사회를 엿볼 수 있군.

④ (가)에서 '자유를 말하는' 것이 '활자'로 한정된 것은 의사소통의 장이 위축된 상황을 나타내고, (나)에서 '말'이 '날아가지 못한다'는 것은 자유로워야 하는 언어 사용이 제한되어 있는 상황을 나타낸다고 볼 수 있군.

⑤ (가)에서 주변 세계를 '마음에 들지 않'아 하는 것은 의사소통이 활발하지 못한 상황에 대한 생각을 드러낸 것이고, (나)에서 강물이 얼어 '배'를 '저어가지 못'하는 상황은 의사소통을 방해하는 환경을 표현한 것이라고 볼 수 있군.

[1~3] 다음 글을 읽고 물음에 답하시오.

(가)

높으디높은 산마루
낡은 고목(古木)에 **못 박힌** 듯 기대어
내 홀로 **긴 밤**을
무엇을 간구하며 울어 왔는가.

[A]

아아 **이 아침**
시들은 핏줄의 구비구비로
사늘한 가슴의 한복판까지
은은히 울려오는 종소리.

이제 눈감아도 오히려
꽃다운 하늘이거니
내 영혼의 촛불로
어둠 속에 **나래 떨던 샛별**아 숨으라.

환히 트이는 이마 우
떠오르는 햇살은
시월상달의 꿈과 같고나.

메마른 입술에 피가 돌아
오래 잊었던 피리의
가락을 더듬노니

새들 즐거이 구름 끝에 노래 부르고
사슴과 토끼는
한 포기 **향기로운 싸릿순**을 사양하라.

여기 높으디높은 산마루
맑은 바람 속에 **옷자락을 날리며**
내 홀로 서서
무엇을 기다리며 노래하는가.

[B]

– 조지훈, 「산상(山上)의 노래」 –

(나)

꽃이 피었다,
도시가 나무에게
반어법을 가르친 것이다
이 도시의 이주민이 된 뒤부터

속마음을 곧이곧대로 드러낸다는 것이
얼마나 어리석은가를 나도 곧 깨닫게 되었지만
살아 있자, 악착같이 **들뜬 뿌리**라도 내리자
속마음을 감추는 대신
비트는 법을 익히게 된 서른 몇 이후부터
나무는 나의 스승
그가 견딜 수 없는 건
꽃향기 따라 나비와 벌이
붕붕거린다는 것,
내성이 생긴 이파리를
벌레들이 변함없이 아삭아삭
뜯어 먹는다는 것
도로변 **시끄러운 가로등 곁**에서 허구한 날
신경증과 불면증에 시달리며 피어나는 꽃
참을 수 없다 나무는, 알고 보면
치욕으로 푸르다

– 손택수, 「나무의 수사학 1」 –

>> 지문의 핵심 내용을 정리해 보세요.

(가)

화자와 대상의 관계	긴 밤 속 홀로 간구하던 _____을 맞이한 것을 기뻐하며 노래하는 '나'
상황?	_____ 홀로 무엇을 간구하며 욺 → 아침을 맞이해 생명력을 되찾고 즐거워함 → 홀로 서서 무언가를 기다리며 노래함

(나)

화자와 대상의 관계	도시에서 힘겹게 ____을 피운 나무에게 공감하는 '나'
상황?	도시의 나무에 꽃이 피어남 → 나무에게서 동질감을 느낌 → 도시 환경에 적응하여 꽃을 피운 나무에게서 _____을 읽어 냄

1. (가)와 (나)에 대한 설명으로 가장 적절한 것은?

① (가)는 계절의 변화에 따라 달라지는 주변 풍경을, (나)는 공간의 이동에 따른 풍경 변화를 묘사하고 있다.

② (가)는 시각적 이미지를 통해 자연의 위대함을, (나)는 청각적 이미지를 통해 자연에 대한 두려움을 표현하고 있다.

③ (가)는 명령형 어조를 활용하여 대상의 행동을 유도하고, (나)는 단정적 진술을 활용하여 주제 의식을 드러내고 있다.

④ (가)와 (나)는 인격화된 사물을 청자로 하여 화자의 소망을 전달하고 있다.

⑤ (가)와 (나)는 도치된 표현을 활용하여 화자가 처한 부정적 현실에 대한 극복 의지를 강조하고 있다.

2. [A]와 [B]를 이해한 내용으로 적절하지 <u>않은</u> 것은?

① [A]의 '높으디높은 산마루'에서 화자를 울게 한 문제는 [B]의 '여기 높으디높은 산마루'에서의 기다림의 대상이 아니다.

② [A]의 '못 박힌 듯' 기댄 자세는 과거의 고통을, [B]의 '옷자락을 날리며' 서 있는 자세는 미래에 대한 기대를 드러내고 있다.

③ [A]의 '긴 밤'에 담긴 부정적 상황은 '이 아침' 이후 [B]의 '맑은 바람'을 동반하는 새로운 상황으로 변화하고 있다.

④ [A]의 '무엇'이 [B]의 '무엇'으로 이행하는 과정에서 '나래 떨던 샛별'과 '향기로운 싸릿순'은 화자의 지향점으로 기능하고 있다.

⑤ [A]의 '간구'는 '사늘한 가슴'의 생명력 회복을 바라는 기원을, [B]의 '노래'는 '메마른 입술'에 생명력이 회복된 이후의 소망을 표출하고 있다.

3. 〈보기〉를 바탕으로 (나)를 감상한 내용으로 적절하지 <u>않은</u> 것은? [3점]

〈보기〉

「나무의 수사학 1」의 화자는 도심 속 가로수를 관찰하며 도시를 비판적으로 조망한다. 도시의 가로수는 나무의 푸름이나 아름다운 꽃조차도 도구적 가치에 의해서 평가된다. 화자는 삭막한 도시 환경에도 불구하고 고통을 참아 내며 꽃을 피우는 모습을 나무의 반어법으로 인식한다. 도시에 제대로 뿌리박지 못하면서도 도시 환경에 적응하여 꽃을 피우는 나무에서 치욕을 읽어 낸 것이다. 그것은 도시의 이주민인 화자가 나무에 대해 동질감을 느끼는 이유이기도 하다.

① '들뜬 뿌리'는 나무가 처한 상황에 대한 화자의 동질감을 반영하고 있군.

② '내성이 생긴 이파리'는 나무가 도시에 적응하면서 지니게 된 성질을 보여 주는군.

③ '시끄러운 가로등 곁'은 꽃을 피우며 참아 내야 할 삭막한 도시 환경을 드러내고 있군.

④ '신경증과 불면증'은 나무가 도시에 적응하기 위해 견뎌 내야 할 고통을 보여 주고 있군.

⑤ '치욕으로 푸르다'는 도구적 가치로 평가받아 그 환경에 적응하지 못하는 나무에 대한 비판적 표현이군.

PART 2

고전시가

[1~4] 다음 글을 읽고 물음에 답하시오.

(가)

이렇듯이 좋은 해에 이때가 어느 때뇨
불한불열 삼춘이라
버드나무 드린 곳에 꾀꼬리 편편하고
수놓은 장막 베푼 곳에 벌 나비 분분하다
우리 꾀꼬리 아니로되 ⓐ꽃은 같이 얻었으니
우리 비록 여자라도 이러한 태평세에 아니 놀고 무엇하리
백만 년을 다 버리고 하루 놀음 하려 하고
날짜를 정하자 하니 좋은 날은 언제런고
이월이라 이십오일 청명시절 제때로다
손꼽고 바라더니 어느 덧에 다닫고야
아이 종 급히 불러 앞뒷집 서로 일러
소식 주고 가사이다 노소 없이 다 모이어
㉠차례대로 달아나니 호화 장식 찬란하다
먼 산 같은 눈썹일랑 아미로 다스리고
구름 같은 귀밑일랑 고운 머리로 꾸미도다
동해의 고운 명주 잔줄 지어 누벼 입고
가을볕에 바랜 베를 연반 물 들여 입고
선명하게 나와 서서
좋은 풍경 보려 하고 가려강산 찾았으되
용산을 가려느냐 매봉으로 가려느냐
산명수려 좋은 곳은 소학산이 제일이라
어서 가자 바삐 가자 앞에 서고 뒤에 서고
태산같이 높은 고개 허위허위 올라가서
승지에 다닫거다
좌우 풍경 둘러보니 수양산 같은 **금오산**
충신이 멀었거늘 어찌 저리 푸르렀으며
황하 같은 낙동강은 성인이 나시련가
어찌 저리 맑아 있노
구경을 그만하고 화전터로 나려와서
빈천이야 **정관***이야 **시냇가에 걸어 놓고**
청유라 백분이라 화전을 지저 놓고
꽃 사이에 친척들을 웃으며 불렀으되
어서 오고 어서 오소
집에 앉아 수륙진미 맛보기는 하려니와
부녀자들 함께 즐김 이에서 더할소냐

(중략)

청계변에 복성 꽃은 무릉원이 의연하다
이러한 좋은 경치 흠 없이 다 즐기니
㉡소선(蘇仙)의 적벽(赤壁)인들 이에서 더할손가

이백(李白)의 채석(采石)인들 이에서 나을손가
꽃 사이에 벌여 앉아 서로 보며 이른 말이
여자의 소견인들 좋은 경치 모를소냐
규중에 썩힌 간장 오늘이야 쾌한지고
가슴이 상쾌하고 심신이 호탕하여
장장춘일 긴긴날을 긴 줄도 잊었더니
㉢서산에 지는 해가 깊은 계곡 재촉하여
충암 고산에 저녁 안개 일어나고
푸른 나무 숲속으로 숙조(宿鳥)가 돌아든다
흥대로 놀려 하면 인간의 자연 취객이
아닌 고로 마지못해 일어나니
암하(岩下)야 잘 있거라 강산아 다시 보자
시화세풍 하거들랑 창안백발 흩날리고
고향 산천 찾아오마

- 작자 미상, 「화전가」 -

*정관: 솥.

(나)

㉣공명을 헤아리니 영욕이 반이로다
　동문에 괘관하고* **전려**에 돌아와서 **성경현전 헤쳐 놓고 읽기**를 파한 후에 **앞내**에 살진 **고기**도 낚고 **뒷뫼**에 엄긴 **약**도 캐다가 임고원망*하여 임의소요하니 **청풍**이 시지하고 **명월**이 자래하니 아지 못게라 천양지간에 이같이 **즐거움**을 무엇으로 **대할쏘니**
　평생에 이리저리 즐기다가 노사태평하여 승화귀진*하면 긔 좋은가 하노라

- 작자 미상 -

*동문에 괘관하고: 벼슬을 그만두고.
*임고원망: 높은 곳에 올라 먼 곳을 바라보는 것.
*승화귀진: 자연에 순응하며 살다가 자연에 귀의하는 것.

(다)

㉤청산이 둘러 있고 벽수도 흘러간다
풍월이 벗이 되어 ⓑ백운(白雲)에 누웠으니
백구(白鷗)야 백년을 함께 놀자 하노라　　〈제2수〉

- 채헌, 「석문가」 -

>> 지문의 핵심 내용을 정리해 보세요.

(가)

화자와 대상의 관계	봄날에 함께 _____놀이를 즐기는 우리
상황?	좋은 봄날에 함께 놀자고 함 → 화려하게 꾸민 _____ 들이 함께 모여 강산을 찾음 → _____에 올라가 푸른 산과 맑은 물에 감탄함 → 화전놀이를 즐김 → 저녁이 되어 훗날을 기약하며 나들이를 마침

(나)

화자와 대상의 관계	벼슬을 그만두고 강호에서의 삶에 만족하는 사람
상황?	_____은 영예와 치욕이 반이라고 생각함 → 벼슬을 그만두고 자연 속에서 즐거움을 찾음 → _____ 태평하게 자연에 순응하여 살다가 귀의하기를 바람

(다)

화자와 대상의 관계	강호에서의 삶에 만족하는 사람
상황?	_____과 벽수를 바라봄 → 자연의 벗이 되어 자연 속에 누움 → _____에게 백 년을 함께 놀자고 함

2. ㉠~㉤에 대한 이해로 적절하지 않은 것은?

① ㉠: 대상의 동적 속성에 주목하여 자연 경물을 화려하다고 여기고 있음이 드러난다.

② ㉡: 수려한 경관이라고 보편적으로 인정받는 대상과 관련지어 자연 경관에 대한 예찬을 드러낸다.

③ ㉢: 시간의 경과를 느끼게 하는 자연물을 통해 화자가 처한 상황이 바뀌게 되는 배경이 드러난다.

④ ㉣: 과거에 대한 성찰을 바탕으로 세속적 성취의 추구가 헛된 일일 수도 있다는 깨달음을 드러낸다.

⑤ ㉤: 자연의 모습을 통해 화자가 속세로부터 벗어난 공간에 있음이 드러난다.

3. ⓐ와 ⓑ에 대한 설명으로 가장 적절한 것은?

① ⓐ는 화자가 현실의 한계를 인지하게 하는 원인이고, ⓑ는 화자가 추구하는 삶의 가치를 함축하고 있는 대상이다.

② ⓐ는 화자가 기다리던 시기가 도래했음을 알려 주는 표지이고, ⓑ는 화자가 심리적으로 가깝게 여기고 있는 대상이다.

③ ⓐ는 화자가 계절이 변화했음을 확인하게 되는 계기이고, ⓑ는 화자에게 특정한 계절을 연상하게 하는 대상이다.

④ ⓐ는 화자가 주변의 다른 존재들과 함께 즐기고 있는 대상이고, ⓑ는 화자가 주변과 소통하지 못하게 만드는 원인이다.

⑤ ⓐ는 화자가 시대를 태평하다고 판단하는 근거이고, ⓑ는 화자가 도달할 수 없다고 여기는 이상향을 의미하는 대상이다.

1. (가)~(다)의 공통점으로 가장 적절한 것은?

① 관념적 사유를 통해 내면을 수양하는 모습이 나타난다.

② 현재의 상황을 바탕으로 미래에 대한 바람을 드러낸다.

③ 구체적 행위를 통해 대상의 유한한 속성에 대한 아쉬움을 드러낸다.

④ 대상의 이면적 가치에 주목하여 태도 변화에 대한 의지를 드러낸다.

⑤ 공간의 이동 과정에서 탈속적 가치의 지향이 심화되는 모습이 나타난다.

4. 〈보기〉를 참고하여 (가)~(다)를 감상한 내용으로 적절하지 **않은** 것은? [3점]

─────〈보기〉─────

　　(가)는 사대부가(士大夫家)의 여성이 자연에서 화전놀이를 하는 상황을, (나)와 (다)는 사대부가의 남성이 강호에서 지내는 상황을 보여 준다. 세 작품에는 유교적 가치가 내면화되어 있는 사대부가로서의 공통적 인식이 드러나기도 하고, 사대부가의 여성이나 남성이 처해 있는 상황에 따라 화자의 정서, 행위, 주변 대상과의 관계 등의 측면에서 서로 다른 인식이 드러나기도 한다.

① (가)에서 '시냇가'에 '정관'을 '걸어 놓'는 것과 (나)에서 '앞내'의 '고기'를 낚고 '뒷뫼'의 '약'을 캐는 것에서, 일상적 생활 공간으로서 자연에 머물고자 하는 사대부가의 모습을 엿볼 수 있군.

② (가)에서 '금오산'의 푸름을 보며 '충신'을 연상하고, (나)에서 '전려'에 돌아와서도 '성경현전 헤쳐 놓고 읽'는 것에서, 유교적 가치가 내면화되어 있는 사대부가의 모습을 엿볼 수 있군.

③ (가)에서 '청계변'의 광경을 '무릉원'으로, (나)에서 '청풍'과 '명월'을 다른 것이 '대할' 수 없는 '즐거움'으로 여기는 것에서, 자연을 긍정적으로 수용하는 사대부가의 모습을 엿볼 수 있군.

④ (가)에서 '부녀자들 함께 즐김'이 '이에서 더'하겠냐고 하는 것에서 사대부가 여성의 공동체적 흥취를, (다)에서 '풍월'을 '벗'으로 삼는 것에서 사대부가 남성의 자족적 흥취를 엿볼 수 있군.

⑤ (가)에서 '썩힌 간장'이 '오늘'은 쾌하다는 것에서 사대부가 여성의 한시적 만족감을, (다)에서 '백구'와 '백년'을 놓고자 하는 것에서 사대부가 남성의 지속적 만족감 추구를 엿볼 수 있군.

[1~3] 다음 글을 읽고 물음에 답하시오.

(가)

어져 어져 저기 가는 저 사람아
네 행색을 보아 하니 군사 도망 네로구나
허리 위로 볼작시면 베적삼이 깃만 남고
허리 아래 굽어보니 헌 잠방이 노닥노닥
곱장 할미 앞에 가고 전태발이 뒤에 간다
십 리 길을 하루 가니 몇 리 가서 엎어지리
내 고을의 양반 사람 타도 타관 옮겨 살면
천히 되기 상사여든 본토 군정(軍丁) 싫다 하고
자네 또한 도망하면 일국 일토(一土) 한 인심에
근본 숨겨 살려 한들 어데 간들 면할쏜가
차라리 네 살던 곳에 아무렇게나 뿌리박혀
칠팔월에 ㉠인삼 캐고 구시월에 돈피* 잡아
공채 신역 갚은 후에 그 나머지 두었다가
함흥 북청 홍원 장사 돌아들어 잠매할 때
후한 값에 팔아 내어 살기 좋은 넓은 곳에
가사 전토(家舍田土) 다시 사고 살림살이 장만하여
부모처자 보전하고 새 즐거움 누리려무나
어와 생원인지 초관인지
그대 말씀 그만두고 **이내** 말씀 들어 보소
이 내 또한 갑민(甲民)*이라 이 땅에서 생장하니 이때 일을 모를쏘냐
우리 조상 남쪽 양반 진사 급제 계속하여
금장 옥패 빗기 차고 시종신을 다니다가
시기인의 참소 입어 변방으로 쫓겨 와서
국내 변방 이 땅에서 칠팔 대를 살아오니
조상 덕에 하는 일이 읍중 구실 첫째로다
들어가면 좌수 별감 나가서는 풍헌 감관
유사 장의 채지 나면 체면 보아 사양터니
애슬프다 내 시절에 원수인의 모해로써
군사 강정 되단 말가 내 한 몸이 헐어 나니
좌우전후 수다 일가 차차 충군(充軍) 되것고야
조상 제사 이내 몸은 하릴없이 매여 있고
시름없는 친족들은 자취 없이 도망하고
여러 사람 모든 신역 내 한 몸에 모두 무니
한 몸 신역 삼 냥 오 전 돈피 두 장 의법이라
열두 사람 없는 구실 합쳐 보면 사십육 냥
해마다 맡아 무니 석숭*인들 당할쏘냐

– 작자 미상, 「갑민가」 –

*돈피: 담비 가죽.
*갑민: 갑산의 백성.
*석숭: 중국 진나라 때의 부자.

(나)

녹양방초 언덕에 소 먹이는 **아희들**아
앞내 ㉡고기 뒷내 고기를 다 몽땅 잡아내 다래끼*에 넣어 주거든 네 소 궁둥이에 얹어다가 주렴
우리도 서주(西疇)*에 일이 많아 바삐 가는 길이매 가 전할동 말동 하여라

– 작자 미상, 사설시조 –

*다래끼: 물고기나 작은 물건 등을 넣는 바구니.
*서주: 서쪽 밭.

>> **지문의 핵심 내용을 정리해 보세요.**

(가)

화자와 대상의 관계	화자 1: _____가는 갑민에게 살던 곳을 떠나지 말기를 권하는 '나'(생원) 화자 2: 과도한 신역을 감당해야 하는 고통을 토로하는 '나'
상황?	도망가는 갑민을 생원이 봄 → 떠나지 말라는 생원의 제안에 갑민이 반박함 → 도망간 친족들의 모든 _____을 자신이 감당할 수 없다고 함

(나)

화자와 대상의 관계	화자 1: _____를 전하기 위해 ___ 먹이는 아이들에게 부탁하려는 사람 화자 2: 고기를 전할 수 있을지 모르겠다고 말하는 우리
상황?	소 먹이는 아이들에게 _____에 앞내와 뒷내의 고기를 잡아 넣어 줄 테니 전해 달라고 부탁함 → 아이들이 우리도 바삐 가는 길이라 전해 줄 수 있을지 모르겠다고 함

1. (가)에 대한 설명으로 적절하지 <u>않은</u> 것은?

① 대구 표현으로 외양을 묘사하여 대상의 처지를 드러낸다.

② 행위의 실행을 가정하여 부정적 전망을 제시한다.

③ 의문의 표현을 사용하여 상대의 행적에 대해 의심한다.

④ 과거와 현재를 대비하여 악화된 처지를 보여 준다.

⑤ 구체적 수치를 제시하여 감당하기 힘든 현실을 드러낸다.

2. ㉠, ㉡에 대한 이해로 가장 적절한 것은?

① ㉠은 ㉠을 언급하는 화자가 이주해 가려는 땅에서 재배할 약재이다.

② ㉡은 ㉡을 언급하는 화자가 말을 건네는 상대에게 노동의 대가로 주는 보상이다.

③ ㉠과 ㉡은 모두, 각각을 언급하는 화자가 유흥을 목적으로 구하려는 물품이다.

④ ㉠과 ㉡은 모두, 각각을 언급하는 화자가 획득하려면 상대의 도움이 필요한 대상이다.

⑤ ㉠과 ㉡은 모두, 각각을 언급하는 화자가 보기에 상대가 했으면 하는 행위의 대상이다.

3. 〈보기〉를 참고하여 (가), (나)를 감상한 내용으로 적절하지 <u>않은</u> 것은? [3점]

〈보기〉

조선 후기의 가사나 사설시조에서는 입장이 다른 발화자가 등장하는 대화체를 사용해 작중 상황을 극의 한 장면처럼 만들기도 한다. 대화를 통해 사실성을 추구하는 작품의 경우, 구체적 소재와 다각적인 내용으로 그 시대 삶의 모습을 보여 준다. 대화를 통해 유희성을 보이는 작품의 경우, 대화가 논쟁, 의견 불일치 등 의외의 상황으로 전개되면서 재미가 생겨나며, 때로 등장하는 불완전한 표현은 이러한 작품이 내용 자체보다 대화의 전개 양상에 주목함을 보여 준다.

① (가)의 '그대'가 '자네'의 선택과 다른 권유를 함으로써 '자네'가 풀어낸 사연은, 당시 갑산 백성이 겪었음 직한 고통을 사실적으로 보여 주는군.

② (가)의 '이내' 말씀은 집안의 내력과 사회적 지위를 구체적으로 언급하며 사회의 부조리를 해결하자는 입장으로, '그대' 말씀과 의견이 일치하지 않는군.

③ (나)는 선행하는 화자의 요청에 대해 '우리'가 선행하는 화자의 기대에 어긋난 대답을 하면서 대화가 의외의 상황으로 펼쳐지는군.

④ (나)의 선행하는 화자가 '고기'를 누구에게 주라고 하는지 명시하지 않아 불완전한 표현이 된 것은 이 작품이 내용보다 대화의 전개 양상에 주목한다는 것을 드러내는군.

⑤ (가)의 '그대'는 길 가는 '자네'를, (나)의 선행하는 화자는 소 먹이는 '아희들'을 불러 말을 건네고 있어 작품의 상황이 극 중 장면처럼 보이는군.

[1~3] 다음 글을 읽고 물음에 답하시오.

(가)

풍파에 일렁이던 배 어디로 갔단 말인가

구름이 험하거늘 처음 나왔는가 어찌하여

허술한 배 두신 분네는 모두 조심하소서

– 정철의 시조 –

(나)

심의산(深意山) 서너 바퀴 감돌아 휘돌아 들어

오뉴월 한낮에 살얼음 엉긴 위에 된서리 섞어 치고 자취눈

내렸거늘 보았는가 임아 임아

온 놈이 온 말을 하여도 임이 짐작하소서

– 정철의 시조 –

(다)

아이야 구럭 망태 찾아라 서쪽 산에 날 늦겠다

밤 지낸 고사리 벌써 아니 자랐으랴

이 몸이 이 나물 아니면 조석(朝夕) 어이 지내리

〈제1수〉

아이야 도롱이 삿갓 차려라 동쪽 시내에 비 내린다

기나긴 낚싯대에 미늘* 없는 낚시 매어

저 고기 놀라지 마라 내 흥 겨워하노라

〈제2수〉

아이야 죽조반(粥早飯) 다오 남쪽 논밭에 일 많구나

서투른 따비*는 누구와 마주 잡을꼬

두어라 성세궁경(聖世躬耕)*도 역군은(亦君恩)이시니라

〈제3수〉

아이야 소 먹여 내어라 북쪽 마을에서 새 술 먹자

잔뜩 취한 얼굴을 달빛에 실어 오니

어즈버 희황상인(羲皇上人)*을 오늘 다시 보는구나

〈제4수〉

– 조존성, 「호아곡」 –

*미늘: 고기가 물면 빠지지 않게 만든 낚시 끝의 안쪽에 있는 작은 갈고리.
*따비: 풀뿌리를 뽑거나 밭을 가는 데 쓰는 농기구.
*성세궁경: 태평한 세월에 자기가 직접 농사를 지음.
*희황상인: 세상일을 잊고 한가하고 태평하게 숨어 사는 사람을 이르는 말.

>> 지문의 핵심 내용을 정리해 보세요.

(가)

화자와 대상의 관계	＿＿＿＿가 치는 모습을 보며 허술한 배를 둔 이를 걱정하는 사람
상황?	풍파에 움직이는 배를 걱정함 → 허술한 배를 둔 사람에게 ＿＿＿＿할 것을 당부함

(나)

화자와 대상의 관계	＿＿＿에게 사람들이 하는 말을 잘 판단할 것을 당부하는 사람
상황?	＿＿＿＿＿＿ 한낮에 얼음이 끼고, 서리와 눈이 내림 → 임에게 그것을 보았는지 물음 → 세상 사람들이 하는 말을 잘 판단하기를 당부함

(다)

화자와 대상의 관계	소박한 삶에서 기쁨과 보람을 느끼는 '나'
상황?	산에서 ＿＿＿＿＿을 캐다 먹으며 지냄 → 흥을 위한 ＿＿＿＿를 감 → 직접 농사를 지으며 살 수 있는 것을 ＿＿＿＿＿＿이라고 여김 → 자연 속에서 ＿＿을 마시며 즐거워함

1. (가)~(다)의 공통점으로 가장 적절한 것은?

① 말을 건네는 방식을 통해 화자의 요구를 전달하고 있다.

② 대상을 의인화하여 화자와 자연의 유대감을 나타내고 있다.

③ 과거와 현재를 대비하여 미래에 대한 전망을 드러내고 있다.

④ 물음의 방식을 활용하여 대상에 대한 친밀감을 표현하고 있다.

⑤ 풍경을 사실적으로 묘사하여 계절의 변화상을 그려 내고 있다.

2. (다)에 대한 이해로 적절하지 <u>않은</u> 것은?

① 각 수의 첫 음보를 동일한 시어로 제시하여 시상 전개에 안정감을 부여하고 있다.

② 〈제1수〉와 〈제2수〉에서는 생활 도구를 언급하여 화자가 살아 가는 모습을 보여 주고 있다.

③ 〈제1수〉 중장과 〈제3수〉 중장에서 나타나는 화자의 걱정은 각 수의 종장에서 강화되고 있다.

④ 〈제1수〉 종장과 〈제3수〉 초장에서는 간단한 먹을거리를 언급 하여 화자의 소박한 생활을 드러내고 있다.

⑤ 〈제4수〉 종장은 첫 음보의 감탄 표현을 활용하여 시상을 집약 하고 있다.

3. 〈보기〉를 참고하여 (가)~(다)를 감상한 내용으로 적절하지 <u>않은</u> 것은? [3점]

〈보기〉

정철과 조존성이 살았던 16세기 후반~17세기 초반에는 정치 참여 과정에서 당파 간의 대립과 투쟁이 극심해지면서 정치적 공격을 받은 문인들이 벼슬에서 파직, 유배되거나 산 림에 은거하는 등 정계에서 소외된 상태에 놓이는 경우가 잦 았다. 이 과정에서 문인들은 정치 경험을 바탕으로 정치 현실 에 대한 비판과 경계, 처세관, 자연에 몰입하려는 태도 등을 작품에 드러내었다.

① '풍파'가 험난한 정치 현실이고 '일렁이던 배'가 시련을 겪은 관료 라면, (가)의 초장은 당쟁에 휘말린 사람이 정치적 소외 상태에 놓인 것을 의미하겠군.

② '구름이 험하거늘'이 정치적 위기의 조짐에 해당하고 '허술한 배 두신 분네'가 신진 관료라면, (가)의 종장은 화자가 정치 경험이 충분치 않은 이들에게 정치의 험난함을 알려 주는 것이겠군.

③ '심의산'이 화자의 심회이고 '오뉴월'의 '자취눈'이 화자의 복잡한 심정을 비유한 표현이라면, (나)의 초장과 중장에서는 당쟁의 상황에서 굳은 마음을 견지하려는 화자의 의지를 드러내는 것이 겠군.

④ '온 놈이 온 말을 하'는 상황이 비방과 모략이 난무하는 현실이고 '임'이 임금이라면, (나)의 종장은 온갖 참소를 임금이 잘 판단해 달라는 것이겠군.

⑤ '미늘 없는 낚시'가 욕심 없이 사는 삶을 의미한다면, (다)의 〈제2수〉 종장은 자연과 더불어 지내는 화자의 흥을 드러내는 것이겠군.

[1~3] 다음 글을 읽고 물음에 답하시오.

(가)

장풍에 돛을 달고 **육선**이 함께 떠나
삼현과 **군악** 소리 해산을 진동하니
물속의 어룡들이 응당히 놀라리라
해구를 얼른 나서 오륙도를 뒤 지우고
고국을 돌아보니 야색이 아득하여
아무것도 아니 뵈고 연해 각진포에
불빛 두어 점이 구름 밖에 뵐 만하다 [A]
배 방에 누워 있어 내 **신세**를 생각하니
가뜩이 심란한데 대풍이 일어나서
태산 같은 성난 물결 천지에 자욱하니
크나큰 만곡주가 **나뭇잎** 불리이듯
하늘에 올랐다가 지함에 내려지니
열두 발 쌍돛대는 차아처럼 굽어 있고
쉰두 폭 초석 돛은 반달처럼 배불렀네

(중략)

날이 마침 극열하고 석양이 비치어서
끓는 땅에 엎디어서 말씀을 여쭈오니
속에서 불이 나고 관대에 땀이 배어
물 흐르듯 하는지라 나라께서 보시고서 [B]
너희 더위 어려우니 먼저 나가 쉬라시니
곡배하고 사퇴하니 천은이 망극하다
더위를 장히 먹어 막힐 듯하는지라
사신들도 못 기다려 하처로 돌아오니
누이도 반겨하고 딸은 기뻐 우는지라
일가 친척들이 나와서 위문하네
여드레 겨우 쉬어 공주로 내려가니
처자식들 나를 보고 죽었던 이 고쳐 본 듯
기쁘기 극한지라 어리석은 듯 앉았구나 [C]
사당에 현알하고 옷도 벗고 편히 쉬니
풍도의 험하던 일 저승 같고 꿈도 같다
손주 안고 어르면서 한가히 누웠으니
강호의 산인이요 **성대**의 일반이로다

– 김인겸, 「일동장유가」 –

(나)

꼬아 자란 층석류*요 틀어 지은 고사매*라
삼봉 괴석에 달린 솔이 늙었으니
아마도 화암 풍경이 **너뿐**인가 하노라 〈제1수〉

막대 짚고 나와 거니니 양류풍 불어온다
긴 파람 짧은 노래 **뜻대로** 소일하니
어디서 초동과 목수(牧叟)는 웃고 가리키나니 〈제6수〉

맑은 물에 벼를 갈고 **청산**에 섶을 친 후
서림 풍우에 소 먹여 돌아오니
두어라 **야인 생애**도 자랑할 때 있으리라 〈제9수〉

– 유박, 「화암구곡」 –

> *층석류: 석류나무로 만든 분재.
> *고사매: 매화를 고목에 접붙인 분재.

>> 지문의 핵심 내용을 정리해 보세요.

(가)

화자와 대상의 관계	_____의 임무를 수행하기 위해 험난한 여정을 겪고 돌아와 임금과 가족을 만난 '나'
상황?	배를 타고 떠나는 길에 기상이 악화하여 거센 풍랑을 만남 → 귀국 후에 임금을 알현하다가 심한 _____에 괴로워하자 쉬라는 허락을 받음 → 하처로 돌아와 누이와 딸, 일가 친척의 환영을 받음 → _____로 내려가 기뻐하는 가족과 재회하고 한가하게 쉼

(나)

화자와 대상의 관계	_____와 고사매, 삼봉 괴석에 달린 솔을 보고 감탄하며 향촌에서 한가롭고 소박하게 살아가는 사람
상황?	분재의 모습에 만족감을 느낌 → 자연 속에서 한가롭게 _____하는 생활을 함 → 향촌에서의 소박한 생활도 _____할 때가 있을 것이라고 생각함

1. (가), (나)의 표현상 특징에 대한 설명으로 가장 적절한 것은?

① (가)는 과거를 회상하는 표현을 통해 현재 상황에 대한 아쉬움을 드러내고 있다.

② (가)는 사물의 형태가 변화한 모습을 묘사하여 외부 환경의 영향력을 부각하고 있다.

③ (나)는 계절을 나타내는 어휘를 활용해 애달픈 정서를 부각하고 있다.

④ (나)는 두 인물의 행위를 대비하여 대상에 대한 평가를 드러내고 있다.

⑤ (가)와 (나)는 모두 영탄적 표현을 통해 대상에 대한 경외감을 드러내고 있다.

2. [A]~[C]에 대한 이해로 적절하지 않은 것은?

① [A]에서는 선상에서 불빛 두어 점에 의지해, 떠나온 곳을 가늠하는 행위를 통해 출항 후의 모습이 드러난다.

② [B]에서는 신하들의 고충을 헤아리는 임금의 배려에 감격한 마음이 드러난다.

③ [C]에서는 갑작스러운 상황에 감정을 표현하지 못하고 무심하게 대응하는 가족들의 모습이 드러난다.

④ [A]에서는 포구를 돌아보지만 보고 싶은 것이 보이지 않는 상황이, [B]에서는 격식을 갖추기 위해 뜨거운 땅에 엎드려 있는 일을 힘겨워하는 상황이 드러난다.

⑤ [A]에서는 예기치 않게 맞닥뜨린 여정상의 위험이, [C]에서는 과거의 위험했던 경험에 대한 소회가 드러난다.

3. 〈보기〉를 참고하여 (가), (나)를 감상한 내용으로 적절하지 않은 것은? [3점]

〈보기〉

조선 후기 시가에서는 경험과 외물에 대한 관심이 확대되었다. 「일동장유가」는 사행을 다녀온 경험을 생생하게 표현하며 그에 대한 정서를 솔직하게 드러냈다. 「화암구곡」은 포착된 자연의 양상에 따라 강호에서의 자족감, 출사하지 못한 선비로서 생활 공간인 향촌에 머물 수밖에 없는 데 따른 회포, 취향이 반영된 자연물로 구성한 개성적 공간에서의 긍지를 드러냈다.

① (가)는 배가 '나뭇잎'처럼 파도에 휩쓸리고 하늘에 올랐다 떨어지는 것 같다고 하여 대풍을 겪은 체험을 생동감 있게 드러내는군.

② (나)는 화암의 풍경이라 인정할 만한 것이 '너뿐'이라고 하여 자신이 기른 화훼로 조성한 공간에 대한 자긍심을 드러내는군.

③ (가)는 '육선'에 탄 사신단이 만물이 격동할 만한 '군악'을 들으며 떠나는 데 주목해 경험에 대한 관심을, (나)는 꼬이고 틀어진 모양으로 가꾼 식물에 주목해 외물에 대한 관심을 드러내는군.

④ (가)는 배에서 '신세'를 생각하는 모습으로 사행길의 복잡한 심사를, (나)는 '청산'에서의 삶에서 느끼는 자랑스러움을 '야인 생애'로 표현하여 겸양의 태도를 드러내는군.

⑤ (가)는 집으로 돌아와 한가하게 지내며 '성대'를 누리는 삶에 대한 만족감을, (나)는 양류풍에 감응하며 '뜻대로 소일'하는 강호의 삶에 대한 자족감을 드러내는군.

[1~3] 다음 글을 읽고 물음에 답하시오.

(가)

청강 녹초변에 소 먹이는 아이들이
석양에 흥이 겨워 피리를 빗기 부니
물 아래 잠긴 **용**이 잠 깨어 일어날 듯
내 기운에 나온 **학**이 제 깃을 던져 두고 반공에 솟아 뜰 듯
소선(蘇仙)* 적벽은 추칠월이 좋다 하되
팔월 십오야를 모두 어찌 칭찬하는가
구름이 걷히고 물결이 다 잔 적에
하늘에 돋은 달이 솔 위에 걸렸거든
잡다가 빠진 줄이 **적선(謫仙)***이 헌사할샤
공산에 쌓인 잎을 삭풍이 거둬 불어
떼구름 거느리고 눈조차 몰아오니
천공이 호사로워 옥으로 꽃을 지어
만수천림을 꾸며곰 낼세이고
앞 여울 가리 얼어 독목교(獨木橋) 비꼈는데
막대 멘 늙은 중이 어느 절로 간단 말고
산옹의 이 부귀를 남더러 자랑 마오
경요굴(瓊瑤窟)* 숨은 세계 찾을 이 있을세라   [A]
산중에 벗이 없어 서책을 쌓아 두고
만고 인물을 거슬러 혜여하니
성현도 많거니와 호걸도 하도 할샤
하늘 삼기실 제 곧 무심할까마는
어찌한 시운(時運)이 흥망이 있었는고
모를 일도 하거니와 애달픔도 그지없다
기산의 늙은 **고블*** 귀는 어찌 씻었던고
박 소리 핑계하고 지조가 가장 높다
인심이 낯 같아야 볼수록 새롭거늘
세사는 구름이라 험하기도 험하구나
엊그제 빚은 **술**이 얼마나 익었느냐
잡거니 밀거니 실컷 기울이니
마음에 맺힌 시름 조금은 풀리나다

– 정철, 「성산별곡」 –

*소선: 소동파를 신선에 빗댄 말.
*적선: 이태백을 신선에 빗댄 말.
*경요굴: 눈 내린 성산의 모습을 빗댄 말.
*고블: 기산에 은거한 인물인 허유.

(나)

생매 잡아 길 잘 들여 먼 산 두메로 꿩 사냥 보내고 흰 말 구불 구종* 갈기 솔질 활활 솰솰 하여 임의 집 송정 뒤 잔디 잔디 금잔디

밭에 말 말뚝 꽝꽝쌍쌍 박아 숭마 바 고삐 길게 늘려 매고
앞내 여울 **고기** 뒷내 여울 고기 오르는 고기 내리는 고기 자나 굵으나 굵으나 자나 주섬주섬 낚아 내여 시내 동으로 뻗은 움버들 가지 와지끈 뚝딱 꺾어 거꾸로 잡고 잎사귀 셋만 남기고 주루룩 훑어 아가미 너슬너슬 꿰어 시내 잔잔 흐르는 물에 납작 실죽 청 바둑돌로 임도 모르고 아무도 모르게 가만히 살짝 자기자 장단 맞춰 지근지지 눌러 놓고 동자야 이 뒤에 학 타신 **선관**이 날 찾거든 그물 낚싯대 종이 종다래끼* 파리 밥풀통 고추장 **술병**까지 가지고 뒷내 여울로 오라고 일러만 주소
아마도 산중호걸이 **나**뿐인가 하노라

– 작자 미상, 사설시조 –

*구불구종: 말 모는 하인.
*종다래끼: 작은 바구니.

>> **지문의 핵심 내용을 정리해 보세요.**

(가)

화자와 대상의 관계	성산에 들어가 자연을 즐기는 사람
상황?	아이들이 석양을 보며 _____를 붊 → 성산의 가을 경치를 감상함 → 산에 ____이 내리는 모습을 아름답다고 느낌 → 산옹의 풍류가 속세에 알려질까 봐 걱정함 → 책을 읽으면서 인간사에 흥망성쇠가 있음을 안타까워함 → 허유처럼 자연에 은거하는 삶이 이상적이라고 예찬함 → ____을 마시며 세속에 대한 근심을 잊으려 함

(나)

화자와 대상의 관계	꿩 _____을 하고 낚시를 하는 등 자연에서 풍류를 즐기는 '나'
상황?	야생매를 길들여 꿩 사냥을 하고 말을 임의 잔디밭에 매어 둠 → _____를 낚아 버들가지에 꿰어 시냇물에 돌로 눌러 두고 동자에게 말을 전함 → 산중에 진정한 _____ 은 나뿐이라며 자부심을 표출함

1. (가), (나)에 대한 설명으로 가장 적절한 것은?

① (가)는 영탄적 표현을 통해 인물에 대한 그리움을 드러내고 있다.

② (나)는 음성 상징어를 통해 인물의 역동성을 드러내고 있다.

③ (가)는 (나)와 달리 공간의 이동을 통해 다양한 대상의 면모를 드러내고 있다.

④ (나)는 (가)와 달리 시간의 흐름에 따라 인물의 심리 변화를 드러내고 있다.

⑤ (가)와 (나)는 모두 대구를 사용하여 대조적 대상의 속성을 드러내고 있다.

2. [A]에 대한 이해로 적절하지 않은 것은?

① '삭풍'이 가을 잎을 쓸고 간 자리에 구름을 불러와 '공산'을 눈 세상으로 만들었다고 한 것에는, 인물이 거처한 공간의 아름다움에 대한 인식이 계절에 따른 자연의 변화를 통해 드러난다.

② '앞 여울'을 건너가는 노승을 발견하고 '경요굴'이 들키지 않기를 바라는 것에는, 빼어난 경치를 소중하게 여기는 태도가, 숨어 있는 세계가 알려질 것에 대한 염려를 통해 드러난다.

③ 만족스러운 외적 풍경에서 눈을 돌려 벗이 없는 '산중'에서 '만고 인물'을 생각하는 것에는, 정신적 세계에 주목하는 태도가, 적적한 상황에 놓인 인물의 행위를 통해 드러난다.

④ 하늘의 이치가 제대로 구현되지 못했음을 '시운'의 '흥망'에서 발견하고도 모를 일이 많다고 한 것에는, 인물의 담담한 태도가, 이상에 미치지 못하는 현실을 수용하는 것을 통해 드러난다.

⑤ 세상을 등진 인물의 삶을 '기산'의 '고불'에 비유한 것에는, 험한 세사와의 단절과 은거 지향에 대한 긍정적 인식이 인물의 선택에 대한 평가를 통해 드러난다.

3. 〈보기〉를 바탕으로 (가)와 (나)를 감상한 내용으로 적절하지 않은 것은? [3점]

〈보기〉

고전 시가에서 자연은 작품에 따라 다양하게 그려진다. (가)의 자연은 속세와 구별되는 청정한 이상 세계로 그려지며, 신선의 이미지를 통해 탈속적이고 고고한 가치를 추구하는 곳이다. (나)의 자연은 풍요롭게 그려지는 현실적 풍류의 장으로, 활달하고 흥겹게 놀이를 펼치는 곳이며, 신선의 이미지를 통해 멋이 고조된다.

① (가)의 '용'은 피리 소리로 조성된 탈속적 분위기를 환상적으로 표현하는 소재이고, (나)의 '생매'는 고고한 취향을 사실적으로 보여 주는 소재이군.

② (가)의 '학'은 이상적 세계의 아름다움을 구현하는 소재이고, (나)의 '고기'는 풍요롭고 생동하는 세계를 표현하는 소재이군.

③ (가)의 '소선', '적선'은 청정한 강호의 세계에서 떠올린 인물의 이미지이고, (나)의 '선관'은 '나'가 현재의 행위를 함께 하고 싶은 인물을 멋스럽게 표현한 이미지이군.

④ (가)의 '산옹'은 계절에 따른 산의 모습을 바라보며 이상 세계의 삶을 지향하는 인물이고, (나)의 '나'는 사냥과 고기잡이를 통해 현실의 즐거움을 향유하는 인물이군.

⑤ (가)의 '술'은 강호에서 세상에 대한 시름을 달래 주는 소재이고, (나)의 '술병'은 풍류의 장에 흥취를 더해 줄 소재이군.

[1~3] 다음 글을 읽고 물음에 답하시오.

(가)

이 중에 시름없으니 **어부(漁父)**의 생애로다
일엽편주를 만경파(萬頃波)에 띄워 두고
인세(人世)를 다 잊었거니 날 가는 줄을 아는가   〈제1수〉

굽어보면 천심 녹수 돌아보니 만첩 청산 ⌐
십장 홍진(十丈紅塵)이 얼마나 가렸는가   [A]
강호에 월백(月白)하거든 더욱 무심(無心)하여라 ⌟   〈제2수〉

청하(靑荷)에 밥을 싸고 **녹류(綠柳)에 고기 꿰어**
노적 화총(蘆荻花叢)에 배 매어 두고
일반 청의미(一般淸意味)를 어느 분이 아실까   〈제3수〉

㉠산두(山頭)에 한운(閑雲) 일고 수중(水中)에 백구(白鷗) 난다
무심코 다정한 것 이 두 것이로다
㉡일생에 시름을 잊고 너를 좇아 놀리라   〈제4수〉

– 이현보, 「어부단가」 –

(나)

때마침 부는 **추풍(秋風)** 반갑게도 보이도다
말술이 다나 쓰나 술병 메고 벗을 불러
언덕 너머 어촌에 내 놀이 가자꾸나
흰 두건을 젖혀 쓰고 **소정(小艇)**을 타고 오니
㉢바람에 떨어진 갈대꽃 갠 하늘에 눈이 되어
석양에 높이 날아 어지러이 뿌리는데
갈잎에 닻 내리고 **그물로**
잔잔한 강물 속 자린은순(紫鱗銀脣)* **수없이 잡아내어**
연잎에 담은 회와 항아리에 채운 술을
실컷 먹은 후에
태기 넓은 돌에 높이 베고 누웠으니
희황천지(羲皇天地)*를 오늘 다시 보는구나
잠시 잠들어 뱃노래에 깨어 보니
추월(秋月)이 만강(滿江)하여 밤빛을 잃었거늘 ⌐
반쯤 취해 시 읊으며 배 위로 건너오니
강물 아래 잠긴 달은 또 어인 달인 게오
달 위에 배를 타고 달 아래 앉았으니   [B]
문득 의심은 월궁(月宮)에 올랐는 듯
물외(物外)의 기이한 경관 넘치도록 보이도다 ⌟
청경(淸景)을 다투면 내 분에 두랴마는
즐겨도 말리는 이 없으니 나만 둔가 여기노라

놀기를 탐하여 돌아갈 줄 잊었도다
㉣아이야 닻 들어라 만조(晚潮)에 띄워 가자
푸른 물풀 위로 **강풍(江風)**이 짐짓 일어
귀범(歸帆)을 재촉하는 듯
아득하던 앞산이 뒷산처럼 보이도다
잠깐 사이 날개 돋아 연잎배 탄 신선된 듯
연파(烟波)를 헤치고 월중(月中)에 돌아오니
㉤동파(東坡) 적벽유(赤壁遊)*인들 이내 흥(興)에 미치겠는가
강호 흥미(興味)는 나만 둔가 여기노라

– 박인로, 「소유정가」 –

*자린은순: 물고기를 아름답게 표현하는 말.
*희황천지: 복희씨(伏羲氏) 때의 태평스러운 세상.
*동파 적벽유: 중국 송나라 때 소식(蘇軾)이 적벽에서 했던 뱃놀이.

>> 지문의 핵심 내용을 정리해 보세요.

(가)

화자와 대상의 관계	속세를 떠나 자연을 벗 삼아 _____의 생애를 사는 사람
상황?	_____를 잊고 한가로운 어부의 생활을 함 → 속세로부터 단절되어 욕심 없이 살아감 → 자연의 참된 의미를 아는 사람이 없다고 여김 → 자연과 하나 되어 지내고 싶음

(나)

화자와 대상의 관계	뱃놀이를 하며 즐거워하는 '나'
상황?	뱃놀이를 즐기다 잠이 듦 → _____에 깨어 하늘의 달과 강물에 비친 ___을 보고 감탄함 → 배를 타고 돌아오며 흥취와 만족감을 드러냄

1. ㉠∼㉤에 대한 이해로 적절하지 <u>않은</u> 것은?

① ㉠은 대구를 통해 자연 경물의 모습을 제시함으로써 한적한 분위기를 조성하고 있다.

② ㉡은 자연 경물을 '너'로 지칭하여 관계를 맺음으로써 이들과 동화하려는 의지를 표출하고 있다.

③ ㉢은 자연 경물의 모습을 감각적으로 표현함으로써 물가의 아름다운 풍경을 묘사하고 있다.

④ ㉣은 명령형 어미를 사용하여 '아이'가 해야 할 행동을 제시함으로써 자연 경물에 대한 인식의 변화를 촉구하고 있다.

⑤ ㉤은 유사한 놀이를 즐겼던 과거 인물과 비교함으로써 화자의 자긍심을 드러내고 있다.

2. [A], [B]에 대한 설명으로 가장 적절한 것은?

① [A]에서 화자는 달을 절대적 존재로 인식하고 강호 자연에서 '무심'한 삶을 살 수 있도록 기원하고 있다.

② [A]에서 화자는 달에 인격을 부여하여 '녹수'와 '청산'으로 둘러싸인 강호 자연의 가을 달밤 정경을 묘사하고 있다.

③ [B]에서 화자는 하늘의 달과 강물에 비친 달 사이에 놓임으로써 '월궁'에 오른 듯한 신비로움을 표현하고 있다.

④ [B]에서 화자는 시간의 흐름에 따라 모양을 달리 하는 달의 특성을 활용하여 계절의 변화를 다채롭게 나타내고 있다.

⑤ [A]와 [B]에서 강호 자연에 은거한 화자는 달을 대화 상대이면서 동시에 위안의 대상으로 여기고 있다.

3. 〈보기〉를 바탕으로 (가), (나)를 감상한 내용으로 적절하지 <u>않은</u> 것은? [3점]

〈보기〉

'어부'는 정치 현실과 거리를 둔 은자로 형상화된다. 이때 '어부 형상'은 어부 관련 소재, 행위, 정서 등의 어부 모티프와 연관하여 작품별로 공통적인 속성을 가지면서 다양한 변주를 보인다. (가)는 어부와 관련된 상황의 일부를 초점화하여 유유자적한 삶을 사는 어부를, (나)는 어부와 관련된 여러 상황을 이어 가며 흥취 있는 삶을 사는 어부를 형상화하고 있다.

① (가)의 '어부'는 '십장 홍진'으로 표현된 정치 현실에서 벗어나 뱃놀이를 즐기며 '인세'의 근심과 시름을 다 잊고 한가로움을 추구하려고 하는군.

② (나)의 '추풍'은 뱃놀이의 흥취를 북돋우는 자연 현상이고, '강풍'은 흥취의 대상을 강에서 산으로 옮겨 가는 자연 현상이라 볼 수 있군.

③ (가)의 '일엽편주'와 (나)의 '소정'은 화자가 소박한 뱃놀이를 즐기고 있다는 것을 알려 주는 어부 형상 관련 소재라고 할 수 있군.

④ (가)의 '녹류에 고기 꿰어'에는 어부의 삶과 관련된 일부 행위를 통해 유유자적한 삶이, (나)의 '그물로', '수없이 잡아내어', '실컷 먹은'에는 뱃놀이의 여러 상황들이 연결되어 흥취를 즐기는 삶이 나타나고 있군.

⑤ (가)의 '어부'는 강호 자연의 삶 속에서 홀로 자족감을 표출하고 있고, (나)의 어부는 벗들과 함께한 흥겨운 뱃놀이를 통해 만족감을 표출하고 있군.

[1~3] 다음 글을 읽고 물음에 답하시오.

(가)

춘일(春日)이 지지(遲遲)하여 뻐꾸기가 보채거늘
동린(東隣)에 쟁기 얻고 서사(西舍)에 호미 얻고
집 안에 들어가 씨앗을 마련하니
㉠올벼 씨 한 말은 반 넘게 쥐 먹었고
기장 피 조 팥은 서너 되 부쳤거늘
한아(寒餓)한 식구 이리하여 어이 살리

(중략)

베틀 북도 쓸데없어 빈 벽에 남겨 두고
㉡솥 시루 버려두니 붉은 빛이 다 되었다
세시 삭망 명절 제사는 무엇으로 해 올리며
원근 친척 내빈왕객(來賓往客)은 어이하여 접대할꼬
㉢이 얼굴 지녀 있어 어려운 일 하고 많다
이 원수 궁귀(窮鬼)를 어이하여 여의려뇨
술에 후량을 갖추고 이름 불러 전송하여
길한 날 좋은 때에 사방으로 가라 하니
웅얼웅얼 불평하며 원노(怨怒)하여 이른 말이
어려서나 늙어서나 희로우락(喜怒憂樂)을 너와 함께하여
죽거나 살거나 여읠 줄이 없었거늘
어디 가 뉘 말 듣고 가라 하여 이르느뇨   [A]
우는 듯 꾸짖는 듯 온가지로 협박커늘
돌이켜 생각하니 네 말도 다 옳도다
무정한 세상은 다 나를 버리거늘
네 혼자 유신하여 나를 아니 버리거든
위협으로 회피하며 잔꾀로 여길려냐
하늘 삼긴 이내 궁(窮)을 설마한들 어이하리
빈천도 내 분(分)이니 서러워해 무엇하리

— 정훈, 「탄궁가」 —

(나)

서산에 돋을볕 비추고 구름은 느지막이 내린다
비 온 뒤 묵은 풀이 뉘 밭이 우거졌던고
㉣두어라 차례 정한 일이니 매는 대로 매리라

〈제1수〉

면화는 세 다래 네 다래요 이른 벼의 패는 모가 곱난가
오뉴월이 언제 가고 칠월이 반이로다   [B]
아마도 하느님 너희 삼길 제 날 위하여 삼기셨다

〈제7수〉

아이는 낚시질 가고 집사람은 절이채 친다
새 밥 익을 때에 새 술을 걸러서라
㉤아마도 밥 들이고 잔 잡을 때에 흥에 겨워 하노라

〈제8수〉

— 위백규, 「농가」 —

≫ 지문의 핵심 내용을 정리해 보세요.

(가)

화자와 대상의 관계	가난 때문에 괴로워하지만 결국 빈천을 받아들이는 '나'
상황?	농사를 짓기도 힘든 가난한 처지임 → _____을 제대로 쇠기도 어려움 → 가난 귀신(_____)을 떠나보내려 하지만 체념하고 빈천을 받아들임

(나)

화자와 대상의 관계	농촌 생활에서 보람을 느끼는 '나'
상황?	비 온 뒤 묵은 ___을 매러 나섬 → 칠월의 풍요로운 결실을 보며 만족함 → 농촌의 풍요로움을 누림

1. (가)에 대한 설명으로 가장 적절한 것은?

① 계절의 변화에 조응하는 여러 자연물을 활용해 화자의 인식 전환을 보여 주고 있다.

② 계절감이 드러난 소재를 대등하게 나열해 시상을 전개하고 있다.

③ 특정 계절의 풍속을 화자의 시선 이동에 따라 묘사하고 있다.

④ 특정 계절을 배경으로 제시해 화자의 처지를 부각하고 있다.

⑤ 계절의 순환을 중심으로 자연의 섭리를 드러내고 있다.

2. [A], [B]에 대한 이해로 적절하지 <u>않은</u> 것은?

① [A]에서 '술에 후량'을 갖춘 화자는 의례를 통해 '궁귀'에 대한 예우를 표하고 있다.

② [B]에서 화자는 시간의 경과를 의식하며 '세 다래 네 다래' 열린 '면화'에 대한 만족감을 드러내고 있다.

③ [A]에서 화자는 '이내 궁'과의 관계를, [B]에서 화자는 '너희'와의 관계를 운명적인 것으로 여기는 관점을 취하고 있다.

④ [A]에서 화자는 '옳도다'라는 응답으로 '네 말'을 수용하는 태도를, [B]에서 화자는 '반이로다'라는 감탄으로 '패는 모'에 대한 기대감을 드러내고 있다.

⑤ [A]와 [B]에서 화자는 각각 초월적인 존재인 '하늘'과 '하느님'을 예찬하는 어조를 취하고 있다.

MEMO

3. 〈보기〉를 참고할 때, ㉠~㉤의 문맥적 의미에 대한 이해로 적절하지 <u>않은</u> 것은? [3점]

〈보기〉

「탄궁가」는 향촌 공동체에서 경제적 기반이 취약한 사대부가 가정과 사회에 대한 책임을 다하기 어려운 자신의 궁핍한 삶을 실감나게 그려 낸 작품이다. 한편 「농가」는 곤궁한 향촌 공동체의 발전을 위해 여러 방도를 모색한 사대부가 가난을 벗어난 이상화된 농촌상을 그려 낸 작품이다.

① ㉠은 파종할 볍씨를 쥐가 먹어 버린 상황을 제시해 가난한 향촌 사대부의 곤혹스러운 처지를 실감나게 그려 낸다.

② ㉡은 솥과 시루가 녹슨 상황을 제시해 끼니조차 잇지 못하는 생활이 지속되는 향촌 사대부 가정의 궁핍함을 부각한다.

③ ㉢은 체면을 지키기 어려운 상황을 제시해 취약한 경제적 기반 때문에 사회적 책임을 내려놓는 향촌 사대부의 죄책감을 드러 낸다.

④ ㉣은 밭을 맬 때 예정된 차례에 따라야 함을 나타내어 사회적 약속에 대한 존중을 향촌 공동체 발전의 방도로 여기는 관점을 드러낸다.

⑤ ㉤은 먹을거리에 부족함이 없이 즐거운 향촌 구성원의 모습을 통해 가난을 벗어난 이상화된 농촌상의 일면을 보여 준다.

[1~3] 다음 글을 읽고 물음에 답하시오.

(가)

공후배필은 못 바라도 군자호구 원하더니
삼생의 원업(怨業)이오 월하의 연분으로
장안유협(長安遊俠) 경박자(輕薄子)를 ㉠꿈같이 만나 있어
당시의 용심(用心)하기 살얼음 디디는 듯
삼오이팔 겨우 지나 천연여질 절로 이니
이 얼골 이 태도로 백년기약하였더니
연광(年光)이 훌훌하고 조물이 다시(多猜)*하여
봄바람 가을 물이 베오리에 북 지나듯
설빈화안 어디 두고 면목가증(面目可憎)* 되거고나   [A]
내 얼골 내 보거니 어느 임이 날 괼소냐

(중략)

옥창에 심은 매화 몇 번이나 피여 진고
겨울밤 차고 찬 제 자최눈 섯거 치고
여름날 길고 길 제 궂은비는 무슨 일고   [B]
삼춘화류(三春花柳) 호시절(好時節)의 경물이 시름없다
가을 달 방에 들고 실솔(蟋蟀)이 상(床)에 울 제
긴 한숨 지는 눈물 속절없이 헴만 많다
아마도 모진 목숨 죽기도 어려울사
도로혀 풀쳐 혜니 이리하여 어이하리
청등을 돌라 놓고 녹기금(綠綺琴) 빗겨 안아
벽련화(碧蓮花) 한 곡조를 시름 좇아 섯거 타니
소상야우(瀟湘夜雨)의 댓소리 섯도는 듯
화표천년(華表千年)의 별학이 우니는 듯
옥수(玉手)의 타는 수단 옛 소리 있다마는
부용장(芙蓉帳) 적막하니 뉘 귀에 들리소니
간장이 구곡되어 굽이굽이 끊쳤어라
차라리 잠을 들어 ㉡꿈에나 보려 하니
바람의 지는 잎과 풀 속에 우는 짐승
무슨 일 원수로서 잠조차 깨우는다

– 허난설헌, 「규원가」 –

*다시: 시기가 많음.
*면목가증: 얼굴 생김이 남에게 미움을 살 만한 데가 있음.

(나)

재 위에 우뚝 선 **소나무 바람 불 적마다 흔덕흔덕**   [C]
개울에 섰는 **버들** 무슨 일 좋아서 흔들흔들

임 그려 우는 눈물은 옳거니와 **입하고 코**는 어이 무슨 일
좋아서 **후루룩 비쭉** 하나니

– 작자 미상 –

>> 지문의 핵심 내용을 정리해 보세요.

(가)

화자와 대상의 관계	놀기 좋아하여 돌아오지 않는 남편을 기다리며 그리워 하는 '나'
상황?	놀기 좋아하는 경박한 사람을 남편으로 만남 → 아름답고 고운 얼굴로 _____ 했지만 어느새 늙어 버림 → 남편을 하염없이 기다림 → 거문고를 연주하며 시름을 달래려 함 → ____에서라도 남편을 보려 하나 잠들지 못함

(나)

화자와 대상의 관계	흔들리는 소나무와 버들을 보며 ____에 대한 그리움으로 슬퍼하는 사람
상황?	산 위의 _____가 바람에 흔들림 → 개울가의 버들이 흔들림 → 임을 그리워하여 _____을 흘리며, 입과 코는 어째서 비쭉거리는지 물음

1. [A]~[C]의 표현상 특징에 대한 설명으로 적절하지 <u>않은</u> 것은?

① [A]는 여성의 생활에 밀접한 소재를 활용하여 흘러가는 세월에 대한 화자의 인식을 시각적으로 표현하였다.

② [B]는 단어를 반복하는 구절을 행마다 사용하여 화자가 주목 하는 각 계절의 특성을 강조하였다.

③ [C]는 두 대상을 발음이 비슷한 의태어로 표현하여 움직이는 모습의 유사성을 드러내었다.

④ [A], [B]는 계절적 배경을 알려 주는 시어를 활용하여 시간에 따라 화자의 처지가 달라졌음을 드러내었다.

⑤ [B], [C]는 대구를 활용하여 리듬감을 형성하였다.

2. ㉠, ㉡에 대한 이해로 가장 적절한 것은?

① ㉠은 흐릿한 기억 때문에 혼란스러운 화자의 심정을 나타낸다.

② ㉡은 현실에서는 화자가 문제를 해결할 수 없어서 선택한 방법이다.

③ ㉠은 임과의 만남에 대한 기대에서, ㉡은 임과의 이별에 대한 망각에서 비롯된다.

④ ㉠은 이미 일어난 일에 대해 회상하고, ㉡은 곧 일어날 일에 대해 단정하고 있다.

⑤ ㉠은 인연의 우연성에 대한, ㉡은 재회의 필연성에 대한 화자의 우려를 드러내고 있다.

3. 〈보기〉를 참고하여 (가), (나)를 감상한 내용으로 적절하지 <u>않은</u> 것은? [3점]

> ─── 〈보기〉 ───
>
> (가), (나)는 이별에 대한 서로 다른 대처를 보여 준다. (가)의 화자는 외부와 단절된 채 자신의 쓸쓸한 내면에 몰입하고, 자신의 슬픔을 주변으로 확장한다. (나)의 화자는 외부 대상의 모습에서 자신과의 동질성을 발견하며 슬픔을 확인하면서도, 슬픔을 분출하는 자신의 우스운 외양에 주목한다. (가)는 슬픔을 확장하고 펼쳐 냄으로써, (나)는 슬프지만 슬픔과 거리를 둠으로써 이별에 대처한다.

① (가)에서 '실솔이 상에 울 제'는 화자가 자신의 슬픔을 주변으로 확장한 것을 보여 주는군.

② (가)에서 '부용장 적막하니 뉘 귀에 들리소니'는 화자가 외부와의 교감을 거부하고 내면에 몰입하는 모습을 드러내는군.

③ (나)에서 화자는 '소나무'가 '바람 불 적마다 흔덕'거리는 모습에서 자신과의 동질성을 발견한 것이겠군.

④ (가)의 '삼춘화류'는, (나)의 '버들'과 달리 화자의 내면과 대비되어 외부와의 단절감을 강조하는군.

⑤ (나)의 '후루룩 비쭉'하는 '입하고 코'는, (가)의 '긴 한숨 지는 눈물'과 달리 화자가 자신의 우스운 외양에 주목하여 슬픔과 거리를 두는 것을 보여 주는군.

[1~3] 다음 글을 읽고 물음에 답하시오.

금강대 맨 우층의 선학(仙鶴)이 삿기 치니
춘풍 옥적성(玉笛聲)의 첫잠을 깨돗던디
호의현상*이 반공(半空)의 소소 뜨니
서호 녯 주인*을 반겨셔 넘노는 듯
소향로 대향로 눈 아래 구버보고
정양사 진헐대 고려 올나 안즌마리
여산 진면목이 여긔야 다 뵈는구나
어와 조화옹이 헌사토 헌사할샤
날거든 뛰디 마나 섯거든 솟디 마나
부용(芙蓉)을 고잣는 듯 백옥(白玉)을 믓것는 듯 ⎤
동명(東溟)*을 박차는 듯 북극(北極)을 괴왓는 듯 ⎦ [A]
놉흘시고 망고대 외로올샤 혈망봉이
하늘의 추미러 므스 일을 사로려
천만겁(千萬劫) 디나도록 구필 줄 모르느냐
어와 너여이고 너 가트니 또 잇는가
개심대 고려 올나 중향성 바라보며
만이천봉을 녁녁(歷歷)히 혀여 하니
봉마다 맷쳐 잇고 긋마다 서린 긔운
맑거든 조티 마나 조커든 맑디 마나
뎌 긔운 흐터 내야 인걸을 만들고쟈
형용도 그지업고 톄세(體勢)도 하도 할샤
천지 삼기실 제 자연이 되연마는
이제 와 보게 되니 유정(有情)도 유정할샤

(중략)

그 알픠 너러바회 화룡소 되여셰라
천년 노룡(老龍)이 구비구비 서려 이셔
주야의 흘녀 내여 창해(滄海)예 니어시니
풍운을 언제 어더 삼일우(三日雨)를 디련느냐
음애예 이온 플*을 다 살와 내여스라
마하연 묘길상 안문재 너머 디여
외나모 써근 다리 불정대 올라 하니
천심(千尋) 절벽을 반공애 셰여 두고
은하수 한 구비를 촌촌이 버혀 내여
실가티 플텨 이셔 베가티 거러시니
도경(圖經) 열두 구비 내 보매는 여러히라
이적선 이제 이셔 고려 의논하게 되면
여산*이 여긔도곤 낫단 말 못 하려니

— 정철, 「관동별곡」 —

*호의현상: 흰 저고리에 검은 치마란 뜻으로 학을 가리킴.

*서호 녯 주인: 송나라 때 서호에서 학을 자식으로 여기며 살았던 은사
(隱士) 임포.
*동명: 동해 바다.
*음애예 이온 플: 그늘진 벼랑에 시든 풀.
*여산: 당나라 시인 이백(이적선)의 시구에 나오는 중국의 명산.

>> 지문의 핵심 내용을 정리해 보세요.

화자와 대상의 관계	금강산을 유람하며 아름다운 풍경에 감탄하는 '나'
상황?	금강대에서 학을 봄 → _____에 올라 산봉우리의 모습을 보며 감탄함 → 망고대와 혈망봉을 보며 높은 기상을 예찬함 → 개심대에 다시 올라 중향성을 바라봄 → _____를 보며 시든 풀(백성)을 살려 내고 싶다고 생각함 → 불정대에서 본 폭포의 모습을 예찬함

1. 윗글에 대한 설명으로 가장 적절한 것은?

① '금강대'에서 '진헐대'로 이동하면서 자연에 대한 화자의 이중적 태도를 보여 주고 있다.

② '진헐대'와 '불정대'에서는 이미지의 대립을 통해 화자의 내적 갈등이 고조되고 있다.

③ '개심대'에서는 선경후정의 방식으로 화자가 바라본 풍경과 그에 대한 감흥이 서술되고 있다.

④ '화룡소'에서는 화자의 시선이 원경에서 근경으로 이동하며 대상의 특징을 묘사하고 있다.

⑤ '화룡소'에서 '불정대'까지의 이동 경로를 드러내지 않아 시상이 빠르게 전개되고 있다.

2. [A]를 이해한 내용으로 적절하지 않은 것은?

① 봉우리를 '부용'을 꽂고 '백옥'을 묶은 듯한 시각적 형상으로 묘사하여 대상의 아름다움을 표현하였다.

② 봉우리를 '백옥', '동명'과 같은 무생물에 빗대어 대상에서 느낄 수 있는 자연의 영속성을 표현하였다.

③ 봉우리를 '동명'을 박차고 '북극'을 받치는 듯한 모습에 빗대어 대상의 웅장한 느낌을 표현하였다.

④ '날거든 뛰디 마나 섯거든 솟디 마나'와 같이 행위를 부각하는 대구를 통해 봉우리의 역동적인 느낌을 표현하였다.

⑤ '고잣는 듯', '박차는 듯'과 같이 상태나 동작을 보여 주는 유사한 통사 구조의 나열을 통해 봉우리의 다채로운 면모를 표현하였다.

3. 〈보기〉를 바탕으로 윗글을 감상한 내용으로 적절하지 않은 것은? [3점]

──────〈보기〉──────

조선의 사대부들은 자연에 하늘의 이치[天理]가 구현된 것으로 보았으며, 그들 중 대부분은 자연의 미를 관념적으로 형상화하였다. 한편 「관동별곡」의 작가는 자연의 미를 현실에서 발견하여 사실감 있게 묘사함으로써 그들과의 차별성을 드러내었다. 또한 그는 자연을 바라보며 사회적 책무를 떠올리고 자연에 투사된 이상적 인간상을 모색하기도 하였다.

① '혈망봉'을 '천만겁'이 지나도록 굽히지 않는 존재로 본 것은, 작가가 지향하는 이상적 인간상을 자연에 투사한 것이군.

② '개심대'에서 '뎌 긔운 흐터 내야 인걸을 만들'겠다는 의지를 드러낸 것은, 작가가 자연을 바라보며 자신의 사회적 책무를 인식하고 있음을 보여 주는군.

③ '중향성'을 바라보며 천지가 '자연이 되'었다고 본 것은, 자연의 미가 하늘의 이치가 구현된 인간 사회의 영향을 받는다고 생각하는 작가의 인식을 보여 주는군.

④ '불정대'에서 본 폭포의 아름다움을 '실'이나 '베'와 같은 구체적 사물을 활용하여 표현한 것은, 자연을 사실감 있게 나타내려는 작가의 태도를 반영한 것이군.

⑤ '불정대'에서 본 풍경을 중국의 '여산'과 비교하며 우리 자연의 아름다움을 강조한 것은, 관념이 아닌 현실에서 아름다움을 발견하는 작가의 차별성을 보여 주는군.

PART 3

현대소설

[1~4] 다음 글을 읽고 물음에 답하시오.

[앞부분 줄거리] 위세를 떨치던 안양덕 집안에서 머슴으로 일하는 김원석이 양덕영감의 집에서 명절 떡을 훔쳐 온다. 이 떡으로 또쇠 아버지와 치전(길성 아버지)이 떡 먹기 내기를 하다가 치전이 급체로 죽는다. 이 일로 인해 순사가 양덕영감을 찾아온다.

"이리 오너라." 하며 순사는 죄인이나 다루듯이 원석이의 소맷자락을 잡아 채친다. 가슴이 떨리나 하는 대로 내버려두었다. ㉠설령 죄가 돌아온다 하더라도 받는 것이다! 고까지 생각하며 마음을 가라앉히려 하였다. 사랑 마당에 들어서서도 원석이의 소매를 놓지 않고 큰방에다가 대고 주인을 부른다.

노영감이 유리로 내다보다가 누구든지 나가 보라고 소리를 치니까 약(藥) 맡아보는 ⓐ선달이 나왔다.

"당신이 주인이오?"

"아녜요……." 하고 이 늙은이는 벌벌 떨면서 뒤로 들어가더니 곧 양덕영감이 나왔다.

"왜 그러우?"

양덕영감은 망건을 도드라지게 쓴 위에 곱다란 인모탕건을 얹어 놓았다. 탐스런 대모풍잠이 은은히 비추인다. 말소리가 좀 거만한 듯한 데에 불끈한 순사는,

"당신이 주인이요? 호주요?" 하고 연거푸 물었다. ⓑ양덕영감은 왜 그러는지 잠깐 머뭇거리다가,

"네." 하고 겨우, 그러나 아까보다는 좀 수그러진 목소리로 대답을 했다.

"주재소로 좀 갑시다. 어서 옷 입으우."

"무슨 일인데요?"

"나도 모르우. 어서 옷 갖다가 입우."

이러는 동안에 노영감은 마루로 나서고 ⓒ꼬깔 참봉은 누가 기별했는지 안에서 눈이 퉁그래서 고깔을 휘젓고 튀어나오고 아들 손자 하인 할 것 없이 삽시간에 마당이 빽빽하게 모여들었다. 원석이 처는 코끝이 빨개서 뛰어나와서 똥그란 두 눈을 홰홰 내젓다가 남편이 순사에게 붙들려 섰는 것을 보고 틈을 비비고 나서다가 꼬깔 참봉께 호령만 당하고 사람의 틈으로 물러섰다.

"왜 그러슈? 치전이 죽은 데 무슨 상관이 있는 줄 알고 그러슈? 그 일이면 내가 자세히 아니 나하고 갑시다."

꼬깔 참봉이 나서며 이렇게 물었다. ㉡이 말에 누구보다 놀란 사람은 원석이었다. 벌써 소문이 돌았던 게다.

"응? 치전이가 죽었어?" 하고 놀라는 소리도 그중에서는 들렸다.

"그럼 갈 테건 당신도 갑시다." 하며 ⓓ순사는 부자를 다 데리고 갈 눈치다. 꼬깔 참봉이 나중에는 허리를 굽실거리며 쉰네를 개올려 가며 애원을 해 보았으나 끝끝내 고집을 세우고 어디로 도망이나 할 염려가 있는 듯이 부자의 옷을 내어다가 입혀서

앞장세우고 주재소로 갔다. 경관의 앞에는 상전 하인이 없었다. ㉢이런 일은 이곳에 주재소가 나와 선 지 수십 년 내에, 아니 이 집의 가문에 없던 일이었다.

(중략)

치전이의 장사는 하여간 이와 같이 하여 그날 저녁때에 눈발이 날리고 쓸쓸한 가운데 — 그러나 읍내의 청년 단체의 대표자의 호상까지 받고서 무사히 지냈다. 송장을 파묻고 내려올 제 그 청년들은 원석이를 붙들고,

"기위 양덕 집에서 쫓겨나게 되었다니 나올 바에야 오늘로라도 나오슈. 우리도 이리 올 때에는 그 집에 가서 장비라도 부조를 하라고 권고를 할 작정이었으나 그까짓 놈이 내놓으면 얼마나 내놓겠소. 그래서 그만두었지만 저희도 좀 정신 차릴 날이 있으리라." 하며 남의 일이건만 왜 그러는지 성벽을 내어서 여러 사람을 충동이는 것 같았다.

㉣"아닌 게 아니라 저희도 좀 양덕 댁에 말해 볼까 하다가 핀잔만 만날 것 같아 그만두었습죠."

원석이도 이렇게 맞장구를 쳤다.

"그렇다마다요. ㉤우리 지부에서도 창립할 때 원조를 청했더니 단돈 일 원 한 장도 안 내고 그런 건 우리는 모릅니다고 뻣뻣하기가 바지랑대*던데……."

이것은 또 다른 청년의 말이다.

"그는 하여간에 김원석 씨는 그 집에서 나오면 당장 어데를 가시려우?"

거의 길성이 집 근처까지 와서 한 청년은 원석이를 쳐다보며 발을 멈춘다. 길성 어머니는 어찌나 추운지 이제는 울지도 못하고 자식들이 기다리는 집으로 달음질을 해 간다.

"왜 그러시죠? …… 저두 이번 일에 무식한 생각이나마 깨달은 것이 있어서 단정코 서울로 올라가렵니다." 하고 원석이도 발을 멈추며 섰다.

[A]
"서울루? 서울루 가서 뭘 하려우?"

"무얼 하자는 게 아니오라 여기 있으면 어떻게 땅뙈기라도 부쳐서 먹고 지내려면 지낼 수도 있겠지마는요……." 하며 원석이는 추운지 어깨를 으쓱하며 두루마기 소매로 코를 쓱 씻는다. 여러 사람은 원석이의 나중 말을 들으려는 듯이 잠자코 쳐다본다.

"글쎄 말요. 시골 사람은 덮어놓고 서울 서울 하지만 서울 처음 가서 어름어름하다가는 여기 있는 것보다도 더 어려울 것 같은데……."

청년은 이런 소리를 한다.

"그것도 모르는 건 아닙니다마는……." 하며 원석이는

자기가 아직 나이 늙기 전에 노동을 하면서라도 공부를 해서 **사람답게 살아 보겠다**는 말이며 길성이네 네 식구를 적어도 장래는 자기가 뒤를 보아주어야겠다는 말, 또 이곳에 떨어져 있으려면 친구들에게 낯이 없어서 괴롭다는 여러 가지 사정을 간단히 말하였다.

ㅡ 염상섭, 「두 출발」 ㅡ

*바지랑대: 빨랫줄을 받치는 긴 막대기.

>> 지문을 **두 장면**으로 나누고, 장면의 핵심 내용을 정리해 보세요.

장면 01	떡 먹기 내기를 하다가 죽은 치전의 일로 _____가 안양덕의 집에 찾아와 사람들을 끌고 감
장면 02	치전의 장례가 끝난 뒤 원석은 청년 단체의 청년에게 서울에 올라가 _____답게 살아 보겠다는 생각을 밝힘

1. [A]에 나타난 서술상 특징으로 가장 적절한 것은?

① 서술자가 특정 인물의 시선에 의존하여 사건의 전모를 제한적으로 전달하고 있다.

② 이야기 외부의 서술자를 통해 인물에 대한 주관적 평가를 직접적으로 밝히고 있다.

③ 직접 인용 표현과 간접 인용 표현을 혼용하여 특정 인물의 생각을 드러내고 있다.

④ 대화를 주고받는 장면을 제시하여 인물 간의 갈등이 심화되는 양상을 보여 주고 있다.

⑤ 관찰자의 시선으로 특정 인물의 행동을 묘사하여 시간의 흐름에 따른 인물의 심리 변화를 제시하고 있다.

2. ⓐ~ⓓ를 중심으로 윗글을 이해한 내용으로 가장 적절한 것은?

① ⓐ는 ⓓ가 주인을 부르는 소리를 듣고 ⓒ를 대신하여 마당으로 나온다.

② ⓑ는 불안한 상황에 처한 ⓐ의 입장을 설명하기 위해 ⓓ와의 대화를 시도한다.

③ ⓒ는 ⓓ가 ⓑ에게 거만한 태도로 응대하는 것을 지적하며 불만을 표출한다.

④ ⓒ는 ⓑ가 곤란한 상황에 처한 것을 알아차리고 ⓓ와 동행하겠다는 의사를 밝힌다.

⑤ ⓓ는 ⓒ가 제안한 바를 수용하여 ⓑ를 주재소로 데리고 간다.

3. ㉠~㉤에 대한 이해로 적절하지 <u>않은</u> 것은?

① ㉠: 가정적인 상황을 상정하여 심리적인 압박 상태를 해소하고자 애쓰고 있음이 나타난다.

② ㉡: 공유되지 않고 있다고 여겼던 일을 모두가 이미 알고 있었음을 알게 된 데에 따른 반응을 나타낸다.

③ ㉢: 시간적인 내력을 따져 보며 인물이 처해 있는 상황이 매우 이례적인 사건임을 보여 준다.

④ ㉣: 대화에서 언급된 대상의 반응을 예상할 수 있기 때문에 의도한 바를 시도조차 하지 않았음이 드러난다.

⑤ ㉤: 과거의 경험에서 비롯된 인물에 대한 부정적 인식을 특정 사물의 속성에 빗대어 드러낸다.

4. 〈보기〉를 참고하여 윗글을 감상한 내용으로 적절하지 <u>않은</u> 것은? [3점]

〈보기〉

이 작품은 전통과 근대의 가치관이 혼재된 시기에, 엄격한 상하 관계에 기반한 신분 제도가 혼란해지는 사회상을 잘 담고 있다. 이 작품의 인물들은 권위를 내세우며 자신의 지위를 고수하려는 모습이나, 기존 삶의 구습에서 벗어나 자신의 삶을 새롭게 인식하는 면모를 보인다. 또한 급변하는 현실 속에서 위 세대와는 다르게, 권력에 더 민감하게 대응하는 모습을 보이기도 한다. 이 작품은 현실에 작용하는 권력이 다양한 계층의 인간들에게 영향을 끼치는 상황을 재현하며, 완고했던 신분적 위상이 흔들리고 있음을 보여 주고 있다.

① '똥그란 두 눈을 홰홰 내젓'는 원석의 처에게 '호령'하는 꼬깔 참봉의 모습에서, 자신의 신분적 지위를 고수하며 권위를 내세우고자 하는 태도를 엿볼 수 있겠군.

② '그까짓 놈'의 행태를 지적하고 그들도 '정신 차릴 날'이 올 거라는 청년의 말에서, 완고했던 신분적 위상이 전통과 근대가 혼재하던 시기에 흔들리고 있는 상황을 엿볼 수 있겠군.

③ '경관의 앞'에서는 '상전 하인이 없었다'는 것에서, 당시에 작용했던 새로운 권력으로 인해 기존 신분제의 엄격한 상하 관계가 역전된 사회의 혼란상을 엿볼 수 있겠군.

④ '쫓겨나게' 된 원석이 '깨달은 것이 있다'며 '사람답게 살아 보겠다'고 말하는 것에서, 기존 삶의 구습에서 벗어나 자신의 삶을 새롭게 인식하는 인물의 모습을 엿볼 수 있겠군.

⑤ '수그러진 목소리' 정도만으로 순사를 대하는 양덕영감과 달리, '굽실'대며 '쇤네'라고까지 하는 꼬깔 참봉의 모습에서, 위 세대보다 권력에 더 민감하게 대응하는 모습을 확인할 수 있겠군.

[1~4] 다음 글을 읽고 물음에 답하시오.

"그거 표구할 수 있겠지?"

"표구?"

"그래."

"그야 할 수 있겠지. ㉠창호지니까."

"난 그런 걸 잘 모르지 않나. 그래 **화가**인 자네 생각을 했지 뭔가. 자네가 어디 적당한 표구사에 맡겨서 좀 해 주지 않겠나?"

"그야 어렵지 않지만…… 자네도 어지간히 호사가군. 이걸 표구해서 뭘 하나. 도대체 어디서 주워 온 건가, 이 ㉡휴지는?"

"아닌 게 아니라 정말 휴지통에서 주운 거지."

그 친구 은행 창구에 저녁때면 날마다 빠지지 않고 들르는 **지게꾼이 있단다.** 은행 문 앞에 지게를 벗어 세워 놓고는 매우 죄송스러운 태도로 조용히 은행 안으로 들어서는 스물댓 나 보이는 그 꺼먼 얼굴의 청년을 처음엔 **안내원이 막았다.**

"뭐지요?"

"예, 예, 저어……."

"여긴 은행이오, 은행!"

"예, 그러니까 저 돈을……."

청년은 어리둥절해서 말도 제대로 하지 못했다.

"글쎄, 은행이라니까!"

"예, 그런데 그 조금도 할 수 있습니까?"

"조금이라니 뭘 말이오?"

"저금을 조금두 할 수 있습니까?"

"저금요!"

은행 안의 모든 시선들이 그 지게꾼에게로 쏠렸다.

[A] 청년은 점점 더 당황하였다. 얼굴이 붉어져서 돌아서 나가려는 그를 불러 세운 것은 예금 창구의 여직원이었다. 청년은 손에 말아 쥐고 있던 라면 봉지에서 꼬깃꼬깃한 백 원짜리 지폐 다섯 장과 새로 새긴 목도장을 꺼내어 떨리는 손으로 여직원에게 바쳤다. 청년은 저만치 한구석으로 가 서서 불안스러운 눈으로 멀리 여직원을 지켜보고 있었다. 한참 만에 그는 흠칫 놀랐다. 생전 처음 그는 씨 자가 붙은 자기 이름을 들었던 것이다. 그는 여직원 앞으로 달려와 빳빳한 통장을 받았다. 청년은 여직원과 안내원에게 굽신굽신 절을 하는 한 손에 통장을 받쳐 든 채 들어올 때처럼 조심스럽게 유리문을 밀고 나갔다. 통장을 확인할 경황도 없이.

다음 날부터 그 청년은 매일 저녁 무렵이면 꼭꼭 들렀다. 하루에 이백 원 혹은 삼백 원 또 어떤 날은 오백 원, 그의 통장에는 입금만 있고 출금란은 비어 있었다. 이제는 제법 안내원과는 익숙해졌으나 여직원 앞에서는 여전히 얼굴을 붉히며 수고를 끼쳐서 대단히 죄송하다는 표정 그대로였다.

그러던 어떤 날이었다. 그날은 여느 날보다 조금 일찍 청년이 은행엘 들렀다.

"오늘은 일찍 오셨네요. 얼마 넣으시겠어요?"

여직원이 미소로 물었다.

"예, 기게 오늘은 좀…….."

청년은 무언가 종이 뭉텅이를 들고 머뭇거렸다.

"왜요?"

"이거 정말 죄송합니다. 이거 얼마 되지도 않는 걸 동전으루…… 그동안 저금통에 넣었던 걸 오늘 깨었죠. 기래 여기 이렇게…….."

청년은 종이에 싼 것을 내밀었다.

"아이, 많이 모으셨네요."

"죄송합니다. 정말 이거…….."

청년은 뒤통수를 긁적거리며 언제나 그가 서서 기다리는 **구석으로 갔다.**

"**이게** 바로 그 지게꾼 청년이 동전을 싸 가지고 온 종이지."

친구는 내 손의 그 편지를 가리켰다.

"그래, 그럼 그의 집에서 그 청년에게 보낸 편지란 말인가?"

"글쎄, 반드시 그렇다고는 할 수 없겠지. 동전을 세는 여직원을 거들어 주다가 우연히 발견하고 **재미있다**고 생각돼서 가지고 온 것뿐이니까."

우물집할머니하루알고갔다. 모두잘갓다한다. 장손이장가갓다. 색씨는너머마을곰보영감딸이다. 구장네탈이시집간다. 신랑은읍의서기라더라. 앞집순이가어제저녁감자살마치마에가려들고왔더라. 순이는시집안갈끼라하더라. 니는빨리장가안들어야건나.

나는 **비시시 웃음**이 새어 나왔다. **편지 내용도** 그렇고 **친구의 장난기도** 그랬다.

어쨌든 나는 그 창호지를 아는 표구사에 맡겼다. 그게 어떤 편지냐고 묻는 표구사 주인한테는,

"굉장한 겁니다. 이건 정말 ㉢국보급입니다."

하고 얼버무렸다. 표구사 주인은 머리를 갸웃거렸다.

그 후 나는 그 창호지 편지를 감감히 잊어버리고 있었다. 그런데 은행 친구가 어느 외국 지점으로 전근이 되었다. **비행기가 떠날 때** 나는 문득 그 편지 생각이 났다.

니떠나고메칠안이서송아지낫다.

그길로 나는 **표구사로** 갔다. 구겨진 휴지였던 그 편지는 깨끗

이 펴져서 액자 속에 들어 있었다. 그렇게 치장하고 보니 그게 정말 무슨 ㉣국보나 되는 것 같았다.

돈조타. 그러나너거엄마는돈보다도너가더조타한다. 밥묵고배 아프면소금한줌무그라하더라.

그날부터 그 ㉤액자는 내 화실에 그냥 걸어 두었다. 그저 걸 어 둔 거다. 그런데 그게 이상하게도 차츰 내 화실의 중심점이 되어 갔다. 그건 그림 같기도 하고 글 같기도 하다. 아니 그건 분명 그 둘이 합쳐진 것이었다.
나는 친구가 외국으로 떠나고 이태 동안 그 액자를 간간 바라 보고 있는 사이에 차츰 그 **친구의 심정**을 느껴 알 것 같아졌다.

니무슨주변에고기묵건나. 콩나물무거라. 참기름이나마니쳐서 무그라.
순이는시집안갈끼라하더라. 니는빨리장가안들어야건나.
돈조타. 그러나너거엄마는돈보다도너가더조타한다.

– 이범선, 「표구된 휴지」 –

>> 지문을 **네 장면**으로 나누고, 장면의 핵심 내용을 정리해 보세요.

장면 01	친구가 '나'를 찾아와 창호지 조각을 내밀며 _____를 부탁함
장면 02	매일 은행에 찾아와 _____을 하던 지게꾼 청년이 어느 날 종이에 동전을 싸 가지고 옴
장면 03	'나'는 _____가 적힌 그 종이를 표구사에 맡김
장면 04	친구가 외국으로 떠난 뒤 '나'는 편지를 보며 친구의 마음을 이해 하게 됨

1. ㉠~㉤을 중심으로 윗글을 이해한 내용으로 가장 적절한 것은?

① '화가'는 대상을 표구할 수 없다는 인식을 바탕으로 눈앞의 종이를 ㉠으로 지칭하였다.

② '화가'는 눈앞의 종이가 자신에게 필요한 것임에 주목하여 이를 ㉡으로 지칭하였다.

③ '표구사 주인'은 종이에 담긴 내용에 주목하여 '화가'가 이를 ㉢이라 한 말에 동의하였다.

④ '화가'는 종이가 ㉣의 가치를 갖는다고 생각하여 자신이 주문한 물건을 찾으러 갔다.

⑤ '화가'는 표구한 종이의 글에서 그림 같은 느낌도 받으며 ㉤이 점차 화실의 중심점이 되고 있음을 인식하였다.

2. [A]의 서술상 특징으로 가장 적절한 것은?

① 대화 내용을 간접 인용으로 서술하며 인물을 비판하고 있다.

② 편집자적 논평을 통해 인물 간의 갈등이 지닌 의미를 부각하고 있다.

③ 동시에 진행되는 사건을 병렬하여 인물의 상반된 태도를 드러 내고 있다.

④ 추측하는 진술로 장면 서술을 마무리하여 인물의 빠른 움직임을 부각하고 있다.

⑤ 거리와 위치를 나타내는 표현을 사용하여 인물의 불안한 심리를 부각하고 있다.

3. 편지의 내용에 대한 설명으로 적절하지 않은 것은?

① 수신자도 알 만한 사람들의 소식들을 포함하고 있다.

② 혼사와 관련하여 수신자의 현재 상황을 지지하고 있다.

③ 아픈 상황이 생겼을 경우의 대처 방법을 전달하고 있다.

④ 수신자의 먹을거리에 대하여 관심을 보이며 조언하고 있다.

⑤ 재물보다 수신자를 더 중요하게 여기는 마음을 전달하고 있다.

4. 〈보기〉를 참고하여 윗글을 감상한 내용으로 적절하지 <u>않은</u> 것은? [3점]

─〈보기〉─

「표구된 휴지」에서는 ⓐ외화인 '화가'의 이야기에 ⓑ내화인 '청년'의 이야기, ⓒ또 다른 내화인 '편지' 내용들이 연결되거나 삽입된다. 외화와 내화가 연결될 때, 한 문단 안에서 이어 가거나 지시 표현을 사용하여, 서술 시점과 시·공간적 배경이 다른 두 이야기를 연결한다. 외화에 또 다른 내화가 삽입될 때는 편지의 내용과 형태에 대한 '화가'의 흥미와 관심이 드러난다. 또한 유사한 의미의 표현을 통해 '화가'가 떠올린 편지의 내용을 보여 주기도 하고, 거듭 제시된 내용을 통해 '화가'가 편지를 감상하며 그 의미를 되새기고 있음을 알려 주기도 한다.

① ⓐ에서 '지게꾼이 있단다'라고 들었음을 서술한 뒤에 '은행'의 '안내원이 막았다'는 ⓑ의 첫 문장을 서술한 것은, ⓐ에서 ⓑ로 서술 시점이 변하는 부분을 한 문단 안에 이어 연결한 것이군.

② ⓑ에서 '구석으로 갔다'라고 마무리하고 '이게'로 ⓐ를 다시 이어 간 것은, ⓑ에서 ⓐ로 시간적 선후가 역전되면서 이어지는 부분을 지시 표현을 사용하여 다시 연결한 것이군.

③ ⓐ에서 '재미있다'고 한 '친구'의 말 뒤에 ⓒ의 일부를 삽입한 것은, ⓐ에서 '화가'가 '편지 내용'과 '친구의 장난기'를 흥미롭게 받아들이며 '비시시 웃'게 되는 이유를 보여 주는군.

④ ⓐ에서 '비행기가 떠날 때'의 장면 뒤에 '니떠나고'로 시작되는 ⓒ의 일부를 삽입한 것은, ⓐ에서 유사한 의미의 표현을 떠올린 '화가'가 '그길로' '표구사'로 가는 행위로 연결되는군.

⑤ ⓐ에서 '친구의 심정'을 생각한 내용 다음에 앞서 제시했던 ⓒ의 일부를 다시 삽입한 것은, ⓐ에서 '화가'가 편지 내용들을 감상하며 그 의미를 다시 생각하고 있음을 보여 주는군.

MEMO

[1~4] 다음 글을 읽고 물음에 답하시오.

㉠불편스런 일이 한두 가지가 아니었다. 하지만 허원은 그렇게 스스로 주의하고 고통을 감내해 냈기 때문에 자신의 비밀을 남 앞에 감쪽같이 숨겨 나갈 수 있었다. 아무도 그의 비밀을 눈치챈 사람이 없었다. 비밀이 탄로 나지 않는 한 그의 일상생활은 더 이상 불편을 겪을 필요도 없었다. 인체 생리나 해부학 서적 같은 걸 뒤져 봐도 성인의 배꼽은 거의 아무런 기능도 수행하지 않음을 알 수 있었다. 적어도 그의 외모나 바깥 생활은 정상을 유지할 수 있었다. 그 점만이라도 무척 다행이었다. 그는 일단 안도의 한숨을 내쉬었다.

㉡—그깟 놈의 배꼽, 안 가지고 있음 어때.

그쯤 체념을 하고 될 수 있으면 배꼽에 관한 일들을 잊어버리려 했다. ㉢자신으로부터 배꼽이 사라져 버린 사실을, 그리고 그 때문에 생긴 모든 불편을 잊고, 그 배꼽 없는 생활에 스스로 익숙해져 버리기를 바라 마지않았다. 하지만 문제는 그렇게 간단하지 않았다. 아무리 일상생활에선 드러나게 불편한 점이 없다 해도 그는 역시 배꼽이 없는 자신에 대해 좀처럼 익숙해질 수가 없었다. 그는 자꾸만 허전해서 견딜 수가 없어지곤 했다. 있느니라 여기고 지낼 때는 그처럼 무심스럽던 일이 그런 식으로 한번 의식의 끈을 건드려 오자 허원의 상념은 잠시도 그 잃어버린 배꼽에서 떠나 있을 수가 없었다.

그는 마침내 회사 출근마저 단념하기에 이르렀다. 그러자 신통하게도 늦잠 버릇이 깨끗이 자취를 감춰 버렸다. 그는 눈만 뜨면 사라져 없어진 배꼽 때문에 기분이 허전했고, 그러면 그 허망감을 쫓기 위해 배꼽에 관한 끝없는 상념들을 쌓기 시작했다.

(중략)

그리하여 배꼽에 관한 허원의 지식과 **사념**은 자꾸 더 **심오하고 추상적인** 것이 되어 갔다. 그에게는 어느덧 그 나름의 독특한 배꼽론 같은 것이 윤곽을 지어 가고 있었다. 하지만 그러면 그럴수록 허원은 더욱더 허전해지고, 아무 곳에도 발이 닿아 있는 것 같지 않고, 혼자서 외롭게 허공을 둥둥 떠다니고 있는 것처럼 느껴졌다. 그러면 그는 또 거듭 그 허망감을 쫓기 위해 자신의 배꼽론을 완벽하게 발전시켜 나갔다. 마치 그렇게 하여 그는 자신의 사념 속에서 잃어버린 배꼽을 되찾아내고, 그것으로 그 **실물**을 대신해 어떤 식으로든 자신과 세상 간에 큰 불편이 없도록 화해시키고 그것으로 그 난감스런 허망감을 채우려는 듯이. 그의 배꼽론은 가령 이런 식으로까지 발전되어 있었다.

— 우리는 누구나 **배꼽**을 가지고 있다…… 우리는 우리들의 어머니로부터 **탯줄**이 끊어지는 순간 이 우주의 한 단자(單子)로서 고독하게 존재하게 되었다. 그러나 우리는 영원히 그 탯줄의 기억을 잊지 않는다. 우리 영혼은 언제까지나 그 어머니의 탯줄

과 이어지려 하고, 또다시 그 어머니의 어머니의 탯줄과 이어져 나가면서 우리 **존재**를 설명하고 근원을 밝혀 나가며, 마침내는 마지막 어머니의 탯줄이 이어지는 우리들의 **우주와 만나**게 된다…… 우리의 배꼽은 우리가 그 마지막 우주와 만나고자 하는 향수의 표상이며 가능성의 상징이며 존재의 비밀로 나아가는 형이상학이다. 그 비밀의 문이다……

그는 어느덧 배꼽에 대해 당당한 일가견을 이룬 배꼽 전문가가 되어 가고 있었다.

㉣어느 해 여름이었다. 하니까 그것은 허원이 자신의 배꼽을 잃어버리고 나서 불편하기 그지없는 세 번째의 여름을 맞고 있을 때였다. 그는 물론 배꼽을 잃어버린 자신에 대해 아직도 완전한 익숙해지질 못하고 있었다. **그의 사념** 역시 언제나 그 눈에 보이지 않는 배꼽에 매달려 거기에서밖에는 영영 더 이상 자유로워질 수가 없었다. 그 대신 허원은 이제 그 자신의 **배꼽론**에 대해선 매우 **확고한 경지**에 도달해 있었다.

그럴 즈음이었다. 허원은 문득 **세상 사람들**이 수상쩍어지기 시작했다. 어느 때부턴지는 확실히 알 수 없었지만, 세상 사람들 역시 무슨 이유에선지 이 인간 장기의 한 조그만 흔적에 대해 **심상찮은 관심**을 나타내기 시작한 것이다. 배꼽에 대한 사람들의 관심 역시 기왕부터 있어 온 것을 여태까지 서로 모르고 지내오다가 비로소 어떤 기미를 알아차리게 된 것인지, 혹은 사람들로 하여금 그런 관심을 내보이게 할 만한 무슨 우연찮은 계기가 마련되었는지는 확실치 않았다. 그리고 무엇 때문에 사람들에게서 그런 관심이 시작되었는지 그 이유를 알 수도 없었다. 하지만 그것은 어쨌든 **사실**이었다. 주의를 기울여 보니 관심의 정도도 여간이 아니었다. 한두 사람, 한두 곳에서만 나타난 현상이 아니었다. 그것은 이미 일반적인 현상이 되어 가고 있었다. 그리고 그렇듯 **배꼽 이야기**가 **일반화**의 기미를 엿보이기 시작하자 사람들은 이제 그걸 신호로 아무 흥허물 없이 터놓고 지껄이거나 신문, 잡지 같은 데서 진지하게 논의의 대상을 삼기도 하였다. ㉤배꼽에 관한 논의가 그렇듯 갑자기 시중 일반에까지 성행하기 시작한 것이다.

기묘한 현상이었다.

— 이청준, 「배꼽을 주제로 한 변주곡」 —

>> 지문을 **두 장면**으로 나누고, 장면의 핵심 내용을 정리해 보세요.

> **장면 01** 허원은 자신의 _____ 이 사라졌다는 사실을 알고, 그러한 삶에
> 익숙해지기를 바라지만 배꼽이 사라져 버렸다는 _____ 감에
> 회사에 출근하는 것마저 단념하게 됨
>
> **장면 02** 허원은 배꼽에 관한 자신의 지식과 사념을 바탕으로 _____ 을
> 발전시켜 나가고, 어느 순간부터 세상 사람들도 배꼽에 관한
> 논의를 _____ 하는 현상이 나타남

1. ㉠~㉤의 서술 방식에 대한 설명으로 가장 적절한 것은?

① ㉠: 누구의 생각을 누가 말하는지 명시한 표현을 나타내어 서술
하고 있다.

② ㉡: 인물의 생각을 서술자가 평가하며 그 심화된 의미를 함축
하여 서술하고 있다.

③ ㉢: 인물의 의식을 인물 자신의 생생한 목소리를 통해 서술
하고 있다.

④ ㉣: 인물의 상황에 관련된 정보를 부가하여 서술하고 있다.

⑤ ㉤: 인물 행동의 진행 과정을 순차적으로 서술하고 있다.

2. 비밀의 서사적 기능으로 가장 적절한 것은?

① 자신의 신념을 인물이 돌이켜 본 결과로, 새로운 세계관을
바탕으로 하는 주제를 형성한다.

② 얽힌 인간관계를 인물이 성찰하는 전환점으로, 갈등으로 인한
위기감을 완화한다.

③ 일상적이지 않은 경험을 인물이 의식한다는 표지로, 인물의
심리적 동요를 부른다.

④ 상충된 이해관계를 인물이 조정하는 단서로, 심화된 사회적
갈등을 해소한다.

⑤ 기성의 질서에 인물이 저항한다는 신호로, 돌발적 사건의 발생을
알린다.

3. '허원'을 중심으로 윗글을 이해한 내용으로 적절하지 <u>않은</u> 것은?

① '허원'은 '실물'과 관련하여 시작된 '사념'을 통해 '존재'의 의미를
발견해 간다.

② '허원'은 '실물'이 몸에서 큰 기능을 하지 않는다는 것을 알고
일단 안도감을 느끼게 된다.

③ '허원'은 '사념'을 방편으로 삼아 자신의 현재 상태에 대해 다른
방향에서 접근하고자 한다.

④ '허원'은 '심상찮은 관심'의 원인에 대해 궁금해하면서 '세상
사람들'에게 주의를 기울이게 된다.

⑤ '허원'은 '실물'에 대한 인식을 '세상 사람들'과 공유하게 되면서,
그간 이어 온 '사념'을 더 이상 지속하지 않게 된다.

4. 〈보기〉를 참고하여 윗글을 감상한 내용으로 적절하지 <u>않은</u> 것은? [3점]

〈보기〉

「배꼽을 주제로 한 변주곡」은 주인공이 배꼽을 잃어버렸다
는 허구적 설정으로 시작하여, 이후 배꼽을 둘러싼 희화적 에
피소드들이 이어진다. 주인공은 으레 있어야 할 것이 없어져
불편한 생활을 이어 가던 중 배꼽에 관심을 갖는 이들이 늘
어나고 있음을 알게 된다. 이 과정에서 배꼽에 관련된 개인적
상황은 물론 인간 존재와 사회 상황에 대한 심층적 의미의 탐
색이 이루어진다.

① '의식의 끈'이 '건드려'짐으로써 주인공이 비정상적 문제 상황에
지속적으로 주목하게 된 것이겠군.

② '회사 출근'을 포기하게 되고 '늦잠 버릇'이 사라진 상황은, 주인
공의 일상이 변화된 모습을 보여 준다고 할 수 있겠군.

③ '배꼽'을 '탯줄'에 연관하여 이해하는 것은, 개인에 관련된 생각을
'우주와 만나'는 '심오하고 추상적인' 생각으로 확장하는 실마리가
된다고 할 수 있겠군.

④ '그의 사념'이 도달한 '배꼽론'의 '확고한 경지'는 사소한 것의
심층적 의미를 탐색할 때 이를 수 있으므로, 그 사소한 것에
얽매이지 않는 자유로운 상태에서 실현이 가능해지겠군.

⑤ '기묘한 현상'은, '배꼽 이야기'가 '일반화'되는 상황이 뜻밖이지만
'사실'로 나타나는 현상을 두고 일컫은 말이라고 할 수 있겠군.

[1~4] 다음 글을 읽고 물음에 답하시오.

[앞부분의 줄거리] 동림산업은 사무직 남자 사원들에게까지 제복 착용을 확대하는 정책을 시행하기로 했다. 이를 위해 준비 위원회를 결성해 전체 사원이 새로운 제복을 착용하도록 결정했으나, 그 결과에 불만을 품은 사무직 남자 사원들이 있었다.

"이미 끝난 일이야. 지금 와서 아무리 떠들어대 봤자 제복은 벌써 우리 몸에 절반쯤이나 입혀져 있어."

민도식이 나서서 **험악해진 분위기**를 간신히 가라앉혔다.

"준비 위원회를 구성하고 회의를 소집한 건 처음부터 요식 행위에 지나지 않았던 거야. 경영자 독단으로 처리하지 않고 사원들의 의사를 물어서 전폭적인 지지를 얻어 가지고 결정했다는 인상을 대내외에 풍길 필요가 있었던 거야. 이제 길은 두 가지뿐야. ㉠나머지 절반을 찾아서 마저 몸에 꿰든가, 아니면 기왕 우리 몸에 입혀진 절반을 아예 벗어 버리든가 각자가 알아서 결정할 일이야. 저기 좀 보라고. 저 사람 아까부터 우릴 비웃고 있어. 제복 얘기 앞으로는 그만하기로 하지."

생산부 공원 복장을 한 사내가 엇비뚜름한 자세로 이쪽을 돌아다보며 ⓐ야릇한 웃음을 입가에 물고 있었다. 그를 보더니 장 상태가 화를 벌컥 내면서 큰 소리로 미스 윤을 불렀다.

"이봐, 저기 앉은 저 사람 내가 좀 보잔다고 전해!"

ⓑ눈이 휘둥그레진 미스 윤이 종종걸음으로 그에게 다가가기 전에 그쪽에서 자진해서 먼저 일어섰다. 그가 충분히 알아들을 수 있을 정도로 장의 목소리가 컸던 것이다.

"저를 부르셨습니까?"

여전히 웃음기를 입에 문 얼굴이 장을 정면으로 상대했다.

"당신 뭐야? 뭔데 어제부터 남의 얘길 엿듣고 비웃지, 비웃길?"

"비웃음으로 보셨다면 용서하십쇼. 엿듣고 싶은 생각은 없었습니다. 가만히 앉아 있어도 들릴 정도로 선생님들 말소리가 컸습니다. 말씀 내용이 동림산업에 계신 분들 같아서 저도 모르게 관심이 갔나 봅니다."

"오오라, 그러고 보니 당신도 동림 가족의 일원이 분명하군. 부서가 어디야?"

"생산부 제1 공장입니다. 거기서 잡역부로 근무하고 있습니다."

"이름은?"

"권입니다."

"이름이 권이다? 그럼 성까지 아주 짝을 채워 보게."

"성이 권입니다."

만만한 상대를 만난 장은 권 씨를 노리갯감으로 삼아 화풀이할 작정임을 분명히 하면서 동료들에게 은밀히 눈짓을 보냈다. 함께 놀이에 끼어들라는 뜻일 것이다.

[A]
┌─ 그러나 도식이 보기엔 첫눈에 결코 만만한 상대가 아니었다. 그는 참을성 좋게 여전히 웃고 있었다. 그것은 생산부 공원들이 본사의 사무직을 대할 때 일반적으로 갖는 비굴한 표정이 아니었다. 그렇다고 적대감도 아닌 그것은 일종의 자신감의 표현임이 분명했다. 두툼한 입술과 커다란 눈이 얼핏 눈에 띄는 특징이었다. 장상태하고 비교해서 둘이 서로 어금어금할 정도로 작은 체구였다. 실제 나이는 장보다 두세 살쯤 위일 것 같은데 적어도 이삼십 년은 더 세상을 살아 냈을 법한 관록 같은 게 엿보이는 얼굴이었고, 그것이 교양이라는 것하고도 연결되어 잡역부라던 자기소개
└─ 가 아무래도 믿어지지 않는 그런 사람이었다.

"짝을 채우기 싫다 이거지? 좋았어. 그런데 자네가 하는 잡역 일하고 무슨 상관이 있어서 우리 얘기에 이틀 동안이나 관심이 갔지?"

"물론 상관은 없습니다. 그렇지만 한쪽에선 작업 중에 팔이 뭉텅 잘려져 나간 사람이 있고 그 팔 값을 찾아 주려고 투쟁하는 사람들이 있는 반면에 다른 한쪽에선 몸에 걸치는 옷 때문에 자기 인생을 걸려는 분들도 계시구나 하는 생각이 들어서 **그냥 지나칠 수가 없었습니다.**"

그 순간 장상태의 얼굴색이 하얗게 질리는 것 같았다.

(중략)

체육 대회가 열리는 제1 공장까지 가자면 다른 날보다 더 일찍 나서야 되는데도 여전히 밍기적거리고만 있는 남편 곁에서 아내는 시종 근심스런 눈초리를 거두지 않았다. 제복 때문에 **총각 사원 하나**가 사표를 던졌다는 소문을 아내는 믿지 않았다. 사표를 제출한 게 아니라 강제로 모가지가 잘린 거라고 굳게 믿고 있었다.

"까짓것 난 필요 없어. 거기 아니면 밥 빌어먹을 데 없는 줄 알아? 세상엔 아직도 유니폼 안 입는 회사가 수두룩하단 말야!"

ⓒ거듭되는 재촉에 이렇게 큰소리로 대거리를 했지만 결국 민도식은 뒤늦게나마 집을 나서고 말았다.

시내를 멀리 벗어나서 교외에 널찍하게 자리 잡은 제1 공장 앞에 당도했을 때는 벌써 개회식이 시작된 뒤였다. 공장 정문 철책 너머로 **검정 곤색 일색**의 운동장을 넘어다보는 순간 민도식은 갑자기 ⓓ숨이 턱 막혀 옴을 느꼈다. 새로 맞춘 제복으로 단장한 남녀 전 사원이 각 부서별로 군대처럼 질서 정연하게 도열해 서서 연단에 선 지휘자의 손끝을 우러르며 사가(社歌)를 제창하기 직전의 예비 운동으로 목청을 가다듬는 헛기침들을 하고 있었다. 이윽고 공장 일대를 한바탕 들었다 놓는 우렁찬 노래가 터지기 시작했다. 노래 부르는 사원들 모두가 작당해서 ⓔ지각한 사람을 야유하는 듯한 기분이 들었다. 검정 곤색의 제복들이 일치단결해 가지고 사복 차림으로 꽁무니에 따라붙으려는 유일

한 사람을 완강히 거부하는 듯한 기분에 사로잡혔다. 세상 전체가 온통 제복투성이인 가운데 저 혼자만 외돌토리로 떨어져 있는 셈이었다. 자기 한 사람쯤 불참한다 해도 아무렇지도 않게 체육 대회 개회식은 진행될 수 있다는 사실이 민도식을 무척 화나면서도 그지없이 외롭게 만들었다. 정문으로 들어서지도 못하고 그렇다고 뒤돌아서서 나오지도 못한 채 그는 일단 멈춘 자리에 붙박여 버린 듯 언제까지고 움직일 줄을 몰랐다.

　　　　　　　　　　　　　　　　　　－ 윤흥길, 「날개 또는 수갑」 －

>> 지문을 **두 장면**으로 나누고, 장면의 핵심 내용을 정리해 보세요.

> **장면 01** ＿＿＿＿ 착용 정책에 불만을 품은 사원들이 모여서 이야기를 하던 중, 그들의 이야기를 비웃는 듯하던 잡역부 사내 ＿＿＿＿는 작업 중 ＿＿을 잃는 사람도 있다고 말함

> **장면 02** 회사 체육 대회에 도착한 ＿＿＿＿＿＿은 제복을 입고 단체로 ＿＿＿＿＿를 제창하는 사원들의 모습을 보며 들어서지도 나오지도 못함

1. [A]의 서술상의 특징으로 가장 적절한 것은?

① 인물의 행위를 사실적으로 그려 내어 내적 갈등을 표면화하고 있다.

② 과거와 현재를 교차하여 인물이 겪는 인식의 변화를 드러내고 있다.

③ 공간적 배경을 구체적으로 묘사하여 인물이 처한 상황을 드러내고 있다.

④ 서술자가 특정 인물의 시선을 통해 인물의 특징을 관찰하여 알려 주고 있다.

⑤ 서술자가 인물의 경험을 삽화 형식으로 나열하여 사건을 입체적으로 보여 주고 있다.

2. ㉠의 의미와 관련하여 윗글을 이해한 내용으로 적절하지 않은 것은?

① '이미 끝난 일이야'라는 말로 보아, 남자 사원들 중에 ㉠을 마저 입을지를 결정해야 하는 상황에 직면했다고 생각하는 사람이 있음을 알 수 있다.

② '험악해진 분위기'로 보아, ㉠과 관련된 문제로 남자 사원들 사이에 소란스러운 일이 있었음을 알 수 있다.

③ '그냥 지나칠 수가 없었습니다'라는 말로 보아, 권 씨도 남자 사원들과 마찬가지로 ㉠을 마저 입을지를 선택하는 일이 무엇보다 중요한 문제라고 생각하고 있음을 알 수 있다.

④ '총각 사원 하나'에 대한 아내의 반응으로 보아, 아내는 총각 사원이 ㉠ 때문에 회사를 스스로 그만두었다는 소문을 믿지 않고 있음을 알 수 있다.

⑤ '검정 곤색 일색'으로 보아, 체육 대회에 참석한 전체 사원이 ㉠을 마저 입게 되었음을 알 수 있다.

3. ⓐ~ⓔ에 대한 이해로 적절하지 않은 것은?

① ⓐ는 권 씨가 사무직 사원들의 대화에 관심이 있었음을 나타내는 반응이다.

② ⓑ는 장상태가 화를 내며 큰 소리로 명령하였기 때문에 미스 윤이 드러낸 반응이다.

③ ⓒ는 아내가 집을 나서지 않고 있는 남편 때문에 걱정하여 보인 반응이다.

④ ⓓ는 전체 사원들이 같은 옷을 입고 군대처럼 도열한 모습을 본 민도식에게 나타난 반응이다.

⑤ ⓔ는 사원들이 사복을 입은 민도식에 대한 불만을 드러내는 반응이다.

4. 〈보기〉를 바탕으로 윗글을 감상한 내용으로 적절하지 않은 것은? [3점]

> 〈보기〉
>
> '중도적 주인공'은 자신이 속한 집단의 논리를 비판적으로 인식하면서도 집단의 논리를 따를지 여부를 결정하지 못하는 상태에 있는 인물이다. '중도적 주인공'은 인식 측면에서는 집단의 논리에 숨겨진 문제를 읽어 내는 주체적인 관점을 보인다. 그러나 행동 측면에서는 자신의 인식에 따라 적극적으로 행동하지 못하거나, 집단에 동화되지 못한 채 집단 논리의 수용 여부를 두고 머뭇거리는 모습을 보인다.

① 동료에게 '준비 위원회'의 '회의'에 담긴 '경영자'의 숨은 의도를 파악하여 발언하는 것을 보니, 민도식은 '동림산업'이 내세우는 논리에 대해 비판적으로 인식하는 주체적인 관점을 지니고 있다고 볼 수 있군.

② 권 씨를 '노리갯감'으로 삼자는 장상태의 '눈짓'을 읽었지만 이에 선뜻 동참하지 않은 것을 보니, 민도식은 '작업 중' 사고를 둘러싼 '투쟁'과 몸에 걸치는 옷을 둘러싼 논쟁에 적극적으로 참여하고 있지 않다고 볼 수 있군.

③ 아내에게 '큰소리'로 자신의 생각을 말하면서도 '뒤늦게나마 집을 나서'는 것을 보니, 민도식은 '동림산업'의 문제를 인식하고 있으면서도 회사를 떠나지 못하는 상황에 놓여 있다고 볼 수 있군.

④ '사복 차림'으로 체육 대회에 가지만 자신을 '꽁무니에 따라 붙으려는' 사람이라고 생각하는 것을 보니, 민도식은 집단의 논리를 거부하고 싶지만 집단에 소속되고 싶은 마음도 지니고 있다고 볼 수 있군.

⑤ '제1 공장' 정문 앞에서 '붙박여 버린 듯' 움직이지 않는 모습을 보니, 민도식은 '동림산업'의 정책에 대한 비판을 적극적인 행동으로 옮길지 여부를 결정하지 못하고 있다고 볼 수 있군.

[1~4] 다음 글을 읽고 물음에 답하시오.

어머니의 변명은 끝끝내 내 마음을 어루만져 주지 못했다. 그 후로 나는 좀처럼 아버지에 대한 애기를 꺼내지 않게 되었다. 뜻밖에도 아버지의 죄를 순순히 시인하는 그녀의 ⓐ한마디가 내게는 그토록 엄청난 충격으로 깊이 남겨졌던 탓이리라. ㉠바로 그 순간부터 나는 아버지의 그 죄라는 것을 내 스스로 함께 나누어 지니고 만 느낌이었고, 그 때문에 나이에 걸맞지 않게 나는 눈빛이 깊고 어두운 아이가 되어 가고 있었다. 그리고 그때부터 아버지의 무서운 환영은 저주처럼 내 곁을 따라다니기 시작했다. 그는 언제나 시커먼 어둠 저편에 숨어서 음산하기 그지없는 눈빛으로 나를 쏘아보고 있었다. 그는 어디에나 숨어 있었다. 내 어릴 때 이따금 고개를 디밀어 들여다보면 마루 밑 저편 깊숙이 도사리고 있던 그 까마득한 어둠 속에도 그 어둠 속에서 술술 기어 나오던 그 눅눅하고 음습한 냄새 속에서도 내가 한 번도 얼굴을 본 적이 없는 그 사내는 핏발 선 눈알을 번득이며 나를 쏘아보고 있는 것이었다. 그건 어디서 묻었는지도 모르는, 오랜 시간이 흐른 뒤에까지 지워지지 않는 핏자국처럼 내게는 저주와 공포의 낙인으로 깊이 박혀져 있었다. 그리고 그 낙인을 가슴에 지닌 채, 나는 끝끝내 나를 휘감고 있는 어떤 엄청난 죄악감과 불길한 예감으로부터 영영 벗어날 수가 없었다.

[중략 부분의 줄거리] 나와 부대원들은 훈련에 대비해 참호를 파다가 발견한 유해를 인근 마을의 노인과 함께 수습하여 매장하는 일을 행한다.

두개골과 다리뼈를 꼼꼼히 문질러 닦은 뒤, 노인은 몸통뼈에 묶인 줄을 풀어내기 시작했다. 완강하게 묶인 매듭은 마침내 노인의 손끝에서 풀리어졌다. 금방이라도 쩔걱쩔걱 쇳소리를 낼 듯한 철삿줄은 싱싱하게 살아 있었다. 살을 녹이고 뼈까지도 녹슬게 만든 그 오랜 시간과 땅 밑의 어둠을 끝끝내 견뎌 내고 그렇듯 시퍼렇게 되살아 나오는 그것의 놀라운 끈질김과 냉혹성이 언뜻 소름끼치도록 무서움증을 느끼게 했다.

노인은 손목과 팔에 묶인 결박까지 마저 풀어낸 다음 허리를 펴고 일어서더니 줄 묶음을 들고 저만치 걸어 나갔다. 그가 허공을 향해 그것을 멀리 내던지는 순간 나는 까닭 모르게 마당가에서 하늘을 치어다보며 서 있는 어머니의 가녀린 목 줄기와 그녀가 아침마다 소반 위에 떠서 올리곤 하던 하얀 물 사발이 눈앞에 떠올랐다가 스러져 버리는 것이었다.

㉡나는 담배를 피워 물었다. 멀리 메마른 초겨울의 야산이 헐벗은 등을 까 내놓고 죽은 듯이 엎드려 있었다. 사위는 온통 잿빛의 풍경이었다. 피잉, 현기증이 일었다.

광주리를 머리에 인 어머니가 모래밭을 걸어오고 있었다. 돌돌거리며 흐르는 물소리를 거슬러 강변 모래밭을 어머니가 혼자 저만치서 다가오고 있었다. 모래밭은 하얗게 햇살을 되받아

쏘며 은빛으로 반짝였다. 허리띠를 질끈 동인 어머니의 치맛자락이 흐느적이며 바람결에 흔들리고 있었다. 나는 햇살에 부신 눈을 가늘게 오므리고 줄곧 그녀를 지켜보고 있었다. 그때였다. 꿈속에서처럼 나는 그녀의 뒤를 바짝 따라오고 있는 한 사내의 환영을 보았다. 그건 아버지였다. ㉢언젠가 어머니의 낡은 반닫이 깊숙한 옷가지 밑에 숨겨져 있던 액자 속에서 학생복 차림으로 서 있던 그대로 그건 영락없는 그 사내였다. 나를 어머니의 배 속에 남겨 놓은 채 어느 바람이 몹시 부는 날 밤, 산길을 타고 지리산인가 어디로 황황히 떠나가 버렸다는 사내. 창백해 뵈는 뺨에 마른 몸집의 그 사내가 어머니와 함께 걸어오고 있는 것이었다. 놀란 눈으로 풀밭에 앉아 나는 그들을 지켜보고 있었다. 이윽고 어머니의 눈썹과 코, 입의 윤곽과 야윈 목 줄기까지 뚜렷이 드러날 만큼 가까워졌을 때 사내의 환영은 어느 틈에 사라져 버리고 없었다. 몇 번이나 나는 눈을 비비고 보았으나 역시 마찬가지였다. 하얗게 반짝이는 모래밭 위로 어머니가 찍어 내는 발자국만 유령처럼 끈질기게 그녀의 발꿈치를 뒤따라오고 있을 뿐이었다.

우리는 관 대신에 신문지로 싼 유해를 맨 처음 그 자리에 다시 묻어 주었다. 도톰하니 봉분을 만들고 뗏장까지 입혀 놓고 보니 엉성한 대로 형상은 갖춘 듯싶었다. 노인은 술을 흙 위에 뿌려 주었다. 그리고 자신이 먼저 한 모금 마신 다음에 잔을 돌렸다. 오 일병이 노파가 준 북어를 내놓았고, 덕분에 작은 술판이 벌어졌다. 음복인 셈이었다.

"얌마, 이런 느닷없는 장례식도 모두 너희 두 놈들 때문이니까, 자 한 잔씩 마셔라."

"그래그래, 어쨌든 너희들은 좋은 일 했으니 천당 가도 되겠다." 소대장이 병을 기울였고 다른 녀석들도 낄낄대며 ⓑ한마디씩 보태었다.

술이 가득 차오른 반합 뚜껑을 나는 두 손으로 받쳐 들었다. ㉣저것 봐라이. ㉤날짐승도 때가 되면 돌아올 줄 아는 법이다. 어머니가 말했다. 저만치 웬 사내가 서 있었다. 가슴과 팔목에 철삿줄을 동여맨 채 사내는 이쪽을 응시하며 구부정하게 서 있었다. 퀭하니 열려 있는 그 사내의 눈은 잔뜩 겁에 질려 있는 채로였다. 애앵. 총성이 울렸고 그는 허물어지듯 앞으로 고꾸라지고 있었다. ㉥불현듯 시야가 부옇게 흐려 왔다.

아아. 아버지는 지금 어디에 쓰러져 누워 있을 것인가. 해마다 머리맡에 무성한 ㉦쑥부쟁이와 엉겅퀴꽃을 지천으로 피워 내며 이제 아버지는 어느 버려진 밭고랑, 어느 응달진 산기슭에 무덤도 묘비도 없이 홀로 잠들어 있을 것인가.

– 임철우, 「아버지의 땅」 –

>> 지문을 **두 장면**으로 나누고, 장면의 핵심 내용을 정리해 보세요.

> | 장면 01 | 유년 시절 어머니로부터 아버지의 죄를 알게 된 '나'는 가슴에 _____을 지니게 됨 |

> | 장면 02 | 노인과 함께 유해를 수습하여 매장한 '나'는 홀로 죽음을 맞이했을 _____를 떠올리며 연민을 느낌 |

1. ㉠~㉤의 서술 방식에 대한 설명으로 적절하지 않은 것은?

① ㉠: '나'의 지각 내용을 '나'가 서술하는 상황으로 인물과 서술자가 겹쳐 있다.

② ㉡: 서술의 주체를 알 수 있는 표지가 분명하게 제시되어 서술자와 지각의 주체가 뚜렷이 구분된다.

③ ㉢: '나'가 아니라 '나'가 지각하는 대상을 주어로 서술함으로써 지각의 대상을 부각하는 효과가 나타난다.

④ ㉣: 인용 부호 없이 서술된 발화에서 인물의 목소리가 드러난다.

⑤ ㉤: 지각의 주체를 알리는 표지가 나타나지 않아서 누가 지각한 바를 서술한 것인지 모호한 상황이 빚어진다.

2. 윗글에서 ⓐ와 ⓑ의 서사적 기능에 대한 설명으로 가장 적절한 것은?

① ⓐ가 이야기의 심화된 주제를 구현하는 제재라면, ⓑ는 이야기의 주제를 가늠하도록 하는 단서이다.

② ⓐ가 이야기를 절정에 치닫도록 하는 추진력이라면, ⓑ는 이야기를 결말에 이르게 하는 원동력이다.

③ ⓐ가 이야기의 긴장감이 형성되는 요인이라면, ⓑ는 이야기의 긴장감이 완화됨을 드러내는 표지이다.

④ ⓐ가 이야기의 위기감이 해소된 종착점이라면, ⓑ는 이야기의 위기감이 고조된 정점이다.

⑤ ⓐ가 이야기를 일으키는 시발점이라면, ⓑ는 이야기의 전모가 드러나게 되는 귀결점이다.

3. ㉺와 ㉻에 대한 이해로 가장 적절한 것은?

① ㉺는 ㉻에 비해 능동적이므로 인물이 처한 문제 상황에 미치는 영향력이 크다.

② ㉺는 ㉻와 달리, 시간과 공간에 관여되면서 이야기의 배경에 실감을 더하게 된다.

③ ㉻는 ㉺와 달리, 희망적인 성격이 강하므로 인물이 원하는 바를 집약한 결과이다.

④ ㉻에서 연상되는 상황이 현실이 될 경우 ㉺에 투영된 염원은 실현 가능성이 사라진다.

⑤ ㉺와 ㉻ 모두, 관념적 의미가 부여됨으로써 인물이 이념에 편향되어 있음이 알려진다.

4. 〈보기〉를 참고하여 윗글을 감상한 내용으로 적절하지 않은 것은? [3점]

> 〈보기〉
>
> 부정적인 방향으로 응고된 기억을 돌이켜 긍정적인 방향으로 재편함으로써 심리적 안정을 도모하는 기회를 마련할 수 있다. 심리 요법의 일환으로 적용되는 '기억 재응고화'는 마음의 상처로 남은 기억을 재구성하여 다른 의미와 가치에 대응시킴으로써, 사람들로 하여금 부정적 기억으로 빚어진 심리적 불안정에 대응할 힘을 회복하도록 돕는 원리이다.

① '낙인'과도 같은 유년의 기억을 성인이 되어서도 떨쳐 버리지 못했다는 고백에 비추어 보면, 응고된 기억의 영향력에서 벗어나는 일이 쉽지 않음을 짐작할 수 있겠군.

② '죄악감과 불길한 예감'을 유발한 동인을 추적해 보면, '아버지'에 관한 기억이 마음의 상처로 남음으로써 '나'의 심리적 불안정이 비롯되고 있음을 추정할 수 있겠군.

③ '줄 묶음'을 '내던지'는 '노인'의 행위와 '물 사발'을 올리는 '어머니'의 행위가 이어지며 제시되는 부분을 보면, '나'의 기억을 재응고화 하기 위한 이들의 노력을 확인할 수 있겠군.

④ '모래밭'에서의 '어머니' 형상과 '사내의 환영'이 어우러지는 장면에서, '아버지'에 대해 굳어져 있던 기억이 재편될 수 있는 가능성이 시사된다고 할 수 있겠군.

⑤ '아버지'에 대한 이미지가 '유해'에 대응되면서 '나'의 정서적 반응에 변화가 생기는 것을 보면, 부정적인 기억을 재구성함으로써 심리적 안정을 회복해 가는 경위를 엿볼 수 있겠군.

[1~4] 다음 글을 읽고 물음에 답하시오.

한참 정이와 별의별 말이 다 오고 가고 하였을 때, '불단집*'에서 마악 설거지를 하고 있던 갑순이 할머니가 뛰어나왔다. 갑득이 어미는, 경우에 따라서는 그들 모녀를 상대하여서도, 할 말에 궁하지는 않다고 은근히 마음에 준비가 있었던 것이나, 뜻밖에도 갑순이 할머니는 자기 딸의 역성을 들려고는 하지 않고,

㉠"애최에 늬가 말 실수헌 게 잘못이지, 남을 탄해 뭘 허니? 이게 모두 모양만 숭업구……, 온, 글쎄, 그만 허구 들어가아. 늬가 잘못했어. 네 잘못이야."

하고 도리어 딸을 나무라던 것을, 갑득이 어미는 그 당장에는, 귀에 솔깃하여,

"그렇지. 자계가 먼저 말을 냈지. 나야 그저 대꾸헌 죄밖엔 없으니까. 잘했든 잘못했든 자계가 시초를 낸 게니까 ── "

하고, 뽐내도 보았던 것이나, 나중에 깨달으니, 그것은 얼토당토 않은 생각으로, 갑순이 할머니가 그렇게 자기 딸을 꾸짖으며 한사코 집으로 데리고 들어간 것에는,

㉡"아, 그 배지 못헌 행랑것허구, 쌈이 무슨 쌈이냐?"

"똥이 무서워 피허니? 더러우니까 피허는 게지!"

하고, 그러한 사상이 들어 있었던 것이 분명하였다.

사실, 을득이 녀석이 나중에 보고하는데 들으니까, 저녁때 돌아온 집주름 영감이 그 얘기를 듣고 나자,

"걔두 그만 분별은 있을 아이가, 그래 그런 상것허구 욕지거리를 허구 그러다니……."

쩻, 쩻, 쩻 하고 혀를 차니까, 늙은 마누라는 또 마주 앉아서,

"그렇죠, 그렇구 말구요. 쌈을 허드래두 같은 양반끼리 해야지, 그런 것허구 허는 건, 꼭 하늘 보구 침 뱉기지. 그 욕이 다아 내게 돌아오지, 소용 있나요."

㉢그리고 후유우 하고 한숨조차 내쉬는데, 방 안에서들 그러는 소리가 대문 밖까지 그대로 들리더라 한다.

[중략 부분의 줄거리] 골목 안 아홉 가구가 공동변소처럼 쓰는 불단집 소유의 뒷간에 양 서방이 갇힌다.

그는 아무리 상고하여 보아도 도무지 나갈 도리가 없는 것에 은근히 울화가 올랐다.

'제 집 뒷간두 아니구 남의 집 것을 그렇게 기가 나서 꼭꼭 잠그구 그럴 건 뭐 있누? 늙은이두 제엔장헐…….'

㉣인제는 할 수가 없으니, 소리를 한번 질러 볼까? ── 하기도 하였으나, 이러한 경우에 있어, 사람들은, 흔히 자기가 꼭 어떠한 수상한 인물인 듯싶게 스스로 느껴지는 경향이 있다. 그래, 그는 생각 끝에,

"아, 누가 문을 잠겄어어어?"

"문 좀 여세요오. 아, 누가……."

하고, 그러한 말을 제법 외치지도 못하고 그저 중얼대며, 한참이나 문을 잡아, 흔들어 자물쇠 소리만 덜거덕거렸던 것이다.

을득이한테 저의 아비가 불단집 뒷간에 가 갇히어 있다는 말을 듣고, 어인 까닭을 모르는 채 그곳까지 뛰어온 갑득이 어미는, 대강 사정을 알자, 곧 이것은 평소에 자기에게 좋지 않은 생각을 품고 있는 갑순이 할머니가 계획적으로 한 일임에 틀림없다고 혼자 마음에 단정하고,

[A] "아아니, 그래, 애아범이 미우면 으떻게는 뭇 해서, 그 더러운 뒷간 숙에다 글쎄 가둬야만 헌단 말예요? 그래 노인이 심사를 그렇게 부려야 옳단 말예요?"

하고, 혼자 흥분을 하였다. 갑순이 할머니는, 그것은 전혀 예기하지 못하였던 억울한 말이라, 그래, 눈을 둥그렇게 뜨고, 손조차 내저어 가며,

[B] "그건, 괜한 소리유, 괜한 소리야. 이 늙은 사람이 미쳐서 남을 뒷간 속에다 가둬? 모르구 그랬지, 모르구 그랬어. 난 꼭 아무두 없는 줄만 알구서, 그래, 모르구 자물쇨 챘지. 온, 알구야 왜 미쳤다구 잠그겠수?"

발명을 하였으나,

[C] "모르긴 왜 몰라요. 다아 알구서 한 짓이지. 그래 자물쇨 챌 때, 안에서 말하는 소리두 뭇 들었단 말예요? 듣구두 모른 체했지. 듣구두 그냥 잠가 버린 거야."

하고, 갑득이 어미는 덮어놓고 시비만 걸려는 것을, 구경 나온 이웃 사람들이,

"아무러기서루니 갑순이 할머니께서 아시구야 그러셨겠소?"

"노인이 되셔서 귀두 어두시구 그래 몰르셨지!"

하고 말들이 있었고, 정작, 양 서방이 또 머뭇거리다가,

"자물쇨 채실 때, 내가 얼른 소리를 냈어두 아셨을 텐데, 미처 뭇 그래 그리 된 거야."

하고, 그러한 말을 매우 겸연쩍게 하여, 갑득이 어미는 집주름집 마누라를 좀더 공박할 것을 단념하여 버릴 수밖에 없는 동시에,

㉤"오오, 그러니까, 채, 무어, 말할 새두 없이 문이 잠겨져서, 그냥 갇힌 채, 누구 오기만 기대린 게로군?"

"그래, 얼마 동안이나 들어가 있었어?"

"뭐어 오래야 갇혔겠수? 동안이야 잠깐이겠지만……."

― 박태원, 「골목 안」―

*불단집: 집 밖에도 전등을 단, 살림이 넉넉한 집.

>> 지문을 **두 장면**으로 나누고, 장면의 핵심 내용을 정리해 보세요.

<table>
<tr><td>장면 01</td><td>갑순이 할머니의 ___ 정이와 갑득이 어미 사이에서 싸움이 벌어지고, 갑득이 어미는 갑순이 할머니와 _____ 영감이 자신을 낮잡아 보고 있음을 알게 됨</td></tr>
<tr><td>장면 02</td><td>갑득이 어미가 양 서방이 _____에 갇힌 일을 두고 갑순이 할머니와 언쟁을 벌이자 양 서방과 이웃 사람들이 갑순이 할머니를 두둔함</td></tr>
</table>

1. 윗글에 대한 설명으로 가장 적절한 것은?

① 집 안에서의 대화가 이웃에 노출되어 인물의 속내가 드러난다.

② 서로의 말실수에 대한 비난이 인물 간 다툼의 원인임이 드러난다.

③ 이웃의 갈등을 곁에서 지켜보고 있는 인물들의 냉담함이 드러난다.

④ 이웃을 무시하는 인물의 차별적 언행을 함께 견뎌 내려는 사람들의 결연함이 드러난다.

⑤ 곤경에 빠진 가족의 상황을 다른 가족에게 전한 것이 이웃 간 앙금을 씻는 계기가 됨이 드러난다.

2. [A]~[C]에 대한 설명으로 적절하지 <u>않은</u> 것은?

① [A]에서 인물은 상대의 행위가 옳지 않다고 판단하여, 반복적으로 추궁하며 상대가 잘못했음을 분명히 한다.

② [B]에서 인물은 상대의 주장이 사실과 다르다며, 모르고 그랬다는 말을 반복함으로써 자신의 억울함을 알린다.

③ [C]에서 인물은 추측을 바탕으로 상대의 발언이 신뢰하기 어렵다고 반박하고, 상대의 반응에 아랑곳하지 않고 거짓으로 답했다며 몰아붙인다.

④ [A]에서 인물은 상대의 행위와 동기를 함께 비난하고, [B]에서 인물은 상대의 비난을 파악하지 못해 자신의 행위에 대해서만 인정한다.

⑤ [A]에서 인물이 상대에게 화를 내자, [B]에서 인물은 당황하며 자신을 방어하지만, [C]에서 갈등 상황은 지속된다.

3. 집주릅 영감과 양 서방에 대한 이해로 가장 적절한 것은?

① 집주릅 영감이 딸의 행동을 분별없다고 탓한 이유는 아내가 갑득이 어미 앞에서 딸을 나무란 뒤 남편에게 밝힌 생각과 같다.

② 집주릅 영감은 아내와 갑득이 어미의 갈등이 드러나지 않게 하는, 양 서방은 결과적으로 이들의 갈등을 완화하는 역할을 한다.

③ 양 서방이 여러 궁리를 하면서도 뒷간을 빠져나오지 못한 이유는 아내에게 밝힌 사건의 경위와 무관하다.

④ 양 서방은 아내가 갑순이 할머니에게 한 말과 이에 대한 이웃들의 반응을 듣고도 아내에게 무덤덤한 태도를 보이고 있다.

⑤ 양 서방이 자신의 상황을 갑순이 할머니에게 알리지 못했다고 말한 것은 누가 뒷간 문을 잠갔는지에 대한 의문이 풀려서 화가 누그러졌기 때문이다.

4. 〈보기〉를 참고하여 ㉠~㉤을 이해한 내용으로 적절하지 <u>않은</u> 것은? [3점]

〈보기〉

서술자는 자신의 시선만으로 서술하기도 하고 인물의 시선으로 초점화하여 서술하기도 한다. 그런데 이 작품에서는 두 서술 방식이 겹쳐 나타나는 경우가 있다. 이때 서술자는 인물과 거리를 둠으로써 그들의 말이나 생각, 감정 등에 대한 태도를 드러낸다. 이 밖에도 쉼표의 연이은 사용은 시간의 지연이나 인물의 상황 등을 드러낸다. 이러한 서술 기법은 문맥 속에서 글의 의미를 다양하게 보충한다.

① ㉠: 말줄임표 이후 쉼표를 연이어 사용한 것은, 인물이 자신의 생각을 감추거나 다른 할 말을 떠올리면서 시간의 지연이 있음을 드러낸 것이겠군.

② ㉡: 서술자 시선의 서술과 인물의 시선으로 초점화한 서술이 겹쳐 나타난 것은, 상황을 잘못 인지한 채 상대의 생각을 추측하는 인물에게 서술자가 거리를 두고 있음을 드러낸 것이겠군.

③ ㉢: 말을 전하는 '~라 한다'의 주체가 인물일 수도 있고 서술자일 수도 있게 서술한 것은, 인물의 경험을 전하기만 하고 특정 인물의 편에 서지 않으려는 서술자의 태도를 드러낸 것이겠군.

④ ㉣: 인물의 생각에 대해 쉼표를 연이어 사용하며 설명한 것은, 인물이 생각을 실행에 옮기지 못하고 망설이는 상황을 드러낸 것이겠군.

⑤ ㉤: 감탄사 이후 쉼표를 연이어 사용한 것은, 인물이 새로운 정보를 바탕으로 사건을 파악하는 상황을 드러낸 것이겠군.

[1~4] 다음 글을 읽고 물음에 답하시오.

몽달 씨 나이가 스물일곱이라니까 나보다 스무 살이나 많지만 우리는 엄연히 친구다. 믿지 않겠지만 내게는 스물일곱짜리 남자 친구가 또 하나 있다. 우리 집 옆, 형제슈퍼의 김 반장이 바로 또 하나의 내 친구인데 그는 원미동 23통 5반의 반장으로 누구보다도 씩씩하고 재미있는 사람이었다. 나는 **매일같이** 슈퍼 앞의 비치파라솔 의자에 앉아 그와 함께 낄낄거리는 재미로 하루를 보내다시피 하였는데 **요즘**은 내가 의자에 앉아 있어도 전처럼 웃기는 소리를 해 주거나 쭈쭈바 따위를 건네주는 법 없이 다소 퉁명스러워졌다. ㉠그 까닭도 나는 환히 알고 있지만 모르는 척 하는 수밖에. 우리 집 셋째 딸 선옥이 언니가 지난달에 서울 이모 집으로 훌쩍 떠나 버렸기 때문인 것이다. 김 반장이 선옥이 언니랑 좋아지내는 것은 온 동네가 다 아는 일이지만 선옥이 언니 마음이 요새 좀 싱숭생숭하더니 기어이는 이모네가 하는 옷 가게를 도와 준다고 서울로 가 버렸다. 선옥 언니는 얼굴이 아주 예뻤다. 남들 말대로 개천에서 용이 났다고 해도 과언이 아닐 만큼 지지리 궁상인 우리 집에 두고 보기로는 아까운 편인데, 그 지지리 궁상이 지겨워 맨날 뚱하던 언니였다.

(중략)

집으로 가다 말고 문득 형제슈퍼 쪽을 돌아보니 음료수 박스들을 차곡차곡 쟁여 놓는 일에 땀을 뻘뻘 흘리고 있는 몽달 씨가 보였다. ㉡실컷 두들겨 맞고 열흘간이나 누워 있었던 사람이라 안색이 차마 마주보기 어려울 만큼 핼쑥했다. 그런데도 뭐가 좋은지 **히죽히죽** 웃어 가면서 열심히 박스들을 나르고 있는 게 아닌가. 그것도 김 반장네 가게에서. 아무리 눈을 크게 뜨고 보아도 몽달 씨가 분명했다. 저럴 수가. ㉢어쨌든 제정신이 아닌 작자임이 틀림없었다. 아무리 정신이 좀 헷갈린 사람이래도 그렇지, 그날 밤의 김 반장 행동을 깡그리 잊어버리지 않고서야 저럴 수가 없다는 게 내 생각이었다.

잊었을까. 그날 밤 머리의 어딘가를 세게 다쳐서 김 반장이 자기를 내쫓은 부분만큼만 감쪽같이 지워진 것은 아닐까. 전혀 엉뚱한 이야기만도 아니었다. 텔레비전에서도 보면 기억 상실증인가 뭔가로 자기 아들도 못 알아보는 연속극이 있었다. 그런 쪽의 상상이라면 나를 따라올 만한 아이가 없는 형편이었다. 내 머릿속은 기기괴괴한 온갖 상상들로 늘 모래주머니처럼 빽빽했으니까. 나는 청소부 아버지의 딸이 아니라 사실은 어느 부잣집의 버려진 딸이다, 라는 식의 유치한 상상은 작년도 못되어 이미 졸업했었다. 요즘의 내 상상이란 외계인 아버지와 지구인 엄마와의 사랑, 뭐 그런 쪽의 의젓한 것이었다. ㉣아무튼 나의 기막힌 상상력으로 인해 몽달 씨는 부분적인 기억 상실증 환자로 결정되었다. 그렇다면 이제는 확인할 일만 남은 셈이었다. 오래 기다릴 필요도 없

었다. 나는 김 반장네 가게 일을 거들어주고 난 뒤 비치파라솔 밑의 **의자**에 앉아 **뭔가**를 읽고 있는 몽달 씨에게로 갔다. 보나 마나 주머니 속에 잔뜩 들어 있는 종잇조각 중의 하나일 것이었다. ㉤멀쩡한 정신도 아닌 주제에 이번엔 기억 상실증이란 병까지 얻어 놓고도 여태 시 따위나 읽고 있는 몽달 씨 꼴이 한심했다.

"ⓐ이거, 또 시예요?"

"ⓑ그래. 슬픈 시야. 아주 슬픈……."

몽달 씨가 핼쑥한 얼굴을 쳐들며 행복하게 웃었다. 슬픈 시라고 해 놓고선 웃다니. 나는 이맛살을 찡그리며 몽달 씨 옆에 앉았다. 그리고 아주 낮은 목소리로 물었다.

"ⓒ이제 다 나았어요?"

"ⓓ응. 시를 읽으면서 누워 있었더니 금방 나았지."

금방은 무슨 금방. 열흘이나 되었는데. 또 한 번 나는 몽달 씨의 형편없는 정신 상태에 실망했다.

"**그날** 밤에 난 **여기**에 앉아서 다 봤어요."

"무얼?"

"ⓔ김 반장이 아저씨를 쫓아내는 것……."

순간 몽달 씨가 정색을 하고 내 얼굴을 쳐다보았다. 예전의 그 풀려 있던 눈동자가 아니었다. 까맣고 반짝이는 눈이었다. 그러나 잠깐이었다. 다시는 내 얼굴을 보지 않을 작정인지 괜스레 팔뚝에 엉겨 붙은 상처 딱지를 떼어 내려고 애쓰는 척했다. 나는 더욱 바싹 다가앉았다.

"ⓕ김 반장은 나쁜 사람이야. 그렇지요?"

몽달 씨가 팔뚝을 탁 치면서 "아니야"라고 응수했는데도 나는 계속 다그쳤다.

"ⓖ그렇지요? 맞죠?"

그래도 몽달 씨는 못 들은 척 팔뚝만 문지르고 있었다. 바보 같이. 기억 상실도 아니면서……. 나는 자꾸만 약이 올라 견딜 수 없는데도 몽달 씨는 마냥 딴전만 피우고 있었다.

– 양귀자, 「원미동 시인」 –

>> 지문을 세 **장면**으로 나누고, 장면의 핵심 내용을 정리해 보세요.

장면 01	'나'는 동네 청년인 _____ 씨, 김 반장과 친구처럼 지냈으나 선옥 언니가 _____로 떠난 후 김 반장과의 관계가 소원해졌다고 여김
장면 02	'나'는 그날 밤의 일을 겪고도 김 반장의 일을 돕는 몽달 씨를 보고 그가 _____에 걸렸다고 생각함
장면 03	'나'는 몽달 씨가 기억 상실도 아니면서 _____을 비난하기는커녕 그의 가게 일을 돕는다는 사실을 알고 안타까워함

1. 윗글에 대한 이해로 가장 적절한 것은?

① 몽달 씨는 김 반장이 자기를 매정하게 대했으나, 김 반장네 가게 일을 해 주고 있다.

② 김 반장은 선옥을 좋아했으나, 선옥이 서울로 가자 '나'를 통해 선옥과의 관계를 회복해 나갔다.

③ '나'는 김 반장을 좋은 친구라고 생각했으나, 김 반장이 빈둥거리며 실없는 행동을 해서 당황했다.

④ 선옥은 자신의 집안 형편에 대해 부정적으로 생각하고 있지만, '나'는 집안 형편을 그렇게 생각하지 않는다.

⑤ '나'는 몽달 씨를 친구라 여겼으나, 몽달 씨가 김 반장 가게에 다시 나온 것을 보고 그렇게 생각한 것을 후회했다.

2. ⓐ~ⓖ에 대한 이해로 적절하지 않은 것은?

① ⓐ는 상대를 못마땅해하는 발언이지만, ⓒ를 고려하면 상대의 상태에 대한 관심에서 비롯된 것이라고 할 수 있다.

② ⓑ와 ⓓ의 시에 대한 인물의 태도를 고려하면, 인물이 시를 통해 위안을 얻었음을 알 수 있다.

③ ⓔ는 ⓓ를 듣고 실망하여, 상대의 새로운 반응을 기대하며 한 발언이라고 할 수 있다.

④ ⓕ는 ⓔ에 대한 상대의 반응이 예상을 벗어났지만, 상대가 보여준 판단을 수용하기 위한 질문이라고 할 수 있다.

⑤ ⓖ는 ⓕ의 주장을 확인하는 질문으로, 상대의 태도를 탐탁지 않게 여기는 마음이 반영된 발언이라고 할 수 있다.

3. 형제슈퍼를 중심으로 확인할 수 있는 인물의 행위에 대한 설명으로 가장 적절한 것은?

① '나'가 '매일같이' 김 반장과 재미있게 낄낄거렸던 행위는 '그날'보다 앞선 시간대에 이루어지며, '그날'의 일을 지켜보기만 한 '나'의 부정적 자기 인식으로 이어지고 있다.

② 김 반장이 '나'를 퉁명스럽게 대하는 행위는 '요즘'보다 앞선 시간대에 이루어지며, '나'에게 반성을 유도하고 있다.

③ 몽달 씨가 '히죽히죽' 웃는 행위는 현재 '여기'에서 '나'에게 속내를 감추는 행위보다 앞선 시간대에 이루어지며, '나'에게 진심을 드러내어 보여 주고 있다.

④ '의자'에서 '뭔가'를 읽는 몽달 씨의 행위는 '여기'에서 환기된 '그날'의 경험보다 앞선 시간대에 이루어지며, '나'가 '그날' 느꼈을 긴박감과 대비되는 이완된 상황을 보여 주고 있다.

⑤ '여기'에서 목격된 '그날' 김 반장의 행위는 '요즘'보다 이후의 시간대에 이루어지며, '나'가 김 반장을 이전과 다르게 평가하는 원인으로 기능하고 있다.

4. 〈보기〉를 바탕으로 ㉠~㉤을 이해한 내용으로 적절하지 않은 것은? [3점]

〈보기〉

미성숙한 어린아이 서술자라도 합리적 정보를 제공하면 독자는 서술자를 신뢰하게 된다. 그러나 작가는 때로 합리성이 부족한 어린아이의 특성을 강화하여 독자가 서술자를 의심하게 한다. 이때 독자는 서술자가 제공하는 정보가 틀릴 수 있다고 생각하면서 서술자와 다른 각도에서 작품이 전하려는 의미를 탐색하게 된다. 이 경우에도 독자는 서술자가 제공하는 제한된 정보에 의존할 수밖에 없으므로, 서술적 상황과 작품이 전하려는 의미가 서로 달라져 작품을 더욱 집중해서 읽게 된다.

① ㉠: 문제적 상황의 원인을 파악하여 이에 대응하고, 인물의 태도 변화를 설명할 수 있는 정보를 제시한다는 점에서 독자가 서술자를 신뢰하도록 유도하고 있군.

② ㉡: 인물이 처한 부정적 상황을 보여 주고, 인물의 안색과 그 이유에 대해 여러 정보를 제공한다는 점에서 독자가 서술자를 신뢰하도록 유도하고 있군.

③ ㉢: 논리적 연관을 무시하고, 추측에 근거하여 인물의 의식 상태를 단정하는 모습을 통해 독자가 작품에 더욱 집중하면서, 서술자와 다른 각도로 생각하도록 유도하고 있군.

④ ㉣: 인물에 대해 적극적으로 탐색하고, 인물의 상태를 스스로 진단하여 그 정보를 제공하는 모습을 통해 독자가 서술자를 신뢰하도록 유도하고 있군.

⑤ ㉤: 시에 대한 이해가 부족하고, 합당한 이유 없이 인물의 취향을 비난하는 모습을 통해 독자가 작품에 더욱 집중하면서, 서술자와 다른 각도로 생각하도록 유도하고 있군.

[1~4] 다음 글을 읽고 물음에 답하시오.

[앞부분 줄거리] 아버지가 위독하다는 소식을 듣고 귀향한 정일은 용팔에게 재산 상속에 관한 이야기를 듣는다.

아버지가 아직도 지키고 있는 그의 재산을 넘겨다보는 듯한 용팔이가 따지는 산판알이 거침없이 한 자리씩 올라가는 것을 유심히 바라보고 있는 자신을 의식하며 보고 있을 때, 이렇게 대강만 놓아도, 하고 산판을 밀어 놓으며 쳐다보는 용팔의 눈과 마주치게 되자 정일이는 흠칫 놀라게 되는 자신의 얼굴이 붉어지는 것을 깨달았다. ⓐ여기 대한 상속세만 해도 큰돈인데 안 물고 할 수 있는 이것은 제 말씀대로 하시지요. 이렇게 결정적으로 말하는 용팔이는 정일이의 앞에 위임장을 내놓으며 도장을 치라고 하였다.

[A] 정일이는 더욱 불쾌하여졌다. 잠이 부족한 신경 탓도 있겠지만 자기의 눈을 기탄없이 바라보는 용팔이의 얼굴에 발라 놓은 듯한 그 웃음이 말할 수 없이 미웠다. 이 소인 놈! 하는 의분 같은 ⊙심열이 떠오르며, 언제 내가 이런 음모를 하자고 너와 공모를 하였던가? 하고 그의 뺨을 갈기고 싶은 충동을 느끼었다. 그러나 정일이는 금시에 미끄러지는 듯한 웃음이 자기 얼굴에 흐름을 깨달았다. 이러한 심열은 신경 쇠약의 탓이 아닐까? 의분이랄 것도 없고 결벽성도 아니고 그런 것을 공연히 이같이 한순간에 뒤집히는 자기 마음 한 모퉁이에 상식을 놓쳐 뿌린 결과가 어떤가? 해 보자 하는 놓치기 쉬운 어떤 힌트같이 번쩍이는 생각을 보자 정일이는 조급히 도장을 뒤져내며, 자 칠 대로 치우, 나는 어디다 치는 것도 모르니까 하였다. 이렇게 지껄이듯이 말하는 정일이는 자기가 실없이 웃기까지 하는 것을 들을 때 내가 지금 더 심한 심열에 떠 있지 않은가? 하는 생각에 갑자기 말과 웃음과 표정까지 없어지고 말았다.

ⓑ도장을 치고 난 용팔이는 공손히 정일이에게 돌리며, 잔금은 제가 장인께 말씀드리겠습니다, 하고 일어선다. 중문으로 들어가는 용팔이의 뒷모양을 바라보던 정일이는 갑자기 불러내고 싶었다. 궁둥이를 들먹하고 부르는 손짓까지 하였으나 탄력 없이 벌어진 입에서는 말이 나오지 않았다. 창졸간에 용팔이를 어떻게 불러야 할지 몰라서 주저되는 것같이도 생각되었다. 중문 안으로 들어가는 용팔이의 뒷모양은 마치 심한 장난을 꾸미다가 용기를 못 내는 자기를 남겨 두고 ⓒ그걸 못 해? 내 하마 하고 나서는 동무의 모양같이 아슬아슬한 것이었다. 종시 용팔이가 중문 안으로 사라져서 불러낼 기회를 놓치고 말았다고 후회하면서도 내가 정말 후회하는 것이라면 지금이라도 따라가서 붙들 수도 있지 않은가? 이렇게 생각하는 정일이는 용팔이가 이 말을 시작하였을 때부터 자기는 육감으로 벌써 예기하였던지도 모를 일이 지금 일어나리라는 기대가 앞서는 것을 느끼며 ⓓ정일이는 실험의 결과를 기다리는 듯이 숨을 죽이고 귀를 기울이고 있었다. 예사로운

말소리는 들리지 않는 거리이므로 긴장한 정일이의 귀에도 한참 동안은 아무런 말도 들리지 않았다. 아버지도 종시 죽음에 굴복하고 마는가? 이렇게 생각되어 정일이는 긴장하였더니만큼 허전한 실망에 담배를 붙이려고 성냥을 그었을 때 자기의 귀를 때리는 듯한 아버지의 격분한 고함 소리를 들었다.

(중략)

사실 이렇게 되어서까지도 죽기가 싫은가 하고 아버지를 눈 찌푸리고 바라보는 자기는 죽음의 공포를 해탈한 무슨 수양이 있는 것이 아니라 단지 애써 살려는 의지력이 없는 것뿐이다. ⓔ아버지는 한 번도 자기의 생활을 회의하거나 죽음을 생각할 필요가 없었던 사람이므로 이같이 죽음과 싸울 수 있는 것이 아닐까 생각하였다. 그래서 정일이는 어떤 위대한 의지력을 우러러보는 듯한 마음으로 아버지의 고통을 바라보고 있는 자기를 발견하는 때가 있었다.

[B] 그때 심한 구토를 한 후부터 한 방울 물도 먹지 못하고 혓바닥을 축이는 것만으로도 심한 구역을 하게 된 만수 노인은 물을 보기라도 하겠다고 하였다. 정일이는 요를 둑여서 병상을 돋우고 아버지가 바라보기 편한 곳에 큰 물그릇을 놓아 드렸다. 그러나 그 물그릇을 바라보기에 피곤한 병인은 어디나 눈 가는 곳에는 물이 보이기를 원하였다. 그래서 큰 어항을 병실에 가득 늘어놓고 물을 채워 놓았다. 병인은 이 어항에서 저 어항으로 ⓛ서늘한 감각을 시선으로 핥듯이 돌려 보다가 그도 만족하지 못하여 시원히 흐르는 물이 보고 싶다고 하였다. 정일이는 아버지가 보기 편한 곳에 큰 물그릇을 놓고 대접으로 물을 떠서는 작은 폭포같이 들이 쏟고 또 떠서는 들이 쏟기를 계속하였다. 만수 노인은 꺼멓게 탄 혀를 벌린 입 밖에 내놓고 황홀한 눈으로 드리우는 물줄기를 바라보고 있었다. 그 눈을 볼 때 정일이는 걷잡을 사이도 없이 자기 눈에 눈물이 솟아 오름을 참을 수가 없었다. 정일이는 일찍이 그러한 눈을 본 기억이 없다고 생각하였다. 더욱이 아버지의 얼굴에서! 자기 아버지에게서 저러한 동경에 사무친 황홀한 눈을 보게 되는 것은 의외라고 할밖에 없었다.

– 최명익, 「무성격자」 –

>> 지문을 **두 장면**으로 나누고, 장면의 핵심 내용을 정리해 보세요.

> **장면 01** 정일은 _____에게 아버지의 재산 _____에 대한 이야기를 듣고 불쾌함과 분노를 느끼지만 적극적으로 행동하지 못하고 아버지가 용팔의 제안에 따를지 궁금해함

> **장면 02** 정일은 고통스러워하는 _____에게서 이전에는 한 번도 보지 못한 동경의 눈빛을 발견하자 안타까움과 슬픔을 느낌

1. 윗글의 서술상의 특징으로 가장 적절한 것은?

① 회상 장면을 병치하여 사건의 흐름을 반전시킨다.

② 사물의 세부를 구체적으로 묘사하여 장면의 현장성을 강화한다.

③ 중심인물의 반복적인 동작을 강조하여 내적 갈등을 표면화한다.

④ 서술자가 풍자적 어조를 활용하여 중심인물에 대한 비판적 입장을 드러낸다.

⑤ 서술자가 중심인물의 시선에 의존하여 사건의 양상을 제한적으로 나타낸다.

2. ⓐ~ⓔ에 대한 이해로 적절하지 않은 것은?

① ⓐ는 정일이 주목하는 용팔의 이해타산적인 태도를 드러낸다.

② ⓑ는 용팔이 정일에게 예의를 갖추어야 하는 위치임을 드러낸다.

③ ⓒ는 용팔의 행위에 대한 정일의 실망스러운 마음을 드러낸다.

④ ⓓ는 아버지와 용팔 간 대화의 결과를 정일이 주시하고 있음을 드러낸다.

⑤ ⓔ는 아버지가 보여 주는 삶의 태도에 대한 정일의 평가를 드러낸다.

3. [A], [B]를 고려하여 ㉠과 ㉡을 이해한 내용으로 가장 적절한 것은?

① ㉠은 용팔의 '웃음'에 대한 정일의 불쾌감으로 인해, ㉡은 아버지가 내비치는 '황홀한 눈'으로 인해 발생한다.

② ㉠은 정일이 갈등 끝에 '도장'을 찍음으로써, ㉡은 아버지가 사무치는 '동경'을 포기함으로써 지속된다.

③ ㉠은 정일의 '신경 쇠약'을 일으키는 원인이고, ㉡은 아버지가 '꺼멓게 탄 혀'의 고통을 줄이기 위한 방편이다.

④ ㉠은 용팔에 대한 미움이 '뺨을 갈기고 싶은 충동'으로 격화되는 정일의 마음을, ㉡은 '물그릇'에서 '어항', '드리우는 물줄기'로 심화되는 아버지의 갈망을 함축한다.

⑤ ㉠은 용팔의 '공모' 요구로 인해 표면화된 정일의 물질 지향적인 태도를, ㉡은 '심한 구역' 이후로 아버지가 '물에서 얻고자 하는 육체적 안정에 대한 추구를 드러낸다.

4. 〈보기〉를 참고하여 윗글을 감상한 내용으로 적절하지 않은 것은? [3점]

> 〈보기〉
> 「무성격자」의 정일은 자신을 구속하는 속물적 욕망을 경멸하고 현실에서의 적극적인 행동을 주저하는 한편, 자신과 주변에 관심을 집중한다. 그는 주변 대상을 관찰하여 그 의미를 파악하고, 파악한 내용에 반응하며, 그런 자신을 분석하기도 한다. 나아가 관찰과 분석을 수행하는 자신의 내면마저 대상화함으로써 인간 심리의 중층적 구조를 드러낸다.

① 산판알을 놓으며 이익을 따지는 상대를 경멸하면서도 산판알이 올라가는 것을 주목하는 데에서, 자신을 구속하는 속물적 욕망으로부터 자유롭지 못한 모습을 찾을 수 있군.

② 상대의 웃음에서 공모 의사를 읽어 내자 얼굴에 흐르는 미끄러지는 듯한 웃음을 깨닫는 데에서, 상대에 대한 불쾌감을 웃음으로 무마하려는 자신을 의식하는 모습을 찾을 수 있군.

③ 중문 안으로 들어가는 상대를 불러내지는 못하고 자신이 그를 부르지 못한 이유를 생각하는 데에서, 행동을 주저하고 자신에게로 관심을 돌리는 모습을 찾을 수 있군.

④ 상대의 고통을 바라보며 의지력을 우러러보는 듯한 마음이 있는 자신을 발견하는 데에서, 상대와의 차이를 인식하는 스스로의 내면마저 대상화하는 모습을 찾을 수 있군.

⑤ 물줄기를 바라보는 상대로부터 이전에는 한 번도 보지 못한 눈을 확인하는 데에서, 주변 대상을 관찰하여 상대가 내비치는 생에 대한 강렬한 동경을 파악하는 모습을 찾을 수 있군.

최명희, 「쓰러지는 빛」

해설 P.153

[1~4] 다음 글을 읽고 물음에 답하시오.

밤이 깊어지면, **시장 안의 가게들**은 하나씩 문을 닫고, 길가에 리어카를 놓고 팔던 상인들은 제각기 과일이나 생선, 채소들을 끌고 다리 위로 올라오는 것이었다.

[A] ┌ 그 모양을 이만큼에 서서 흔들리는 버드나무 가지 사이로 바라보면, 리어카마다 켜져 있는 카바이드 불빛이, 마치 난간에 무슨 꽃 등불을 달아 놓은 것처럼 요요하였다.

돈이 없어도 염려가 안 되는 곳.

그 사람들은 대부분 어머니를 알았다.

모르는 사람들도 곧 알게 되었다.

[B] ┌ 벽오동집 아주머니.
└ 오동나무 아주머니.

그렇게 어머니를 불렀다.

어느새 나무는 그렇게도 하늘 높이 자라서 저기만큼 걸린 매곡교 다릿목에서도 그 무성한 가지와 잎사귀를 올려다볼 만큼 되었던 것이다.

[C] ┌ 거기다가, 우리 집에서 날아간 오동나무 씨앗이 앞뒷집에 떨어져 싹이 나고, 어느 해 바람에 불려 갔는지 그보다 더 먼 건넛집에도, 심지 않은 오동나무가 저절로 자라나게 되었다.
│ 그래서 나는 속으로 우리 동네를 벽오동촌이라고 별명 지었다.
└ 그것은 어쩌면 이 가난한 동네의 한 호사였는지도 모른다.

아버지가 어머니와 혼인하시고, 작천의 친정 어머니를 남겨 두신 채, 신행 후에 전주로 돌아와 맨 처음 터를 잡은 곳이 바로 이 **천변**이었다.

[D] ┌ 동네 뒤쪽으로는 산줄기가 병풍처럼 둘러쳐져 있고, 앞쪽으로는 흰모래 둥근 자갈밭을 데불은 시냇물이 흐르며 거기다 시장까지 가까운 이곳은, 삼십 년 전 그때만 하여도, 부성 밖의 한적하고 빈한한 동네였을 것이다.

물론 우리도 중간에 **집을 고치고**, 이어 내고, 울타리를 바꾸었으나, 그저 움막처럼 나뭇가지를 얼기설기 얽은 뒤, 풍우나 피하자는 시늉으로 지은 집들도 많았을 것이다.

이 울타리 안에서 해마다 더욱더 무성하게 자라는 오동나무는 유월이면, 아련한 유백색의 비단 무늬 같은 꽃을 피웠다. 그윽한 꽃이었다.

그 나무는 나보다 더 나이가 많았다.

나를 낳으시던 해, 지팡이만 한 나무를 구해다가 앞마당에 심으시며

"기념."

이라고 웃으셨다는 아버지.

"처음에는 저게 자랄까 싶었단다. 그러던 게 이듬해는 키를 넘드라."

해마다 이른 봄이면, 어린아이 손바닥만 하던 잎사귀가 어느 결에 손수건만 해지고, 그러다가 초여름에는 부채처럼 나부낀다.

그리고 가을에는 종이우산만큼이나 넓어지는 것 같았다.

하늘을 덮는 잎사귀, 그 무성한 잎사귀들…….

그 잎사귀 **서걱거리는 소리**가 골목 어귀 천변에까지 들리는 성싶었다.

어머니는 물끄러미 냇물만 바라보고 계시더니, 문득 고개를 돌려,

"영익이 언제 다녀갔지?"

하고 물으셨다.

[E] ┌ "사흘 됐나? 그저께 아니었어요?"
│ 어머니는 어둠 속에서 고개를 끄덕이셨다.
└ 어머니의 고개는 무거워 보였다.

"참, 어머니 지금 저기, 불빛 뵈는 저 산마루에 절, 저기가 영익이 있는 데예요?"

나는 동편 산마루의 깜박이는 불빛을 가리키며 무심한 듯 물었다.

"아니다. 그건 승바위라구 중바위산 아니냐. 그 애 공부하는 덴이 오른쪽이지…… 기린봉 중턱에 있는 절이야. 여기서는 잘 뵈지도 않는구나."

그러면서 어머니는 눈을 들어, 어두운 밤하늘에 뚜렷한 금을 긋고 있는 산줄기를 바라보셨다. 산은 검고 깊었다.

동생 영익이는 벌써 이 년째 그 산속의 절에서 사법 고시 준비를 하고 있었다.

그는 말이 없고 우울할 때가 많았다.

그리고 그저께 집에 내려와, 이사 날짜가 결정되었다는 말을 듣고는 아무 말도 없이 고개를 떨어뜨리더니

"내가…….."

하고 무슨 말을 이으려다 말고 그냥 산으로 올라갔다.

그때 영익이의 말끝에 맺힌 숨소리는 '흡' 하고 내 가슴에 얹혀 아직도 내려가지 않은 것만 같았다.

우리가 이사하기로 된 집의 **구조**는 지극히 **천박**하였다.

우선 대문이 번화한 도로변으로 나 있는 데다가 오래되고 낡아서 녹이 슨 철제였다. 그것은 잘 닫히지도 않아 비긋하니 틀어진 채 열려 있었다.

그리고 마당은 거의 없다는 편이 옳았다. 그나마 손바닥만한 것을 시멘트로 빈틈없이 발라 놓았고, 방들은 오밀조밀 붙어 있어 개수만 여럿일 뿐, 좁고 어두웠다.

그중에 한 방은 아예 전혀 **채광 통풍조차도** 되지 않았다.

그것도 원래는 **창문**이었는데, 아마 바로 옆에 가게를 이어 내느라고 **막아 버린** 모양이었다. 그 가게란 양품점으로, 레이스가 많이 달린 네글리제와 여자용 속옷, 스타킹 따위를 고무 인형에

입혀 세워 놓은 곳이었다.

　뿐만 아니라 그 가게를 중심으로 앞뒤에 같은 양품점들이 늘어서 있고 그 옆에는 양장점, 제과소, 음식점, 식료품 잡화상들이 있었다.

　여기저기서 들려오는 **불규칙한 마찰음**, 무엇이 부딪쳐 떨어지는 소리, 어느 악기점에선가 쿵, 쿵, 울려 오는 스피커 소리…… 끼익, 하며 숨넘어가는 자동차 소리.

　한마디로 그 집은, 아스팔트의 바둑판, 환락과 유행과 흥정의 경박한 거리에 금방이라도 쓸려 버릴 것처럼 위태해 보였다.

　그리고 우리가 이제 이사 올 집이라고, 그 집 문간에 웅숭그리고 서서 철제 대문 사이로 안을 기웃거리며 들여다보는 **우리들**은 어쩐지 **잘못 날아든 참새들** 같기만 하였다.

– 최명희, 「쓰러지는 빛」 –

>> 지문을 **세 장면**으로 나누고, 장면의 핵심 내용을 정리해 보세요.

장면 01	'나'는 천변의 밤 풍경을 바라보며 가족이 오랫동안 살아온 천변 동네와 집 앞마당의 _____에 대해 이야기함
장면 02	'나'는 영익을 생각하는 _____를 보며, 며칠 전 집에 다녀갔던 영익의 모습을 떠올림
장면 03	'나'는 _____하기로 된 ____과 주변 환경을 보면서 낯설어함

1. 윗글에 대한 이해로 가장 적절한 것은?

① '영익'은 가족의 상황을 알고서도 제 생각을 분명히 드러내지 않는다.

② '어머니'는 아들이 출가하여 소식이 끊긴 뒤 그의 근황을 궁금해한다.

③ '나'는 동생의 말을 듣고서 그가 현재 어디에 머무르고 있는지 알게 된다.

④ '시장 안의 가게들'은 밤늦게 물건을 사기 위해 사람들이 모여드는 곳이다.

⑤ '천변'은 아버지와 어머니가 결혼할 때부터 사람들이 북적였던 번화한 동네이다.

2. [A]~[E]의 서술 방식에 대한 설명으로 적절하지 않은 것은?

① [A]: '이만큼에 서서'와 '바라보면'을 보면, 서술자가 대상을 지각할 수 있는 위치에서 서술하고 있음을 알 수 있다.

② [B]: 호명하는 말을 각각 하나의 문단에 서술하여, 그 호칭이 두드러져 보이는 효과가 나타난다.

③ [C]: '나'와 '우리' 같은 표현을 사용하여, 서술자가 자기 경험을 바탕으로 하는 이야기를 서술하면서 자신의 내면을 드러낸다.

④ [D]: '동네였을 것이다'를 보면, 서술자가 과거 상황에 대해 확정적으로 진술하지 않고 추측의 의미를 담아 서술하고 있음을 알 수 있다.

⑤ [E]: 누가 한 말인지 명시하지 않은 것을 보면, 대화 상황에서 말하는 이와 서술자가 다르다는 사실을 알 수 있다.

3. 윗글의 '오동나무'에 대한 이해로 가장 적절한 것은?

① '나'가 계절의 자연스러운 변화와 세월의 흐름을 느끼게 되는 경험적 대상이다.

② 가난한 마을이지만 사람들로 하여금 호사를 누릴 수 있게 하는 경제적 기반이다.

③ '어머니'가 결혼 후에 심고 정성을 다해 키워 내어 무성해진 애착의 결실이다.

④ 동네 사람들이 마을의 특징에 부합한 별명을 자기 마을에 붙일 때 적용한 단서이다.

⑤ '아버지'가 자식을 얻은 기쁨을 이웃과 나눌 생각에 마을 곳곳에 심은 상징적 기념물이다.

4. 〈보기〉를 바탕으로 윗글을 감상한 내용으로 적절하지 <u>않은</u>
것은? [3점]

〈보기〉

집에 대한 정서적 반응은 집의 구조, 주변 환경, 거주 기간
등의 요인에 따라 다를 수 있다. 자신이 거주하는 집의
내·외부와 관계를 맺으며 충분한 시간 동안 쌓은 경험들은
현재 살고 있는 집에 대한 정서를 형성하는 데 영향을 주며,
다른 낯선 공간에 대한 정서적 반응에 영향을 주기도 한다.
「쓰러지는 빛」은 이사할 처지에 놓인 한 가족의 이야기를 통해
집에 대한 '나'의 정서적 반응을 보여 준다.

① '나'가 '천변' 집에 살면서 추억을 형성해 온 시간들은, 이사할 처지에
놓인 현재의 상황을 불편하게 여기는 요인이 될 수 있겠군.

② '집을 고치'던 경험을 바탕으로 '구조'가 '천박'한 집의 여건을 살펴
보는 것에서, 거주 환경의 변화에 적응하여 낯선 공간에 친숙해
지고자 하는 '나'의 생각을 확인할 수 있겠군.

③ '서걱거리는 소리'와 '불규칙한 마찰음'에서 드러나는 집 주변
환경의 차이는, 두 집에 대해 '나'가 느끼는 친밀감의 차이를
유발할 수 있음을 예상할 수 있겠군.

④ '창문'을 '막아 버린' 방은 '채광 통풍조차' 되지 않는 속성으로
인해, 지금 살고 있는 집에 대한 '나'의 정서적 반응과는 다른
정서적 반응을 일으키는 요인이 될 수 있겠군.

⑤ '우리들'의 상황이 '잘못 날아든 참새들 같'다고 한 것은, 변화될
거주 여건을 낯설어하는 심리를 비유적으로 드러낸 것이라 할 수
있겠군.

MEMO

[1~4] 다음 글을 읽고 물음에 답하시오.

그런 일이 있은 지 한 달쯤 지나니 내 겨드랑에 생긴 이변의 전모가 대강 드러났다. **파마늘**은 어김없이 밤 12시부터 새벽 4시 사이에 솟구친다는 것. **방**에 있으면 쑤시고 밖에 나가면 씻은 듯하다는 것. 까닭은 전혀 알 길이 없다는 것 등이었다. **의사**는 나에게 전혀 이상이 없다고 잘라 말했다. 그도 그럴 것이 그 시간에는 내 겨드랑은 멀쩡했기 때문이다. 그때부터 나의 괴로움은 비롯되었다. 파마늘은 전혀 불규칙한 사이를 두고 뛰어나왔다. 연이틀을 쑤시는가 하면 한 일주일 소식을 끊고 하는 것이었다. 하루 이틀이지 이렇게 줄곧 밖에서 새운다는 것은 못 할 일이었다. 나는 제집이면서 꼭 **도적놈**처럼 뜰의 어느 구석에 숨어서 밤을 지내야 했기 때문이다. 그런 생활이 두 달째에 접어들었을 때 나는 견디다 못해서 담을 넘어서 밖으로 나가 보았다. 그랬더니 참으로 이상한 일도 다 있었다. 뜰에 나와 있어도 가끔 뜨끔거리고 손을 대 보면 미열이 있던 것이 거리를 거닐게 되면서는 아주 깨끗이 편한 상태가 되었다. 이렇게 되면서 독자들은 곧 짐작이 갔겠지만, 문제가 생겼다. 내가 의료적인 이유로 산책을 강요당하게 되는 시간이 행정상의 **통행 제한**의 시간과 우연하게도 겹치는 점이었다. 고민했다. 나는 부르주아의 썩은 미덕을 가지고 있었다. 관청에서 정하는 규칙은 따라야 한다는 것이 그것이다. 12시부터 4시까지는 모든 **시민**은 밖에 나다니지 말기로 되어 있다. 모든 사람이 받아들이는 규칙이니까 **페어플레이**를 지키는 사람이면 이것은 소형(小型)의 도덕률일 수밖에 없다. 그러나 이 도덕률을 지키는 한 내 겨드랑은 요절이 나고 나는 죽을는지도 모른다.

[중략 부분의 줄거리] '나'는 겨드랑이에 파마늘 같은 것이 돋으면 밤거리를 몰래 산책하곤 한다. '나'는 밤 산책 중 종종 다른 사람들과 마주친다.

오늘은 경관을 만났다. 나는 얼른 몸을 숨겼다. 그는 부산하게 내 앞을 지나갔다. 그 순간 나는 내가 레닌*인 것을, 안중근인 것을, 김구인 것을, 아무튼 그런 인물임을 실감한 것이다. 그가 지나간 다음에도 나는 ⊙은신처에서 나오지 않았다. 공화국의 시민이 어찌하여 그런 엄청난 변모를 할 수 있었는지 모를 일이다. 나는 정치적으로 백치나 다름없는 감각을 가진 사람이다. 위에서 레닌과 김구를 같은 유(類)에 놓은 것만 가지고도 알 만할 것이다. 그런데 경관이 지나가는 순간에 내가 **혁명가**였다는 것도 분명한 사실이다. 혁명가라고 자꾸 하는 것이 안 좋으면 **간첩**이래도 좋다. 나는 그 순간 분명히 간첩이었던 것이다. 그런데 내가 간첩이 아닌 것은 역시 분명하였다. 도적놈이래도 그렇다. 나는 분명히 도적놈이었으나 분명히 도적놈은 아니었다. 나는 아주 희미하게나마 혁명가, 간첩, 도적놈 그런 사람들의 마음이

알 만해지는 듯싶었다. 이 맛을 못 잊는 것이구나 하고 나는 생각하였다. 나도 물론 처음에는 치료라는 순전히 **공리적인** 이유로 이 산책에 나섰다. 그러나 지금으로서는 반드시 그런 것만은 아니다. 설사 내 겨드랑의 달걀이 영원히 가 버린다 하더라도 이 금지된 산책을 그만둘 수 있을지는 심히 의심스럽다. 나의 산책의 성격은 **변질**되기 시작하였다. **누룩 반죽**처럼.

기적(奇蹟). 기적. 경악. 공포. 웃음. 오늘 세상에도 희한한 일이 내 몸에 일어났다. 한강 근처를 산책하고 있는데 겨드랑이 간질간질해 왔다. 나는 속옷 사이로 더듬어 보았다. 털이 만져졌다. 그런데 닿임새가 심상치 않았다. 털이 괜히 빳빳하고 잘 묶여 있는 느낌이다. 빗자루처럼. 잘 만져 본다. 아무래도 보통이 아니다. 나는 ⓛ**바위틈**에 몸을 숨기고 윗옷을 벗었다. 속옷은 벗지 않고 들치고는 겨드랑을 들여다보았다. 나는 실소하고 말았다. 내 겨드랑에는 새끼 까마귀의 그것만 한 아주 치사하게 쬐끄만 **날개**가 돋아나 있었다. 다른 쪽 겨드랑을 또 들여다보았다. 나는 쿡 웃어 버렸다. 그쪽에도 장난감 몽당빗자루만 한 것이 달려 있는 것이었다. 날개가 보통 새들의 것과 다른 점이 그 깃털이 곱슬곱슬한 고수머리라는 것뿐이었다. 흠. 이놈이 나오려는 아픔이었구나 하고 나는 생각했다. 나는 그 날개를 움직이려고 해 보았다. **귓바퀴**가 말을 안 듣는 것처럼 그놈도 움직이지 않았다. 나는 참말 부끄러워졌다.

– 최인훈, 「크리스마스 캐럴 5」 –

*레닌: 러시아의 혁명가.

>> 지문을 두 장면으로 나누고, 장면의 핵심 내용을 정리해 보세요.

장면 01	'나'는 밤 12시부터 새벽 4시 사이에 _____이 아픈 증상이 나타나는데, 담을 넘어 밖으로 나가면 편한 상태가 되어서 _____ 제한 규칙을 지키기 어렵다고 느낌
장면 02	통행 제한 규칙을 어기고 몰래 밤 산책을 하며 '_____, 간첩, 도적놈'과 같은 기분을 느끼는 '나'의 겨드랑에는 아주 작은 _____가 돋아남

1. 윗글의 서술상 특징으로 가장 적절한 것은?

① 시간의 순서를 뒤바꾸어 이야기의 인과 관계를 재구성하고 있다.

② 유사한 사건을 반복해서 제시하며 서술의 초점을 분산시키고 있다.

③ 장면에 따라 서술자를 달리하여 사건의 의미를 입체적으로 조명하고 있다.

④ 공간의 이동에 따른 인물의 경험을 다른 인물의 시선을 통해 서술하고 있다.

⑤ 사건에 대한 중심인물의 내적 반응을 중심인물 자신의 목소리를 통해 제시하고 있다.

2. 윗글에 대한 이해로 적절하지 <u>않은</u> 것은?

① '의사'가 '나'의 증상을 진단하지 못한 것은 '나'의 증상이 '의사' 앞에서는 나타나지 않았기 때문이다.

② '나'는 자신의 집에서 '도적놈'과 비슷한 방식으로 행동하곤 했다.

③ '뜰'에서의 '나'의 고통은 '방'에서보다는 덜하지만 완전히 사라지지는 않는다.

④ '나'는 '시민'이 정한 규칙을 준수해야 하는 '페어플레이'를 지키지 못하게 되어 고민한다.

⑤ '혁명가'와 '간첩'은 '나'가 자신의 행동을 이해하기 위해 자신과 비교해 보는 대상이다.

3. ㉠과 ㉡에 대한 이해로 가장 적절한 것은?

① ㉠은 정신적 안정을, ㉡은 신체적 회복을 위한 공간이다.

② ㉠은 윤리적인, ㉡은 정치적인 이유로 몸을 숨기는 공간이다.

③ ㉠은 ㉡과 달리, 타인의 출현으로 인해 몸을 감춘 공간이다.

④ ㉡은 ㉠과 달리, 반복적으로 사용하는 공간이다.

⑤ ㉠과 ㉡은 모두, 과거의 자신을 긍정하는 공간이다.

4. 〈보기〉를 바탕으로 윗글을 감상한 내용으로 적절하지 <u>않은</u> 것은? [3점]

〈보기〉

「크리스마스 캐럴 5」는 자유가 억압된 시대적 상황에서 자유의 가능성과 한계를 묻는 작품이다. '나'의 겨드랑이에 돋은 정체불명의 파마늘이 주는 통증은 자유에 대한 요구를, 그로 인한 밤 '산책'은 자유를 위한 실천을 의미한다. 작품은 처음에는 명료하지 않고 미약했던 자유를 향한 의지가 밤 산책을 거듭하면서 심화되는 모습과 함께 그 과정에서 생기는 문제점을 드러낸다.

① '통행 제한'으로 인해 산책의 자유가 제한된 상황은, 단순히 이동의 자유에 대한 억압만이 아니라 자유가 억압되는 시대적 상황 자체에 대한 문제 제기라고 할 수 있겠군.

② '파마늘'이 돋을 때의 극심한 통증은, 자유가 그만큼 절박하게 요구되었던 상황을 보여 주는 동시에 자유를 얻기 위해 필요한 고통을 암시하기도 하겠군.

③ '공리적인' 목적을 가지고 있었던 산책이 점차 '누룩 반죽'처럼 '변질'되었다는 표현은, 자유의 필요성이 망각되어 자유를 위한 실천의 목적이 훼손되는 문제점에 대한 비판이겠군.

④ 정체불명의 파마늘이 '날개'의 형상으로 바뀐 것은, 처음에는 명료하지 않았던 자유를 향한 의지가 산책을 통해 심화되었다는 것을 의미하겠군.

⑤ '날개'가 '귓바퀴' 같다는 점에 대해 '나'가 느낀 부끄러움은, 여러 차례의 산책에도 불구하고 자유를 의지대로 실현하기 어려웠던 한계에 대한 인식으로 볼 수 있겠군.

채만식, 「미스터 방」

해설 P.162

[1~4] 다음 글을 읽고 물음에 답하시오.

[앞부분의 줄거리] 해방 직후, 미군 소위의 통역을 맡아 부정 축재를 일삼던 방삼복은 고향에서 온 백 주사를 집으로 초대한다.

"서 주사가 이거 두구 갑디다."

들고 올라온 각봉투 한 장을 남편에게 건네어 준다.

"어디?"

그러면서 받아 봉을 뜯는다. 소절수 한 장이 나온다. 액면 만 원짜리다.

미스터 방은 성을 벌컥 내면서

"겨우 둔 만 원야?"

하고 소절수를 다미 바닥에다 홱 내던진다.

"내가 알우?"

"우랄질 자식 어디 보자. 그래 전, 걸 십만 원에 불하 맡아다, 백만 원 하나 냉겨 먹을 테문서, 그래 겨우 둔 만 원야? 엠병헐 자식, ㉠내가 엠피*헌테 말 한마디문, 전 어느 지경 갈지 모를 줄 모르구서."

"정종으루 가져와요?"

"내 말 한마디에, 죽을 눔이 살아나구, 살 눔이 죽구 허는 줄은 모르구서. 흥, 이 자식 경 좀 쳐 봐라……. 증종 따근허게 데와. 날두 산산허구 허니."

새로이 안주가 오고, 따끈한 정종으로 술이 몇 잔 더 오락가락하고 나서였다.

백 주사는 마침내, **진작부터 벼르던 이야기**를 꺼내었다.

백 주사의 아들 ㉡백선봉은, 순사 임명장을 받아 쥐면서부터 시작하여 8·15 그 전날까지 칠 년 동안, 세 곳 주재소와 두 곳 경찰서를 전근하여 다니면서, 이백 석 추수의 토지와, 만 원짜리 저금통장과, 만 원어치가 넘는 옷이며 비단과, 역시 만 원어치가 넘는 여편네의 패물과를 장만하였다.

[A] **남들**은 주린 창자를 졸라맬 때 그의 광에는 옥 같은 정백미가 몇 가마니씩 쌓였고, 반년 일 년을 남들은 구경도 못 하는 고기와 생선이 끼니마다 상에 오르지 않는 날이 없었다.

[B] ××경찰서의 경제계 주임으로 있던 마지막 이 년 동안은 더욱더 호화판이었다. 8·15 그날 밤, **군중**이 그의 집을 습격하였을 때에 쏟아져 나온 물건이 쌀 말고도

광목 여섯 필 / 고무신 스물세 켤레
지카다비 여덟 켤레 / 빨랫비누 세 궤짝
양말 오십 타 / 정종 열세 병 / 설탕 한 부대

[C] 이렇게 **있었더란다.** 만 원어치 여편네의 패물과, 만 원어치의 옷감이며 비단과, 만 원짜리 저금통장은 고만두고 말이었다.

물건 하나 없이 죄다 빼앗기고, 집과 세간은 조각도 못 쓰게 산산 다 부수고, 백선봉은 팔이 부러지고, 첩은 머리가 절반이나 뽑히고, 겨우겨우 목숨만 살아, 본집으로 도망해 왔다.

[D] 일변 고을에서는, 백 주사가, 자식이 그런 짓을 해서 산 토지를 가지고, **동네 사람**한테 거만히 굴고, 작인들한테 팔할 가까운 도지를 받고, 고리대금을 하고 하였대서, 백선봉이 도망해 와 눕는 그날 밤, 그의 본집인 백 주사네 집을 습격하였다.

[E] 집과 세간 죄다 부수고, 백선봉이 보낸 통제 배급 물자 숱한 것 죄다 **빼앗기고**, **가족**들은 죽을 매를 맞고, 백선봉은 처가로, 백 주사는 서울로 각기 피신하여 목숨만 우선 보전하였다.

백 주사는 비싼 여관 밥을 사 먹으면서, 울적히 거리를 오락가락, 어떻게 하면 이 분풀이를 할까, ⓐ어떻게 하면 빼앗긴 돈과 물건을 도로 다 찾을까 하고 궁리를 하는 것이나, 아무런 묘책도 없었다.

그러자 오늘은 우연히 이 미스터 방을 만났다. 종로를 지향없이 거니는데, 지나가던 자동차가 스르르 멈추면서, 서양 사람과 같이 탔던 신사 양반 하나가 내려서더니, 어쩌다 눈이 마주치자

"아, 백 주사 아니신가요?"

하고 반기는 것이었었다.

자세히 보니, 무어 길바닥에서 신기료장수를 한다던 코빼뚤이 삼복이가 분명하였다.

"자네가, 저, 저, 방, 방……."

"네, 삼복입니다."

"아, 건데, 자네가……."

"허, 살 때가 됐답니다."

그러고는 ⓑ내 집으루 갑시다, 하고 잡아끄는 대로 끌리어온 것이었다.

의표하며, 집하며, 식모에 침모에 계집 하인까지 부리면서 사는 것하며, 신수가 훤히 트여 가지고, 말도 제법 의젓하여진 것 같은 것이며, ⓒ진소위 개천에서 용이 났다고 할 것인지.

옛날의 영화가 꿈이 되고, 일조에 몰락하여 가뜩이나 초상집 개처럼 초라한 자기가, ⓓ또 한 번 어깨가 옴츠러듦을 느끼지 아니치 못하였다. 그런 데다 이 녀석이, 언제 적 저라고 무엄스럽게 굴어, 심히 불쾌하였고, 그래서 ⓔ엔간히 자리를 털고 일어설 생각이 몇 번이나 나지 아니한 것도 아니었다. 그러나 참았다.

보아하니 큰 세도를 부리는 것이 분명하였다. 잘만 하면 그 힘을 빌려, 분풀이와, 빼앗긴 재물을 도로 찾을 여망이 있을 듯싶었다.

— 채만식, 「미스터 방」 —

*엠피(MP): 미군 헌병.

>> 지문을 **세 장면**으로 나누고, 장면의 핵심 내용을 정리해 보세요.

장면 01	미군의 위세에 기대어 권위를 뽐내는 방삼복이 ＿＿＿＿＿＿를 초대해 함께 ＿＿을 마심

장면 02	백 주사는 일제 강점기 때 ＿＿＿＿＿인 아들의 위세를 등에 업고 많은 재물을 쌓았으나, 광복 이후 사람들의 습격을 당해 목숨만 보전하여 서울로 올라옴

장면 03	백 주사는 ＿＿＿＿＿＿＿＿＿＿였던 방삼복의 달라진 처지에 놀라고, 방삼복의 무례한 태도를 참으며 그의 힘을 빌려 재물을 되찾고 복수를 하려 함

1. 윗글의 대화를 중심으로 '방삼복'을 이해한 것으로 가장 적절한 것은?

① 자신이 꾸미고 있는 일에 관심 없는 상대에게 자기 업무를 떠넘기는 뻔뻔함을 보이고 있다.

② 질문에 대꾸하지 않음으로써 상대가 같은 질문을 반복하도록 거드름을 피우고 있다.

③ 눈앞에 없는 사람을 비난하고 위협함으로써 함께 있는 상대에게 자신의 위세를 드러내고 있다.

④ 차에서 내려 상대에게 먼저 알은체하며 동승자에게 자신의 인맥을 과시하고 있다.

⑤ 상대가 이름을 제대로 말하기 전에 말을 가로채 상대에 대한 열등감을 감추고 있다.

2. ㉠과 ㉡에 대한 설명으로 가장 적절한 것은?

① ㉠과 ㉡에는 모두 외세에 기대어 사익을 추구하는 인물의 부정적 모습이 드러난다.

② ㉠과 ㉡에는 모두 외세와 이를 돕는 인물 간의 권력 관계가 일시적으로 역전된 모습이 드러난다.

③ ㉠과 ㉡에는 모두 사회적 지위를 이용하여 타인의 권익을 침해하는 인물이 몰락하는 모습이 드러난다.

④ ㉠에는 권력을 향한 인물의 조바심이, ㉡에는 권력에 의한 인물의 좌절감이 드러난다.

⑤ ㉠에는 자신의 권위에 대한 인물의 확신이, ㉡에는 추락한 권위를 회복할 수 있다는 인물의 자신감이 드러난다.

3. ⓐ~ⓔ에 대한 이해로 적절하지 <u>않은</u> 것은?

① ⓐ: 스스로는 문제 해결이 불가능한 상태임을 강조하여 인물의 답답한 처지를 보여 준다.

② ⓑ: 방삼복의 제안에 엉겁결에 따라가는 모습을 통해 인물이 얼떨떨한 상태임을 보여 준다.

③ ⓒ: 신수가 좋고 재력이 대단해 보이는 방삼복의 모습에 고향 사람에 대한 자부심을 갖게 되었음을 보여 준다.

④ ⓓ: 자신의 처지를 방삼복과 비교하면서 주눅이 들었음을 보여 준다.

⑤ ⓔ: 방삼복에게 도움을 받을 수 있다는 기대감과 그에 대한 반감이 뒤섞여 있음을 보여 준다.

4. 〈보기〉를 참고하여 [A]~[E]를 감상한 내용으로 적절하지 <u>않은</u> 것은? [3점]

〈보기〉

　'진작부터 벼르던 이야기'는 백 주사가 자신과 가족의 억울함을 하소연하는 부분이다. 그런데 서술자는 그 '이야기'를 서술자의 시선뿐 아니라 여러 인물들의 시선으로 초점화하여 서술함으로써 독자와 작중 인물 간의 거리를 조절한다. 또한 세부 항목을 하나씩 나열하여 장면의 분위기를 고조하고 정서를 확장하는 서술 방법으로 독자에게 현장감을 전해 준다. 이때 독자는 백 주사와 그의 가족에게 고통받았던 사람들의 입장에 서서 그들을 비판적으로 보게 된다.

① [A]: 백선봉의 풍요로운 생활을 '남들'의 굶주린 생활과 비교하여 서술함으로써 독자가 그를 비판적으로 보게 하고 있군.

② [B]: 부정하게 모은 많은 물건들을 하나씩 나열하여 습격 당시 현장의 들뜬 분위기를 환기함으로써 '군중'의 놀람과 분노를 독자에게 전하려 하고 있군.

③ [C]: '있었더란다'를 통해 누군가에게 들은 것처럼 전하면서도, 전하는 내용을 '군중'의 시선으로 초점화하여 독자가 '군중'의 입장에 서도록 유도하고 있군.

④ [D] : '동네 사람'의 시선으로 초점화하여 백 주사의 만행을 서술함으로써 백 주사가 습격의 빌미를 제공한 것처럼 독자가 느끼게 하고 있군.

⑤ [E]: 백 주사 '가족의 몰락을 보여 주는 사건들을 백 주사의 시선으로 일관되게 초점화하여 그들에게 고통받았던 사람들의 편에 선 독자가 통쾌함을 느끼게 하고 있군.

윤흥길, 「매우 잘생긴 우산 하나」

해설 P.166

[1~4] 다음 글을 읽고 물음에 답하시오.

[A]
김달채 씨는 퇴근하기 무섭게 뽀르르 집으로 달려가던 묵은 습관을 버리고 밤늦도록 하릴없이 길거리를 배회하면서 시간을 보내는 새로운 습관을 몸에 붙였다. 지하철이나 버스 혹은 공중변소나 포장마차 안에서, 백화점에서 사지도 않을 물건을 흥정하거나 정류장에서 토큰 아니면 올림픽복권을 사면서, 그리고 행인에게 담뱃불을 빌거나 더욱 과감하게는 파출소에 들어가 경찰관에게 길을 묻는 시늉을 하는 사이에 마주치는 각계각층의 사람들을 상대로 달채 씨는 실수를 가장하기도 하고 때로는 또렷한 목적 의식을 드러내기도 해 가며 우산의 존재를 알리기 위해 갖가지 수단과 방법을 다 동원했다. 그런 다음 상대방의 눈에 과연 우산이 어떻게 비치는지, 그리하여 상대방이 우산 임자인 자기를 어떻게 대우하는지 반응을 떠보는 작업을 일삼아 계속해 나갔다. 참으로 긴장과 전율이 넘치는 빠듯한 나날들이었다. 구청 호적계장의 직위에 오르기까지 여태껏 전혀 몰랐던 세계가 구청과 자기 집구석 바깥에 따로 있음을 그는 우산을 통해서 비로소 실질적으로 체험할 수가 있었다.

그는 사람들의 반응을 종합해서 몇 가지 결론을 얻어내는 데 성공했다.

첫째는, 진짜 무전기에 익숙한 일부 극소수의 사람들을 제외한 거개의 서민들은 의외로 쉽사리 우산에 속아 넘어간다는 사실이었다.

둘째는, 상대방이 무전기를 지니고 있다고 알아차리는 그 순간부터 사람들의 태도가 확 달라진다는 사실이었다. 일껏 하던 이야기를 뚝 그치거나 얼렁뚱땅 말머리를 돌리는 등으로 지은 죄도 없이 공연히 겁부터 집어먹고는 꾀죄죄한 몰골의 자기한테 갑자기 저자세로 구는 것이었다. 밤늦도록 수고가 많다면서 한사코 술값을 받지 않으려 하던 어떤 포장마찻집 주인의 경우가 단적인 예였다.

셋째는, 노골적으로 손에 쥐고 보여 줄 때보다 그냥 뒤꽁무니에 꿰찬 채 부주의한 몸가짐인 척하면서 웃옷 자락을 슬쩍 들어 ㉠케이스의 끝부분만 감질나게 보여 주는 편이 오히려 사람들을 놀라게 하는 데 훨씬 더 효과적이고 반응도 민감하다는 사실이었다.

김달채 씨는 그러잖아도 짧은 머리를 더욱 짧게 깎았다. 옷차림도 낡은 양복에서 스포티한 잠바 스타일로 개비했는가 하면 구청 밖에서는 항상 선글라스를 끼고 다녀 버릇했다. 달채 씨는 그처럼 달라진 모습으로 짬만 생기면 하릴없이 길거리를 나다니며 청명한 가을날에 우산을 이용해서 사람들을 떠보는 색다른 취미에 점점 깊숙이 빠져 들어가기 시작했다.

(중략)

그리 멀지 않은 곳에서 뭔가 벌어지고 있는 중이라고 생각하자 까닭 모를 흥분과 기대감이 그를 사로잡아 버렸다. 한 건 올리는 정도가 아니라 뭔가 이제껏 맛보지 못한 엄청난 보람을 느끼게 될 일대 사건을 만날 듯싶은 예감 때문이었다. 그는 다른 행인들이 종종걸음으로 달아나는 방향과는 정반대 편을 향해 정신없이 달려가기 시작했다.

예상했던 그대로의 살벌한 풍경이었다. 깨진 보도블록 조각이나 돌멩이들이 인도와 차도 가릴 것 없이 사방에 흩어져 나뒹굴고 있었다. 시커먼 그을음 연기를 피워 올리며 불타는 자동차와 창유리가 박살 난 건물도 보였다. 김달채 씨는 주체 못할 지경으로 쏟아지는 눈물 콧물도 돌볼 겨를 없이 여전히 선글라스를 착용한 채 최루 가스에 심하게 오염된 지역을 향해 가까이 접근했다. 중무장한 전경대에 의해 도로가 완전 차단되어 더 이상 접근이 불가능해지자 달채 씨는 구경꾼들 뒷전에서 작은 키를 한껏 발돋움하고는 시위 현장의 분위기를 살폈다. 어디선가 보이지 않는 저쪽 건물 모퉁이에서 어기찬 함성이 아직도 기세를 올리는 중이었다. 사복 경찰관들한테 붙잡혀 끌려오는 학생의 모습이 구경꾼들 어깨 너머로 내다보였다. 달채 씨는 저도 모르는 사이에 앞사람들 틈바귀를 비집고 전면으로 썩 나섰다.

"이봐요, 거기!"

김달채 씨는 창문마다 철망이 쳐진 버스 안으로 학생들을 마구 밀어 넣는 사복들을 향해 느닷없이 목청을 높였다.

"아직도 어린애야! 다치지 않게 살살 좀 다뤄!"

어디서 그런 용기가 솟아나는지 김달채 씨 자신도 깜짝 놀랄 지경이었다.

"당신 뭐야?"

옷깃에 비표를 단 사복 차림의 청년 하나가 달려와서 김달채 씨의 가슴을 떼밀었다.

"나 이런 사람이오."

김달채 씨는 엉겁결에 잠바 자락 한끝을 슬쩍 들어 뒷주머니에 꿰찬 우산 케이스를 내보였다. 하지만 상대방 청년은 그런 물건 따위는 애당초 거들떠볼 생심조차 하지 않았다.

"당신도 저 차에 같이 타고 싶어? 여러 소리 말고 빨리 집에나 들어가 봐요!"

이른바 닭장차에 어린 학생들과 함께 실리고 싶은 생각은 물론 털끝만큼도 없었다. 옷깃에 비표를 단 청년이 우산을 ㉡우산 이상의 것으로 보아 주지 않는다면 그건 어쩔 도리 없는 노릇이었다. 김달채 씨는 남의 채마밭에서 무 뽑아 먹다 들킨 아이처럼 무르춤한 꼬락서니가 되어 맥없이 돌아설 수밖에 없었다.

– 윤흥길, 「매우 잘생긴 우산 하나」 –

>> 지문을 **두 장면**으로 나누고, 장면의 핵심 내용을 정리해 보세요.

┌───┐
│ 장면 01 김달채 씨는 _____처럼 보이는 우산 _____를 │
│   들고 다니며 사람들을 떠보는 취미 생활에 빠짐   │
├───┤
│ 장면 02 김달채 씨는 _____ 현장에서 평소처럼 _____을 이용하여 │
│   상대방을 떠보려다 실패하고, 맥없이 돌아섬   │
└───┘

1. [A]의 서술상 특징으로 가장 적절한 것은?

① 중심인물이 알지 못하는 사건을 제시해 긴장감을 조성하고 있다.

② 공간 이동에 따른 인물의 내면 변화를 회상을 통해 제시하고 있다.

③ 동시적 사건들의 병치로 사건에 대한 서로 다른 관점을 드러내고 있다.

④ 한 가지의 목적으로 수렴되는 인물의 의도적인 행위들을 나열하고 있다.

⑤ 상대를 달리하여 벌이는 인물의 행동을 서술하여 점진적으로 심화되는 갈등을 묘사하고 있다.

2. 윗글의 내용에 대한 이해로 가장 적절한 것은?

① 거리를 배회하며 새로운 습관을 익히려는 김달채는 생활의 활기를 찾기 위해 비 오는 날을 기다린다.

② 꾀죄죄한 몰골의 김달채는 사람들이 자신을 무시하는 태도를 변화시키기 위해 무전기를 보여 준다.

③ 흥미를 느낄 만한 일이 벌어지고 있음을 짐작한 김달채는 달아나는 행인들과 달리 시위 현장으로 향한다.

④ 시위 진압의 영향으로 고통 받던 김달채는 전경대의 위세에 압도되어 구경꾼들 뒤로 물러선다.

⑤ 닭장차에 끌려가게 된 김달채는 건물 모퉁이에서 들려오는 함성에 안도감을 느낀다.

3. ㉠, ㉡에 대한 이해로 적절하지 않은 것은?

① 김달채는 ㉠을 그 생김새로 인해 ㉡으로 인식하는 사람들이 있다는 사실을 발견한다.

② 김달채는 사람들로부터 기대하는 반응을 효과적으로 이끌어 낼 수 있는 ㉠의 사용법을 알게 된다.

③ '일부 극소수의 사람들'에게는 ㉡을 가진 사람으로 보이려는 김달채의 의도가 실현되지 않는다.

④ 김달채는 ㉡에 익숙하지 않은 '거개의 서민들'이 ㉠을 ㉡으로 오인한다고 판단한다.

⑤ '사복 차림의 청년'은 ㉡에 익숙하여 ㉠을 이용하려는 김달채의 의도를 알아챈다.

4. 〈보기〉를 바탕으로 윗글을 감상한 내용으로 적절하지 않은 것은? [3점]

┌─────────────────────────── 〈보기〉 ───────────────────────────┐
│   │
│   소시민은 자신의 기득권을 지키기 위해 권력관계에 민감하게   │
│ 반응한다. 권력관계가 형성되기 위해서는 타인의 승인이 요구   │
│ 되며, 이로 인해 힘의 우열 관계가 발생한다. 이 작품은 허구적   │
│ 권력 표지를 통해 타인의 승인을 얻음으로써 자신감을 갖게   │
│ 된 인물이, 승인을 거부하는 타인 앞에서는 소시민적 면모를   │
│ 드러내는 상황을 그려낸다. 이를 통해 상황 논리를 따르는   │
│ 소시민의 타산적 태도를 비판하고 있다.   │
│   │
└──┘

① 김달채가 각계각층 사람들의 반응을 떠보는 것은, 권력이 타인들에게 미치는 영향을 살핀다는 점에서 김달채가 권력관계를 의식하는 인물임을 드러내는군.

② 김달채가 준 술값을 포장마찻집 주인이 받지 않으려는 것은, 권력에 대한 사람들의 태도를 나타낸다는 점에서 권력이 인물 간의 우열 관계를 형성하는 요인임을 보여 주는군.

③ 김달채가 외양에 변화를 준 것은, 타인의 승인을 용이하게 받으려 한다는 점에서 허구적 권력 표지를 이용하는 데 더 적극적으로 나서려는 김달채의 의도를 나타내는군.

④ 김달채가 사복들에게 목청을 높이며 항의하는 것은, 자신도 모르게 용기를 드러냈다는 점에서 승인받은 경험들을 통해 얻게 된 김달채의 자신감을 보여 주는군.

⑤ 김달채가 비표를 단 청년 앞에서 돌아서는 것은, 학생들과 맺은 유대 관계를 단절하여 기득권을 지키려 한다는 점에서 상황 논리를 따르는 김달채의 타산적 태도를 드러내는군.

[1~4] 다음 글을 읽고 물음에 답하시오.

[앞부분의 줄거리] 나는 기범이 죽기 전에 무슨 일이 있었는지 알기 위해, 그가 살았던 구천동을 찾아간다. 기범의 행적을 잘 알고 있는 '임 씨'를 만나 사연을 듣기 전에, 일규의 장례식 후에 있었던 기범과의 과거 일을 회상한다.

"네가 일규를 어떻게 아냐? 네깐 게 뭘 안다구 감히 일규를 입에 올리냐?"

기범은 순간 잔을 던지고 미친 듯이 웃기 시작했다. 너무나 돌연한 웃음이어서 나는 그때 꽤나 놀랐다. 기범이 그처럼 미친 듯이 웃는 것을 나는 그날 처음 보았다.

"그래, 네 말이 맞다. 나는 그놈을 **입에 올릴 자격이 없다.** 허지만 누가 그놈을 진심으로 사랑한 줄 아냐? 너희냐? 너희가 그놈을 사랑한 줄 아냐?"

㉠나는 긴장했다. 그의 눈에서 번쩍이는 눈물을 보았기 때문이다.

"너는 그놈이 아깝다구 했지만 나는 그놈이 죽어 세상 살맛이 없어졌다. 나는 살기가 울적할 **때마다** 허공에서 그놈의 쌍판을 찾았다. 나는 그놈을 통해서만 살아가는 **재미와 기쁨**을 느꼈다. 그러나 그놈 역시 사정은 나하구 똑같았다. 나를 **발길로 걷어찼지만** 그놈은 나를 잊은 적이 없다. 우리는 **서로 사랑했지만** 사랑하는 방법이 달랐을 뿐이다."

(중략)

"원래 그 사람은 도회지에서 살던 사람인데 왜 그때 도시를 버리구 **깊은 산골**을 찾았는지 모르겠군."

"처음엔 **저두** 많이 궁금하게 생각했습니다. 뭔가 세상에 죄를 짓구 숨어 사는 분이 아닌가 했습니다. ㉡더구나 이리루 들어오시자 머리를 깎구 수염까지 기르셨거든요. 그러나 오래 뫼시구 살다 보니 저대루 차츰 납득이 갔습니다. 한마디로 말하기는 어렵지만 세상에 뭔가 실망을 느끼신 게 아닌가 싶습니다."

"본인이 그런 말을 한 적이 있소?"

"과거 얘기는 좀체 안 하시는 편이었는데 언젠가는 내게 그 비슷한 말씀을 하시더군요. 듣기에 따라서는 궤변 같지만 그분은 남하구 다른 ⓐ묘한 철학을 지니구 계셨습니다."

"그걸 한번 들려줄 수 없소?"

"그분은 세상이 어지럽구 더러울 때는 그것을 구하는 방법이 한 가지밖에 없다구 하셨습니다. 세상을 좀 더 썩게 해서 더 이상 그 세상에 썩을 것이 없도록 만들어야 한다는 것입니다. 그걸 썩지 않게 고치려구 했다가는 공연히 사람만 상하구 힘만 배루 든다는 것입니다. ㉢'모두 썩어라, 철저히 썩어라'가 그분이 세상을 보는 이상한 눈입니다. 제 나름의 어설픈 추측입니다만 그분은 **사람만이 지닌 이상한 초능력**을 믿으시는 것 같았습니다. 사람은 온갖 악행에도 불구하고 자기 스스로를 송두리째 포기하지는 않는다는 것입니다. 세상이 철저히 썩어서 더 썩을 것이 없게 되면 사람은 살아남기 위해 언젠가는 스스로 자구책을 쓴다는 것입니다. 당신은 바로 그걸 믿으셨고, 이러한 자기 생각을 부정(不正)의 미학이라는 묘한 말루 부르시기두 했습니다."

나는 순간 가슴 한구석에 뭔가가 미미하게 부딪쳐 오는 진동을 느꼈다. 진동의 진상은 확실치 않지만, 나는 그것이 기범을 이해하는 어떤 열쇠가 아닌가 생각했다. 그의 온갖 기행과 궤변들이 어지러운 혼란 속에서 그제야 언뜻 한 가닥의 질서 위에 어렴풋이 늘어서는 것이었다.

"헌데 세상에 대해 그런 생각을 지닌 사람이 갑자기 왜 세상을 등지구 이런 산속에 박혀 사는 거요?"

"당신께서 아끼시던 친구 한 분이 갑자기 세상을 버리셨다구 하시더군요. 그때 아마 **충격을 받으시구** 이리루 들어오신 게 아닌가 싶습니다."

"누구랍니까, 그 친구가?"

"이름은 말씀 안 하시구 그분을 언제나 '미련한 놈'이라구만 부르셨습니다."

오일규다. 나는 그제야 오일규의 장례식 후에 기범이 격렬하게 지껄인 저 시끄럽던 요설들이 생각났다. 어쩌면 기범은 그때 이미 세상을 등질 결심을 했는지도 알 수 없다. ㉣아니 그는 그 얼마 후에 내 앞에서 정말로 깨끗하게 사라져 버린 것이다.

"그래 그 친구가 죽은 후로 왜 세상을 등졌답디까?"

"**세상 살 재미가 없어졌다구** 하시더군요. 아마 친구분을 꽤나 좋아하셨던 모양입니다. 그 미련한 놈이 죽어 버렸으니 자기도 앞으로는 미련하게 살밖에 없노라구 하셨습니다. ㉤당신이 미련하다고 말씀하는 건 우습게 들리시겠지만 착한 일을 뜻하시는 것이었습니다."

"그래서 이곳에 온 후 사람이 갑자기 달라진 거요?"

"전 그분의 과거를 몰라서 어떻게 달라졌는지는 잘 모릅니다. 허지만 이곳에 오신 후로는 그분은 거의 남을 위해서만 사셨습니다. 제가 생명을 구한 것두 순전히 그분의 덕입니다."

[A] 나는 다시 기범이 지껄였던 과거의 ⓑ요설들이 생각난다. 세상을 항상 역(逆)으로만 바라보던 그의 난해성이 또 한 번 나를 혼란 속에 빠뜨린다. 그는 어쩌면 이 세상을 역순(逆順)과 역행(逆行)에 의해 누구보다 열심으로 가장 솔직하게 살다 간 것 같다. 그에게 악과 선은 등과 배가 서로 맞붙은 동위(同位) 동질(同質)의 것이었는지도 알 수 없다. 그는 악과 선 중 아무것도 믿지 않았고 오직 믿은 것이라고는

세상에는 아무것도 믿을 것이 없다는 사실뿐이었다. 그와 오일규가 맞부딪쳤을 때 오일규가 해체되는 것은 너무나 당연하다. 그것은 가장 비열한 삶이 가장 올바른 삶을 해체시키는 역설적인 예인 것이다.

- 홍성원, 「무사와 악사」 -

>> 지문을 **두 장면**으로 나누고, 장면의 핵심 내용을 정리해 보세요.

> **장면 01** '나'는 _____의 장례식 후 기범과 만났던 과거 일을 회상함

> **장면 02** '나'는 구천동에서의 _____의 행적을 잘 알고 있는 임 씨와의 대화를 통해 기범이 가졌던 삶의 철학을 이해하기 시작함

1. [A]의 서술상 특징으로 가장 적절한 것은?

① 이야기 내부의 서술자가 인물의 행동을 객관적으로 서술하고 있다.

② 이야기 내부의 서술자가 인물에 대한 평가를 관념적으로 서술하고 있다.

③ 이야기 외부의 서술자가 인물의 체험을 바탕으로 사건의 배경을 실감나게 서술하고 있다.

④ 이야기 외부의 서술자가 인물의 회상을 중심으로 사건의 전개를 지연시키며 서술하고 있다.

⑤ 이야기 외부의 서술자가 인물의 내면을 묘사하여 인물 간의 갈등이 지속되고 있음을 서술하고 있다.

2. 서사의 흐름을 고려하여 ㉠~㉤에 대해 이해한 내용으로 적절하지 **않은** 것은?

① ㉠: 돌연한 웃음을 보이다가 눈물을 보이는 식으로 갑작스러운 감정 변화를 보인 데 대한 반응이다.

② ㉡: 신원이 미심쩍다고 의심하는 상황에서 그 외모가 의심을 가중했다는 생각이 담긴 말이다.

③ ㉢: 세상에 대한 관점이 상식적이지 않아 일반적으로는 수긍하기 어렵다는 생각을 드러낸 판단이다.

④ ㉣: 약속을 곧바로 실행에 옮긴 행위에 대한 놀라움을 드러낸 표현이다.

⑤ ㉤: 말의 표면적인 뜻과 달리 그 속에 숨은 뜻을 파악한 우호적인 해석이다.

3. ⓐ, ⓑ에 대한 설명으로 가장 적절한 것은?

① ⓐ에 대한 '나'의 이해는 기범에 대한 '나'의 인식이 전환되는 데에 기여한다.

② ⓐ에 대한 얘기를 '나'가 꺼낸 것은 기범에 대한 '저'의 오해를 풀 목적에서이다.

③ '저'는 '나'가 기범에 대해 품은 의문이 ⓑ를 바탕으로 하고 있음을 알게 된다.

④ '저'가 ⓐ로 인해 기범을 오해한다면, '나'는 ⓑ에 의해 기범을 이해한다.

⑤ '저'는 기범이 선행을 베풀며 보인 변화가 ⓑ에서 ⓐ로 변화된 과정과 일치함을 알고 있다.

4. 〈보기〉의 관점에서 윗글을 감상한 내용으로 적절하지 **않은** 것은? [3점]

> 〈보기〉
>
> 사람들은 존경하거나 사랑하는 사람을 닮아 가며 그와 자신을 동일시하려는 경향이 있다. 이를 통해 심리적 위안이나 성취감을 느끼기도 하지만 그 상대로부터 외면받거나 그가 부재한 상황에서는 마음에 상처를 입는다. 이때 동일시의 상대를 부정하거나, 외면당하지 않았다고 자신의 처지를 합리화한다. 또는 관심을 다른 데로 돌려 그 상황에서 아예 벗어나고자 한다. 「무사와 악사」에서 '기범'이 보이는 기행과 궤변은 '일규'를 동일시하려는 상대로 의식한 데서 비롯한 것으로도 볼 수 있다.

① 일규의 죽음에 '충격을 받'고 '세상 살 재미가 없어졌다'는 기범의 말이 사실이라면, 동일시하려던 상대의 부재가 가져오는 심리적 영향이 컸다는 것이겠군.

② 기범이 자신을 '발길로 걷어찼'던 일규로부터 외면받았다고 본다면, 일규와 '서로 사랑했'다고 믿는 기범의 진술은 외면당한 자신의 처지를 합리화하려는 의도에서 나온 것이겠군.

③ '울적할 때마다' 일규를 떠올리며 삶의 '재미와 기쁨'을 얻었다는 기범의 고백을 동일시의 결과로 이해한다면, 일규를 통해 기범이 심리적 위안을 얻었음을 추측할 수 있겠군.

④ 일규의 죽음이 기범이 도시를 떠나 '깊은 산골'에 정착한 계기였다고 본다면, 이는 동일시하려던 상대가 사라진 상황에서 관심을 다른 데로 돌려 그 상황을 벗어나기 위해서였겠군.

⑤ 기범이 일규를 '입에 올릴 자격이 없다'는 것이 동일시의 대상에 대한 존경심의 표현이라면, '사람만이 지닌 이상한 초능력'에 대한 기범의 믿음은 동일시를 통한 성취감에 해당되겠군.

서영은, 「사막을 건너는 법」

해설 P.174

[1~4] 다음 글을 읽고 물음에 답하시오.

나는 집에 도착한 그 첫 순간에 베일에 가린 듯이 ⓐ모든 사물, 모든 사람들로부터 차단된 나 자신을 느꼈다. 집에서 맞는 첫날 아침을 나는 이상한 비현실감 속에서 맞았다. "이런 전선에서 두부 장수 종소리, TV에서 흘러나오는 노랫소리, 수돗물이 넘치는 소리가 웬일일까?"라고 중얼거리며 주위를 둘러보았던 것이다. '이런 전선에서'란 느낌은 어떤 긴박한 위기에 대처한 생생한 의지였다. 그것은 아직도 내 몸에 밴 전쟁 냄새였다. 그런데 두부 장수 종소리, 유행가 소리 따위를 의식했을 때 나는 뭔가 맥이 탁 풀리는 것 같았다. 나의 안에 있는 긴박감에 비해서 밖은 너무도 무의미하고 태평스럽고 어쩌면 패덕스럽기까지 했다. 나미도, 학교 공부도, 또 나로부터 그토록 수많은 밤을 앗아 갔던 아틀리에도 예외일 수는 없었다. 나는 그것들과의 관계를 다시 시작할 하등의 흥미도 관심도 없었다. 나날이 권태스럽고 짜증스럽기만 했다. 이따금 나는 내 안의 긴장에 대해서, 적어도 숨김없는 그 진실에 대해서 누군가에게 말하려 애써 보았다. 그러나 이해하는 사람은 아무도 없었다.

그렇다. 이제 생각이 난다. 며칠 전 다방에서의 일. 실내엔 담배 연기가 꽉 차 있었고 선정적인 허스키로 어떤 여자가 느린 곡조로 노래를 들려주고 있었다. 어쩌다가 내가 나미에게 그 얘기를 들려주려고 했는지 알 수가 없다. 나는 다음과 같이 그 얘기를 시작했다.

나는 D 고지에서 전투 중인 ○○ 연대 근처까지 물을 실어다 주라는 명령을 받았어. 음료수가 떨어져서 전 연대원이 전투는 고사하고 타는 듯한 갈증과 싸우고 있다는 소식이었어. T에서 거기까진 팔십 킬로 거리였지. 나와 한병장은 밤중에 급수차를 몰아 T를 떠났어. 한 치 앞도 가릴 수 없는 어둠과 정적. 목쉰 듯한 엔진 소리는 어둠과 정적의 벽에 부딪혀 바로 우리의 귓가에서 부서지고, 부챗살 모양으로 어둠이 지워진 헤드라이트의 반경 속에선 사물이 극도로 정밀해져 마치 입체 영화에서처럼 눈 속으로 뛰어들었지. 그 정밀함이란 길바닥에 뒹구는 돌에 묻은 티, 풀포기에 매달려 잠자는 벌레 따위의 미세한 것들까지도 죄다 눈에 잡히는 듯했어. 나는 온갖 사물들이 바로 내 심장에 맞닿아 있는 듯한 그런 느낌을 이전엔 한 번도 가져 보지 못했어. 이따금씩 여우나 늑대 따위들이 길을 횡단하여 쏜살같이 사라지곤 했어. 어둠 속에서 한가로이 떠돌던 나방이 떼들은 갑작스런 불빛에 방향 감각을 잃고 윈도에 머리를 부딪혀 빗방울처럼 떨어져 죽었고, 나는 운전하고 있는 한병장의 팔을 건드리며 유리창을 가리켰지. 그는 겁에 질린 해쓱한 표정으로 나를 힐끔 곁눈질했을 뿐이야. 그렇지, 혈관 속을 움직이는 피의 선회마저 느낄 듯한 이 비상한 감각, 그리고 심연에서 샘처럼 솟아오르는 넘칠 듯한 생동감이 없이는, 저 유리창에 부딪혀 죽는

나방이 따위야 아무것도 신기할 것이 없지, 라고 생각하며 나는 혼자서 빙긋 웃었어.

[A] 한병장이 다시 얼굴을 힐끔 돌리며 잡아 늘이는 듯한 목소리로 말했어. "차일병은 무섭지 않나?" "아뇨, 전연." "대단하군. 여기선 적이 언제 어디서라도 나타날 수 있지." "저는 적보다 진정으로 무서운 건 무감각이라고 깨달았습니다." "나는 제대하면 곧장 결혼할 거야." "언젭니까, 제대가?" "석 달 남았지." "저는 지금까지 마치 꿈을 꾸다가 깨어난 것 같아요. 이곳에 온 뒤론 바로 생명의 한 가운데를 관통하는 느낌입니다." 그런데 중간에서 엔진이 고장났지, 몇 시간 지체하고 나니 벌써 동이 트더군. 이제부터 정말 위험이 시작된 것이라 싶더군. 왜냐하면 적의 정찰 비행에 발견되면 공중 사격을 받을 우려가 있는 데다 불볕 같은 폭염이 사정 없이 쏟아져 그도 또한 견디기 어려운 문제였지.

(중략)

아까부터 나는 창 옆에서 노인이 나타나기를 기다리고 있었다. 오늘도 그가 그토록 진지한 얼굴로 잃어버린 물건을 계속 찾을 것인지. 대체로 그렇지 못할 것이라고 나는 믿고 있다. 그러나 만에 하나라도 노인이 어제와 같은 모습으로 내 앞에 나타난다면 무료한 가운데서도 어떤 안정성을 획득하고 있던 나의 생활은 송두리째 무너질지도 모른다. 그가 창밖에서 뭔가 열심히 찾고 있는 한 나는 계속 도전을 받는 셈이기에. 때문에 사실을 좀 더 명확하게 파악할 필요가 있다. 노인이 찾고 있는 ⓑ물건의 정체가 무엇인지, 그런저런 것을 알아보노라면 노인의 그와 같은 숙연한 태도와 잃어버린 물건 사이의 상관관계도 알게 될 것이다. 아무튼 이제 나는 그와 한마디 얘기라도 나눠 보지 않으면 못 견딜 것 같은 심정이다.

[B] 드디어 자전거에 짐을 싣고 공터 안으로 들어오는 노인의 모습이 눈에 잡힌다. 그 곁엔 개가 종종걸음으로 따르고 있다. 어제와 거의 같은 장소에서 노인은 자전거를 멈추고 짐을 내린다. 비치파라솔·궤짝·연탄불 따위들이 착착 있을 곳에 놓여진다. 그런데 얼마 후에 나를 놀라게 하는 일이 벌어진다. 준비를 끝낸 노인은 이내 포장 안에서 빠져나와 개를 데리고 물웅덩이 쪽으로 가는 게 아닌가. 개는 하루 사이 아주 눈에 띄게 쇠약한 모습이고, 노인도 피곤하고 지친 모습이긴 하나 끈질긴 어떤 힘이 그의 전신에서 면면히 솟아 나오고 있는 듯하다. 나는 완전히 안정을 잃고 방 안을 오락가락했다. 믿어지지 않는다. 거짓말이다. 무엇이 노인에게 저토록 소중하게 여겨진단 말

인가. 아니, 노인은 무슨 실없는 망상을 하고 있는 걸까. 나는 방에서 뛰쳐나왔다.

　　　　　　　　　　　　　　　　　　　　　　　　　- 서영은, 「사막을 건너는 법」 -

>> 지문을 **세 장면**으로 나누고, 장면의 핵심 내용을 정리해 보세요.

장면 01	'나'는 _____에서 돌아와 삶에 대한 허무감과 무력감에 빠짐
장면 02	'나'는 며칠 전 _____에게 전쟁에서 겪은 죽음의 위험에 대해 이야기했던 일을 회상함
장면 03	'나'는 자신과 달리 무엇인가에 열중하는 _____의 모습을 자신에 대한 _____으로 느끼고 당황하게 됨

1. [A]와 [B]의 서술상 특징에 대한 설명으로 가장 적절한 것은?

① [A]는 회상 장면을 삽입하여, [B]는 시간의 흐름에 따라 사건을 서술하여 인물들이 처한 상황을 객관적으로 전달하고 있다.

② [A]는 구어체를 활용하여 경험한 사실을, [B]는 현재형 시제를 활용하여 관찰하고 있는 사실을 생생하게 나타내고 있다.

③ [A]는 공간 이동에 따라 일어나는 사건을 통해, [B]는 공간에 대한 묘사를 통해 인물들의 외적 갈등을 심화하고 있다.

④ [A]는 인물 간의 대화를 삽입하여, [B]는 인물들의 반복되는 행동을 제시하여 갈등 해소 과정을 보여 주고 있다.

⑤ [A]는 중심인물의 말을 제시하여, [B]는 주변 인물의 말을 제시하여 사건들의 인과 관계를 드러내고 있다.

2. 윗글에 대한 이해로 가장 적절한 것은?

① '나'는 일상을 권태롭고 짜증스럽게 느끼는 상황에서 '나미'를 만나 전쟁의 경험담을 전한다.

② '나'는 D 고지로 향하는 도중 음료수가 떨어져 곤란함이 가중된 상황에 처한다.

③ '나'와 '한병장'은 어둠을 밝히는 헤드라이트로 인해 적의 정찰 비행에 발견되어 공격을 받는다.

④ '나'는 임무 수행 중에 결혼할 계획을 밝히며 귀환 후의 꿈 같은 생활에 대한 기대를 갖는다.

⑤ '나'는 전장에서 귀환한 후 자신의 긴장감을 이해해 주는 사람들을 만난다는 사실에 생동감을 느낀다.

3. ⓐ, ⓑ에 대한 이해로 적절하지 않은 것은?

① '나'는 '노인'의 변화된 모습을 통해 ⓑ를 찾는 '노인'의 행위가 중단될 것임을 예감한다.

② '나'는 ⓑ의 정체와 '노인'이 ⓑ를 찾는 태도 사이의 상관관계를 알고 싶어한다.

③ '나'는 '노인'이 ⓑ를 가치 있는 대상으로 여기고 있다고 판단한다.

④ '나'는 자신과 ⓐ의 관계에 대해 타인들은 이해하지 못한다고 생각한다.

⑤ '나'는 ⓐ로부터 소외된 상태에, '노인'은 ⓑ를 상실한 상태에 있다.

4. 〈보기〉를 참고하여 윗글을 감상한 내용으로 적절하지 않은 것은? [3점]

〈보기〉

이 작품은 신체의 감각을 활용해 '나'의 체험을 다양하게 형상화한다. 청각을 통해 현실에 대한 타인과의 인식 차이를 나타내거나, 과거 경험을 후각화하여 상징적으로 표현한다. 시각을 통해서는 긴장 상태에서 극대화된 감각 체험을 보여 주는 한편 전쟁의 실상을 체험하면서 갖게 된, 현실에 대한 체념을 드러낸다. 또한 체념 상태를 흔드는 사건을 주시하면서 생기는 번민을, 행동을 통해 제시한다. 이는 '나'가 사막 같은 현실에 발을 내딛는 계기로 작용한다.

① '집에서 맞는 첫날 아침'의 느낌을 '나'가 '전선에서' 느끼는 '전쟁 냄새'라고 지각하는 데에서, 과거의 경험이 상징적 감각으로 표현되고 있군.

② '두부 장수 종소리, 유행가 소리'를 듣고 '밖'은 '무의미하고 태평스럽'다고 생각하는 데에서, '나'의 현실 인식이 타인과 다르다는 것을 의식하고 있음이 드러나고 있군.

③ '돌', '벌레' 같은 것들을 '입체 영화'처럼 보며 '심장에 맞닿아 있는 듯' 체감하는 데에서, 전장의 긴장 속에서 '나'의 감각이 극대화되고 있음이 나타나고 있군.

④ '방향 감각'을 잃은 '나방이 떼들'이 차창에 '부딪혀' 죽는 것을 목격하는 데에서, '나'가 전쟁의 실상을 깨달음으로써 체념적 현실 인식을 갖게 된다는 것이 나타나고 있군.

⑤ '믿어지지' 않는 '노인'의 행위를 지켜보고 '방 안을 오락가락'하는 데에서, 현실 인식에 대한 '나'의 번민이 행동을 통해 제시되고 있군.

[1~4] 다음 글을 읽고 물음에 답하시오.

[A] 안승학은 원래 이 고을 읍내에서 살았다. 지금부터 이십 년 전만 해도 그는 다 찌그러진 오막살이에서 **콩나물죽으로 연명하던** 처지였다. 그러던 사람이 오늘은 수백 석 추수를 하고 서울 사는 민판서 집 **사음***까지 얻어서 이 동리로 옮겨 앉은 것이다.

그것은 안승학의 **근본**을 아는 사람은 누구나 놀랄 만한 일이었다. 그는 **지체도 없고** 형세도 없이 타관에서 떠들어 온 사람이었다. 그러므로 이 고을에는 그의 일가친척이라고는 면 서기를 다니는 아우 하나밖에 아무도 없다. 그의 부친은 경기도 죽산이라던가 어디서 호방 노릇을 하던 아전이었다는데 승학이가 성년 되기 전에 별세하고 그의 모친도 부친이 돌아간 지 삼 년 만에 마저 세상을 떠났다 한다. 그래서 거기서는 살 수가 없어서 아내와 어린 동생 하나를 데리고 이 고장으로 들어왔다. 이 고을 읍내에는 그의 처가가 사는 터이므로.

처가도 역시 가난하였으나 그래도 처가 끝으로 옹대가리나마 다시 장만해 놓고 살림이라고 떠벌였다.

그런데 그 **무렵**이 마침 **경부선이 개통**한 직후이다. 이 근처 사람들은 생전 처음 보는 기차와 정거장과 전봇대를 보고 경이의 눈을 크게 떴다.

안승학은 지금도 그때 **목판차를 맨 처음으로** 먼저 타고 서울을 가 보았다는 것을 자랑삼아 말하였다. 그때 그는 어떤 친구의 **심부름으로** 혼수 흥정을 하러 따라간 것이었다.

[B] 그의 **자만(自慢)**은 그것뿐만 아니었다. 그는 경기도 출생이라고 이 지방에서는 제일 똑똑한 체를 하였다.

우편소가 새로 생긴 것을 보고 이웃 사람들은 그게 무엇인지 몰라서 겁을 잔뜩 집어먹고 있었다. 장승같이 늘어선 전봇대에는 노상 잉-하는 소리가 들렸다. 그것은 전신줄을 감은 사기 안에다 귀신을 잡아넣어서 그런 소리가 무시로 난다는 것이다. 그리고 우편소 안에는 무슨 이상한 기계를 해 앉히고 거기서는 무시로 괴상한 소리가 들렸다. 그래서 이웃 사람들은 그것도 무슨 귀신을 잡아넣어서 그런 소리가 들리는 것이라고 하였다.

그럴 때에 안승학은 마술사처럼 이 귀신을 부리는 재주를 그들 앞에서 시험해 보였다.

그는 엽서 한 장을 사서 자기 집 통호수와 자기 이름을 쓰고 편지 사연을 써서 우편통 안으로 집어넣었다. 그리고 그들에게 장담하기를 이것이 오늘 해전 안에 우리 집으로 들어갈 터이니 가 보자는 것이었다. 과연 그날 저녁때다. 지옥사자 같은 누렁 옷을 입은 사람은 안승학의 집에 엽서

한 장을 던지고 갔다. 그것은 아까 써 넣던 그 엽서였다.

"참, 조홧속이다!"

하고 그들은 일시에 소리를 질렀다.

(중략)

안승학이는 사랑방에서 혼자 앉아서 금테 안경을 콧잔등에 걸고는 문서질을 하다가 인동이를 앞세우고 김선달 조첨지 수동이아버지 희준이 이렇게 다섯 사람이 일시에 달려드는 것을 보고 적이 마음에 불안을 느꼈다.

그래 그는 붓을 놓고서 마당을 내려다보며

"무슨 일들인가? 식전 댓바람에 내 집을 이렇게 찾아오거든 문간에서 주인을 찾고 들어와야지."

매우 **위엄스럽게** 하는 말이었다.

"아무도 없는데 누구보고 말하랍니까? 대문 기둥에다 대고 말씀하랍시오."

김선달이 받는 말이다.

저런 괘씸한 놈 말하는 것 좀 봐…… 그런데 행랑 놈은 어디를 갔기에 문간에 아무도 없었더람! 안승학은 속으로 분해했다.

그러나 **호령할 용기**는 생기지 않는다. 희준이와 인동이와 김선달은 신발을 벗고 마루에 올라가 앉았다.

조첨지와 수동 아버지는 뜰아래서 올라갈까 말까 하는 눈치다.

"하여간 무슨 일들인가?"

안승학은 얼른 이야기나 들어보고 돌려보내자는 계획이다.

"저희들이 이렇게 댁을 찾아왔을 때는 무슨 별다른 소관사가 있겠습니까…… 지난번에도 왔다가 코만 떼우고 갔습니다만 대관절 어떻게 저희들의 要求 조건을 들어주시겠습니까?"

희준이가 정식으로 말을 꺼냈다.

"그따위 이야기를 할 작정으로 이렇게들 식전 아침에 왔어? 못 들어주겠어! 벌써 여러 번째 요구 조건은 들을 수 없다고 말했는데, 자꾸 조르기만 하면 될 줄 아는가? 어림없지…… 괜히 그러지들 말고 일찍이 **나락을 베는 것**이 당신들에게 유익할 것이야……."

안승학이는 긴 장죽에 담배를 한 대 담아 가지고 불을 붙이기 위해서 성냥을 세 개비나 허비했건만 잘 붙지 아니하므로 그래 네 번째 불을 댕겨서는 쉴 새 없이 빠끔빠끔 빨다가 그만 입귀로 붉은 침을 주르르 흘리고서는 제 풀에 화가 나서 담뱃대를 탁 밀어 내던진다.

"괜스리 시간만 낭비하고 **피차의 물질상 손해**만 더 나게 하지 말고 어서 돌아가서 잘들 의논해서 오늘부터라도 일을 시작하란 말이야! 나도 아침부터 바쁜 일이 있으니 어서들 가소."

"그래 정녕코 요구 조건을 못 들어주시겠다는 말씀이지요."
"암!"

– 이기영, 「고향」 –

*사음: 마름. 지주를 대리하여 소작권을 관리하는 사람.

>> 지문을 **세 장면**으로 나누고, 장면의 핵심 내용을 정리해 보세요.

장면 01	과거 _____은 지금과는 달리 가난하고 근본 없는 처지로 타관에서 마을로 들어옴
장면 02	새로운 문물에 무지하여 두려워하는 마을 사람들에게 안승학은 _____를 다루는 모습을 보여 주며 자신을 과시함
장면 03	안승학은 _____을 수락해 달라는 다섯 사람의 요청을 끝내 거절하고 돌려보냄

---

1. [A]의 서술상 특징에 대한 설명으로 가장 적절한 것은?

① 서술 대상에 대한 독백적 서술을 통해 서술 대상에 대한 정서적 반응이 제시되고 있다.

② 서술 대상에 대한 회고적 서술을 통해 서술 대상에 대한 성찰적 태도가 드러나고 있다.

③ 서술 대상에 대한 병렬적 서술을 통해 서술 대상에 관한 정보가 반복적으로 제시되고 있다.

④ 서술 대상에 대한 묘사적 서술을 통해 서술 대상에 관한 정보가 단계적으로 제시되고 있다.

⑤ 서술 대상에 대한 요약적 서술을 통해 서술 대상에 관한 정보가 개괄적으로 제시되고 있다.

---

2. [B]에 대한 이해로 적절하지 <u>않은</u> 것은?

① 새로운 문물의 도입이 사람들의 의식을 혼란스럽게 하는 상황이 나타나고 있다.

② 새로운 문물이 실생활에 쓰이는 현장을 소개함으로써 사람들의 생활 방식이 변해야 함을 알려 주고 있다.

③ 새로운 문물의 이용 방법을 알고 있는 인물과 그렇지 못한 사람들 간에 문물에 대한 이해의 차이가 있음이 드러나고 있다.

④ 새로운 문물을 접한 사람들의 반응이 직접적으로 드러남으로써 새로운 세상의 도래에 대한 정서적 충격을 표현하고 있다.

⑤ 새로운 문물에서 신이한 현상을 연상하는 사람들의 반응을 통해 낯선 문물이 도입될 당시의 문화적인 환경을 보여 주고 있다.

---

3. 요구 조건 을 중심으로 윗글을 이해한 내용으로 적절하지 <u>않은</u> 것은?

① '요구 조건'을 관철시키러 온 '김선달'의 '안승학'에 대한 비아냥거리는 태도가 표출되고 있다.

② '요구 조건'의 이행을 요청하는 '희준'에 대해 '안승학'의 거부 의사가 직접적으로 표출되고 있다.

③ '요구 조건'의 불이행 때문에 벌어질 일을 경고하는 '희준'에 대해 '안승학'이 염려하고 있음이 암시되어 있다.

④ '요구 조건'의 수락 여부를 둘러싸고 빚어진 '안승학'과 '다섯 사람' 간의 갈등 양상이 긴장된 분위기를 자아내고 있다.

⑤ '요구 조건'에 대한 확답을 받기 원하는 '다섯 사람'의 갑작스러운 방문에 대한 '안승학'의 심리적인 동요가 제시되고 있다.

---

4. 〈보기〉를 참고하여 윗글을 감상한 내용으로 적절하지 <u>않은</u> 것은? [3점]

〈보기〉

1930년대 리얼리즘 장편 소설에는 변화하는 사회적 환경 속에서 사회적 지위가 상승한 인물형이 등장한다. 이 유형의 인물들은 근대 문물에 발 빠르게 적응하면서도 소작제와 같은 전근대적 토지 제도에 편승하는 모습을 보인다. 이들은 근대 문물을 체험해 보지 못한 사람들에게 자신을 과시하지만 자신만의 이익을 추구하기 때문에 그 지위를 인정받지 못한다. 이러한 인물들을 통해 1930년대 농촌 사회에 등장한 속물적 인물형의 면모를 확인할 수 있다.

① '지체도 없이' '콩나물죽으로 연명하'다가 '사음까지' 된 인물의 모습은, 소작제를 이용하여 지위가 변한 인물형을 보여 주는군.

② '경부선이 개통'할 '무렵'의 시대 변화에 적응하여 '근본'에서 벗어날 기회를 얻었던 인물의 모습은, 근대 문물이 유입되는 사회적 환경 속에서 변모해 갈 수 있었던 인물형을 보여 주는군.

③ '친구의 심부름으로' '목판차를 맨 처음으로' 타 보고서 '자만'하는 인물의 행동은, 근대 문물을 경험했다는 점을 앞세워 자신을 과시하는 인물의 모습을 보여 주는군.

④ '위엄스럽게' 하대하면서도 '호령할 용기'를 내지 못하는 인물의 심리는, 자신의 사회적 지위를 인정하지 않는 이들에게 반감을 드러내는 인물의 모습을 보여 주는군.

⑤ '피차의 물질상 손해'를 강조하면서도 일방적으로 사람들에게 '나락을 베는 것'을 종용하는 인물의 모습은, 다른 사람의 이익보다 사적인 이익을 우선시하는 인물형을 보여 주는군.

[1~4] 다음 글을 읽고 물음에 답하시오.

[앞부분 줄거리] 황만근은 마을 사람들에게 바보 취급을 받지만, 외지 출신인 민 씨는 달리 생각한다. 어느 날, 밤늦게 집에 가던 황만근은 토끼 고개에서 거대한 토끼를 만난다.

"그기 뭔 소리라? 내가 내 집에 내 발로 가는데 니가 뭐라꼬 집에 못 간다 카나. 귀신이마 썩 물러가고 토끼마 착 엎디리라. 내가 너를 타고서라도 집에 갈란다."

거대한 토끼는 황만근이 한 번도 맡아 본 적이 없는 비린 냄새를 풍기면서 느릿하고 탁한 음성으로 다시 말했다.

"너는 ⓐ여기서 죽는다. **너는 여기서 죽는다.** 너는 여기서 죽는다. 너는 집에 못 간다."

황만근은 온몸에 소름이 돋고 털이란 털은 모두 위로 곤두섰다. 그래도 있는 힘을 다해 토끼를 밀치며 "비키라!" 하고 소리를 질렀다. 그런데 토끼를 밀친 황만근의 팔이 토끼의 털에 묻히는가 싶더니 진공청소기에 빨려 드는 파리처럼 쑤욱 안으로 빨려 들어가는 것이었다 ㉠(황만근이 한 말이 아니라 그 말을 들은 민 씨의 표현이다). 황만근은 한 팔로 옆에 있는 나무를 붙잡으면서 빨려 들어간 팔을 도로 빼려고 안간힘을 썼다. 황만근을 빨아들이려는 공간은 아무것도 잡히지 않을 정도로 넓었고 허전했고 또한 소름끼치도록 차가웠다. 토끼는 토끼대로 쉽게 끌려 들어오지 않는 황만근을 마저 끌어들이기 위해 온몸을 떨면서 뒷발을 든 채 버티고 있었다.

그런 상태로 시간이 하염없이 흘렀다. 어느새 동쪽 하늘이 부옇게 밝아 오기 시작했다. 그러자 토끼는 황만근을 향해 "너는 이제 살았다. 너는 이제 살았다. 너는 이제 살았으니 나를 놓아라" 하고 말했다. 황만근은 오기가 나서 "택도 없는 소리 말거라. 니를 탕으로 끓이서 어무이하고 나하고 마주 앉아서 먹어 치울 끼다. 니 가죽을 빗기서 어무이 목도리를 하고 내 토시를 하고 장갑을 할 끼다. **니는 인자 죽었다,** 자슥아" 하고 소리쳤다. 토끼는 다급하게 물었다. "그럼 어떻게 하면 네 팔을 빼겠느냐." 황만근은 팔을 안 빼는 게 아니라 못 빼고 있는데 토끼가 그렇게 물어오자 할 말이 없었다. 그래서 되는 대로 "내 소원을 세 가지 들어주기 전에는 니까잇 거는 못 간다" 하고 말했다.

"네 소원이 뭐냐."

"우리 어무이가 팥죽 할마이겉이 오래오래 사는 거다."

㉡(팥죽 할마이란 팥죽을 파는 할머니, 혹은 늘 팥죽을 쑤고 있는 할머니 같은데 그 할머니가 누구인지, 어째서 오래 산다고 하는지 민 씨는 모른다.)

토끼는 ⓑ마을이 있는 서쪽으로 고개를 기울였다가 몸을 소스라치게 떨고 나서 힘겨운 목소리로 말했다.

"지금 들어주었다. 그 다음은?"

"여우 겉은 마누라가 생기는 거다."

"송편을 세 번 먹으면 네 집으로 올 거다. 다음은 무엇이냐?"

"떡두깨(떡두꺼비) 겉은 아들이다."

"마누라가 들어오면 용왕이 와서 그렇게 해 준다. 이제 나를 놓아라."

"내가 언제 너를 잡았나. 니가 가 뿌리만 되지, **바보 자슥아.**"

그러자 토끼는 속았다는 걸 알았는지 얼굴을 무섭게 부풀리더니 황만근의 얼굴에 뜨겁고 매운 김을 내뿜었다. 황만근이 눈을 뜨지 못하고 쩔쩔매다가 간신히 떠 보니 어느새 자신의 팔이 돌아와 있는 것이었다. 황만근의 ⓒ주변에는 토끼털이 무수히 떨어져 바늘처럼 반짝이고 있었다. 황만근은 제대로 숨 쉴 겨를도 없이 집으로 달려갔다. 동네 곳곳의 닭들이 횃대에서 소리쳐 울고 있었다. 황만근은 밖에서 "어무이, 어무이" 하고 소리치면서 ⓓ마당으로 뛰어 들어갔지만 방 안에서는 아무 기척이 없었다. 방 안에 들어가 보니 그의 어머니는 그가 나갔을 때의 모습 그대로, 얼굴이 백지장처럼 변해 앉아 있었다.

"어무이, 어무이!"

그가 어깨를 흔들자 젊은 어머니는 모로 쓰러져 버렸다. 그러면서 "카악!" 하고는 목에서 **주먹밥 덩어리**를 토해 냈다. 황만근이 어머니를 껴안고 통곡을 하다가 손발을 주무르고 온몸을 어루만지자 어머니는 눈을 떴다.

"니 와 인자 왔노?"

"밤새도록 토깨이 귀신하고 씨름을 하다 왔다. 니는 괜않나."

"니 기다리다가 아까 해 뜰 녘에 닭이 울길래 밥 한 덩이를 입에 넣었다가 목이 맥히서 죽을 뿔했다. 움직있다가는 더 맥힐 거 같애서 손가락 하나 까딱 모하고 이래 니가 오기 기다리고 있었니라. 이 문디 겉은 놈의 자슥아, 와 밥만 해 놓고 물은 안 떠다 났나!"

황만근은 울다가 웃다가 덩실덩실 춤을 추었다. 그러고는 어머니에게 엉덩이를 채어 물을 뜨러 동네 ⓔ우물로 달려갔다.

[A]
그날 우물가에서는 황만근의 기이한 체험이 여러 사람의 입으로 하루 종일 수십 번 되풀이되었고 종내 황만근이 우물가로 초청되어 입이 아프도록 같은 **이야기**를 늘어놓아야 했다.

[B]
송편을 세 번 빚을 만큼의 시간, 곧 세 해가 흐른 뒤에 토끼의 **말**대로 어떤 처녀가 그의 집으로 들어왔을 때 동네 사람들이 황만근을 보는 눈이 달라졌다.

– 성석제, 「황만근은 이렇게 말했다」 –

>> 지문을 **네 장면**으로 나누고, 장면의 핵심 내용을 정리해 보세요.

장면 01	토끼 고개에서 만난 거대한 _____와 황만근이 서로 대립함
장면 02	날이 밝아 오자 토끼는 황만근의 세 가지 _____을 들어준 후 떠남
장면 03	밤새 혼자 있던 어머니는 _____이 목에 걸려 죽을 뻔함
장면 04	황만근은 마을 사람들에게 자신이 겪은 이야기를 늘어놓았으며, _____가 흐른 뒤 토끼의 말대로 황만근의 집에 한 처녀가 들어옴

1. ㉠, ㉡의 서술 효과로 가장 적절한 것은?

① ㉠을 통해 민 씨가 황만근에게 들은 말을 그대로 전하고 있음을 알 수 있다.

② ㉡을 통해 황만근의 말을 전하는 민 씨도 다른 인물들처럼 서술자의 서술 대상임을 알 수 있다.

③ ㉠과 ㉡을 삭제하면 황만근과 토끼의 대결 과정을 파악하기 어렵게 된다.

④ ㉠과 ㉡은 황만근과 토끼의 대결 과정 자체에 더 몰입하여 읽도록 도와주는 기능을 한다.

⑤ ㉠과 ㉡을 통해 황만근이 민 씨로부터 전해 들은 이야기가 다시 서술되고 있음을 알 수 있다.

2. ⓐ~ⓔ를 이해한 내용으로 적절하지 않은 것은?

① ⓐ: 주인공이 기이한 체험을 하는 공간

② ⓑ: 주인공이 복귀해야 할 일상적 공간

③ ⓒ: 주인공의 지난밤 체험의 흔적이 남아 있는 공간

④ ⓓ: 주인공이 어머니에 대한 불안을 감지하는 공간

⑤ ⓔ: 주인공이 어머니의 요청을 동네 사람들에게 전하러 간 공간

3. [A], [B]에 대한 설명으로 가장 적절한 것은?

① [A]는 마을 사람들이 '이야기'를 여러 차례 들었으나 여전히 흥미를 느끼지 못했음을 보여 준다.

② [A]는 직접 경험한 사건이라도 반복적으로 전달되면서 '이야기'의 내용이 점차 달라지고 있음을 보여 준다.

③ [B]는 새로운 등장인물의 '말'에 따라 '말'을 처음 전한 존재에 대한 평가가 달라졌음을 보여 준다.

④ [B]의 '말'은 [A]의 '이야기'의 일부로, '말'의 실현이 '이야기'의 신뢰성을 높이고 있음을 보여 준다.

⑤ [B]는 [A]의 '이야기'가 삼 년 동안 전해질 수 있었던 이유가 '말'의 실현에 대한 공동체의 확신 때문임을 보여 준다.

4. 〈보기〉를 참고하여 윗글을 감상한 내용으로 적절하지 않은 것은? [3점]

〈보기〉

윗글은 민담적 요소를 적극 활용한 현대 소설이다. 바보 취급을 받는 황만근이 신이한 존재와 대면했으나 위기를 극복하며 의외의 승리를 거둔다는 비현실적 이야기는 민담적 특징을 잘 보여 준다. 또한 반복적이거나 위협적인 어구 사용, 구성진 입담 등에는 언어의 주술성과 해학성이 잘 드러난다.

① 황만근이 '거대한 토끼'와 겨루는 비현실적인 이야기 전개는 민담의 일반적 특성과 맞닿아 있는 것이겠군.

② 토끼가 '너는 여기서 죽는다.'라는 말을 세 번 반복한 것은 언어의 주술적 특성을 드러내는 것이겠군.

③ 황만근이 '니는 인자 죽었다.'라고 발언하며 위협한 것은 의외의 결과를 가져와 토끼가 황만근의 소원을 들어주기로 하였겠군.

④ '바보 자슥아'라는 말은 황만근에 대한 신이한 존재의 우위가 변했음을 보여 주는 것이겠군.

⑤ 어머니가 '주먹밥 덩어리'를 토해 내는 것은 황만근에게 속은 것을 깨달은 토끼의 주술적 복수라 할 수 있겠군.

PART 4

고전산문

[1~4] 다음 글을 읽고 물음에 답하시오.

상이 전라도 여산 고을로 간 원마다 죽고 고을이 황폐하여 인심이 궤란(潰亂)함을 들으시고 깊이 근심하사 유예 불평하시더니, 이화란 장사 있어 일찍 무과 급제하여 오래 벼슬을 못 하고 분울해하더니, 이 말을 듣고 상소하여 왈,

"신이 이제 급제하여 십여 년에 벼슬을 못 하옵고 성하에 무익하옴을 주야에 한이 깊삽더니, 이제 여산의 괴변이 고이하와 **본국**이 위태하오니, 신이 비록 재주 없사오나 한번 입거하와 **사변을 제어하**오리다."

상이 서사를 보시고 대희하사 즉일 ㉠여산 부사를 제수하시자, 이화 대희하여 사은하고 집에 돌아오자, 가족이 대경하고 부모 왈,

"여산 가는 원마다 죽는 자 삼십여 인이라. 네 구태여 자원하여 죽으려 함은 어찜이뇨. 달리 말고 가지 말라."

생이 대 왈,

"소자 듣자오니 사악한 기운이 바른 기운을 범하지 못한다 하오니 과려치 마소서."

인하여 즉시 하직코 발행 나흘에 여산에 이르러 도임하니라.

[중략 부분 줄거리] 이화는 아전 집의 자물쇠에 깃든 혼령인 여백에게 원을 죽인 정체가 누군지 물으나, 여백은 말하기 어렵다고 대답한다.

이화 매우 노하여 여백을 칼로 당당히 베고자 하니, 여백이 애걸하여 왈,

"네 나를 **베고자** 하니, 무릇 두 번 죽는 일이 없으나 불행히 너를 만나 괴로움을 당하는지라. 내 말하나 네가 처치를 잘못하면 나는 예 있지 아니하고 너는 목이 베어지리라."

이화 은근히 문 왈,

"**좋은 꾀**를 가르치면 어찌 성치 못하리오."

여백 왈,

"저 은행나무 천여 년이나 묵은 여우 한 쌍이 있어 변화 무궁하니, 이 고을 원마다 죽여 그 피 빨아 먹으니 요술이 점점 더 신기한지라. 잡기를 착실히 할지니, 이 고을 백성에게 명하여 만군으로 겹겹이 진 쳐 사람마다 다 활과 총과 창검을 장전하라 하고, 대톱과 큰 도끼로 나무를 베면 처음에 피가 낭자할 것이니, 이는 **잡귀**. 나무 끝에 백발 노옹과 노파 나올 것이니 억만 병으로 **여우를 잡**되 일시에 둘을 다 잡아내면 변이 없으리라."

이화 이 말을 듣고 기뻐서 왈,

"내가 착실히 할 것이니 염려 말라."

하고 ㉡각 면에 하령하니, 그물을 맺어 둘러치고 억만 사람으로 겹겹이 둘러 진 치고 나무를 베어라 하니, 모든 관리와 백성이 일시에 말려 왈,

[A] "이 나무가 극히 영험하와 나무 위에 백발 노옹과 노파 때때로 나오니 이는 신선이라. 신기한 변화 무궁하니 이 나무 베시면 백성이 다 죽기 쉽사오니 성주께도 화 있사온가 하나이다."

원이 대소 왈,

"너희 무삼 지각이 있노라 감히 내 명을 거스르느뇨. 개의치 않으니 나무 속 요괴를 잡지 못하면 반드시 너희들 이 창검으로 처벌하리라. 빨리 나무를 베어 착실히 다 잡으라."

하고 호령하니, 꾸짖는 소리에 산이 무너지고 고을이 터질 듯하니, 모든 군사 문득 두렵고 겁이 나서 일시에 달려들어 베니 과연 나무 속에 유혈이 낭자하니, 다 실색 창황치 않을 수 없어 일시에 빌어 왈,

"이 나무 변이 이와 같사오니 덕분에 베지 마사이다."

원이 문득 고성으로 크게 꾸짖어 왈,

"너희 관원의 지휘를 받아 목숨이 비록 다해도 마치지 아니려든, 나무 재변이 이와 같으매 베는 바라. 너희 방자히 굴어 대사를 이렇듯이 그릇되게 하니 반드시 살리지 못하리라."

하고 호령이 추상 같으니, 제군이 마지못하여 일시에 베니라.

연하여 나무 위에 백발 노옹과 노파가 있어 '살리라' 벽력같이 소리 지르니, 문득 천지가 무너지는 듯 일광이 어둑해지고 음풍이 크게 일어나 진동하니, 성안의 제군이 다 거꾸러지고, 이화 겨우 정신을 차려 고성 왈,

"모든 군사는 창검을 발하여 저 요괴를 잡으라."

연이어 재촉하니 모든 군사와 백성이 겨우 정신을 차려 일시에 고함하고 나무를 베니, 요괴 둘이 땅에 떨어지매 길이 한 발이 되고 금빛 같은 여우라. 화살과 창검으로 ㉢그 짐승을 죽임에 이르니 그제야 정신을 차려 원에게 사례 왈,

[B] "이런 요괴가 읍중에 있어 종전 커다란 변란이 있사옵더니, 성주의 명공 신기 이와 같사오니 이제는 태평을 누릴 줄 어찌 알았으리오. 천신이 강림하여 여러 원님의 원수를 갚으셨도다."

하더니, 문득 보고하여 왈,

"죽은 여우 **수여우**뿐이라."

이화 대경실색하고 돌아오더라.

— 작자 미상, 「이화전」 —

>> 지문을 **세 장면**으로 나누고, 장면의 핵심 내용을 정리해 보세요.

장면 01	여산의 _____을 해결하기 위해 이화가 부사로 부임함
장면 02	이화는 혼령 _____을 통해 괴변을 해결할 방도를 얻음
장면 03	군사와 백성들에게 명하여 은행나무를 베고 _____를 죽였으나 암여우는 교묘히 도망침

1. 윗글의 내용에 대한 이해로 적절하지 <u>않은</u> 것은?

① 이화는 사악한 기운이 바른 기운을 해칠 수 없다고 여기고 여산에 부임했다.

② 이화는 모든 관리와 백성이 자신의 명을 따르지 않는다고 나무라며 자신의 뜻을 고수했다.

③ 모든 군사는 이화의 호령하는 소리에 두려움을 느끼고 이화가 요구하는 대로 행동했다.

④ 모든 군사는 은행나무 속의 유혈을 보고 당황하여 이화에게 명령을 거둘 것을 요청했다.

⑤ 이화는 백발 노옹과 노파가 지르는 소리를 듣고 고함을 치며 나무를 베었다.

2. ㉠~㉢에 대해 이해한 것으로 가장 적절한 것은?

① 이화는 벼슬을 못 했던 울분을 ㉠을 통해 해소하고, 당면한 문제의 해결을 ㉡을 통해 시도한다.

② 상은 황폐한 인심을 수습하기 위한 방법으로 ㉠을 행하고, 이화는 자신에 대한 백성의 신임을 되찾고자 ㉡을 행한다.

③ 이화의 부모에게 ㉠은 이화의 안위를 염려하게 되는 이유가 되고, 이화에게 ㉢은 상의 권위를 확인하게 되는 계기가 된다.

④ 군사들은 ㉡을 계기로 이화를 외면하게 되고, 백성은 ㉢을 근거로 하여 이화를 신뢰하게 된다.

⑤ 이화는 백성의 요청에 부응하기 위해 ㉡을 행하고, ㉢을 통해 관리들에 대한 반감을 표출한다.

3. [A]와 [B]에 대한 설명으로 가장 적절한 것은?

① [A]에서는 자신들의 믿음이 사실과 일치함을 상대방에게 전하고 있고, [B]에서는 상대방에 대한 자신들의 믿음이 사실로 증명되었음을 밝히고 있다.

② [A]에서는 상황을 가정하여 대상이 자신들과 상대방에게 미칠 수 있는 부정적인 영향을, [B]에서는 상대방으로 인해 변화된 상황이 자신들에게 미치는 긍정적인 영향을 언급하고 있다.

③ [A]에서는 자신들이 목격한 상황을 토대로 대상에 대한 상대방의 인식 변화를, [B]에서는 자신들과 상대방이 공유한 경험을 토대로 대상에 대한 상대방의 행동 변화를 촉구하고 있다.

④ [A]와 [B]에서는 모두 과거와 현재의 상황을 대비하여 바람직한 상황을 가져온 상대방의 업적을 예찬하고 있다.

⑤ [A]와 [B]에서는 모두 상대방의 지위를 언급하며 상대방이 스스로의 역할에 부합하는 결정을 내릴 것을 제안하고 있다.

4. 〈보기〉를 바탕으로 윗글을 감상한 내용으로 적절하지 <u>않은</u> 것은? [3점]

〈보기〉

「이화전」은 전기 소설과 영웅 소설의 면모를 동시에 보여 준다. 주인공이 초현실적 존재와 교섭하는 설정은 전기 소설의 면모를 보여 주며, 주인공이 위기 해결에 나서고 조력자의 도움으로 위기를 극복해 나가는 서사는 여타의 영웅 소설과 다르지 않다. 그러나 조력자가 직접 나서서 행동할 수 없는 혼령의 형태로 존재한다는 점, 조력자가 주인공의 위협과 회유에 의해 조언을 해 준다는 점, 주인공이 조언을 따르기만 할 뿐 조력자로부터 스스로 위기를 해결할 수 있는 능력까지는 전수받지 못한다는 점 등은 영웅 소설의 일반적인 조력자나 주인공과는 구별되는 특이성을 보여 준다.

① '본국'의 '사변을 제어하'겠다고 말하며 국가의 위기를 주도적으로 해결하고자 하는 이화의 모습에서, 영웅 소설의 주인공으로서의 면모를 확인할 수 있군.

② 자신을 '베고자 하'는 이화에게 '좋은 꾀'를 알려 주는 여백의 모습에서, 영웅 소설의 일반적 조력자와는 달리 주인공의 위협과 회유에 의해 조언을 제공하는 모습을 확인할 수 있군.

③ '잡귀'를 잡는 것에 관해 이화가 여백과 대화하는 장면에서, 현실 세계에 속한 주인공이 초현실적 존재와 교섭하는 전기 소설로서의 특징을 확인할 수 있군.

④ 여백에게 '여우를 잡'는 방법은 듣게 되나 스스로 위기를 해결할 수 있는 능력은 전수받지 못한 이화의 모습에서, 영웅 소설의 일반적 주인공과는 변별되는 특징을 확인할 수 있군.

⑤ 여백의 조언을 따른 결과 '수여우'가 죽은 것에서, 영웅 소설의 일반적 조력자와 달리 조력자가 혼령임에도 주인공이 위기에서 벗어날 수 있게 된 상황을 확인할 수 있군.

[1~4] 다음 글을 읽고 물음에 답하시오.

[앞부분 줄거리] 진옥은 월국에 승전한 일을 황제에게 전하고 돌아오다 문득 대풍을 만나 외딴섬에 이르러 한 노인을 만난다.

그 노인이 눈물을 흘리며 왈

"사십 후에 한 자식을 두었다가 갑자년 난중에 잃었나이다."

진옥이 왈

"그 자식의 이름을 아시나이까?"

노인이 답왈

"내 자식의 이름은 김진옥이거니와 화초암에서 공부하다가 이별하였더니 지금 사생존망을 모르나이다."

하거늘 원수가 그제야 부친인 줄 알고 그 노인을 붙들고 ㉠대성통곡 왈

"소자의 이름이 진옥이로소이다."

하니 그 노인이 진옥이란 말을 듣고 ㉡대성통곡하고 기절하고 엎어지니 진옥이 눈물을 그치고 부친을 위로하며 전후사를 낱낱이 설화하더라.

그런 뒤에 배를 타고 만경창파에 떠서 고국으로 향하더니 한 곳에 다다르니 바람결에 청아한 ⓐ옥피리 소리 들리거늘 살펴보니 일위 동자가 청의를 입고 머리에 화관을 쓰고 ⓑ일엽편주를 타고 살같이 오며 왈

"김 원수는 배를 잠시 멈추소서."

하며 급히 불러 왈

"수부 왕이 청하시니 가사이다."

하거늘 원수가 대왈

"용왕은 수부 용신이요, 진옥은 진세지인이라. 용궁과 인세가 길이 다르니 어찌 서로 미치리오?"

원수가 부친께 고하여 왈

"어찌 하오리까?"

하니 그 부친이 왈

"용왕이 청하시니 어찌 거역하리오. 아모케든 가리라."

하시니 원수가 동자를 따라 수부에 이르니 일월이 명랑하고 천지가 광활하고 주궁이 장려하고 위의가 거룩하더라.

이때 용왕이 원수를 맞아 ㉢백옥상에 좌정한 후 왈

"원수의 존명을 들은 지 오래더니 오늘에서야 처음 보는도다."

원수가 대왈

"저는 인간 사람이라. 이다지 관대하시니 감사무지로소이다."

한참이나 자리를 즐기더니 한 신하가 아뢰어 왈

"동곡 대병이 지경을 범하오니 대왕은 급히 막으소서."

하였더라.

이때 용왕이 원수를 돌아보아 왈

"과인이 김 원수를 청한 것은 다름 아니라 동곡 용왕이 지경을

침노하니 원수는 일신을 아끼지 말고 공을 이루라. 만일 적병을 소멸하면 수부의 영광이 될 것이요, 또 공을 표창하리라."

하니 원수가 대왈

"저는 진세 사람이라 어찌 수부 용왕을 당하리오. 그러나 힘을 다하여 보겠나이다."

용왕이 ㉣대희하여 즉시 정병 팔만을 조발하여 주거늘 동곡 용왕과 대진하니 천지가 진동하고 남해 용궁이 가득 찬 듯하더라. 원수 사은하고 물러 나오니 군영이 엄숙하고 위엄이 진동하는지라.

각설, 이때 중국 대병이 회환하다가 일야 대풍에 원수 탄 배 표풍하여 간 곳이 없는지라. 군중이 황황하여 두루 찾았으나 종적을 모르는지라. 삼 삭 만에 본국에 돌아와 황제께 아뢰길 '대원수 김진옥을 중도에 잃어버렸다.'라고 하니 황제가 그 말을 듣고 대경차탄하시고 다른 제장 군졸들은 무사 귀국함을 기꺼하시나 원수 표풍함을 슬퍼하시고 또한 이상하게 여기시더라.

이때 유 승상이 이 말을 듣고 ㉤대경실색하여 부인과 소저와 주야 근심하여 천만다행으로 살아 돌아옴을 두 손 모아 기도하더라. 이에 앞서 우양 공주가 김진옥이 파혼하매 형성군의 며느리 되었으니, 김진옥이 부마됨을 지극히 피함을 시기하여 항상 모해할 뜻을 두고 그윽이 틈을 엿보더니, 원수 표풍하여 사생 모름을 듣고 대희하여 병부상서 정동한 등으로 통하여 황제께 여쭈오되

"갑자년 난중에 김진옥의 아비 시광도 오랑캐와 내응하다가 성사치 못함으로 월국으로 들어가더니 지금 진옥이 월국을 치는 체하다가 월국으로 도망하여 제 아비와 동심합력하여 중국을 해코자 하오니 그 처자를 어찌 살려 두리까? 황제는 앞날을 생각하소서."

황제 그 말을 듣고 그러할 듯한지라 즉시 유 승상을 삭탈관직하고 진옥의 처 유 씨를 잡아다가 죽이려 하더라.

(중략)

각설, 이때 원수 수부에서 용궁 대병을 거느리고 일자 장사진을 쳐 제장을 호령하시니 선봉 장신갑이 아뢰어 왈

"동곡 용왕은 유수진을 쳤거늘 원수께서는 어찌 일자 장사진을 쳤나이까?"

원수 웃으며 왈

"오행 중에 상극이 있으니 유수진을 치고 들면 어찌 살기를 바라리오."

제장이 서로 돌아보고 왈

"원수의 진법은 과연 명장이라."

하며 **칭찬**하더라.

　이때 원수가 군법을 정제하고 싸움을 돋우더니 '동곡 용왕은 들어보라.' 하며 풍운조화를 부리니 동곡 용왕이 ⑩**대로**하여 비룡마를 타고 ⓓ청천검을 들고 달려들거늘 원수가 응하여 동서남북으로 충돌하다가 용왕의 머리를 베어 들고 만군 중에 횡행하니 수중 명장이 대경실색하더라.

　이때 적진 군중에서 ⓔ항서를 써 올리거늘 원수가 받은 후에 군사를 몰아 돌아오니 용왕이 대희하여 원수와 그 부친을 좌상에 앉히고 원수 공덕을 무수히 **치사**하시더라. 그 부친으로 서해군을 봉하시고 원수로서 **동해군을 봉**하시니라.

– 작자 미상, 「김진옥전」 –

>> 지문을 **세 장면**으로 나누고, 장면의 핵심 내용을 정리해 보세요.

장면 01	진옥은 풍랑으로 인해 외딴섬에 떨어져 아버지와 재회한 후, 용왕에게 대접받고 ＿＿＿＿＿＿＿을 무찌르기로 함
장면 02	황제는 진옥이 사라졌다는 말에 슬퍼하는 한편, 우양 공주의 ＿＿＿＿＿에 속아 진옥의 가족들을 처벌함
장면 03	진옥이 동곡 용왕을 무찌르고 돌아오자 대희한 용왕이 진옥과 그 ＿＿＿＿＿에게 벼슬을 주며 공을 치하함

1. ㉠~㉤에 대한 이해로 적절하지 **않은** 것은?

① ㉠: '노인'과 함께 전란을 극복했던 과거를 떠올린 '진옥'의 반응이며, '진옥'이 서러움을 토로하는 모습으로 이어지는군.

② ㉡: 자신이 알지 못했던 의외의 사실을 확인한 '노인'의 반응이며, '노인'이 격한 감정을 못 이기는 모습으로 이어지는군.

③ ㉢: '진옥'의 태도에 만족한 '용왕'의 반응이며, '용왕'이 '진옥'에게 목표 달성을 위한 수단을 제공하는 행위로 이어지는군.

④ ㉣: '진옥'의 실종 소식에 대한 '유 승상'의 반응이며, 가족들과 '유 승상'이 '진옥'의 생환을 비는 모습으로 이어지는군.

⑤ ㉤: 싸움을 걸며 조화를 부리는 '진옥'에 대한 '동곡 용왕'의 반응이며, '동곡 용왕'이 '진옥'을 제압하려는 행위로 이어지는군.

2. ⓐ~ⓔ에 대한 설명으로 가장 적절한 것은?

① ⓐ는 환상적 분위기를 조성하여, 새롭게 등장하는 존재에 대한 인물의 주의를 환기하는 소재이다.

② ⓑ는 인물들이 계획했던 항해가 무사히 지속될 수 있도록 안내하여, 당초 목적한 곳에 이를 수 있도록 하는 소재이다.

③ ⓒ는 주변 풍광을 보여 주는 앞선 장면과 대비되어, 인물이 당면한 처지에 안절부절못함을 상징적으로 나타내는 소재이다.

④ ⓓ는 인물이 지닌 비범함을 돋보이게 하여, 직면한 공격에 상대가 미처 대응하지 못하게 도움을 주는 소재이다.

⑤ ⓔ는 갈등의 양상을 감추어, 건네받는 인물이 상대의 진의를 파악할 수 없도록 기능하는 소재이다.

3. 다음은 학생이 윗글을 읽고 감상한 감상문의 일부이다. ㉮~㉺ 중 적절하지 **않은** 것은?

> 「김진옥전」에서는 진옥의 표류를 계기로 서로 다른 공간에서 가족이 상봉과 위기의 서사가 전개되었다. 진옥이 표류해 도착한 공간에서는 진옥이 부친과 상봉했는데, ㉮진옥과 부친이 이별하였을 때의 상황이 언급되었고, ㉯진옥이 부친과 함께 배를 타고 고국으로 출발하는 이야기가 이어졌다. 한편, 진옥이 부재한 공간에서는 진옥의 가족을 해치려는 시도가 이루어졌다. ㉰황제는 진옥이 귀환하지 못했다는 상황이 그러할 듯하다고 이해했지만, ㉱공주는 진옥의 부재를 기회로 삼아 계략을 꾸몄다. 그 후 ㉲진옥을 모함하는 말을 들은 황제에 의해 진옥의 가족은 위기에 처하게 되었다. 이렇듯 표류는 진옥과 가족의 만남을 돕거나 방해하면서 이야기를 입체적으로 만들고 있었다.

① ㉮　　② ㉯　　③ ㉰　　④ ㉱　　⑤ ㉲

4. 〈보기〉를 참고하여 윗글을 감상한 내용으로 적절하지 <u>않은</u> 것은? [3점]

〈보기〉

「김진옥전」의 영웅 서사가 보여 주는 바다 세계에서의 모험 담에서는 초월적 세계에 대한 변모된 서술 양상이 드러난다. 이 작품 속 초월적 세계는 다른 영웅소설에서처럼 인간 세계와의 간극을 지닌 곳으로 인식되지만, 인간 세계에나 있을 법한 갈등이 일어나는 곳으로도 그려진다. 주인공은 초월적 존재의 요청으로 초월적 세계의 문제를 대신 해결하는데, 이 과정에서 초월적 세계의 존재에게 우월한 능력을 인정받고, 약속된 보상을 받아 영웅의 자격을 증명한다.

① 진옥이 '청의'를 입은 '동자'와 이야기하는 장면에서 '용궁과 인세가 길이 다르'다고 하는 것을 보면, 진옥이 초월적 세계와의 간극을 인식하고 있음을 알 수 있군.

② 용왕이 '공을 이루라'고 한 장면에서 '적병'의 처치를 진옥에게 요청한 것을 보면, 진옥으로 하여금 인간 세계와 초월적 세계 사이에서 생긴 문제를 대신 해결하게 하려 함을 알 수 있군.

③ 진옥이 '지경'을 침입한 적과 '대진'하는 장면에서 '남해 용궁'에서도 '중국'처럼 전란이 생기는 것을 보면, 초월적 세계에도 인간 세계에나 있을 법한 갈등이 나타남을 확인할 수 있군.

④ 진옥이 '진법'을 펼치는 장면에서 용궁의 '제장'이 '명장'이라고 '칭찬'하는 것을 보면, 진옥이 초월적 세계의 존재에게 뛰어난 능력을 인정받고 있음을 확인할 수 있군.

⑤ 용왕이 진옥을 '치사'하는 장면에서 진옥을 '동해군'으로 '봉하'며 '표창'하는 것을 보면, 진옥이 약속된 보상을 받아 영웅으로서의 자격을 증명하고 있음을 알 수 있군.

MEMO

[1~4] 다음 글을 읽고 물음에 답하시오.

[앞부분의 줄거리] 승상 정을선이 출정한 사이 정렬부인의 모략으로 충렬부인이 옥에 갇히자 시비 금섬이 충렬부인을 피신시키고 자진한다. 옥에서 얼굴이 상한 금섬의 시신이 발견되자 왕비는 월매를 문초한다. 전장에서 정을선은 호첩이 전한 편지를 읽는다.

원수가 대경하여 호첩을 불러 **연고**를 물으시고 인하여 중군장에게 분부하시되 '나는 집에 변이 있어 먼저 가니 중군장은 차후에 인솔하여 오라.' 하고 밤낮 삼 일 만에 득달하니 이때에 왕비의 시비 월매가 종시 토설치 아니하매 **매**를 많이 맞고 여쭈오되

"어서 바삐 죽이시면 금섬의 뒤를 쫓아가겠나이다."

한데 왕비 크게 노하여 목을 베라 할 즈음에 이때 승상이 필마로 달려오다가 월매 죽이려 하는 거동을 보고 급히 소리를 지르며 말에서 내려 이를 구호하매 문왈

"충렬부인은 어디 계시냐?"

월매 인사를 모르다가 승상을 보고 방성통곡 왈

"승상은 바삐 충렬부인을 살리소서."

한데 승상이 급히 문왈

"어디 계시냐?"

한데 월매 울며 왈

"소인이 걷지 못하오니 어찌 가오리까?"

한데 급히 종을 불러 월매를 업히고 구덩이를 찾아가 보니 부인이 아기를 안고 있거늘 아기는 잠을 깊이 들었는지라. 승상이 **통곡** 왈

"부인은 눈을 떠 나를 보소서."

한데 부인이 눈을 떠 보니 승상이 왔거늘 정신 아득하여 인사를 모르다가 겨우 인사를 차려 왈

"이것이 꿈인가 생시인가 구년지수의 해 같고 칠년대한의 빗발같이 바라더니 지금 구덩이에서 만날 줄 알았으리까. 승상은 나의 ┌누명┐을 씻겨 주소서."

하며 인사를 모르는지라. 그 참혹한 형상을 어디에 비하리오. **슬픔에 매우 야위어 뼈가 드러**나게 되었는지라. 승상이 아기를 안아 월매를 주고 부인을 구한 후에 자리를 마련하여 옥석을 구별할새, 왕비전에 뵈온대 왕비 못내 반기시며 **사연**을 낱낱이 이르시되 승상 왈

㉠"이 일은 소자가 이미 아는 바이오니 염려 마옵소서."

하며 왈

㉡"처음에 그놈이 충렬부인 방에 간 줄 어찌 알으셨나이까?"

왕비 왈

"사촌 오라비가 이르기로 알았노라."

하신대 승상이 복록을 찾는데 벌써 제 **죄**를 알고 후원에 올라가 이미 죽었는지라. 하릴없어 옥졸을 잡아들여 엄히 문왈

"너희는 어찌 충렬부인 아닌 줄 알았느냐? 바로 아뢰라."

하신대 옥졸이 급히 여쭈오되

"얼굴이 상하여 아모란 줄 모르오나 손길이 곱지 못하오매 소인 등 소견에 충렬부인이 천하일색이라 하더니 손이 곱지 아니하더라 하올 제 정렬부인의 시비 금연이 이를 듣고 묻기에 자세히 이르고 부디 다른 데 가서 이 말 말라 당부하옵더니, 필연 금연의 입을 통해 발설이 된가 하나이다."

한데 승상이 금연을 잡아들여 문왈

"이 말을 듣고 네게 국문하니 바른대로 고하라."

하는 소리가 벽락이 꼭두에 임한 듯하고 궁궐이 뒤집히는 듯하더라. 이때에 정렬부인이 **승상의 호통 소리**를 듣고 똥을 한 무더기를 싸고 자빠졌는지라. 금연이 하릴없어 바로 아뢰나니라 하고 정렬부인 하던 말이며 제가 남복을 하고 충렬부인 침소로 들어간 말이며 이불 속에 누웠다가 달아난 말이며 정렬부인이 앓는 체하고 누웠사오매 충렬부인이 약으로 구병하며 곁에 있으시매 침소로 가라 강권하여 침소로 마지못하여 가시매 복록이 왕비께 참소하던 연유를 낱낱이 아뢴대 왕비 곁에 있다가 **앙천통곡**하시며 왈

"내 밝지 못하여 **악녀**의 꾀에 빠져 충렬부인을 죽이려 하였나니 무슨 면목으로 충렬부인을 보리오."

하시며 자결코자 하거늘 승상이 붙들고 울며 왈

"모친이 너무 과도히 하시면 소자가 먼저 죽으려 하나이다."

왕비 금침에 누워 일어나지 못하더라. 승상이 정렬부인을 결박하여 땅에 꿇리고 크게 노하여 왈

"너는 무엇이 부족하여 충렬부인을 해코자 하느냐. 어찌 일시를 살리리오. 내 임의로는 죽이고 싶으나 황상께 아뢰고 죽게 하리라."

하고 **상소**하니 그 글에 하였으되

"대사마 대도독 대원수 정을선은 돈수백배하고 아뢰나니 신이 서융을 쳐 사로잡고, 백성을 진무하고 돌아오려 할 때, 집에서 급한 소식을 듣고 군사를 중군장에게 맡기옵고 필마로 올라와 본즉, 정렬부인이 이러이러한 변을 일으켰사오니 세상에 이러하온 일이 있사오닛가."

하고 금연이 흉계를 꾸민 일과 월매가 당하던 고초를 낱낱이 아뢰었다.

– 작자 미상, 「정을선전」 –

>> 지문을 **세 장면**으로 나누고, 장면의 핵심 내용을 정리해 보세요.

장면 01 충렬부인 대신 시비 금섬이 죽은 일로 _____는 월매를 문초하고, 전장에서 호첩이 전한 _____를 통해 사연을 알게 된 승상(정을선)이 달려와 충렬부인을 구함

장면 02 승상이 사건과 관계된 이들을 불러 조사하자 정렬부인의 시비 _____이 충렬부인을 모함했음을 자백하고, 사실을 알게 된 왕비는 자책하며 자결하려 하지만 _____이 만류함

장면 03 승상은 _____의 죄를 묻기 위해 황상께 모든 사실을 아룀

---

1. ㉠, ㉡과 관련하여 윗글을 이해한 내용으로 적절하지 <u>않은</u> 것은?

① ㉠을 보니, 호첩에게 물은 '연고'의 내용은 왕비가 말한 '사연'의 내용과 관련이 있겠군.

② ㉠을 보니, 승상이 황상에게 올린 '상소'에 들어 있는 내용은 '이미 아는 바'와 같겠군.

③ ㉡을 보니, 승상은 '사연'의 진상을 밝히는 데에 왕비가 '그놈'의 행위를 알게 된 경위가 중요하다고 생각했겠군.

④ ㉡에 대한 왕비의 대답을 보니, 왕비에게 '그놈'의 행위에 대해 제보한 사람이 있었군.

⑤ ㉡이 제시된 후에 드러난 복록의 상황을 보니, 복록은 자신이 지은 '죄'에 대하여 심리적 중압감을 느꼈겠군.

---

2. 누명과 관련한 설명으로 가장 적절한 것은?

① 누명이 벗겨지면서, 누명을 썼던 인물은 자신의 어리석음을 탓하고 있다.

② 누명을 쓴 인물의 요청으로 남주인공은 누명을 씌운 인물의 처벌을 유보한다.

③ 누명의 내용은 누명을 쓴 인물이 남몰래 자신의 처소에서 벗어나 구덩이에 있다는 사실이다.

④ 누명을 씌우기 위한 계략에는 누명을 쓰는 인물을 특정 장소로 가게 하는 것이 포함되어 있다.

⑤ 누명이 벗겨지는 계기는 남주인공이 자신의 어머니가 극단적 선택을 하겠다는 것을 만류한 것이다.

---

3. 〈학습 활동〉을 수행한 결과로 적절하지 <u>않은</u> 것은?

〈학습 활동〉

「정을선전」은 모략을 중심으로 사건이 전개되므로 인물 간 소통 양상을 파악하는 것이 중요하다. 윗글을 바탕으로 인물 간에 나타난 소통의 내용을 정리해 보자.

	인물 A	인물 B	소통의 내용
①	원수	중군장	A가 B에게 군사를 이끌고 가 서융을 사로잡으라고 명령함.
②	승상	월매	A가 B에게 충렬부인이 있는 곳이 어디인지 물음.
③	옥졸	금연	B가 A로부터 옥중 시신의 정체와 관련한 정보를 얻음.
④	옥졸	승상	A가 B에게, 금연이 옥중 시신에 대하여 발설했을 것이라는 의혹을 제기함.
⑤	금연	승상	B가 A로부터 정렬부인이 거짓으로 앓아 누웠다는 정보를 얻음.

---

4. 〈보기〉를 참고하여 윗글을 이해한 내용으로 적절하지 <u>않은</u> 것은? [3점]

〈보기〉

「정을선전」은 영웅소설과 가정소설의 상투적인 면모가 혼재되어 나타난다. 이를테면, 가정 안팎의 서사는 남주인공을 매개로 연결되고, 사건이 선악 구도로 전개되며, 인물의 고난과 감정은 극대화된다. 이 과정에서 일부다처제에서 비롯되는 가정 내 갈등이 개인의 인성 문제로 축소된다. 그러면서도 상전의 수족에 불과한 하층의 시비가 능동적인 행위자로 등장하거나, 가정과 사회에서 상층인 인물이 희화화된다.

① 정을선이 황상에게 올린 상소에서, 대원수와 가장으로서의 모습이 드러나는 것으로 보아, 가정 안팎의 사건에 남주인공이 두루 관여하고 있음을 알 수 있군.

② 승상이 충렬부인을 구출하는 장면에서, '슬픔에 매우 야위어 뼈가 드러'난 부인의 모습과 '통곡'하는 승상의 모습은 인물의 고난과 감정이 극대화된 형상임을 알 수 있군.

③ 왕비가 '앙천통곡'하는 장면에서, 충렬부인의 수난이 '악녀'의 탓이라는 인식이 드러나면서 일부다처제의 문제가 개인의 인성 문제로 축소되고 있음을 알 수 있군.

④ 월매가 '매'를 맞는 장면에서, 월매는 자신이 모시는 주인에게 죽음을 각오하고 진실을 밝힘으로써 능동적인 행위자를 지향하고 있음을 알 수 있군.

⑤ 정렬부인이 '승상의 호통 소리'에 반응하는 장면에서, 가정의 상층 인물이 자신의 위엄이 실추되는 행동을 보이면서 희화화되고 있음을 알 수 있군.

[1~4] 다음 글을 읽고 물음에 답하시오.

제1회 봄놀이

[A]

오작교에선 선랑(仙郎)이 봄바람에 취하고
버드나무 언덕에선 가인(佳人)이 그네를 뛰네

'광한루기'는 작품 전체의 제목이다. 광한루가 없었더라면 이도린이 놀러 가지 않았을 것이요, 이도린이 놀러 가지 않았더라면 춘향이 이도린을 만날 수 없었을 것이요, 춘향이 이도린을 만나지 못했더라면 8회로 구성된 한 편의 작품이 무엇을 바탕으로 탄생할 수 있었겠는가. 광한루 하나가 공중에 솟구쳐 있었기에 이도린이 놀러 갈 수밖에 없었고, 춘향이 이도린을 만날 수밖에 없었으며, 8회로 구성된 한 편의 작품이 만들어질 수밖에 없었다.

(중략)

그네 뛰는 모습을 이도린이 보고 자기도 모르게 눈앞이 어질어질하여 김한에게 말했다.

"너는 저런 것을 본 적이 있느냐? 저것이 금이냐, 옥이냐? 아니면 귀신이냐? 그것도 아니면 선녀냐? 너는 저것을 아느냐?"

김한이 대답했다.

"금도 아니고 옥도 아닙니다. 낙수(洛水)에 빠져 죽은 이의 넋도 사라지고, 양대(陽臺)에서 구름과 비를 만들었던 여인의 일도 이제 아득하기만 한데, 어떻게 귀신 같고 선녀 같은 아가씨가 요즘 세상에 나타났겠습니까?"

"그렇다면 누구란 말이냐?"

"이 사람은요…….""

"이 사람이 누구냐?"

"도련님께서는 교방 행수 기생 월매를 기억하시는지요?" (이게 무슨 말이야?)

"저렇게 젊고 아리따운 여인을 어떻게 반쯤은 쭈글쭈글해진 노파에다 비교할 수 있느냐?"

"저 사람은 월매의 딸 춘향입니다. 노래도 잘하고 춤도 잘 추며 글도 잘하고 바느질도 잘하며 그 용모와 자태는 정말 절색입니다. 남원의 절색일 뿐 아니라 도내의 절색이요, 도내의 절색일 뿐 아니라 국내의 절색이라 해도 손색이 없습니다."

이도린이 매우 기뻐하며 말했다.

"풍류를 즐길 만한 인연이 정말이지 다른 데 있는 것이 아니구나. 네가 가서 불러 오거라."

"도련님께서는 저 아이를 불러다가 무엇을 하시려고요?"

"고운 얼굴 한번 보려고 그런다." ㉠(어찌 그렇지 않을 수 있겠는가?)

"도련님께서 저 아이를 보시고 무엇 하시려고요?" (눈치 빠른 김한)

"내가 이 일을 하든 저 일을 하든 네가 알아서 뭣 하느냐?"

"부른다 해도 저 아이는 오지 않을 것입니다."

"오고 안 오고는 저 아이한테 달렸지 너한테 달리지 않았으니, 너는 그 새 주둥이 같은 입을 그만 닫치거라."

이에 김한이 머리를 떨구고 갔다.

원래 춘향은 풍경을 즐기려는 옆집 여자 아이를 따라 나온 것이었다. 채색 줄로 만든 그네를 탔는데, 봄바람에 옷자락이 흐트러져 버드나무 가지를 꽉 잡은 채 그네를 멈추고 옷매무새를 바로잡으려 했다. 그때 갑자기 광한루 위에서 사람의 말소리가 들리자(이게 누구지?) 춘향은 몸을 돌려 꽃그늘 속으로 들어가 숨고서는 주변을 둘러보았다. 이도린이 꽃무늬가 있는 작은 종이를 손에 쥐고 홀로 광한루 동쪽 난간에 기대어 있었는데, 그 모습이 티 없이 맑아 춘향은 은연중에 찬탄하는 말을 내뱉었다. 갑자기 김한이 바쁜 걸음으로 와서 불렀다.

"춘향 낭자 어디 있소?"

춘향이 다시 몸을 돌려 숨었기 때문에 아무 소리도 나지 않았다. 김한이 이리저리 찾아보다가 꽃그늘에까지 와서 춘향을 발견했다.

(중략)

김한이 웃으며 말했다.

"춘향은 노여워 말고 내 말 한번 들어 보오. 어제 남문 밖 큰길에서 까치 같은 옷차림의 사령들이 쌍쌍이 앞에서 인도하고, 호랑이 무늬의 활집을 진 군관들이 대열을 이루며 뒤에서 호위한 채, 한 귀인이 구름 같은 가마에 앉아 아전들과 기생들 사이를 누비고 다녔는데, 낭자는 그 사람이 누군지 아오?"

"네가 또 쓸데없는 말을 하는구나. 내가 어찌 본관 사또를 몰라보겠느냐?"

"내가 말한 귀인은 바로 사또 자제 도련님이오."(기특한 김한)

"사또 자제 도련님이 나와 무슨 상관이냐?"

"낭자, 우리 도련님을 한번 만나러 갑시다."

"도련님이 어떻게 춘향인지 추향인지 알겠느냐? 네가 춘향입네, 기생입네 하면서 농지거리해서 일을 벌였겠지. 나는 죽어도 못 간다, 죽어도 못 가."

"춘향 낭자, 그대는 현명하고 지혜로운 사람이면서 이다지도 사리를 분별하지 못하오? 속담에도 '까마귀 날자 배 떨어진다.'라고 했듯이 도련님께서 춘흥이 발한 것이 우연히 오늘이며, 낭자가 그네 뛰며 논 것도 마침 이때이니, 이는 참으로 그렇게 하지 않았는데도 그렇게 된 것이오. 도련님께서 낭자를 보시고는 '귀신이냐? 선녀냐?'라고 물으시기에, '귀신도 아니고 선녀도 아닙니다.'라고 말했고, '그럼 누구냐?'라고 하시기에, '행수 기생의 딸입니다.'라고 말했소. 젊은 사내가 어찌 한 번쯤 그 아름다움을 살피려 하지 않겠소? 춘향 낭자는 잘 헤아려서 처신하시오. 갈 수 있으면 가는 것이고, 못 가겠다면 못 가는 것이지만, 화와 복이 눈앞에 놓여 있으니 낭자는 잘 생각하시오."

춘향이 한참 동안 잠자코 있다가 말했다.

"네 말이 일리가 있다."

– 수산, 「광한루기」 –

>> 지문을 **세 장면**으로 나누고, 장면의 핵심 내용을 정리해 보세요.

장면 01 이도린과 춘향이 _____에서 만나게 되어 '광한루기'라는 작품이 탄생했음을 언급함

장면 02 그네 뛰기를 하는 춘향을 본 이도린이 _____에게 춘향을 데리고 오라고 말함

장면 03 김한이 춘향을 _____에게 데려가려 하고, 거절하던 춘향이 김한의 회유에 수긍함

1. 윗글에 대한 이해로 가장 적절한 것은?

① 이도린은 춘향이 자신에게 호감을 느꼈다는 사실을 알지 못했다.

② 춘향은 그네를 타기 위해 나들이에 나섰지만 기대했던 바를 달성하지 못했다.

③ 이도린은 춘향을 부르면 이도린 자신을 만나러 올 것이라는 김한의 말을 믿었다.

④ 이도린은 월매가 춘향의 어머니라는 사실을 알고 있었지만 이를 모르는 척했다.

⑤ 옆집 여자 아이는 이도린을 만나기 위해 춘향과 함께 왔지만 풍경을 즐기는 것에 만족했다.

2. 꽃그늘에 대한 이해로 가장 적절한 것은?

① 춘향이 그네를 타기 위해 기다리는 장소

② 춘향이 김한을 기다리며 머물고 있는 장소

③ 춘향이 몸을 감추고 이도린을 바라보는 장소

④ 김한이 이도린을 만나서 대화를 나누는 장소

⑤ 이도린이 춘향과 만나기 위해 미리 약속한 장소

3. 윗글에서 '김한'의 역할을 이해한 것으로 가장 적절한 것은?

① 이도린에게 눈앞에 보이는 것이 금과 옥이 아니라고 알려 주어, 이도린의 무지를 일깨우는 비판자 역할을 한다.

② 이도린에게 춘향이 선녀 같은 아가씨라고 말하여, 이도린이 춘향의 고귀한 신분을 알게 하는 조력자 역할을 한다.

③ 이도린에게 풍류를 즐길 만한 상대가 춘향이라고 이야기하여, 이도린이 춘향을 부르게 하는 중개자 역할을 한다.

④ 춘향에게 춘향 자신이 지혜로운 사람임을 일깨워 주어, 춘향이 이도린을 만나지 못하도록 하는 방해자 역할을 한다.

⑤ 춘향에게 이도린과의 만남은 거듭된 우연으로 이루어진 인연임을 알려 주어, 두 사람을 만나게 하는 매개자 역할을 한다.

4. 〈보기〉를 참고하여 [A], ㉠을 이해한 내용으로 적절하지 <u>않은</u> 것은? [3점]

〈보기〉

「광한루기」는 '수산(水山)'이라는 호를 쓴 사람이 「춘향전」을 바탕으로 지은 한문 소설로, 총 8회로 이루어져 있다. 각 회의 앞부분에는 내용을 소개하는 시구와 해당 회에 대한 견해가 제시되어 있고, 본문 속에는 인물이나 사건 등에 대한 짧막한 평이나 감상이 작은 글씨로 제시되어 있다. 「광한루기」의 독자는 이와 같은 다양한 비평적 견해를 이야기와 함께 읽으면서 작품을 감상할 수 있다.

① [A]에서는 시구를 활용하여, '봄바람'과 '버드나무 언덕'이 어우러진 봄날의 분위기를 보여 주면서 해당 회의 배경을 드러내고 있군.

② [A]를 통해 해당 회의 주요 공간인 '광한루'를 소개하여, 그 공간의 역할을 드러내고 있군.

③ [A]에서는 두 인물이 만나게 되는 계기를 서술하여, 서사 전개의 개연성을 보여 주고 있군.

④ ㉠은 인물의 말에 대한 평을 통하여, 독자에게 이도린의 반응이 당연하다는 점을 강조하여 보여 주고 있군.

⑤ [A]와 ㉠을 통해 독자에게 작품의 감상법을 다양하게 설명하여, 「광한루기」를 8회로 구성한 이유를 부각하고 있군.

[1~4] 다음 글을 읽고 물음에 답하시오.

장 소저가 남복을 벗고 담장 소복으로 여복을 개착하고 금로에 향을 사르며 시랑의 영위 먼저 차린 후 제문을 읽으니, ⓐ그 글에 하였으되,

'유세차 기축 삼월 정묘 삭 십오 일에 기주 장 한림의 딸 애황은 감히 이부 시랑 이 공 영위 앞에 아뢰나이다. 오호 애재라! 소첩의 부친이 대인과 사귐이 깊사옵더니, 그 후에 대인은 귀자를 두시고 부친은 소첩을 얻으시니 피차에 동년 동일생이라. 부친이 신기한 꿈을 꾸고는 대인과 진진지연*을 깊이 맺었더니, 슬프다, 양가 시운이 불리하여 대인은 간신의 모해를 입어 외딴섬에 유배 가시고, 부친은 대인의 억울함과 소첩의 앞길이 그릇됨을 원통히 여겨 걱정과 분노가 병이 되어 중도에 세상을 버리시니, 모친 또한 부친의 뒤를 따라 별세하시니, 외롭고 연약한 소첩은 의지할 곳이 없더라. 간적 왕희가 첩의 고독함을 업신여겨 혼인을 강제하옵기로 변복 도주하였다가, 남자로 행세하여 용문에 올라 남적을 멸하고 대공을 이룸은, 적자 왕희를 없이하여 원통함을 풀고 대인과 공자를 찾아 혼약을 이루기 위함이었는데, 사신의 말을 들으니 대인 부자가 형적이 없다 하니, 반드시 수중고혼이 되시지라. 어찌 참통치 않으리잇고. 이에 한 잔 술을 바치옵나니 삼가 바라건대 존령은 흠향하옵소서.'

하였더라.

(중략)

각설. 이 공자 대봉이 부친을 모시고 ㉠용궁을 떠나 여러 날만에 ㉡황성에 올라와 머물 곳을 정한 후, 흉노의 머리 벤 것을 봉하여 성상께 올릴새 상소를 지어 전후사연을 주달하였거늘, 이때 성상이 이 시랑 부자의 생사를 알지 못하시고 장 소저의 앞길을 애련히 여기사 마음에 잊지 못하시더니, 또 장 소저의 상표가 이르렀거늘 상이 반기사 급히 열어 보시니 왈,

'신첩 장애황은 일장 표를 용탑 하에 올리나이다. 신첩이 성상의 큰 은혜를 받자와 바닷가에서 제를 올려 고혼을 위로하오나, 이승과 저승이 판이하게 달라 영혼이 자취가 없사오니, 비록 앞에 와 흠향하온들 어찌 알 리 있사오리잇가. 아득한 경상과 슬픈 마음을 진정치 못하와 제를 지내며 통곡하옵더니, 천우신조하와 삭발 승려를 만나오니 이 곧 시랑 이익의 처 양씨라. 비록 성혼 행례는 아니 하였사오나 어찌 시어머니와 며느리 사이가 아니리잇가. 일비일희하여 즐겁기 무궁하오니, 이는 다 성상의 넓으신 덕택으로 말미암음이라. 그러나 왕희 부자는 국가를 혼란스럽게 한 간신이옵고 신첩의 원수라. 바라건대 폐하는 왕희 부자를 엄형 국문하사 국법을 밝히

시고, 그 부자를 신첩에게 내어 주시면 남선우 베던 칼로 난신을 죽여 이익의 부자에게 제하여 영혼을 위로하리이다.'

하였더라.

상이 다 보신 후 정히 처결코자 하시더니, 이때 또 하나의 표문이 올라오거늘, 상이 의괴하여 열어 보시니 ⓑ그 소에 하였으되,

'죄신 이대봉은 황공함과 두려운 마음으로 머리를 조아려 절을 올리며 한 장 표문을 황상 용탑 하에 바치옵나이다. 신의 부자가 간신 왕희의 모함을 입었사오나, 폐하의 성덕을 입사와 이 한목숨에 너그러움을 베풀어 ㉢해도에 내치신 덕택으로 유배지로 가옵더니, 도중을 향하와 배를 타고 대해 중에 행하옵더니, 뜻밖에 뱃사람들이 달려들어 아비를 결박하여 물에 던지거늘, 신의 아비 죽는 양을 보고 또한 뒤를 따라 수중에 빠지오매 거의 죽게 되었삽더니, 마침 서해 용왕의 구함을 입어 살아나 서역 천축국 ㉣백운암에 가 팔 년을 의탁하였나이다. 생각하옵건대 신의 부자가 국가의 죄인이라. 타처에 오래 있사옴이 옳지 않아 세상에 나와 수중에 빠진 아비 유골이나마 찾고 고국에 있는 어미를 찾아보고자 하와 중원으로 돌아가옵다가, 농서에서 한나라 장수 이릉의 영혼을 만나 갑옷과 투구를 얻고, 사평에서 오추마를 얻으며, 화용도에서 관 공의 영혼을 만나 칼을 얻어, 황성으로 향코자 하옵다가, 반적 흉노가 천자의 자리를 범하여 황성을 함몰하고 어가가 ㉤금릉으로 행하셨다 함을 듣고, 분심을 이기지 못하와 전죄를 무릅쓰고 천 리를 달려와 금릉에 이르러 자칭 충의장군이라 하옵고 필마단창으로 적군을 파하고 적장 묵특남과 동돌수를 베어 성상의 급하심을 구하옵고, 흉노가 도망하는 것을 따라 서릉도에 들어가 흉노를 베었나이다. 돌아오는 길에 해중에서 풍랑을 만나 나흘 밤낮을 정처 없이 가다가 천우신조하옵고, 성상의 하해지덕으로 무인절도에 다다라 바람이 그치오며, 그 섬에 올라가 죽었던 아비를 만났사오니 황명을 기다리지 아니하고 감히 함께 와 대죄하옵나니, 신의 부자의 죄 만 번 죽어도 아까울 것이 없나이다. 그러하오나 왕희는 국가의 난신적자요 신의 원수라. 뱃사람이 재물 없이 적소로 가는 죄수를 무단히 살해하올 일은 만무하온즉, 이는 반드시 왕희의 사주를 받은 것으로, 의심할 바 없는지라 바라옵건대 성상은 엄형 국문하옵신 후 왕적을 내어 주시고 신의 죄를 다스리옵소서.'

하였더라.

— 작자 미상, 「이대봉전」 —

---

*진진지연(秦晉之緣): 혼인의 인연.

>> 지문을 **세 장면**으로 나누고, 장면의 핵심 내용을 정리해 보세요.

장면 01	장 소저는 섬으로 _____를 간 이 시랑의 소식이 끊기자 이 시랑이 죽었다고 생각하고 제를 올림
장면 02	장 소저는 성상께 글을 올려, 이 시랑의 제를 올리러 갔다가 우연히 이 시랑의 처인 양씨를 만난 일을 전하고 간신인 _____ 부자를 벌해 달라는 뜻을 밝힘
장면 03	이대봉은 성상께 글을 올려, 황성을 침략한 _____를 무찌른 사건과 이별했던 아버지와 재회한 사건을 전달하고 국가를 위기에 빠트린 왕희를 처벌해 달라는 요청을 함

1. ㉠~㉤에 대한 설명으로 가장 적절한 것은?

① ㉠은 이대봉이 이릉의 영혼을 만나 갑옷과 칼을 얻은 공간이다.

② ㉡은 흉노가 침범한 곳이자 이대봉이 흉노를 처단한 공간이다.

③ ㉢은 장 한림 부부가 간신의 모해로 유배 간 공간이다.

④ ㉣은 이대봉이 중원으로 향하기 전에 머물던 공간이다.

⑤ ㉤은 동돌수가 이대봉을 피해 달아난 공간이다.

2. 장 소저 에 대한 이해로 적절하지 않은 것은?

① 부친과 이 시랑이 '진진지연'을 맺은 데에는 신기한 꿈이 영향을 미쳤을 것이라고 알고 있다.

② 이 시랑이 '간신의 모해'를 입은 것은 시운이 좋지 않았기 때문이라고 생각했다.

③ 부친이 '세상을 버'린 까닭은 혼약이 어그러진 것과 이 시랑의 죽음에 대한 분노 때문이라고 여겼다.

④ 왕희가 '혼인을 강제하'는 것으로 판단하여 변복 도주했다.

⑤ '성혼 행례'는 하지 않았으나, 승려가 된 양씨를 시어머니로 대했다.

3. 〈보기〉의 [A]에 들어갈 말로 적절하지 않은 것은?

〈보기〉

선생님: 고전 소설에서는 제문, 표문 등과 같은 다양한 글이 활용되기도 해요. 윗글의 ⓐ와 ⓑ에서 글을 바치는 사람과 받는 상대가 누구인지 고려하여, 글의 특징이나 기능에 대해 말해 보세요.

학생: _____[A]_____

선생님: 네, 맞아요.

① ⓐ는 망자에게 바치는 제문이고, ⓑ는 성상에게 바치는 표문이에요.

② ⓐ는 상대의 원통함을 위로하기 위하여, ⓑ는 상대에게 사건 경과를 알려 특별한 조치를 요청하기 위하여 작성되었어요.

③ ⓐ와 달리 ⓑ에는 글을 바치는 사람이 스스로를 낮추는 표현이 사용되었어요.

④ ⓐ에서 글을 바치는 사람이 오해했던 사건의 실상이 ⓑ에서 드러나고 있어요.

⑤ ⓐ와 ⓑ는 모두 글을 바치는 사람과 상대를 서두에서 밝히고 있어요.

4. 〈보기〉를 참고하여 윗글을 감상한 내용으로 적절하지 않은 것은? [3점]

〈보기〉

「이대봉전」에서 주인공은 공적 가치와 사적 목표를 실현하기 위해 노력한다. 공적 가치는 국가 차원의 사건에 참여하는 당위로 제시되고, 사적 목표는 가문의 일원으로서 그 사건 해결에 가담하는 동력이 된다. 현실계나 비현실계의 존재들 또한 주인공의 이러한 문제 해결 과정에 조력한다. 공적 활약을 통해 공적 가치의 권위를 인정하는 이면에 사적 목표의 추구를 배치하는 이러한 구도는 영웅소설이 지향하는 '충'이라는 이념을 훼손하지 않으면서도 사적 목표의 추구를 정당화한다.

① 장애황이 혼약을 이루기 위해 대공을 세웠다고 한 데에서, 혼약이 국가 차원의 사건에 참여하는 동력이 되었음을 알 수 있군.

② 장애황이 난신 왕희를 국법으로 다스린 후 자신에게 내어 달라고 한 데에서, 공적 권위를 존중하되 사적 목표도 실현하고자 하는 마음을 알 수 있군.

③ 흉노의 침입으로 성상이 피신했다는 소식에 분노하여 이대봉이 출전한 데에서, 국가 차원의 문제 해결에 참여하는 당위성을 확인할 수 있군.

④ 표류하던 이대봉이 천우신조로 무인절도에서 이 시랑과 재회한 데에서, 비현실계의 존재가 이대봉의 공적 활약에 조력한 것을 확인할 수 있군.

⑤ 이대봉이 흉노 제압을 공으로 드러낸 후 성상에게 왕희의 처벌을 요구한 데에서, 충의 이념을 훼손하지 않으면서도 사적 목표의 정당성을 확보하려는 인물의 의중을 확인할 수 있군.

작자 미상, 「김원전」

해설 P.213

[1~4] 다음 글을 읽고 물음에 답하시오.

[A]

　황상과 만조백관이 어찌할 줄 모르더니 좌장군 서경태가 급히 입직군을 동원하여 칼을 들고 내달아 크게 꾸짖길,
　"이 몹쓸 흉악한 놈아, 어찌 이런 변을 짓느냐?"
하고 칼을 들어 치니 아귀가 몸을 기울여 피하고 입을 벌려 숨을 들이쉬니 서경태가 날리어 아귀 입으로 들어갔다. 상이 보시다가 크게 놀라,
　"짐이 여러 번 **전장**을 지내었으되 이런 일은 보도 듣도 못하였으니 제신 중에 뉘 이 짐승을 잡아 짐의 한을 씻으리오."
　정서장군 한세충이 나와 아뢰길,
　"소장이 비록 재주 없으나 저것을 베어 황상께 바치리이다."
하고 황금 투구에 엄신갑을 입고 팔 척 장창을 들고 청룡마를 내달아 외쳐 말하길,
　"흉적은 목을 늘여 내 칼을 받으라."
　아귀가 크게 웃고 말하길,
　"아까는 내 숨을 들이쉬니 모기 같은 것도 삼켰으니 지금은 숨을 내쉴 것이니 네 눈을 부릅뜨고 자세히 보라."
하고 입을 벌려 숨을 내부니 황상과 만조백관이 오 리나 밀려갔다. 아귀가 궁중이 텅 빈 것을 보고 세 공주를 등에 업고 돌아갔다.
　이때 황상이 제신과 함께 정신을 겨우 차려 환궁하시니 세 공주가 다 없었다. 상께 이 연고를 아뢰니 상이 크게 놀라 하교하시되,
　"이런 해괴한 변이 천고에 없으니 경들의 소견이 어떠하뇨?"
하고 용루를 흘리시니 **조정**에 모인 여러 신하가 감히 우러러 보지 못하였다.

　이우영이 아뢰길,
　"전 좌승상 김규가 지모 넉넉하오니 불러 문의하심이 마땅할까 하나이다."
　상이 깨달아 조서를 내려 김규를 부르셨다.
　이때 승상이 원을 데리고 평안히 지내더니 천만의외에 사관이 조서를 가지고 왔거늘 받자와 본즉,
　"전임 좌승상에게 부치나니 그사이 **고향**에서 무사한가. ⓐ짐은 불행하여 공주를 잃고 종적을 모르니 통한함을 어찌 측량하리오. 경에게 옛 벼슬을 다시 내리나니 바삐 올라와 고명한 소견으로 짐의 아득함을 깨닫게 하라."
하였다. 승상이 사관을 후대하고 ㉠**국변**을 물으니 아귀 작란하던 일과 세 공주 잃은 말을 대강 고하니 승상이 못내 슬퍼하며 상경하여 사은숙배하니, 상이 보시고,

　"경이 고향에 돌아감은 짐이 불명한 탓이로다. 국운이 불행하여 세 공주를 일시에 잃었으니 짐의 이 원을 어찌하리오? 경의 소견으로 이 일을 도모하면 평생의 한을 풀리로다."
　승상이 엎드려 아뢰길,
　"소신이 자식이 있삽는데 창법 검술이 일세에 무쌍하와 매일 종적 없이 다니옵기 연고를 물으니 **철마산**에 가 무예를 익히다가 일일은 그 산에서 아귀라 하는 짐승을 만나 겨루고 그 뒤를 좇아 바위 구멍으로 들어감을 보았노라 하옵기 과연 허언이 아닌가 싶사오니 ⓑ자식을 불러 들으심이 마땅하올까 하나이다."

[중략 부분의 줄거리] 원은 황상을 뵙고 원수가 되어 철마산 아귀의 소굴로 들어간다.

　원수가 백계를 생각하다가 갑자기 깨달아 공주께 아뢰기를,
　"독한 술을 많이 빚어 좋은 안주를 장만하여야 계교를 베풀리이다."
하고, 약속을 정해 여러 여자를 청하여 여차여차하게 계교를 갖추고 기다리라고 하였다.
　이때 아귀가 원의 칼에 상한 머리 거의 나으니 모든 시녀를 불러 말하기를,
　ⓒ"내 병이 조금 나았으니 사오일 후 세상에 나가 남두성을 잡아 죽여 이 원한을 풀리라. 너희는 나를 위하여 마음을 위로하라."
　여자들이 이 말을 듣고 크게 기뻐하여 각각 술과 성찬을 권하기를,
　"대왕의 상처가 나으시면 첩 등의 복인가 하나이다. ⓓ수이 차도를 얻사오면 남두성 잡기야 어찌 근심하리오? 주찬을 대령하였사오니 다 드시어 첩 등의 우러르는 마음을 즐겁게 하소서."
　아귀가 가져오라 하거늘, 여러 여자가 일시에 한 그릇씩 드리니 아홉 입으로 권하는 대로 먹으니 그 수를 알 수 없었다. 술이 취하매 여러 여자가 거짓으로 위로하여,
　"장군은 잠깐 잠을 청하여 아픔을 잊으소서."
　아귀가 듣고 잠을 자려 하거늘, 막내 공주가 곁에 앉아 말하길,
　"보검을 놓고 주무소서. 취중에 보검을 한번 휘둘러 치면 잔명이 죄 없이 상할까 하나이다."
　아귀가 말하기를,
　"장수가 잠이 드나 칼을 어찌 손에서 놓으리오마는 혹 실수함이 있을까 하노니 머리맡에 세워 두라."
하고 주거늘, 공주가 받아 놓고 잠들기를 기다렸다. 아귀가 깊이 잠들었거늘, 비수를 가지고 **협실**로 나와 원수에게 잠들었음을 이르고 함께 후원에 이르러 큰 기둥을 가리키며,

"원수의 칼로 저 기둥을 쳐 보소서."

원수가 칼을 들어 기둥을 치니 반쯤 부러졌다. 공주가 크게 놀라 말하기를,

"만일 그 칼을 썼더라면 성사도 못하고 도리어 큰 화가 미칠 뻔하였습니다."

아귀가 쓰던 비수로 기둥을 치니 썩은 풀이 베어지는 듯하였다.

– 작자 미상, 「김원전」 –

>> 지문을 **네 장면**으로 나누고, 장면의 핵심 내용을 정리해 보세요.

| 장면 01 | _____가 황상과 만조백관을 공격하고, 세 공주를 납치함 |

| 장면 02 | 전 _____ 김규를 불러 _____를 구출하기 위한 방안을 얻고자 함 |

| 장면 03 | 황상의 부름을 받은 승상은 세 공주를 구출하기 위해 _____인 원을 조정으로 부르고자 함 |

| 장면 04 | ____이 _____에게 도움을 얻어 잠든 아귀를 해치울 계략을 세움 |

1. [A]의 서술상 특징에 대한 설명으로 가장 적절한 것은?

① 서술자가 개입하여 인물에 대한 평가를 제시하고 있다.

② 대화를 통해 인물 간의 위계나 관계를 보여 주고 있다.

③ 현재와 과거를 교차하여 장면의 전환을 보여 주고 있다.

④ 인물의 회상을 통해 인물 간 갈등의 원인을 암시하고 있다.

⑤ 상황에 대한 인물의 반응을 과장되게 서술하여 사건의 비극성을 완화하고 있다.

2. ㉠과 관련하여 윗글을 이해한 내용으로 적절하지 않은 것은?

① 황상은 ㉠의 심각성을 이전의 '전장'과 비교하고, 그때의 경험에 근거하여 ㉠에 대한 대처 방안을 찾아낸다.

② 이우영은 ㉠의 해결을 위해 '조정'에서 황상의 질문에 답하며 ㉠에 대처할 방안을 찾아 줄 지모 있는 인물을 거명한다.

③ 황상은 ㉠의 여파가 미치지 않은 '고향'에서 편안히 지내던 승상에게 ㉠으로 인한 위기 상황을 알린다.

④ 승상은 ㉠의 원흉인 아귀를 원이 '철마산에서 본 것을 황상에게 아뢰고, ㉠을 해결할 단서를 제공할 인물을 천거한다.

⑤ 원은 ㉠의 해결 방안을 떠올리고, '협실'에서 공주를 만나 ㉠을 해결할 수 있는 기회가 왔음을 알게 된다.

3. ⓐ~ⓓ에 대한 설명으로 가장 적절한 것은?

① ⓐ와 ⓑ에서는 상대에 대한 신뢰를 바탕으로, 숨겨 온 사실을 드러내고 있다.

② ⓑ와 ⓒ에서는 자신의 위세를 드러내어, 상대의 복종을 이끌어 내고 있다.

③ ⓐ에서는 자신의 감정을 상대에게 드러내고, ⓓ에서는 자신들의 의도를 상대에게 숨기고 있다.

④ ⓑ에서는 당위를 내세워 상대의 행위를 요구하고, ⓓ에서는 상대의 안위를 우려하여 자제를 요청하고 있다.

⑤ ⓒ에서는 상대에게 자신의 목표를 위해 행동할 것을 촉구하고, ⓓ에서는 상대의 목표를 위해 행동할 것을 약속하고 있다.

4. 〈보기〉를 참고하여 윗글을 감상한 내용으로 적절하지 않은 것은? [3점]

〈보기〉

「김원전」은 당대의 보편적 가치인 충군을 주제로, 초월적 능력을 지닌 주인공과 기이한 존재인 적대자의 필연적 대결 관계를 보여 준다. 특히 적대자의 압도적 무력에 맞서는 과정에서 인물에 따라, 혹은 인물이 처한 상황에 따라 다른 대응 방식을 보여 줌으로써 독자의 흥미를 자극한다.

① 서경태가 입직군을 동원해 아귀와 맞서고 원수가 계교를 마련해 아귀를 상대하는 데서, 압도적 무력을 지닌 적대자에 대응하는 양상이 서로 다름을 알 수 있군.

② 한세충이 황상의 한을 씻고자 아귀에게 대항하고 승상이 황상의 불행에 슬퍼하며 상경하는 데서, 인물들이 충군의 가치를 지키고 있음을 알 수 있군.

③ 원이 아귀의 머리를 상하게 한 것과 아귀가 남두성인 원에게 원한을 갚겠다고 다짐하는 데서, 주인공과 적대자의 대결이 피할 수 없는 것임을 알 수 있군.

④ 공주가 황상에게는 국운의 불행으로 잃은 대상이지만 원수에게는 약속대로 아귀를 잠들게 하는 인물인 데서, 여성 인물이 사건의 피해자이자 해결을 돕는 존재임을 알 수 있군.

⑤ 일세에 무쌍한 무예를 갖춘 원수가 아귀의 비수로 기둥을 베어 보는 데서, 주인공이 적대자를 처치하기 위해 자신의 계획대로 초월적 능력을 시험하고 있음을 알 수 있군.

[1~4] 다음 글을 읽고 물음에 답하시오.

선군이 한림원에 다녀온 후 편지 먼저 하는지라. 노복이 주야로 내려와 상공께 편지를 드리니, 한 장은 부모님께, 한 장은 낭자에게 부친 편지거늘, 부모님께 올린 편지를 상공이 열어 보니,

[A]
"문안드립니다. 그사이 부모님께서는 평안하셨나이까? 저는 부모님 덕분에 무탈하옵니다. 또한 천은을 입어 금번에 장원 급제하여 한림학사로 입조하여 도문*하니, 일자는 금월 망일이오니 잔치는 알아서 준비해 주옵소서."

하였더라.

낭자에게 온 편지를 부인 정 씨 **춘양**에게 주며,

"ⓐ이 편지는 네 어미에게 부친 편지라. 네가 잘 간수하라."

하고 부인 통곡하니 춘양이 그 편지를 받고 울며 동춘을 안고 방에 들어가 어미 시신 흔들고 울며, 편지 열어 낮에 대고 통곡 왈,

"어머님 일어나소. 아버님 편지가 왔나이다. 일어나소. 아버님 장원 급제하여 내려오시나이다."

하며 편지로 낮을 덮으며,

"동춘은 연일 젖 먹자고 웁니다. 어머님 평시 글을 좋아하시더니 아버님 편지 왔사온데 어찌 반기지 아니하시나이까? 춘양은 글을 몰라 어머님 영전에 읽어 드리지 못하나니 답답하나이다."

하고 할머님께 빌며,

"할머님께서 어머님 영전에 가 편지를 읽으시면 어머님 영혼이 감동할 듯하나이다."

하니 정 씨 마지못해 방에 들어가 울면서 편지를 읽는지라.

[B]
"낭자께 문안 전하니, 애정 담은 편지 한 장 올리나이다. 우리의 태산 같은 정이 천리에 가림에, 낭자의 얼굴을 보고 싶어도 볼 수 없고, 낭자를 생각하지 않아도 절로 생각이 납니다. 요사이 그대의 그림이 전과 빛이 달라 날로 변하나이다. 무슨 병이 들었는지 몰라 객창 등불 아래에서 수심으로 잠들지 못하니 답답합니다. 낭자의 지극한 정성으로 장원 급제하여 이 몸이 영화롭게 내려가니, 어찌 낭자의 뜻을 맞추지 아니하였으리오? 날짜는 금월 모일이니 바라건대 낭자는 천금 같은 옥체를 보존하소서. 내려가 반갑게 만나사이다."

정 씨 보기를 다함에 더욱 슬픈 마음을 진정치 못하여 통곡하며,

"ⓑ슬프다, 춘양아! 가련타, 동춘아! 너희 어미 잃고 어찌 살라 하는가?"

[중략 줄거리] 선군은 숙영이 시아버지로부터 가문의 명예를 실추했다는 오해를 받고 자결한 것을 알게 된다. 숙영은 장례 중 부활해 선군과 집에 돌아온다.

상공과 정씨 부인 내달아 낭자를 붙들고 통곡하며,

"낭자는 어디를 갔다 왔느냐?"

하며 참혹한 마음을 이기지 못하더라. 낭자 상공과 정씨 부인 앞에 가 절하고 사뢰되,

"ⓒ첩은 천상의 죄 있으니 천명이 아닌 것이 없습니다. 너무 한탄치 마옵소서."

하며,

"ⓓ옥황상제님이 우리를 올라오라 하시니 천명을 거스르지 못하여 올라가옵나이다."

하니, 상공 부부 더욱 처량한 심사를 측량치 못할러라. 낭자 백학선과 약주 한 병을 드리며,

"ⓔ이 백학선은 몸이 추우면 더운 바람이 나오니 천하 유명한 보배이옵고, 약주는 기운 불편하시거든 드십시오. 백학선과 약주를 몸에 지니시오면 백세 무양하오리다."

하고,

"**부모님 돌아가실 때 연화궁**의 세계로 모셔 가오이다. 천상 선관이 연화궁에 자주 다니오니 극락 연화궁으로 오시면 반가이 만나 뵈오리다."

하고 선군더러,

"우리 올라갈 때가 급하였으니, 하직하고 **올라가사이다.**"

하니 선군이 부모지정을 잊지 못하여 새로이 슬퍼하니, 선군과 낭자 **부모를 위로하여 나아가 엎드려 고왈,**

"소자 등은 세상 연분이 다하였삽기로 오늘 하직하옵나이다."

하고 인하여 **하직**하며,

"부모님 내내 평안하옵소서."

하고 청사자 한 쌍을 몰아 한림은 동춘을 낭자는 춘양을 안고, 구름에 싸여 올라가는지라.

상공 부부 낭자와 선군이 천궁에 올라간 후로 망연해하며 **세간을 다 나누어 주고,** 백세를 살다가 한날한시에 별세하더라.

　　　　　　　　　　　　　　　 − 작자 미상, 「숙영낭자전」 −

*도문: 과거 급제하고 집에 오던 일.

| 장면 01 | 정씨 부인과 춘양이 장원 급제를 한 선군의 _____를 숙영의 영전에서 읽으며 슬퍼함 |

| 장면 02 | 숙영이 _____ 중 부활하여 상공 부부에게 자신의 내력을 밝히고 _____과 함께 자식들을 데리고 승천함 |

1. '춘양'에 대한 설명으로 가장 적절한 것은?

① 아버지를 보고 싶은 심정을 어머니 영전에서 언급한다.

② 할머니로부터 아버지의 편지를 받아 어머니에게 읽어 준다.

③ 할머니와 함께 어머니 생전의 일화에 대해 이야기를 나눈다.

④ 동생이 어머니가 살아 있는 줄 알고 찾아가려 하자 동생을 막아선다.

⑤ 아버지의 소식을 어머니에게 전하고 싶은 마음을 행동으로 표출한다.

2. [A], [B]에 대한 이해로 가장 적절한 것은?

① [A]에서는 자신의 안부를 전한 뒤 곧이어 받는 이의 안부를 묻는다.

② [B]에서는 받는 이를 만나고 싶지만 당장 그럴 수 없는 처지를 언급하며 안타까운 심정을 드러낸다.

③ [B]에서는 받는 이의 건강에 문제가 있다는 소식을 듣고 걱정하는 마음을 드러낸다.

④ [A]와 [B]에서 모두 자신이 뜻한 바를 이루었음을 전하고, 받는 이에게 그 공을 돌리며 감사해한다.

⑤ [A]와 [B] 모두 당부의 말을 전하는데, [A]에서는 받는 이가 글쓴이의 노력을 알아주길 바라고, [B]에서는 받는 이가 스스로 잘 처신하기를 바란다.

3. ⓐ~ⓔ를 이해한 내용으로 적절하지 않은 것은?

① ⓐ: 편지의 수신인이 누구인지 말해 주며 상대가 편지의 중요성을 인식하게 하고 있다.

② ⓑ: 손주들을 호명하며 격해진 감정과 그들을 불쌍해하는 마음을 표출하고 있다.

③ ⓒ: 자신의 운명은 하늘의 뜻이라고 함으로써 집에 온 자신을 책망하지 말 것을 부탁하고 있다.

④ ⓓ: 옥황상제의 부름을 거절할 수 없다고 말함으로써 이별이 예정되어 있음을 언급하고 있다.

⑤ ⓔ: 백학선과 약주를 선물함으로써 상대를 걱정하는 마음을 드러내고 있다.

4. 〈보기〉를 참고하여 윗글을 감상한 내용으로 적절하지 않은 것은? [3점]

〈보기〉

「숙영낭자전」에서 승천은 인간 세상의 명분에 구속받지 않는 가족 사랑을 모색한다는 의의를 갖는다. 작품에서는 상공의 잘못이 개인의 문제이기 이전에 가문이라는 명분을 중시하는 인간 세상의 구조적 문제라고 보았다. 그래서 숙영 부부는 가문이라는 명분이 작동하지 않는 천상으로 보내고, 상공 부부는 가문의 무의미함을 깨닫게 하여 구조적 문제에 대응하는 한 방식을 보여 주었다. 하지만 숙영 부부를 천상에 간 뒤에도 부모를 잘 섬기려는 모습으로 그려 낸 것은, 가족 사랑의 보편적 가치를 환기하기 위한 것이다.

① 숙영이 '부모님 돌아가실 때 연화궁'으로 모셔 가겠다고 하는 데에서, 연화궁에서 숙영과 부모를 만나게 하여 가족 사랑의 보편적 가치를 환기하려는 것을 확인할 수 있군.

② 숙영이 선군에게 천궁으로 '올라가사이다'라고 하는 데에서, 숙영 부부를 천상으로 보내 가문이라는 명분이 작동하지 않는 곳에서 살게 하려는 것을 확인할 수 있군.

③ 숙영 부부가 '부모를 위로하여 나아가 엎드려 고'하는 데에서, 승천을 망설이는 모습을 보여 주어 숙영 부부를 부모를 잘 섬기는 인물로 그려 낸 것을 확인할 수 있군.

④ 숙영 부부가 부모에게 '하직' 인사를 하는 데에서, 숙영 부부로 하여금 부모를 떠나게 하여 인간 세상의 구조적 문제에 대응하는 양상을 보여 준 것을 확인할 수 있군.

⑤ '상공 부부'가 '세간을 다 나누어 주는 데에서, 가족을 잃어 허망해하는 상공 부부의 모습을 보여 주어 가문의 무의미함을 깨닫게 한 것을 확인할 수 있군.

[1~4] 다음 글을 읽고 물음에 답하시오.

십여 일이 지날 무렵 노비 막동이 눈물을 흘리며 물었다.

"낭군계선 늘 언행이 호방하시고 재주가 무리 중에 탁월해 거침없으시더니, 요즘에는 울적해 하시니 말 못할 근심이 있는 듯하옵니다. 사모하는 이라도 있으신지요?"

김생이 슬퍼하며 느낀 바를 사실대로 말하니 막동이 한참 생각하고 말했다.

"소인이 낭군을 위해 마륵의 ㉠계책을 올릴 테니, 낭군께선 애태울 일이 없으십니다."

"그게 무엇이더냐?"

"낭군께선 급히 주효(酒肴)를 성대히 마련하시고 바로 미인이 머문 집으로 가셔서 손님을 전별(餞別)하려는 듯 하십시오. 방 하나를 빌려 잔치를 벌이시고 이놈을 불러 손님을 모셔 오라 하시면, 제가 명을 받들어 나갔다가 한 식경 후에 돌아와 '손님이 오십니다.'라 하지요. 낭군께서 다시 명하시면 제가 또 명을 받고 날이 저물 때쯤 돌아와, '손님께서 오늘은 송별 객이 많아 심히 취해 갈 수 없으니 내일 꼭 가겠노라 하셨습니다.'라 하지요. 이때 낭군께선 주인을 불러 앉으라 하시고 그 주효를 먹게 하고, 기색을 드러내지 말고 물러나십시오. 다음 날도 그렇게 하고 그다음 날도 그렇게 하시면, 처음엔 고맙게 여길 것이요, 두 번째는 은혜에 감격할 것이며, 세 번째는 필히 의문을 품을 것입니다. 은혜를 느끼면 보답을 생각할 것이고, 은혜에 감격하면 죽음으로써 보답하고자 생각할 것이며, 의문이 생기면 하시고 싶은 바를 물어볼 것입니다. 이때 흉금을 털고 말하신다면 일은 거의 다 된 것이지요."

생은 진정 그럴듯하다 여기고 기뻐하며 말했다.

"내 일이 잘 되겠구나!"

생은 그 계책에 따라 즉시 주효를 갖추어서 곧바로 그 집에 가 전별 자리를 마련하였다.

(중략)

생이 사모하는 이가 필시 이곳에 없는 줄 알고 낯빛을 바꾸며 말했다.

"이 몸이 할멈에게 후의(厚意)를 입었으니 어찌 사실대로 말하지 않겠나? 과연 모월 모일 모처에서 오다가 길에서 마침 한 낭자를 보았다네. 나이는 대략 십오륙 세에 푸른 적삼에 붉은 치마를 입고, 백릉버선에 자색 신을 신었지. 진주 비녀를 꽂고 새하얀 옥 반지를 끼고, 홍화문 앞길을 지나가고 있었다네. 내 마음이 화사해지고 춘정을 이기지 못해 뒤따랐는데, 마지막에 이른 곳이 곧 할멈의 집이었네. 그날 이후로 마음이 혼미하여 만사가 흐릿하며, 오로지 그 낭자만 생각했다네. 맑은 눈동자와 하얀 이가 자나 깨나 잊히지 않아 상심

하며 애태우길 하루 이틀이 아니었네. 할멈이 나를 보고 낯빛이 파리하다 했는데 왜 그랬겠나? 그래서 손님을 전별한다며 할멈을 번거롭게 한 것이네."

노파가 이 말을 듣고 몹시 애처로워했으나 생이 마음에 둔 사람이 누군지 몰랐다. 한동안 깊이 생각하다가 문득 깨닫고서 말했다.

"그런 애가 있습죠. 바로 죽은 제 언니의 딸이에요. 이름은 영영이고 자(字)는 난향이죠. 만약에 정말 그렇다면 참으로 어려운 일입니다. 참 어려운 일이에요!"

"왜 그러한가?"

"이 애는 회산군 댁 시비예요. 궁에서 나고 자라 문 앞길도 밟지 못한 지 오래랍니다. 자색(姿色)이 고운 것은 낭군께서 이미 보셨으니 굳이 말할 것 없지만 고운 마음이며 얌전한 몸가짐은 양반집 규수와 다를 게 없지요. 게다가 음률과 문장을 알아 나리께서 어여뻐 여기시고 장차 소실(小室)로 맞으려 하셨지만, 부인의 시샘이 하동의 사자후보다 심하여 그렇게 못 하고 있을 뿐이옵니다. 지난번 그 애가 올 수 있었던 것은 한식 때를 맞아 그 애가 어미의 제사를 이곳에서 지내려고 부인께 말미를 얻었기 때문이지요. 그리고 때마침 나리께서 외출하신 터에 올 수 있었지 그렇지 않았던들 낭군께서 어찌 얼굴을 볼 수 있었겠습니까? 아이고! 낭군께서 다시 만나시기는 참으로 어렵습죠. 참으로 어려워요!"

생이 하늘을 우러러 탄식하며 말했다.

"아, 끝난 것이로구나! 나는 필시 죽겠구나!"

노파가 안타까워 멍하니 서 있다가 다시 말했다.

"딱 한 가지 ㉡방법이 있습죠. 단오가 꼭 한 달 남았습니다. 그때 이 몸이 죽은 언니를 위해 제사상을 차리고 부인께 영영에게 반나절의 말미를 주도록 청한다면, 만에 하나 낭군의 뜻을 이룰 수 있을 것입니다. 낭군께선 돌아가시어 때를 기다렸다가 오시지요."

생이 기뻐하며 말했다.

"할멈 말대로 된다면야 인간의 5월 5일이 천상의 7월 7일이 되겠소!"

생과 노파는 각각 만복을 기원하며 헤어졌다.

– 작자 미상, 「상사동기」 –

>> 지문을 **두 장면**으로 나누고, 장면의 핵심 내용을 정리해 보세요.

> **장면 01** _____하는 사람을 만날 수 없어 울적해 하는 김생을 위해서 _____이 계책을 마련함
>
> **장면 02** 노파가 _____의 뜻을 이루어 주기 위해 낭자(영영)를 궁 밖으로 불러낼 구실을 마련함

1. 윗글의 대화에 대한 설명으로 가장 적절한 것은?

① 시간 표지를 활용하여 사건의 추이를 드러낸다.

② 앞날의 일을 가정하여 인물 간 갈등의 심화를 암시한다.

③ 인물에 대한 논평을 활용하여 갈등의 해소 방안을 제시한다.

④ 인물의 내력을 요약적으로 제시하여 성격의 변화를 보여 준다.

⑤ 인물의 성격을 고사에 빗대어 사건을 새로운 국면으로 전환한다.

2. 윗글의 내용에 대한 이해로 적절하지 <u>않은</u> 것은?

① 막동은 생의 근심이 사모하는 마음 때문일 것이라 추측했다.

② 생이 노파의 집에서 손님을 전별하는 일을 벌인 데 대해 노파는 번거로움을 호소하였다.

③ 노파는 생이 찾는 자색이 고운 여인이 죽은 언니의 딸인 것을 깨달았다.

④ 노파는 생의 사연을 애처롭게 여기고 자신이 영영에 대해 아는 바를 알려 주었다.

⑤ 생은 천상의 일에 빗대어 영영을 만나는 일의 기쁨을 표현하였다.

3. ㉠과 ㉡에 대한 설명으로 가장 적절한 것은?

① ㉠과 ㉡은 모두 생에게 실현 가능성에 의구심을 갖게 한다.

② ㉠과 ㉡은 모두 생의 의도를 숨기기 위해 상황의 급박함을 부각하는 방식을 취한다.

③ ㉠은 막동의 제안을 생이 실행함으로써 이루어지고, ㉡은 생의 제안을 노파가 실행함으로써 이루어질 수 있다.

④ ㉠이 이루어지면 생은 노파에게 속내를 드러낼 기회를 얻게 되고, ㉡이 이루어지면 생이 영영과 만날 기회를 얻게 된다.

⑤ ㉠에서 생은 노파에게 접근하기 위해 가상의 존재를 내세우고, ㉡에서 생은 영영과의 만남을 위해 권력자의 위세를 내세운다.

4. 〈보기〉를 참고하여 윗글을 감상한 내용으로 적절하지 <u>않은</u> 것은? [3점]

> ─────〈보기〉─────
>
> 「상사동기」는 남녀가 결연의 어려움을 극복하고 애정을 추구하는 서사라는 점에서, 애정 전기 소설의 전통을 따르면서도 전대 소설보다 현실성이 강화되었다. 감정에 충실하여 애정을 우선시하는 주인공의 성격, 서사 진행에 적극 개입하는 보조적 인물의 등장, 환상성을 벗어나 일상에 밀착된 배경의 설정 등에서 이를 확인할 수 있다. 또한 신분적 한계를 지닌 여성과의 결연 과정에서 애정 성취를 가로막는 사회적 관습으로 인한 갈등이 드러난다는 점에서 소설사적 의의가 있다.

① 생이 첫눈에 반한 영영과의 애정 추구에 적극적으로 나서는 점에서, 감정에 충실한 인물의 성격을 확인할 수 있군.

② 막동과 노파가 생의 애정 성취를 돕기 위해 나서는 점에서, 사건에 적극 개입하는 보조적 인물의 등장을 확인할 수 있군.

③ 생이 길을 가다 우연히 영영을 마주치고 노파의 집까지 뒤따르는 것에서, 사건 전개가 일상적 공간 속에서 이루어짐을 확인할 수 있군.

④ 영영이 회산군 댁 시비인 까닭에 두 인물의 만남이 어려운 점에서, 여성 주인공의 신분적 한계로 인해 애정 성취에 곤란을 겪는 것을 확인할 수 있군.

⑤ 회산군 부인의 허락을 구하려는 노파에게 생이 동조하는 것에서, 사회적 관습 안에서 현실적인 애정 성취 방법을 찾는 인물의 내적 갈등을 확인할 수 있군.

[1~4] 다음 글을 읽고 물음에 답하시오.

혼례를 마친 후 최척이 아내와 함께 장모를 모시고 집으로 돌아오매 하인들이 기뻐했다. 대청에 오르자 **친척들**이 축하하여 온 집안에 기쁨이 넘쳤고, 이들을 기리는 소리가 사방의 이웃으로 퍼졌다. 시집에 온 옥영은 소매를 걷고 머리를 빗어 올린 채 손수 물을 긷고 절구질을 했으며, 시아버지를 봉양하고 남편을 대할 때 효와 정성을 다하고, 윗사람을 받들고 아랫사람을 대할 때는 성의와 예의를 두루 갖췄다. **이웃 사람들**이 이를 듣고는 모두 양홍의 처나 포선의 아내도 이보다 낫지 않을 것이라고 칭찬했다.

최척은 결혼한 후 구하는 것이 뜻대로 되어 재산이 점차 넉넉히 불었으나, 다만 일찍이 자식이 없는 것이 걱정이었다. 최척 부부는 후사를 염려하여 ㉠매월 초하루가 되면 몸과 마음을 깨끗이 하고 함께 만복사에 올라 부처께 기도를 올렸다. 다음 해 갑오년 ㉡정월 초하루에도 만복사에 올라 기도를 했는데, 이날 밤 장육금불이 옥영의 꿈에 나타나 말했다.

"나는 **만복사의 부처**로다. 너희 정성이 가상해 기이한 **사내아이**를 점지해 주니, 태어나면 반드시 특이한 징표가 있을 것이다."

옥영은 ㉢그달에 바로 잉태해 열 달 뒤 과연 아들을 낳았는데, 등에 어린아이 손바닥만 한 **붉은 점**이 있었다. 그래서 최척은 아들 이름을 몽석(夢釋)이라고 지었다.

최척은 피리를 잘 불었으며, ㉣매양 꽃 피는 아침과 달 뜬 밤이 되면 아내 곁에서 피리를 불곤 했다. 일찍이 날씨가 맑은 ㉤어느 봄날 밤이었는데, 어둠이 깊어 갈 무렵 미풍이 잠깐 일며 밝은 달이 환하게 비췄으며, 바람에 날리던 꽃잎이 옷에 떨어져 그윽한 향기가 코끝에 스며들었다. 이에 최척은 옥영과 술을 따라 마신 후, 침상에 기대 피리를 부니 그 여음이 하늘거리며 퍼져 나갔다. 옥영이 한동안 침묵하다 말했다.

"저는 평소 여인이 시 읊는 것을 좋게 여기지 않습니다. 그런데 이처럼 맑은 정경을 대하니 도저히 참을 수가 없군요."

옥영은 마침내 절구 한 수를 읊었다.

왕자진이 피리를 부니 달도 내려와 들으려는데,
바다처럼 푸른 하늘엔 이슬이 서늘하네.
때마침 날아가는 푸른 난새를 함께 타고서도,
안개와 노을이 가득해 봉도 가는 길 찾을 수 없네.

최척은 애초에 자기 아내가 이리 시를 잘 읊는 줄 모르고 있던 터라 놀라 감탄하였다.

[중략 줄거리] 전란으로 가족과 이별한 최척은 명나라 배를 타고 안남에 이르러 처량한 마음에 피리를 불었다.

최척은 동방이 밝아 오자, 강둑을 내려가 **일본인 배에 이르러 조선말로** 물었다.

"어젯밤 시를 읊던 사람은 조선 사람 아닙니까? 나도 조선 사람이어서 한번 만나 보았으면 합니다. 멀리 **다른 나라를 떠도는 사람**이 비슷하게 생긴 **고국 사람을 만나**는 것이 어찌 그저 기쁘기만 한 일이겠습니까?"

옥영도 생각하기를 어젯밤 들은 **피리 소리**가 조선의 곡조인데다, 평소 익히 들었던 것과 너무나 흡사했다. 그래서 남편 생각에 감회가 일어 절로 시를 읊게 되었던 것이다. 옥영은 자기를 찾는 사람의 목소리를 듣고는 황망히 뛰쳐나와 최척을 보았다. 둘은 서로 마주하고 놀라 **소리를 지르며 끌어안고** 백사장을 뒹굴었다. 목이 메고 기가 막혀 마음을 안정할 수 없었으며, 말도 할 수 없었다. 눈에서는 **눈물이 다하자 피가 흘러내려** 서로를 볼 수도 없을 지경이었다. 양국의 **뱃사람들**이 저잣거리처럼 모여들어 구경했는데, 처음에는 친척이나 잘 아는 친구인 줄로만 알았다. 뒤에 그들이 부부 사이라는 것을 알고 서로 돌아보며 소리쳐 말했다.

"이상하고 기이한 일이로다! 이것은 하늘의 뜻이요, 사람이 이룰 수 있는 일이 아니로다. 이런 일은 옛날에도 들어 보지 못하였다."

최척은 옥영에게 그간의 소식을 물었다.

"산속에서 붙들려 강가로 끌려갔다는데, 그때 아버지와 장모님은 어찌 되었소?"

옥영이 말했다.

"날이 어두워진 뒤 배에 오른 데다 정신이 없어 서로 잃어버렸으니, 제가 두 분의 안위를 어떻게 알겠습니까?"

두 사람이 손을 붙들고 통곡하자, 옆에서 지켜보던 사람들도 슬퍼하며 눈물을 닦지 않는 이가 없었다.

— 조위한, 「최척전」 —

>> 지문을 네 장면으로 나누고, 장면의 핵심 내용을 정리해 보세요.

장면 01	최척과 혼인한 _____이 집안을 돌보는 일에 정성을 다함
장면 02	최척 부부가 자식을 얻고자 매달 _____에서 기도를 올리자, 부처가 아들을 점지해 줌
장면 03	어느 봄날 밤에 최척은 옥영과 술을 마시며 피리를 불고, 이에 옥영은 ___를 읊음
장면 04	최척의 _____ 소리와 옥영의 시 읊기를 매개로 최척 부부가 재회함

1. 윗글에 대한 설명으로 가장 적절한 것은?

① 시를 삽입하여 인물 간의 갈등 양상이 구체화되는 상황을 드러내고 있다.

② 인물의 행위가 연속적으로 나열된 장면을 통해 신분의 변화 과정을 드러내고 있다.

③ 주변 인물이 알고 있는 사례를 근거로 주요 인물에 대해 상반된 평가를 내리게 하고 있다.

④ 감각적인 배경 묘사를 통해 인물의 행동이 전개되는 상황의 낭만적 분위기를 부각하고 있다.

⑤ 인물 간 대화가 오가는 장면을 보여 주어 이전 사건에 따른 다른 인물들의 현재 행선지를 드러내고 있다.

2. 윗글의 인물에 대한 이해로 적절하지 않은 것은?

① '뱃사람들'은 최척과 옥영의 관계가 자신들이 생각하던 것과 달라 놀라워했다.

② '최척'은 강둑을 내려가 자신을 '다른 나라를 떠도는 사람'이라 말하며 자신의 처지와 심정을 드러냈다.

③ '최척'은 옥영의 시에 대한 재능을 결혼 전에 알고 있었지만, 옥영이 시를 읊기 전까지 이를 모른 척했다.

④ '옥영'은 가정의 구성원들을 정성스러운 마음으로 대했고, 옥영이 시집온 후 최척의 집안은 점차 부유해졌다.

⑤ '친척들'은 최척의 결혼을 경사로 받아들였고, '이웃 사람들'은 옥영의 행실을 칭찬했다.

3. ㉠~㉤에 대한 이해로 가장 적절한 것은?

① ㉠은 인물의 심리적 갈등이 발생하는, ㉢은 ㉠에서 발생한 갈등이 심화되는 시간의 표지이다.

② ㉢과 ㉤은 모두 과거의 행위를 통해 인물의 성격이 변화됨을 드러내는 시간의 표지이다.

③ ㉣은 인물의 행위가 반복적으로 일어나는, ㉤은 ㉣ 중 한 시점을 특정하는 시간의 표지이다.

④ ㉡은 ㉠에서부터 이어진 행위를 알려 주는, ㉤은 그 행위가 완결된 순간을 지시하는 시간의 표지이다.

⑤ ㉡과 ㉢은 인물의 소망이 실현되어 가는 과정에 포함되는, ㉤은 인물의 소망이 좌절된 시간의 표지이다.

4. <보기>를 바탕으로 윗글을 감상한 내용으로 적절하지 않은 것은? [3점]

<보기>

「최척전」에는 하나의 문제 상황이 해결되면 또 다른 문제가 확인되는 서사 구조가 나타나고 있다. 이 과정에서 도움을 주는 신이한 존재를 나타나게 하거나, 예언의 실현을 보여 주는 특이한 증거를 활용하거나, 문제 해결의 계기가 되는 소재를 제시하거나, 공간적 배경을 확장하여 다양한 국적의 사람들을 등장시키는 등의 서사적 장치들이 확인된다. 이러한 서사 구조와 다양한 서사적 장치는 독자가 이야기에 흥미를 가지고 그것을 자연스럽게 수용하는 데 기여한다.

① 옥영의 꿈에 나타난 '만복사의 부처'는, 옥영이 겪고 있는 현실적인 문제를 해결하는 데 도움을 주는 신이한 존재로서 역할을 한다고 볼 수 있겠군.

② 몽석의 몸에 나타난 '붉은 점'은, '사내아이'의 출생과 관련한 예언이 실제로 이루어졌음을 확인할 수 있는 특이한 증거로 활용된다고 볼 수 있겠군.

③ 최척이 '일본인 배에 이르러 조선말로 물어보는 것'과 '고국 사람을 만나'려 하는 것은, 서사 전개 과정에서 공간적 배경을 조선뿐 아니라 다른 나라로도 확장한 것과 관련이 있겠군.

④ 옥영이 들은 '피리 소리'는, 옥영이 최척을 떠올리게 하여 이별의 상황을 해결하는 계기가 되는 소재로 작용하고 있다고 볼 수 있겠군.

⑤ 최척과 옥영이 '소리를 지르며 끌어안'는 것은 문제의 해결에 따른 기쁨과, '눈물이 다하자 피가 흘러내'리는 것은 또 다른 문제 확인에 따른 인물의 불안감과 관련이 있겠군.

[1~4] 다음 글을 읽고 물음에 답하시오.

이때 예부 상서 진량을 황제 가장 총애하시니 진량이 의기양양하고 교만 방자한지라, 정 상서 일찍 진량이 소인인 줄 알고 황제께 간하되 황제 종시 그렇지 않다 하심에, 진량이 이 일을 알고 정 상서를 해하려 하더라. 차시 황제의 탄생일이 되었는지라, ㉠마침 정 상서 병이 있어 상소하고 참석지 못하였더니 황제 만조백관더러 묻기를,

"정 상서의 병이 어떠하더뇨?"

하시고 사관을 보내려 하시니 진량이 나아가 왈,

"정 상서는 간악한 사람이라 그 병세를 신이 자세히 아옵니다. 상서가 요사이 황제께 조회하는 것이 다르옵고 신이 상서의 집에 가오니 상서의 말이 수상하옵더니 오늘 조회에 불참하오니 반드시 무슨 생각 있는 줄 아나이다."

황제 대경하여 처벌하려 하시거늘 중관이 아뢰길,

"정 상서의 죄 명백함이 없으니 어찌 벌로 다스리오리까?"

황제 듣지 않고 절강에 귀양을 정하시니 중관이 명을 듣고 정 상서의 집에 나아가 황명을 전하니, 상서 크게 울며,

"내 일찍 국은을 갚을까 하였더니 소인의 참언을 입어 이제 귀양을 가니 어찌 애달프지 않으리오."

하고 칼을 빼어 서안을 치며 말하기를,

"소인을 없애지 못하고 도리어 해를 입으니 누구를 원망하리오."

하며 눈물을 흘리니 부인은 애원 통도하고 친척 노복이 다 서러워하더라.

사관이 재촉 왈,

"㉡황명이 급하오니 수이 행장 차리소서."

정 상서가 일변 행장을 준비하여 부인더러 이르기를,

"나는 천만 의외에 귀양 가거니와 부인은 여아를 데리고 조상 제사를 받들어 길이 무탈하소서."

하고 즉시 발행할새, 모녀 가슴이 막혀 아무 말도 못하더라. 정 상서 여러 날 만에 귀양지에 이르니 절강 만호가 관사를 깨끗이 하고 정 상서를 머물게 하더라.

차설. 정 상서 적거한 후로 슬픔을 머금고 세월을 보내더니 석 달 만에 홀연 득병하여 마침내 세상을 영결하니 절강 만호 슬퍼 놀라 황제께 ⓐ장계로 보고하고 부인께 기별하니라. 이때 부인과 정수정이 정 상서를 이별하고 눈물로 세월을 보내더니 일일 문득 시비 고하되,

"절강에서 사람이 왔나이다."

하거늘 부인이 급히 불러 물으니 답하기를,

"㉢정 상서께서 지난달 보름께 별세하셨나이다."

하는지라. 부인과 정수정 이 말을 듣고 한마디 소리를 내며 혼절하니 시비 등이 창황망조하여 약물로 급히 구함에 오랜 후에야 숨을 내쉬며 눈물이 비 오듯 하더라.

[중략 부분의 줄거리] 남장을 한 정수정은 장원 급제한 뒤 북적을 물리친다. 이후 황제에게 자신이 여성임을 밝히고 정혼자인 장연과 혼인한다. 호왕이 침공하자 정수정은 대원수, 장연은 중군장으로 출전한다.

㉣대원수 호왕에 승리하여 황성으로 향할새 강서 지경에 이르러 한복더러 묻기를,

"진량의 귀양지가 여기서 얼마나 되는가?"

"수십 리는 되나이다."

대원수 분부하되 철기를 거느려 결박하여 오라 하니 한복 등이 듣고 나는 듯이 가 바로 내실로 들어갈새 진량이 대경하여 연고를 묻거늘 한복이 칼을 들어 시종을 베고 군사를 호령하여 진량을 결박하여 본진으로 돌아와 대원수께 고하되, 대원수 이에 진량을 잡아들여 장하에 꿇리고 노기 대발하여 부친 모해하던 죄상을 문초하니 진량이 다만 살려 달라 빌거늘, 대원수 무사를 호령하여 빨리 베라 하니 이윽고 무사 진량의 머리를 드리거늘, 대원수 **제상을 차려 부친께 제사 지내**더라.

황제께 ⓑ첩서를 올려 승전을 알리고, 중군장 장연을 기주로 보내고 대군을 지휘하여 경사로 향하여 여러 날 만에 궐하에 이르니, 황제 백관을 거느려 대원수를 맞아 치하하시고 좌각로 평북후를 봉하시니 대원수 사은하고 청주로 가니라.

차설. 장연이 기주에 이르러 모친 태부인 뵈옵고 전후사연을 고하되 태부인이 듣고 통분 왈,

"너를 길러 벼슬이 공후에 이르니 기쁨이 측량없던 차에 **전쟁터에서 부인에게 욕을 보고 돌아올** 줄 어찌 알았으리오."

장연의 다른 부인들인 원 부인과 공주가 아뢰기를,

"정수정 벼슬이 높으니 능히 제어치 못할 것이요, 저 사람 또한 대의를 알아 삼가 화목할 것이니 이제는 노하지 마소서."

태부인이 그렇게 여겨 이에 시녀를 정하여 서찰을 주어 청주로 보내니라. 이때 정수정은 전쟁에서 **장연 징계한 일로 심사 답답**하더니 시비 문득 아뢰되 기주 시녀 왔다 하거늘 불러들여 ㉤서찰을 본즉 태부인의 서찰이라. 기뻐 즉시 회답하여 보내고 익일에 행장 차려 갈새, 홍군 취삼으로 봉관 적의에 명월패 차고 수십 시녀를 거느려 성 밖에 나오니, 한복이 정수정을 **호위**하여 기주에 이르러 **태부인께 예**하고 두 부인으로 더불어 예필 좌정함에, 태부인이 지난 일에 조금도 거리낌이 없으니, 정수정 또한 태부인을 지성으로 섬기더라.

– 작자 미상, 「정수정전」 –

>> 지문을 네 **장면**으로 나누고, 장면의 핵심 내용을 정리해 보세요.

장면 01 황제의 _____에 _____의 모함으로 인해 정 상서가 귀양을 가게 됨

장면 02 귀양을 간 정 상서는 병을 얻어 죽음을 맞이하고, _____과 정수정은 이 소식을 듣고 슬퍼함

장면 03 전쟁에서 승리한 _____은 돌아오는 길에 진량의 목을 베어 부친께 제사를 지낸 후 황제에게 승전을 알리고, 장연을 기주로 보냄

장면 04 기주에서 장연과 만난 모친 태부인은 시녀를 보내 정수정에게 _____을 전하고, 정수정도 이에 회답한 후 기주로 가 태부인을 섬김

1. 윗글의 인물에 대한 이해로 적절하지 않은 것은?

① '황제'는 자신이 총애하는 사람의 말을 듣고 정 상서를 처벌하기로 결심한다.

② '중관'은 정 상서를 처벌하기에는 그 죄가 분명하지 않음을 황제에게 주장한다.

③ '정 상서'는 자신이 소인의 참언 때문에 뜻하지 않게 귀양을 가게 되었다고 생각한다.

④ '한복'은 대원수의 명령에 따라 진량의 귀양지로 가서 그의 죄를 묻고 처벌을 내린다.

⑤ '원 부인'과 '공주'는 정수정이 도리를 지켜 원만하게 지낼 것임을 내세워 태부인을 진정시킨다.

2. ㉠~㉤에 대한 이해로 적절하지 않은 것은?

① ㉠으로 진량에게는 정 상서를 모함할 기회가 생긴다.

② ㉡으로 정 상서는 비보가 전해질 것을 짐작하게 된다.

③ ㉢으로 부인과 정수정은 충격을 받고 정신을 잃게 된다.

④ ㉣로 정수정은 황제로부터 노고에 대한 보답을 받게 된다.

⑤ ㉤으로 정수정은 걱정을 덜며 떠날 채비를 하게 된다.

3. ⓐ, ⓑ에 대한 이해로 가장 적절한 것은?

① ⓐ는 자신의 귀양살이를 보고할 목적으로 작성되었다.

② ⓐ는 황제와의 갈등을 해결하기 위한 목적으로 작성되었다.

③ ⓑ는 호왕과 벌인 전쟁의 결과를 보고할 목적으로 작성되었다.

④ ⓑ는 황제를 직접 만나 보고하는 것을 피할 목적으로 작성되었다.

⑤ ⓐ와 ⓑ에 담긴 소식은 황제 외의 사람들에게는 알려지지 않았다.

4. 〈보기〉를 참고하여 윗글을 감상한 내용으로 적절하지 않은 것은? [3점]

〈보기〉

정수정은 국가적 위기를 해결하는 영웅이자, 부친의 원수를 갚는 효녀이고, 부녀자로서의 덕목을 지녀야 하는 장씨 가문의 여성이다. 정수정은 주어진 상황과 조건에 따라 세 역할 사이에서 갈등하기도 하지만, 결과적으로는 모든 역할에 충실하며 다양한 능력과 덕목을 갖춘 인물로 형상화된다.

① '진량의 귀양지가 여기서 얼마나 되는'지 묻는 '대원수'의 발언에서, '진량'을 찾아 부친의 한을 풀어 주려는 '정수정'의 효녀로서의 면모가 드러남을 알 수 있군.

② '제상을 차려 부친께 제사 지내'는 '대원수'의 모습에서, '정수정'은 부친의 원수를 갚는 효녀로서의 소임을 수행하여 죽은 부친의 넋을 위로하고 있음을 알 수 있군.

③ '장연'이 '전쟁터에서 부인에게 욕을 보고 돌아'왔다며 통분하는 '태부인'의 모습에서, '태부인'은 '정수정'이 아내의 역할보다 대원수의 역할을 중시한 것에 대해 못마땅해함을 알 수 있군.

④ '장연 징계한 일로 심사 답답'한 '정수정'의 모습에서, '정수정'은 군대를 통솔했던 국가적 영웅으로 돌아가고 싶어 함을 알 수 있군.

⑤ '한복'의 '호위'를 받으며 기주로 가서 '태부인께 예'하는 '정수정'의 모습에서, 국가적 영웅의 면모를 유지하는 '정수정'이 며느리로서의 역할도 수행함을 알 수 있군.

[1~4] 다음 글을 읽고 물음에 답하시오.

상서의 셋째 부인 여씨는 둘째 부인 석씨의 행실과 마음 씀이 매사 뛰어남을 보고 마음속에 불평하여 생각하되, '이 사람이 있으면 내게 상서의 총애가 오지 않으리라.' 하여 좋은 마음이 없더라. 날이 늦어져 모임이 흩어진 후 상서의 서모(庶母) 석파가 청운당에 오니 여씨가 말하길,

"석 부인은 실로 적강선녀라. 상공의 총애가 가볍지 않으리로다."

석파가 취해 실언함을 깨닫지 못하고 왈,

"석 부인은 비단 얼굴뿐 아니라 덕행을 겸비하여 시모이신 양 부인이 더욱 사랑하시나이다."

이때 석씨가 석파를 청하자 석파가 벽운당에 이르러 웃고 왈,

"나를 불러 무엇 하려 하느뇨? 내 석 부인이 받는 총애를 여 부인에게 자랑하였나이다."

석씨가 내키지 않아 하며 당부하되,

"㉠후일은 그런 말을 마소서."

하니, 석파 웃더라.

여씨의 거동이 점점 아름답지 않으나 양 부인과 상서는 내색하지 않더라. 일일은 상서가 문안 후 청운당에 가니 여씨 없고, 녹운당에 이르니 희미한 달빛 아래 여씨가 난간에 엎드려 화씨의 방을 엿듣는지라, 도로 청운당에 와 시녀로 하여금 청하니 여씨가 급히 돌아오니 상서가 정색하고 문 왈,

"부인은 깊은 밤에 어디 갔더뇨?"

여씨 답 왈,

"㉡문안 후 소 부인의 운취각에 갔더이다."

상서는 본래 사람을 지극한 도로 가르치는지라 책망하며 왈,

"부인이 여자의 행실을 전혀 모르는지라. 무릇 여자의 행세 하나하나 몹시 어려운지라. 어찌 깊은 밤에 분주히 다니리오? 더욱이 다른 부인의 방을 엿들음은 **금수의 행동**이라 전일 말한 사람이 있어도 전혀 믿지 않았더니 내 눈에 세 번 뵈니 비로소 그 말이 사실임을 알지라. 부인은 다시 이 행동을 말고 과실을 고쳐 나와 함께 늙어갈 일을 생각할지어다."

하며 기세가 엄숙하니, 여씨가 크게 부끄러워하더라.

이후 여씨 밤낮으로 생각하더니, 문득 옛날 강충이란 자가 저주로써 한 무제와 여 태자를 **이간**했던 일을 떠올리고, 저주의 말을 꾸며 취성전을 범하니 일이 치밀한지라 뉘 능히 알리오?

일일은 취성전에서 양 부인이 일찍 일어나 앉았으나 석씨가 마침 병이 나서 문안에 불참하매 시녀 계성에게 청소시키니, 계성이 짐짓 침상 아래를 쓸다가 갑자기 **봉한 것**을 얻어 내며,

"알지 못하겠도다. 누가 잃은 것인고? 필연 동료 중 잃은 것이니 임자를 찾아 주리라."

하고 스스로 혼잣말 하거늘 부인이 수상히 여겨 가져오라 하여 풀어 보니, 그 글에 품은 한이 흉악하여 차마 보지 못할 바이라.

필적이 산뜻하니 완연히 석씨의 것이라 크게 괴히 여겨 다시 보니 그 언사의 흉함이 차마 바로 보지 못할지라. 양 부인이 불을 가져다가 사르고 시녀들을 당부하여 왈,

"너희들이 이 일을 누설한즉 죽을죄를 당하리라."

좌우 시녀 듣고 송구하여 입을 봉하되, 홀로 계성은 누설치 못함을 조급해하고 양 부인은 이후 석씨와 자녀를 보나 내색하지 않더라.

[중략 부분의 줄거리] 석씨가 쫓겨난 후, 첫째 부인 화씨를 모함하려고 여씨가 여의개용단을 먹고 화씨로 둔갑해 나타나자, 상서는 친누나 소씨, 의남매 윤씨, 석파를 불러 모아 함께 실상을 밝히려 여씨의 심복을 찾는다.

시녀가 여씨 심복 미양을 가리켜 아뢰니, 상서가 미양을 잡아내어 엄하게 조사하더라. 미양이 혼비백산하여 사실대로 고하고 두 가지 약을 내어 드리니, 소씨 등이 다투어 보고 웃되, 상서는 홀로 눈을 들어 보지 않으니 사악한 빛을 보지 않으려 함이라. 석파가 그중 **회면단**을 물에 풀어 두 화씨에게 나누어 주니 진짜 화씨 노기 가득하여 먹고 왈,

"약을 먹더라도 부모님 남긴 몸이 달리 되랴? 네 굳이 내 얼굴이 되고자 하니, 이 무슨 괴이한 생각으로 패악을 떨려 하느뇨?"

상서 왈,

"어지럽게 굴지 말라."

진짜 화씨는 회면단을 마시되 용모 변치 않더라. 상서가 또 여씨에게 권하니, 여씨 먹지 않거늘 윤씨 웃고 왈,

"아니 먹는 죄 의심되도다."

소씨 나아가 우김질로 들이붓더라. 여씨가 마지못하여 먹으니 화씨 변하여 여씨 되는지라. 좌우 사람들이 박장대소하더라. 상서 바야흐로 단정히 고쳐 앉으며 왈,

"군자 있는 곳에는 요사스러운 일이 없거늘 이 아우가 어질지 못하여 집안에 이런 변이 있으니 대장부 되어 아녀자를 거느리지 못하여 이런 행동거지 있으니 어찌 부끄럽지 않으리오. 석씨를 모함함도 여씨의 일이니 누님은 따져 물으소서."

석파가 먼저 나서며 미양을 붙들고 물으니 미양이 당초부터 여씨가 계교를 꾸몄던 일들을 낱낱이 말하더라. 소씨, 윤씨 두 사람이 웃으며 왈,

"이제 보건대, 당초 우리 의심이 그르지 않았도다."

석파가 몹시 좋아해 뛰면서 기쁨을 이기지 못하고, 여씨는 부끄러움을 이기지 못하여 움직이지 못하고, 화씨는 꾸짖기를 마지않더라. 날이 새어 취성전에 들어가 **어젯밤 일**을 일일이 아뢰더라. 양 부인이 놀라고 여씨를 불러 마루 아래에 꿇리고 벌주니 가장 엄숙하여 언어 명백하며 들음에 모골이 송연하더라. 이에

여씨를 내치고 계성과 미양 등을 엄히 다스리고 집안을 평정하더라.

― 작자 미상, 「소현성록」 ―

>> 지문을 **네 장면**으로 나누고, 장면의 핵심 내용을 정리해 보세요.

장면 01	상서의 셋째 부인 여씨가 둘째 부인인 _____를 시기함
장면 02	_____의 방을 엿듣는 모습을 들킨 여씨가 _____에게 책망을 듣고 부끄러워함
장면 03	양 부인은 석씨의 _____으로 보이는 흉악한 내용의 글을 보았으나 이에 대해 함구함
장면 04	약을 먹은 여씨가 화씨로 _____하지만 실상이 밝혀져 여씨와 그 조력자들이 처벌을 받게 됨

1. 윗글에 대한 설명으로 가장 적절한 것은?

① 배경 묘사를 통해 인물의 성격 변화를 암시하고 있다.
② 독백을 반복하여 내적 갈등의 해결 과정을 드러내고 있다.
③ 과거와 현재를 교차하여 사건을 입체적으로 전개하고 있다.
④ 한 인물과 다른 인물들 간의 다면적 갈등 관계를 제시하고 있다.
⑤ 두 공간에서 동시에 일어나는 사건을 병렬적으로 배치하고 있다.

2. 윗글의 내용에 대한 이해로 적절하지 <u>않은</u> 것은?

① 석파는 집안사람들과 교류하며 집안일에 관여한다.
② 상서는 남의 말의 진위를 직접 확인하여 판단한다.
③ 여씨는 상서의 책망에도 부끄러워하지 않는다.
④ 양 부인은 권위를 지니고 가족과 시녀들을 통솔한다.
⑤ 소씨는 여씨를 압박하여 의혹을 해소하려 한다.

3. 맥락을 고려하여 ㉠과 ㉡을 이해한 내용으로 가장 적절한 것은?

① ㉠은 석파의 독선을 질책하는 말이고, ㉡은 상서의 오해를 증폭시키는 말이다.
② ㉠은 석파의 안전을 도모하기 위한 말이고, ㉡은 상서를 위험에 빠뜨리기 위한 말이다.
③ ㉠은 석파에 대한 호의를 표현하는 말이고, ㉡은 상서에 대한 불신을 표현하는 말이다.
④ ㉠은 석파의 경솔함을 염려하는 말이고, ㉡은 상서의 의심을 피하기 위해 한 말이다.
⑤ ㉠은 석파에게 얻은 정보를 불신하는 말이고, ㉡은 상서가 가진 정보를 몰라서 하는 말이다.

4. 〈보기〉를 참고하여 윗글을 감상한 내용으로 적절하지 <u>않은</u> 것은? [3점]

〈보기〉
음모 모티프는 인물이 욕망을 실현하기 위해 음모를 실행하는 이야기 단위이다. 음모의 진행 과정에 환상적 요소가 사용되기도 하고 조력자가 등장해 음모자를 돕기도 한다. 음모가 실행되면서 서사적 긴장이 고조되는데, 음모자의 욕망 실현이 지연되면 서사적 긴장은 일시적으로 이완된다. 이때 음모자가 또 다른 음모를 꾸미나 결국 음모의 실체가 드러나며 죄상에 따라 처벌된다.

① 여씨가 자신을 석씨와 견주고 양 부인과 석씨를 '이간'하려는 데서, 석씨와의 경쟁 관계를 의식한 여씨의 욕망에서 음모가 비롯됨을 알 수 있군.
② 여씨가 꾸민 '봉한 것'이 계성을 통해 양 부인에게 건네진 데서, 상하 관계에 있는 음모자와 조력자에 의해 서사적 긴장이 고조됨을 알 수 있군.
③ '그 글'이 불살라지고 시녀들의 누설이 금지된 데서, 양 부인에 의해 음모의 실행이 저지되어 서사적 긴장이 일시적으로 이완됨을 알 수 있군.
④ '회면단'을 먹고 여씨가 본래 모습으로 돌아오는 데서, 음모자가 욕망의 실현을 위해 준비한 환상적 요소가 음모의 실체를 드러내는 도구로 작용함을 알 수 있군.
⑤ 상서는 '금수의 행동'을 한 여씨를 교화하려 했지만 양 부인은 '어젯밤 일'로 여씨를 내친 데서, 처벌 방법을 두고 대립이 있음을 알 수 있군.

작자 미상, 「박태보전」

해설 P.243

[1~4] 다음 글을 읽고 물음에 답하시오.

이때 태보 궐문 밖으로 나오니 그제야 정신없어 기절하거늘 좌우 제신이며 일가 제족이 구완하여 겨우 인사 차려 좌우를 돌아보며 왈,

"이 몸이 명재경각(命在頃刻)이라. 어찌 살기를 바라리오. 군 등은 태보가 죽거든 죽기로써 간하여 왕비를 내치지 못하게 하옵소서."

한데 이때에 상소 중에 이름 올린 제원(諸員)이 모두 이로되,

[A] "그대는 죽기로써 간하다 어명을 입고 사경이 되었으나 우리도 역시 한 탓이로다. 막중한 충을 몰랐으니 무슨 낯이 있으리오. 일은 여럿이 참여하고 죄는 그대만 혼자 당하였으니 죄스럽고 민망하기 측량없노라."

무수히 위로하다가 형옥(刑獄)으로 전송하더라. 이튿날에 형조 판서 마지못하여 위계를 갖추고 대강 직계(直啓)로 올렸더니 상(上)이 보시고 다시 하교하사,

"금부로 가두라."

하시거늘 금부 옥졸이 옹위하여 금부에 이르니 만조백관이며 장안 백성이 구름 뫼듯 하더라. 이때에 생가 친척이며 양가 제족이 애연 돌탄하거늘 태보 위로 왈,

[B] "인명이오면 재천이옵거늘 설마 무죄로 죽어 청춘 원혼이 되리오마는 나의 뜻은 정한 지 오래였는지라. 하늘이 무너지고 땅이 꺼져도 변할 길이 없사오니 이 몸이 죽거든 영천수 흐르는 물에 훨훨 씻어 다른 곳에는 묻지 말고 남산하에 묻어 주오면 죽은 혼백이라도 궐내를 향하여 우리 주상 심하에 복지하여 주야로 간하여 왕비를 다시 환궁하게 하올 것이니 아무리 죽은 사람의 말이라 하옵고 저버리지 마시며 부디 명심하소서."

금부에 수일 잡혀 갔더니, 상이 구태여 왕비는 내치시고 태보는 진도로 정배하라 하시니라.

[중략 부분의 줄거리] 박태보의 정배를 따라가려다 되돌아온 박태보의 부인은 꿈에서 남편을 만난다.

한림이 울어 왈,

"내 무죄하여 탕탕한 청천이 감동하사 사생풍진을 다 버리고 전고 충신을 따라 황성에로 구경 가나니, 슬프다! 부인은 기다리지 말고 만세 무양하옵소서."

하되, 부인이 대경 왈,

"어디를 가시며 기다리지 말라 하시니까? 한림은 그다지 독하시오. 첩도 한가지로 가사이다."

하며 한림의 소매를 잡고 못 가게 하니 한림이 왈,

"부인은 안심하소서. 구구한 사정을 어찌 잊으리오까? 일후 상봉할 날이 있으오리다."

하고 떨치고 나가거늘 부인 한림의 손을 잡고 따라가니 어떤 남자 십여 명이 의관을 정제하고 서 있거늘 겸연쩍어 방으로 들어앉으며 가만 보니 학발의관(鶴髮衣冠)을 갖춘 어린 제자 오륙 인이 분명하거늘 부인이 놀라 깨달으니 남가일몽이라.

부인이 몽사를 생각함에 심신이 산란하여 명월을 대하여 내념에 '분명 한림이 기사하였도다.'

시비를 데리고 몽사를 설화하더니 이미 동방이 밝었거늘 시부모 당하에 문안차로 나가니, **이화촌**에 개 짖으며 문밖에 울음소리 들리거늘 부인이 놀라 문을 열어 보니 한림의 하인 동일이라 하는 사람이 한림의 편지를 드리거늘 대감 부부와 부인이 망극하야 서로 붙들고 통곡하다가 기절하거늘 비복 등이 급히 구완하여 겨우 인사를 분별하는지라.

이때에 원근 제족과 만조백관이 다 조문 후에 장안 백성이 뉘 아니 낙루하리오. 이러구러 곡성이 진동하니 어찌 천신이 감동치 아니하리오. 그 편지를 떼어 보니 하였으되,

'불효자 태보는 두어 자 문안을 부모 전에 올리나이다. 천 리 원정에 가다가 **과천**의 관에서 신병과 심회가 울적하거늘 구천에 들어가오니, 사람의 죄 삼천을 정하였으되 불효한 죄가 제일이라 하였으니 삼천 수죄(首罪) 지었으나 국은을 또한 갚지 못하옵고 중로 고혼이 되어 구천에 돌아가는 자식을 생각지 마옵고 말년 귀체를 안보하시다가 만세 후에 부자지정을 만분지일이나 바라나이다.'

하였더라.

이날 대감이 판서 노복 등을 거느리고 즉시 과천으로 행할새, 장안 백성이 다 애연하며 구름 뫼듯 하더라. 대감과 판서 애통함이 측량없더라. 초종례로 극진히 한 후에 채단으로 염습하고 도로 집으로 옮겨와 장사를 지내니 일문이 애통함을 차마 못 볼러라.

각설, 이때에 상이 민 중전을 내치시고 태보를 정배 후, 자연 심신이 산란하여 밤이면 **성내 성외**를 미복으로 순행하시더니 일일은 **한 곳**에 다다르니 명월은 명랑한데 어떤 아이 오륙 인이 월색 희롱하며 노래하야 즐거워하거늘 상이 몸을 은신하시고 자세히 들으니 그 노래에 하였으되,

"저 달은 밝다마는 우리 주상은 불명하야 충신을 무슨 일로 천 리 원정에 내치시며, 무슨 일로 민 중전은 **외관**에 내치시고 군의신충 없었으니 이 부자자효 쓸데없다. 인심은 분명하건마는 국운이 말세 되어 백성도 못할 일을 국가에서 행하고 한심하고 가련하다. 사백 년 사직을 뉘라서 붙들랴. 이 애야, 저 애야. 흥망성쇠는 불관하다마는 당상 부모 모셨어라. **심산궁곡**에 들어가 초목으로 붓을 적시고, 금수로 벗을 삼아 세월을 보내다가 성군을 기다리자."

서로 비기며 애연히 가거늘 상이 그 노래를 들으시매 심신이

산란하여 그 아이들 성명을 묻고자 하시니 아이들이 달아나는지라 못내 애연하시며 곧 환궁하시니라.

　　　　　　　　　　　　　　　　　　　－ 작자 미상, 「박태보전」 －

>> 지문을 **네 장면**으로 나누고, 장면의 핵심 내용을 정리해 보세요.

장면 01	임금께 간한 죄로 죽을 위기에 처한 태보는 _____에 갇혀서도 뜻을 꺾지 않고, 임금은 태보를 _____로 유배 보냄
장면 02	부인은 ___에서 태보를 만나 작별의 인사를 나누고, 꿈속의 태보는 어린 _____들을 거느림
장면 03	태보의 _____를 통해 그의 죽음이 가족들에게 전해지고 가족들과 많은 백성들이 슬퍼함
장면 04	임금은 아이들이 부르는 _____를 듣고 심란한 기분을 느낌

1. 윗글의 내용에 대한 이해로 적절한 것은?

① 태보는 형옥에서 금부로 이송해 줄 것을 자청했다.

② 부인은 꿈에서 학발의관을 갖춘 사람들을 보고 놀라 꿈을 깼다.

③ 대감은 아들의 주검을 집으로 데려와 초종례를 극진히 지냈다.

④ 상은 노래의 내용을 알기 위해 아이들에게 이름이 무엇인지 물었다.

⑤ 형조 판서는 상의 명령대로 태보에 대한 조사 결과를 자세히 보고했다.

2. 윗글에 제시된 공간에 대한 설명으로 적절하지 <u>않은</u> 것은?

① '금부'는 임금이 권위를 실현하는 공간이고, '한 곳'은 임금이 권위를 내세우는 공간이다.

② '진도'는 임금에게 정배받은 태보가 향해야 하는 곳이고, '외관'은 임금에게 내쳐진 민 중전이 거처해야 하는 곳이다.

③ '이화촌'은 부인이 시부모에게 직접 문안하는 곳이자 태보가 하인을 보내 부모에게 문안하는 곳이다.

④ '과천'은 태보가 '진도'로 가는 경유지이자, 태보의 소식을 받은 대감이 '이화촌'을 떠나 향하는 지점이다.

⑤ '심산궁곡'은 '성내 성외'와 대비되어 임금을 피하려는 백성의 마음이 투영된 공간이다.

3. [A]와 [B]에 대한 설명으로 가장 적절한 것은?

① [A]에서 태보의 위기에 대해 책임을 통감하는 제원들의 탄식은, [B]에서 그 책임을 자신에게 돌리는 태보의 자책과 대비된다.

② [A]에서 태보가 받은 제원들의 위로는, [B]에서 삶을 도모하여 무죄를 소명하겠다는 태보의 결심으로 이어진다.

③ [A]에서 제원들이 칭송하는 태보의 강직함은, [B]에서 소신을 지키겠다고 하는 태보의 다짐에서 확인된다.

④ [A]에서 제원들 간의 갈등으로 인한 태보의 심리적 상처는, [B]에서 가족과의 만남을 통해 해소된다.

⑤ [A]에서 제원들의 말을 통해 드러난 태보의 후회는, [B]에서 가족들을 향한 태보의 말에서 반복된다.

4. 〈보기〉를 참고하여 윗글을 감상한 내용으로 적절하지 <u>않은</u> 것은? [3점]

〈보기〉

　「박태보전」은 숙종 대의 실존 인물 박태보의 삶을 소설화한 작품이다. 이 작품에서 박태보는 임금의 부당함으로 드러나는 부도덕한 세계와의 대결에서 패배하여 숭고한 뜻을 이루지 못한다. 그럼에도 그는 가족과 국가에 윤리적 책무를 다하는 인물로 인정받음으로써 도덕적 영웅으로 고양된다. 이때 다양한 서사 장치들은 사건의 입체적 전개에 기여한다.

① 하늘이 태보를 무죄로 판명하여 전고 충신을 따르게 함을 몽사로 드러내어, 태보가 윤리적 명분 면에서 인정받은 도덕적 영웅임을 보여 주는군.

② 국은을 갚지 못하고 죽는다는 태보의 한탄을 편지로 제시하여, 태보가 임금을 올바른 길로 인도하려는 숭고한 뜻을 이루지 못하고 세계와의 대결에서 패배했음을 보여 주는군.

③ 만세 후에도 부자지정을 바라는 태보의 염원을 편지로 제시하여, 태보가 죽음에 이른 상황에서조차 부모에 대한 윤리적 책임을 다하려 한 인물임을 보여 주는군.

④ 주상이 밝은 달의 속성과 대비되는 불명한 인물임을 노래를 통해 제시하여, 백성들이 주상을 부도덕한 인물로 평가하여 신임하지 않았음을 보여 주는군.

⑤ 태보에 대한 민심을 편집자적 논평을 통해 반복적으로 나타내어, 태보가 기우는 국운을 회복한 영웅으로 추대되어 백성들의 지지를 받았음을 보여 주는군.

작자 미상, 「배비장전」

[1~4] 다음 글을 읽고 물음에 답하시오.

[앞부분의 줄거리] 제주도에 간 배 비장은 애랑의 유혹에 넘어가, 사람들에게 조롱을 받는다. 창피를 당한 배 비장은 서울로 돌아가려고 한다.

이때 배 비장은 떠나는 배가 어디 있나 물어보려고 무서움을 억지로 참고,

"ⓐ여보게, 이 사람. 말씀 물어보세."

그 계집이 한참 물끄러미 보다가 대답도 아니 하고 고개를 돌리니, 배 비장 그중에도 분해서 목소리를 돋우어 다시 책망 겸 묻것다.

"ⓑ이 사람, **양반이 물으면 어찌하여 대답이 없노?**"

"무슨 말이람나? 양반, 양반, 무슨 양반이야. 품행이 좋아야 양반이지. 양반이면 남녀유별 예의염치도 모르고 남의 여인네 발가벗고 일하는 데 와서 말이 무슨 말이며, 싸라기밥 먹고 병풍 뒤에서 낮잠 자다 왔습나? 초면에 반말이 무슨 반말이여? 참 듣기 싫군. 어서 가소. 오래지 아니하여 우리 집 남정네가 물속에서 전복 따 가지고 나오게 되면 큰 탈이 날 것이니, 어서 바삐 가시라구! 요사이 세력이 빨랫줄 같은 배 비장도 궤 속 귀신이 될 뻔한 일 못 들었습나?"

배 비장이 구식적 습관으로 **지방이라고 한 손 놓고 하대를** 하다가 그 말을 들어 보니, 부끄럽고 분한 마음이 앞서져서 혼잣말로 자탄을 하겠다.

"허허 내가 금년 신수 불길하다! 우리 부모 만류할 제 오지나 말았다면 좋을 것을, 고집을 세우고 예 왔다가 경향에 유명한 웃음거리가 되고, 또 도처마다 망신을 당하니 섬이라는 데 참 사람 못 살 곳이로구!"

하며, 분한 마음에 그 계집과 다시 말싸움을 하고 싶지 않건마는, 해는 점점 서산에 걸치고 앞길은 **물을 사람이 없어** 함경도 문자로 '붙은 데 붙으라' 하는 말과 같이 '**사과나 하고 다시 물을 수밖에 없다.**' 하여, 말공대를 얼마쯤 올려 다시 수작을 하겠다.

"ⓒ여보시오, 내가 참 실수를 대단히 하였소. 이곳 풍속을 모르고."

"실수라 할 것이 왜 있사오리까? 그렇다 하는 말씀이지요. 그런데 당신은 어디로 가시는 양반이십니까?"

"네, 나는 지금 급한 일이 있어 서울을 갈 터인데, 어느 배가 서울로 가는지 그것을 좀 묻고자 그리하오."

"서울 양반이시면 무슨 일로 여기를 오셨으며, 또 성함은 뉘시오니까?"

"성명은 차차 아시지오마는, 내가 이곳에 볼일이 있어서 왔다가, 부모 병환 기별을 듣고 급히 가는 길인데, 가는 배가 없어 이처럼 애절이오."

"그러하면 가이없습니다. 서울로 가는 배는 어제저녁에 다 떠나고, 인제는 다시 사오 일을 기다려야 있겠습니다."

"그러하면 **이 노릇을 어찌하여야** 좋소?"

"참 딱한 일이올시다."

하더니,

"옳지! 가는 배 하나 있습니다. 그러나 그 배에서 행인을 잘 태울는지 모르겠소. 저기 저편 언덕 밑에 포장 치고 조그마한 돛대 세운 배에 가서 물어보시오. 그 배가 제주 성내에 사는 부인 한 분이 친정이 해남인데 급한 일이 있어 비싼 값을 주고 혼자 빌려 저녁 물에 떠난다더니, 참 떠나는지 알 수 없습니다."

배 비장이 그 말 듣고 좋아라고 허겁지겁 그 배로 뛰어가서 사공을 찾는다.

"ⓓ어이, 뱃사공이 누구여?"

사공이 반말에 비위가 틀려,

"어! 사공은 왜 찾어?"

"말 좀 물어보면…."

"무슨 말?"

"그 배가 어디로 가는 배여?"

"물로 가는 배여."

원래 배 비장이 사공을 공손하게 대하기는 초라하고 '해라' 하자니 제 모양 보고 받을는지 몰라, **어정쩡하게** 말을 내놓다가 사공의 대답이 한층 더 올라가는 것을 보고, 한숨을 휘이 쉬며,

"허! 내가 그저 **춘몽을 못 깨고 또 실수를** 하였구나!"

어법을 고쳐 입맛이 썩 들어붙게,

"여보시오, ⓔ노형이 이 배 임자시오?"

사공은 목낭청*의 혼이 씌었던지 그대로 좇아가며,

"그렇습니다. 내가 이 배 임자올시다."

"들으니까 노형 배가 오늘 떠나 해남으로 간다지요?"

"예, 오늘 저녁 물에 떠납니다."

"그러면 내가 서울 사는데 지금 가는 길이니 좀 타고 가옵시다."

"좋은 말씀이올시다마는 이 배가 행객 싣는 배가 아니옵고, 해남으로 가시는 부인 한 분이 혼자 빌려 가시는 터인즉, 사공의 임의로 다른 행객을 태울 수가 없습니다."

"그는 그러하겠소마는, 내가 부모 병환 급보를 듣고 급히 가는 길인데, 달리 가는 배는 없고 이 배가 간다 하니, 아무리 부인이 타신 터이라도 이러한 정세를 말씀하시고, 한편 이물 구석에 종용히 끼어 가게 하여 주시면 그 아니 적선이오?"

"당신 정경이 불쌍하오. 그러면 해 진 후에 다시 오시면, 부인 모르시게라도 슬며시 타고 가시게 하오리다."

– 작자 미상, 「배비장전」 –

---

*목낭청: 자기 주관 없이 응대하는 사람을 이르는 말.

>> 지문을 **두 장면**으로 나누고, 장면의 핵심 내용을 정리해 보세요.

장면 01 제주도에서 창피를 당한 배 비장은 _____로 돌아가기 위해 _____에게 배가 어디 있는지 물어보고 대답을 들음

장면 02 사공은 _____ 병환 때문에 서울에 간다는 배 비장의 상황을 불쌍히 여겨 배를 빌린 _____ 모르게라도 슬며시 태워 주겠다고 함

1. 윗글의 내용에 대한 이해로 적절하지 <u>않은</u> 것은?

① '계집'은 '배 비장'의 문제점을 지적함으로써 양반답지 못한 태도에 대해 비판적 인식을 표출하고 있다.

② '배 비장'은 자신에게 이름을 묻는 '계집'의 질문에 즉답을 피함으로써 자신의 정체를 숨기고 있다.

③ '계집'은 '배 비장'에게 배편이 있을 수도 있다는 말을 건넴으로써 그가 궁금해했던 정보를 제공하고 있다.

④ '사공'은 '부인'의 허락 없이 임의로 다른 행객을 태울 수 없다고 말함으로써 낯선 이에 대한 경계심을 드러내고 있다.

⑤ '사공'은 '배 비장'의 다급한 상황을 듣고 해결책을 알려 줌으로써 상대방에 대한 연민의 감정을 보여 주고 있다.

2. ⓐ~ⓔ 중 '배 비장'이 상대의 기분을 풀어 주기 위해 사용한 표현으로만 짝지어진 것은?

① ⓐ, ⓑ   ② ⓐ, ⓓ   ③ ⓑ, ⓒ

④ ⓒ, ⓔ   ⑤ ⓓ, ⓔ

3. 조그마한 돛대 세운 배 에 대한 이해로 가장 적절한 것은?

① 주인공이 부모의 병환 소식을 듣게 되는 공간이다.

② 주인공을 태우고 서울로 가기 위해 급히 준비되었다.

③ 주인공이 당일에 제주도를 떠나기 위해 타려는 대상이다.

④ 주인공이 경제적 보상까지 내세우며 타고자 하는 것이다.

⑤ 주인공이 행객들을 데리고 제주도를 떠나기 위해 타려 한다.

4. 〈보기〉를 참고하여 윗글을 감상한 내용으로 적절하지 <u>않은</u> 것은? [3점]

〈보기〉

「배비장전」에서 창피를 당해 제주도를 떠나려 했던 배 비장은 제주도에 남게 되고, 결말에 가서는 현감에 올라 사람들의 칭송을 받게 된다. 이와 같은 변화가 어떻게 가능했을까? 배 비장이 제주도를 떠나고자 할 때, 제주도 사람들의 도움을 받기 위해 자신이 서울 양반이라는 우월감을 버리고 그들을 존중하는 경험을 했기 때문이다. 이는 비록 불가피한 선택이었지만, 이 과정에서 그는 자신의 태도를 돌아보게 된다. 서울 양반의 경직된 관념에 변화가 일기 시작한 것이다.

① '양반이' 묻는데 '어찌하여 대답이' 없냐고 계집을 책망한 배 비장의 행위에서, 그가 자신의 신분에 대해 우월감을 갖고 있음을 알 수 있군.

② '지방이라고 한 손 놓고 하대'를 한 배 비장의 태도에서, 그가 서울에서 온 양반이라는 이유로 제주도 사람을 얕보고 있음을 알 수 있군.

③ '물을 사람이 없어' 계집에게 '사과나 하고 다시 물을 수밖에 없다'고 하는 배 비장의 생각에서, 그가 계집의 도움을 받기 위해 불가피한 선택을 했음을 알 수 있군.

④ '이 노릇을 어찌하여야' 좋겠냐고 묻는 배 비장의 모습에서, 그가 경직된 관념을 버리고 제주도 사람을 존중하는 방법을 고민하고 있음을 알 수 있군.

⑤ '어정쩡하게' 말하려다 '춘몽을 못 깨고 또 실수'했다고 한 배 비장의 발언에서, 그가 우월감을 가지고 있던 자신의 태도를 돌아보고 있음을 알 수 있군.

[1~4] 다음 글을 읽고 물음에 답하시오.

[앞부분의 줄거리] 김 진사의 딸 채봉은 선비 필성과 정혼하나, 우여곡절 끝에 스스로 기녀가 되어 송이로 이름을 바꾼다. 송이의 서화를 눈여겨본 감사가 송이를 데려와 관아에서 살게 한다.

송이는 감사가 있는 별당 건넌방에 가 홀로 살고 지내며 감사가 시키는 일을 처리하고 지내며 마음에 기생을 면함은 다행하나, 주야로 잊지 못하는 바는 부모의 소식과 장필성을 못 봄을 한하고 이 감사가 보는 데는 감히 그 기색을 드러내지 못하니, 혼자 있을 때에는 주야 탄식으로 지내더라.

장필성이 이 소문을 듣고 또한 다행하나, 이때 감사는 송이 있는 별당은 외인 출입을 일절 엄금하니, 다시 만날 길이 없어 수심으로 지내더니, 한 계책을 생각하되,

"나도 감사 앞에서 거행하는 관속이 된다면 채봉을 만나기가 쉬우리라."

하고 여러 가지로 주선하더니, ㉠이때 마침 감사가 문필이 있는 이방을 구하는지라. 필성이 한 길을 얻어 이방이 되어 감사에게 현신하니 감사가 일견 대희하여 칭찬하며 왈,

"가위 여옥기인(如玉其人)이로다. 필성아, 이방이라 하는 것은 승상접하(承上接下)하는 책임이 중대하니, 아무쪼록 일심봉공(一心奉公)하여 민원(民怨)이 없도록 잘 거행하라."

필성이 국궁수명(鞠躬受命)*하고 차후로 공사 문첩(文牒)*을 가지고 매일 드나들며 송이의 소식을 알고자 하나 별당이 깊고 깊어 지척이 천 리 어찌 알리오.

차시 송이는 별당에 있어 이 감사가 들어와 공문을 쓰라면 쓰고 판결문을 내라면 내고 하더니, ㉡하루는 ⓐ공사 문첩 한 장을 본즉, 필성의 글씨가 완연한지라, 속으로 생각하되,

'이상하다. 필법이 장 서방님 필적 같으니, 혹 공청에를 드나드나.'

하고 감사더러 묻는다.

"㉢요사이 공사 들어온 것을 보면 전과 글씨가 다르오니 이방이 갈리었습니까?"

"응, 전 이방은 갈고 장필성이란 사람으로 시켰다. 네 보아라, 글씨를 잘 쓰지 않느냐."

송이가 이 말을 듣고 속으로 암암이 기꺼하며, 어떻게 하면 한번 만나 볼까, 그렇지 못하면 편지 왕복이라도 할까, 사람을 시키자니 만일 대감이 알면 무슨 죄벌이 내려올지 몰라 못 하고 무슨 기회를 기다리나 때를 타지 못하여 필성이나 송이나 서로 글씨만 보고 창연히 지내기를 ㉣이미 반년이라. 자연 서로 상사병이 될 지경이더라.

[A]
이때는 추구월(秋九月) 보름 때라. 월색은 명랑하여 남창에 비치었고, 공중에 외기러기 옹옹한 긴 소리로 짝을 찾아 날아가고, 동산의 송림 간에 두견이 슬피 울어 불여귀를

화답하니, 무심한 사람도 마음이 상하거든 독수공방에 눈물로 세월을 보내는 송이야 오죽할까. 송이가 모든 심사 잊어버리고 책상머리에 의지하여 잠깐 졸다가 기러기 소리에 놀라 눈을 뜨고 보니, 남창 밝은 달 발허리에 가득하고 쓸쓸한 낙엽성은 심회를 돕는지라. 잊었던 심사가 다시 가슴에 가득하여지며 눈물이 무심히 떨어진다.

송이가 남창을 가만히 열고 달빛을 내다보며 위연탄식하는데,

"달아, 너는 내 심사를 알리라. 작년 이때 뒷동산 명월 아래 우리 님을 만났더니, 달은 다시 보건마는 님은 어찌 못 보는고. 그 옛날 심양강 거문고 뜯던 여인은 만고 문장백낙천(萬古文章白樂天)을 달 아래 만날 적에 마음속에 맺힌 말을 세세히 풀었건만, 나는 어찌 박명하여 명랑한 저 달 아래서 부득설진심중사(不得說盡心中事)하니 가련하지 아니할까. 사람은 없어 말 못하나 차라리 심중사를 종이 위에나 그리리라."

하고 연상을 내어 먹을 흠씬 갈고 청황모 무심필을 덤벅 풀어 백릉화주지를 책상에 펼쳐 놓고 섬섬옥수로 붓대를 곱게 쥐고 장우단탄(長吁短歎)에 맥맥히 앉았다가 고개를 돌리어 벽공의 높은 달을 두세 번 우러러보더니, 서두에 '추풍감별곡(秋風感別曲)' 다섯 자를 쓰고, 상사가 생각 되고 생각이 노래 되고 노래가 글이 되어 붓끝을 따라 나오니 붓대가 쉴 새 없이 쓴다.

(중략)

아득한 정신은 기러기 소리를 따라 멀어지고 몸은 책상머리에 엎드렸더니, 잠시간에 잠이 들어 주사야몽(晝思夜夢) 꿈이 되어 장주(莊周)의 나비같이 두 날개를 떨치고 바람 좇아 중천에 떠다니며 사면을 살피니, 오매불망하던 장필성이 적막 공방에 혼자 몸이 전일의 답시(答詩)를 내놓고 보며 울고 울고 보며 전전반측 누웠거늘, 송이가 달려들어 마주 붙들고 울다가 꿈 가운데 우는 소리가 잠꼬대가 되어 아주 내처 울음이 되었더라.

사람이 늙어지면 상하물론(上下勿論)하고 잠이 없는 법이라. ㉤이때 이 감사는 연광도 팔십여 세뿐 아니라, 일도방백(一道方伯)이 되어 밤이나 낮이나 어떻게 하면 백성의 원성이 없을까, 어떻게 하면 국은(國恩)에 보답할까 하며 잠을 이루지 못하고 누웠더니, 홀연히 송이의 방에서 흐느껴 우는 소리가 들리거늘, 깜짝 놀라 속으로 짐작하되,

'지금 송이가 나이 십팔 세라. 필연 무슨 사정이 있어 저리하나 보다.'

하고 가만히 나와 보니, 남창을 열고 책상머리에 누웠는데 불을 돋우어 놓고 책상 위에 무엇을 써서 펼쳐 놓았거늘, 마음에

괴이하여 가만히 들어가 ⓑ두루마리를 펼치고 본즉 '추풍감별곡'
이라.

– 작자 미상, 「채봉감별곡」 –

*국궁수명: 존경하는 뜻으로 몸을 굽히며 분부를 받음.
*공사 문첩: 관청에서 공무상 작성하는 문서.

>> 지문을 네 장면으로 나누고, 장면의 핵심 내용을 정리해 보세요.

장면 01	_____에서 감사가 시키는 일을 처리하며 지내는 _____는 부모와 필성을 그리워함
장면 02	필성은 송이를 만나기 위해 _____이 되고, 송이도 필성이 쓴 문서를 보고 이 사실을 알게 되지만, 두 사람은 서로 만나지 못함
장면 03	송이는 외로움과 그리움에 슬퍼하며 자신의 심정을 적어 내려가다 잠이 들고, ___에서 필성을 만나 울음을 터뜨림
장면 04	백성을 걱정하며 잠들지 못하던 _____는 송이의 울음소리에 놀라 찾아갔다가 송이가 쓴 글을 발견함

1. 윗글의 내용에 대한 이해로 적절하지 않은 것은?

① 송이는 부모의 소식으로 애태우다 감사의 걱정을 산다.

② 송이는 필성이 이방이 되었음을 감사를 통해 알게 된다.

③ 감사는 필성의 문필 능력을 높이 평가하고 기대를 건다.

④ 송이는 필성과 꿈속에서나마 일시적으로 만남을 이룬다.

⑤ 필성은 송이를 그리워하는 마음을 감사에게 숨기고 있다.

2. ⓐ와 ⓑ에 대한 설명으로 가장 적절한 것은?

① ⓐ에 대해 대화하며 송이의 그리움을 눈치챈 감사는, ⓑ를 읽으며 그 대상이 필성임을 알게 된다.

② ⓐ를 작성한 사람에 대한 궁금증을 갖게 된 송이는, ⓑ를 통해 자신의 궁금증을 필성에게 알린다.

③ ⓐ를 본 송이는 필성이 가까운 곳에 있음을 알게 되고, ⓑ에 필성을 만나지 못하는 마음을 풀어낸다.

④ ⓐ를 감사로부터 전달받은 필성은 송이의 마음을 알게 되고, ⓑ를 쓰면서 송이에 대한 자신의 그리움을 드러낸다.

⑤ ⓐ를 보면서 필성이 자신을 찾고 있음을 알게 된 송이는, ⓑ를 쓰면서 필성과 재회하고자 하는 의지를 드러낸다.

3. [A]의 '달'에 대한 이해로 적절하지 않은 것은?

① 송이가 필성의 안녕을 기원하는 마음을 의탁하는 대상이다.

② 자연물의 다양한 소리와 어울려 송이의 외로움을 심화한다.

③ 송이가 자신의 심사를 들추어내어 감정을 토로하는 인격화된 상대이다.

④ 송이의 처지와 대조되는 옛 이야기를 환기시켜 송이가 스스로에 대한 연민을 표하게 한다.

⑤ 송이에게 필성과의 추억을 떠올리게 하면서 재회를 기약할 수 없는 현재 상황을 부각한다.

4. 〈보기〉를 참고하여 ㉠~㉤을 이해한 내용으로 적절하지 않은 것은? [3점]

〈보기〉

소설에서 시간 표지는 배경을 지시할 뿐 아니라, 우연하게 일어날 수 있는 사건들에 개연성을 부여하거나 사건의 전개나 장면의 전환 등에 관여된 서사적 정보를 제시하기도 한다. 또한 장면을 제시하는 것은 물론 서로 다른 장면을 연결하거나, 사건이 요약적으로 제시되었음을 가늠하게 하는 등 서사의 주요 요소들을 보조하는 기능을 한다.

① ㉠은 우연으로 보이는 감사의 이방 선발이, 필성이 송이와 만나기 위해 애써 왔던 시간과 맞물려 있음을 드러냄으로써 필성의 관아 입성에 개연성을 부여한다.

② ㉡은 평범한 일상을 지내던 송이와 감사의 대화를 통해 중요한 서사적 정보가 드러난 시간을 부각하여, 필성과 재회하고자 하는 송이의 바람을 심화하게 되는 서사적 전환에 관여한다.

③ ㉢은 공청에서 일어난 최근의 변화에 송이가 주목하고 있음을 보여 주는 한편, 송이가 공청의 일을 돕게 되기까지의 과정이 요약적으로 제시되었음을 드러낸다.

④ ㉣은 송이와 필성의 만남이 이루어지지 않은 상태에서 상당한 시간이 흘렀음을 드러내면서, 송이와 필성이 가진 그리움의 깊이를 함축한 서사적 정보로 기능한다.

⑤ ㉤은 감사의 사람됨과 감사가 잠을 이루지 못하는 이유를 관련 짓게 하는 한편, 흐느껴 울던 송이를 감사가 발견하는 사건의 시간적 배경을 지시한다.

[1~3] 다음 글을 읽고 물음에 답하시오.

승상 나업은 딸 하나가 있었다. 재예(才藝)가 당대에 빼어났다. 아이는 이 말을 듣고 헌 옷으로 갈아입고 거울 고치는 장사라 속여 승상 집 앞에 가서 "거울 고치시오!"라 외쳤다. 소저는 이 말을 듣고 거울을 꺼내 유모에게 주어 보냈다. 소저는 유모 뒤를 따라 바깥문 안쪽까지 나가 문틈으로 엿보았다. 장사가 소저의 얼굴을 언뜻 보고 반해, 손에 쥐었던 거울을 일부러 떨어뜨려 깨뜨렸다. 유모가 놀라 화내며 때리자 장사가 울며 말했다.

"거울이 이미 깨졌거늘 때려 무엇 하세요? 저를 노비로 삼아 거울 값을 갚게 해 주세요."

유모가 들어가 이를 승상께 아뢰니 허락하였다. 승상은 그의 이름을 거울을 깨뜨린 노비라는 뜻으로 파경노(破鏡奴)라 짓고 말 먹이는 일을 시켰다. 말들은 저절로 살쪄 여윈 것이 하나도 없었다.

하루는 천상의 선관들이 구름처럼 몰려와 말 먹일 꼴을 다투어 그에게 주었다. 이에 파경노는 말들을 풀어놓고 누워만 있었다. 날이 저물어 말들이 파경노가 누워 있는 곳에 와 그를 향해 머리를 숙이며 늘어서자 보는 자마다 모두 기이하게 여겼다. 승상 부인은 이 말을 듣고 승상에게 말했다.

"파경노는 용모가 기이하고 탄복할 일이 많으니 필시 비범한 사람일 것입니다. 마부 일도, 천한 일도 맡기지 마세요."

승상이 옳게 여겨 그 말을 따랐다. 이전에 승상은 동산에 꽃과 나무를 많이 심었는데, 파경노에게 이를 기르게 했다. 이때부터 동산의 화초가 무성하며 조금도 시들지 않아, 봉황이 쌍쌍이 날아들어 꽃가지에 깃들었다.

열흘이 지났다. 파경노는 소저가 동산의 꽃을 보고 싶으나 파경노가 부끄러워 오지 못한다는 말을 들었다. 이에 파경노는 승상을 뵙고 말했다.

"제가 이곳에 온 지 여러 해 지났습니다. 한 번도 노모를 뵙지 못했으니, 노모를 뵙고 올 말미를 주십시오."

승상은 닷새를 주었다. 소저는 파경노가 귀향했다는 소식을 듣고 동산에 들어와 꽃을 보고,

"꽃이 난간 앞에서 웃는데 소리는 들리지 않네."라고 시를 지었다. 파경노는 꽃 사이에 숨어 있다가,

"새가 숲 아래서 우는데 눈물 보기 어렵네."라고 시로 화답했다. 소저가 부끄러워 얼굴을 붉히며 돌아갔다.

[중략 부분 줄거리] 중국 황제는 신라 왕에게 석함을 보내, 그 안에 있는 물건을 알아내 시를 지어 올리라 명한다. 신라 왕은 이를 해결하지 못하고 나업에게 과업을 넘긴다.

나업은 집으로 돌아와 석함을 안고 통곡했다. 파경노는 이 말을 듣고 사람들에게 왜 우는지를 물었다. 사람들이 모두 말해

주자, 자못 기쁨을 띠며 꽃가지를 꺾어 외청으로 갔다.

소저가 슬피 울다가 문득 벽에 걸린 거울에 비친 그림자를 보았다. 속으로 놀라 창틈으로 엿보니 파경노가 꽃을 들고 서 있었다. 소저가 이상히 여겨 묻자, 시치미를 떼며 말했다.

"그대가 이 꽃을 보고 싶다 하여 그대를 위해 가져 왔소. 시들기 전에 받아 보시오."

소저가 한숨을 크게 쉬니, 파경노가 위로하며 말했다.

"거울 속에 비친 이가 반드시 그대 근심을 없애 줄 것이오. 근심치 말고 꽃을 받으시오."

소저가 꽃을 받고 부끄러워하며 안으로 들어갔다.

얼마 뒤 소저는 파경노의 말을 괴이히 여겨 승상께 말했다.

"파경노가 비록 어리지만 재주가 남보다 뛰어나고, 신인(神人)의 기운이 있어 석함 속의 물건을 알아내어 시를 지을 수 있을 것입니다."

승상이 말했다.

"너는 어찌 쉽게 말하느냐? 만약 파경노가 할 수 있다면 나라의 이름난 선비 가운데 한 명도 시를 짓지 못해 이 석함을 나에게 맡겼겠느냐?"

소저가 말했다.

"뱁새는 비록 작지만 큰 새매를 살린다 합니다. 그가 비록 노둔하나 큰 재주를 지니고 있는지 어찌 알겠습니까?"

이어서 파경노가 걱정하지 말라고 했음을 고했다.

"만약 그가 시를 지을 수 없다면 어찌 그런 말을 냈겠습니까? 원컨대 그를 불러 시험 삼아 시를 짓게 하소서."

승상이 파경노를 불러 구슬리며 말했다.

"만약 이 석함 속의 물건을 알아내 시를 짓는다면 후한 상을 줄 것이며, 마땅히 네 뜻을 이루어 주겠다."

파경노가 거절하며 말했다.

"비록 후한 상을 준다 한들 제가 어찌 시를 짓겠습니까?"

소저가 이 말을 듣고 승상에게 말했다.

"살고 싶고 죽기 싫은 것이 인지상정입니다. 옛날에 어떤 이가 사형을 당하게 되었을 때, 그에게 '네가 만약 시를 짓는다면 내 마땅히 사면해 주겠다.' 했습니다. 그 사람은 무식한 이였으나 그 명을 따랐습니다. 하물며 파경노는 문학이 넉넉해 시를 지을 수 있지만 거짓으로 못하는 체하고 있습니다. 지금 아버님께서 그를 겁박하시면 어찌 삶을 좋아하고 죽음을 싫어하는 마음이 없어 복종치 않겠습니까?"

승상이 그럴듯하다 여기고 파경노를 불렀다.

– 작자 미상, 「최고운전」 –

>> 지문을 네 **장면**으로 나누고, 장면의 핵심 내용을 정리해 보세요.

장면 01	____을 먹고 화초를 기르는 데에서 승상의 집 _____가 된 파경노의 신이한 능력이 드러남
장면 02	파경노는 기지를 발휘해 _____를 만난 뒤 화답시를 읊음
장면 03	승상은 _____ 안의 물건을 알아내 ___를 지어야 하는 과업을 넘겨받고, 이에 슬퍼하는 소저를 파경노가 위로함
장면 04	파경노가 승상의 제안을 거절하자 소저는 승상에게 파경노를 _____ 해서라도 시를 짓게 하라고 조언함

1. 윗글의 서술상 특징으로 가장 적절한 것은?

① 시간의 역전을 통해 사건의 진상을 밝히고 있다.

② 서술자의 개입을 통해 사건의 전모를 밝히고 있다.

③ 인물의 희화화를 통해 사건의 반전 효과를 나타내고 있다.

④ 인물 간의 대화를 통해 사건 해결의 방안을 제시하고 있다.

⑤ 꿈과 현실의 교차를 통해 앞으로 일어날 사건을 암시하고 있다.

2. 윗글의 내용에 대한 이해로 적절하지 않은 것은?

① 유모에게 주어 보낸 '거울'은 아이가 소저의 얼굴을 보게 되는 계기를 만들고, 벽에 걸린 '거울'은 파경노가 소저에게 자신의 존재감을 드러내는 계기를 만든다.

② 깨뜨린 '거울'은 아이가 파경노라는 이름을 얻고 승상의 집안으로 들어가는 계기가 되고, 파경노가 관리한 동산의 '화초'는 승상 부인으로부터 인정받는 계기로 작용한다.

③ 동산의 '꽃'은 소저가 보고 싶었으나 파경노로 인해 접근하기 어렵게 된 대상이고, 파경노가 들고 서 있던 '꽃'은 소저에게 자신의 마음을 전달하기 위한 수단이다.

④ 동산에서 화답한 '시'는 파경노가 소저와 교감하기 위해 읊은 것이고, 석함 속 물건에 대한 '시'는 파경노가 해결할 수 있다고 소저가 기대하는 과제이다.

⑤ 석함 속 물건에 대한 '시'는 나업에게 슬픔을 유발하는 과업이지만, 파경노에게는 소저의 슬픔을 해소시켜 줄 수 있는 수단이다.

3. 〈보기〉를 참고하여 윗글을 감상한 내용으로 적절하지 <u>않은</u> 것은? [3점]

〈보기〉

「최고운전」은 비범한 인물로서의 최치원을 형상화했다. 주인공은 문제 해결의 국면에서 치밀함, 기지, 당당함을 보인다. 또한 초월적 존재의 도움을 받으면서도 이에 전적으로 의존하지 않고 자신이 지닌 신이한 능력을 발휘하여 개인의 문제와 국가의 과제를 직접 해결한다. 이는 당대 독자들이 원했던 새로운 영웅상을 최치원에 투영하여 작품 속에서 구현한 것이다.

① 아이가 헌 옷으로 바꾸어 입고 거울 고치는 장사라 속이는 장면은 최치원이 치밀한 면모를 지닌 인물임을 보여 주는군.

② 파경노에게 선관들이 몰려와 말먹이를 가져다주는 장면은 최치원이 초월적 존재에게 도움을 받는 인물임을 보여 주는군.

③ 파경노가 기른 뒤로 화초가 시들지 않아 봉황이 날아드는 장면은 최치원이 신이한 능력을 지닌 인물임을 보여 주는군.

④ 파경노가 노모를 핑계 삼아 말미를 얻는 장면은 최치원이 원하는 바를 얻기 위해 기지를 발휘하는 인물임을 보여 주는군.

⑤ 파경노가 승상의 제안을 거절하는 장면은 최치원이 보상을 추구하기보다 스스로 국가의 과제를 해결하려는 당당한 인물임을 보여 주는군.

[1~3] 다음 글을 읽고 물음에 답하시오.

심청이 왈,

"나는 이 동네 사람이러니, 우리 부친 앞을 못 봐 '공양미 삼백 석을 지성으로 불공하면 눈을 떠 보리라.' 하되 가난하여 장만할 길이 전혀 없어 내 몸을 팔려 하니 어떠하뇨?"

뱃사람들이 이 말을 듣고,

"효성이 지극하나 가련하다."

하며 허락하고, 즉시 쌀 삼백 석을 몽운사로 보내고,

"금년 삼월 십오 일에 배가 떠난다."

하고 가거늘 심청이 부친께,

"공양미 삼백 석을 이미 보냈으니 이제는 근심치 마옵소서."

심봉사 깜짝 놀라,

"너 그 말이 웬 말이냐?"

심청같이 타고난 효녀가 어찌 부친을 속이랴마는 어찌할 수 없는 형편이라 잠깐 ⓐ거짓말로 속여 대답하길,

"장승상댁 노부인이 일전에 저를 수양딸로 삼으려 하셨으나 차마 허락지 아니하였는데, 지금 공양미 삼백 석을 주선할 길이 전혀 없어 이 사연을 노부인께 여쭌즉 쌀 삼백 석을 내어 주시기에 수양딸로 가기로 했나이다."

하니 심봉사 물색 모르고 이 말 반겨 듣고,

"그렇다면 고맙구나. 그 부인은 일국 재상의 부인이라 아마도 다르리라. 복이 많겠구나. 저러하기에 그 자제 삼 형제가 벼슬길에 나아갔으리라. 그러하나 양반의 자식으로 몸을 팔았단 말이 이상하다마는 장승상댁 수양딸로 팔린 거야 관계하랴. 언제 가느냐?"

"다음 달 보름에 데려간다 하더이다."

"어, 그 일 매우 잘 되었다."

심청이 그날부터 곰곰이 생각하니, **눈 어두운 백발 부친 영영 이별**하고 죽을 일과 사람이 세상에 나서 십오 세에 죽을 일이 정신이 아득하고 일에도 뜻이 없어 식음을 전폐하고 근심으로 지내더니 **다시금 생각**하되,

'엎질러진 물이요, 쏘아 놓은 화살이다.'

날이 점점 가까워 오니,

'이러다간 안 되겠다. 내가 살았을 제 부친 의복 빨래나 하리라.'

하고 춘추 의복 상침 겹것, 하절 의복 한삼 고이 박아 지어 들여 놓고, 동절 의복 솜을 넣어 보에 싸서 농에 넣고, 청목으로 갓끈 접어 갓에 달아 벽에 걸고, 망건 꾸며 당줄 달아 걸어 두고, 행선 날을 세어 보니 하룻밤이 남은지라. 밤은 깊어 삼경인데 은하수 기울어졌다. 촛불을 대하여 두 무릎 마주 꿇고 머리를 숙이고 한숨을 길게 쉬니, 아무리 효녀라도 마음이 온전할쏘냐.

'아버지 버선이나 마지막으로 지으리라.'

하고 바늘에 실을 꿰어 드니 가슴이 답답하고 두 눈이 침침, 정신이 아득하여 하염없는 울음이 간장으로조차 솟아나니, 부친이 깰까 하여 크게 울지 못하고 흐느끼며 얼굴도 대어 보고 손발도 만져 본다.

(중략)

[A]
황후 반기시사 가까이 입시하라 하시니 상궁이 명을 받아 심봉사의 손을 끌어 별전으로 들어갈 새 심봉사 아무란 줄 모르고 겁을 내어 걸음을 못 이기어 별전에 들어가 계단 아래 섰으니 심 맹인의 얼굴은 몰라볼레라 백발은 소소하고 황후는 삼 년 용궁에서 지냈으니 부친의 얼굴이 가물가물하여 물으시길,

"처자 있으신가?"

심봉사 땅에 엎드려 눈물을 흘리면서,

"아무 연분에 상처하옵고 초칠일이 못 지나서 어미 잃은 딸 하나 있삽더니 눈 어두운 중에 어린 자식을 품에 품고 동냥젖을 얻어먹여 근근 길러 내어 점점 자라나니 효행이 출천하여 옛사람을 앞서더니 요망한 중이 와서 '공양미 삼백 석을 시주하오면 눈을 떠서 보리라.' 하니 신의 여식이 듣고 '어찌 아비 눈 뜨리란 말을 듣고 그저 있으리오.' 하고 달리 마련할 길이 전혀 없어 신도 모르게 남경 선인들게 삼백 석에 몸을 팔아서 인당수에 제물이 되었으니 그때 십오 세라, 눈도 뜨지 못하고 **자식만 잃었사오니** 자식 팔아먹은 놈이 세상에 살아 쓸데없으니 죽여 주옵소서."

황후 들으시고 슬피 눈물 흘리시며 그 말씀을 자세히 들으심에 정녕 부친인 줄 아시되 부자간 천륜에 어찌 그 말씀이 그치기를 기다리랴마는 자연 말을 만들자 하니 그런 것이었다. 그 말씀을 마치자 황후 버선발로 뛰어 내려와서 부친을 안고,

"아버지, 제가 그 심청이어요."

심봉사 깜짝 놀라,

"이게 웬 말이냐?"

하더니 어찌나 반갑던지 **뜻밖에 두 눈**에 딱지 떨어지는 소리가 나면서 두 눈이 활짝 밝았으니, 그 자리 맹인들이 심봉사 눈 뜨는 소리에 일시에 눈들이 '희번덕, 짝짝' 까치 새끼 밥 먹이는 소리 같더니, 뭇 소경이 천지 세상 보게 되니 맹인에게는 천지 개벽이라.

– 작자 미상, 「심청전」 –

>> 지문을 네 **장면**으로 나누고, 장면의 핵심 내용을 정리해 보세요.

장면 01 심청이 _____을 마련하기 위해 뱃사람
들에게 자신의 몸을 팖

장면 02 심청이 부친에게는 장승상댁에 공양미를 받고, _____로
가기로 했다고 거짓말을 함

장면 03 심청은 떠날 생각에 근심하면서도 부친 _____을 챙겨 둠

장면 04 심봉사는 _____가 된 심청을 만나 눈을 뜸

1. ㉠에 대한 이해로 적절하지 <u>않은</u> 것은?

① '심청'과 '뱃사람'의 대화 속에서, ㉠으로 감추려고 한 사건을
확인할 수 있다.

② '심청'이 ㉠을 결심할 때 드러나는 생각에서, '심청'이 불가피
하게 ㉠을 선택했음을 알 수 있다.

③ ㉠을 전후하여 진행된 '심청'과 '심봉사'의 대화에서, ㉠에 등장
하는 인물이 '심봉사'에게 낯설지 않은 존재임을 알 수 있다.

④ '심봉사'가 ㉠을 듣고 보인 반응에서, ㉠이 '심봉사'에게 의심
없이 받아들여졌음을 확인할 수 있다.

⑤ '심봉사'가 ㉠을 듣고 한 말에서, ㉠이 '심청'과 '심봉사' 사이의
갈등을 해소하는 단초가 됨을 알 수 있다.

2. [A]에 대한 설명으로 가장 적절한 것은?

① '황후'가 있는 별전에 '심봉사'가 들어가는 과정을 묘사함으로써
두 사람이 동일한 감정을 느끼고 있음을 보여 주고 있다.

② '심봉사'에게 가족에 관한 질문을 함으로써 '황후'가 '심봉사'의
정체를 확인할 수 있는 계기가 마련되고 있다.

③ '심봉사'가 부인과 일찍 사별하게 된 이유를 눈물을 흘리며
언급함으로써 '심봉사'의 기구한 삶이 드러나고 있다.

④ '심봉사'가 딸에게 그녀의 의지와는 무관한 선택을 강요함
으로써 결국 영원히 이별하게 된 과정을 풀어내고 있다.

⑤ '심봉사'가 자신의 아버지임을 알아차린 '황후'가 '심봉사'의
발언이 끝나기 전에 자신이 딸임을 밝힘으로써 상봉의 기쁨을
강조하고 있다.

3. 〈보기〉를 참고하여 윗글을 감상한 내용으로 적절하지 <u>않은</u> 것은? [3점]

〈보기〉

「심청전」은 효의 실현 과정에서 다양한 양상의 모순적 상
황이 발생한다. 심청이 효를 실천하기 위해 자기희생을 선택
함으로써 정작 부친 곁에 남아 있지 못하게 되는 것은 심청의
효행으로 인한 모순적 상황이다. 그리고 심청의 자기희생의
목적이었던 부친의 개안(開眼)이 뒤늦게 실현되는 것은 결말
의 지연을 위해 설정된 모순적 상황이라 할 수 있다. 이러한
모순적 상황들로 인해 결말은 보다 극적인 양상을 띠게 되고
심청의 효녀로서의 면모가 더욱 강조된다.

① 심청이 '눈 어두운 백발 부친'과의 '영영 이별'을 근심하면서도
이를 '다시금 생각'하는 것으로 보아, 심청은 자신의 효행으로
인한 모순적 상황을 염려하면서도 결국은 이를 수용하려 함을
알 수 있군.

② 심청이 '이러다간 안 되겠다'며 '내가 살았을 제' 할 일을 생각
하는 것으로 보아, 심청은 자신의 효행으로 인한 모순적 상황을
걱정하며 이를 대비하고 있음을 알 수 있군.

③ 심청이 '어찌 아비 눈 뜨리란 말을 듣고 그저 있으리오'라고
말했다는 것으로 보아, 심청은 효행 그 자체보다는 효행으로
인한 모순적 상황을 걱정하고 있음을 알 수 있군.

④ 심봉사가 '자식만 잃었사오니'라고 말하는 것으로 보아, 심봉
사는 결말의 지연을 위해 설정된 모순적 상황에 직면하여 자책
하고 있음을 알 수 있군.

⑤ 심봉사가 심청과의 상봉으로 인해 '뜻밖에 두 눈'을 뜨게 되는
것으로 보아, 모순적 상황으로 인한 결말의 지연이 극적인
효과를 자아내고 있음을 알 수 있군.

홀수 기출
평가원 최신 [문학]

홀수 기출
평가원 최신 [문학]

PART 5
∶
갈래 복합

[1~5] 다음 글을 읽고 물음에 답하시오.

(가)

　유자낡에 유자가 열리고 굴나무에는 굴이 열리는 이 지순한 길은 바다로 기울었다.

　길에는 자갈이 빛났다. 건조한 가을길에 가뿐한 나의 신발(겨우 무거운 젊음의 젖은 구두를 벗은……) 길은 바다로 기울고 발바닥에 느껴지는 이 **신비스러운 경사감.**

　겨우 시야가 열리는 남색, 심오한, 잔잔한 세계. **하늘과 맞닿**을 즈음에 이 신비스러운 수평의 거리감.

　유자낡에 유자가 열리고, 굴나무에 굴이 열리는 이 당연한 길은 바다로 기울고, 가뿐한 나의 신발.

　나의 뒤통수에는 해가 저물고. 설레는 구름과 바람. **저녁 햇살** 속에 자갈이 빛나는 길은 바다로 기울고, 나의 발바닥에 이 신비스러운 경사감. 오오 **기우는 세계**여.

　　　　　　　　　　　　　　　　　　　　　－ 박목월, 「경사」 －

(나)

　내 조상은 뜨겁고 부신
　태양 체질이 아니었다. 내 조상은
　뒤안처럼 아늑하고
　조용한
　달의 숭배자였다.

　그는 달빛 그림자를 밟고 뛰어놀았으며
　밝은 달빛 머리에 받아 글을 읽고
　자라서는, 먼 장터에서
　달빛과 더불어 집으로 돌아왔다.

　낮은
　이 포근한 그리움
　이 크나큰 기쁨과 만나는
　힘겨운 과정일 뿐이었다.

　일생이 달의 자장(磁場) 속에
　갇히기를 원했던 내 조상의 달빛 체질은
　지금
　내 몸 안에 피가 되어 돌고 있다.

　밤하늘 떠오르는 달만 보면
　왠지 가슴이 멍해져서
　끝없이 야행(夜行)의 길을 더듬고 싶은 나는

　아, 그것은 모체의 태반처럼 멀리서도
　나를 끌고 있다는 생각이 든다.
　마치
　보이지 않는 인력(引力)이 바닷물을 끌듯이.

　　　　　　　　　　　　　　　　　　　　　－ 이수익, 「달빛 체질」 －

(다)

　천지 만물에는 큼이 있고 작음이 있다. 큼과 작음은 사물의 형태이다. ㉠형태가 처음 생겨나면 그 종류가 이미 구별되니, 누가 바꿀 수 있겠는가. 하지만 작으면서도 크고 크면서도 작은 이치가 또한 없지 아니하다. 무엇보다 작은 것이 대나무 도시락의 밥과 한 그릇의 국인데, 그것에서 표정이 드러나는 사람이 있으니, 이는 사물은 작은데 사람이 그것을 보고 크게 여기는 것이다. 무엇보다 큰 것이 진나라와 초나라의 부유함인데, 성인(聖人)은 ㉡"내가 무슨 부족할 것이 있겠는가."라고 하였으니, 이것은 사물은 큰데 사람이 그것을 보고 작게 여기는 것이다. 그렇다면 사물에는 **큼과 작음**이 일찍이 없었던 것이고, 사람의 마음이 그것을 대처함이 어떠한지에 달린 것일 뿐이다.

　우 상사 사앙(禹上舍士仰)은 약봉의 아래에 자리를 잡고 산다. 집터가 몇 이랑도 되지 않고 띠로 지붕을 이었으니, 집 가운데서도 지극히 작은 경우이다. 그래도 사앙은 그 집을 **편히 여기며, 자고 거처하는 집**을 '용연사(容燕舍)'라고 명명하였다. 그 집이 제비 둥지를 겨우 수용할 수 있는 정도라는 의미이다. 사앙이 언젠가 ㉢나에게 집의 규모를 말한 적이 있었는데, 표정에 스스로 작다고 여기는 듯한 기색이 있었다. 그래서 나는 웃으며 말해 주었다.

　"군(君)의 집은 정말 작네. 하지만 작다고 여기면 작은 것이고 크다고 여기면 큰 것이니, 군이 어떻게 여기느냐에 달렸을 뿐일세. 저 집이 이미 군을 수용하고, 그 남은 공간에 다시 군의 처와 자식을 수용하며, **뜰에는 국화를 많이 심어** 매년 가을이면 **향기와 빛깔이 서로 한데 모이고,** 처마 밖에는 종남산 일대가 아침저녁으로 **푸르른 산 빛을 보내오**네. **집**이 이 모든 것을 **사양하지 않고** 다 수용하니, 군의 집은 수용하는 것이 많네. 하지만 이것은 모두 외면의 것이지 내면이 아니네. ㉣군은 독서하는 사람이니 가까운 내면의 것을 시험 삼아 생각해 보게. 군에게 몸을 주재하는 것은 마음이 아닌가. 마음의 자리는 사방 한 치일 뿐이니, 비록 지극히 작은 사물이라고 말해도 될 것이네. 하지만 한량이 없고 방향이 없는 마음으로서 의로운 행동을 쌓아 생기는 것을 병졸로 삼아 제대로 기르면 천지 사이에 가득하게 된다네. 그래서 소자(邵子)는 '베 이불로 몸을 따뜻하게 하고 명아주 국으로 배를 불리고 나서 흉중의 기를 토해 내니 우주에 가득하도다.'라고 하였지. 안락한 오두막 하나가 천지 사이의 커다란 구역이 된다는 것을 누가 알겠는가. ⓜ지금 군은 집으로 군의 몸을 수용하고, 몸으로 군의 마음을 수용하고, 마음으로 과연 능히 천지 사이에 가득한 것을 수용하였으니, 수용한 것의 근본을 바탕으로 정진한다면 집이 그것을 주인으로 삼지 않음이 없을 것이네."

— 채제공, 「용연사기」 —

>> 지문의 핵심 내용을 정리해 보세요.

(가)

화자와 대상의 관계	_____로 향해 기울어진 길을 걸으며 노화에 대해 생각하는 '나'
상황?	유자나무와 귤나무에 과실이 열리는 길이 바다로 기울어짐 → 가뿐한 _____을 신고 신비스러운 경사감을 느끼며 걸어감 → _____하고 잔잔하며 신비스러운 바다를 봄 → 가뿐한 신발을 신고 바다로 기울어진 길을 걸으며 _____을 느낌

(나)

화자와 대상의 관계	달의 _____였던 조상의 체질을 이어받아 달에게 이끌리는 '나'
상황?	'나'의 조상은 ____의 숭배자였음 → 그(내 조상)는 낮을 힘겨워하고 달빛을 지향하며 생애를 보냄 → 조상에게서 달빛 _____을 이어받음 → '나'는 달에게 이끌림

>> 지문을 **두 부분**으로 나누고, 핵심 내용을 정리해 보세요.

(다)

01 만물의 크고 작음은 그것을 받아들이는 사람의 _____에 달려 있음

02 자신의 ____을 작다고 여기는 사상에게 안락한 _____도 마음먹기에 따라 천지 사이의 큰 구역이 될 수 있다고 전함

1. (가)~(다)에 대한 설명으로 가장 적절한 것은?

① (가)는 일부 시행을 명사로 종결하여, 바라는 바를 이루고자 하는 화자의 의지를 부각하고 있다.

② (나)는 의인화된 대상을 활용하여, 대상이 가지는 의미의 변화를 드러내고 있다.

③ (다)는 서로 다른 관점을 대비하여, 글쓴이가 주목한 세태에 대한 냉소적 태도를 드러내고 있다.

④ (가)는 유사한 통사 구조를 반복하여, (나)는 동일한 시어를 반복하여 주제 의식을 부각하고 있다.

⑤ (가), (나), (다)는 모두 감탄사를 활용하여, 대상에서 촉발된 정서의 변화를 부각하고 있다.

2. (나)에 대한 이해로 적절하지 <u>않은</u> 것은?

① 2연과 4연을 통해, 1연에서 화자가 자신의 조상을 '달의 숭배자'라고 생각한 이유를 짐작할 수 있군.

② 4연을 통해, 화자의 '몸 안'에 '돌고 있'는 '피'의 속성은 '일생' 동안 '내 조상'이 '원했던' 것과 관련이 있음을 알 수 있군.

③ 6연을 통해, '그것'이 '멀리' 있음으로 인해 화자가 느끼는 아쉬움이 '모체의 태반'을 떠올리는 행위로 해소되고 있음을 알 수 있군.

④ 2연과 3연을 통해 알 수 있는, 함께하는 대상에 대한 '그'의 정서를 바탕으로, 6연에서 '나를 끌고 있'다고 생각되는 '그것'에 대한 화자의 인식을 짐작할 수 있군.

⑤ 6연의 '바닷물'과 관련된 자연 현상을 통해, 4연의 '달의 자장'과 화자가 맺고 있는 관계의 특징을 알 수 있군.

3. 〈보기〉를 참고하여 (가), (나)를 감상한 내용으로 적절하지 않은 것은? [3점]

〈보기〉

　시는 보조 관념을 통해 원관념을 드러내는데, 이때 추상적인 개념도 구체적인 이미지로 형상화될 수 있다. 시에서 형상화는 개념과 이미지 간의 유사성을 바탕으로 하는데, 이러한 유사성은 밝은 속성을 가진 대상은 긍정적으로, 어두운 속성을 가진 대상은 부정적으로 여기는 것처럼 보편적 인식에 바탕을 두는 것이 일반적이다. 하지만 개념과 이미지 간의 유사성이 화자 개인의 경험이나 인식에 기반해 개성적으로 나타나는 경우도 있다.

① (가)에서는 '젊음'에 대한 화자의 인식과 '젖은 구두'를, 무거움이라는 유사성을 바탕으로 연관 지어, 과거를 힘겨웠다고 여기는 화자의 인식을 드러내고 있군.

② (가)에서는 '시야가 열리는' '바다'에 대한 인식과 '잔잔한' 모습을, 고요하고 평화롭다는 유사성을 바탕으로 연관 지어, 화자의 평온한 내면 상태를 드러내고 있군.

③ (나)에서 '태양 체질'을 '뜨겁'다는 것과, '달빛 체질'을 '뒤안'처럼 '아늑하고' '조용한' 것과 연관 지어 표현한 것은, 추상적 개념을 감각적 이미지로 형상화한 것이겠군.

④ (가)에서 '해가 저물' 때의 심리를 '설레는 구름'과, (나)에서 밤에 느끼는 심리를 '크나큰 기쁨과 만나는' 상황과 연관 지어 표현한 것은, 모두 화자의 개성적 인식에 바탕을 둔 것이겠군.

⑤ (가)에서 '길'에 놓인 '자갈'을 '빛나는' 것으로, (나)에서 '달빛'을 '밝은' 것으로 표현한 것은, 각각 눈이 부신 속성을 가졌다는 유사성을 바탕으로 연관 지어, 희망을 추구하는 화자의 내적 지향을 드러낸 것이겠군.

4. ㉠~㉤에 대해 이해한 내용으로 적절하지 않은 것은?

① ㉠: 물음의 방식을 활용하여, 사물의 외적 형태에 대한 '나'의 생각을 드러내는 진술이다.

② ㉡: 인용의 방식을 활용하여, 사물의 크기에 대한 '나'의 관점을 뒷받침하는 진술이다.

③ ㉢: 경험을 상기하는 표현을 통해, 자기 집의 크기에 대한 '사앙'의 인식이 변화하였음을 보여 주는 진술이다.

④ ㉣: 명령하는 표현을 통해, '나'의 생각을 이해하는 데 도움이 되는 방법을 '사앙'에게 권유하는 진술이다.

⑤ ㉤: 연쇄적 표현을 바탕으로, '나'가 중요하게 생각하는 바를 '사앙'에게 적용하여 설명하는 진술이다.

5. 다음에 따라 (가)와 (다)를 감상한 내용으로 가장 적절한 것은?

선생님: 문학 작품을 통해 우리는 특정한 상황이나 대상에 대한 화자나 글쓴이의 인식을 확인할 수 있어요. (가)에서는 인생의 황혼기를 맞는 화자의 인식이, (다)에서는 사물의 형태와 주관적 판단의 관련성에 대한 글쓴이의 인식이 나타나 있지요.

① (가)에서 화자는 '유자낚에 유자가 열리'는 자연의 섭리에 주목해 나이 듦이 당연함을, (다)에서 글쓴이는 '사양하지 않는' '집'에 주목해 이견을 포용하는 삶의 중요성을 부각하고 있군.

② (가)에서 화자는 '신비스러운 경사감'에 주목해 황혼기에 대한 기대감을, (다)에서 글쓴이는 '향기와 빛깔이 서로 한데 모이'는 '뜰'에 주목해 더불어 사는 삶의 가치를 드러내고 있군.

③ (가)에서 화자는 '하늘과 맞닿'아 있는 대상을 통해, (다)에서 글쓴이는 '푸르른 산 빛을 보내오'는 현상을 통해 자연으로부터 위로를 받고 있음을 드러내고 있군.

④ (가)에서 화자는 '저녁 햇살'이 비추는 대상을 통해 황혼기의 아름다움을, (다)에서 글쓴이는 '큼과 작음'을 통해 대상의 가치는 마음먹기에 따라 달라질 수 있음을 드러내고 있군.

⑤ (가)에서 화자는 '기우는 세계'에 주목해 황혼기의 불완전함을, (다)에서 글쓴이는 '편히 여기며, 자고 거처하는 집'에 주목해 주어진 상황에 순응하는 삶의 중요성을 부각하고 있군.

MEMO

[1~5] 다음 글을 읽고 물음에 답하시오.

(가)

화룡담 깊은 못이 너럭바위 아래 있어
뿜으며 들썩이며 변화가 무궁하다
사자봉 높은 돌이 **용소(龍沼)**를 굽어보되
바위 중턱 파인 곳에 **돌 하나** 끼어 있다
중의 말이 황당하여 대강 걸러 들으니
저 바위의 사자가 화룡더러 말하기를
이내 몸 육중하여 무너져 내려가면
너의 깊은 **못**이 터전도 없을 테니   [A]
네가 재주 많다 하니 내 발 조금 고여 다오
화룡이 옳게 여겨 **건너편 산**에 올라
저 돌을 빼다가 이 바위 괴었다 하네
들으니 그럴듯해 건넛산 바라보니
과연 산 중턱에 돌 하나 빠진 **틈**이
이 돌 갖다 끼울 만큼 크기가 비슷하다

(중략)

한참을 구경하고 도로 내려 금강문에
남여 타고 절에 와서 **점심을 먹은 후**에
만물초 가는 길이 온정을 지난다기에
극락고개 넘어서서 **오 리 남짓** 가니
주막집 바로 곁에 **우물집** 지었기에
문 열고 구경하니 상하탕(上下湯)이 늘어 놓여
넓적한 돌 네모지게 두 군데 똑같이 짜고
물빛은 흐릿하고 미지근하다 하네
보슬비 계속 내려 주점에서 머물고
이십일 일 조반 후에 날 흐리고 안개 덮여
만물초 구경하려 준비하고 내려가니
지로승(指路僧)과 주막 주인 붙들고 **만류하되**
ⓐ만물초 가는 길이 칠십 리 왕복이요
청명한 일기에도 구름 끼면 못 보는데
하물며 비 오는 날 지척을 분간하랴
미끄러운 돌사다리 천신만고 들어가서
산 밑만 겨우 보면 분하지 않으리오
들으니 그럴듯하고 일행들도 옳다 하여
봉래의 후약을 만물초에 남겨 두고
행장을 다시 차려 총석으로 향할 제
금강 내외산을 이곳에서 작별하니
만 이천 봉 빛이 눈앞에 역력하다

— 홍정유, 「동유가」 —

(나)

7월 3일(금)

총석정은 다음날 와서 찾아가기로 하고 송전(松田)으로 오다. 송전처럼 좋은 데가 왜 아직 이름이 못 났을까. 왜 깨끗한 여관 하나, 세별장(貫別莊) 하나 없을까. 단 두 집의 여관, 모두 여인숙급인데 하나는 이름이 없고 하나는 '**동해여관**'이라 대서(大書)하였다. 이름 있는 집으로 정하다.

고저(庫低)가 곳간 바닥 그대론 듯이 송전은 솔밭 그대로다. 거리도 반은 솔밭 속에 묻히었다. 해풍에 자란 솔들이라 통만 굵고 가지는 적은데 모두 아래로 드리워서 파라솔이라도 아주 요즘 유행형들이다. 그 밑에 돗자리나 깔아 놓으면 소나무 하나마다가 훌륭한 정자겠다.

솔만 보면 봄인 듯하다. 그렇게 푸르기만 하지 않고 **윤택하다**. 땅만 보면 가을인 듯하다. 그렇게 모새*가 보드랍지만 않고 쨍쨍 소리가 날 듯 양명(陽明)하다.

거리에서 ⓑ바다로 나가는 길이 좋다. 넓고 양편에 소나무가 선 길은 송전 말고도 얼마든지 있을 게다. 그러나 이 길처럼 정하고 고운 길을 나는 일찍이 걸어 본 적이 없다. 혼례식장에서 이제 막 나오는 신랑 신부나 걸었으면 싶은 그런 길이다. 이 길이 끝나면 천공(天空), 해활(海闊), 거기엔 떡 뻗치고 선 것이 하나 있으니 초현실파의 그림처럼 의외의 것이되 배경에 조화되어 버린 철봉이 하나, 나는 뛰어가 매달리어 턱걸이를 겨우 네 번을 하다.

바다는 물결이 세다. 뽀—얀 수말(水沫)은 눈보라처럼 해안을 올려 쏜다. 해당화가 잊어버리지 못할 정도로 군데군데서 나부낀다. 향기도 강하건만 파도 냄새에 묻혀 꺾어 들어야 코를 찌른다. 바다는 늘 보아도 젊어 있다.

밤에 창이 하 밝기에 **주인**에게 물으니 **보름달**이라 한다. 홑 고의적삼이 추우리만치 **산산**하다 다시 **여관을 나섰다**.

낮에도 텅— 비었던 길, 밤에도 사람의 그림자는 하나도 없다. 달빛만이 꽉— 차 있었다. 한 걸음 한 걸음 내어 디딜 때마다 달의 물결이 솨— 솨— 하고 흩어지는 것 같다. 길뿐이 아니라 솔밭 위에도, 철로 위에도, 으리으리한 바다 위에도, 달은 또한 큰 바다이다. 이 달의 바다 아래선 물의 바다는 너무나 조그맣구나! 그리고 달의 바다는 너무나 성스럽구나!

새 한 마리 노래하지 않는 솔밭, 들창 하나 열리지 않은 빈 별장들, 누구를 위해 달은 이처럼 밝아 있는가? 사람이야 나와서 보건 말건, 정물(情物)이 아닌 파도만 치는 곳에, 달은 이렇듯 밝아 있구나. 생각하면 우리 사람이 이르지 못하는 곳에 달은 얼마나 많이, 얼마나 널리 비치고 있는 것일까? 끝없는 사막, 끝없

는 해양, 그리고 무인고도(無人孤島)들, 높은 산봉우리들, 남북 극지의 빙원들, 또 그리고 무수한 천공에 달린 별의 세계들, 참 달은 무섭도록 크고 무섭도록 무심하구나! 사람이, 미물처럼 조그마한 사람이 제가 공연히 그에게 정을 두도다.

– 이태준, 「해촌 일지」 –

*모새: 가늘고 고운 모래.

▶▶ 지문의 핵심 내용을 정리해 보세요.

(가)

화자와 대상의 관계	_____ 내외산을 유람하며 기억에 남는 경험을 기록하는 사람
상황?	화룡담 깊은 못과 _____을 보며 중의 말을 들음 → 금강문으로 내려와서 절에 가서 점심을 먹고 극락고개를 넘어 _____로 가고자 함 → 비가 내려 주점에서 머묾 → 지로승과 주막 주인의 만류로 만물초는 가지 않고 _____으로 향함

▶▶ 지문을 **세 부분**으로 나누고, 핵심 내용을 정리해 보세요.

(나)

01 송전으로 와 숙소를 정하고, 푸른 ___을 보며 감탄함

02 바다로 가는 ___의 아름다움에 감탄하고, 바다가 젊다고 느낌

03 밤에 다시 길을 걸으며 ___을 감상함

1. (가)와 (나)의 공통점으로 가장 적절한 것은?

① 자연물에서 덕성을 발견하여 사회적 차원으로 일반화하고 있다.

② 계절의 변화를 제시하여 삶에 대한 관조적 태도를 드러내고 있다.

③ 자연물의 모습에 주목하여 자연에 대한 친화적 태도를 드러내고 있다.

④ 자연물 간의 조화로움에 빗대어 현실에서 겪는 삶의 문제를 제기하고 있다.

⑤ 자연의 극한적 상황을 제시하여 인간의 나약함을 극복하고자 하는 태도를 드러내고 있다.

2. ⓐ, ⓑ에 대한 이해로 가장 적절한 것은?

① ⓐ는 화자가 날씨의 영향을 받지 않고 갈 수 있는 길이다.

② ⓑ는 글쓴이가 걷는 도중에 많은 사람들을 마주치는 길이다.

③ ⓐ는 화자가 가려던 길이고, ⓑ는 글쓴이가 가고 있는 길이다.

④ ⓐ는 화자가 일행을 찾아 떠나는 길이고, ⓑ는 글쓴이가 일행을 마중하러 나가는 길이다.

⑤ ⓐ와 ⓑ는 각각 화자와 글쓴이가 걷기에 편한 길이다.

3. [A]에 대한 설명으로 적절하지 않은 것은?

① 화자는 '용소' 위에 있는 '사자봉'의 중턱 파인 곳에 '돌 하나'가 끼어 있는 모습을 제시하고 있다.

② 화자는 '중'에게 전해 들은 말을 통해 '사자봉' 중턱 파인 곳의 위치가 사자 형상의 발밑임을 제시하고 있다.

③ 화자는 '중'에게 전해 들은 말을 통해 파인 곳에 끼어 있는 '돌 하나'는 '못'의 용이 재주를 부려 옮긴 것임을 제시하고 있다.

④ 화자는 '중'의 말을 듣고 자신이 '건너편 산'에 올라가 '사자봉'을 바라보는 상황을 제시하고 있다.

⑤ 화자는 '중'의 말을 듣고 산 중턱의 '틈'과 '이 돌'을 견주면서 그 크기가 유사함을 제시하고 있다.

4. (나)에 대한 이해로 적절하지 않은 것은?

① '솔'의 생김새에서 '파라솔'을 연상하면서, 쉴 수 있는 공간을 떠올리고 있다.

② '초현실파의 그림' 같은 공간에서 '뛰어가 매달리'는 행동을 하면서, '혼례식장'을 걷는 '신랑 신부'의 모습을 상상하고 있다.

③ '뽀―얀' 물거품이 '눈보라처럼' 퍼지는 바닷가의 풍경을 바라보면서, 바다를 젊음과 연결하고 있다.

④ 밤 풍경 위를 채운 '달빛'을 '달의 물결'로 인식하면서, 세상 곳곳을 비추는 달의 속성을 발견하고 있다.

⑤ '끝없는 사막'과 '별의 세계'에 미치는 달빛을 '사람'의 미미함과 대비하면서, 달빛의 무한함에 대해 사색하고 있다.

5. 〈보기〉를 참고하여 (가), (나)를 감상한 내용으로 적절하지
  않은 것은? [3점]

<보기>

　　새로운 것에 대한 욕구를 충족하려는 기행 주체는 여행 장
소의 풍경이나 풍속, 사람들과의 만남 등을 체험하면서 감흥
을 얻는다. (가)와 (나)의 기행 주체는 여정에서 기억에 남는
경험을 일기 형식을 사용하여 기록하고 있다. (가)에는 여행
장소에서의 체험에 대한 사실적 정보를 관찰자의 입장에서
기록하려는, (나)에는 여행 장소에서 관심을 기울인 대상에 대한
인상을 감각적으로 묘사하려는 양상이 주로 나타난다.

① (가)는 '점심을 먹은 후'에 '극락고개'를 넘어 '오 리 남짓' 가는
  것으로 표현한 데서, 시간의 순서에 따른 장소의 이동을 사실
  적으로 기록하려는 양상이 드러나는군.

② (나)는 '솔'의 모습을 '푸르'고 '윤택하다'고 표현한 데서, 여행
  장소에서 관심을 갖게 된 대상에 대한 인상을 감각적으로 묘사
  하려는 양상이 드러나는군.

③ (가)는 '우물집'을 '문 열고 구경하'는 데서, (나)는 '산산'함에도
  '여관을 나섰다'는 데서, 동일한 장소를 다시 찾아가 감흥을 새로
  얻고자 하는 욕구를 충족하려는 모습이 드러나는군.

④ (가)는 '조반' 먹은 것을 '이십일 일'로, (나)는 '동해여관'으로
  숙소를 정한 것을 '7월 3일(금)'으로 날짜를 밝혀 기록한 데서,
  여정의 경험을 일기 형식을 사용하여 표현했음이 드러나는군.

⑤ (가)는 '주막 주인'이 '만류'한 일을, (나)는 '주인'이 '보름달'이라
  답한 일을 기록한 데서, 여정 중의 만남에서 정보를 얻은 경험을
  기억할 만한 것으로 여기는 모습이 드러나는군.

[1~6] 다음 글을 읽고 물음에 답하시오.

(가)

배를 민다
배를 밀어보는 것은 아주 드문 경험
희번덕이는 잔잔한 가을 바닷물 위에
배를 밀어넣고는
온몸이 아주 추락하지 않을 순간의 한 허공에서
밀던 힘을 한껏 더해 밀어주고는
아슬아슬히 배에서 떨어진 손, 순간 환해진 손을
허공으로부터 거둔다

사랑은 참 부드럽게도 떠나지
뵈지도 않는 길을 부드럽게도

배를 한껏 세게 밀어내듯이 슬픔도
그렇게 밀어내는 것이지

배가 나가고 남은 빈 물 위의 흉터
잠시 머물다 가라앉고

그런데 오, 내 안으로 들어오는 배여
아무 소리 없이 밀려들어오는 배여

– 장석남, 「배를 밀며」 –

(나)

당신……, 당신이라는 말 참 좋지요, 그래서 불러봅니다 킥킥
거리며 한때 적요로움의 울음이 있었던 때, 한 슬픔이 문을
닫으면 또 한 슬픔이 문을 여는 것을 이만큼 살아옴의 상처에
기대, 나 킥킥……, 당신을 부릅니다 단풍의 손바닥, 은행의 두
갈래 그리고 합침 저 개망초의 시름, 밟힌 풀의 흙으로 돌아감
당신……, 킥킥거리며 세월에 대해 혹은 사랑과 상처, 상처의
몸이 나에게 기대와 저를 부빌 때 당신……, 그대라는 자연의
달과 별……, 킥킥거리며 당신이라고……, 금방 울 것 같은 사내
의 아름다움 그 아름다움에 기대 마음의 무덤에 나 벌초하러 진
설 음식도 없이 맨 술 한 병 차고 병자처럼, 그러나 ⓐ치병*과
환후*는 각각 따로인 것을 킥킥 당신 이쁜 당신……, 당신이라
는 말 참 좋지요, 내가 아니라서 끝내 버릴 수 없는, 무를 수도
없는 참혹……, 그러나 킥킥 당신

– 허수경, 「혼자 가는 먼 집」 –

*치병: 병을 다스림.
*환후: 병을 정중하게 이르는 말.

(다)

그녀에게 편지를 쓰는 것이 자신의 존재를 증명하던 시절이
있었다. 사랑하는 사람에게 보내는 편지만큼 표현의 욕구로 흘
러넘치는 것도 없다. 무언가를 표현하지 않고는 견딜 수 없는 시
간들이 편지를 쓰게 한다. 그는 그녀에게 자신의 사랑이 얼마나
어렵고 진정하며 운명적인가를 설명하고 싶었다. 편지는 사람을
설득하거나 매혹시키는 방편이 될지도 모른다. 그러나 모든 사
랑의 편지는 마지막 순간, 도구적이지 못하다. 세상의 모든 글
쓰기가 최후의 순간에는 처음에 품었던 소소한 의도를 배반하는
것처럼. 그 통제할 수 없는 익명의 욕구가 그 편지의 현실적인
목표를 잊어버리게 만들기 때문이다. 그런 이유로, 모든 사랑의
편지에는 아무 전언도 들어 있지 않다.

거기에는 결정적인 정보나 주장이 들어 있지 않다. 다만 내
고백을 누군가가 들어준다는 충만한 느낌. 희미한 불빛 아래서
스스로 옷을 벗어야 할 때처럼, 주체할 수 없는 부끄러움 따위.
고백이란 결국 2인칭을 경유하여 1인칭으로 돌아온다. 그의 들
끓는 고백의 언어들은 고스란히 자신에게 돌아왔다. 한동안 그
는, 사랑하는 ○○에게로 시작되는 편지를 자주 썼다. 그녀는
그의 편지를 사랑했다. 정확하게 말하면 '편지 속의 그'를 그녀
는 사랑했다. 편지 속에는 그가 찾아낸 자신의 또 다른 영혼이
있었다. 또 다른 영혼의 '그'는 순수한 열정과 끝 모를 동경과 깊
은 이해심을 가진 존재였다. 그도 역시 그녀처럼 자신의 편지 속
1인칭 화자에게 깊이 매료되었다. 하지만 너무 뻔해서 가혹했던
지리멸렬한 시간들 속에서 그는 편지 속의 1인칭 주체를 잊어버
렸다.

편지조차 쓸 수 없는 시간들이 무심하게 지나가고, 다시 편지
를 쓰고 싶었을 때, 그는 이미 '편지 속의 그'가 되지 못한다는
것을 알았다. 그는 '편지 속의 그'를 연기하는 것이 부끄러웠고,
자신의 비루함을 뼛속 깊이 실감했다. 그는 '사랑하는 ○○에게'
라는 편지를 쓰고 싶어 하는 자신 속의 어떤 늙지 않는 영혼을,
그 순수한 인격을 외면하고 싶었다. ⓑ누군가가 듣기를 바라는
모든 고백이란, 위선이 아니면 위악이다.

– 이광호, 「이젠 되도록 편지 안 드리겠습니다」 –

>> 지문의 핵심 내용을 정리해 보세요.

(가)

화자와 대상의 관계	____를 밀며 사랑과 이별의 의미를 깨닫는 '나'
상황?	바닷물 위의 배를 힘껏 밀어 떠나보냄 → 배를 미는 것이 _____을 떠나보내고 이별의 _____을 밀어내는 것과 같은 일임을 깨달음 → 배가 다시 소리 없이 밀려들어옴

(나)

화자와 대상의 관계	_____을 반복해서 부르며 상실로 인한 슬픔을 드러내는 '나'
상황?	슬픔을 느끼며 _____을 불러봄 → 부재하는 당신을 생각하며 상실의 상처를 느낌 → 음식도 없이 술 한 병 들고 마음의 _____을 찾음 → 상실로 인한 아픔을 끝내 _____ 수 없음을 깨달으며 당신을 부름

>> 지문을 **세 부분**으로 나누고, 핵심 내용을 정리해 보세요.

(다)

01 그는 그녀에게 _____를 써서 자신의 사랑을 표현하고 싶어 하지만, 사랑의 편지는 처음의 _____에서 벗어나 의미를 잃어버림

02 편지에 담긴 고백은 2인칭을 거쳐 1인칭을 향하게 되며, 그와 그녀는 모두 편지 속 1인칭 화자에게 _____됨

03 그는 자신이 '_____'가 되지 못함을 실감하고, 편지를 쓰지 않으려 함

1. (가)∼(다)의 공통점으로 가장 적절한 것은?

① 하강적 이미지를 활용하여 시간의 흐름을 보여 준다.

② 자연물에 빗대어 부정적 현실의 극복 가능성을 암시한다.

③ 동일한 구절의 반복과 변주를 통해 상황의 반전을 표현한다.

④ 특정한 행위를 중심으로 행위 주체와 대상의 관계를 드러낸다.

⑤ 공간의 이동에 따라 내용을 전개하여 역동적 분위기를 강화한다.

2. (가)에 대한 이해로 적절하지 <u>않은</u> 것은?

① '아주 추락하지 않을 순간'에 '배'를 밀던 '손'이 '아슬아슬히 배에서 떨어진'다는 것은 이별의 정서적 긴장감을 드러낸다.

② '뵈지도 않는 길'은 '사랑'이 '떠나'는 길이라는 점에서, 이별의 막막한 상황을 공간의 형상으로 드러낸다.

③ '슬픔'을 '밀어내는 것'을 '배'를 밀듯 '한껏 세게 밀어'낸다고 한 것은 이별의 아픔을 떨쳐 내려는 화자의 태도를 드러낸다.

④ '배가 나가'며 생긴 '흉터'가 '잠시 머물다 가라앉'는다는 것은 이별의 슬픔이 잦아든 상태에 있음을 드러낸다.

⑤ '밀려들어' 온 '배'는 '아무 소리 없이' 다시 돌아온 배라는 점에서, 대상과의 재회가 예상대로 이루어짐을 드러낸다.

3. (나)의 '당신'에 대한 설명으로 적절하지 <u>않은</u> 것은?

① 화자와 '한때'의 기억을 잇는 매개적 존재이다.

② 화자의 내면에 살고 있는 '병자'로서 연민의 대상이다.

③ 화자의 눈앞에 없지만 '부'름으로써 환기되는 대상이다.

④ 화자가 '버릴 수 없'고 '무를 수도 없는' 숙명적 존재이다.

⑤ 화자에게 '사랑'과 '슬픔'을 경험하게 하는 이중적 존재이다.

4. 〈보기〉를 참고하여 (나)를 감상한 내용으로 적절하지 <u>않은</u> 것은? [3점]

〈보기〉

　시는 표현하고자 하는 바를 어떤 심적 상태에 놓인 화자의 발화로써 형상화한다. (나)에 나타나 있는 독특한 발화 방식, 즉 끊어질 듯 이어지는 서술, 어휘의 반복적 출현, 맥락이 없어 보이는 구절들의 배열, 수시로 등장하는 말줄임표와 쉼표 등은 사랑의 기억을 떠올리거나 상처를 치유하지 못한 화자의 내면을 드러내는 시적 장치들이다. 이러한 장치들은 사랑의 기억과 함께 상실의 고통을 안고 남은 생을 살아 내야 하는 화자의 복합적인 내면을 생생하게 그려 내는 역할을 한다.

① '킥킥'은 반복적으로 출현하는 웃음의 의성어로서, 사랑과 슬픔이 내재된 화자의 복합적인 정서를 생생하게 드러내는 표현이겠군.

② '상처에 기대, 나 킥킥……, 당신을 부릅니다'는 말줄임표와 쉼표를 사용한 서술로서, 상실의 고통으로 인하여 사랑의 기억이 희미해지는 화자의 심적 상태를 보여 주는 표현이겠군.

③ '킥킥거리며 세월에 대해 혹은 사랑과 상처,'는 맥락이 없어 보이는 표현들이 한데 이어진 서술로서, 감정들이 뒤섞인 화자의 내면을 보여 주는 표현이겠군.

④ '마음의 무덤'은 화자의 심적 상태를 형상화한 서술로서, 상실의 고통을 안고 생을 살아 내야 하는 화자의 내면을 비유한 표현이겠군.

⑤ '이쁜 당신……, 당신이라는 말 참 좋지요,'는 끊어질 듯 이어지는 서술로서, 대상에 대하여 사랑의 감정을 품고 있는 화자의 내면을 보여 주는 표현이겠군.

5. ⓐ, ⓑ에 대한 이해로 가장 적절한 것은?

① ⓐ는 치병의 노력으로도 환후가 사라지는 것은 아니라는 화자의 인식을 말한다.

② ⓐ는 화자가 대상의 아름다움을 발견함으로써 자신의 환후를 의식하지 않게 되었음을 말한다.

③ ⓑ는 사랑의 편지가 상대를 향한 표현일 때, 위선과 위악에서 벗어날 수 있음을 말한다.

④ ⓑ는 더 나은 자신을 드러내려는 욕망이야말로 상대를 매혹하는 진정한 요인임을 말한다.

⑤ ⓐ와 ⓑ는 모두, 아픔을 겪는 이나 고백을 하는 이가 그 아픔이나 고백의 실체를 지각하지 못함을 말한다.

6. 〈보기〉를 바탕으로 (다)를 이해한 내용으로 적절하지 <u>않은</u> 것은?

〈보기〉

　(다)에서 편지는 받는 사람뿐만 아니라 쓰는 사람 자신을 향한 것이기도 하다. 상대에 대한 열망으로 사랑의 편지를 쓰지만 결국 그것은 자신을 표현하는 글이다. 자신을 이상화하려는 욕구에 빠져 있기에 편지는 '그녀'가 사랑할 만한 '그'로 채워진다. 사랑의 편지를 받은 '그녀'는 '편지 속의 그'를 사랑하고, 편지를 쓰는 '그'도 '편지 속의 그'에게 매료되어 있다. 그러나 이런 식의 자기 고백이 지속될 수 없는 까닭은 이 이상화된 '그'와 실제의 '그' 사이의 간극이 주는 부끄러움 때문이다.

① '익명의 욕구'를 '통제할 수 없'다는 것은 상대를 향한 '그'의 사랑이 운명적인 것이어서 사랑을 멈출 수 없음을 말하는군.

② '아무 전언도 들어 있지 않다'는 것은 '처음에 품었던 소소한 의도'를 잊음으로써, 상대를 향한 글쓰기의 '현실적인 목표'가 실패로 돌아갔음을 말하는군.

③ '2인칭을 경유하여 1인칭으로 돌아온다'는 것은 편지가 상대를 향한 '도구적' 기능을 하지 못하고 자기 고백에 그치게 됨을 말하는군.

④ "편지 속의 그'를 그녀는 사랑했다'는 것은 편지를 받은 그녀가 사랑한 상대는 편지 속의 '또 다른 영혼'임을 말하는군.

⑤ '자신의 비루함을 뼛속 깊이 실감했다'는 것은 실제 자신과 이상화된 자신 사이의 간극을 자각한 '그'가 부끄러움에 빠져 있음을 말하는군.

[1~6] 다음 글을 읽고 물음에 답하시오.

(가)

아득한 옛날에 나는 떠났다
㉠부여를 숙신을 발해를 여진을 요를 금을
흥안령을 음산을 아무우르를 숭가리를
범과 사슴과 너구리를 배반하고
송어와 메기와 개구리를 속이고 나는 떠났다

나는 그때
㉡자작나무와 이깔나무의 슬퍼하던 것을 기억한다
갈대와 장풍의 붙드던 말도 잊지 않았다
㉢오로촌이 멧돝을 잡아 나를 잔치해 보내던 것도
쏠론이 십릿길을 따라 나와 울던 것도 잊지 않았다

나는 그때
㉣아무 이기지 못할 슬픔도 시름도 없이
다만 게을리 먼 앞대로 떠나 나왔다
그리하여 따사한 햇귀에서 하이얀 옷을 입고 매끄러운 밥을
먹고 단 샘을 마시고 낮잠을 잤다
밤에는 먼 개소리에 놀라나고
아침에는 지나가는 사람마다에게 절을 하면서도
나는 나의 부끄러움을 알지 못했다

그동안 돌비는 깨어지고 많은 은금보화는 땅에 묻히고 가마귀
도 긴 족보를 이루었는데
이리하여 또 한 아득한 새 옛날이 비롯하는 때
㉤이제는 참으로 이기지 못할 슬픔과 시름에 쫓겨
나는 나의 옛 하늘로 땅으로 ― 나의 |태반|으로 돌아왔으나

이미 해는 늙고 달은 파리하고 바람은 미치고 보래구름만 혼자
넋 없이 떠도는데

㉥아, 나의 조상은 형제는 일가친척은 정다운 이웃은 그리운
것은 사랑하는 것은 우러르는 것은 나의 자랑은 나의 힘은 없다
바람과 물과 세월과 같이 지나가고 없다
― 백석, 「북방에서-정현웅에게」 ―

(나)

겨울 아침 언 길을 걸어
물가에 이르렀다
나와 물고기 사이

창이 하나 생겼다
물고기네 지붕을 튼 ⓐ살얼음의 창
투명한 창 아래
물고기네 방이 한눈에 훤했다
나의 생가 같았다
창으로 나를 보고
생가의 식구들이
나를 못 알아보고
사방 쪽방으로 흩어졌다
젖을 갓 뗀 어린것들은
찬 마루서 그냥저냥 **그네끼리 놀고**
어미들은
물속 쌓인 돌과 돌 그 틈새로
그걸 깊은 데라고
그걸 가장 깊은 속이라고 떼로 들어가
나를 못 알아보고
무슨 **급한 궁리**를 하느라
그 **비좁은 구석방**에 빼곡히 서서
마음아, 너도 아직 이 |생가|에 살고 있는가
시린 물속 시린 물고기의 눈을 달고
― 문태준, 「살얼음 아래 같은 데 2 ― 생가(生家)」 ―

(다)

이문원 동쪽 늙은 나무가 있는데 적어도 **백여 년**은 된 것 같
다. 그 몸통은 울퉁불퉁 옹이가 졌고 가지는 구불구불 뻗어서 멀
찍이서 보면 가파른 산등성이나 성난 파도 같았고 다가가서 보
면 둥그스름한 큰 집채 같았다. ⓑ기둥으로 나무를 받쳐 놓았는
데 그 기둥이 모두 열두 개이다. 나무 옆에 누각이 있는데 바로
내가 이불을 들고 가서 숙직하는 장소이다. 좌우에 책을 쌓아 놓
고 교정하느라 바쁘게 시간을 보내다가 이따금 나무 곁을 산책
하였다. 쏴쏴 불어오는 긴 바람 소리를 들으며 **널찍이 드리운 서
늘한 그늘** 아래를 거닐면 몸은 대궐 안 관청에 있어도 숲속의 소
나무와 바위 사이로 **훌쩍 벗어나 있는 기분**이 든다.
하루는 내가 동료에게 다음과 같이 말했다.
"이 나무는 정말 특이하군! 대체로 **풀과 나무**가 살아가려면
제각기 **몸을 보전하는 계책**이 있기 마련일세. 풀명자나 배,
귤이나 유자, 사과나 석류 같은 나무들은 열매가 커도 가지가
그 무게를 충분히 감당할 수 있다네. 하지만 질경이나 냉이,
강아지풀 같은 풀들은 살아가려면 땅바닥에 붙어 있어야 하
네. 그래야 말발굽이 짓밟거나 수레가 밟고 지나가도 더 손상

을 입지 않지. 지금 저 늙은 나무는 줄기의 길이가 몸통보다 갑절로 뻗어 사방에 드리워도 잘라 낼 줄 모르네. 만약 받쳐 주는 기둥이 없으면 부러지고야 말 걸세. **조물주가 이 나무에게는 사람의 손을 빌려 온전하도록 한 것인가?**"

아! 내가 **암소의 뿔**을 보니 **뿔이 구부러져 안쪽으로 향**했는데 심한 것은 사람이 반드시 **톱으로 잘라** 내야만 광대뼈를 뚫는 걱정을 모면하였다. 이제야 알겠구나. 늙은 나무를 가축에 견주자면 뿔을 잘라 내야 온전해질 수 있는 암소와 같다. **가축**이 인간에게 의지하여 살아가듯이 늙은 나무도 인간에게 의지하여 살아간다.

나는 **저 깊은 산중 인적 끊긴 골짜기**에 이렇듯이 번성하게 자란 늙은 나무를 아직까지 보지 못했다.

– 유본예, 「이문원노종기(摛文院老樅記)」 –

>> 지문의 핵심 내용을 정리해 보세요.

(가)

화자와 대상의 관계	_____을 떠나 굴욕에도 부끄러움을 모르고 살다가, 다시 북방으로 돌아가 사라진 것들에 대한 상실감을 느끼는 '나'
상황?	오래 전 북방을 떠남 → 굴욕을 겪으면서도 _____을 알지 못하고 편하게 지냄 → 시간이 흘러 다시 북방을 찾아옴 → 그립고 _____하고 우러르는 대상들이 사라진 것에 대한 상실감과 비애를 느낌

(나)

화자와 대상의 관계	_____ 아래의 _____들을 보며 생가에서의 기억을 떠올리는 '나'
상황?	살얼음 아래로 물고기들을 봄 → 유년 시절에 살던 _____를 떠올림 → 자신을 피해 흩어지는 물고기들을 봄 → 생가에서의 시린 기억을 간직하고 있음을 깨달음

>> 지문을 **두 부분**으로 나누고, 핵심 내용을 정리해 보세요.

(다)

01	글쓴이는 이따금 이문원 옆 나무 곁을 산책하며 훌쩍 _____ 있는 기분을 느낌
02	보통의 풀과 나무가 제각기 몸을 보전하는 _____을 갖고 있지만, 이문원 옆 _____는 사람이 만든 기둥에 의지하여 살아간다는 점이 특이하다고 생각하며 나무도 사람의 도움으로 번성할 수 있음을 깨달음

1. (가)~(다)의 공통점으로 가장 적절한 것은?

① 비판적 태도로 현실의 부정적 측면을 부각하고 있다.

② 역사적 상황을 묘사하여 비극적 현실을 부각하고 있다.

③ 빗대어 표현하는 방식으로 '나'의 인식을 드러내고 있다.

④ 영탄적 어조로 대상에 대한 '나'의 경외감을 드러내고 있다.

⑤ 향토적 소재를 활용하여 '나'의 과거에 대한 그리움을 드러내고 있다.

2. 태반과 생가에 대한 설명으로 가장 적절한 것은?

① (가)의 화자는 태반에서 상실감을 느끼고 있고, (나)의 화자는 생가에서 서글픔을 느끼고 있다.

② (가)의 화자는 태반에서 소외감을 느끼고 있고, (나)의 화자는 생가에서 느꼈던 수치심을 떠올리고 있다.

③ (가)에서 태반은 이별을 수용하는 공간이고, (나)에서 생가는 만남을 기약하는 공간이다.

④ (가)에서 태반은 화자의 희망이 드러나는 공간이고, (나)에서 생가는 화자의 절망이 드러나는 공간이다.

⑤ (가)에서 태반은 생명의 섭리를 지향하는 공간이고, (나)에서 생가는 생명의 섭리를 거부하는 공간이다.

3. ㉠~㉾을 이해한 것으로 적절하지 않은 것은?

① ㉠에서는 여러 민족, 나라, 지명을 열거하여, 화자가 떠나온 공간을 북방으로 포괄되는 동질적 공간으로 표현하고 있다.

② ㉡에서는 의인화된 자연물을 제시하여, 화자가 북방을 떠나면서 느낀 슬픔을 드러내고 있다.

③ ㉢에서는 이별하던 장면을 유사한 통사 구조로 제시하여, 화자가 북방에서의 기억을 여전히 간직하고 있음을 보여 주고 있다.

④ ㉣의 시구가 ㉤에서 반복, 변주되는 것을 통해, 상반된 상황이 시간의 추이에 따라 일치되는 과정을 드러내고 있다.

⑤ ㉥에서 '없다'와 그 앞에 열거된 시어들을 통해, 화자가 가깝게 느끼고 가치를 부여했던 것들이 부재함을 표현하고 있다.

4. 〈보기〉를 참고하여 (나)를 감상한 내용으로 적절하지 <u>않은</u> 것은? [3점]

〈보기〉

　이 시에서 성년이 된 화자는 얼음 아래의 물고기를 보면서 유년 시절 자신의 생가를 회상한다. 화자는 물고기의 움직임을 지켜보면서 '물고기네'의 여기저기를 본다. 그리고 '물고기네'의 모습에 화자의 생가에 대한 기억이 겹쳐진다. 화자는 자신을 물고기에 투영하면서, 성년이 된 지금도 여전히 생가에서의 '시린' 기억을 간직하고 있는 자신을 발견한다.

① '투명한 창'을 통해 본 물고기의 생활 공간을 '물고기네 방'이라고 표현한 것을 보니, 화자는 얼음 아래 물고기의 공간과 자신의 생가를 겹쳐 보고 있군.

② '창으로 나를 보'고 '사방 쪽방으로 흩어'지는 물고기들의 움직임을, 화자는 '생가의 식구들'이 자신을 못 알아본 것으로 표현하였군.

③ '젖을 갓 뗀 어린것들'이 '그네끼리 놀고'라고 표현한 것을 보니, 화자는 물고기들이 노는 모습을 통해 유년 시절 생가에서 지내던 아이들의 모습을 떠올리고 있군.

④ 화자는 '비좁은 구석방'에서 '급한 궁리를 하'는 물고기의 모습에 유년 시절 생가에서 외따로 지내야 했던 자신의 모습을 투영하고 있군.

⑤ 화자는 '마음아, 너도 아직' 생가에서 '살고 있는가'라고 하여, 성년인 자신의 마음속에 유년의 기억이 자리 잡고 있음을 드러내고 있군.

5. ⓐ와 ⓑ에 대한 이해로 가장 적절한 것은?

① ⓐ는 화자의 불안을 심화하는, ⓑ는 글쓴이의 의지를 북돋아 주는 역할을 한다.

② ⓐ는 화자의 이상향을 형상화하는, ⓑ는 글쓴이의 태도를 전환하는 역할을 한다.

③ ⓐ는 ⓑ와 달리, 화자에게 책임감을 떠올리게 하는 계기가 된다.

④ ⓑ는 ⓐ와 달리, 글쓴이가 처한 상황을 극복하게 하는 역할을 한다.

⑤ ⓐ와 ⓑ는 모두 대상을 새롭게 주목하게 하는 계기를 마련하고 있다.

6. 〈보기〉의 [A]에 들어갈 학생의 말로 적절하지 <u>않은</u> 것은?

〈보기〉

선생님: 여러분, 「이문원노종기」는 이문원의 늙은 나무가 인간의 도움을 받아 오랫동안 무성하게 자라고 있는 점에 착안한 글입니다. 서로 다른 생명체가 각각 이익을 주거나 받는 현상을 중심으로, 「이문원노종기」를 다시 읽어 보려고 해요. 이런 관점에서 이 작품을 감상해 볼까요?
학생: ＿＿＿＿＿＿＿＿＿[A]＿＿＿＿＿＿＿＿＿
선생님: 네, 잘 말했습니다.

① '이문원 동쪽 늙은 나무'가 '백여 년'을 살 수 있었던 것은, 인간이 나무를 보살펴 주었기 때문입니다.

② 글쓴이가 '널찍이 드리운 서늘한 그늘'로 인해 '훌쩍 벗어나 있는 기분'이 든 것은, '이문원 동쪽 늙은 나무'에게서 인간이 이익을 얻은 경우에 해당합니다.

③ '풀과 나무'가 '몸을 보전하는 계책'이 있는 것은, '조물주'가 서로 다른 생명체가 이익을 주고받도록 해 준 경우에 해당 합니다.

④ '암소의 뿔이 구부러져 안쪽으로 향'하는 위험을 인간이 '톱으로 잘라'서 해결해 주는 것은, '가축'이 인간에게 의지하며 살아가는 경우에 해당합니다.

⑤ 글쓴이가 '이문원 동쪽 늙은 나무'가 '저 깊은 산중 인적 끊긴 골짜기'에서 자란 나무보다 번성하게 자랐다고 한 것은, 인간의 도움이 필요하다는 것을 말하기 위함입니다.

MEMO

[1~5] 다음 글을 읽고 물음에 답하시오.

(가)

저 건너 ⓐ꼼생원은 팔자를 원망토다

제 아비 덕분으로 **돈천이나 가졌더니**

술 한 잔 밥 한 술을 **친구 대접** 하였던가

주제넘게 아는 체로 ㉠음양술수(陰陽術數) 현혹되어

이장도 자주 하며 이사도 힘을 쓰고

당대발복(當代發福) 예 아니면 피란처가 여기로다

올 적 갈 적 행로상에 ㉡처자식을 흩어 놓고

유무(有無) 상관 아니하고 **공것**을 바라도다

기인취물(欺人取物) 하자 하니 두 번째는 아니 속고

공납(公納) 범용 하자 하니 일가 중에 부자 없고

뜬재물을 경영하여 경향출입 싸다닐 제

재상가에 ㉢청질하다 봉변당해 물러서며

남의 고을 걸태 하다 혼금(閻禁)에 쫓겨 오기

혼인 중매 선채* 돈에 창피당해 **뺨** 맞으며

가대* 흥정 구문 먹기 ㉣**편잔** 듣고 자빠지고

불의행실(不義行實) 찌그렁이 위조문서 비리호송(非理好訟)

부자나 후려 볼까 ㉤감언이설 꾀어 보자

언막이에 보막이며 은광이며 금광이라

큰길가에 색주가며 노름판에 푼돈 떼기

남북촌에 뚜쟁이로 인물 초인(招引) 하여 볼까

산진매 수진매로 사냥질로 놀아나기

혼인 핑계 어린 딸이 백 냥짜리 되었구나

대종손 양반 자랑 산소나 팔아 볼까

아낙은 친정살이 자식은 머슴살이

일가에게 인심 잃고 **친구**에게 손가락질

부지거처(不知去處) 나간 후에 소문이나 들었던가

　　　　　　　　　　　　　　　　－ 작자 미상, 「우부가」 －

*선채(先綵): 혼례 전에 신랑 집에서 신부 집으로 보내는 비단.

*가대(家垈): 집이나 토지 등을 통틀어 이르는 말.

(나)

경인년(庚寅年)에 큰 가뭄이 들어 정월부터 가을 7월에 이르기까지 **비가 내리지 않**았다. 봄에는 논밭을 갈지 못했고, 여름에는 **김을 맬 수가 없**었다. 들판에 있는 풀은 하나같이 누렇게 말랐고, 논밭의 곡식도 모두 시들었다.

부지런한 농부가 말하기를,

"김을 매도 죽을 것이고 김을 매지 않아도 죽을 것이다. 편안히 앉아 기다리는 것보다는 힘을 다하여 곡식을 살리는 게 나

을 것이다. 만일 비가 내린다면 어찌 그동안 들인 노력이 모두 허사가 되겠는가."

라고 하였다. 그러므로 논밭은 이미 갈라졌으나 김매기를 그치지 아니하고 싹이 이미 시들었어도 **풀 뽑기를 쉬지 아니하여,** 한 해가 다 가도록 부지런히 일을 하면서 자신이 할 일에 최선을 다하였다.

ⓑ게으른 농부는 말하기를,

"김을 매도 죽을 것이고 김을 매지 않아도 죽을 것이다. 바쁘게 일하면서 수고로운 것보다는 아무 일도 하지 않고 **그냥 쉬는 것이 나을 것이다.** 만일 비가 오지 않으면 이것 모두 무익하게 될 것이다."

라고 하였다. 그러므로 밭에서 일하는 농부들을 보고 비웃기를 그치지 않았고, 들밥을 내가는 아녀자들을 보고 조롱하기를 그만두지 않으면서, 한 해가 다 가도록 물러나 앉아 천명을 기다리고 있었다.

나는 일찍이 가을걷이할 무렵 파산(坡山)의 들판에 가 보았다. 그 밭의 절반은 황폐하였고 절반은 곡식이 잘 가꾸어져 있었는데, 절반은 곡식이 성글게 달렸고 절반은 **빽빽**하게 달려 있었다. 어떤 농부는 목을 **뻣뻣**이 세우고 하늘을 우러러보고, 또 어떤 농부는 술에 취해 잠이 들어 있었다. 마을 노인에게 이유를 물으니,

"저 황폐하고 성긴 곡식은 목을 **뻣뻣**이 세우고 하늘을 우러러 보는 자들이 무익하다고 여겨 김을 매지 않은 것이고, 잘 가꾸어져 **빽빽**한 곡식은 술에 취한 채 목이 메어 잠든 자들이 정성과 힘을 다하여 살린 것이다. 한때의 편안함을 탐내었다가 일 년 내내 굶주리게 되었고, 한때의 괴로움을 참아 일 년 내내 배불리 지낼 수 있게 되었다."

라고 하였다.

아, 열심히 일하여 얻고, 편안하게 놀다가 잃는 것은 비단 농사일만이 아닐 것이다. 오늘날 시서(詩書)를 공부하여 벼슬길에 나아가기를 도모하는 사람들도 어찌 이와 다를 것인가?

ⓒ선비들은 젊었을 때에 학문에 뜻을 두고 밤낮없이 부지런히 노력하여 육경(六經)과 온갖 사서(史書)를 탐구하지 않음이 없고 문장과 아름다운 글귀를 익히지 않음이 없다. 저마다 재주를 품고 기이한 재주를 쌓아 과거 시험장에 나아가 솜씨를 겨루어, 한 번에 뜻을 이루지 못하면 못마땅해하고, 두 번에 뜻을 얻지 못하면 마음이 흐려지고, 세 번에도 뜻을 얻지 못하면 스스로 낙심하여 말하기를,

"공명에는 분수가 있어서 학문으로 이룰 수 있는 것이 아니며, 부귀는 운명에 달려 있으니 역시 학문으로 이룰 수 있는 것이 아니다."

라고 한다. 그동안 배운 것을 버리고 아울러 이전에 쌓아 온 바를 버려서 어떤 이는 중도에 그만두기도 하고 또 어떤 이는 문(門)에 거의 다 이르렀다가 되돌아간다. 아홉 길 높이로 산을 쌓고도 한 삼태기의 힘을 마저 쏟지 않는 것과 같으니, 어찌 게을러서 김을 매지 않는 자들과 같지 않으리오.

학문의 수고로움은 농부들이 봄, 여름, 가을의 세 계절을 고생하는 것에 비할 바가 아니나, 학문을 하여 얻는 공이 어찌 농사를 지어 얻는 이로움 정도뿐이겠는가. 농사를 지어 입과 배를 채우는 것은 그 이로움이 적으나, 학문을 하여 명성을 취하는 것은 그 이로움이 크다. 이로움이 작은 일도 오히려 부지런히 하지 않을 수 없는데, 하물며 **큰 일을 하면서 부지런**지 않을 수 있겠는가. 마음을 수고롭게 하는 군자는 도리어 몸을 수고롭게 하는 소인이 끝까지 노력함을 알지 못한다. 그러므로 이 글을 지어 그들을 깨우치는 바이다.

– 성현, 「타농설」 –

>> **지문의 핵심 내용을 정리해 보세요.**

(가)

화자와 대상의 관계	재물을 탐내며 부도덕을 일삼는 _____의 타락한 행태를 지적하는 사람
상황?	꽁생원은 아비 덕에 돈이 꽤 있었지만 주변에 인색하고 _____의 술수에 빠짐 → _____을 버리고 남의 재물을 탐냄 → 이곳저곳을 떠돌며 부당한 이익을 취하려 하나 봉변을 당함 → 음주와 도박, 사냥에 빠져 가족들을 버리니 주변으로부터 비난을 받음

>> **지문을 세 부분으로 나누고, 핵심 내용을 정리해 보세요.**

(나)

01 _____이 들었음에도 부지런한 농부는 나중을 위해 쉬지 않고 일하며 최선을 다했고, 게으른 농부는 아무 일도 하지 않았음

02 가을걷이할 무렵 부지런한 농부의 밭은 잘 가꾸어졌고, 게으른 농부의 밭은 _____해짐

03 학문에 힘을 쏟아 _____에 나아가는 일에 있어서도 수고로움을 감내하는 부지런한 태도가 중요함

1. (가)와 (나)에 대한 설명으로 가장 적절한 것은?

① (가)는 열거의 방식을, (나)는 대조의 방식을 활용하여 주제를 부각하고 있다.

② (가)는 (나)와 달리, 대구적 표현을 활용하여 인물에 대한 태도의 변화를 드러내고 있다.

③ (나)는 (가)와 달리, 반어적 표현을 활용하여 인물에 대한 기대감을 높이고 있다.

④ (가)와 (나)는 모두, 계절적 배경을 활용하여 향토적 분위기를 조성하고 있다.

⑤ (가)와 (나)는 모두, 해학적 표현을 활용하여 인물 간의 우호적 관계를 드러내고 있다.

2. ㉠~㉤을 이해한 내용으로 적절하지 않은 것은?

① ㉠은 집터나 묏자리를 통해 길운을 바라는 꽁생원이 관심을 보이는 대상이다.

② ㉡은 재물을 모은 꽁생원이 함께 풍요로운 삶을 누리고 싶은 대상이다.

③ ㉢은 재물을 경영하여 부를 증식하려는 꽁생원이 권력가의 권세를 이용하기 위한 방법이다.

④ ㉣은 집이나 땅을 중개하여 이문을 취하려는 꽁생원이 흥정 과정에서 겪은 부정적 반응이다.

⑤ ㉤은 부자의 재산으로 이익을 얻으려는 꽁생원이 부자를 꾀는 수단이다.

3. ⓐ~ⓒ에 대한 이해로 가장 적절한 것은?

① ⓐ는 도박과 음주에 빠져 있고, ⓑ는 파산의 들판에서 술에 취해 잠들어 있다.

② ⓐ는 부모의 혜택을 받지 못하여 팔자를 원망하고, ⓒ는 분수를 알아 자신의 배움에 한계가 있다고 생각한다.

③ ⓐ는 혼인을 중매하는 일에 성공하지 못하여 창피를 당하고, ⓒ는 과거 시험에서 뜻을 이루지 못하여 수치를 당한다.

④ ⓑ는 가뭄에 김을 매지 않아 다른 농부들의 조롱을 받고, ⓒ는 한때의 괴로움을 참지 못하여 공명을 이루지 못한다.

⑤ ⓑ는 김매기를 하여도 작물이 죽을 것이라고 생각하고, ⓒ는 학문에 힘을 쏟아도 부귀를 이루지 못할 수 있다고 생각한다.

4. (나)에 대한 설명으로 적절하지 않은 것은?

① 인물들의 말을 인용하여 특정 상황에 대한 서로 다른 태도를 드러내고 있다.

② 글쓴이의 주장과 그에 대한 반박을 제시하여 화제에 대한 상반된 입장을 나타내고 있다.

③ 물음에 답하는 인물을 통해 글쓴이가 관찰한 상황이 발생하게 된 이유를 제시하고 있다.

④ 다른 사람에게 교훈을 전달하고자 하는 글쓴이의 의도를 드러내며 글을 마무리하고 있다.

⑤ 글쓴이의 경험을 통해 얻은 깨달음을 바탕으로 논의의 대상을 다른 상황으로 확장하고 있다.

5. 〈보기〉를 참고하여 (가), (나)를 감상한 내용으로 적절하지 않은 것은? [3점]

〈보기〉

당면한 현실에 대응하는 양상에 따라 삶에 대한 평가는 달라진다. 요행을 바라면서 책임감 없는 삶을 사는 경우에는 부정적으로, 현실적 한계를 극복하고자 노력하는 삶을 사는 경우에는 긍정적으로 평가된다. (가)에서는 당대 규범에서 벗어나 세속적 욕망을 추구하며 요행을 바라는 태도에 대한 경계가, (나)에서는 운명론적 태도에서 벗어나 삶의 주체로서 문제를 성실하게 해결하는 자세에 대한 권면이 나타나고 있다.

① (가)의 '공것'과 '뜬재물'은 정당한 노력을 기울이지 않고 요행을 바라는 태도를 알 수 있는 소재이군.

② (나)의 '비가 내리지 않'아 '김을 맬 수가 없'는 것을 보니, 농부들이 농경에 부적합한 환경이라는 문제 상황에 당면하게 된 것을 알 수 있군.

③ (가)의 '공납'을 유용하려는 것에서 이익을 위해 규범을 무시하는 태도를, (나)의 '그냥 쉬는 것이 나을 것'에서 불행한 결과를 예단하는 운명론적 태도를 확인할 수 있군.

④ (가)의 '돈천이나 가졌더니', '친구 대접 하였던가'에서 재물을 베푸는 데 인색한 물욕을, (나)의 '풀 뽑기를 쉬지 아니하여'에서 한계 상황을 극복하고자 하는 의지를 확인할 수 있군.

⑤ (가)의 '일가'와 '친구'에게서 소외당한 꽁생원의 말로에서 무책임한 삶에 대한 경계가, (나)의 '큰 일을 하면서 부지런하기를 촉구하는 데에서 게으른 농부에 대한 권면이 나타나는군.

MEMO

[1~6] 다음 글을 읽고 물음에 답하시오.

(가)

흰 벽에는 ──
어련히 해들 적마다 나뭇가지가 그림자 되어 떠오를 뿐이었다.
그러한 정밀*이 천년이나 머물렀다 한다.

단청은 연년(年年)이 빛을 잃어 두리기둥에는 틈이 생기고,
볕과 바람이 쓰라리게 스며들었다. 그러나 험상궂어 가는 것이
서럽지 않았다.

기왓장마다 푸른 이끼가 앉고 세월은 소리없이 쌓였으나 ㉠문은
상기 닫혀진 채 멀리 지나가는 바람 소리에 귀를 기울이는 밤이
있었다.

주춧돌 놓인 자리에 가을풀은 우거졌어도 봄이면 돋아나는 푸른
싹이 살고, 그리고 한 그루 진분홍 꽃이 피는 나무가 자랐다.

유달리도 푸른 높은 하늘을 눈물과 함께 아득히 흘러간 별들이
총총히 돌아오고 사납던 비바람이 걷힌 낡은 처마 끝에 찬란히
빛이 쏟아지는 새벽, 오래 닫혀진 문은 산천을 울리며 열리었다.

── 그립던 깃발이 눈뿌리에 사무치는 푸른 하늘이었다.

– 김종길, 「문」 –

*정밀: 고요하고 편안함.

(나)

이를테면 수양의 늘어진 ㉡가지가 담을 넘을 때
그건 수양 가지만의 일은 아니었을 것이다
얼굴 한번 못 마주친 애먼 뿌리와
잠시 살 붙였다 적막히 손을 터는 꽃과 잎이   [A]
혼연일체 믿어주지 않았다면
가지 혼자서는 한없이 떨기만 했을 것이다

한 닷새 내리고 내리던 고집 센 비가 아니었으면
밤새 정분만 쌓던 도리 없는 폭설이 아니었으면
담을 넘는다는 게
가지에게는 그리 신명 나는 일이 아니었을 것이다   [B]
무엇보다 가지의 마음을 먼뭇 세우고
담 밖을 가둬두는
저 금단의 담이 아니었으면

담의 몸을 가로지르고 담의 정수리를 타 넘어
담을 열 수 있다는 걸
수양의 늘어진 가지는 꿈도 꾸지 못했을 것이다

그러니까 목련 가지라든가 감나무 가지라든가
줄장미 줄기라든가 담쟁이 줄기라든가
가지가 담을 넘을 때 가지에게 담은   [C]
무명에 획을 긋는
도박이자 도반*이었을 것이다

– 정끝별, 「가지가 담을 넘을 때」 –

*도반: 함께 도를 닦는 벗.

(다)

나는 이홍에게 이렇게 말했다.
"ⓐ너는 잊는 것이 병이라고 생각하느냐? 잊는 것은 병이 아
니다. 너는 잊지 않기를 바라느냐? 잊지 않는 것이 병이 아닌
것은 아니다. ⓑ그렇다면 잊지 않는 것이 병이 되고, 잊는 것이
도리어 병이 아니라는 말은 무슨 근거로 할까? 잊어도 좋을
것을 잊지 못하는 데서 연유한다. 잊어도 좋을 것을 잊지 못
하는 사람에게는 잊는 것이 병이라고 치자. 그렇다면 잊어서는
안 되는 것을 잊는 사람에게는 잊는 것이 병이 아니라고 말할
수 있다. ⓒ그 말이 옳을까?
천하의 걱정거리는 어디에서 나오겠느냐? 잊어도 좋을 것
은 잊지 못하고 잊어서는 안 될 것은 잊는 데서 나온다. 눈은
아름다움을 잊지 못하고, 귀는 좋은 소리를 잊지 못하며, 입은
맛난 음식을 잊지 못하고, 사는 곳은 크고 화려한 집을 잊지
못한다. 천한 신분인데도 큰 세력을 얻으려는 생각을 잊지
못하고, 집안이 가난하건만 재물을 잊지 못하며, 고귀한데도
교만한 짓을 잊지 못하고, 부유한데도 인색한 짓을 잊지 못한다.
의롭지 않은 물건을 취하려는 마음을 잊지 못하고, 실상과
어긋난 이름을 얻으려는 마음을 잊지 못한다.
그래서 잊어서는 안 될 것을 잊는 자가 되면, 어버이에게는
효심을 잊어버리고, 임금에게는 충성심을 잊어버리며, 부모
를 잃고서는 슬픔을 잊어버리고, 제사를 지내면서 정성스러운
마음을 잊어버린다. 물건을 주고받을 때 의로움을 잊고, 나아
가고 물러날 때 예의를 잊으며, 낮은 지위에 있으면서 제 분
수를 잊고, 이해의 갈림길에서 지켜야 할 도리를 잊는다.
ⓓ먼 것을 보고 나면 가까운 것을 잊고, 새것을 보고 나면
옛것을 잊는다. 입에서 말이 나올 때 가릴 줄을 잊고, 몸에서

행동이 나올 때 본받을 것을 잊는다. 내적인 것을 잊기 때문에 외적인 것을 잊을 수 없게 되고, 외적인 것을 잊을 수 없기 때문에 내적인 것을 더더욱 잊는다.

ⓔ그렇기 때문에 하늘이 잊지 못해 벌을 내리기도 하고, 남들이 잊지 못해 질시의 눈길을 보내며, 귀신이 잊지 못해 재앙을 내린다. 그러므로 잊어도 좋을 것이 무엇인지를 알고 잊어서는 안 되는 것이 무엇인지를 아는 사람은 내적인 것과 외적인 것을 서로 바꿀 능력이 있다. 내적인 것과 외적인 것을 서로 바꾸는 사람은, 다른 사람의 잊어도 좋을 것은 잊고 자신의 잊어서는 안 될 것은 잊지 않는다."

– 유한준, 「잊음을 논함」 –

>> 지문의 핵심 내용을 정리해 보세요.

(가)

화자와 대상의 관계	쇠락한 역사의 흔적이 자연과 어우러진 모습과 새로운 역사가 시작되는 상황에 대해 이야기하는 사람
상황?	흰 벽에 _____가 그림자 되어 떠오르는 것을 보며 천년을 머문 정밀을 인식함 → _____과 두리기둥이 낡아가지만 서럽지 않음 → 닫힌 문이 낡아가면서도 지나가는 바람 소리에 귀를 기울임 → _____이 놓인 자리에 봄이면 싹이 돋고 나무가 자라남 → 새벽에 산천을 울리며 문이 열림 → 푸른 하늘에 그립던 _____이 눈뿌리에 사무침

(나)

화자와 대상의 관계	수양 가지가 ____을 넘는 의미를 성찰하는 사람
상황?	수양 가지가 _____, 꽃, 잎의 지지에 힘을 얻어 담을 넘음 → 가지가 비와 _____을 견디어 내고 담을 넘음 → 담은 가지에게 극복해야 할 시련이자 동반자 같은 역할을 함

>> 지문을 **세 부분**으로 나누고, 핵심 내용을 정리해 보세요.

(다)

- **01** '나'가 _____에게 '잊는 것'과 '잊지 않는 것'을 ____이라고 생각하는지에 대해 질문함
- **02** 모든 _____과 근심이 잊어도 좋을 것을 잊지 못하고 잊어서는 안 될 것을 잊는 데서 나온다고 함
- **03** 잊어도 좋을 것과 잊어서는 안 되는 것을 구별하여 _____인 것을 잊고 _____인 것을 잊지 못하는 태도를 경계해야 한다고 함

1. (가)~(다)에 대한 설명으로 가장 적절한 것은?

① (가)는 명시적 청자에게 말을 건네는 방식으로 화자의 감정을 드러낸다.

② (가)는 동일한 색채어를, (나)는 유사한 문장 구조를 반복적으로 제시하며 시상을 전개한다.

③ (가)와 (나)는 모두, 사라져 가는 대상에 대한 화자의 안타까움을 드러낸다.

④ (나)는 사물을 관조함으로써, (다)는 세태를 관망함으로써 주제 의식을 부각한다.

⑤ (가), (나), (다)는 모두, 대상과 소통하며 문제 해결 과정을 연쇄적으로 제시한다.

2. 〈보기〉를 참고하여 (가)를 감상한 내용으로 적절하지 **않은** 것은?

〈보기〉

(가)에서 순환하는 자연이 가진 변화의 힘은 인간 역사의 쇠락과 생성에 관여한다. 인간의 역사는 쇠락의 과정에서도 생성의 기반을 잃지 않고, 자연과 어우러지며 자연의 힘을 탐색하거나 수용한다. 이를 통해 '문'은 새로운 역사를 생성할 가능성을 실현하게 되고, 인간의 역사는 '깃발'로 상징되는 이상을 향해 다시 나아갈 수 있게 된다.

① '흰 벽'에 나뭇가지가 그림자로 나타나는 것은, 천년을 쇠락해 온 인간의 역사가 자연의 힘을 탐색하는 과정에서 자연의 모습에 영향을 미친 결과를 보여 주는군.

② '두리기둥'의 틈에 볕과 바람이 쓰라리게 스며드는 것을 서럽지 않다고 한 것은, 쇠락해 가는 인간의 역사가 자연이 가진 변화의 힘을 수용함을 드러내는군.

③ '기왓장마다' 이끼와 세월이 덮여 감에도 멀리 있는 바람 소리에 귀를 기울이는 것은, 자연의 영향을 받으면서도 자연이 가진 변화의 힘에서 생성의 가능성을 찾는 모습이겠군.

④ '주춧돌 놓인 자리'에 봄이면 푸른 싹이 돋고 나무가 자라는 것은, 생성의 기반을 잃지 않은 인간의 역사가 자연과 어우러져 생성의 힘을 수용하는 모습이겠군.

⑤ '닫혀진 문이 별들이 돌아오고 낡은 처마 끝에 빛이 쏟아지는 새벽에 열리는 것은, 순환하는 자연 속에서 인간의 역사를 다시 생성할 가능성이 나타남을 보여 주는군.

3. (나)에 대한 이해로 가장 적절한 것은?

① [A]에서는 '얼굴 한번 못 마주친' 상황과 '손을 터는' 행위가 '한없이' 떠는 가지의 마음으로 인한 것임을 드러낸다.

② [B]에서는 '고집 센'과 '도리 없는'을 통해 가지가 '꿈도 꾸지 못'하게 만든 두 대상의 성격을 부각한다.

③ [B]에서는 '가지의 마음을 머뭇 세우'는 대상을 '신명 나는 일'에 연결하여 '정수리를 타 넘'는 행위의 의미를 드러낸다.

④ [A]에서 '가지만의'와 '혼자서는'에 나타난 가지의 상황은, [B]에서 '담 밖'을 가두어 [C]에서 '획'을 긋는 가지의 모습으로 이어진다.

⑤ [A]에서 '않았다면'과 [B]에서 '아니었으면'이 강조하는 대상들의 의미는, [C]에서 '목련'과 '감나무' 사이의 관계에서도 나타난다.

4. ⓐ~ⓔ에 대한 설명으로 적절하지 <u>않은</u> 것은?

① ⓐ: 잊는 것에 대한 '나'의 생각을 전개하기 위한 물음이다.

② ⓑ: 잊음에 대한 '나'의 생각이 어디에서 비롯된 것인지에 대한 답을 제시하기 위해 던지는 물음이다.

③ ⓒ: 잊음에 대해 '나'가 제시한 가정적 상황이 틀리지 않았음을 강조하기 위한 물음이다.

④ ⓓ: 잊지 못하는 것과 잊어버리는 것의 관계를 대비적 표현을 통해 제시하며 잊음에 대한 '나'의 생각을 드러내는 진술이다.

⑤ ⓔ: 잊음의 대상을 제대로 구분하지 못할 때 일어날 수 있는 일을 열거하여 잊음에 대한 '나'의 생각이 옳음을 강조하는 진술이다.

5. ㉠과 ㉡에 대한 이해로 가장 적절한 것은?

① ㉠은 주변 대상의 도움을 받으며 미래로 나아가고, ㉡은 주변 대상에게 도움을 주며 미래를 대비한다.

② ㉠은 자신의 자리를 지켜 내는, ㉡은 자신의 영역을 확장하는 모습을 보인다.

③ ㉠은 주변과 단절된 상황을 극복하려 하고, ㉡은 외부의 간섭을 최소화하려 한다.

④ ㉠과 ㉡은 외면의 변화를 통해 내면의 불안을 감추려 한다.

⑤ ㉠과 ㉡은 과거의 행위에 대해 반성하는 모습을 보인다.

6. 〈보기〉를 참고하여 (나), (다)를 감상한 내용으로 적절하지 <u>않은</u> 것은? [3점]

〈보기〉

(나)와 (다)에는 주체가 대상을 바라보고 사유하여 얻은 인식이 드러난다. 이는 대상에서 발견한 새로운 의미를 보여 주는 방식이나, 대상의 속성에 주목하여 얻은 깨달음을 제시하는 방식으로 나타난다.

① (나)는 '수양'을 부분으로 나눠 살피고 부분들의 관계가 '혼연일체'라는 것을 발견해 수양이 하나의 통합된 대상이라는 인식을 드러내는군.

② (다)는 '잊어도 좋을 것'과 '잊어서는 안 될 것'에 대해 사유하여 타인과 자신의 관계 속에서 지켜야 할 자세에 대한 깨달음을 드러내는군.

③ (다)는 '내적인 것과 외적인 것을 서로 바꾸는 사람'의 특성에 주목해 잊음의 본질에 대한 깨달음이 바람직한 삶의 태도를 이끈다는 인식을 드러내는군.

④ (나)는 '담쟁이 줄기'의 속성에 주목해 담쟁이가 줄기가 담을 넘을 수 있다는, (다)는 잊어서는 안 될 것을 잊는 데 주목해 '내적인 것'을 잊으면 '외적인 것'에 매몰된다는 인식을 드러내는군.

⑤ (나)는 담의 의미를 사유하여 담이 '도박이자 도반'이라는, (다)는 '예의'나 '분수'를 잊지 않아야 함에 주목해 '잊지 않는 것이 병이 아닌 것은 아니'라는 깨달음을 드러내는군.

MEMO

[1~6] 다음 글을 읽고 물음에 답하시오.

(가)

첩첩산중에도 없는 마을이 여긴 있습니다. 잎 진 사잇길 저
모랫둑, 그 너머 강기슭에서도 보이진 않습니다. 허방다리* 들어
내면 보이는 마을.

갱 속 같은 마을. ㉠꼴깍, 해가, 노루꼬리 해가 지면 집집마다
봉당에 불을 켜지요. 콩깍지, 콩깍지처럼 후미진 외딴집, 외딴
집에도 불빛은 앉아 이슥토록 창문은 모과빛입니다.

기인 밤입니다. 외딴집 노인은 홀로 잠이 깨어 출출한 나머지
무우를 깎기도 하고 고구마를 깎다, 문득 바람도 없는데 시나
브로 풀려 풀려 내리는 짚단, 짚오라기의 설레임을 듣습니다.
귀를 모으고 듣지요. ㉡후루룩 후루룩 처마 깃에 나래 묻는 이름
모를 새, 새들의 온기를 생각합니다. 숨을 죽이고 생각하지요.

참 오래오래, 노인의 자리맡에 발은기침 소리도 없을 양이면
벽 속에서 겨울 귀뚜라미는 울지요. 떼를 지어 웁니다. 벽이 무너
지라고 웁니다.

어느덧 밖에는 눈발이라도 치는지, 펄펄 함박눈이라도 흩날리
는지, 창호지 문살에 돋는 월훈(月暈).

– 박용래, 「월훈」 –

*허방다리: 짐승 따위를 잡기 위해 풀 등을 덮어 위장한 구덩이.

(나)

내 어린 날!
아슬한 하늘에 뜬 연같이
바람에 깜박이는 연실같이
내 어린 날! 아슴풀하다*

하늘은 파랗고 끝없고
편편한 연실은 조매롭고*
오! 흰 연 그새에 높이
㉢아실아실* 떠 놀다 내 어린 날!

바람 일어 끊어지던 날
엄마 아빠 부르고 울다
㉣희끗희끗한 실낱이 서러워
아침저녁 나무 밑에 울다

오! 내 어린 날 하얀 옷 입고
외로이 자랐다 하얀 넋 담고

㉤조마조마 길가에 붉은 발자욱
자욱마다 눈물이 고이었었다

– 김영랑, 「연 1」 –

*아슴풀하다: '아슴푸레하다'의 방언.
*조마롭고: '조마롭다'의 방언. 보기에 마음이 초조하고 불안하다.
*아실아실: '아슬아슬'의 방언.

(다)

ⓐ신위가 **자기 집** 이름을 '문의당'이라 하고 ⓑ나에게 편지를
보내 말했다.

"내 천성이 물을 좋아하는데, 도성 안이라 **볼만한 샘이나 못이**
없어 비록 **물을 보는 법**을 알고 있어도 **써 볼 데가 없는** 것이
늘 아쉬웠습니다. 그런데 **천하의 지도를 보고** 깨우친 점이 있었
습니다.

넘실거리는 큰 바다 사이로 아홉 개 대륙, 일만 개 나라가
퍼져 있는데 큰 나라는 범선이 늘어선 듯하고, 작은 나라는
갈매기와 해오라기가 출몰하는 듯했습니다. 천하만국에 두루
살고 있는 사람들은 모두 물 가운데 있는 존재일 뿐입니다.
이것이 제 집의 이름을 '문의(文漪)*'라고 한 까닭입니다. 그대는
저를 위해 이 집의 기문을 지어 주시기 바랍니다."
나는 편지를 보고 웃으며 말했다.

"세상에는 본래 그 실물은 없으면서도 이름을 차지하는 경우가
있으니, 지금 그대가 집에 이름을 붙인 것이 바로 그 실물이
없는 것이라고 할 수 있겠소. 비록 그러하나 그대도 이에 대해
할 말이 있을 것이오. 지금 **바다의 섬 가운데 집을 짓고 사는**
사람이 있다면, 사람들은 반드시 **물에 산다**고 하지 산에 산다고
하지 않겠지요. 섬사람 중에는 담장을 두르고, 집을 짓고, 문을
닫고 **들어앉아 사는 사람**도 있게 마련이니, 그가 날마다 파도와
깊은 물을 가까이 접하지는 않는다고 하여, 물에 사는 게 아니
라고 한다면 옳지 않겠지요. 이와 같은 이치를 **사람들**이 모두
그렇다고 인정하는데, 어찌 유독 그대의 말에만 의심을 품겠소?

대지는 하나의 섬이고, 세상 사람들은 섬사람이라오. 비록
배를 집으로 삼아 물 위를 떠다니면서 날마다 **물과 더불어** 살아
가는 사람이라 하더라도, 그 형편상 눈을 한곳에 두고 꼼짝하지
않을 수는 없을 것이고, 잠시 **눈길을 돌려**서 잠깐 동안이나마
물이 있다는 것을 생각하지 못할 때가 반드시 있을 것이오.
이때에는 겨우 반걸음을 움직인 것이나 천 리를 간 것이나 매
한가지라 할 것이오."

– 서영보, 「문의당기」 –

*문의: 물결무늬.

>> 지문의 핵심 내용을 정리해 보세요.

(가)

화자와 대상의 관계	적막한 산골 마을 외딴집에서 외롭게 지내는 _____을 관찰하는 사람
상황?	깊은 산중에 외딴 _____이 있음 → 이곳의 집들은 해가 지면 봉당에 불을 켬 → 노인이 잠을 이루지 못하고 작은 소리에 귀를 기울임 → 노인이 잠든 후 벽 속에서 겨울 _____가 욺 → 창호지 문살에 달무리가 비침

(나)

화자와 대상의 관계	하늘에 뜬 ____과 연실을 바라보며 _____ 시절을 회상하는 '나'
상황?	하늘에 뜬 연을 보고 어린 시절을 떠올림 → 연을 날리다 연실이 끊어져 _____를 부르며 울었던 과거를 회상함 → 외롭던 어린 시절을 회상하며 슬퍼함

>> 지문을 세 부분으로 나누고, 핵심 내용을 정리해 보세요.

(다)

- **01** 신위가 자신의 집의 이름을 '_____'라고 지은 까닭을 밝히며, '나'에게 이 집의 _____을 지어 달라고 부탁함
- **02** '나'는 _____들이 날마다 물을 가까이 접하지 않더라도 물에 산다는 것은 분명하다고 함
- **03** 세상 사람들은 모두 섬사람이며, 날마다 ____과 더불어 살아가는 사람이라 하더라도 물이 있다는 것을 생각하지 못할 때가 있음

1. (가)~(다)의 공통점으로 가장 적절한 것은?

① 설의적 표현을 사용하여 인물의 정서를 강조하고 있다.

② 묘사의 방식을 활용하여 대상의 특징을 구체화하고 있다.

③ 말을 건네는 방식을 사용하여 주제 의식을 심화하고 있다.

④ 과거의 장면을 회상하여 현재 상황에 대한 원인을 포착하고 있다.

⑤ 가상의 상황을 설정하여 현실에 대한 긍정적 인식을 이끌어 내고 있다.

2. 〈보기〉를 참고하여 (가)를 감상한 내용으로 적절하지 않은 것은?

〈보기〉

(가)는 적막한 산골 마을을 배경으로 그곳에 사는 한 노인의 모습을 관찰하여 들려주는 시이다. 향토적인 정경 속에서 낯설게 느껴지는 일상에 감각적으로 집중하는 노인을 통해 점점 사라져 가는 것들에 대한 관심을 드러내고, 노인의 삶이 마주한 깊은 정적 속 울음소리를 통해 인간의 쓸쓸함을 고조하고 있다. 이러한 노인의 모습은 외딴집 창호지 문살에 비친 달무리의 이미지로 형상화되고 있다.

① '첩첩산중에도 없는 마을'을 '여긴 있'다고 한 데서, 노인이 살아가는 곳은 쉽게 보기 어려울 것 같은 장소임을 짐작할 수 있겠군.

② '강기슭에서도 보이진 않는 '후미진 외딴집'이라는 배경 설정에서, 적막한 공간의 분위기를 추측할 수 있겠군.

③ '봉당에 불을 켜'는 분위기와 '콩깍지'의 이미지로 나타낸 향토적 정경에서, 사라져 가는 것들에 대한 관심을 유추할 수 있겠군.

④ '짚오라기의 설레임'을 '귀를 모으고 듣'고 '새들의 온기'를 '숨을 죽이고 생각하'는 것은, 일상을 자연스럽게 받아들이는 노인의 감각을 부각한 것으로 볼 수 있겠군.

⑤ '밭은기침 소리도 없'는데 '겨울 귀뚜라미'가 우는 상황과 눈발이 치는 듯한 '밖'의 달무리 이미지가 어우러져, 노인의 고독을 형상화한 것으로 이해할 수 있겠군.

3. (나)에 대한 설명으로 적절하지 않은 것은?

① 1연에서 '연'과 '연실'의 모습에 빗대어 '내 어린 날'의 기억을 '아슴풀하다'라고 표현하고 있다.

② 2연에서 '조매롭고'로 표현된 '연실'의 긴장은 3연에서 연실이 '바람 일어 끊어지던 날'의 정서를 고조하고 있다.

③ 3연에서 '울다'의 반복과 4연에서 '눈물이 고이었었다'를 통해 '내 어린 날'의 상황을 짐작할 수 있게 하고 있다.

④ 4연에서 '외로이 자랐다'와 이어진 '하얀 넋'은 '붉은 발자욱'에 함축된 정서와 상반되는 의미를 이끌어 내고 있다.

⑤ 1연과 4연의 '내 어린 날'은 2연의 '내 어린 날'의 기억을 통해 떠올린 유년 시절을 표상하는 의미를 지니고 있다.

4. ㉠~㉢에 대한 설명으로 적절하지 않은 것은?

① ㉠: 아주 짧은 순간에 해가 지는 모습을 나타낸 말로, 시간의 변화를 함축하고 있다.

② ㉡: 소리를 통해 연상되는 새의 모습을 감각적으로 형상화하고 있다.

③ ㉢: 높이 날아오른 연을 동경하는 심리를 드러내고 있다.

④ ㉣: 서러움을 느끼게 하는 대상인 실낱의 모습을 표현하고 있다.

⑤ ㉤: 외롭고 슬픈 어린 시절의 정서를 함께 담아내고 있다.

5. ⓐ, ⓑ에 대한 이해로 적절하지 않은 것은?

① ⓐ는 '볼만한 샘이나 못'이 없는 곳에 산다고 생각하다가, '천하의 지도를 보고' 깨달은 바에 따라 자신이 물 가운데 살고 있는 것이나 다름없다는 발상으로 사고를 전환한다.

② ⓐ가 '자기 집'을 '문의'라고 한 것에 ⓑ가 동의한 이유는 ⓐ의 상황이 '배를 집으로 삼아' 사는 사람의 상황보다 집에 '들어앉아 사는 사람'의 상황에 가깝다고 생각했기 때문이다.

③ ⓑ는 '바다의 섬'에 '집을 짓고 사는 사람'의 삶에 주목하여, 바라보는 관점을 달리하면 세상 모든 사람들이 섬에 살고 있다는 논리가 성립한다고 생각한다.

④ ⓑ가 ⓐ의 발상이 타당하다고 하는 이유는, '바다의 섬 가운데' 살더라도 그것을 가리켜 '물에 산다고' 보는 것이 ⓑ의 생각만이 아니라 '사람들'의 판단과도 일치하기 때문이다.

⑤ ⓑ는 '물과 더불어' 사는 사람도 '눈길을 돌리는 순간'이 있는 것과 ⓐ가 '물을 보는 법'을 '써 볼 데가 없'다 하는 것은 물을 보지 못할 때가 있다는 점에서 유사하다고 생각한다.

6. 〈보기〉를 바탕으로 (가), (다)를 이해한 내용으로 가장 적절한 것은? [3점]

---〈보기〉---

문학 작품 속의 소재들은 연관성 속에서 서로 유사 혹은 대립의 관계를 이룸으로써 의미를 생성하거나 그 특징을 부각하는 효과를 드러낸다.

---

① (가)의 '허방다리 들어내면 보이는 마을', '갱 속 같은 마을'은 얕음과 깊음의 대비를 이루어 숨어 있는 두 공간의 차이를 부각하고 있군.

② (가)의 '무우'와 '고구마'는 차가움과 따뜻함의 대비를 이루어 밤에 출출함을 달래기 위해 먹는 다양한 음식의 속성을 부각하고 있군.

③ (다)의 '아홉 개 대륙'과 '일만 개 나라'는 바다 안의 육지라는 유사성으로 관계를 맺으며 '천하의 지도'라는 새로운 의미를 생성하고 있군.

④ (다)의 '파도'와 '깊은 물'은 바다의 형상이라는 유사성으로 관계를 맺으며 물에 사는 사람이 살면서 만나게 되는 환경이라는 의미를 생성하고 있군.

⑤ (가)의 '창문은 모과빛'과 '기인 밤'은 밝음과 어둠의 대비를, (다)의 '갈매기'와 '해오라기'는 크고 작음의 대비를 이루어 각 소재가 가진 특징을 부각하고 있군.

MEMO

[1~5] 다음 글을 읽고 물음에 답하시오.

(가)

⊙평생에 원하느니 다만 충효뿐이로다
이 두 일 말면 금수(禽獸)나 다르리야
마음에 하고자 하여 ⓒ십재 황황(十載遑遑)*하노라
〈제1수〉

비록 못 이뤄도 임천(林泉)이 좋으니라 ⎤
무심 어조(魚鳥)는 절로 한가하였나니   [A]
조만간 세상일 잊고 너를 좇으려 하노라 ⎦
〈제3수〉

출(出)하면 치군택민* 처(處)하면 조월경운*
명철 군자는 이것을 즐기나니
하물며 부귀 위기라 가난하게 살리로다
〈제8수〉

날이 저물거늘 도무지 할 일 없어 ⎤
소나무 문을 닫고 달 아래 누웠으니   [B]
세상에 티끌 마음이 일호말(一毫末)도 없다 ⎦
〈제13수〉

성현의 가신 길이 ⓒ만고(萬古)에 한가지라 ⎤
은(隱)커나 현(見)커나 도(道)가 어찌 다르리   [C]
한가지 길이오 다르지 않으니 아무 덴들 어떠리 ⎦
〈제17수〉

강가에 누워서 강물 보는 뜻은
세월이 빠르니 ⓔ백세(百歲)인들 길겠느뇨
ⓕ십 년 전 진세(塵世) 일념이 얼음 녹듯 한다
〈제19수〉
– 권호문, 「한거십팔곡」 –

*십재 황황: 십 년을 허둥지둥함.
*치군택민: 임금에게 충성하고 백성에게 혜택을 베풂.
*조월경운: 달 아래 고기 낚고 구름 속에서 밭을 갊.

(나)

⎡ 몇 칸의 집을 수선하려 함에, 아내가 취서사로 들어가
│ 겨릅*을 구해 오길 권하였다. 유택은 안 된다고 하고, 유평은
[D] 해 보자고 하는데, 나도 스스로 생각해 보니, 절은 기와를
⎣

쓰기에 겨릅은 그다지 아끼는 것이 아니고, 다만 민간의 요구와 요청에 응하는 것이기에, 이를 요구하더라도 의리를 심히 해치지 않을 듯하였다. 그래서 다시 의견을 널리 구해 보지 않았다.

마침 처숙부 상사공이 약을 지으려고 취서사로 가게 되었는데, 내가 가고자 함을 알고 따르게 하였다. 대개 공 또한 안 된다고 생각하지는 않았기 때문이다.

이윽고 취서사에 도착하니 근방 마을에서 모여든 자가 거의 승려들 수와 맞먹었는데, 모두 겨릅 때문에 온 자들이었다. 좌우에서 낚아채 가며 많이 가지려 다투고, **시끌벅적하게 뒤섞여 밟아 대어** 곧 시장판을 만들었으며, 가져감이 많고 적음은 그 힘의 강약에 따랐으나 승려들은 참견하는 바가 없었다. 그런데 늦게 도착하여 종도 없는 자는 승려들을 나무라며, 심지어 가혹한 일을 하기까지 했지만 또한 얻을 수 없었다.

(중략)

나는 마음속으로 민망히 생각하였지만, 이미 그 속에 가 있었기에 의리를 이욕에 빼앗겨서 초연히 버리고 돌아오지 못하였다. 상사공의 힘으로 수십 묶음을 얻어 햇빛에 말려 보관할 수 있었으니, 다 상사공의 도움 덕분이었다.

⎡ 스스로 헛걸음하지 않은 것을 매우 다행스럽게 여겼는데,
[E] 집으로 돌아오자 멍하기가 마치 술에서 막 깨어난 사람이
⎣ 잔뜩 취했을 때를 되짚어 생각하는 듯하였다.

내 아내는 비록 원대한 식견이 있는 사람은 아니지만, 내가 항상 곤궁함 때문에 치욕을 입을까 걱정하였으니, 가령 이와 같을 줄 알았다면 반드시 나의 행차를 권하지 않았을 것이고, 유평도 또한 마땅히 찬동하지 않았을 것이다.

상사공은 청렴하고 정직하여 주고받음이 구차하지 않다. 거처하는 집 아래채가 세 칸의 초가집이니, 마땅히 겨릅이 필요하였을 것이다. 그리고 막 삼계 서원 원장이 되었는데, 취서사가 바로 삼계 서원에 귀속된 절이었다. 그때 서원의 노비가 개인적으로 취서사에 가서 머물고 있는 자가 서너 명 있었으니, 진실로 가려고 하면 힘이 없을 걱정이 없었다. 그런데 담담하게 한 마디도 간섭함이 없었으니, 그 마음속으로 반드시 나를 비난하였을 것이다. 그런데도 애써 나를 위하여 저와 같이 마음과 힘을 써 주신 것은 다만 나의 곤궁함을 불쌍히 여겨서일 뿐이리라.

맹자는 "궁해도 의(義)를 잃지 않는다." 하였고, 이극은 "궁할 때에 그 해서는 안 될 일을 살펴본다." 하였다. 나는 궁함 때문에 이미 스스로 의를 잃어서 평소에 하지 않던 행동을 했고, 또 어른에게까지 폐를 끼쳤으니 참으로 부끄러워할 일이다. 이미 뉘우칠

줄 알았으니, **이후에는 마땅히 조심해야겠기에** 이를 갖추어 기록하고, 또 유택이 나를 아껴 약이 되는 유익한 말을 했음을 드러낸다.

– 김낙행, 「기취서행」 –

*겨릅: 껍질을 벗긴 삼대.

>> 지문의 핵심 내용을 정리해 보세요.

(가)

화자와 대상의 관계	속세에서 공명을 이루는 삶과 자연에서 은거하는 삶에 대해 생각하는 사람
상황?	_____를 실천하기 위해 십 년을 허둥지둥함 → 공명을 이루지 못하더라도 자연에서 살고자 함 → 자연 속에서 은거하는 삶을 선택함 → 속세에 대한 미련을 버림 → '은'과 '현'의 ___가 다르지 않음을 깨달음 → _____ 일념이 사라짐

>> 지문을 **세 부분**으로 나누고, 핵심 내용을 정리해 보세요.

(나)

01 취서사에 _____을 구하러 갔는데, 근방에서 몰려온 사람들이 겨릅을 더 많이 가져가기 위해 다투고 가혹한 일까지 벌임

02 상사공의 힘을 빌어 겨릅을 얻었으나, 집에 와서는 _____에 어긋나는 행동을 한 것을 반성함

03 글쓴이는 궁함 때문에 ___를 잃은 것을 뉘우치고, _____이 자신을 만류했던 까닭이 글쓴이를 아껴 '의리'를 해치지 않기를 바랐기 때문이라고 봄

---

1. [A]~[E]의 표현상 특징에 대한 설명으로 가장 적절한 것은?

① [A]는 자연물을 대상화하여 그 자연물에 역동성을 부여하고 있다.

② [B]는 근경에서 원경으로 시선을 이동하여 인간과 자연의 차이점을 강조하고 있다.

③ [C]는 성현의 말을 인용함으로써 화자가 지닌 궁금증을 드러내고 있다.

④ [D]는 점층적인 표현으로 앞으로 해야 할 일의 중요성을 환기하고 있다.

⑤ [E]는 비유적 표현을 통해 자신의 행동을 돌아보는 글쓴이의 상태를 부각하고 있다.

---

2. ㉠~㉤을 이해한 내용으로 적절하지 <u>않은</u> 것은?

① ㉠은 화자의 인생을 포괄한다는 점에서 충효를 중요하게 여겨 온 화자의 생각을 강조한다.

② ㉡은 화자가 돌이켜 보는 삶의 기간을 가리킨다는 점에서 충효를 실현하려고 애쓴 세월을 나타낸다.

③ ㉢은 유구한 세월이라는 의미를 드러낸다는 점에서 성현의 도는 예나 지금이나 변함없음을 강조한다.

④ ㉣은 흘러간 시간이 길다는 의미를 드러낸다는 점에서 세월이 빨리 지나가는 것에 대한 화자의 안타까움을 강조한다.

⑤ ㉤은 과거의 한때를 가리킨다는 점에서 현재 자연에서 여유를 느끼는 상황과 대비되는 시절을 나타낸다.

---

3. 〈보기〉를 참고하여 (가)를 이해한 내용으로 가장 적절한 것은?

〈보기〉

　권호문의 「한거십팔곡」은 지향하는 삶을 실천하는 태도의 변화 과정을 형상화한 연시조로, 〈제1수〉부터 〈제19수〉까지의 내용이 긴밀히 연결되어 있다.

① 〈제3수〉의 '임천이 좋으니라'에는 〈제1수〉의 '마음에 하고자 하여'에 담긴 태도와는 다른 태도가 나타난다.

② 〈제3수〉의 '너를 좇으려' 했던 태도는 〈제8수〉에서 '출'하는 모습으로 실현되어 나타난다.

③ 〈제8수〉의 '이것을 즐기나니'에는 〈제1수〉의 '이 두 일'을 더 이상 추구하지 않겠다는 의도가 드러난다.

④ 〈제13수〉의 '달 아래 누운 모습에는 〈제3수〉에서 '절로 한가하였'던 삶으로 되돌아가고 싶어 하는 태도가 나타난다.

⑤ 〈제17수〉에서 '아무 덴들' 상관없다고 하는 화자의 생각은 〈제19수〉에서 '일념'으로 바뀌어 나타난다.

---

4. 의리 와 이욕 을 중심으로 (나)를 이해한 내용으로 적절하지 <u>않은</u> 것은?

① 글쓴이는 겨릅을 얻은 것을 다행스럽게 여겼던 것은 자신이 '이욕'에 빠졌기 때문이라고 본다.

② 글쓴이는 아내가 자신에게 취서사에 가길 권한 것은 글쓴이가 '이욕'에 빠지게 될 줄 몰랐기 때문이라고 본다.

③ 글쓴이는 겨릅을 얻도록 상사공이 자신을 도와준 것은 글쓴이가 '의리'를 해칠 것을 걱정했기 때문이라고 본다.

④ 글쓴이는 취서사에 가는 것을 유택이 반대한 것은 글쓴이를 아껴 '의리'를 해치지 않기를 바랐기 때문이라고 본다.

⑤ 글쓴이는 겨릅을 구하러 가는 것에 유평이 동의한 것은 그 일이 '이욕'에 빠지는 것은 아니라고 생각했기 때문이라고 본다.

5. 〈보기〉를 참고하여 (가), (나)를 감상한 내용으로 적절하지 **않은** 것은? [3점]

MEMO

〈보기〉

　(가)와 (나)에는 작가가 유학자로서의 신념을 바탕으로 자신이 선택한 가치를 추구하는 삶이 나타난다. (가)에는 출사와 은거 사이에서의 고민과 그 해소 과정이, (나)에는 경제적 문제로 인해 곤란을 겪은 상황에 대한 성찰이 나타난다. 한편 (나)는 세속적 가치를 떨치지 못해 과오를 저질렀던 상황이 나타난다는 점에서 (가)와 차이를 보인다.

① (가)의 '부귀 위기라 가난하게 살리로다'에서 자신이 선택한 가치를 추구하려는 작가의 태도를 엿볼 수 있군.

② (나)의 '궁해도 의를 잃지 않는다.'에서 작가가 추구하는 유학자로서의 신념을 엿볼 수 있군.

③ (가)의 '세상에 티끌 마음이 일호말도 없다'에서 세속적 가치에 구애되지 않은 모습을, (나)의 '버리고 돌아오지 못하였다'에서 세속적 가치를 떨치지 못한 모습을 엿볼 수 있군.

④ (가)의 '도무지 할 일 없어'에서 출사하지 못한 것에 대해 고민하는 모습을, (나)의 '시끌벅적하게 뒤섞여 밟아 대'는 모습에서 경제적 문제로 곤란을 겪는 상황을 확인할 수 있군.

⑤ (가)의 '도가 어찌 다르리'에서 출사와 은거 사이에서의 고민이 해소되었음을, (나)의 '의를 잃'은 것에 대해 '이후에는 마땅히 조심'하겠다는 다짐에서 성찰적 태도를 확인할 수 있군.

MEMO

[1~5] 다음 글을 읽고 물음에 답하시오.

(가)

이런들 어떠하며 저런들 어떠하료
초야우생(草野愚生)이 이렇다 어떠하료
하물며 **천석고황(泉石膏肓)**을 고쳐 므슴하료   〈제1수〉

[A]

연하(烟霞)로 **집을 삼고** 풍월(風月)로 **벗을 삼아**
태평성대에 병으로 늙어 가네
이 중에 바라는 일은 **허물이나 없고자**   〈제2수〉

춘풍(春風)에 화만산(花滿山)하고 추야(秋夜)에 월만대(月滿臺)라
사시 가흥(佳興)이 **사람과 한가지라**
하물며 어약연비(魚躍鳶飛) 운영천광(雲影天光)이야 어느 끝이
있으리   〈제6수〉

– 이황, 「도산십이곡」 –

(나)

산가(山家) 풍수설에 동구 못이 좋다 할새
십 년을 경영하여 한 땅을 얻으니
형세는 좁고 굵은 암석은 많고 많다
옛 길을 새로 내고 **작은 연못** 파서
활수*를 **끌어 들여** 가는 것을 머물게 하니   [B]
맑은 거울 **티 없어 산 그림자** 잠겨 있다
천고(千古)에 황무지를 아무도 모르더니
일조(一朝)에 진면목을 **내 혼자 알았노라**
처음의 이 내 뜻은 물 머물게 할 뿐이더니
이제는 돌아보니 **가지가지 다 좋구나**
백석은 치치(齒齒)하여 은도로 새겨 있고
벽류는 콸콸 흘러 옥 술잔을 때리는 듯
첩첩한 산들은 좌우의 병풍이요
빽빽한 소나무는 전후의 울타리로다
구곡 상하대는 층층이 둘러 있고
삼경(三逕) 송국죽(松菊竹)은 줄지어 벌여 있다
하물며 바위 벼랑 높은 위에 노송이 용이 되어 구부려 누웠거늘
운근(雲根)을 베어 내고 ㉠**작은 정자** 붙여 세워
띠 풀로 지붕 이고 자르지 않으니 이것이 어떤 집인가
남양의 제갈려인가 무이의 와룡암인가*
다시금 살펴보니 필굉 위언의 그림의 것이로다
무릉도원을 예 듣고 못 봤더니
이제야 알겠구나 이 진짜 거기로다

– 김득연, 「지수정가」 –

*활수: 흐르는 물.
*남양의 제갈려, 무이의 와룡암: 옛 현인이 은거한 거처.

(다)

내 초로의 어느 가을날, 나는 겸재가 동해안을 따라 내려가면서 동해 승경을 화폭에 옮겼던 월송정, 망양정, 청간정, 성류굴을 일삼아 떠돌아다녔다. 망양정은 옛 기성면의 바닷가에서 지금의 근남면 산포리로 옮겨 세운 지가 140여 년이 넘어, 기성면의 ㉡**옛 망양정 자리**는 도로 공사로 단애의 허리가 잘리워 나가, 바닷물은 단애 끝으로부터 멀찌감치 쫓겨났고 그 사이는 시멘트 칠갑이 되어 있었다. 정자 터는 사방이 깎여져 나갔고 화폭 속의 소나무 숲도 베어져 버린 채, 그 언덕은 그저 무의미한 흙더미로 변해 있었다. 마을의 고로(古老)들도 그곳에 들어서 있던 정자를 본 일은 없었고, 다만 그들의 증조나 고조로부터 전해 오는 구전에 의해 그 흙더미가 망양정 옛터였음을 옮길 뿐이었다.

겸재의 화폭을 마음속에 앞세우고 겸재 실경산수(實景山水)의 자리를 찾을 적에 그곳에 옛 정자가 이미 오래전에 없어져 버린 그 허전한 사태는 그다지 허전하지 않았다. 왜 그런가. 현실 속의 정자에 오르면 화폭 속의 정자는 보이지 않는다. 육신의 눈을 앞세워 정자를 찾아오는 자에게는 풍경 전체 속에서 인간세의 위치와 규모를 대표하는 상징으로서의 정자는 보이지 않는다.

(중략)

먼 산을 그릴 때 그는 그 산과 인간 사이의 거리를 그리는 것이 아니라, **그 거리를 들여다보는 시선의 깊이를 그린다.** 먼 것들은 원근상의 거리에 의해 격리되는 것이 아니라, 깊이에 의해 자리 잡는다. 겸재의 화폭 속에서 풍경은 **가깝다는 이유만으로 사실성을 부여받지 않고** 또 멀다는 이유만으로 사실성을 박탈당하지 않는다. 대체로 그의 그림 속에서는 **인간과 인간에 직접 관련된 것들**—정자, 집, 배, 나귀, 가마, 화분, 성곽 같은 것들이 **비교적 명료한 사실성을 띠고** 있지만, 그 사실성은 원근에 의해 정립되는 사실성이 아니라, **세계를 관찰하는 인간과의 관계 속에서 정립되는 사실성**이다.   [C]

– 김훈, 「겸재의 빛」 –

>> 지문의 핵심 내용을 정리해 보세요.

(가)

화자와 대상의 관계	자연 속에 묻혀 살며 끝없는 자연의 아름다움을 보는 사람(초야우생)
상황?	자연에서 살고 싶은 마음이 깊음 → 자연에서 _____ 없는 삶을 추구함 → 사계절의 흥취를 즐기며 자연의 아름다움을 생각함

(나)

화자와 대상의 관계	산에 작은 연못과 _____를 만든 뒤, 자연을 즐기며 만족감을 느끼는 '나'
상황?	산에 작은 연못을 파고 연못에 비치는 _____를 봄 → 연못 주변의 자연 풍경을 즐김 → 작은 정자를 세운 뒤, 이를 _____처럼 느낌

>> 지문을 **세 부분**으로 나누고, 핵심 내용을 정리해 보세요.

(다)

01 노년에 접어든 가을, 글쓴이는 _____가 화폭에 담은 동해 승경을 떠돌아다니며 망양정의 옛터를 봄

02 겸재의 화폭 속에 있던 _____가 없어져 버렸으나 허전하지 않음

03 겸재의 화폭 속 풍경이 지닌 _____은 세계를 관찰하는 _____과의 관계 속에서 정립되는 것이라고 생각함

1. (가)~(다)의 공통점으로 가장 적절한 것은?

① 대상에 주목하여 대상과 관련된 가치를 추구하는 자세를 나타내고 있다.

② 부정적인 현실을 비판하며 좌절을 극복하려는 의지를 부각하고 있다.

③ 현실을 통찰하며 관용적 삶에 대한 지향을 보여 주고 있다.

④ 계절감을 활용하여 환경의 다양한 변화를 표현하고 있다.

⑤ 가상의 상황을 제시하여 환상적 분위기를 강화하고 있다.

2. [A], [B]에 대한 설명으로 적절하지 않은 것은?

① [A]의 〈제1수〉 초장은 유사한 어휘의 반복을 통해 리듬감을 형성하고 있다.

② [A]의 〈제2수〉 초장은 〈제1수〉 종장의 시상을 이어받아 자연 친화적인 모습을 드러내고 있다.

③ [B]에서는 '산 그림자'가 담긴 '작은 연못'의 경관을 묘사하여 깨끗한 자연의 형상을 보여 주고 있다.

④ [A]의 '집을 삼고'와 '벗을 삼아'는 화자와 대상의 가까운 관계를, [B]의 '끌어 들여'와 '머물게 하니'는 화자가 대상을 가까이 하려는 행동을 제시하고 있다.

⑤ [A]의 '허물이나 없고자'는 미래에 대한 화자의 바람을, [B]의 '티 없어'는 대상을 관찰하기 전에 나타난 화자의 심리를 표현하고 있다.

3. 〈보기〉를 바탕으로 (가), (나)를 이해한 내용으로 적절하지 않은 것은? [3점]

〈보기〉

『도산십이곡』에서 강호는 자연의 이치와 인간이 지향하는 이치가 일치된 이상적 공간으로, 『지수정가』에서 강호는 자연에서 생활하면서 자연의 가치를 새롭게 발견할 수 있는 공간으로 나타난다. 『도산십이곡』에서는 조화로운 자연과 합일하는 화자가 등장하며, 『지수정가』에서는 자연의 구체적인 모습을 묘사하며 자연의 가치를 확인한 화자가 등장한다.

① (가)의 '초야우생'은 인간이 지향하는 이치와 자연의 이치가 일치된 공간에 존재하는 화자가 스스로를 이르는 말이겠군.

② (나)의 '내 혼자 알았노라'는 자연에서 생활하면서 자연의 가치를 발견한 화자의 심정을 드러내는 말이겠군.

③ (가)의 '천석고황'은 이상적 공간에 다다르지 못한 것에 대한 화자의 아쉬움이, (나)의 '무릉도원'은 현실적 공간을 이상적 공간으로 바라보는 화자의 인식이 나타난 말이겠군.

④ (가)의 '사람과 한가지라'는 자연의 이치와 인간이 지향하는 이치가 다르지 않음을 확인한 화자의 인식이, (나)의 '가지가지 다 좋구나'는 자연의 가치를 확인한 화자의 심정이 나타난 말이겠군.

⑤ (가)의 '춘풍에 화만산하고 추야에 월만대라'는 계절의 양상을 통해 조화로운 자연을, (나)의 '벽류는 콸콸 흘러 옥 술잔을 때리는 듯'은 화자가 발견한 자연의 아름다운 모습을 드러낸 말이겠군.

4. ㉠과 ㉡을 이해한 내용으로 가장 적절한 것은?

① ㉠은 화자가 노력을 기울여 만든 인공물이고, ㉡은 글쓴이가 의도하지 않게 찾아낸 장소이다.

② ㉠은 현실에서 명예를 실현하려는 의지를, ㉡은 현실에서 편의를 실현한 결과를 보여 준다.

③ ㉠은 화자에게 만족하며 머무르는 삶에 대해, ㉡은 글쓴이에게 허전하지 않은 이유에 대해 생각하게 한다.

④ ㉠은 화자에게 일상적인 유용성을 상실한 공간이고, ㉡은 글쓴이에게 본래적인 유용성을 상실한 공간이다.

⑤ ㉠은 화자에게 자신의 삶을 가다듬는 역할을 수행하고, ㉡은 글쓴이에게 자신의 삶을 비판하는 계기로 작용한다.

5. 〈보기〉를 바탕으로 [C]를 읽은 독자의 반응으로 적절하지 <u>않은</u> 것은?

〈보기〉

겸재는 산을 그리면서도 뺄 건 빼고 과장할 것은 과장하면서 필요한 경우에는 자리를 옮겨 가면서까지 자신이 생각하는 구도로 풍경을 재구성하였다. 한 폭의 그림 속에서 물과 바다, 하늘과 땅, 그리고 정자와 인간을 포함한 모든 대상이 화가의 시선에 의해 재구성되어 회화의 구도상 의미를 지닌 자리에 놓일 때야말로 진정한 그림의 요체가 드러나기 때문에, 겸재의 그림은 실물과 똑같이 그리는 것이 능사가 아니라는 점을 증명하고 있다.

① '먼 산을 그릴 때' 그 거리에 집착하지 않는 까닭은, 실물과 똑같이 그리는 것이 능사가 아니기 때문이겠군.

② '그 거리를 들여다보는 시선의 깊이를 그린다'는 뜻은, 화가가 자신의 시선으로 풍경을 재구성하는 작업이 중요하다는 의미이겠군.

③ '가깝다는 이유만으로 사실성을 부여받지 않'는 까닭은, 대상을 표현할 때 뺄 건 빼고 과장할 것은 과장할 수 있다는 화가의 생각 때문이겠군.

④ '인간과 인간에 직접 관련된 것들'을 '비교적 명료한 사실성을 띠'도록 그린다는 뜻은, 대상을 회화의 구도상 의미를 지닌 자리로 옮겨 풍경의 원근감을 보이는 그대로 실현해야 한다는 의미이겠군.

⑤ '세계를 관찰하는 인간과의 관계 속'에서 사실성이 '정립'되는 까닭은, 화가의 의도에 따라 풍경을 재구성하는 창작 작업을 통해 그림의 요체가 드러나기 때문이겠군.

MEMO

MEMO

[1~6] 다음 글을 읽고 물음에 답하시오.

(가)

아아 아득히 내 첩첩한 산길 왔더니라. **인기척 끊**이고 새도 짐승도 있지 않은 **한낮** 그 **화안한 골 길**을 다만 아득히 나는 머언 생각에 잠기어 왔더니라.

백화(白樺) 앙상한 사이를 바람에 백화같이 불리우며 물소리에 흰 돌 되어 씻기우며 나는 총총히 외롬도 잊고 왔더니라

살다가 오래여 삭은 장목들 흰 팔 벌리고 서 있고 풍설(風雪)에 깎이어 날선 봉우리 홀 홀 홀 창천(蒼天)에 흰 구름 날리며 섰더니라

쏴아 — 한종일내 — 쉬지 않고 부는 물소리 안은 바람소리 …… **구월** 고운 낙엽은 날리어 푸른 담(潭) 위에 호르르르 낙화같이 지더니라.

어젯밤 잠자던 동해안 어촌 그 검푸른 밤하늘에 나는 장엄히 뿌리어진 허다한 **바다의 별들**을 보았느니,

이제 나의 이 **오늘밤** 산장에도 얼어붙는 바람 속 우러르는 나의 **하늘에 별들**은 쓸리며 다시 **꽃과 같이 난만(爛漫)**하여라.

— 박두진, 「별 – 금강산시 3」 —

(나)

사람들은 자기들이 길을 만든 줄 알지만
길은 순순히 **사람들의 뜻**을 좇지는 않는다   [A]
사람을 끌고 가다가 문득
벼랑 앞에 세워 **낭패**시키는가 하면
큰물에 우정 제 허리를 동강 내어   [B]
사람이 부득이 저를 버리게 만들기도 한다
사람들은 이것이 다 사람이 만든 길이
거꾸로 사람들한테 세상 사는   [C]
슬기를 가르치는 거라고 말한다
길이 사람을 밖으로 불러내어
온갖 곳 온갖 사람살이를 구경시키는 것도
세상 사는 이치를 가르치기 위해서라고 말한다
그래서 길의 뜻이 거기 있는 줄로만 알지
길이 사람을 밖에서 안으로 끌고 들어가   [D]
스스로를 깊이 들여다보게 한다는 것은 모른다

길이 밖으로가 아니라 안으로 나 있다는 것을
아는 **사람**에게만 **길**은 고분고분해서   [E]
꽃으로 제 몸을 수놓아 향기를 더하기도 하고
그늘을 드리워 사람들이 땀을 식히게도 한다
그것을 알고 나서야 **사람들**은 비로소
자기들이 길을 만들었다고 말하지 않는다   [F]

— 신경림, 「길」 —

(다)

고요하니 즐거운 이 밤 초롱초롱 맑게 고인 샘물 같은 눈으로 나는 지금 **당신**께서 보내 주신 맑고 고운 수선화 한 폭을 들여다봅니다. 들여다보노라니 그윽한 향기와 새파란 꿈이 안개같이 오르고 또 노란 슬픔이 연기같이 오릅니다. 나는 이제 이 긴긴밤을 당신께 이 **노란 슬픔의 이야기**나 해서 보내도 좋겠습니까.

남쪽 바닷가 어떤 낡은 항구의 처녀 하나를 나는 좋아하였습니다. 머리가 까맣고 눈이 크고 코가 높고 목이 패고 키가 호리낭창하였습니다.

(중략)

어느 해 유월이 저물게 **실비 오는 무더운 밤**에 처음으로 그를 안 나는 여러 아름다운 것에 그를 견주어 보았습니다 — 당신께서 좋아하시는 산새에도 해오라비에도 또 진달래에도 그리고 산호에도……. 그러나 나는 어리석어서 아름다움이 닮은 것을 골라낼 수 없었습니다.

총명한 내 친구 하나가 그를 비겨서 수선이라고 하였습니다. 그제는 나도 기뻐서 그를 비겨 수선이라고 하였습니다. 그러한 나의 수선이 시들어 갑니다. 그는 스물을 넘지 못하고 또 **가슴의 병**을 얻었습니다. 이 이야기는 이만하고 나의 노란 슬픔이 더 떠오르지 않게 나는 당신의 보내 주신 맑고 고운 수선화의 폭을 치워 놓아야 하겠습니다.

밤이 **아직 샐 때가** 멀고 또 복밥을 먹을 때도 아직 되지 않았습니다. 이제 나는 어머니의 바느질 그릇이 있는 데로 가서 무새 형겊이나 얻어다가 알룩달룩한 각시나 만들면서 **이 남은 밤**을 당신께서 좋아하실 내 시골 **육보름*** 밤의 이야기나 해서 보내도 좋겠습니까.

육보름으로 넘어서는 밤은 집집이 안간으로 사랑으로 웃간에도 맞웃간에도 다락방에도 허텅에도 고방에도 부엌에도 대문간에도 외양간에도 모두 째듯하니 불을 켜 놓고 복을 맞이하는 밤입니다. 달 밝은 마을의 행길 어데로는 **복덩이가 돌아다닐 것도**

같은 밤입니다. 닭이 수잠을 자고 개가 밤물을 먹고 도야지 깃을 들썩이는 밤입니다. **새악시 처녀들**은 새 옷을 입고 복물을 긷는다고 벌을 건너기도 하고 고개를 넘기도 하여 부잣집 우물로 가서 반동이에 옹패기에 찰락찰락 물을 길어 오며 별 같은 이야기를 **자깔자깔** 하는 밤입니다. 새악시 처녀들은 또 복을 가져 오노라고 달을 보고 웃어 가며 살쾡이같이 여우같이 **부잣집**으로 가서는 날쌔기도 하게 기왓골의 **기왓장을 벗겨** 오고 부엌의 솥뚜껑을 들어 오고 곱새담의 짚날을 뽑아 오고…… 이렇게 **허물없는 즐거움** 속에 **끼득깨득** 하는 그들은 산에서 내린 무슨 암짐승이 되어 버리는 밤입니다.

– 백석, 「편지」 –

*육보름: 정월 대보름 다음날.

>> 지문의 핵심 내용을 정리해 보세요.

(가)

화자와 대상의 관계	금강산으로 가는 길에서 만난 자연을 바라보는 '나'
상황?	화자는 첩첩한 _____에 와 생각에 잠겨 있음 → 화자가 자연(백화, 장목들, 바람, 별 등)과 정서적으로 교감함

(나)

화자와 대상의 관계	____을 통해 인생에 대해 성찰하는 사람
상황?	사람들은 자신들이 길을 만들었으며 그 길이 사람들에게 _____를 가르친다고 생각함 → 사람들의 생각과 달리 길은 ____으로 나 있고, 이를 깨달은 사람에게만 길은 순응함

>> 지문을 **두 부분**으로 나누고, 핵심 내용을 정리해 보세요.

(다)

01 당신이 보낸 _____ 한 폭을 보며 좋아하던 남쪽 바닷가 낡은 항구의 _____에 관한 슬픈 이야기를 떠올림

02 당신에게 고향의 육보름 ____의 즐거운 이야기를 전함

1. (가)~(다)의 공통점으로 가장 적절한 것은?

① 빗대어 표현하는 방식으로 대상의 속성을 드러내고 있다.
② 과거를 회상하는 방식으로 현재의 의미를 나타내고 있다.
③ 영탄적인 어조로 대상에서 촉발된 인상을 표현하고 있다.
④ 예스러운 종결 표현으로 고풍스러운 느낌을 자아내고 있다.
⑤ 계절감을 드러내는 표현으로 시간의 경과를 보여 주고 있다.

2. 〈보기〉를 참고하여 (가), (나)를 감상한 내용으로 적절하지 <u>않은</u> 것은? [3점]

〈보기〉

(가)에서 화자는 금강산으로 가는 길에서 만난 자연의 모습을 자신의 내면에 투영하여 형상화하고 있다. 자연의 외적 모습을 바라보는 데 그치지 않고 주관적 대상으로 묘사하여, 화자와 자연의 정서적 교감을 드러낸다.
(나)에서 화자는 길에 대한 사람들의 생각이 자신의 관점에만 치우쳐 있어서 내면의 길을 찾지 못하고 있음을 일깨우고 있다. '밖'과 '안'을 대비하여 내적 성찰의 중요성을 이끌어 내는 길의 상징적 의미를 진술함으로써, 길에 대해 사람들이 깨달음을 얻어 가는 과정을 보여 준다.

① (가)는 '화안한 골 길'과 '백화 앙상한 사이'를 통해, 화자가 여정 속에서 만난 자연의 모습을 묘사하고 있군.
② (가)는 '바다의 별들'과 '하늘에 별들'을 통해, 화자의 내면에 투영된 자연에 대한 주관적 인상을 형상화하고 있군.
③ (나)는 '벼랑 앞에서' '낭패'를 겪는 사람들의 상황을 보여 줌으로써, 자신의 관점으로만 길을 이해한 사람들을 일깨우려 하고 있군.
④ (나)는 '세상 사는 이치'에서, 내면의 길을 찾아내어 내적 성찰을 이끌어 낸 사람들의 생각을 담아내고 있군.
⑤ (가)는 '꽃과 같이 난만하여라'에서, (나)는 '꽃으로 제 몸을 수놓아 향기를 더하기도 하고'에서, 대상에 대한 화자의 긍정적인 태도를 엿볼 수 있군.

3. (가), (다)에 대한 이해로 가장 적절한 것은?

① (가)의 '구월'은 화자의 고뇌가 심화되는 시간으로 볼 수 있다.
② (다)의 '고요하니 즐거운 이 밤'은 '당신'과의 재회에 대한 기대감이 고조되는 시간으로 볼 수 있다.
③ (가)의 '어젯밤'은 화자가, (다)의 '복덩이가 돌아다닐 것도 같은 밤'은 글쓴이가 고독감을 느끼는 시간으로 볼 수 있다.
④ (가)의 '오늘밤'은 화자가 고향에 대한 기억을 되살리는, (다)의 '실비 오는 무더운 밤'은 글쓴이가 지난날을 후회하는 계기로 볼 수 있다.
⑤ (가)의 '인기척 끊긴 '한낮'은 화자가 생각에 잠길 만한, (다)의 '아직 샐 때가' 먼 '이 남은 밤'은 글쓴이가 이야기를 계속할 만한 시간으로 볼 수 있다.

4. (가)에 대한 이해로 적절하지 <u>않은</u> 것은?

① 1연에서 '아득히', '왔더니라'를 반복하여, '첩첩한 산길'과 '머언 생각에 잠기'는 화자의 내면을 조응시키고 있다.

② 2연의 '물소리에 흰 돌 되어 씻기우며'에서, 자연과의 관계에서 느끼는 화자의 정서를 드러내고 있다.

③ 3연의 '오래여 삭은 장목들'과 '풍설에 깎이어 날선 봉우리'를 통해, 자연의 유구함에서 풍기는 분위기를 표상하고 있다.

④ 3연의 '훌 훌 훌', 4연의 '쏴아', '호르르르'와 같은 표현으로, 자연의 풍경을 생동감 있게 형상화하고 있다.

⑤ 5연의 '동해안'과 6연의 '산장'이라는 공간의 대조를 통해, 장소의 이동에 따른 화자의 태도 변화를 부각하고 있다.

5. [A]~[F]에 대한 이해로 적절하지 <u>않은</u> 것은?

① [A]에서 '길'이 '사람들의 뜻'을 좇지 않는다는 진술의 구체적인 양상을 [B]에서 확인할 수 있다.

② [B]에서의 경험을 [C]에서 '사람들'이 어떻게 수용하는지를 밝히고 있다.

③ [C]의 '사람들'이 미처 깨닫지 못한 바가 무엇인지를 [D]에서 밝히고 있다.

④ [E]와 같이 제 뜻을 굽혀 '사람'에게 복종하는 '길'의 모습은 [B]와 대비되고 있다.

⑤ [F]에서 깨달음을 얻은 '사람들'의 태도는 [A]의 '사람들'의 태도와 대비되고 있다.

6. 〈보기〉를 참고하여 (다)를 감상한 내용으로 적절하지 <u>않은</u> 것은?

> ───────〈보기〉───────
>
> '당신'에게 쓰는 편지 형식의 이 수필에서 글쓴이는 개인적 경험과 공동체적 경험으로 대비되는 두 가지 이야기를 들려준다. 수선화에서 연상된 이야기가 글쓴이에게 슬픔을 환기하는 기억이라면, 고향의 풍속 이야기는 일탈이 용인되는 유쾌한 축제로 그려진다. 이를 통해 독자는 슬픔과 즐거움이라는 삶의 양면성을 경험하게 된다.

① 글쓴이가 '당신'에게 말하는 형식으로 되어 있어 독자는 자신이 편지의 수신인이 된 것처럼 친근함을 느낄 수 있겠군.

② '노란 슬픔의 이야기'는 '가슴의 병'을 얻은 여인과 관련된 개인적 경험으로 볼 수 있겠군.

③ '육보름'에 대한 '당신'과 글쓴이의 경험을 대비한 것은 삶의 양면성을 보여 주려는 의도로 볼 수 있겠군.

④ '부잣집'의 '기왓장을 벗겨 오는' '새악시 처녀들'의 행동은 축제 같은 분위기 속에 일시적으로 용인된 것이겠군.

⑤ '자깔자깔', '끼득깨득'과 같은 음성 상징어에서 '새악시 처녀들'의 '허물없는 즐거움'과 쾌감을 느낄 수 있겠군.

MEMO

[1~6] 다음 글을 읽고 물음에 답하시오.

(가)

강호에 봄이 드니 이 몸이 일이 많다
나는 그물 깁고 아이는 밭을 가니
뒷 뫼에 엄기는 약을 언제 캐려 하나니   〈제1수〉

삿갓에 도롱이 입고 세우(細雨) 중에 호미 메고
산전을 흩매다가 녹음에 누웠으니
목동이 우양을 몰아다가 잠든 나를 깨와다   〈제2수〉

대추 볼 붉은 골에 밤은 어이 떨어지며
벼 벤 그루에 게는 어이 내리는고
술 익자 체 장수 돌아가니 아니 먹고 어이리   〈제3수〉

뫼에는 새 다 궂고 들에는 갈 이 없다
외로운 배에 삿갓 쓴 저 늙은이
낚대에 맛이 깊도다 눈 깊은 줄 아는가   〈제4수〉
                                              – 황희, 「사시가」 –

(나)

건곤이 얼어붙어 삭풍이 몹시 부니
하루 쬔다 한들 열흘 추위 어찌할꼬
은침을 빼내어 오색실 꿰어 놓고
임의 터진 옷을 깁고자 하건마는
㉠천문구중(天門九重)에 갈 길이 아득하니
아녀자 깊은 정을 임이 언제 살피실꼬
㉡음력 섣달 거의로다 새봄이면 늦으리라
동짓날 자정이 지난밤에 돌아오니
만호천문(萬戶千門)이 차례로 연다 하되
자물쇠를 굳게 잠가 동방(洞房)을 닫았으니
눈 위에 서리는 얼마나 녹았으며
뜰 가의 매화는 몇 송이 피었는고
㉢간장이 다 썩어 넋조차 그쳤으니
천 줄기 원루(怨淚)는 피 되어 솟아나고
반벽청등(半壁靑燈)은 빛조차 어두워라
황금이 많으면 매부(買賦)나 하련마는
㉣백일(白日)이 무정하니 뒤집힌 동이에 비칠쏘냐
평생에 쌓은 죄는 다 나의 탓이로되
언어에 공교 없고 눈치 몰라 다닌 일을
풀어서 헤여 보고 다시금 생각거든
조물주의 처분을 누구에게 물으리오

사창 매화 달에 가는 한숨 다시 짓고
㉤은쟁(銀箏)을 꺼내어 원곡(怨曲)을 슬피 타니
주현(朱絃) 끊어져 다시 잇기 어려워라
차라리 죽어서 자규의 넋이 되어
밤마다 이화에 피눈물 울어 내어
오경에 잔월(殘月)을 섞어 임의 잠을 깨우리라
                                          – 조우인, 「자도사」 –

(다)

그 집은 그 집 아이들에게 작은 우주였다. 그곳에는 많은 비밀이 있었다. 자연 속에는 눈에 보이는 것 말고도 눈에 보이지 않는 무한한 비밀이 감춰져 있었다. 그는 그 집에서 크면서 자연 속에 감춰진 비밀들을 깨달아 갔다.

석양의 북새, 혹은 낮게 깔리는 굴뚝 연기를 보고 그는 비설거지를 했다. 그런 다음 날은 틀림없이 비가 올 것이므로. 비가 온 날 저녁에는 또 지렁이가 밤새 운다는 것을 그는 알고 있었다. 똑또르 똑또르 하는 지렁이 울음소리. 냄새와 소리와 맛과 색깔과 형태 들이 그 집에서는 선명했다. 모든 것들이 말이다. 왜냐하면 봄과 여름과 가을과 겨울과 아침과 낮과 저녁과 밤이 그 집에서는 뚜렷했으므로. 자연이 그러한 것처럼 사람들의 삶이 명료했다.

이제 그 집을 떠난 그에게는 모든 것이 불분명하다. 아침과 저녁이 불분명하고 사계절이 불분명하고 오감이 불분명하다. 병원에서 태어나 수십 군데 이사를 다니고 나서 겨우 장만한 아파트. 그 사각진 콘크리트 벽 속에 살고 있는 그의 아이는 여름에 긴팔 옷을 입고 겨울에 반팔 옷을 입는다.

돈은 은행에서 나고 먹을 것은 슈퍼에서 나는 것으로 아는 아이는, 수박이 어느 계절의 과일인지 분간하지 못하는 아이는 그래서 봄 여름 가을 겨울을 알지 못한다. 아침 저녁의 냄새와 소리와 맛과 형태와 색깔이 어떻게 다른지 알지 못한다.

어머니의 부음을 듣고 그는 그가 나고 성장한 그 노란 집으로 갔다. 팔 남매를 낳고 기르느라 조그마해질 대로 조그마해진 어머니는 바로 자신의 아이들을 낳았던 그 자리에 자신의 몸을 부려 놓고 있었다.

그 집, 노란 그 집에 탄생과 죽음이 있었다. 그 집 안주인의 죽음 이후 그 집은 적막해졌다. 아무도 그 집에 들어와 살지 않을 것이며 누구도 아이를 그 집에서 낳지 않을 것이며 그러므로 죽음 또한 그 집에서는 일어나지 않을 것이다. 그 집의 역사는 그렇게 끝이 난 것이다.

우리들의 어머니의 죽음과 함께 조왕신과 성주신이 살지 않는 우리들의 집은 이제 적막하다. 더 이상의 탄생과 죽음이 없는 우리들의 집은 쓸쓸하다.

우리는 오늘 밤도 쓸쓸한 집으로 돌아들 간다.

– 공선옥, 「그 시절 우리들의 집」 –

>> 지문의 핵심 내용을 정리해 보세요.

(가)

화자와 대상의 관계	___, 여름, 가을, 겨울 사계절에 따라 자연의 모습을 노래하고 풍류를 즐기는 '나'
상황?	봄에는 할 ___이 많아 바쁘게 지냄 → 여름에는 밭일을 하고 _____에 누워 쉬면서 보냄 → 가을에는 ___을 마시며 풍요롭게 지냄 → 겨울에는 한적한 자연 속에서 낚시를 하며 지냄

(나)

화자와 대상의 관계	___과 이별하고 임에 대한 그리움과 이별의 슬픔을 토로하는 '나'
상황?	임의 터진 ___을 깁고자 하지만 임이 자신의 마음을 알아주지 않을 것을 걱정함 → _____을 닫고 세상과 단절함 → 임을 그리워하며 원망함 → 임과 헤어진 상황은 _____의 처분이니 어찌할 수 없음 → 죽어서라도 임의 곁에 가고 싶음

>> 지문을 **세 부분**으로 나누고, 핵심 내용을 정리해 보세요.

(다)

01	그는 _____에서 유년 시절을 보내며 자연의 섭리를 깨우치고 순리대로 살았음
02	그 집을 떠나 도시의 _____에 살게 되면서 자연의 섭리를 느끼지 못하고 살아감
03	_____의 죽음 이후 그 집의 _____는 끝나고, 우리는 쓸쓸한 집(아파트)으로 돌아감

1. (가)~(다)의 공통점으로 가장 적절한 것은?

① 어조의 변화를 통해 긴장감을 조성하고 있다.

② 자연과 인간의 대비를 통해 세태를 비판하고 있다.

③ 대상과의 문답을 통해 주제 의식을 부각하고 있다.

④ 초월적 공간을 설정하여 고조된 감정을 드러내고 있다.

⑤ 시간을 나타내는 표현을 활용하여 내용을 전개하고 있다.

2. (가)의 시상 전개에 대한 설명으로 가장 적절한 것은?

① 〈제1수〉의 초장, 중장은 풍경 묘사이고, 종장은 이에 대한 감상의 표현이다.

② 〈제2수〉의 초장, 중장은 인물의 행위가 순차적으로 나열된 것이다.

③ 〈제2수〉의 초장과 중장에 있는 인물의 행위는 〈제3수〉의 초장에서 그 결과로 나타난다.

④ 〈제3수〉의 초장의 장면은 중장과 인과적 관계로 연결된다.

⑤ 〈제4수〉의 초장의 동적인 분위기는 중장의 정적인 분위기로 전환된다.

3. 〈보기〉에 따라 (나)의 ㉠~㉤을 이해한 내용으로 적절하지 않은 것은?

〈보기〉

선생님: 이 작품의 제목에 쓰인 '자도(自悼)'는 '자신을 애도한다'는 뜻으로, 죽음에 견줄 만큼의 극단적인 슬픔을 드러낸 것입니다. 이 점에 주목하여 작품을 읽어 봅시다.

① ㉠을 통해, 임과 만날 가능성이 희박하다는 비관적 인식이 자신을 애도하게 만든 배경임을 알 수 있어요.

② ㉡을 통해, 새봄을 맞이하여 이별의 슬픔을 극복하기 위해 마음을 다잡으려 노력하고 있음을 알 수 있어요.

③ ㉢을 통해, 임에 대한 사무치는 그리움이 너무나 커서 자신을 애도할 수밖에 없는 상황임을 알 수 있어요.

④ ㉣을 통해, 무정한 임 때문에 자신의 처지가 바뀔 가능성이 없음을 깨닫고 좌절감을 느끼고 있음을 알 수 있어요.

⑤ ㉤을 통해, 임을 향한 원망의 마음을 음악으로 표현하여 내면의 슬픔을 토로하고 있음을 알 수 있어요.

4. (가)와 (나)의 시어에 대한 이해로 가장 적절한 것은?

① (가)의 '녹음'은 평온한 분위기의, (나)의 '동방'은 암울한 분위기의 장소이다.

② (가)의 '언제'는 미래의 어느 시기를, (나)의 '언제'는 과거의 어느 시기를 가리킨다.

③ (가)의 '새'와 (나)의 '자규'는 모두 화자의 감정이 이입된 대상물이다.

④ (가)의 '잠든 나'의 '잠'과 (나)의 '임의 잠'은 모두 꿈을 통해서라도 소망을 실현하기 위한 매개이다.

⑤ (가)의 '돌아가니'와 (나)의 '돌아오니'는 모두 화자가 새로운 상황에 기대감을 갖는 계기이다.

5. 비밀들 을 중심으로 (다)를 이해한 내용으로 적절하지 않은 것은?

① '그 집'을 떠난 후 그의 오감이 불분명한 것은 비밀들이 그의 '아파트'에 감춰져 있기 때문이다.

② '그 집 아이들'은 '그 집'에서 '낮게 깔리는 굴뚝 연기'에 감춰진 '비'에 관한 비밀들을 깨달을 수 있었다.

③ '그의 아이'가 '여름에 긴팔 옷을 입고 겨울에 반팔 옷을 입는' 것은 비밀들을 모르고 살아가는 모습을 보여 준다.

④ '그 집'의 역사가 어머니의 죽음 후 끝났다고 한 것은 비밀들과 함께할 사람들의 '탄생과 죽음'이 사라졌기 때문이다.

⑤ '그 사각진 콘크리트 벽 속에 사는 '그의 아이'는 비밀들을 알아차릴 줄 아는 감각을 익히지 못해 삶이 불분명하다.

6. 〈보기〉를 참고하여 (가)~(다)를 감상한 내용으로 적절하지 않은 것은? [3점]

> 〈보기〉
>
> 시조, 가사, 수필에서 작가는 대개 1인칭으로 나타나므로 작가 정보를 활용하면 작품을 더 풍부하게 해석할 수 있다. 그런데 작가는 자신을 다른 인물로 상정하여 표현하기도 한다. 이 경우에도 작가를 그 인물에 투영해서 읽을 수 있다. (가)는 작가가 나이 들어 벼슬에서 물러나 전원에서 생활하며 지은 시조라는 점, (나)는 작가가 임금에게 충언하는 시를 쓴 죄로 옥에 갇혔을 때 지은 가사라는 점, (다)는 작가가 시골에서 성장한 경험을 반영하여 쓴 수필이라는 점을 고려하여 작품을 해석할 수 있다.

① (가)의 '저 늙은이'가 작가라면, 전체적으로 이 작품은 연로한 작가가 느끼는 전원생활의 흥취를 드러낸 것이겠군.

② (가)의 '저 늙은이'가 작가가 아니라면, 〈제4수〉는 '낚대'의 깊은 맛에 몰입하며 '나'와는 달리 한가롭게 지내는 인물에 대한 심리적 거리감을 드러낸 것이겠군.

③ (나)의 '아녀자'가 작가라면, 이 작품은 '은침'과 '오색실'로 '임의 터진 옷'을 깁는 상황을 설정하여 임금에 대한 곧은 충심을 표현한 것이겠군.

④ (다)의 '그'가 작가라면, 이 작품은 '그 집'에서 성장하고 떠났던 자신의 경험을 타인의 것처럼 전달함으로써 개인적인 경험에 거리를 두고 객관화하여 표현한 것이겠군.

⑤ (다)의 '우리들'에 작가 자신이 포함되므로, 이 작품은 작가 자신의 개인적 경험을 확장하여 유사한 경험을 가진 독자들의 공감을 이끌어 내려 한 것이겠군.

[1~6] 다음 글을 읽고 물음에 답하시오.

(가)

구겨진 하늘은 묵은 애기책을 편 듯
돌담 울이 고성같이 둘러싼 산기슭   [A]
박쥐 나래 밑에 황혼이 묻혀 오면
초가 집집마다 **호롱불**이 켜지고
고향을 그린 [묵화(墨畵)] 한 폭 좀이 쳐.

띄엄 띄엄 보이는 그림 조각은
앞밭에 보리밭에 말매나물 캐러 간   [B]
가시내는 가시내와 종달새 소리에 반해

빈 바구니 차고 오긴 너무도 부끄러워
술레짠 두 **뺨** 위에 모매꽃이 피었고.

그넷줄에 비가 오면 풍년이 든다더니
앞내강에 씨레나무 밀려 나리면   [C]
젊은이는 젊은이와 **뗏목**을 타고
돈 벌러 항구로 흘러간 몇 달에
서릿발 잎 져도 못 오면 바람이 분다.

피로 가꾼 이삭이 참새로 날아가고
곰처럼 어린 놈이 북극을 꿈꾸는데   [D]
늙은이는 늙은이와 싸우는 입김도

벽에 서려 성에 끼는 한겨울 밤은   [E]
동리(洞里)의 밀고자인 강물조차 얼붙는다.

                             – 이육사, 「초가」 –

(나)

오늘, [북창]을 열어,
장거릴 등지고 산을 향하여 앉은 뜻은
사람은 맨날 변해 쌓지만
태고로부터 푸르러 온 산이 아니냐.
고요하고 너그러워 수(壽)하는 데다가
보옥을 갖고도 자랑 않는 겸허한 산.
마음이 본시 산을 사랑해
평생 산을 보고 산을 배우네.
그 품 안에서 자라나 거기에 가 또 묻히리니
내 이승의 낮과 저승의 밤에
아아라히 뻗쳐 있어 다리 놓는 산.
네 품이 내 고향인 그리운 산아

미역취 한 이파리 상긋한 산 내음새
산에서도 오히려 산을 그리며
꿈같은 산 정기(精氣)를 그리며 산다.

                             – 김관식, 「거산호 2」 –

(다)

  온갖 꽃들이 요란스럽게 일제히 터트려져. 광채가 찬란하다. 이때에 바람이 살짝 불어오면 향기가 코를 스친다. 때마침 꼴 베는 자가 낫을 가지고 와서 손 가는 대로 베어 내는데, 아쉬워 돌아보거나 거리끼는 마음도 없다. 나는 이에 한숨을 쉬며 탄식하여 말하였다.

  "땅이 낳고 하늘이 기르는바, 만물이 무성히 자라며 모두가 광대한 은택을 입는구나. 이에 따스한 바람이 불어 갖가지 형상을 아로새기고 단비를 내려 온 둘레를 물들이니, 천기(天機)를 함께 타고나 형체를 부여받음에 각기 그 자질에 따라 고운 자태를 드러낸다. 모란의 진귀하고 귀중함을 해당화의 곱고 아름다움에 견주어 보면, 비록 크고 작은 차이는 있겠으나, 어찌 **공교함과 졸렬함**에 다른 헤아림이 있었겠는가?

                            (중략)

  그런데도 **귀함**이 저와 같고 **천함**이 이와 같아, 어떤 것은 **부호가의 깊은 장막 안**에서 눈앞의 봄바람을 지키고, 어떤 것은 짧은 낫을 든 어리석은 종의 손아귀에서 가을 서리처럼 변한다. 이 어찌 된 일인가? 뜨락은 사람 가까이에 있고 교외의 땅은 멀리 막혀 있어 가까운 것은 친하기 쉽고 멀리 있는 것은 저어하기 때문이 아니겠는가? 아니면 요황과 위자*는 성씨가 존엄한데 범상한 화초는 이름이 없으며, 성씨가 존엄한 것은 곱게 빛나는데 이름 없는 것들은 먼 데서 이주해 온 백성 같은 존재이기 때문인가? 그도 아니면 뿌리가 깊은 것은 종족이 번성한데 **빽빽이** 늘어선 것들은 가늘고 작으며, 높고 큰 것은 높은 자리에 있고 가늘고 작은 것들은 들판에 있기 때문인가?

  아! 낳는 것은 하늘에 달려 있으나 **영화롭게** 하는 것은 인간에 달려 있다. 하늘은 사사로움이 없기에 그 **조화(造化)가 균일**하지만, 인간은 널리 베풀지 못하므로 **소원함**도 있고 **친함**도 있는 것이다. 하늘이 이미 낳아 주었는데 또 어찌 사람이 영화롭게 하고 영화롭지 못하게 한다고 원망하겠는가? 나에게는 비록 감정이 있지만 풀에는 감정이 없으니, 그것이 **소**의 목구멍을 채우는 것과 **나비**로 하여금 다투어 찾도록 하는 것을 어찌 달리 보겠는가?"

                            – 이옥, 「담초(談艸)」 –

*요황과 위자: 모란의 진귀한 품종을 일컫는 말.

(가)

화자와 대상의 관계	산기슭에서 고향의 암담한 현실을 생각하는 사람
상황?	산기슭에서 고향을 떠올림 → 가시내들은 나물 캐러 갔다 빈 _____로 돌아오고 _____들은 돈 벌러 떠났다가 돌아오지 않음 → 어린 아이는 북극을 꿈꾸고 늙은이들은 서로 싸움 → 마을이 얼어붙은 _____처럼 암담함

(나)

화자와 대상의 관계	산을 보면서 산을 배우고 산 _____를 그리워하는 '나'
상황?	장거리를 등지고 ____을 향하여 앉음 → 산에서 고요하고 너그럽고 겸허한 삶의 태도를 배움 → 산을 _____으로 인식함 → 산을 그리워함

>> 지문을 **세 부분**으로 나누고, 핵심 내용을 정리해 보세요.

(다)

01 잡초를 베는 것에 탄식하며, _____은 모두 각자의 타고난 아름다움을 가지고 있다고 말함

02 모두 아름다운 존재임에도 인간은 _____과 천함을 따져 다르게 대함

03 인간에게는 감정이 있어 소원함과 친함에 따라 풀이 영화로운지의 여부를 가리지만, 풀에게는 _____이 없으므로 꼴이 되어 소에게 먹히는 것과 향기를 내어 나비를 찾아오게 하는 것이 다르지 않음

1. (가)~(다)에 대한 설명으로 가장 적절한 것은?

① (가)에서는 현실적인 문제 해결의 실마리로 조화로운 공동체의 모습을 제시하고 있다.

② (나)에서는 현실에 대한 부정적 인식을 바탕으로 앞날에 대한 회의를 드러내고 있다.

③ (다)에서는 자연과 인간의 관계를 살펴 자연을 바라보는 인간의 태도에 대한 성찰을 드러내고 있다.

④ (가), (다)에서는 모두 자연물이 쇠락하는 과정을 제시하여 인생에 대한 무상감을 드러내고 있다.

⑤ (가), (나), (다)에서는 모두 자연과의 교감을 통해 장소에 대한 낙관적 전망을 이끌어 내고 있다.

2. 〈보기〉를 참고할 때, [A]~[E]에 대한 이해로 적절하지 않은 것은?

〈보기〉

이육사는 「초가」를 발표하면서 '유폐된 지역에서'라고 창작 장소를 밝혔다. 이곳에서 그는 오래전 떠나온 고향을 떠올려 시로 형상화했다. 계절의 흐름에 따라 낭만적인 봄에서 비극적인 겨울로 시상을 전개하여 악화되어 가는 일제 강점기의 현실을 묘사했다.

① [A]: 돌담 울에 둘러싸인 산기슭을 묘사하여 화자가 고향을 회상하는 장소의 분위기를 나타내고 있다.

② [B]: 봄날의 보리밭 풍경을 제시하여 화자가 떠올리는 고향의 모습을 형상화하고 있다.

③ [C]: 고향 사람들이 기대하던 앞내강 정경을 묘사하여 화자의 소망이 이루어진 상황을 나타내고 있다.

④ [D]: 풍족한 결실을 거두지 못한 상황에서 자신이 처한 현실 너머의 세계를 꿈꾸는 소년의 모습을 보여 주고 있다.

⑤ [E]: 강물이 얼어붙는 삭막한 겨울의 이미지로 일제 강점기의 가혹한 현실 상황을 드러내고 있다.

3. '산'에 대한 화자의 태도를 중심으로 (나)를 감상한 내용으로 적절하지 않은 것은?

① '산'을 수시로 변하는 인간과 달리 태고로부터 본질을 잃지 않는 불변성을 지닌 것으로 인식하는군.

② '산'을 인간의 덕성을 표면화하는 데 집중하는 적극적 의지를 지닌 존재로 여기는군.

③ '산'을 삶과 죽음을 이어 줌으로써 죽음 이후에도 함께할 대상으로 여기는군.

④ '산'을 근원적 고향으로 인식함으로써 그리움의 대상으로 바라보는군.

⑤ '산'을 현재 함께하는 존재로 여기면서도 지속적으로 지향해야 할 궁극적인 존재로 인식하는군.

4. (다)의 '나'에 대한 이해로 가장 적절한 것은?

① 꽃의 '공교함과 졸렬함'을 판단할 때는 꽃의 형체보다는 쓰임새에 기준을 두어야 함을 강조한다.

② 화초의 '귀함'과 '천함'에 대한 평가는 그 본성에 맞게 이름이 부여되었느냐에 달려 있다고 믿는다.

③ 풀을 '영화롭게' 만드는 주체는 인간이 아니라 하늘이어야 한다는 깨달음을 드러낸다.

④ 하늘의 입장에서 보면 모든 풀은 '조화가 균일'한 존재로서 가치의 우열을 가지지 않는다고 생각한다.

⑤ 인간의 감정에는 '소원함'과 '친함'이 모두 있으므로 사사로움을 넘어 균형을 도모할 수 있다고 본다.

5. 묵화와 북창을 중심으로 (가)와 (나)를 비교한 내용으로 가장 적절한 것은?

① (가)에서는 '묵화'와 '박쥐 나래'의 이미지를 연결하여 고향의 어두운 분위기를, (나)에서는 '북창'에서 바라본 산의 '품'에 주목하여 산이 주는 아늑한 분위기를 드러낸다.

② (가)에서 '묵화'는 '황혼'이 상징하는 현실적 상황에, (나)에서 '북창'은 '저승의 밤'이 의미하는 절망적 상황에 대응된다.

③ (가)에서 '묵화'에 '좀이 쳐'라고 한 것은 화자가 고향에 대해 느끼는 세월의 깊이를, (나)에서 '북창'을 '오늘' 열었다고 한 것은 산을 대하는 화자의 인식이 변화된 시점을 드러낸다.

④ (가)에서 '묵화'를 '그림 조각'이라고 한 것은 고향의 분절된 이미지를, (나)에서 '북창'을 '열어' 산을 보고 있다는 것은 선망하는 세계와 분리된 이미지를 나타낸다.

⑤ (가)에서는 '묵화'에 그려진 '모매꽃'에 부끄러움의 정서를, (나)에서는 '북창'을 통해 본 '보옥'에 안타까움의 정서를 담아낸다.

6. 〈보기〉를 참고하여 (가)~(다)를 감상한 내용으로 적절하지 않은 것은? [3점]

〈보기〉

  문학적 표현에는 표현 대상을 그와 연관된 다른 관념이나 사물로 대신하여 나타내는 방법이 있다. 여기에는 사물의 속성으로 실체를 대신하거나 대상의 한 부분으로 전체를 대신하는 것 등이 포함된다. 이러한 방법들은 서로 혼재되기도 하면서 구체적이고 생생한 이미지와 분위기를 환기한다.

① (가)에서 저녁이 오는 시간을 그와 연관된 사물인 '호롱불'이 켜진다는 것으로 나타냄으로써, 산골 마을의 저녁 풍경을 시각적 이미지로 보여 주는군.

② (가)에서 고향에 머무르지 못하고 객지로 떠나는 현실을 '뗏목'을 타고 흘러가는 것과 연관 지어 나타냄으로써, 삶의 불안정함을 구체적 이미지로 보여 주는군.

③ (나)에서 세속적인 삶의 공간 전체를 이해관계가 얽혀 있는 '장거리'의 속성을 활용하여 나타냄으로써, 인심이 쉽게 변하는 세속 공간의 분위기를 환기하는군.

④ (다)에서 귀한 대우를 받는 삶을 그러한 속성을 가진 '부호가의 깊은 장막 안'으로 나타냄으로써, 인간과 가까운 공간의 적막한 분위기를 환기하는군.

⑤ (다)에서 풀의 가치를 '소'와 '나비'의 행위와 연관 지어 나타냄으로써, 하찮게 취급되는 풀과 귀하게 여겨지는 풀의 차이를 구체적 이미지로 보여 주는군.

MEMO

오영수, 「갯마을」 / 오영수 원작, 신봉승 각색, 「갯마을」

해설 P.341

[1~6] 다음 글을 읽고 물음에 답하시오.

(가)

대부분의 사내들이 고기잡이로 떠난 갯마을에는 늙은이들이 어린 손자나 데리고 뱃그늘이나 바위 옆에 앉아 무연히 바다를 바라보고, 아낙네들이 썰물에 조개나 캘 뿐 한가하다.

사흘 째 되던 날, 윤 노인은 아무래도 수상해서 박 노인을 찾아갔다. 박 노인도 막 물가로 나오는 참이었다. 두 노인은 바위 옆 모래톱에 도사리고 앉았다. 윤 노인이 먼저 입을 뗐다.

"저 구름발 좀 보라니?" / "음!"

구름발은 동남간으로 해서 검은 불꽃처럼 서북을 향해 뻗어 오르고 있었다.

윤 노인이 또,

"하하아 저 물빛 봐!"

박 노인은 보라기 전에 벌써 짐작이 갔다. ⓐ아무래도 변의 징조였다.

파도 아닌 크고 느린 너울이 왔다. 그럴 때마다 매운 갯냄새가 풍겼다. 틀림없었다.

이번에는 박 노인이 뻔히 알면서도,

"대마도 쪽으로 갔지?"

"고기 떼를 찾아갔는데 울릉도 쪽이면 못 갈라고…."

두 노인은 더 말이 없었다. 그새 구름은 해를 덮었다. 바람도 딱 그쳤다. 너울이 점점 커 왔다. 큰 너울이 올 적마다 물컥 갯냄새가 코를 찔렀다. 두 노인은 말없이 일어나 말없이 헤어졌다. ㉠그들의 경험에는 틀림이 없었다. 올 것은 기어코 오고야 말았다. 무서운 밤이었다. 깜깜한 칠야, ⓑ비를 몰아치는 바람과 바다의 아우성, 보이는 것은 하늘로 부풀어 오른 파도뿐이었다. 그것은 마치 바다의 참고 참았던 분노가 한꺼번에 터져 흰 이빨로 뭍을 마구 물어뜯는 것과도 같았다. 파도는 이미 모래톱을 넘어 돌각 담을 삼키고 몇몇 집을 휩쓸었다. ⓒ마을 사람들은 뒤 언덕배기 당집으로 모여들었다. 이러는 동안에 날이 샜다. 날이 새자부터 바람이 멎어 가고 파도도 낮아 갔다. 샌 날에 보는 ⓓ마을은 그야말로 난장판이었다.

[A] ┌ 이날 밤 한 사람의 희생이 있었다. 윤 노인이었다. 그의 며느리 말에 의하면 돌각 담이 무너지고 파도가 축담 밑까지 들이밀자 윤 노인은 며느리와 손자를 앞세우고 담 밖까지 나오다가 무슨 일로선지 며느리는 먼저 가라고 하고 윤 노인은 다시 들어갔다고 한다. 그러고는 아무것도 모른다는 것이다.

ⓔ바다는 언제 그런 일이 있었던가 하듯 잔물결이 안으로 굽은 모래톱을 찰싹대고, 볕은 한결 뜨거웠고, 하늘은 남빛으로 더욱 짙었다.

그러나 고등어 배는 돌아오지 않았다. 마을은 더 큰 어두운 수심에 잠겼다. 이틀 뒤에 후리막 주인이 신문을 한 장 가지고 와서, 출어한 많은 어선들이 행방불명이 됐다는 기사를 읽어 주었다. 마을은 다시 수라장이 됐다. 집집마다 울음소리가 그치지 않았다. 이틀이 지났다. 울음에도 지쳤다. 울어서 해결될 문제가 아니었다.

— 설마 죽었을라고. —

[B] ┌ 이런 한 가닥 희망을 가지고 아낙네들은 다시 바다로 나갔다. 살아야 했다. 바다에서 죽고 바다로 해서 산다. 해순이는 성구가 돌아올 것을 누구보다도 믿었다. 그동안 세 식구가 먹고살아야 했다. 해순이도 물옷을 입고 바다로 나갔다.

해조를 따고, 조개를 캐다가도 문득 이마에 손을 하고 수평선을 바라보곤 아련한 돛배만 지나가도 괜히 가슴을 두근거리는 아낙네들이었다. 멸치 철이건만 후리*도 없었다. 후리막은 집 뚜껑을 송두리째 날려 버린 그대로 손볼 엄두를 내지 않았다.

– 오영수, 「갯마을」 –

*후리: 그물의 한 종류.

(나)

S#14. 축항

시멘트로 만든 축항./윤 노인과 박 노인이 꼬니를 두고 있다.

윤 노인: 거 왜 을축년 바람 때만 해도 그랬지… 용왕님만 노하시면 속절없는 거야.

박 노인: 암 여부가 없지…. (수평선을 보며) 여봐 저 구름 좀 보라니….

윤 노인: (침통하게) 음….

박 노인: 아무래도 심상치 않아… 저 물빛도 좀 보라니까….

바람이 점점 세어진다.

S#15. 노목

성황당 뒤에 서 있는 노목이 불어오는 바람을 가누지 못하고 몹시 흔들린다.

S#16. 바위

점점 커 가는 파도가 바위에 부딪쳐 부서진다.

S#17. 축항

밀려온 파도는 축항을 뒤엎을 듯이 노한다.

S#18. 몽타주*

문을 열고, 하늘을 보는 가족들.
뛰어나와 바다를 보는 사람들.
분주하게 움직이는 아낙들.

S#19. 하늘

검은 구름이 몰려온다./번쩍이는 번개./천지를 진동하는 천둥.

S#20. 들판

폭우에 휩쓸리는 나무./무서운 비바람에 흔들리는 나무./
벼락이 떨어지며 고목 하나에 불이 붙는다./쏟아지는 비! 비!/
몰아치는 바람.

S#21. 길(밤)

돌각 담으로 된 골목길을 달리는 해순.
숨은 하늘에 치닿고/옷은 비에 젖어 나신이나 다름없고…/
넘어지며 달린다./번개! 천둥….

S#22. 성황당(밤-비)

비틀거리는 해순이가 올라와서/당목 앞에 꿇어앉으며 원망
스러운 눈초리로

해순: 서낭님예… 서낭님예….

몇 번 부르더니 쏟아지는 빗속에서 몇 번이고 절을 한다./
잠시 후 순임이가 올라와서 해순이와 같이 절을 한다.

S#23. 하늘(밤-비)

먹장 같은 구름에 뒤덮여 검기만 하다./파도 소리와 바람 소리
뿐이다./크게 번개가 친다.

S#24. 노한 밤바다

노도 속에서 비바람과 싸우는 선원들./처절한 성구의 얼굴./
무엇인가 소리치지만 들리지 않는다./선미의 키를 잡으며 이를
악무는 성칠./분주한 선원들의 모습./더욱더 거센 파도./흔들
리는 뱃사람들…./파도에 쓰러지고/흔들림에 넘어지고…./이
윽고 배는 나뭇잎처럼 덜렁 들렸다가 넘어간다.

S#25. 성황당(밤-비)

해순이와 순임이 외에도 몇몇 아낙이 모였다./제정신이 아닌
모습으로 절을 하는 아낙들.

S#26. 윤 노인의 집 앞(밤-비)

윤 노인이 나온다./순임이 따라 나오며

순임: 아버지예. 이 빗속에 어디로 나가신다는 김니꺼….

윤 노인: 마 퍼뜩 다녀올 끼다….

순임: 내일 아침에 가시면 안 될까요….

상수: (가며) 앙이다. 거참 아무래도 무슨 일 내겠다….

나간다.

S#27. 축항(밤-비)

파도가 휘몰아치는 축항을 위험스럽게 걸어온다./빈 배에 걸려
있는 그물을 벗기려는 순간 윤 노인은 파도에 빨려 축항 밖으로
떨어진다./잠깐 허우적거리는 듯하더니 노도에 휩쓸려 버린다.

S#28. 성황당(밤-비)

더욱더 거센 비바람./아우성치듯 흔들거리는 당목. 가지가
꺾어진다./O.L.

S#29. 아침 바다

어젯밤의 폭풍우는 어디로 갔는지 자취도 없고 바다는 잔잔
하다./모래밭을 적시는 잔잔한 파도.

– 오영수 원작, 신봉승 각색, 「갯마을」 –

*몽타주: 따로따로 촬영된 장면을 결합하여 새로운 의미를 나타내는
편집 방식.

>> 지문을 네 장면으로 나누고, 장면의 핵심 내용을 정리해 보세요.

(가)

| 장면 01 | 대부분의 사내들이 _____를 하러 떠난 사이, 성난 바다의 파도가 갯마을을 침범함 |

| 장면 02 | _____이 파도에 희생되고, 바다는 잔잔해졌지만 마을의 사내들이 타고 나간 고등어 배는 돌아오지 않음 |

| 장면 03 | 출어한 어선들의 _____ 소식을 듣고, 고등어 배에 탄 사람들의 생존을 걱정하며 집집마다 울음소리가 그치지 않음 |

| 장면 04 | 마을의 _____들은 고등어 배가 돌아오리란 희망을 품고 물질을 하며 살아남고자 함 |

(나)

장면 01	윤 노인과 박 노인은 꼬니를 두며 바다의 기상 상태가 심상치 않음을 감지함
장면 02	_____이 몰아치고 마을 사람들과 선원들이 분주하게 움직이는 가운데, 해순과 순임을 비롯한 아낙들은 _____에서 서낭님에게 마을 사람들의 안전을 기원함
장면 03	빗속에서 _____을 벗기던 윤 노인은 파도에 휩쓸림
장면 04	아침이 오고 _____가 잔잔해짐

1. [A]의 서술 방식에 대한 설명으로 가장 적절한 것은?

① 간접 인용을 통해 인물의 행적을 서술하고 있다.

② 이야기 내부 인물이 자신의 내면을 진술하고 있다.

③ 과거 회상을 통해 인물 간의 갈등을 심화하고 있다.

④ 인물의 외양 묘사를 통해 개성적 면모를 부각하고 있다.

⑤ 공간 변화에 따라 서술자를 달리하여 사건에 대한 다양한 관점을 제시하고 있다.

2. ㉠에 대한 이해로 가장 적절한 것은?

① '두 노인'은 우연히 만나 ㉠에 대해 대화를 나눈다.

② '두 노인'은 자연 현상을 지각함으로써 ㉠을 환기한다.

③ '두 노인'은 ㉠으로 인해 서로 다른 대처 방안을 제시한다.

④ '두 노인'은 예측이 빗나감에 따라 ㉠에 대해 회의감을 갖는다.

⑤ '두 노인'은 ㉠으로 인해 고깃배의 행선지에 대하여 무관심한 태도를 보인다.

3. 〈보기〉를 참고하여 [B]를 감상한 내용으로 적절하지 않은 것은?

〈보기〉

「갯마을」은 시련이 연속되는 삶의 터전에서 그에 맞서는 인물들의 삶을 다룬다. 갯마을 사람들의 일상을 구성하는 사물, 장소, 일 등은 인물들의 시련과 이를 극복하려는 노력을 나타내는 서사적 장치로 활용된다. 이를 통해 「갯마을」은 삶을 지켜 나가려는 의지와 희망을 형상화하고 있다.

① '고등어 배'가 돌아오지 않은 일은 마을 사람들이 겪게 되는 시련에 해당하는군.

② '신문'은 마을 사람들이 상황을 더욱 심각하게 여기게 하는 매개물이군.

③ '바다'는 아낙네들에게 시련을 주지만 생활의 방편도 제공한다는 점에서 이중적인 의미를 지니는군.

④ '물옷'을 입고 바다로 나가는 것은 삶을 지켜 나가려는 해순의 의지를 보여 주는 행동이군.

⑤ '돛배'는 아낙네들에게 자신들의 희망이 실현될 것이라는 확신을 제공하는 대상이군.

4. (나)의 인물에 대한 설명으로 가장 적절한 것은?

① S#21에서 '해순'이 달려가는 행위는 기상 악화로 인해 다급해진 속내를 보여 준다.

② S#22에서 '해순'이 비틀거리면서도 성황당에 오르는 것은 당목을 지키려는 의무감을 나타낸다.

③ S#22에서 '순임'의 등장은 '해순'이 서낭님에게 기원하던 것을 멈추는 계기가 된다.

④ S#25에서 '해순'과 '순임'은 성황당에 모인 다른 아낙들과 갈등 관계를 형성한다.

⑤ S#26에서 '순임'은 '윤 노인'이 집을 나가는 이유를 제공한다.

5. (나)의 S#18과 S#24에 대한 이해로 적절하지 <u>않은</u> 것은?

① S#18은 인물들의 행동을 보여 주는 장면들을 연결하여, 마을의 어수선한 분위기를 보여 주고 있다.

② S#18은 여러 장소에서 벌어지는 사건들을 각각 보여 주어, 제시된 사건들이 갖는 상반된 의미를 나타내고 있다.

③ S#24는 말소리가 들리지 않는 장면을 제시하여, 성구의 절박한 상황을 부각하고 있다.

④ S#24는 행위와 표정을 하나의 장면으로 제시하여, 비바람에 맞서는 성칠의 모습을 보여 주고 있다.

⑤ S#24는 선원들의 위태로운 모습을 반복적으로 제시하여, 배 안의 급박한 상황을 드러내고 있다.

6. 다음은 (가)와 (나)에 대한 〈학습 활동〉이다. 과제를 수행한 결과로 적절하지 <u>않은</u> 것은? [3점]

─── 〈학습 활동〉 ───

○ **과제:** (나)는 (가)를 영상화하기 위해 변형한 시나리오이다. (가)의 ⓐ~ⓔ를 다음과 같이 변형하여 각색했다고 할 때, 그 결과를 탐구해 보자.

(가)		(나)	(가)에서 (나)로의 각색 방향
ⓐ	⇒	S#14	인물의 심리를 구체적으로 제시하기
ⓑ	⇒	S#15~S#17	비유적 표현을 시각적으로 나타내기
ⓒ	⇒	S#22, S#25	하나의 사건을 여러 장면으로 제시하기
ⓓ	⇒	S#28	사건의 결과를 상징적으로 보여 주기
ⓔ	⇒	S#28, S#29	하나의 상황을 O.L.(오버랩)을 활용하여 제시하기

① ⓐ를 대화 상황에서의 "아무래도 심상치 않아…"라는 대사로 바꾸어 인물이 느끼는 위기감을 드러내고 있다.

② ⓑ를 갯마을과 바다에서 발생하는 상황으로 제시하여 자연의 위력을 부각하고 있다.

③ ⓒ에서 성황당으로 마을 사람들이 모여드는 모습을 등장인물의 수가 다른 장면들로 나누어 구현하고 있다.

④ ⓓ를 당목이 꺾이는 장면으로 변형하여 인물들 간의 믿음이 무너진 마을을 상징적으로 보여 주고 있다.

⑤ ⓔ에 나타난, 폭풍우가 물러간 상황을 효과적으로 드러내기 위해, 비바람이 거센 전날 밤과 파도가 잔잔해진 아침을 연결하여 제시하고 있다.

MEMO

김시습, 「유객」 / 김광욱, 「율리유곡」 / 김용준, 「조어삼매」

해설 P.347

[1~6] 다음 글을 읽고 물음에 답하시오.

(가)

청평사의 나그네	有客淸平寺
봄 산을 마음대로 노니네	春山任意遊
고요한 외로운 탑에 산새 지저귀고	鳥啼孤塔靜
흐르는 작은 내에 꽃잎 떨어지네	花落小溪流
좋은 나물은 때 알아 돋아나고	佳菜知時秀
향기로운 버섯은 비 맞아 부드럽네	香菌過雨柔
시 읊조리며 **신선 골짝** 들어서니	行吟入仙洞
나의 **백 년 근심** 사라지네	消我百年愁

– 김시습, 「유객(有客)」 –

(나)

도연명(陶淵明) 죽은 후에 또 연명(淵明)이 나다니
밤마을 옛 이름이 때마침 같을시고
돌아와 수졸전원(守拙田園)*이야 그와 내가 다르랴 〈제1곡〉

삼공(三公)이 귀하다 한들 이 강산과 바꿀쏘냐
조각배에 달을 싣고 낚싯대 흩던질 때
이 몸이 이 청흥(淸興) 가지고 만호후*인들 부러우랴 〈제8곡〉

어지럽고 시끄런 문서 다 주어 내던지고
필마(匹馬) 추풍에 채를 쳐 돌아오니
아무리 매인 새 놓였다고 **이대도록 시원하랴** 〈제10곡〉

세버들 가지 꺾어 낚은 **고기** 꿰어 들고
주가(酒家)를 찾으려 **낡은 다리** 건너가니
온 골에 살구꽃 져 쌓이니 갈 길 몰라 하노라 〈제15곡〉

최 행수 쑥달임 하세 조 동갑 꽃달임 하세
닭찜 게찜 올벼 점심은 날 시키소
매일에 이렇게 지내면 무슨 **시름** 있으랴 〈제17곡〉

– 김광욱, 「율리유곡(栗里遺曲)」 –

*수졸전원: 전원에서 분수를 지키며 소박하게 살아감.
*만호후: 재력과 권력을 겸비한 세도가.

(다)

오십이 넘은 **판교(板橋)**는 마음에 맞지 않는 관직을 버리고 거리낌 없는 자유로운 심경에서 여생을 보냈다.

"청수(淸瘦)한 한 폭 대를 그리어 추풍강상(秋風江上)에 낚대나 만들까 보다."

㉠궁핍을 면할 양으로 본의 아닌 생활을 계속하느니보다 모든 속사(俗事)를 버리고 표연히 강상(江上)의 어객(漁客)이 되는 것이 운치 있는 생활이기도 하려니와 얼마나 자유를 사랑하는 청고(淸高)한 마음이냐. 고기를 낚는 취미도 실로 **삼매경**에 몰입할 수 있는 좋은 놀음이다.

푸른 물이 그득히 담긴 못가에서 흐느적거리는 낚싯대를 척 휘어잡고 바늘에 미끼를 물린다. 가장자리에는 물이끼들이 꽉 엉켰을 뿐 아니라 고기도 **송사리** 떼밖에 오지 않는지라, 팔 힘 자라는 대로 낚싯줄이 허(許)하는 대로 되도록 멀리 낚시를 던져 조금이라도 큰 고기를 잡을 양으로 한껏 내던져도 본다. 풍덩 물결이 여울처럼 흔들리고 나면 거울 같은 수면에 찌만이 외롭고 슬프게 곧추서 있다.

㉡한 점 찌는 객이 되고 나는 주인이 되어 알력과 모략과 시기와 저주로 꽉 찬 이 풍진(風塵) 세상을 등 뒤로 두고 서로 무언의 우정을 교환한다.

내 모든 정열을 오로지 외로이 떠 있는 한 점 찌에 기울이고 있노라면, 가다가 ㉢별안간 이 한 점 찌는 술 취한 놈처럼 까딱까딱 흔들리기 시작한다.

'고기가 왔구나!'

다음 순간, 찌는 물속으로 자꾸 딸려 들어간다.

'옳다, 큰 놈이 물린 게로군.'

[A]
잡아당길 때 무거울 것을 생각하면서 배꼽에 힘을 잔뜩 주고 행여나 낚대를 놓칠세라 두 손으로 꽉 붙잡고 번쩍 치켜 올리면, 허허 이런 기막힌 일도 있을까. 큰 고기는커녕 어떤 때는 방게란 놈이 달려 나오고, 어떤 때는 개구리란 놈이 발버둥을 치는 수가 많다. 하면 되는 줄만 알았던 낚시질도 간대로 우리 따위까지 단번에 되란 법은 없나 보다.

[B]
세상일이란 모조리 그러한 것이리랴마는 아무리 내 재주가 서툴다기로서니 개구리나 방게란 놈들도 염치가 있지, 속어에 이르기를 숭어가 뛰니 망둥이도 뛴다는 셈으로 나는 나대로 제법 강상의 어객인 양하고 나섰는 판에, 그래도 그럴 듯 미끈한 잉어까지야 못 물린다손 치더라도 고기도 체면은 알 법한지라, 하다못해 붕어 새끼쯤이야 안 물리랴 하는 판에, 얼토당토않은 구역질 나는 놈들이 제가 젠체하고 가다듬은 내 마음을 더럽힐 줄 어찌 알았으랴.

㉣세상이 하 뒤숭숭하니 고요히 서재나 지키어 한묵(翰墨)*의 유희(遊戱)로 푹 박혀 있자는 것도 말처럼 쉽사리 되는 것은 아니라, 그렇다고 거리로 나가 **성격 파산자**처럼 공연스레 왔다 갔다 하기도 부질없고, 보이는 것 들리는 것이 모조리 **심사 틀**

리는 소식밖엔 없어 그래도 죄 없는 곳은 **내 서재**니라 하여 며칠만 틀어박혀 있으면 그만 **속**에서 **울화**가 터져 나온다.

위진(魏晉) 간에 심산벽촌(深山僻村)에 은거하여 청담(淸談)이나 일삼던 그네의 심경을 한때는 **욕**을 한 적도 있었으나, ⓜ막상 나 자신이 그런 심경에 처해 있고 보니 고인(古人)의 불우한 그 심정을 넉넉히 동감하게 된다.

　　　　　　　　　　　　　　 – 김용준, 「조어삼매(釣魚三昧)」 –

*한묵: 글을 짓거나 쓰는 것을 이르는 말.

>> 지문의 핵심 내용을 정리해 보세요.

(가)

화자와 대상의 관계	＿＿＿＿＿에서 노닐며 근심을 잊은 '내(청평사의 나그네)'
상황?	＿＿＿＿＿에서 봄 산의 흥취를 즐김 → 고요하고 아름다운 봄 산의 경치를 봄 → 아름다운 봄 산에서 속세의 ＿＿＿＿을 정화함

(나)

화자와 대상의 관계	속세의 근심을 잊고 ＿＿＿＿＿에서 소박하게 살아가는 '나'
상황?	전원에서의 삶이 도연명과 다르지 않다고 여김 → 강산에서 ＿＿＿＿＿하며 흥취를 즐김 → 전원으로 돌아온 삶을 만족스럽게 여김 → 살구꽃이 쌓인 고을을 보며 즐거워함 → 최 행수, 조 동갑과 어울려 ＿＿＿＿＿ 없이 지냄

>> 지문을 **세 부분**으로 나누고, 핵심 내용을 정리해 보세요.

(다)

01 낚시는 ＿＿＿＿＿에 몰입할 수 있는 운치 있는 생활 방편임

02 ＿＿＿＿＿이 그러하듯 고기 잡는 일이 내 마음대로 되지 않아 마음이 어지러움

03 한때는 깊은 산 궁벽한 마을에 ＿＿＿＿＿하던 이들의 심경을 욕했으나 세상이 뒤숭숭하여 이제는 동감하게 됨

---

1. (가)와 (나)의 공통점으로 가장 적절한 것은?

① 자연물의 속성에 주목하여 교훈적 의미를 전달하고 있다.

② 설의적 표현을 통해 추구하고자 하는 삶의 태도를 제시하고 있다.

③ 먼 경치에서부터 가까운 곳으로 시선을 옮기며 심리의 변화를 드러내고 있다.

④ 화자가 자신을 객관화하는 표현을 내세워 내적 갈등에 대한 공감을 유도하고 있다.

⑤ 계절을 드러내는 시어를 사용하여 시기에 부합하는 자연의 모습을 구체화하고 있다.

2. (나)에 대한 이해로 적절하지 <u>않은</u> 것은?

① 〈제1곡〉에서는 지명에 주목하여 화자의 지향을 드러내고 있다.

② 〈제8곡〉에서는 자연의 가치를 부각하여 화자가 즐기는 흥취를 강조하고 있다.

③ 〈제10곡〉에서는 화자의 현재 상황에 대한 만족감을 바탕으로 자연물에 대한 연민을 드러내고 있다.

④ 〈제15곡〉에서는 다양한 행위를 연속적으로 나열하여 화자가 누리는 생활의 일면을 제시하고 있다.

⑤ 〈제17곡〉에서는 청자를 호명하며 즐거움을 함께하려는 화자의 마음을 전달하고 있다.

3. 문맥을 고려하여 ㉠~㉤에 대해 이해한 내용으로 적절하지 <u>않은</u> 것은?

① ㉠: 생계를 유지하기 위한 생활과 대비되는 낚시의 의의를 드러내고 있다.

② ㉡: 낚시 도구와 글쓴이의 관계를 설정하여 낚시에 몰입하는 태도를 표현하고 있다.

③ ㉢: 낚시에 집중했던 글쓴이의 기다림과 기대에 부응하는 순간을 부각하고 있다.

④ ㉣: 낚시의 대안으로 선택한 것으로서, 글쓴이에게 마음의 안정을 찾게 해 준 방법으로 제시되고 있다.

⑤ ㉤: 낚시를 해 본 후 달라진 글쓴이의 마음가짐으로서, 은거했던 옛사람들에 기대어 자신의 심정을 드러내고 있다.

4. (나)와 (다)를 비교하여 이해한 내용으로 가장 적절한 것은?

① (나)의 '도연명'과 (다)의 '판교'는 각각 화자와 글쓴이가 행적을 따르고자 하는 인물이다.

② (나)의 '삼공'과 (다)의 '성격 파산자'는 모두 세속에서 높은 지위를 차지하고 있는 이들을 가리킨다.

③ (나)의 '세버들 가지'와 (다)의 '청수한 한 폭 대'는 각각 화자와 글쓴이가 자신과 동일시하는 대상이다.

④ (나)의 '고기'와 (다)의 '송사리'는 각각 화자와 글쓴이가 자신을 보잘것없는 존재로 비유한 표현이다.

⑤ (나)의 '시름'과 (다)의 '욕'은 각각 화자와 글쓴이가 자신을 억압하는 존재를 염두에 둔 표현이다.

5. [A]와 [B]에 대한 이해로 가장 적절한 것은?

① [A]에 나타난 글쓴이의 경이감은 [B]에서 인생에 대한 낙관적 기대로 확장된다.

② [A]에 나타난 글쓴이의 무력감은 [B]에서 과거의 삶에 대한 동경을 통해 해소된다.

③ [A]에 나타난 글쓴이의 실망감은 [B]에서 자신의 손상된 체면에 대한 한탄으로 이어진다.

④ [A]에 나타난 글쓴이의 상실감은 [B]에서 새로운 이상을 품도록 만드는 계기로 작용한다.

⑤ [A]에 나타난 글쓴이의 혐오감은 [B]에서 자신의 능력에 대한 겸손한 반성으로 전환된다.

6. 〈보기〉를 바탕으로 (가)~(다)를 감상한 내용으로 적절하지 <u>않은</u> 것은? [3점]

〈보기〉

문학 작품에서 공간에 대한 인식을 형상화하는 방식은 다양하다. 공간에 대한 인식을 직접적으로 드러내는 표현을 사용하거나, 공간 내 특정 대상의 속성으로써 그 대상이 포함된 공간 전체를 표상하기도 한다. 또한 이러한 인식은 공간 간의 관계를 통해 표현되기도 한다. 이때 관계를 이루는 공간에는 작품에 명시된 공간은 물론 그 이면에 전제된 공간도 포함된다.

① (가)의 '신선 골짝'은 화자가 지향하는 공간으로서, 이에 대립되는 곳으로 '백 년 근심'이 유발된 공간이 이면에 전제된 것이라 할 수 있겠군.

② (나)의 '낡은 다리'는 '주가'와 '온 골'이라는 대비되는 속성을 지닌 두 공간의 경계를 표현하여, 양쪽 모두에 미련을 버리지 못한 화자의 상황을 상징하고 있겠군.

③ (나)에서 화자가 돌아온 곳은 '어지럽고 시끄런 문서'로 표상되는 공간과 대비되는 공간으로서, '이대도록 시원하랴'와 같은 반응을 자연스럽게 이끌어낸 것이겠군.

④ (다)에서 '푸른 물이 그득히 담긴 못가'는 글쓴이가 '삼매경'에 빠지기를 기대하는 곳으로, 글쓴이가 자신의 지향과 직결되는 공간을 직접적으로 드러낸 것이겠군.

⑤ (다)에서 '내 서재'는 '심사 틀리는 소식'을 피하기 위한 곳임에도 불구하고 '속에서 울화가 터져 나온다'고 언급되었다는 점에서, 그 이면에는 새로운 공간에 대한 지향이 있음을 알 수 있겠군.

MEMO

[1~5] 다음 글을 읽고 물음에 답하시오.

(가)

이 몸 삼기실 제 님을 조차 삼기시니
혼싱 **연분(緣分)**이며 **하놀** 모롤 일이런가
나 호나 **졈어 잇고** 님 호나 날 괴시니
이 **무음** 이 **수랑** 견졸 **딘 노여** 업다
평싱(平生)애 원(願)후요딘 훈딘 녜쟈 후얏더니
늙거야 므스 일로 외오 두고 그리는고
엇그제 님을 뫼셔 광한면(廣寒殿)의 올낫더니
그 더딘 엇디후야 하계(下界)예 누려오니
올 저긔 비슨 머리 헛틀언 디 **삼 년**일쇠
연지분(臙脂粉) 잇니마는 눌 위후야 고이 홀고
무음의 미친 실음 텹텹(疊疊)이 싸혀 이셔
짓누니 한숨이오 디누니 눈물이라
인싱(人生)은 유훈(有限)훈디 시룸도 그지업다
무심(無心)혼 셰월(歲月)은 믈 흐르듯 호는고야
염냥(炎凉)이 째롤 아라 **가는 둣** 고텨 오니
듯거니 보거니 늣길 일도 하도 할샤
동풍이 건듯 부러 젹셜(積雪)을 헤텨 내니
창(窓) 밧긔 심근 **미화(梅花)** 두세 가지 픠여셰라
굿득 닝담(冷淡)호디 암향(暗香)은 므스 일고
황혼의 돌이 조차 벼마틱 빗최니
늣기는 둧 반기는 둧 **님이신가** 아니신가
뎌 미화 것거 내여 님 겨신 디 보내오져
님이 너를 보고 엇더타 너기실고

– 정철, 「사미인곡」 –

(나)

창 밧긔 워석버석 **님이신가** 너러 보니
혜란(蕙蘭) 혜경(蹊徑)*에 낙엽은 **므스** 일고
어즈버 유한(有限)혼 간장(肝腸)이 **다** 그츨가 **호노라**

– 신흠 –

*혜란 혜경: 난초 핀 지름길.

(다)

나는 예전에 장흥방의 길갓집에 살았다. 그 집은 저잣거리에 제법 가까워서 소란스러웠다. 문 옆에 한 칸짜리 초당이 있어 볏짚으로 덮고 흙을 쌓았더니 그윽하고 조용해서 살 만했다. 그러나 초당이 동쪽으로 치우쳐 햇볕을 받았기에 여름이면 너무

더웠다. 그래서 '고요함이 더위를 이긴다[靜勝熱]'는 말을 당호(堂號)*로 정해 문설주에 편액을 해 걸어 두고 위안을 삼았다.

대저 고요함에는 두 가지가 있으니 하나는 몸의 고요함이요, 다른 하나는 마음의 고요함이다. 몸이 고요한 사람은, 앉고 눕고 일어나고 서는 등 모든 행동에 있어 편안함을 취할 뿐이다. 마음이 고요한 사람은, 천하만사가 마치 촛불로 비춰 보고 거북이로 점을 치는 듯하니 시원한 날씨와 더운 날씨가 무슨 상관이 있겠는가? 그러므로 '고요함이 이긴다'고 한 지금의 말은 마음의 고요함을 가리킨다.

그 집에서 이십 년을 살고 이사하였다. 그로부터 삼 년이 흐른 뒤 옛집을 찾아가 보았다. 그새 주인이 바뀐 지 여러 번이지만 집은 옛 모습 그대로였다.

은은하게 처마에 들어오는 산빛, 콸콸콸 담을 따라 도는 골짜기 물, 밀랍으로 발라 번들번들한 살창, 쪽빛으로 물들여 놓은 늘어진 천막.

(중략)

내가 여기에 살던 시절은 집안이 번성하던 때였다. 선친께서 승명전에 봉직하실 때, 퇴근하신 밤이면 우리 형제들이 모시고 앉아 학문과 예술을 담론하고 옛일을 기록하거나, 시를 읽거나 거문고를 들었으니 유중영의 옛일*과 비슷하였다. 그 즐거움을 잊을 수는 없건마는 다시 되찾을 수는 없다!

『서경』에 '그릇은 새것을 찾고, 사람은 옛 사람을 찾는다.'라고 했다. 집 역시 그릇과 같이 무언가를 담는 부류이긴 하나, 사람은 집이 아니면 몸을 붙여 머물 데가 없고 집보다 더 거처를 많이 하는 것은 없으므로, 집은 그릇보다는 사람에 가깝다 하겠다. 그러니 어찌 그리워하지 않을 수 있으랴!

그렇지만 인간사가 벌써 바뀌어, 사물에 닿을 때마다 슬픔만 더하므로 이 집에 다시 살고 싶지는 않다. 마땅히 임원(林園)*에 집터를 보아 집을 지어서 옛 이름의 편액을 걸어 옛집에서 지녔던 뜻을 잊지 않으려 한다.

누군가는 '임원이 이미 고요하거늘, 지금 다시 '고요함이 이긴다'고 하면 또한 군더더기가 아닌가?'라고 말할 수 있으리라. 나는 답하리라. '고요한데 또 고요하니, 이것이야말로 고요함이라네.'라고.

– 유본학, 「옛집 정승초당을 둘러보고 쓰다」 –

*당호: 집에 붙이는 이름.
*유중영의 옛일: 당나라 때 문신 유중영이 늘 책을 가까이하며 자식들을 가르치던 일.
*임원: 산림.

(가)

화자와 대상의 관계	헤어진 ____을 생각하며 간절한 그리움을 드러내는 '나'
상황?	임과 이별한 후, 임을 생각하며 간절하게 그리워함 → 봄에 피어난 _____를 봄 → 임에게 매화를 보내고 싶어 하며, 임이 이를 본다면 어떻게 생각할지 궁금해함

(나)

화자와 대상의 관계	____을 기다리는 간절한 마음을 이야기하는 사람
상황?	창밖에서 들린 _____ 소리를 임이 오는 소리로 착각함 → 임을 향한 그리움으로 탄식함

>> 지문을 **네 부분**으로 나누고, 핵심 내용을 정리해 보세요.

(다)

01	'(마음의) 고요함이 더위를 이긴다'는 말을 _____로 정해 문설주에 편액을 해 걸어 둠
02	시간이 지나 다시 찾은 옛집은 고요하고 아름다운 _____을 그대로 유지하고 있었음
03	집은 _____보다는 사람에 가깝기에, '사람은 ___ 사람을 찾는다.'라는 말처럼 옛집 역시 그리워하지 않을 수 없음
04	변화하는 인간사로 인해, 옛집에서 다시 살기보다는 _____에 새집을 짓고 살면서 고요함에 대한 뜻을 되새기고자 함

1. (가)와 (나)에 대한 설명으로 가장 적절한 것은?

① (가)의 '노여'와 (나)의 '다'라는 수식어는 모두 임에 대한 원망의 정서를 강조하기 위해 사용된 것이다.

② (가)의 'ㅎ눈고야'와 (나)의 'ㅎ노라'는 모두 화자의 의지를 단정적인 종결형으로 나타낸 것이다.

③ (가)의 '미화'와 (나)의 '혜란'은 모두 화자와 동일시되는 자연물을 의인화하여 나타낸 것이다.

④ (가)의 '므스 일고'와 (나)의 '므스 일고'는 모두 뜻밖의 대상과 마주하게 된 반가움을 영탄적 어조로 표현한 것이다.

⑤ (가)의 '님이신가'와 (나)의 '님이신가'는 모두 임을 만나고 싶은 간절함을 독백적 어조로 드러낸 것이다.

2. 〈보기〉를 바탕으로 (가)를 감상한 내용으로 적절하지 않은 것은?

〈보기〉

(가)에는 천상의 시간과 지상의 시간이 모두 나타난다. 천상에서는 지상과 달리 생로병사의 과정 없이 끝없는 사랑이 지속된다. 이러한 시간적 질서는 지상에 내려온 화자를 힘겹게 하는데, 이 과정에서 화자는 지상의 물리적 시간을 심리적으로 변형하여 자신의 심경을 드러낸다.

① 임과의 '연분'을 '하놀'과 연결 짓는 것은, 임과의 사랑이 천상의 시간 질서처럼 끝없이 이어지기를 바라는 마음이 반영된 것이라 볼 수 있겠어.

② '겸어 잇고'와 '늙거야'를 통해 화자가 천상의 시간에서 벗어나 지상의 시간으로 편입되었음을 알 수 있겠어.

③ '삼 년' 전을 '엇그제'로 인식하는 것에서, 임과 함께한 기억이 아직도 선명하게 남아 있어 지상의 물리적 시간이 심리적으로 압축되어 나타나고 있음을 알 수 있겠어.

④ '인싱은 유훈'과 '무심훈 셰월'을 통해 지상의 시간적 질서에 따라 소망을 이룰 수 있는 시간이 줄고 있는 것에 대한 불안한 마음을 엿볼 수 있겠어.

⑤ '염냥'이 '가는 듯 고텨' 온다는 인식에서, 임과의 관계 단절에 따른 절망감으로 인해 지상의 물리적 시간이 심리적으로 지연되어 나타나고 있음을 알 수 있겠어.

3. 〈보기〉를 바탕으로 (나), (다)를 감상한 내용으로 적절하지 않은 것은? [3점]

〈보기〉

고요함은 소리나 움직임이 없이 잠잠한 상태인 외적 고요와 마음이 평온한 상태인 내적 고요로 구분할 수도 있다. 이에 주목하여 (나)를 감상할 때, 화자가 처한 상황과 그에 따른 심리는 고요함의 측면에서 이해될 수 있다. 또한 (다)에서 필자는 고요함에 대한 통찰을 통해 자신이 처한 공간에서 내적 고요를 추구하려 하는데, 이를 통해 삶에서 느끼는 불편이나 슬픔을 이겨 내는 동력을 얻고 있다.

① (나)에서 '낙엽' 소리가 창 안에서도 들린다는 것은 화자가 외적 고요의 상태에 있었다는 것을 의미하겠군.

② (나)에서 '낙엽' 소리를 임이 오는 소리로 착각했다는 것은 화자의 심리가 내적 고요의 상태에 있지 못했기 때문이겠군.

③ (다)에서 '사물에 닿을 때마다 슬픔만 더'한다는 것은 옛집을 돌아본 경험이 필자로 하여금 내적 고요를 이루기 어렵게 만들었다는 인식이 반영된 것이겠군.

④ (다)에서 '옛집'의 '초당'에 붙였던 당호를 '임원'의 새집에서도 사용하겠다는 것은 필자가 외적 고요에 더해 내적 고요를 추구하고 있음을 보여 주는 것이겠군.

⑤ (다)에서 '누군가'가 '고요함이 이긴다'는 당호를 '군더더기'로 본다는 것은 외적 고요만으로는 삶에서 느끼는 불편이나 슬픔을 이겨 내기 어렵다고 여겼기 때문이겠군.

4. (가)와 (다)를 비교하여 이해한 내용으로 가장 적절한 것은?

① (가)와 (다) 모두 인간의 외양이 변화하는 상황에 대한 안타까움이 나타나 있다.

② (가)와 (다) 모두 오래된 것보다는 새로운 것을 더 중시하는 삶의 자세가 나타나 있다.

③ (가)와 (다) 모두 자신이 있는 공간에서 그 공간에 부재하는 대상을 떠올리는 상황이 나타나 있다.

④ (가)에는 인생의 허무함에 대한 순응적 태도가, (다)에는 인생의 허무함에 대한 극복 의지가 나타나 있다.

⑤ (가)에는 과거와 달라진 타인의 마음에 대한, (다)에는 과거와 달라진 자신의 마음가짐에 대한 아쉬움이 나타나 있다.

5. (다)에 대한 이해로 적절하지 <u>않은</u> 것은?

① 여름에 더웠던 경험을 바탕으로 옛집 초당의 당호를 정하게 된 내력을 서술하고 있다.

② 과거 인물의 행적에 비추어, 다시 찾은 옛집에서 떠올린 기억에 대한 감회를 드러내고 있다.

③ 새집에 붙이고자 하는 당호의 의미를 통해 옛집에서 다시 살고 싶어하는 마음을 표현하고 있다.

④ 변함없는 옛집의 외양과 달리, 변해 버린 인간사로 인해 새집을 지으려는 마음을 갖게 되었음을 밝히고 있다.

⑤ 집이 그릇과 같은 부류이지만 사람을 담고 있는 존재라는 점에 주목하여 옛집에 대한 그리움을 부각하고 있다.

MEMO

MEMO

[1~5] 다음 글을 읽고 물음에 답하시오.

(가)

ⓐ문학 작품의 의미가 생성되는 양상은 세 가지로 나누어 볼 수 있다. 첫째는 자기의 경험은 물론 자기 내면의 정서나 의식 등을 대상에 투영하여, 외부 세계에 새로운 의미를 부여하는 경우이다. 둘째는 외부 세계의 일반적 삶의 방식이나 가치관, 이념 등을 자기 내면으로 수용하여, 자신을 새롭게 해석함으로써 의미를 만들어 내는 경우이다. 셋째는 자기와 외부 세계를 상호적으로 대비하여 양자에 대한 새로운 해석을 통해 의미를 생성하는 경우이다.

문학적 의미 생성의 이러한 세 가지 양상은 문학 작품에서 자기와 외부 세계의 관계를 파악할 때 적용할 수 있다. 첫째와 둘째의 경우, 자기와 외부 세계와의 거리는 가까워지고 친화적 관계가 형성된다. 셋째의 경우는 자기가 외부 세계를 바라보는 관점에 따라 둘 사이의 거리가 가까워져 친화적 관계가 형성되기도 하고, 그 거리가 드러나 소원한 관계가 유지되기도 한다.

(나)

산슈 간(山水間) 바회 아래 뛰집을 짓노라 ᄒᆞ니
그 모론 놈들은 욷는다 ᄒᆞ다마는
㉠어리고 하암의 뜻의는 내 분(分)인가 ᄒᆞ노라   〈제1수〉

보리밥 픗ᄂᆞ 물을 알마초 머근 후(後)에
바횟 긋 믉ᄀᆞ의 슬ᄏᆞ지 노니노라
그 나믄 녀나믄 일이야 부룰 줄이 이시랴   〈제2수〉

잔 들고 혼자 안자 먼 뫼흘 ᄇᆞ라보니
그리던 님이 오다 반가옴이 이리ᄒᆞ랴
말슴도 우움도 아녀도 몯내 됴하ᄒᆞ노라   〈제3수〉

누고셔 삼공(三公)도곤 낫다 ᄒᆞ더니 만승(萬乘)이 이만ᄒᆞ랴
이제로 헤어든 소부(巢父) 허유(許由) ㅣ 낙돗더라
아마도 님쳔 한흥(林泉閑興)을 비길 곳이 업세라   〈제4수〉

내 셩이 게으르더니 하ᄂᆞᆯ히 아ᄅᆞ실샤
인간 만ᄉᆞ(人間萬事)롤 ᄒᆞᆫ 일도 아니 맛뎌
다만당 두토리 업슨 강산(江山)을 딕희라 ᄒᆞ시도다   〈제5수〉

강산이 됴타 ᄒᆞᆫ들 내 분(分)으로 누얻ᄂᆞ냐
님군 은혜(恩惠)룰 이제 더욱 아노이다
아므리 갑고쟈 ᄒᆞ야도 ᄒᆡ올 일이 업세라   〈제6수〉

— 윤선도, 「만흥(漫興)」 —

(다)

산림(山林)에 살면서 명리(名利)에 마음을 두는 것은 큰 부끄러움[大恥]이다. 시정(市井)에 살면서 명리에 마음을 두는 것은 작은 부끄러움[小恥]이다. 산림에 살면서 은거(隱居)에 마음을 두는 것은 큰 즐거움[大樂]이다. 시정에 살면서 은거에 마음을 두는 것은 작은 즐거움[小樂]이다.

작은 즐거움이든 큰 즐거움이든 나에게는 그것이 다 즐거움이며, 작은 부끄러움이든 큰 부끄러움이든 나에게는 그것이 다 부끄러움이다. 그런데 큰 부끄러움을 안고 사는 자는 백(百)에 반이요, 작은 부끄러움을 안고 사는 자는 백에 백이며, 큰 즐거움을 누리는 자는 백에 서넛쯤 되고, 작은 즐거움을 누리는 자는 백에 하나 있거나 아주 없거나 하니, 참으로 가장 높은 것은 작은 즐거움을 누리는 자이다.

나는 시정에 살면서 은거에 마음을 두는 자이니, 그렇다면 이 작은 즐거움을 가장 높은 것으로 말한 ㉡나의 이 말은 대부분의 사람들의 생각과는 거리가 먼, 물정 모르는 소리일지도 모른다.

— 이덕무, 「우언(迂言)」 —

>> 지문의 핵심 내용을 정리해 보세요.

(가)

• 문학 작품의 의미가 생성되는 양상
 (1) 자기의 경험과 _____의 정서를 외부 대상에 투영
 (2) 외부 세계의 가치관 등을 내면에 수용
 (3) 자기와 외부 세계의 _____ 대비
  → (1)과 (2)는 자기와 외부 세계와의 거리가 가까워지고 친화적 관계 형성
   (3)은 외부를 바라보는 _____에 따라 자기와 외부 세계의 거리, 관계가 달라지기도 함

>> 지문의 핵심 내용을 정리해 보세요.

(나)

화자와 대상의 관계	자연 속에서의 삶에 만족감을 느끼며 임금의 _____에 감사하는 '나'
상황?	자연에서 살아가는 소박한 삶에 만족함 → 산을 바라보며 _____을 느낌 → 자연에서의 삶이 속세의 삶보다 가치 있다고 여김 → 자연에서의 삶이 자신의 천성에 맞음 → 임금의 은혜에 감사함

>> 지문을 **세 부분**으로 나누고, 핵심 내용을 정리해 보세요.

(다)

01	사는 곳과 _____을 두는 것에 따른 삶의 유형을 제시함
02	_____ 즐거움을 누리는 삶을 가장 가치 있는 것으로 봄
03	작은 _____을 누리며 사는 자신의 삶에 대한 자부심을 드러냄

1. (나)의 시상 전개에 대한 설명으로 가장 적절한 것은?

① 〈제1수〉에서는 경험적 성격과 연결된 공간으로부터, 〈제6수〉에서는 관념적 성격과 연결된 공간으로부터 시상이 전개된다.

② 〈제2수〉에서는 구체성이 드러나는 소재로, 〈제3수〉에서는 추상성이 강화된 소재로 시상이 시작된다.

③ 〈제2수〉에서 설의적 표현으로 제기된 의문이 〈제5수〉에서 해소되었음이 영탄적 표현으로 드러난다.

④ 〈제3수〉에서의 현재에 대한 긍정이 〈제4수〉에서의 역사에 대한 부정으로 바뀌며 시상이 전환된다.

⑤ 〈제3수〉에 나타난 정서적 반응이 〈제6수〉에서 감각적 표현을 통해 구체화된다.

2. (가)를 참고하여 (나)를 감상한 내용으로 적절하지 <u>않은</u> 것은?

① '산슈 간'에서 살고자 하는 마음과 이에 공감하지 못하는 '놈들'의 생각을 병치하여 화자와 '놈들' 사이의 거리가 드러남으로써, 자기와 외부 세계 사이의 소원한 관계가 유지된다.

② '바횟 긋 믉'에서 즐거움을 누리는 삶과 '녀나믄 일'을 대비하여 세상일과 거리를 두려는 화자의 태도가 드러남으로써, 자기와 외부 세계 사이의 소원한 관계가 유지된다.

③ '님'에 대한 '반가옴'보다 더한 감흥을 불러일으키는 '뫼'의 의미를 부각하여 화자와 '님' 사이의 거리가 드러남으로써, 자기와 외부 세계 사이의 소원한 관계가 유지된다.

④ '님쳔'에서의 '한흥'이 '삼공'이나 '만승'보다 더한 가치를 지닌다고 강조하여 화자와 '님쳔' 사이의 거리가 가까워짐으로써, 자기와 외부 세계 사이의 친화적 관계가 형성된다.

⑤ '강산' 속에서의 삶이 '님군'의 '은혜' 덕택임을 제시하여 화자와 '님군' 사이의 거리가 가까워짐으로써, 자기와 외부 세계 사이의 친화적 관계가 형성된다.

3. (다)를 이해한 내용으로 적절하지 <u>않은</u> 것은?

① '부끄러움'과 '즐거움'을 조화시킴으로써 더 나은 삶의 방식을 결정할 수 있다.

② '나'는 어디에 사느냐와 어디에 마음을 두느냐를 고려하여 삶의 유형을 나누고 있다.

③ '산림'에 사는 사람들 중에는 '즐거움'을 누리는 경우보다 '부끄러움'을 가진 경우가 더 많다.

④ '큰 부끄러움'과 '작은 즐거움'은 어디에 사느냐와 어디에 마음을 두느냐가 모두 서로 다르다.

⑤ '명리'를 '부끄러움'에, '은거'를 '즐거움'에 대응시킨 것으로 보아 '나'는 '은거'의 가치를 '명리'의 가치보다 높이 두고 있음을 알 수 있다.

4. ㉠, ㉡에 대한 설명으로 가장 적절한 것은?

① ㉠은 자신의 처지를 남의 일을 말하듯이 표현함으로써 자신의 문제를 회피하고 있다.

② ㉡은 자신의 행동을 냉철하게 성찰함으로써 자신의 과오를 인정하고 있다.

③ ㉠은 ㉡과 달리, 자신의 처지를 자문자답 형식으로 말함으로써 자신의 생각을 일반화하고 있다.

④ ㉡은 ㉠과 달리, 자신의 생각을 남의 말을 인용하여 표현함으로써 자신의 신념을 객관화하고 있다.

⑤ ㉠과 ㉡은 모두, 자신이 말하고자 하는 바를 우회하여 표현함으로써 자신의 삶에 대한 자부심을 드러내고 있다.

5. ⓐ를 바탕으로 (나), (다)를 이해한 내용으로 적절하지 <u>않은</u> 것은? [3점]

① (나)에서 무정물인 대상에 대해 호감을 표현한 것은 자신의 정서를 대상에 투영한 것이라고 볼 수 있다.

② (다)에서 자연에 의미를 부여하는 것은 자신의 생각을 대상에 투영하여 세계를 해석하는 것이라고 볼 수 있다.

③ (다)에서 삶의 방식을 상대적 기준에 따라 나누어 평가한 것은 자신의 가치관과 세상 사람들의 생각을 비교하여 세계의 의미를 새롭게 파악한 것이라고 할 수 있다.

④ (나)에서는 선인들의 삶의 태도를 자기 내면으로 수용하는 과정을 거쳐, (다)에서는 대다수 사람들의 뜻을 자기 내면으로 수용하는 과정을 거쳐 새로운 의미를 생성한다고 볼 수 있다.

⑤ (나)에서 자기 본성을 하늘의 뜻에 연관 지은 것과, (다)에서 자기 삶의 방식을 일반적인 삶의 방식과 견준 것은 자기 삶의 가치를 새롭게 해석하여 의미를 만들어 낸 것이라고 할 수 있다.

[1~5] 다음 글을 읽고 물음에 답하시오.

(가)

[앞부분 줄거리] 전우치는 구미호로부터 천서를 빼앗아 술법을 배웠으나 구미호가 전우치를 속여 천서의 일부를 가져간다.

우치 대노 왈,

"흉악한 요물이 나를 업수이 여겨 이같이 속이니 내 이제 여우 굴에 가 책을 찾고 요괴를 소멸하리라."

하고 방망이와 송곳을 가지고 여우 굴로 가니, 산천이 깊고 길이 아득하여 찾을 수 없어 도로 돌아와 생각하되, '이 요괴 변화가 예측하기 어려우니 가히 이곳에 오래 머물지 못하리라.' 하고 서책을 수습하여 돌아오니, 대저 천서 상권은 부적을 붙인 까닭에 빼앗아 가지 못함이러라.

[A]
우치 집에 돌아와 천서를 보아 못 할 술법이 없으매, 과거에 뜻이 없어 스스로 생각하되, '내 벼슬하여 모친을 봉양하려 하면 자연히 더디리라.' 하고 이에 한 계교를 생각하여 몸을 흔들어 변하여 선관이 되어 오색구름을 타고 하늘에 올라 바로 궐내로 들어가 대명전에 자리하니 서기가 공중에 어리었으니 궁중이 황홀했다. 이에 조정의 신하들이 당황하여 갈팡질팡하고 임금께 아뢰기를,

"고금에 드문 괴변이라."

하니, 왕이 대경하사 여러 신하를 모아 의논하시더니, 우치가 운무 중에 서고 청의동자가 외쳐 왈,

"고려국 왕은 옥황상제 전교를 들으라."

하거늘, 왕이 명하사 바닥에 깔 자리와 향로를 올려놓은 상을 갖춰 놓게 하고 나아가 보니 한 선관이 금관 홍포로 동자를 좌우에 세우고 오색구름 중에 싸여 단정히 섰거늘, 왕이 네 번 절한 후 땅에 엎드리시니, 우치 왈,

"하늘의 궁궐이 오래되어 낡고 헐었기에 이제 수리하고자 하여 인간 여러 나라에 뜻을 전하여 모든 물건을 다 바쳤으나 다만 황금 들보 하나가 없는지라. 옥황상제께서 그대 나라에 황금이 유족함을 아시고 이제 뜻을 전하사 칠 월 칠 일 오시에 상량하리니, 그날 미처 대령하되 길이 십 척 오 촌이요, 너비 삼 척 이 촌, 만일 그날 미치지 못하면 큰 변을 내리우시리라."

하고 말을 마치자 선악 소리 은은하며 오색구름이 남녘으로 향하여 가더라.

(중략)

우치 무안하여 달아나고자 하더니 화담이 알고 변신하여 삵이 되어 달려드니, 우치가 보라매 되어 날려 한 즉, 화담이 또한 청사자가 되어 우치를 물어 쓰러뜨리고 크게 꾸짖어 왈,

"너 같은 요술이 임금을 속이고 세상을 희롱하니 어찌 죽이지 아니하리오?"

우치 애걸 왈,

"선생의 도술이 높으심을 모르고 존엄을 범하였으니 죄당만사(罪當萬死)이오나, 소생에게 노모가 있사오니 원컨대 선생은 잔명을 빌리소서."

화담 왈,

"내 이번은 살리거니와 다시 그런 버릇없는 일을 행치 말고 그대 모친을 봉양하다가 그대 모친이 돌아가신 후에 나와 영주산에 들어가 선도(仙道)를 닦음이 어떠하뇨?"

우치 왈,

"선생의 교훈대로 봉행하리이다."

하고 인하여 하직한 후에 집에 돌아와 요술을 행치 아니하고 모친을 봉양하더니, 세월이 여류하여 우치 모부인이 졸하니 우치 예를 갖추어 선산에 안장하고 삼 년을 받들더니, 하루는 화담이 왔거늘, 우치가 황망히 나와 맞아 인사를 마치고 자리에 앉은 후에 화담 왈,

"그대와 약속한 일이 있으매 그대 상중에 있는 것을 알고 왔거늘, 이제 그 산에 있는 구미호를 잡아 돌상자에 가두고 그 굴에 불 지름이 어떠하뇨?"

우치 왈,

"이제 선생이 그 여우를 없이하시면 진실로 온 나라의 아주 다행스러운 일이 아닐까 하나이다."

화담 왈,

"내 이제 그대를 데려가려 하나니, 행장을 꾸리거라."

하거늘, 우치 크게 기뻐하며 재산을 흩어 노복을 주며 왈,

"나는 이제 영원히 이별하려 하니, 너희들은 탈 없이 있어 나의 조상의 제사를 받들라."

하고 조상의 무덤에 하직한 후에 화담을 모시고 구름을 타고 영주산으로 향하니, 그 뒷일은 알지 못하니라.

– 작자 미상, 「전우치전」 –

(나)

S#1. 궁궐. 낮.

궁궐을 향해 날아 내려가는 오색구름. ㉠선녀와 천군 호위 속에 전우치가 지상을 내려 본다.

왕: 옥황상제의 아드님께서 오신다. 예를 갖춰라.

왕이 손짓하자, 궁중 악사들이 정악을 연주한다. 지상으로 내

려온 구름. 전우치가 입을 연다. 쩌렁쩌렁한 목소리에 왕이 고개를 더 낮춘다.

전우치: 지상의 왕은 내가 시킨 대로 황금 1만 냥을 함경도 기근 지역에 보냈느냐?
왕: 그제 제 꿈에 나타나 하명하신 대로 한 치 틀림없이 그리 했습니다.
전우치: 하늘에서 그대의 덕을 높이 사 그대가 하늘로 돌아올 때 7배 70배 700배로 갚아 줄 것이다.
왕: 황공하옵니다. 왕가의 보물을 보자시길래 그것 역시 준비했습니다.
전우치: 지상의 왕이 보기보다 아주 똘똘하구나. 근데… 에이 가락이 맘에 안 드는구나.

전우치가 손짓하자, 궁중 악사들이 무엇에 홀린 듯 다른 음악을 연주한다. 맘에 안 드는지, 전우치가 손가락을 튕기자, 악사들은 음악을 바꾼다. 그제서야 맘에 든 전우치. 머리를 흔들어 박자를 느끼며, 보물이 늘어선 곳으로 걷는다. 보물을 발로 툭 쳐 보고, 도자기는 관심 없어 깨고, 보고, 던지고, 보고, 깨는데,

(중략)

거울을 연신 깨던 전우치. ⓛ한 거울에 눈이 멈춘다. 작고 투박하다. 앞면은 청동이라 탁하고 뒷면은 자개로 덮여 있다. 전우치가 슬쩍 주머니에 넣는다.

전우치: 왕은 고개를 들라.
왕: 예?
전우치: 내 본시 그림 그리기를 즐겨 해 나무를 그리면 나무가 점점 자라고 짐승을 그리면 그림에서 튀어나오니 내 재주가 아까워 그런데…

전우치가 품에서 두루마리를 꺼내 펼친다. 산수화. 궁녀 2 손에 들게 한다.

전우치: 어떤가?
왕: 지상의 풍경이 아닌 듯 살아 움직이는 것 같습니다. 소인이 과문하여 묻는데 주인 없는 빈 말은 무엇을 상징하는 것입니까?
전우치: 이 도사 전우치가 타고 갈 말이니라.
왕: … 전우치? 망나니 전우치?

전우치가 대동하고 왔던 천군들을 보면, ⓒ그저 허수아비에 불과하다.

전우치: 나를 아는가? 유명하면 아무리 이름을 숨긴다고 숨겨

지는 것도 아니고 거 참.
왕: 감히 **도사 놈**이 주상을 능멸해. 여봐라 이놈을 잡아라.

궁중 무관들이 들이닥치는데, 전우치는 태평하게 한 잔 더 걸치고는, 손가락을 튕겨 음악을 바꾼다. 음악은 점점 흥겨워진다. 진땀나는 궁중 악사들.

전우치: 도사 놈이라? 에… 도사는 무엇이냐? ⓔ도사는 바람을 다스리고 (바람이 분다) 마른 하늘에 비를 내리고 (순식간에 장대비가 내린다) 땅을 접어 달리고 (술상을 향해 축지법으로 갔다가 돌아온다) 날카로운 검을 바람보다도 빨리 휘두르고 (검이 쉭 – 하는 소리와 함께 허공을 가른다) 그 검을 꽃처럼 다룰 줄 아니 (검이 왕 얼굴 앞에서 꽃으로 변한다) 가련한 사람들을 돕는 게 바로 도사의 일이다. 무릇 **생선은 대가리부터 썩는 법!** 왕과 대신들이 기근에 시달리는 백성을 보살피지 않아 이 도사 전우치가 친히 백성들 심부름을 하고자 왔으니 공치사 받을 일도 아니고.

전우치를 에워싸는 궁중 무관들. 섣불리 접근하지 못하는데, 전우치 천천히 붉은 붓을 들어 술병 모가지 테두리를 둘러 원을 그린다. 서로를 바라보다 자신의 목을 보는 무관들. 모두의 목에 붉은 테두리가 그려져 있다.

전우치: 내가 이 병 목을 치면 너희들은 어떻게 될 거 같으냐?

무관들, 술렁거리며 주춤한다.

왕: 저놈을 잡는 자에게 황금 2천 냥을 주겠다.
전우치: 하하하… 돈을 막 쓰는구나. 하하하…

전우치가 그림 속으로 들어가 말을 타고 사라진다. ⓜ웃음소리는 오래도록 왕을 언짢게 한다.

– 최동훈, 「전우치」 –

>> 지문을 네 장면으로 나누고, 장면의 핵심 내용을 정리해 보세요.

(가)

장면 01	전우치는 천서를 찾고 구미호를 소멸하기 위해 _____에 갔지만 구미호를 찾지 못하고 돌아옴
장면 02	_____으로 변한 전우치가 임금에게 황금 들보를 바치라고 함
장면 03	화담의 꾸짖음으로 전우치는 요술을 행하지 않고 훗날 화담과 함께 _____를 닦기로 기약함
장면 04	화담과의 약속을 지킨 전우치는 선도를 닦으러 화담과 함께 영주산으로 향함

>> 지문을 두 장면으로 나누고, 장면의 핵심 내용을 정리해 보세요.

(나)

장면 01	왕은 전우치가 _____의 아들인 줄 알고 예우를 갖춰 대함
장면 02	왕이 정체를 드러낸 전우치를 잡으라고 명하나 전우치는 _____ 속으로 사라짐

1. (가)의 화담에 대한 이해로 가장 적절한 것은?

① 전우치가 요술로 세상을 어지럽히지 않도록 이끈다.

② 전우치의 요청에 따라 선도를 닦기 위해 함께 간다.

③ 전우치의 공격을 받으나 도술로 전우치를 제압한다.

④ 전우치와 함께 구미호를 퇴치하여 나라를 안정시킨다.

⑤ 전우치와의 약속을 지키지 않고 영주산에 갈 것을 재촉한다.

2. ⟨보기⟩는 선생님의 안내에 따라 학생들이 (가)를 이해한 내용이다. ⓐ~ⓔ 중 적절하지 않은 것은? [3점]

⟨보기⟩

선생님: 일반적으로 영웅 소설에서 주인공은 고난을 겪지만 조력자를 만나 병서나 무기 등을 얻어 탁월한 능력을 갖게 됩니다. 이후 주인공이 위기에 처한 나라를 구하는 공을 세워 이름을 떨치며 부귀영화를 누리는 것으로 마무리됩니다. 이때 주인공은 유교적 이념을 존중하는 인물입니다. 이와 같은 전형적인 영웅 소설과 「전우치전」이 어떻게 유사하고 다른지 이야기해 봅시다.

학생 1: 전우치가 천서를 익혀 뛰어난 능력을 얻게 된 것은 병서를 익혀 탁월한 능력을 갖게 된 일반적인 영웅 소설과 비슷해요. ································· ⓐ

학생 2: 전우치가 충을 다함으로써 효를 실천하는 것은 충효라는 유교적 이념을 중시하는 일반적인 영웅 소설과 비슷해요. ································· ⓑ

학생 3: 전우치가 입신양명의 길을 선택하지 않은 것은 나라에 공을 세워 이름을 널리 떨치는 일반적인 영웅 소설과는 달라요. ································· ⓒ

학생 4: 전우치가 옥황상제의 권위를 이용하여 나라의 재산을 취하려 한 것은 위기에 처한 나라를 구하는 일반적인 영웅 소설과는 달라요. ································· ⓓ

학생 5: 전우치가 재산을 흩어 노복에게 주고 떠나는 것으로 마무리되는 것은 부귀영화를 누리게 되는 일반적인 영웅 소설과는 달라요. ································· ⓔ

① ⓐ   ② ⓑ   ③ ⓒ   ④ ⓓ   ⑤ ⓔ

3. (가)를 토대로 (나)가 창작되었다고 할 때, [A]와 (나)에 대한 비교로 적절하지 않은 것은?

① 전우치가 왕에게 말하는 태도는 [A]에서는 근엄하였으나, (나)에서는 거드름을 피우는 것으로 변화하였다.

② 전우치가 왕에게 황금을 요구한 까닭은 [A]에서는 모친 봉양을 위한 것이었으나, (나)에서는 백성을 보살피는 것으로 바뀌었다.

③ 전우치가 자신의 요구 실현에 대해 취한 조치는 [A]에서는 실행하지 않을 경우 변을 당하리라 위협하는 것으로, (나)에서는 실행한 것에 대해 보상을 약속하는 것으로 표현되었다.

④ 전우치가 왕과의 만남을 끝내는 모습이 [A]에서는 구름을 타고 남쪽으로 가는 것으로, (나)에서는 돌아올 것을 예고하며 말을 타고 산수화 속으로 들어가는 것으로 나타났다.

⑤ 전우치가 왕에게 자신의 요구를 전하는 장면은 [A]에서는 왕에게 요구하는 모습이 자세히 서술되었으나, (나)에서는 꿈에 나타나 하명하였다는 왕의 대사로 간략히 처리되었다.

4. (나)에 나타난 갈등 양상에 대한 이해로 적절하지 않은 것은?

① 전우치가 자신의 정체를 드러낸 것을 계기로 왕과의 갈등이 표출되어 상황이 새로운 국면으로 전환된다.

② 전우치가 '생선은 대가리부터 썩는 법'이라고 말함으로써 왕과의 갈등이 부패한 지배층에 대한 비판으로 확장된다.

③ 왕이 전우치에게 속아 그를 최고의 예우로 대하는 것은 장차 전우치의 정체가 밝혀질 때 갈등이 증폭되는 요인이 된다.

④ 왕이 전우치를 '옥황상제의 아드님'에서 '도사 놈'으로 바꿔 부르는 것에서 전우치를 향한 왕의 적대적인 인식이 드러난다.

⑤ 왕과 전우치의 주문에 따라 연주되는 음악이 계속 바뀜으로써 왕과 전우치 간의 대결이 우열을 가리기 힘든 상황임이 드러난다.

5. (나)를 영화로 제작한다고 할 때, ㉠~㉤에 대한 연출 계획으로 적절하지 않은 것은?

① ㉠: 전우치의 권위와 위엄이 느껴지게 하려면, 지상을 내려다보는 전우치를 올려다보며 촬영해야겠군.

② ㉡: 전우치가 거울에 관심을 갖고 있음을 강조하려면, 전우치의 얼굴이나 눈동자를 화면에 가득 담아야겠군.

③ ㉢: 천군들의 정체로 인한 왕의 당혹감을 표현하려면, 천군이 있던 자리에 놓인 허수아비를 왕의 시점으로 보여 주어야겠군.

④ ㉣: 전우치가 도사로서 가진 출중한 능력을 입체적으로 전달하려면, 여러 공간에서 동시에 일어나는 각각의 장면을 번갈아 보여 주어야겠군.

⑤ ㉤: 왕이 전우치로 인해 불쾌감을 지속적으로 느끼고 있음을 감각적으로 표현하려면, 언짢아하는 왕의 표정을 보여 주며 전우치가 남긴 웃음소리를 효과음으로 길게 끌어야겠군.

홀수 기출 평가원 최신 [문학]

1판 1쇄 발행일 2025년 12월 17일

발행인 박광일
발행처 주식회사 도서출판 홀수
출판사 신고번호 제374-2014-0100051호
ISBN 979-11-94350-39-2

홈페이지 www.holsoo.com

2027 학년도 수능 국어

홀수 기출

평가원 최신

문학

목차

박광일의
2026학년도 수능 국어 문학 총평

2026학년도 수능 국어 문학 영역에서는 특별히 난해한 지문이나 문제는 출제되지 않았다. 2025학년도보다는 체감 난도가 높았으나, 매우 어려웠던 2024학년도와 비교하면 평이한 수준으로, 평소에 기출 분석 훈련을 충실히 해 왔다면 어렵지 않게 풀 수 있었을 것이다. EBS 연계는 약 50% 수준을 유지했으며, 비연계 작품도 낯설기는 했지만 까다롭지는 않았다. 고전산문의 21번 문항(본책 4번)과 고전시가의 34번 문항(본책 17번)은 주어진 〈보기〉의 내용을 참고하여 작품을 감상하는 문제로 상대적으로 오답률이 높았으나, 복잡한 추론을 요구하는 문항은 아니었기에 평가원의 출제 방식에 익숙한 수험생이라면 충분히 대처할 수 있었을 것이다.

변별력을 위해 난이도를 조절하는 평가원의 최근 출제 경향을 고려할 때, 2027학년도 수능 국어 문학은 올해보다 어렵게 출제될 가능성이 높다. 난도의 예측 불가능성을 감안하더라도 시간 관리 측면에서 우위를 확보하기 위해서는 문학 영역에 대한 체계적인 대비가 필수적이다. 최근 몇 년간의 수능 국어 문학 영역을 분석해 보면, 난이도 변화와 관계없이 출제 방식은 일관된 패턴을 유지하고 있다는 점이 확인된다. 기출 문제 분석의 중요성이 바로 여기에 있다. 최신 기출 문제를 분석하면 수능 국어의 출제 경향을 파악할 수 있을 뿐 아니라, 지문과 〈보기〉의 논리적 구조와 출제진이 오답 선지를 설계하는 방식까지 이해할 수 있어 근거 기반의 선지 판단이 가능해진다.

단계별 기출 분석을 통해 반드시 반복되는 수능 국어의 출제 논리를 읽어내고, 평가원이 요구하는 사고 과정을 체화한다면 난이도 변화에도 흔들리지 않는 1등급으로 도약할 수 있을 것이다.

INTRO

2026학년도
대학수학능력시험

✔ 박광일의 CHECK POINT

[1~4] 작자 미상, 「수궁가」

최근 수능에서 고전산문은 EBS 연계 교재에 실린 작품이 출제되고 있어. 2023학년도부터 2026학년도 수능까지 고전산문 지문에는 모두 EBS 연계 작품이 제시되었지. 특히 「수궁가」는 익숙한 작품이지만, 일반적으로 잘 알려진 대목이 아닌 생소한 부분이 제시되었기 때문에 연계 작품을 꼼꼼히 공부하지 않았다면 생소했을 수 있어. 또 갈래의 특성상 인물의 지칭어도 다양해서 대사나 행동, 심리의 주체를 제대로 파악하지 못했다면 문제를 푸는 데 어려움을 겪었을 수 있어. 하지만 그럴수록 차분하게 인물 간의 관계와 세부 내용을 파악하며 읽어야 해. 특히 제시된 외적 준거를 기준으로 지문을 분석해야 하는 문제는 지문과 〈보기〉, 선지의 내용이 서로 상충하는 부분은 없는지 면밀히 따져 봐야 해. 평소에 평가원 기출과 연계 교재에 수록된 고전산문 지문들을 꼼꼼히 분석하며 문제를 푸는 연습을 해 보자.

[1~4] 다음 글을 읽고 물음에 답하시오. [기본]

[중모리] 그때에 사슴이 발론*하되 근래 인간이 하 무서워 짐승을 잡아먹기 온갖 꾀가 다 생기고 산중에 수목이 없어 은신할 곳 없어지니 각기 의견 들어 보면 방책*이 있을런가 이 모임을 했사오니 수령님의 좋은 꾀를 일러 주옵소서

[아니리] 호랑이가 수령 말을 듣더니마는 거두름을 피우며 사슴이 자신을 '수령님'이라 부르자 거만해진 호랑 오늘은 노소고하를 막론하고 자세히 말해 보라 토끼가 여짜오되

[자진모리] 사냥개라 허는 것은 같은 우리 모족(毛族)*으로 사람 집에 기식허니 제 무슨 아첨으로 내 잘 맡는 자랑허여 심산궁곡 층암절벽 찾고 찾어 들어와 동제 간 살해만 허니 수령님 이후로는 사냥개를 있는 대로 다 잡어 잡수오면 그 덕이 모든 금수에게 미치오리다 호랑이가 사냥개를 잡아먹을 것을 방책으로 제안하는 토끼

[아니리] 호랑이 듣더니만 다 잡어 먹었으면 네 원통함도 풀고 나도 배부른 꼴을 보련마는 일등 포수가 따러다녀 어설피 물랴다가 조총에 불이 번듯 탄환이 쑥 나오면 거 내 신세는 어쩔 것이냐 조총을 지닌 포수에 대한 두려움으로 토끼의 제안을 거절하는 호랑이

그때에 별주부 저기 토 선생 계시오 부른다는 것이 수로 팔천 리를 아래턱으로 밀고 오자니 아래턱이 빳빳허여 토 자가 살짝 늘어져 호 자로 되였것다 저기 호 생원 계시오 불러 놓으니 첩첩산중 호랑이가 생원 말 듣기는 제 평생 처음이라 ⓐ반기 듣고 내려오는디 자신을 호 생원이라고 높여 부르자 신이 나 산에서 내려오는 호랑이 [장면 01]

[엇모리] 범 내려온다 범이 내려온다 송림 깊은 골로 한 짐승이 내려온다 누에머리를 흔들며 양 귀 찢어지고 몸은 얼숭덜숭 꼬리는 잔득 한 발이 남고 동아 같은 뒷다리 전동 같은 앞다리 새낫 같은 발톱으로 엄동설한 백설 격으로 잔디 뿌리 왕모래를 좌르르르 흩으며 주홍 같은 입 벌리고 홍행행 허는 소리 산천이 진동하고 강산이 뒤눕고 땅이 뚝 꺼지난 듯 자라가 ⓑ깜짝 놀래여 목을 움치고 가만히 엎졌을 제 호랑이가 다가오는 소리를 듣고 깜짝 놀라 목을 움츠리는 자라

[아니리] 호랑이가 척 내려와 이것 무엇인고 이리 보아도 둥굴 둥굴 저리 보아도 둥굴 둥굴아 하고 불러도 대답이 없것다 옳다 이것 한 입가심 허여 볼까

자라가 ⓒ깜짝 놀래여 여보 당신이 뉘라 허시오 호랑이가 자신을 잡아먹으려 하자 당황하며 정체를 밝히라고 요구하는 자라

호랑이 깜짝 놀래 에끼 이것 보아라 도리줌치* 속에 배암 잡어넣어 놓은 것같이 생긴 것이 인사성은 밝네 나는 ㉠이 산중 지키는 호 생원 어른이로다

자라가 호랑이란 말을 듣고서 겁짐에 바로 일러 나는 명색이 자라 새끼요

[중모리] 호랑이 ⓓ반기 듣고 얼시구나 좋을시고 내 평생에 원하기를 왕배탕이 원일러니 오늘날 만났구나 맛진 진미를 먹어 보자 별주부가 자라임을 알고 잡아먹을 생각에 기뻐하는 호랑이 으르르르앙 허고 달려드니 자라 듣고 깜짝 놀래여 아이고 내 자라 아니요 이놈 그러면 무엇인고 내가 두꺼비요 두꺼비 같으면 더욱 좋다 너를 산 채로 불에 살라 술에 타 먹었으면 만병회춘 명약이라니 너를 먹으리라 아이고 내 남생이요 남생이 같으면 더욱 좋다 습기에는 제일이라 허니 너를 산 채로 먹으리라

[아니리] 별주부 듣고 기가 막혀 무작정 자신을 잡아먹으려 드는 호랑이를 보고 기막혀 하는 자라 이 급살 맞어 죽을 놈이 동의보감을 얼마나 통달 허였는지 보는 대로 약 취해 먹기로만 드니 기왕 죽을 바에는 속임수나 한번 써 보고 죽을 밖에 없구나 허고 목을 길게 내놓으며 네 이놈 호랑아 내 목 나간다 생명이 위험한 상황에서 신체적 특징을 사용해 호랑이에게 속임수를 쓰려는 자라

호랑이 ⓔ깜짝 놀래 에끼 이것 목 나온다 고만 나오시오 하루 수천 발 나오겠소 대체 당신 명색이 무엇이오 자라가 목을 길게 늘여 보이자 겁을 먹은 호랑이

나는 수국 전옥주부 공신 사대손 별주부 별나리로다 이놈 내 목이 모양 된 내력을 들어 보아라 [장면 02]

[자진모리] 우리 ㉡수궁 퇴락허여 영덕전 새로 질 제 일천팔백 간 기와를 내 손으로 올리다가 추녀 끝에 뚝 떨어져 목으로 잘칵 꺼꾸러져 이 모양이 되얏기로 명의다려 문의한즉 호랑이 쓸

개를 열 보만 먹으면 목이 즉효헌다기로 우리 수궁 도리랑귀신 잡어 타고 호랑이 사냥을 나왔더니 쓸개 한 보 못 주겠느냐 도리랑귀신 게 있느냐 이 호랑이 배 갈라라 앞으로 기어들며 도리랑 도리랑 허고 달려들어 호랑이 아랫도리를 꽉 물고 뺑 돌아놓으니 호랑이의 배를 가르겠다고 위협하며 호랑이를 붙잡는 자라

[아니리] 호랑이 ⓕ질색허여 아이고 별나리 이것 좀 놓아주시오 자라의 말에 속아 자라를 '별나리'라 부르며 놓아달라고 애원하는 호랑이 이놈 잔말 말고 쓸개만 내놓아라 호랑이 그 육중헌 놈이 자라에게 매달려 애걸을 허는듸

[중모리] 별나리 전에 비나이다 나는 오대독신으로 오십이 다 되도록 슬하 일점혈육이 없소 만일 내가 죽게 되면 선영*에 죄가 망극허오 자손의 도리를 언급하며 쓸개를 줄 수 없음을 주장하는 호랑이 차라리 내 왼눈이나 하나 빼 잡으시오 이놈 잔말 말고 쓸개만 내놔라 여기만 놓아주면 당장에 쓸개를 드리리다

[아니리] 별주부 가만히 생각한즉 쓸개 주겠다고 놓아 달라는 것이 얼주검이 된 모양이라 꽉 물었던 호랑이 아랫도리를 슬그머니 늦춰 놓으니

[휘모리] 호랑이 몽그랏다 후다닥 뛰어갈 제 급한 난리 화살 닫듯 조총에서 철환 닫듯 오림에서 조조 닫듯 산을 넘고 바다 건너 홀연히 간 곳 없네 자라를 피해 멀리 뛰어 도망을 가는 호랑이

[아니리] 전라도 해남에서 냅다 뛴 놈이 의주 압록강 가에서 숨을 내쉬고 한편을 살펴보는데 남생이 한 마리가 뾰쪼롬허고 내다보니 별주부로 알았것다 에끼 저놈 그 새 저기 좇아왔구나 게서 또 후다닥 빼 놓은 것이 함경도 ⓒ세수랑 고개에다 덜럼 올라앉어 도망친 곳에서 만난 남생이를 자라로 착각해 더 멀리 도망간 호랑이 장담을 허것다 내 용맹이나 된 게 여기까지 살아왔지 잡놈 같았으면 하마 그놈 뱃속에 굳었으렷다 겁을 먹고 도망친 후에도 자신이 용맹해 도망쳤다며 추켜세우는 호랑이 장면 03

– 작자 미상, 「수궁가」 –

>> 지문을 **세 장면**으로 나누고, 장면의 핵심 내용을 정리해 보세요.

장면 01	산중 짐승들이 모여 인간을 피할 방책을 의논하던 중, 별주부가 실수로 토 선생 대신 **호** 생원을 부르자 호랑이가 반가워하며 내려감
장면 02	자라(별주부)는 호랑이가 자신을 약으로 취해 먹으려고 하자, 목을 길게 내놓고 **속임수**를 써서 위기를 벗어나려고 함
장면 03	자라가 호랑이 쓸개를 먹으면 자신의 목이 낫는다며 겁을 주자, **호랑이**는 멀리 도망감

전체 줄거리

남해 용왕이 자신의 병을 치료하기 위해 토끼의 간을 구하자, 별주부 자라가 지원하여 토끼를 잡아가기 위해 육지로 나온다. 바다를 헤엄쳐 온 자라는 '토 생원'을 부르려다가 실수로 '호 생원'을 불러 호랑이와 만나게 된다. 자라와 만난 호랑이는 통성명을 끝내자마자 자라를 잡아먹으려 하고, 이에 자라는 목을 길게 뽑아 보이며 호랑이에게 겁을 주고, 쓸개를 내놓으라며 거짓으로 협박해 호랑이를 달아나게 한다. 어렵게 토끼를 만난 자라는 온갖 감언이설로 토끼를 속여 함께 용궁으로 가게 된다. 용왕이 토끼의 간을 빼앗으려고 하자, 자신이 자라에게 속아 붙잡혀 온 것을 알게 된 토끼는 기지를 발휘해 간을 육지에 두고 왔다고 답한다. 결국 용왕은 토끼의 말에 속아 넘어가 자라와 토끼를 다시 육지로 돌려보낸다. 육지로 나온 토끼는 용왕과 자라를 꾸짖고 조롱한 후 달아나고, 자라는 토끼 똥을 약으로 가져가 용왕을 살린다.

인물 관계도

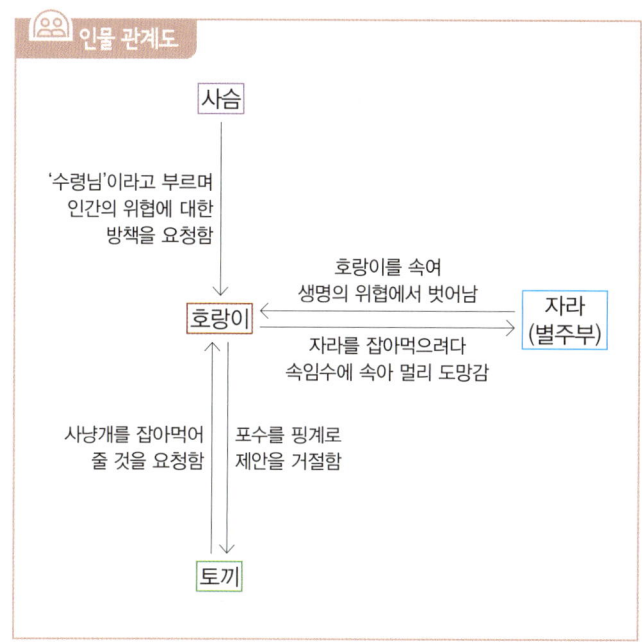

이것만은 챙기자

* **발론**: 제안(提案) 또는 의논거리 따위를 말하여 드러냄.
* **방책**: 방법과 꾀를 아울러 이르는 말.
* **모족**: 털을 가진 네발짐승을 통틀어 이르는 말.
* **도리줌치**: 도리주머니. '두루주머니(허리에 차는 작은 주머니)'의 방언.
* **선영**: 조상의 무덤. 또는 그 근처의 땅.

🔍 **유형 분석**

지문 내 특정 부분과 관련하여 사건의 앞뒤 맥락까지 파악해야 하는 문제야. 이와 같은 유형의 문제는 사건의 선후 관계나 인과 관계를 꼼꼼하게 판단해야 정답을 고를 수 있으니, 지문을 몇 개의 장면으로 나눠 읽고 핵심 내용을 정리해 가며 풀어야 해.

🔍 **유형 분석**

제시된 공간에서 일어나는 사건을 통해 공간이 가진 의미를 잘 파악해야 하는 문제였어. 이러한 문제의 유형은 선지의 앞부분이 적절하더라도 뒷부분이 적절하지 않다면 오답이므로, 긴 선지를 마주할 때에는 선지 전체의 내용이 지문의 내용과 모두 일치하는지 잘 따져 보는 것이 중요해.

1. 윗글에 대한 이해로 적절하지 <u>않은</u> 것은?

✔ **정답풀이**

② 호랑이가 자라의 외양에 주목하여 관심을 보이자 자라는 호랑이보다 먼저 자신의 정체를 밝혔다.

자라를 본 호랑이는 자라가 '이리 보아도 둥글 둥글 저리 보아도 둥글'고, '도리줌치 속에 배암 잡어넣어 놓은 것같이 생'겼다며 자라를 '한 입가심허여 볼까'라고 한다. 이에 놀란 자라가 '여보 당신이 뉘라 허시오'라며 호랑이에게 통성명을 요구하자, 호랑이는 '나는 이 산중 지키는 호 생원 어른'이라며 먼저 자신의 정체를 밝히고 있다. 이후 자라가 '겁짐에 바로 일러 나는 명색이 자라 새끼'라고 하였으므로, 자라는 호랑이가 정체를 밝힌 이후에 자신의 정체를 밝혔다고 볼 수 있다.

❌ **오답풀이**

① 사슴이 호랑이에게 대책을 구하자 호랑이는 거드름을 부리며 다른 동물들에게 발언하게 하였다.

사슴은 '근래 인간이 하 무서워' '방책이 있을런가 이 모임을' 했다며 '수령님의 좋은 꾀를 일러' 달라고 호랑이에게 대책을 구하고 있다. 사슴에게 '수령 말'을 들은 호랑이는 '거두룸을 피우'고, '노소고하를 막론하고 자세히 말해' 볼 것을 권하며 다른 동물들에게 발언하게 하고 있다.

③ 자라는 자신을 해치려고 드는 호랑이에게 목을 내밀어 놀라게 한 후 도리랑귀신을 들먹이며 맞섰다.

별주부가 자라인 것을 알게 된 호랑이가 '먹어 보자'며 자라를 해치려 하자, 자라는 '기왕 죽을 바에는 속임수나 한번 써 보고 죽을 밖에 없다'고 생각한다. '목을 길게 내놓으며' 호랑이를 '깜짝 놀'라게 한 자라는 자신이 '도리랑귀신 잡어 타고 호랑이 사냥'을 나왔다며 호랑이에게 맞서고 있다.

④ 호랑이가 쓸개를 주겠다며 놓아 달라는 것을 듣고 자라는 호랑이가 얼주검 상태가 되었다고 생각하였다.

자라가 '호랑이 아랫도리를 꽉 물고' 있자, 호랑이는 '여기만 놓아주면 당장에 쓸개를 드리리다'라며 애원한다. 이에 자라는 '쓸개 주겠다고 놓아 달라는 것이 얼주검이 된 모양이라' 생각하고 있다.

⑤ 호랑이는 남생이가 내다보는 것을 보고 자신이 매달려 애걸했던 자라가 자신을 쫓아왔다고 생각하였다.

호랑이는 자라가 자신의 '아랫도리를 꽉 물고' 놓아주지 않자, '자라에게 매달려 애걸'을 하다 '의주 압록강 가'까지 도망간다. 호랑이는 도망친 곳에서 '남생이 한 마리'가 내다보는 모습을 보고, '별주부로 알'아 '저놈 그 새 저기 쫓아왔'다고 한다. 즉 호랑이는 남생이를 자라로 착각하여 자신이 매달려 애걸했던 자라가 자신을 쫓아왔다고 생각하고 있다.

2. ㉠~㉢에 대한 이해로 가장 적절한 것은?

┌─────────────────────┐
㉠: 이 산중
㉡: 수궁
㉢: 세수람 고개
└─────────────────────┘

✔ **정답풀이**

④ ㉠은 자라가 자신의 행위로 인해 위험에 빠지게 된 공간이며, ㉡은 자라가 위험에서 벗어나고자 언급한 공간이다.

별주부는 '토 선생'을 부르려다 실수로 '호 생원'을 불러 ㉠에서 호랑이와 대면하고, 호랑이는 '맛진 진미를 먹어 보자'며 자라에게 달려든다. 즉 ㉠은 자라가 자신의 실수로 인해 위험에 빠지게 된 공간에 해당한다. 이후 자라는 '기왕 죽을 바에는 속임수나 한번 써' 보자며 자신이 ㉡에서 '도리랑귀신 잡어 타고 호랑이 사냥을 나왔'다고 속여 호랑이를 위협하는데, 이에 '질색허여' 자라를 '별나리'로 부르는 호랑이의 모습에서 호랑이가 자라의 속임수에 넘어간 것을 알 수 있다. 따라서 ㉡은 자라가 위험에서 벗어나고자 언급한 공간으로 볼 수 있다.

❌ **오답풀이**

① ㉠은 공동의 문제를 해결하기 위한 모족의 노력이 나타나는 공간으로, 이곳에서 자라와 호랑이의 화해가 이루어진다.

㉠에서 사슴은 '근래 인간이 하 무서워' '방책이 있을런가 이 모임을 했'다며 공동의 문제를 언급하고, 이후 토끼는 '우리 모족'의 문제를 해결을 위해 호랑이에게 사람이 부리는 '사냥개를 있는 대로 다 잡어' 먹을 것을 요청하고 있다. 따라서 ㉠은 공동의 문제를 해결하기 위한 모족의 노력이 나타나는 공간으로 볼 수 있다. 그러나 ㉠에서 자라와 호랑이가 화해하는 모습은 나타나지 않는다.

② ㉡은 자라가 자신의 내력을 소개하며 언급한 공간으로, 자라는 호랑이와의 만남을 예상하고 이곳에서 이를 대비하였다.

자라는 호랑이에게 자신을 '수국 전옥주부 공신 사대손 별주부 별나리'라고 소개하며 ㉡에서 '영덕전 새로 질 제' 다친 목을 고치기 위해 '도리랑귀신 잡어 타고 호랑이 사냥을' 나왔다며 내력을 밝힌다. 즉 ㉡은 자라가 자신의 내력을 소개하며 언급한 공간에 해당한다. 그러나 자라는 실수로 '호 생원'을 불러 호랑이를 마주친 것이므로, 호랑이와의 만남을 예상하고 ㉡에서 이를 대비했다고 보기는 어렵다.

③ ⓒ은 호랑이가 안도감을 나타내는 공간으로, 이곳에서 호랑이는 살아남은 것을 자신의 능력을 넘어서는 뜻밖의 행운이라고 여겼다.

'전라도 해남'에서 '의주 압록강 가'까지 뛰어 간 호랑이는 그곳에서 본 '남생이 한 마리'를 '별주부로 알'아 다시 함경도 ⓒ까지 도망간다. ⓒ에 도착한 호랑이는 '내 용맹이나 된 게 여기까지 살아왔'다며 살아남은 것을 자신의 능력 때문이라고 생각한다. 따라서 ⓒ은 자라를 피해 도망한 호랑이가 안도감을 나타내는 공간으로 볼 수 있지만, 호랑이는 자신이 살아남은 것을 능력을 넘어서는 뜻밖의 행운이라고 여기지는 않았다.

⑤ ㉠은 호랑이의 지위가 다른 존재의 발언을 통해 확인되는 공간이며, ㉢은 호랑이가 다른 존재와의 비교를 통해 자신의 위엄을 부정하는 공간이다.

㉠에서 사슴과 토끼는 호랑이에게 인간을 피할 방책을 구하기 위해서 호랑이를 '수령님'이라고 부르고 있으므로, 호랑이의 지위가 다른 존재의 발언을 통해 확인된다고 볼 수 있다. 한편 자라를 피해 ㉢으로 도망간 호랑이는 '내 용맹이나 된 게 여기까지 살아왔지 잡놈 같았으면 하마 그놈 뱃속에 굳었'을 것이라며 다른 존재와 비교하며 자신의 능력에 대한 자부심을 드러내고 있으므로, 호랑이가 다른 존재와 자신을 비교한 것은 적절하나, 이를 통해 자신의 위엄을 부정한 것은 아니다.

🔍 **유형 분석**

이 문제는 ⓐ~ⓕ의 반응이 나오게 된 앞뒤 맥락을 잘 파악해야 정답을 찾을 수 있는 문제였어. 제시된 기호가 비교적 많은 편이니까, 먼저 기호가 붙은 부분에는 잘 표시를 해 두자. 이런 유형의 문제는 이러한 반응을 보인 인물이 누구인지, 반응을 보인 원인이 무엇인지 파악하면 쉽게 정답을 찾을 수 있어.

3. ⓐ~ⓕ에 대한 설명으로 가장 적절한 것은?

ⓐ: 반기 듣고
ⓑ: 깜짝 놀래여
ⓒ: 깜짝 놀래여
ⓓ: 반기 듣고
ⓔ: 깜짝 놀래
ⓕ: 질색허여

✅ **정답풀이**

③ ⓒ와 ⓕ는 각기 다른 주체가 상대의 말이나 행동으로 인해 생긴 위기 상황에서 보인 반응이다.

자라는 호랑이가 자신을 보고 '한 입가심 허여 볼까'라고 하자 '깜짝 놀래'고 있다. 즉 자라는 호랑이의 말로 인해 생명의 위협을 받는 상황에서 ⓒ와 같은 반응을 보인 것이다. 또한 자라는 '호랑이 사냥을 나왔'다며 '호랑이 배'를 가르겠다고 하고, '호랑이 아랫도리를 꽉 물고 뺑 돌아 놓'고 있다. 이에 호랑이가 '질색허'고 있으므로, 호랑이는 자라의 말과 행동으로 인해 생긴 위기 상황에서 ⓕ와 같은 반응을 보이고 있다.

❌ **오답풀이**

① ⓐ와 ⓑ는 각기 다른 주체가 예의를 갖춘 상대의 태도에 대해 보인 반응이다.

별주부가 '토 선생'을 부르려다 실수로 '호 생원'을 부르자, 호랑이는 '생원 말 듣기는 제 평생 처음이라' 반가움을 느낀다. 즉 호랑이는 자라가 자신을 '호 생원'으로 지칭하며 예의를 갖추었다고 생각하여 ⓐ와 같은 반응을 보인 것이다. 한편 자라는 '범 내려'오는 소리가 '산천이 진동하고 강산이 뒤눕고 땅이 뚝 꺼지난 듯'하자 깜짝 놀란다. 즉 ⓑ는 자라가 호랑이가 내려오는 소리를 듣고 놀라 보인 반응일 뿐, 예의를 갖춘 상대의 태도에 대해 보인 반응은 아니다.

② ⓑ와 ⓒ는 동일한 주체가 상대의 당황하는 모습에 대해 보인 반응이다.

ⓑ는 '산천이 진동하고 강산이 뒤눕고 땅이 뚝 꺼지난 듯'하는 호랑이가 내려오는 소리를 듣고 자라가 보인 반응이고, ⓒ는 자신을 보고 '이것 한 입가심 허여 볼까'라고 말하며 위협하는 호랑이의 모습을 본 자라의 반응이다. 따라서 ⓑ와 ⓒ는 동일한 주체가 보인 반응이지만, 상대가 당황하는 모습을 보고 보인 반응은 아니다.

④ ⓓ와 ⓔ는 동일한 주체가 자신의 숙원이 성취될 수 있음을 확인
하면서 보인 반응이다.

호랑이는 자신이 발견한 대상이 자라임을 알고 반가워하며 '내 평생에 원하
기를 왕배탕이 원일러니 오늘날 만났구나'라고 한다. 즉 호랑이는 자라(왕배탕)
를 먹고 싶어 했던 자신의 숙원이 성취될 수 있음을 확인하면서 ⓓ와 같은
반응을 보인 것이다. 한편 호랑이는 자라가 '목을 길게 내놓으며 네 이놈 호
랑아 내 목 나간다'고 하자 ⓔ와 같은 반응을 보이고 있는데, 이는 호랑이가
자라의 신체적 특징을 보고 깜짝 놀라 보인 반응으로 볼 수 있다. 따라서
ⓓ와 ⓔ는 모두 동일한 주체인 호랑이가 보인 반응이지만, ⓔ를 호랑이가
자신의 숙원이 성취될 수 있음을 확인하면서 보인 반응으로 보기는 어렵다.

⑤ ⓔ와 ⓕ는 동일한 주체가 상대의 예상 밖 제안에 대해 보인 반응
이다.

ⓔ는 '네 이놈 호랑아 내 목 나간다'라고 하며 '목을 길게 내놓는' 자라를 보고
호랑이가 당황하여 보인 반응이고, ⓕ는 '호랑이 사냥을 나왔다'고 말하며
'호랑이 아랫도리를 꽉' 무는 자라를 보고 호랑이가 놀라며 보인 반응이다.
따라서 동일한 주체의 반응이라고 볼 수 있지만, 상대의 위협적인 행동을
보고 보인 반응이지 상대의 예상 밖의 제안을 듣고 보인 반응이 아니다.

 유형 분석

이 문제는 제시된 설명을 참고해서 윗글을 감상한 내용의 적절성을 판단
하는 문제야. 제시된 설명에서는 작품의 형식적 특징이 작품의 내용에
어떤 영향을 미쳤는지에 대해 설명하고 있어. 이런 유형의 문제를 풀 때는
지문과 선지의 내용이 충돌하지 않는지, 제시된 설명이 선지와 충돌하지
않는지, 지문과 제시된 설명이 충돌하지 않는지 모두 꼼꼼히 확인해야 해.

**4. 다음에 제시된 선생님의 설명을 참고하여 윗글을 감상한
내용으로 적절하지 않은 것은? [3점]**

선생님: 「수궁가」는 우화에서 판소리 사설로 발전한 작품입니다.
동물들이 인물로 등장하는 우화 속 세상에 청중의 현실 속
다양한 요소를 중첩하는 방식으로 이야기의 변모가 이루어
졌어요. 이로써 부정적 면모를 지닌 다양한 인간에 대한
비판을 드러내거나, 현실감을 부여하여 인물이 처한 상황을
강조하거나, 현실이라면 불가능한 상황을 가능한 것으로
과장되게 표현하여 청중의 흥미를 높였어요.

🔍 보기 분석

- 「수궁가」의 특징
  - 우화 속 세상에 현실 속 다양한 요소를 중첩하여 이야기가 변모됨
  - 부정적 면모를 지닌 다양한 인간에 대한 비판을 드러냄
  - 현실감을 부여하여 인물이 처한 상황을 강조함
  - 불가능한 상황을 가능한 것으로 과장되게 표현함

✓ 정답풀이

② 자라가 '동의보감'을 떠올린 데서, 현실의 의서를 우화 속 상황에
중첩함으로써 명약을 탐하는 속내를 지식을 내세워 숨기는 위선적
인간에 대한 비판이 드러남을 알 수 있군.

〈보기〉에서 윗글은 '우화 속 세상에 청중의 현실 속 다양한 요소를 중첩
하는 방식'으로 '현실감을 부여하'고 '인물이 처한 상황을 강조'함으로써
'청중의 흥미를 높였'다고 하였다. 윗글에서 자라는 달려드는 호랑이에게
'내가 두꺼비요', '내 남생이요'라고 말하며 자신의 정체를 숨기려 했지만,
호랑이는 두꺼비가 '만병회춘 명약'이고 남생이는 '습기에는 제일'이라며
자라를 취하려 한다. 이를 본 자라는 호랑이가 '동의보감을 얼마나 통달
허였는지 보는 대로 약 취해 먹기로만' 든다며 '기가 막혀' 한다. 이때 자
라가 '동의보감'을 떠올리는 모습은 현실에서 쉽게 접할 수 있는 요소를
이야기에 활용함으로써, 인물의 상황을 강조하여 청중의 흥미를 자아낸
다고 볼 수 있다. 그러나 호랑이는 명약에 대한 지식을 근거로 자라를 잡
아먹으려는 속내를 드러내고 있으므로, 명약을 탐하는 속내를 숨기는 위
선적 인간에 대한 비판을 드러내고 있다고 보기 어렵다.

① '사냥개'에 대한 토끼의 평가에서, 현실에서 사냥개가 사람에게 길들여진 것을 우화 속 상황에 중첩함으로써 강자의 환심을 사 이익을 얻는 인간에 대한 비판이 드러남을 알 수 있군.

〈보기〉에서 윗글은 '우화 속 세상에 청중의 현실 속 다양한 요소를 중첩하는 방식'을 사용하여 '부정적 면모를 지닌 다양한 인간에 대한 비판'을 드러낸다고 하였다. 토끼는 '사냥개'가 '같은 우리 모족'이나 '사람 집에 기식허'며 '동제 간 살해만' 한다고 평가하는데, 이는 현실에서 사냥개가 사람에게 길들여진 것을 우화 속 상황에 중첩한 것으로 볼 수 있다. 또한 사냥개에 대한 토끼의 평가를 통해 '아첨'과 '내 잘 맡는 자랑'을 하며 '사람'의 환심을 산 사냥개에 대한 비판이 드러난다고 볼 수 있다.

③ '포수'에 대한 호랑이의 태도에서, 현실의 인간이 지닌 힘을 우화 속 인물들의 위계질서에 중첩함으로써 권력자가 상대에 대한 두려움을 보여 위신을 잃는 상황이 강조됨을 알 수 있군.

〈보기〉에서 윗글은 '우화 속 세상에 청중의 현실 속 다양한 요소를 중첩하는 방식'을 사용하여 '현실감을 부여하여 인물이 처한 상황을 강조'한다고 하였다. 호랑이는 '일등 포수'의 조총에 불이 번듯 탄환이 쑥 나오면 거 내 신세는 어쩔 것'이며 '포수'에 대한 두려움을 드러내고 있다. 이때 포수는 현실의 인간이므로, 현실의 인간이 지닌 힘을 우화 속 인물들의 위계질서에 중첩한 것으로 볼 수 있다. 또한 '수령님'이라는 명칭을 통해, 권력자인 호랑이가 '포수'에 대한 두려움을 보여 위신을 잃는 상황이 강조된다고 볼 수 있다.

④ 호랑이가 '선영'을 언급한 데서, 현실의 윤리를 우화 속 인물이 내세운 구실에 중첩함으로써 자손의 도리를 말하며 곤란한 처지를 벗어나려는 인물의 절박한 상황이 강조됨을 알 수 있군.

〈보기〉에서 윗글은 '우화 속 세상에 청중의 현실 속 다양한 요소를 중첩하는 방식'을 사용하여 '인물이 처한 상황을 강조'한다고 하였다. 자라가 '호랑이 배 갈라' 쓸개를 가져가겠다고 하자, 호랑이는 자신이 '오대독신'이며 '슬하 일점혈육이 없'어 '죽게 되면 선영에 죄가 망극'하다고 한다. 이는 자손의 도리라는 현실의 윤리를 우화 속 인물이 내세운 구실에 중첩한 것으로, 이를 통해 자손의 도리를 앞세워 위기 상황에서 벗어나려는 호랑이의 절박한 심정이 강조되고 있다.

⑤ 호랑이가 '해남'에서 '압록강 가'까지 뛴 데서, 현실의 지명을 우화 속 공간에 중첩함으로써 실제라면 단숨에 닿기 불가능한 거리를 이동하는 상황이 과장되게 표현된 것임을 알 수 있군.

〈보기〉에서 윗글은 '우화 속 세상에 청중의 현실 속 다양한 요소를 중첩하는 방식'을 사용하여 '현실이라면 불가능한 상황을 가능한 것으로 과장되게 표현'한다고 하였다. 호랑이가 '전라도 해남'에서 '의주 압록강 가'까지 뛴 것은 현실의 지명을 우화 속 공간에 중첩한 것으로 볼 수 있으며, '전라도 해남에서 냅다 뛴' 호랑이가 '의주 압록강 가에서 숨을 내'쉰다는 것은 실제 현실에서 단숨에 닿기 불가능한 거리를 이동하는 상황을 과장되게 표현한 것이다.

🌱 기틀잡기

①~⑤ **중첩:** 서로 다른 것을 겹쳐서 봄.
⑤ **과장:** 사실보다 지나치게 불려서 나타냄.

📋 문제적 문제

• 4-②, ③번

학생들이 정답 외에 가장 많이 고른 선지는 ③번이다. 문제에 제시된 설명과 선지, 윗글의 내용을 연결 지어 정오를 판단하는 것에 어려움을 느꼈거나, '동의보감'이나 '의서'의 의미를 정확히 파악하지 못해 어려움을 겪은 것으로 보인다.

정답인 ②번과 관련하여, '평생에 원하기를 왕배탕이 원'이라는 호랑이의 말을 들은 자라가 자신이 '두꺼비'라 밝히자 호랑이는 두꺼비가 '만병회춘 명약'이라 '더욱 좋다'고 한다. 이에 자라가 다시 자신은 '남생이'라 밝히자, 호랑이는 남생이가 '습기에는 제일'이라며 '더욱 좋다'고 한다. 이에 자라는 호랑이가 '동의보감을 얼마나 통달하였는지 보는 대로 약 취해 먹기로만' 든다고 생각한다. 이는 호랑이가 자신의 지식을 내세워 '명약을 탐하는 속내'를 숨기지 않고 드러낸 것으로 볼 수 있으므로, '명약을 탐하는 속내를 지식을 내세워 숨기는' 것으로 볼 수 없다. 따라서 자라가 이와 같은 호랑이의 모습을 떠올리는 것을 통해 속내를 감추는 위선적 인간에 대한 비판을 드러낸다고 볼 수 없다.

매력적 오답인 ③번과 관련하여, 토끼가 호랑이에게 '수령님 이후로는 사냥개를 있는 대로 다 잡어' 먹을 것을 권유하자 호랑이는 '일등 포수'가 사냥개를 따라다니므로 '어설피 물랴다가 조총에 불이 번듯 탄환이 쑥 나오면 거 내 신세는 어쩔 것'이냐고 대답하고 있다. 이는 '수령님'으로 지칭되는 권력인 호랑이가 상대인 포수에 대한 두려움을 보여 위신을 잃는 상황이 강조된 것이므로 적절하다.

4번 문제의 ②번, ③번은 〈보기〉와 선지의 내용만을 보았을 때 얼핏 모두 적절한 진술처럼 보이므로, 이를 지문의 내용과 비교하여 서로 상충하는 부분이 없는지 꼼꼼히 확인했어야 했다. 이처럼 인물의 말에 담긴 의도와 심리를 정확히 파악하기 위해서는 인물 간의 관계나 앞뒤 정황을 종합적으로 살필 수 있어야 한다.

정답률 분석

	정답	매력적 오답		
①	②	③	④	⑤
6%	64%	23%	5%	2%

> **[5~9] (가) 이시영, 「그리움」 / (나) 고재종, 「감나무 그늘 아래」 / (다) 이이, 「최립에게 주는 글」**
> 두 편의 현대시와 한 편의 고전수필이 (가)~(다)로 엮여서 출제되었어. 이 중 (나)는 수능특강 연계 작품이기도 하고, 같은 작가의 다른 작품이
> 2020학년도 9월 모평(「초록 바람의 전언」)에도 출제된 적 있어서 비교적 낯설지 않았을 거야. (가)와 (다)는 비연계 작품이지만, (가)의 작가의
> 다른 작품인 「마음의 고향 2 − 그 언덕」이 2021학년도 수능에 출제된 바 있으니 기출 분석을 열심히 해 두었다면 해석에 도움이 되었을 거야.
> 고전수필인 (다)는 비교적 정보량이 많아, 꼼꼼히 읽고 세부 내용을 정리해야 관련 문제를 풀 수 있었어. 세 작품 모두 문제의 〈보기〉에서
> 해석의 근거를 제공하고 있기 때문에, 〈보기〉를 먼저 읽었다면 작품을 이해하는 데에 많은 도움을 받을 수 있었어. 수능에서 익숙한 작가의
> 낯선 작품을 출제하는 경향이 이어지고 있으니 이 점에 유의하며 기출 분석을 꼼꼼히 해 두면 도움이 될 거야.

[5~9] 다음 글을 읽고 물음에 답하시오. 기본

(가)

두고 온 것들이 빛나는 때가 있다
「빛나는 때」를 위해 소금을 뿌리며
  빛이 회복되는 미래
우리는 이 저녁을 떠돌고 있는가

사방을 둘러보아도

등불 하나 켜 든 이 보이지 않고

등불 뒤에 속삭이며 밤을 지키는

발자국 소리 들리지 않는다

잊혀진 목소리가 살아나는 때가 있다
  대상을 향한 간절한 마음
「잊혀진 ㉠한 목소리 잊혀진 다른 목소리의 끝을 찾아

목메이게 부르짖다 잦아드는 때가 있다

잦아드는 ㉡외마디 소리를 찾아 칼날 세우고」

우리는 이 새벽길 숨가쁘게 넘고 있는가

하늘 올려보아도
  연대를 상실한 상황
「함께 어둠 지새던 별 하나 눈뜨지 않는다」

그래도 두고 온 것들은 빛나는가

빛을 뿜으면서 한 번은 되살아나는가
  두고 온 것들이 되살아날 미래를 기대하게 함
「우리가 뿌린 소금들 반짝반짝 별빛이 되어

오던 길 환히 비춰 주고 있으니」

            − 이시영, 「그리움」 −

≫ 지문의 핵심 내용을 정리해 보세요.

화자와 대상의 관계	어둠 속에서 빛나는 때를 위해 소금을 뿌리는 우리
상황?	빛나는 때를 위해 소금을 뿌리며 저녁을 떠돎 → 아무도 없는 어둠 속에서 새벽길 숨가쁘게 넘으며 하늘을 보아도 별이 보이지 않음 → 두고 온 것들은 빛나고, 한 번은 되살아나는 것인가 생각함 → 우리가 뿌린 소금들이 별빛이 되어 오던 길을 비춰 줌

(나)

감나무 잎새를 흔드는 게

어찌 ⓐ바람뿐이랴.
  밝음의 이미지
「감나무 잎새를 반짝이는 게」

어찌 햇살뿐이랴.

아까는 ⓑ오색딱다구리가

따다다닥 찍고 가더니

봐 봐, 시방은 ⓒ청설모가

쪼르르 타고 내려오네.

사랑이 끝났기로서니

그리움마저 사라지랴,

그 그리움 날로 자라면

주먹송이처럼 커 갈 땡감들.
  성숙해 가는 유의미한 시간
「때론 머리 위로 ⓓ흰 구름 이고

때론 온종일 ⓔ장대비 맞아 보게.」

이별까지 나눈 마당에

기다림은 웬 것이랴만,
  밝음과 어두움이 어우러진 자연
「감나무 그늘」에 평상을 놓고
  성숙의 시간
그래 그래, 「밤이면 잠 뒤척여

산이 우는 소리도 들어 보고

새벽이면 퍼뜩 깨어나

계곡 물소리도 들어 보게.」

그 기다림 날로 익으니

서러움까지 익어선

저 짙푸른 감들, 마침내

형형* 등불을 밝힐 것이라면

세상은 어찌 환하지 않으랴.

하늘은 어찌 부시지 않으랴.

            − 고재종, 「감나무 그늘 아래」 −

화자와 대상의 관계	감나무를 관찰하며 성숙에 대해 성찰하는 사람
상황?	감나무 **잎새**를 바라봄 → 사랑이 끝나도 **그리움**이 사라지지 않음 → 시간이 흐르며 그리움이 자라면 **땡감**들이 커 갈 것임 → 감나무 그늘에서 자연의 소리를 들어 보자고 함 → 서러움까지 익어 짙푸른 감들이 **등불**을 밝힌다면 세상이 환해질 것임

이것만은 챙기자

* **형형하다**: 광선이나 광채가 반짝반짝 빛나며 밝다.

(다)

「천지간에 만물이 소리를 내게 만드는 것은 무엇인가?」 초목*은 움직이지 않으면 그 자체로 소리가 나지 않으나 바람이 불면 소리가 난다. 그런즉 초목이 소리를 내게 하는 것은 바람이다. 금석*은 때리지 않으면 그 자체로는 소리가 나지 않으나 물건이 때리면 소리가 난다. 그런즉 금석이 소리를 내게 하는 것은 물건이다. 무릇 크고 작은 만물이 소리를 내는 것은 또한 반드시 그렇게 만드는 것이 있다. 사람이 세상에 태어나면 안으로는 오장*이 있고 밖으로는 형체가 있지만 그것만으로 어찌 소리를 내겠는가. 기(氣)가 안에 쌓이고 밖으로 드러난 뒤라야 소리가 나는 것이다. 그런즉 사람이 소리를 내게 하는 것은 기이다. **01**

소리는 한 가지가 아니니, 쓸모없는 소리가 있고 쓸모 있는 소리가 있다. 재채기 소리와 코 고는 소리는 사람의 소리 가운데 쓸모없는 것이고, 탄식하고 담소하는 소리는 사람의 소리 가운데 쓸모 있는 것이다. 쓸모 있는 소리에는 아름다운 소리와 추한 소리가 있다. 사람이 그 소리를 듣고 좋아하면 아름다운 소리이고, 미워하면 추한 소리이다. 아름다운 소리에는 실상이 있는 소리가 있고 흩어지는 소리가 있다. 입에서 나와 글로 쓰이지 못하면 흩어지는 소리가 되고, 입에서 나와 글로 쓰이면 실상이 있는 소리가 된다. 실상이 있는 소리에는 바른 것이 있고 삿된* 것이 있다. 또 바른 것 같으면서 삿된 것도 있고, 혹 삿된 것 같으면서 바른 것도 있다. ⓒ사람의 소리로서 「남에게 듣기 좋고, 남에게 듣기 좋아 글로 쓰이고, 글로 쓰였으면서 바름에 합당하다면 그것을 일컬어 ⓔ좋은 소리라 한다.」 좋은 소리를 내는 것은 참으로 어려운 일이구나. **02**

「최립은 좋은 소리를 내는 사람에 가깝다. 그의 문장이 비록 완성된 것은 아니지만 그 뜻은 바름을 향한다.」 그러니 학업을 게을리하지 않는다면 바르게 되는 데 무슨 어려움이 있겠는가. 내가 들으니 소리를 내는 만물은 그 본체가 크면 그 소리 또한 크고, 그 본체가 작으면 그 소리 또한 작다고 한다. 최립은 소리가 크니 그 본체가 큰 것을 알 만하다. 사람의 본체는 마음이니 그의 마음이 가히 크다고 하겠다. 내가 또 들으니 크게 부딪치면 큰 소리가 나며, 작게 부딪치면 작은 소리가 난다고 한다. 큰 바람이 초목을 움직이면 천지를 뒤흔들 듯하나, 작은 바람이 불면 한 번 살랑거림에 불과할 뿐이다. 금석을 치는 것도 또한 이와 같다. 사람의 소리는 기가 크면 그 소리가 크게 나고 기가 작으면 그 소리가 작게 나니, 「최립의 기는 가히 크다」고 하겠다. **03**

– 이이, 「최립에게 주는 글」 –

>> 지문을 **세 부분**으로 나누고, 핵심 내용을 정리해 보세요.

> 01 만물이 소리를 내는 것은 그렇게 만드는 것이 있으며, 사람이 소리를 내게 하는 것은 **기**임
>
> 02 좋은 **소리**는 남에게 듣기 좋고, 글로 쓰였으면서 바름에 합당한 것으로, 좋은 소리를 내는 것은 어려움
>
> 03 최립은 뜻이 **바름**을 향하며 기가 가히 큼

이것만은 챙기자

*초목: 풀과 나무를 아울러 이르는 말.
*금석: 쇠붙이와 돌을 아울러 이르는 말.
*오장: 간장, 심장, 비장, 폐장, 신장의 다섯 가지 내장을 통틀어 이르는 말.
*삿되다: 보기에 하는 행동이 바르지 못하고 나쁘다.

 유형 분석

이 문제는 지문의 표현상의 특징을 파악하는 문제야. 개념어의 의미만 정확히 알고 있었다면 어렵지 않았을 거야. 표현상의 특징을 파악하는 문제는 반드시 출제되는 유형이기도 하고, 관련 개념어가 반복적으로 출제되므로 평소 기출 분석을 하면서 개념어를 꼼꼼히 정리해 두면 문제 풀이 시간을 단축할 수 있지.

5. (가)~(다)에 대한 설명으로 가장 적절한 것은?

✅ 정답풀이

⑤ (나)와 (다)는 모두, 가정적 표현을 통해 대상의 속성을 드러내고 있다.

> (나)의 '그 그리움 날로 자라면 / 주먹송이처럼 커 갈 땡감들.', '저 짙푸른 감들, 마침내 / 형형 등불을 밝힐 것이라면 / 세상은 어찌 환하지 않으랴.'에서 가정적 표현을 사용하여 '땡감들'과 '짙푸른 감들'의 속성을 드러내고 있다. (다)의 '초목은 움직이지 않으면 그 자체로 소리가 나지 않으나 바람이 불면 소리가 난다.'에서 가정적 표현을 사용하여 소리가 나는 속성을 드러내고 있으며 이외에도 '학업을 게을리하지 않는다면 바르게 되는 데 무슨 어려움이 있겠는가.', '작은 바람이 불면 한 번 살랑거림에 불과할 뿐이다.' 등에서 가정적 표현을 사용하여 대상의 속성을 드러내고 있다.

❌ 오답풀이

① (가)는 계절을 나타내는 소재로 시적 분위기를 조성하고 있다.
  (가)에서는 밝음과 어두움의 이미지를 드러내는 소재가 나타났을 뿐 계절을 나타내는 소재는 활용되지 않았다.

② (나)는 자연을 관조하며 시적 상황을 탈속적 태도로 바라보고 있다.
  (나)의 '감나무 잎새를 흔드는 게 / 어찌 바람뿐이랴.' 등에서 영탄적 어조를 사용하고 있으므로 자연을 관조한다고 볼 수 없으며, 감나무가 익는 시적 상황을 화자가 탈속적 태도로 바라보고 있다고 할 수도 없다.

③ (다)는 글쓴이와 타인의 생각을 비교하며 세태를 비판하고 있다.
  (다)의 글쓴이는 '소리'에 대한 자신의 생각을 서술하고 있을 뿐 타인과 생각을 비교하고 있지 않으며, 세태를 비판하고 있지도 않다.

④ (가)와 (다)는 모두, 연쇄적 표현을 통해 주체의 태도 변화 과정을 보여 주고 있다.
  (가)에서는 연쇄적 표현이 사용되지 않았다. (다)의 '사람의 소리로서 남에게 듣기 좋고, 남에게 듣기 좋아 글로 쓰이고, 글로 쓰였으면서 바름에 합당하다면'에서 연쇄적 표현이 쓰였다고 볼 수 있지만 이를 통해 주체의 태도 변화 과정을 보여 주지 않는다.

🌱 기틀잡기

② **관조**: 고요한 마음으로 사물이나 현상을 관찰하거나 비추어 봄.
  탈속: 현실적인 이익을 추구하는 마음으로부터 벗어나거나 그런 것들을 추구하는 공간인 속세를 벗어나는 것.
④ **연쇄**: 사슬처럼 서로 이어져서 통일체를 이룸. 앞말의 끝 어구를 뒷말의 첫 부분에서 이어받아 반복하는 표현법.

🔍 유형 분석

〈보기〉의 내용을 바탕으로 (가)와 (나)에 대한 감상의 적절성을 파악하는 문제야. 〈보기〉에서 두 작품 모두 밝음과 어두움의 이미지를 활용하고 있다고 했으니, 이를 이용해서 (가)와 (나)의 시어들이 각각 어떤 이미지를 나타내는지 분석하는 방식으로 접근한다면 해석의 적절성을 판단하는 것이 한층 수월할 수 있어.

6. 〈보기〉를 참고하여 (가), (나)를 감상한 내용으로 적절하지 않은 것은? [3점]

〈보기〉

(가)와 (나)는 밝음과 어두움의 이미지를 활용하는 양상이 서로 다르다. (가)는 연대를 상실한 암울한 현실 상황을 어두운 밤으로 표상하고, 빛이 회복되는 미래에 대한 소망을 드러낸다. 이러한 소망은 소금을 뿌리며 그리운 이를 찾아다니는 행동으로 형상화된다. (나)는 자연 속에서 공존하고 있는 명암의 이미지를 바탕으로 성숙에 대한 성찰을 드러낸다. 이러한 성찰은 자연물과 내면을 동일시하며 시간의 흐름에 따른 변화의 양상을 그려 내는 방식으로 나타난다.

🔍 보기 분석

• (가) vs. (나): 밝음과 어두움의 이미지를 활용하는 양상이 다름

(가)	(나)
– 어두운 밤: 암울한 현실 상황 – 소금을 뿌리며 그리운 이를 찾아다니는 행동: 빛이 회복되는 미래에 대한 소망	– 자연 속에 공존하고 있는 명암 → 성숙에 대한 성찰 – 성찰을 자연물과 내면을 동일시, 시간의 흐름에 따른 변화의 양상을 그려 내는 방식으로 나타냄

✅ 정답풀이

① (가)에서 '사방을 둘러보'며 '발자국 소리'가 '들리지 않'음을 확인하는 것은, '밤을 지키는' 이의 눈을 피해 다니며 그리운 존재를 찾고 있는 암울한 현실 상황을 보여 주는군.

(가)에서 화자는 '사방을 둘러보'며 '등불 하나 켜 든 이 보이지 않고' '밤을 지키는 / 발자국 소리 들리지 않'는 것을 확인하고 있다. 이때 〈보기〉에 따르면 '등불 하나 켜 든 이'가 보이지 않고 '밤을 지키는 / 발자국 소리'가 없는 상황은 '연대를 상실한' 상황을 '어두운 밤으로 표상'한 것이며 화자가 '밤을 지키는' 이의 눈을 피해 다닌다는 근거는 찾을 수 없다.

❌ 오답풀이

② (가)에서 '오던 길'을 '소금들'이 '환히 비춰 주'는 것은, '두고 온 것들'이 되살아날 미래를 기대하게 한다는 점에서 빛의 회복에 대한 소망이 실현될 수 있음을 암시하겠군.

〈보기〉에 따르면 (가)는 '빛이 회복되는 미래에 대한 소망'을 '소금을 뿌리며 그리운 이를 찾아다니는 행동'으로 형상화'한다. 이를 참고할 때, (가)에서 '우리가 뿌린 소금들'이 '오던 길'을 비춰주는 것은, '두고 온 것들'이 '빛을 뿜으면서 한 번은 되살아나는' 미래를 기대하게 한다는 점에서 빛의 회복에 대한 소망이 실현될 수 있음을 암시한다고 볼 수 있다.

③ (나)에서 '반짝'이는 '잎새'와 '그늘'을 함께 지닌 '감나무' 아래에 '평상을 놓'는 것은, 밝음과 어두움이 어우러져 있는 자연에서 내면에 대한 성찰을 이어 가고 있음을 나타내는군.

〈보기〉에 따르면 (나)는 '자연 속에서 공존하고 있는 명암의 이미지를 바탕으로' '자연물과 내면을 동일시'하여 '성숙에 대한 성찰'을 드러낸다. 이를 참고할 때, (나)에서 감나무는 '반짝'이는 '잎새'와 '그늘'을 함께 가진 존재로, 그 아래에 '평상을 놓'는 것은, 명암이 공존하는 자연에서 내면에 대한 성찰을 이어 가는 것으로 볼 수 있다.

④ (가)에서 '별 하나 눈뜨지 않'는 밤은 함께하던 이가 보이지 않는 상실의 상황을, (나)에서 '잠 뒤척'이는 '밤'은 마음이 감처럼 '익어' 가는 데 필요한 성숙의 시간을 의미하겠군.

〈보기〉에 따르면 (가)는 '연대를 상실한 암울한 현실 상황을 어두운 밤으로 표상'하며, (나)는 '자연물과 내면을 동일시'하여 '성숙에 대한 성찰'을 드러낸다. 이를 참고할 때, (가)에서 '하늘 올려보아도 / 함께 어둠 지새던 별 하나 눈뜨지 않'는 밤은 연대, 즉 함께하던 이가 보이지 않는 상실의 상황을 드러낸다고 볼 수 있다. 또한, (나)에서 화자는 '잠 뒤척여 / 산이 우는 소리도 들어 보고~계곡 물소리도' 듣는 밤들을 지나고 나면 '기다림 날로 익'고 '서러움까지 익어' 감들이 '형형 등불을 밝힐 것'이라고 하므로, '잠 뒤척'이는 '밤'은 마음이 감처럼 '익어' 가는 데 필요한 성숙의 시간을 의미한다고 볼 수 있다.

⑤ (가)에서 '빛나는 때를 위해' '저녁'부터 '새벽'까지 길을 걷는 행동과, (나)에서 '짙푸른 감들'이 '등불을 밝힐 것'이라는 전망은 모두, 밝음이 나타날 것이라는 인식을 드러내는군.

〈보기〉에 따르면 (가)는 '빛이 회복되는 미래에 대한 소망'을 '소금을 뿌리며 그리운 이를 찾아다니는 행동으로 형상화'하며, (나)는 '시간의 흐름에 따른 변화의 양상을 그려 내'어 '성숙에 대한 성찰'을 드러낸다. 이를 참고할 때, (가)에서 화자가 '빛나는 때를 위해 소금을 뿌리며' '저녁'부터 떠돌기 시작하여 '새벽길 숨가쁘게 넘'는 행동은 '빛나는 때' 즉, 밝음이 나타나리라는 인식을 바탕으로 한다고 볼 수 있다. 또한, (나)의 화자는 '짙푸른 감들'이 시간이 흘러 '마침내 / 형형 등불을 밝'힌다면, 그때 '세상'이 '환하'고 '하늘'은 '부시'리라고 전망하고 있으며, 이는 밝음이 나타날 것이라는 인식을 드러낸다고 볼 수 있다.

Q: 〈보기〉에서 (가)에 암울한 현실 상황이 드러난다고 했고, (가)에서 '사방을 둘러보'며 '발자국 소리 들리지 않'는지 확인하고 있으니 '밤을 지키는' 이의 눈을 피해 다닌다고 볼 수도 있지 않나요?

A: 〈보기〉가 함께 주어지는 문제를 풀 때는 〈보기〉에 근거하여 작품과 선지를 해석하는 것이 무엇보다 중요하다. 〈보기〉에서는 '연대를 상실한' 상태를 '암울한 현실 상황'으로 보고 있다. 따라서 선지에서 '암울한 현실 상황'과 관련된 내용을 묻는다면 '연대를 상실한' 상태로 이해해야 한다. 그런데 ①번 선지에서는 밤을 지키는 이의 눈을 피해 다니는, 즉 어떤 감시자의 눈을 피해 다니는 상태를 통해 '암울한 현실 상황'을 드러낸다고 설명하고 있다. 따라서 이는 〈보기〉에 근거한 해석으로 볼 수 없다.
또한, (가)에서 '사방을 둘러'보았는데 '등불 하나 켜 든 이'와 '등불 뒤에 속삭이며 밤을 지키는 / 발자국 소리 들리지 않는다'고 한 것을 통해, 화자가 '밤을 지키는 / 발자국 소리'와 '등불 하나 켜 든 이'를 동일선상에 두고 있음을 알 수 있다. 이를 통해 화자가 '밤을 지키는' 이의 눈을 피한다고 보는 것은 적절하지 않은 해석임을 알 수 있다.

🔍 유형 분석

이 문제는 (가), (다)의 특정 구절의 의미를 파악해야 하는 문제야. 앞 문제에서 (가)의 해석에 대한 단서를 어느 정도 얻었기 때문에 이를 바탕으로 (가)를 어렵지 않게 해석할 수 있었을 거야. (다)는 수필이지만 '소리'라는 하나의 소재를 여러 기준에 따라 하위 단위로 분류하고 있어 정보가 비교적 많은 편이야. 이런 경우에는 내용을 정리하며 읽는 것이 문제 풀이에 도움이 돼.

7. ㄱ~ㄹ에 대한 이해로 적절하지 않은 것은?

> ㄱ: 한 목소리
> ㄴ: 외마디 소리
> ㄷ: 사람의 소리
> ㄹ: 좋은 소리

✓ 정답풀이

④ ㄱ은 '잊혀진' 상태이지만 다시 '살아'날 수 있다고 화자가 생각하는 대상이고, ㄹ은 바른 것 같으면서도 삿된 것일 수 있다고 글쓴이가 생각하는 대상이다.

(가)의 ㄱ은 '잊혀진' 상태이지만 '잊혀진 목소리가 살아나는 때가 있'다는 점에서 화자가 다시 살아날 수 있다고 생각하는 대상이다. ㄹ은 '남에게 듣기 좋고, 남에게 듣기 좋아 글로 쓰이고, 글로 쓰였으면서 바름에 합당'한 소리이므로, 글쓴이가 ㄹ을 바른 것 같으면서도 삿된 것일 수도 있다고 생각한다고 볼 수 없다. 참고로 바른 것 같으면서도 삿된 것일 수도 있다고 글쓴이가 생각하는 대상은 '실상이 있는 소리'이다.

✗ 오답풀이

① ㄱ이 '목메이게 부르짖'는 것과 ㄴ을 찾고자 '숨가쁘게' 길을 넘는 것에는 모두, 대상을 향한 간절한 마음이 드러난다.
(가)에서 ㄱ은 '잊혀진 다른 목소리의 끝을 찾아 / 목메이게 부르짖'으며, ㄴ을 찾아 '새벽길 숨가쁘게 넘고 있'다고 했으므로, 이 행위에는 모두 대상을 향한 간절한 마음이 드러난다고 볼 수 있다.

② ㄷ 중에는 쓸모는 있지만 남들이 듣고 미워하는 소리가 있는 한편, ㄹ은 아니지만 남들이 듣고 좋아하는 소리도 있다.
(다)에서 ㄷ에는 '쓸모없는 소리가 있고 쓸모 있는 소리가 있'는데, '탄식하고 담소하는 소리는' ㄷ 가운데 '쓸모 있는 것'이며, '쓸모 있는 소리'에는 사람들이 '듣고 좋아하'는 아름다운 소리와 '미워하'는 추한 소리가 있다고 했다. 한편 '아름다운 소리에는 실상이 있는 소리가 있고 흩어지는 소리가 있'으며, 이중 글로 쓰인 것이 실상이 있는 소리라고 할 수 있다. ㄹ은 '남에게 듣기 좋아 글로 쓰'인 것 중에서도 '바름에 합당'한 소리를 말하지만, 남들이 듣고 좋아하는 아름다운 소리 중에서 글로 쓰이지 않은 것도 있으므로 ㄹ은 아니지만 남들이 듣고 좋아하는 소리도 있다고 볼 수 있다.

③ ㉠이 잦아드는 것은 '다른 목소리의 끝'에 닿지 못하고 있는 상태를, ㉡이 흩어지는 것은 아름다운 소리가 글로써 실현되지 못한 상태를 의미한다.

(가)에서 ㉠은 '잊혀진 다른 목소리의 끝을 찾아 / 목메이게 부르짖다 잦아드는 때가 있'는데, 이때 ㉠이 잦아드는 것은 '다른 목소리의 끝'에 닿지 못하고 있는 상태를 의미한다고 볼 수 있다. 한편, (다)에서 ㉡ 중 '아름다운 소리에는 실상이 있는 소리가 있고 흩어지는 소리가 있'는데, '글로 쓰이지 못하면 흩어지는 소리가 되고, 입에서 나와 글로 쓰이면 실상이 있는 소리가 된'다고 했으므로, ㉡이 흩어지는 것은 아름다운 소리가 글로써 실현되지 못한 상태를 의미한다고 볼 수 있다.

⑤ ㉡을 찾기 위해 화자는 미세한 소리에도 '칼날'을 '세우'듯이 민감하게 반응하려 하고, ㉡ 중에서 담소하는 소리뿐만 아니라 탄식하는 소리도 글쓴이는 쓸모 있다고 여기고 있다.

(가)에서 화자는 잦아드는 ㉡을 찾기 위해 '칼날 세우고' '새벽길'을 넘는다고 했으므로, 미세한 소리에도 '칼날'을 '세우'듯이 민감하게 반응한다고 볼 수 있으며, (다)에서 글쓴이는 '탄식하고 담소하는 소리는' ㉡ 가운데 '쓸모 있는 것'이라고 했다.

 유형 분석

밑줄 친 시어를 바탕으로 (나)의 의미를 파악하는 문제야. 앞선 문제의 〈보기〉를 통해 작품 해석에 도움을 받을 수 있어. 적절한 선지를 찾는 문제이기 때문에 확실히 틀린 것부터 답을 지워 가는 방식으로 문제를 풀어 보자.

8. ⓐ~ⓔ를 중심으로 (나)를 이해한 내용으로 가장 적절한 것은?

> ⓐ: 바람
> ⓑ: 오색딱다구리
> ⓒ: 청설모
> ⓓ: 흰 구름
> ⓔ: 장대비

✓ 정답풀이

④ 화자는 감나무 열매가 자라는 과정에서 ⓓ를 만나기도 하고 ⓔ를 만나기도 하는 일이 유의미하다고 여기고 있다.

(나)의 화자는 '그리움 날로 자라면' '땡감들'도 커 간다고 하며 사랑이 끝난 뒤에 성숙해 가는 과정을 감나무 열매가 자라는 과정과 겹쳐 보고 있다. '땡감들'이 커 가는 동안 '때론 머리 위로' ⓓ를 이고, '때론 온종일' ⓔ를 맞아 보며 시간을 보내고 나면 '짙푸른 감들, 마침내 / 형형 등불을 밝'힌다고 했으므로 화자는 감나무 열매가 자라는 과정에서 ⓓ와 ⓔ를 만나기도 하는 일이 유의미하다고 여기고 있음을 알 수 있다.

✗ 오답풀이

① 화자는 ⓐ가 흔드는 것이 감나무 잎새뿐이라고 여기다가 ⓑ를 보며 그 생각을 바로잡고 있다.

(나)에서 화자는 '감나무 잎새를 흔드는 게' ⓐ뿐이 아니라면서 ⓑ도 감나무 잎새를 흔들 수 있음을 말하고 있을 뿐, ⓐ가 흔드는 것이 감나무 잎새뿐이라고 여기지 않았으며 ⓑ를 보며 그 생각을 바로잡고 있지도 않다.

② 화자는 ⓑ가 내는 소리와 ⓒ의 움직임을 통해 감나무 열매가 충분히 익은 상태임을 짐작하고 있다.

(나)에서 ⓑ는 감나무를 '따다다닥 찍고' 가며, ⓒ는 감나무를 '쪼르르 타고 내려'온다. 그러나 이는 감나무 잎새를 흔들고 반짝이게 하는 존재가 '바람'과 '햇살'뿐이 아님을 보여 주는 것일 뿐, 이를 통해 감나무 열매가 충분히 익은 상태임을 짐작할 수는 없다.

③ 화자는 ⓑ와 ⓒ가 감나무에서 만났다가 한순간에 헤어지는 것을 보며 자신의 사랑이 끝났음을 떠올리고 있다.

(나)에서 ⓑ는 '아까' 감나무를 '찍고 가'고 ⓒ는 '시방' '쪼르르 타고 내려'가는 존재로, 감나무에서 그 둘이 만났다고 볼 수는 없다. 화자는 ⓑ와 ⓒ가 각각 '감나무 잎새를 흔'들고 '반짝'이다가 떠난 것에서 자신의 사랑이 끝났음을 떠올리고 있다.

⑤ 화자는 ⓑ와 ⓒ가 감나무를 떠난 후에 ⓓ와 ⓔ가 오는 것을 보며 머지않아 새로운 사랑이 시작될 것을 기대하고 있다.

(나)에서 화자는 ⓑ와 ⓒ가 감나무를 떠난 후에 '땡감들'이 '머리 위로' ⓓ를 이고 ⓔ를 맞으며 성숙을 위한 시간을 보낸다고 보았을 뿐, ⓓ와 ⓔ를 보며 새로운 사랑이 시작될 것을 기대한다고 볼 수 없다.

유형 분석

〈보기〉를 바탕으로 (다)에 대한 감상의 적절성을 판단하는 문제였어. 글의 주제가 〈보기〉에 직접적으로 제시된 만큼 이를 참고하여 (다)를 해석했다면 방향을 잃지 않았을 거야. 지문과 선지, 〈보기〉와 선지를 비교하며 풀어야 함정에 빠지지 않을 수 있어.

9. 〈보기〉를 참고하여 (다)를 감상한 내용으로 적절하지 않은 것은?

─── 〈보기〉 ───

(다)는 마음에서 기가 움직여 뜻이 소리로 나오는 데 있어 도리에 합당해야 좋은 글[文]이라는 글쓴이의 문학론을 바탕으로, 상대의 문장을 평가하며 칭찬과 당부를 전하고 있다.

보기 분석

- (다)
  - 글쓴이의 문학론: 마음에서 기가 움직여 뜻이 소리로 나오는 데 있어 도리에 합당해야 좋은 글임
  - 상대의 문장을 평가하며 칭찬과 당부 전함

정답풀이

② '소리'가 지닌 상반된 특성들이 서로 균형을 이루어야 '좋은 소리'임을 제시하여, 문장이 궁극적으로 도달해야 할 바를 드러내고 있군.

(다)의 글쓴이는 '좋은 소리'란 '남에게 듣기 좋고, 남에게 듣기 좋아 글로 쓰이고, 글로 쓰였으면서 바름에 합당'한 것이라고 했다. 〈보기〉를 바탕으로 이해하면 '글로 쓰였으면서 바름에 합당'하다는 것은 문장이 궁극적으로 도달해야 할 바를 드러낸다고 볼 수 있다. (다)에서 '좋은 소리'의 조건으로 소리가 지닌 상반된 특성들이 서로 균형을 이루어야 한다는 것은 언급하지 않았다.

오답풀이

① '만물'이 소리 나는 이치에서 시작하여 '사람'이 소리를 내는 이치를 밝히며, 소리를 화두로 삼아 문장에 대해 말하고 있군.

〈보기〉에서 (다)의 글쓴이는 '마음에서 기가 움직여 뜻이 소리로 나오는 데 있어 도리에 합당해야 좋은 글'이라는 문학론을 드러낸다고 했다. (다)에서 글쓴이는 '만물이 소리를 내는 것은 또한 반드시 그렇게 만드는 것이 있'으며, '사람이 소리를 내게 하는 것은 기'라고 하여 소리를 화두로 삼고 이를 통해 '최립은 좋은 소리를 내는 사람에 가깝다. 그의 문장이~바름을 향한다.'에서 최립의 문장에 대해 말하고 있다.

③ 최립의 문장이 완성된 것은 아니지만 '참으로 어려운 일'에 가까움을 언급하며, 그의 문장에 대한 평가를 드러내고 있군.

〈보기〉에서 (다)는 '글쓴이의 문학론을 바탕으로, 상대의 문장을 평가'한다고 했다. (다)에서 글쓴이는 '그의 문장이 비록 완성된 것은 아니지만 그 뜻은 바름을 향'하므로, '좋은 소리를 내는 사람에 가깝'다고 했다. '좋은 소리를 내는 것은 참으로 어려운 일'이라고 한 것을 고려할 때, 이는 최립이 문장을 지은 일이 참으로 어려운 일에 가까움을 언급하는 것이며, 이를 통해 그의 문장에 대한 긍정적 평가를 드러낸다고 볼 수 있다.

④ 최립의 문장에 담긴 '뜻'이 도리에 합당함을 향하고 있음을 언급하며, 그가 학업에 정진할 것을 당부하고 있군.

〈보기〉에서 (다)는 '뜻이 소리로 나오는 데 있어 도리에 합당해야 좋은 글이라는 글쓴이의 문학론을 바탕으로' 상대에게 '칭찬과 당부'를 전한다고 했다. (다)에서 글쓴이는 최립이 '글로 쓰였으면서 바름에 합당'한 '좋은 소리를 내는 사람에 가깝'다고 하여 최립의 문장에 담긴 뜻이 도리에 합당함을 향하고 있음을 언급했으며, '학업을 게을리하지 않는다면' 바르게 되는 데 어려움이 없을 것이라고 하여 최립이 학업에 정진할 것을 당부하고 있다.

⑤ 글로 드러난 최립의 소리가 크게 나는 것이 그의 '마음'과 '기'에서 비롯됨을 언급하여, 그의 문장이 뜻을 크게 드러내고 있음을 칭찬하고 있군.

〈보기〉에서 (다)는 '마음에서 기가 움직여 뜻이 소리로 나오는 데 있어 도리에 합당해야 좋은 글'이라는 문학론을 바탕으로 상대에게 '칭찬'을 전한다고 했다. (다)에서 글쓴이는 '최립은 소리가 크니 그 본체가' 크고, '사람의 본체는 마음이니 그의 마음이 가히 크다'고 했으며, 또 '사람의 소리는 기가 크면 그 소리가 크게 나'니 '최립의 기는 가히 크다'고 했다. 이처럼 최립의 소리가 크게 나는 것이 그의 큰 '마음'과 '기'에서 비롯된 것임을 언급하여, 그의 문장이 뜻을 크게 드러내고 있음을 칭찬하고 있다.

[10~13] 박태순, 「독가촌 풍경」
2026학년도 수능 현대소설은 2025학년도, 2024학년도 수능과 마찬가지로 비연계 작품을 출제했어. 여러 인물 간의 관계에 주목했던 2024학년도 수능 현대소설과 달리 2026학년도 수능 현대소설과 2025학년도 수능 현대소설은 한 인물이 겪게 되는 사건과 그로 인해 인물이 보여 주는 행동과 심리를 중심으로 서술되고 있어. 2026학년도 수능 현대소설은 2025학년도 수능 현대소설과 비교했을 때도 차이를 보여 주었어. 두 지문 모두 한 인물의 내면에 집중하여 서술되고 있지만, 2026학년도 수능 현대소설에서는 다른 인물과의 갈등으로 인해 겪게 되는 사건으로 인한 심리를 위주로 서술되고 있어서 인물의 내면뿐만 아니라 소설 속에서 어떠한 외적 갈등이 발생했는지를 파악하는 것이 중요했어. 인물의 관계를 통해 갈등을 파악하고, 서술자가 인물을 어떻게 초점화하여 내면을 서술하였는지 꼼꼼하게 파악해 보자.

[10~13] 다음 글을 읽고 물음에 답하시오. [기본]

"8·15 이후의 비극은…… 주민들이, 그러니까 국민들이 중요하지 않은 것처럼 되는 가운데에 그 마을과 동네가 이루어지고 역사가 이루어져 왔다는 바로 그 점에 있는 것 아니겠습니까? 그게 앞으로도 그럴까요? 적어도 이 독가촌에서만은 그렇게 되지 않을 겁니다."

㉠이 세상에서 서로 말이 통하지 않는 두 종류의 인간군들이 사는가 보았다.

"역사에 관해서 말씀을 하시니, 나는 무식하고 먹고살기에 바빠서. 도무지 그런 얘기라는 것이…… 글쎄요."

허명두 씨는 하품을 하였다. 국민들이 중요하지 않게 여겨지는 8·15 이후의 비극이 독가촌에서 일어나서는 안된다고 말하는 온 씨의 말에 관심 없는 태도를 보이는 허명두

[A]
"실례지만 선생께서는 8·15 직후에 무슨 청년당 일에……?"

온 씨의 어조가 진지한 것이 아니었다면 허명두 씨는 욕설을 퍼부어 네가 무슨 사찰 요원이냐고 따질 뻔하였다. 하지만 허명두 씨는 오랜만에 증오가 되살아나서 온 씨를 냉담하게 바라보며 입을 열었다.

"8·15 직후라? 그때 참 별의별 못난 것들이 제 세상 만났다고 착각하며 날뛰었지요."

"역시 그러셨구만."

"왜? 나를 본 적이라도?"

"많이 보았지요. 지금도 많이 보고 있고, 이봐요. 허 선생. 더 이상 서툰 짓은 하지 마시오. 당신이 무슨 짓을 꾸미고 있는지 다들 알고 있소. 그런데 이제 당신 같은 사람들이 날뛰던 시대는 서서히 지나가고 있는 거요. 우리의 피땀으로 이룩한 독가촌을 가지고 서툰 짓을 벌이려고 하다가는 당신이 온전치는 못할 거요."

"나한테 협박을 하는 것이라면…… 그런 협박은 하나도 무섭지 않으니 어디 한번 해볼 대로 해보라지."

허명두 씨는 증오를 억누르며 말했는데 온 씨도 거연히 일어났다. 독가촌을 지키려 자신을 협박하는 온 씨에 화가 나는 것을 간신히 참는 허명두

"내가 한 말 명심하시오. 당신 같은 사람이 날뛰던 시대는 서서히 지나가고 있다는 것을."

그리고 나서 온 씨는 가 버렸는데, 독가촌 일대에는 금방 그 소문이 돌 대로 돌았다. 온 씨가 만나는 사람에게마다 ⓐ이야기를 퍼뜨렸기 때문이었다.

허명두 씨로서는 마지막 안간힘을 내어 그가 일으켜 보려는 이번 싸움이 과거 어느 때보다도 어렵다는 것은 알고 있었다. 그리고 온 씨의 말이 단순한 협박만은 아니라는 것도 알았다. ㉡그러나 그렇기는 하지만 명분이나 사리의 옳음이란 것이 싸움에 무슨 필요가 있단 말인가. 온 씨의 말이 단순한 협박이 아님은 알고 있으나, 온 씨가 내세우는 '명분'이나 '사리의 옳음'이 이번 싸움에는 필요가 없다고 생각하는 허명두

이러한 사단이 벌어지게 된 것은 다름이 아니었다. 아무도 거들떠보지 않던 심심산골*, 불모의 황무지였던 이곳 독가촌 일대가 하루아침에 각광을 받는 지대로 둔갑이 되었기 때문에 생긴 일이었다. 특히 독가촌은 오늘의 달라진 인문지리의 환경으로 따져 보았을 적에 고속도로와 접속이 되게 될 교통 요충지가 되었을 뿐 아니라 관광지로서의 좋은 조건을 모두 구비하고 있다는 것이었다. [장면 01]

[중략 부분 줄거리] 허명두는 온 씨와의 언쟁 전에 있었던, 외부 기업 측으로부터 독가촌의 주택 매입을 요청받은 일을 회상한다.

행정 당국은 지목(地目)* 변경은 해 두었지만 서류상으로는 그 모든 가옥들이 무허가 주택이나 다름없었으며, 따라서 집들의 매매는 권리금에 다름이 아니었다. 물론 불하*를 내게 될 적에는 이미 지어진 집 임자에게 기득권을 부여하게 될 터이었다. 허명두 씨가 관청을 들락거리고 야금야금 집들을 사두게 된 것이 이 때문이었다. 경제적 이득을 위해 독가촌의 주택을 사들이고 있는 허명두

그러다가 그는 ⓑ소문을 듣고 찾아온 온 씨와 만나 언쟁을 벌이게 되었던 것이지만, 온 씨가 무슨 이야기를 하고 싶어 하는지 모르는 바는 아니었다. ㉢전국 각처에서 찾아든 사람들이 이곳 독가촌에 정착하여 그럭저럭 안정을 얻을 만하게 된 이즈음 이곳이 외부의 자본에 의해 관광지로 돼 버린다면 도대체 이 사

람들은 또 어느 곳으로 찾아들어 가 얼마만큼 방황을 해야 한다는 말인가? 그러니 두메산골이었던 곳을 피땀 흘려 오늘의 독가촌으로 개척해 온 이곳 사람들이 이 마을을 지켜야 한다는 것이 틀린 말일 수는 없는 것이었다. 더구나 농촌 부락으로서는 어느 정도 자립할 수 있는 터전도 굳혀 놓은 게 사실이었다. 온 씨의 주장은 옳은 것이었다. 허명두 씨의 입장에서도 그것은 부정할 수 없었다. <mark>자립된 농촌 부락으로서의 독가촌을 지키고자 하는 마을 사람들과 온 씨의 입장을 이해하는 허명두</mark> 피땀 흘려 가꾼 땅이 도시의 온갖 잡것들이 논다니를 치는 관광지로 되려는 것을 어찌 귀농 개척자들이 가만 보고만 있을 것인가. 하지만 그런 사리만을 가지고는 모자라는 것이 현실인 것이고, 그 모자라는 부분을 채워 놓고 있는 게 무엇이겠느냐를 따져 보면서 허명두 씨는 웃음을 짓는 것이었다. 대한청년단 시절의 일하며 화랑동지회의 체험들을 그가 요 근래 부쩍 회상해 보는 것도 그 때문이었다. ㉣명분보다는 실리를 추구해 오는 측이 항상 이겨 오고 있었던 게 아닌가. 온 씨가 찾아와서 자신에게 하였던 말을 그가 곰곰 생각해 보는 것도 그 때문이었다. '이제 당신 같은 사람들이 날뛰던 시대는 서서히 지나가고 있다'는 말을 그는 물론 실감으로 받아들이고는 있으나, ㉤문제는 그것이 아직까지는 완전히 지나간 게 아니라는 데 있었다.

<mark>'명분'을 중시하는 온 씨의 말도 맞지만 결국 '실리'를 추구해 오는 측이 항상 이겼다는 과거의 경험에 비추어 자신을 정당화하는 허명두</mark> **장면 02**

– 박태순, 「독가촌 풍경」 –

>> 지문을 **두 장면**으로 나누고, 장면의 핵심 내용을 정리해 보세요.

장면 01	황무지였던 **독가촌** 일대가 각광을 받게 되자 이를 두고 허명두와 온 씨가 **언쟁**을 벌임
장면 02	허명두는 농촌 부락으로서의 독가촌을 지켜야 한다는 온 씨의 주장에 수긍하는 한편 **실리**를 추구하는 것이 더 중요하다고 생각함

📑 전체 줄거리

독가촌은 휴전협정이 체결될 무렵 생겨났으며, 산골짜기에 드문드문 외따로 있던 집들을 강제로 이주시켜 만든 마을이다. 독가촌은 5·16 직후 전과자들의 노동력으로 개간 사업이 진행되다가 무산된 이력이 있고, 경제개발계획이 한창이던 60년대 중반에는 빈민들이 황무지 개간을 대가로 집을 한 채씩 받아 정착을 한 곳이다.

허명두는 황무지 개간사업에 투입되었던 노역자 죄수였고, 현재는 독가촌에서 돌팔이 치과의사 노릇을 하고 있다. 그는 자신의 무허가 치과를 찾아오는 가난한 이들을 경멸한다. 허명두는 젊은 시절 대한청년단, 화랑동지회 등에 소속되어 세상에 불만을 가지고 저항하는 학생이나 민간인들을 몽둥이로 두들겨 패는 일을 했던 때를 자기 인생의 전성시대로 여긴다. 반면, 온 씨는 서울의 난민촌에서 자원하여 황무지를 개간하러 들어온 사람으로, 난민들의 대표자로 나서는 등 대의를 위해 발 벗고 나선다. 허명두는 이런 그를 떨떠름하게 여긴다.

독가촌이 지리의 요충지대로 주목받자 허명두는 군청과 면사무소를 드나들며 기회를 엿본다. 한편, 온 씨가 허명두의 치과 진료소에 찾아와 독가촌은 주민들의 자발적인 참여로 마을을 이루고 역사를 쌓아 온 곳이므로 다른 권력자들이 앗아 가도록 두지는 않을 거라고 경고한다.

허명두는 독가촌을 관광지로 개발하려는 세력에 합세하여 무허가 집들을 사들이고 있었고, 소문을 듣고 찾아온 온 씨와 언쟁을 벌이게 된 것이다. 허명두는 온 씨의 주장을 인정하면서도 명분보다는 실리를 추구하는 측이 항상 이겨왔음을 상기하며 자신의 행위를 정당화하려 한다. 이후 그는 자신을 찾아오는 독가촌 주민들에게 곤욕을 치르면서도 자신이 아직 해야 할 일이 남아 있음에 위안을 삼으며 폭음을 하고 식구들을 들볶는다. 그를 제외한 독가촌 사람들은 독가촌이 생긴 이래 처음으로 대학에 진학하는 학생들을 배출할 내일을 꿈꾸며 희망으로 살아간다.

✽ 전지적 작가 시점

이것만은 챙기자

* **심심산골**: 깊고 깊은 산골.
* **지목**: 주된 용도에 따라 땅을 구분하는 명목.
* **불하**: 국가 또는 공공 단체의 재산을 개인에게 팔아넘기는 일.

유형 분석

이 문제는 지문 내에서 인물들이 어떠한 심리를 드러냈는지에 대해 묻는 문제였어. 해당 구간은 인물의 대화 위주로 서술되고 있으니 이를 통해 인물들이 어떠한 감정을 느끼고 있는지 파악하면 쉽게 답을 찾을 수 있어.

10. [A]에 대한 이해로 적절하지 <u>않은</u> 것은?

✓ 정답풀이

⑤ 온 씨가 공격적인 태도를 보이자 허명두는 에둘러 말하여 상대의 관심을 다른 곳으로 돌릴 수 있었다.

> 온 씨가 '더 이상 서툰 짓은 하지 마시오.'라고 공격적인 태도로 경고하자 허명두는 '그런 협박은 하나도 무섭지 않으니 어디 한번 해볼 대로 해보라지.'라며 대응하고 있으므로 에둘러 말하여 상대의 관심을 다른 곳으로 돌리려고 했다고 볼 수 없다.

✗ 오답풀이

① 온 씨와 허명두는 서로에게 질문을 하며 상대의 반응을 살폈다.
온 씨는 허명두에게 '실례지만 선생께서는 8·15 직후에 무슨 청년당 일에……?'라고 질문을 하였으며, 허명두는 온 씨에게 '왜? 나를 본 적이라도?'라고 질문하여 상대의 반응을 살폈다고 할 수 있다.

② 허명두는 온 씨의 발언에 불쾌해하며 과거에 자신이 느꼈던 감정을 떠올렸다.
허명두는 '실례지만 선생께서는 8·15 직후에 무슨 청년당 일에……?'라는 온 씨의 발언에 '네가 무슨 사찰 요원이냐고 따질 뻔'하였으며, '오랜만에 증오기 되살아'났다고 하였다. 따라서 허명두는 8·15 직후 무슨 일을 했냐고 묻는 온 씨의 발언에 불쾌해하며 과거에 느낀 증오를 다시금 떠올리고 있음을 알 수 있다.

③ 온 씨는 허명두와 대화를 나누며 상대에 대한 자신의 짐작이 맞았다고 생각하였다.
'8·15 직후라? 그때 참 별의별 못난 것들이 제 세상 만났다고 착각하며 날뛰었지요.'라는 허명두의 말에 '역시 그러셨구만.'이라고 말하고 있으므로, 온 씨는 허명두와의 대화를 통해 상대에 대한 자신의 짐작이 맞았다고 생각하였음을 알 수 있다.

④ 온 씨는 상대의 행위를 평가하는 표현을 반복하며 허명두에게 꾸미고 있는 일을 그만두라고 경고하였다.
온 씨는 '이제 당신 같은 사람들이 날뛰던 시대는 서서히 지나가고 있는 거요.', '당신 같은 사람이 날뛰던 시대는 서서히 지나가고 있다는 것을.'에서 허명두의 행위를 평가하는 표현을 반복하여 허명두에게 '더 이상 서툰 짓은 하지' 말라고 경고하고 있다.

유형 분석

특정한 화제와 관련된 어떤 사건과 갈등이 발생했는지 파악하는 문제였어. 먼저 사건이 일어난 순서를 파악하고, 이를 토대로 인물 간에 어떤 갈등이 발생했는지 확인하는 방식으로 해결할 수 있어.

11. ⓐ와 ⓑ에 대한 이해로 가장 적절한 것은?

> ⓐ: 이야기
> ⓑ: 소문

✓ 정답풀이

⑤ ⓐ에는 ⓐ를 처음 퍼뜨린 인물이 ⓑ와 관련하여 찾아가 만난 인물에게 확인한 내용이 반영되어 있다.

> '온 씨가 만나는 사람에게마다' ⓐ를 퍼뜨렸다고 했으므로 ⓐ를 처음 퍼뜨린 인물은 온 씨이다. 이때 온 씨는 허명두가 '관청을 들락거리'며 '야금야금 집들을 사'들인다는 ⓑ를 듣고 이것이 사실인지 확인하기 위해 허명두를 찾아갔다가 '언쟁을 벌이게 되었'으므로 ⓐ에는 온 씨가 허명두를 찾아가 ⓑ에 대해 확인한 내용이 반영되어 있다고 할 수 있다.

✗ 오답풀이

① ⓐ가 형성된 과정은 ⓑ가 주변에 전해진 것과 무관하다.
온 씨가 ⓑ를 듣고 찾아와 허명두와 '언쟁을 벌이게' 된 후 '온 씨가 만나는 사람에게마다' ⓐ를 퍼뜨렸으므로 ⓐ가 형성된 과정은 ⓑ가 주변에 전해진 것과 관련이 있다고 볼 수 있다.

② ⓐ가 처음 퍼진 시점은 ⓑ가 처음 퍼신 시점보나 앞선나.
온 씨가 ⓑ를 듣고 찾아와 허명두와 '언쟁을 벌이게' 된 후 '온 씨가 만나는 사람에게마다' ⓐ를 퍼뜨렸다. 즉, ⓑ가 처음 퍼진 시점이 ⓐ가 처음 퍼진 시점에 앞선다.

③ ⓐ는 ⓑ로 인한 인물 간의 갈등을 해결할 실마리를 제공하고 있다.
ⓑ를 들은 온 씨가 허명두를 찾아와 '언쟁을 벌'인 후 온 씨는 ⓐ를 퍼뜨렸는데, 이후 '독가촌 일대에는 금방 그 소문이 돌 대로 돌았'다는 것만 언급되어 있을 뿐, ⓐ를 통해 인물 간의 갈등을 해결할 실마리가 제공되었다고 볼 수 없다.

④ ⓐ가 주변에 빠르게 확산된 것은 ⓑ가 거짓으로 판명되었기 때문이다.
ⓐ가 주변에 빠르게 확산된 것은 '온 씨가 만나는 사람에게마다' ⓐ를 퍼뜨렸기 때문이지, ⓑ가 거짓으로 판명되었기 때문이 아니다. 또한, '물론~이미 지어진 집 임자에게 기득권을 부여하게 될 터이었다. 허명두 씨가 관청을 들락거리고 야금야금 집들을 사두게 된 것이 이 때문이었다.'를 통해 ⓑ가 사실임을 알 수 있으므로 거짓으로 판명되었다고 볼 수 없다.

🔍 **유형 분석**

윗글에서 배경이 되는 공간의 의미를 파악하는 문제였어. 이러한 문제를 풀 때는 지문에 등장한 공간이 인물들에게 어떠한 의미를 가지고 있는지 파악하는 것이 중요해. 만일 공간이 인물들에게 각기 다른 의미를 가지고 있다면 이를 정리해 두는 것도 좋겠지.

12. '독가촌'에 대한 설명으로 가장 적절한 것은?

✅ **정답풀이**

① 고속도로가 연결될 것이 알려진 후 외부 사람들의 관심을 받게 된 곳이다.

> 독가촌은 '오늘의 달라진 인문지리의 환경으로 따져 보았을 적에 고속도로와 접속이 되게 될 교통 요충지가 되었'기 때문에 '하루아침에 각광을 받는 지대로 둔갑이 되었'다고 하였다. 즉, 독가촌이 고속도로가 연결될 것이 알려진 후 외부 사람들의 관심을 받게 되었다고 볼 수 있다.

❌ **오답풀이**

② 허명두가 지목 변경으로 기득권을 부여받고서 집들을 사들이고 있는 곳이다.
'행정 당국'이 '지목 변경은 해 두었'는데, '불하를 내게 될 적에는 이미 지어진 집 임자에게 기득권을 부여'할 것이므로 허명두는 '야금야금 집들을 사두게' 되었다고 했다. 따라서 허명두가 독가촌의 집들을 사들이고 있는 것은 맞지만 지목 변경으로 기득권을 부여받는 것은 아니며, '불하'를 낸 이후 기득권을 부여받기 위해 집들을 사들였다고 볼 수 있다.

③ 마을 사람들이 농사를 지어 왔지만 여전히 경제적으로 자립하기 어려운 곳이다.
독가촌에 사는 마을 사람들이 '두메산골이었던 곳을 피땀 흘려' 개척하여 '농촌 부락으로서는 어느 정도 자립할 수 있는 터전도 굳혀 놓'았다고 하였으므로 여전히 경제적으로 자립하기 어려운 곳이라는 것은 적절하지 않다.

④ 온 씨가 마을 사람들과 함께 농업 중심의 기존 생활양식을 바꾸려 하는 곳이다.
'두메산골이었던 곳을 피땀 흘려 오늘의 독가촌으로 개척해 온 이곳 사람들이 이 마을을 지켜야' 하며, '농촌 부락으로서는 어느 정도 자립할 수 있는 터전도 굳혀 놓'았다는 것이 '온 씨의 주장'이었다. 따라서 온 씨가 마을 사람들과 함께 농업 중심의 기존 생활양식을 바꾸려고 한다는 것은 적절하지 않다.

⑤ 관광지로서의 좋은 조건을 갖추게 하려고 마을 사람들이 피땀 흘려 노력한 곳이다.
마을 사람들은 '두메산골이었던 곳을 피땀 흘려 오늘의 독가촌으로 개척'한 것으로 '농촌 부락'으로 '자립할 수 있는 터전'을 만들었다고 했다. 즉, 독가촌은 관광지로서의 좋은 조건을 갖추게 하려고 한 것이 아니라 농촌 부락으로서 자립할 수 있는 터전을 위해 마을 사람들이 노력한 곳이다.

✏️ **모두의 질문**

Q: '이미 지어진 집 임자에게 기득권을 부여하게 될' 것이라고 하였고, 허명두가 '관청을 들락거리'면서 '야금야금 집들을 사두'었다고 했으니 적절한 선지 아닌가요?

A: 선지를 볼 때는 항상 모든 조건을 충족하는지 확인하는 습관을 지녀야 한다. ②번 선지는 비교적 짧은 선지이기 때문에 허명두가 '집들을 사들'인다는 한 가지 요건을 충족하면 된다고 생각할 수도 있다. 하지만 실제로 ②번 선지는 '허명두가 지목 변경으로 기득권을 부여받았는가.'와 '허명두가 독가촌의 집들을 사들이고 있는가.', '허명두가 지목 변경으로 기득권을 부여받은 일이 독가촌의 집들을 사들인 것보다 순서상 먼저 일어났는가.', '지목 변경으로 기득권을 부여받을 수 있는가' 등의 요건을 모두 고려해야 하는 선지이다.

먼저, 허명두가 '관청을 들락거리고 야금야금 집들을 사두게 된 것'이라고 하였으므로 독가촌의 주택들을 사들이고 있음을 알 수 있다. 다음으로, 지목 변경으로 기득권을 부여받을 수 있는지, 그리고 허명두가 실제로 기득권을 부여받았는지, 기득권을 부여받은 이후에 독가촌의 집들을 사들였는지 등의 여부도 확인해야 한다. '행정 당국'이 '지목 변경은 해 두었'다고 하였는데 이때, '불하를 내게 될 적에는 이미 지어진 집 임자에게 기득권을 부여하게' 된다고 하였다. 즉, '집 임자'인 허명두는 '불하'를 내야만 기득권을 가질 수 있으며 현재는 기득권을 부여받지 않았음을 확인할 수 있으므로 ②번 선지는 적절하지 않다.

이 문제는 〈보기〉를 참고해서 지문 내 특정 부분을 적절하게 이해했는지 판단해야 하는 문제야. 〈보기〉를 통해 서술상의 특징을 설명하고 그 효과에 대해 묻는 문제가 등장할 때는 〈보기〉에서 설명한 서술상의 특징이 지문 또는 선지의 내용과 상충되지 않는지도 꼼꼼하게 확인해야 해.

13. 〈보기〉를 참고하여 ㉠~㉤을 이해한 내용으로 적절하지 않은 것은? [3점]

㉠: 이 세상에서 서로 말이 통하지 않는 두 종류의 인간군들이 사는가 보았다.

㉡: 그러나 그렇기는 하지만 명분이나 사리의 옳음이란 것이 싸움에 무슨 필요가 있단 말인가.

㉢: 전국 각처에서 찾아든 사람들이 이곳 독가촌에 정착하여 그럭저럭 안정을 얻을 만하게 된 이즈음 이곳이 외부의 자본에 의해 관광지로 돼 버린다면 도대체 이 사람들은 또 어느 곳으로 찾아들어 가 얼마만큼 방황을 해야 한다는 말인가?

㉣: 명분보다는 실리를 추구해 오는 측이 항상 이겨 오고 있었던 게 아닌가.

㉤: 문제는 그것이 아직까지는 완전히 지나간 게 아니라는 데 있었다.

〈보기〉

윗글에서 서술자는 부정적 인물인 허명두에게 초점화하여 그의 내면을 서술하였다. 이를 통해 허명두가 자신의 생각이나 경험을 일반화하거나, 주어진 상황을 주관화하거나, 상대의 생각을 헤아리는 모습을 보여 준다. 이는 인물의 생각을 타당한 것처럼 보이게 하지만 한편으로는 상황을 자신에게 유리하게 해석하는 인물의 태도를 드러내어, 서술의 이면에 그 부정성에 대한 서술자의 비판이 함께 있음을 보여 준다.

🔍 보기 분석

• 「독가촌 풍경」에 등장하는 서술자의 역할
  – 부정적 인물인 허명두에게 초점화 → 허명두의 생각이나 경험을 일반화, 주어진 상황을 주관화, 상대의 생각을 헤아리는 모습을 보여 줌
  – 인물의 생각을 타당한 것처럼 보이게 함
  – 부정적 인물에 대한 서술자의 비판을 함께 보여 줌

✅ 정답풀이

③ ㉢: 상황 변화가 '안정'을 위협한다는 상대의 생각을 헤아림으로써 변화의 부정성을 인정하면서도 무엇이 변화의 원인인지는 달리 보아, 인물의 왜곡된 시선이 드러나도록 서술하였다.

㉢에는 허명두가 '전국 각처에서 찾아든 사람들이' '정착하여 그럭저럭 안정을 얻을 만하게' 된 '독가촌'이 '외부의 자본에 의해 관광지'가 되어버린다면 독가촌 사람들이 다른 곳에서 '방황'하게 될 것이라고 여기는 온 씨의 생각을 헤아리는 모습이 나타나 있으므로 이를 통해 허명두가 변화의 부정성을 인정한다고 볼 수 있다. 그러나 ㉢을 통해 온 씨와 허명두가 변화의 원인을 서로 달리 보고 있다고 판단할 수는 없으며 허명두의 왜곡된 시선도 드러나지 않는다.

❌ 오답풀이

① ㉠: 인물과 상대를 '두 종류의 인간군'으로 일반화함으로써 상대와의 인식 차이가 좁힐 수 없는 것임을 드러내어, 상대와 소통이 어렵다는 인물의 생각이 타당한 것처럼 서술하였다.
〈보기〉에 따르면 윗글의 '서술자는 부정적 인물인 허명두에게 초점화하여 그의 내면을 서술'하였는데, '이를 통해 허명두가 자신의 생각이나 경험을 일반화'하여 '상황을 자신에게 유리하게 해석하는 인물의 태도를 드러'낸다고 하였다. ㉠은 허명두와 온 씨를 '이 세상에서 서로 말이 통하지 않는 두 종류의 인간군들'이라고 일반화하여 '서로 말이 통하지 않'아 상대와의 인식 차이를 좁힐 수 없으며, 상대와의 소통이 어렵다는 허명두의 생각이 타당한 것처럼 서술하고 있다.

② ㉡: 마을의 상황을 '싸움'으로 주관화함으로써 상대가 추구하는 '사리의 옳음'이 싸움에서 이기는 데에 유용하지 않음을 드러내어, 인물의 생각이 타당한 것처럼 서술하였다.
〈보기〉에 따르면 윗글의 '서술자는 부정적 인물인 허명두에게 초점화하여 그의 내면을 서술'하였는데, 허명두가 '주어진 상황을 주관화'하는 모습을 통해 '상황을 자신에게 유리하게 해석하는 인물의 태도를 드러'낸다고 하였다. ㉡에서 허명두는 '관청을 들락거리고 야금야금 집들을 사두게 된 것'과 이로 인해 독가촌 사람들이 다시 방황을 해야 할 수도 있는 마을의 상황을 '싸움'이라고 주관화하였으며, 온 씨가 말한 '사리의 옳음'이 싸움에서 이기는 데 중요하지 않다고 하여 자신의 생각이 타당한 것처럼 서술하고 있다.

④ ㉣: '실리'를 추구한 측이 언제나 우위를 차지했다며 과거의 경험을 일반화함으로써 현재 상황에서도 실리가 우선되어야 한다고 합리화하여, 인물의 생각이 타당한 것처럼 서술하였다.
〈보기〉에 따르면 윗글의 '서술자는 부정적 인물인 허명두에게 초점화하여 그의 내면을 서술'하였는데, 허명두가 '자신의 생각이나 경험을 일반화하'는 모습을 통해 '상황을 자신에게 유리하게 해석하는 인물의 태도를 드러'낸다고 하였다. 허명두는 과거 '대한청년단 시절의 일하며 화랑동지회의 체험들을' '회상해 보'며 ㉣과 같이 일반화하고 있다. 또한 '명분보다는 실리를 추구해 오는 측이 항상 이겨 오고 있었던' 것이라고 합리화하여 자신의 생각이 타당한 것처럼 서술하고 있다.

⑤ ⓪: '그것'이 지나가고 있음에도 '아직'은 유효하다고 주관화함으로써 현실의 변화를 인식하면서도 기존의 선택을 고수하여, 인물의 자기중심적 태도가 드러나도록 서술하였다.

〈보기〉에 따르면 윗글의 '서술자는 부정적 인물인 허명두에게 초점화하여 그의 내면을 서술'하였는데, 허명두가 '주어진 상황을 주관화'하는 모습을 통해 '상황을 자신에게 유리하게 해석하는 인물의 태도를 드러'낸다고 하였다. ⓪은 '당신 같은 사람들이 날뛰던 시대'를 의미하는 '그것'이 '서서히 지나가고 있'는 현실의 변화를 인식하는 한편, '아직'은 유효하다고 주관화하여 기존의 선택을 고수하는 모습을 통해 허명두의 자기중심적인 태도가 드러나도록 서술하고 있다.

🍃 기틀잡기

② **주관화:** 객관적인 사항이 자기 일처럼 보아져 다루어짐. 또는 객관적인 사항을 자기 일처럼 보고 다루는 일.

④ **일반화:** 개별적인 것이나 특수한 것이 일반적인 것으로 됨. 또는 그렇게 만듦.

MEMO

[14~17] (가) 구강, 「북새곡」 / (나) 작자 미상, 「이 시름 저 시름~」 / (다) 작자 미상, 「강원도 설화지를~」

2026학년도 수능 고전시가에서는 기행 가사 한 작품과 사설시조 두 작품을 엮어서 출제했어. (가)는 EBS 연계 작품으로, EBS 교재에 수록된 장면과 동일한 부분이 출제되어 연계 작품을 충분히 학습했다면 지문의 내용을 이해하는 데 큰 어려움은 없었을 거야. 이에 비해 (나)와 (다)는 비연계 작품으로, 지문이 낯설게 느껴져서 당황했을 수 있어. 이럴 경우 문제에 제시된 〈보기〉의 내용을 잘 활용하면 작품을 이해하는 데 도움을 받을 수 있어. 〈보기〉에는 주로 작품의 창작 의도나 방법, 시대적 배경 등의 내용이 제시되기 때문이지. 그리고 고전시가는 비교적 주제가 한정적이기 때문에 여러 작품에서 유사한 주제가 반복되어 이를 유형화하여 공부하는 습관을 들인다면, 이후에 낯선 작품을 만났을 때 도움이 될 거야.

[14~17] 다음 글을 읽고 물음에 답하시오. 기본

(가)

온성이 몇 리런고 ㉠「우리 말이 지쳤구나」 ← 행로를 멈추게 된 이유
서성 밖에 잠깐 쉬어 말 얻어 먹이려니
홀연히 소주 장사 앞에 와 팔려 하니
그 술을 먹어 보자 ㉡「촌인(村人)의 솜씨 아녀」 ← 술맛에 대한 평가
분명 관가 술일네 그 곡절* 모를쏘냐
이 사람이 술 즐김을 태수가 들었더라
미리 독에 빚어 예 와서 기다린 지
여러 날이 되었더라 ㉢수상히 오는 손을
나인 줄 짐작하고 짐짓 싸게 파는구나
자연히 이 소식을 바람결에 들으니
알은체 무엇 하리 담뱃대 둘을 주고
한 병을 기울이니 감홍로*와 진배없네
㉣「유심터라 이 부사야」 너 언제 날 알더냐 ← 이 부사의 행위에 대한 평가
여기에서 종성 가기 오십 리가 된다 하니
바삐 가는 저문 길에 얼음 밑에 빠지고나
버선 행전* 다 적시고 「동태」가 되었더라 ← 화자의 초라한 외양
이 몰골 이 거동을 남 뵈기 부끄럽다
만인 중에 출두하고 남여* 위에 높게 앉아
㉤「억지로 발 드리운들 그 누가 저어하리」 ← 발을 내려 모습을 가리는 행위의 효과를 의심함

(중략)

「여러 달 주리다가 혹시 혹시 출두하면 ← 임무 수행에서 느끼는 고충
음식은 장하건만 하나나 살로 가랴
여러 날 칩떨다가 더운 방에 들어오면
가슴에 열이 나니 먹느니 **냉수**로다
뉘라서 어사 벼슬 좋다고 하던가
봉고파출* 쾌한 일가 형문* 곤장 차마 하랴
못할 일 마지못하니 **제** 심정 글러지고
송사 진 이 원통하여 몹쓸 말 지어내니
모르는 이 어이 알리 그 말을 곧이듣네
고맙단 이 잠깐이오 원수는 대대로다
괴롭기는 저 혼자라 못할 것이 어사로다」

– 구강, 「북새곡」 –

*봉고파출: 어사가 고을 원을 파면하고 관가의 창고를 잠금.

>> 지문의 핵심 내용을 정리해 보세요.

화자와 대상의 관계	암행어사가 된 고충을 말하는 '나'
상황?	온성으로 가는 길에 말이 지쳐 잠시 쉬었다 가기로 함 → 소주 장사가 갑자기 나타나 술을 싸게 팜 → 얼음 밑에 빠진 자신의 모습을 부끄러워함 → 봉고파출이나 형문 곤장을 마지못해하며 이를 괴롭게 여김 → 송사에서 진 사람의 몹쓸 말에 괴로워하며 어사의 임무를 수행하는 고충을 토로함

현대어 풀이

온성이 몇 리인가 우리 말이 지쳤구나
서성 밖에 잠깐 쉬어 말에게 얻어 먹이려니
갑자기 소주 장수가 앞에 와 (술을) 팔려 하니
그 술을 먹어 보자 촌사람의 솜씨가 아녀
관가의 술이 분명하네 그 까닭을 모를쏘냐
이 사람이 술 좋아함을 태수가 들었더라
미리 독에 빚어 여기 와서 기다린 지
여러 날이 되었더라 수상히 오는 손님을
나인 줄 짐작하고 짐짓 싸게 파는구나
자연히 이 소식을 바람결에 얼핏 들었으니
아는 체해서 무엇 하리 담뱃대 둘을 주고 (술을 사서)
한 병을 기울이니 감홍로와 다름없네
속이 깊도다 이 부사야 너 언제 날 알더냐
여기부터 종성까지 오십 리가 된다 하니
바삐 가는 저문 길에 얼음 밑에 빠졌구나
버선 행전을 다 적시고 동태가 되었구나
이 모습 이 행동을 남에게 보이기 부끄럽다
뭇사람 가운데 출두하고 가마 위에 높게 앉아
억지로 발을 드리운들 그 누가 두려워하리

(중략)

여러 달 굶주리다 혹시 혹시 출두하게 되면
음식은 성대하나 하나라도 살로 가랴
여러 날 동안 추위에 떨다 더운 방에 들어오면
가슴이 답답하니 먹느니 냉수로다
그 누가 어사 벼슬을 좋다고 하였던가
봉고파출이 즐거운 일인가 형문 곤장 차마 하랴
못할 일을 억지로 하니 제 심정이 나빠지고
송사에서 진 이는 (나를) 원망하며 몹쓸 말을 지어내니
(진실을) 모르는 이는 어찌 알겠는가 그 말을 곧이듣네
고맙단 이는 잠깐이요 원수는 대대로다
괴롭기는 저 혼자이니 못할 것이 어사로다

이것만은 챙기자

*곡절: 순조롭지 아니하게 얽힌 이런저런 복잡한 사정이나 까닭.
*감홍로: 맛과 질이 좋은 술.
*행전: 바지나 고의를 입을 때 정강이에 감아 무릎 아래 매는 물건.
*남여: 의자와 비슷하고 뚜껑이 없는 작은 가마.
*형문: 형장(刑杖)으로 죄인의 정강이를 때리던 형벌.

(나)

「문제 해소를 원하는 화자의 마음
「이 시름 저 시름 여러 가지 시름 ⓐ방패연에 세세히 적어」

정월 대보름에 서풍이 고이 불 제 하얀 실 한 얼레*를 끝까지 풀어 띄울 제 「평안함에 대한 화자의 바람
큰 잔에 술을 부어 마지막 전송*하자」 둥게 둥게 둥둥 떠서 높고 높이 솟아올라 「생동감 있는 방패연의 모습
백룡의 굽이같이 굼틀뒤틀 뒤틀어져」 구름 속에 들거고나 동해 바다 건너가서 외로이 섰는 나무에 걸렸다가

풍소소 우낙락할 제* 자연 소멸 하여라

– 작자 미상, 사설시조 –

*풍소소(風蕭蕭) 우낙락(雨落落)할 제: 바람 솔솔 불고 비가 후둑후둑 내릴 때에.

>> 지문의 핵심 내용을 정리해 보세요.

화자와 대상의 관계	방패연에 시름을 적어 날리는 사람
상황?	방패연에 자신의 시름을 세세히 적음 → 정월 대보름에 큰 잔에 술을 부은 뒤 연을 전송함 → 연이 나무에 걸렸다가 자연 소멸하기를 바람

현대어 풀이

이 시름 저 시름 여러 가지 시름을 방패연에 매우 자세히 적어
정월 대보름에 서풍이 고이 불 적에 하얀 실이 감긴 한 얼레를 끝까지 풀어 띄울 적에 큰 잔에 술을 부어 마지막 전송하자 둥게 둥게 둥둥 떠서 높고 높이 솟아올라 백룡이 굽이치는 모습같이 굼틀뒤틀 뒤틀어져 구름 속에 들겠구나 동해 바다 건너가서 외로이 서 있는 나무에 걸렸다가
바람 솔솔 불고 비가 후둑후둑 내릴 때에 자연 소멸하여라

이것만은 챙기자

*얼레: 연줄, 낚싯줄 따위를 감는 데 쓰는 기구.
*전송: 서운하여 잔치를 베풀고 보낸다는 뜻으로, 예를 갖추어 떠나보냄을 이르는 말.

(다)

연의 재료
「**강원도 설화지**」*를 제 크기로 ⓑ**연**을 지어

대사(大絲)* 황사(黃絲) 백사(白絲) 줄을 통 얼레에 살*이 없
이 「바람이 한창인 제 삼간 퇴김 사간 근두* 반공에 **솟아올라 구**
름에 걸쳤으니」 풍력도 있거니와 줄맥*이 없이 그러하랴
역동적인 연의 모습

대상을 끌어당기는 힘
먼 데 **임** 「**줄맥**」을 길게 대어 낚아 올까 하노라

– 작자 미상, 사설시조 –

*삼간 퇴김 사간 근두: 갖은 재주를 부려 연을 날리는 것을 말함.

*줄맥(脈): 줄의 힘.

>> 지문의 핵심 내용을 정리해 보세요.

화자와 대상의 관계	연줄의 힘을 빌려 임과 만나고 싶은 사람
상황?	설화지로 지은 연을 갖은 재주를 부려 반공에 솟아오르게 함 → 연이 구름에 걸쳐짐 → 줄의 힘으로 먼 곳에 있는 임을 낚아 오고 싶어 함

현대어 풀이

강원도 설화지를 제 크기로 연을 지어

굵은 실, 노란 실, 흰 실 줄을 통 얼레에 (감아서) 살이 없이 바람이
한창일 적에 갖은 재주를 부려 연을 날려서 (연이) 반공에 솟아올라
구름에 걸쳤으니 바람도 세거니와 줄의 힘이 없이 그러하겠는가

먼 데 (계신) 임에게 줄의 힘을 길게 대어 낚아 올까 하노라

이것만은 챙기자

*설화지: 종이의 하나. 강원도 평강에서 나는 것으로 빛깔이 희다.

*대사: 굵은 실.

*살: 창문이나 연(鳶), 부채, 바퀴 따위의 뼈대가 되는 부분.

🔍 **유형 분석**

(가)와 (나)의 표현상의 특징에 대해 묻는 문제로, 선지를 판단할 때는 지문에
나타나는 표현상의 특징과 그 기능을 꼼꼼히 확인해 봐야 해. 이러한 유형의
문제에서는 표현상의 특징이 적절하게 제시되고 그 기능이 적절하지 않은
경우가 종종 나타나는데, 이러한 함정에 빠지지 않기 위해서는 지문에
제시된 표현상의 특징과 그 기능이 모두 적절한지 확인해야 해.

14. (가), (나)에 대한 설명으로 가장 적절한 것은?

⊘ **정답풀이**

② (가)는 대구와 대조 표현을 함께 사용하여 화자의 괴로운 처지를
드러내고 있다.

(가)는 '고맙단 이 잠깐이오 원수는 대대로다'에서 대구와 대조의 표현을
함께 사용하여 고된 어사의 직무를 수행하며 겪는 고충을 토로하고 있다.

⊗ **오답풀이**

① (가)는 남의 말을 인용하여 목적지의 위험성을 드러내고 있다.
(가)의 '여기에서 종성 가기 오십 리가 된다 하니'에서 남에게 들은 말을 인용
했다고 볼 수 있으나, 이는 목적지의 거리가 멀다는 것을 드러낼 뿐 목적지의
위험성을 드러낸 것은 아니다.

③ (나)는 가상의 존재에 빗대는 표현을 사용하여 자연 현상의 변화를
드러내고 있다.
(나)의 '백룡의 굽이같이 굼틀뒤틀 뒤틀어져'에서 '방패연'을 가상의 존재인
'백룡'에 빗대어 '방패연'이 나는 모습을 감각적으로 드러낼 뿐, 자연 현상의
변화를 드러내고 있지는 않다.

④ (나)는 방위의 의미를 포함한 두 어휘를 사용하여 대상이 서로 반대
방향으로 이동함을 드러내고 있다.
(나)는 방위의 의미를 포함한 '서풍'과 '동해'라는 어휘를 사용했는데, 이는
'방패연'이 '서풍'을 맞아 '동해(동쪽)'로 날아가는 상황을 나타낼 뿐이므로,
이동하는 대상은 '방패연' 하나뿐이다. 즉 (나)에서 서로 반대 방향으로 이동
하는 대상은 나타나지 않는다.

⑤ (가)와 (나)는 모두, 색채를 나타내는 표현을 통해 배경 속에서
대상의 움직임을 뚜렷하게 드러내고 있다.
(나)의 '백룡의 굽이같이 굼틀뒤틀 뒤틀어져'에서 색채를 나타내는 표현을
통해, 하늘을 나는 '방패연'의 움직임을 뚜렷하게 드러내고 있다고 볼 수 있
으나, (가)는 색채를 나타내는 표현을 통해 대상의 움직임을 드러내지 않는다.

🌱 **기틀잡기**

② **대구**: 비슷한 어조나 구조를 가진 구절이나 문장 두 개를 짝지어
배치하는 표현 기법.
대조: 둘 이상인 대상의 내용을 맞대어 같고 다름을 검토함. 서로
달라서 대비가 됨.

⑤ **색채어**: 사물의 빛깔을 표현하는 어휘. 색채어가 등장하면 당연히
시각적 심상이 나타나며, 두 가지 색채가 뚜렷한 대비를 이루면 '색채
대비'를 이룬다고 함.

⑤ ⑩은 발을 내려 모습을 가리는 행위의 효과를 의심하는 표현으로, 위엄을 세우기 어렵겠다는 인식과 연결되고 있다.

(가)의 '만인 중에 출두하고 남녀 위에 높게 앉아 / 억지로 발 드리운들(⑩) 그 누가 저어하리'에서 화자는 '얼음 밑'에 빠져 젖은 자신의 모습을 발을 내려 가린다고 한들 그 누구도 두려워하지 않을 것이라고 생각한다. 즉 ⑩은 발을 내려 모습을 가리는 행위의 효과를 의심하는 표현으로 볼 수 있으며, 이는 위엄을 세우기 어렵겠다는 인식과 연결된다고 볼 수 있다.

🔍 **유형 분석**

〈보기〉 없이 특정 구절을 바탕으로 작품의 내용을 이해할 것을 요구하는 문제야. 단순히 밑줄 친 시구만으로 화자의 태도를 단정한다면 정오를 판단하는 데 어려움이 있을 수도 있어. 이러한 유형의 문제는 밑줄 친 시구를 포함한 문맥 전체를 고려해 화자의 생각과 태도를 파악해야 해.

15. ⑦~⑩에 대한 이해로 적절하지 <u>않은</u> 것은?

⑦: 우리 말이 지쳤구나
ⓒ: 촌인(村人)의 솜씨 아녀
ⓒ: 수상히 오는 손
ⓔ: 유심터라 이 부사야
⑩: 억지로 발 드리운들

✅ **정답풀이**

④ ⓔ은 이 부사에 대한 평가로, 좋은 술을 얻은 것은 그가 옛 인연이 있었던 화자를 알아보았기 때문이라는 생각을 바탕으로 한다.

(가)의 '유심터라 이 부사야(ⓔ) 너 언제 날 알더냐'에서 화자는 자신이 '술'을 좋아한다는 정보를 듣고 미리 좋은 술을 준비하여 싸게 판 이 부사의 행위에 대한 평가를 드러냈다고 볼 수 있다. 이때 화자가 좋은 술을 얻은 이유는 화자가 술을 즐긴다는 소식을 듣고 이 부사가 미리 준비했기 때문이다. 화자와 이 부사가 옛날부터 인연이 있다는 내용은 (가)에 제시되어 있지 않다.

❌ **오답풀이**

① ⑦은 행로를 잠시 멈추게 된 이유가 되는 인식으로, 서성 밖까지 이르는 여정이 고단했음을 드러내고 있다.

(가)에서 화자는 '우리 말이 지쳤구나(⑦)'라고 판단하여 행로를 멈추고 '서성 밖에 잠깐 쉬어 말 얻어 먹이려'고 한다. 따라서 ⑦에는 화자가 행로를 잠시 멈추게 된 이유와 민정을 시찰하기 위해 여러 지방을 이동하는 화자의 여정이 고단했음이 드러난다고 할 수 있다.

② ⓒ은 술맛에 대한 평가로, 장사가 홀연히 등장했다는 인식과 함께 술의 출처를 판단하는 근거가 된다.

(가)에서 화자는 '홀연히' 나타난 소주 장사가 건넨 술맛을 보고 '촌인의 솜씨 아녀(ⓒ)'라는 평가를 내리고는 이 술이 '분명 관가 술'이며 자신이 '술 즐김을 태수'가 듣고 소주 장사로 하여금 기다리고 있다가 술을 팔게 했을 것이라고 추측하고 있다. 따라서 ⓒ은 술의 출처를 판단하는 근거가 된다고 볼 수 있다.

③ ⓒ은 장사에게 화자가 어떻게 보였을지 추측한 진술로, 화자에게 물건을 싸게 판 이유를 추정하는 단서가 되고 있다.

(가)의 '수상히 오는 손(ⓒ)을 / 나인 줄 짐작하고 짐짓 싸게 파는구나'에서 화자는 '소주 장사'가 본 자신의 모습이 수상하게 오는 사람처럼 보일 것이라 추측하고 있다. 즉 화자는 '소주 장사'가 자신을 보고 암행어사임을 짐작하고 '술'을 싸게 팔았다고 판단하고 있으므로, ⓒ은 화자에게 물건을 싸게 판 이유를 추정하는 단서가 된다고 볼 수 있다.

🔍 유형 분석

(나)의 '방패연'과 (다)의 '연'이라는 시어의 의미와 기능에 대해 묻는 문제야. 이러한 유형의 문제는 지문을 읽을 때 기호가 붙은 시어를 미리 표시해 두고, 시어가 지닌 의미나 역할, 기능 등을 파악한 뒤 푸는 것이 좋아. 시에 제시된 화자, 대상의 상황과 태도를 파악할 수 있다면 어렵지 않게 풀 수 있는 문제야.

🔍 유형 분석

이 문제는 〈보기〉를 바탕으로 (가)~(다)의 내용을 적절하게 이해하고 있는지 묻는 문제야. 아래의 〈보기〉는 작품의 주제를 이해하는 데 크게 도움이 되지는 않지만, 작품의 주제를 형상화하는 표현법에 대해 설명하고 있으므로, 〈보기〉에 제시된 (가)~(다)의 표현법과 선지에서 인용한 구절이 적절하게 대응되는지 파악하며 문제를 풀어나가면 돼.

16. ⓐ, ⓑ에 대한 이해로 가장 적절한 것은?

> ⓐ: 방패연
> ⓑ: 연

🔽 정답풀이

① ⓐ는 감긴 실을 끝까지 풀어서 멀리 떠나보내려는 대상이다.

> ⓐ는 (나)의 화자가 '시름'을 적은 뒤 '하얀 실 한 얼레를 끝까지 풀어 띄'워 '동해 바다'를 건너가기를 바라는 대상이다. 따라서 ⓐ는 감긴 실을 끝까지 풀어서 멀리 떠나보내려는 대상으로 볼 수 있다.

❌ 오답풀이

② ⓐ는 비를 기원하여 바다 건너 자연물에 걸어 두려는 대상이다.
(나)에서 화자는 자신의 '시름'을 적어둔 ⓐ가 '나무에 걸렸다가' '자연 소멸하'여 사라지기를 기원할 뿐, ⓐ를 통해 비를 기원하지는 않는다.

③ ⓑ는 바람이 잦아들었을 때 하늘에 유유히 띄워 두는 대상이다.
(다)의 '바람이 한창인 제 삼간 퇴김 사간 근두 반공에 솟아올라'를 통해 ⓑ는 (다)의 화자가 '바람이 한창'일 때 띄우려는 대상임을 알 수 있다. 따라서 ⓑ가 바람이 잦아들었을 때 하늘에 유유히 띄워 두는 대상이라고 볼 수 없다.

④ ⓐ와 ⓑ는 모두, 임에게 보내려는 전언을 담고 있는 대상이다.
(나)의 화자는 ⓐ에 '시름'을 '세세히 적어' 띄우지만 자연 소멸하기를 바라고 있으므로, ⓐ가 임에게 보내려는 전언을 담고 있다고 보기는 어렵다. 한편 (다)의 화자가 ⓑ에 임에게 보내려는 전언을 담았는지는 확인할 수 없다.

⑤ ⓐ와 ⓑ는 모두, 집단의 의지를 실현하기 위해 날리는 대상이다.
ⓐ는 (나)의 화자가 '시름'을 잊기 위해 날리는 대상일 뿐, 집단의 의지를 실현하기 위해 날리는 대상으로 볼 수 없다. 또한 (다)에는 집단의 의지를 실현하고자 하는 모습이 드러나 있지 않으므로, ⓑ를 집단의 의지를 실현하기 위해 날리는 대상으로 볼 수 없다.

17. 〈보기〉를 참고하여 (가)~(다)를 감상한 내용으로 적절하지 않은 것은? [3점]

> 〈보기〉
>
> 이 시가들은 경험의 실상과 외적 대상을 다양한 모습으로 표현한다. (가)는 장면 속에서 묘사된 행위를 통해 정서나 의미를 드러내기도 하고, 화자를 대상화하며 해학의 대상으로 삼기도 한다. (나)와 (다)는 동일한 소재를 중심으로 시상을 전개하며, 구체적이고 생동감 있는 표현을 통해 대상이 그 자체로 부각되는 모습을 보여 준다. 하지만 (나)는 화자가 가지고 있는 정서를 대상과 행위에 담아내고, (다)는 대상으로부터 화자의 정서가 촉발되는 모습을 보여 준다.

🔍 보기 분석

- (가)~(다) 작품의 특징

(가)	(나)	(다)
경험의 실상과 외적 대상을 표현함		
– 묘사된 행위를 통해 화자의 정서나 의미를 드러냄 – 화자를 대상화함 – 화자를 해학의 대상으로 삼음	– 동일한 소재('연')를 중심으로 시상을 전개함 – 구체적이고 생동감 있는 표현을 사용하여 대상을 부각함	
	– 화자가 가지고 있는 정서를 대상과 행위에 담아냄	– 대상으로부터 화자의 정서가 촉발되는 모습이 드러남

🔽 정답풀이

③ (다)에서 연이 '솟아올라 구름'에 걸치는 것을 보고 화자가 연줄의 힘을 빌려 '먼 데 임'에게 가려고 하는 것은 대상의 역동성이 화자의 욕망을 불러일으키는 모습을 보여 주는군.

> (다)의 '바람이 한창인 제 삼간 퇴김 사간 근두 반공에 솟아올라 구름에 걸쳤으니'에서 연의 역동성이 드러난다고 볼 수 있다. (다)에서 화자는 '줄맥(연줄의 힘)'을 '먼 데 임' 있는 곳에 길게 대어 '임'을 낚아 오고 싶어 한다. 즉 연의 역동성이 화자의 욕망을 불러일으킨다고 볼 수 있지만, (다)의 화자는 임을 자신의 곁으로 데려오고 싶어하는 것이지 화자가 임에게 가려고 하는 것은 아니므로 적절하지 않다.

① (가)에서 얼음물에 빠져 '버선 행전' 다 적시는 대목은 경험을 실감 나게 보여 주면서 화자를 장면 속에서 대상화하여 '동태가 되었더라'라고 우스꽝스럽게 표현하는군.

〈보기〉에 따르면, (가)는 '경험의 실상과 외적 대상을 다양한 모습으로 표현'하며, 화자를 '해학의 대상으로 삼'는다. (가)의 '바삐 가는 저문 길에 얼음 밑에 빠지고나 / 버선 행전 다 적시고 동태가 되었더라'에서 화자는 얼음물에 빠져 '버선 행전'을 다 적신 자신의 모습을 '동태'에 빗댄다. 이는 화자의 경험을 실감 나게 보여 주며, 화자를 장면 속에서 대상화하여 우스꽝스럽게 표현한 것으로 볼 수 있다.

② (나)는 정월 보름날에 '큰 잔에 술을' 붓는 행위로 예를 갖추며 연을 '마지막 전송'하는 모습을 통해 평안함에 대한 화자의 바람을 담아내는군.

〈보기〉에 따르면, (나)는 '화자가 가지고 있는 정서를 대상과 행위에 담아'낸다. (나)에서 화자는 '정월 대보름'에 자신의 시름을 적은 연을 '띄울 제'에 '큰 잔에 술을 부어 마지막 전송'한다. 이처럼 명절에 예를 갖추어 연을 띄우는 행위에는 시름이 사라지고 평안함을 얻기를 바라는 화자의 바람이 투영되어 있다고 할 수 있다.

④ (가)에서 '가슴에 열'이 나서 '냉수'를 먹는 행위는 임무 수행에서 느낄 수 있는 고충을 드러내고, (나)에서 근심을 '세세히 적'는 행위는 문제 해소를 원하는 화자의 마음을 보여 주는군.

〈보기〉에 따르면, (가)는 '장면 속에서 묘사된 행위를 통해 정서나 의미를 드러'내고, (나)는 '화자가 가지고 있는 정서를 대상과 행위에 담아'낸다. (가)에서 화자가 '가슴에 열'이 나서 '냉수'를 먹는 행위는 고된 암행어사 임무 수행에서 느낄 수 있는 고충을 드러낸다고 볼 수 있으며, (나)에서 화자가 '시름'을 세세히 적는 행위는 여러 가지 시름이 사라지기를 바라는 화자의 마음을 보여 준다고 할 수 있다.

⑤ (나)는 연이 '굼틀뒤틀 뒤틀어져' 올라가는 모습을 생동감 있게 묘사하여, (다)는 연의 재료를 '강원도 설화지'로 구체적으로 제시하고 '크기'까지 언급함으로써 대상 자체를 부각하는군.

〈보기〉에 따르면, (나)와 (다)는 '구체적이고 생동감 있는 표현을 통해 대상이 그 자체로 부각되는 모습을 보여 준'다. (나)의 '백룡의 굽이같이 굼틀뒤틀 뒤틀어져 구름 속에 들거고나'에서는 '방패연'이 날아 올라가는 모습을 생동감 있게 묘사하여 대상 자체를 부각하고 있다. 한편 (다)의 '강원도 설화지를 제 크기로 연을 지어'에서는 '연'의 재료의 특징에 대해 구체적으로 제시하고 크기까지 언급하여 대상 자체를 부각하고 있다.

📋 **문제적 문제**

• 17-②, ④번

학생들이 정답 외에 가장 많이 고른 선지는 ②, ④번이다. (가)의 화자가 '가슴에 열'이 나서 '냉수'를 먹는 행위의 의미를 파악하지 못했을 수도 있고, (나)의 '마지막 전송'의 의미를 이해하지 못해 정오 판단에 어려움을 느꼈을 수도 있다.

②번의 경우, '전송'이라는 어휘의 뜻을 이해하지 못했을 가능성이 높은데, '전송'은 '서운하여 잔치를 베풀고 보낸다는 뜻으로, 예를 갖추어 떠나보냄을 이르는 말.'을 의미한다. 즉 (나)에서 화자는 '방패연'을 떠나보낼 때 '큰 잔에 술을' 붓는 행위를 통해 예를 갖추며 연을 전송한다. 이때 '방패연'은 '이 시름 저 시름 여러 가지 시름'이 '세세히 적'힌 것으로, 화자가 '자연 소멸' 하기를 바라는 대상이다. 즉 화자가 연을 전송하는 모습을 통해 시름을 잊고 평안하고자 하는 화자의 바람을 담아낸다고 볼 수 있는 것이다.

④번의 경우, (중략) 이후의 내용을 살펴보면 (가)의 화자는 여러 달 굶주리다가 출두하게 되면 성대하게 대접받은 음식을 먹지만 이는 살로 가지 않으며, 여러 날 추위에 떨며 암행어사의 임무를 수행한 뒤, 더운 방에 들어오면 '가슴에 열이 나'서 '냉수'를 마신다. 즉, (가)의 화자는 암행어사의 임무로 인해 가슴이 답답해 '냉수'를 들이키는 것이므로, 이러한 행위는 임무 수행에서 느낄 수 있는 고충을 드러내는 것으로 볼 수 있다.

정답률 분석

	①	②	③	④	⑤
		매력적 오답	정답	매력적 오답	
	3%	9%	64%	16%	8%

MEMO

PART 1

현대시

[1~4] 다음 글을 읽고 물음에 답하시오.

(가)

마을 안에 차 집어넣고
이 집, 한 집 건너 저 집, 또 저 집,
구름처럼 피고 있는 살구꽃과 만난다.   [A]
작은 생명이 선명하게 드러나는 순간에 대한 관심
「빈집에는 작지만 분홍빛 더 실린 꽃구름,
때맞춰 깬 벌들이 이리저리 날고
날개맥(脈) 덜 여문 나비들이 저속으로 온다.
호의적 시선을 보냄
「소의 순한 얼굴이 너무 좋아
소 앞세우고 오는 마을 사람과 눈웃음으로 인사한다.」   [B]
하늘 구름이 온통 동네에 내려와 있으니
말을 걸지 않아도 말이 되는군.
차에 올라 시동 걸고도 한참 동안 밖을 내다본다.
대상의 일시성에 주목
「꽃들의 생애가 좀 짧으면 어때?
달포 뒤쯤 이곳을 다시 지날 때
이 꽃구름들 낡은 귀신들처럼 그냥 허옇게 매달려 있다면……
꽃도 황홀도 때맞춰 피고 지는 거다.」

다리를 건너 가속 페달 밟으려다 말고
천천히 차를 몬다.   [C]
몸 돌려 보지 않아도
차 거울들 속에 꽃구름 피고 있고
차 거울로는 잘 잡히지 않으나
하늘과 땅을 연결하고 있는 생명에 대한 내적 인식
「하늘의 연분홍을 땅 위에 내려 받는 검은 둥치들이   [D]
군소리 없이 구름을 잔뜩 인 채 서 있겠지.
차를 멈추고 뒤돌아본다.   [E]
아 하늘의 기둥들!」

– 황동규, 「살구꽃과 한때」 –

>> 지문의 핵심 내용을 정리해 보세요.

화자와 대상의 관계	살구꽃 핀 마을의 정경을 한참 바라보는 사람
상황?	차를 마을 안에 집어넣고 살구꽃을 봄 → 벌들, 나비들, 소의 얼굴을 봄 → 마을 사람과 눈웃음으로 인사함 → 차에 타서 한참 밖을 내다봄 → 다리를 건너 천천히 차를 몰며 차 거울로 살구꽃을 봄 → 차를 멈추고 뒤돌아봄

(나)

1

사소해 보일 수 있는 대상에 대한 관심
저 「하잘것없는 한 송이의 달래꽃」을 두고 보드래도, 다사롭게
타오르는 햇볕이라거나 보드라운 바람이라거나 거기 모여드는
벌나비라거나 그보다도 이 하늘과 땅 사이를 어렴풋이 이끌고
가는 크나큰 그 어느 알 수 없는 마음이 있어 저리도 조촐하게
한 송이의 달래꽃은 피어나는 것이요 「길이 멸하지 않을 것」이다.
대상의 영속성에 주목

2

부정적 상황
「바윗돌처럼 꽁꽁 얼어붙었던 대지」를 뚫고 솟아오른 저 애
잔한 달래꽃의 긴긴 역사라거나 그 막아 낼 수 없는 위대한 힘이
역사와 힘의 위대함을 기림
라거나 「이것들이 빚어내는 아름다운 모든 것을 내가 찬양하는 것」
도 오래오래 우리 마음에 걸친 거추장스러운 푸른 수의(囚衣)*를
자작나무 허울 벗듯 훌훌 벗고 싶은 달래꽃같이 위대한 역사와
힘을 가졌기에 이렇게 살아가는 것이요 살아가야 하는 것이다.

3

한 송이의 달래꽃을 두고 보드래도 햇볕과 바람과 벌나비와
그리고 또 무한한 마음과 입 맞추고 살아가듯 너의 뜨거운 심장
과 아름다운 모든 것이 샘처럼 온통 괴어 있는 그 눈망울과 그
함께하는 존재와의 결속
리고 항상 「내가 꼬옥 쥘 수 있는 그 뜨거운 핏줄이 나뭇가지처
럼 타고 오는 뱅어같이 예쁘디예쁜 손」과 네 고운 청춘이 나와
더불어 가야 할 저 환히 트인 길이 있어 늘 이렇게 죽도록 사랑
하는 것이요 사랑해야 하는 것이다.

– 신석정, 「역사」 –

>> 지문의 핵심 내용을 정리해 보세요.

화자와 대상의 관계	달래꽃을 보며 사소한 대상의 위대한 힘을 떠올리는 '나'
상황?	조촐하게 피어난 한 송이 달래꽃을 봄 → 달래꽃이 위대한 역사와 힘을 가졌다고 생각함 → 너와 환히 트인 길로 더불어 가고자 함

이것만은 챙기자

*수의: 죄수가 입는 옷.

1. (가)와 (나)의 공통점으로 가장 적절한 것은?

✔ 정답풀이

③ 중심 소재를 반복적으로 제시하여 주제 의식을 드러내고 있다.

> (가)는 '살구꽃'이라는 중심 소재를 '꽃구름', '꽃' 등으로 반복적으로 제시하여 '꽃'이 '때맞춰 피고 지는' 자연의 섭리를 드러내고 있다. (나)는 '달래꽃'이라는 중심 소재를 반복적으로 제시하여 민중들의 연대와 생명력에 대한 예찬을 드러내고 있다.

✖ 오답풀이

① 공감각적 심상을 활용하여 대상의 외양을 묘사하고 있다.
 (가)에서는 '분홍빛 더 실린 꽃구름', '검은 둥치들' 등을 통해 시각적 심상을 나타내고 있을 뿐, 공감각적 심상을 활용하고 있지 않다. (나)에서는 '보드라운 바람', '뜨거운 심장' 등을 통해 촉각적 심상을, '푸른 수의'를 통해 시각적 심상을 나타내고 있을 뿐, 공감각적 심상을 활용하고 있지 않다.

② 영탄적 어조를 통해 대상에 대한 그리움을 부각하고 있다.
 (가)는 '아 하늘의 기둥들!'에서 영탄적 어조를 활용하고 있으나 이를 통해 '검은 둥치들'의 모습에 감탄하고 있을 뿐, 대상에 대한 그리움을 부각하지는 않았다. 한편 (나)에서는 영탄적 어조가 나타나지 않는다.

④ 대립적인 의미의 시어를 통해 현실에 대한 비판 의식을 강조하고 있다.
 (가)에서는 '꽃'과 '황홀'이 '때맞춰 피고 지는' 모습과 '낡은 귀신들'처럼 '그냥 허옇게 매달'린 모습이 대립적 의미를 형성한다고 볼 수 있으나 이를 통해 현실에 대한 비판 의식을 드러내지는 않았다. (나)에서는 '바윗돌처럼 꽁꽁 얼어붙었던 대지'가 '달래꽃의 긴긴 역사', '막아 낼 수 없는 위대한 힘' 등과 대립적 관계에 놓이면서 억압적 현실에 대한 인식이 암시된다고 볼 수 있다.

⑤ 말을 주고받는 방식을 사용하여 의인화된 대상과의 교감을 나타내고 있다.
 (나)의 '훌훌 벗고 싶은 달래꽃'에서 '달래꽃'을 의인화했다고 볼 여지가 있으나 말을 주고받는 방식은 나타나지 않으며 또한, (가) 역시 말을 주고받는 방식은 나타나 있지 않다.

🌱 기틀잡기

> ② **영탄**: 감정을 억누르지 않고 그대로 표출하는 표현 방법. 감탄사와 감탄 어미를 사용하거나 호칭어를 사용하고, 명령이나 권유, 설의의 형식을 취하는 것까지도 영탄법으로 볼 수 있음.
> ⑤ **의인**: 사람이 아닌 것에 인격을 부여하여 사람인 것처럼 표현하는 것.

2. [A]~[E]에 대한 이해로 적절하지 <u>않은</u> 것은?

✔ 정답풀이

⑤ [E]: 대상과의 정서적 거리가 멀어지는 상황에서 '차를 멈추고 뒤돌아' 봄으로써 경외감을 드러내고 있다.

> [E]에서 화자는 '차를 멈추고 뒤돌아'서 '군소리 없이 구름을 잔뜩 인 채 서 있'는 '검은 둥치들'을 보고 '아 하늘의 기둥들!'이라고 말하며 감탄하고 있으므로, 대상에 대해 경외감을 느낀다고 볼 수 있다. 한편 화자는 '차를 멈추고 뒤돌아' 보는 행위를 통해 대상을 응시하고 있으므로, 이를 대상과의 정서적 거리가 멀어지는 상황이라고 보기는 어렵다.

✖ 오답풀이

① [A]: '이 집', '저 집'과 '빈집'으로 시선을 이동하며 대상의 형태와 색채를 인식하고 있다.
 [A]에서 화자는 '이 집, 한 집 건너 저 집, 또 저 집'에서 '빈집'으로 시선을 이동하며 '구름처럼 피고 있는 살구꽃'과 '분홍빛 더 실린 꽃구름' 등으로 대상의 형태와 색채를 인식하고 있다.

② [B]: '소'와 '마을 사람'에게 호의적 시선을 보내고 '하늘 구름'의 영향을 의식하고 있다.
 [B]에서 화자는 '소의 순한 얼굴'을 '너무 좋'다고 표현하며 '마을 사람과 눈웃음으로 인사'를 하고 있다. 또한 '하늘 구름이 온통 동네에 내려와 있으니 / 말을 걸지 않아도 말이' 된다고 하였다. 즉, '소'와 '마을 사람'에게 호의적인 시선을 보내며 '하늘 구름'의 영향을 의식하고 있음을 알 수 있다.

③ [C]: '다리를 건너'며 '꽃구름'과 이별하는 상황에서도 '차 거울들'에 비친 대상을 보고 있다.
 [C]에서는 치를 몰고 '다리를 건너'가는 상황에서도 '차 거울들 속에 꽃구름 피고 있'다고 하였으므로 '꽃구름'과 이별하는 상황에서도 '차 거울들'에 비친 '꽃구름'을 보고 있음을 알 수 있다.

④ [D]: '차 거울로는' 시야에 온전히 들어오지 않는 '검은 둥치들'이 묵묵히 서 있는 모습을 떠올리고 있다.
 [D]에서 화자는 '차 거울로는 잘 잡히지 않'아 시야에 보이지는 않지만 '검은 둥치들이 / 군소리 없이 구름을 잔뜩 인 채 서 있겠지.'라고 추측하며 '검은 둥치들'이 묵묵히 서 있는 모습을 떠올리고 있다.

🌱 기틀잡기

> ⑤ **경외감**: 대상을 위대하고 숭고하게 여기는 마음.

학생들이 정답 이외에 가장 많이 고른 선지는 ③번이다. 화자가 차를 몰고 '다리를 건너'며 '차 거울'에 비친 '꽃구름'을 보고 있는 장면의 의미를 파악하는 과정에서 어려움이 있었던 것으로 보인다.

[C]에서 화자는 '천천히 차를' 몰며 '다리를 건너'고 있다. 이때 '다리를 건너'는 화자의 행위는 '꽃구름'과 물리적으로 멀어지는 행위라고 할 수 있다. 1연에서 화자는 '마을 안에 차 집어넣고' '구름처럼 피고 있는 살구꽃과 만난' 후 '마을 사람'과 인사를 나눈다. 이러한 만남 이후 화자는 '차에 올라 시동'을 거는데, 이는 마을을 떠나야 함을 의미하는 것이다. 이때 화자가 '한참 동안 밖을 내다'보는 것과 2연에서 '가속 페달 밟으려다 말고 / 천천히 차를' 모는 것은 모두 '꽃구름'과의 이별에 대한 아쉬움을 드러낸 행동으로 볼 수 있다. 또한, 이 과정에서 화자는 '꽃구름'을 '몸 돌려' 보는 대신 '차 거울들'을 통해 확인하고 있으므로, 화자가 '다리를 건너'며 '차 거울들'에 비친 '꽃구름'을 보고 있다는 설명은 적절하다.

정답률 분석

	①	②	③	④	⑤
			매력적 오답		정답
	4%	3%	16%	3%	74%

3. (나)에 대한 설명으로 적절하지 않은 것은?

✅ 정답풀이

⑤ 3에서 '네 고운 청춘'을 '죽도록 사랑하'겠다는 것은 공동체의 갈등을 해소하기 위한 화자의 희생정신을 드러낸다.

> 3에서 화자는 '네 고운 청춘이 나와 더불어 가야 할 저 환히 트인 길'이 있으므로 '늘 이렇게 죽도록 사랑하는 것이요 사랑해야 하는 것'이라고 하였다. 즉, 화자가 '네 고운 청춘'을 '죽도록 사랑하'겠다는 것은 '더불어 가야 할' 연대의 길을 걷겠다는 의지의 표현일 뿐, 공동체의 갈등을 해소하기 위한 화자의 희생정신을 드러내는 것이라고 볼 수는 없다.

❌ 오답풀이

① 1에서 '저 하잘것없는 한 송이의 달래꽃을 두고' 본다는 것은 사소해 보일 수 있는 대상에 대한 관심을 드러낸다.
1에서 화자는 '저 하잘것없는 한 송이의 달래꽃을 두고' 보는 행위를 통해 조촐하고 사소해 보일 수 있는 대상에 대한 관심을 드러내고 있다.

② 2에서 '얼어붙었던 대지'라는 부정적 여건을 극복하여 '뚫고 솟아오른'다는 것은 '달래꽃'의 강인한 모습을 드러낸다.
2에서 '바윗돌처럼 꽁꽁 얼어붙'은 대지는 꽃이 피어나기 힘든 부정적 여건이며, 이를 '뚫고 솟아오'르는 것은 '달래꽃'이 가진 '위대한 힘'인 강인한 생명력을 드러내는 것이라고 할 수 있다.

③ 2에서 '이것들이 빚어내는 아름다운 모든 것'을 '찬양'한다는 것은 '역사와 힘'의 위대함을 기리는 태도를 드러낸다.
2에서 '이것들이 빚어내는 아름다운 모든 것'을 '찬양'하는 것은 '달래꽃같이 위대한 역사와 힘을 가졌기' 때문이라고 하였다. 즉, '달래꽃의 긴긴 역사라거나 그 막아 낼 수 없는 위대한 힘'이 '빚어내는 아름다운 모든 것'을 '찬양'하는 것은 '역사와 힘'의 위대함을 기리는 태도를 드러내는 것이라고 볼 수 있다.

④ 3에서 '예쁘디예쁜 손'을 '항상 내가 꼬옥 쥘 수 있'다는 것은 함께하는 존재와의 결속에 대한 화자의 인식을 드러낸다.
3에서 '예쁘디예쁜 손'을 '항상 내가 꼬옥 쥘 수 있'다는 것은 '나와 더불어 가야 할 저 환히 트인 길'을 같이 걸어가겠다는 의미로, 함께하는 존재와의 결속에 대한 화자의 인식을 드러내는 것이라고 할 수 있다.

4. 〈보기〉를 참고하여 (가), (나)를 감상한 내용으로 적절하지 않은 것은? [3점]

〈보기〉

　(가)와 (나)는 시간적 속성에 주목하여 시적 대상을 의미화한다는 점에서 공통적이지만, 구체적 이미지와 추상적 관념을 통합하는 방식의 측면에서 차이를 보인다. (가)는 대상의 일시성에 주목하며 포착한 경험 세계를 비유와 묘사를 통해 그려 냄으로써 생명과 자연에 대한 내적 인식을, (나)는 대상의 영속성에 주목하며 인식한 관념적 세계를 감각적으로 형상화함으로써 역사에 대한 상징적 의미를 드러내고 있다.

🔍 보기 분석

- (가)와 (나)의 공통점: 시간적 속성에 주목하여 시적 대상을 의미화
- (가)와 (나)의 차이점: 구체적 이미지와 추상적 관념을 통합하는 방식
  - (가): 대상의 일시성에 주목, 경험 세계를 비유·묘사하여 생명과 자연에 대한 내적 인식을 드러냄
  - (나): 대상의 영속성에 주목, 관념적 세계를 감각적으로 형상화하여 역사에 대한 상징적 의미를 드러냄

✅ 정답풀이

④ (가)에서 '살구꽃'이 '허옇게 매달'린 모습에 대한 지향은 '달포 뒤쯤' 회복될 생명에 대한 기대로, (나)에서 '수의'를 '벗고 싶은' 소망은 '환히 트인 길'로 상징된 역사적 전망으로 이어지는군.

　〈보기〉에서 (가)는 '대상의 일시성에 주목'하며, '비유와 묘사를 통해' '생명과 자연에 대한 내적 인식'을 드러낸다고 하였고, (나)는 '관념적 세계를 감각적으로 형상화함으로써 역사에 대한 상징적 의미를 드러'낸다고 하였다. (나)에서 '수의를 자작나무 허울 벗듯 훌훌 벗고 싶'어 하는 것은 억압에서 벗어나고자 하는 소망을 의미하며 이는 '환히 트인 길'로 상징되는 긍정적인 역사적 전망으로 이어진다고 볼 수 있다. 반면, (가)에서 화자는 '달포 뒤쯤'에도 '살구꽃'이 '허옇게 매달려 있'는 상황을 '낡은 귀신들'에 비유하며 '꽃도 황홀도 때맞춰 피고 지는' 것이라고 하였다. 이는 회복될 생명에 대한 기대가 아니라, 꽃의 일시성에 주목하여 때가 되면 피고 지는 자연의 섭리에 대한 깨달음을 의미하므로 적절하지 않다.

❌ 오답풀이

① (가)에서 꽃을 '구름'으로, 나무둥치를 '하늘의 기둥'으로 비유한 것을 통해, '때맞춰' 꽃을 피워 하늘과 땅을 연결하고 있는 생명에 대한 내적 인식이 드러나는군.

　〈보기〉에서 (가)는 '대상의 일시성에 주목하며 포착한 경험 세계를 비유와 묘사를 통해 그려 냄으로써 생명과 자연에 대한 내적 인식'을 드러낸다고 하였다. (가)에서 '구름처럼 피고 있는 살구꽃'이라는 비유는 꽃을 구름처럼 일시적으로 피었다가 사라지는 존재로 형상화한 표현으로, '꽃도 황홀도 때맞춰 피고 지는'이라는 구절과 맞물려 생명의 일시성을 자각하는 화자의 내면적 인식을 드러낸다. 또한 '아 하늘의 기둥들!'이라는 표현은 나무둥치를 하늘과 땅을 이어 주는 기둥에 비유함으로써, 이를 통해 생명에 대한 조화를 인식하는 화자의 내면적 성찰이 드러난다고 볼 수 있다.

② (가)에서 '분홍빛 더 실린' 꽃의 모습과 '때맞춰 깬 벌'의 움직임을 포착하여 그려 낸 것을 통해, 작은 생명이 선명하게 드러나는 순간에 대한 관심을 엿볼 수 있군.

　〈보기〉에서 (가)는 '대상의 일시성에 주목하며 포착한 경험 세계를 비유와 묘사를 통해 그려 냄으로써 생명과 자연에 대한 내적 인식'을 드러낸다고 하였다. (가)에서 '분홍빛 더 실린 꽃구름'과 '때맞춰 깬 벌'의 움직임을 포착하는 화자의 모습을 통해 작은 생명들인 '꽃'과 '벌'이 선명하게 드러나는 순간에 대한 관심을 엿볼 수 있다.

③ (나)에서 온 세상의 역사를 '이끌고 가는' 힘은 '크나큰' '마음'으로 표현되며, '한 송이의 달래꽃'이 '피어나는 것'이라는 구체적인 이미지를 통해 감각적으로 형상화되는군.

　〈보기〉에서 (나)는 '대상의 영속성에 주목하며 인식한 관념적 세계를 감각적으로 형상화함으로써 역사에 대한 상징적 의미를 드러'낸다고 하였다. (나)의 '하늘과 땅 사이를 어렴풋이 이끌고 가는 크나큰 그 어느 알 수 없는 마음'에서 온 세상의 역사를 이끌고 가는 힘이 '크나큰 그 어느 알 수 없는 마음'으로 표현되었음을 알 수 있으며, 이러한 '마음'이 있어 '한 송이의 달래꽃'이 '피어나는 것'이라고 하여 구체적인 이미지를 통해 감각적으로 형상화하고 있음을 알 수 있다.

⑤ (가)에서 '꽃들의 생애가 좀 짧'아도 괜찮다는 것은 일시성에 주목하여 자연의 섭리를, (나)에서 '길이 멸하지 않을 것'은 영속성에 주목하여 '긴긴 역사'의 의미를 인식함을 보여 주는군.

　〈보기〉에서 (가)는 '대상의 일시성에 주목하며 포착한 경험 세계를 비유와 묘사를 통해 그려 냄으로써 생명과 자연에 대한 내적 인식'을 드러내고, (나)는 '대상의 영속성에 주목하며 인식한 관념적 세계를 감각적으로 형상화함으로써 역사에 대한 상징적 의미를 드러'낸다고 하였다. (가)에서 화자는 '꽃들의 생애가 좀 짧으면 어때?', '꽃도 황홀도 때맞춰 피고 지는 거'라고 말함으로써 꽃의 일시성에 주목하여 자연의 섭리를 인식하고 있음을 드러내고 있다. 또한 (나)에서 '길이 멸하지 않을 것'이라는 것은 영속성에 주목하여 '달래꽃의 긴긴 역사'가 앞으로도 이어질 것이라는 인식을 보여 준다고 할 수 있다.

[1~4] 다음 글을 읽고 물음에 답하시오.

(가)

손 흔들고 떠나갈 미련은 없다
며칠째 「청산」에 와 발을 푸니
  [화자의 인식을 보여 주는 공간]
㉠흐리던 산길이 잘 보인다.
상수리 열매를 주우며 인가*를 내려다보고
  [세속의 일상]
「쓰다 둔 편지 구절과 버린 칫솔」을 생각한다.
남방으로 가다 길을 놓치고
두어 번 허우적거리는 여울물
산 아래는 때까치들이 몰려와
모든 야성을 버리고 들 가운데 순결해진다.
길을 가다가 자주 뒤를 돌아보게 하는
  [내면의 갈등]   [속세에서의 삶]
「서른 번 다져 두고 서른 번 포기했던」 ⓐ「관습들」
서쪽 마을을 바라보면 나무들의 잔숨결처럼
㉡가늘게 흩어지는 저녁 연기가
한 가정의 고민의 양식으로 피어오르고
생목 울타리엔 들거미줄
  [자연과의 동화]
「맨살 ㉢비비는 돌들과 함께 누워」
실로 이 세상을 앓아 보지 않은 것들과 함께
잠들고 싶다.

– 이기철, 「청산행」 –

>> 지문의 핵심 내용을 정리해 보세요.

화자와 대상의 관계	세속을 떠나 청산으로 들어가 자연과 동화되고자 하는 사람
상황?	자연의 세계인 청산에 들어왔지만, 인가를 내려다보며 일상의 것들을 떠올림 → 야성을 버리고 순결해진 때까치들처럼 세속을 잊고 들거미줄과 돌들 같은 자연과 함께 누워 잠들고자 함

◁ 이것만은 챙기자 ▷

*인가: 사람이 사는 집.

(나)

나는 차를 앞에 놓고
고즈넉한* 저녁에 호을로 마신다.
내가 좋아하는 차를 마신다.
그러나 이것은 다만 사실일 뿐,
차의 짙은 향기와는 관계 없이
이것은 물과 같이 담담한 사실일 뿐이다.

  [절대자]
「누구」의 시킴을 받아
참새 한 마리가 땅에 떨어지는 것도 아니고
  [절대자와의 관계를 회의함]
「누구의 손으로 들국화를 어여삐 가꾼 것도 아니다.」
차를 마시는 것은
이와 같이 ㉣스스로 담갑고* 가장 즐거울 뿐,
이것은 다만 사실이며 또 ⓑ관습이다.
나의 고즈넉한 관습이다.

          [경험을 통해서 대상을 인식함]
물에게 「물은 물일 뿐」
소금물일 뿐,
앞으로 남은 십년을 더 살든지 죽든지
나에게도 나는 나일 뿐,
㉤이제는 차를 마시는 나일 뿐,

이 짙은 향기와는 관계도 없이
차를 마시는 사실과 관습은
  [경험적 사실로만 존재를 인식하겠다는 의지]
「내가 아는 내게 대한 모든 것」이다.
그리고 모든 것에 대한 모든 것도 된다.

– 김현승, 「사실과 관습: 고독 이후」 –

>> 지문의 핵심 내용을 정리해 보세요.

화자와 대상의 관계	차를 마시는 행위를 통해, 차를 마시는 사실과 관습이 내가 아는 '나'에 대한 모든 것임을 깨달은 '나'
상황?	'나'는 저녁에 차를 마시며, 이 행위가 담담한 사실임을 깨달음 → 세상의 일들이 누구의 시킴을 받아서 일어나는 것이 아니듯이, 차를 마시는 일도 그렇다고 생각함 → 차를 마시는 사실과 관습이 내가 아는 '나'에 대한 모든 것이라고 인식함

◁ 이것만은 챙기자 ▷

*고즈넉하다: 고요하고 아늑하다.
*담갑다: 거리낌이나 불만이 없어 마음이 흡족하다.

1. (가), (나)에 대한 설명으로 적절하지 <u>않은</u> 것은?

✅ **정답풀이**

⑤ (가)와 (나)는 모두, 자연물에 화자의 정서를 투영함으로써 대상에 대한 친밀감을 드러내고 있다.

> (가)는 '때까치들이 몰려와 / 모든 야성을 버리고 들 가운데 순결해진다.'의 '때까치들'에 세속의 것을 버리고 자연에 동화되고자 하는 화자의 정서를 투영함으로써 자연물에 대한 친밀감을 드러내고 있다. 한편 (나)의 '물에게 물은 물일 뿐'에는 대상을 있는 그대로 인식하고자 하는 화자의 정서가 나타나 있다. 그러므로 넓은 의미에서 화자의 정서가 '물'에 투영되었다고 볼 수 있으나 이를 통해 대상에 대한 친밀감을 드러내고 있지는 않다.

❌ **오답풀이**

① (가)는 인격화한 대상을 통해 화자의 심리를 내포하고 있다.
(가)는 '맨살 비비는 돌들'에서 '돌들'을 인격화하고 있다. 또한 '돌들' 같은 것들과 '함께 / 잠들고 싶다.'라는 표현을 볼 때, 자연과 동화되고자 하는 화자의 심리가 내포되어 있다고 볼 수 있다.

② (나)는 대상을 한정하는 어휘들을 사용하여 주제 의식을 강조하고 있다.
(나)는 '다만', '사실일 뿐', '물일 뿐', '나일 뿐' 등 대상을 한정하는 어휘들을 사용하고 있으며, 이를 통해 화자가 경험한 사실을 통해서만 세계를 파악하고자 한다는 주제 의식을 강조하고 있다.

③ (가)는 (나)와 달리, 공간의 이동에 따라 포착된 사물을 통해 화자의 태도를 드러내고 있다.
(가)의 화자는 '청산'에서 '산길'을 걸으며 '인가', '서쪽 마을', '저녁 연기' 등을 포착하여 속세에 대한 미련을 드러내고 있으며, '때까치들', '돌들' 등을 통해 자연 친화적 태도를 드러내고 있다. 이와 달리 (나)는 공간의 이동에 따라 사물을 포착하고 있지 않으며, 이를 통해 화자의 태도를 드러내고 있지도 않다.

④ (나)는 (가)와 달리, 화자를 거듭 명시하면서 시상을 전개하고 있다.
(가)는 화자를 명시적으로 드러내고 있지 않다. 이와 달리 (나)는 '나는 차를 앞에 놓고', '내가 좋아하는 차를 마신다.', '나의 고즈넉한 관습이다.', '나에게도 나는 나일 뿐' 등 화자를 반복적으로 언급하면서 시상을 전개하고 있다.

🌱 **기틀잡기**

① **인격화**: 사람이 아닌 것에 인격을 부여하여 사람인 것처럼 표현하는 것.
② **한정**: 어떤 개념이나 범위를 명확히 하거나 범위를 확실히 함. 사고의 대상이 되는 성질이나 한계를 확실히 정하여 그것에 관한 개념을 명확히 하는 일.
③ **공간의 이동**: 화자가 장소나 배경을 옮겨 이동하며 시상을 전개하는 방식.
④ **명시**: 분명하게 드러내 보임.
⑤ **투영**: 어떤 일을 다른 일에 반영하여 나타냄.

2. ⓐ, ⓑ에 대한 이해로 가장 적절한 것은?

> ⓐ: 관습들
> ⓑ: 관습

✅ **정답풀이**

④ ⓐ는 '서른 번 다져 두고 서른 번 포기'한 것이라는 점에서 내면의 갈등을, ⓑ는 '고즈넉한' 상황에서 이루어지는 '담담한 사실'이라는 점에서 내면의 평정함을 내포한다.

> (가)에서 화자는 속세를 떠나 자연에 들어가서도 '인가를 내려다보고 / 쓰다 둔 편지 구절과 버린 칫솔'을 떠올리는 등 속세의 삶을 생각하며 갈등한다. 이때 ⓐ는 화자가 '길을 가다가 자주 뒤를 돌아보게' 만드는 것이자, '서른 번 다져 두고 서른 번 포기'한 것이므로 내면의 갈등을 내포한다고 볼 수 있다. 또한 (나)에서 ⓑ는 '차를 마시는' 행위인데 화자는 이 일을 '고즈넉한 저녁에', '좋아하는 차를 마신다.'고 표현했으며, '스스로 달갑고 가장 즐'겁게 하는 하는 일이라고 했으므로 내면의 평정을 드러낸다고 볼 수 있다.

❌ **오답풀이**

① ⓐ는 '길을 가다가 자주 뒤를 돌아보게' 하는 것이라는 점에서 다시 돌아갈 수 없는 그리움의 대상이다.
(가)의 화자가 '길을 가다가 자주 뒤를 돌아보'는 것은 두고 온 일상을 떠올리며 계속 자연으로 향할지 다시 세속으로 돌아갈지 갈등하기 때문이지 ⓐ가 그리워서가 아니다.

② ⓑ는 '호을로' 하는 행위라는 점에서 행위 주체의 사회적 고립을 드러내고 있다.
(나)에서 화자는 ⓑ를 '고즈넉한 저녁에 호을로' 하며, 이는 '스스로 달갑고 가장 즐거'운 일이라고 말하고 있다. 따라서 ⓑ를 '호을로' 한다는 것은 행위의 고즈넉한 평화로움을 묘사하는 것일 뿐 행위 주체의 사회적 고립을 드러내는 표현으로 볼 수 없다.

③ ⓐ는 바라봄의 대상인 '서쪽 마을'과 관련되어 있다는 점에서 피안에 대한 지향을, ⓑ는 일과를 마친 '저녁'과 관련되어 있다는 점에서 안식에 대한 지향을 드러내고 있다.
피안은 현실적으로 존재하지 아니하는 관념적으로 생각해 낸 현실 밖의 세계, 즉 인간 세계를 벗어난 깨달음의 세계를 의미한다. (가)에서 화자가 '서쪽 마을'을 보면, 그곳에는 '저녁 연기가 / 한 가정의 고민의 양식으로 피어오'른다고 하였다. 이때 ⓐ와 '서쪽 마을', '저녁 연기' 등은 '인가', '쓰다 둔 편지' 등과 마찬가지로 현실적 세상을 연상시키며, 그곳은 화자가 지향하는 '이 세상을 앓아 보지 않은 것들'이 있는 자연 세계와는 대비되는 세계라고 볼 수 있다. 따라서 ⓐ가 현실에서 벗어난 피안에 대한 지향을 드러내는 것이라고 볼 수 없다. 또한 ⓑ를 '저녁'에 하는 것은 화자가 직접 경험한 '사실'일 뿐, 안식에 대한 지향을 드러내는 것이라고 볼 수 없다.

⑤ ⓐ는 사물들을 '내려다보'아 촉발된 것이라는 점에서 자기 연민의 성격을, ⓑ는 '달갑고', '좋아하는' 것이라는 점에서 자기 위안적 성격을 띠고 있다.
(가)에서 화자가 사물들을 '내려다보'며 ⓐ를 생각하는 것은 자연에 오기 위해 두고 온 일상 세계를 보며 갈등하는 것으로 자기 연민과는 거리가 멀다. 한편 (나)에서 화자는 ⓑ를 '달갑고 가장 즐거'운 일이라고 말했지만, 이것만으로 ⓑ가 자기 위안적 성격을 띠고 있다고 볼 수는 없다.

3. ㉠~㉤에 대한 이해로 적절하지 <u>않은</u> 것은?

> ㉠: 흐리던
> ㉡: 가늘게
> ㉢: 비비는
> ㉣: 스스로
> ㉤: 이제는

✓ 정답풀이

③ ㉢은 '맨살'을 드러낸 '돌들'이 부대끼는 형상으로 세파에 시달리는 모습을 나타내는 표현이다.

(가)의 화자는 속세와 일상 세계를 벗어나 자연 세계로 들어가고자 한다. 이때 '맨살 비비는(㉢) 돌들'은 화자가 '함께' 눕고 싶어 하는 대상이자, '실로 이 세상을 앓아 보지 않은 것들'에 속하는 것으로 화자가 지향하는 자연 세계의 일부라고 할 수 있다. 따라서 ㉢은 세파에 시달리는 모습을 나타낸 표현이 아니라, 자연과 동화되고자 하는 화자의 바람을 나타낸 표현으로 볼 수 있다.

✗ 오답풀이

① ㉠은 대상이 이전에는 제대로 파악되지 않았음을 드러내는 표현이다.

(가)에서 화자는 '며칠째 청산에 와 발을 푸니 / 흐리던(㉠) 산길이 잘 보인다.'고 한다. 이는 이전에는 '산길'이 잘 보이지 않았는데, 이제는 잘 보이게 되었다는 것이므로 ㉠은 대상이 이전에는 제대로 파악되지 않았음을 드러내는 표현으로 볼 수 있다.

② ㉡은 '저녁 연기'의 형상으로 '한 가정'의 상황과 처지를 시각화한 표현이다.

(가)에서 화자는 '가늘게(㉡) 흩어'진다는 표현으로 '저녁 연기'를 형상화하고 있다. '저녁 연기'가 피어오르는 것을 통해 저녁밥을 지어 먹으려는 가정의 모습을 유추할 수 있으므로, '한 가정'의 상황과 처지를 시각화한 표현으로 볼 수 있다.

④ ㉣은 '차를 마시는 것'이 화자의 선호에 따른 주체적 행위임을 드러내는 표현이다.

(나)에서 화자는 '차를 마시는 것'은 '참새 한 마리가 땅에 떨어지는 것'과 같이 '누구의 시킴을 받아' 하는 것이 아니며 '스스로(㉣) 달갑고 가장 즐거'운 일이라고 말하고 있다. 따라서 ㉣은 '차를 마시는 것'이 화자의 주체적 행위임을 드러내는 표현이라고 볼 수 있다.

⑤ ㉤은 '나'에 대한 현재의 인식이 이전과는 달라졌음을 드러내는 표현이다.

(나)는 자신과 세계를 있는 그대로 인식하고자 하는 화자의 깨달음을 바탕으로 시상이 전개되고 있다. 화자는 '고즈넉한 저녁'에 '좋아하는 차를 마'시는 '나'가 '나'일 뿐이라고 인식한다. ㉤은 이러한 깨달음이 있기 전에는 '나'를 다르게 인식했음이 드러나는 표현으로, '나'에 대한 현재의 인식이 이전과 달라졌음을 드러내는 표현이라고 추측할 수 있다.

4. <보기>를 참고하여 (가), (나)를 감상한 내용으로 적절하지 <u>않은</u> 것은? [3점]

> ─── 〈보기〉 ───
>
> 자연과 절대자는 각각 인간에게 안식을 주거나 인간과 세계를 규정하는 중요한 준거로 인식되어 왔다. (가)는 세속의 일상을 떠나 자연에 들어온 화자가 점차 자연에 동화되어 가는 과정과 심리 상태를 그리고 있다. (나)는 자신과 세계 인식의 준거였던 절대자와의 관계를 회의하고 자신이 경험한 사실에 기초하여 존재를 인식하겠다는 태도를 표명하고 있다.

🔍 보기 분석

(가)	(나)
자연과 절대자는 각각 인간에게 안식을 주거나 인간과 세계를 규정하는 준거가 됨	
세속을 떠나 자연에 들어온 화자가 자연에 동화되어 가는 과정과 심리 상태를 그림	절대자와의 관계를 회의하고 자신이 경험한 사실에 기초하여 존재를 인식하겠다는 태도를 표명함

✓ 정답풀이

③ (가)의 '발을 푸니' '잘 보인다'는 것은 화자가 자연에 친숙해지는 심리 상태를, (나)의 '앞으로 남은 십년을 더 살든지 죽든지'는 절대자에 대해 회의하고 현실에 얽매이지 않겠다는 태도를 드러내고 있겠군.

〈보기〉에서 '(가)는 세속의 일상을 떠나 자연에 들어온 화자가 점차 자연에 동화되어 가는 과정'을 그린다고 하였다. (가)의 화자는 자연인 '청산에 와 발을 푸니' '산길이 잘 보인다.'라고 했는데, 이는 산길에 익숙해지고 산길을 더 잘 알게 되었다는 의미로 화자가 자연에 친숙해지는 심리 상태를 드러낸다고 볼 수 있다. 한편 〈보기〉에서 '(나)는 자신과 세계 인식의 준거였던 절대자와의 관계를 회의하고 자신이 경험한 사실에 기초하여 존재를 인식하겠다는 태도를 표명'한다고 하였다. 이를 바탕으로 할 때, '앞으로 남은 십년을 더 살든지 죽든지'는 삶과 죽음의 문제도 자신이 경험한 사실에 기초하여 인식하겠다는 태도를 드러낸 표현으로 볼 수 있다. 그러나 이를 통해 (나)에서 절대자 자체를 회의하는지의 여부는 알 수 없으며, 현실에 얽매이지 않겠다는 태도를 드러낸다고 볼 수도 없다.

① (가)의 '쓰다 둔 편지 구절과 버린 칫솔을 생각한다'는 것은 자연에 온전히 동화되지 못하는 화자의 심리를 보여 주는 것이겠군.

〈보기〉에 따르면 '(가)는 세속의 일상을 떠나 자연에 들어온 화자가 점차 자연에 동화되어 가는 과정과 심리 상태'를 그린다. (가)에서 '쓰다 둔 편지 구절과 버린 칫솔'은 화자가 두고 온 세속의 일상을 나타내는 것으로, 이것들을 생각하는 것은 아직 자연에 온전히 동화되지 못하고 세속의 일상을 생각하며 갈등하는 화자의 심리 상태를 보여 준다고 할 수 있다.

② (나)의 '차를 마시는' 행위가 '내가 아는 내게 대한 모든 것', '모든 것에 대한 모든 것'으로 확장되는 것은 경험적 사실을 '나'와 모든 존재들에 대한 인식의 유일한 근거로 삼겠다는 의식이 반영된 것이겠군.

〈보기〉에서 (나)는 '자신이 경험한 사실에 기초하여 존재를 인식하겠다는 태도'를 드러낸다고 하였다. '차를 마시는' 행위는 나에 대해 경험적으로 알게 된 '사실'이며, 이를 통해 화자는 '차를 마시는 나일 뿐'이라고 자신을 인식하게 된다. 이러한 나에 대한 인식이 '내가 아는 내게 대한 모든 것', '모든 것에 대한 모든 것'으로 확장되는 것은 경험적 사실을 모든 존재에 대한 인식의 유일한 근거로 삼겠다는 의식이 반영된 것으로 볼 수 있다.

④ (가)의 '여울물'과 '때까치들'에는 자연에 들어와서 느끼는 화자의 심리가 투사되어 있음을, (나)의 '참새'의 떨어짐이 '누구'에 의한 것이 '아니'라는 데에서 절대자와의 관계에 대한 회의가 드러나 있음을 알 수 있겠군.

〈보기〉에서 (가)는 '화자가 점차 자연에 동화되어 가는 과정과 심리 상태를 그린다고 하였다. (가)에서 '여울물'은 '남방으로 가다 길을 놓치고 / 두어 번 허우적거리'는 존재로, 자연에 와서도 자주 '뒤를 돌아보'며 갈등하는 화자의 심리가 투사된 대상이다. '때까치들'은 '모든 야성을 버리고 들 가운데 순결'해진 존재로, 속세에서 벗어나 자연에 동화되고 있는 화자의 심리가 투사된 대상이다. 또한 〈보기〉에서 '(나)는 자신과 세계 인식의 준거였던 절대자와의 관계를 회의'한다고 하였다. '누구의 시킴을 받아 / 참새 한 마리가 땅에 떨어지는 것도 아니고'에서 '누구'는 절대자를 나타내는 표현으로, '누구의 시킴을 받아' 참새가 떨어지는 것이 '아니'라는 점에서 절대자와의 관계에 대한 회의가 드러나 있다고 볼 수 있다.

⑤ (가)의 '이 세상을 앓아 보지 않은 것들과 함께'는 자연에 동화되려는 태도를, (나)의 '물은 물일 뿐'은 경험적 사실로만 대상을 인식하겠다는 태도를 드러내는 것이겠군.

〈보기〉에서 (가)는 '자연에 들어온 화자가 점차 자연에 동화되어 가는 과정과 심리 상태를 그린다고 하였다. '이 세상을 앓아 보지 않은 것들'은 속세와 일상에 때 묻지 않은 자연의 것을 의미하므로, 이것들과 '함께 / 잠들'겠다는 것은 자연에 동화되려는 태도를 드러낸다고 볼 수 있다. 또한 〈보기〉에서 (나)는 '자신이 경험한 사실에 기초하여 존재를 인식하겠다는 태도를 표명'한다고 하였다. 이를 바탕으로 '물은 물일 뿐'은 '물'이라는 대상을 절대자에 준거하지 않고 사실에 기초하여 인식하겠다는 태도를 드러낸 표현으로 볼 수 있다.

학생들이 정답 외에 가장 많이 고른 선지는 ④번이다. 〈보기〉의 설명을 작품과 연결지어 (가)의 '여울물'과 '때까치들', (나)의 '누구의 시킴을 받아 / 참새 한 마리가 땅에 떨어지는 것도 아니고'의 의미를 파악하는 과정에서 어려움이 있었던 것으로 보인다.

〈보기〉에 따르면 '(가)는 세속의 일상을 떠나 자연에 들어온 화자가 점차 자연에 동화되어 가는 과정과 심리 상태를 그리며, '(나)는 자신과 세계 인식의 준거였던 절대자와의 관계를 회의하고' 있다.

이런 관점에서 (가)를 볼 때, 화자는 '미련은 없다'고 여기며 '청산'에 들어왔지만, '상수리 열매를 주우'면서도 '인가를 내려다보고 / 쓰다 둔 편지 구절과 버린 칫솔을 생각'하는 등 세속의 일상을 떠올리며 갈등하고 있으며, 이러한 화자의 심리가 '남방으로 가다 길을 놓치고 / 두어 번 허우적거리는 여울물'에 투사되어 있다고 볼 수 있다. 또한 이렇게 갈등하던 화자가 '점차 자연에 동화되어 가는' 모습이 '모든 야성을 버리고 들 가운데 순결'해지는 '때까치들'에 투사되어 있다고 볼 수 있다.

다음으로 (나)를 보면, 화자는 '참새 한 마리가 땅에 떨어지는 것'이 '누구의 시킴을 받아' 벌어진 일이 아니라고 했다. 여기에서 '누구'는 새를 의지대로 떨어뜨릴 수 있는 존재, 즉 절대자를 의미하며, '참새 한 마리가 땅에 떨어지는 것'은 화자가 보고 있는 현상, 즉 세계를 의미한다고 볼 수 있다. 그런데 화자는 '누구의 시킴을 받아 / 참새'가 땅에 떨어지는 것이 '아니'라고 했으므로, 이를 통해 절대자에 준거하여 세계를 인식하지 않는 화자의 태도를 알 수 있다. 〈보기〉에서 절대자가 '자신과 세계 인식의 준거였'다고 한 것은 한때는 화자가 세계를 절대자에 준거하여 인식했음을 의미한다. 그랬던 화자가 '누구의 시킴'으로 인해 '참새'가 떨어진 것이 '아니'라고 하는 것에서 절대자와의 관계에 대한 화자의 회의가 드러난다고 볼 수 있다.

정답률 분석

	①	②	정답 ③	매력적 오답 ④	⑤
	13%	14%	42%	25%	6%

[1~4] 다음 글을 읽고 물음에 답하시오.

(가)

만년(萬年)을 싸늘한 바위를 안고도
뜨거운 가슴을 어찌하리야

어둠에 창백한 꽃송이마다
깨물어 피터진 입을 맞추어

마지막 한방울 피마저 불어 넣고
「해돋는 아침」에 죽어가리야
    화자가 지향하는 세계

사랑하는 것 사랑하는 모든 것 다 잃고라도
흰뼈가 되는 먼 훗날까지
「그 뼈가 부활하여 다시 죽을 날까지」
    불가능한 상황을 설정하여 '생사를 초월한 영원의 시간' 강조

거룩한 일월(日月)의 눈부신 모습
임의 손길 앞에 나는 울어라.

마음 가난하거니 임을 위해서
내 무슨 자랑과 선물을 지니랴

의로운 사람들이 피흘린 곳에
솟아 오른 대나무로 만든 피리뿐

흐느끼는 이 피리의 「아픈 가락」이
    의로운 사람들이 보여 준 희생과 설움
구천(九天)에 사모침을 임은 듣는가.

미워하는 것 미워하는 모든 것 다 잊고라도
「붉은 마음」이 숯이 되는 날까지
    임을 기다리는 마음
그 숯이 되살아 다시 재 될 때까지

못 잊힐 모습을 어이 하리야
거룩한 이름 부르며 나는 울어라.

– 조지훈, 「맹세」 –

(나)

저기 저 담벽, 저기 저 라일락, 저기 저 별, 그리고 저기 저 우리 집 개의 똥 하나, 그래 모두 이리 와 ㉠내 언어 속에 서라.
    기존의 방식을 벗어난 언어
담벽은 내 언어의 담벽이 되고, 라일락은 내 언어의 꽃이 되고, 별은 반짝이고, 개똥은 내 언어의 뜰에서 굴러라. ㉡내가 내 언어에게 자유를 주었으니 너희들도 자유롭게 서고, 앉고, 반짝이고, 굴러라. 그래 「봄」이다.
    화자가 지향하는 세계

봄은 자유다. 자 봐라, 꽃피고 싶은 놈 꽃피고, 잎 달고 싶은 놈 잎 달고, 반짝이고 싶은 놈은 반짝이고, 아지랑이고 싶은 놈은 아지랑이가 되었다. ㉢봄이 자유가 아니라면 꽃피는 지옥이라고 하자.」 그래 봄은 지옥이다. ㉣이름이 지옥이라고 해서 필 꽃이 안 피고, 반짝일 게 안 반짝이던가.」 내 말이 옳으면 자,
    새로운 시도를 통한 자유 모색
    언어를 바꾸어도 대상의 본질은 변하지 않음
㉤자유다 마음대로 뛰어라.

– 오규원, 「봄」 –

▶▶ 지문의 핵심 내용을 정리해 보세요.

화자와 대상의 관계	담벽, 라일락, 별, 우리 집 개의 똥과 같은 대상들이 언어를 통해 사유를 누리기를 바라는 '나'
상황?	대상들에게 자유로운 언어의 세계에서 자유를 누리라고 권함 → 대상들 하나하나가 원하는 바를 실현하기를 바람 → 대상들이 제약 없이 자유롭기를 바람

▶▶ 지문의 핵심 내용을 정리해 보세요.

화자와 대상의 관계	임에 대한 변치 않는 사랑을 맹세하는 '나'
상황?	임을 위해 죽음조차 불사하려 함 → 임의 손길에 욺 → 임에게 드릴 것이 없음을 한탄함 → 임이 피리의 가락을 들어 주었으면 함 → 임에 대한 영원한 사랑을 맹세함

1. (가), (나)에 대한 설명으로 적절하지 <u>않은</u> 것은?

✅ 정답풀이

④ (가)는 대비되는 시어를 활용하여 대상의 양면성을 드러내고, (나)는 반복되는 행위를 제시하여 대상의 효용성을 드러낸다.

> (가)는 '싸늘한 바위'와 '뜨거운 가슴', '어둠'과 '해돋는 아침' 등에서 대비되는 시어를 활용하고 있으나, 이는 '임'에 대한 화자의 간절한 사랑을 부각하기 위해 활용되었을 뿐, 대상의 양면성을 드러내기 위해 활용되지 않았다. 한편 (나)는 '모두 이리 와 내 언어 속에 서라.', '너희들도 자유롭게 서고, 앉고, 반짝이고, 굴러라.' 등에서 화자가 원하는 바를 강조하기 위해 대상에게 특정 행위를 명령하고 있을 뿐, 반복되는 행위를 제시하여 대상의 효용성을 드러내지는 않았다.

❌ 오답풀이

① (가)는 1연과 6연에서 물음의 형식을 활용하여 화자의 상황 인식을 보여 준다.
(가)는 1연의 '뜨거운 가슴을 어찌하리야'에서 물음의 형식을 활용하여 '만년을 싸늘한 바위를 안고' 있는 부정적 상황에서도 임에 대한 사랑을 포기하기 어렵다는 인식을 보여 준다. 또한 6연의 '내 무슨 자랑과 선물을 지니랴'에서도 물음의 형식을 활용하여, 사랑하는 임을 위해 줄 수 있는 것이 부족하다는 상황 인식을 보여 준다.

② (가)는 4연과 9연에서 상황을 가정하는 표현을 활용하여 화자의 의지를 강조한다.
(가)는 4연의 '사랑하는 것 사랑하는 모든 것 다 잃고라도'와 9연의 '미워하는 것 미워하는 모든 것 다 잊고라도'에서 상황을 가정하는 표현을 활용하여 임을 변함없이 사랑하겠다는 화자의 의지를 강조한다.

③ (나)는 반복적인 표현을 제시하면서 쉼표를 사용하여 리듬감을 형성한다.
(나)는 '저기 저 담벽, 저기 저 라일락, 저기 저 별, 그리고 저기 저 우리 집 개의 똥 하나'에서 '저기 저'라는 반복적인 표현과 쉼표를, '담벽은 내 언어의 담벽이 되고, 라일락은 내 언어의 꽃이 되고'에서 '~은 내 언어의 ~이 되고'라는 반복적인 표현과 쉼표를 사용하여 리듬감을 형성한다.

⑤ (가)는 같은 시구를 5연, 10연의 마지막에서 반복하여 화자의 정서를 강조하고, (나)는 1연 끝 문장의 시어를 2연 첫 문장으로 연결하며 그 의미를 드러내고 있다.
(가)는 5연과 10연의 마지막에서 '나는 울어라'라는 동일한 시구를 반복하여 임을 바라보고 임의 손길을 느끼는 감격과 임을 향한 간절한 사랑을 강조하고 있다. 한편 (나)는 1연 끝 문장인 '그래 봄이다.'의 '봄'을 2연 첫 문장인 '봄은 자유다.'에서 반복하여 연결함으로써 '봄'은 세상 만물이 관습에서 벗어나 자유를 누리는 시간이라는 의미를 드러내고 있다.

🌱 **기틀잡기**

> ④ **대비:** 두 가지의 차이를 밝히기 위하여 서로 맞대어 비교함.

2. 아픈 가락 에 대한 이해로 가장 적절한 것은?

✅ 정답풀이

② 의로운 사람들이 보여 준 희생과 설움을 담고 있다.

> '아픈 가락'은 '의로운 사람들이 피흘린 곳에 / 솟아 오른 대나무로 만든 피리'의 소리이므로, 의로운 사람들이 보여 준 희생을 담고 있다고 할 수 있다. 또한 '구천'에 사무치는 소리이므로, 설움을 담고 있다고 볼 수 있다.

❌ 오답풀이

① 임에게 자랑스레 내보일 화자의 자부심을 포함한다.
(가)의 화자는 자신의 '마음'이 '가난'하여 임에게 바칠 '자랑과 선물'이 없고, '의로운 사람들'의 희생이 서려 있는 피리의 '아픈 가락'만을 들려 줄 수 있다고 했으므로, '아픈 가락'이 임에게 자랑스레 내보일 화자의 자부심을 포함한다고 볼 수 없다.

③ 대나무에 서린 임의 뜻을 잊으려는 화자를 질책한다.
(가)에서 '대나무로 만든 피리'의 '아픈 가락'에는 임이 들어 주기를 바라는 화자의 소망이 투영되어 있을 뿐, 이것이 임의 뜻을 잊으려는 화자를 질책하고 있다고 볼 수 없다.

④ 피리의 흐느낌에 호응하여 화자의 억울함을 해소한다.
(가)에서 '아픈 가락'은 흐느끼는 피리 소리를 가리키며, 임이 이에 호응했으면 하는 화자의 바람이 투영되어 있을 뿐, 화자의 억울함을 해소하지 않는다.

⑤ 구천에 사무친 원망을 살아남은 사람들에게 전달한다.
(가)에서 '아픈 가락'은 '의로운 사람들'의 희생이 담긴 '구천'에 사무치는 소리로, 임에게 닿았으면 하는 대상일 뿐, 구천에 사무친 원망을 살아남은 사람들에게 전달하지 않는다.

3. 다음에 따라 (가), (나)를 감상한 내용으로 적절하지 <u>않은</u> 것은? [3점]

> **선생님:** (가)는 부재하는 임을 기다리며 더 나은 세상에 대한 바람을 드러내고, (나)는 봄과 같은 세계에서, 대상들과 함께 자유를 누리려는 바람을 드러냅니다. 그러나 (가)는 대상에게 의미를 부여하는 화자의 시선이 두드러짐에 비해, (나)는 화자가 주목하는 대상들의 모습이 두드러진다는 차이를 보여요. 이 차이가 주변 존재들을 대하는 태도나 바람을 실현하는 방식에 반영되기도 해요.

🔍 보기 분석

(가)	(나)
화자가 지향하는 세상·세계에 대한 바람이 담김	
화자가 대상에게 의미를 부여하려 함	화자가 대상들의 모습에 주목함

⇩

이러한 차이가 화자가 대상을 대하는 태도나, 바람을 실현하는 방식에 반영되기도 함

☑ 정답풀이

⑤ (가)의 화자는 '붉은 마음'을 바쳐 부재하는 '임'을 기다리고, (나)의 화자는 '담벽' 안에서 '봄'과 같은 세계를 대상들과 공유하려 하고 있어.

> 선생님의 설명에 따르면 (가)는 '부재하는 임을 기다리'는 상황을, (나)는 '봄과 같은 세계에서, 대상들과 함께 자유를 누리려는 바람'을 드러낸다. (가)의 화자는 임을 향한 자신의 '붉은 마음이 숯'이 되더라도 부재하는 임을 기다리겠다는 태도를 보인다. 한편 (나)의 화자는 자유를 누릴 수 있는 '봄'과 같은 세계를 '담벽', '라일락', '별', '우리 집 개의 똥'과 같은 대상들과 공유하려 하므로, '담벽'은 화자가 세계를 공유하려는 대상 중에 하나라고 볼 수 있다. 따라서 (나)의 화자가 '봄'과 같은 세계를 '담벽' 안에서 대상들과 공유하려 한다고 할 수 없다.

✖ 오답풀이

① (가)의 화자가 바라는 세상은 '해돋는 아침'과 같이 '어둠'을 벗어나 밝음을 회복한 세상일 거야.

> 선생님의 설명에 따르면 (가)는 '부재하는 임을 기다리며 더 나은 세상에 대한 바람을 드러'낸다. (가)에서 화자는 '어둠'에서 '창백한 꽃송이마다' '피터진 입을 맞추'고 '마지막 한방울 피마저 불어 넣'어 '해돋는 아침'을 맞이하겠다는 의지를 내보인다. 이때 '어둠'은 임이 부재한 고통스러운 세상을, '해돋는 아침'은 임과의 재회가 이루어진 세상을 상징하므로, 화자는 '어둠'에서 벗어나 '해돋는 아침'과 같이 밝음을 회복한 세상을 바란다고 볼 수 있다.

② (나)의 화자가 지향하는 세계에서 대상들은 '자유롭게 서고, 앉고, 반짝이고,' 구를 거야.

> 선생님의 설명에 따르면 (나)는 '봄과 같은 세계에서, 대상들과 함께 자유를 누리려는 바람을 드러'낸다. (나)의 화자는 '담벽', '라일락', '별', '우리 집 개의 똥'과 같은 대상들에게 자신이 만든 자유로운 '언어'의 세계 속에서 '서고, 앉고, 반짝이고, 굴러라.'라고 명령하고 있으므로, (나)의 화자가 지향하는 세계에서 대상들은 '자유롭게 서고, 앉고, 반짝이고,' 구를 것이라고 볼 수 있다.

③ (가)의 화자는 '꽃송이'를 '창백한' 대상으로 바라보고, (나)의 화자는 대상들 각각의 모습에 주목하여 그 개별성을 드러내고 있어.

> 선생님의 설명에 따르면 (가)는 '대상에게 의미를 부여하는 화자의 시선이 두드러'지고, (나)는 '화자가 주목하는 대상들의 모습이 두드러진다'고 하였다. (가)의 화자는 '꽃송이'를 '창백'하다고 여겨 '입을 맞추'고 '한방울 피마저 불어 넣'으려 하고 있다. (나)의 화자는 '담벽은 내 언어의 담벽이 되고, ~개똥은 내 언어의 뜰에서 굴러라.'와 '꽃피고 싶은 놈 꽃피고, ~아지랑이고 싶은 놈은 아지랑이가 되었다.'에서 대상들 각각의 모습에 주목하여 그 개별성을 드러내고 있다.

④ (가)의 화자는 '피마저 불어 넣'는 희생적 태도를 보이고, (나)의 화자는 대상들이 원하는 바를 실현하게 하여 '자유'를 함께 누리려는 태도를 보이고 있어.

> 선생님의 설명에 따르면 (가)는 '부재하는 임을 기다리며 더 나은 세상에 대한 바람'을, (나)는 '봄과 같은 세계에서, 대상들과 함께 자유를 누리려는 바람'을 드러낸다. (가)의 화자는 '어둠'을 몰아내고 '해돋는 아침'을 맞이할 수 있다면 '마지막 한방울 피마저 불어 넣고' 죽어 갈 것이라고 말하고 있으므로, 희생적 태도를 보인다고 할 수 있다. 한편 (나)의 화자는 대상들에게 자유로운 세계인 '봄'에, '꽃피고 싶은 놈 꽃피고, ~아지랑이고 싶은 놈은 아지랑이가 되'라고 말하고 있으므로, 대상들이 원하는 바를 실현하게 하여 '자유'를 함께 누리려는 태도를 보인다고 할 수 있다.

📋 문제적 문제
• 3-③번

학생들이 정답 이외에 가장 많이 고른 선지는 ③번이다. (나)에서 화자가 대상들의 개별성에 주목한 부분을 찾는 과정에서 어려움이 있었던 것으로 보인다.

(나)에서 화자는 자신이 바라보는 대상들에게, '내 언어 속'에서 '자유롭게 서고, 앉고, 반짝이고, 굴러라.'라고 말하고, 대상들이 자유로운 '봄'의 세계에서 '꽃피고 싶은 놈 꽃피고, 잎 달고 싶은 놈 잎 달고, 반짝이고 싶은 놈은 반짝이고, 아지랑이고 싶은 놈은 아지랑이가 되었'다는 점에 주목하고 있다. 이와 같은 표현은 외적 준거로 제시된 '선생님'의 설명처럼 화자가 주목하는 대상들의 모습이 두드러지는 부분이며, 대상들 하나하나가 원하는 바에 따라 자유로운 모습이 될 수 있는 개별성을 지닌 존재임을 부각한 부분이라고 할 수 있다.

정답률 분석

①	②	③ 매력적 오답	④	⑤ 정답
17%	2%	24%	11%	46%

4. 〈보기〉를 참고하여 ㉠~㉤의 의미를 설명한 것으로 가장 적절한 것은?

㉠: 내 언어 속에 서라.

㉡: 내가 내 언어에게 자유를 주었으니

㉢: 봄이 자유가 아니라면 꽃피는 지옥이라고 하자.

㉣: 이름이 지옥이라고 해서 필 꽃이 안 피고, 반짝일 게 안 반짝이던가.

㉤: 자유다 마음대로 뛰어라.

〈보기〉

(나)는 언어의 한계와 가능성에 대한 시인의 탐구를 보여 준다. 언어를 사용함으로써 대상을 파악할 수 있지만 그 결과는 다시 언어에 구속된다는 필연적 한계를 갖는다. 그래서 시인은 기존의 언어 사용 방식을 벗어나려는 시도를 한다. 이를 통해 언어와 대상이 기존의 관습에서 벗어나 자유를 향해 나아갈 수 있는 가능성을 모색한다.

🔍 보기 분석

• (나)에서 보여 주는 언어의 한계와 가능성에 대한 시인의 탐구
  – 언어를 통해 대상을 파악할 수 있지만, 그 대상은 다시 언어에 구속됨(필연적 한계) → 기존의 언어 사용 방식을 벗어나려는 시도를 함
  – 언어와 대상이 기존의 관습에서 벗어나 자유를 향해 나아갈 수 있는 가능성을 모색함

✔ 정답풀이

③ ㉢은 새로운 표현을 시도하여 언어와 대상이 자유를 얻을 가능성을 모색하는 과정을 나타낸다.

〈보기〉에 따르면 (나)에서 '시인은 기존의 언어 사용 방식을 벗어나려는 시도'를 통해 '언어와 대상이 기존의 관습에서 벗어나 자유를 향해 나아갈 수 있는 가능성을 모색'한다. ㉢은 '봄'을 '자유'라고 하던 기존의 표현에서 벗어나 '꽃피는 지옥'이라고 새롭게 표현하여 언어와 대상이 기존의 관습에 갇히지 않도록 함으로써, 언어와 대상이 자유를 얻을 가능성을 모색하는 과정을 나타낸다고 할 수 있다.

✘ 오답풀이

① ㉠은 자신의 언어 속에서도 기존의 언어 사용 방식이 유지된다는 생각을 의미한다.

〈보기〉에서 (나)의 '시인은 기존의 언어 사용 방식을 벗어나려는 시도를 한다.'라고 하였다. ㉠은 대상들이 자신의 자유로운 언어로 표현될 수 있다는 생각이 담겨 있으므로, 자신의 언어 속에서도 기존의 언어 사용 방식이 유지된다는 생각을 의미하지 않는다.

② ㉡은 대상을 파악하는 행위까지 포기하면서 자유를 얻고자 하는 의도를 나타낸다.

〈보기〉에서 언어는 '사용함으로써 대상을 파악할 수 있지만 그 결과는 다시 언어에 구속된다는 필연적 한계'를 지니는데, (나)의 시인은 '언어와 대상이 기존의 관습에서 벗어나 자유를 향해 나아갈 수 있는 가능성을 모색한다.'라고 하였다. ㉡은 기존의 관습에 얽매이지 않는 표현을 위해 대상을 표현하는 언어에게도 자유를 부여했음을 의미할 뿐, 대상을 파악하는 행위까지 포기하는 것과는 관련이 없다.

④ ㉣은 대상들을 구속에서 벗어나게 하기 위해 외부 상황에 변화를 주었음을 의미한다.

〈보기〉에서 (나)의 시인은 '언어와 대상이 기존의 관습에서 벗어나 자유를 향해 나아갈 수 있는 가능성을 모색한다.'라고 하였다. ㉣은 '봄'을 기존과 달리 '지옥'이라고 부른다고 하더라도 '봄'의 본질은 달라지지 않는다는 의미로, 언어로 대상을 규정하는 데 한계가 있음을 나타낸다. 이는 대상을 언어의 구속에서 벗어나게 하기 위해 표현하는 방식에 변화를 줄 수 있음을 의미할 뿐, 외부 상황에 변화를 주었음을 의미하지 않는다.

⑤ ㉤은 언어의 새로운 가능성을 실현하여 자신이 제한한 의미에 따라 대상들이 움직임을 의미한다.

〈보기〉에서 (나)의 '시인은 기존의 언어 사용 방식을 벗어나려는 시도'를 통해 '언어와 대상이 기존의 관습에서 벗어나 자유를 향해 나아갈 수 있는 가능성을 모색한다.'라고 하였다. ㉤은 언어의 새로운 가능성을 실현하기 위해 화자가 만든 자유로운 언어의 세계에서 대상들이 제약 없이 표현될 수 있음을 의미할 뿐, 화자가 제한한 의미에 따라 대상들이 움직임을 의미하지 않는다.

[1~4] 다음 글을 읽고 물음에 답하시오.

(가)

생명체들의 풍요로움이 드러나는 계절

「한여름」 채전*으로 ㉠가 보아라

수염을 드리운 몇 그루 옥수수에 가지, 고추, 오이, 토란, 그

만물이 함께 살아가는 공간의 경계

리고 「울타리」엔 덤불*을 이룬 넌출* 사이로 반질반질 윤기 도는

크고 작은 박이며 호박들!

이 ㉡「지극히 범속*한 것들」은 제각기 타고난 바탕과 생김새로

옥수수, 가지 등 채전에서 자라나는 생명체들

주어서 아낌없고 받아서 아쉼 없는 황금의 햇빛 속에 일심으로

자라고 영글기에 숨소리도 들릴세라 적적히 여념 없나니

㉢과분하지 말라 의혹하지 말라 주어진 대로를 정성껏 충만

시킴으로써 스스로를 족할 줄 알라 오직 여기에 목숨의 유열과

천지와의 화합에 있거니

한여름 채전으로 가 보아라

생명의 충만함과 조화로움을 갖게 함

「나비가 심방 오고 풍뎅이가 찾아오고 잠자리가 왔다 가고 바람

결에 스쳐 가고 그늘이 지나가고 비가 내리고 햇볕이 다시 나고」

여러 자연물들과 자연 현상

…… 이같이 ㉣「많은 손님들」의 극진한 축복과 은혜 속에

이 지극히 범속한 것들의 지극히 충족한 ㉤빛나는 생명의 양상

을 한여름 채전으로 와서 보아라

– 유치환, 「채전(菜田)」 –

(나)

우리는 썩어 가는 참나무 떼,

벌목의 슬픔으로 서 있는 이 땅   [A]

인간의 욕망으로 황폐화된 현실

「패역의 골짜기」에서

서로에게 기댄 채 겨울을 난다

함께 썩어 갈수록

바람은 더 높은 곳에서 우리를 흔들고   [B]

황폐화된 현실에서 피어나는 강인한 생명력

이윽고 잠자던 「홀씨」들 일어나   [C]

우리 몸에 뚫렸던 상처마다 버섯이 피어난다

버섯=고통을 극복한 생명력

「황홀한 음지의 꽃」이여

우리는 서서히 썩어 가지만

생명력을 환기함

너는 「소나기」처럼 후드득 피어나   [D]

그 고통을 순간에 멈추게 하는구나

오, 버섯이여

산비탈에 구르는 낙엽으로도   [E]

골짜기를 떠도는 바람으로도

덮을 길 없는 우리의 몸을   [F]

뿌리 없는 너의 독기로 채우는구나

– 나희덕, 「음지의 꽃」 –

》〉 지문의 핵심 내용을 정리해 보세요.

화자와 대상의 관계	한여름 채전에서 자라나는 지극히 범속한 것들의 생명력에 대해 이야기하는 사람
상황?	다양한 채소들이 자라나는 한여름의 채전으로 가 보라고 함 → 여러 생명체와 자연이 조화를 이루며 만들어 내는 빛나는 생명의 양상을 보라고 함

》〉 지문의 핵심 내용을 정리해 보세요.

화자와 대상의 관계	썩은 상처에서 피어난 버섯의 강인한 생명력에 대해 이야기하는 우리
상황?	썩어 가는 참나무 떼가 서로에게 기댄 채 겨울을 남 → 바람 때문에 홀씨가 일어나고, 나무의 뚫린 상처에서 버섯이 피어남 → 버섯의 강인한 생명력이 참나무를 채움

이것만은 챙기자

*채전: 채소를 심어 가꾸는 밭.

*덤불: 어수선하게 엉클어진 수풀.

*넌출: 길게 뻗어 나가 늘어진 식물의 줄기.

*범속: 평범하고 속됨.

1. (가)와 (나)의 공통점으로 가장 적절한 것은?

✔ 정답풀이

① 사물의 모습에 대한 긍정적 인식을 바탕으로 중심 제재에 대한 예찬적 태도를 드러내고 있다.

> (가)는 '옥수수', '가지, 고추, 오이, 토란' 등 '지극히 범속한 것들'이 '나비', '풍뎅이', '그늘', '비' 등 '많은 손님들의 극진한 축복과 은혜' 속에서 자라나고 있는 '한여름 채전'을 긍정적으로 인식하면서 이를 예찬하는 태도를 드러내고 있다. (나)는 '썩어 가는 참나무'의 '몸에 뚫렸던 상처마다' 피어난 '버섯'을 '황홀한 음지의 꽃'이라고 칭하며, 그 강인한 생명력을 예찬하는 태도를 드러내고 있다.

✖ 오답풀이

② 주어진 현실에 순응하는 모습을 통해 중심 제재를 바라보는 비관적 태도를 암시하고 있다.

(가)의 중심 제재인 '한여름 채전'을 이룬 '옥수수', '가지, 고추, 오이, 토란' 등 '지극히 범속한 것들'은 '제각기 타고난 바탕과 생김새로' '주어진 대로를' 충만하게 여기므로 주어진 현실에 순응한다고 볼 수 있다. 하지만 (가)의 화자는 '빛나는 생명의 양상'을 보여 주는 '한여름 채전'을 예찬하고 있으므로 (가)에서 비관적 태도가 나타났다고 볼 수 없다. 한편 (나)의 화자는 참나무의 썩은 상처에서 피어난 '버섯'의 강인한 생명력을 예찬하고 있으므로 현실에 순응하는 모습이나 중심 제재를 바라보는 비관적 태도가 나타났다고 볼 수 없다.

③ 풍경을 관조적으로 응시하는 시선으로 중심 제재의 외적 아름다움을 표현하고 있다.

(가)는 '지극히 범속한 것들'이 '황금의 햇빛 속에 일심으로 자라고 영글'며 '빛나는 생명의 양상'을 보여 주고 있는 '한여름 채전'의 외적인 아름다움을 표현했다고 볼 여지가 있다. 하지만 (나)는 '패역의 골짜기'에서 '썩어 가는 참나무 떼'의 슬픔과 고통, 이를 '뿌리 없는' '독기로 채우는' '버섯'의 강인한 생명력에 대해 이야기하고 있으므로, 중심 제재의 외적 아름다움을 표현했다고 볼 수 없다. 또한 (가)와 (나)는 중심 제재를 예찬하고 있으므로 고요한 마음으로 풍경을 관찰하는 관조적 시선이 나타났다고 볼 수는 없다.

④ 인간의 행위에 대한 우호적 관점을 토대로 중심 제재의 심미적 속성을 강조하고 있다.

(가)는 여러 생명체와 자연이 조화를 이루어 만들어 내는 '빛나는 생명의 양상'을 보여 주는 '한여름 채전'을 예찬하고 있으므로, (가)에서 인간의 행위에 대한 우호적 관점을 확인할 수 없다. (나)는 '벌목의 슬픔'과 '패역의 골짜기'에서 참나무에 대한 인간의 파괴 행위를 확인할 수 있으므로, 인간의 행위에 대한 비판적 관점이 나타나 있다고 볼 수 있다. 따라서 (나)에서 인간의 행위에 대한 우호적 관점을 토대로 중심 제재의 아름다움을 찾으려는 속성이 강조되었다고 볼 수 없다.

⑤ 장소에 대한 부정적 인식을 심화하여 중심 제재와의 정서적 거리를 부각하고 있다.

(가)는 '지극히 범속한 것들'이 자라나며 '빛나는 생명의 양상'을 보여 주는 '한여름 채전'에 대해 긍정적 인식을 드러내고 있으므로, 장소에 대한 부정적 인식을 심화하여 중심 제재와의 정서적 거리를 부각한다고 볼 수 없다. (나)에서는 '썩어 가는 참나무 떼'가 겨울을 나고 있는 '패역의 골짜기'에 대한 부정적 인식이 드러난다고 볼 수 있으나, 그 안에서 피어난 '버섯'의 강인한 생명력을 예찬하고 있으므로, 중심 제재와의 정서적 거리를 부각한다고 볼 수 없다.

🌱 기틀잡기

① **예찬**: 무엇이 훌륭하거나 좋거나 아름답다고 찬양함.
② **순응**: 환경이나 변화에 적응하여 익숙하여지거나 체계, 명령 따위에 적응하여 따름.
   비관적: 인생을 어둡게만 보아 슬퍼하거나 절망스럽게 여기는. 앞으로의 일이 잘 안될 것이라고 보는.
③ **관조적**: 고요한 마음으로 사물이나 현상을 관찰하거나 비추어 보는 것. 감정을 절제하지 않고 드러내는 격정적, 영탄적 어조와 상반됨.
④ **심미적**: 아름다움을 살펴 찾으려는.

2. ㉠~㉤의 시적 기능에 대한 설명으로 적절하지 않은 것은?

> ㉠: 가 보아라
> ㉡: 지극히
> ㉢: 과분하지 말라
> ㉣: 많은 손님들
> ㉤: 빛나는 생명의 양상

✅ 정답풀이

④ ㉣에서 사물을 인격화하여 '극진한 축복과 은혜'와 대비되는 화자의 시선을 반영하고 있다.

> (가)에서는 '한여름 채전'에서 볼 수 있는 '나비', '풍뎅이', '잠자리' 등의 생명체와 '그늘', '비', '햇볕' 등의 자연 현상을 ㉣이라고 하며 이들을 '극진한 축복과 은혜'를 주는 존재로 표현하였다. 이는 여러 생명체와 자연 현상을 인격화하여 이들이 조화를 이루며 '빛나는 생명의 양상'을 이루어내고 있는 '한여름 채전'을 예찬하는 것이므로, '극진한 축복과 은혜'와 대비되는 화자의 시선이 반영되었다고 볼 수 없다.

❌ 오답풀이

① ㉠을 반복하고 변주하여 '채전'에서 겪을 수 있는 경험의 소중함을 느끼게 하려는 화자의 의도를 드러내고 있다.
(가)는 '한여름 채전으로 가 보아라', '한여름 채전으로 와서 보아라' 등에서 ㉠을 반복하거나 변주하고 있다. 이를 통해 '채전'에서 겪을 수 있는 경험, 즉 '지극히 범속한 것들'이 '많은 손님들의 극진한 축복과 은혜 속에서' 자라나는 모습을 볼 수 있는 경험의 소중함을 느끼게 하려는 의도가 드러난다고 볼 수 있다.

② ㉡을 수식어로 반복하여 '범속한 것들'로부터 '충족한' 느낌을 받는 화자의 정서를 강조하고 있다.
(가)는 1연의 3행과 2연의 3행의 '지극히 범속한 것들'에서 ㉡을 수식어로 반복하고 있다. 이를 통해 '한여름 채전'에서 '옥수수', '가지, 고추, 오이, 토란' 등이 '제각기 타고난 바탕과 생김새로~황금의 햇빛 속에 일심으로 자라고 영'그는 모습을 보며 '충족한' 느낌을 받는 화자의 정서를 강조하고 있다.

③ ㉢에서 부정 명령형을 사용하여 '주어진 대로' '족할 줄을 알'아야 한다는 화자의 인식을 제시하고 있다.
(가)는 ㉢에서 '-지 말라'라는 부정 명령형을 사용하고 있다. 이를 통해 '제각기 타고난 바탕과 생김새로' 자라나고 있는 채전의 '지극히 범속한 것들'처럼 '주어진 대로 정성껏 충만시킴으로서 스스로를 족할 줄을 알'아야 한다는 화자의 인식을 제시하고 있다.

⑤ ㉤에서 관념을 시각화하여 '목숨의 유열과 천지와의 화합'이 이루어진 대상에 대한 화자의 생각을 표현하고 있다.
(가)는 ㉤에서 '빛나는'을 통해 '생명의 양상'이라는 관념을 시각화하고 있다. 이를 통해 '지극히 범속한 것들'이 '제각기 타고난 바탕과 생김새로~황금의 햇빛 속에 일심으로 자라고 영'그는 과정에서 '목숨의 유열과 천지와의 화합'을 이룬 것에 대한 화자의 생각을 표현하고 있다.

🌱 기틀잡기

> ④ **인격화**: 사람이 아닌 것에 인격을 부여하여 사람인 것처럼 표현하는 것.

3. [A]~[F]에 대한 이해로 가장 적절한 것은?

✅ 정답풀이

② [B]에서 참나무의 상태에 변화를 가져온 움직임은, [C]에서 버섯이 피어나는 상황과 순차적 관계를 형성한다.

> [B]에서 '썩어 가는 참나무 떼'를 '바람'이 흔들자, [C]에서 '잠자던 홀씨들'이 일어나 썩은 참나무의 '뚫렸던 상처마다 버섯이 피어'난다고 하였다. 그러므로 [B]에서 참나무의 상태에 변화를 가져온 움직임, 즉 '바람'은 [C]에서 참나무의 몸에 버섯이 피어나는 상황과 순차적인 관계를 형성한다고 볼 수 있다.

❌ 오답풀이

① [A]에서 참나무가 벌목으로 썩어 가는 모습은, [B]에서 바람에 흔들리는 나무의 모습과 순환적 관계를 형성한다.
[A]에서 '썩어 가는 참나무 떼'는 '벌목의 슬픔으로' '이 땅'에 서 있다고 하였으며, [B]에서는 '함께 썩어' 가는 '참나무 떼'를 '바람'이 '더 높은 곳에서' 흔든다고 하였다. 이때 [A]에 제시된 참나무의 모습이 [B]에 나타난 바람에 흔들리는 나무의 모습과 순환적 관계를 형성하고 있지는 않다.

③ [C]에서 참나무의 상처에 생명이 생성되는 순간은, [D]에서 나무의 고통이 멈추는 과정과 대립적 관계를 형성한다.
[C]에서 참나무의 '몸에 뚫렸던 상처마다 버섯이 피어'나자, [D]에서 '서서히 썩어 가'던 참나무의 '고통'이 '순간에 멈추'었다고 하였다. 즉 [C]에서 참나무의 상처에 생명이 생성되는 순간은 [D]에서 나무의 고통이 멈추는 과정과 대립적 관계를 형성하는 것이 아니라, 인과적 관계를 형성한다.

④ [D]에서 참나무의 모습에 일어난 변화는, [E]에서 낙엽이나 바람이 처한 상황과 인과적 관계를 형성한다.
[D]에서 '서서히 썩어 가'던 참나무의 몸에서 '소나기처럼 후드득 피어'난 '버섯'은, [E]에서 '산비탈에 구르는 낙엽'이나 '골짜기를 떠도는 바람'과는 달리 '덮을 길 없는 우리의 몸'을 '독기로 채'워 주었다고 하였다. 이때 [D]에서 참나무의 모습에 일어난 변화가 [E]에서 낙엽이나 바람이 처한 상황과 인과적 관계를 형성하고 있지는 않다.

⑤ [E]에서 참나무의 주변에 존재하는 사물들은, [F]에서 나무를 채워 주는 존재로 제시된 대상과 동질적 관계를 형성한다.
[E]에서 참나무의 주변에 존재하는 '낙엽'이나 '바람'은, [F]에서 '우리의 몸을 / 뿌리 없는 너의 독기로 채'워 주는 존재로 제시된 '버섯'과는 달리 참나무의 몸을 '덮을 길 없'다고 하였다. 즉 [E]에서 참나무의 주변에 존재하는 사물들은, [F]에서 나무를 채워 주는 존재로 제시된 버섯과 동질적 관계를 형성하고 있지 않다.

🌱 기틀잡기

> ② **순차적**: 순서를 따라 차례대로 하는.
> ③ **대립적**: 의견이나 처지, 속성 따위가 서로 반대되거나 모순되는.
> ④ **인과적**: 원인과 결과 관계를 파악하는.
> ⑤ **동질적**: 성질이 같은.

4. 〈보기〉를 바탕으로 (가)와 (나)를 감상한 내용으로 적절하지 않은 것은? [3점]

〈보기〉

생명 현상을 제재로 삼은 시는 대체로, 생명체들의 풍요로움을 감각적으로 형상화하거나, 생명 파괴의 현실을 극복하는 모습을 형상화한다. (가)는 만물의 조화로운 성장과 충만한 생명력에 자족하는 태도를, (나)는 인간의 욕망에 의한 상처와 고통으로 황폐화된 현실을 강인한 생명력이 피어나는 공간으로 변화시키는 모습을 드러낸다. 이러한 두 양상은 표면적으로 드러난 생명의 모습에서는 차이를 보이지만, 생명체들이 어우러져 살아가는 모습을 보여 준다는 점에서는 동일한 지향성을 지닌다고 할 수 있다.

🔍 보기 분석

(가)	(나)
− 생명체들의 풍요로움을 감각적으로 형상화 − 만물의 조화로운 성장과 충만한 생명력에 자족하는 태도	− 생명 파괴의 현실을 극복하는 모습을 형상화 − 인간의 욕망에 의해 황폐화된 현실 → 강인한 생명력이 피어나는 공간으로 변화시키는 모습
⇒ 생명체들이 어우러져 살아가는 모습을 보여 주는 동일한 지향성을 지님	

⊘ 정답풀이

③ (가)의 '넌출'은 어우러진 생명체들이 현실의 삶에 자족하게 되는, (나)의 '흩씨'는 공존하던 생명체들이 흩어지게 되는 계기를 드러내고 있군.

(가)에서 '넌출'은 채전의 울타리에서 덤불을 이루고 있는 생명체로 작은 박과 호박의 줄기가 어우러져 덤불을 이룬 것일 뿐, 채전에서 조화를 이루며 성장하고 있는 생명체들이 현실의 삶에 자족하게 되는 계기를 드러낸다고 보기는 어렵다. 또한 (나)에서 '흩씨'는 '참나무 떼'를 흔드는 바람의 움직임 때문에 일어난 뒤 나무의 '몸에 뚫렸던 상처마다' '버섯'으로 피어난다고 하였다. 따라서 (나)의 '흩씨'가 공존하던 생명체들이 흩어지게 되는 계기를 드러낸다고 볼 수는 없다.

⊗ 오답풀이

① (가)의 '한여름'은 생명체들의 풍요로움을 감각적으로 드러내는, (나)의 '겨울'은 생명 파괴의 현실을 이겨 내는 시간적 배경으로 설정되어 있군.

〈보기〉에서 '생명 현상을 제재로 삼은 시는 대체로, 생명체들의 풍요로움을 감각적으로 형상화하거나, 생명 파괴의 현실을 극복하는 모습을 형상화한다.'라고 하였다. 이를 참고할 때, (가)의 '한여름'은 채전에서 자라고 있는 '옥수수', '가지, 고추, 오이, 토란' 등의 풍요로움을 감각적으로 드러내는 시간적 배경으로 볼 수 있다. 또한 (나)의 '겨울'은 '벌목의 슬픔' 속에서 '썩어 가고 있는' '참나무 떼'의 '뚫렸던 상처마다 버섯이 피어'나면서 생명 파괴의 현실을 이겨 내는 시간적 배경으로 설정되었음을 알 수 있다.

② (가)의 '울타리'는 만물이 함께 살아가는 공간을 드러내는 경계로, (나)의 '골짜기'는 인간의 욕망이 투영된 장소로 제시되어 있군.

〈보기〉에서 (가)는 '만물의 조화로운 성장과 충만한 생명력'을, (나)는 '인간의 욕망에 의한 상처와 고통으로 황폐화된 현실'을 보여 준다고 하였다. 이를 참고할 때, (가)의 '울타리'는 '옥수수', '가지, 고추, 오이, 토란' 등이 자라고, 그곳을 찾는 '나비', '풍뎅이', '잠자리' 등이 함께 살아가는 '채전'이라는 공간을 드러내는 경계로 제시되었다고 볼 수 있다. 또한 (나)에서 '참나무 떼'가 '벌목의 슬픔'으로 서 있는 '패역의 골짜기'는 인간의 욕망이 투영되어 황폐화된 장소로 제시되었음을 알 수 있다.

④ (가)의 '그늘'은 만물이 성장을 이루어 가는 배경으로서의, (나)의 '음지'는 현실의 고통을 극복하는 장소로서의 의미를 함축하고 있군.

〈보기〉에서 (가)는 '만물의 조화로운 성장과 충만한 생명력'을 보여 주고, (나)는 '고통으로 황폐화된 현실을 강인한 생명력이 피어나는 공간으로 변화시키는 모습'을 드러낸다고 하였다. 이를 참고할 때, (가)의 '그늘'은 '지극히 범속한 것들'이 '빛나는 생명의 양상'을 이룰 수 있도록 하는 '많은 손님들의 극진한 축복과 은혜' 중 하나이므로, 만물이 성장을 이루어 가는 배경으로서의 의미를 함축한다고 볼 수 있다. 또한 (나)에서는 '패역의 골짜기'에서 '서서히 썩어 가'던 참나무의 '고통을 순간에 멈추게' 한 '버섯'을 '황홀한 음지의 꽃'이라 칭하고 있으므로, '음지'는 현실의 고통을 극복하는 장소로서의 의미를 함축함을 알 수 있다.

⑤ (가)의 '비'는 생명의 충만함과 조화로움을 갖게 하는, (나)의 '소나기'는 황폐화된 현실에 생명력을 환기하는 대상으로 표상되어 있군.

〈보기〉에서 (가)는 '만물의 조화로운 성장과 충만한 생명력'을, (나)는 '인간의 욕망에 의한 상처와 고통으로 황폐화된 현실을 강인한 생명력이 피어나는 공간으로 변화시키는 모습'을 드러낸다고 하였다. 이를 참고할 때, (가)의 '비'는 '지극히 범속한 것들'이 '빛나는 생명의 양상'을 이룰 수 있도록 하는 '많은 손님들의 극진한 축복과 은혜' 중 하나이므로, 생명의 충만함과 조화로움을 갖게 하는 대상으로 표상되었다고 볼 수 있다. 또한 (나)에서는 '패역의 골짜기'에서 '썩어 가던' 참나무의 상처에서 그 '고통을 순간에 멈추게' 한 '버섯'이 '소나기처럼 후드득 피어'났다고 하였다. 따라서 (나)의 '소나기'는 '버섯'의 생명력과 연관되어 황폐화된 현실에 생명력을 환기하는 대상으로 표상되었다고 볼 수 있다.

[1~3] 다음 글을 읽고 물음에 답하시오.

(가)

향아 너의 고운 얼굴 조석으로 우물가에 비최이던 「오래지 않은 옛날」로 가자 _{순수한 시절}

수수럭거리는 수수밭 사이 걸쩍스런 웃음들 들려 나오며 호미와 바구니를 든 환한 얼굴 그림처럼 나타나던 석양……

구슬처럼 흘러가는 냇물가 맨발을 담그고 늘어앉아 빨래들을 두드리던 전설같은 풍속으로 돌아가자

눈동자를 보아라 향아 회올리는 「무지갯빛 허울의 눈부심」에 _{물질문명의 허위}
넋 빼앗기지 말고
철따라 푸짐히 두레를 먹던 ㉠정자나무 마을로 돌아가자
「미끈덩한 **기생충의 생리**와 허식에 인*이 배기기」 전으로 눈빛 _{문명의 병폐}
아침처럼 빛나던 우리들의 고향 병들지 않은 젊음으로 찾아가자 꾸나

향아 허물어질까 두렵노라 얼굴 생김새 맞지 않는 **발돋움의 흉낼**랑 그만 내자
「들국화처럼 소박한 목숨을 가꾸기 위하여 맨발을 벗고 콩바 _{공동체의 순수성 회복에 대한 소망}
심하던 **차라리 그 미개지**에로 가자 달이 뜨는 명절밤 비단치마
를 나부끼며 **떼지어 춤추던** 전설같은 풍속으로 돌아가자 냇물
굽이치는 싱싱한 마음밭으로 돌아가자.」

– 신동엽, 「향아」 –

(나)

이사온 그는 이상한 사람이었다
그의 집 담장들은 모두 빛나는 유리들로 세워졌다

골목에서 놀고 있는 부주의한 아이들이
잠깐의 실수 때문에
풍성한 햇빛을 복사해내는
그 「유리 담장」을 박살내곤 했다 _{대중을 속이는 환영의 도구}

그러나 「애들아, 상관없다 _{대중을 길들이는 권력의 술수}
유리는 또 갈아 끼우면 되지
마음껏 이 골목에서 놀렴」

유리를 깬 아이는 얼굴이 새빨개졌지만
이상한 표정을 짓던 다른 아이들은
아이들답게 곧 즐거워했다
「견고한 송판으로 담을 쌓으면 어떨까 _{권력의 통제}
주장하는 아이는, 그 아름다운
골목에서 즉시 추방되었다」

유리 담장은 매일같이 깨어졌다
필요한 시일이 지난 후, 동네의 모든 아이들이
충실한 그의 부하가 되었다

어느 날 그가 **유리 담장**을 떼어냈을 때, ㉡그 골목은
가장 햇빛이 안 드는 곳임이
판명되었다, 「**일렬로 선 아이들**은 _{권력에 종속된 대중의 모습}
묵묵히 벽돌을 날랐다」

– 기형도, 「전문가」 –

》》지문의 핵심 내용을 정리해 보세요.

화자와 대상의 관계	향에게 과거의 순수했던 고향의 모습으로 함께 돌아가기를 청하는 '나'(우리)
상황?	향에게 오래지 않은 옛날로 가자고 함 → 가식적이고 부정적인 삶의 태도가 나타나는 현재를 벗어나 과거의 순수하고 행복했던 삶으로 돌아가자고 함

이것만은 챙기자

*인: 여러 번 되풀이하여 몸에 깊이 밴 버릇.

》》지문의 핵심 내용을 정리해 보세요.

화자와 대상의 관계	이사 온 그가 유리 담장을 깨도 괜찮다고 하며 아이들의 환심을 산 뒤 아이들을 부하로 길들이는 것을 지켜보는 사람
상황?	그의 집 유리 담장을 아이들이 박살내도 그는 괜찮다고 함 → 담장을 견고한 송판으로 쌓자고 주장한 아이는 추방됨 → 아이들은 그의 부하가 됨 → 햇빛이 안 드는 골목에서 아이들은 묵묵히 벽돌을 나름

1. (가), (나)에 대한 설명으로 가장 적절한 것은?

정답풀이

② (나)는 상징성을 띤 사건의 전개를 통해 주제를 암시하고 있다.

> (나)의 '그'는 '부주의한 아이들'이 실수로 '유리 담장을 박살내'도 '상관없다'고 말하며 너그러운 태도를 보인다. 그리고 유리 담장이 '매일같이 깨어'지며 시간이 지나자 '동네의 모든 아이들이 / 충실한 그의 부하'가 되어 '일렬로' 서서 '묵묵히 벽돌'을 나른다. 이는 기만적인 태도로 다수를 길들이는 권력의 모습을 보여 준다고 할 수 있으므로 (나)는 상징적 사건의 전개를 통해 주제를 암시했다고 볼 수 있다.

오답풀이

① (가)는 과거를 회상하며 현실을 관망하는 태도를 드러내고 있다.
(가)의 화자는 '너의 고운 얼굴 조석으로 우물가에 비최이'고 '석양'이 '그림처럼 나타나던', '냇물가 맨발을 담그고 늘어앉아 빨래들을 두드리던' '오래지 않은 옛날'을 회상하고 있다. 화자는 이를 통해 순수하고 평화로웠던 모습으로 돌아가고 싶다는 소망을 드러낼 뿐, 현실을 관망하는 태도를 드러내지는 않았다.

③ (가)와 (나)는 모두 음성 상징어를 활용하여 상상 세계의 경이로움을 나타내고 있다.
(가)와 (나) 모두 음성 상징어를 활용하여 상상 세계의 경이로움을 나타낸 부분을 찾을 수 없다.

④ (가)와 (나)는 모두 동일한 시구의 반복과 변주를 통해 시적 분위기를 고조하고 있다.
(가)는 '전설같은 풍속으로 돌아가자'의 반복과 '가자', '돌아가자', '찾아가자 꾸나'의 변주를 통해 순수한 고향으로의 회귀를 소망하는 간절함을 드러내고 있다. 그러나 (나)에는 동일한 시구의 반복과 변주가 나타나지 않는다.

⑤ (가)는 위로하는 어조로, (나)는 충고하는 어조로 시적 청자에게 말을 건네고 있다.
(가)의 화자는 시적 청자인 향에게 '오래지 않은 옛날'로 돌아가자고 권유하는 어조로 말을 건네고 있을 뿐, 위로하는 어조를 사용하지 않았다. 한편 (나)의 경우 3연에 한해 '그'가 시적 청자인 '아이들'에게 말을 건네는 모습이 나타나지만, 이를 충고하는 어조로 볼 수는 없다.

기틀잡기

① **회상**: 지난 일을 돌이켜 생각함. 또는 그런 생각.
　관망: 한발 물러나서 어떤 일이 되어 가는 형편을 바라봄.
② **상징**: 추상적인 사물이나 개념을 구체적인 대상으로 나타내는 방법. 비유와 달리 원관념이 나타나지 않고 보조 관념을 통해 함축적 의미를 전달함.
③ **음성 상징어**: 의성어와 의태어를 통틀어 이르는 말.
　[참고] **의성어**: 사람이나 사물의 소리를 흉내 낸 말.
　　　　 의태어: 사람이나 사물의 모양이나 움직임을 흉내 낸 말.
④ **변주**: 일정한 주제나 형식을 유지하면서 내용을 조금씩 바꿔 나가는 것.

2. ㉠과 ㉡을 비교한 내용으로 가장 적절한 것은?

> ㉠: 정자나무 마을
> ㉡: 그 골목

정답풀이

④ ㉠은 '향'의 노동과 놀이가 공존하던 공간이고, ㉡은 '아이들'의 놀이가 사라지고 노동만 남은 공간이다.

> ㉠은 '수수밭 사이'로 '호미와 바구니를 든' 얼굴이 나타나고, '냇물가 맨발을 담그고 늘어앉아 빨래들을 두드리던' 곳이며 '철따라 푸짐히 두레를 먹'고 '명절밤 비단치마를 나부끼며 떼지어 춤추던' 곳이다. 따라서 ㉠은 향이 사람들과 함께 노동하고 놀이하던 공간이라고 볼 수 있다. 한편 ㉡은 원래 아이들이 즐겁게 놀던 공간이지만 '유리 담장'을 박살낸 일을 계기로 '동네의 모든 아이들'이 '그의 부하'가 된 뒤 '일렬로' 서서 '묵묵히 벽돌'을 나르는 곳이므로, 놀이가 사라지고 노동만 남은 공간으로 볼 수 있다.

오답풀이

① ㉠은 '향'에게 귀환이 금지된 공간이고, ㉡은 '아이들'에게 이탈이 금지된 공간이다.
㉠은 (가)의 화자가 향에게 함께 돌아가자고 하는 곳이므로, 향에게 귀환이 금지된 공간이라고 볼 수 없다. (나)의 ㉡은 '충실한 그의 부하'가 된 '아이들'이 '묵묵히 벽돌'을 나르는 공간이므로, '아이들'이 이탈하기 쉽지 않은 공간일 것으로 추측할 수 있다.

② ㉠은 '향'이 자기반성을 수행하는 공간이고, ㉡은 '아이들'이 '그'의 요청을 수행하는 공간이다.
(가)의 화자는 향이 ㉠으로 되돌아가기를 바라고 있으므로 향이 ㉠에서 자기반성을 수행한다고 볼 수 없다. (나)에서 '묵묵히 벽돌'을 나르는 아이들을 '충실한 그의 부하'로 표현한 점을 고려할 때, ㉡은 아이들이 '그'의 명령을 수행하는 공간으로 볼 수 있다.

③ ㉠은 '향'이 본성을 찾아가는 낯선 공간이고, ㉡은 '아이들'이 개성을 박탈당한 상실의 공간이다.
(가)의 ㉠은 화자가 향이 돌아가기를 바라는 과거의 공간이므로, 향이 그곳에서 본성을 찾을 수는 있어도 낯선 공간이라고 할 수는 없다. (나)에서 아이들은 '일렬로' 서서 '묵묵히' 벽돌을 나르고 있으므로, ㉡은 아이들이 개성을 박탈당한 상실의 공간으로 볼 수 있다.

⑤ ㉠은 '향'과 화자의 우호적 관계가 드러나는 공간이고, ㉡은 '아이들'과 '그'의 상생 관계가 드러나는 공간이다.
(가)의 화자는 향에게 '떼지어 춤추'던 화합의 공간인 ㉠으로 함께 돌아가자고 하므로, ㉠은 향과 화자의 우호적 관계가 드러나는 공간이라고 볼 여지가 있다. 한편 (나)의 아이들은 '충실한 그의 부하가 되'어 '묵묵히' 벽돌을 나르고 있으므로, ㉡은 '그'와 아이들의 주종 관계가 드러나는 공간일 뿐, 상생 관계가 드러나는 공간이 아니다.

3. 〈보기〉를 참고하여 (가), (나)를 감상한 내용으로 적절하지 않은 것은? [3점]

─〈보기〉─

(가)와 (나)는 모두 부정적 현실을 비판한 작품이다. (가)는 물질문명의 허위와 병폐에 물들어 가는 공동체가 농경 문화의 전통에 바탕을 두고 건강한 생명력과 순수성을 회복하기를 소망하는 작가 의식을 담고 있다. (나)는 환영(幻影)을 통해 대중의 이성을 마비시키고 대중을 획일적으로 길들이는 권력의 기만적 통치술에 대한 비판 의식을 담고 있다.

🔍 보기 분석

(가)	(나)
부정적 현실을 비판	
물질문명의 허위와 병폐에 물들어 가는 공동체가 농경 문화의 생명력과 순수성을 회복하기를 소망함	환영을 통해 대중을 현혹하고 획일적으로 길들이는 권력의 기만적 통치술을 비판함

✔ 정답풀이

① (가)에서 '차라리 그 미개지에로 가자'라는 화자의 권유는 공동체의 터전을 확장하여 순수성을 지켜 나가려는 의식을 보여 주는군.

〈보기〉에서 (가)에는 '공동체가 농경 문화의 전통에 바탕을 두고 건강한 생명력과 순수성을 회복하기를 소망하는 작가 의식'이 담겨있다고 한 점을 고려하면, 화자가 향에게 돌아가자고 하는 '옛날', '전설같은 풍속', '정자나무 마을', '병들지 않은 젊음', '미개지', '싱싱한 마음밭'은 모두 건강하고 순수한 농경 문화를 상징하는 것으로 볼 수 있다. 따라서 '차라리 그 미개지에로 가자'라는 화자의 권유에서 공동체의 터전을 확장하려는 의식이 나타난다고 볼 수 없다.

✖ 오답풀이

② (나)에서 골목이 '가장 햇빛이 안 드는 곳'으로 판명되었다는 것은 '유리 담장'이 대중을 기만하는 환영의 장치였음을 보여 주는군.

〈보기〉에서 (나)는 '환영을 통해 대중의 이성을 마비시키고 대중을 획일적으로 길들이는 권력의 기만적 통치술에 대한 비판 의식'을 드러낸다고 하였다. (나)의 '유리 담장'은 '풍성한 햇빛을 복사해내는' 것이었지만, 시간이 지난 후 '그 골목은 / 가장 햇빛이 안 드는 곳임이 / 판명'된다. 이는 '유리 담장'이 그저 햇빛이라는 환영을 만들어내는 장치였으며 권력자인 '그'가 이를 통해 대중을 기만했음을 보여 준다고 할 수 있다.

③ (가)에서 '기생충의 생리'는 자족적인 농경 문화 전통에 반하는 문명의 병폐를, (나)에서 '주장하는 아이'의 추방은 획일적으로 통제된 사회의 모습을 보여 주는군.

〈보기〉에서 (가)는 '물질문명의 허위와 병폐에 물들어 가는 공동체'에 주목했다고 하였다. 이를 참고하면 (가)의 화자가 '기생충의 생리와 허식에 인이 배기기 전으로' 돌아가자고 하는 것은 공동체가 기생충과 같은 문명의 병폐를 극복하고 자족적인 농경 문화 전통의 생명력과 순수성을 회복하기를 바라는 소망을 드러낸다고 볼 수 있다. 또한 〈보기〉에서 (나)는 권력자가 '대중을 획일적으로 길들이는' 것을 비판한다고 하였다. 이를 참고하면 (나)에서 '견고한 송판으로 담을 쌓'자고 '주장하는 아이'가 '추방'된 것은 권력의 획일적인 통제로 통치되는 사회의 모습을 보여 준다고 할 수 있다.

④ (가)에서 '발돋움의 흉내'를 낸다는 것은 물질문명에 물들어가는 상황을, (나)에서 '곧 즐거워했다'는 것은 권력의 술수에 대중이 길들여지고 있는 상황을 보여 주는군.

〈보기〉에서 (가)는 '물질문명의 허위와 병폐에 물들어 가는 공동체'에 주목했다고 하였다. 이를 참고하면 (가)의 화자가 향에게 '맞지 않는 발돋움의 흉낼랑 그만 내자'고 한 것은 물질문명의 허위와 병폐에 물들어 가는 상황을 경계하는 것으로 볼 수 있다. 또한 〈보기〉에서 (나)는 '환영을 통해 대중의 이성을 마비시키고 대중을 획일적으로 길들이는 권력의 기만적 통치술에 대한 비판 의식'을 드러낸다고 하였다. 이를 참고하면 (나)에서 '그'의 관대한 태도에 '곧 즐거워'하는 '아이들'의 모습은 권력의 술수에 길들여진 대중의 모습을 보여 준다고 할 수 있다.

⑤ (가)에서 '떼지어 춤추던' 모습은 농경 문화 공동체의 건강한 생명력을, (나)에서 '일렬로', '묵묵히' 벽돌을 나르는 모습은 권력에 종속된 대중의 형상을 보여 주는군.

〈보기〉에서 (가)의 화자는 '공동체가 농경 문화의 전통에 바탕을 두고 건강한 생명력과 순수성을 회복하기를 소망'한다고 하였다. 이를 참고하면 (가)의 화자가 '비단치마를 나부끼며 떼지어 춤추던 전설같은 풍속으로 돌아가자'고 한 것은 농경 문화 공동체의 건강한 생명력을 회복하기를 바라는 소망을 드러낸 것으로 볼 수 있다. 한편 〈보기〉에서 (나)는 '대중을 획일적으로 길들이는 권력의 기만적 통치술'을 비판한다고 하였다. 이를 참고하면 (나)의 아이들이 '일렬로' 서서 '묵묵히 벽돌을' 나르는 모습은 권력에 길들여진 대중의 모습을 보여 준다고 할 수 있다.

🖋 모두의 질문

• 3-①번

Q: '미개지'는 아직 개척하지 못한 땅을 말하는 것 아닌가요? 미개지로 가자고 했으니 공동체의 터전을 확장하려는 것이 맞다고 생각했습니다.

A: 현대시에서 시어의 의미를 물을 때는 그 단어의 사전적 의미보다 시적 맥락에서의 의미를 우선적으로 고려하여야 한다. 시에서는 같은 단어가 서로 다른 의미를 갖기도 하고, 사전적 의미와는 전혀 다른 시적 의미를 갖기도 한다.

(가)의 '미개지'도 마찬가지로 사전적 의미로만 이해할 수는 없다. 화자는 그곳이 '맨발을 벗고 콩바심을 하던' 곳이라고 하였으므로, 이때의 '미개지'는 아직 가보지 못한 곳이 아니라 화자의 기억 속에 남아 있는 과거의 공간으로 볼 수 있는 것이다.

또한 시에서 구조가 같으면 뜻도 유사할 가능성이 높다. (가)는 계속해서 어딘가로 가자고 하는 청유형의 문장을 반복하고 있으므로, 그 어딘가에 해당하는 공간들은 모두 유사한 의미를 가진다고 볼 수 있는 것이다. 따라서 '옛날', '전설같은 풍속', '정자나무 마을', '병들지 않은 젊음', '미개지', '싱싱한 마음밭'은 모두 유사한 의미를 가진다고 볼 수 있다. 즉 화자는 공동체의 터전을 확장하려는 것이 아니라, 공동체가 이전에 가지고 있었던 건강한 생명력과 순수성을 회복하기를 바라고 있는 것이다.

오장환, 「종가」 / 최두석, 「노래와 이야기」

[1~4] 다음 글을 읽고 물음에 답하시오.

(가)

<small>어둡고 폐쇄적인 분위기의 종가</small>
「돌담으로 튼튼히 가려 놓은 집 안엔 검은 기와집 **종가**가 살고 있었다. 충충한 울 속에서 **거미 알 터지듯 흩어져 나가는** 이 집의 지손(支孫)*들. 모두 다 싸우고 찢고 헤어져 나가도 **오래인** <small>종가에 대한 풍자적 태도</small> 동안 「이 집의 광영(光榮)을 지키어 주는 신주(神主)*들은 대머리에 곰팡이가 나도록 알리어지지는 않아도 종가에서는 무기처럼 아끼며 **제삿날이면 갑자기 높아 제상(祭床) 위에 날름히 올라앉는다.**」 큰집에는 큰아들의 식구만 살고 있어도 제삿날이면 제사를 지내러 오는 사람들 오조 할머니와 아들 며느리 손자 손주며느리 칠촌도 팔촌도 한데 얼리어 닝닝거린다. 시집갔다 쫓겨 온 작은딸 과부가 되어 온 큰고모 손꾸락을 빨며 구경하는 이종 언니 이종 오빠. 한참 쩡쩡 울리던 옛날에는 오조 할머니 집에서 동원 뒷밥*을 먹어왔다고 오조 할머니 시아버니도 남편도 <small>종가와 연관된 사람들의 상처</small> 「동네 백성들을 곧—잘 잡아들여다 모말굴림*도 시키고 주릿대를 앵기었다」고. 지금도 종가 뒤란에는 중복사 나무 밑에서 대구리가 빤들빤들한 달걀귀신이 융융거린다는 마을의 풍설. **종가에 사는 사람들**은 아무 일을 안 해도 지내 왔고 대대손손이 아—무런 재주도 물리어받지는 못하여 **종갓집 영감님**은 근시 안경을 쓰고 눈을 찜찜거리며 먹을 궁리를 한다고 작인(作人) <small>현재 시제로 표현하여 종가의 이야기를 현실과 연결함</small> 들에게 고리대금*을 하여 「**살아 나간다.**」

— 오장환, 「종가」 —

*지손: 맏이가 아닌 자손에서 갈라져 나간 파의 자손.
*신주: 죽은 사람의 위패.
*뒷밥: 고사나 제사를 지낸 후 객귀를 위해 차리는 상.
*모말굴림: 곡식을 담는 그릇 위에 무릎을 꿇리는 형벌.

(나)

노래는 심장에, **이야기**는 뇌수에 박힌다
처용이 밤늦게 돌아와, 노래로써
아내를 범한 귀신을 꿇어 엎드리게 했다지만
막상 목청을 떼어 내고 남은 「**가사**」는 <small>노래와 분리된 이야기</small> [A]
베개에 떨어뜨린 머리카락 하나 건드리지 못한다
하지만 처용의 이야기는 살아남아
새로운 노래와 풍속을 짓고 유전해 가리라
정간보가 오선지로 바뀌고
이제 아무도 시집에 악보를 그리지 않는다
노래하고 싶은 시인은 말 속에 <small>노래의 감동</small> [B]
은밀히 「**심장의 박동**」을 골라 넣는다
<small>시에 이야기가 필요한 이유</small>
그러나 내 「**격정***의 상처는 노래에 쉬이 덧나」
다스리는 처방은 이야기일 뿐
<small>노래와 이야기가 결합되어야 하는 대상</small>
이야기로 하필 「**시**」를 쓰며
뇌수와 심장이 가장 긴밀히 결합되길 바란다.

— 최두석, 「노래와 이야기」 —

▶▶ 지문의 핵심 내용을 정리해 보세요.

화자와 **대상**의 관계	노래와 **이야기**가 긴밀히 결합되길 바라는 '나'
상황?	노래는 **심장**에, 이야기는 **뇌수**에 박힘 → 목청이 없어진 가사는 힘이 없음 → 현재는 아무도 시집에 악보를 그리지 않아 노래하고 싶은 시인은 심장의 박동을 말 속에 은밀히 넣음 → 이야기로 **시**를 쓰며 뇌수와 심장이 긴밀히 결합되기를 바람

🔖 이것만은 챙기자

***격정**: 강렬하고 갑작스러워 누르기 어려운 감정.

▶▶ 지문의 핵심 내용을 정리해 보세요.

화자와 **대상**의 관계	**종가**의 모습을 비판적으로 바라보는 사람
상황?	종가 사람들은 모두 싸우고 찢긴 상태임 → **제삿날**이면 모두 모여 떠들썩함 → 과거 종가 사람들은 동네 사람들에게 마음대로 횡포를 부렸음 → 아무 재주도 없이 **작인**들에게 고리대금을 하여 살아감

🔖 이것만은 챙기자

***고리대금**: 부당하게 비싼 이자를 받는 돈놀이.

1. (가)에 대한 이해로 가장 적절한 것은?

✅ 정답풀이

② '오래인 동안 이 집의 광영을 지키어 주는 신주들'이 '제삿날이면 갑자기 높아 제상 위에 날름히 올라앉는다'는 데서, 종가에 대한 풍자적 태도를 드러낸다.

> '신주'는 죽은 사람의 위패를 말하는데, 이는 오랫동안 종가의 '광영(빛 나고 아름다운 영예)'을 지키어 주었다고 하였다. 화자는 그러한 '신주'의 '대머리에 곰팡이가' 피었다고 묘사하고 '제상 위에 날름히 올라앉는다'고 희화화하여 표현함으로써 종가에 대한 풍자적 태도를 드러내고 있다.

❌ 오답풀이

① '이 집의 지손들'이 '거미 알 터지듯 흩어져 나'간다는 데서, 종가의 번성에 대한 자부심을 드러낸다.
화자는 종가로부터 뻗어 나간 가족들을 터지듯 흩어져 나간 '거미 알'에 비유 하여 '모두 다 싸우고 찢고 헤어져' 분열된 종가의 모습을 나타내고 있을 뿐, 이를 통해 종가의 번성에 대한 자부심을 드러냈다고 볼 수 없다.

③ '동네 백성들을 곧─잘 잡아들여다 모말굴림도 시키고 주릿대를 앵기었다'는 데서, 종가의 위세에 대한 시기심을 드러낸다.
종가 사람들이 '동네 백성들을 곧─잘 잡아들여다 모말굴림도 시키고 주릿 대를 앵기었다'는 것은 권위를 이용하여 부당하게 타인을 억압했던 종가 사람들의 과거 행적을 보여 준다. 화자는 이를 비판적으로 바라보고 있을 뿐, 종가의 위세에 대한 시기심을 드러냈다고 볼 수 없다.

④ '종가에 사는 사람들은 아무 일을 안 해도 지내 왔었고 대대손손이 아─무런 재주도 물리어받지는 못'했다는 데서, 종가의 내력을 존중 하는 태도를 드러낸다.
'종가에 사는 사람들은 아무 일을 안 해도 지내 왔었고 대대손손이 아─무런 재주도 물리어받지는 못'했다는 것은 종가 사람들의 무능함을 보여 줄 뿐, 화자가 이를 통해 종가의 내력을 존중하는 태도를 드러냈다고 볼 수 없다.

⑤ '근시 안경을 쓰고 눈을 찜찜거리'는 '종갓집 영감님'이 '작인들에게 고리대금을 하여 살아 나간다'는 데서, 종가에 대한 선망을 드러 낸다.
화자는 종갓집 영감님이 '아─무런 재주도 물리어받지는 못하'고 '작인들에게 고리대금을 하여 살아'간다고 했는데, 이는 무능력한 탓에 소작인들에게 고리 대금을 하는 일로 살아가는 종가 사람들의 모습을 보여 준다. 즉 화자는 자 신의 능력을 통해서가 아니라 타인을 착취하는 방식으로 '먹을 궁리를' 하는 종가 사람들의 모습을 비판적으로 바라보고 있을 뿐, 종가에 대한 선망을 드 러냈다고 볼 수 없다.

🌱 기틀잡기

> ① **자부심**: 자기 자신 또는 자기와 관련되어 있는 것에 대하여 스스로 그 가치나 능력을 믿고 당당히 여기는 마음.
> ② **풍자**: 현실의 부정적 현상이나 모순 따위를 다른 사물이나 상황에 빗대어 간접적으로 비판함으로써 그 병폐를 깨닫도록 하는 것.
> ③ **위세**: 사람을 두렵게 하여 복종하게 하는 힘.
> ④ **내력**: 부모나 조상으로부터 내려오는 유전적인 특성.
> ⑤ **선망**: 부러워하여 바람.

2. [A], [B]에 대한 이해로 가장 적절한 것은?

✅ 정답풀이

④ [B]는 '노래'의 성격이 약화된 '말'에 '노래'가 주는 감동을 불어넣는 상황을 보여 준 것이다.

> [B]에서는 '노래하고 싶은 시인'이 '아무도 시집에 악보를 그리지 않'아 노래의 성격이 약화된 '말'에 '심장의 박동을 골라 넣는' 상황이 나타나고 있다. 따라서 '말'에 '노래'의 감동을 불어넣어 '노래'의 성격을 다시 강화 하고자 하는 상황을 보여 준다고 볼 수 있다.

❌ 오답풀이

① [A]는 '노래'와 '가사'의 융합이 가져온 결과를 보여 준 것이다.
[A]에서는 '목청을 떼어 내고 남은 가사'는 '베개에 떨어뜨린 머리카락 하나 건드리지 못한다'고 하여 노래에서 분리된 가사가 아주 작은 것도 움직이거 나 변화시킬 힘을 가지지 못한다고 말하고 있다. 따라서 '노래'와 '가사'의 융합이 아닌, 분리가 가져온 결과를 보여 준 것으로 볼 수 있다.

② [A]는 '노래'와 '이야기'가 결합되었을 때 나타나는 단점을 설명한 것이다.
[A]에서는 '목청을 떼어 내고 남은 가사'는 '베개에 떨어뜨린 머리카락 하나 건드리지 못한다'고 하여 노래에서 가사가 분리되었을 때 나타나는 단점을 설명하고 있다. 또한 화자는 '노래에 쉬이 덧'난 상처를 다스리기 위해 '이야기' 가 필요하다고 하여 '노래'와 '이야기'의 결합을 추구하고 있다.

③ [B]는 시인의 '말'에 '이야기'가 직접 연결된 상황을 표현한 것이다.
[B]에서 시인이 '말 속에' '심장의 박동'을 골라 넣는다고 한 것은 시인의 '말'에 '이야기'가 아닌 노래가 연결된 상황을 표현한 것으로 볼 수 있다.

⑤ [A]는 '이야기'의 도입이 지닌 한계를, [B]는 '노래'의 회복이 지닌 의의를 설명한 것이다.
[B]에서는 '말 속에' '심장의 박동을 골라 넣'는다고 하여 '노래'의 회복을 보여 준다고 할 수 있다. 그러나 [A]에서는 '목청을 떼어 내고 남은 가사'에는 힘이 없다고 하였으므로 '노래'에서 분리된 가사의 한계를 보여 줄 뿐, '이야기'의 도입이 지닌 한계를 설명했다고 볼 수 없다.

🖋 모두의 질문   • 2─④번

> **Q**: [B]에서 '노래'의 성격이 약화되었는지 어떻게 알 수 있나요?
> **A**: [B]의 바로 앞 시행을 보면 '이제 아무도 시집에 악보를 그리지 않는다'고 하였는데, '악보'는 노래의 성격을 띠고 있으므로 '시집에 악보를 그리지 않'는 것은 '노래'의 성격이 약화된 상황을 보여 준다고 할 수 있다. 이와 관련하여 화자는 '노래하고 싶은 시인'이 '말 속에' 노래의 박자와 유사한 '심장의 박동'을 골라 넣는다고 함으로써 '노래'의 성격을 다시 강화 하고자 하는 상황을 보여 준 것이다.

3. (가), (나)에 대한 설명으로 적절하지 <u>않은</u> 것은?

⊘ 정답풀이

⑤ (가)는 '지금도'를 통해 '종가'의 불변성을, (나)는 '이제'를 통해 '시'의 영속성을 강조하고 있다.

> (가)의 화자는 '지금도 종가 뒤란에는 중복사 나무 밑에서 대구리가 빤들 빤들한 달걀귀신이 융융거린다는 마을의 풍설'을 언급하며 종가에 대한 마을 사람들의 부정적 인식을 드러낼 뿐, '지금도'를 통해 '종가'의 불변성을 강조한다고 보기는 어렵다. 또한 (나)에서는 '이제 아무도 시집에 악보를 그리지 않는다'고 하여 시에 담긴 노래의 힘이 약해진 상황을 언급할 뿐, '이제'가 '시'의 영속성(영원히 계속되는 성질이나 능력)을 강조하고 있는 것은 아니다.

⊗ 오답풀이

① (가)는 '쩡쩡 울리던 옛날'과 '달걀귀신이 융융거린다는 마을의 풍설'을 통해 '종가'에 대한 인상을 감각적으로 나타내고 있다.
> (가)의 '쩡쩡 울리던 옛날'에서 음성 상징어 '쩡쩡'을 활용하여 '동네 백성들을 곧잘 잡아들여다' 횡포를 부렸던 종가에 대한 부정적인 인상을 감각적으로 표현하고 있다. 또한 '달걀귀신이 융융거린다는 마을의 풍설'에서 '융융(센 바람이 나뭇가지 따위에 부딪칠 때 나는 소리)'이라는 감각적 시어를 활용하여 종가에 대한 마을 사람들의 흉흉한 인식을 나타내고 있다.

② (가)는 '돌담으로 튼튼히 가려 놓은 집'과 '검은 기와집'을 통해 '종가'의 분위기를 드러내고 있다.
> (가)에서 '돌담으로 튼튼히 가려'져 있고 '검은'빛을 띠는 종가의 모습은 종가의 폐쇄적이고 어두운 분위기를 드러낸다고 볼 수 있다.

③ (나)는 '그러나'라는 시상 전환 표지를 활용하여 '노래'만으로는 화자가 바라는 '시' 창작이 어렵다는 점을 부각하고 있다.
> (나)의 화자는 '노래하고 싶은' 마음으로 '말 속에 / 은밀히 심장의 박동을 골라 넣는다'고 하였다. 이후 '그러나'라는 시상 전환 표지를 활용하면서 자신의 상처가 '노래에 쉬이 덧'난다고 하여 '노래'만으로는 화자가 지향하는 '시' 창작이 어렵다는 점을 드러내고 있다.

④ (나)는 '처용'이 부른 '노래'와 '처용'에 대한 '이야기'의 성격을 비교하여 주제를 구체화하고 있다.
> (나)에서 화자는 처용이 부른 '노래'에는 '아내를 범한 귀신을 꿇어 엎드리게' 하는 힘이 있지만 '목청을 떼어 내고 남은 가사'는 힘이 없어지는데, '처용의 이야기는 살아남아 / 새로운 노래와 풍속을 짓고 유전해' 갈 것이라고 하였다. 이를 통해 (나)는 처용이 부른 '노래'와 처용에 대한 '이야기'의 성격을 비교하며 주제를 구체화하고 있다고 볼 수 있다.

4. ⟨보기⟩를 바탕으로 (가), (나)를 감상한 내용으로 적절하지 <u>않은</u> 것은? [3점]

> ─────── ⟨보기⟩ ───────
>
> (가)에서 화자는 '종가'의 상황을 구체적으로 서술함으로써 종가와 연관된 사람들의 상처를 드러내고, 이러한 종가의 이야기가 현재의 상황과 연결되도록 현재 시제를 주로 사용하여 생동감 있게 표현했다. (나)에서 화자는 '시'가 '노래'의 성격을 되찾아야 할 뿐만 아니라, 감정의 과잉으로 상처가 오히려 깊어지기도 하는 노래의 한계를 극복하기 위해 '이야기'가 요구된다는 점을 강조했다. (가)는 종가에 대한 화자의 경험을 이야기한 산문 형식의 시이고, (나)는 「종가」와 같은, 이야기가 두드러진 시를 짓는 까닭을 제시한 시론 성격의 시이다.

🔍 보기 분석

(가)	(나)
• 종가와 연결된 사람들의 상처를 드러냄 • 현재 시제를 주로 사용하여 종가의 이야기를 현재와 연결함	• '시'가 '노래'의 성격을 되찾아야 함 • 감정의 과잉을 유발하는 노래의 한계는 '이야기'로 극복할 수 있음
→ 종가에 대한 화자의 경험을 이야기한 산문 형식의 시	→ 이야기가 강조된 시를 짓는 까닭을 제시한 시론 성격의 시

⊘ 정답풀이

③ (나)는 상처가 노래에 쉽게 덧난다고 말함으로써 시에서 노래의 성격이 분리된 결과를 보여 주고 있군.

> ⟨보기⟩에서 (나)는 '감정의 과잉으로 상처가 오히려 깊어지기도 하는 노래의 한계를 극복하기 위해 '이야기'가 요구된다는 점을 강조'했다고 하였다. (나)의 화자는 '내 격정의 상처는 노래에 쉬이 덧나'라고 하여 감정의 과잉으로 인한 상처가 노래로 인해 깊어질 수 있음을 드러냈으며, 이를 '다스리는 처방은 이야기일 뿐'이라고 하여 '이야기'를 통해 그 한계를 극복할 수 있음을 말하고 있다. 따라서 (나)에서 상처가 노래에 쉽게 덧난다고 한 것은 시에서 노래의 성격이 분리된 결과를 보여 주는 것이 아니라, 노래가 감정의 과잉으로 인해 상처를 덧나게 할 수 있음을 말한 것이라 할 수 있다.

① (가)는 종가 구성원들의 행동을 현재 시제로 생동감 있게 표현함으로써 종가의 이야기와 현실이 연관되도록 서술하고 있군.

〈보기〉에서 (가)는 '종가의 이야기가 현재의 상황과 연결되도록 현재 시제를 주로 사용하여 생동감 있게 표현'했다고 하였다. (가)의 '날름히 올라앉는다.', '한데 얼리어 닝닝거린다.', '고리대금을 하여 살아 나간다.' 등에서 종가 사람들의 행위를 현재 시제로 표현함으로써 종가의 이야기와 현실이 연관되도록 했다고 볼 수 있다.

② (가)는 '동네 백성들'이 받은 상처를 보여 줌으로써 종가의 부정적 측면을 드러내려는 화자의 의도를 부각하고 있군.

〈보기〉에서 (가)는 "종가'의 상황을 구체적으로 서술함으로써 종가와 연관된 사람들의 상처를 드러'냈다고 하였다. (가)의 화자는 과거 종가 사람들이 '동네 백성들을 곧─잘 잡아들여다 모말굴림도 시키고 주릿대를 앵기었다고' 하여 '동네 백성들'이 받은 상처를 보여 줌으로써 백성들에게 횡포를 부렸던 종가의 부정적 측면을 드러내고 있다.

④ (나)는 '뇌수'와 '심장'의 결합을 희망한다고 말함으로써 시에 이야기도 필요하다는 생각을 담아내고 있군.

〈보기〉에서 (나)는 "시'가 '노래'의 성격을 되찾아야 할 뿐만 아니라, 감정의 과잉으로 상처가 오히려 깊어지기도 하는 노래의 한계를 극복하기 위해 '이야기'가 요구된다는 점을 강조'했다고 하였다. (나)의 화자는 '이야기로 하필 시를 쓰며 / 뇌수와 심장이 가장 긴밀히 결합되길 바란다.'라고 했는데, (나)의 1행을 고려하면 '뇌수'를 이야기로, '심장'을 노래로 볼 수 있다. 즉 '뇌수'(이야기)와 '심장'(노래)의 결합을 희망한다고 말함으로써 시에 이야기도 필요하다는 생각을 담아내고 있다고 볼 수 있다.

⑤ (가)는 종가에 얽힌 경험과 상처에 대한 이야기를, (나)는 시 창작에서 이야기의 활용이 지니는 의미를 제시하고 있군.

〈보기〉에서 '(가)는 종가에 대한 화자의 경험을 이야기한 산문 형식의 시이고, (나)는 「종가」와 같은, 이야기가 두드러진 시를 짓는 까닭을 제시한 시론 성격의 시'라고 하였다. (가)는 종가에 대한 경험과 종가 사람들로 인해 상처받은 이들에 대해 이야기하고 있고, (나)는 '이야기'에는 '새로운 노래와 풍속을 짓고 유전해 가는 힘이 있으며 '이야기로 하필 시를' 쓴다고 하여 시 창작에서 이야기의 활용이 지니는 의미를 제시하고 있다.

[1~3] 다음 글을 읽고 물음에 답하시오.

(가)

무너지는 꽃 이파리처럼

변변치 않은 과거의 삶
「휘날려 발 아래 깔리는

서른 나문 해」야

구름같이 피려던 뜻은 **날로 굳어**

축적된 인생 경험
한 금 두 금 곱다랗게 감기는 「연륜(年輪)」

갈매기처럼 꼬리 떨며

결핍된 상황에서 벗어날 수 있는 이상적 공간
산호 핀 바다 「바다에 나려앉은 섬」으로 가자

비취빛 하늘 아래 피는 꽃은 맑기도 하리라

무너질 적에는 눈빛 파도에 적시우리

결핍이 있는 인생
「초라한 경력」을 육지에 막은 다음

주름 잡히는 연륜마저 끊어버리고

화자가 추구하는 삶의 태도
나도 또한 「불꽃처럼 **열렬히**」 살리라

– 김기림, 「연륜」 –

>> 지문의 핵심 내용을 정리해 보세요.

화자와 대상의 관계	지나온 인생을 떠올리며 새로운 삶에 대한 의지를 다지는 '나'
상황?	서른 남짓의 인생을 되돌아 봄 → 바다에 나려앉은 섬으로 가고자 함 → 초라했던 지난 인생은 육지에 두고, 불꽃처럼 열렬한 삶으로의 변모를 다짐함

(나)

제 손으로 만들지 않고

한꺼번에 싸게 사서

마구 쓰다가

망가지면 내다 버리는

편리하지만 가치가 결핍된 사물
「플라스틱 물건」처럼 느껴질 때

나는 **당장** 버스에서 뛰어내리고 싶다

현대 아파트가 들어서며

홍은동 사거리에서 사라진

일상에서 결핍된 가치를 찾을 수 있는 공간
「털보네 대장간」을 찾아가고 싶다

풀무질로 이글거리는 불 속에

시우쇠처럼 나를 달구고

모루 위에서 벼리고

숫돌에 갈아

화자가 추구하는 가치를 지닌 사물
「시퍼런 무쇠 낫」으로 바꾸고 싶다

땀 흘리며 두들겨 **하나씩** 만들어 낸

꼬부랑 호미가 되어

소나무 자루에서 송진을 흘리면서

대장간 벽에 걸리고 싶다

지금까지 살아온 인생이

온통 부끄러워지고

직지사 해우소*

아득한 나락으로 떨어져 내리는

똥덩이처럼 느껴질 때

나는 가던 길을 멈추고 문득

가치 있는 존재가 되어 결핍에서 벗어나고자 하는 의지
어딘가 「걸려 있고 싶다」

– 김광규, 「대장간의 유혹」 –

>> 지문의 핵심 내용을 정리해 보세요.

화자와 대상의 관계	무가치한 삶에서 벗어나 가치 있는 존재로 거듭나기를 소망하는 '나'
상황?	플라스틱 물건처럼 무가치한 삶을 사는 것에 거부감을 드러냄 → 무쇠 낫처럼 가치 있는 존재로 거듭나고 싶어 함 → 지나온 인생에 부끄러움을 느끼며 가치 있고 참된 삶에 대한 소망을 드러냄

이것만은 챙기자

*해우소: 근심을 푸는 곳이라는 뜻으로, 절에서 '변소'를 달리 이르는 말.

1. (가)와 (나)에 대한 설명으로 가장 적절한 것은?

✔ 정답풀이

④ (가)와 (나)는 모두 하강의 이미지가 담긴 시어를 활용하여 화자의 인식을 드러내고 있다.

> (가)는 '무너지는 꽃 이파리처럼 / 휘날려 발 아래 깔리는 / 서른 나문 해야.' 등에서, (나)는 '지금까지 살아온 인생이~아득한 나락으로 떨어져 내리는 / 똥덩이처럼 느껴질 때'에서 하강의 이미지가 담긴 시어를 활용하여 자신의 삶을 성찰하는 화자의 인식을 보여 주고 있다.

✖ 오답풀이

① (가)는 (나)와 달리 과정을 나타내는 시어들을 나열하여 시간의 급박한 흐름을 드러내고 있다.

(가)에서 과정을 나타내는 시어들을 나열하여 시간의 급박한 흐름을 드러낸 부분은 찾을 수 없다. 한편 (나)의 '풀무질로 이글거리는 불 속에~숫돌에 갈아'에서는 '시퍼런 무쇠 낫'을 만드는 과정을 나열하였으나, 이를 통해 시간의 급박한 흐름을 드러냈다고 보기는 어렵다.

② (나)는 (가)와 달리 자연물에 빗대어 화자의 움직임을 드러내고 있다.

(나)에서 자연물에 빗대어 화자의 움직임을 드러낸 부분은 찾을 수 없다. 한편 (가)의 '무너지는 꽃 이파리처럼', '구름같이 피려던 뜻', '갈매기처럼 꼬리 떨며' 등에서는 자연물에 빗댄 표현이 사용되었으나, 화자는 '바다에 나려앉은 섬으로 가자'라고 권유하고 있을 뿐 실제로 움직이고 있지 않으므로 이를 통해 화자의 움직임을 드러냈다고 보기는 어렵다.

③ (나)는 (가)와 달리 색채어를 활용하여 공간적 배경이 만들어 내는 분위기를 드러내고 있다.

(나)는 '시퍼런 무쇠 낫'에서 색채어를 활용하여 화자가 '찾아가고'자 하는 '털보네 대장간'의 공간적 배경이 만들어 내는 분위기를 드러내고 있다고 볼 수 있다. 그런데 (가) 역시 '비취빛 하늘'과 '눈빛 파도'에서 색채어를 활용하여 화자가 가려고 하는 '산호 핀 바다 바다에 나려앉은 섬'의 분위기를 드러내었으므로 적절하지 않다.

⑤ (가)와 (나)는 모두 표면에 드러난 청자에게 말을 건네는 방식으로 화자의 정서를 드러내고 있다.

(가)는 '서른 나문 해야'와 '산호 핀 바다 바다에 나려앉은 섬으로 가자'에서 작품 표면에 드러난 청자에게 말을 건네는 방식이 사용되었다고 볼 수 있다. 하지만 (나)에서는 작품 표면에 청자가 드러나지 않고, 화자의 독백적 어조를 중심으로 시상이 전개되고 있다.

🌱 기틀잡기

> ③ **색채어:** 사물의 빛깔을 표현하는 어휘. 색채어가 등장하면 당연히 시각적 심상이 나타나며, 두 가지 색채가 뚜렷한 대비를 이루면 '색채 대비'를 이룬다고 함.
> ④ **하강 이미지:** 아래로 향해 움직이는 모습이 나타나거나 그러한 느낌을 불러일으키는 것.
> ⑤ **말을 건네는 방식:** 청자가 존재하거나, 청자를 전제한 종결 어미를 사용하여 누군가에게 말을 건네는 느낌이 나타나게 하는 것.

2. (가), (나)의 시어에 대한 이해로 적절하지 않은 것은?

✔ 정답풀이

⑤ (가)에서 '또한'은 긍정적인 존재와 화자의 동질성을, (나)에서 '마구'는 부정적으로 취급되는 대상과 화자 간의 차별성을 부각한다.

> (가)의 화자는 '무너지는 꽃 이파리처럼 / 휘날려 발 아래 깔리'고 '구름같이 피려던 뜻은 날로 굳'는 자신의 인생을 '초라한 경력'이라고 표현하고 있다. 화자는 그러한 '연륜'을 '끊어버리고 / 나도 또한 불꽃처럼 열렬히 살리라'라고 하며 긍정적 존재인 '불꽃'과 같은 삶을 살겠다는 의지를 드러내고 있다. 한편 (나)의 화자는 자신이 '한꺼번에 싸게 사서 / 마구 쓰다가 / 망가지면 내다 버리는 / 플라스틱 물건처럼 느껴질 때'가 있다고 했으므로, '마구'가 부정적으로 취급되는 대상인 '플라스틱 물건'과 화자 간의 차별성을 부각한다고 볼 수 없다.

✖ 오답풀이

① (가)에서 '열렬히'는 화자가 추구하는 삶에 대한 적극적인 태도를 표방한다.

(가)의 화자는 '나도 또한 불꽃처럼 열렬히 살리라'에서 '주름 잡히는 연륜'을 '끊어버리고' 자신이 추구하는 새로운 삶으로 거듭나겠다는 적극적인 태도를 드러내고 있다.

② (나)에서 '한꺼번에'와 '하나씩'의 대조는 개별적인 존재의 고유성을 부각한다.

(나)에서 '제 손으로 만들지 않고 / 한꺼번에 싸게 사'는 '플라스틱 물건'과 '땀 흘리며 두들겨 하나씩 만들어 낸' '꼬부랑 호미'는 서로 대조되며, 이를 통해 개별적인 존재의 고유한 속성을 부각하고 있다.

③ (나)에서 '온통'은 화자의 성찰적 시선이 자신의 삶 전반에 걸쳐 있음을 부각한다.

(나)에서 화자는 '지금까지 살아온 인생이 / 온통 부끄러워'졌다고 하며 자신의 삶 전반에 대해 성찰하고 있다.

④ (가)에서 '날로'는 부정적 상황의 지속적인 심화를, (나)에서 '당장'은 당면한 상황에서 벗어나려는 절박감을 강조한다.

(가)의 '구름같이 피려던 뜻은 날로 굳어'에서 꿈을 펼치지 못한 부정적 상황이 드러나며, '날로'는 이러한 부정적 상황의 지속적 심화를 강조한다고 볼 수 있다. 또한 (나)의 화자는 스스로가 '플라스틱 물건처럼 느껴질 때' '당장 버스에서 뛰어내리고 싶다'고 했으므로, '당장'은 화자가 당면한 상황에서 벗어나고 싶어 하는 절박감을 강조한다고 볼 수 있다.

3. 〈보기〉를 참고하여 (가), (나)를 감상한 내용으로 적절하지 **않은** 것은? [3점]

〈보기〉

시인은 결핍을 느끼는 상황에서 새로운 가치를 발견하고 이를 통해 삶을 성찰하는 경우가 많다. 예컨대 「연륜」은 축적된 인생 경험에서, 「대장간의 유혹」은 현대인이 추구하는 편리함에서 결핍을 발견한 화자를 통해 일상에서 경험하는 것들이 재해석된다. 두 작품은 결핍된 상황에서 벗어나려는 의지를 구심점으로 삼아 시상을 전개한다.

🔍 보기 분석

(가)	(나)
• 결핍을 느끼는 화자가 새로운 가치의 발견을 통해 삶을 성찰하고 일상의 경험을 재해석함 • 결핍된 상황을 벗어나려는 화자의 의지를 중심으로 시상이 전개됨	
축적된 인생 경험('연륜')에서 결핍을 발견	현대인이 추구하는 편리함('플라스틱 물건')에서 결핍을 발견

✅ 정답풀이

② (가)에서 '불꽃'을 긍정적인 이미지로 표현한 것은, '주름 잡히는 연륜'에 결핍되어 있는 속성을 끊을 수 있는 수단이라는 의미로 재해석한 것이겠군.

> (가)의 화자는 '구름같이 피려던 뜻'이 '날로 굳'으면서 '한 금 두 금 곱다랗게 감기'어 온 '연륜'을 끊어버리고 '불꽃처럼 열렬히 살'겠다는 의지를 드러내고 있다. 즉 이때의 '불꽃'이 긍정적 이미지로 표현된 것은 맞지만, 이는 화자가 추구하는 새로운 삶의 태도를 의미할 뿐, '주름 잡히는 연륜'에 결핍되어 있는 속성을 끊어 낼 수 있는 수단 자체를 의미하는 것은 아니다.

❌ 오답풀이

① (가)에서 '서른 나문 해'를 '초라한 경력'으로 표현한 것은, 화자가 자신이 살아온 인생을 변변치 않은 경험으로 재해석한 것이겠군.
〈보기〉에서 (가)는 '축적된 인생 경험'에서 '결핍을 발견한 화자를 통해 일상에서 경험하는 것들이 재해석된다.'라고 하였다. 이를 참고할 때, (가)의 화자는 자신이 살아온 '서른 나문 해'에서 결핍을 발견하게 되어 이를 '초라한 경력'이라고 재해석한 것으로 볼 수 있다.

③ (나)에서 지금은 사라진 '털보네 대장간'을 '찾아가고 싶다'고 표현한 것은, 일상에서 결핍된 가치를 찾고자 하는 화자의 열망을 공간에 투영한 것이겠군.
〈보기〉에서 (나)는 '현대인이 추구하는 편리함에서 결핍을 발견한 화자'가 등장하며, '결핍된 상황에서 벗어나려는 의지'를 중심으로 시상이 전개된다고 하였다. 이를 참고할 때, (나)의 화자는 자신의 삶이 '플라스틱 물건처럼 느껴'지는 결핍된 일상에서 벗어나 '시퍼런 무쇠 낫'이 상징하는 가치를 찾으려는 열망을 '털보네 대장간'이라는 공간에 투영하고 있다고 볼 수 있다.

④ (나)에서 '가던 길을 멈추고' '걸려 있고 싶다'고 표현한 것은, 화자가 추구하는 가치를 표상하는 사물의 상태가 되고 싶다고 진술함으로써 결핍에서 벗어나고자 하는 의지를 드러낸 것이겠군.
〈보기〉에서 (나)는 '현대인이 추구하는 편리함에서 결핍을 발견한 화자'가 등장하며, '결핍된 상황에서 벗어나려는 의지'를 중심으로 시상이 전개된다고 하였다. 이를 참고할 때, (나)의 화자는 '지금까지 살아온 인생이 / 온통 부끄러워지고' '똥덩이처럼' 무가치한 것으로 느껴질 때, '대장간 벽에 걸'려 있는 '꼬부랑 호미'처럼 가치 있는 존재가 되어 '어딘가 걸려 있고 싶다'고 진술함으로써 결핍에서 벗어나고자 하는 의지를 드러낸 것으로 볼 수 있다.

⑤ (가)에서 '육지'를 지나간 시간을 막아 둘 공간으로, (나)에서 '버스'를 벗어나고 싶은 공간으로 표현한 것은, '육지'와 '버스'를 화자가 결핍을 느끼는 공간으로 재해석한 것이겠군.
〈보기〉에서 (가)와 (나)에는 화자가 '결핍을 느끼는 상황'이 나타나며, 이를 벗어나려는 화자의 의지를 중심으로 시상이 전개된다고 하였다. 이를 참고할 때, (가)의 화자가 자신의 '초라한 경력'을 막아 둘 공간으로 표현한 '육지'와 (나)의 화자가 스스로를 '플라스틱 물건처럼 느껴' 당장 '뛰어내리고 싶'은 공간으로 표현한 '버스'는 모두 화자가 결핍을 느끼는 공간으로 재해석한 것으로 볼 수 있다.

📋 문제적 문제 · 3-⑤번

학생들이 정답 외에 가장 많이 고른 선지는 ⑤번이다. 〈보기〉의 설명을 작품과 연결 지어 (가)의 '육지', (나)의 '버스'라는 공간이 지닌 의미를 파악하는 과정에서 어려움이 있었던 것으로 보인다.

〈보기〉에 따르면 (가)와 (나)에는 각각 자신의 '축적된 인생 경험'과 '현대인이 추구하는 편리함'에서 결핍을 느끼는 화자가 등장하며, '결핍된 상황에서 벗어나려는' 화자의 의지가 시상 전개의 핵심이라고 하였다. 따라서 작품에 화자가 벗어나거나 떠나버리고자 하는 공간이 나타나고 있다면, 이는 ⑤번에서 말한 '화자가 결핍을 느끼는 공간'으로 판단할 수 있다.

이러한 관점에서 (가)를 보면, 자신이 살아온 인생에서 결핍을 느끼고 있는 화자는 이상적 공간인 '바다에 나려앉은 섬'으로 향하고자 하는 동시에 결핍을 느끼게 하는 대상인 '초라한 경력'은 '육지'에 놓아두고자 하는 태도를 보여 주고 있다. 즉 '바다에 나려앉은 섬'과 '육지'는 서로 대비되는 공간으로, '섬'으로 향하면서 벗어나게 되는 '육지'는 '화자가 결핍을 느끼는 공간'으로 재해석할 수 있다. 다음으로 (나)를 보면, 화자는 자신의 삶이 '플라스틱 물건처럼 느껴질' '당장 버스에서 뛰어내리고 싶다'라고 하였다. 이때 '플라스틱 물건'은 화자가 결핍을 발견하게 되는 대상이며, 그 상황에서 화자가 벗어나고자 하는 공간이 '버스'로 나타난 것이므로, 이 역시 '화자가 결핍을 느끼는 공간'으로 볼 수 있다.

정답률 분석

	①	②	③	④	⑤
		정답			매력적 오답
	10%	43%	7%	10%	30%

이용악, 「그리움」 / 이시영, 「마음의 고향 2 - 그 언덕」

문제 P.042

[1~3] 다음 글을 읽고 물음에 답하시오.

(가)

눈이 오는가 「북쪽」엔 _{고향}

함박눈 쏟아져 내리는가

「험한 벼랑을 굽이굽이 돌아간 _{가족이 기다리는 궁벽한 산촌}

백무선 철길 위에

느릿느릿 밤새어 달리는

화물차의 검은 지붕에

연달린 산과 산 사이

너를 남기고 온

작은 마을」에도 복된 눈 내리는가

「잉크병 얼어드는 이러한 밤」에 _{화자가 처한 현실}

어쩌자고 잠을 깨어

그리운 곳 「차마 그리운 곳」 _{근원적 공간인 고향에 대한 애틋함}

눈이 오는가 북쪽엔

함박눈 쏟아져 내리는가

                              – 이용악, 「그리움」 –

>> 지문의 핵심 내용을 정리해 보세요.

화자와 대상의 관계	북쪽에 눈이 내리는지 물으며 그곳을 그리워하는 사람
상황?	북쪽에 눈이 내리는지 물음 → '너'가 있는 작은 마을에도 눈이 내리는지 물음 → 밤에 잠 못 이루며 고향과 '너'를 그리워함

(나)

왜 「그곳」이 자꾸 안 잊히는지 몰라 _{기억 속에 존재하는 고향}

가름젱이 사래 긴 우리 밭 그 건너의 논실 이센 밭

가장자리에 키 작은 탱자 울타리가 쳐진,

훗날 나 중학생이 되어

아침마다 콩밭 이슬을 무릎으로 적시며

그곳을 지나다녔지

「수수알이 ㉠쾅쾅 여무는 가을이었을까 _{생명력 넘치는 고향}

깨꽃이 하얗게 부서지는 햇빛 밝은 여름날」이었을까

아랫냇가 굽이치던 물길이 옆구리를 들이받아

벌건 황토가 드러난 그곳

허리 굵은 논실댁과 그의 딸 영자 영숙이 순임이가

밭 사이로 일어섰다 앉았다 하며 커다란 웃음들을 웃고

나 그 아래 「냇가에 소고삐를 풀어놓고 _{평화로운 농촌 마을의 모습}

어항을 놓고 있었던가 가재를 쫓고 있었던가」

나를 부르는 소리 같기도 하고

㉡쏴르르 쏴르르 무엇이 물살을 헤짓는 소리 같기도 하여

고개를 들면 아, ㉢청청히 푸르던 하늘

갑자기 무섬증이 들어 언덕 위로 달려 오르면

「들꽃 싸아한 향기 속에 두런두런 논실댁의 목소리와 _{고향 이웃들에 대한 기억}

㉣까르르 까르르 밭 가장자리로 울려 퍼지던

영자 영숙이 순임이의 청랑한 웃음소리」

나 그곳에 오래 앉아

푸른 하늘 아래 가을 들이 ㉤또랑또랑 익는 냄새며

잔돌에 호미 달그락거리는 소리 들었다

「왜 그곳이 자꾸 안 잊히는지 몰라」 _{내면에 존재하는 고향에 대한 변함없는 애정}

소를 몰고 돌아오다가

혹은 객지*로 나가다가 들어오다가

무엇이 나를 부르는 것 같아

나 오래 그곳에 서 있곤 했다

                    – 이시영, 「마음의 고향 2 – 그 언덕」 –

>> 지문의 핵심 내용을 정리해 보세요.

화자와 대상의 관계	기억 속 남아 있는 그곳의 모습을 떠올리며 고향을 그리워 하는 '나'
상황?	그곳이 잊히지 않음 → 이웃들과 함께하며 평화로웠던 과거를 떠올림 → 잊히지 않는 그곳에 오래 서 있곤 함

이것만은 챙기자

*객지: 자기 집을 멀리 떠나 임시로 있는 곳.

1. (가)에 대한 이해로 가장 적절한 것은?

✓ 정답풀이

⑤ '잠을' 깬 자신에게 '어쩌자고'라는 의문을 던져 현재의 상황에서 느끼는 화자의 애달픈 심정을 드러내고 있다.

> 4연에서 화자는 추운 겨울밤 잠에서 깨어 '너'가 있는 '그리운 곳'을 떠올리고 있다. 화자는 춥고 외로운 밤 잠을 이루지 못하는 자신에게 '어쩌자고'라는 의문을 던지며 그리움의 대상을 만날 수 없는 애달픈 심정을 드러내고 있다.

✗ 오답풀이

① '오는가'를 '쏟아져 내리는가'로 변주하여 대상에 대한 화자의 거부감을 드러내고 있다.

1연에서 화자는 '오는가'를 '쏟아져 내리는가'로 변주하여 '북쪽'에도 눈이 내리는지 궁금해하고 있다. 그러나 이를 통해 대상에 대한 거부감을 드러낸다고 볼 수는 없다.

② '돌아간'과 '달리는'의 대응을 활용하여 두 대상 간에 조성되는 긴장감을 묘사하고 있다.

2연에서 화자는 '험한 벼랑을 굽이굽이 돌아간 / 백무선 철길' 위로 '느릿느릿 밤새어 달리는 / 화물차'의 모습을 떠올리고 있다. 이때 '돌아간' 철길과 그 위를 '달리는' 화물차 사이에 긴장감이 조성된다고 보기는 어렵다.

③ '철길'에서 '화물차의 검은 지붕'으로 묘사의 초점을 이동하여 정적인 이미지를 강화하고 있다.

2연에서 화자는 '백무선 철길 위를 달리는 '화물차의 검은 지붕'을 떠올리고 있으므로 묘사의 초점을 '철길'에서 '화물차의 검은 지붕'으로 이동하였다고 볼 수는 있다. 그러나 '굽이굽이 돌아간'과 '달리는'을 고려했을 때 정적인 이미지가 강화된다고 볼 수는 없다.

④ '잉크병'이라는 사물이 '얼어드는' 현상을 활용하여 화자가 처한 현실의 변화 가능성을 암시하고 있다.

4연에서 '잉크병 얼어드는 이러한 밤'이라는 표현은 화자가 처한 현실이 몹시 춥고 외로운 밤이라는 사실을 부각하고 있을 뿐, 현실의 변화 가능성을 암시하고 있다고 볼 수는 없다.

🌱 기틀잡기

① **변주:** 일정한 주제나 형식을 유지하면서 내용을 조금씩 바꿔 나가는 것.
③ **정적인 이미지:** 움직임이 없고 고요한 느낌을 불러일으킴.

---

2. ㉠~㉤의 의미를 고려하여 (나)를 감상한 내용으로 적절하지 않은 것은?

> ㉠: 꽝꽝
> ㉡: 솨르르 솨르르
> ㉢: 청청히
> ㉣: 까르르 까르르
> ㉤: 또랑또랑

✓ 정답풀이

② ㉡을 활용하여 냇가에서 놀던 유년의 화자가 누군가 자신을 부르는 소리를 물소리로 느낀 경험을 부각하고 있군.

> 화자는 어린 시절 냇가에서 어떤 소리를 듣고 그 소리가 '나를 부르는 소리 같기도 하'고 '무엇이 물살을 헤짓는 소리 같기도 하'다고 느낀 것일 뿐, 실제로 누군가 소리 내어 유년의 화자를 불렀는지는 알 수 없다. 따라서 ㉡을 통해 유년의 화자가 누군가 자신을 부르는 소리를 물소리로 느낀 경험을 부각한다고 볼 수 없다.

✗ 오답풀이

① ㉠을 활용하여 유년의 화자가 경험한 가을이 단단한 결실을 맺는 시간임을 부각하고 있군.

㉠은 '수수알이' '여무는' 모습을 감각적으로 표현한 것으로, 화자는 이를 활용하여 유년 시절 자신이 경험한 가을이 수수알이 여무는 것처럼 단단한 결실을 맺는 시간임을 부각하고 있다고 볼 수 있다.

③ ㉢을 활용하여 유년의 화자에게 순간적 감동을 느끼게 한 맑고 푸른 하늘의 색채를 부각하고 있군.

화자는 '고개를 들'고 '청청히 푸르던 하늘'을 봤던 유년의 기억을 떠올리며 '푸르던 하늘'을 본 순간적 감동을 '아'라는 감탄사로 표현하고 있다. 따라서 ㉢은 유년의 화자에게 순간적 감동을 준 맑고 푸른 하늘의 색채를 부각하는 표현이라고 볼 수 있다.

④ ㉣을 활용하여 무섬증에 언덕을 달려 오른 유년의 화자에게 또렷하게 인식된 이웃들의 밝은 웃음을 부각하고 있군.

화자는 '갑자기 무섬증이 들어 언덕 위로 달려' 올라 '논실댁의 목소리'와 그의 딸들의 '청량한 웃음소리'를 들었던 유년의 기억을 떠올리고 있다. 따라서 ㉣은 유년의 화자에게 또렷하게 인식된 이웃들의 밝은 웃음을 부각하는 표현이라고 볼 수 있다.

⑤ ㉤을 활용하여 유년의 화자가 곡식이 익어 가는 들녘의 인상을 선명하게 지각한 경험을 부각하고 있군.

화자는 고향에서 '가을 들이 또랑또랑 익는 냄새'를 맡았던 유년의 경험을 떠올리고 있으므로, ㉤은 곡식이 익어가는 들녘의 인상을 선명하게 지각했던 화자의 경험을 부각하는 표현이라고 볼 수 있다.

모두의 질문 　　　　　　　• 2-②번

Q: (나)의 화자는 '나를 부르는 소리 같기도 하고' '무엇이 물살을 헤짓는 소리 같기도 하'다고 했으니 누군가가 자신을 부르는 소리를 물소리로 헷갈린 것일 수도 있지 않나요?

A: ②번에서는 '유년의 화자가 누군가 자신을 부르는 소리를 물소리로 느낀 경험'을 부각했다고 하였다. 따라서 이 선지가 적절하기 위해서는 누군가가 화자를 소리 내어 부르는 상황이 벌어졌음을 (나)에서 확인할 수 있어야 한다. 그러나 (나)에서는 화자가 어떤 소리를 듣고 '나를 부르는 소리'인지 '무엇이 물살을 헤짓는 소리'인지 헷갈려하는 모습만 나타날 뿐, 그 소리가 정확히 무슨 소리였는지는 확인할 수 없다. 즉 사실 관계를 고려하면 ②번은 적절하지 않다.

| 외적 준거에 따른 작품 감상 | 정답률 **85**

3. 〈보기〉를 참고하여 (가)와 (나)를 이해한 내용으로 적절하지 않은 것은? [3점]

〈보기〉

이용악과 이시영의 시 세계에서 고향은 창작의 원천이 되는 공간이다. 이용악의 시에서 고향은 척박한 국경 지역이지만 언젠가 돌아가야 할 근원적 공간으로 그려지는데, (가)에서는 가족이 기다리는 궁벽한 산촌으로 구체화된다. 이시영의 시에서 고향은 지금은 상실했지만 기억 속에서 계속 되살아나는 공간으로 그려지는데, (나)에서는 이웃들과 함께했던 삶의 터전이자 생명이 살아 숨 쉬는 평화로운 농촌으로 구체화된다.

🔍 보기 분석

- (가)에서의 고향
  - 척박한 국경 지역이지만 언젠가 돌아가야 할 근원적 공간
  - 가족이 기다리는 궁벽한 산촌
- (나)에서의 고향
  - 지금은 상실했지만 기억 속에서 계속 되살아나는 공간
  - 이웃들과 함께한 삶의 터전이자 생명력 있는 평화로운 농촌

✅ 정답풀이

④ (가)는 '눈'을 '복된' 것으로 인식함으로써 고향에 돌아갈 날에 대한, (나)는 '무엇'이 '부르는 것 같'았던 언덕을 회상함으로써 고향으로의 귀환에 대한 기대를 드러낸다.

〈보기〉에서 (가)의 고향은 '언젠가 돌아가야 할 근원적 공간'으로 나타난다고 하였으므로, (가)의 화자가 언젠가 고향에 돌아갈 날을 기다리고 있다고 볼 여지는 있다. 그러나 '눈'을 '복된' 것으로 인식하는 것은 가족들이 있는 곳에 복이 깃들기를 소망하는 마음을 담은 것일 뿐, 고향에 돌아갈 날에 대한 기대를 담고 있는 것은 아니다. 한편 〈보기〉에서 (나)의 고향은 '지금은 상실했지만 기억 속에서 계속 되살아나는 공간'으로 나타난다고 하였다. 따라서 (나)에서 고향은 이미 상실한 공간이므로 고향으로의 귀환에 대한 기대를 드러낸다고 볼 수 없다.

❌ 오답풀이

① (가)는 '함박눈'으로 연상되는 겨울의 이미지를 통해 '북쪽' 국경 지역의 고향을, (나)는 '햇빛'을 받은 '깨꽃'에서 그려지는 여름의 이미지를 통해 생명력 넘치는 고향을 보여 준다.

〈보기〉를 통해 (가)의 고향은 '척박한 국경 지역'임을, (나)의 고향은 '생명이 살아 숨 쉬는 평화로운 농촌'임을 알 수 있다. (가)의 화자는 '북쪽'에 '함박눈 쏟아져 내리는'지 물으며 국경 지역의 고향을 떠올리고, (나)의 화자는 '햇빛 밝은 여름날' '깨꽃이 하얗게 부서지는' 모습을 통해 생명력 넘치는 고향을 떠올리고 있다.

② (가)는 '험한 벼랑' 너머 '산 사이'라는 위치를 통해 산촌 마을인 고향의 궁벽함을, (나)는 '소고삐'를 풀어놓고 '가재를 쫓'는 모습을 통해 농촌 마을인 고향의 평화로움을 보여 준다.

〈보기〉에서 (가)의 고향은 '가족이 기다리는 궁벽한 산촌'으로, (나)의 고향은 '생명이 살아 숨 쉬는 평화로운 농촌'으로 나타난다고 하였다. (가)의 화자는 고향이 '험한 벼랑을 굽이굽이 돌아'가야 하는 '산과 산 사이'에 있다고 하여 산촌 마을의 궁벽함을 보여 주고 있으며, (나)의 화자는 냇가에서 '소고삐'를 풀어놓고 '가재를 쫓'는 모습을 떠올리며 고향의 평화로운 모습을 보여 주고 있다.

③ (가)는 '남기고' 온 '너'를 떠올림으로써 고향에서 기다리는 사람에 대한, (나)는 '밭 사이'에서 웃던 이웃들의 이름을 떠올림으로써 고향에서 함께 살아가던 이웃에 대한 기억을 보여 준다.

〈보기〉에서 (가)의 고향은 '가족이 기다리는 궁벽한 산촌'으로, (나)의 고향은 '이웃들과 함께했던 삶의 터전'으로 나타난다고 하였다. (가)의 화자는 '너를 남기고 온 / 작은 마을'에 눈이 오는지 물으며 고향에서 자신을 기다리는 사람에 대한 그리움을 드러내고 있고, (나)의 화자는 '밭 사이로 일어섰다 앉았다 하며 커다란 웃음들을 웃'던 '논실댁과 그의 딸 영자 영숙이 순임이'를 떠올리며 고향 이웃들에 대한 기억을 보여 주고 있다.

⑤ (가)는 '차마 그리운 곳'이라는 표현을 통해 근원적 공간인 고향에 대한 애틋함을, (나)는 '자꾸 안 잊히는지'라는 표현을 통해 내면에 존재하는 고향에 대한 변함없는 애정을 드러낸다.

〈보기〉에서 (가)의 고향은 '언젠가 돌아가야 할 근원적 공간'으로, (나)의 고향은 '지금은 상실했지만 기억 속에서 계속 되살아나는 공간'으로 그려진다고 하였다. (가)의 화자는 고향을 '차마 그리운 곳'이라고 표현하여 근원적 공간인 고향에 대한 애틋함을 드러내고, (나)의 화자는 '왜 그곳이 자꾸 안 잊히는지' 모르겠다고 하여 기억 속에 존재하는 고향에 대한 변함없는 애정을 드러내고 있다.

[1~3] 다음 글을 읽고 물음에 답하시오.

(가)

…… 활자(活字)는 반짝거리면서 「하늘 아래」에서
간간이
「자유」를 말하는데
나의 영(靈)은 죽어 있는 것이 아니냐

벗이여
그대의 말을 고개 숙이고 듣는 것이
그대는 마음에 들지 않겠지
마음에 들지 않아라

모두 다 마음에 들지 않아라
「이 황혼도 저 돌벽 아래 잡초도
담장의 푸른 페인트빛도
저 고요함도 이 고요함도」

그대의 정의도 우리들의 섬세도
행동이 죽음에서 나오는
이 「욕된 교외」에서는
어제도 오늘도 내일도 마음에 들지 않아라

그대는 반짝거리면서 하늘 아래에서
간간이
자유를 말하는데
우스워라 나의 영(靈)은 죽어 있는 것이 아니냐

— 김수영, 「사령(死靈)」 —

(가) 주석: 활자(活字) 위 — 경직된 사회 / 하늘 아래 / 자유 위 — 이상적 가치 / 이 황혼도 저 돌벽 아래 잡초도 위 — 자유로운 의사소통이 제한된 상황 / 이 욕된 교외 위 — 자유와 정의가 부재하는 공간

(나)

한강물 얼고, 눈이 내린 날
㉠강물에 붙들린 배들을 구경하러 나갔다.
㉡훈련받나봐, 아니야 발등까지 딱딱하게 얼었대.
우리는 강물 위에 서서 「일렬로 늘어선 배들」을
㉢비웃느라 시시덕거렸다.

㉣한강물 흐르지 못해 눈이 덮은 날
강물 위로 빙그르르, 빙그르르.
웃음을 참지 못해 나뒹굴며, 우리는
보았다. 얼어붙은 하늘 사이로 붙박힌 말들을.

언 강물과 언 하늘이 「맞붙은 사이」로
저어가지 못하는 배들이 나란히
「날아가지 못하는 말들」이 나란히
숨죽이고 있는 것을 비웃으며, 우리는
빙그르르. ㉤올 겨울 몹시 춥고 얼음이 꽝꽝꽝 얼고.

— 김혜순, 「한강물 얼고, 눈이 내린 날」 —

(나) 주석: 강물에 붙들린 배들 위 — 화자의 관심 대상 / 일렬로 늘어선 배들 아래 — 외부적 압력에 의해 자유를 빼앗긴 대상 / 맞붙은 사이 위 — 의사소통이 자유롭지 못한 경직된 사회 / 날아가지 못하는 말들 위 — 자유로워야 하는 언어 사용이 제한되어 있는 상황

›› 지문의 핵심 내용을 정리해 보세요.

화자와 대상의 관계	죽어 있는 자신의 영을 비판적으로 성찰하며 반성하는 '나'
상황?	'나'의 영이 활자와 달리 죽어 있다고 인식함 → 벗의 말을 고개 숙이고 듣는 것에 대해 부끄러움을 느낌 → 과거, 현재, 미래에 대해 부정적으로 인식함 → 죽어 있는 나의 영에 대해 냉소적이고 자조적인 태도를 보임

›› 지문의 핵심 내용을 정리해 보세요.

화자와 대상의 관계	강물에 붙들린 배들과 날아가지 못하는 말들을 보고 비웃는 우리
상황?	추운 겨울 강물에 붙들린 배들을 보고 비웃음 → 하늘도 얼어붙어 말들도 붙박힘 → 숨죽인 배들과 말들을 보며 비웃음

1. (가)에 대한 이해로 가장 적절한 것은?

✅ **정답풀이**

⑤ 동일한 구절을 반복하여, 시적 상황에 대한 화자의 부정적 정서가 심화되는 과정을 드러낸다.

> (가)의 1연과 5연에서는 '나의 영은 죽어 있는 것이 아니냐'를 반복하여 '활자'는 '자유를 말하는데' 화자 자신은 자유를 말하지 못하고 '죽어 있는 것'과 다름없이 살아가는 상황에 대한 부정적 정서를 드러내고 있다. 또한 2연~4연에서는 '마음에 들지 않아라'를 반복하여 침묵을 지키는 자신과 침묵이 지속되는 현실의 고요함에 대한 부정적 인식이 점차 심화되고 있다. 즉, (가)는 동일한 구절의 반복을 통해 시적 상황에 대한 화자의 부정적 정서가 심화되는 과정을 드러내고 있다.

❌ **오답풀이**

① 시간적 표현을 열거하여, 시대에 대한 화자의 인식 변화를 드러낸다.
(가)의 '어제도 오늘도 내일도'에서 시간적 표현을 열거하고 있다. 그러나 '마음에 들지 않아라'를 통해 시대에 대한 화자의 부정적 인식은 변화하지 않고 지속되고 있음을 알 수 있다.

② 대상에 대한 호칭을 전환하여, 시적 대상에 대한 화자의 경외감을 표현한다.
(가)에서 대상에 대한 호칭이 '벗'에서 '그대'로 전환되었다고 볼 수 있으나, 대상에 대한 화자의 경외감은 나타나지 않는다.

③ 원근을 나타내는 지시어를 사용하여, 화자의 시선에 포착된 대상의 움직임을 표현한다.
(가)의 '이 황혼도 저 돌벽 아래 잡초도', '저 고요함도 이 고요함도'에서 원근을 나타내는 지시어 '이', '저'를 사용하고 있으나, 이를 통해 대상의 움직임을 나타내지는 않았다.

④ 물음의 형식으로 종결하여, 시적 대상에 대한 화자의 깨달음이 부정되고 있음을 나타낸다.
(가)는 '나의 영은 죽어 있는 것이 아니냐'라고 하여 물음의 형식으로 종결하고 있으나, 이를 통해 시적 대상에 대한 화자의 깨달음이 부정되고 있음을 나타낸 것은 아니다. 오히려 이러한 물음의 형식을 통해 부정적 상황에서 대항하지 못하고 있는 자신의 '영'에 대한 화자의 인식과 정서를 효과적으로 드러내고 있다.

🌱 기틀잡기

> ① **열거**: 여러 가지 예나 사실을 낱낱이 죽 늘어놓음.
> ② **경외감**: 대상을 위대하고 숭고하게 여기는 마음.
> ③ **원근**: 멀고 가까움. 원근을 나타내는 지시어에는 '이, 그, 저' 등이 있음.

2. ㉠~㉤에 대한 이해로 적절하지 않은 것은?

> ㉠: 강물에 붙들린 배들을 구경하러 나갔다.
> ㉡: 훈련받나봐, 아니야 발등까지 딱딱하게 얼었대.
> ㉢: 비웃느라 시시덕거렸다.
> ㉣: 한강물 흐르지 못해 눈이 덮은 날
> ㉤: 올 겨울 몹시 춥고 얼음이 꽝꽝꽝 얼고.

✅ **정답풀이**

② ㉡의 '아니야'는 배가 훈련을 받고 있다는 추측을 부정하는 표현으로, 배가 움직일 수 없는 상황이 배의 내부적 원인에서 기인하고 있음이 이를 통해 드러난다.

> ㉡의 '아니야'는 배가 훈련을 받고 있다는 추측을 부정하는 표현으로 볼 수 있으나, 배가 '강물에 붙들린' 것은 '한강물'이 얼었기 때문이므로, 배가 움직일 수 없는 상황이 배의 내부적 원인에서 기인하였다고 볼 수는 없다.

❌ **오답풀이**

① ㉠의 '붙들린 배'는 강이 얼었을 때 볼 수 있는 구경거리를 관심의 대상으로 표현한 것으로, 이를 통해 시상 전개의 계기가 형성된다.
화자는 '한강물 얼고, 눈이 내린 날 / 강물에 붙들린 배들을 구경하러 나갔다.'라고 하였으므로, ㉠의 '붙들린 배'는 강이 얼었을 때 볼 수 있는 구경거리이자 화자의 관심 대상이라고 할 수 있다. 또한 이를 계기로 화자가 배들을 비웃고 '웃음을 참지 못해 나뒹'구는 등의 시적 상황이 전개되고 있으므로, 시상 전개의 계기가 형성된 것으로 볼 수 있다.

③ ㉢의 '시시덕거렸다'는 서로 모여 실없이 떠드는 모습을 표현한 것으로, 배가 질서정연하게 정렬된 모습에 대한 '우리'의 냉소가 이를 통해 드러난다.
'시시덕거리다'는 '실없이 웃으면서 조금 큰 소리로 계속 이야기하다.'라는 뜻이다. 화자는 '일렬로 늘어선 배들을 / 비웃느라 시시덕거렸다.'라고 하였으므로, 배가 질서정연하게 정렬된 모습은 비웃음의 대상이라 할 수 있고, '시시덕거렸다'에는 화자의 냉소적 태도가 드러난다고 볼 수 있다.

④ ㉣의 '흐르지 못해'는 강이 언 상황이 강물의 흐름을 막고 있다고 여기는 것으로, 강물의 자연스러운 흐름을 방해하는 외부의 힘이 이를 통해 강조된다.
㉣에서 '한강물이 흐르지 못'하는 것은 추운 날씨에 한강물이 얼었기 때문이므로, 외부의 힘이 강물의 자연스러운 흐름을 방해하는 상황으로 볼 수 있다.

⑤ ㉤의 '꽝꽝꽝'은 강추위가 지속되는 현재의 상황을 감각적으로 표현한 것으로, 모든 것을 얼어붙게 하는 현실의 상황이 견고하다는 점이 이를 통해 강조된다.
㉤은 몹시 추운 겨울, 얼음이 얼어붙은 상황을 '꽝꽝꽝'과 같은 음성 상징어를 활용하여 감각적으로 표현한 구절이다. 화자는 이를 통해 모든 것을 얼어붙게 하는 가혹한 추위가 닥친 현실의 상황이 견고하다는 점을 강조하고 있다.

모두의 질문

Q: ①번에서 '붙들린 배'가 구경거리이자 화자가 관심을 갖는 대상이라고 하였으니 이때 화자는 배에 대해 긍정적으로 인식하는 것 같은데, ③번에서는 화자가 배에 대해 '냉소'를 드러낸다고 하였습니다. 관심을 가지는 구경거리이면서, 동시에 냉소적으로 바라볼 수도 있나요?

A: 화자가 어떤 대상을 구경거리로 여기고, 그 대상에 대해 관심을 갖는다고 해서 반드시 그 대상을 긍정적으로 인식한다고 볼 수는 없다. (나)의 화자는 1연에서 '붙들린 배들을 구경'한다고 하여 관심을 드러내고 있는데, 배들을 보고 '비웃'는다고 하였으므로 이를 긍정적으로 인식했다고 보기는 어렵다. 또한 3번의 〈보기〉를 고려했을 때도, 언 강물에 '붙들린 배들'이 '일렬로 늘어선' 모습은 외부적 압력에 의해 자유를 빼앗겨 경직된 모습을 나타낸다고 볼 수 있으며, 화자는 이에 대해 관심을 가지고 있지만 냉소적 태도를 드러낸 것으로 볼 수 있다.

| 외적 준거에 따른 작품 감상 | 정답률 75

3. 〈보기〉를 참고하여 (가), (나)를 감상한 내용으로 적절하지 않은 것은? [3점]

〈보기〉

자유로운 의사소통이 제한되는 사회에서 개인은 자신의 의사를 온전히 표현할 수 없어서 자유가 억압되고, 그 사회 또한 경직된다. 이런 맥락에서 (가)와 (나)를 해석할 수 있다. (가)는 활발한 의사소통의 수단이어야 할 언어가 '활자'의 상태로만 존재한다고 표현함으로써 언어가 제 기능을 제대로 하지 못하는 상황에 주목한다. 이러한 상황에서 화자는 위축된 의사소통의 장에 적극적으로 참여하지 못하여, 경직된 사회에 대응하지 못하는 자신을 성찰한다. (나)는 자유롭게 쓰여야 할 언어를 '붙박힌 말'로 표현함으로써 개인의 언어 사용이 제한된 상황을 비판한다. 이러한 상황에서 말을 대체할 수 있는 웃음이나 몸짓과 같은 또 다른 의사소통의 방법을 보여 준다.

보기 분석

- 자유로운 의사소통이 제한되는 사회에 대한 화자의 반응과 태도
  - (가): 언어가 제 기능을 하지 못하는 상황에 주목하여 경직된 사회에 적극적으로 대응하지 못하는 자신을 성찰함
  - (나): 개인의 언어 사용이 제한된 상황을 비판하고, 말을 대체하는 웃음이나 몸짓과 같은 또 다른 의사소통의 방법을 보여 줌

✔ 정답풀이

① (가)에서 '나의 영'에 대해 '우스워라'라고 자조한 것은 의사소통의 여지가 축소된 상황에서 자신의 참여만으로는 의사소통의 장을 활성화할 수 없다는 성찰을 드러낸다고 볼 수 있군.

〈보기〉에서 (가)의 화자는 '위축된 의사소통의 장에 적극적으로 참여하지 못하여, 경직된 사회에 대응하지 못하는 자신을 성찰'한다고 하였다. 즉 (가)의 화자는 의사소통의 여지가 축소, 제한된 상황에서 적극적으로 대응하거나 참여하지 못하는 자신을 성찰하는 것이므로, 자신의 참여만으로는 의사소통의 장을 활성화할 수 없음을 성찰한다고 볼 수는 없다.

✖ 오답풀이

② (나)에서 '우리'가 '언 강물' 위에서 비웃는 모습이나 '빙그르르' 뒹구는 장면은 언어 사용이 제한된 상황에서 또 다른 의사소통의 방법을 모색함을 드러낸다고 볼 수 있군.

〈보기〉에서 (나)는 '개인의 언어 사용이 제한된 상황을 비판'하고 '말을 대체할 수 있는 웃음이나 몸짓과 같은 또 다른 의사소통의 방법을 보여 준다.'라고 하였다. 즉 (나)에서 '언 강물' 위에서 배들을 '비웃느라 시시덕거'리고 '웃음을 참지 못해 나뒹'구는 장면을 제시한 것은 언어 사용이 제한된 상황에서 웃음이나 몸짓이라는 또 다른 의사소통의 방법을 모색한 것으로 볼 수 있다.

③ (가)의 '하늘 아래'는 '고요함'이 있는 공간이라는 점에서, (나)의 '맞붙은 사이'는 '배'와 '말'이 '숨죽이고 있는' 공간이라는 점에서, 의사소통이 자유롭지 못한 경직된 사회를 엿볼 수 있군.

〈보기〉에서 (가)는 '활발한 의사소통의 수단이어야 할 언어가 '활자'의 상태로만 존재한다고 표현함으로써', (나)는 '자유롭게 쓰여야 할 언어를 '붙박힌 말'로 표현함으로써' '자유로운 의사소통이 제한되는 사회'의 경직성을 보여 준다고 하였다. 이를 참고하면 (가)의 '하늘 아래'는 '고요함'이 있는 곳으로, 자유가 '활자'로서만 말해지는 상황을 통해 경직된 사회를, (나)의 '맞붙은 사이'는 '배'와 '말'이 붙들려 '숨죽이고 있는' 공간으로, 자유로워야 하는 대상들이 외부의 힘에 의해 자유를 빼앗긴 경직된 사회를 나타낸 것으로 볼 수 있다.

④ (가)에서 '자유를 말하'는 것이 '활자'로 한정된 것은 의사소통의 장이 위축된 상황을 나타내고, (나)에서 '말'이 '날아가지 못'한다는 것은 자유로워야 하는 언어 사용이 제한되어 있는 상황을 나타낸다고 볼 수 있군.

〈보기〉에서 (가)는 '활발한 의사소통의 수단이어야 할 언어가 '활자'의 상태로만 존재한다고 표현함으로써', (나)는 '자유롭게 쓰여야 할 언어를 '붙박힌 말'로 표현함으로써' '자유로운 의사소통이 제한되는 사회'의 경직성을 보여 준다고 하였다. 이를 참고하면 (가)는 '자유'가 '활자'를 통해 말해진다고 하여 의사소통이 위축된 상황을, (나)는 '말'이 '날아가지 못하'고 '숨죽이고 있'다고 하여 자유로워야 하는 언어 사용이 제한된 상황을 나타낸 것으로 볼 수 있다.

⑤ (가)에서 주변 세계를 '마음에 들지 않'아 하는 것은 의사소통이 활발하지 못한 상황에 대한 생각을 드러낸 것이고, (나)에서 강물이 얼어 '배'를 '저어가지 못'하는 상황은 의사소통을 방해하는 환경을 표현한 것이라고 볼 수 있군.

〈보기〉에서 (가)는 '언어가 제 기능을 제대로 하지 못하는 상황에 주목'하여 '위축된 의사소통의 장에 적극적으로 참여하지 못하'는 자신을 성찰하고, (나)는 '개인의 언어 사용이 제한된 상황을 비판'한다고 하였다. 이를 참고하면 (가)의 화자는 '모두 다 마음에 들지 않는다고 하여 의사소통이 활발하지 못한 '고요'한 상황에 대해 부정적 인식을 드러내고, (나)의 화자는 강물이 얼어 '저어가지 못하는 배'의 모습과 하늘이 얼어 '날아가지 못하는 말'의 모습을 병치하여 자유로운 의사소통을 방해하는 환경을 비판한 것으로 볼 수 있다.

조지훈, 「산상의 노래」 / 손택수, 「나무의 수사학 1」

문제 P.046

[1~3] 다음 글을 읽고 물음에 답하시오.

(가)

높으디높은 산마루
낡은 고목(古木)에 못 박힌 듯 기대어 ┐
내 홀로 「긴 밤」을   │ [A]
　　'무엇'이 아직 오지 않은 부정적 상황
무엇을 간구하며 울어 왔는가.   ┘

아아 이 아침
시들은 핏줄의 구비구비로
사늘한 가슴의 한복판까지
　생명력의 회복
「은은히 울려오는 종소리.」

이제 눈감아도 오히려
꽃다운 하늘이거니
내 영혼의 촛불로
　부정적 상황 속에서 고통받던 존재
「어둠 속에 나래 떨던 샛별」아 숨으라.

환히 트이는 이마 우
떠오르는 햇살은
시월상달의 꿈과 같고나.

메마른 입술에 피가 돌아
오래 잊었던 피리의
가락을 더듬노니

새들 즐거이 구름 끝에 노래 부르고
　평화와 여유가 찾아온 상황
「사슴과 토끼는
한 포기 향기로운 싸릿순을 사양하라.」

여기 높으디높은 산마루 ┐
맑은 바람 속에 옷자락을 날리며 │ [B]
내 홀로 서서   │
무엇을 기다리며 「노래」하는가. ┘
　희망적 미래에 대한 화자의 기대와 소망
　　　　　　　　　– 조지훈, 「산상(山上)의 노래」 –

(나)

꽃이 피었다,
도시가 나무에게
반어법을 가르친 것이다
이 「도시의 이주민」이 된 뒤부터
　　화자의 처지
속마음을 곧이곧대로 드러낸다는 것이
얼마나 어리석은가를 나도 곧 깨닫게 되었지만
살아 있자, 악착같이 들뜬 뿌리라도 내리자
속마음을 감추는 대신
비트는 법을 익히게 된 서른 몇 이후부터
나무는 나의 스승
그가 견딜 수 없는 건
꽃향기 따라 나비와 벌이
붕붕거린다는 것,
　나무가 도시에 적응하면서 지니게 된 성질
「내성이 생긴 이파리」를
벌레들이 변함없이 아삭아삭
뜯어 먹는다는 것
　삭막한 도시 환경
「도로변 시끄러운 가로등 곁」에서 허구한* 날
　도시에 적응하기 위해 견뎌 내야 할 고통
「신경증과 불면증」에 시달리며 피어나는 꽃
참을 수 없다 나무는, 알고 보면
치욕*으로 푸르다
　　　　　　　　　– 손택수, 「나무의 수사학 1」 –

>> 지문의 핵심 내용을 정리해 보세요.

화자와 대상의 관계	도시에서 힘겹게 꽃을 피운 나무에게 공감하는 '나'
상황?	도시의 나무에 꽃이 피어남 → 나무에게서 동질감을 느낌 → 도시 환경에 적응하여 꽃을 피운 나무에게서 치욕을 읽어 냄

이것만은 챙기자

*허구하다: 날, 세월 따위가 매우 오래다.
*치욕: 수치와 욕됨.

>> 지문의 핵심 내용을 정리해 보세요.

화자와 대상의 관계	긴 밤 속 홀로 간구하던 아침을 맞이한 것을 기뻐하며 노래하는 '나'
상황?	긴 밤 홀로 무엇을 간구하며 욺 → 아침을 맞이해 생명력을 되찾고 즐거워함 → 홀로 서서 무언가를 기다리며 노래함

1. (가)와 (나)에 대한 설명으로 가장 적절한 것은?

✓ 정답풀이

③ (가)는 명령형 어조를 활용하여 대상의 행동을 유도하고, (나)는 단정적 진술을 활용하여 주제 의식을 드러내고 있다.

> (가)는 '어둠 속에 나래 떨던 샛별아 숨으라.', '사슴과 토끼는 / 한 포기 향기로운 싸릿순을 사양하라.'에서 명령형 어조를 활용하여 대상인 '샛별', '사슴', '토끼'의 특정 행동을 유도하고 있다. 그리고 (나)는 '도시가 나무에게 / 반어법을 가르친 것이다', '나무는, 알고 보면 / 치욕으로 푸르다'에서 단정적 진술을 활용하여 삭막한 도시에서 꽃을 피운 나무에 대한 화자의 연민과 공감이라는 주제 의식을 드러내고 있다.

✗ 오답풀이

① (가)는 계절의 변화에 따라 달라지는 주변 풍경을, (나)는 공간의 이동에 따른 풍경 변화를 묘사하고 있다.
(가)에서 계절의 변화에 따라 달라지는 주변 풍경은 나타나지 않으며, (나)에서 공간의 이동에 따른 풍경 변화는 나타나지 않는다.

② (가)는 시각적 이미지를 통해 자연의 위대함을, (나)는 청각적 이미지를 통해 자연에 대한 두려움을 표현하고 있다.
(가)의 '높으디높은 산마루', '떠오르는 햇살' 등에서 시각적 이미지를 통해 자연의 모습을 나타내고 있으나, 이를 통해 자연의 위대함을 표현했다고 보기는 어렵다. 또한 (나)의 '붕붕거린다는 것', '아삭아삭', '도로변 시끄러운 가로등 곁' 등에서 청각적 이미지를 통해 '나무'가 처한 상황을 나타내고 있으나, 이를 통해 자연에 대한 두려움을 표현한 것은 아니다.

④ (가)와 (나)는 인격화된 사물을 청자로 하여 화자의 소망을 전달하고 있다.
(가)의 화자는 '샛별', '사슴과 토끼' 등에게 명령형 어조로 말을 건네고 있으므로, 인격화된 사물을 청자로 설정하여 자신의 소망을 전달했다고 볼 수 있다. 그러나 (나)에서는 '도시가 나무에게 / 반어법을 가르친 것이다' 등에서 나무와 도시를 인격화하고 있으나, 이들을 청자로 설정하지는 않았다.

⑤ (가)와 (나)는 도치된 표현을 활용하여 화자가 처한 부정적 현실에 대한 극복 의지를 강조하고 있다.
(가)에서는 도치된 표현을 활용하지 않았다. 한편 (나)의 '참을 수 없다 나무는'을 도치된 표현으로 볼 수 있으나, 이를 통해 화자가 처한 부정적 현실에 대한 극복 의지를 강조하고 있지는 않다.

🌱 기틀잡기

> ① 계절의 변화: 특정 계절을 직접 언급하거나, 특정 계절이 느껴지는 소재 등을 활용하여 계절이 변화했음을 드러내는 것.
> 공간의 이동: 화자가 장소나 배경을 옮겨 이동하며 시상을 전개하는 방식.
> ④ 인격화: 사람이 아닌 것에 인격을 부여하여 사람인 것처럼 표현하는 것.
> ⑤ 도치: 문장 성분의 정상적인 배열 순서를 바꾸어 놓는 표현 기법. 이를 통한 강조의 효과가 있음.

2. [A]와 [B]를 이해한 내용으로 적절하지 않은 것은?

✓ 정답풀이

④ [A]의 '무엇'이 [B]의 '무엇'으로 이행하는 과정에서 '나래 떨던 샛별'과 '향기로운 싸릿순'은 화자의 지향점으로 기능하고 있다.

> [A]에서 화자가 홀로 무언가를 '간구'하며 울어 왔음을, 2연~6연에서 화자가 기다리던 무언가가 도래했음을 알 수 있다. [B]에서 화자는 희망적 자세로 새로운 무언가를 기다리며 노래하고 있다. 즉 [A]의 '무엇'이 [B]의 '무엇'으로 이행하는 과정에서 화자가 과거에 간구하던 무언가가 이루어졌고, 현재의 화자는 새로운 미래를 기대하며 노래하는 상황임을 알 수 있다. 이를 고려하면 '어둠 속에 나래 떨던 샛별'은 과거의 부정적 상황 속에서 고통받던 존재를 의미한다고 볼 수 있으며, 사슴과 토끼가 '향기로운 싸릿순'을 사양하는 모습은 평화와 여유가 찾아온 상황으로 볼 수 있다. 따라서 이들이 모두 화자의 지향점으로 기능한다고 보기는 어렵다.

✗ 오답풀이

① [A]의 '높으디높은 산마루'에서 화자를 울게 한 문제는 [B]의 '여기 높으디높은 산마루'에서의 기다림의 대상이 아니다.
[A]에서 화자는 '높으디높은 산마루'에서 '무엇을 간구하며 울'고 있었지만, 2연~6연을 통해 화자가 기다리던 무언가가 도래했음을 알 수 있다. 따라서 [B]에서 화자가 '여기 높으디높은 산마루'에서 기다리는 대상과 과거 [A]의 '높으디높은 산마루'에서 화자를 울게 한 문제는 서로 다르다고 볼 수 있다.

② [A]의 '못 박힌 듯' 기댄 자세는 과거의 고통을, [B]의 '옷자락을 날리며' 서 있는 자세는 미래에 대한 기대를 드러내고 있다.
[A]에서 '낡은 고목에 못 박힌 듯 기대어' 무언가를 간구하며 울어 온 화자의 자세는 오지 않는 무언가를 기다리던 과거의 고통을 드러낸다고 볼 수 있다. 또한 [B]에서 '맑은 바람 속에 옷자락을 날리며' 서 있는 화자의 자세는 현재 화자가 기다리는 무언가가 도래할 미래에 대한 기대를 드러낸다고 볼 수 있다.

③ [A]의 '긴 밤'에 담긴 부정적 상황은 '이 아침' 이후 [B]의 '맑은 바람'을 동반하는 새로운 상황으로 변화하고 있다.
[A]에서 화자는 '긴 밤' 동안 무언가를 간구하며 울어 왔다고 하였고, [B]에서 화자는 '맑은 바람 속에'서 새로운 무언가를 기다리며 노래하고 있다. 따라서 [A]의 '긴 밤'은 화자가 간구하는 무언가가 아직 오지 않은 부정적 상황으로 볼 수 있으며, '이 아침' 이후 [B]의 상황은 '맑은 바람'과 함께하는 새로운 상황으로 볼 수 있다.

⑤ [A]의 '간구'는 '사늘한 가슴'의 생명력 회복을 바라는 기원을, [B]의 '노래'는 '메마른 입술'에 생명력이 회복된 이후의 소망을 표출하고 있다.
[A]에서 화자는 '무엇을 간구하며 울'고 있었지만, 2연~6연을 통해 화자가 기다리던 그 무언가가 도래했음을 알 수 있다. 이때 '시들은 핏줄'과 '사늘한 가슴의 한복판까지' 종소리가 울려온다는 것은 생명력의 회복으로 볼 수 있다. 따라서 [A]의 '간구'는 생명력 회복을 바라는 기원을 드러낸다고 볼 수 있다. 그리고 [B]에서 화자는 기다리던 무언가가 도래한 현재의 상황에서 또 다른 무언가를 기다리고 있다. 따라서 [B]의 '노래'는 '메마른 입술에 피가 돌아' 생명력이 회복된 이후의 희망적 미래를 기대하는 화자의 소망을 표출한다고 볼 수 있다.

모두의 질문 · 2-④번

Q: (가)의 '어둠 속에 나래 떨던 샛별'은 부정적 상황에서도 지켜 왔던 화자의 소망을 의미한다고 볼 수 없나요? 또한 '향기로운 싸릿순'은 광복 후 평화로운 세계를 보여 준다고 할 수 있을 것 같습니다. 따라서 두 대상은 모두 화자의 지향점으로 기능한다고 볼 수 있는 것 아닌가요?

A: (가)의 3연에서 화자는 '꽃다운 하늘', 즉 긍정적 상황이 도래한 것에 대한 기쁨을 드러내고 있다. 그리고 '어둠 속에 나래' 떠는 모습은 부정적 상황 속에서 두려움을 느꼈던 화자의 내면을, '샛별'은 그러한 상황 속에서 지켜 왔던 화자의 소망을 의미한다고 할 수 있다. 다만 선지에서는 '어둠 속에 나래 떨던 샛별'이 화자의 지향점에 해당하냐고 묻고 있는데, 화자가 샛별에게 '숨으'라고 이야기하고 있다는 점을 고려한다면, 부정적 상황 속에서 두려워했던 일 자체를 화자가 지향한다고 볼 수 없다고 판단해야 한다. 또한 '향기로운 싸릿순'을 사양한다는 것은 긍정적 세계가 도래한 후 남에게 음식을 양보하는 배려의 태도를 보여 주는 상황이므로 평화로운 세계를 보여 준다고 할 수 있다. 그러나 '향기로운 싸릿순'은 그러한 상황을 보여 주기 위한 소재일 뿐, 그 자체를 화자가 지향한다고 보기는 어렵다.

모두의 질문 · 2-⑤번

Q: (가)는 일제 강점 하에서 간절히 기다리던 광복을 맞이한 기쁨을 노래한 작품 아닌가요? 생명력의 회복과는 무관한 내용 같습니다.

A: 물론 (가)가 창작된 시기 등을 고려할 때, '긴 밤'은 일제 강점기로, '아침'은 광복으로 해석할 수 있다. 그러한 해석이 틀린 것은 아니지만 작품의 창작 시기나 상징적 의미 등을 제시하는 〈보기〉가 따로 제시되지 않는 이상, 작품의 표면에 드러난 의미를 우선적으로 해석해야 한다. (가)의 '시들은 핏줄', '사늘한 가슴', '메마른 입술'은 생명력을 상실한 상태를 의미한다고 볼 수 있다. 그리고 '시들은 핏줄'을 거쳐 '사늘한 가슴'까지 종소리가 울려오고, '메마른 입술에 피가' 도는 상황은 생명력의 회복을 의미한다고 볼 수 있다. 작품을 미리 학습하는 것은 작품에 대한 배경지식을 활용하여 문제를 좀 더 쉽게 풀 수 있게 해 준다는 점에서 긍정적이지만, 작품의 해석 방향을 지나치게 좁혀 생각하는 것은 경계해야 한다.

3. 〈보기〉를 바탕으로 (나)를 감상한 내용으로 적절하지 않은 것은? [3점]

> 〈보기〉
>
> 「나무의 수사학 1」의 화자는 도심 속 가로수를 관찰하며 도시를 비판적으로 조망한다. 도시의 가로수는 나무의 푸름이나 아름다운 꽃조차도 도구적 가치에 의해서 평가된다. 화자는 삭막한 도시 환경에도 불구하고 고통을 참아 내며 꽃을 피우는 모습을 나무의 반어법으로 인식한다. 도시에 제대로 뿌리박지 못하면서도 도시 환경에 적응하여 꽃을 피우는 나무에서 치욕을 읽어 낸 것이다. 그것은 도시의 이주민인 화자가 나무에 대해 동질감을 느끼는 이유이기도 하다.

보기 분석

- 도심 속 가로수와 도시 환경에 대한 화자의 인식
  - 도시에 제대로 뿌리박지 못하면서도 고통을 참아 내고 꽃을 피우는 나무 → '치욕'을 견뎌 낸 것
  - 도시 이주민인 화자는 삭막한 도시 환경에 고통받으면서도 꽃을 피운 나무에게 동질감을 느낌

정답풀이

⑤ '치욕으로 푸르다'는 도구적 가치로 평가받아 그 환경에 적응하지 못하는 나무에 대한 비판적 표현이군.

> 〈보기〉에서 화자는 '도심 속 가로수를 관찰하며 도시를 비판적으로 조망한'다고 하였으므로, 도시에서 고통받는 가로수를 비판하고 있다고 볼 수는 없다. 화자는 '도시에 제대로 뿌리박지 못하면서도 도시 환경에 적응하여 꽃을 피'운 나무에게 '동질감'을 느끼고, 나무가 처한 환경을 비판하고 있을 뿐, 나무를 비판하고 있지는 않다. 즉 화자의 비판 대상은 나무가 아니라 삭막한 도시 환경이다.

오답풀이

① '들뜬 뿌리'는 나무가 처한 상황에 대한 화자의 동질감을 반영하고 있군.

〈보기〉에서 화자는 '도시에 제대로 뿌리박지 못하면서도 도시 환경에 적응하여 꽃을 피우는 나무'에게 '동질감을 느끼'고 있다고 하였다. 따라서 (나)의 나무가 '악착같이 들뜬 뿌리라도 내리'려는 모습은 '도시에 제대로 뿌리박지 못하면서도 도시 환경에 적응하'는 모습으로 볼 수 있으며, 이는 '도시의 이주민인 화자가 나무에 대해 동질감을 느끼는 이유'로 볼 수 있다.

② '내성이 생긴 이파리'는 나무가 도시에 적응하면서 지니게 된 성질을 보여 주는군.

〈보기〉에서 (나)의 나무는 '도시에 제대로 뿌리박지 못하면서도 도시 환경에 적응하여 꽃을 피'웠다고 하였다. '내성'이란 환경 조건의 변화에 생물이 견딜 수 있는 힘을 의미하므로, (나)의 '내성이 생긴 이파리'는 나무가 도시 환경에 적응하면서 고통을 견디고 있음을 보여 주는 동시에, 나무가 도시에 적응하면서 지니게 된 성질을 보여 준다고 할 수 있다.

③ '시끄러운 가로등 곁'은 꽃을 피우며 참아 내야 할 삭막한 도시 환경을 드러내고 있군.

〈보기〉에서 화자는 '삭막한 도시 환경에도 불구하고 고통을 참아 내며 꽃을 피우는' 나무의 모습에 주목했다고 하였다. (나)의 '시끄러운 가로등 곁'은 나무로 하여금 '신경증과 불면증'에 시달리게 하는 도시 환경으로 볼 수 있으며, 나무는 이를 참아 내며 꽃을 피운 것이다. 따라서 '시끄러운 가로등 곁'은 나무가 꽃을 피우며 참아 내야 할 삭막한 도시 환경을 드러낸다고 볼 수 있다.

④ '신경증과 불면증'은 나무가 도시에 적응하기 위해 견뎌 내야 할 고통을 보여 주고 있군.

〈보기〉에서 화자는 '삭막한 도시 환경에도 불구하고 고통을 참아 내며 꽃을 피우는' 나무의 모습에 주목했다고 하였다. (나)의 도시 환경은 나무로 하여금 '신경증과 불면증'에 시달리게 하며, 나무는 이를 참아 내며 꽃을 피운 것이다. 따라서 '신경증과 불면증'은 나무가 도시에 적응하기 위해 견뎌 내야 할 고통을 보여 준다고 할 수 있다.

PART 2

고전시가

[1~4] 다음 글을 읽고 물음에 답하시오.

(가)

이렇듯이 좋은 해에 이때가 어느 때뇨
불한불열 삼춘이라
버드나무 드린 곳에 꾀꼬리 편편하고
수놓은 장막 베푼 곳에 벌 나비 분분하다
우리 꾀꼬리 아니로되 ⓐ꽃은 같이 얻었으니
　　　　　　　　　　화전가 기다리던 시기(하루 화전놀이 하는 날짜)가 도래함
우리 비록 여자라도 이러한 태평세에 아니 놀고 무엇하리
백만 년을 다 버리고 하루 놀음 하려 하고
날짜를 정하자 하니 좋은 날은 언제런고
이월이라 이십오일 청명시절 제때로다
손꼽고 바라더니 어느 덧에 다닫고야
아이 종 급히 불러 앞뒷집 서로 일러
소식 주고 가사이다 노소 없이 다 모이어
⊙「차례대로 달아나니 호화 장식 찬란하다」
　　부녀자들이 화려하게 치장함
먼 산 같은 눈썹일랑 아미*로 다스리고
구름 같은 귀밑일랑 고운 머리로 꾸미도다
동해의 고운 명주 잔줄 지어 누벼 입고
가을볕에 바랜 베를 연반 물 들여 입고」
선명하게 나와 서서
좋은 풍경 보려 하고 가려강산 찾았으되
용산을 가려느냐 매봉으로 가려느냐
산명수려 좋은 곳은 소학산이 제일이라
어서 가자 바삐 가자 앞에 서고 뒤에 서고
태산같이 높은 고개 허위허위 올라가서
승지에 다닫거다
좌우 풍경 둘러보니 「수양산 같은 금오산
　　　　　　　　　유교적 가치를 내면화한 사대부가의 모습
충신이 멀었거늘 어찌 저리 푸르렀으며」
황하 같은 낙동강은 성인이 나시련가
어찌 저리 맑아 있노
구경을 그만하고 화전터로 나려와서
빈천이야 정관*이야 시냇가에 걸어 놓고
청유라 백분이라 화전을 지저 놓고
꽃 사이에 친척들을 웃으며 불렀으되
어서 오고 어서 오소
집에 앉아 수륙진미* 맛보기는 하려니와
부녀자들 함께 즐김 이에서 더할소냐

(중략)

「청계변에 복성 꽃은 무릉원이 의연하다」
　자연을 긍정적으로 수용함
이러한 좋은 경치 흠 없이 다 즐기니
⊙소선(蘇仙)의 적벽(赤壁)인들 이에서 더할손가

이백(李白)의 채석(採石)인들 이에서 나을손가
꽃 사이에 벌여 앉아 서로 보며 이른 말이
여자의 소견인들 좋은 경치 모를소냐
규중에 썩힌 간장 오늘이야 쾌한지고
가슴이 상쾌하고 심신이 호탕하여
장장춘일 긴긴날을 긴 줄도 잊었더니
　　　　시간의 경과를 느끼게 하는 자연물을 통해 화자가 처한 상황이 바뀌는 배경을 드러냄
ⓒ서산에 지는 해가 깊은 계곡 재촉하여」
층암 고산에 저녁 안개 일어나고」
푸른 나무 숲속으로 숙조(宿鳥)*가 돌아든다
흥대로 놀려 하면 인간의 자연 취객이
아닌 고로 마지못해 일어나니
　　미래에 산천에 다시 오고자 하는 바람을 드러냄
「암하(岩下)야 잘 있거라 강산아 다시 보자
시화세풍 하거들랑 창안백발 흩날리고
고향 산천 찾아오마」

　　　　　　　　　　　　　　　– 작자 미상, 「화전가」 –

*정관: 솥.

>> 지문의 핵심 내용을 정리해 보세요.

화자와 대상의 관계	봄날에 함께 화전놀이를 즐기는 우리
상황?	좋은 봄날에 함께 놀자고 함 → 화려하게 꾸민 여자들이 함께 모여 강산을 찾음 → 소학산에 올라 푸른 산과 맑은 물에 감탄함 → 화전놀이를 즐김 → 저녁이 되어 훗날을 기약하며 나들이를 마침

현대어 풀이

이렇듯 좋은 해에 지금은 어느 때인가
춥지도 덥지도 않은 봄이다
버드나무가 드리운 곳에 꾀꼬리가 날아다니고
수놓은 장막 베푼 곳에 벌과 나비가 한데 뒤섞여 날아다닌다
우리는 꾀꼬리가 아니지만 꽃은 같이 얻었으니
우리가 비록 여자라도 이러한 태평성대에 놀지 않고 무엇하겠는가
백만 년을 다 버리고 하루 놀음을 즐기려 하고
날짜를 정하자 하니 일을 벌이기에 좋은 날이 언제일까
이월의 이십오일은 청명이 있는 시기이니 (놀기에 적합한) 제때이다
손꼽아 기다리더니 어느덧 다 되었구나
어린 종을 급히 부르고 앞집과 뒷집 이웃에게 서로 일러 주며
소식을 전하고 가자면서 노소(늙음과 젊음 가릴 것 없이) 다 모여

차례로 달아나니 호화로운 장식이 찬란하구나

먼 산 같은 눈썹은 아미로 그려 내고

구름 같은 귀밑은 고운 머리로 꾸며 낸다

동해의 고운 명주는 잔줄을 지어서 누벼 입고

가을볕에 바랜 베는 엷은 반물을 들여 입고

선명하게 나와 서서

좋은 풍경을 보려 하고 아름다운 강산을 찾았으되

용산을 가려느냐 매봉으로 가려느냐

산수의 경치가 아름답고 좋은 곳은 소학산이 제일이다

어서 가자 바쁘게 가자 앞에 서고 뒤에 서고

태산같이 높게 솟은 산봉우리와 험준한 산마루를 허겁지겁 올라가서

경치 좋은 곳에 도달했구나

좌우의 풍경을 둘러보니 (백이숙제가 숨은) 수양산 같은 금오산

충신이 멀었거늘 어찌 저리 푸르렀으며

황허강 같은 낙동강은 성인이 나시려 하나

어찌 저리 맑은가

구경은 그만하고 화전터로 내려와서

빈천과 솥을 시냇가에 걸어 놓고

맑은 기름과 흰 밀가루로 화전을 지져 놓고

꽃들 사이에서 온 가족을 웃으며 불렀으되

어서 오고 어서 오시오

집에 앉아서 산해진미를 맛볼 수는 있겠으나

부녀자들 함께 모여 즐기는 여기에 비하겠는가

(중략)

청계변의 복숭아꽃은 (이곳이) 무릉도원임을 의연히 말해 준다

이러한 좋은 경치를 빠짐없이 다 즐기니

소동파가 (아름다움을 노래한) 적벽인들 이보다 더하겠는가

이백이 (그 아름다움에 취해 빠졌다는) 채석강인들 이보다 낮겠는가

꽃들 사이에 벌여 앉아서 서로 보면서 이르는 말이

여자의 소견(생각이나 의견)인들 좋은 경치를 모르겠는가

규중에서 썩혀 온 마음이 오늘에야 다 나았구나

가슴이 상쾌하고 심신이 호탕하여

길고 긴 봄날이 긴 줄도 잊고 있었더니

서산에 지는 해가 깊은 골짜기를 재촉하여

바위로 된 높은 산에 저녁 안개가 일어나고

푸른 나무의 숲속으로 잠자러 가는 새가 돌아든다

흥이 나는 대로 놀고 싶지만 인간의 자연 취객이

아니므로 마지못해 일어나니

바위 아래야 잘 있거라 강산아 다시 보자

나라 안이 태평하여 다시 풍년이 들거든 늙어서 센 머릿발 흩날리며

고향의 산천을 찾아오마

*아미: 누에나방의 눈썹이라는 뜻으로, 가늘고 길게 굽어진 아름다운 눈썹을 이르는 말.
*수륙진미: 산과 바다에서 나는 온갖 진귀한 물건으로 차린, 맛이 좋은 음식.
*숙조: 잠을 자거나 자려고 하는 새.

(나)

과거에 대한 성찰을 바탕으로 세속적 성취의 허망함에 대한 깨달음을 드러냄
㉣ 공명을 헤아리니 영욕*이 반이로다

동문에 괘관하고* 전려에 돌아와서 성경현전* 혜쳐 놓고 읽기
유교적 가치가 내면화되어 있는 사대부가의 모습
를 파한 후에 앞내에 살진 고기도 낚고 뒷뫼에 엄긴 약도 캐다가

임고원망*하여 임의소요*하니 청풍이 시지하고 명월이 자래하니

아지 못게라 천양지간*에 이같이 즐거움을 무엇으로 대할쏘니

미래에 대한 바람을 드러냄
평생에 이리저리 즐기다가 노사태평하여 승화귀진*하면 긔

좋은가 하노라

– 작자 미상 –

*동문에 괘관하고: 벼슬을 그만두고.
*임고원망: 높은 곳에 올라 먼 곳을 바라보는 것.
*승화귀진: 자연에 순응하며 살다가 자연에 귀의하는 것.

>> 지문의 핵심 내용을 정리해 보세요.

화자와 대상의 관계	벼슬을 그만두고 강호에서의 삶에 만족하는 사람
상황?	공명은 영예와 치욕이 반이라고 생각함 → 벼슬을 그만두고 자연 속에서 즐거움을 찾음 → 평생 태평하게 자연에 순응하여 살다가 귀의하기를 바람

현대어 풀이

공명(속세)을 생각하니 영예와 치욕이 반이구나

동문에 관을 벗어 걸고 시골로 돌아와서 성현들의 책을 펼쳐 놓고 읽기를 마친 후에 앞내의 살찐 고기도 낚고 뒷산에 길게 자란 약초도 캐다가 높은 곳에 올라 먼 곳을 바라보고 마음 내키는 대로 다니니 맑은 바람이 때마침 불고 밝은 달이 스스로 떠오르니 알지 못하겠구나 이 세상에 이 같은 즐거움을 무엇으로 대신하겠는가

평생에 이리저리 즐기다가 늙어 죽는 날까지 태평하여 자연에 순응하며 살다가 귀의하면 그것이 좋은가 하노라

(다)

ⓐ「청산이 둘러 있고 벽수도 흘러간다」
<small>화자가 속세로부터 벗어난 공간에 있음</small>

풍월이 벗이 되어 ⓑ「백운(白雲)」에 누웠으니
<small>화자가 심리적으로 가깝게 여기는 대상</small>

백구(白鷗)야 백년을 함께 놀자 하노라 〈제2수〉

– 채헌, 「석문가」 –

>> 지문의 핵심 내용을 정리해 보세요.

화자와 대상의 관계	강호에서의 삶에 만족하는 사람
상황?	청산과 벽수를 바라봄 → 자연의 벗이 되어 자연 속에 누움 → 백구에게 백 년을 함께 놀자고 함

현대어 풀이

푸른 산이 둘러 있고 맑은 물도 흘러간다
바람과 달의 친구 되어 흰 구름 사이에 누웠으니
흰 갈매기야 백 년을 함께 놀자 하노라

---

1. (가)~(다)의 공통점으로 가장 적절한 것은?

✓ 정답풀이

② 현재의 상황을 바탕으로 미래에 대한 바람을 드러낸다.

> (가)의 '아닌 고로 마지못해 일어나니~시화세풍 하거들랑 창안백발 흩날리고 / 고향 산천 찾아오마'에서 저녁이 되어 나들이를 끝내고 자리에서 일어나야 하는 현재 상황을 바탕으로 미래에 다시 '찾아오'고자 하는 바람이 나타난다. (나)의 화자는 현재 '동문에 괘관하고' '앞내에 살진 고기'를 낚고 '뒷뫼에 엄긴 약도 캐'며 자연 속에서 즐겁게 지내는 상황이다. 이러한 현재 상황에서 '평생에 이리저리 즐기다가 노사태평하여 승화귀진'하고 싶다며 자연 속에서 즐겁게 살다가 자연에 귀의하고자 하는 바람을 드러낸다. (다)의 화자는 '청산'과 '벽수'를 감상하며 '풍월'을 벗 삼아 자연 속에 있으며, 이런 현재 상황에서 '백구야 백년을 함께 놀자'는 미래에 대한 바람을 드러내고 있다.

✗ 오답풀이

① 관념적 사유를 통해 내면을 수양하는 모습이 나타난다.
  (가)에서는 '충신', '성인' 등을 떠올리는 것에서 관념적 사유가 나타난다고 볼 수 있지만 내면을 수양하는 모습이 나타나지는 않는다. (나)에서도 '공명을 헤아리'고, '영욕'을 떠올리는 것에서 관념적 사유가 나타난다고 볼 수 있으나 내면을 수양하는 모습이 나타나지는 않는다. (다)에서는 자연 속에서 지내며 이러한 삶을 지속하고자 하는 바람을 드러낼 뿐 관념적 사유를 통해 내면을 수양하는 모습은 나타나지 않는다.

③ 구체적 행위를 통해 대상의 유한한 속성에 대한 아쉬움을 드러낸다.
  (가)의 '마지못해 일어나니'에서 구체적 행위가 나타나며 시간의 유한함에 대한 아쉬움을 드러낸다. (나)와 (다)에서는 대상의 유한한 속성에 대한 아쉬움이 드러나지는 않는다.

④ 대상의 이면적 가치에 주목하여 태도 변화에 대한 의지를 드러낸다.
  (가)~(다) 모두 태도 변화에 대한 의지를 드러내고 있지는 않다.

⑤ 공간의 이동 과정에서 탈속적 가치의 지향이 심화되는 모습이 나타난다.
  (가)에서는 '소학산'으로 놀러갔다가 '화전터로 나려와서' 화전놀이를 즐기므로 공간의 이동이 나타난다고 볼 수 있다. 하지만 (가)의 화자가 속세를 벗어나고자 하는 마음을 드러낸 적이 없으므로 (가)에 탈속적 가치의 지향이 나타난다고 볼 수 없다. (나)에서는 '읽기를 파'하고 '앞내'에서 고기를 낚다가 '뒷뫼'에서 약도 캐며 시간을 보낸다는 데에서 공간의 이동이 나타난다고 볼 수 있으며 초장에서 탈속적 가치의 지향을 드러내고 있으나 그것이 공간의 이동 과정에서 더욱 심화되었다고 보기는 어렵다. (다)에서는 공간의 이동이 나타나지 않는다.

🌱 기틀잡기

⑤ **탈속**: 현실적인 이익을 추구하는 마음으로부터 벗어나거나 그런 것들을 추구하는 공간인 속세를 벗어나는 것.

2. ㉠~㉤에 대한 이해로 적절하지 <u>않은</u> 것은?

> ㉠: 차례대로 달아나니 호화 장식 찬란하다
>
> ㉡: 소선(蘇仙)의 적벽(赤壁)인들 이에서 더할손가
>
> ㉢: 서산에 지는 해가 깊은 계곡 재촉하여 / 층암 고산에 저녁 안개 일어 나고
>
> ㉣: 공명을 헤아리니 영욕이 반이로다
>
> ㉤: 청산이 둘러 있고 벽수도 흘러간다

⊙ 정답풀이

① ㉠: 대상의 동적 속성에 주목하여 자연 경물을 화려하다고 여기고 있음이 드러난다.

> (가)에서 화자는 '노소 없이 다 모'인 모습을 두고 '호화 장식 찬란하다 (㉠)'라고 말하고 있다. 이는 '먼 산 같은 눈썹일랑 아미로 다스리고 / 구름 같은 귀밑일랑 고운 머리로 꾸미'고 '동해의 고운 명주 잔줄 지어 누벼 입고 / 가을볕에 바랜 베를 연반 물 들여 입'은 부녀자들의 모습을 본 감상일 뿐 자연 경물에 대한 인식이라고 볼 수 없다.

✗ 오답풀이

② ㉡: 수려한 경관이라고 보편적으로 인정받는 대상과 관련지어 자연 경관에 대한 예찬을 드러낸다.
(가)에서 화자는 '청계변에 복성 꽃'이 핀 모습을 보고 '무릉원' 같다고 여기며, '이러한 좋은 경치'를 '소선의 적벽인들 이에서 더할손가(㉡)'라고 하여 보편적으로 수려한 경관으로 인정받는 '소선의 적벽'에 견주어 예찬하고 있다.

③ ㉢: 시간의 경과를 느끼게 하는 자연물을 통해 화자가 처한 상황이 바뀌게 되는 배경이 드러난다.
(가)에서 '서산에 지는 해'와 '층암 고산에 저녁 안개 일어'나는 모습은 시간의 경과를 드러내며, 이로 인해 야외에서 자연을 감상하며 '부녀자들 함께 즐'기던 화자가 '마지못해 일어나'야 하는 상황이 나타나고 있다. 따라서 ㉢은 시간의 경과를 느끼게 하는 자연물을 통해 화자가 처한 상황이 바뀌는 배경을 드러낸다고 볼 수 있다.

④ ㉣: 과거에 대한 성찰을 바탕으로 세속적 성취의 추구가 헛된 일일 수도 있다는 깨달음을 드러낸다.
(나)의 초장에서 화자는 '공명을 헤아리니 영욕이 반이로다(㉣)'라며 공명을 좇았던 과거를 성찰하며, 이를 통해 세속적 성취의 추구가 헛된 일이라는 깨달음을 드러내고 있다.

⑤ ㉤: 자연의 모습을 통해 화자가 속세로부터 벗어난 공간에 있음이 드러난다.
(다)에서 '청산이 둘러 있고 벽수도 흘러간다(㉤)'는 산이 높고 물이 흐르는 자연의 모습을 나타내며, 이를 통해 화자가 속세로부터 벗어난 공간인 자연에 있음이 드러나고 있다.

🌱 기틀잡기

> ① 동적: 움직이는 성격의.
>
> ② 예찬: 무엇이 훌륭하거나 좋거나 아름답다고 찬양함.

3. ⓐ와 ⓑ에 대한 설명으로 가장 적절한 것은?

> ⓐ: 꽃
>
> ⓑ: 백운

⊙ 정답풀이

② ⓐ는 화자가 기다리던 시기가 도래했음을 알려 주는 표지이고, ⓑ는 화자가 심리적으로 가깝게 여기고 있는 대상이다.

> (가)에서 화자는 꽃이 피는 '불한불열 삼춘'에 '백만 년을 다 버리고 하루 놀음 하'기 위해 '날짜를 정'해 놓고 이를 '손꼽고 바라'며 기다렸다고 하였다. 이렇듯 ⓐ는 화자가 기다리던 봄놀이를 가는 시기가 도래했음을 알려 주는 표지로 볼 수 있다. (다)에서 화자는 '풍월'을 벗 삼고, '백구'에게 '백년을 함께 놀자'고 하며 자연 친화적인 태도를 드러내고 있다. ⓑ 역시 이러한 자연물 중 하나로, 화자가 '백운에 누웠'다고 하는 것은 자연 속에 머무는 만족감을 드러내는 것이라 볼 수 있다. 따라서 ⓑ는 화자가 심리적으로 가깝게 여기는 대상으로 볼 수 있다.

✗ 오답풀이

① ⓐ는 화자가 현실의 한계를 인지하게 하는 원인이고, ⓑ는 화자가 추구하는 삶의 가치를 함축하고 있는 대상이다.
(가)에서 화자는 ⓐ를 보고 놀러 갈 날이 도래했음을 느끼고 있을 뿐, ⓐ를 화자가 현실의 한계를 인지하게 하는 원인으로 볼 수 없다. 반면, (다)에서 ⓑ는 화자가 벗으로 여기는 '풍월'이나 백년을 함께 놀자고 하는 '백구'와 같은 자연물로, 화자가 추구하는 자연 속 삶의 가치를 함축한 대상으로 볼 수 있다.

③ ⓐ는 화자가 계절이 변화했음을 확인하게 되는 계기이고, ⓑ는 화자에게 특정한 계절을 연상하게 하는 대상이다.
(가)에서 화자는 ⓐ를 보고 봄이 도래했음을 알고 있으므로 ⓐ는 화자가 계절이 변화했음을 확인하는 계기라고 볼 수 있다. 하지만 (다)의 ⓑ는 특정한 계절과 관련이 없다.

④ ⓐ는 화자가 주변의 다른 존재들과 함께 즐기고 있는 대상이고, ⓑ는 화자가 주변과 소통하지 못하게 만드는 원인이다.
(가)에서 화자는 '부녀자들 함께' 모여 ⓐ를 즐기므로, ⓐ는 화자가 주변의 다른 존재들과 함께 즐기는 대상으로 볼 수 있다. 반면, (다)에서는 화자가 주변과 소통하지 못하고 있다고 판단할 근거는 없으므로 ⓑ는 화자가 주변과 소통하지 못하게 만드는 원인이라고 볼 수 없다.

⑤ ⓐ는 화자가 시대를 태평하다고 판단하는 근거이고, ⓑ는 화자가 도달할 수 없다고 여기는 이상향을 의미하는 대상이다.
(가)에서 화자는 시대를 '버드나무 드린 곳에 꾀꼬리 편편하고~꽃은 같이 얻었으니'로 묘사하며, '이러한 태평세에 아니 놀고 무엇'하겠느냐고 말하고 있다. 이때 ⓐ는 화자가 시대를 '태평세'로 여기게 하는 자연물 중 하나로 볼 수 있다. 반면 (다)에서 화자는 이미 자연 속에 누워 있으므로, ⓑ는 물아 일체의 상황을 드러내는 대상일 뿐 화자가 도달할 수 없다고 여기는 이상향으로 볼 수 없다.

4. 〈보기〉를 참고하여 (가)~(다)를 감상한 내용으로 적절하지 <u>않은</u> 것은? [3점]

〈보기〉

(가)는 사대부가(士大夫家)의 여성이 자연에서 화전놀이를 하는 상황을, (나)와 (다)는 사대부가의 남성이 강호에서 지내는 상황을 보여 준다. 세 작품에는 유교적 가치가 내면화되어 있는 사대부가로서의 공통적 인식이 드러나기도 하고, 사대부가의 여성이나 남성이 처해 있는 상황에 따라 화자의 정서, 행위, 주변 대상과의 관계 등의 측면에서 서로 다른 인식이 드러나기도 한다.

🔍 **보기 분석**

- (가): 사대부가의 여성 화자가 자연에서 화전놀이를 함
- (나)와 (다): 사대부가의 남성 화자가 강호에서 지냄
  - 세 작품의 화자 모두 유교적 가치를 내면화하고 있으나, 성별에 따른 인식의 차이가 있음

✅ **정답풀이**

① (가)에서 '시냇가'에 '정관'을 '걸어 놓'는 것과 (나)에서 '앞내'의 '고기'를 낚고 '뒷뫼'의 '약'을 캐는 것에서, 일상적 생활 공간으로서 자연에 머물고자 하는 사대부가의 모습을 엿볼 수 있군.

〈보기〉에 따르면 '(가)는 사대부가의 여성이 자연에서 화전놀이를 하는 상황'을, '(나)는 사대부가의 남성이 강호에서 지내는 상황'을 드러낸다. (나)의 화자가 '앞내에 살진 고기도 낚고 뒷뫼에 엄긴 약도 캐'며 생활하는 것에 만족하며 '평생에 이리저리 즐기'겠다는 것은 강호에서 일상적으로 생활하며 머물고자 하는 모습을 드러낸다고 볼 수 있다. 반면, (가)의 화자는 '날짜를 정'해 부녀자들끼리 '노소 없이 다 모이어' 산에 가서 풍경을 감상한 뒤 '화전터로 나려와서 / 빈천이야 정관이야 시냇가에 걸어 놓고' 화전놀이를 즐기고는 저녁이 되어 해가 지자 '마지못해 일어나' 집으로 돌아가려는 모습을 보이고 있다. 따라서 이 경우 잠시 화전놀이를 하기 위해 '정관'을 '걸어 놓'은 '시냇가'를 일상적 생활 공간으로 볼 수 없다.

❌ **오답풀이**

② (가)에서 '금오산'의 푸름을 보며 '충신'을 연상하고, (나)에서 '전려'에 돌아와서도 '성경현전 헤쳐 놓고 읽'는 것에서, 유교적 가치가 내면화되어 있는 사대부가의 모습을 엿볼 수 있군.

〈보기〉에 따르면 '세 작품에는 유교적 가치가 내면화되어 있는 사대부가로서의 공통적 인식이 드러'난다. (가)에서 화자가 '금오산'을 보며 '충신'을 연상하는 것과 (나)의 화자가 '전려에 돌아와서'도 '성경현전 헤쳐 놓고 읽'는 모습에서 유교적 가치를 내면화한 사대부가의 모습이 나타난다고 볼 수 있다.

③ (가)에서 '청계변'의 광경을 '무릉원'으로, (나)에서 '청풍'과 '명월'을 다른 것이 '대할' 수 없는 '즐거움'으로 여기는 것에서, 자연을 긍정적으로 수용하는 사대부가의 모습을 엿볼 수 있군.

〈보기〉에 따르면, '(가)는 사대부가의 여성이 자연에서 화전놀이를 하는 상황'이, (나)에서는 '사대부가의 남성이 강호에서 지내는 상황'이 드러난다. (가)의 화자가 '청계변에 복셩 꽃은 무릉원이 의연하'다며 청계변 풍경을 이 상황에 빗댄 것과 (나)의 화자가 '청풍이 시지고 명월이 자래'하니 '천양지간에 이같이 즐거움'이 없다고 말하는 것에서 자연을 긍정적으로 수용하는 사대부가의 모습을 확인할 수 있다.

④ (가)에서 '부녀자들 함께 즐김'이 '이에서 더'하겠냐고 하는 것에서 사대부가 여성의 공동체적 흥취를, (다)에서 '풍월'을 '벗'으로 삼는 것에서 사대부가 남성의 자족적 흥취를 엿볼 수 있군.

〈보기〉에 따르면 '(가)는 사대부가의 여성이 자연에서 화전놀이를 하는 상황'을, (다)는 '사대부가의 남성이 강호에서 지내는 상황'을 보여 준다. (가)의 화자가 화전놀이를 하며 '부녀자들 함께 즐김'이 '이에서 더'하겠냐고 하는 것에서 사대부가 여성이 함께 자연을 즐기는 공동체적 흥취를 느끼고 있음이 드러나며, (다)의 '풍월이 벗이 되어'에서 사대부가 남성인 화자가 자연에서 자족적 흥취를 느끼고 있음이 드러난다.

⑤ (가)에서 '썩힌 간장'이 '오늘'은 쾌하다는 것에서 사대부가 여성의 한시적 만족감을, (다)에서 '백구'와 '백년'을 놀고자 하는 것에서 사대부가 남성의 지속적 만족감 추구를 엿볼 수 있군.

〈보기〉에 따르면 (가)는 '사대부가의 여성'이, (다)는 '사대부가의 남성'이 화자이며, 이에 따라 (가)와 (다)에는 '사대부가의 여성이나 남성이 처해 있는 상황에 따라 화자의 정서, 행위, 주변 대상과의 관계 등의 측면에서 서로 다른 인식'이 나타난다. (가)의 화자가 '여자의 소견인들 좋은 경치 모를소냐 / 규중에 썩힌 간장 오늘이야 쾌'하다는 것에서 사대부가 여성의 답답했던 마음이 한시적으로나마 충족되었음이, (다)의 화자가 '백구야 백년을 함께 놀자'라고 하는 것에서 사대부가 남성이 지속적으로 자연 속에서 만족감을 추구하고 있음이 드러난다.

📋 **문제적 문제** • 4-①, ②번

먼저 정답인 ①번을 보면, 사대부가 여성인 (가)의 화자는 '날짜를 정'해 '노소 없이 다 모이어' '하루 놀음' 하며 '규중에 썩힌 간장 오늘이야 쾌한' 기분을 느끼고 있을 뿐, 자연을 일상으로 누리고 있다고 볼 수는 없다. 이는 해가 지고 '숙조가 돌아'들자 '마지못해 일어나' 자연에 작별을 고하는 화자의 행동을 통해서도 드러난다.

학생들이 정답 외에 가장 많이 고른 선지는 ②번이다. (가)에서 산을 보며 '충신'을 연상하는 행동과 (나)에서 '전려에 돌아와서 성경현전 헤쳐 놓고 읽'는 행동을 유교적 가치의 내면화라는 설명과 연결하지 못한 것이다. (가)에서 화자는 '태산같이 높은 고개 허위허위 올라가서' 주변의 풍경을 둘러보며 '충신이 멀었거늘 어찌 저리 푸르렀'냐며 푸른 산에서 충신을 연상하고 있다. '충'은 유교적 가치이므로 푸르다는 속성을 '충'과 연결짓는 것은 유교적 가치를 내면화한 모습으로 볼 수 있다. (나)의 화자가 시골에 가서도 성현들의 글을 읽는 행위 역시 유교적 가치를 내면화한 것으로 볼 수 있다. 무엇보다도 〈보기〉에서 세 작품에는 공통적으로 '유교적 가치가 내면화되어 있는 사대부가로서의' 인식이 드러난다고 했으므로, 이를 참고하여 작품을 해석했다면 적절한 선지라는 것을 쉽게 알 수 있었을 것이다.

🟧 **정답률 분석**

정답	매력적 오답			
①	②	③	④	⑤
43%	25%	4%	10%	18%

[1~3] 다음 글을 읽고 물음에 답하시오.

(가)

어져 어져 저기 가는 저 사람아
당대의 사회적 상황을 짐작할 수 있음
「네 행색을 보아 하니 군사 도망* 네로구나」

허리 위로 볼작시면 베적삼이 깃만 남고

허리 아래 굽어보니 헌 잠방이* 노닥노닥

곱장 할미 앞에 가고 전태발이 뒤에 간다
앞으로 갑민 가족의 여정이 쉽지 않을 것임을 추측함
「십 리 길을 하루 가니 몇 리 가서 엎어지리」
양반도 다른 곳으로 가면 살기 어려운데 하물며 갑민은 더욱 비참한 삶을 살게 될 것임
「내 고을의 양반 사람 타도 타관 옮겨 살면

천히 되기 상사여든 본토 군정(軍丁) 싫다 하고

자네 또한 도망하면 일국 일토(一土) 한 인심에

근본 숨겨 살려 한들 어데 간들 면할쏜가」

차라리 네 살던 곳에 아무렇게나 뿌리박혀

칠팔월에 ㉠인삼 캐고 구시월에 돈피* 잡아

공채 신역 갚은 후에 그 나머지 두었다가

함흥 북청 홍원 장사 돌아들어 잠매할 때

후한 값에 팔아 내어 살기 좋은 넓은 곳에

가사 전토(家舍田土) 다시 사고 살림살이 장만하여

부모처자 보전하고 새 즐거움 누리려무나
화자가 생원에서 갑민으로 바뀜
「어와 생원인지 초관인지

그대 말씀 그만두고 이내 말씀 들어 보소

이 내 또한 갑민(甲民)*이라 이 땅에서 생장하니 이때 일을 모를쏘냐

우리 조상 남쪽 양반 진사 급제 계속하여

금장 옥패 빗기 차고 시종신*을 다니다가

시기인의 참소 입어 변방으로 쫓겨 와서

국내 변방 이 땅에서 칠팔 대를 살아오니

조상 덕에 하는 일이 읍중 구실 첫째로다

들어가면 좌수 별감 나가서는 풍헌 감관

유사 장의 채지* 나면 체면 보아 사양터니

애슬프다 내 시절에 원수인의 모해로써

군사 강정 되단 말가 내 한 몸이 헐어 나니

좌우전후 수다 일가 차차 충군(充軍)* 되것고야

조상 제사 이내 몸은 하릴없이 매여 있고

시름없는 친족들은 자취 없이 도망하고

여러 사람 모든 신역* 내 한 몸에 모두 무니

한 몸 신역 삼 냥 오 전 돈피 두 장 의법이라

열두 사람 없는 구실 합쳐 보면 사십육 냥

해마다 맡아 무니 석숭*인들 당할쏘냐」

– 작자 미상, 「갑민가」 –

*돈피: 담비 가죽.
*갑민: 갑산의 백성.
*석숭: 중국 진나라 때의 부자.

>> **지문의 핵심 내용을 정리해 보세요.**

화자와 대상의 관계	화자 1: 도망가는 갑민에게 살던 곳을 떠나지 말기를 권하는 '나'(생원)
	화자 2: 과도한 신역을 감당해야 하는 고통을 토로하는 '나'
상황?	도망가는 갑민을 생원이 봄 → 떠나지 말라는 생원의 제안에 갑민이 반박함 → 도망간 친족들의 모든 신역을 자신이 감당할 수 없다고 함

현대어 풀이

어이 어이 저기 가는 저 사람아

네 차림새 보아하니 도망가는 군사로구나

상의를 쳐다보니 여름 홑저고리가 깃만 남고

하의를 내려보니 헌 홑바지가 너덜너덜

등 굽은 할미 앞에 가고 절름발이는 뒤에 간다

십 리 길을 하루에 가니 몇 리 가서 넘어지리

내 고을의 양반도 타향에 옮겨 가서 살면

천하게 되기 쉽거든 고향 병역 의무 싫다 하고

자네 또한 도망가면 한 나라 땅의 한 인심에

신분 숨겨 살려 해도 어디 간들 (천하게 되는 것을) 면할 수 있을 것인가

차라리 네가 살던 곳에 아무렇게나 뿌리내려

칠팔월에 인삼을 캐고 구시월에 담비 잡아

나라빚 군역 부역 다 갚고서 그 나머지 두었다가

함흥 북청 홍원 장사에 돌아들어 몰래 팔면

후한 값 받고 팔아 내어 살기 좋은 넓은 곳에

집과 논밭 다시 사고 살림살이 장만해서

부모 처자 지키고 새 즐거움 누려 보렴

어이 생원인지 초관인지

그대 말씀 그만하고 나의 말씀 들어 보오

나 또한 갑민이라 이 땅에서 자랐으니 이때 일을 내가 모르겠는가

우리 조상 남쪽 양반 진사 합격 계속하여

금장과 옥패를 빗겨 차고 임금을 보필하는 벼슬아치로 다니다가

남의 시기로 참소 당해 변방으로 쫓겨 와서

나라 끝 변방에서 칠팔 세대 살아오니

조상 덕에 하는 일이 읍내 관아 벼슬 첫째로다

들어가면 좌수 별감 나가서는 풍헌 감관

말단 벼슬 채지 나면 체면 보아 사양했는데

슬프다 내 시절에 원수의 모함으로

군사로 강등되었단 말인가 내 한 몸이 헐게 되니

주변의 많은 가족 차차 충군이 되겠구나

조상 제사 모실 이내 몸은 할 수 없이 묶여 있고

시름없는 친족들은 자취 없이 도망가고

여러 사람 모든 군역과 부역을 내 한 몸에 모두 무니

한 사람의 군역과 부역은 삼 냥 오 전이나 담비 가죽 두 장이 법이라

열두 사람 없는 구실을 합쳐 보면 사십육 냥

해마다 맞춰 물어내니 진나라 부자 석숭인들 당해내겠는가

이것만은 챙기자

*군사 도망: 군역을 피해 도망가는 사람.
*잠방이: 가랑이가 무릎까지 내려오도록 짧게 만든 홑바지.
*시종신: 임금의 곁에서 문학으로 보필하던 벼슬아치.
*채지: 유사나 장의 같은 하급 관리를 채용할 때의 사령서.
*충군: 군대에 편입시킴.
*신역: 나라에서 성인 장정에게 부과하던 군역과 부역.

(나)

녹양방초* 언덕에 소 먹이는 아희들아

앞내 ⓛ고기 뒷내 고기를 다 몽땅 잡아내 다래끼*에 넣어 주거든 네 소 궁둥이에 얹어다가 주렴

    화자가 아희들로 바뀜   부탁을 들어주기 어려운 이유를 제시함
「우리」도 서주(西疇)*에「일이 많아 바삐 가는 길이매」가 전할동 말동 하여라」

― 작자 미상, 사설시조 ―

*다래끼: 물고기나 작은 물건 등을 넣는 바구니.
*서주: 서쪽 밭.

>> 지문의 핵심 내용을 정리해 보세요.

화자와 대상의 관계	화자 1: 고기를 전하기 위해 소 먹이는 아이들에게 부탁하려는 사람 화자 2: 고기를 전할 수 있을지 모르겠다고 말하는 우리
상황?	소 먹이는 아이들에게 다래끼에 앞내와 뒷내의 고기를 잡아 넣어 줄 테니 전해 달라고 부탁함 → 아이들이 우리도 바삐 가는 길이라 전해 줄 수 있을지 모르겠다고 함

현대어 풀이

푸른 버드나무와 향기로운 풀 돋아난 언덕에 소 먹이는 아이들아

앞내와 뒷내의 고기를 모두 잡아서 다래끼에 넣어 줄 테니 너희들의 소 궁둥이에 얹어서 가져다주렴

우리도 서쪽 밭에 일이 많아 바삐 가는 길이라 가서 전해 줄 수 있을지 모르겠네

이것만은 챙기자

*녹양방초: 푸른 버드나무와 향기로운 풀.

1. (가)에 대한 설명으로 적절하지 <u>않은</u> 것은?

✔ 정답풀이

③ 의문의 표현을 사용하여 상대의 행적에 대해 의심한다.

> '어데 간들 면할쏜가', '이때 일을 모를쏘냐' 등에서 의문의 표현을 사용하고 있으나, 이는 화자 혹은 대상의 상황과 처지를 부각하여 보여 주는 것이지 상대의 행적에 대해 의심하고 있는 것은 아니다.

✘ 오답풀이

① 대구 표현으로 외양을 묘사하여 대상의 처지를 드러낸다.

> '허리 위로 불작시면 베적삼이 깃만 남고 / 허리 아래 굽어보니 헌 잠방이 노닥노닥'에서 대구 표현으로 누추한 외양을 묘사하여 대상의 불쌍한 처지를 드러내고 있다.

② 행위의 실행을 가정하여 부정적 전망을 제시한다.

> '자네 또한 도망하면 일국 일토 한 인심에 / 근본 숨겨 살려 한들 어데 간들 면할쏜가'에서 갑민의 도망이라는 행위의 실행을 가정하여 어디로 도망을 가도 근본, 즉 신분을 숨기며 살아가기는 어려울 것이라며 부정적 전망을 제시하고 있다.

④ 과거와 현재를 대비하여 악화된 처지를 보여 준다.

> '우리 조상 남쪽 양반 진사 급제 계속하여 / 금장 옥패 빗기 차고 시종신을 다니다가~유사 장의 채지 나면 체면 보아 사양터니'에서 조상 때부터 벼슬을 누리던 과거를 제시하고, 현재는 '군사 강정 되'어 '시름없는 친족들은 자취 없이 도망하고 / 여러 사람 모든 신역 내 한 몸에 모두' 문다고 하여 과거와 현재의 대비를 통해 악화된 처지를 보여 주고 있다.

⑤ 구체적 수치를 제시하여 감당하기 힘든 현실을 드러낸다.

> '한 몸 신역 삼 냥 오 전 논피 두 장 의밥이라 / 열두 사람 없는 구실 합쳐 보면 사십육 냥 / 해마다 맡아 무니 석숭인들 당할쏘냐'를 통해 구체적 수치를 제시하여 중국 진나라 때 부자인 '석숭'이라도 감당할 수 없을 정도의 신역을 무는 힘든 현실을 드러내고 있다.

🌱 기틀잡기

> ① **대구:** 비슷한 어조나 구조를 가진 구절이나 문장 두 개를 짝지어 배치하는 표현 기법.
> ④ **대비:** 두 가지의 차이를 밝히기 위하여 서로 맞대어 비교함.

✒ 모두의 질문 · 1-②번

> **Q:** '생원'이 '갑민'에게 '차라리 네 살던 곳에 아무렇게나 뿌리박혀 / 칠팔월에 인삼 캐고 구시월에 돈피 잡아~부모처자 보전하고 새 즐거움 누리려무나'라고 말을 건네는 것은 <u>행위의 실행을 가정하여 긍정적 전망을 제시한 것</u>으로 볼 수 없나요?
>
> **A:** (가)의 '차라리'를 가정의 표현으로 본다면 그렇게 생각할 수 있지만, '차라리'는 '여러 가지 사실을 말할 때에, 저리하는 것보다 이리하는 것이 나음을 이르는 말. 대비되는 두 가지 사실이 모두 마땅치 않을 때 상대적으로 나음을 나타내는 말.'이다. (가)에서 '생원'이 '갑민'에게 건넨 말은 '인삼 캐고 돈피 잡아 생계를 잇고 살림도 마련해서 사는 것이 어떤가'라고 권유하는 것일 뿐, 행위의 실행을 가정하여 긍정적 전망을 제시한 것은 아니다.

2. ㉠, ㉡에 대한 이해로 가장 적절한 것은?

> ㉠: 인삼
> ㉡: 고기

✅ 정답풀이

⑤ ㉠과 ㉡은 모두, 각각을 언급하는 화자가 보기에 상대가 했으면 하는 행위의 대상이다.

(가)의 '칠팔월에 인삼 캐고 구시월에 돈피 잡아~부모처자 보전하고 새 즐거움 누리려무나'를 통해 화자가 보기에 ㉠은 상대인 갑민이 도망가지 않고 고향에 머무르면서 캐기를 바라는 대상임을 알 수 있다. 그리고 (나)의 '고기를 다 몽땅 잡아내 다래끼에 넣어 주거든 네 소 궁둥이에 얹어다가 주렴'을 통해 화자가 보기에 ㉡은 상대인 '소 먹이는 아희들'이 전해 주기를 바라는 대상임을 알 수 있다.

❌ 오답풀이

① ㉠은 ㉠을 언급하는 화자가 이주해 가려는 땅에서 재배할 약재이다.
(가)에서 ㉠을 언급한 화자는 갑민의 이주를 만류할 뿐, 다른 지역으로 이주해 가려 하지 않는다.

② ㉡은 ㉡을 언급하는 화자가 말을 건네는 상대에게 노동의 대가로 주는 보상이다.
(나)의 '앞내 고기 뒷내 고기를 다 몽땅 잡아내 다래끼에 넣어 주거든 네 소 궁둥이에 얹어다가 주렴'을 통해 ㉡은 화자가 아이들에게 노동의 대가로 주는 보상이 아니라, 말을 건네는 상대인 아이들을 통해 다른 곳에 전달하려는 대상임을 알 수 있다.

③ ㉠과 ㉡은 모두, 각각을 언급하는 화자가 유흥을 목적으로 구하려는 물품이다.
㉠은 화자가 상대에게 생계를 위해 획득할 것을 권하는 대상이고, ㉡은 화자가 누군가에게 전하려는 대상일 뿐, 화자의 유흥과는 관련이 없다.

④ ㉠과 ㉡은 모두, 각각을 언급하는 화자가 획득하려면 상대의 도움이 필요한 대상이다.
(가)의 '칠팔월에 인삼 캐고~새 즐거움 누리려무나'를 통해 ㉠은 화자가 상대에게 획득할 것을 권하는 대상이지, 화자가 획득하려는 대상은 아님을 알 수 있다. 한편 (나)의 ㉡은 화자가 직접 획득할 수 있는 대상이다. 다른 곳에 옮기기 위해 상대의 도움이 필요한 것 뿐이다.

---

3. 〈보기〉를 참고하여 (가), (나)를 감상한 내용으로 적절하지 않은 것은? [3점]

> 〈보기〉
>
> 　조선 후기의 가사나 사설시조에서는 입장이 다른 발화자가 등장하는 대화체를 사용해 작중 상황을 극의 한 장면처럼 만들기도 한다. 대화를 통해 사실성을 추구하는 작품의 경우, 구체적 소재와 다각적인 내용으로 그 시대 삶의 모습을 보여 준다. 대화를 통해 유희성을 보이는 작품의 경우, 대화가 논쟁, 의견 불일치 등 의외의 상황으로 전개되면서 재미가 생겨나며, 때로 등장하는 불완전한 표현은 이러한 작품이 내용 자체보다 대화의 전개 양상에 주목함을 보여 준다.

🔍 보기 분석

- 입장이 다른 발화자가 등장하는 대화체
  - 작중 상황을 극의 한 장면처럼 만듦
  - 사실성 추구: 구체적 소재와 다각적인 내용으로 당대 삶의 모습을 보여 줌
  - 유희성 추구: 대화가 논쟁, 의견 불일치 등 의외의 상황으로 전개되면서 재미가 생겨남, 내용보다 대화 전개 양상에 주목

✅ 정답풀이

② (가)의 '이내' 말씀은 집안의 내력과 사회적 지위를 구체적으로 언급하며 사회의 부조리를 해결하자는 입장으로, '그대' 말씀과 의견이 일치하지 않는군.

(가)의 '이내' 말씀인 '우리 조상 남쪽 양반 진사 급제 계속하여~국내 변방 이 땅에서 칠팔 대를 살아오니'를 통해 화자인 갑민의 과거 집안 내력과 사회적 지위가 구체적으로 언급되고 있으나 사회의 부조리를 해결하자는 입장은 나타나지 않는다.

❌ 오답풀이

① (가)의 '그대'가 '자네'의 선택과 다른 권유를 함으로써 '자네'가 풀어낸 사연은, 당시 갑산 백성이 겪었음 직한 고통을 사실적으로 보여 주는군.
(가)의 '그대'는 '차라리 네 살던 곳에 아무렇게나 뿌리박혀' 살라며 도망을 선택한 '자네'와 다른 권유를 하였고, 이에 갑민인 '자네'가 신역을 모두 감당하게 된 사연을 풀어내고 있다. 이를 통해 (가)는 당시 갑산 백성이 겪었음 직한 고통을 사실적으로 보여 주고 있다.

③ (나)는 선행하는 화자의 요청에 대해 '우리'가 선행하는 화자의 기대에 어긋난 대답을 하면서 대화가 의외의 상황으로 펼쳐지는군.
〈보기〉에서 '대화를 통해 유희성을 보이는 작품의 경우, 대화가 논쟁, 의견 불일치 등 의외의 상황으로 전개되면서 재미가 생겨'난다고 했다. (나)는 고기를 전달해 달라는 화자의 요청에 대해 '우리도 서주에 일이 많아 바삐 가는 길이매 가 전할동 말동 하여라'라는 기대에 어긋난 대답을 하면서 고기를 전달해 줄 것이라는 화자의 기대감이 무너지는 의외의 상황이 펼쳐지고 있다.

④ (나)의 선행하는 화자가 '고기'를 누구에게 주라고 하는지 명시하지 않아 불완전한 표현이 된 것은 이 작품이 내용보다 대화의 전개 양상에 주목한다는 것을 드러내는군.

〈보기〉에서 '때로 등장하는 불완전한 표현은 이러한 작품이 내용 자체보다 대화의 전개 양상에 주목함을 보여 준다.'라고 하였다. (나)의 '네 소 궁둥이에 얹어다가 주렴'에서 화자가 '고기'를 누구에게 전하려 하는지 명시하지 않아 불완전한 표현이 된 것을 통해 (나)가 내용보다 말을 주고받는 대화의 전개 양상에 주목한다는 것을 알 수 있다.

⑤ (가)의 '그대'는 길 가는 '자네'를, (나)의 선행하는 화자는 소 먹이는 '아희들'을 불러 말을 건네고 있어 작품의 상황이 극 중 장면처럼 보이는군.

〈보기〉에서 '입장이 다른 발화자가 등장하는 대화체를 사용해 작중 상황을 극의 한 장면처럼 만들기도 한다.'라고 하였다. (가)의 '그대'는 길 가는 '자네'를 보고 도망가지 말라고 말을 건네고 있으며, (나)의 선행하는 화자는 소 먹이는 '아희들'을 불러 말을 건네고 있으므로 작품의 상황이 극 중 장면처럼 보인다고 볼 수 있다.

MEMO

[1~3] 다음 글을 읽고 물음에 답하시오.

(가)

정치적 위협
「풍파*」에 일렁이던 배 어디로 갔단 말인가

구름이 험하거늘 처음 나왔는가 어찌하여

정치 경험이 적은 이들
「허술한 배 두신 분네」는 모두 조심하소서

– 정철의 시조 –

(나)

화자의 마음
「심의산(深意山)」 서너 바퀴 감돌아 휘돌아 들어

오뉴월* 한낮에 살얼음 엉긴 위에 된서리* 섞어 치고 자취눈

내렸거늘 보았는가 임아 임아

비방과 모략이 난무하는 현실
「온 놈이 온 말을 하여도」 임이 짐작하소서

– 정철의 시조 –

>> 지문의 핵심 내용을 정리해 보세요.

화자와 대상의 관계	풍파가 치는 모습을 보며 허술한 배를 둔 이를 걱정하는 사람
상황?	풍파에 움직이는 배를 걱정함 → 허술한 배를 둔 사람에게 조심할 것을 당부함

현대어 풀이

풍파에 흔들리던 배는 어디로 갔는가

구름이 험한데 처음 나왔는가 어찌하여 (안 보이는가)

허술한 배를 둔 사람들은 모두 조심하소서

이것만은 챙기자

*풍파: 세찬 바람과 험한 물결을 아울러 이르는 말.

>> 지문의 핵심 내용을 정리해 보세요.

화자와 대상의 관계	임에게 사람들이 하는 말을 잘 판단할 것을 당부하는 사람
상황?	오뉴월 한낮에 얼음이 끼고, 서리와 눈이 내림 → 임에게 그것을 보았는지 물음 → 세상 사람들이 하는 말을 잘 판단하기를 당부함

현대어 풀이

심의산 서너 바퀴를 마구 돌아들어

오뉴월 한낮에 살얼음이 엉긴 위에 된서리가 치고 눈이 내렸는데 임께서는 보셨습니까

온 세상 사람들이 말을 하여도 임이 (알아서) 짐작하소서

이것만은 챙기자

*오뉴월: 음력 오월과 유월이라는 뜻으로, 여름 한철을 이르는 말.
*된서리: 늦가을에 아주 되게 내리는 서리.

(다)

아이야 구럭 망태 찾아라 서쪽 산에 날 늦겠다
밤 지낸 고사리 벌써 아니 자랐으랴
이 몸이 이 「나물」아니면 조석(朝夕)* 어이 지내리
〈제1수〉

아이야 도롱이 삿갓 차려라 동쪽 시내에 비 내린다
기나긴 낚싯대에 「미늘* 없는 낚시」매어
저 고기 놀라지 마라 내 흥 겨워하노라
〈제2수〉

아이야 죽조반(粥早飯) 다오 남쪽 논밭에 일 많구나
「서투른 따비*」는 누구와 마주 잡을꼬
두어라 성세궁경(聖世躬耕)*도 역군은(亦君恩)이시니라
〈제3수〉

아이야 소 먹여 내어라 북쪽 마을에서 새 술 먹자
잔뜩 취한 얼굴을 달빛에 실어 오니
「어즈버」희황상인(羲皇上人)*을 오늘 다시 보는구나
〈제4수〉

– 조존성, 「호아곡」 –

*미늘: 고기가 물면 빠지지 않게 만든 낚시 끝의 안쪽에 있는 작은
갈고리.
*따비: 풀뿌리를 뽑거나 밭을 가는 데 쓰는 농기구.
*성세궁경: 태평한 세월에 자기가 직접 농사를 지음.
*희황상인: 세상일을 잊고 한가하고 태평하게 숨어 사는 사람을 이르는 말.

현대어 풀이

아이야 구럭과 망태를 찾아라. 서쪽 산에 늦지 않게 가자
밤 사이 고사리가 자라지 않았겠느냐
이 몸이 이 나물 아니면 아침 저녁으로 어떻게(무엇을 먹고) 지냈
겠는가
〈제1수〉

아이야 도롱이와 삿갓 차려라. 동쪽 시내에 비 내린다
기나긴 낚싯대에 바늘 없는 낚시 매어
저 물고기야 놀라지 마라. 내가 흥에 겨워 하는 일이다
〈제2수〉

아이야 죽조반(아침)을 다오. 남쪽 논밭에 일 많구나
서툰 따비는 누구와 마주 잡을까
두어라 태평한 세월에 농사 짓고 사는 것도 임금의 은혜이시다
〈제3수〉

아이야 소 먹여 내어라 북쪽 마을에서 새 술 먹자
잔뜩 취한 얼굴을 달빛에 실어 오니
아 (취한 내 모습이) 세상일을 잊고 한가하고 태평하게 숨어 사는
사람의 모습과 같구나
〈제4수〉

이것만은 챙기자

*조석: 아침밥과 저녁밥을 아울러 이르는 말.

>> 지문의 핵심 내용을 정리해 보세요.

화자와 대상의 관계	소박한 삶에서 기쁨과 보람을 느끼는 '나'
상황?	산에서 나물을 캐다 먹으며 지냄 → 흥을 위한 낚시를 감 → 직접 농사를 지으며 살 수 있는 것을 역군은이라고 여김 → 자연 속에서 술을 마시며 즐거워함

1. (가)~(다)의 공통점으로 가장 적절한 것은?

✅ 정답풀이

① 말을 건네는 방식을 통해 화자의 요구를 전달하고 있다.

> (가)의 '허술한 배 두신 분네는 모두 조심하소서'에서는 '허술한 배 두신 분'에게 풍파를 조심하라는 요구를, (나)의 '온 놈이 온 말을 하여도 임이 짐작하소서'에서는 '임'에게 세상 사람들이 화자에 대해 하는 말들을 잘 판단해 달라는 요구를, (다)의 '아이야 구럭 망태 찾아라'에서는 '아이'에게 고사리를 캐러 갈 수 있게 도구를 준비하라는 요구를 각각 말을 건네는 방식을 통해 전달하고 있다.

❌ 오답풀이

② 대상을 의인화하여 화자와 자연의 유대감을 나타내고 있다.
(다)의 '저 고기 놀라지 마라'에서 자연물에게 말을 건네는 방식으로 대상을 의인화하여 자연과의 유대감을 나타내고 있다. 그러나 (가)와 (나)에서 대상을 의인화한 부분은 나타나지 않는다.

③ 과거와 현재를 대비하여 미래에 대한 전망을 드러내고 있다.
(가)~(다)에서 과거와 현재를 대비한 부분이나 미래에 대한 전망을 드러낸 부분은 나타나지 않는다.

④ 물음의 방식을 활용하여 대상에 대한 친밀감을 표현하고 있다.
(가)의 '배 어디로 갔단 말인가', '처음 나왔는가', (나)의 '보았는가', (다)의 '밤 지낸 고사리 벌써 아니 자랐으랴', '이 몸이 이 나물 아니면 조석 어이 지내리', '서투른 따비는 누구와 마주 잡을꼬' 등에서 물음의 방식을 활용하고 있다. 그러나 이를 통해 대상에 대한 친밀감을 표현하고 있지는 않다. (다)의 경우 '이 몸이 이 나물 아니면 조석 어이 지내리'에서 나물을 먹으며 사는 소박한 삶에 대한 즐거움 등을 표현하고 있다고는 볼 수 있지만, 이 또한 대상에 대한 친밀감을 표현했다고 보기는 어렵다.

⑤ 풍경을 사실적으로 묘사하여 계절의 변화상을 그려 내고 있다.
(가)~(다)에서 풍경의 사실적 묘사를 통해 계절의 변화상을 그려 낸 부분은 나타나지 않는다.

🌱 기틀잡기

> ② 유대감: 서로 밀접하게 연결되어 있는 공통된 느낌.

🖋 모두의 질문

• 1-⑤번

Q: (나)의 중장은 풍경을 사실적으로 묘사하여 계절의 변화상을 그려 냈다고 볼 수 있지 않나요?

A: (나)의 중장 '오뉴월 한낮에 살얼음 엉긴 위에 된서리 섞어 치고 자취 눈 내렸거늘'에서는 된서리가 치고 눈이 내리는 모습을 말하고 있다. 그런데 이때 앞에서 시기를 '오뉴월'이라고 특정하고 있다. 이는 계절적으로 초여름에 해당하여 원래는 서리나 눈 등의 기상 현상이 일어나기 힘든 시기이다. 따라서 이는 풍경을 '사실적으로' 묘사한 것으로 볼 수 없으며, 계절의 변화상을 그려 낸 것으로도 볼 수 없다. 시구의 의미를 이해할 때는 앞뒤의 맥락과 시간 등의 표지를 함께 고려하여 파악하는 것이 중요하다.

2. (다)에 대한 이해로 적절하지 않은 것은?

✅ 정답풀이

③ 〈제1수〉 중장과 〈제3수〉 중장에서 나타나는 화자의 걱정은 각 수의 종장에서 강화되고 있다.

> (다)에서 〈제1수〉의 중장 '밤 지낸 고사리 벌써 아니 자랐으랴'는 고사리가 밤새 자랐을 테니, 어서 고사리를 따러 가자는 의미로 이와 종장 '이 몸이 이 나물 아니면 조석 어이 지내리'에서는 나물을 얼른 캐어 끼니를 이어야 한다는 걱정이 나타난다고 볼 여지가 있다. 〈제3수〉의 중장 '서투른 따비는 누구와 마주 잡을꼬'는 화자가 농사를 지으려 하면서 자신의 서투름을 걱정하는 태도를 나타낸 것이라고 볼 수 있다. 이는 종장에서 태평한 세상에서 손수 농사짓고 살 수 있음에 대해 임금에게 감사한다는 표현으로 이어지고 있다. 따라서 〈제1수〉 중장과 〈제3수〉 중장에서 나타나는 화자의 걱정이 각 수의 종장에서 강화된다고 볼 수 없다.

❌ 오답풀이

① 각 수의 첫 음보를 동일한 시어로 제시하여 시상 전개에 안정감을 부여하고 있다.
(다)에서는 각 수의 첫 음보를 '아이야'라는 동일한 시어로 제시하여 시상 전개에 안정감을 부여하고 있다.

② 〈제1수〉와 〈제2수〉에서는 생활 도구를 언급하여 화자가 살아가는 모습을 보여 주고 있다.
(다)의 〈제1수〉에서는 '구럭(그릇)'과 '망태', 〈제2수〉에서는 '도롱이'와 '삿갓' 등 일상에서 사용되는 도구를 언급하여 산에서 나물을 캐어 먹고, 비 오는 날 낚시를 하는 등의 화자가 살아가는 모습을 보여 주고 있다.

④ 〈제1수〉 종장과 〈제3수〉 초장에서는 간단한 먹을거리를 언급하여 화자의 소박한 생활을 드러내고 있다.
(다)의 〈제1수〉 종장에서는 '나물'을, 〈제3수〉 초장에서는 '죽조반'을 언급하여 화자의 소박한 생활을 드러내고 있다.

⑤ 〈제4수〉 종장은 첫 음보의 감탄 표현을 활용하여 시상을 집약하고 있다.
(다)의 〈제4수〉 종장은 '어즈버'라는 감탄사로 시작하고 있으며, 이를 활용하여 자연 속에서 한가하고 태평한 삶을 즐기는 화자의 감정을 집약하고 있다.

3. 〈보기〉를 참고하여 (가)~(다)를 감상한 내용으로 적절하지 <u>않은</u> 것은? [3점]

〈보기〉

정철과 조존성이 살았던 16세기 후반~17세기 초반에는 정치 참여 과정에서 당파 간의 대립과 투쟁이 극심해지면서 정치적 공격을 받은 문인들이 벼슬에서 파직, 유배되거나 산림에 은거하는 등 정계에서 소외된 상태에 놓이는 경우가 잦았다. 이 과정에서 문인들은 정치 경험을 바탕으로 정치 현실에 대한 비판과 경계, 처세관, 자연에 몰입하려는 태도 등을 작품에 드러내었다.

🔍 보기 분석

- 정철과 조존성이 살았던 시대
  - 당파 간의 대립과 투쟁이 극심
  - 정치적 공격을 받은 문인들이 정계에서 소외된 상태에 놓이는 경우가 많음
    → 문인들은 작품을 통해 정치 현실에 대한 비판과 경계, 처세관, 자연에 몰입하려는 태도 등을 드러냄

✅ 정답풀이

③ '심의산'이 화자의 심회이고 '오뉴월'의 '자취눈'이 화자의 복잡한 심정을 비유한 표현이라면, (나)의 초장과 중장에서는 당쟁의 상황에서 굳은 마음을 견지하려는 화자의 의지를 드러내는 것이겠군.

〈보기〉에 따르면 (나)의 작가인 정철을 비롯하여 당쟁에 휘말린 문인들은 '정치 현실에 대한 비판과 경계, 처세관, 자연에 몰입하려는 태도 등을 작품에 드러'냈다고 하였다. (나)에서 '심의산'이 화자의 심회이고 '오뉴월'에 내리는 '자취눈'이 화자의 복잡한 심정을 비유한 표현이라면, (나)의 초장 '심의산 서너 바퀴 감돌아 휘돌아 들어'와 중장 '오뉴월 한낮에 살얼음 엉긴 위에 된서리 섞어 치고 자취눈 내렸거늘 보았는가 임아 임아'는 당파 간의 대립과 투쟁으로 인해 괴로워하는 화자의 모습을 나타낸다고 볼 수 있다. 이를 당쟁의 상황에서 굳은 마음을 견지하려는 화자의 의지를 드러낸 것으로 보기는 어렵다.

❌ 오답풀이

① '풍파'가 험난한 정치 현실이고 '일렁이던 배'가 시련을 겪은 관료라면, (가)의 초장은 당쟁에 휘말린 사람이 정치적 소외 상태에 놓인 것을 의미하겠군.

〈보기〉에 따르면 (가)의 작가인 정철이 살았던 시기는 '당파 간의 대립과 투쟁이 극심해지면서' 문인들이 '정계에서 소외된 상태에 놓이는 경우가 잦았'다. (가)에서 '풍파'가 험난한 정치 현실이고 '일렁이던 배'가 시련을 겪은 관료라면, 초장의 '풍파에 일렁이던 배 어디로 갔단 말인가'는 당쟁에 휘말린 관료가 파직이나 유배 등으로 보이지 않게 됨을 의미하므로 정치적 소외 상태에 놓이게 됨을 나타낸다고 볼 수 있다.

② '구름이 험하거늘'이 정치적 위기의 조짐에 해당하고 '허술한 배 두신 분네'가 신진 관료라면, (가)의 종장은 화자가 정치 경험이 충분치 않은 이들에게 정치의 험난함을 알려 주는 것이겠군.

〈보기〉에 따르면 정계에서 소외된 문인들은 '정치 경험을 바탕으로 정치 현실에 대한 비판과 경계, 처세관' 등을 작품에 드러냈다고 하였다. (가)의 '구름이 험하거늘'이 정치적 위기의 조짐에 해당하고 '허술한 배 두신 분네'가 신진 관료라면, 종장의 '허술한 배 두신 분네는 모두 조심하소서'는 정치 경험이 충분치 않은 이들에게 정치의 험난함을 알려 주는 것으로 볼 수 있다.

④ '온 놈이 온 말을 하'는 상황이 비방과 모략이 난무하는 현실이고 '임'이 임금이라면, (나)의 종장은 온갖 참소를 임금이 잘 판단해 달라는 것이겠군.

〈보기〉에 따르면 정계에서 소외된 문인들은 '정치 현실에 대한 비판과 경계, 처세관' 등을 작품에 드러냈다고 하였다. (나)에서 '온 놈이 온 말을 하'는 상황이 비방과 모략이 난무하는 현실이고 '임'이 임금이라면, 종장의 '온 놈이 온 말을 하여도 임이 짐작하소서'는 화자에 대해 온갖 비방과 모략이 나오더라도 임금이 그것을 모두 믿지 말고 잘 판단해 주기를 바람을 의미한다고 볼 수 있다.

⑤ '미늘 없는 낚시'가 욕심 없이 사는 삶을 의미한다면, (다)의 〈제2수〉 종장은 자연과 더불어 지내는 화자의 흥을 드러내는 것이겠군.

〈보기〉에 따르면 정계에서 소외된 문인들은 '자연에 몰입하려는 태도'를 작품에 드러냈다고 하였다. (다)의 〈제2수〉에서 '미늘 없는 낚시'가 욕심 없이 사는 삶을 의미한다면, 종장인 '저 고기 놀라지 마라 내 흥겨워하노라'는 자연 속에서 한가로이 낚시를 하며 지내는 화자의 흥을 드러내는 표현으로 볼 수 있다.

🌱 기틀잡기

③ **심회**: 마음속에 품고 있는 생각이나 느낌.
견지: 어떤 견해나 입장 따위를 굳게 지니거나 지킴.

[1~3] 다음 글을 읽고 물음에 답하시오.

(가)

장풍에 돛을 달고 **육선**이 함께 떠나
삼현과 **군악** 소리 해산을 진동하니
물속의 어룡들이 응당히 놀라리라
해구를 얼른 나서 오륙도를 뒤 지우고
고국*을 돌아보니 야색이 아득하여
아무것도 아니 뵈고 연해 각진포에
불빛 두어 점이 구름 밖에 뵐 만하다
배 방에 누워 있어 「내 **신세**」를 생각하니

~~사신의 임무를 수행하기 위해 떠나야 함~~

[A]

가뜩이 심란한데 **대풍**이 일어나서

~~태풍에 휩쓸리는 배~~

「태산 같은 **성난 물결** 천지에 자욱하니
크나큰 만곡주*가 **나뭇잎** 불리이듯
하늘에 올랐다가 지함에 내려지니
열두 발 쌍돛대는 차아*처럼 굽어 있고
쉰두 폭 초석 돛은 반달처럼 배불렀네」

(중략)

날이 마침 극열하고 석양이 비치어서
끓는 땅에 엎디어서 말씀을 여쭈오니
속에서 불이 나고 관대에 땀이 배어
물 흐르듯 하는지라 **나라**께서 보시고서

[B]

너희 더위 어려우니 먼저 나가 쉬라시니
곡배*하고 사퇴하니 천은이 망극하다*
더위를 장히 먹어 막힐 듯하는지라
사신들도 못 기다려 하처로 돌아오니
누이도 반겨하고 **딸**은 기뻐 우는지라
일가 친척들이 나와서 위문*하네

여드레 겨우 쉬어 「**공주로 내려가니**」

~~공간의 이동에 따른 전개~~
~~화자를 다시 만난 가족들의 기쁨~~

「**처자식**들 **나**를 보고 죽었던 이 고쳐 본 듯
기쁘기 극한지라 어리석은 듯 앉았구나」

[C]

사당*에 현알*하고 옷도 벗고 편히 쉬니
풍도*의 험하던 일 저승 같고 꿈도 같다
손주 안고 어르면서 한가히 누웠으니
강호의 산인이요 **성대*의** 일반이로다

– 김인겸, 「일동장유가」 –

>> 지문의 핵심 내용을 정리해 보세요.

화자와 **대상**의 관계	**사신**의 임무를 수행하기 위해 험난한 여정을 겪고 돌아와 임금과 가족을 만난 '나'
상황?	배를 타고 떠나는 길에 기상이 악화하여 거센 **풍랑**을 만남 → 귀국 후에 임금을 알현하다가 심한 **더위**에 괴로워하자 쉬라는 허락을 받음 → 하처로 돌아와 누이와 딸, 일가친척의 환영을 받음 → **공주**로 내려가 기뻐하는 가족과 재회하고 한가하게 쉼

현대어 풀이

강한 바람에 돛을 달고 배 여섯 척이 함께 떠나
악기 소리와 군악 소리가 바다와 산을 진동하니
물속에 있는 물고기와 용이 마땅히 놀랄 만하다
해구를 얼른 나서서 (부산) 오륙도를 뒤로 하고
고국을 돌아보니 밤빛이 아득하여
아무것도 보이지 않고 바닷가의 군영 각 포구에
불빛 두어 점이 구름 밖에 보일 듯하다
선실에 누워서 내 신세를 생각하니
가뜩이나 심란한데 큰 바람이 일어나서
태산같이 성난 물결이 천지에 자욱하니
크나큰 배가 나뭇잎 나부끼듯
하늘에 올랐다가 땅 밑에 내려오니
열두 발의 쌍돛대는 나뭇가지처럼 굽어 있고
쉰두 폭 짚으로 엮은 돛은 반달처럼 배가 불렀네

(중략)

날이 마침 몹시 무덥고 석양이 비치고 있어
끓는 듯한 땅에 엎드려서 (임금께) 말씀을 여쭈오니
속에서 불이 나는 듯하고 관대에는 땀이 배어
물 흐르듯 하는지라 임금께서 보시고서
너희들이 더위로 (견디기) 어려우니 먼저 나가 쉬라 하시니
엎드려 절하고 물러나니 임금의 은혜가 끝이 없다
더위를 심하게 먹어 (숨이) 막힐 듯하는지라
사신들도 못 기다리고 묵던 곳으로 돌아오니
누이도 반겨 오고 딸은 기뻐서 우는지라
일가친척들이 나와서 안부를 묻네
여덟 날을 겨우 쉬어 공주로 내려가니
처자식들은 나를 보고 죽었던 이를 다시 본 듯
기쁘기 그지없어 어리석은 듯 앉았구나
(조상의) 사당에 찾아가 문안을 올리고 옷도 벗고 편히 쉬니

바람과 물결이 험하던 일이 저승에서의 일 같고 꿈같기도 하다
손주를 안고 어르면서 한가하게 누웠으니
(이런 내가) 자연의 산인이요 태평한 시대의 사람이로구나

이것만은 챙기자

* **고국**: 주로 남의 나라에 있는 사람이 자신의 조상 때부터 살던 나라를 이르는 말.
* **만곡주**: 아주 많은 곡식을 실을 만큼 큰 배.
* **차아**: 줄기에서 벋어 나간 곁가지.
* **곡배**: 임금을 뵙고 절을 함. 또는 그 절.
* **망극하다**: 임금이나 어버이의 은혜가 한이 없다.
* **위문**: 위로하기 위하여 문안하거나 방문함.
* **사당**: 조상의 신주(神主)를 모셔 놓은 집.
* **현알**: 지체가 높고 귀한 사람을 찾아가 뵘.
* **풍도**: 바람과 큰 물결.
* **성대**: 어진 임금이 다스리는 세상 또는 시대를 높여 이르는 말.

(나)

꼬아 자란 층석류*요 틀어 지은 고사매*라
삼봉 괴석*에 달린 솔이 늙었으니
아마도 화암 풍경이 **너**뿐인가 하노라 〈제1수〉
(화자가 취향에 맞게 조성한 공간)

막대 짚고 나와 거니니 양류풍 불어온다
「긴 파람 짧은 노래 **뜻대로 소일***하니」 (강호에서의 자족감)
어디서 초동과 목수(牧叟)는 웃고 가리키나니 〈제6수〉

맑은 물에 벼를 갈고 **청산**에 섶*을 친 후
서림 풍우에 소 먹여 돌아오니
두어라 「야인* 생애」도 자랑할 때 있으리라 〈제9수〉 (향촌에서 사는 삶)

– 유박, 「화암구곡」 –

* *층석류: 석류나무로 만든 분재.
* *고사매: 매화를 고목에 접붙인 분재.

꼬아 자란 석류나무 분재요, 틀어 만든 늙은 매화 분재라
세 봉우리의 기이한 돌에 달린 소나무가 늙었으니
아마도 화암의 풍경은 너뿐인가 하노라 〈제1수〉

지팡이를 짚고 나와 거닐고 있으니 버들 바람(봄바람)이 불어온다
긴 휘파람 짧은 노래로 마음대로 세월을 보내니
어디서 나무하는 아이와 가축 치는 늙은이는 웃으며 (손가락으로 나를) 가리키나니 〈제6수〉

맑은 물에 벼를 심고 청산에서 땔나무를 벤 뒤
서쪽 숲의 비바람에 소 먹이고 돌아오니
두어라, 향촌에서 사는 사람의 삶도 자랑할 때가 있으리라 〈제9수〉

이것만은 챙기자

* **괴석**: 괴상하게 생긴 돌.
* **소일**: 어떠한 것에 재미를 붙여 심심하지 아니하게 세월을 보냄.
* **섶**: 잎나무, 풋나무, 물거리 따위의 땔나무를 통틀어 이르는 말.
* **야인**: 시골에 사는 사람.

» 지문의 핵심 내용을 정리해 보세요.

화자와 대상의 관계	층석류와 고사매, 삼봉 괴석에 달린 솔을 보고 감탄하며 향촌에서 한가롭고 소박하게 살아가는 사람
상황?	분재의 모습에 만족감을 느낌 → 자연 속에서 한가롭게 소일하는 생활을 함 → 향촌에서의 소박한 생활도 자랑할 때가 있을 것이라고 생각함

1. (가), (나)의 표현상 특징에 대한 설명으로 가장 적절한 것은?

✅ 정답풀이

② (가)는 사물의 형태가 변화한 모습을 묘사하여 외부 환경의 영향력을 부각하고 있다.

> (가)는 '대풍이 일어나'고 '태산 같은 성난 물결 천지에 자욱'해져 화자가 탄 '크나큰 만곡주'의 '쌍돛대'가 '차아처럼 굽'고 '초석 돛은 반달처럼 배'부르게 변화한 모습을 묘사하여 '대풍'과 '성난 물결'의 영향력을 부각하고 있다.

❌ 오답풀이

① (가)는 과거를 회상하는 표현을 통해 현재 상황에 대한 아쉬움을 드러내고 있다.
  (가)는 '풍도의 험하던 일 저승 같고 꿈도 같다'에서 풍랑이 치는 바다를 건넜던 험난한 여정을 되돌아보고 있다. 그러나 (가)의 화자는 현재 고향으로 돌아와 자연 속에서 한가롭게 지내고 있으므로, 현재 상황에 대한 아쉬움을 드러내고 있지는 않다.

③ (나)는 계절을 나타내는 어휘를 활용해 애달픈 정서를 부각하고 있다.
  (나)는 '양류풍'이라는 계절(봄)을 나타내는 어휘를 활용했지만, 이를 통해 자연에서 살아가는 흥취를 부각하고 있을 뿐 애달픈 정서를 부각하고 있지는 않다.

④ (나)는 두 인물의 행위를 대비하여 대상에 대한 평가를 드러내고 있다.
  (나)는 '뜻대로 소일'하는 화자와 그런 화자를 '웃고 가리키'는 '초동과 목수'의 행위를 제시하고 있다. 그러나 '초동'과 '목수'는 동일한 행위를 하고 있으므로 이들의 행위를 대비하여 대상에 대한 평가를 드러내고 있지는 않다.

⑤ (가)와 (나)는 모두 영탄적 표현을 통해 대상에 대한 경외감을 드러내고 있다.
  (가)는 '기쁘기 극한지라 어리석은 듯 앉았구나', '성대의 일반이로다'에서, (나)는 '아마도 화암 풍경이 너뿐인가 하노라'에서 영탄적 표현을 통해 상황이나 대상에 대한 기쁨과 만족감을 드러내고 있을 뿐, 대상에 대한 경외감을 드러내고 있지는 않다.

🌱 기틀잡기

> ① **회상**: 지난 일을 돌이켜 생각함. 또는 그런 생각.
> ④ **대비**: 두 가지의 차이를 밝히기 위하여 서로 맞대어 비교함.
> ⑤ **영탄**: 감정을 억누르지 않고 그대로 표출하는 표현 방법. 감탄사와 감탄 어미를 사용하거나 호칭어를 사용하고, 명령이나 권유, 설의의 형식을 취하는 것까지도 영탄법으로 볼 수 있음.
> **경외감**: 공경하면서 두려워하는 감정.

2. [A]~[C]에 대한 이해로 적절하지 않은 것은?

✅ 정답풀이

③ [C]에서는 갑작스러운 상황에 감정을 표현하지 못하고 무심하게 대응하는 가족들의 모습이 드러난다.

> [C]에서 화자의 가족인 '처자식들'은 화자를 보고 '죽었던 이 고쳐 본 듯 / 기쁘기 극한지라 어리석은 듯 앉았'다고 하였다. 이는 가족들이 험난한 여정을 마치고 돌아온 화자를 보고 죽은 사람과 다시 만난 듯 기쁨을 주체하지 못하는 모습을 보인 것이므로, [C]에서 감정을 표현하지 못하고 무심하게 대응하는 가족들의 모습이 드러난다고 보기는 어렵다.

❌ 오답풀이

① [A]에서는 선상에서 불빛 두어 점에 의지해, 떠나온 곳을 가늠하는 행위를 통해 출항 후의 모습이 드러난다.
  [A]에서 화자는 배 위에서 '고국을 돌아보니 야색이 아득하여 / 아무것도 아니' 보이고 '연해 각진포에 / 불빛 두어 점이 구름 밖에 뵐 만하다'라고 했다. 이렇듯 밤중에 선상에서 희미하게 보이는 '불빛 두어 점'에 의지하여 자신의 현재 위치와 떠나온 곳을 가늠하는 화자의 행위를 통해 출항 후의 모습을 확인할 수 있다.

② [B]에서는 신하들의 고충을 헤아리는 임금의 배려에 감격한 마음이 드러난다.
  [B]에서 화자는 '너희 더위 어려우니 먼저 나가 쉬라'고 하는 '나라(임금)'의 말씀을 듣고 '천은이 망극하'다는 반응을 보인다. 이는 더위 속에 '끓는 땅'에 엎드려 있던 신하들의 고충을 헤아려 준 임금의 배려에 감격한 마음을 드러낸 것으로 볼 수 있다.

④ [A]에서는 포구를 돌아보지만 보고 싶은 것이 보이지 않는 상황이, [B]에서는 격식을 갖추기 위해 뜨거운 땅에 엎드려 있는 일을 힘겨워하는 상황이 드러난다.
  [A]에서는 '고국'을 돌아보지만 '야색이 아득하여 / 아무것도 아니' 보이고 '연해 각진포에 / 불빛 두어 점'만 겨우 보이는 상황이 드러난다. [B]에서는 화자가 '날이 마침 극열'할 때 격식을 갖추어 임금께 '말씀을 여쭈'기 위해 '끓는 땅에 엎디어' 있는 일을 '속에서 불이 나고 관대에 땀이 배어 / 물 흐르듯' 한다고 할 정도로 힘겨워하는 상황이 드러난다.

⑤ [A]에서는 예기치 않게 맞닥뜨린 여정상의 위험이, [C]에서는 과거의 위험했던 경험에 대한 소회가 드러난다.
  [A]에서 배를 타고 길을 떠난 화자는 갑작스럽게 '대풍이 일어나서 / 태산 같은 성난 물결 천지에 자욱'해지는 위험한 상황에 맞닥뜨린다. [C]에서 화자는 '풍도의 험하던 일'로 인해 위험에 직면했던 상황이 '저승 같고 꿈도 같다'면서 당시의 경험에 대한 소회를 드러낸다.

3. 〈보기〉를 참고하여 (가), (나)를 감상한 내용으로 적절하지 않은 것은? [3점]

〈보기〉

조선 후기 시가에서는 경험과 외물에 대한 관심이 확대되었다. 「일동장유가」는 사행을 다녀온 경험을 생생하게 표현하며 그에 대한 정서를 솔직하게 드러냈다. 「화암구곡」은 포착된 자연의 양상에 따라 강호에서의 자족감, 출사하지 못한 선비로서 생활 공간인 향촌에 머물 수밖에 없는 데 따른 회포, 취향이 반영된 자연물로 구성한 개성적 공간에서의 긍지를 드러냈다.

🔍 **보기 분석**

- 경험과 외물에 대한 관심이 반영된 조선 후기 시가
  - 「일동장유가」: 사행을 다녀온 경험과 그에 대한 정서를 솔직하게 표현함
  - 「화암구곡」: 포착된 자연의 양상에 따라 ① 강호에서의 자족감, ② 출사하지 못한 선비로서 향촌 생활에 대해 갖는 회포, ③ 취향에 따라 구성한 개성적 공간에 대한 긍지를 드러냄

✔ **정답풀이**

④ (가)는 배에서 '신세'를 생각하는 모습으로 사행길의 복잡한 심사를, (나)는 '청산'에서의 삶에서 느끼는 자랑스러움을 '야인 생애'로 표현하여 겸양의 태도를 드러내는군.

〈보기〉에서 (가)에는 '사행을 다녀온 경험'이 나타난다고 하였고, (나)에는 '출사하지 못한 선비로서 생활 공간인 향촌에 머물 수밖에 없는 데 따른 회포'가 나타난다고 했다. 이를 참고했을 때, (가)에서 사행을 떠난 화자가 '배 방에 누워'서 '내 신세를 생각하니 / 가뜩이 심란'했다고 한 것은 사신의 임무를 수행하기 위해 험난한 여정을 떠나야 하는 상황에서 복잡한 심사를 드러낸 것으로 볼 수 있다. 그런데 (나)에서 '야인 생애'는 '맑은 물에 벼를 갈고 청산에 섶을' 치며 '소 먹여 돌아'오는, 향촌에서 살아가는 삶을 표현한 것이다. 따라서 '야인 생애도 자랑할 때 있으리라'라고 하는 것에서 출사하지 못한 선비로서 향촌에 머무는 현재의 삶에 대한 회포가 드러난다고 볼 수는 있지만, '야인 생애'라는 표현에서 자랑스러움이 겸양의 태도로 나타나고 있다고 볼 수는 없다.

✖ **오답풀이**

① (가)는 배가 '나뭇잎'처럼 파도에 휩쓸리고 하늘에 올랐다 떨어지는 것 같다고 하여 대풍을 겪은 체험을 생동감 있게 드러내는군.

〈보기〉에서 (가)에서는 '사행을 다녀온 경험을 생생하게 표현'하고 있다고 하였다. (가)에서 '대풍'에 의해 '태산 같은 성난 물결'이 일어나 화자가 탄 '크나큰 만곡주가 나뭇잎 불리이듯 / 하늘에 올랐다가 지함에 내려지'는 듯 거세게 흔들렸다고 표현한 부분에는 대풍을 겪은 체험이 생동감 있게 드러나고 있다.

② (나)는 화암의 풍경이라 인정할 만한 것이 '너뿐'이라고 하여 자신이 기른 화훼로 조성한 공간에 대한 자긍심을 드러내는군.

〈보기〉에서 (나)에는 '취향이 반영된 자연물로 구성한 개성적 공간에서의 긍지'가 드러난다고 하였다. (나)에서 '꼬아 자란 층석류'와 '틀어 지은 고사매', '삼봉 괴석에 달린 솔'과 같은 화자 취향의 자연물로 조성된 공간에 대해 '아마도 화암 풍경이 너뿐'이라고 예찬하는 것에서 자신이 기른 화훼로 조성해 낸 개성적 공간에 대한 자긍심이 드러나고 있다.

③ (가)는 '육선'에 탄 사신단이 만물이 격동할 만한 '군악'을 들으며 떠나는 데 주목해 경험에 대한 관심을, (나)는 꼬이고 틀어진 모양으로 가꾼 식물에 주목해 외물에 대한 관심을 드러내는군.

〈보기〉에서 '조선 후기 시가에서는 경험과 외물에 대한 관심이 확대'되었으며, (가)에는 '사행을 다녀온 경험'이, (나)에는 '취향이 반영된 자연물'이 나타난다고 하였다. (가)에서 화자를 포함한 사신단이 '육선'을 타고 떠날 때 '삼현과 군악 소리 해산을 진동하니 / 물속의 어룡들이 응당히 놀'랄 정도였다고 묘사한 부분에는 사신단이 사행을 가기 위해 출항할 때 환송식을 했던 경험에 대한 관심이 드러나고 있다. 그리고 (나)에서 '꼬아 자란 층석류', '틀어 지은 고사매'와 같이 화자의 취향에 맞추어 꼬이고 틀어진 모양으로 가꾼 식물에 주목하는 것에는 외부 사물에 대한 관심이 드러나고 있다.

⑤ (가)는 집으로 돌아와 한가하게 지내며 '성대'를 누리는 삶에 대한 만족감을, (나)는 양류풍에 감응하며 '뜻대로 소일'하는 강호의 삶에 대한 자족감을 드러내는군.

〈보기〉에서 (가)는 '사행을 다녀온' 화자의 '정서를 솔직하게', (나)는 '포착된 자연의 양상에 따라 강호에서의 자족감'을 드러내고 있다고 하였다. (가)에서 사행을 다녀온 화자가 '한가히 누워' 지내는 자신을 '강호의 산인이요 성대의 일반'과 같다고 한 부분에는, 고된 여정을 마치고 집으로 돌아와 한가하게 태평성대를 누리는 삶에 대한 화자의 만족감이 드러나고 있다. 그리고 (나)에서 불어오는 '양류풍'을 느끼며 '긴 파람 짧은 노래'로 '뜻대로 소일'한다고 한 부분에는, 자연에 감응하며 자유롭고 한가롭게 살아가는 강호의 삶에 대한 화자의 자족감이 드러나고 있다.

🌱 **기틀잡기**

② **자긍심**: 스스로에게 긍지를 가지는 마음.
④ **사행**: 관리가 임무를 수행하기 위하여 길을 떠나는 일.
  겸양: 겸손한 태도로 남에게 양보하거나 사양함.
⑤ **감응**: 어떤 느낌을 받아 마음이 따라 움직임.
  자족감: 스스로 넉넉하게 여기는 느낌.

문제적 문제

학생들이 정답 외에 가장 많이 고른 선지는 ③번이다. 〈보기〉에 언급된 '경험과 외물에 대한 관심'을 (가)와 (나)에 어떻게 적용해야 하는지 파악하는 데 어려움이 있었던 것으로 보인다.

〈보기〉에 따르면 '조선 후기 시가에서는 경험과 외물에 대한 관심이 확대되었다'. 이때 '경험'은 화자가 실제로 해 보거나 겪어 본 것을 의미하는데, (가)에서는 화자가 '사행을 다녀온 경험'에 대해 이야기할 때 경험에 대한 관심이 드러난다고 볼 수 있다. 그리고 '외물'은 화자가 바라보는 외부 세계의 사물, 즉 감각적으로 인지할 수 있는 외부의 대상을 의미하는데, (나)에서는 화자가 '자연'을 포착하고 있을 때 외물에 대한 관심이 드러난다고 볼 수 있다. 따라서 (가)에서 화자가 사신단 자격으로 배를 타고 떠나면서 '해산을 진동'할 만큼 크고 웅장한 '삼현과 군악 소리'를 들었던 일을 묘사하는 부분에는 경험에 대한 관심이, (나)에서 화자가 '꼬아 자란 층석류', '틀어 지은 고사매' 등과 같은 자연물을 관찰하는 부분에는 외물에 대한 관심이 드러난다고 볼 수 있다.

정답 선지인 ④번을 적절하다고 판단한 학생들의 경우, (나)의 '자랑할 때 있으리라'에서 '청산'에서의 삶에 대한 자랑스러움이, '야인'이라는 표현에서 향촌에서의 삶에 대한 겸양의 태도가 드러난다고 판단했을 가능성이 있다. 그러나 두 부분은 따로 판단할 부분이 아니라, 화자가 '야인 생애'를 미래의 언젠가 자랑할 만한 것이 되리라고 여기고 있다는 맥락으로 이해해야 한다.

〈보기〉에서 (나)에는 '강호에서의 자족감'과 '출사하지 못한 선비로서 생활 공간인 향촌에 머물 수밖에 없는 데 따른 회포'가 나타난다고 하였는데, 이를 참고하면 화자는 향촌을 '출사하지 못한 선비로서', '머물 수밖에 없'는 공간이라고 여기고 있으므로, 화자가 〈제9수〉 초장과 중장에 나타난 삶의 모습을 자랑스럽게 여기고 있다고 보기 어려운 면이 있다. 또한 야인 생애'도 자랑할 때가 있으리라는 것은 화자가 야인 생애일지라도, 즉 이것마저도 나중에는 자랑할 수 있지 않을까 예상하는 부분으로, '야인 생애'에 자신을 낮추어 자신의 삶에 대해 느끼는 자랑스러움을 감추거나 완화하려는 겸양의 태도가 나타난다고 보기는 어렵다. 이러한 면에서 ④번은 적절하지 않은 선지가 된다.

정답률 분석

①	②	매력적 오답 ③	정답 ④	⑤
2%	14%	24%	47%	13%

MEMO

[1~3] 다음 글을 읽고 물음에 답하시오.

(가)

청강 녹초변에 소 먹이는 아이들이

석양에 흥이 겨워 피리를 빗기 부니

「물 아래 잠긴 용이 잠 깨어 일어날 듯

내* 기운에 나온 학이 제 깃을 던져 두고 반공에 솟아 뜰 듯」
이상 세계의 아름다움

소선(蘇仙)* 적벽은 추칠월이 좋다 하되

팔월 십오야를 모두 어찌 칭찬하는가

구름이 걷히고 물결이 다 잔 적에

하늘에 돋은 달이 솔 위에 걸렸거든

잡다가 빠진 줄이 적선(謫仙)*이 헌사할샤*

「공산에 쌓인 잎을 삭풍이 거둬 불어
가을→겨울로의 계절 변화

떼구름 거느리고 눈조차 몰아오니

천공*이 호사로워 옥으로 꽃을 지어

만수천림*을 꾸며곰 낼세이고」

앞 여울 가리 얼어 독목교(獨木橋) 비꼈는데

막대 멘 늙은 중이 어느 절로 간단 말고

산옹의 이 부귀를 남더러 자랑 마오

경요굴(瓊瑤窟)* 숨은 세계 찾을 이 있을세라

산중에 벗이 없어 「서책을 쌓아 두고
정신적 세계에의 집중

만고 인물을 거슬러 혜여하니」

성현*도 많거니와 호걸도 하도 할샤

하늘 삼기실 제 곧 무심할까마는

어찌한 시운(時運)이 흥망이 있었는고

모를 일도 하거니와 애달픔도 그지없다

기산의 늙은 고블* 귀는 어찌 씻었던고

「박 소리 핑계하고 지조가 가장 높다」
은거 지향에 대한 긍정적 인식

인심이 낯 같아야 볼수록 새롭거늘

세사는 구름이라 험하기도 험하구나

엊그제 빚은 술이 얼마나 익었느냐

잡거니 밀거니 실컷 기울이니

마음에 맺힌 시름 조금은 풀리나다

– 정철, 「성산별곡」 –

[A]

*소선: 소동파를 신선에 빗댄 말.
*적선: 이태백을 신선에 빗댄 말.
*경요굴: 눈 내린 성산의 모습을 빗댄 말.
*고블: 기산에 은거한 인물인 허유.

>> 지문의 핵심 내용을 정리해 보세요.

화자와 대상의 관계	성산에 들어가 자연을 즐기는 사람
상황?	아이들이 석양을 보며 피리를 붊 → 성산의 가을 경치를 감상함 → 산에 눈이 내리는 모습을 아름답다고 느낌 → 산옹의 풍류가 속세에 알려질까 봐 걱정함 → 책을 읽으면서 인간사에 흥망성쇠가 있음을 안타까워함 → 허유처럼 자연에 은거하는 삶이 이상적이라고 예찬함 → 술을 마시며 세속에 대한 근심을 잊으려 함

현대어 풀이

맑은 강 풀이 우거진 물가에서 소를 키우는 아이들이

석양을 보고 흥에 겨워 피리를 부니

물 아래 잠긴 용이 잠에서 깨어나 일어날 듯

안개 기운에 나온 학이 제 집을 버려두고 공중에 솟아오를 듯

소동파의 적벽부에서는 가을은 음력 칠월이 가장 좋다고 했는데

팔월의 보름밤을 어찌 모두 칭찬하는가

구름이 걷히고 물결이 잔잔해졌을 때

하늘에 돋은 달이 소나무 위에 걸렸거든

수면에 비친 달을 잡으려다가 물에 빠졌다는 이태백의 일이 야단 스럽게 느껴진다

빈산에 쌓여 있는 잎을 삭풍이 거두듯 불어서

떼구름을 거느리고 눈까지 몰아오니

조물주가 호사스러워서 옥(눈)으로 꽃을 만들어

수많은 나무를 잘도 꾸며 내었구나

앞 여울이 가리어 얼어 외나무다리가 비스듬히 놓여 있는데

막대를 멘 늙은 중이 어느 절로 간단 말인가?

산에 사는 늙은이의 이 부귀를 남에게 소문내지 마오

경요굴 숨은 세계를 찾아올 사람이 있을까 두렵구나

산중에 친구가 없어 서책을 쌓아 두고

책 속의 인물들을 거슬러 헤아려 보니

성현도 많거니와 호걸도 많기도 많다

하늘이 (세상을) 만들었을 때 아무 뜻 없이 만들었겠느냐마는

어찌하여 시대의 운수가 흥했다가 망했다가 하는가

(세상에는) 모를 일도 많아서 애달픔이 끝이 없다

기산에 은거하던 늙은 허유는 귀를 어찌 씻었던가

표주박 하나도 성가시다고 핑계하며 던져 버린 지조가 가장 높구나

(세상의) 인심이 사람의 얼굴과 같아서 볼수록 새롭거든

세상사는 구름과 같아서 험하기도 험하구나

엊그제 빚은 술이 얼마나 익었는가
(술잔을) 잡거니 권하거니 하면서 실컷 마시니
마음에 맺힌 시름이 조금이나마 풀리는 것 같구나

이것만은 챙기자

* **내**: 안개.
* **헌사햘샤**: 야단스럽다.
* **천공**: 조물주.
* **만수천림**: 온갖 나무들.
* **성현**: 성인과 현인을 아울러 이르는 말.

(나)

풍류의 장으로서의 자연
「**생매** 잡아 길 잘 들여 먼 산 두메로 꿩 사냥 보내고 흰 말
구불구종* 갈기 솔질 활활 솰솰 하여 **임**의 집 송정 뒤 잔디 잔디
금잔디 밭에 말 말뚝 꽝꽝쌍쌍 박아 승마 바 고삐 길게 늘려 매고」
풍요롭고 생동하는 세계
「앞내 여울 **고기** 뒷내 여울 고기 오르는 고기 내리는 고기」
자나 굵으나 굵으나 자나 주섬주섬 낚아 내어 시내 동으로 뻗은
움버들가지 와지끈 뚝딱 꺾어 거꾸로 잡고 잎사귀 셋만 남기고
주루룩 훑어 아가미 너슬너슬 꿰어 시내 잔잔 흐르는 물에 납작
실죽 청바둑돌로 임도 모르고 아무도 모르게 가만히 살짝 자기자
장단 맞춰 지근지지 눌러 놓고 **동자**야 이 뒤에 「학 타신 **선관***
이 **날** 찾거든 그물 낚싯대 종이 종다래끼* 파리 밥풀통 고추장
'나'가 함께 풍류를 즐기고 싶은 이
「**술병**」까지 가지고 뒷내 여울로 오라고 일러만 주소
풍류에 흥취를 더함
　아마도 산중호걸*이 **나**뿐인가 하노라

　　　　　　　　　　　　　－ 작자 미상, 사설시조 －

* **구불구종**: 말 모는 하인.
* **종다래끼**: 작은 바구니.

현대어 풀이

　야생매를 잡아 잘 길들여 먼 산골로 꿩 사냥을 보내고 흰 말은 하인
에게 갈기를 손질하게 해서 임의 집 소나무 우물 뒤 잔디밭에 말뚝을
박아 고삐를 길게 늘려 매어 두고
　앞 여울 고기든 뒤 여울 고기든 오르는 고기 내리는 고기 작거나
크거나 크거나 작거나 (크기에 상관없이) 주섬주섬 낚아 내어 시내
쪽으로 뻗어 있는 버들가지를 와지끈 뚝딱 꺾어 거꾸로 잡고 잎사귀는
셋만 남기고 (떼어 낸 후에) 주루룩 훑어 고기 아가미를 너슬너슬 꿰어서
시내의 흐르는 물에 납작 실죽 청바둑돌로 임도 모르고 아무도 모르게
가만히 살짝 자기자 장단에 맞춰 눌러 놓고 동자야 이 뒤에 학을 탄
신선이 날 찾아오면 그물, 낚싯대, 종이, 작은 바구니, 파리 밥풀통,
고추장, 술병을 가지고 (내가 있는) 뒷내 여울로 오라고 말해만 주오
　아마도 산중에 진정한 호걸은 나밖에 없다고 여기노라

이것만은 챙기자

* **선관**: 선경(신선이 산다는 곳)에서 벼슬살이를 하는 신선.
* **산중호걸**: 산속에 사는 호걸이라는 뜻으로, 호랑이나 호랑이의 기상을
이르는 말.

>> 지문의 핵심 내용을 정리해 보세요.

화자와 대상의 관계	꿩 사냥을 하고 낚시를 하는 등 자연에서 풍류를 즐기는 '나'
상황?	야생매를 길들여 꿩 사냥을 하고 말을 임의 잔디밭에 매어 둠 → 고기를 낚아 버들가지에 꿰어 시냇물에 돌로 눌러 두고 동자에게 말을 전함 → 산중에 진정한 호걸은 나뿐이라며 자부심을 표출함

1. (가), (나)에 대한 설명으로 가장 적절한 것은?

✓ 정답풀이

② (나)는 음성 상징어를 통해 인물의 역동성을 드러내고 있다.

> (나)는 '활활 솰솰'에서 말의 갈기를 솔질하는 행위를, '꽝꽝쌍쌍'에서 '밭에 말 말뚝을 박는 행위를, '주섬주섬', '와지끈 뚝딱', '주루룩'에서 고기를 낚고 버들가지를 꺾어 다듬는 행위를 음성 상징어를 통해 나타냄으로써 인물의 역동성을 드러내고 있다.

✗ 오답풀이

① (가)는 영탄적 표현을 통해 인물에 대한 그리움을 드러내고 있다.
(가)는 '잡다가 빠진 줄이 적선이 헌사할샤', '막대 멘 늙은 중이 어느 절로 간단 말고', '성현도 많거니와 호걸도 하도 할샤' 등에서 영탄적 표현을 활용하고 있다. 이를 통해 각각 '적선'이 가을밤에 풍류를 즐긴 데 대한 감탄, 노승이 산옹의 풍류를 세상에 알릴까 걱정하는 마음, 역사 속에 걸출한 인물이 많은 데 대한 감탄을 드러낼 뿐, 인물에 대한 그리움을 드러낸 것은 아니다.

③ (가)는 (나)와 달리 공간의 이동을 통해 다양한 대상의 면모를 드러내고 있다.
(가)는 공간의 이동이 명확히 드러나지 않으며 주로 계절의 변화에 따라 다양한 대상의 면모를 드러내고 있다. (나)는 '임의 집'에서 '앞내 여울'로 이어지는 공간의 이동을 중심으로 다양한 대상의 면모를 드러내고 있다.

④ (나)는 (가)와 달리 시간의 흐름에 따라 인물의 심리 변화를 드러내고 있다.
(나)는 화자가 길들인 매로 '꿩 사냥'을 하고 '여울'에서 고기를 낚는 모습을 시간의 흐름에 따라 제시하고 있으나, 이 과정에서 인물의 심리 변화는 드러나지 않는다. 한편 (가)는 '공산에 쌓인 잎을 삭풍이 거둬 불고 '눈'이 내리는 계절(시간)의 흐름에 따라 시상을 전개하고 있으나, 이 과정에서 인물의 심리 변화가 드러나지 않는다.

⑤ (가)와 (나)는 모두 대구를 사용하여 대조적 대상의 속성을 드러내고 있다.
(나)는 '앞내 여울 고기 뒷내 여울 고기', '오르는 고기 내리는 고기' 등에서 대구를 사용했는데, '오르는 고기 내리는 고기'는 대조적 대상의 속성을 드러낸 것이라고 볼 수 있다. 하지만 (가)는 '성현도 많거니와 호걸도 하도 할샤', '모를 일도 하거니와 애달픔도 그지없다' 등에서 대구적 표현을 사용했으나, 이는 대조적 대상의 속성을 드러낸 것이라고 볼 수 없다.

🌱 기틀잡기

> ① **영탄**: 감정을 억누르지 않고 그대로 표출하는 표현 방법. 감탄사와 감탄 어미를 사용하거나 호칭어를 사용하고, 명령이나 권유, 설의의 형식을 취하는 것까지도 영탄법으로 볼 수 있음.
> ② **음성 상징어**: 의성어와 의태어를 통틀어 이르는 말.
> 　[참고] **의성어**: 사람이나 사물의 소리를 흉내 낸 말.
> 　　　　**의태어**: 사람이나 사물의 모양이나 움직임을 흉내 낸 말.
> ⑤ **대구**: 비슷한 어조나 구조를 가진 구절이나 문장 두 개를 짝지어 배치하는 표현 기법.

2. [A]에 대한 이해로 적절하지 **않은** 것은?

✓ 정답풀이

④ 하늘의 이치가 제대로 구현되지 못했음을 '시운'의 '흥망'에서 발견하고도 모를 일이 많다고 한 것에는, 인물의 담담한 태도가, 이상에 미치지 못하는 현실을 수용하는 것을 통해 드러난다.

> [A]에서는 '하늘'이 세상을 '삼기실 제' '무심'하게 만들지 않았을 텐데, 하늘의 이치가 제대로 구현되지 못해 '시운이 흥망(인간사에 변화)이 있'었던 데에 대해, '모를 일도 하거니와 애달픔도 그지없다'고 탄식한다. 따라서 인물의 담담한 태도가 드러난다고 볼 수 없고, 인물이 이상에 미치지 못하는 현실을 수용한다고 보는 것도 적절하지 않다.

✗ 오답풀이

① '삭풍'이 가을 잎을 쓸고 간 자리에 구름을 불러와 '공산'을 눈 세상으로 만들었다고 한 것에는, 인물이 거처한 공간의 아름다움에 대한 인식이 계절에 따른 자연의 변화를 통해 드러난다.
[A]에서 '삭풍'이 '쌓인 잎'을 '거둬 불고 '눈조차 몰아'와 '공산'의 '만수천림'을 눈 세상으로 만들었다고 한 것에는, 인물이 거처하는 '성산'의 아름다움에 대한 인식이 가을에서 겨울로 이어지는 계절에 따른 자연의 변화를 통해 드러난다.

② '앞 여울'을 건너가는 노승을 발견하고 '경요굴'이 들키지 않기를 바라는 것에는, 빼어난 경치를 소중하게 여기는 태도가, 숨어 있는 세계가 알려질 것에 대한 염려를 통해 드러난다.
[A]에서 '앞 여울'을 건너가는 '늙은 중'을 발견하고 '산옹'이 사는 '경요굴'이 들키지 않기를 바라는 것에는, '천공'이 꾸며 낸 것과 같이 아름다운 경치를 소중하게 여기는 태도가, '숨은 세계 찾을 이 있을'까 걱정스러워하는 모습을 통해 드러난다.

③ 만족스러운 외적 풍경에서 눈을 돌려 벗이 없는 '산중'에서 '만고 인물'을 생각하는 것에는, 정신적 세계에 주목하는 태도가, 적적한 상황에 놓인 인물의 행위를 통해 드러난다.
[A]에서 화자는 '천공'이 '옥으로 꽃을 지어' 꾸며 낸 것과 같은 만족스러운 외적 풍경에서 눈을 돌려 '벗이 없는' '산중'에 머물며 '서책'의 '만고 인물'을 거슬러 헤여하'고 있다. 이를 통해 교류할 친구가 없는 상황에 놓인 화자가 정신적 세계에 주목하는 태도가 드러난다고 볼 수 있다.

⑤ 세상을 등진 인물의 삶을 '기산'의 '고블'에 비유한 것에는, 험한 세사와의 단절과 은거 지향에 대한 긍정적 인식이 인물의 선택에 대한 평가를 통해 드러난다.
[A]에서 세상을 등진 인물의 삶을 '기산'의 '고블'에 비유하는데, 이때 '고블'은 '기산'에 은거하며 하나의 '박(표주박)'도 거추장스럽다고 마다하고, 다른 사람이 왕위를 넘겨주려 하자 더러운 이야기를 들었다고 '귀'를 '씻었'을 만큼 세속적 삶을 거부하며 청빈하게 살다 간 인물이다. 이러한 '고블'을 '지조가 가장 높'다고 예찬한 것은 험한 세사와의 단절과 은거 지향에 대한 긍정적 인식이 인물의 선택에 대한 평가를 통해 드러난 것이라고 볼 수 있다.

문제적 문제

• 2-③, ④번

학생들이 정답 외에 가장 많이 고른 선지는 ③번이다. [A]에서 화자가 서책 속의 '만고 인물'에 대해 떠올려 본 것을 정신적 세계에 주목한 행동이라고 판단하기 어려웠던 것으로 보인다.

[A]에서 '성산'의 아름다운 경치를 감상하는 데 집중하던 화자가 '서책을 쌓아 두고' 읽으며 '만고 인물을 거슬러' 생각한 것은, 외부 세계에서 눈을 돌려 인간사의 흥망성쇠에 담긴 하늘의 뜻을 헤아려 본 행동이므로, 정신적 세계에 주목하는 태도라고 할 수 있다.

정답 선지인 ④번과 관련하여, [A]의 화자가 '시운이 흥망이 있었'음을 알고 '모를 일도 하거니와 애달픔도 그지없다'는 반응을 보인 것을 이상에 미치지 못하는 현실을 마지못해 수용한 것이라고 판단한 학생들도 있었다. 그러나 이러한 화자의 반응은 흥망성쇠를 반복하는 인간사에 대한 안타까움을 표출한 것이므로, 담담한 태도가 드러났다고 할 수 없으며 부정적인 현실을 받아들이는 데까지 나아갔다고도 볼 수 없다.

정답률 분석

①	②	③	④	⑤
		매력적 오답	정답	
2%	11%	15%	67%	5%

3. 〈보기〉를 바탕으로 (가)와 (나)를 감상한 내용으로 적절하지 않은 것은? [3점]

〈보기〉

고전 시가에서 자연은 작품에 따라 다양하게 그려진다. (가)의 자연은 속세와 구별되는 청정한 이상 세계로 그려지며, 신선의 이미지를 통해 탈속적이고 고고한 가치를 추구하는 곳이다. (나)의 자연은 풍요롭게 그려지는 현실적 풍류의 장으로, 활달하고 흥겹게 놀이를 펼치는 곳이며, 신선의 이미지를 통해 멋이 고조된다.

🔍 보기 분석

• 고전 시가에서 그려지는 자연

(가)	(나)
• 속세와 구별되는 청정한 이상 세계 • 탈속적이고 고고한 가치를 추구하는 곳	• 풍요롭게 그려지는 현실적 풍류의 장 • 활달하고 흥겹게 놀이를 펼치는 곳
두 유형의 공간 모두 신선의 이미지를 활용하기도 함	

✅ 정답풀이

① (가)의 '용'은 피리 소리로 조성된 탈속적 분위기를 환상적으로 표현하는 소재이고, (나)의 '생매'는 고고한 취향을 사실적으로 보여 주는 소재이군.

> (가)의 '용'은 환상적 소재로 볼 여지가 있다. 그러나 〈보기〉에 따르면 (가)에서는 '신선의 이미지를 통해 탈속적이고 고고한 가치를 추구'한다고 했으므로, 피리 소리를 통해 탈속적인 분위기를 조성하고 있다고 보기 어렵다. 또한 (나)의 '생매'는 화자가 '길 잘 들여 먼 산 두메로 꿩 사냥 보내'기 위해 포획한 대상이므로, 고고한 취향을 사실적으로 보여 주는 소재라고 할 수 없다.

❌ 오답풀이

② (가)의 '학'은 이상적 세계의 아름다움을 구현하는 소재이고, (나)의 '고기'는 풍요롭고 생동하는 세계를 표현하는 소재이군.

〈보기〉에 따르면 '(가)의 자연은 속세와 구별되는 청정한 이상 세계로 그려'지며, '(나)의 자연은 풍요롭게 그려지는 현실적 풍류의 장'이다. (가)의 '학'은 '성산'이라는 이상적 세계의 아름다움을 구현하는 소재라고 볼 수 있다. 한편 (나)에서 화자는 앞내 여울, 뒷내 여울에서 오르고 내리는 '고기'를 '주섬주섬' 많이 낚아서 버들가지에 꿰어놓았으므로, '고기'는 풍요롭고 생동하는 현실적 세계를 표현하는 소재라고 볼 수 있다.

③ (가)의 '소선', '적선'은 청정한 강호의 세계에서 떠올린 인물의 이미지
이고, (나)의 '선관'은 '나'가 현재의 행위를 함께 하고 싶은 인물을
멋스럽게 표현한 이미지이군.

〈보기〉에 따르면 (가)의 자연은 '속세와 구별되는 청정한 이상 세계로 그려지
며, 신선의 이미지를 통해 탈속적이고 고고한 가치를 추구하는 곳'이고, (나)
의 자연은 '신선의 이미지를 통해 멋이 고조'된다. (가)의 '소선'과 '적선'은 소
동파와 이태백을 신선에 빗댄 것으로, 이는 화자가 청정한 강호의 세계인
'성산'에서 경치를 감상하며 떠올린 인물의 이미지라고 할 수 있다. 또한 (나)의
'선관'은 '학'을 타고 다니는 신선으로, 화자가 낚시를 하며 풍류를 즐기는 현재
의 행위를 함께하고 싶은 인물을 멋스럽게 표현한 이미지라고 할 수 있다.

④ (가)의 '산옹'은 계절에 따른 산의 모습을 바라보며 이상 세계의
삶을 지향하는 인물이고, (나)의 '나'는 사냥과 고기잡이를 통해
현실의 즐거움을 향유하는 인물이군.

〈보기〉에 따르면 (가)의 자연은 '속세와 구별되는 청정한 이상 세계'로 그려
지며, (나)의 자연은 '풍요롭게 그려지는 현실적 풍류의 장'으로, '활달하고
흥겹게 놀이를 펼치는 곳'이다. (가)의 '산옹'은 속세를 등지고 '성산'에 살면서
'천공'이 '옥으로 꽃을 지어' 놓은 것처럼 아름다운 겨울 풍경을 바라보며
탈속적 이상 세계의 삶을 지향하는 인물이고, (나)의 '나'는 '생매'를 '길 잘
들여 먼 산 두메로 꿩 사냥'을 보내고 '앞내 여울', '뒷내 여울'에서 고기를
낚는 자신을 '산중호걸'이라고 표현하며 자부심을 표출하고 있으므로, 현실의
즐거움을 향유하는 인물이라고 할 수 있다.

⑤ (가)의 '술'은 강호에서 세상에 대한 시름을 달래 주는 소재이고,
(나)의 '술병'은 풍류의 장에 흥취를 더해 줄 소재이군.

〈보기〉에 따르면 (가)의 자연은 '속세와 구별되는 청정한 이상 세계'로 그려
지며, (나)의 자연은 '풍요롭게 그려지는 현실적 풍류의 장'으로 그려진다.
(가)의 '술'은 화자가 '세사는 구름'과 같이 '험하기도 험하'다고 탄식하다가
'실컷' 마시고 '마음에 맺힌 시름'을 풀게 만드는 소재이며, (나)의 '술병'은 화
자가 선관과 함께 풍류를 즐기기 위해 가져와 달라고 한 대상이므로, 풍류의
장에 흥취를 더해 줄 소재라고 할 수 있다.

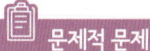 문제적 문제 • 3-①, ③번

학생들이 정답 외에 가장 많이 고른 선지는 ③번이다. (나)는 (가)와 달리
비교적 낯선 작품이라 학생들이 정해진 시간 내에 작품을 충분히 이해하
는 데 어려움을 겪었을 것으로 예상된다. 많은 학생들이 (나)의 화자가 '동자'
에게 '이 뒤에 학 타신 선관이 날 찾거든 그물 낚싯대 종이 종다래끼' 등을
가지고 '뒷내 여울로 오라고 일러만' 달라고 한 말에, 선관과 함께 낚시를
즐기고 싶다는 의도가 담겨 있음을 파악하지 못한 것으로 보인다. 〈보기〉
에 따르면 (나)의 자연은 '신선의 이미지를 통해 멋이 고조'되는 공간으로,
(나)의 화자가 선관이 자신을 찾으면 '그물 낚싯대 종이 종다래끼~술병까
지 가지고 뒷내 여울로 오라고 일러' 달라는 것은 화자가 낚시를 선관과
함께하고 싶음을 드러내는 말이다. 이는 '선관'의 이미지를 차용하여 풍요
로운 자연에서 신선처럼 풍류를 즐기며 살아가는 삶에 대한 자부심을 드
러낸 것이므로 ③번 선지는 적절하다고 볼 수 있다.

정답 선지인 ①번과 관련해서, (나)에서 화자가 꿩 사냥을 하기 위해 길
들인 '생매'를 고고한 취향과 연결 지어 이해할 수 있다고 생각한 학생들도
있었다. 그러나 〈보기〉에 따르면 (나)의 자연은 '현실적 풍류의 장'이자 '놀
이를 펼치는 곳'이고, '고고한 가치를 추구하는 곳'으로서의 자연의 모습은
(가)에서 나타난다. 즉 '생매'는 화자가 자연에서 '활달하고 흥겹게 놀이'를
하며 풍류를 즐기고 있음을 보여 줄 뿐, 고고한 취향을 드러낸 것이라고
보기는 어렵다.

정답률 분석

정답		매력적 오답		
①	②	③	④	⑤
50%	7%	20%	15%	8%

[1~3] 다음 글을 읽고 물음에 답하시오.

(가)

이 중에 시름없으니 「어부(漁父)」의 생애로다
〔정치 현실과 거리를 둔 사람〕
일엽편주*를 만경파(萬頃波)에 띄워 두고
인세(人世)를 다 잊었거니 날 가는 줄을 아는가   〈제1수〉

굽어보면 「천심 녹수 돌아보니 만첩 청산」
〔십장 홍진과의 색채 대비: 푸른 물, 푸른 산〕
십장 홍진(十丈紅塵)*이 얼마나 가렸는가   [A]
강호에 월백(月白)하거든 더욱 「무심(無心)하여라」
〔속세에 대한 욕심이 없어짐〕   〈제2수〉

청하(靑荷)에 밥을 싸고 **녹류(綠柳)**에 고기 꿰어
노적 화총(蘆荻花叢)에 배 매어 두고
일반 청의미(一般淸意味)를 어느 분이 아실까   〈제3수〉

㉠산두(山頭)에 한운(閑雲) 일고 수중(水中)에 백구(白鷗)* 난다
무심코 다정한 것 이 두 것이로다
㉡일생에 시름을 잊고 「너를 좇아 놀리라」
〔자연과 동화하려는 의지〕   〈제4수〉

– 이현보, 「어부단가」 –

푸른 연잎에 밥을 싸고 푸른 버들에 물고기를 꿰어
갈대와 억새풀이 가득한 곳에 배를 대어 묶어 두니
자연의 참된 의미를 어느 분이 아시겠는가   〈제3수〉

산봉우리에 구름이 한가롭게 피어나고 물 가운데 갈매기가 날고 있구나
아무런 욕심 없이 다정한 것은 이 두 가지로다
한평생의 시름을 잊어버리고 너희를 좇아 놀겠노라   〈제4수〉

이것만은 챙기자

* **일엽편주**: 한 척의 조그마한 배.
* **홍진**: 번거롭고 속된 세상을 비유적으로 이르는 말.
* **백구**: 흰 갈매기.

▶▶ 지문의 핵심 내용을 정리해 보세요.

화자와 대상의 관계	속세를 떠나 자연을 벗 삼아 어부의 생애를 사는 사람
상황?	인세를 잊고 한가로운 어부의 생활을 함 → 속세로부터 단절되어 욕심 없이 살아감 → 자연의 참된 의미를 아는 사람이 없다고 여김 → 자연과 하나 되어 지내고 싶음

현대어 풀이

이 세상살이 가운데 근심할 일이 없는 것은 어부의 생활이로다
한 척의 조그마한 배를 끝없이 넓은 바다 위에 띄워 두고
인간 세상의 일을 다 잊었거니 세월 가는 줄을 알겠는가
〈제1수〉

(아래로) 굽어보면 천 길이나 되는 푸른 물이고 돌아보니 겹겹이 싸인 푸른 산이로다
열 길이나 되는 붉은 먼지(속세)가 얼마나 가려졌는가
강호(자연)에 밝은 달이 환하게 비치니 더욱 욕심이 없어지는구나
〈제2수〉

(나)

때마침 부는 **추풍(秋風)** 반갑게도 보이도다

말술이 다나 쓰나 술병 메고 벗을 불러

언덕 너머 어촌에 <mark>내 놀이</mark> 가자꾸나

흰 두건을 젖혀 쓰고 「소정(小艇)*을 타고 오니」
_{소박한 뱃놀이}

ⓒ바람에 떨어진 갈대꽃 갠 하늘에 눈이 되어

석양에 높이 날아 어지러이 뿌리는데

갈잎에 닻 내리고 **그물로**

잔잔한 강물 속 자린은순(紫鱗銀脣)* **수없이 잡아내어**

연잎에 담은 회와 항아리에 채운 술을

실컷 먹은 후에

태기 넓은 돌에 높이 베고 누웠으니

희황천지(羲皇天地)*를 오늘 다시 보는구나

잠시 잠들어 뱃노래에 깨어 보니

_{강물에 비친 달의 모습이 달이 강물에 잠긴 것처럼 보임}
「추월(秋月)이 만강(滿江)」하여 밤빛을 잃었거늘

반쯤 취해 시 읊으며 배 위로 건너오니

강물 아래 잠긴 달은 또 어인 달인 게오

달 위에 배를 타고 달 아래 앉았으니 [B]

_{강에 비친 달 위에 앉은 기분}
문득 의심은 「월궁(月宮)*에 올랐는 듯」

물외(物外)의 기이한 경관 넘치도록 보이도다

청경(淸景)을 다투면 <mark>내</mark> 분에 두랴마는

즐겨도 말리는 이 없으니 <mark>나</mark>만 둔가 여기노라

놀기를 탐하여 돌아갈 줄 잊었도다

ⓓ아이야 닻 들어라 만조(晩潮)*에 띄워 가자

푸른 물풀 위로 「강풍(江風)」이 짐짓 일어
_{뱃놀이의 흥취를 북돋움}

귀범(歸帆)을 재촉하는 듯

아득하던 앞산이 뒷산처럼 보이도다

잠깐 사이 날개 돋아 연잎배 탄 신선된 듯

연파(烟波)를 헤치고 월중(月中)에 돌아오니

ⓔ동파(東坡) 적벽유(赤壁遊)*인들 이내 흥(興)에 미치겠는가

강호 흥미(興味)는 나만 둔가 여기노라

－ 박인로, 「소유정가」 －

*자린은순: 물고기를 아름답게 표현하는 말.
*희황천지: 복희씨(伏羲氏) 때의 태평스러운 세상.
*동파 적벽유: 중국 송나라 때 소식(蘇軾)이 적벽에서 했던 뱃놀이.

현대어 풀이

때마침 부는 가을바람 반갑게도 보이는구나

말술이 다나 쓰나 술병을 메고 벗을 불러

언덕 너머 어촌에 뱃놀이 가자꾸나

흰 두건을 젖혀 쓰고 작은 배를 타고 오니

바람에 떨어진 갈대꽃 갠 하늘에 눈이 되어

석양에 높이 날아 어지러이 뿌리는데

갈잎에 닻 내리고 그물로

잔잔한 강물 속 물고기를 수없이 잡아내어

연잎에 담은 회와 항아리에 채운 술을

실컷 먹은 후에

이끼 낀 넓은 돌을 높이 베고 누웠으니

복희씨 때의 태평스러운 세상을 오늘 다시 보는구나

어느덧 잠들어 뱃노래에 깨어 보니

가을 달이 강에 가득 차서 밤빛을 잃었거늘

반쯤 취해 시 읊으며 배 위로 건너오니

강물 아래 잠긴 달은 또 어찌 된 달인 것인가

달 (비치는 강물) 위에 배를 타고 (하늘 위에 뜬) 달 아래 앉았으니

문득 의심하기를 달에 있다는 궁전에 올라간 듯

세상 밖 기이한 풍경 넘치도록 보이는구나

경치를 두고 다툰다면 내 분수에 두랴마는(경치를 즐길 수 있겠는가마는)

(경치를) 즐겨도 말리는 이가 없으니 나만 가진 것처럼 여기노라

놀기를 욕심내어 돌아갈 줄 잊었구나

아이야 닻 들어라 만조에 배 띄워 가자

푸른 물풀 위로 강한 바람이 짐짓 일어

멀리 나갔던 돛단배가 돌아오기를 재촉하는 듯

아득하던 앞산이 뒷산처럼 보이는구나

잠깐 사이 날개 돋아 연잎배 탄 신선이 된 듯

안개 낀 물결 헤치고 달이 밝은 때에 돌아오니

소동파의 뱃놀이인들 나의 흥에 미치겠는가

강호(자연)의 흥미는 나만 가진 듯이 여기노라

이것만은 챙기자

*소정: 작은 배.
*월궁: 전설에서, 달 속에 있다는 궁전.
*만조: 밀물이 가장 높은 해면까지 꽉 차게 들어오는 현상. 또는 그런 때.

≫ 지문의 핵심 내용을 정리해 보세요.

<mark>화자</mark>와 <mark>대상</mark>의 관계	뱃놀이를 하며 즐거워하는 '나'
상황?	뱃놀이를 즐기다 잠이 듦 → <mark>뱃노래</mark>에 깨어 하늘의 달과 강물에 비친 <mark>달</mark>을 보고 감탄함 → 배를 타고 돌아오며 흥취와 만족감을 드러냄

1. ㉠~㉤에 대한 이해로 적절하지 <u>않은</u> 것은?

> ㉠: 산두(山頭)에 한운(閑雲) 일고 수중(水中)에 백구(白鷗) 난다
>
> ㉡: 일생에 시름을 잊고 너를 좇아 놀리라
>
> ㉢: 바람에 떨어진 갈대꽃 갠 하늘에 눈이 되어 / 석양에 높이 날아 어지 러이 뿌리는데
>
> ㉣: 아이야 닻 들어라 만조(晩潮)에 띄워 가자
>
> ㉤: 동파(東坡) 적벽유(赤壁遊)인들 이내 흥(興)에 미치겠는가

❤ 정답풀이

④ ㉣은 명령형 어미를 사용하여 '아이'가 해야 할 행동을 제시함 으로써 자연 경물에 대한 인식의 변화를 촉구하고 있다.

> (나)의 화자는 ㉣의 '아이야 닻 들어라'에서 '-어라'라는 명령형 어미를 사 용하여 돌아가기 위해 '아이'가 '닻'을 들어야 함을 제시하였지만, 이를 통 해 자연 경물에 대한 인식의 변화를 촉구하고 있지는 않다. 참고로 '띄워 가자'의 '-자'는 명령형 어미가 아닌 어떤 행동을 함께하자는 뜻을 지닌 청유형 어미에 해당한다.

❌ 오답풀이

① ㉠은 대구를 통해 자연 경물의 모습을 제시함으로써 한적한 분위기를 조성하고 있다.

> (가)에서 ㉠의 '산두에 한운 일고'와 '수중에 백구 난다'에서는 비슷한 구조를 가진 구절을 배치한 대구를 통해 산봉우리에 피어나는 구름, 물 가운데 나는 갈매기의 모습을 제시함으로써 한가하고 고요한 분위기를 조성하고 있다.

② ㉡은 자연 경물을 '너'로 지칭하여 관계를 맺음으로써 이들과 동화하려는 의지를 표출하고 있다.

> (가)에서 화자는 '한운'과 '백구'를 '무심코 다정한 것'으로 여기는데, ㉡에서 이들에게 '너를 좇아 놀'겠다고 함으로써, 자연 경물과 동화하고 싶은 의지 를 드러내고 있다.

③ ㉢은 자연 경물의 모습을 감각적으로 표현함으로써 물가의 아름 다운 풍경을 묘사하고 있다.

> (나)의 ㉢에서는 '갈대꽃'이 바람에 떨어지는 모습을 '갠 하늘에 눈'이 '어지 러이 뿌리는' 듯하다고 시각적으로 표현함으로써 물가의 아름다운 풍경을 묘사하고 있다.

⑤ ㉤은 유사한 놀이를 즐겼던 과거 인물과 비교함으로써 화자의 자긍심을 드러내고 있다.

> (나)에서 ㉤의 '동파 적벽유'에서는 화자와 유사하게 뱃놀이를 즐겼던 과거 중국 송나라의 '소식'을 언급하면서, 그 사람의 흥이 '이내 흥에 미치'지 못한 다며 비교함으로써 뱃놀이를 즐기는 화자의 자긍심을 드러내고 있다.

🌱 기틀잡기

> ① **대구:** 비슷한 어조나 구조를 가진 구절이나 문장 두 개를 짝지어 배치 하는 표현 기법.
> **한적하다:** 한가하고 고요하다.
> ② **동화:** 성질, 양식(樣式), 사상 따위가 다르던 것이 서로 같게 됨.

---

2. [A], [B]에 대한 설명으로 가장 적절한 것은?

❤ 정답풀이

③ [B]에서 화자는 하늘의 달과 강물에 비친 달 사이에 놓임으로써 '월궁'에 오른 듯한 신비로움을 표현하고 있다.

> [B]에서 화자는 '추월이 만강'하여 달이 '강물 아래 잠긴' 듯한 경치를 보며 '달 위에 배를 타고 달 아래 앉았으니 / 문득 의심은 월궁에 올랐는 듯'하 다고 표현하였다. 즉 화자는 하늘의 달과 강물에 비친 달 사이에 놓여 느 끼는 신비로움을 '월궁'에 오른 듯하다고 표현하고 있다.

❌ 오답풀이

① [A]에서 화자는 달을 절대적 존재로 인식하고 강호 자연에서 '무심'한 삶을 살 수 있도록 기원하고 있다.

> [A]의 '강호에 월백하거든 더욱 무심하여라'에서 달이 언급되었지만 화자는 이를 통해 달이 밝게 비치는 자연 속에서 욕심 없이 지내고 있음을 드러내고 있을 뿐, 달을 절대적 존재로 인식하거나 앞으로 '무심'한 삶을 살 수 있도록 기원하고 있지는 않다.

② [A]에서 화자는 달에 인격을 부여하여 '녹수'와 '청산'으로 둘러 싸인 강호 자연의 가을 달밤 정경을 묘사하고 있다.

> [A]의 '굽어보면 천심 녹수 돌아보니 만첩 청산', '강호에 월백하거든'에서 '십장 홍진'과 떨어진 채 '녹수'와 '청산'으로 둘러싸인 강호 자연의 가을 달밤 정경이 묘사되고 있다고 볼 수 있다. 하지만 달에 인격을 부여하여 사람인 것처럼 표현하는 의인화는 나타나지 않는다.

④ [B]에서 화자는 시간의 흐름에 따라 모양을 달리 하는 달의 특성을 활용하여 계절의 변화를 다채롭게 나타내고 있다.

> [B]의 '추월이 만강하여 밤빛을 잃었거늘'을 통해 시간적·계절적 배경이 가을밤임은 알 수 있으나, [B]에서 시간의 흐름에 따라 모양을 달리 하는 달의 특성이나 계절의 변화는 나타나지 않는다.

⑤ [A]와 [B]에서 강호 자연에 은거한 화자는 달을 대화 상대이면서 동시에 위안의 대상으로 여기고 있다.

> [A]와 [B]의 화자는 모두 강호 자연에 은거하여 달을 보고 있다. 그러나 [A]와 [B]에서 화자가 달을 대화 상대로 삼는 모습은 나타나지 않는다.

🌱 기틀잡기

> ⑤ **위안:** 위로하여 마음을 편하게 함. 또는 그렇게 하여 주는 대상.

3. 〈보기〉를 바탕으로 (가), (나)를 감상한 내용으로 적절하지 않은 것은? [3점]

〈보기〉

'어부'는 정치 현실과 거리를 둔 은자로 형상화된다. 이때 '어부 형상'은 어부 관련 소재, 행위, 정서 등의 어부 모티프와 연관하여 작품별로 공통적인 속성을 가지면서 다양한 변주를 보인다. (가)는 어부와 관련된 상황의 일부를 초점화하여 유유자적한 삶을 사는 어부를, (나)는 어부와 관련된 여러 상황을 이어 가며 흥취 있는 삶을 사는 어부를 형상화하고 있다.

🔍 **보기 분석**

- 어부: 정치 현실과 거리를 둔 은자로 형상화
- 어부 형상: 어부 모티프와 연관하여 공통적 속성을 가지면서 다양하게 변주
  - (가): 어부 관련 상황의 일부 초점화, 유유자적한 삶을 사는 어부
  - (나): 어부 관련 여러 상황 이어 감, 흥취 있는 삶을 사는 어부

✅ **정답풀이**

② (나)의 '추풍'은 뱃놀이의 흥취를 북돋우는 자연 현상이고, '강풍'은 흥취의 대상을 강에서 산으로 옮겨 가는 자연 현상이라 볼 수 있군.

〈보기〉에 따르면 (나)는 '어부와 관련된 여러 상황을 이어 가며 흥취 있는 삶을 사는 어부'를 형상화하고 있다. 이를 참고할 때 (나)의 '때마침 불어 / 반갑게도 보이'는 '추풍'은 뱃놀이의 흥취를 북돋우는 자연 현상으로 볼 수 있다. 하지만 '강풍이 짐짓 일어 / 귀범을 재촉하는 듯'에서 '강풍'이 흥취의 대상을 강에서 산으로 옮기고 있다고 보기는 어렵다.

❌ **오답풀이**

① (가)의 '어부'는 '십장 홍진'으로 표현된 정치 현실에서 벗어나 뱃놀이를 즐기며 '인세'의 근심과 시름을 다 잊고 한가로움을 추구하려고 하는군.

〈보기〉에 따르면 (가)는 '어부와 관련된 상황의 일부를 초점화하여 유유자적한 삶을 사는 어부'를 형상화하고 있다. 이를 참고할 때 (가)의 어부는 '인세를 다 잊었거니', '십장 홍진이 얼마나 가렸는가' 등에서 '십장 홍진'으로 표현된 정치 현실에서 벗어나 뱃놀이를 즐기며 '인세'의 근심을 잊고 유유자적하게 살고자 하는 태도를 드러내고 있다고 볼 수 있다.

③ (가)의 '일엽편주'와 (나)의 '소정'은 화자가 소박한 뱃놀이를 즐기고 있다는 것을 알려 주는 어부 형상 관련 소재라고 할 수 있군.

〈보기〉에 따르면 어부 형상은 '어부 관련 소재, 행위, 정서 등의 어부 모티프와 연관하여 작품별로 공통적인 속성을 가'진다. 이를 참고할 때 '일엽편주'와 '소정'은 모두 화자가 소박한 뱃놀이를 즐기고 있음을 보여 주는 어부 형상 관련 소재로 볼 수 있다.

④ (가)의 '녹류에 고기 꿰어'에는 어부의 삶과 관련된 일부 행위를 통해 유유자적한 삶이, (나)의 '그물로', '수없이 잡아내어', '실컷 먹은'에는 뱃놀이의 여러 상황들이 연결되어 흥취를 즐기는 삶이 나타나고 있군.

〈보기〉에 따르면 (가)는 '어부와 관련된 상황의 일부를 초점화하여 유유자적한 삶을 사는 어부'를 형상화하고, (나)는 '어부와 관련된 여러 상황을 이어 가며 흥취 있는 삶을 사는 어부'를 형상화하고 있다. 이를 참고할 때 (가)의 '녹류에 고기 꿰어'에서는 푸른 버들에 고기를 꿰는 어부의 행위 일부를 초점화하여 유유자적한 삶의 모습을, (나)의 '그물로' 물고기를 '수없이 잡아내어' 회와 술을 '실컷 먹은'에서는 뱃놀이의 여러 상황들을 이어 가며 흥취를 즐기는 어부의 삶을 나타내고 있다고 볼 수 있다.

⑤ (가)의 '어부'는 강호 자연의 삶 속에서 홀로 자족감을 표출하고 있고, (나)의 어부는 벗들과 함께한 흥겨운 뱃놀이를 통해 만족감을 표출하고 있군.

〈보기〉에 따르면 (가)는 '유유자적한 삶을 사는 어부'를 형상화하고, (나)는 '흥취 있는 삶을 사는 어부'를 형상화하고 있다. 이를 참고할 때 (가)의 어부가 강호 자연을 즐기며 '일반 청의미를 어느 분이 아실까'라고 한 것에서는 자연에서 홀로 소박한 즐거움을 느끼며 자족하는 모습이 나타나 있다고 볼 수 있다. 한편 (나)의 어부는 '술병 메고 벗을 불러' 흥겨운 뱃놀이를 하며 '희황천지를 오늘 다시 보는구나', '동파 적벽유인들 이내 흥에 미치겠는가' 등에서 그에 대한 만족감을 표출하고 있다고 볼 수 있다.

🌱 **기틀잡기**

⑤ **자족감**: 스스로 넉넉하게 여기는 느낌.

🖋 **모두의 질문** • 3-②번

Q: (나)에서 뱃놀이를 하던 화자가 '만조에 띄워 가자'라고 할 때 때마침 '강풍'이 일고 '아득하던 앞산이 뒷산처럼 보'인다고 했으니, '강풍'은 흥취의 대상을 강에서 산으로 옮겨 가는 자연 현상으로 볼 수 있지 않나요?

A: '놀기를 탐하여 돌아갈 줄 잊었도다~잠깐 사이 날개 돋아 연잎배 탄 신선된 듯'을 참고하면 '돌아갈 줄 잊'고 놀던 화자가 배를 '띄워 가'려고 할 때 때마침 분 '강풍'은 '귀범을 재촉'하는, 즉 배를 타고 돌아가는 것을 도와주는 자연 현상으로 볼 수 있다. 이때 '강풍'으로 인해 '아득하던 앞산이 뒷산처럼 보이'고 '잠깐 사이 날개 돋아 연잎배 탄 신선된 듯'하다는 것은 '강풍'이 불어 배가 이동함에 따라 멀리 보이던 산이 가깝게 보이게 되었음을 의미하는 것이지 흥취의 대상이 강에서 산으로 옮겨졌음을 의미하지는 않는다. 따라서 (나)의 '강풍'을 흥취의 대상을 강에서 산으로 옮기는 자연 현상이라고 볼 수는 없다.

[1~3] 다음 글을 읽고 물음에 답하시오.

(가)

특정 계절(봄)을 배경으로 농사짓기 어려운 화자의 처지 부각
「춘일(春日)*이 지지(遲遲)하여 뻐꾸기가 보채거늘

동린(東隣)에 쟁기 얻고 서사(西舍)에 호미 얻고

집 안에 들어가 씨앗을 마련하니

㉠올벼 씨 한 말은 반 넘게 쥐 먹었고

기장 피 조 팥은 서너 되 부쳤거늘」
경제적으로 궁핍한 화자의 한탄
「한아(寒餓)한 식구 이리하여 어이 살리」

(중략)

베틀 북도 쓸데없어 빈 벽에 남겨 두고

㉡솥 시루 버려두니 붉은 빛이 다 되었다

「세시 삭망 명절 제사는 무엇으로 해 올리며
경제적 이유로 사회적 책임을 다하기 힘든 사대부의 처지
원근 친척 내빈왕객(來賓往客)은 어이하여 접대할꼬」

㉢이 얼굴 지녀 있어 어려운 일 하고 많다

이 원수 궁귀(窮鬼)*를 어이하여 여의려뇨*
궁귀에 대한 예우
「술에 후량*을 갖추고 이름 불러 전송하여

길한 날 좋은 때에 사방으로 가라 하니」

웅얼웅얼 불평하며 원노(怨怒)하여 이른 말이

어려서나 늙어서나 희로우락(喜怒憂樂)을 너와 함께하여

죽거나 살거나 여읠 줄이 없었거늘

어디 가 뉘 말 듣고 가라 하여 이르느뇨

우는 듯 꾸짖는 듯 온가지로 협박커늘

돌이켜 생각하니 네 말도 다 옳도다

무정한 세상은 다 나를 버리거늘

네 혼자 유신*하여 나를 아니 버리거든

위협으로 회피하며 잔꾀로 여읠려냐
가난을 운명으로 받아들임
「하늘 삼긴 이내 궁(窮)을 설마한들 어이하리

빈천*도 내 분(分)이니 서러워해 무엇하리」

[A]

– 정훈, 「탄궁가」 –

현대어 풀이

봄날이 몹시 더디게 흘러 뻐꾸기가 (농사일을) 보채거늘

동쪽 이웃에게 쟁기를 얻고 서쪽 이웃에게 호미를 얻고

집 안에 들어가 씨앗을 마련하니

올벼 씨앗 한 말은 반 넘게 쥐가 먹었고

기장, 피, 조, 팥은 서너 되 심었으니

춥고 굶주린 식구들은 이리하여 어찌 살겠는가

(중략)

베틀의 북도 쓸데없어 빈 벽에 걸어 두고

시루 솥도 (음식을 할 일이 없어) 버려 두니 붉은 녹이 다 슬었다

절기, 음력 초하룻날과 보름날, 명절, 기제사는 무엇으로 해 올리며

멀고 가까운 친척들과 오고가는 손님들은 어떻게 대접할 것인가

이 몰골을 지니고 있어 어려운 일이 많고 많구나

이 원수 같은 가난 귀신과 어찌하면 이별할 수 있을까

술과 음식을 갖추어서 이름을 불러 떠나보내려고

좋은 날 좋은 때에 사방으로 가라고 하니

(가난 귀신이) 웅얼웅얼 불평하고 화를 내며 하는 말이

어려서부터 지금까지 기쁨과 분노, 걱정과 즐거움을 너와 함께하여

죽거나 살거나 이별할 일이 없었거늘

어디에 가서 누구의 말을 듣고 (나더러) 가라고 말하는가

우는 듯 꾸짖는 듯 여러 말로 협박하니

돌이켜 생각하니 네 말이 다 옳구나

무정한 세상은 다 나를 버렸는데

너 혼자 신의가 있어 나를 버리지 않았거늘

억지로 피하여 잔꾀로 이별할 것인가

하늘이 만든 나의 가난함을 설마한들 어찌하겠는가

가난하고 천한 것도 내 분수이니 서러워하여 무엇 하겠는가

이것만은 챙기자

*춘일: 봄철의 날. 또는 그날의 날씨.

*궁귀: 가난하고 어려운 귀신.

*여의다: 멀리 떠나보내다.

*후량: 먼 길을 가는 사람이 지니고 다니는 마른 양식.

*유신: 신의가 있음.

*빈천: 가난하고 천함.

≫ 지문의 핵심 내용을 정리해 보세요.

화자와 대상의 관계	가난 때문에 괴로워하지만 결국 빈천을 받아들이는 '나'
상황?	농사를 짓기도 힘든 가난한 처지임 → 명절을 제대로 쇠기도 어려움 → 가난 귀신(궁귀)을 떠나보내려 하지만 체념하고 빈천을 받아들임

(나)

서산에 돋을볕 비추고 구름은 느지막이 내린다

비 온 뒤 묵은 **풀**이 뉘 밭이 우거졌던고

ⓔ「두어라 차례 정한 일이니 매는 대로 매리라」
<small>└ 향촌 공동체의 사회적 약속에 대한 존중</small>

〈제1수〉

면화는 세 다래 네 다래요 이른 **벼**의 패는 모가 곱난가

오뉴월*이 언제 가고 칠월이 반이로다   [B]

아마도「하느님 **너희** 삼길* 제 **날** 위하여 삼기셨다」
<small>└ 화자는 자신과 너희(면화, 벼)의 관계를 운명적인 것으로 여김</small>

〈제7수〉

아이는 낚시질 가고 집사람은 절이채 친다

새 **밥** 익을 때에 새 **술**을 걸러셔라
<small>└ 가난을 벗어난 이상화된 농촌상</small>

ⓜ「아마도 밥 들이고 잔 잡을 때에 흥에 겨워 하노라」

〈제8수〉

– 위백규, 「농가」 –

>> **지문의 핵심 내용을 정리해 보세요.**

화자와 **대상**의 관계	농촌 생활에서 보람을 느끼는 '나'
상황?	비 온 뒤 묵은 **풀**을 매러 나섬 → 칠월의 풍요로운 결실을 보며 만족함 → 농촌의 풍요로움을 누림

현대어 풀이

서쪽 산에 아침 햇볕이 비치고 구름은 낮게 지나가는구나

비가 온 뒤의 묵은 풀이 누구의 밭에 무성한가

두어라 차례를 정한 일이니 (묵은 풀을) 매는 대로 매리라 〈제1수〉

면화는 세 다래 네 다래요, 이른 벼는 막 생겨 나오는 이삭이 (얼마나) 고운가

오뉴월이 언제 지나가고 칠월 중순이 되었구나

아마도 하늘이 너희(면화, 벼)를 만들 때 나를 위하여 만드셨구나

〈제7수〉

아이는 낚시질 가고 집사람은 겉절이를 담근다

새 밥이 익을 때에 새 술을 걸러라

아마도 밥 들여오고 술잔을 잡을 때 흥에 겨워 하노라 〈제8수〉

이것만은 챙기자

＊오뉴월: 음력 오월과 유월이라는 뜻으로, 여름 한철을 이르는 말.

＊삼기다: 생기게 하다.

---

1. (가)에 대한 설명으로 가장 적절한 것은?

✅ 정답풀이

④ 특정 계절을 배경으로 제시해 화자의 처지를 부각하고 있다.

> (가)는 '춘일(봄)'이 되자 '동린에 쟁기 얻고 서사에 호미 얻'어 씨를 심으려고 하나, '올벼 씨 한 말은 반 넘게 쥐 먹'은 상태이고 '기장 피 조 팥'을 겨우 '서너 되 부'친 상황을 제시함으로써 봄이 되었으나 농사를 짓기도 힘든 화자의 가난한 처지를 부각하고 있다.

❌ 오답풀이

① 계절의 변화에 조응하는 여러 자연물을 활용해 화자의 인식 전환을 보여 주고 있다.
'춘일이 지지하여 뻐꾸기가 보채거늘'에서 계절적 배경이 봄임을 알 수 있으며, 가난 때문에 괴로워하던 화자가 '빈천도 내 분이니 서러워해 무엇하리'라고 가난을 받아들이는 것을 화자의 인식 전환으로 볼 수는 있다. 그러나 (가)에서 계절의 변화는 나타나지 않으며, 이에 조응하는 자연물을 활용해 화자의 인식 전환을 보여 주고 있지도 않다.

② 계절감이 드러난 소재를 대등하게 나열해 시상을 전개하고 있다.
'춘일'에 보채는 '뻐꾸기'는 계절감을 드러내는 소재로 볼 수 있으나, (가)에서 계절감이 드러난 다양한 소재를 대등하게 나열하고 있지는 않다.

③ 특정 계절의 풍속을 화자의 시선 이동에 따라 묘사하고 있다.
'춘일이 지지하여 뻐꾸기가 보채거늘'에서 계절적 배경이 봄임을 알 수 있으나, (가)에서 화자의 시선 이동에 따라 봄의 풍속을 묘사하고 있지는 않다.

⑤ 계절의 순환을 중심으로 자연의 섭리를 드러내고 있다.
'춘일이 지지하여 뻐꾸기가 보채거늘'에서 계절적 배경이 봄임을 알 수 있으나, (가)에서 '봄 → 여름 → 가을 → 겨울' 등과 같이 이어지는 계절의 순환은 확인할 수 없다.

🌱 기틀잡기

① **조응:** 둘 이상의 사물이나 현상 또는 말과 글의 앞뒤 따위가 서로 일치하게 대응함.

③ **풍속:** 옛날부터 그 사회에 전해 오는 생활 전반에 걸친 습관 따위를 이르는 말.

2. [A], [B]에 대한 이해로 적절하지 <u>않은</u> 것은?

✓ **정답풀이**

⑤ [A]와 [B]에서 화자는 각각 초월적인 존재인 '하늘'과 '하느님'을 예찬하는 어조를 취하고 있다.

> [A]의 '하늘 삼긴 이내 궁을 설마한들 어이하리'에서는 가난을 '하늘'이 만든 자신의 분수로 여기는 태도가 나타날 뿐, 화자가 '하늘'을 예찬하고 있지는 않다. 한편 [B]의 '아마도 하느님 너희 삼길 제 날 위하여 삼기셨다'에서 화자는 풍요로운 결실에 만족하는 태도를 보일 뿐, 하느님을 예찬하는 어조를 취하고 있지는 않다.

✗ **오답풀이**

① [A]에서 '술에 후량'을 갖춘 화자는 의례를 통해 '궁귀'에 대한 예우를 표하고 있다.
   [A]에서 화자는 '궁귀'를 여의기 위해 '술에 후량을 갖추고' '길한 날 좋은 때에 사방으로 가라 하'므로, 의례를 통해 '궁귀'에 대한 예우를 표하고 있다고 볼 수 있다.

② [B]에서 화자는 시간의 경과를 의식하며 '세 다래 네 다래' 열린 '면화'에 대한 만족감을 드러내고 있다.
   [B]에서 화자는 '오뉴월이 언제 가고 칠월이 반'이라는 시간의 경과를 언급하며 '세 다래 네 다래' 열린 '면화'에 대한 만족감을 드러내고 있다.

③ [A]에서 화자는 '이내 궁'과의 관계를, [B]에서 화자는 '너희'와의 관계를 운명적인 것으로 여기는 관점을 취하고 있다.
   [A]에서 화자는 '하늘 삼긴 이내 궁을 설마한들 어이하'겠냐며 '빈천도 내 분'이라고 하여 자신의 가난을 운명으로 받아들이고 있다. 또한 [B]에서도 화자는 '하느님'이 자신을 위해 '너희'를 만들었다며 '너희'와의 관계를 운명적인 것으로 여기고 있다.

④ [A]에서 화자는 '옳도다'라는 응답으로 '네 말'을 수용하는 태도를, [B]에서 화자는 '반이로다'라는 감탄으로 '패는 모'에 대한 기대감을 드러내고 있다.
   [A]에서 화자는 '궁귀'와 헤어지고자 하지만 '궁귀'가 '어려서나 늙어서나~가라 하여 이르느뇨'라고 '온가지로 협박'하자 '돌이켜 생각하니 네(궁귀) 말도 다 옳'다며 '궁귀'의 말을 수용하는 태도를 취하고 있다. 한편 [B]에서 화자는 '오뉴월이 언제 가고 칠월이 반이로다'에서 '–로다'라는 감탄형 어미를 사용하여 '이른 벼의 패는 모'에 대한 기대감을 드러내고 있다.

📎 **기틀잡기**

① **예우:** 예의를 지키어 정중하게 대우함.
④ **수용:** 어떠한 것을 받아들임.
⑤ **예찬:** 무엇이 훌륭하거나 좋거나 아름답다고 찬양함.

3. 〈보기〉를 참고할 때, ㉠~㉤의 문맥적 의미에 대한 이해로 적절하지 <u>않은</u> 것은? [3점]

> ㉠: 올벼 씨 한 말은 반 넘게 쥐 먹었고
> ㉡: 솥 시루 버려두니 붉은 빛이 다 되었다
> ㉢: 이 얼굴 지녀 있어 어려운 일 하고 많다
> ㉣: 두어라 차례 정한 일이니 매는 대로 매리라
> ㉤: 아마도 밥 들이고 잔 잡을 때에 흥에 겨워 하노라

〈보기〉

> 「탄궁가」는 향촌 공동체에서 경제적 기반이 취약한 사대부가 가정과 사회에 대한 책임을 다하기 어려운 자신의 궁핍한 삶을 실감나게 그려 낸 작품이다. 한편 「농가」는 곤궁한 향촌 공동체의 발전을 위해 여러 방도를 모색한 사대부가 가난을 벗어난 이상화된 농촌상을 그려 낸 작품이다.

🔍 **보기 분석**

- 「탄궁가」
  - 작자: 향촌 공동체에서 경제적 기반이 취약한 사대부
  - 자신의 궁핍한 삶을 그림
- 「농가」
  - 작자: 향촌 공동체의 발전을 위해 방도를 모색한 사대부
  - 이상화된 농촌상을 그림

✓ **정답풀이**

③ ㉢은 체면을 지키기 어려운 상황을 제시해 취약한 경제적 기반 때문에 사회적 책임을 내려놓는 향촌 사대부의 죄책감을 드러낸다.

> 〈보기〉에서 (가)는 '경제적 기반이 취약'하여 '가정과 사회에 대한 책임을 다하기 어려운' 사대부가 자신의 삶을 그려 낸 작품이라고 하였다. 이를 참고할 때 ㉢에서는 취약한 경제적 기반 때문에 '세시 삭망 명절 제사'를 올리고, '원근 친척 내빈왕객'을 접대하는 사회적 책임을 다하기 힘든 상황에 대한 향촌 사대부의 괴로움이 나타난다고 볼 수 있다. 하지만 ㉢에서 화자가 사회적 책임을 내려놓는다고 볼 수는 없으며 이로 인해 죄책감을 느낀다고 보기도 어렵다.

✗ **오답풀이**

① ㉠은 파종할 볍씨를 쥐가 먹어 버린 상황을 제시해 가난한 향촌 사대부의 곤혹스러운 처지를 실감나게 그려 낸다.
   〈보기〉에서 (가)는 '경제적 기반이 취약한 사대부'가 '자신의 궁핍한 삶을 실감나게 그려 낸 작품'이라고 하였다. 이를 참고할 때 ㉠에서는 농사를 지을 '올벼 씨'를 '반 넘게 쥐'가 먹어 버린 상황을 통해 향촌 사대부의 가난하고 곤혹스러운 처지를 사실적으로 드러내고 있다고 볼 수 있다.

② ㉡은 솥과 시루가 녹슨 상황을 제시해 끼니조차 잇지 못하는 생활이 지속되는 향촌 사대부 가정의 궁핍함을 부각한다.

〈보기〉에서 (가)는 '경제적 기반이 취약한 사대부'가 '자신의 궁핍한 삶을 실감 나게 그려 낸 작품'이라고 하였다. 이를 참고할 때 '솥 시루'를 '붉은 빛'의 녹이 슬 때까지 오래 방치해 둔 것은 솥과 시루에 음식을 해 먹지 못할 정도의 가난한 형편임을 보여 주는 것이므로, ㉡에서는 이처럼 끼니조차 제대로 잇지 못하는 상황을 제시함으로써 궁핍한 향촌 사대부 가정의 생활을 부각하고 있다고 볼 수 있다.

④ ㉣은 밭을 맬 때 예정된 차례에 따라야 함을 나타내어 사회적 약속에 대한 존중을 향촌 공동체 발전의 방도로 여기는 관점을 드러낸다.

〈보기〉에서 (나)는 '곤궁한 향촌 공동체의 발전을 위해 여러 방도를 모색한 사대부'의 작품이라고 하였다. 이를 참고할 때 ㉣에서는 '밭'에 우거진 '비 온 뒤 묵은 풀'을 정해진 '차례'에 따라 맬 것임을 언급함으로써 사회적 약속을 존중하는 것이 향촌 공동체의 발전을 위한 방도라고 여기는 관점을 드러내고 있다고 볼 수 있다.

⑤ ㉤은 먹을거리에 부족함이 없이 즐거운 향촌 구성원의 모습을 통해 가난을 벗어난 이상화된 농촌상의 일면을 보여 준다.

〈보기〉에서 (나)는 '가난을 벗어난 이상화된 농촌상을 그려 낸 작품'이라고 하였다. 이를 참고할 때 ㉤에서는 '새 밥'과 '새 술'을 먹으며 '흥에 겨워 하'는 향촌 구성원의 모습을 통해 먹을거리에 부족함이 없고 즐거운 이상적 농촌상의 일면을 보여 준다고 할 수 있다.

🌱 기틀잡기

① **파종**: 곡식이나 채소 따위를 키우기 위하여 논밭에 씨를 뿌림.
③ **죄책감**: 저지른 잘못에 대하여 책임을 느끼는 마음.

[1~3] 다음 글을 읽고 물음에 답하시오.

(가)

　공후배필은 못 바라도 군자호구 원하더니
　삼생의 원업(怨業)이오 「월하*의 연분」으로
　　　　　　　　　　　　　부부의 인연을 맺음
　장안유협(長安遊俠) 경박자(輕薄子)를 ㉠꿈같이 만나 있어
　당시의 용심(用心)하기 살얼음 디디는 듯
　삼오이팔 겨우 지나 천연여질 절로 이니
　이 얼골 이 태도로 백년기약하였더니
　연광(年光)이 훌훌하고 조물이 다시(多猜)*하여
　　　　　　　　　　　　여성의 생활에 밀접한 소재로 세월에 대한 인식을 표현함
　봄바람 가을 물이 「베오리에 북 지나듯」
　설빈화안 어디 두고 면목가증(面目可憎)* 되거고나　[A]
　내 얼골 내 보거니 어느 임이 날 괼소냐

　　　　　　　　　（중략）

　옥창에 심은 매화 몇 번이나 피여 지고
　겨울밤 차고 찬 제 자최눈 섯거 치고
　여름날 길고 길 제 궂은비는 무슨 일고　[B]
　삼춘화류(三春花柳) 호시절(好時節)의 경물이 시름없다
　　　　　　화자의 슬픔을 주변으로 확장함
　가을 달 방에 들고 「실솔(蟋蟀)*이 상(床)에 울 제」
　긴 한숨 지는 눈물 속절없이 혬*만 많다
　아마도 모진 목숨 죽기도 어려울사
　도로혀 풀쳐 혜니 이리하여 어이하리
　청등을 돌라 놓고 녹기금(綠綺琴) 빗겨 안아
　벽련화(碧蓮花) 한 곡조를 시름 좇아 섯거 타니
　소상야우(瀟湘夜雨)의 댓소리 섯도는 듯
　화표천년(華表千年)의 별학이 우니는 듯
　옥수(玉手)의 타는 수단 옛 소리 있다마는
　부용장(芙蓉帳) 적막하니 뉘 귀에 들리소니
　슬픔을 확장하고 펼쳐 냄
　「간장이 구곡되어 굽이굽이 끊쳤어라」
　꿈에서조차 남편을 볼 수 없음
　「차라리 잠을 들어 ㉡꿈에나 보려 하니
　바람의 지는 잎과 풀 속에 우는 짐승
　무슨 일 원수로서 잠조차 깨우는다」

　　　　　　　　　　– 허난설헌, 「규원가」 –

*다시: 시기가 많음.
*면목가증: 얼굴 생김이 남에게 미움을 살 만한 데가 있음.

》》 지문의 핵심 내용을 정리해 보세요.

화자와 대상의 관계	놀기 좋아하여 돌아오지 않는 남편을 기다리며 그리워하는 '나'
상황?	놀기 좋아하는 경박한 사람을 남편으로 만남 → 아름답고 고운 얼굴로 백년기약했지만 어느새 늙어 버림 → 남편을 하염없이 기다림 → 거문고를 연주하며 시름을 달래려 함 → 꿈에서라도 남편을 보려 하나 잠들지 못함

현대어 풀이

　높은 벼슬아치의 아내는 바라지 못해도 군자의 좋은 짝이 되기를 바랐는데
　전생에 지은 원망스러운 업보이자 월하노인이 맺어준 부부의 인연으로
　장안에서 호탕하게 놀기 좋아하는 경박한 이를 꿈같이 만나
　(시집간) 당시에 남편 섬기기를 살얼음 디디는 듯 조심하였다
　열다섯, 열여섯 살을 겨우 지나 타고난 아름다운 모습이 저절로 나타나니
　이 모습과 이 태도로 평생 동안 변함없기를 약속했더니
　세월이 빨리 흐르고 조물주가 몹시 시기하여
　봄바람 가을 물이 베틀의 올에 북이 지나가듯 세월이 빨리 지나
　고운 머리채와 꽃같이 아름다운 얼굴을 어디에 두고 보기 싫은 모습이 되었구나
　내 얼굴을 내가 보니 어느 임이 나를 사랑할 것인가

　　　　　　　　　（중략）

　창밖에 심은 매화는 몇 번이나 피고 졌는가
　겨울밤 차고 찬 때 자국눈 섞어 내리고
　여름날 길고 긴 때 궂은비는 무슨 일인가
　아름다운 봄철 좋은 시절에 아름다운 풍경을 보아도 아무 감흥이 없다
　가을 달이 방에 비치고 귀뚜라미가 침상에서 울 때
　긴 한숨 떨어지는 눈물에 헛되이 생각만 많다
　아마도 모진 목숨 죽기조차 어렵구나
　돌이켜 여러 가지 일을 곰곰이 생각하니 이렇게 살아 어찌할 것인가
　청사초롱을 돌려 놓고 거문고를 비스듬히 안아
　벽련화 한 곡조를 시름 섞어 연주하니
　소상강 밤비에 댓잎 소리 섞여 들리는 듯
　(무덤 앞에 세우는) 망주석에 천년 만에 찾아온 이별한 학이 울고 있는 듯
　고운 손으로 타는 솜씨는 옛 가락이 아직 남아 있건마는
　연꽃 무늬가 있는 휘장을 친 방 안이 텅 비어 있으니 (거문고 소리가) 누구의 귀에 들릴 것인가
　마음속이 뒤틀리어 굽이굽이 끊어졌도다

차라리 잠이 들어 꿈에서나 임을 보고자 하니
바람에 지는 잎과 풀 속에서 우는 벌레는
무슨 일로 원수가 되어 잠마저 깨우는가

이것만은 챙기자

*월하: 부부의 인연을 맺어 준다는 전설상의 늙은이. 중국 당나라의 위고 (韋固)가 달밤에 어떤 노인을 만나 장래의 아내에 대한 예언을 들었다는 데서 유래함.
*실솔: 귀뚜라미.
*혬: 어떤 일에 대해 헤아리며 생각함.

(나)

재* 위에 우뚝 선 「소나무」 바람 불 적마다 흔덕흔덕*
〔화자와 동질성을 가진 외부 대상(=버들)〕

개울에 섰는 **버들** 무슨 일 좋아서 흔들흔들 ⌉[C]

임 그려 우는 눈물은 옳거니와 「입하고 코는 어이 무슨 일
〔우스운 외양에 집중하여 슬픔과 거리를 둠〕

좋아서 **후루룩 비쭉** 하나니」

– 작자 미상 –

>> 지문의 핵심 내용을 정리해 보세요.

화자와 대상의 관계	흔들리는 소나무와 버들을 보며 임에 대한 그리움으로 슬퍼하는 사람
상황?	산 위의 소나무가 바람에 흔들림 → 개울가의 버들이 흔들림 → 임을 그리워하여 눈물을 흘리며, 입과 코는 어째서 비쭉거리는지 물음

현대어 풀이

고개 위에 우뚝 선 소나무 바람 불 때마다 흔덕흔덕
개울에 서 있는 버들 무슨 일 좋아서 흔들흔들
임 그리워 우는 눈물은 옳거니와 입하고 코는 무슨 일을 좋아서
후루룩 비쭉 하는가

이것만은 챙기자

*재: 길이 나 있어서 넘어 다닐 수 있는, 높은 산의 고개.
*흔덕흔덕: 큰 물체 따위가 둔하게 자꾸 흔들리는 모양.

---

1. [A]~[C]의 표현상 특징에 대한 설명으로 적절하지 <u>않은</u> 것은?

✔ 정답풀이

④ [A], [B]는 계절적 배경을 알려 주는 시어를 활용하여 시간에 따라 화자의 처지가 달라졌음을 드러내었다.

> [A]에서는 '봄바람 가을 물'이라는 계절적 배경을 알려 주는 시어를 활용하여 시간이 흘러 화자가 아름답던 모습인 '설빈화안'에서 '면목가증'이 되었다고 하였으므로, 시간에 따라 화자의 처지가 달라졌음을 드러냈다고 볼 수 있다. 그러나 [B]에서는 '겨울밤' 눈이 내리고 '여름날' 비가 내려도 돌아오지 않는 임을 기다리는 화자의 처지를 나타내고 있으므로, 시간에 따라 화자의 처지가 달라졌다고 볼 수 없다.

✖ 오답풀이

① [A]는 여성의 생활에 밀접한 소재를 활용하여 흘러가는 세월에 대한 화자의 인식을 시각적으로 표현하였다.
 [A]의 '베오리', '북'은 옷감을 만들기 위한 도구로, 당시 여성의 생활에 밀접한 소재로 볼 수 있다. 화자는 이러한 소재를 활용하여 '베오리에 북 지나듯' 빠르게 흐르는 세월을 시각적으로 표현하고 있다.

② [B]는 단어를 반복하는 구절을 행마다 사용하여 화자가 주목하는 각 계절의 특성을 강조하였다.
 [B]의 '차고 찬 제', '길고 길 제'에서는 특정 단어를 반복하였으며, 이를 통해 밤이 추운 겨울의 계절적 특성과 낮이 긴 여름의 계절적 특성을 강조하고 있다.

③ [C]는 두 대상을 발음이 비슷한 의태어로 표현하여 움직이는 모습의 유사성을 드러내었다.
 [C]에서는 '소나무'가 '흔덕흔덕'하고 '버들'이 '흔들흔들'한다고 하여, 두 대상을 발음이 유사한 의태어를 활용하여 표현하였다. 이를 통해 두 대상이 움직이는 모습이 비슷함을 드러내고 있다.

⑤ [B], [C]는 대구를 활용하여 리듬감을 형성하였다.
 [B]와 [C]는 모두 유사한 구조의 시행을 연달아 배치하는 대구를 활용하였으며, 이러한 표현 방식을 활용하면 자연스럽게 리듬감이 형성된다.

🌱 기틀잡기

> ③ **의태어:** 사람이나 사물의 모양이나 움직임을 흉내 낸 말.
> ⑤ **대구:** 비슷한 어조나 구조를 가진 구절이나 문장 두 개를 짝지어 배치하는 표현 기법.

2. ㉠, ㉡에 대한 이해로 가장 적절한 것은?

> ㉠: 꿈같이 만나 있어
> ㉡: 꿈에나 보려 하니

✓ 정답풀이

② ㉡은 현실에서는 화자가 문제를 해결할 수 없어서 선택한 방법이다.

> 화자는 임에 대한 그리움을 달래기 위해 '녹기금'을 연주하지만 연주를 들어 줄 사람이 없어 '간장이 구곡되어 굽이굽이 끊쳤'을 정도로 서글퍼하고 있다. 이에 화자는 잠에 들어 '꿈'속에서나마 임을 보려 하는 것이므로, ㉡은 현실에서 문제를 해결할 수 없기 때문에 선택한 방법이라고 볼 수 있다.

✗ 오답풀이

① ㉠은 흐릿한 기억 때문에 혼란스러운 화자의 심정을 나타낸다.
> ㉠은 '삼생의 원업'과 '월하의 연분'으로 운명처럼 남편을 처음 만났던 때를 떠올린 것일 뿐, 흐릿한 기억 때문에 혼란스러운 화자의 심정을 나타내지는 않는다.

③ ㉠은 임과의 만남에 대한 기대에서, ㉡은 임과의 이별에 대한 망각에서 비롯된다.
> ㉠은 임과 처음 연분을 맺었던 과거를 떠올린 것이지, 임과의 만남에 대한 기대에서 비롯된 것은 아니다. 또한 ㉡은 화자가 임을 그리워하고 있기 때문에 꿈에서나마 임을 보려 한 것이므로 임과의 이별을 망각했다고 볼 수 없다.

④ ㉠은 이미 일어난 일에 대해 회상하고, ㉡은 곧 일어날 일에 대해 단정하고 있다.
> ㉠은 임과 처음 연분을 맺었던 과거를 떠올린 것이므로 이미 일어난 일에 대한 회상으로 볼 수 있다. 그러나 ㉡은 임에 대한 그리움으로 괴로워하던 화자가 꿈에서라도 임을 보려는 것일 뿐, 곧 일어날 일에 대한 단정으로 볼 수 없다.

⑤ ㉠은 인연의 우연성에 대한, ㉡은 재회의 필연성에 대한 화자의 우려를 드러내고 있다.
> ㉠은 운명에 따라 임과 인연을 맺게 되었음을 말하는 것이지만 이에 대한 화자의 우려를 드러내고 있지는 않다. 또한 ㉡은 꿈을 통해서라도 임과의 재회를 이루려 하는 화자의 소망을 드러낼 뿐, 재회의 필연성에 대한 화자의 우려는 드러내지 않는다.

3. 〈보기〉를 참고하여 (가), (나)를 감상한 내용으로 적절하지 **않은** 것은? [3점]

> 〈보기〉
>
> (가), (나)는 이별에 대한 서로 다른 대처를 보여 준다. (가)의 화자는 외부와 단절된 채 자신의 쓸쓸한 내면에 몰입하고, 자신의 슬픔을 주변으로 확장한다. (나)의 화자는 외부 대상의 모습에서 자신과의 동질성을 발견하며 슬픔을 확인하면서도, 슬픔을 분출하는 자신의 우스운 외양에 주목한다. (가)는 슬픔을 확장하고 펼쳐 냄으로써, (나)는 슬프지만 슬픔과 거리를 둠으로써 이별에 대처한다.

🔍 보기 분석

- 이별에 대처하는 방식의 차이

(가)	(나)
• 외부와 단절되어 쓸쓸한 내면에 몰입함 • 자신의 슬픔을 주변으로 확장함	• 외부 대상의 모습에서 자신과의 동질성을 발견하여 슬픔을 확인함 • 슬픔을 분출하는 자신의 우스운 외양에 주목함
→ 슬픔을 확장하고 펼쳐 냄	→ 슬프지만 슬픔과 거리를 둠

✓ 정답풀이

② (가)에서 '부용장 적막하니 뉘 귀에 들리소니'는 화자가 외부와의 교감을 거부하고 내면에 몰입하는 모습을 드러내는군.

> 〈보기〉에서 (가)의 화자는 '외부와 단절된 채 자신의 쓸쓸한 내면에 몰입'한다고 하였다. (가)에서 화자는 '부용장 적막하니 뉘 귀에 들리소니'라고 하여 자신의 연주를 들어 줄 사람이 없음을 탄식하고 있다. 이는 혼자 남겨진 화자가 자신의 의지와 상관없이 외부와 단절된 상황을 보여 줄 뿐, 화자가 외부와의 교감을 거부했다고 볼 수는 없다.

✗ 오답풀이

① (가)에서 '실솔이 상에 울 제'는 화자가 자신의 슬픔을 주변으로 확장한 것을 보여 주는군.
> 〈보기〉에서 (가)의 화자는 '자신의 슬픔을 주변으로 확장한다.'라고 하였다. (가)에서 화자는 '실솔이 상에 울 제' 자신도 '긴 한숨'과 '눈물'을 짓는다고 하여 자신의 슬픔을 주변 대상인 '실솔'로 확장하고 있다.

③ (나)에서 화자는 '소나무'가 '바람 불 적마다 흔덕'거리는 모습에서 자신과의 동질성을 발견한 것이겠군.
> 〈보기〉에서 '(나)의 화자는 외부 대상의 모습에서 자신과의 동질성을 발견하며 슬픔을 확인'한다고 하였다. 이를 참고할 때, (나)에서 화자는 '바람 불 적마다 흔덕흔덕'하는 '소나무'를 보고 '임 그려' '눈물'을 흘리는 자신과 동질성을 발견한 것으로 볼 수 있다.

④ (가)의 '삼춘화류'는, (나)의 '버들'과 달리 화자의 내면과 대비되어 외부와의 단절감을 강조하는군.

〈보기〉에서 '(가)의 화자는 외부와 단절된 채 자신의 쓸쓸한 내면에 몰입'한다고 하였다. (가)에서 화자는 '삼춘화류 호시절'과 같이 좋은 때에 이별의 슬픔으로 인해 아름다운 풍경을 보면서도 아무 감흥 없는 심정을 드러내고 있으므로, '삼춘화류'는 화자의 내면과 대비되는 배경이며 외부와 화자가 단절되었음을 강조한다고 볼 수 있다. 이와 달리 (나)의 '버들'은 화자의 내면과 유사한 외부 대상이다.

⑤ (나)의 '후루룩 비쭉'하는 '입하고 코'는, (가)의 '긴 한숨 지는 눈물'과 달리 화자가 자신의 우스운 외양에 주목하여 슬픔과 거리를 두는 것을 보여 주는군.

〈보기〉에서 (나)의 화자는 '슬픔을 분출하는 자신의 우스운 외양에 주목'하여 '슬프지만 슬픔과 거리를' 둔다고 하였다. (나)의 화자는 '임 그려 우는 눈물'을 흘리는 자신의 '입하고 코'가 '후루룩 비쭉'한다고 하여 스스로를 우스꽝스럽게 표현하고 있다. 이는 (나)의 화자가 자신의 우스운 외양에 주목함으로써 슬픔과 거리를 두는 것으로 볼 수 있다. 이와 달리 (가)의 화자는 '긴 한숨 지는 눈물'로 자신의 슬픔을 표현하며 내면에 주목하고 있다.

📋 문제적 문제 · 3-②, ④번

학생들이 정답 외에 가장 많이 고른 선지는 ④번이다. 많은 학생들이 (가)의 '삼춘화류'가 화자의 내면과 대비되어 외부와의 단절감을 강조한다는 선지의 진술이 적절하지 않다고 판단한 것이다. '삼춘화류 호시절'이라는 특정 시구에만 주목하면, 봄이 되어 잎이 돋고 꽃이 피는 풍경을 화자가 긍정적으로 받아들이고 있는 것으로 오인할 수 있다. 그런데 맥락을 살펴보면, 화자는 '삼춘화류 호시절'에 그러한 '경물'(계절에 따라 달라지는 경치)을 봐도 '시름없다', 즉 아무 감정이나 생각이 들지 않는다고 한다. 즉 내면의 슬픔과 외로움으로 인해 좋은 경치를 봐도 즐겁지 않음을 표현한 것이므로, '삼춘화류'는 화자의 내면과 대비되는 것으로 외부와의 단절감을 강조한다고 볼 수 있는 것이다.

정답 선지인 ②번과 관련해서, 화자가 '적막'한 공간에 있으므로 외부와의 교감을 거부한 것이라고 판단한 학생들도 있었다. 그러나 화자는 '녹기금'을 연주해도 '뉘 귀에 들리'겠냐고 말하고 있으므로, 자신의 연주를 들어 줄 임이 곁에 없는 상황을 안타까워하고 있을 뿐, 스스로 외부와의 교감을 거부했다고 볼 수는 없다.

정답률 분석

	정답		매력적 오답	
①	②	③	④	⑤
2%	59%	1%	34%	4%

[1~3] 다음 글을 읽고 물음에 답하시오.

금강대 맨 우층의 선학(仙鶴)이 삿기 치니
춘풍 옥적성(玉笛聲)의 첫잠을 깨돗던디
호의현상*이 반공(半空)의 소소 뜨니
「서호 녯 주인*」을 반겨셔 넘노는 듯
　화자 자신을 비유적으로 표현함
소향로 대향로 눈 아래 구버보고
정양사 진헐대 고려 올나 안즌마리
여산 진면목*이 여긔야 다 뵈는구나
어와 조화옹이 헌사토 헌사할샤
날거든 뛰디 마나 섯거든 솟디 마나
부용(芙蓉)*을 고잣는 듯 백옥(白玉)을 믓것는 듯　　[A]
동명(東溟)*을 박차는 듯 북극(北極)을 괴왓는 듯
　화자가 지향하는 이상적 인간상
「놉흘시고 망고대 외로올샤 혈망봉이
하늘의 추미러 므스 일을 사로려
천만겁(千萬劫) 디나도록 구필 줄 모르느냐」
어와 너여이고 너 가트니 또 잇는가
개심대 고려 올나 중향성 바라보며
「만이천봉」을 녁녁(歷歷)히 혀여 하니
　금강산
봉마다 맷쳐 잇고 긋마다 서린 긔운
맑거든 조티* 마나 조커든 맑디 마나
뎌 긔운 흐터 내야 인걸*을 만들고쟈
형용도 그지업고 톄세(體勢)도 하도 할샤
천지 삼기실 제 자연이 되연마는
이제 와 보게 되니 유정(有情)도 유정할샤

（중략）

그 알픽 너러바회 화룡소 되어셰라
천년 노룡(老龍)이 구비구비 서려 이셔
주야의 흘녀 내여 창해(滄海)*예 니어시니
풍운을 언제 어더 「삼일우(三日雨)*를 디련느냐
　　　선정
「음애예 이온 플*」을 다 살와 내여스라
　헐벗고 굶주린 백성들
마하연 묘길상 안문재 너머 디여
외나모 써근 다리 불정대 올나 하니
천심(千尋) 절벽을 반공애 셰여 두고
은하수 한 구비를 촌촌이 버혀 내여
실가티 플텨 이셔 뵈가티 거러시니
도경(圖經) 열두 구비 내 보매는 여러히라
이적선 이제 이셔 고려 의논하게 되면
여산*이 여긔도곤* 낫단 말 못 하려니

— 정철, 「관동별곡」 —

*호의현상: 흰 저고리에 검은 치마란 뜻으로 학을 가리킴.

*서호 녯 주인: 송나라 때 서호에서 학을 자식으로 여기며 살았던 은사
（隱士） 임포.
*동명: 동해 바다.
*음애예 이온 플: 그늘진 벼랑에 시든 풀.
*여산: 당나라 시인 이백(이적선)의 시구에 나오는 중국의 명산.

≫ 지문의 핵심 내용을 정리해 보세요.

화자와 대상의 관계	금강산을 유람하며 아름다운 풍경에 감탄하는 '나'
상황?	금강대에서 학을 봄 → 진헐대에 올라 산봉우리의 모습을 보며 감탄함 → 망고대와 혈망봉을 보며 높은 기상을 예찬함 → 개심대에 다시 올라 중향성을 바라봄 → 화룡소를 보며 시든 풀(백성)을 살려 내고 싶다고 생각함 → 불정대에서 본 폭포의 모습을 예찬함

현대어 풀이

금강대 맨 꼭대기에 선학(신선이 탄다는 학)이 새끼를 치니
(그 선학이) 봄바람에 들려오는 옥피리 소리에 첫잠을 깨었던지
흰 저고리에 검은 치마(학을 비유하는 표현)가 공중에 솟아 뜨니
서호의 옛 주인을 반겨(나를 반겨) 넘나들며 노는 듯하구나
금강산의 소향로봉과 대향로봉을 눈 아래 굽어보고
정양사라는 절의 진헐대에 다시 올라 앉으니
여산(중국의 명산)같이 아름다운 금강산의 참모습이 여기(진헐대)서
다 보이는구나
아아 (이런 아름다운 풍경을 만들어 낸) 조물주의 솜씨가 야단스럽
기도 야단스럽구나
(저 수많은 봉우리들이) 나는 듯하면서도 뛰는 듯도 하고 우뚝 서
있는 듯하면서도 솟은 듯하니
(그 봉우리의 모습이) 연꽃을 꽂아 놓은 듯 백옥을 묶어 놓은 듯
동해 바다를 박차는 듯 북극을 받치고 있는 듯하구나
높기도 하구나 망고대(산봉우리)여 외롭기도 하구나 혈망봉(산봉
우리)이여
(망고대와 혈망봉은) 하늘에 치밀어 무슨 일을 말씀드리려고
오랜 세월이 지나도록 (그 높이를) 굽힐 줄 모르는가
아아 너(망고대, 혈망봉)로구나 너 같은 (높은 기상을 지닌) 이가
또 있겠는가
개심대에 다시 올라 중향성(산봉우리)을 바라보며
(금강산의) 일만 이천 봉을 분명히 헤아려 보니
봉우리마다 맺혀 있고 끝마다 서린 기운
맑거든 깨끗하지 말거나 깨끗하거든 맑지나 말지

(금강산의) 저 (맑고 깨끗한) 기운을 흩어 내어 뛰어난 인재를 만들고 싶구나

생긴 모양도 끝이 없고 생긴 모습도 많기도 많구나

세상천지가 생겨날 때 (만이천봉이) 저절로 이루어진 줄 알았지만 이제 와서 보니 조물주의 뜻이 있구나

(중략)

그 앞의 넓은 바위는 (용이 변해서 생겼다는 연못인) 화룡소가 되었구나

(화룡소 안에) 천 년 묵은 늙은 용(화룡소의 굽이치는 물)이 굽이굽이 서려 있어

밤낮으로 흘러 내려 넓은 바다에 이어졌으니

(저 노룡은) 바람과 구름을 언제 얻어 삼일간의 단비(선정)를 내리려는가

그늘진 벼랑에 시든 풀(백성)을 다 살려 내고 싶구나

마하연(절) 묘길상(미륵불) 안문재(고개)를 넘어 내려가서

썩은 외나무다리를 건너 불정대에 올라 보니

(눈앞에 펼쳐진 십이 폭포는) 천 길이나 되는 절벽을 공중에 세워 두고

은하수 큰 굽이를 마디마디 베어 내어

실처럼 풀어서 베처럼 걸어 놓은 것 같으니

도경(산수를 그린 책)에서는 (십이 폭포가) 열두 굽이라고 하였으나 내가 보기에는 (그보다) 더 많아 보이는구나

이태백이 지금 있어서 다시 의논하게 되면

(생전에 시로 읊던 것처럼) 여산이 여기보다 낫다는 말은 못 하리라

이것만은 챙기자

* **진면목**: 본디부터 지니고 있는 그대로의 상태.
* **부용**: 연꽃.
* **조타(좋다)**: 깨끗하다.
* **인걸**: 특히 뛰어난 인재.
* **창해**: 넓고 큰 바다.
* **삼일우**: 삼 일 동안 계속해서 오는 비라는 뜻으로, 많이 오는 비를 이르는 말.
* **도곤**: ~보다.

| 표현상의 특징 파악 | 정답률 **79**

1. 윗글에 대한 설명으로 가장 적절한 것은?

⟨✓⟩ 정답풀이

③ '개심대'에서는 선경후정의 방식으로 화자가 바라본 풍경과 그에 대한 감흥이 서술되고 있다.

> '개심대'에 오른 화자는 '중향성'을 비롯한 금강산의 '만이천' 봉우리들을 헤아려 보면서 '봉마다 맺쳐 잇고 긋마다 서'려 있는 맑고 깨끗한 기운에 대해 말하고 있다. 그런 뒤 '뎌 긔운 흐터 내야 인걸을 만들고쟈 / 형용도 그지업고 톄세도 하도 할샤'라고 하며 자신의 감흥을 나타내고 있으므로, 선경후정의 방식으로 서술되었다고 볼 수 있다.

ⓧ 오답풀이

① '금강대'에서 '진헐대'로 이동하면서 자연에 대한 화자의 이중적 태도를 보여 주고 있다.

화자는 '금강대'에서 공중으로 날아가는 '선학'을 발견하고 그 모습이 '서호 녯 주인을 반겨서 넘노는 듯'하다고 하며 감탄을 드러내고 있다. 또한 '진헐대'에서는 주변 풍경을 '여산 진면목'에 비유하며 그렇듯 아름다운 풍경을 만들어낸 '조화옹'의 솜씨에 대해 '헌사토 헌사할샤'라고 하며 감탄하고 있다. 따라서 '금강대'와 '진헐대'에서 화자가 보여 주는 자연에 대한 태도가 이중적이라고 볼 수 없다.

② '진헐대'와 '불정대'에서는 이미지의 대립을 통해 화자의 내적 갈등이 고조되고 있다.

'진헐대'와 '불정대' 주변 풍경을 묘사하는 부분에서 이미지의 대립은 나타나지 않는다. 또한 화자는 '진헐대'와 '불정대'에서 바라보는 자연 풍경에 감탄하고 있을 뿐, 내적 갈등이 고조되고 있지는 않다.

④ '화룡소'에서는 화자의 시선이 원경에서 근경으로 이동하며 대상의 특징을 묘사하고 있다.

'화룡소'에 이른 화자는 '천년 노룡이 구비구비 서려' 있는 듯한 전체적인 풍경에 대해서만 언급하고 있으므로, 화자의 시선이 원경에서 근경으로 이동한다고 볼 수 없다.

⑤ '화룡소'에서 '불정대'까지의 이동 경로를 드러내지 않아 시상이 빠르게 전개되고 있다.

'화룡소'를 지난 화자는 '마하연 묘길상 안문재'를 넘고 '외나모 써근 다리'를 건넌 후에 '불정대'에 오르고 있다고 했으므로 '화룡소'에서 '불정대'까지의 이동 경로가 드러나고 있다.

🌱 기틀잡기

② **대립**: 의견이나 처지, 속성 따위가 서로 반대되거나 모순됨. 또는 그런 관계.
④ **원경**: 멀리 보이는 경치. 또는 먼 데서 보는 경치.
　근경: 가까이 보이는 경치. 또는 가까운 데서 보는 경치.

2. [A]를 이해한 내용으로 적절하지 <u>않은</u> 것은?

✅ 정답풀이

② 봉우리를 '백옥', '동명'과 같은 무생물에 빗대어 대상에서 느낄 수 있는 자연의 영속성을 표현하였다.

> 영속성은 '영원히 계속되는 성질이나 능력'이라는 뜻인데, [A]에서 화자가 금강산의 봉우리를 보며 자연의 영원함을 느끼고 이에 대해 묘사하고 있지는 않다. [A]의 '백옥을 뭇것는 듯 / 동명을 박차는 듯'은 '진혈대'에서 바라본 봉우리의 아름다우면서도 웅장하고 역동적인 모습을 묘사하기 위한 표현으로 보는 것이 적절하다. 참고로 봉우리를 '백옥'에 빗댄 것은 맞지만, '동명' 자체에 빗댄 것은 아니고, '동명을 박차는' 듯한 모습에 빗댄 것이다.

❌ 오답풀이

① 봉우리를 '부용'을 꽂고 '백옥'을 묶은 듯한 시각적 형상으로 묘사하여 대상의 아름다움을 표현하였다.
[A]에서 화자는 봉우리의 모습을 묘사하며 마치 '부용(연꽃)'을 꽂은 듯하고, '백옥'을 묶어 놓은 듯하다고 표현하여 봉우리의 아름다운 모습을 시각적으로 형상화하고 있다.

③ 봉우리를 '동명'을 박차고 '북극'을 받치는 듯한 모습에 빗대어 대상의 웅장한 느낌을 표현하였다.
[A]에서 화자는 봉우리의 모습을 묘사하며 '동명(동해 바다)'을 박차는 듯하고, '북극'을 받치고 있는 듯하다고 표현하여 봉우리들이 자아내는 자연의 웅장함에 대한 감상을 드러내고 있다.

④ '날거든 뛰디 마나 섯거든 솟디 마나'와 같이 행위를 부각하는 대구를 통해 봉우리의 역동적인 느낌을 표현하였다.
[A]에서 '날거든 뛰디 마나'와 '섯거든 솟디 마나'는 서로 대구를 이루며 각각의 행위를 부각한다고 볼 수 있다. 또한 나는 듯하면서 한편으로는 뛰는 듯한, 우뚝 서 있는 듯하면서도 솟아 있는 듯한 느낌을 자아내는 봉우리의 역동적인 느낌을 표현하고 있다.

⑤ '고잣는 듯', '박차는 듯'과 같이 상태나 동작을 보여 주는 유사한 통사 구조의 나열을 통해 봉우리의 다채로운 면모를 표현하였다.
[A]에서는 '고잣는 듯', '뭇것는 듯', '박차는 듯', '괴왓는 듯'을 사용해 어떠한 상태나 동작을 보여 주는 유사한 통사 구조를 나열하여 아름다우면서 동시에 웅장하고 역동적이기도 한 봉우리의 다채로운 면모를 표현하고 있다.

🌱 기틀잡기

④ **대구:** 비슷한 어조나 구조를 가진 구절이나 문장 두 개를 짝지어 배치하는 표현 기법.

📋 **문제적 문제**   • 2─④번

학생들이 정답 이외에 가장 많이 고른 선지는 ④번이다. '날거든 뛰디 마나 섯거든 솟디 마나'라는 구절이 '행위를 부각'하는 '대구' 표현이라고 볼 수 있는지를 판단하는 데에 어려움이 있었던 것으로 보인다.

먼저 '대구'는 비슷한 어조나 구조를 가진 구절 혹은 문장을 짝지어 배치하는 표현법을 말한다. '날거든 뛰디 마나'와 '섯거든 솟디 마나'는 '~든 ~디 마나'라는 유사한 구조를 가진 두 개의 구절이므로, 대구가 사용되었다고 볼 수 있다. 이렇듯 유사한 어조나 구조를 가진 '구' 혹은 '절'이 짝지어 연달아 나타나고 있다면, 대구로 판단할 수 있다는 점을 참고하도록 하자.

다음으로 해당 행은 '나는 듯하면서도 뛰는 듯도 하고, 우뚝 서 있는 듯하면서도 솟은 듯하니' 정도로 해석할 수 있다. 즉 '날다', '뛰다', '섯다(서 있다)', '솟다'라는 각각의 행위를 부각하면서 이를 통해 산봉우리의 다채롭고 역동적인 모습을 묘사하고자 한 내용임을 알 수 있다.

평소 문학 공부를 할 때 문학 개념어의 정의와 판단 기준을 명확히 알아 두고, 앞뒤의 내용 맥락을 고려하여 특정 구절의 의미를 해석하는 훈련을 꾸준히 해 나간다면 어렵지 않게 답을 고를 수 있을 것이다.

정답률 분석

	정답		매력적 오답	
①	②	③	④	⑤
4%	68%	7%	15%	6%

3. 〈보기〉를 바탕으로 윗글을 감상한 내용으로 적절하지 <u>않은</u> 것은? [3점]

〈보기〉

조선의 사대부들은 자연에 하늘의 이치[天理]가 구현된 것으로 보았으며, 그들 중 대부분은 자연의 미를 관념적으로 형상화하였다. 한편 「관동별곡」의 작가는 자연의 미를 현실에서 발견하여 사실감 있게 묘사함으로써 그들과의 차별성을 드러내었다. 또한 그는 자연을 바라보며 사회적 책무를 떠올리고 자연에 투사된 이상적 인간상을 모색하기도 하였다.

🔍 **보기 분석**

- 조선 시대 사대부들의 인식
  - 하늘의 이치 → '자연'에 구현
  - 자연의 미 → 관념적으로 형상화
- 「관동별곡」에 나타난 정철의 인식
  - 자연의 미 → 현실에서 발견, 사실감 있게 묘사
  - 자연을 보며 사회적 책무를 인식, 자연에 투사된 이상적 인간상 모색

✅ **정답풀이**

③ '중향성'을 바라보며 천지가 '자연이 되'었다고 본 것은, 자연의 미가 하늘의 이치가 구현된 인간 사회의 영향을 받는다고 생각하는 작가의 인식을 보여 주는군.

〈보기〉에서 '조선의 사대부들은 자연에 하늘의 이치가 구현된 것으로 보았'지만 윗글의 작가는 '자연의 미를 현실에서 발견하여 사실감 있게 묘사'했다고 하였다. 따라서 윗글의 작가는 자연의 미를 현실에서 발견할 뿐, 자연의 미가, 하늘의 이치가 구현된 인간 사회의 영향을 받는다는 인식을 드러내지 않는다.

❌ **오답풀이**

① '혈망봉'을 '천만겁'이 지나도록 굽히지 않는 존재로 본 것은, 작가가 지향하는 이상적 인간상을 자연에 투사한 것이군.

〈보기〉에서 윗글의 작가는 '자연의 미를 현실에서 발견'하면서 '자연에 투사된 이상적 인간상을 모색'했다고 하였다. 이를 참고하면, '혈망봉'을 '천만겁 디나도록 구필 줄 모르'는 형상으로 묘사한 것은, 작가가 지향하는 이상적 인간상(높은 기상, 이를 쉽게 굽히지 않는 기개)을 자연에 투사했기 때문으로 이해할 수 있다.

② '개심대'에서 '뎌 긔운 흐터 내야 인걸을 만들'겠다는 의지를 드러낸 것은, 작가가 자연을 바라보며 자신의 사회적 책무를 인식하고 있음을 보여 주는군.

〈보기〉에서 윗글의 작가는 '자연을 바라보며 사회적 책무를 떠올'린다고 하였다. 이를 참고할 때, '개심대'에서 맑고 깨끗한 기운이 맺힌 봉우리를 보며 '뎌 긔운 흐터 내야 인걸을 만들'고 싶다는 의지를 드러낸 것에서, 작가가 자연을 바라보며 사대부로서 자신이 지닌 책무를 인식하고 있음을 확인할 수 있다.

④ '불정대'에서 본 폭포의 아름다움을 '실'이나 '베'와 같은 구체적 사물을 활용하여 표현한 것은, 자연을 사실감 있게 나타내려는 작가의 태도를 반영한 것이군.

〈보기〉에서 윗글의 작가는 '자연의 미를 현실에서 발견하여 사실감 있게 묘사'했다고 하였다. 이를 참고할 때, '불정대'에서 본 폭포의 아름다운 모습을 '은하수 한 구비'를 베어 내어 '실'처럼 풀고 '베'처럼 걸어 놓은 듯하다고 묘사한 것에서, 구체적인 묘사를 통해 자연을 사실감 있게 나타내려는 작가의 태도를 확인할 수 있다.

⑤ '불정대'에서 본 풍경을 중국의 '여산'과 비교하며 우리 자연의 아름다움을 강조한 것은, 관념이 아닌 현실에서 아름다움을 발견하는 작가의 차별성을 보여 주는군.

〈보기〉에서 대부분 '자연의 미를 관념적으로 형상화'한 '조선의 사대부들'과 달리 윗글의 작가는 '자연의 미를 현실에서 발견하여 사실감 있게 묘사함으로써 그들과의 차별성'을 드러냈다고 하였다. 이를 참고할 때, 화자가 경험한 현실 속 우리 자연의 아름다움을 '이적선'의 시구에 나오는 중국의 명산 '여산'과 비교한 것에서, 관념이 아닌 현실에서 아름다움을 발견하고 이에 더 큰 가치를 두는 작가의 차별성을 확인할 수 있다.

✒️ **모두의 질문** • 3-⑤번

Q: '여산'이 '이적선'의 시구에 나오는 명산이라면, 윗글은 금강산의 아름다운 자연 풍경을 묘사하면서 중국의 문학적 표현을 활용한 것이니, 관념이 아닌 현실에서 아름다움을 발견했다고 볼 수 없지 않나요?

A: '관념'은 '현실에 의하지 않는 추상적이고 공상적인 생각'이라는 뜻을 지닌 단어이다. 윗글에서 화자는 '불정대'에 올라 바라본 폭포의 모습을 '천심 절벽을 반공애 셰여 두고~실가티 플터 이셔 베가티 거러시니'라는 표현을 통해 상세하게 묘사하고 있다. 즉, 금강산이라는 현실 공간에서 발견한 아름다움을 다양한 비유를 통해 실감나게 묘사하고 있는 것이므로, 이는 자연의 미를 관념적으로 형상화한 것과는 차이가 있음을 알 수 있다.

화자는 '현실에서 발견'한 자연의 미를 중국의 '여산'에 비교하고 있는데, 이때 단어 뜻풀이를 통해 '여산'은 당나라 시인 이백의 시구에 나오는 중국의 명산임을 알 수 있다. 이는 일종의 상징적 표현, 즉 '여산'이라는 표현을 인용함으로써 그러한 상징에 견주어도 손색없는 현실 속 우리 자연의 아름다움을 강조하고 있는 것으로 볼 수 있다. 화자는 단순히 문학적 표현이라는 관념에만 근거하여 자연의 미를 형상화한 것이 아니라, 현실에서 발견한 자연의 미를 더욱 강조하기 위해 중국의 문학 표현을 끌어온 것이다. 따라서 이 역시 작가인 정철의 차별성을 보여 주는 부분이라고 판단할 수 있다.

홀수 기출

평가원 최신 [문학]

홀수 기출

평가원 최신 [문학]

PART 3

현대소설

염상섭, 「두 출발」

[1~4] 다음 글을 읽고 물음에 답하시오.

[앞부분 줄거리] 위세를 떨치던 안양덕 집안에서 머슴으로 일하는 김원석이 양덕영감의 집에서 명절 떡을 훔쳐 온다. 이 떡으로 또쇠 아버지와 치전(길성 아버지)이 떡 먹기 내기를 하다가 치전이 급체로 죽는다. 이 일로 인해 순사가 양덕영감을 찾아온다.

"이리 오너라." 하며 순사는 죄인이나 다루듯이 원석이의 소맷자락을 잡아 채친다. 가슴이 떨리나 하는 대로 내버려두었다. ㉠설령 죄가 돌아온다 하더라도 받는 것이다! 고까지 생각하며 마음을 가라앉히려 하였다. 치전이 죽은 일로 순사가 찾아오자 긴장된 마음을 차분히 가라앉히려 노력하는 원석 사랑 마당에 들어서서도 원석이의 소매를 놓지 않고 큰방에다가 대고 주인을 부른다.

노영감이 유리로 내다보다가 누구든지 나가 보라고 소리를 치니까 약(藥) 맡아보는 ⓐ선달이 나왔다.

"당신이 주인이오?"

"아녜요……." 하고 이 늙은이는 벌벌 떨면서 뒤로 들어가더니 곧 양덕영감이 나왔다.

"왜 그러우?"

양덕영감은 망건을 도드라지게 쓴 위에 곱다란 인모탕건을 얹어 놓았다. 탐스런 대모풍잠이 은은히 비추인다. 말소리가 좀 거만한 듯한 데에 불끈한 순사는, 양반인 양덕영감이 순사인 자신의 부름에 거만하게 나오자 화가 난 순사

"당신이 주인이요? 호주요?" 하고 연거푸 물었다. ⓑ양덕영감은 왜 그러는지 잠깐 머뭇거리다가,

"네." 하고 겨우, 그러나 아까보다는 좀 수그러진 목소리로 대답을 했다. 순사의 위세 앞에 태도가 조금 누그러진 양덕영감

"주재소*로 좀 갑시다. 어서 옷 입으우."

"무슨 일인데요?"

"나도 모르우. 어서 옷 갖다가 입우."

이러는 동안에 노영감은 마루로 나서고 ⓒ꼬깔 참봉은 누가 기별했는지 안에서 눈이 똥그래서 고깔을 휘젓고 튀어나오고 아들 손자 하인 할 것 없이 삽시간에 마당이 빽빽하게 모여들었다. 원석이 처는 코끝이 빨개서 뛰어나와서 똥그란 두 눈을 홰홰 내젓다가 남편이 순사에게 붙들려 섰는 것을 보고 틈을 비비고 나서다가 꼬깔 참봉께 호령만 당하고 사람의 틈으로 물러섰다.

"왜 그러슈? 치전이 죽은 데 무슨 상관이 있는 줄 알고 그러슈? 그 일이면 내가 자세히 아니 하고 갑시다."

꼬깔 참봉이 나서며 이렇게 물었다. ㉡이 말에 누구보다 놀란 사람은 원석이었다. 꼬깔 참봉이 치전이 죽은 일을 알고 있다는 사실에 놀란 원석 벌써 소문이 돌았던 게다.

"응? 치전이가 죽었어?" 하고 놀라는 소리도 그중에서는 들렸다.

"그럼 갈 테건 당신도 갑시다." 하며 ⓓ순사는 부자를 다 데리고 갈 눈치다. 꼬깔 참봉이 나중에는 허리를 굽실거리며 쉰네를 개올려 가며 애원을 해 보았으나 양반 체면을 내려놓고 순사에게 애원하는 꼬깔 참봉 끝끝내 고집을 세우고 어디로 도망이나 할 염려가 있는 듯이 부자의 옷을 내어다가 입혀서 앞장세우고 주재소로 갔다. 경관의 앞에는 상전 하인이 없었다. ㉢이런 일은 이곳에 주재소가 나와 선 지 수십 년 내에, 아니 이 집의 가문에 없던 일이었다.

장면 01

(중략)

치전이의 장사는 하여간 이와 같이 하여 그날 저녁때에 눈발이 날리고 쓸쓸한 가운데―그러나 읍내의 청년 단체의 대표자의 호상까지 받고서 무사히 지냈다. 송장을 파묻고 내려올 제 그 청년들은 원석이를 붙들고,

"기위 양덕 집에서 쫓겨나게 되었다니 나올 바에야 오늘로라도 나오슈. 우리도 이리 올 때에는 그 집에 가서 장비라도 부조*를 하라고 권고를 할 작정이었으나 그까짓 놈이 내놓으면 얼마나 내놓겠소. 그래서 그만두었지만 저희도 좀 정신 차릴 날이 있으리다." 하며 남의 일이건만 왜 그러는지 성벽을 내어서 여러 사람을 충동이는 것 같았다.

㉣"아닌 게 아니라 저희도 좀 양덕 댁에 말해 볼까 하다가 핀잔만 만날 것 같아 그만두었습죠."

원석이도 이렇게 맞장구를 쳤다.

"그렇다마다요. ㉤우리 지부에서도 창립할 때 원조를 청했더니 단돈 일 원 한 장도 안 내고 그런 건 우리는 모릅니다고 뻣뻣하기가 바지랑대*던데……." 안양덕 집안의 인색함을 비난하는 읍내 청년 단체의 청년

이것은 또 다른 청년의 말이다.

"그는 하여간에 김원석 씨는 그 집에서 나오면 당장 어데를 가시려우?"

거의 길성이 집 근처까지 와서 한 청년은 원석이를 쳐다보며 발을 멈춘다. 길성 어머니는 어찌나 추운지 이제는 울지도 못하고 자식들이 기다리는 집으로 달음질을 해 간다.

"왜 그러시죠? …… 저두 이번 일에 무식한 생각이나마 깨달은 것이 있어서 단정코 서울로 올라가렵니다." 치전이 죽고 이런저런 일들을 겪으며 무언가 깨닫게 되었다고 하는 원석 하고 원석이도 발을 멈추며 섰다.

"서울루? 서울루 가서 뭘 하려우?"

[A] "무얼 하자는 게 아니오라 여기 있으면 어떻게 땅떼기라도 부쳐서 먹고 지내려면 지낼 수도 있겠지마는요……." 하며 원석이는 추운지 어깨를 으쓱하며 두루마기 소매로

코를 쓱 씻는다. 여러 사람은 원석이의 나중 말을 들으려는 듯이 잠자코 쳐다본다.

"글쎄 말요. 시골 사람은 덮어놓고 서울 서울 하지만 서울 처음 가서 어름어름하다가는 여기 있는 것보다도 더 어려울 것 같은데……."

청년은 이런 소리를 한다.

"그것도 모르는 건 아닙니다마는……." 하며 ==원석이는 자기가 아직 나이 늙기 전에 노동을 하면서라도 공부를 해서 사람답게 살아 보겠다는== 말이며 길성이네 네 식구를 적어도 장래는 자기가 뒤를 보아주어야겠다는 말, 또 이곳에 떨어져 있으려면 친구들에게 낯이 없어서 괴롭다는 여러 가지 사정을 간단히 말하였다. *서울로 가려는 이유로 지금까지와는 다른 삶을 살겠다는 다짐과 치전의 식구들에 대한 책임감 등을 말하는 원석* 장면 02

– 염상섭, 「두 출발」 –

＊바지랑대: 빨랫줄을 받치는 긴 막대기.

>> 지문을 **두 장면**으로 나누고, 장면의 핵심 내용을 정리해 보세요.

장면 01	떡 먹기 내기를 하다가 죽은 치전의 일로 순사가 안양덕의 집에 찾아와 사람들을 끌고 감
장면 02	치전의 장례가 끝난 뒤 원석은 청년 단체의 청년들에게 서울에 올라가 사람답게 살아 보겠다는 생각을 밝힘

📖 전체 줄거리

섣달 그믐날 밤, 마을의 지주이자 양반인 안양덕의 하인 치전이 죽는다. 원석이 양덕영감의 집에서 몰래 가져온 떡으로 떡 먹기 내기를 벌였다가 급체로 죽은 것이다. 양덕영감의 하인이자 치전의 친구인 원석은 죄책감에 마음이 무겁다. 원석은 장례를 논의하기 위해 돈 5원을 구해서 또쇠 아버지를 찾아가지만 소득이 없고, 치전의 육촌 형을 찾아가 돈을 건네며 매장 신고를 부탁한다. 그러던 중, 치전의 죽음과 관련해 양덕영감의 집에 일본 순사가 들이닥쳐 양덕영감과 그의 아들인 꼬깔 참봉을 끌고 간다. 함께 온 일본인 의사는 치전의 시체를 부검해야 한다며 집안을 들쑤시고, 이에 양덕영감네 사람들은 불안해한다. 꼬깔 참봉의 아들이 칠촌숙을 찾아가 도움을 요청하자, 그는 주재소를 다녀와서 뇌물 얘기를 꺼낸다. 마침내 양덕영감과 꼬깔 참봉이 풀려나지만, 꼬깔 참봉은 매일 아침 주재소로 오라는 통보를 받는다. 꼬깔 참봉은 원석을 불러 화를 내며 집에서 내쫓는다. 칠촌숙이 뇌물을 주지 않으면 앞으로 더한 일을 당할 것이라고 하자, 결국 양덕영감네 사람들은 순사에게 돈을 주기로 결정한다. 치전의 장사를 마무리한 원석은 서울에 올라가 새 삶을 살기로 결심하고, 이튿날 새벽 아내와 함께 서울로 떠난다.

❋ 전지적 작가 시점

이것만은 챙기자

＊**주재소:** 일제 강점기에, 순사가 머무르면서 사무를 맡아보던 경찰의 말단 기관.

＊**부조:** 잔칫집이나 상가(喪家) 따위에 돈이나 물건을 보내어 도와줌. 또는 돈이나 물건.

1. [A]에 나타난 서술상 특징으로 가장 적절한 것은?

✅ **정답풀이**

③ 직접 인용 표현과 간접 인용 표현을 혼용하여 특정 인물의 생각을 드러내고 있다.

> '여기 있으면 어떻게 땅뙈기라도 부쳐서 먹고 지내려면 지낼 수도 있겠지마는요…….'와 '그것도 모르는 건 아닙니다마는…….'에서는 직접 인용 표현을, '원석이는 자기가 아직 나이 늙기 전에 노동을 하면서라도 공부를 해서~이곳에 떨어져 있으려면 친구들에게 낯이 없어서 괴롭다는'에서는 간접 인용 표현을 사용하여 서울로 가고자 하는 원석의 생각을 드러내고 있다.

❌ **오답풀이**

① 서술자가 특정 인물의 시선에 의존하여 사건의 전모를 제한적으로 전달하고 있다.
> 윗글은 전지적 작가 시점으로 서술되었으며 [A]를 제외한 다른 부분에서 특정 인물인 원석의 시선에 의존한 서술이 일부 나타난다. 하지만 [A]에서는 청년과 원석의 대화를 통해 인물의 생각을 드러내고 있을 뿐, 서술자가 특정 인물의 시선에 의존하여 사건의 전모를 제한적으로 전달했다고 볼 수 없다.

② 이야기 외부의 서술자를 통해 인물에 대한 주관적 평가를 직접적으로 밝히고 있다.
> 윗글의 서술자는 이야기 외부에서 인물의 심리와 사건을 서술하고 있으나, [A]에 인물에 대한 서술자의 주관적 평가는 나타나지 않는다.

④ 대화를 주고받는 장면을 제시하여 인물 간의 갈등이 심화되는 양상을 보여 주고 있다.
> [A]에서 청년과 원석이 대화를 주고받고 있기는 하지만, 이를 통해 원석의 생각이 드러나고 있을 뿐, 인물 간의 갈등이 심화되는 양상은 나타나지 않는다.

⑤ 관찰자의 시선으로 특정 인물의 행동을 묘사하여 시간의 흐름에 따른 인물의 심리 변화를 제시하고 있다.
> [A]의 '원석이는 추운지 어깨를 으쓱하며 두루마기 소매로 코를 쓱 씻는다.'에서 특정 인물인 원석의 행동을 묘사하고 있다. 그러나 시간의 흐름에 따라 인물의 심리가 변화하는 부분은 찾을 수 없다.

🌱 **기틀잡기**

> ③ **직접 인용:** 인용 부호를 사용하여 다른 사람의 말이나 글을 그대로 인용함.
> **간접 인용:** 인용 부호 없이 다른 사람의 말을 말하는 사람의 표현으로 바꾸어 인용함.

2. ⓐ~ⓓ를 중심으로 윗글을 이해한 내용으로 가장 적절한 것은?

> ⓐ: 선달
> ⓑ: 양덕영감
> ⓒ: 꼬깔 참봉
> ⓓ: 순사

✅ **정답풀이**

④ ⓒ는 ⓑ가 곤란한 상황에 처한 것을 알아차리고 ⓓ와 동행하겠다는 의사를 밝힌다.

> ⓓ가 치전이 죽은 일로 ⓑ를 주재소로 끌고 가려는 것을 알아차린 ⓒ는 '누가 기별했는지' '튀어나와'와 '왜 그러슈?~그 일이면 내가 자세히 아니 나하고 갑시다.'라며 자신이 ⓓ와 함께 가겠다는 의사를 밝히고 있다.

❌ **오답풀이**

① ⓐ는 ⓓ가 주인을 부르는 소리를 듣고 ⓒ를 대신하여 마당으로 나온다.
> ⓓ가 주인을 찾는 소리에 '노영감이 유리로 내다보다가 누구든지 나가 보라고 소리를' 치자 ⓐ가 마당으로 나서고 있다. 그런데 이후 ⓑ가 나와 '당신이 주인'이냐는 순사의 질문에 대해 '네.'라고 답하고 있으므로 이때 ⓐ가 대신한 것은 안양덕 집안의 주인인 ⓑ라고 볼 수 있다.

② ⓑ는 불안한 상황에 처한 ⓐ의 입장을 설명하기 위해 ⓓ와의 대화를 시도한다.
> ⓑ는 ⓓ가 계속해서 주인을 찾자 ⓓ 앞으로 나온 것일 뿐 ⓐ의 입장을 설명하기 위해 ⓓ와의 대화를 시도한 것이 아니다.

③ ⓒ는 ⓓ가 ⓑ에게 거만한 태도로 응대하는 것을 지적하며 불만을 표출한다.
> ⓒ는 ⓓ가 ⓑ를 끌고 가려 하자 '눈이 뚱그래서' 나와 '치전이 죽은' 일이라면 자신이 잘 아니 자신과 가자고 말하며 '허리를 굽실거리며 쇤네를 개올려 가며' 애원하였을 뿐 ⓓ의 거만한 태도를 지적하지는 않았다.

⑤ ⓓ는 ⓒ가 제안한 바를 수용하여 ⓑ를 주재소로 데리고 간다.
> ⓓ는 ⓑ 대신에 자신과 함께 가자는 ⓒ의 말을 듣고 '그럼 갈 테건 당신도 갑시다.'라며 ⓑ와 ⓒ '부자를 다 데리고' 주재소로 가고 있다. 따라서 ⓓ가 ⓒ의 말을 수용했다고 볼 수는 없다.

3. ㉠~㉤에 대한 이해로 적절하지 <u>않은</u> 것은?

> ㉠: 설령 죄가 돌아온다 하더라도 받는 것이다! 고까지 생각하며 마음을 가라앉히려 하였다.
>
> ㉡: 이 말에 누구보다 놀란 사람은 원석이었다.
>
> ㉢: 이런 일은 이곳에 주재소가 나와 선 지 수십 년 내에, 아니 이 집의 가문에 없던 일이었다.
>
> ㉣: "아닌 게 아니라 저희도 좀 양덕 댁에 말해 볼까 하다가 핀잔만 만날 것 같아 그만두었죠."
>
> ㉤: 우리 지부에서도 창립할 때 원조를 청했더니 단돈 일 원 한 장도 안 내고 그런 건 우리는 모릅니다고 뻣뻣하기가 바지랑대던데…….

✅ 정답풀이

② ㉡: 공유되지 않고 있다고 여겼던 일을 모두가 이미 알고 있었음을 알게 된 데에 따른 반응을 나타낸다.

> 원석이 ㉡에서 놀란 것은 치전이 죽은 일에 대해 꼬깔 참봉이 자세히 알 것이라 예상하지 못했기 때문이다. 또한, ㉡ 뒤에 이어지는 "'응? 치전이가 죽었어?' 하고 놀라는 소리도 그중에서는 들렸다.'에서 치전이 죽은 일을 모두가 알고 있지는 않았음이 드러나므로, 원석이 치전의 일에 대해 모두가 이미 알고 있었음을 알게 되면서 ㉡과 같이 반응했다고 볼 수는 없다.

❌ 오답풀이

① ㉠: 가정적인 상황을 상정하여 심리적인 압박 상태를 해소하고자 애쓰고 있음이 나타난다.
㉠에서는 순사가 '죄인이니 디루듯이' 자신의 '소맷자락을 잡아 채'자 치전이 죽은 일의 죄가 자신에게 돌아오는 상황을 가정하고 이를 받아들이려는 각오를 함으로써 심리적인 압박 상태를 해소하려 애쓰는 원석의 모습이 드러나고 있다.

③ ㉢: 시간적인 내력을 따져 보며 인물이 처해 있는 상황이 매우 이례적인 사건임을 보여 준다.
㉢에서는 순사가 안양덕 집안을 찾아와 양덕영감 등을 끌고 가는 상황에 대해, '이곳에 주재소가 나와 선 지 수십 년 내에' 없던 일이라며 시간적인 내력을 따져 양덕영감 등의 인물이 처해 있는 상황이 매우 이례적인 일임을 드러내고 있다.

④ ㉣: 대화에서 언급된 대상의 반응을 예상할 수 있기 때문에 의도한 바를 시도조차 하지 않았음이 드러난다.
청년들이 '장비라도 부조를 하라고 권고를 할 작정이었으나' 그만두었다고 하자, 원석은 ㉣에서 자신도 '핀잔만' 들을 테니 '그만두었'다며 맞장구를 치고 있다. 이는 치전의 장례에 부조를 해 달라고 말해 보려 했지만, 양덕 댁의 부정적 반응을 예상하고 시도조차 하지 않았음을 나타내는 말로 볼 수 있다.

⑤ ㉤: 과거의 경험에서 비롯된 인물에 대한 부정적 인식을 특정 사물의 속성에 빗대어 드러낸다.
㉤에서 청년은 '우리 지부'가 '창립할 때'에 양덕 집에 '원조를 청했'으나 거절당했던 과거의 경험을 들어 양덕영감에 대한 부정적 인식을 '바지랑대'라는 사물의 뻣뻣한 속성에 빗대어 드러내고 있다.

4. 〈보기〉를 참고하여 윗글을 감상한 내용으로 적절하지 <u>않은</u> 것은? [3점]

> ──────〈보기〉──────
>
> 이 작품은 전통과 근대의 가치관이 혼재된 시기에, 엄격한 상하 관계에 기반한 신분 제도가 혼란해지는 사회상을 잘 담고 있다. 이 작품의 인물들은 권위를 내세우며 자신의 지위를 고수하려는 모습이나, 기존 삶의 구습에서 벗어나 자신의 삶을 새롭게 인식하는 면모를 보인다. 또한 급변하는 현실 속에서 위 세대와는 다르게, 권력에 더 민감하게 대응하는 모습을 보이기도 한다. 이 작품은 현실에 작용하는 권력이 다양한 계층의 인간들에게 영향을 끼치는 상황을 재현하며, 완고했던 신분적 위상이 흔들리고 있음을 보여 주고 있다.

🔍 보기 분석

- 신분 제도가 혼란해지는 사회상을 담아낸 「두 출발」
  - 인물들: ① 권위를 내세우며 자신의 지위 고수
    ② 구습에서 벗어나 자신의 삶을 새롭게 인식
    ③ 위 세대와는 다르게 권력에 더 민감하게 대응
  → 현실에 작용하는 권력이 다양한 계층의 인간들에게 영향 끼치는 상황 재현

✅ 정답풀이

③ '경관의 앞'에서는 '상전 하인이 없었다'는 것에서, 당시에 작용했던 새로운 권력으로 인해 기존 신분제의 엄격한 상하 관계가 역전된 사회의 혼란상을 엿볼 수 있겠군.

> 〈보기〉에 따르면 윗글은 '엄격한 상하 관계에 기반한 신분 제도가 혼란해지는 사회상을 잘 담고' 있으며, '현실에 작용하는 권력이 다양한 계층의 인간들에게 영향을 끼치는 상황을 재현'한다. 윗글의 '경관의 앞에는 상전 하인이 없었다.'에서는 당시에 나타난 새로운 권력인 경관 앞에서 양반인 양덕영감의 처지와 하인들의 처지가 다르지 않음을 말하고 있으므로, 신분 제도가 혼란해지는 사회상을 드러낸다고 볼 수 있다. 그러나 상하 관계가 역전된, 즉 양반 신분의 양덕영감과 하인들의 상하 관계가 뒤바뀌어 하인들이 오히려 우위에 서는 모습을 나타낸다고 보기는 어렵다.

❌ 오답풀이

① '똥그란 두 눈을 홰홰 내젓'는 원석의 처에게 '호령'하는 꼬깔 참봉의 모습에서, 자신의 신분적 지위를 고수하며 권위를 내세우고자 하는 태도를 엿볼 수 있겠군.
〈보기〉에 따르면 윗글의 인물들은 '권위를 내세우며 자신의 지위를 고수하려는 모습'을 보이기도 한다. '똥그란 두 눈을 홰홰 내젓다가 남편이 순사에게 붙들려 섰는 것을 보고 틈을 비비고 나'선 원석의 처에게 '호령'하는 꼬깔 참봉의 모습에서 머슴과 구분되는 자신의 신분적 지위를 고수하며 권위를 내세우는 태도가 나타난다고 볼 수 있다.

② '그까짓 놈'의 행태를 지적하고 그들도 '정신 차릴 날'이 올 거라는 청년의 말에서, 완고했던 신분적 위상이 전통과 근대가 혼재하던 시기에 흔들리고 있는 상황을 엿볼 수 있겠군.

〈보기〉에 따르면 윗글은 '완고했던 신분적 위상이 흔들리고 있음을 보여' 준다. 양반인 양덕영감을 '그까짓 놈'으로 지칭하고 '저희도 좀 정신 차릴 날이 있을' 것이라 하며 양덕영감의 신분적 위상을 두려워하지 않고 발언하는 청년의 모습을 통해, 완고했던 신분적 위상이 흔들리고 있는 상황을 확인할 수 있다.

④ '쫓겨나게' 된 원석이 '깨달은 것이 있다'며 '사람답게 살아 보겠다'고 말하는 것에서, 기존 삶의 구습에서 벗어나 자신의 삶을 새롭게 인식하는 인물의 모습을 엿볼 수 있겠군.

〈보기〉에 따르면 윗글의 인물들은 '기존 삶의 구습에서 벗어나 자신의 삶을 새롭게 인식하는 면모'를 보이기도 한다. '양덕 집에서 쫓겨나게' 된 원석은 '무식한 생각이나마 깨달은 것이 있어서 단정코 서울로 올라가'려 한다는 계획을 밝히는데, 이는 '아직 나이 늙기 전에 노동을 하면서라도 공부를 해서 사람답게 살아 보겠다는 말'과 관련지어 볼 때, '양덕 집' 머슴으로 일하던 원석이 기존 삶의 구습에서 벗어나 자신의 삶을 새롭게 인식했음을 나타낸다고 볼 수 있다.

⑤ '수그러진 목소리' 정도만으로 순사를 대하는 양덕영감과 달리, '굽실'대며 '쇤네'라고까지 하는 꼬깔 참봉의 모습에서, 위 세대보다 권력에 더 민감하게 대응하는 모습을 확인할 수 있겠군.

〈보기〉에 따르면 윗글에는 '급변하는 현실 속에서 위 세대와는 다르게, 권력에 더 민감하게 대응하는' 인물들의 모습이 나타난다. 위 세대인 양덕영감이 '좀 거만한 듯한' 말소리로 순사를 대하다가 순사의 위세를 보고도 '수그러진 목소리' 정도로 대답하는 것과 달리, 아래 세대인 꼬깔 참봉이 '허리를 굽실거리며 쇤네를 개올려 가며 애원'하는 것을 통해 위 세대보다 권력에 더 민감하게 대응하는 인물의 모습을 확인할 수 있다.

• 4-②, ⑤번

4번은 윗글이 신분 제도가 혼란해지는 사회상을 드러낸다는 〈보기〉의 내용과 관련하여 각 계층을 대표하는 인물들이 혼란한 사회 속에서 보이는 태도와 심리를 종합적으로 파악하여 판단해야 하는 문제였다. 학생들이 정답 이외에 많이 고른 선지는 ②번과 ⑤번이었다.

②번을 선택한 학생들은 '그 집(양덕 집)에 가서 장비라도 부조를 하라고 권고를 할 작정이었으나 그까짓 놈이 내놓으면 얼마나 내놓겠소. 그래서 그만두었지만 저희도 좀 정신 차릴 날이 있을' 것이라는 청년의 말에서 '그까짓 놈'이나 '저희'가 '안양덕 집안'의 사람들을 가리킨다는 것을 파악하지 못했거나, 청년의 말을 신분적 위상이 흔들리는 사회상과 연결하지 못했을 가능성이 있다. [앞부분의 줄거리] 내용이나 윗글에서 드러나는 양덕영감의 태도로 볼 때, '안양덕 집안' 사람들은 '위세를 떨치던' 양반 계층이고, 원석을 도와 치전의 장사를 지내고 '양덕 집'에 원조를 청한 바 있는 청년들은 김원석과 같이 낮은 계층임을 짐작할 수 있다. 따라서 신분적 위상이 공고한 사회에서는 청년이 양반인 '양덕 집' 사람들을 '그까짓 놈' 등으로 함부로 말하지 못했을 것이다. 즉, 청년이 양덕영감을 '그까짓 놈' 등으로 말하는 것에서 완고했던 신분적 위상이 흔들리는 상황을 엿볼 수 있다.

⑤번을 선택한 학생들은 양덕영감과 꼬깔 참봉의 관계를 제대로 파악하지 못했을 가능성이 있다. '순사는 부자를 다 데리고' 갔다는 서술을 통해 양덕영감과 꼬깔 참봉이 부자 관계임을 알 수 있으며, 이 중 양덕영감이 집안의 주인이라는 것을 통해 양덕영감이 아버지임을 알 수 있다. 따라서 양덕영감은 위 세대를, 꼬깔 참봉은 아래 세대의 모습을 나타내며 꼬깔 참봉이 양덕영감과 달리 순사에게 굽실대는 모습에서 위 세대보다 권력에 더 민감하게 대응하는 모습을 확인할 수 있다.

정답률 분석

	①	매력적 오답 ②	정답 ③	④	매력적 오답 ⑤
	11%	15%	54%	6%	14%

[1~4] 다음 글을 읽고 물음에 답하시오.

"그거 표구*할 수 있겠지?"

"표구?"

"그래."

"그야 할 수 있겠지. ⊙창호지니까."

"난 그런 걸 잘 모르지 않나. 그래 **화가**인 자네 생각을 했지 뭔가. 자네가 어디 적당한 표구사에 맡겨서 좀 해 주지 않겠나?"

"그야 어렵지 않지만…… 자네도 어지간히 호사가*군. 이걸 표구해서 뭘 하나. 도대체 어디서 주워 온 건가, 이 ⓛ휴지는?" 휴지 조각처럼 보이는 볼품없는 종이를 표구하려는 친구에게 의아함을 느끼는 '나'(화가)

"아닌 게 아니라 정말 휴지통에서 주운 거지."

그 친구 은행 창구에 저녁때면 날마다 빠지지 않고 들르는 **지게꾼**이 있단다. 장면 01 은행 문 앞에 지게를 벗어 세워 놓고는 매우 **죄송스러운 태도**로 조용히 은행 안으로 들어서는 스물댓 나 보이는 그 꺼먼 얼굴의 청년을 처음엔 **안내원이 막았다.** 조심스럽게 은행에 들어선 지게꾼 청년

"뭐지요?"

"예, 예, 저어……."

"여긴 은행이오, 은행!"

"예, 그러니까 저 돈을……."

청년은 어리둥절해서 말도 제대로 하지 못했다.

"글쎄, 은행이라니까!"

"예, 그런데 그 조금도 할 수 있습니까?"

"조금이라니 뭘 말이오?"

"저금을 조금두 할 수 있습니까?"

"저금요!"

은행 안의 모든 시선들이 그 지게꾼에게로 쏠렸다.

[A]
청년은 점점 더 당황하였다. 사람들이 쳐다보자 당황한 청년 얼굴이 붉어져서 돌아서 나가려는 그를 불러 세운 것은 예금 창구의 여직원이었다. 청년은 손에 말아 쥐고 있던 라면 봉지에서 꼬깃꼬깃한 백 원짜리 지폐 다섯 장과 새로 새긴 목도장을 꺼내어 떨리는 손으로 여직원에게 바쳤다. **청년은 저만치 한구석으로 가 서서** 불안스러운 눈으로 멀리 여직원을 지켜보고 있었다. 한참 만에 그는 흠칫 놀랐다. 생전 처음 그는 씨 자가 붙은 자기 이름을 들었던 것이다. 은행이 익숙하지 않아 긴장한 청년 그는 여직원 앞으로 달려와 **빳빳한 통장**을 받았다. 청년은 여직원과 안내원에게 굽신굽신 절을 하고는 한 손에 통장을 받쳐 든 채 들어올 때처럼 조심스럽게 유리문을 밀고 나갔다. 통장을 확인할 경황도 없이.

다음 날부터 그 청년은 매일 저녁 무렵이면 꼭꼭 들렀다. 하루에 이백 원 혹은 삼백 원 또 어떤 날은 오백 원, 그의 통장에는 입금만 있고 출금란은 비어 있었다. 이제는 제법 안내원과는 익숙해졌으나 여직원 앞에서는 여전히 얼굴을 붉히며 수고를 끼쳐서 대단히 죄송하다는 표정 그대로였다. 매일 조금씩이라도 성실히 저금하는 청년

그러던 어떤 날이었다. 그날은 여느 날보다 조금 일찍 청년이 은행엘 들렀다.

"오늘은 일찍 오셨네요. 얼마 넣으시겠어요?"

여직원이 미소로 물었다.

"예, 기게 오늘은 좀……."

청년은 무언가 종이 뭉텅이를 들고 머뭇거렸다.

"왜요?"

"이거 정말 죄송합니다. 이거 얼마 되지도 않는 걸 동전으로…… 그동안 저금통에 넣었던 걸 오늘 깨었죠. 기래 여기 이렇게……."

청년은 종이에 싼 것을 내밀었다.

"아이, 많이 모으셨네요."

"죄송합니다. 정말 이거……." 동전을 가지고 와 적은 금액을 저금하려는 것을 죄송스럽게 여기는 청년

청년은 뒤통수를 긁적거리며 언제나 그가 서서 기다리는 **구석으로 갔다.** 장면 02

"이게 바로 그 지게꾼 청년이 동전을 싸 가지고 온 종이지." **친구**는 내 손의 그 편지를 가리켰다.

"그래, 그럼 그의 집에서 그 청년에게 보낸 편지란 말인가?"

"글쎄, 반드시 그렇다고는 할 수 없겠지. 동전을 세는 여직원을 거들어 주다가 우연히 발견하고 **재미있다**고 생각돼서 가지고 온 것뿐이니까."

우물집할머니하루알고갔다. 모두잘갔다한다. 장손이장가갓다. 색씨는너머마을곰보영감딸이다. 구장네탄실이시집간다. 신랑은읍의서기라더라. 앞집순이가어제저녁감자살마치마에가려들고왔더라. 순이는시집안갈끼라하더라. 니는빨리장가안들어야건나.

나는 비시시 웃음이 새어 나왔다. 편지 내용도 그렇고 친구의 장난기도 그랬다. 시골 노인이 쓴 듯 순박한 편지 내용과 그런 편지를 표구하려는 친구의 장난기에 웃음이 나는 '나'

어쨌든 나는 그 창호지를 아는 표구사에 맡겼다. 그게 어떤 편지냐고 묻는 표구사 주인한테는,

"굉장한 겁니다. 이건 정말 ⓒ국보급입니다."
하고 얼버무렸다. 표구사 주인은 머리를 갸웃거렸다. 장면 03

그 후 나는 그 창호지 편지를 감감히 잊어버리고 있었다. 그런데 은행 친구가 어느 외국 지점으로 전근이 되었다. **비행기가 떠날 때** 나는 문득 그 편지 생각이 났다.

니떠나고메칠안이서송아지낫다.

그길로 나는 **표구사**로 갔다. 구겨진 휴지였던 그 편지는 깨끗이 펴져서 액자 속에 들어 있었다. 그렇게 치장하고 보니 그게 정말 무슨 ②국보나 되는 것 같았다.

돈조타. 그러나너거엄마는돈보다도너가더조타한다. 밥묵고배아프면소금한줌무그라하더라.

그날부터 그 ⑪액자는 내 화실에 그냥 걸어 두었다. 그저 걸어 둔 거다. <mark>그런데 그게 이상하게도 차츰 내 화실의 중심점이 되어 갔다.</mark> 액자 속 편지를 점차 중요하게 여기게 된 '나' 그건 그림 같기도 하고 글 같기도 하다. 아니 그건 분명 그 둘이 합쳐진 것이었다.
나는 친구가 외국으로 떠나고 이태 동안 그 액자를 간간 바라보고 있는 사이에 <mark>차츰 그 친구의 심정을 느껴 알 것 같아졌다.</mark>
편지의 표구를 부탁했던 친구의 심정을 이해하게 된 '나'

니무슨주변에고기묵건나. 콩나물무거라. 참기름이나마니처서무그라.
순이는시집안갈끼라하더라. 니는빨리장가안들어야건나.
돈조타. 그러나너거엄마는돈보다도너가더조타한다. 장면 04
– 이범선, 「표구된 휴지」 –

>> 지문을 **네 장면**으로 나누고, 장면의 핵심 내용을 정리해 보세요.

장면 01	친구가 '나'를 찾아와 창호지 조각을 내밀며 **표구**를 부탁함
장면 02	매일 은행에 찾아와 **저금**을 하던 지게꾼 청년이 어느 날 종이에 동전을 싸 가지고 옴
장면 03	'나'는 **편지**가 적힌 그 종이를 표구사에 맡김
장면 04	친구가 외국으로 떠난 뒤 '나'는 편지를 보며 친구의 마음을 이해하게 됨

전체 줄거리

화가인 '나'는 피곤할 때면 화실 벽에 걸린 작은 액자 속 편지를 읽는 버릇이 있다. 편지는 누가 누구에게 보낸 것인지 구체적으로 알 수 없지만, 내용으로 미루어 보아 시골의 늙은 아버지가 서울로 돈 벌러 간 아들에게 보낸 편지라는 것을 짐작할 수 있다. 이 편지 액자는 사실 '나'의 것이 아니다. 삼 년 전, 은행원인 친구가 퇴근길에 찾아와 구겨진 휴지처럼 보이는 종이를 내밀며 표구를 부탁했던 것이다. 친구가 다니는 은행 창구에 매일 저녁 들러 적은 금액을 성실히 저금하는 지게꾼이 있는데, 그가 어느 날 종이에 동전을 싸 가지고 와 저금을 부탁했다는 것이다. 그리고 그가 동전을 싸 가지고 왔던 그 종이가 바로 친구가 들고 온 편지였던 것이다. '나'는 편지의 내용 때문에도, 그것을 표구하겠다는 친구의 발상 때문에도 웃음이 난다. 표구사에 그 편지를 맡긴 뒤 '나'는 그 일을 잊어버린다. 친구가 외국으로 발령이 난 뒤 '나'는 문득 그 편지를 떠올린다. 그 길로 표구사로 간 '나'는 액자를 받아 화실에 걸어 두고, 친구가 외국으로 떠난 동안 그 액자를 가끔 바라보며 지낸다. 시간이 지날수록 '나'는 친구가 자신에게 어떤 마음으로 그 편지를 표구해 달라고 부탁했는지 깨닫게 된다.

＊ 1인칭 주인공 시점

이것만은 챙기자

＊**표구**: 그림의 뒷면이나 테두리에 종이 또는 천을 발라서 꾸미는 일.
＊**호사가**: 일을 벌이기를 좋아하는 사람.

1. ㉠~㉤을 중심으로 윗글을 이해한 내용으로 가장 적절한 것은?

> ㉠: 창호지
> ㉡: 휴지
> ㉢: 국보급
> ㉣: 국보
> ㉤: 액자

✓ 정답풀이

⑤ '화가'는 표구한 종이의 글에서 그림 같은 느낌도 받으며 ㉤이 점차 화실의 중심점이 되고 있음을 인식하였다.

> 화가는 ㉤을 화실에 걸어 둔 뒤 '그건 그림 같기도 하고 글 같기도 하다.'라는 느낌을 받았으며, '그게 이상하게도 차츰 내 화실의 중심점이 되어' 가는 것을 느낀다.

✗ 오답풀이

① '화가'는 대상을 표구할 수 없다는 인식을 바탕으로 눈앞의 종이를 ㉠으로 지칭하였다.
  화가는 표구를 부탁하는 친구에게 '그야 할 수 있겠지.'라고 답한다. 따라서 대상을 표구할 수 없다고 인식했다고 볼 수는 없다.

② '화가'는 눈앞의 종이가 자신에게 필요한 것임에 주목하여 이를 ㉡으로 지칭하였다.
  화가는 표구를 부탁하는 친구에게 '이걸 표구해서 뭘 하나.'라고 말하며 볼품없는 종이를 표구하려는 친구의 부탁을 의아하게 생각한다. 즉 화가가 종이를 ㉡으로 지칭한 것은 그것이 자신에게 필요한 것이어서가 아니라, 표구할 가치가 없는 것으로 여겼기 때문이다.

③ '표구사 주인'은 종이에 담긴 내용에 주목하여 '화가'가 이를 ㉢이라 한 말에 동의하였다.
  화가가 표구를 요청하며 종이를 ㉢이라고 하자, 표구사 주인은 '머리를 갸웃'거리는 반응을 보일 뿐 화가의 말에 동의하지는 않았다.

④ '화가'는 종이가 ㉣의 가치를 갖는다고 생각하여 자신이 주문한 물건을 찾으러 갔다.
  화가는 표구사로 가서 '깨끗이 펴져서 액자 속에 들어 있는' 편지를 본 뒤 그것이 정말 ㉣인 듯 가치 있게 보였다고 하였다. 즉 ㉣의 가치를 갖는다고 생각해서 물건을 찾으러 간 것이 아니라, 표구사로 가 표구된 종이를 보자 그것이 ㉣의 가치를 가지는 것처럼 보였다는 것이다.

2. [A]의 서술상 특징으로 가장 적절한 것은?

✓ 정답풀이

⑤ 거리와 위치를 나타내는 표현을 사용하여 인물의 불안한 심리를 부각하고 있다.

> [A]의 '청년은 저만치 한구석으로 가 서서 불안스러운 눈으로 멀리 여직원을 지켜보고 있었다.'에서 '저만치', '한구석' 등 거리와 위치를 나타내는 표현이 사용되었으며, 이를 통해 저금을 하기 위해 은행에 처음 온 듯한 청년의 불안한 심리가 부각되고 있다.

✗ 오답풀이

① 대화 내용을 간접 인용으로 서술하며 인물을 비판하고 있다.
  [A]에서는 대화 내용을 간접 인용한 부분을 찾을 수 없으며, 비판의 대상이 되는 인물도 나타나지 않는다.

② 편집자적 논평을 통해 인물 간의 갈등이 지닌 의미를 부각하고 있다.
  [A]에는 편집자적 논평이나 인물 간의 갈등은 나타나지 않는다.

③ 동시에 진행되는 사건을 병렬하여 인물의 상반된 태도를 드러내고 있다.
  [A]에서는 동시에 진행되는 별개의 사건이 아니라 시간의 흐름에 따라 진행되는 하나의 사건에 대해 서술하고 있으며, 인물의 상반된 태도도 드러나지 않는다.

④ 추측하는 진술로 장면 서술을 마무리하여 인물의 빠른 움직임을 부각하고 있다.
  [A]의 '통장을 확인할 경황도 없이' '유리문을 밀고 나갔다'는 것으로 보아 통장을 받아든 청년이 바로 은행을 빠져나갔음을 알 수 있지만, 추측하는 진술로 장면 서술을 마무리하지는 않았다.

🌱 기틀잡기

> ② **편집자적 논평:** 작품 밖 서술자가 자신의 존재를 드러내어 작품 속 인물이나 사건에 대해 직접 해석하고 평가하는 것.
> ③ **병렬적 서술:** 두 개 이상의 사건을 나란히 배치하여 서술함.

3. 편지의 내용에 대한 설명으로 적절하지 <u>않은</u> 것은?

✓ 정답풀이

② 혼사와 관련하여 수신자의 현재 상황을 지지하고 있다.

> 편지의 '니는빨리장가안들어야건나.'에서 발신자는 수신자에게 혼사를 서두르기를 바라는 마음을 전할 뿐, 수신자의 혼사와 관련한 현재 상황을 지지하는 내용은 찾을 수 없다.

✗ 오답풀이

① 수신자도 알 만한 사람들의 소식들을 포함하고 있다.
편지는 '장손이', '구장네탄실이', '앞집순이' 등 이웃으로 보이는 여러 사람들의 소식을 전하고 있으며, '너거엄마'의 말도 전하고 있으므로 편지는 수신자도 알 만한 사람들의 소식을 포함한 것으로 볼 수 있다.

③ 아픈 상황이 생겼을 경우의 대처 방법을 전달하고 있다.
'밥묵고배아프면소금한줌무그라하더라.'를 통해 편지가 배가 아플 때의 대처 방법을 담고 있음을 알 수 있다.

④ 수신자의 먹을거리에 대하여 관심을 보이며 조언하고 있다.
'니무슨주변에고기묵건나. 콩나물무거라. 참기름이나마니처서무그라.'를 통해 편지의 발신자는 수신자의 먹을거리에 대해 관심을 갖고 조언하고 있음을 알 수 있다.

⑤ 재물보다 수신자를 더 중요하게 여기는 마음을 전달하고 있다.
'돈조타. 그러나너거엄마는돈보다도너가더조타한다.'를 통해 편지는 재물보다 수신자를 더 중요하게 여기는 어머니의 마음을 전달하고 있음을 알 수 있다.

4. 〈보기〉를 참고하여 윗글을 감상한 내용으로 적절하지 <u>않은</u> 것은? [3점]

〈보기〉

「표구된 휴지」에서는 ⓐ외화인 '화가'의 이야기에 ⓑ내화인 '청년'의 이야기, ⓒ또 다른 내화인 '편지' 내용들이 연결되거나 삽입된다. 외화와 내화가 연결될 때, 한 문단 안에서 이어가거나 지시 표현을 사용하여, 서술 시점과 시·공간적 배경이 다른 두 이야기를 연결한다. 외화에 또 다른 내화가 삽입될 때는 편지의 내용과 형태에 대한 '화가'의 흥미와 관심이 드러난다. 또한 유사한 의미의 표현을 통해 '화가'가 떠올린 편지의 내용을 보여 주기도 하고, 거듭 제시된 내용을 통해 '화가'가 편지를 감상하며 그 의미를 되새기고 있음을 알려 주기도 한다.

🔍 보기 분석

- ⓐ(외화): '화가'의 이야기, ⓑ(내화): '청년'의 이야기, ⓒ(또 다른 내화): '편지'의 내용
- ⓐ와 ⓑ의 연결
  – 한 문단 안에서 이어가거나 지시 표현을 사용
- ⓐ에 ⓒ를 삽입
  – 편지에 대한 '화가'의 흥미와 관심 표출
  – 유사한 의미의 표현을 통해 '화가'가 떠올린 편지의 내용 제시
  – 내용을 거듭 제시하여 '화가'가 감상하는 편지의 의미를 보여 줌

✓ 정답풀이

② ⓑ에서 '구석으로 갔다'라고 마무리하고 '이게'로 ⓐ를 다시 이어 간 것은, ⓑ에서 ⓐ로 시간적 선후가 역전되면서 이어지는 부분을 지시 표현을 사용하여 다시 연결한 것이군.

> ⓑ에서 '구석으로 갔다.'라고 하여 내화 속 청년의 행위를 서술한 뒤, ⓐ로 돌아와 '이게'로 이어지는 것에서 지시 표현을 활용하며 ⓑ에서 ⓐ로 장면이 전환되었음을 알 수 있다. 그러나 ⓑ의 사건이 시간상 먼저 일어난 과거의 일이고, ⓐ가 그보다 이후에 일어난 일이므로 ⓑ에서 ⓐ로 시간적 선후가 역전되었다고 볼 수는 없다.

✗ 오답풀이

① ⓐ에서 '지게꾼이 있단다'라고 들었음을 서술한 뒤에 '은행'의 '안내원이 막았다'는 ⓑ의 첫 문장을 서술한 것은, ⓐ에서 ⓑ로 서술 시점이 변하는 부분을 한 문단 안에 이어 연결한 것이군.
〈보기〉에서 '외화와 내화가 연결될 때, 한 문단 안에서 이어가'는 방식을 활용했다고 하였다. ⓐ에서 은행 창구로 찾아오는 '지게꾼이 있단다.'라고 친구의 말을 간접 인용하여 서술한 뒤, ⓑ로 장면을 전환하여 은행으로 들어오는 청년을 '안내원이 막았다.'라고 서술하였으므로 ⓐ에서 ⓑ로 전환되며 서술 시점이 변했음을 알 수 있다. 또한 이러한 전환이 한 문단 안에서 이루어지고 있다.

③ ⓐ에서 '재미있다'고 한 '친구'의 말 뒤에 ⓒ의 일부를 삽입한 것은, ⓐ에서 '화가'가 '편지 내용'과 '친구의 장난기'를 흥미롭게 받아들이며 '비시시 웃'게 되는 이유를 보여 주는군.

〈보기〉에서 '외화에 또 다른 내화가 삽입될 때는 편지의 내용과 형태에 대한 '화가'의 흥미와 관심이 드러난'다고 하였다. ⓐ에서 '재미있다고 생각돼서 가지고 왔다는 친구의 말 뒤에 '우물집할머니하루알고갔다.~니는빨리장가안들어야건나.'라는 편지의 내용(ⓒ)을 삽입하였으며, 이어서 '편지 내용'과 '친구의 장난기'로 인해 '나'가 '비시시 웃음이 새어 나왔'음을 서술하였다. 〈보기〉를 고려하면 이는 ⓐ에 ⓒ의 일부를 삽입하여 편지에 대한 '화가'의 흥미와 관심을 드러냄으로써 '화가'가 '비시시 웃'게 되는 이유를 보여 준 것으로 이해할 수 있다.

④ ⓐ에서 '비행기가 떠날 때'의 장면 뒤에 '니떠나고'로 시작되는 ⓒ의 일부를 삽입한 것은, ⓐ에서 유사한 의미의 표현을 떠올린 '화가'가 '그길로' '표구사'로 가는 행위로 연결되는군.

〈보기〉에서 '외화에 또 다른 내화가 삽입될 때' '유사한 의미의 표현을 통해 '화가'가 떠올린 편지의 내용을 보여' 준다고 하였다. ⓐ에서 친구가 외국으로 가게 되어 '비행기가 떠날 때' '화가'는 '니떠나고메칠안이서송아지낫다.'라는 편지의 내용(ⓒ)을 떠올리고 있으며, 이는 '그길로' '표구사'로 향해 편지가 든 액자를 찾으려는 '화가'의 행위로 연결되고 있다.

⑤ ⓐ에서 '친구의 심정'을 생각한 내용 다음에 앞서 제시했던 ⓒ의 일부를 다시 삽입한 것은, ⓐ에서 '화가'가 편지 내용들을 감상하며 그 의미를 다시 생각하고 있음을 보여 주는군.

〈보기〉에서 '외화에 또 다른 내화가 삽입될 때'는 '거듭 제시된 내용을 통해 '화가'가 편지를 감상하며 그 의미를 되새기고 있음을 알려' 준다고 하였다. ⓐ에서는 편지가 담긴 액자를 바라보며 '친구의 심정'을 느껴 알 것 같아졌'다고 한 뒤 앞서 제시했던 ⓒ의 일부를 다시 삽입하고 있다. 〈보기〉를 고려하면 이는 '화가'가 편지 내용을 감상하며 그 의미를 되새기고 있음을 알려 주는 부분이라고 할 수 있다.

🖋 모두의 질문
· 4-②번

Q: '구석으로 갔다.'라고 마무리하고 '이게'로 이어진 것은 내화에서 외화로 바뀐 것이니 ⓑ에서 ⓐ로 역전된 것 아닌가요?

A: ②번이 왜 적절하지 않은지 잘 모르겠다면 '역전'의 사전적 의미, 실전적 의미를 다시 알아두자. '역전'은 사전적으로 '거꾸로 회전함.'을 뜻하며, '시간적 선후가 역전'되었다는 것은 과거 장면이 삽입되어 시간을 역행하며 사건이 서술되었음을 뜻한다. 즉 역전적 구성, 역행적 구성을 취하고 있음을 말하는 것이다. 친구가 '나'에게 '이게' 그 종이라고 말하는 일은 지게꾼 청년이 종이에 동전을 싸 가지고 와 입금을 부탁하고 '구석으로' 간 일보다 이후에 일어난 일이다. 따라서 '구석으로 갔다.'라고 마무리하고 '이게'로 이어진 것은 내화에서 외화로 바뀐 것은 맞지만, 과거의 일을 먼저 서술한 뒤 그보다 나중에 일어난 일을 서술한 것이므로 시간적 선후가 역전되지는 않은 것이다. 단지 내화에서 외화로, 혹은 과거 장면에서 현재 장면으로 전환된 것을 시간적 선후가 역전되었다고 말하지는 않는다.

[1~4] 다음 글을 읽고 물음에 답하시오.

㉠불편스런 일이 한두 가지가 아니었다. 하지만 허원은 그렇게 스스로 주의하고 고통을 감내해* 냈기 때문에 자신의 비밀을 남 앞에 감쪽같이 숨겨 나갈 수 있었다. 아무도 그의 비밀을 눈치챈 사람이 없었다. 비밀이 탄로 나지 않는 한 그의 일상생활은 더 이상 불편을 겪을 필요도 없었다. 인체 생리나 해부학 서적 같은 걸 뒤져 봐도 성인의 배꼽은 거의 아무런 기능도 수행하지 않음을 알 수 있었다. 적어도 그의 외모나 바깥 생활은 정상을 유지할 수 있었다. 그 점만이라도 무척 다행이었다. 그는 일단 안도의 한숨을 내쉬었다. <mark>배꼽이 사라져서 걱정하였으나, 외모나 바깥 생활에 문제가 생기지 않음에 안도하는 허원</mark>

㉡—그깟 놈의 배꼽, 안 가지고 있음 어때.

그쯤 체념을 하고 될 수 있으면 배꼽에 관한 일들을 잊어버리려 했다. <mark>배꼽이 사라졌다는 사실을 잊으려는 허원</mark> ㉢자신으로부터 배꼽이 사라져 버린 사실을, 그리고 그 때문에 생긴 모든 불편을 잊고, 그 배꼽 없는 생활에 스스로 익숙해져 버리기를 바라 마지않았다. 하지만 문제는 그렇게 간단하지 않았다. 아무리 일상생활에선 드러나게 불편한 점이 없다 해도 그는 역시 배꼽이 없는 자신에 대해 좀처럼 익숙해질 수가 없었다. 그는 자꾸만 허전해서 견딜 수가 없어지곤 했다. 있느니라 여기고 지낼 때는 그처럼 무심스럽던 일이 그런 식으로 한번 의식의 끈을 건드려 오자 허원의 상념*은 잠시도 그 잃어버린 배꼽에서 떠나 있을 수가 없었다. <mark>배꼽이 사라졌다는 사실에 익숙해지지 않고 계속 사라진 배꼽에 대해 생각하는 허원</mark>

그는 마침내 회사 출근마저 단념하기에 이르렀다. 그러자 신통하게도 늦잠 버릇이 깨끗이 자취를 감춰 버렸다. 그는 눈만 뜨면 사라져 없어진 배꼽 때문에 기분이 허전했고, 그러면 그 허망감을 쫓기 위해 배꼽에 관한 끝없는 상념들을 쌓기 시작했다. <mark>배꼽이 사라졌다는 사실을 매일 떠올리며 허망감을 느끼는 허원</mark> 장면 01

(중략)

그리하여 배꼽에 관한 허원의 지식과 사념은 자꾸 더 심오하고 추상적인 것이 되어 갔다. 그에게는 어느덧 그 나름의 독특한 배꼽론 같은 것이 윤곽을 지어 가고 있었다. 하지만 그러면 그럴수록 허원은 더욱더 허전해지고, 아무 곳에도 발이 닿아 있는 것 같지 않고, 혼자서 외롭게 허공을 둥둥 떠다니고 있는 것처럼 느껴졌다. <mark>배꼽에 대한 지식과 사념을 바탕으로 배꼽론을 만들었으나, 그럴수록 더욱 허전함을 느끼고 있는 허원</mark> 그러면 그는 또 거듭 그 허망감을 쫓기 위해 자신의 배꼽론을 완벽하게 발전시켜 나갔다. <mark>허망감을 쫓기 위해 배꼽론을 발전시키는 허원</mark> 마치 그렇게 하여 그는 자신의 사념 속에서 잃어버린 배꼽을 되찾아내고, 그것으로 그 실물을 대신해 어떤 식으로든 자신과 세상 간에 큰 불편이 없도록 화해시키고 그것으로 그 난감스런 허망감을 채우려는 듯이. 그의 배꼽론은 가령 이런 식

으로까지 발전되어 있었다.

— 우리는 누구나 배꼽을 가지고 있다…… 우리는 우리들의 어머니로부터 탯줄이 끊어지는 순간 이 우주의 한 단자(單子)로서 고독하게 존재하게 되었다. 그러나 우리는 영원히 그 탯줄의 기억을 잊지 않는다. 우리 영혼은 언제까지나 그 어머니의 탯줄과 이어지려 하고, 또다시 그 어머니의 어머니의 탯줄과 이어져 나가면서 우리 존재를 설명하고 근원을 밝혀 나가며, 마침내는 마지막 어머니의 탯줄이 이어지는 우리들의 우주와 만나게 된다…… 우리의 배꼽은 우리가 그 마지막 우주와 만나고자 하는 향수의 표상이며 가능성의 상징이며 존재의 비밀로 나아가는 형이상학이다. 그 비밀의 문이다……

그는 어느덧 배꼽에 대해 당당한 일가견을 이룬 배꼽 전문가가 되어 가고 있었다.

㉣어느 해 여름이었다. 하니까 그것은 허원이 자신의 배꼽을 잃어버리고 나서 불편하기 그지없는 세 번째의 여름을 맞고 있을 때였다. 그는 물론 배꼽을 잃어버린 자신에 대해 아직도 완전히 익숙해지질 못하고 있었다. 그의 사념 역시 언제나 그 눈에 보이지 않는 배꼽에 매달려 거기에서밖에는 영영 더 이상 자유로워질 수가 없었다. 그 대신 허원은 이제 그 자신의 배꼽론에 대해선 매우 확고한 경지에 도달해 있었다. <mark>배꼽론에 대해 높은 수준에 도달한 허원</mark>

그럴 즈음이었다. 허원은 문득 세상 사람들이 수상쩍어지기 시작했다. 어느 때부턴지는 확실히 알 수 없었지만, 세상 사람들 역시 무슨 이유에선지 이 인간 장기의 한 조그만 흔적에 대해 심상찮은 관심을 나타내기 시작한 것이다. <mark>배꼽에 대해 관심을 가지게 된 세상 사람들을 보며 수상쩍다고 느끼는 허원</mark> 배꼽에 대한 사람들의 관심 역시 기왕부터 있어 온 것을 여태까지 서로 모르고 지내 오다가 비로소 어떤 기미를 알아차리게 된 것인지, 혹은 사람들로 하여금 그런 관심을 내보이게 할 만한 무슨 우연찮은 계기가 마련되었는지는 확실치가 않았다. 그리고 무엇 때문에 사람들에게서 그런 관심이 시작되었는지 그 이유를 알 수도 없었다. 하지만 그것은 어쨌든 사실이었다. 주의를 기울여 보니 관심의 정도도 여간이 아니었다. 한두 사람, 한두 곳에서만 나타난 현상이 아니었다. 그것은 이미 일반적인 현상이 되어 가고 있었다. 그리고 그렇듯 배꼽 이야기가 일반화*의 기미를 엿보이기 시작하자 사람들은 이제 그걸 신호로 아무 흉허물 없이 터놓고 지껄이거나 신문, 잡지 같은 데서 진지하게 논의의 대상을 삼기도 하였다. ㉤배꼽에 관한 논의가 그렇듯 갑자기 시중 일반에까지 성행하기* 시작한 것이다.

기묘한 현상이었다. <mark>세상 사람들 사이에서 배꼽에 관한 논의가 일반화된 것을 기묘하게 여기는 허원</mark> 장면 02

– 이청준, 「배꼽을 주제로 한 변주곡」 –

>> 지문을 **두 장면**으로 나누고, 장면의 핵심 내용을 정리해 보세요.

> **장면 01** 허원은 자신의 **배꼽**이 사라졌다는 사실을 알고, 그러한 삶에 익숙해지기를 바라지만 배꼽이 사라져 버렸다는 **허망**감에 회사에 출근하는 것마저 단념하게 됨

> **장면 02** 허원은 배꼽에 관한 자신의 지식과 사념을 바탕으로 **배꼽론**을 발전시켜 나가고, 어느 순간부터 세상 사람들도 배꼽에 관한 논의를 **일반화**하는 현상이 나타남

전체 줄거리

어느 날 아침 허원은 배꼽을 잃어버리는 경험을 하게 된다. 허원은 배꼽이 사라져도 생활에 아무런 문제가 없다는 것을 알고 안도하지만, 그러한 사실에 익숙해지지 않고 끝없이 배꼽에 대해 생각하게 된다. 배꼽에 대한 지식과 사념을 바탕으로 배꼽론을 발전시킨 허원은 확고한 경지에 도달하기에 이른다. 사람들 사이에서 배꼽에 대한 이야기를 하는 것이 일반화되고, 허원은 이를 기묘하게 여긴다.

배꼽에 대한 활발한 논의에 힘입어 『주간 배꼽』이라는 주간지가 창간되고 허원은 논의에 참여해 배꼽계의 명사가 된다. H 씨, L 씨와 함께 '보고 싶은 배꼽'의 소유자 3인 중 한 명으로 선정된 허원은 『주간 배꼽』지로부터 자신의 배꼽 사진 혹은 그림이 들어간 원고를 써 달라는 청탁을 받는다. H 씨와 L 씨의 배꼽이 실린 기사를 보고 혼란스러워하던 허원은 원고를 보내지 않겠다는 의사를 전달하는데, 기자는 L 씨의 배꼽 사진이 가짜이니 부담을 가질 필요가 없다고 말한다. H 씨와 L 씨에게 배꼽이 없을 것이라는 의심이 일부 사실로 드러나자 허원은 허탈감을 느끼고 원고를 쓰지 않은 채 열차를 탄다.

기차 안 화장실에 갔다가 갑작스러운 큰 충격을 받고 몸이 꺾였던 허원은 배꼽이 다시 돌아온 것을 알게 되고, 배꼽을 되찾은 기쁨보다는 허망함과 어이없음을 느낀다.

* 전지적 작가 시점

이것만은 챙기자

* **감내하다**: 어려움을 참고 버티어 이겨 내다.
* **상념**: 마음속에 품고 있는 여러 가지 생각.
* **일반화**: 개별적인 것이나 특수한 것이 일반적인 것으로 됨. 또는 그렇게 만듦.
* **성행하다**: 매우 성하게(기운이나 세력이 한창 왕성하게) 유행하다.

1. ㉠~㉤의 서술 방식에 대한 설명으로 가장 적절한 것은?

> ㉠: 불편스런 일이 한두 가지가 아니었다.
> ㉡: —그깟 놈의 배꼽, 안 가지고 있음 어때.
> ㉢: 자신으로부터 배꼽이 사라져 버린 사실을, 그리고 그 때문에 생긴 모든 불편을 잊고, 그 배꼽 없는 생활에 스스로 익숙해져 버리기를 바라 마지않았다.
> ㉣: 어느 해 여름이었다. 하니까 그것은 허원이 자신의 배꼽을 잃어버리고 나서 불편하기 그지없는 세 번째의 여름을 맞고 있을 때였다.
> ㉤: 배꼽에 관한 논의가 그렇듯 갑자기 시중 일반에까지 성행하기 시작한 것이다.

⊙ 정답풀이

④ ㉣: 인물의 상황에 관련된 정보를 부가하여 서술하고 있다.

> ㉣의 '어느 해 여름'은 '허원이 자신의 배꼽을 잃어버리고 나서 불편하기 그지없는 세 번째의 여름'이다. 즉, '하니까'라는 표지를 활용하여 '어느 해 여름'이 허원이 배꼽을 잃어버린 지 3년째 되는 여름임을 부가하여 서술하고 있음을 알 수 있다.

⊗ 오답풀이

① ㉠: 누구의 생각을 누가 말하는지 명시한 표현을 나타내어 서술하고 있다.
> ㉠은 허원의 생각에 대한 서술이지만 누구의 생각을 누가 말하는지는 ㉠에 명시되어 있지 않다. ㉠ 이후에 이어지는 '허원은 그렇게 스스로 주의하고~숨겨 나갈 수 있었다.'라는 구절을 통해 ㉠이라고 생각한 사람이 허원이며 서술의 주체는 작품 밖의 서술자임을 추측할 수 있다.

② ㉡: 인물의 생각을 서술자가 평가하며 그 심화된 의미를 함축하여 서술하고 있다.
> ㉡은 배꼽이 없어도 아무렇지 않다는 허원의 생각을 드러내고 있을 뿐, 이에 대해 서술자가 평가하거나 그 심화된 의미를 함축하여 서술하고 있지는 않다.

③ ㉢: 인물의 의식을 인물 자신의 생생한 목소리를 통해 서술하고 있다.
> ㉢에서 '자신으로부터 배꼽이 사라져 버린 사실'과 '그 때문에 생긴 모든 불편을 잊고, 그 배꼽 없는 생활에 스스로 익숙해져 버리기를 바라 마지않았다.'라는 서술은 인물의 의식을 인물 자신의 목소리가 아니라 작품 밖의 서술자가 서술한 것이다.

⑤ ㉤: 인물 행동의 진행 과정을 순차적으로 서술하고 있다.
> ㉤은 '배꼽에 관한 논의'가 '시중 일반에까지 성행하기 시작'하였음을 서술하고 있을 뿐, 인물 행동의 진행 과정을 순차적으로 서술하고 있지는 않다.

2. 비밀의 서사적 기능으로 가장 적절한 것은?

⭐ **정답풀이**

③ 일상적이지 않은 경험을 인물이 의식한다는 표지로, 인물의 심리적 동요를 부른다.

> 허원은 배꼽이 사라졌다는 일상적이지 않은 경험을 하고 이를 '비밀'에 부치고 있다. 따라서 '비밀'은 허원이 자신의 경험을 다른 사람이 알게 될까 의식하고 있음을 나타내는 표지라고 할 수 있다. 또한 허원이 배꼽이 없다는 사실에 '허전'해하며, '회사 출근마저 단념'하는 모습을 통해 '비밀'이 허원의 심리적 동요를 불러일으키고 있음을 알 수 있다.

❌ **오답풀이**

① 자신의 신념을 인물이 돌이켜 본 결과로, 새로운 세계관을 바탕으로 하는 주제를 형성한다.

'비밀'은 허원이 자신의 신념을 돌이켜 본 결과라고 볼 수 없으며, 허원이 '배꼽론'이라는 사념을 발전시키도록 하지만 새로운 세계관을 바탕으로 하는 주제를 형성하지는 않는다.

② 얽힌 인간관계를 인물이 성찰하는 전환점으로, 갈등으로 인한 위기감을 완화한다.

윗글에서는 얽힌 인간관계에 대한 성찰이 제시되어 있지 않으므로, 허원이 '비밀'로 인해 얽힌 인간관계에 대해 성찰하게 된다고 볼 수 없다. 또한 '비밀'은 허원에게 끊임없는 상념을 불러일으켜 내적 갈등을 심화할 뿐, 인물 간의 갈등으로 인한 위기감을 심화하거나 완화하지 않는다.

④ 상충된 이해관계를 인물이 조정하는 단서로, 심화된 사회적 갈등을 해소한다.

윗글에서는 배꼽에 관한 사회적 논의가 일어나고 있지만, 이 논의가 상충된 이해관계로 인한 것이라거나 사회적 갈등에 해당한다고 보기 어렵다. 따라서 허원의 '비밀'이 상충된 이해관계를 조정하는 단서가 된다거나 사회적 갈등을 해소한다고 볼 수 없다.

⑤ 기성의 질서에 인물이 저항한다는 신호로, 돌발적 사건의 발생을 알린다.

'비밀'은 우연하게 일어났다는 점에서 돌발적 사건이라고 볼 수는 있으나, 돌발적 사건의 발생을 알리는 것이라고 보기는 어렵다. 또한 기성의 질서에 저항하는 신호라고도 볼 수 없다.

🌱 **기틀잡기**

> ② **전환점:** 다른 방향이나 상태로 바뀌는 계기. 또는 그런 고비.
> ③ **표지:** 표시나 특징으로 어떤 사물을 다른 것과 구별하게 함. 또는 그 표시나 특징.
> ④ **상충되다:** 맞지 아니하고 서로 어긋나게 되다.
> ⑤ **기성:** 이미 이루어짐. 또는 그런 것.

🖋 **모두의 질문**
• 2–①번

Q: 허원은 배꼽이 사라진 뒤 배꼽에 대한 '지식과 사념'을 바탕으로 '배꼽론'을 만들었으므로 자신의 신념을 돌이켜 본 결과라고 할 수 있지 않을까요? 또, 새로운 세계관인 '배꼽론'을 바탕으로 주제를 형성한 것이라고 볼 수 있지 않나요?

A: 허원은 자신의 배꼽이 사라진 이후에 '배꼽에 관한 끝없는 상념들을 쌓기 시작'하였고, 배꼽에 관한 '지식과 사념'을 바탕으로 '배꼽론'을 만들고 발전시켰다. 그러나 이를 통해 새로운 세계관을 바탕으로 하는 주제를 형성한 부분은 확인하기 어렵다. 설령 '배꼽론'이라는 세계관을 바탕으로 하는 주제를 형성했다고 보더라도, '비밀'을 자신의 신념을 돌이켜 본 결과라고 볼 수 없다. '비밀'은 허원의 배꼽이 사라졌다는 비현실적이고 비일상적인 경험에 관한 것이며, '끝없는 상념들을' 하게 된 원인이지 자신이 기존에 지니고 있던 신념을 돌이켜 본 결과가 아니기 때문이다.

3. '허원'을 중심으로 윗글을 이해한 내용으로 적절하지 <u>않은</u> 것은?

✓ 정답풀이

⑤ '허원'은 '실물'에 대한 인식을 '세상 사람들'과 공유하게 되면서, 그간 이어 온 '사념'을 더 이상 지속하지 않게 된다.

> 허원은 '실물'인 배꼽에 대한 인식을 바탕으로 자신의 '지식과 사념'을 '배꼽론'으로 발전시키는 한편, '배꼽 이야기'를 '일반화'하는 사람들을 보며 '기묘한 현상'이라고 여긴다. 즉, 허원은 '실물'에 대한 인식을 통해 '사념'을 지속적으로 발전시키고 있지만, '배꼽론'을 세상 사람들과 공유하고 있지는 않다.

✕ 오답풀이

① '허원'은 '실물'과 관련하여 시작된 '사념'을 통해 '존재'의 의미를 발견해 간다.
허원은 '실물'인 배꼽이 사라지게 되면서 '그 난감스런 허망감을 채우려는 듯이' '배꼽론'을 발전시킨다. 또한 이를 통해 '누구나 배꼽을 가지고 있'는 이유가 '어머니의 탯줄'과 이어져 '우리 존재를 설명하고 근원을 밝혀 나가'기 위함이라고 하였으므로 '실물'과 관련하여 시작된 '사념'을 통해 '존재'의 의미를 발견하였다고 할 수 있다.

② '허원'은 '실물'이 몸에서 큰 기능을 하지 않는다는 것을 알고 일단 안도감을 느끼게 된다.
허원은 '인체 생리나 해부학 서적 같은 걸 뒤져 봐도 성인의 배꼽은 거의 아무런 기능도 수행하지 않'는다는 사실을 알고, 이를 '다행'으로 여기고 '안도의 한숨'을 내쉬었다.

③ '허원'은 '사념'을 방편으로 삼아 자신의 현재 상태에 대해 다른 방향에서 접근하고자 한다.
허원은 배꼽이 사라진 뒤 느낀 '허망감을 쫓기 위해' 배꼽에 관한 '지식과 사념'을 바탕으로 '배꼽론'을 발전시켰다. 이는 '사념'을 방편으로 삼아 배꼽이 없어진 현재 상태의 혼란에서 벗어나기 위해 자신의 현재 상태에 대해 다른 방향에서 접근하고자 한 것이다.

④ '허원'은 '심상찮은 관심'의 원인에 대해 궁금해하면서 '세상 사람들'에게 주의를 기울이게 된다.
허원은 세상 사람들이 '인간 장기의 한 조그만 흔적'인 '배꼽'에 대해 '심상찮은 관심'을 가지게 된 원인에 대해 궁금해하면서 사람들 사이에 '배꼽에 관한 논의'가 성행하기 시작한 것에 대해 주의를 기울이며 관찰하고 있다.

4. 〈보기〉를 참고하여 윗글을 감상한 내용으로 적절하지 <u>않은</u> 것은? [3점]

> ────〈보기〉────
>
> 「배꼽을 주제로 한 변주곡」은 주인공이 배꼽을 잃어버렸다는 허구적 설정으로 시작하여, 이후 배꼽을 둘러싼 희화적 에피소드들이 이어진다. 주인공은 으레 있어야 할 것이 없어져 불편한 생활을 이어 가던 중 배꼽에 관심을 갖는 이들이 늘어나고 있음을 알게 된다. 이 과정에서 배꼽에 관련된 개인적 상황은 물론 인간 존재와 사회 상황에 대한 심층적 의미의 탐색이 이루어진다.

🔍 보기 분석

- 「배꼽을 주제로 한 변주곡」
  - 배꼽을 잃어버린 허구적 설정 + 배꼽을 둘러싼 희화적 에피소드로 구성
  - 배꼽을 잃어버린 주인공이 개인적 상황과 인간 존재·사회 상황에 대한 심층적 의미를 탐색함

✓ 정답풀이

④ '그의 사념'이 도달한 '배꼽론'의 '확고한 경지'는 사소한 것의 심층적 의미를 탐색할 때 이를 수 있으므로, 그 사소한 것에 얽매이지 않는 자유로운 상태에서 실현이 가능해지겠군.

> 〈보기〉에서 '주인공이 배꼽을 잃어버렸다는 허구적 설정'을 통해 '배꼽에 관련된 개인적 상황'에 대한 '심층적 의미의 탐색이 이루어진'다고 하였다. 따라서 허원의 사념이 도달한 '배꼽론'의 '확고한 경지'는 '눈에 보이지 않는 배꼽에 매달려 거기에서밖에는 영영 더 이상 자유로워질 수가 없었'기 때문에 이를 수 있었던 것이므로, 사소한 것에 얽매이지 않는 자유로운 상태에서 실현이 가능하다고 볼 수 없다.

✕ 오답풀이

① '의식의 끈'이 '건드려'짐으로써 주인공이 비정상적 문제 상황에 지속적으로 주목하게 된 것이겠군.
허원은 배꼽이 있을 때는 '있느니라' 여겼으나 배꼽이 없다는 사실로 인해 '의식의 끈'이 '건드려'짐으로써 '배꼽이 없는' 비정상적 문제 상황에 대해 '눈만 뜨면 사라져 없어진 배꼽 때문에 기분이 허전'하다고 느끼고, '배꼽에 관한 끝없는 상념들을 쌓'으며 지속적으로 주목하고 있다.

② '회사 출근'을 포기하게 되고 '늦잠 버릇'이 사라진 상황은, 주인공의 일상이 변화된 모습을 보여 준다고 할 수 있겠군.
'회사 출근마저 단념'하고 '늦잠 버릇이 깨끗이 자취를 감춰 버'린 원인은 '배꼽 없는 생활' 때문으로, 주인공의 일상이 변화된 모습을 보여 준다고 할 수 있다.

③ '배꼽'을 '탯줄'에 연관하여 이해하는 것은, 개인에 관련된 생각을 '우주와 만나'는 '심오하고 추상적인' 생각으로 확장하는 실마리가 된다고 할 수 있겠군.

〈보기〉에서 '주인공이 배꼽을 잃어버렸다는 허구적 설정'을 통해 '인간 존재'에 대한 '심층적 의미의 탐색이 이루어진'다고 하였다. 따라서 '배꼽'을 '탯줄'에 연관하여 '우리'가 '어머니의 탯줄'과 이어지고, '그 어머니의 어머니의 탯줄'과 이어지고, '그 마지막 우주와 만나'게 된다는 허원의 주장은 '배꼽'이라는 개인의 조그만 흔적에 대한 생각을 '우주와 만나'는 '심오하고 추상적인' 생각으로 확장하는 실마리가 된다고 할 수 있다.

⑤ '기묘한 현상'은, '배꼽 이야기'가 '일반화'되는 상황이 뜻밖이지만 '사실'로 나타나는 현상을 두고 일컫은 말이라고 할 수 있겠군.

〈보기〉에서 '주인공이 배꼽을 잃어버렸다는 허구적 설정'을 통해 '사회 상황에 대한 심층적 의미의 탐색이 이루어진'다고 하였다. 따라서 '기묘한 현상'은 '배꼽 이야기'가 '일반화'되어 '시중 일반에까지 성행하기 시작'하는 상황이 기묘하지만 이러한 상황이 '사실'로 나타나는 현상에 대해 일컫는 말이라고 할 수 있다.

MEMO

[1~4] 다음 글을 읽고 물음에 답하시오.

[앞부분의 줄거리] 동림산업은 사무직 남자 사원들에게까지 제복 착용을 확대하는 정책을 시행하기로 했다. 이를 위해 준비 위원회를 결성해 전체 사원이 새로운 제복을 착용하도록 결정했으나, 그 결과에 불만을 품은 사무직 남자 사원들이 있었다.

"이미 끝난 일이야. 지금 와서 아무리 떠들어대 봤자 제복은 벌써 우리 몸에 절반쯤이나 입혀져 있어."

민도식이 나서서 험악해진 분위기를 간신히 가라앉혔다.

"준비 위원회를 구성하고 회의를 소집한 건 처음부터 요식 행위에 지나지 않았던 거야. 경영자 독단으로 처리하지 않고 사원들의 의사를 물어서 전폭적인 지지를 얻어 가지고 결정했다는 인상을 대내외에 풍길 필요가 있었던 거야. 이제 길은 두 가지뿐야. ㉠나머지 절반을 찾아서 마저 몸에 꿰든가, 아니면 기왕 우리 몸에 입혀진 절반을 아예 벗어 버리든가 각자가 알아서 결정할 일이야. 제복 착용에 불만을 품은 사원들을 진정시키면서 이제는 제복을 입을지 말지 결정해야 한다고 말하는 민도식 저기 좀 보라고. 저 사람 아까부터 우릴 비웃고 있어. 제복 얘기 앞으로는 그만하기로 하지."

생산부 공원 복장을 한 사내가 엇비뚜름한 자세로 이쪽을 돌아다보며 ⓐ야릇한 웃음을 입가에 물고 있었다. 제복 착용에 대해 이야기하는 사원들을 보며 야릇한 웃음을 보이는 생산부 사내 그를 보더니 장상태가 화를 벌컥 내면서 큰 소리로 미스 윤을 불렀다.

"이봐, 저기 앉은 저 사람 내가 좀 보잔다고 전해!" 자신들을 보며 야릇한 웃음을 짓는 사내를 향해 화 내는 장상태

ⓑ눈이 휘둥그레진 미스 윤이 종종걸음으로 그에게 다가가기 전에 그쪽에서 자진해서 먼저 일어섰다. 그가 충분히 알아들을 수 있을 정도로 장의 목소리가 컸던 것이다.

"저를 부르셨습니까?"

여전히 웃음기를 입에 문 얼굴이 장을 정면으로 상대했다.

"당신 뭐야? 뭔데 어제부터 남의 얘길 엿듣고 비웃지, 비웃길?"

"비웃음으로 보셨다면 용서하십쇼. 엿듣고 싶은 생각은 없었습니다. 가만히 앉아 있어도 들릴 정도로 선생님들 말소리가 컸습니다. 말씀 내용이 동림산업에 계신 분들 같아서 저도 모르게 관심이 갔나 봅니다."

"오오라, 그러고 보니 당신도 동림 가족의 일원이 분명하군. 부서가 어디야?"

"생산부 제1 공장입니다. 거기서 잡역부로 근무하고 있습니다."

"이름은?"

"권입니다."

"이름이 권이다? 그럼 성까지 아주 짝을 채워 보게."

"성이 권입니다."

만만한 상대를 만난 장은 권 씨를 노리갯감으로 삼아 화풀이할 작정임을 분명히 하면서 동료들에게 은밀히 눈짓을 보냈다. 함께 놀이에 끼어들라는 뜻일 것이다. 권 씨를 노리갯감으로 삼아 화풀이할 작정을 하는 장상태

[A] ┌ 그러나 도식이 보기엔 첫눈에 결코 만만한 상대가 아니었다. 그는 참을성 좋게 여전히 웃고 있었다. 그것은 생산부 공원들이 본사의 사무직을 대할 때 일반적으로 갖는 비굴한 표정이 아니었다. 그렇다고 적대감도 아닌 그것은 일종의 자신감의 표현임이 분명했다. 두툼한 입술과 커다란 눈이 얼핏 눈에 띄는 특징이었다. 장상태하고 비교해서 둘이 서로 어금거금할 정도로 작은 체구였다. 실제 나이는 장보다 두세 살쯤 위일 것 같은데 적어도 이삼십 년은 더 세상을 살아 냈을 법한 관록* 같은 게 엿보이는 얼굴이었고, 그것이 교양이라는 것하고도 연결되어 잡역부라던 자기소개 └ 가 아무래도 믿어지지 않는 그런 사람이었다.

"짝을 채우기 싫다 이거지? 좋았어. 그런데 자네가 하는 잡역 일하고 무슨 상관이 있어서 우리 얘기에 이틀 동안이나 관심이 갔지?"

"물론 상관은 없습니다. 그렇지만 한쪽에선 작업 중에 팔이 뭉텅 잘려져 나간 사람이 있고 그 팔 값을 찾아 주려고 투쟁하는 사람들이 있는 반면에 다른 한쪽에선 몸에 걸치는 옷 때문에 자기 인생을 걸려는 분들도 계시구나 하는 생각이 들어서 그냥 지나칠 수가 없었습니다." 한쪽에서는 작업 중에 팔이 잘려 나가는 사람과 그들을 위해 투쟁하는 사람들이 있다고 말하며 제복 관련 투쟁에 대한 생각을 말하는 권 씨

그 순간 장상태의 얼굴색이 하얗게 질리는 것 같았다. 권 씨의 말을 듣고 당황한 장상태 장면 01

(중략)

체육 대회가 열리는 제1 공장까지 가자면 다른 날보다 더 일찍 나서야 되는데도 여전히 밍기적거리고만 있는 남편 곁에서 아내는 시종 근심스런 눈초리를 거두지 않았다. 제복 때문에 총각 사원 하나가 사표를 던졌다는 소문을 아내는 믿지 않았다. 사표를 제출한 게 아니라 강제로 모가지가 잘린 거라고 굳게 믿고 있었다. 제복 때문에 사원이 해고당했다고 믿는 아내

"까짓것 난 필요 없어. 거기 아니면 밥 빌어먹을 데 없는 줄 알아? 세상엔 아직도 유니폼 안 입는 회사가 수두룩하단 말야!"

ⓒ거듭되는 재촉에 이렇게 큰소리로 대거리를 했지만 결국 민도식은 뒤늦게나마 집을 나서고 말았다. 아내에게는 큰소리를 쳤지만, 결국 회사에 가려고 집을 나선 민도식

시내를 멀리 벗어나서 교외에 널찍하게 자리 잡은 제1 공장 앞에 당도했을 때는 벌써 개회식이 시작된 뒤였다. **공장 정문 철책 너머로 검정 곤색 일색의 운동장을 넘어다보는 순간 민도식은 갑자기 ④숨이 턱 막혀 옴을 느꼈다.** 제복을 맞춰 입은 사원들의 모습을 보고 숨이 막혀 옴을 느끼는 민도식 새로 맞춘 제복으로 단장한 남녀 전 사원이 각 부서별로 군대처럼 질서 정연하게 도열*해 서서 연단에 선 지휘자의 손끝을 우러러보며 사가(社歌)를 제창하기 직전의 예비 운동으로 목청을 가다듬는 헛기침들을 하고 있었다. 이윽고 공장 일대를 한바탕 들었다 놓는 우렁찬 노래가 터지기 시작했다. 노래 부르는 사원들 모두가 작당*해서 ⓔ지각한 사람을 야유*하는 듯한 기분이 들었다. 검정 곤색의 제복들이 일치단결해 가지고 사복 차림으로 꽁무니에 따라붙으려는 유일한 사람을 완강히 거부하는 듯한 기분에 사로잡혔다. 세상 전체가 온통 제복투성이인 가운데 저 혼자만 외돌토리로 떨어져 있는 셈이었다. 자기 한 사람쯤 불참한다 해도 아무렇지도 않게 체육 대회 개회식은 진행될 수 있다는 사실이 민도식을 무척 화나면서도 그지없이 외롭게 만들었다. 사원들의 모습을 보며 분노와 외로움을 느끼는 민도식 정문으로 들어서지도 못하고 그렇다고 뒤돌아서서 나오지도 못한 채 그는 일단 멈춘 자리에 붙박여 버린 듯 언제까지고 움직일 줄을 몰랐다. 정문으로 들어서지도 나오지도 못하고 갈등하는 민도식 장면 02

– 윤흥길, 「날개 또는 수갑」 –

>> 지문을 **두 장면**으로 나누고, 장면의 핵심 내용을 정리해 보세요.

> 장면 01 **제복** 착용 정책에 불만을 품은 사원들이 모여서 이야기를 하던 중, 그들의 이야기를 비웃는 듯하던 잡역부 사내 **권 씨**는 작업 중 **팔**을 잃는 사람도 있다고 말함

> 장면 02 회사 체육 대회에 도착한 **민도식**은 제복을 입고 단체로 **사가**를 제창하는 사원들의 모습을 보며 들어서지도 나오지도 못함

📋 전체 줄거리

동림산업은 전체 사원의 제복 착용 정책을 결정하고, 이를 위해 준비 위원회를 결성한다. 일부 직원들은 제복 착용을 반대하지만, 준비 위원회에서는 일방적으로 제복 착용 정책을 통과시킨다. 민도식을 비롯해 제복 착용에 반대하는 이들이 모여 불만을 토로하는데, 멀리서 이들의 이야기를 듣던 생산부 공원 권 씨는 이들이 옷과 같은 사소한 것에 인생을 걸려는 것을 이상하게 느낀다. 결국 준비 위원회의 결정대로 전 사원은 제복을 맞추지만 민도식과 우기환은 제복을 맞추지 않는다. 사장은 제복 착용을 반대하는 민도식과 우기환을 불러 면담하고, 우기환은 결국 회사를 그만둔다. 회사 창업기념일 행사 날, 제복을 입기 싫은 민도식은 늑장을 부리다가 행사 장소에 뒤늦게 도착하고, 전 사원이 제복 차림으로 도열해 있는 모습에 외로움과 분노를 느끼며 행사에 참여하지도 돌아서서 나오지도 못한 채 우두커니 서 있는다.

＊ 전지적 작가 시점

| 서술상의 특징 파악 | 정답률 **97**

1. [A]의 서술상의 특징으로 가장 적절한 것은?

✅ 정답풀이

④ 서술자가 특정 인물의 시선을 통해 인물의 특징을 관찰하여 알려 주고 있다.

> [A]에서 서술자는 작중 인물인 민도식의 시선을 통해 '두툼한 입술과 커다란 눈이 얼핏 눈에 띄는 특징', '적어도 이삼십 년은 더 세상을 살아 냈을 법한 관록 같은 게 엿보이는 얼굴' 등 생산부 공원 권 씨의 모습을 관찰하여 알려 주고 있다.

❌ 오답풀이

① 인물의 행위를 사실적으로 그려 내어 내적 갈등을 표면화하고 있다.
[A]의 '그는 참을성 좋게 여전히 웃고 있었다.'에서 권 씨의 행위를 사실적으로 그려 냈다고도 볼 수 있지만, 이를 통해 권 씨의 내적 갈등을 표면화하고 있지는 않다.

② 과거와 현재를 교차하여 인물이 겪는 인식의 변화를 드러내고 있다.
[A]에서 과거와 현재의 교차는 나타나지 않으며, 인물의 인식 변화도 드러나 있지 않다.

③ 공간적 배경을 구체적으로 묘사하여 인물이 처한 상황을 드러내고 있다.
[A]에서는 권 씨의 모습을 구체적으로 묘사할 뿐 공간적 배경을 묘사하고 있지는 않다.

⑤ 서술자가 인물의 경험을 삽화 형식으로 나열하여 사건을 입체적으로 보여 주고 있다.
[A]에서 인물의 경험을 삽화 형식으로 나열한 부분은 나타나지 않는다.

🌱 기틀잡기

① **표면화**: 겉으로 나타나거나 눈에 띔. 또는 그렇게 함.
⑤ **삽화**: 어떤 이야기나 사건의 줄거리에 끼인 짤막한 토막 이야기.

2. ㉠의 의미와 관련하여 윗글을 이해한 내용으로 적절하지 <u>않은</u> 것은?

> ㉠: 나머지 절반

◈ 정답풀이

③ '그냥 지나칠 수가 없었습니다'라는 말로 보아, 권 씨도 남자 사원들과 마찬가지로 ㉠을 마저 입을지를 선택하는 일이 무엇보다 중요한 문제라고 생각하고 있음을 알 수 있다.

권 씨는 왜 제복 이야기에 관심을 가졌냐는 장상태의 질문에 '한쪽에선 작업 중에 팔이 뭉텅 잘려져 나간 사람이 있고 그 팔 값을 찾아 주려고 투쟁'하는데 '옷 때문에 자기 인생을 걸려는' 사람이 있구나 하는 생각이 들어 '그냥 지나칠 수가 없었다'고 말한다. 이는 권 씨의 입장에서 제복 착용 문제는 사소한 일일 수 있음을 의미하는 것이므로, 권 씨가 남자 사원들과 마찬가지로 ㉠을 마저 입을지를 선택하는 일이 무엇보다 중요한 문제라고 생각함을 보여 준다고 할 수 없다.

⊗ 오답풀이

① '이미 끝난 일이야'라는 말로 보아, 남자 사원들 중에 ㉠을 마저 입을지를 결정해야 하는 상황에 직면했다고 생각하는 사람이 있음을 알 수 있다.
[앞부분의 줄거리]를 통해 준비 위원회에서 제복을 착용하도록 결정이 났음을 알 수 있다. '이미 끝난 일'이라는 말은 제복 착용에 불만을 품은 남자 사원들이 모여서 이야기하고 있는 상황에서 나온 말이다. 따라서 '이미 끝난 일'이라는 것은 제복 착용 사항은 결정이 났으므로, 이제 각자가 제복을 입을지를 결정해야 하는 상황에 직면하게 되었음을 의미하는 것이다.

② '험악해진 분위기'로 보아, ㉠과 관련된 문제로 남자 사원들 사이에 소란스러운 일이 있었음을 알 수 있다.
제복 착용에 관한 준비 위원회의 결정에 불만을 품은 사무직 남자 사원들이 모여서 이야기하던 중에 '험악해진 분위기'가 나타난 것으로 보아, ㉠과 관련된 문제로 소란스러운 일이 있었음을 알 수 있다.

④ '총각 사원 하나'에 대한 아내의 반응으로 보아, 아내는 총각 사원이 ㉠ 때문에 회사를 스스로 그만두었다는 소문을 믿지 않고 있음을 알 수 있다.
아내가 체육 대회가 열리는 날 '밍기적거리는' 민도식을 보며 '시종 근심스런 눈초리를 거두지 않'는 것을 볼 때, 아내는 ㉠ 때문에 총각 사원이 '사표를 제출한 게 아니라 강제로 모가지가 잘린 거라고 굳게 믿고 있'음을 알 수 있다.

⑤ '검정 곤색 일색'으로 보아, 체육 대회에 참석한 전체 사원이 ㉠을 마저 입게 되었음을 알 수 있다.
일색은 '그 한 가지로만 이루어진 특색이나 정경.'을 의미하는 말로, '검정 곤색 일색의 운동장'은 체육 대회에 참석한 모든 사원이 '검정 곤색의 제복'을 마저 입게 되었음을 알 수 있는 표현이다.

3. ⓐ~ⓔ에 대한 이해로 적절하지 <u>않은</u> 것은?

> ⓐ: 야릇한 웃음
> ⓑ: 눈이 휘둥그레진
> ⓒ: 거듭되는 재촉
> ⓓ: 숨이 턱 막혀 옴
> ⓔ: 지각한 사람을 야유하는

◈ 정답풀이

⑤ ⓔ는 사원들이 사복을 입은 민도식에 대한 불만을 드러내는 반응이다.

민도식은 제복을 입고 사가를 부르는 사원들을 보고 ⓔ와 같은 기분을 느끼고 있다. 즉, ⓔ는 민도식이 느낀 느낌일 뿐 실제로 사원들이 사복을 입은 민도식에 대해 불만을 드러낸 것이라고 볼 수는 없다.

⊗ 오답풀이

① ⓐ는 권 씨가 사무직 사원들의 대화에 관심이 있었음을 나타내는 반응이다.
권 씨는 사무직 사원들의 대화를 들으며 '엇비뚜름한 자세로 이쪽을 돌아다보며 야릇한 웃음(ⓐ)을' 짓는다. 이때 ⓐ는 권 씨가 사무직 사원들의 대화에 관심이 있었음을 나타내는 반응이라고 볼 수 있다.

② ⓑ는 장상태가 화를 내며 큰 소리로 명령하였기 때문에 미스 윤이 드러낸 반응이다.
권 씨를 보고 장상태가 '화를 벌컥 내면서 큰 소리로' 미스 윤에게 '저기 앉은 저 사람 내가 좀 보잔다고 전해!'라고 명령하자, 놀란 미스 윤은 ⓑ와 같은 반응을 드러내고 있다.

③ ⓒ는 아내가 집을 나서지 않고 있는 남편 때문에 걱정하여 보인 반응이다.
ⓒ의 앞부분을 통해 아내는 제복 때문에 사원이 해고당했다고 믿고 있음을 알 수 있다. 이에 아내는 제복 입는 것에 불만을 품고 있는 남편 역시 해고될까 걱정하며 집을 나서지 않고 밍기적거리고만 있는 민도식을 재촉하고 있다.

④ ⓓ는 전체 사원들이 같은 옷을 입고 군대처럼 도열한 모습을 본 민도식에게 나타난 반응이다.
민도식은 뒤늦게 공장에 도착하여 '새로 맞춘 제복으로 단장한 남녀 전 사원이 각 부서별로 군대처럼 질서 정연하게 도열해 서' 있는 모습을 보며 ⓓ를 느낀다.

4. 〈보기〉를 바탕으로 윗글을 감상한 내용으로 적절하지 <u>않은</u> 것은? [3점]

> ─〈보기〉─
>
> '중도적 주인공'은 자신이 속한 집단의 논리를 비판적으로 인식하면서도 집단의 논리를 따를지 여부를 결정하지 못하는 상태에 있는 인물이다. '중도적 주인공'은 인식 측면에서는 집단의 논리에 숨겨진 문제를 읽어 내는 주체적인 관점을 보인다. 그러나 행동 측면에서는 자신의 인식에 따라 적극적으로 행동하지 못하거나, 집단에 동화되지 못한 채 집단 논리의 수용 여부를 두고 머뭇거리는 모습을 보인다.

🔍 **보기 분석**

- 중도적 주인공: 자신이 속한 집단의 논리를 비판적으로 인식하면서도 집단의 논리를 따를지 여부를 결정하지 못하는 상태에 있는 인물
  - 인식 측면에서는 집단의 논리에 숨겨진 문제를 읽어 내는 주체적인 관점을 보임
  - 행동 측면에서는 집단 논리의 수용 여부를 두고 머뭇거리는 모습을 보임

✅ **정답풀이**

② 권 씨를 '노리갯감'으로 삼자는 장상태의 '눈짓'을 읽었지만 이에 선뜻 동참하지 않은 것을 보니, 민도식은 '작업 중' 사고를 둘러싼 '투쟁'과 '몸에 걸치는 옷'을 둘러싼 논쟁에 적극적으로 참여하고 있지 않다고 볼 수 있군.

> 〈보기〉에 따르면 "중도적 주인공'은 자신이 속한 집단의 논리를 비판적으로 인식하면서도 집단의 논리를 따를지 여부를 결정하지 못'한다. 민도식은 권 씨를 '노리갯감'으로 삼자는 장상태의 '눈짓'을 읽었지만, 이에 선뜻 동참하지 않는다. 이는 민도식이 권 씨가 만만한 상대가 아니라고 생각하기 때문이지, 권 씨가 말한 '작업 중' 사고에 관한 '투쟁'과 '몸에 걸치는 옷'을 둘러싼 논쟁에 참여하고 있지 않음을 보여 주는 것이 아니다. 또한 권 씨가 '작업 중' 사고와 '옷'에 대해 언급한 이후 '장상태의 얼굴색이 하얗게 질'렸다고만 되어 있을 뿐 이들 간에 해당 사안에 대한 논쟁이 일어났다고 볼 수는 없다.

❌ **오답풀이**

① 동료에게 '준비 위원회'의 '회의'에 담긴 '경영자'의 숨은 의도를 파악하여 발언하는 것을 보니, 민도식은 '동림산업'이 내세우는 논리에 대해 비판적으로 인식하는 주체적인 관점을 지니고 있다고 볼 수 있군.

〈보기〉에서 중도적 주인공은 '인식 측면에서는 집단의 논리에 숨겨진 문제를 읽어 내는 주체적인 관점을 보'인다고 했다. 민도식은 회사가 준비 위원회를 구성한 이유를 '경영자 독단으로 처리하지 않고 사원들의 의사를 물어서 전폭적인 지지를 얻어 가지고 결정했다는 인상을 대내외에 풍길 필요가 있었던' 것이라고 말하며 경영자의 숨은 의도를 파악하여 발언함으로써 비판적 인식을 드러내고 있다.

③ 아내에게 '큰소리'로 자신의 생각을 말하면서도 '뒤늦게나마 집을 나서'는 것을 보니, 민도식은 '동림산업'의 문제를 인식하고 있으면서도 회사를 떠나지 못하는 상황에 놓여 있다고 볼 수 있군.

〈보기〉에서 중도적 주인공은 행동 측면에서는 '집단에 동화되지 못한 채 집단 논리의 수용 여부를 두고 머뭇거리는 모습을' 보인다고 했다. 민도식은 아내에게는 '거기 아니면 밥 빌어먹을 데 없는 줄' 아느냐며 큰소리를 치지만, '뒤늦게나마 집을 나서'서 회사로 향한다. 이는 민도식이 회사의 문제를 인식하면서도 회사를 떠나지 못하는 상황에 놓여 있음을 보여 준다고 볼 수 있다.

④ '사복 차림'으로 체육 대회에 가지만 자신을 '꽁무니에 따라 붙으려는' 사람이라고 생각하는 것을 보니, 민도식은 집단의 논리를 거부하고 싶지만 집단에 소속되고 싶은 마음도 지니고 있다고 볼 수 있군.

〈보기〉에서 '중도적 주인공'은 '집단의 논리를 비판적으로 인식하면서도 집단의 논리를 따를지 여부를 결정하지 못'한다고 했다. 민도식이 '사복 차림'으로 간 것은 집단의 논리를 비판적으로 인식하는 것을, 자신을 '꽁무니에 따라붙으려는' 사람으로 인식하는 것은 회사에 소속되고 싶은 마음도 지니고 있음을 보여 준다.

⑤ '제1 공장' 정문 앞에서 '붙박여 버린 듯' 움직이지 않는 모습을 보니, 민도식은 '동림산업'의 정책에 대한 비판을 적극적인 행동으로 옮길지 여부를 결정하지 못하고 있다고 볼 수 있군.

〈보기〉에서 중도적 주인공은 '행동 측면에서는 자신의 인식에 따라 적극적으로 행동하지 못'한다고 했다. 민도식이 제1 공장 정문에서 안으로 들어서지도 밖으로 나오지도 못하는 모습은, 그가 동림산업의 정책에 대한 비판을 적극적인 행동으로 옮길지 여부를 결정하지 못하고 있음을 보여 주는 것이다.

📋 **문제적 문제**   • 4~⑤번

> 학생들이 정답 외에 가장 많이 고른 선지는 ⑤번이다. 〈보기〉의 설명을 작품과 연결지어 민도식이 '제1 공장' 정문 앞에서 움직이지 않는 모습의 의미를 파악하는 과정에서 어려움이 있었던 것으로 보인다.
>
> 〈보기〉에 따르면 중도적 주인공은 '자신이 속한 집단의 논리를 비판적으로 인식'하지만, '자신의 인식에 따라 적극적으로 행동하지 못하거나, 집단에 동화되지 못한 채 집단 논리의 수용 여부를 두고 머뭇거리는' 인물이다. 이를 참고하여 윗글을 볼 때, <u>민도식은 제복 착용을 강제하는 회사의 논리를 비판적으로 인식하고 있지만, 이러한 자신의 인식에 따라 적극적으로 행동하지도, 집단에 동화되지도 못하는 중도적 주인공으로 볼 수 있다.</u> 민도식은 행사가 열리는 '제1 공장'의 정문까지 와서 제복 차림으로 도열한 사원의 모습을 보며 '정문으로 들어서지도 못하고 그렇다고 뒤돌아서서 나오지도 못한 채' 서 있다. 이때 '정문'은 민도식의 내적 갈등을 보여 주는 곳으로, 만일 민도식이 집단에 동화되기로 결정했다면 문 안으로 들어가 제복을 착용했을 것이고, 반대로 민도식이 회사의 제복 착용 강요가 부당하다고 생각하는 자신의 비판적 인식을 적극적인 행동으로 옮겼다면, 문 앞에서 뒤돌아 회사를 떠나 나왔을 것이다. 즉, 정문 앞에서 움직이지 않는 모습은 민도식이 회사의 정책을 비판적으로 인식하면서도, 이에 대한 행동을 어떻게 해야 할지 결정하지 못한 것으로 볼 수 있다.

🔴 **정답률 분석**

	정답			매력적 오답
①	②	③	④	⑤
2%	65%	2%	13%	18%

[1~4] 다음 글을 읽고 물음에 답하시오.

　어머니의 변명은 끝끝내 내 마음을 어루만져 주지 못했다. 그 후로 나는 좀처럼 아버지에 대한 애기를 꺼내지 않게 되었다. 뜻밖에도 아버지의 죄를 순순히 시인하는 그녀의 ⓐ한마디가 내게는 그토록 엄청난 충격으로 깊이 남겨졌던 탓이리라. 아버지의 죄를 시인하는 어머니의 말에 충격에 빠진 '나' ㉠바로 그 순간부터 나는 아버지의 그 죄라는 것을 내 스스로 함께 나누어 지니고 만 느낌이었고, 그 때문에 나이에 걸맞지 않게 나는 눈빛이 깊고 어두운 아이가 되어 가고 있었다. 그리고 그때부터 아버지의 무서운 환영*은 저주처럼 내 곁을 따라다니기 시작했다. 그는 언제나 시커먼 어둠 저편에 숨어서 음산하기 그지없는 눈빛으로 나를 쏘아보고 있었다. 그는 어디에나 숨어 있었다. 아버지에 대한 부정적인 인식으로 인해 아버지의 무서운 환영을 보게 된 '나' 내 어릴 때 이따금 고개를 디밀어 들여다보면 마루 밑 저편 깊숙이 도사리고 있던 그 까마득한 어둠 속에도 그 어둠 속에서 술술 기어 나오던 그 눅눅하고 음습한 냄새 속에서도 내가 한 번도 얼굴을 본 적이 없는 그 사내는 핏발 선 눈알을 번득이며 나를 쏘아보고 있는 것이었다. 그건 어디서 묻었는지도 모르는, 오랜 시간이 흐른 뒤에까지 지워지지 않는 핏자국처럼 내게는 저주와 공포의 낙인*으로 깊이 박혀 있었다. 그리고 그 낙인을 가슴에 지닌 채, 나는 끝끝내 나를 휘감고 있는 어떤 엄청난 죄악감과 불길한 예감으로부터 영영 벗어날 수가 없었다. 아버지에 대한 사실을 알게 된 후 알 수 없는 죄악감을 느끼는 '나'

【장면 01】

[중략 부분의 줄거리] 나와 부대원들은 훈련에 대비해 참호를 파다가 발견한 유해*를 인근 마을의 노인과 함께 수습하여 매장하는 일을 행한다.

　두개골과 다리뼈를 꼼꼼히 문질러 닦은 뒤, 노인은 몸통뼈에 묶인 줄을 풀어내기 시작했다. 완강하게 묶인 매듭은 마침내 노인의 손끝에서 풀리어졌다. 금방이라도 쩔걱쩔걱 쇳소리를 낼 듯한 철삿줄은 싱싱하게 살아 있었다. 살을 녹이고 뼈까지도 녹슬게 만든 그 오랜 시간과 땅 밑의 어둠을 끝끝내 견뎌 내고 그렇듯 시퍼렇게 되살아 나오는 그것의 놀라운 끈질김과 냉혹성이 언뜻 소름끼치도록 무서움증을 느끼게 했다. 유해를 묶던 철삿줄을 보고 전쟁의 끈질김과 냉혹성에 무서움을 느끼고 있는 '나'

　노인은 손목과 팔에 묶인 결박까지 마저 풀어낸 다음 허리를 펴고 일어서더니 줄 묶음을 들고 저만치 걸어 나갔다. 그가 허공을 향해 그것을 멀리 내던지는 순간 나는 까닭 모르게 마당가에서 하늘을 치어다보며 서 있는 어머니의 가녀린 목 줄기와 그녀가 아침마다 소반 위에 떠서 올리곤 하던 하얀 물 사발이 눈앞에 떠올랐다가 스러져 버리는 것이었다. 노인이 철삿줄을 내던지는 모습을 보며 소반 위에 물 사발을 떠 놓고 아버지가 돌아오시기를 기다리던 어머니를 떠올리는 '나'

　㉡나는 담배를 피워 물었다. 멀리 메마른 초겨울의 야산이 헐벗은 등을 까 내놓고 죽은 듯이 엎드려 있었다. 사위는 온통 잿빛의 풍경이었다. 피잉, 현기증이 일었다.

　광주리를 머리에 인 어머니가 모래밭을 걸어오고 있었다. 돌돌거리며 흐르는 물소리를 거슬러 강변 모래밭을 어머니가 혼자 저만치서 다가오고 있었다. 모래밭은 하얗게 햇살을 되받아 쏘며 은빛으로 반짝였다. 허리띠를 질끈 동인 어머니의 치맛자락이 흐느적이며 바람결에 흔들리고 있었다. 나는 햇살에 부신 눈을 가늘게 오므리고 줄곧 그녀를 지켜보고 있었다. 그때였다. 꿈속에서처럼 나는 그녀의 뒤를 바짝 따라오고 있는 한 사내의 환영을 보았다. 그건 아버지였다. 모래밭을 걷는 어머니의 모습 뒤로 아버지의 환영을 보게 된 '나' ㉢언젠가 어머니의 낡은 반닫이 깊숙한 옷가지 밑에 숨겨져 있던 액자 속에서 학생복 차림으로 서 있던 그대로 그건 영락없는* 그 사내였다. 나를 어머니의 배 속에 남겨 놓은 채 어느 바람이 몹시 부는 날 밤, 산길을 타고 지리산인가 어디로 황황히 떠나가 버렸다는 사내. 창백해 뵈는 뺨에 마른 몸집의 그 사내가 어머니와 함께 걸어오고 있는 것이었다. 놀란 눈으로 풀밭에 앉아 나는 그들을 지켜보고 있었다. 이윽고 어머니의 눈썹과 코, 입의 윤곽과 야윈 목 줄기까지 뚜렷이 드러날 만큼 가까워졌을 때 사내의 환영은 어느 틈에 사라져 버리고 없었다. 몇 번이나 눈을 비비고 보았으나 역시 마찬가지였다. 하얗게 반짝이는 모래밭 위로 어머니가 찍어 내는 발자국만 유령처럼 끈질기게 그녀의 발꿈치를 뒤따라오고 있을 뿐이었다.

　우리는 관 대신에 신문지로 싼 유해를 맨 처음 그 자리에 다시 묻어 주었다. 도톰하니 봉분을 만들고 뗏장까지 입혀 놓고 보니 엉성한 대로 형상은 갖춘 듯싶었다. 노인은 술을 흙 위에 뿌려 주었다. 그리고 자신이 먼저 한 모금 마신 다음에 잔을 돌렸다. 오 일병이 노파가 준 북어를 내놓았고, 덕분에 작은 술판이 벌어졌다. 음복인 셈이었다.

　"얌마, 이런 느닷없는 장례식도 모두 너희 두 놈들 때문이니까, 자 한 잔씩 마셔라."

　"그래그래, 어쨌든 너희들은 좋은 일 했으니 천당 가도 되겠다."

　소대장이 병을 기울였고 다른 녀석들도 낄낄대며 ⓑ한마디씩 보태었다.

　술이 가득 차오른 반합 뚜껑을 나는 두 손으로 받쳐 들었다. ㉣저것 봐라이. ㉮날짐승도 때가 되면 돌아올 줄 아는 법이다. 어머니가 말했다. 아버지가 언젠가는 돌아오기를 염원하던 어머니 저만치 웬 사내가 서 있었다. 가슴과 팔목에 철삿줄을 동여맨 채 사내는 이쪽을 응시하며 구부정하게 서 있었다. 퀭하니 열려 있는 그 사내의 눈은 잔뜩 겁에 질려 있는 채로였다. 애앵. 총성이 울렸고 그는

허물어지듯 앞으로 고꾸라지고 있었다. ⑩불현듯 시야가 부옇게
흐려 왔다.

　아아, 아버지는 지금 어디에 쓰러져 누워 있을 것인가. 해마
다 머리맡에 무성한 ⑪쑥부쟁이와 엉겅퀴꽃을 지천*으로 피워
내며 이제 아버지는 어느 버려진 밭고랑, 어느 응달진 산기슭에
무덤도 묘비도 없이 홀로 잠들어 있을 것인가. 아버지의 죽음을 상상하
며 아버지에 대한 연민을 느끼는 '나' 장면 02

　　　　　　　　　　　　　　　　　　　　　　　 – 임철우, 「아버지의 땅」 –

>> 지문을 두 장면으로 나누고, 장면의 핵심 내용을 정리해 보세요.

> 장면 01 　유년 시절 어머니로부터 아버지의 죄를 알게 된 '나'는 가슴에
　　　　　 낙인을 지니게 됨

> 장면 02 　노인과 함께 유해를 수습하여 매장한 '나'는 홀로 죽음을 맞이했을
　　　　　 아버지를 떠올리며 연민을 느낌

📋 전체 줄거리

　'나'는 공산주의자였던 아버지가 행방불명되고 어머니와 단둘이 살고
있다. 어머니로부터 아버지에 대한 이야기를 듣고 난 후 아버지에 대한
부정적인 인식을 가지고 살아왔다. '나'는 군대 훈련 중에, 오 일병과 함
께 참호를 파다가 이름 모를 유골을 발견하게 되고, 유골의 주인을 찾기
위해 인근에 있는 마을을 찾아간다. '나'와 오 일병을 따라온 노인은 유골
이 묻힌 곳과 그 주변이 모두 6·25 전쟁으로 인해 많은 시신이 묻혔던
곳이라는 사실을 알려 준다. '나'는 노인과 함께 유해를 수습하고 술과
안주로 간단한 제사를 지낸다. '나'는 노인을 집으로 모셔다드리며, 노인
의 형님 또한 6·25 전쟁으로 인해 실종되었다는 사실을 알게 된다. 첫
눈을 맞으며 '나'는 아버지를 기다리던 어머니의 모습을 떠올리는 동시에
어머니의 슬픔을 이해하게 되고, 얼어붙은 땅 밑에 웅크리고 누워 있을
아버지의 모습을 상상하며 아버지의 삶에 대해 연민을 느끼게 된다.

　* 1인칭 주인공 시점

이것만은 챙기자

* **환영**: 눈앞에 없는 것이 있는 것처럼 보이는 것.
* **낙인**: 다시 씻기 어려운 불명예스럽고 욕된 판정이나 평판을 이르는 말.
* **유해**: 주검을 태우고 남은 뼈. 또는 무덤 속에서 나온 뼈.
* **영락없다**: 조금도 틀리지 아니하고 꼭 들어맞다.
* **지천**: 매우 흔함.

1. ㉠~㉤의 서술 방식에 대한 설명으로 적절하지 않은 것은?

> ㉠: 바로 그 순간부터 나는 아버지의 그 죄라는 것을 내 스스로 함께 나
> 누어 지니고 만 느낌이었고, 그 때문에 나이에 걸맞지 않게 나는 눈
> 빛이 깊고 어두운 아이가 되어 가고 있었다.
> ㉡: 나는 담배를 피워 물었다. 멀리 메마른 초겨울의 야산이 헐벗은 등을
> 까 내놓고 죽은 듯이 엎드려 있었다. 사위는 온통 잿빛의 풍경이었다.
> 피잉, 현기증이 일었다.
> ㉢: 언젠가 어머니의 낡은 반닫이 깊숙한 옷가지 밑에 숨겨져 있던 액자
> 속에서 학생복 차림으로 서 있던 그대로 그건 영락없는 그 사내였다.
> ㉣: 저것 봐라이.
> ㉤: 불현듯 시야가 부옇게 흐려 왔다.

✅ 정답풀이

② ㉡: 서술의 주체를 알 수 있는 표지가 분명하게 제시되어 서술자와
지각의 주체가 뚜렷이 구분된다.

> ㉡은 서술의 주체를 알 수 있는 표지인 '나'가 분명하게 제시되어 있다.
> 그러나 이야기를 서술하고 있는 주인공 '나'와 '멀리 메마른 초겨울의 야
> 산'을 바라보는 지각의 주체인 '나'가 동일하므로 서술자와 지각의 주체
> 가 뚜렷이 구분된다는 설명은 적절하지 않다.

❌ 오답풀이

① ㉠: '나'의 지각 내용을 '나'가 서술하는 상황으로 인물과 서술자가
겹쳐 있다.
> ㉠은 주체인 '나'가 지각한 내용을 '나는', '내 스스로'와 같은 표현을 통해
> 서술하고 있으므로, 인물과 서술자가 겹쳐 있다고 볼 수 있다.

③ ㉢: '나'가 아니라 '나'가 지각하는 대상을 주어로 서술함으로써
지각의 대상을 부각하는 효과가 나타난다.
> ㉢은 '나'가 지각하고 있는 대상인 아버지를 '그건'이라는 주어로 서술하여
> 지각의 대상을 부각하는 효과를 나타내고 있다.

④ ㉣: 인용 부호 없이 서술된 발화에서 인물의 목소리가 드러난다.
> ㉣은 어머니가 '나'에게 하는 말로, 인용 부호 없이 인물의 발화를 서술하여
> 발화의 주체인 어머니의 목소리를 드러내고 있다.

⑤ ㉤: 지각의 주체를 알리는 표지가 나타나지 않아서 누가 지각한
바를 서술한 것인지 모호한 상황이 빚어진다.
> ㉤은 지각의 주체를 알리는 '나', '그'와 같은 표지가 나타나지 않는다. 따라서
> '불현듯 시야가 부옇게 흐려'진 주체가 서술자인 '나'인지, 총에 맞아 의식을
> 잃어 가는 '가슴과 팔목에 철삿줄을 동여맨' 사내인지 구별하기 어려우므로,
> 지각의 주체를 특정하기 모호한 서술이라고 볼 수 있다.

🌱 기틀잡기

① **지각**: 사물의 이치나 도리를 분별하는 능력.
② **주체**: 사물의 작용이나 어떤 행동의 주가 되는 것.
　표지: 표시나 특징으로 어떤 사물을 다른 것과 구별하게 함. 또는 그
　　　　 표시나 특징.

문제적 문제

• 1—②, ⑤번

학생들이 정답 이외에 가장 많이 고른 선지가 ⑤번이다. 선지의 '지각의 주체', '표지'라는 표현을 정확히 이해하지 못했을 수도 있고, ⓜ이 지각의 주체를 파악하기 모호한 상황인지 판단하기 어려워 ⑤번을 답으로 선택했을 수도 있다.

우선 정답인 ②번의 경우, ⓛ에서는 '나'라는 표지를 통해 서술의 주체가 명확하게 드러나 있고, '나'가 '멀리 메마른 초겨울의 야산이 헐벗은 등을 까 내놓고 죽은 듯 엎드려 있'는 모습을 바라보는 지각의 주체임이 드러나고 있으므로, 서술자와 지각의 주체가 동일함을 확인할 수 있다.

매력적인 오답인 ⑤번의 경우, ⓜ의 앞부분을 보면 '가슴과 팔목에 철삿줄을 동여맨' '사내'가 총을 맞아 죽어가는 상황과 그때 '사내'가 느끼는 감정을, '나'가 상상하여 제시하면서 자신의 심리도 함께 드러내고 있으므로, ⓜ에서 '시야가 부옇게 흐려'지는 지각의 주체가 총에 맞아 의식을 잃어 가는 '그 사내'인지, 서술자인 '나'인지 모호한 상황임을 파악할 수 있다.

최근 수능이나 모의평가에서 서술 시점과 방식 등에 대해 세세하게 묻는 문항이 자주 출제되고 있으므로, 작품을 학습할 때 내용뿐만 아니라 서술상의 특징에 대해서도 꼼꼼하게 학습해 두는 것이 중요하다.

정답률 분석

	정답			매력적 오답
①	②	③	④	⑤
2%	62%	13%	4%	19%

2. 윗글에서 ⓐ와 ⓑ의 서사적 기능에 대한 설명으로 가장 적절한 것은?

> ⓐ: 한마디
> ⓑ: 한마디

정답풀이

③ ⓐ가 이야기의 긴장감이 형성되는 요인이라면, ⓑ는 이야기의 긴장감이 완화됨을 드러내는 표지이다.

> ⓐ는 '나'가 '아버지의 죄'를 알게 되는 계기이자, '나'가 커다란 충격을 받게 되는 원인이라는 점에서 이야기의 긴장감이 형성되는 요인이라고 볼 수 있다. 또한 ⓑ는 '작은 술판이 벌어'진 상황에서 '너희들은 좋은 일 했으니 천당 가도 되겠다.'라며 부대원들이 던진 농담이므로, 이야기의 긴장감이 완화됨을 드러내는 표지라고 볼 수 있다.

오답풀이

① ⓐ가 이야기의 심화된 주제를 구현하는 제재라면, ⓑ는 이야기의 주제를 가늠하도록 하는 단서이다.

ⓐ는 '나'가 아버지에 대해 부정적인 기억을 갖게 되는 원인 중 하나로 볼 수 있는데 윗글은 이해와 연민을 통해 이러한 부정적 인식을 전환해 가는 과정을 다루고 있으므로, ⓐ를 이야기의 심화된 주제를 구현하는 제재라고 보기는 어렵다. 한편 ⓑ는 유해를 수습한 뒤 군인들이 서로 농담을 주고받으며 한 이야기일 뿐, 이를 단서로 하여 주제를 가늠하게 한다고 보기는 어렵다. 윗글의 주제는 '나'가 자신의 아버지를 '저주와 공포의 낙인'으로 여겼다가 이름 모를 유해를 수습하고 그 일을 계기로 아버지를 떠올리며 아버지에게 연민을 느끼게 되는 데에서 드러난다.

② ⓐ가 이야기를 절정에 치닫도록 하는 추진력이라면, ⓑ는 이야기를 결말에 이르게 하는 원동력이다.

ⓐ는 '나'가 '아버지의 죄'를 알게 되는 계기일 뿐, 이야기를 절정에 치닫도록 하는 추진력이라고 볼 수 없다. 또한 ⓑ는 유골을 수습한 병사들이 술판을 벌이며 장난스럽게 던진 말로, 이로 인해 이야기가 결말에 이르게 되는 것은 아니므로 결말에 이르게 하는 원동력이라고 할 수 없다.

④ ⓐ가 이야기의 위기감이 해소된 종착점이라면, ⓑ는 이야기의 위기감이 고조된 정점이다.

ⓐ는 '나'가 아버지에게 부정적 인식을 갖게 되는 계기이므로 이야기의 위기감이 해소된 종착점으로 볼 수 없다. 또한 ⓑ는 유골을 수습한 행위가 마무리된 뒤의 감상을 담고 있으므로 이야기의 위기감이 고조된 정점이라고 볼 수 없다.

⑤ ⓐ가 이야기를 일으키는 시발점이라면, ⓑ는 이야기의 전모가 드러나게 되는 귀결점이다.

ⓐ는 '나'가 '아버지의 죄'를 알게 되는 계기이므로 이야기를 일으키는 시발점이라고 볼 수 있다. 그러나 ⓑ는 이야기의 위기감이 완화되었음을 드러내는 역할을 하고 있을 뿐, 이야기의 전모가 드러나게 되는 귀결점이라고 볼 수 없다.

3. ㉮와 ㉯에 대한 이해로 가장 적절한 것은?

㉮: 날짐승
㉯: 쑥부쟁이와 엉겅퀴꽃

✔ 정답풀이

④ ㉯에서 연상되는 상황이 현실이 될 경우 ㉮에 투영된 염원은 실현 가능성이 사라진다.

> ㉮는 '날짐승도 때가 되면 돌아올 줄 아는 법'이라는 어머니의 말을 참고할 때, 언젠가 아버지가 가족의 품으로 돌아올 것이라는 염원이 담긴 대상임을 알 수 있다. 그런데 ㉯는 '나'의 상상 속에서 아버지가 '어느 버려진 밭고랑, 어느 응달진 산기슭에 무덤도 묘비도 없이 홀로 잠들어' 피워낸 것으로, 아버지의 외로운 죽음을 연상하게 한다. 따라서 ㉯에서 연상되는 아버지의 외로운 죽음이 현실이 될 경우, ㉮에 투영된 어머니의 염원은 실현 가능성이 사라지게 된다.

✖ 오답풀이

① ㉮는 ㉯에 비해 능동적이므로 인물이 처한 문제 상황에 미치는 영향력이 크다.
㉮는 '때가 되면 돌아올 줄 아는' 동물이고, ㉯는 '어느 버려진 밭고랑, 어느 응달진 산기슭'에 피어 있는 식물이므로, ㉮가 ㉯에 비해 능동적이라고 볼 수는 있지만 이러한 ㉮의 특징이 인물이 처한 문제 상황에 ㉯보다 큰 영향을 미치는 요인이 된다고 보기는 어렵다.

② ㉮는 ㉯와 달리, 시간과 공간에 관여되면서 이야기의 배경에 실감을 더하게 된다.
㉮는 '때가 되면 돌아올' 아버지를 비유한 대상이므로, 특정한 시간과 공간에 관여되거나 이야기의 배경에 실감을 더한다고 보기 어렵다. 한편 ㉯는 '나'의 상상 속에서 돌아가신 아버지가 묻힌 공간에 핀 대상이므로, 공간에 관여되어 있다고 보더라도 이야기의 배경에 실감을 더한다고 보기는 어렵다.

③ ㉯는 ㉮와 달리, 희망적인 성격이 강하므로 인물이 원하는 바를 집약한 결과이다.
㉯는 아버지가 '무덤도 묘비도 없이 홀로 잠들어 있는' 곳에 피어 있는 것으로, 아버지의 외로운 죽음을 부각시킬 뿐, 희망적인 성격이 드러난다고 볼 수 없다. 반면 ㉮는 '때가 되면 돌아올 줄 아는' 것으로 아버지가 다시 돌아오기를 바라는 어머니의 염원을 담은 것이다. 따라서 ㉯가 아닌 ㉮가 희망적인 성격이 강하다고 볼 수 있다.

⑤ ㉮와 ㉯ 모두, 관념적 의미가 부여됨으로써 인물이 이념에 편향되어 있음이 알려진다.
㉮는 한국 전쟁 중 이념의 갈등으로 인해 사라진 아버지의 귀환을 바라는 어머니의 염원을 상징하고, ㉯는 이념 갈등에 의한 아버지의 희생과 관련되어 있으므로, 모두 관념적 의미가 내포되어 있다고 볼 수 있다. 하지만 ㉮와 ㉯로 인해 아버지가 이념에 편향되어 있음이 알려진다고 보기는 어렵다.

모두의 질문
• 3-③번

Q: '쑥부쟁이와 엉겅퀴꽃'은 아버지가 '쓰러져 누워 있'는 곳에 피어 있는 것이니, 살아 있을 적 아버지가 가지고 있던 이념이나 희망을 드러내고 있다고 볼 수 있지 않을까요?

A: ㉯는 '나'가 철사줄에 묶인 상태로 무덤도 없이 묻혀 있던 군인의 유해를 수습한 후에 한국 전쟁으로 인한 이념 갈등에 희생되어 집에 돌아오지 못한 아버지를 떠올리는 과정에서 연상된 대상으로, 인적이 끊긴 '어느 응달진 산기슭에 무덤도 묘비도 없'이 매장되어 있을 아버지의 비참한 죽음을 상징한다고 볼 수 있다.
만일 ㉯를 희망적인 성격으로 보았다면 지문에 등장하는 소재의 특성을 유추한 것이라기보다는 문학에서 일반적으로 등장하는 소재들의 특성을 암기하는 데에 그친 해석이라고 볼 수 있다. 이와 같은 유형의 문제가 출제되었을 경우를 대비하여 배경지식에만 기대어 선지를 판단하는 것이 아니라, 선지에서 언급하고 있는 소재가 지문에서 어떤 역할을 하는지 꼼꼼하게 읽는 자세가 중요하다.

4. 〈보기〉를 참고하여 윗글을 감상한 내용으로 적절하지 <u>않은</u> 것은? [3점]

───────〈보기〉───────

부정적인 방향으로 응고된 기억을 돌이켜 긍정적인 방향으로 재편함으로써 심리적 안정을 도모하는 기회를 마련할 수 있다. 심리 요법의 일환으로 적용되는 '기억 재응고화'는 마음의 상처로 남은 기억을 재구성하여 다른 의미와 가치에 대응시킴으로써, 사람들로 하여금 부정적 기억으로 빚어진 심리적 불안정에 대응할 힘을 회복하도록 돕는 원리이다.

🔍 **보기 분석**

- 기억 재응고화
  - 기억을 부정적인 방향에서 긍정적인 방향으로 재편하여 심리적 안정을 도모함
  - 기억을 재구성하여 다른 의미와 가치에 대응시켜 심리적 불안정에 대응할 힘을 회복하도록 도움

✔ **정답풀이**

③ '줄 묶음'을 '내던지'는 '노인'의 행위와 '물 사발'을 올리는 '어머니'의 행위가 이어지며 제시되는 부분을 보면, '나'의 기억을 재응고화 하기 위한 이들의 노력을 확인할 수 있겠군.

〈보기〉에 따르면 '기억 재응고화'를 통해 '부정적인 방향으로 응고된 기억'을 '긍정적인 방향으로 재편함으로써 심리적 안정을 도모'할 수 있다. '나'가 '노인'이 '줄 묶음'을 '내던지'는 행위를 보며 아버지의 무서운 환영이 아닌 '어머니'가 '물 사발'을 올리는 행위를 떠올리는 것은 아버지에 대한 부정적인 기억을 가족의 안녕을 위한 기원이라는 긍정적인 방향으로 재편한 것이라고 할 수 있다. 하지만 이는 '노인'과 '어머니'가 '나'의 기억을 재응고화하기 위해 노력한 것이 아니라, '나'가 '노인'의 행위에서 '어머니'의 행위를 떠올린 것이므로 적절하지 않다.

❌ **오답풀이**

① '낙인'과도 같은 유년의 기억을 성인이 되어서도 떨쳐 버리지 못했다는 고백에 비추어 보면, 응고된 기억의 영향력에서 벗어나는 일이 쉽지 않음을 짐작할 수 있겠군.

〈보기〉에 따르면 기억은 '부정적인 방향으로 응고'될 수 있다. '나'는 '아버지의 죄를 순순히 시인하는' 어머니를 보며 '엄청난 충격'을 받게 되고, 이러한 충격은 '오랜 시간이 흐른 뒤에까지 지워지지 않는 핏자국'과 같이 '저주와 공포의 낙인으로 깊이 박혀져 있'게 된다. 이처럼 아버지에 관한 기억을 '낙인'과도 같다고 느끼며 성인이 되어서도 떨쳐 버리지 못했다는 '나'의 고백을 통해 응고된 기억의 영향력에서 벗어나는 것이 쉽지 않다는 것을 짐작할 수 있다.

② '죄악감과 불길한 예감'을 유발한 동인을 추적해 보면, '아버지'에 관한 기억이 마음의 상처로 남음으로써 '나'의 심리적 불안정이 비롯되고 있음을 추정할 수 있겠군.

〈보기〉에 따르면 '부정적 기억'은 '심리적 불안정'을 유발할 수 있다. 따라서 '나'가 느끼는 '죄악감과 불길한 예감'은 유년 시절 어머니로부터 들은 '아버지'에 관한 기억이 마음의 상처로 남아 '나'의 심리적 불안정을 유발한 결과임을 알 수 있다.

④ '모래밭'에서의 '어머니' 형상과 '사내의 환영'이 어우러지는 장면에서, '아버지'에 대해 굳어져 있던 기억이 재편될 수 있는 가능성이 시사된다고 할 수 있겠군.

〈보기〉에 따르면 '심리적 안정을 도모하는 기회'는 '부정적인 방향으로 응고된 기억을 돌이켜 긍정적인 방향으로 재편'함으로써 마련될 수 있다. '나'는 노인이 손목과 팔이 묶여 있던 유해를 수습하기 위해 '줄 묶음'을 풀어 내던지는 모습을 통해 '모래밭'에서 어머니를 따라가는 '사내의 환영' 즉 아버지의 환영을 보게 되는데, 이때 아버지는 어머니가 숨겨 두었던 액자 속 모습에 대응하며 '나'가 시달려 온 '무서운 환영'과는 성격을 달리한다. 이를 통해 아버지에 대해 굳어져 있던 '나'의 부정적인 기억이 재편될 수 있는 가능성이 시사된다고 할 수 있다.

⑤ '아버지'에 대한 이미지가 '유해'에 대응되면서 '나'의 정서적 반응에 변화가 생기는 것을 보면, 부정적인 기억을 재구성함으로써 심리적 안정을 회복해 가는 경위를 엿볼 수 있겠군.

〈보기〉에서 "기억 재응고화'는 마음의 상처로 남은 기억을 재구성하여 다른 의미와 가치에 대응'시켜 '부정적 기억으로 빚어진 심리적 불안정에 대응할 힘을 회복하도록 돕는 원리'라고 하였다. '나'가 비참하게 죽은 군인의 유해를 수습하고 나서 외롭게 돌아가셨을 아버지를 떠올리며 부정적으로만 인식하던 아버지에 대한 정서적인 변화를 겪는 것을 통해, 부정적인 기억을 재구성하여 심리적 안정을 회복해 나가는 경위를 확인할 수 있다.

[1~4] 다음 글을 읽고 물음에 답하시오.

한참 정이와 별의별 말이 다 오고 가고 하였을 때, '불단집*'에서 마악 설거지를 하고 있던 갑순이 할머니가 뛰어나왔다. 갑득이 어미는, 경우에 따라서는 그들 모녀를 상대하여서도, 할 말에 궁하지는 않다고 은근히 마음에 준비가 있었던 것이나, 뜻밖에도 갑순이 할머니는 자기 딸의 역성*을 들려고는 하지 않고,

㉠"애최에 늬가 말 실수헌 게 잘못이지, 남을 탄해 뭘 허니? 이게 모두 모양만 숭업구……, 온, 글쎄, 그만 허구 들어가. 늬가 잘못했어. 네 잘못이야."

하고 도리어 딸을 나무라던 것을, 갑득이 어미는 그 당장에는, 귀에 솔깃하여,

"그렇지. 자계가 먼저 말을 냈지. 나야 그저 대꾸헌 죄밖엔 없으니까. 잘했든 잘못했든 자계가 시초를 낸 게니까 ――"

하고, 뽐내도 보았던 것이나, 나중에 깨달으니, 그것은 얼토당토 않은 생각으로, 갑순이 할머니가 그렇게 자기 딸을 꾸짖으며 한사코 집으로 데리고 들어간 것에는,

㉡"아, 그 배지 못헌 행랑것허구, 쌈이 무슨 쌈이냐?"

"똥이 무서워 피허니? 더러우니까 피허는 게지!"

하고, 그러한 사상이 들어 있었던 것이 분명하였다. 갑순이 할머니가 싸움을 말리면서 한 말에 담긴 뜻을 알게 된 갑득이 어미

사실, 을득이 녀석이 나중에 보고하는데 들으니까, 저녁때 돌아온 집주름 영감이 그 얘기를 듣고 나자,

"걔두 그만 분별은 있을 아이가, 그래 그런 상것허구 욕지거리를 허구 그러다니……."

쩻, 쩻, 쩻 하고 혀를 차니까, 늙은 마누라는 또 마주 앉아서,

"그렇죠, 그렇구 말구요. 쌈을 허드래두 같은 양반끼리 해야지, 그런 것허구 허는 건, 꼭 하늘 보구 침 뱉기지. 그 욕이 다아 내게 돌아오지, 소용 있나요." 갑득이 어미가 어울리지 못할 천한 신분의 사람이라고 비하하는 집주름 영감과 갑순이 할머니

㉢그리고 후유우 하고 한숨조차 내쉬는데, 방 안에서들 그러는 소리가 대문 밖까지 그대로 들리더라 한다. 장면 01

[중략 부분의 줄거리] 골목 안 아홉 가구가 공동변소처럼 쓰는 불단집 소유의 뒷간에 양 서방이 갇힌다.

그는 아무리 상고하여 보아도 도무지 나갈 도리가 없는 것에 은근히 울화가 올랐다. 뒷간에서 빠져나갈 길이 없어 답답한 양 서방

'제 집 뒷간두 아니구 남의 집 것을 그렇게 기가 나서 꼭꼭 잠그구 그럴 건 뭐 있누? 늙은이두 제엔장헐…….'

㉣인제는 할 수가 없으니, 소리를 한번 질러 볼까? ―― 하기도 하였으나, 이러한 경우에 있어, 사람들은, 흔히 자기가 꼭 어떠한 수상한 인물인 듯싶게 스스로 느껴지는 경향이 있다. 그래, 그는 생각 끝에,

"아, 누가 문을 잠겄어어어?"

"문 좀 여세요오. 아, 누가……."

하고, 그러한 말을 제법 외치지도 못하고 그저 중얼대며, 한참이나 문을 잡아, 흔들어 자물쇠 소리만 덜거덕거렸던 것이다. 수상한 사람으로 오해받을까 하는 걱정에 인기척을 내지 못해 뒷간에서 빠져나오지 못한 양 서방

을득이한테 저의 아비가 불단집 뒷간에 가 갇히어 있다는 말을 듣고, 어인 까닭을 모르는 채 그곳까지 뛰어온 갑득이 어미는, 대강 사정을 알자, 곧 이것은 평소에 자기에게 좋지 않은 생각을 품고 있는 갑순이 할머니가 계획적으로 한 일임에 틀림없다고 혼자 마음에 단정하고,

[A] "아아니, 그래, 애아범이 미우면 으떻게는 못 해서, 그 더러운 뒷간 숙에다 글쎄 가둬야만 헌단 말예요? 그래 노인이 심사를 그렇게 부려야 옳단 말예요?"

하고, 혼자 흥분을 하였다. 갑순이 할머니가 자신에 대한 원한 때문에 양 서방을 고의로 뒷간에 가두었다고 확신하며 강하게 따지는 갑득이 어미 갑순이 할머니는, 그것은 전혀 예기하지 못하였던 억울한 말이라, 그래, 눈을 둥그렇게 뜨고, 손조차 내저어 가며,

[B] "그건, 괜한 소리유, 괜한 소리야. 이 늙은 사람이 미쳐서 남을 뒷간 속에다 가둬? 모르구 그랬지, 모르구 그랬어. 난 꼭 아무두 없는 줄만 알구서, 그래, 모르구 자물쇨 챘지. 온, 알구야 왜 미쳤다구 잠그겠수?"

발명*을 하였으나, 양 서방을 고의로 뒷간에 가두지 않았다고 항변하는 갑순이 할머니

[C] "모르긴 왜 몰라요. 다아 알구서 한 짓이지. 그래 자물쇨 챌 때, 안에서 말하는 소리두 못 들었단 말예요? 듣구두 모른 체했지. 듣구두 그냥 잠가 버린 거야."

하고, 갑득이 어미는 덮어놓고 시비만 걸려는 것을, 구경 나온 이웃 사람들이,

"아무리기서루니 갑순이 할머니께서 아시구야 그러셨겠소?"

"노인이 되셔서 귀두 어두시구 그래 몰르셨지!"

하고 말들이 있었고, 뒷간에 자물쇠를 채운 갑순이 할머니의 행동에 양 서방을 가두려는 고의가 없었다고 두둔하는 이웃 사람들 정작, 양 서방이 또 머뭇거리다가,

"자물쇨 채실 때, 내가 얼른 소리를 냈어두 아셨을 텐데, 미처 못 그래 그리 된 거야."

하고, 그러한 말을 매우 겸연쩍게* 하여, 갑득이 어미는 집주름집 마누라를 좀더 공박*할 것을 단념하여 버릴 수밖에 없는 동시에, 양 서방에게 뒷간에 갇히게 된 경위를 듣고 갑순이 할머니에 대한 비난을 멈출 수밖에 없게 된 갑득이 어미

㉤"오오, 그러니까, 채, 무어, 말할 새두 없이 문이 잠겨져서, 그냥 갇힌 채, 누구 오기만 기대린 게로군?"

"그래, 얼마 동안이나 들어가 있었어?"

"뭐어 오래야 갇혔겠수? 동안이야 잠깐이겠지만……." 장면02

– 박태원, 「골목 안」 –

*불단집: 집 밖에도 전등을 단, 살림이 넉넉한 집.

>> 지문을 **두 장면**으로 나누고, 장면의 핵심 내용을 정리해 보세요.

장면01 갑순이 할머니의 **딸** 정이와 갑득이 어미 사이에서 싸움이 벌어지고, 갑득이 어미는 갑순이 할머니와 **집주름** 영감이 자신을 낮잡아 보고 있음을 알게 됨

장면02 갑득이 어미가 양 서방이 **뒷간**에 갇힌 일을 두고 갑순이 할머니와 언쟁을 벌이자 양 서방과 이웃 사람들이 갑순이 할머니를 두둔함

📄 전체 줄거리

순이네는 과거에 충족하게 살았지만 지금은 빈민가에서 세를 들어 산다. 집주름 영감은 복덕방에서 자리만 지키고 있고, 갑순이 할머니는 '불단집'이라고 부르는 집에서 잔심부름을 한다. 영감 부부의 맏아들 인섭은 집을 나갔고 둘째 아들 충섭은 권투 선수를 하겠다고 나섰지만 소득을 탕진한다. 셋째 아들 효섭은 중학교 시험에 낙방하여 고등소학교를 다시 다녀야 하고 둘째 딸 순이는 아직 여학교에 다녀 집안의 생계는 카페 종업원으로 일하는 큰딸 정이가 책임지고 있다.

어느 날 영감 내외의 큰딸 정이가 청대문 집에서 행랑살이를 하는 갑득이 어미와 사소한 일로 말다툼을 한다. 갑순이 할머니는 갑득이 어미와 정이가 다투는 모습을 보고 뛰쳐나와 딸 정이를 나무라며 싸움을 만류한다.

영감의 가족이 사는 '불단집'에는 바깥에 변소가 있어 동네 남자들이 이용해 왔는데, 다른 동네 사람들이 사용하지 못하도록 자물쇠를 잠그고 그 열쇠를 할멈이 관리했다. 어느 날 갑순이 할머니가 변소 안에 갑득이 아버지인 양 서방이 있는 줄 모르고 변소의 문을 잠가서 양 서방이 갇혀 있게 되고, 이 사건으로 인해 갑득이 어미가 갑순이 할머니와 갈등을 빚는다.

한편 영감은 믿었던 둘째 딸이 연애 문제로 다른 사람들의 비난을 받아 좌절하고, 효섭의 입학식 날 자녀들의 형편을 묻는 다른 학부모들의 질문에 거짓으로 허풍을 떤다.

＊ 전지적 작가 시점

이것만은 챙기자

* **역성**: 옳고 그름에는 관계없이 무조건 한쪽 편을 들어 주는 일.
* **발명**: 죄나 잘못이 없음을 말하여 밝힘. 또는 그런 말.
* **겸연쩍다**: 쑥스럽거나 미안하여 어색하다.
* **공박**: 남의 잘못을 몹시 따지고 공격함.

1. 윗글에 대한 설명으로 가장 적절한 것은?

✅ 정답풀이

① 집 안에서의 대화가 이웃에 노출되어 인물의 속내가 드러난다.

> 갑순이 할머니는 딸 정이가 갑득이 어미와 말다툼을 벌이자 정이를 탓하는 척 한다. 그러나 집에 돌아와서는 집주름 영감이 이 일을 두고 '걔두 그만 분별은 있을 아이가, 그래 그런 상것허구 욕지거리를 허구 그러다니…….'라고 정이를 탓하자 '그렇죠, 그렇구 말구요. 쌈을 허드래두 같은 양반끼리 해야지, 그런 것허구 허는 건, 꼭 하눌 보구 침 뱉기지.'라고 대답한다. 이와 같은 대화는 을득이의 보고를 통해 갑득이 어미에게 전달되어, '행랑것'인 갑득이 어미의 출신을 비하하는 갑순이 할머니와 집주름 영감의 속내가 드러나게 된다.

❌ 오답풀이

② 서로의 말실수에 대한 비난이 인물 간 다툼의 원인임이 드러난다.
> 갑순이 할머니가 정이와 갑득이 어미의 다툼을 중재하며 '애최에 늬가 말 실수 헌 게 잘못이지, 남을 탄해 뭘 허니?'라고 딸 정이를 탓하자, 갑득이 어미는 '그렇지. 자게가 먼저 말을 냈지. 나야 그저 대꾸헌 죄밖엔 없으니까.'라는 반응을 보인다. 이를 통해 정이의 말실수가 다툼의 원인이 되었다고 볼 여지는 있으나, 서로의 말실수에 대한 비난이 인물 간 다툼의 원인이 되었는지는 알 수 없다. 또한 이후에 갑순이 할머니의 실수로 양 서방이 변소에 갇힌 일을 두고 갑순이 할머니와 갑득이 어미가 다툼을 벌이고 있는 부분은 서로의 말실수에 대한 비난이 원인이 되었다고 할 수 없다.

③ 이웃의 갈등을 곁에서 지켜보고 있는 인물들의 냉담함이 드러난다.
> 갑득이 어미는 양 서방이 갑순이 할머니의 실수로 변소에 갇히는 일이 발생하자 갑순이 할머니를 찾아가서 언쟁을 벌인다. 이 광경을 지켜보던 이웃 사람들은 '아무러기서루니 갑순이 할머니께서 아시구야 그러셨겠소?', '노인이 되셔서 귀두 어두시구 그래 몰르셨지!'라는 반응을 보이고 있으므로, 이웃 사람들은 인물 간의 갈등을 중재하려는 태도를 보인다고 할 수 있다.

④ 이웃을 무시하는 인물의 차별적 언행을 함께 견뎌 내려는 사람들의 결연함이 드러난다.
> 집주름 영감과 갑순이 할머니가 이웃인 갑득이 어미를 '상것', '그런 것' 등의 차별적인 표현으로 지칭하며 무시하고 있으나, 다른 사람들이 이러한 차별적 언행을 결연한 태도로 함께 견뎌 내려는 모습을 보이지는 않는다.

⑤ 곤경에 빠진 가족의 상황을 다른 가족에게 전한 것이 이웃 간 앙금을 씻는 계기가 됨이 드러난다.
> 을득이의 아버지인 양 서방이 변소에 갇혔다는 소식은 을득이를 통해 을득이의 모친(갑득이 어미)에게 전달된다. 갑득이 어미는 이 사건을 '평소에 자기에게 좋지 않은 생각을 품고 있는 갑순이 할머니가 계획적으로 한 일'이라고 단정하고 갑순이 할머니를 찾아가 시비를 건다. 따라서 곤경에 빠진 가족의 상황을 다른 가족에게 전한 것은 이웃 간의 갈등을 씻는 계기가 된 것이 아니라 오히려 심화하는 계기가 되었다고 할 수 있다.

🌱 기틀잡기

① **속내**: 겉으로 드러나지 아니한 속마음이나 일의 내막.
③ **냉담함**: 태도나 마음씨가 동정심 없이 차가움.
④ **결연함**: 마음가짐이나 행동에 있어 태도가 움직일 수 없을 만큼 확고함.
⑤ **앙금**: 마음속에 남아 있는 개운치 아니한 감정을 비유적으로 이르는 말.

2. [A]~[C]에 대한 설명으로 적절하지 <u>않은</u> 것은?

✔ 정답풀이

④ [A]에서 인물은 상대의 행위와 동기를 함께 비난하고, [B]에서 인물은 상대의 비난을 파악하지 못해 자신의 행위에 대해서만 인정한다.

> [A]에서 갑득이 어미는 '애아범이 미우면 으떻게는 못 해서, 그 더러운 뒷간 숙에다 글쎄 가둬야만 헌단 말예요?'라고 말함으로써 상대의 행위와 동기를 함께 비난한다. 한편 [B]에서 갑순이 할머니는 '아무두 없는 줄만 알구서, 그래, 모르구 자물쇠 챘지.'라고 말하며 자물쇠를 채운 자신의 행위에 대해서는 인정하고 있으나, 한편으로 '그건, 괜한 소리유', '모르구 그랬지'에서 계획적으로 양 서방을 가두었다는 갑득이 어미의 주장에 대해 항변하고 있으므로, 자신의 행위에 고의성이 있었다고 보는 상대의 비난을 파악하고 있다고 할 수 있다.

❌ 오답풀이

① [A]에서 인물은 상대의 행위가 옳지 않다고 판단하여, 반복적으로 추궁하며 상대가 잘못했음을 분명히 한다.

[A]에서 갑득이 어미가 '그 더러운 뒷간 숙에다 글쎄 가둬야만 헌단 말예요? 그래 노인이 심사를 그렇게 부려야 옳단 말예요?'라고 말한 것은 상대의 행위가 옳지 않다고 판단하여 반복적으로 추궁함으로써, 상대가 잘못했음을 분명히 한 것이라고 할 수 있다.

② [B]에서 인물은 상대의 주장이 사실과 다르다며, 모르고 그랬다는 말을 반복함으로써 자신의 억울함을 알린다.

[B]에서 갑순이 할머니는 '그건, 괜한 소리유, 괜한 소리야.'라고 말함으로써 갑순이 할머니가 양 서방을 계획적으로 변소에 가두었다는 갑득이 어미의 주장이 사실과 다르다고 반박하고, '모르구 그랬지, 모르구 그랬어.'에서 모르고 그랬다는 말을 반복하여 자신의 억울함을 알리고 있다.

③ [C]에서 인물은 추측을 바탕으로 상대의 발언이 신뢰하기 어렵다고 반박하고, 상대의 반응에 아랑곳하지 않고 거짓으로 답했다며 몰아붙인다.

[C]에서 갑득이 어미는 양 서방을 변소에 가둘 당시에 갑순이 할머니의 태도를 추측하여 '자물쇠 챌 때, 안에서 말하는 소리두 못 들었단 말예요? 듣구두 모른 체했지.'라고 말함으로써 양 서방을 고의로 가두지 않았다는 갑순이 할머니의 발언이 신뢰하기 어렵다고 반박하고 있다. 또한 갑순이 할머니의 항변을 듣고도 아랑곳하지 않고 '모르긴 왜 몰라요. 다아 알구서 한 짓이지.'라고 말하며 거짓으로 답했다고 몰아붙이고 있다.

⑤ [A]에서 인물이 상대에게 화를 내자, [B]에서 인물은 당황하며 자신을 방어하지만, [C]에서 갈등 상황은 지속된다.

[A]에서 갑득이 어미가 갑순이 할머니의 잘못으로 양 서방이 변소에 갇혔다는 사실을 알고 '혼자 흥분을 하'여 갑순이 할머니에게 화를 내자, 갑순이 할머니는 당황하여 [B]에서 '난 꼭 아무두 없는 줄만 알구서, 그래, 모르구 자물쇠 챘지.'라고 말하며 자신을 방어한다. 그러나 갑득이 어미는 갑순이 할머니의 말을 믿지 않고 [C]에서 '모르긴 왜 몰라요. 다아 알구서 한 짓이지.'라고 몰아붙이고 있으므로, 갈등 상황이 지속된다고 할 수 있다.

3. 집주릅 영감과 양 서방에 대한 이해로 가장 적절한 것은?

✔ 정답풀이

① 집주릅 영감이 딸의 행동을 분별없다고 탓한 이유는 아내가 갑득이 어미 앞에서 딸을 나무란 뒤 남편에게 밝힌 생각과 같다.

> 집주릅 영감은 갑득이 어미와 말다툼을 벌인 딸의 행동을 두고 자신들과 신분이 다른 '상것허구 욕지거리'를 하는 분별없는 짓을 했다고 탓한다. 이를 들은 아내도 '같은 양반'이 아닌 '그런 것허구' 말다툼을 하는 것은 '꼭 하늘 보구 침 뱉기'라는 반응을 보임으로써 집주릅 영감과 같은 생각을 하고 있음을 드러내고 있다.

❌ 오답풀이

② 집주릅 영감은 아내와 갑득이 어미의 갈등이 드러나지 않게 하는, 양 서방은 결과적으로 이들의 갈등을 완화하는 역할을 한다.

집주릅 영감은 아내와 대화를 하며 갑득이 어미에 대한 부정적인 인식을 드러내고, 이 대화가 을득이를 통해 갑득이 어미에게 전달되어 갑순이 할머니와 갑득이 어미의 갈등이 심화된다. 따라서 집주릅 영감이 아내와 갑득이 어미의 갈등이 드러나지 않게 하는 역할을 한다고 볼 수 없다. 한편 양 서방은 자신이 변소에 갇힌 일을 두고 아내와 갑순이 할머니가 갈등을 벌이자, '자물쇠 채실 때, 내가 얼른 소리를 냈어두 아셨을 텐데, 미처 못 그래 그리 된 거야.'라고 말함으로써 아내가 '집주릅집 마누라를 좀더 공박할 것을 단념'하게 하였으므로, 이들의 갈등을 완화하는 역할을 한다고 볼 수 있다.

③ 양 서방이 여러 궁리를 하면서도 뒷간을 빠져나오지 못한 이유는 아내에게 밝힌 사건의 경위와 무관하다.

양 서방은 뒷간에 갇혔을 때 '꼭 어떠한 수상한 인물인 듯싶게' 보일까 염려하여 인기척을 내지 못해 빠져나오지 못했고, 아내에게 '자물쇠 채실 때, 내가 얼른 소리를 냈어두 아셨을 텐데, 미처 못 그래 그리 된 거야.'라고 뒷간에 갇힌 이유를 설명했으므로 뒷간에서 빠져나오지 못한 실제의 이유와 아내에게 밝힌 사건의 경위가 무관하다고 볼 수 없다.

④ 양 서방은 아내가 갑순이 할머니에게 한 말과 이에 대한 이웃들의 반응을 듣고도 아내에게 무덤덤한 태도를 보이고 있다.

양 서방은 갑순이 할머니의 말을 듣지 않고 '덮어놓고 시비'를 거는 아내의 말과 갑순이 할머니가 '노인이 되셔서 귀두 어두시구 그래'서 실수로 뒷간의 문을 잠근 것이라고 두둔하는 이웃들의 말을 듣고 뒷간에 갇힌 사건의 책임이 자신에게도 있다고 '겸연쩍게' 말하고 있다. 이를 통해 양 서방은 아내의 화를 누그러트리려 하고 있으므로, 아내에게 무덤덤한 태도를 보이고 있다고 할 수 없다.

⑤ 양 서방이 자신의 상황을 갑순이 할머니에게 알리지 못했다고 말한 것은 누가 뒷간 문을 잠갔는지에 대한 의문이 풀려서 화가 누그러졌기 때문이다.

양 서방은 뒷간 문이 잠겨 갇힌 일이 갑순이 할머니의 실수로 벌어진 일이었음을 알고 자신이 뒷간에 갇힌 경위에 대해 털어놓게 된다. 양 서방이 뒷간에 갇힌 직후에 '제 집 뒷간두 아니구 남의 집 것을 그렇게 기가 나서 꼭꼭 잠그구 그럴 건 뭐 있누? 늙은이두 제엔장헐…….'이라고 생각한 것을 보았을 때, 양 서방은 누가 뒷간 문을 잠갔는지 이미 알고 있었다고 볼 수 있으므로 그에 대해 의문조차 품지 않았을 것임을 알 수 있다.

문제적 문제   • 3-①, ④번

학생들이 정답 외에 가장 많이 고른 선지는 ④번이다. 아내와 갑순이 할머니가 언쟁을 벌이는 모습을 보고 양 서방이 한 말을 통해 양 서방의 태도를 적절하게 파악해 내지 못한 것이다.

양 서방은 자신의 아내가 갑순이 할머니의 실수로 벌어진 일을 두고 싸움을 벌이자 '자물쇠 채실 때, 내가 얼른 소리를 냈어두 아셨을 텐데, 미처 못 그래 그리 된 거야.'라는 말을 '매우 겸연쩍게' 즉 쑥스럽거나 미안해하며 말한다. 이를 들은 갑득이 어미가 갑순이 할머니를 더 이상 몰아붙이지 못하고 있으므로, 양 서방은 화를 내는 아내를 만류하려고 사건의 원인을 자신의 탓으로 돌리는 태도를 보인다고 할 수 있다. 이를 종합적으로 고려하면 양 서방이 아내에게 무덤덤한 태도를 보이지 않았다고 판단할 수 있다.

정답 선지인 ①번과 관련하여, 집주름 영감이 딸의 행동을 분별없다고 탓하며 갑득이 어미를 '배지 못헌 행랑것'이라고 비하한 것과 이를 들은 갑순이 할머니가 영감의 말에 맞장구를 치며 '그렇죠, 그렇구 말구요. 쌈을 허드래두 같은 양반끼리 해야지'라고 말한 것이 유사한 생각임을 판단하지 못한 학생들이 있었다. 이들의 대화에는 공통적으로 갑득이 어미가 천한 신분의 사람이라고 여기고 폄하하는 생각이 담겨 있다고 할 수 있다.

정답률 분석

정답			매력적 오답	
①	②	③	④	⑤
37%	10%	18%	29%	6%

4. 〈보기〉를 참고하여 ㉠~㉤을 이해한 내용으로 적절하지 않은 것은? [3점]

㉠ : "애최에 늬가 말 실수헌 게 잘못이지, 남을 탄해 뭘 허니? 이게 모두 모양만 숭굿구……, 온, 글쎄, 그만 허구 들어가아. 늬가 잘못했어. 네 잘못이야."

㉡ : "아, 그 배지 못헌 행랑것허구, 쌈이 무슨 쌈이냐?" "똥이 무서워 피허니? 더러우니까 피허는 게지!" 하고, 그러한 사상이 들어 있었던 것이 분명하였다.

㉢ : 그리고 후우유 하고 한숨조차 내쉬는데, 방 안에서들 그러는 소리가 대문 밖까지 그대로 들리더라 한다.

㉣ : 인제는 할 수가 없으니, 소리를 한번 질러 볼까? —— 하기도 하였으나, 이러한 경우에 있어, 사람들은, 흔히 자기가 꼭 어떠한 수상한 인물인 듯싶게 스스로 느껴지는 경향이 있다.

㉤ : "오오, 그러니까, 채, 무어, 말할 새두 없이 문이 잠겨져서, 그냥 갇힌 채, 누구 오기만 기대린 게로군?"

─────────── 〈보기〉 ───────────

서술자는 자신의 시선만으로 서술하기도 하고 인물의 시선으로 초점화하여 서술하기도 한다. 그런데 이 작품에서는 두 서술 방식이 겹쳐 나타나는 경우가 있다. 이때 서술자는 인물과 거리를 둠으로써 그들의 말이나 생각, 감정 등에 대한 태도를 드러낸다. 이 밖에도 쉼표의 연이은 사용은 시간의 지연이나 인물의 상황 등을 드러낸다. 이러한 서술 기법은 문맥 속에서 글의 의미를 다양하게 보충한다.

🔍 보기 분석

• 소설의 서술 기법
  ① 서술자가 자신의 시선만으로 서술
  ② 서술자가 인물의 시선으로 초점화하여 서술
• 「골목 안」의 서술 기법: ①과 ②가 겹쳐 나타나기도 함
  – 서술자가 인물과 거리를 둠
    ∟ 효과: 인물의 말, 생각, 감정에 대한 서술자의 태도를 드러냄
  – 연이은 쉼표의 사용
    ∟ 효과: 시간의 지연이나 인물의 상황을 드러냄

② ㉡: 서술자 시선의 서술과 인물의 시선으로 초점화한 서술이 겹쳐 나타난 것은, 상황을 잘못 인지한 채 상대의 생각을 추측하는 인물에게 서술자가 거리를 두고 있음을 드러낸 것이겠군.

〈보기〉에 따르면 '서술자는 자신의 시선만으로 서술하기도 하고 인물의 시선으로 초점화하여 서술하기도' 하며, '두 서술 방식'을 겹쳐서 활용하기도 한다. ㉡은 싸움을 만류하는 갑순이 할머니의 행동에 '배지 못헌 행랑것'인 자신을 무시하는 '사상'이 '분명'히 담겨 있다는 갑득이 어미의 깨달음을 보여 주는 서술이다. 이는 갑득이 어미의 입장에서 바라본 상황에 대한 판단을 바탕으로 한다는 점에서, 인물의 시선으로 초점화한 서술이라고 할 수 있다. 따라서 서술자 시선의 서술과 인물의 시선으로 초점화한 서술이 겹쳐 나타난 것이라고 볼 수 없다. 또한 ㉡에서 갑득이 어미는 갑순이 할머니가 신분이 낮은 자신을 무시하는 상황을 정확히 인지하고 있으므로, 상황을 잘못 인지한 채 상대의 생각을 추측했다고도 할 수 없다.

① ㉠: 말줄임표 이후 쉼표를 연이어 사용한 것은, 인물이 자신의 생각을 감추거나 다른 할 말을 떠올리면서 시간의 지연이 있음을 드러낸 것이겠군.

〈보기〉에서 '쉼표의 연이은 사용은 시간의 지연이나 인물의 상황 등을 드러낸다.'라고 했다. 이를 고려했을 때, ㉠에서 말줄임표 이후에 '온, 글쎄, 그만 허구 들어가아.'에서 쉼표를 연이어 사용한 것은, 자신들과 지체가 맞지 않는 '배지 못헌 행랑것허구, 쌈'을 벌이는 것이 '모양만 숭업'고 부끄러운 일이라는 생각을 감추고 다른 할 말을 떠올리기 위해 말하는 시간을 지연시키고 있음을 드러낸 것이라고 할 수 있다.

③ ㉢: 말을 전하는 '~라 한다'의 주체가 인물일 수도 있고 서술자일 수도 있게 서술한 것은, 인물의 경험을 전하기만 하고 특정 인물의 편에 서지 않으려는 서술자의 태도를 드러낸 것이겠군.

〈보기〉에서 이 작품은 서술자의 시선에 의한 서술과 인물의 시선으로 초점화한 서술이 겹쳐 나타나는 경우가 있는데, 이때 '서술자는 인물과 거리를 둠으로써 그들의 말이나 생각, 감정 등에 대한 태도를 드러낸다.'라고 했다. 이를 고려했을 때, ㉢의 '방 안에서들 그러는 소리가 대문 밖까지 그대로 들리더라'는 갑득이 어미가 을득이로부터 집주름 영감 부부가 자신에 대한 이야기를 했다는 사실을 전해 들은 상황에 대한 서술이다. 이때 '들리더라 한다.'는 말을 전하는 주체가 갑득이 어미일 수도 있고 서술자일 수도 있게 서술한 것으로, 인물의 경험을 전하기만 하고 갈등을 빚는 당사자 중 특정 인물의 편에 서지 않으려는 서술자의 태도를 드러낸 것이라고 볼 수 있다.

④ ㉣: 인물의 생각에 대해 쉼표를 연이어 사용하며 설명한 것은, 인물이 생각을 실행에 옮기지 못하고 망설이는 상황을 드러낸 것이겠군.

〈보기〉에 따르면 이 작품은 '쉼표의 연이은 사용'을 통해 '인물의 상황'을 드러내어, '문맥 속에서 글의 의미를 다양하게 보충'한다. 이를 고려했을 때, ㉣에서 남들이 자신을 '수상한 인물'로 생각할까 봐 인기척을 내지 못하는 양 서방의 생각을 쉼표를 연이어 사용하며 설명한 것은, '소리를 한번 질러 볼까?'라는 생각을 실행에 옮기지 못하고 망설이는 인물의 상황을 드러낸 것이라고 할 수 있다.

⑤ ㉤: 감탄사 이후 쉼표를 연이어 사용한 것은, 인물이 새로운 정보를 바탕으로 사건을 파악하는 상황을 드러낸 것이겠군.

〈보기〉에 따르면 이 작품에서 '쉼표의 연이은 사용'은 '인물의 상황 등을 드러'냄으로써, '문맥 속에서 글의 의미를 다양하게 보충'하는 역할을 한다. 이를 고려했을 때, ㉤에서 '오오'라는 감탄사 이후에 쉼표를 연이어 사용한 것은, 인물이 '채, 무어, 말할 새두 없이 문이 잠겨져서, 그냥 갇힌 채, 누구 오기만' 기다렸다는 양 서방의 상황을 바탕으로 사건의 정황을 파악하는 상황을 드러낸 것이라고 할 수 있다.

🖋 모두의 질문
· 4-②, ⑤번

Q: ㉤이 인물이 양 서방의 말을 새로운 정보로 받아들여서 보인 반응임을 윗글에서 확인할 수 있나요? 또한 ㉡에서 갑순이 할머니가 자신을 '배지 못헌 행랑것'이나 피해야 할 더러운 '똥'과 같은 존재로 여기고 있다는 갑득이 어미의 생각은 상황을 잘못 인지한 채 상대의 생각을 추측한 것이라고 볼 수 있지 않나요?

A: ㉤의 '오오, 그러니까, '누구 오기만 기대린 게로군?'은 양 서방으로부터 뒷간에 갇힌 경위를 듣고 전후 사정을 파악하는 인물의 모습을 드러낸 것이므로, 기존에 알지 못했던 새로운 정보를 알고 사건을 판단하는 것이라고 할 수 있다. 또한 ㉡에 드러난, 갑순이 할머니가 자신을 무시하고 있다는 갑득이 어미의 판단은 '쌈을 허드래두 같은 양반끼리 해야지, 그런 것허구 허는 건, 꼭 하늘 보구 침 뱉기지.'라는 갑순이 할머니의 말을 통해 진실임이 확인되므로, 갑득이 어미가 상황을 정확하게 인지하고 있다고 할 수 있다.

[1~4] 다음 글을 읽고 물음에 답하시오.

몽달 씨 나이가 스물일곱이라니까 나보다 스무 살이나 많지만 우리는 엄연히 친구다. 믿지 않겠지만 내게는 스물일곱짜리 남자 친구가 또 하나 있다. 우리 집 옆, 형제슈퍼의 김 반장이 바로 또 하나의 내 친구인데 그는 원미동 23통 5반의 반장으로 누구보다도 씩씩하고 재미있는 사람이었다. 이십 대 청년들과 친구할 만큼 조숙한 '나' 나는 **매일같이** 슈퍼 앞의 비치파라솔 의자에 앉아 그와 함께 낄낄거리는 재미로 하루를 보내다시피 하였는데 **요즘은** 내가 의자에 앉아 있어도 전처럼 웃기는 소리를 해 주거나 쭈쭈바 따위를 건네주는 법 없이 다소 퉁명스러워졌다. ㉠그 까닭도 나는 환히 알고 있지만 모르는 척하는 수밖에. 우리 집 셋째 딸 선옥이 언니가 지난달에 서울 이모 집으로 훌쩍 떠나 버렸기 때문인 것이다. '나'의 언니인 선옥이 서울로 떠나자 '나'에게 다소 퉁명스러워진 김 반장 김 반장이 선옥이 언니랑 좋아지내는 것은 온 동네가 다 아는 일이지만 선옥이 언니 마음이 요새 좀 싱숭생숭하더니 기어이는 이모네가 하는 옷 가게를 도와준다고 서울로 가 버렸다. 선옥이 언니는 얼굴이 아주 예뻤다. 남들 말대로 개천에서 용이 났다고 해도 과언이 아닐 만큼 지지리 궁상인 우리 집에 두고 보기로는 아까운 편인데, 그 지지리 궁상이 지겨워 맨날 뚱하던 언니였다. 유복지 못한 집안 형편을 못마땅하던 선옥 장면 01

(중략)

집으로 가다 말고 문득 형제슈퍼 쪽을 돌아보니 음료수 박스들을 차곡차곡 쌓여 놓는 일에 땀을 뻘뻘 흘리고 있는 몽달 씨가 보였다. ㉡실컷 두들겨 맞고 열흘간이나 누워 있었던 사람이라 안색이 차마 마주보기 어려울 만큼 핼쑥했다. 회복하는 데 열흘이 걸릴 만큼 심한 폭행을 당한 몽달 씨 그런데도 뭐가 좋은지 히죽히죽 웃어 가면서 열심히 박스들을 나르고 있는 게 아닌가. 그것도 김 반장네 가게에서. 아무리 눈을 크게 뜨고 보아도 몽달 씨가 분명했다. 저럴 수가. 몽달 씨가 이전처럼 김 반장의 가게 일을 돕는 모습을 보고 충격을 받은 '나' ㉢어쨌든 제정신이 아닌 작자임이 틀림없었다. 아무리 정신이 좀 헷갈린 사람이래도 그렇지, 그날 밤의 김 반장 행동을 깡그리 잊어버리지 않고서야 저럴 수가 없다는 게 내 생각이었다.

잊었을까. 그날 밤 머리의 어딘가를 세게 다쳐서 김 반장이 자기를 내쫓은 부분만큼만 감쪽같이 지워진 것은 아닐까. 전혀 엉뚱한 이야기만도 아니었다. 그날 일을 잊어버린 게 아니면 몽달 씨가 김 반장을 도울 리 없다고 생각하는 '나' 텔레비전에서도 보면 기억 상실증인가 뭔가로 자기 아들도 못 알아보는 연속극이 있었다. 그런 쪽의 상상이라면 나를 따라올 만한 아이가 없는 형편이었다. 내 머릿속은 기기괴괴한 온갖 상상들로 늘 모래주머니처럼 **빽빽**했으니까. 나는 청소부 아버지의 딸이 아니라 사실은 어느 부잣집의 버려진 딸이다, 라는 식의 유치한 상상은 작년도 못되어 이미 졸업

했었다. 요즘의 내 상상이란 외계인 아버지와 지구인 엄마와의 사랑, 뭐 그런 쪽의 의젓한 것이었다. 또래와 달리 조숙해 보이면서도 어린아이답게 엉뚱한 상상을 하는 '나' ㉣아무튼 나의 기막힌 상상력으로 인해 몽달 씨는 부분적인 기억 상실증 환자로 결정되었다. 장면 02 그렇다면 이제는 확인할 일만 남은 셈이었다. 오래 기다릴 필요도 없었다. 나는 김 반장네 가게 일을 거들어주고 난 뒤 비치파라솔 밑의 **의자**에 앉아 **뭔가**를 읽고 있는 몽달 씨에게로 갔다. 보나마나 주머니 속에 잔뜩 들어 있는 종잇조각 중의 하나일 것이었다. ㉤멀쩡한 정신도 아닌 주제에 이번엔 기억 상실증이란 병까지 얻어 놓고도 여태 시 따위나 읽고 있는 몽달 씨 꼴이 한심했다. 몽달 씨가 부분 기억 상실증에 걸렸다고 단정하고는 태연하게 시나 읽는 그의 모습을 보며 답답해하는 '나'

"ⓐ이거, 또 시예요?"

"ⓑ그래. 슬픈 시야. 아주 슬픈……."

몽달 씨가 핼쑥한 얼굴을 쳐들며 행복하게 웃었다. 슬픈 시를 읽으며 마음의 위안을 얻는 몽달 씨 슬픈 시라고 해 놓고선 웃다니. 나는 이맛살을 찡그리며 몽달 씨 옆에 앉았다.

그리고 아주 낮은 목소리로 물었다.

"ⓒ이제 다 나았어요?"

"ⓓ응. 시를 읽으면서 누워 있었더니 금방 나았지."

금방은 무슨 금방. 열흘이나 되었는데. 또 한 번 나는 몽달 씨의 **형편없는** 정신 상태에 실망했다. 상황의 심각성을 인식하지 못하는 몽달 씨를 어리석다고 생각하는 '나'

"그날 밤에 난 **여기**에 앉아서 다 봤어요."

"무얼?"

"ⓔ김 반장이 아저씨를 쫓아내는 것……."

순간 몽달 씨가 정색을 하고 내 얼굴을 쳐다보았다. 예전의 그 풀려 있던 눈동자가 아니었다. 까맣고 반짝이는 눈이었다. 그러나 잠깐이었다. 다시는 내 얼굴을 보지 않을 작정인지 괜스레 팔뚝에 엉겨 붙은 상처 딱지를 떼어 내려고 애쓰는 척했다. '나'가 그날 벌어진 사건의 전모를 알고 있다고 하자 놀라면서 딴청을 부리는 몽달 씨 나는 더욱 바싹 다가앉았다.

"ⓕ김 반장은 나쁜 사람이야. 그렇지요?"

몽달 씨가 팔뚝을 탁 치면서 "아니야"라고 응수했는데도 나는 계속 다그쳤다.

"ⓖ그렇지요? 맞죠?" 몽달 씨가 자신에게라도 진실한 속마음을 털어놓기를 바라는 '나'

그래도 몽달 씨는 못 들은 척 팔뚝만 문지르고 있었다. 바보같이. 기억 상실도 아니면서……. 나는 자꾸만 약이 올라 견딜 수 없는데도 몽달 씨는 마냥 딴전만 피우고 있었다. 장면 03

– 양귀자, 「원미동 시인」 –

>> 지문을 **세 장면**으로 나누고, 장면의 핵심 내용을 정리해 보세요.

| 장면 01 | '나'는 동네 청년인 **몽달** 씨, 김 반장과 친구처럼 지냈으나 선옥 언니가 **서울**로 떠난 후 김 반장과의 관계가 소원해졌다고 여김 |

| 장면 02 | '나'는 그날 밤의 일을 겪고도 김 반장의 일을 돕는 몽달 씨를 보고 그가 **기억 상실증**에 걸렸다고 생각함 |

| 장면 03 | '나'는 몽달 씨가 기억 상실도 아니면서 **김 반장**을 비난하기는 커녕 그의 가게 일을 돕는다는 사실을 알고 안타까워함 |

📋 전체 줄거리

일곱 살인 '나'는 변두리 외곽 동네인 부천시 원미동에 살고 있다. 원미동에는 시를 좋아하여 '원미동 시인'이라고 불리는 청년 몽달 씨와 형제슈퍼를 운영하는 청년 김 반장 등이 살고 있다. 김 반장이 '나'의 언니인 선옥을 좋아하여 '나'를 처제라고 부르며 잘해 주자, '나'는 또래 아이들과 어울려 놀지 않고 김 반장의 가게에 가서 놀다가 가게에 자주 오는 몽달 씨와도 친해진다.

그러던 어느 날 형제슈퍼 앞에 있던 '나'는 인상이 험악한 두 명의 남자에게 몽달 씨가 이유 없이 폭행당하는 장면을 목격한다. 몽달 씨는 김 반장의 가게로 몸을 피하려 했지만 김 반장은 손해를 입게 될까 봐 걱정하며 몽달 씨를 매몰차게 쫓아낸다. 지물포 집 주인이 두 명의 남자를 제지하고 나서야 김 반장은 심한 부상을 당한 몽달 씨를 집에 데려다준다.

열흘이 지난 후, 몸을 회복한 몽달 씨는 김 반장이 위급한 상황에서 자신의 도움 요청을 외면했음에도 불구하고 다시 형제슈퍼에 가서 가게 일을 돕는다. '나'는 이런 몽달 씨를 바보스럽다고 생각하지만 몽달 씨는 그날 겪었던 일을 대수롭지 않게 여기며 나에게 '시'를 들려준다.

＊ 1인칭 관찰자 시점

1. 윗글에 대한 이해로 가장 적절한 것은?

✔ 정답풀이

① 몽달 씨는 김 반장이 자기를 매정하게 대했으나, 김 반장네 가게 일을 해 주고 있다.

> 몽달 씨는 '그날 밤' 김 반장이 자신을 '쫓아내'며 매정하게 대했음에도 여전히 '히죽히죽 웃어 가며 열심히' 김 반장네 가게 일을 돕고 있다.

✘ 오답풀이

② 김 반장은 선옥을 좋아했으나, 선옥이 서울로 가자 '나'를 통해 선옥과의 관계를 회복해 나갔다.
'선옥이 언니랑 좋아지내'던 김 반장이 선옥이 언니가 '이모네가 하는 옷 가게를 도와준다고 서울로 가 버'리자, '전처럼 웃기는 소리를 해 주거나 쭈쭈바 따위를 건네주는 법 없이 다소 퉁명스러워졌다.'라는 '나'의 진술로 미루어 볼 때, 김 반장이 '나'를 통해 서울로 간 선옥과의 관계를 회복해 나갔다고 볼 수 없다.

③ '나'는 김 반장을 좋은 친구라고 생각했으나, 김 반장이 빈둥거리며 실없는 행동을 해서 당황했다.
'나'는 김 반장을 '누구보다도 씩씩하고 재미있는' 친구로 여기다가 '김 반장이 아저씨(몽달 씨)를 쫓아내는 것'을 보고 그를 '나쁜 사람'이라고 생각하게 된 것이지, 김 반장이 빈둥거리며 실없는 행동을 해서 당황한 것은 아니다.

④ 선옥은 자신의 집안 형편에 대해 부정적으로 생각하고 있지만, '나'는 집안 형편을 그렇게 생각하지 않는다.
선옥은 자기 집의 '지지리 궁상이 지겨워 맨날 뚱'해 있다가 '기어이는 이모네가 하는 옷 가게를 도와준다고 서울로 가 버렸'고, '나' 또한 자신의 집을 '개천'에 빗대며 '지지리 궁상'이라고 생각하고 있으므로, 집안 형편에 대해 선옥과 '나' 모두 부정적으로 생각한다고 볼 수 있다.

⑤ '나'는 몽달 씨를 친구라 여겼으나, 몽달 씨가 김 반장 가게에 다시 나온 것을 보고 그렇게 생각한 것을 후회했다.
'나'는 몽달 씨가 김 반장에게 외면을 당했음에도 '김 반장네 가게 일을 거들어 주'며 '행복하게 웃'는 모습을 보고 그의 '형편없는 정신 상태에 실망'했을 뿐, 그를 친구라 여겼던 일을 후회하지는 않았다.

2. ⓐ~ⓖ에 대한 이해로 적절하지 <u>않은</u> 것은?

> ⓐ: 이거, 또 시예요?
>
> ⓑ: 그래. 슬픈 시야. 아주 슬픈…….
>
> ⓒ: 이제 다 나았어요?
>
> ⓓ: 응. 시를 읽으면서 누워 있었더니 금방 나았지.
>
> ⓔ: 김 반장이 아저씨를 쫓아내는 것…….
>
> ⓕ: 김 반장은 나쁜 사람이야. 그렇지요?
>
> ⓖ: 그렇지요? 맞죠?

✅ 정답풀이

④ ⓕ는 ⓔ에 대한 상대의 반응이 예상을 벗어났지만, 상대가 보여 준 판단을 수용하기 위한 질문이라고 할 수 있다.

> '나'는 몽달 씨가 '기억 상실증이란 병'에 걸렸다고 생각해 ⓔ를 얘기하는데, 몽달 씨는 예상과 달리 '정색을 하고 내 얼굴을 쳐'본다. 이후 몽달 씨가 모든 일을 기억하고 있음을 알게 된 '나'가 ⓕ를 말하는데 이때 ⓕ는 김 반장을 비난하지 않고 잘못을 덮어 주려는 몽달 씨의 태도를 바꾸기 위해 한 질문이므로, 상대가 보여 준 판단을 수용하기 위한 질문이라고 할 수 없다.

❌ 오답풀이

① ⓐ는 상대를 못마땅해하는 발언이지만, ⓒ를 고려하면 상대의 상태에 대한 관심에서 비롯된 것이라고 할 수 있다.

> ⓐ는 '나'가 '기억 상실증이란 병까지 얻어 놓고도 여태 시 따위'나 읽고 있는 몽달 씨를 '한심'해하며 한 말이므로, 상대를 못마땅해하는 발언이라고 할 수 있다. 한편 ⓒ가 '열흘이나' 누워 있어야 할 만큼 심각한 폭행을 당했던 몽달 씨를 걱정하며 한 말임을 고려할 때, ⓐ는 몽달 씨의 상태에 대한 관심에서 비롯된 것이라고 할 수 있다.

② ⓑ와 ⓓ의 시에 대한 인물의 태도를 고려하면, 인물이 시를 통해 위안을 얻었음을 알 수 있다.

> ⓑ의 '시'는 몽달 씨가 '행복하게 웃'으며 '나'에게 소개하는 시이고, ⓓ의 '시'도 몽달 씨가 회복하는 데 도움을 받았다고 여기는 시이다. 이와 같은 태도를 고려했을 때 몽달 씨는 시를 통해 위안을 얻었다고 볼 수 있다.

③ ⓔ는 ⓓ를 듣고 실망하여, 상대의 새로운 반응을 기대하며 한 발언이라고 할 수 있다.

> ⓔ는 몽달 씨가 김 반장에게 외면당했음에도 ⓓ에서 대수롭지 않은 일을 겪은 것처럼 반응하자 '나'가 실망해서 한 말로, 김 반장에 대한 부정적인 평가를 이끌어 내기 위해 한 발언이라고 볼 수 있다. 따라서 상대에 대한 새로운 반응을 기대하며 한 발언이라고 할 수 있다.

⑤ ⓖ는 ⓕ의 주장을 확인하는 질문으로, 상대의 태도를 탐탁지 않게 여기는 마음이 반영된 발언이라고 할 수 있다.

> '김 반장은 나쁜 사람'이라는 ⓕ의 주장에 몽달 씨가 아니라고 응수하자, '나'는 김 반장에 대한 몽달 씨의 태도를 탐탁지 않게 여기며 ⓖ를 통해 재차 ⓕ의 주장을 확인하고 있다.

3. 형제슈퍼 를 중심으로 확인할 수 있는 인물의 행위에 대한 설명으로 가장 적절한 것은?

✅ 정답풀이

⑤ '여기'에서 목격된 '그날' 김 반장의 행위는 '요즘'보다 이후의 시간대에 이루어지며, '나'가 김 반장을 이전과 다르게 평가하는 원인으로 기능하고 있다.

> '여기'는 '나'가 '그날' 몽달 씨를 '쫓아'냈던 김 반장의 행위를 목격한 장소이다. 이 행위는 김 반장이 '나'에게 재미있는 이야기를 건네며 친하게 지내다가 선옥 언니의 상경 이후에 태도가 바뀐 '요즘' 이후의 시간대에 이루어진 것으로, '나'가 이전에 김 반장을 '씩씩하고 재미있는 사람'으로 평가하다가 '나쁜 사람'으로 평가하는 원인으로 기능하고 있다.

❌ 오답풀이

① '나'가 '매일같이' 김 반장과 재미있게 낄낄거렸던 행위는 '그날'보다 앞선 시간대에 이루어지며, '그날'의 일을 지켜보기만 한 '나'의 부정적 자기 인식으로 이어지고 있다.

> '나'가 김 반장을 친구로 여겨 '매일같이' 재미있게 낄낄거렸던 행위는 선옥 언니가 서울로 떠나고 김 반장과의 사이가 소원해지기 전에 했던 행위로, 김 반장이 몽달 씨의 구조 요청을 거부한 '그날'보다 앞선 시간대에 이루어진다. 그런데 '그날'의 일을 '나'가 목격한 것은 김 반장을 '나쁜 사람'으로 인식하는 것으로 이어질 뿐, '그날'의 일을 방관한 '나' 자신에 대한 부정적 자기 인식으로 이어지지는 않는다.

② 김 반장이 '나'를 퉁명스럽게 대하는 행위는 '요즘'보다 앞선 시간대에 이루어지며, '나'에게 반성을 유도하고 있다.

> 김 반장이 '나'를 퉁명스럽게 대하는 행위는 선옥 언니가 서울로 상경한 이후인 '요즘'의 행동이다. 또한 김 반장이 '나'에게 반성을 유도하는 장면은 확인할 수 없다.

③ 몽달 씨가 '히죽히죽' 웃는 행위는 현재 '여기'에서 '나'에게 속내를 감추는 행위보다 앞선 시간대에 이루어지며, '나'에게 진심을 드러내어 보여 주고 있다.

> 몽달 씨가 '히죽히죽' 웃는 것은 폭행당하고 나서 '열흘간이나 누워'서 회복을 한 후에 김 반장네 가게 일을 도우며 한 행위이다. 한편 현재의 '여기'는 몽달 씨가 '김 반장네 가게 일을 거들어주고 난 뒤' 앉아 있던 공간으로, 이곳에서 몽달 씨는 '나'의 거듭되는 질문에도 김 반장에 대한 자신의 속내를 감추며 진심을 드러내지 않는다. 따라서 몽달 씨가 '히죽히죽' 웃는 행위는 현재 '여기'에서 '나'에게 속내를 감추는 행위보다 앞선 시간대에 이루어진 행위라고 볼 수 있지만, '나'에게 진심을 드러내어 보여 주는 것은 아니다.

④ '의자'에서 '뭔가'를 읽는 몽달 씨의 행위는 '여기'에서 환기된 '그날'의 경험보다 앞선 시간대에 이루어지며, '나'가 '그날' 느꼈을 긴박감과 대비되는 이완된 상황을 보여 주고 있다.

> '의자'에서 '뭔가'를 읽는 몽달 씨의 행위는 폭행을 당하고 '열흘간' 회복한 뒤에 '김 반장네 가게 일을 거들어주고 난 뒤 비치파라솔 밑의 의자에 앉아'서 한 것이므로, '여기'에서 환기된 '그날'의 경험, 즉 폭행을 당한 경험보다 이후 시간대에 이루어진 것이다.

Q: '나'가 '매일같이' 김 반장과 재미있게 깔깔거렸던 행위가 몽달 씨가 김 반장에게 외면당한 '그날'보다 앞선 시간에 한 행위인지를 어떻게 판단할 수 있나요?

A: '나'는 형제슈퍼에서 김 반장과 친밀하게 지낼 때, 그를 '누구보다도 씩씩하고 재미있는 사람'이라고 생각했다. 선옥 언니가 서울로 떠난 후 김 반장과의 사이가 소원해졌지만 그를 나쁜 사람으로 여기지는 않았다. 그러다가 '그날', 김 반장이 몽달 씨를 외면하는 모습을 보고 '나'는 김 반장을 '나쁜 사람'이라고 판단하게 된다. 이와 같은 김 반장에 대한 '나'의 인식 변화를 바탕으로 볼 때, 김 반장과 재미있게 대화를 나눈 행위는 '그날'보다 앞선 시간에 한 행위라고 판단할 수 있다.

| 외적 준거에 따른 작품 감상 | 정답률 **80**

4. 〈보기〉를 바탕으로 ㉠~㉤을 이해한 내용으로 적절하지 <u>않은</u> 것은? [3점]

㉠: 그 까닭도 나는 환히 알고 있지만 모르는 척하는 수밖에. 우리 집 셋째 딸 선옥이 언니가 지난달에 서울 이모 집으로 훌쩍 떠나 버렸기 때문인 것이다.

㉡: 실컷 두들겨 맞고 열흘간이나 누워 있었던 사람이라 안색이 차마 마주 보기 어려울 만큼 핼쑥했다.

㉢: 어쨌든 제정신이 아닌 작자임이 틀림없었다. 아무리 정신이 좀 헷갈린 사람이래도 그렇지, 그날 밤의 김 반장 행동을 깡그리 잊어버리지 않고 서야 저럴 수가 없다는 게 내 생각이었다.

㉣: 아무튼 나의 기막힌 상상력으로 인해 몽달 씨는 부분적인 기억 상실증 환자로 결정되었다.

㉤: 멀쩡한 정신도 아닌 주제에 이번엔 기억 상실증이란 병까지 얻어 놓고도 여태 시 따위나 읽고 있는 몽달 씨 꼴이 한심했다.

〈보기〉

　미성숙한 어린아이 서술자라도 합리적 정보를 제공하면 독자는 서술자를 신뢰하게 된다. 그러나 작가는 때로 합리성이 부족한 어린아이의 특성을 강화하여 독자가 서술자를 의심하게 한다. 이때 독자는 서술자가 제공하는 정보가 틀릴 수 있다고 생각하면서 서술자와 다른 각도에서 작품이 전하려는 의미를 탐색하게 된다. 이 경우에도 독자는 서술자가 제공하는 제한된 정보에 의존할 수밖에 없으므로, 서술적 상황과 작품이 전하려는 의미가 서로 달라져 작품을 더욱 집중해서 읽게 된다.

🔍 **보기 분석**

• 미성숙한 어린아이 서술자
　– 합리적인 정보를 제공할 때: 독자가 서술자를 신뢰
　– 합리적이지 못한 정보를 제공할 때: 독자가 서술자를 의심
　　→ 독자는 서술자가 잘못된 정보를 제공했을 수 있다고 생각하면 작품의 의미를 서술자와 다른 각도에서 생각함. 이 경우 서술적 상황과 작품이 전하려는 의미가 서로 달라지므로 작품에 더욱 집중함

✅ **정답풀이**

④ ㉣: 인물에 대해 적극적으로 탐색하고, 인물의 상태를 스스로 진단하여 그 정보를 제공하는 모습을 통해 독자가 서술자를 신뢰하도록 유도하고 있군.

> 〈보기〉에 따르면 '작가는 때로 합리성이 부족한 어린아이의 특성을 강화하여 독자가 서술자를 의심하게 한다.'라고 하였다. ㉣은 일곱 살 어린아이 서술자인 '나'가 '기막힌 상상력'을 발휘하여, 위급한 상황에서 김 반장에게 외면을 당하고도 다시 그의 가게 일을 돕는 몽달 씨를 '부분적인 기억 상실증 환자'로 판단했음을 보여 준다. 이는 인물에 대해 적극적으로 탐색하고 인물의 상태를 스스로 진단한 것이라고 볼 수 있으나, 이 정보는 상상력에 기반하고 있으므로 정보를 제공하여 독자의 신뢰를 유도한다고 볼 수는 없다.

❌ **오답풀이**

① ㉠: 문제적 상황의 원인을 파악하여 이에 대응하고, 인물의 태도 변화를 설명할 수 있는 정보를 제시한다는 점에서 독자가 서술자를 신뢰하도록 유도하고 있군.

　〈보기〉에 따르면 '미성숙한 어린아이 서술자라도 합리적 정보를 제공하면 독자는 서술자를 신뢰하게 된다.'라고 하였다. ㉠은 김 반장이 '내가 의자에 앉아 있어도 전처럼 웃는 소리를 해 주거나 쭈쭈바 따위를 건네주는 법 없이 다소 퉁명스러워'진 '까닭'이 '우리 집 셋째 딸 선옥이 언니가 지난달에 서울 이모 집으로 훌쩍 떠나 버렸기 때문'임을 밝힌 것으로, 어린 '나'에게 친구처럼 대해 주던 김 반장이 태도를 바꾼 원인을 설명할 수 있는 정보를 제시하고 있다. 따라서 독자가 서술자를 신뢰하도록 유도하고 있다고 볼 수 있다.

② ㉡: 인물이 처한 부정적 상황을 보여 주고, 인물의 안색과 그 이유에 대해 여러 정보를 제공한다는 점에서 독자가 서술자를 신뢰하도록 유도하고 있군.

　〈보기〉에 따르면 '미성숙한 어린아이 서술자라도 합리적 정보를 제공하면 독자는 서술자를 신뢰하게 된다.'라고 하였다. ㉡은 몽달 씨가 '실컷 두들겨 맞고 열흘간이나 누워 있었던' 부정적 상황을 보여 줌으로써 '안색이 차마 마주보기 어려울 만큼 핼쑥'한 이유에 대한 신뢰할 수 있는 정보를 제공한다는 점에서 독자가 서술자를 신뢰하도록 유도하고 있다고 볼 수 있다.

③ ㉢: 논리적 연관을 무시하고, 추측에 근거하여 인물의 의식 상태를 단정하는 모습을 통해 독자가 작품에 더욱 집중하면서, 서술자와 다른 각도로 생각하도록 유도하고 있군.

　〈보기〉에 따르면 '작가는 때로 합리성이 부족한 어린아이의 특성을 강화하여 독자가 서술자를 의심하게' 하는데, '이때 독자는 서술자가 제공하는 정보가 틀릴 수 있다고 생각하면서 서술자와 다른 각도에서 작품이 전하려는 의미를 탐색하게' 되며 '서술자가 제공하는 제한된 정보에 의존할 수밖에 없으므로, 서술적 상황과 작품이 전하려는 의미가 서로 달라져 작품을 더욱 집중해서 읽게 된다.'라고 하였다. ㉢은 몽달 씨가 김 반장에게 외면당하고 나서도 그를 돕는 모습을 보고 '제정신이 아닌 작자임이 틀림없'다거나 '정신이 좀 헷갈린 사람'이라고 판단한 것으로, '나'가 추측에 근거하여 인물의 의식 상태를 단정하는 모습을 보였다고 할 수 있다. 독자는 몽달 씨가 이와 같은 행동을 하는 원인을 어린아이인 서술자와 달리 판단할 수 있으므로, ㉢은 독자가 작품에 더욱 집중하면서 서술자와 다른 각도로 생각하도록 유도한다고 볼 수 있다.

⑤ ⑩: 시에 대한 이해가 부족하고, 합당한 이유 없이 인물의 취향을
비난하는 모습을 통해 독자가 작품에 더욱 집중하면서, 서술자와
다른 각도로 생각하도록 유도하고 있군.

〈보기〉에 따르면 '작가는 때로 합리성이 부족한 어린아이의 특성을 강화하여
독자가 서술자를 의심하게' 함으로써, 독자가 '서술자와 다른 각도에서 작품이
전하려는 의미를 탐색하'며 '작품을 더욱 집중해서 읽'도록 한다. ⑩은 '여태
시 따위나 읽고 있는 몽달 씨'를 '한심'하다고 여기는 어린아이 서술자의 생
각이 드러난 것으로, 시에 대한 이해가 부족하고 합당한 이유 없이 인물의
취향을 비난하는 모습을 나타낸 것이라고 할 수 있다. 이는 자신을 외면한 상
대를 원망하기보다는 시를 읽으며 마음을 다스리는 몽달 씨의 행동을, 독자
가 미성숙한 서술자와 다른 각도로 생각하도록 유도한 것이라고 볼 수 있다.

MEMO

최명익, 「무성격자」

문제 P.088

[1~4] 다음 글을 읽고 물음에 답하시오.

[앞부분 줄거리] 아버지가 위독하다는 소식을 듣고 귀향한 정일은 용팔에게 재산 상속에 관한 이야기를 듣는다.

아버지가 아직도 지키고 있는 그의 재산을 넘겨다보는 듯한 용팔이가 따지는 산판알이 거침없이 한 자리씩 올라가는 것을 유심히 바라보고 있는 자신을 의식하며 보고 있을 때, 이렇게 대강만 놓아도, 하고 산판을 밀어 놓으며 쳐다보는 용팔의 눈과 마주치게 되자 정일이는 흠칫 놀라게 되는 자신의 얼굴이 붉어지는 것을 깨달았다. 아버지가 위중한데 용팔로부터 상속에 관한 이야기를 진지하게 듣고 있는 상황을 부끄러워하는 정일 ⓐ여기 대한 상속세만 해도 큰돈인데 안 물고 할 수 있는 이것은 제 말씀대로 하시지요. 이렇게 결정적으로 말하는 용팔이는 정일이의 앞에 위임장*을 내놓으며 도장을 치라고 하였다. 정일에게 재산 상속에 대한 위임장에 도장을 찍으라고 하는 용팔

[A]
정일이는 더욱 불쾌하여졌다. 속물적인 용팔의 모습에 불쾌함을 느끼는 정일 잠이 부족한 신경 탓도 있겠지만 자기의 눈을 기탄없이* 바라보는 용팔이의 얼굴에 발라 놓은 듯한 그 웃음이 말할 수 없이 미웠다. 이 소인 놈! 하는 의분* 같은 ㉠심열이 떠오르며, 언제 내가 이런 음모를 하자고 너와 공모를 하였던가? 하고 그의 뺨을 갈기고 싶은 충동을 느끼었다. 용팔에 대한 미움이 커지고 있는 정일 그러나 정일이는 금시에 미끄러지는 듯한 웃음이 자기 얼굴에 흐름을 깨달았다. 용팔에게 분노하면서도 자신이 웃고 있음을 깨닫게 된 정일 이러한 심열은 신경 쇠약의 탓이 아닐까? 의분이랄 것도 없고 결벽성도 아니고 그런 것을 공연히 이같이 한순간에 뒤집히는 자기 마음 한 모퉁이에 상식을 놓쳐 뿌린 결과가 어떤가? 해 보자 하는 놓치기 쉬운 어떤 힌트같이 번쩍이는 생각을 보자 정일이는 조급히 도장을 뒤져내며, 자 칠 대로 치우, 나는 어디다 치는 것도 모르니까 하였다. 이렇게 지껄이듯이 말하는 정일이는 자기가 실없이 웃기까지 하는 것을 들을 때 내가 지금 더 심한 심열에 떠 있지 않은가? 하는 생각에 갑자기 말과 웃음과 표정까지 없어지고 말았다. 속물적인 용팔의 모습을 경멸하면서도 적극적으로 행동하지 못하는 자신의 모습에 혼란스러워하는 정일

ⓑ도장을 치고 난 용팔이는 공손히 정일이에게 돌리며, 잔금은 제가 장인께 말씀드리겠습니다, 하고 일어선다. 중문으로 들어가는 용팔이의 뒷모양을 바라보던 정일이는 갑자기 불러내고 싶었다. 궁둥이를 들먹하고 부르는 손짓까지 하였으나 탄력 없이 벌어진 입에서는 말이 나오지 않았다. 창졸간*에 용팔이를 어떻게 불러야 할지 몰라서 주저되는 것같이도 생각되었다. 중문 안으로 들어가는 용팔이의 뒷모양은 마치 심한 장난을 꾸미다가 용기를 못 내는 자기를 남겨 두고 ⓒ그걸 못 해? 내 하마 하고 나서는 동무의 모양같이 아슬아슬한 것이었다. 종시 용팔이가 중문

안으로 사라져서 불러낼 기회를 놓치고 말았다고 후회하면서도 내가 정말 후회하는 것이라면 지금이라도 따라가서 붙들 수도 있지 않은가? 병세가 위중한 아버지에게 재산에 관한 이야기를 하러 가는 용팔을 부를까 말까 고민하지만 끝내 적극적으로 만류하지 않는 정일 이렇게 생각하는 정일이는 용팔이가 이 말을 시작하였을 때부터 자기는 육감으로 벌써 예기*하였던지도 모를 일이 지금 일어나리라는 기대가 앞서는 것을 느끼며 ⓓ정일이는 실험의 결과를 기다리는 듯이 숨을 죽이고 귀를 기울이고 있었다. 재산 상속에 관한 용팔과 아버지의 대화에 관심을 가지는 정일 예사로운 말소리는 들리지 않는 거리이므로 긴장한 정일이의 귀에도 한참 동안은 아무런 말도 들리지 않았다. 아버지도 종시 죽음에 굴복하고 마는가? 이렇게 생각되어 정일이는 긴장하였더니만큼 허전한 실망에 담배를 붙이려고 성냥을 그었을 때 자기의 귀를 때리는 듯한 아버지의 격분한 고함 소리를 들었다. 한참 동안 아무런 말도 들리지 않자 실망했다가, 아버지의 분노에 찬 고함 소리를 듣게 되는 정일 장면 01

(중략)

사실 이렇게 되어서까지도 죽기가 싫은가 하고 아버지를 눈찌푸리고 바라보는 자기는 죽음의 공포를 해탈한 무슨 수양이 있는 것이 아니라 단지 애써 살려는 의지력이 없는 것뿐이다. 삶의 의지가 없는 무기력한 사람인 정일 ⓔ아버지는 한 번도 자기의 생활을 회의하거나 죽음을 생각할 필요가 없었던 사람이므로 아버지가 보여 주었던 삶의 태도를 평가하는 정일 이같이 죽음과 싸울 수 있는 것이 아닐까 생각하였다. 그래서 정일이는 어떤 위대한 의지력을 우러러보는 듯한 마음으로 아버지의 고통을 바라보고 있는 자기를 발견하는 때가 있었다. 삶에 대한 의지력이 없는 자신과 달리 고통 속에서도 죽음과 사투를 벌이며 강한 의지력을 보이는 아버지를 우러러보는 정일

[B]
그때 심한 구토를 한 후부터 한 방울 물도 먹지 못하고 혓바닥을 축이는 것만으로도 심한 구역을 하게 된 만수 노인은 물을 보기라도 하겠다고 하였다. 정일이는 요를 둑여서 병상을 돋우고 아버지가 바라보기 편한 곳에 큰 물그릇을 놓아 드렸다. 그러나 그 물그릇을 바라보기에 피곤한 병인은 어디나 눈 가는 곳에는 물이 보이기를 원하였다. 그래서 큰 어항을 병실에 가득 늘어놓고 물을 채워 놓았다. 병인은 이 어항에서 저 어항으로 ㉡서늘한 감각을 시선으로 핥듯이 돌려 보다가 그도 만족하지 못하여 시원히 흐르는 물이 보고 싶다고 하였다. 어항에 담겨 있는 물에 만족하지 못하고 시원하게 흐르는 물을 보고 싶어 하는 아버지 정일이는 아버지가 보기 편한 곳에 큰 물그릇을 놓고 대접으로 물을 떠서는 작은 폭포같이 들이 쏟고 또 떠서는 들이 쏟기를 계속하였다. 흐르는 물을 보고 싶어 하는 아버지의 바람을 충족시켜 주려 하는 정일 만수 노인은 꺼멓게 탄 혀를

벌린 입 밖에 내놓고 황홀한 눈으로 드리우는 물줄기를 바라보고 있었다. <mark>그 눈을 볼 때 정일이는 걷잡을 사이도 없이 자기 눈에 눈물이 솟아 오름을 참을 수가 없었다.</mark> 죽음을 앞둔 아버지를 보고 슬퍼하는 정일 정일이는 일찍이 그러한 눈을 본 기억이 없다고 생각하였다. 더욱이 아버지의 얼굴에서! <mark>자기 아버지에게서 저러한 동경*에 사무친 황홀한 눈을 보게 되는 것은 의외라고 할밖에 없었다.</mark> 삶을 동경하는 아버지의 눈빛을 보며 의외라고 느끼는 정일 장면 02

– 최명익, 「무성격자」–

▶▶ 지문을 **두 장면**으로 나누고, 장면의 핵심 내용을 정리해 보세요.

> 장면 01 정일은 **용팔**에게 아버지의 재산 **상속**에 대한 이야기를 듣고 불쾌함과 분노를 느끼지만 적극적으로 행동하지 못하고 아버지가 용팔의 제안에 따를지 궁금해함

> 장면 02 정일은 고통스러워하는 **아버지**에게서 이전에는 한 번도 보지 못한 동경의 눈빛을 발견하자 안타까움과 슬픔을 느낌

전체 줄거리

아버지가 위독하다는 전보를 받은 정일은 결핵에 걸려 입원한 애인 문주에게 작별 인사를 하려고 그녀가 입원한 병원에 들른다. 두어 달 전, 정일은 위암 진단을 받은 아버지를 찾아뵙기 위해 K역으로 갈 때 문주와 동행했다. 그리고 K역에서 되돌아가는 기차 편을 기다리는 그녀를 배웅하며 그녀와 함께 보낸 지난 2년간의 생활이 허무하다는 생각을 한다.

부유한 집안의 외아들인 정일은 대학을 졸업하고 교원이 되어 아무런 의욕 없이 퇴근 후면 거리를 배회하거나 술을 마셨는데, 그 무렵에 티룸 '알리사'의 마담이 된 문주를 만난다. 문주는 그가 유학하던 시절에 친구 운학이 소개해 준 여성으로, 정일은 문주와 자주 만나며 친밀한 관계를 맺는다.

아버지는 정일이 변호사나 의사가 되지 못하고 교원에 만족하는 것을 못마땅해한다. 아버지는 자수성가하여 부자가 된 인물로, 비서였던 용팔을 딸과 짝지어 주고 재산 관리를 맡긴다. 아버지는 정일을 사위와 비교하며 질책하지만 정일은 이해타산적인 용팔을 경멸하고 용팔 또한 허랑방탕하게 사는 정일을 마뜩잖게 여긴다.

그 후, 문주와 아버지의 병세가 나날이 심해지고 용팔은 새로 산 토지를 부친의 명의로 하면 상속세가 많이 드니 정일의 소유로 하라고 제안한다. 아버지는 정일이 용팔의 제안을 수락했다는 사실을 알고 격노하며 물도 마시지 못할 만큼 병세가 위중해졌음에도 삶에 대한 집착을 버리지 않는다.

문주가 죽었다는 운학의 전보를 받은 날 저녁, 아버지도 임종하고 정일은 아버지의 장례를 치른다.

✳ 전지적 작가 시점

| 서술상의 특징 파악 | 정답률 74

1. 윗글의 서술상의 특징으로 가장 적절한 것은?

✅ 정답풀이

⑤ 서술자가 중심인물의 시선에 의존하여 사건의 양상을 제한적으로 나타낸다.

> 서술자는 이야기 밖에서 중심인물인 정일의 눈에 비친 인물들의 행동을 그려 냄으로써 사건을 전개하고 있으므로, 정일의 시선에 의존하여 사건의 양상을 제한적으로 나타냈다고 볼 수 있다.

❌ 오답풀이

① 회상 장면을 병치하여 사건의 흐름을 반전시킨다.
윗글에는 회상 장면이 제시되어 있지 않으므로, 이를 병치하여 사건의 흐름을 반전시키고 있다고 볼 수 없다.

② 사물의 세부를 구체적으로 묘사하여 장면의 현장성을 강화한다.
'산판알', '위임장', '도장', '담배', '어항' 등의 사물이 지문에 제시되어 있기는 하지만 사물의 세부를 구체적으로 묘사하지는 않았으므로, 이를 통해 장면의 현장성을 강화했다고 볼 수 없다.

③ 중심인물의 반복적인 동작을 강조하여 내적 갈등을 표면화한다.
정일이 '큰 물그릇을 놓고 대접으로 물을 떠서는 작은 폭포같이 들이 쏟고 또 떠서는 들이 쏟기를 계속하는' 장면에서 중심인물인 정일의 반복적인 동작을 확인할 수 있다. 그러나 이러한 행동은 아버지의 바람을 충족시키기 위한 것일 뿐, 정일의 내적 갈등과는 관련이 없다.

④ 서술자가 풍자적 어조를 활용하여 중심인물에 대한 비판적 입장을 드러낸다.
서술자는 중심인물인 정일의 시선을 통해 사건을 전달할 뿐, 풍자적 어조를 활용하여 정일에 대한 비판적 입장을 드러내고 있지 않다.

🌱 기틀잡기

> ④ **풍자**: 현실의 부정적 현상이나 모순 따위를 다른 사물이나 상황에 빗대어 간접적으로 비판함으로써 그 병폐를 깨닫도록 하는 것.

2. ⓐ~ⓔ에 대한 이해로 적절하지 **않은** 것은?

> ⓐ: 여기 대한 상속세만 해도 큰돈인데 안 물고 할 수 있는 이것은 제 말씀 대로 하시지요.
>
> ⓑ: 도장을 치고 난 용팔이는 공손히 정일이에게 돌리며, 잔금은 제가 장인께 말씀드리겠습니다, 하고 일어선다.
>
> ⓒ: 그걸 못 해? 내 하마 하고 나서는 동무의 모양같이 아슬아슬한 것이었다.
>
> ⓓ: 정일이는 실험의 결과를 기다리는 듯이 숨을 죽이고 귀를 기울이고 있었다.
>
> ⓔ: 아버지는 한 번도 자기의 생활을 회의하거나 죽음을 생각할 필요가 없었던 사람

⊘ 정답풀이

③ ⓒ는 용팔의 행위에 대한 정일의 실망스러운 마음을 드러낸다.

> ⓒ의 '그걸 못 해? 내 하마 하고 나서는 동무의 모양같이 아슬아슬한 것'은, 정일이 '용기를 못 내는 자기'와 달리 주저 없이 재산 상속에 대해 이야기를 하러 가는 용팔의 모습을 어떻게 바라보았는지를 비유적으로 드러낸 것일 뿐, 용팔의 행위에 대한 정일의 실망스러운 마음을 드러낸 것은 아니다.

⊗ 오답풀이

① ⓐ는 정일이 주목하는 용팔의 이해타산적인 태도를 드러낸다.
ⓐ는 정일의 아버지가 위중한 상황임에도 정일에게 '상속세'를 '안 물고' 재산을 받을 수 있는 방안을 제안하는 용팔의 이해타산적인 태도를 드러낸다. 이때 정일은 '용팔이가 따지는 산판알'을 쳐다보며 아버지의 재산에 대해 설명하는 용팔의 태도에 주목하고 있다.

② ⓑ는 용팔이 정일에게 예의를 갖추어야 하는 위치임을 드러낸다.
ⓑ는 정일에게 '공손히' 행동하며 '제가 장인께 말씀드리겠습니다.'라고 존댓말을 하는 용팔의 모습을 보여 주므로, 용팔이 정일에게 예의를 갖추어야 하는 위치임을 드러낸다고 볼 수 있다.

④ ⓓ는 아버지와 용팔 간 대화의 결과를 정일이 주시하고 있음을 드러낸다.
ⓓ는 용팔이 정일의 아버지와 재산 상속에 대한 이야기를 하러 '중문 안'으로 들어가자 정일이 아버지와 용팔의 대화를 듣기 위해 '실험의 결과를 기다리는 듯이 숨을 죽이고 귀를 기울이'는 모습을 보여 주므로, 두 인물 간 대화의 결과를 정일이 주시하고 있음을 드러낸다고 볼 수 있다.

⑤ ⓔ는 아버지가 보여 주는 삶의 태도에 대한 정일의 평가를 드러낸다.
ⓔ는 정일이 죽음과 맞서 싸우려는 아버지를 바라보면서 '아버지는 한 번도 자기의 생활을 회의하거나 죽음을 생각할 필요가 없'는 삶을 살았다고 생각하고 있음을 보여 주므로, 아버지가 보여 주는 삶의 태도에 대한 정일의 평가를 드러낸다고 볼 수 있다.

3. [A], [B]를 고려하여 ㉠과 ㉡을 이해한 내용으로 가장 적절한 것은?

> ㉠: 심열
> ㉡: 서늘한 감각

⊘ 정답풀이

④ ㉠은 용팔에 대한 미움이 '뺨을 갈기고 싶은 충동'으로 격화되는 정일의 마음을, ㉡은 '물그릇'에서 '어항', '드리우는 물줄기'로 심화되는 아버지의 갈망을 함축한다.

> [A]에서 정일은 이해타산적인 용팔이 '상속세만 해도 큰돈인데 안 물고 할 수 있는 이것은 제 말씀대로 하시지요.'라고 제안하자 불쾌해하며 마음속에 ㉠이 떠올라 용팔의 '뺨을 갈기고 싶은 충동'을 느낀다. 따라서 ㉠은 용팔에 대한 미움이 '뺨을 갈기고 싶은 충동'으로 격화되는 정일의 마음을 함축한다고 할 수 있다. [B]에서 정일은 '물을 보기라도 하겠다'는 아버지를 위해 '물그릇'을 놓아 주었고, '어디나 눈 가는 곳'에 '물이 보이기를 원하'는 아버지를 위해 '어항'을 '가득 늘어놓'았다. 아버지가 '어항'으로도 '만족하지 못하'여 '흐르는 물이 보고 싶다고 하'자 정일은 '드리우는 물줄기'를 만든다. 이를 참고할 때 물에서 비롯된 ㉡은 '물그릇'에서 '어항', '드리우는 물줄기'로 심화되는 아버지의 물에 대한 갈망을 함축한다고 볼 수 있다.

⊗ 오답풀이

① ㉠은 용팔의 '웃음'에 대한 정일의 불쾌감으로 인해, ㉡은 아버지가 내비치는 '황홀한 눈'으로 인해 발생한다.
[A]에서 ㉠은 정일이 용팔의 '웃음'을 '말할 수 없이 미'워하며 느낀 불쾌감으로 인해 발생한다고 볼 수 있다. 그러나 [B]에서 ㉡은 아버지가 '황홀한 눈'으로 바라보며 갈망하는 것일 뿐, 아버지가 내비치는 '황홀한 눈'으로 인해 발생하는 것이 아니다.

② ㉠은 정일이 갈등 끝에 '도장'을 찍음으로써, ㉡은 아버지가 사무치는 '동경'을 포기함으로써 지속된다.
[A]에서 정일은 위임장에 '도장'을 찍으라는 용팔의 말을 듣고 갈등하다가 용팔에게 '도장'을 내어 주고는 '내가 지금 더 심한 심열에 떠 있지 않은가?'라고 반성하고 있으므로, 정일이 갈등 끝에 '도장'을 찍음으로써 ㉠이 지속된다고 볼 수 있다. 그러나 [B]에서 아버지는 ㉡을 느끼려고 물을 '동경' 어린 시선으로 바라보고 있으므로, 아버지가 사무치는 '동경'을 포기함으로써 ㉡이 지속된다고 볼 수 없다.

③ ㉠은 정일의 '신경 쇠약'을 일으키는 원인이고, ㉡은 아버지가 '꺼멓게 탄 혀'의 고통을 줄이기 위한 방편이다.
[A]에서 정일이 '이러한 심열은 신경 쇠약의 탓이 아닐까?'라고 생각하는 것으로 보아, ㉠은 '신경 쇠약'을 일으키는 원인이 아니라 '신경 쇠약'으로 인한 결과라고 볼 수 있다. [B]에서 아버지의 '꺼멓게 탄 혀'는 '심한 구역'을 한 이후부터 '한 방울 물도 먹지 못'하게 된 아버지의 고통을 보여 주는데, 아버지는 극심한 고통 속에서도 '황홀한 눈으로 드리우는 물줄기를 바라보'며 ㉡을 느끼려 하고 있으므로, ㉡은 '꺼멓게 탄 혀'의 고통을 줄이기 위한 방편이라고 볼 수 있다.

⑤ ㉠은 용팔의 '공모' 요구로 인해 표면화된 정일의 물질 지향적인 태도를, ㉡은 '심한 구역' 이후로 아버지가 '물'에서 얻고자 하는 육체적 안정에 대한 추구를 드러낸다.

[A]에서 ㉠은 이해타산적인 용팔의 '공모' 요구로 인해 정일이 느낀 반감에서 비롯된 것이므로, 용팔의 '공모' 요구로 인해 표면화된 정일의 물질 지향적인 태도를 드러낸다고 볼 수 없다. [B]에서 아버지는 '심한 구토'를 한 이후부터 '혓바닥을 축이는 것만으로 심한 구역'을 하는 상황에서 느끼는 갈증을 ㉡을 통해 해소하려 하고 있으므로, ㉡은 '심한 구역' 이후로 아버지가 '물'에서 얻고자 하는 육체적 안정에 대한 추구를 드러낸다고 볼 수 있다.

| 외적 준거에 따른 작품 감상 | 정답률 ⑥⑤

4. 〈보기〉를 참고하여 윗글을 감상한 내용으로 적절하지 않은 것은? [3점]

〈보기〉

「무성격자」의 정일은 자신을 구속하는 속물적 욕망을 경멸하고 현실에서의 적극적인 행동을 주저하는 한편, 자신과 주변에 관심을 집중한다. 그는 주변 대상을 관찰하여 그 의미를 파악하고, 파악한 내용에 반응하며, 그런 자신을 분석하기도 한다. 나아가 관찰과 분석을 수행하는 자신의 내면마저 대상화함으로써 인간 심리의 중층적 구조를 드러낸다.

🔍 보기 분석

• 「무성격자」의 정일
 – 속물적 욕망을 경멸하며 현실에서의 적극적인 행동을 주저함
 – 자신과 주변에 관심을 집중함
 – 주변 대상을 관찰하여 그 의미를 파악 → 파악한 내용에 반응하며 그런 자신을 분석함
 – 관찰과 분석을 수행하는 자신의 내면마저 대상화함 → 인간 심리의 중층적 구조를 드러냄

✔ 정답풀이

② 상대의 웃음에서 공모 의사를 읽어 내자 얼굴에 흐르는 미끄러지는 듯한 웃음을 깨닫는 데에서, 상대에 대한 불쾌감을 웃음으로 무마하려는 자신을 의식하는 모습을 찾을 수 있군.

〈보기〉에서 정일은 '자신을 구속하는 속물적 욕망을 경멸하고 현실에서의 적극적인 행동을 주저하는 한편, 자신과 주변에 관심을 집중'한다고 했다. 용팔이 정일에게 '위임장을 내놓으며 도장을 치라고 하'면서 '웃음'을 짓자, 정일은 상대의 웃음에서 공모 의사를 읽어 내고 '의분 같은 심열이 떠'오름을 느꼈으나, 한편으로 '미끄러지는 듯한 웃음이 자기 얼굴에 흐르는 것을 알고는 자신이 '더 심한 심열에 떠 있'지는 않은지 고민하게 된다. 이는 상대만큼이나 속물적인 자신을 의식하는 모습을 드러낸 것일 뿐, 상대에 대한 불쾌감을 웃음으로 무마하려는 자신을 의식하는 모습을 드러낸 것이라고 볼 수 없다.

❌ 오답풀이

① 산판알을 놓으며 이익을 따지는 상대를 경멸하면서도 산판알이 올라가는 것을 주목하는 데에서, 자신을 구속하는 속물적 욕망으로부터 자유롭지 못한 모습을 찾을 수 있군.

〈보기〉에서 정일은 '자신을 구속하는 속물적 욕망을 경멸'하는 모습을 보인다고 했다. 정일이 '아버지가 위독'한 상황에서 산판알을 놓으며 이익을 따지는 용팔을 경멸하면서도 '용팔이가 따지는 산판알이 거침없이 한 자리씩 올라가는 것을 유심히 바라보'는 것에서, 자신을 구속하는 속물적인 욕망으로부터 자유롭지 못한 모습을 찾을 수 있다.

③ 중문 안으로 들어가는 상대를 불러내지는 못하고 자신이 그를 부르지 못한 이유를 생각하는 데에서, 행동을 주저하고 자신에게로 관심을 돌리는 모습을 찾을 수 있군.

〈보기〉에서 정일은 '현실에서의 적극적인 행동을 주저하는 한편, 자신과 주변에 관심을 집중'한다고 했다. '중문으로 들어가는 용팔'을 차마 불러내지 못한 정일이 그를 부르지 못한 이유를 떠올리며 자신이 '정말 후회'하고 있는지, '지금이라도 따라가서 붙들 수도 있지 않'은지 생각하는 데에서, 적극적인 행동을 주저하고 자신에게로 관심을 돌리는 모습을 찾을 수 있다.

④ 상대의 고통을 바라보며 의지력을 우러러보는 듯한 마음이 있는 자신을 발견하는 데에서, 상대와의 차이를 인식하는 스스로의 내면마저 대상화하는 모습을 찾을 수 있군.

〈보기〉에서 정일은 '주변 대상을 관찰하여 그 의미를 파악하고, 파악한 내용에 반응하며, 그런 자신을 분석'하고, '나아가 관찰과 분석을 수행하는 자신의 내면마저 대상화'한다고 했다. 정일은 '애써 살려는 의지력이 없는' 자신과 달리 아버지가 극심한 고통 속에서 '죽음과 싸'우는 모습을 보며 '어떤 위대한 의지력을 우러러보는 듯한 마음'이 드는 자신을 발견한다. 이를 통해 상대와의 차이를 인식하는 스스로의 내면마저 대상화하는 모습을 확인할 수 있다.

⑤ 물줄기를 바라보는 상대로부터 이전에는 한 번도 보지 못한 눈을 확인하는 데에서, 주변 대상을 관찰하여 상대가 내비치는 생에 대한 강렬한 동경을 파악하는 모습을 찾을 수 있군.

〈보기〉에서 정일은 '주변 대상을 관찰하여 그 의미를 파악'한다고 했다. 정일이 '드리우는 물줄기를 바라보'는 아버지의 모습에서 이전에는 한 번도 보지 못한 '동경에 사무친 황홀한 눈'을 확인하는 것을 통해 주변 대상을 관찰하여 상대가 내비치는 생에 대한 강렬한 동경을 파악하는 모습을 찾을 수 있다.

학생들이 정답 이외에 가장 많이 고른 선지는 ④번이다. 작중 상황에 대해 제한된 정보만 제시되어 있는 글에서 중심인물의 심리를 구체적으로 파악해야 할 뿐 아니라, 이를 다소 까다로운 〈보기〉의 설명과 연결 지어야 했기 때문에 문제 풀이에 어려움을 겪은 것으로 보인다.

④번에서 '상대와의 차이를 인식하는 스스로의 내면마저 대상화'했다는 것은 〈보기〉의 '관찰과 분석을 수행하는 자신의 내면마저 대상화'했다는 것에 대응된다. 정일이 '애써 살려는 의지력이 없는' 자신과 달리 살려고 '죽음과 싸'우는 '의지력을 우러러보는 듯한 마음으로 아버지의 고통을 바라보고 있는 자기를 발견'한 것은, 상대방을 관찰하여 분석하는 데 그치지 않고 자신의 내면, 즉 자신의 마음마저 대상화한 것이라고 할 수 있다.

정답인 ②번의 경우 지문 초반의 내용처럼 용팔에 대한 정일의 불쾌감이 선지에 직접적으로 제시되어 있어 틀렸다고 생각하기 어려웠을 것이다. 하지만 정일이 상대의 웃음에서 공모 의사를 읽어 내고 불쾌감을 느끼면서도 자신의 얼굴에도 미끄러지는 듯한 웃음이 흐르고 있음을 깨달았다는 것은, 자신이 속물적이라고 비난하는 상대만큼 자신 또한 속물적인 존재임을 의식하게 되었음을 보여 줄 뿐, 상대에 대한 불쾌감을 웃음으로 무마하려는 태도를 보인 것이라고 할 수 없다.

이처럼 특정 인물의 심리 중심으로 전개되는 소설에서는 상황 맥락을 면밀하게 파악하여 표면화되지 않은 인물의 내면적 갈등과 그 원인을 파악하는 것이 무엇보다 중요하다. 또한 이 문제에서처럼 〈보기〉를 참고하여 감상한 내용을 물어보는 문제에서는 〈보기〉의 내용을 잘 이해하고, 이를 지문의 내용과 대응해 보며 선지의 정오를 판단해야 한다.

정답률 분석

①	정답 ②	③	매력적 오답 ④	⑤
5%	65%	8%	14%	8%

[1~4] 다음 글을 읽고 물음에 답하시오.

밤이 깊어지면, **시장 안의 가게들**은 하나씩 문을 닫고, 길가에 리어카를 놓고 팔던 상인들은 제각기 과일이나 생선, 채소들을 끌고 다리 위로 올라오는 것이었다.

[A] ┌ 그 모양을 이만큼에 서서 흔들리는 버드나무 가지 사이
└ 로 바라보면, 리어카마다 켜져 있는 카바이드 불빛이, 마치 난간에 무슨 꽃 등불을 달아 놓은 것처럼 요요하였다. 시장

주변의 밤 풍경을 아름답게 느끼는 '나'

돈이 없어도 염려가 안 되는 곳.

그 사람들은 대부분 어머니를 알았다.

모르는 사람들도 곧 알게 되었다.

[B] ┌ 벽오동집 아주머니.
└ 오동나무 아주머니.

그렇게 어머니를 불렀다.

어느새 나무는 그렇게도 하늘 높이 자라서 저기만큼 걸린 매곡교 다릿목에서도 그 무성한 가지와 잎사귀를 올려다볼 만큼 되었던 것이다.

[C] ┌ 거기다가, 우리 집에서 날아간 오동나무 씨앗이 앞뒷집에 떨어져 싹이 나고, 어느 해 바람에 불려 갔는지 그보다 더 먼 건넛집에도, 심지 않은 오동나무가 저절로 자라나게 되었다.
│ └ 그래서 나는 속으로 우리 동네를 벽오동촌이라고 별명 지었다.
└ 그것은 어쩌면 이 가난한 동네의 한 호사*였는지도 모른다.

가난한 우리 동네에 벽오동촌이라는 호사스러운 별명을 짓는 '나'

아버지가 어머니와 혼인하시고, 작천의 친정 어머니를 남겨 두신 채, 신행 후에 전주로 돌아와 맨 처음 터를 잡은 곳이 바로 이 **천변***이었다.

[D] ┌ 동네 뒤쪽으로는 산줄기가 병풍처럼 둘러쳐져 있고, 앞쪽으로는 흰모래 둥근 자갈밭을 데불은 시냇물이 흐르며 거기다 시장까지 가까운 이곳은, 삼십 년 전 그때만 하여도, └ 부성 밖의 한적하고 빈한한* 동네였을 것이다.

물론 우리도 중간에 **집을 고치고**, 이어 내고, 울타리를 바꾸었으나, 그저 움막처럼 나뭇가지를 얼기설기 얽은 뒤, 풍우나 피하자는 시늉으로 지은 집들도 많았을 것이다.

이 울타리 안에서 해마다 더욱더 무성하게 자라는 오동나무는 유월이면, 아련한 유백색의 비단 무늬 같은 꽃을 피웠다. 그윽한 꽃이었다. 오동나무에서 피던 꽃과 그 향기를 만족스럽게 생각하는 '나'

그 나무는 나보다 더 나이가 많았다.

나를 낳으시던 해, 지팡이만 한 나무를 구해다가 앞마당에 심으시며

"기념."

이라고 웃으셨다는 아버지. '나'가 태어난 기념으로 오동나무를 심은 아버지

"처음에는 저게 자랄까 싶었단다. 그러던 게 이듬해에 키를 넘드라."

해마다 이른 봄이면, 어린아이 손바닥만 하던 잎사귀가 어느 결에 손수건만 해지고, 그러다가 초여름에는 부채처럼 나부낀다.

그리고 가을에는 종이우산만큼이나 넓어지는 것 같았다.

하늘을 덮은 잎사귀, 그 무성한 잎사귀들…….

그 잎사귀 **서걱거리는 소리**가 골목 어귀 천변에까지 들리는 성 싶었다. 오랜 세월 보아 온 오동나무에 애착을 느끼는 '나' 장면 01

어머니는 물끄러미 냇물만 바라보고 계시더니, 문득 고개를 돌려,

"영익이 언제 다녀갔지?"

하고 물으셨다.

[E] ┌ "사흘 됐나? 그저께 아니었어요?"
│ 어머니는 어둠 속에서 고개를 끄덕이셨다.
└ 어머니의 고개는 무거워 보였다.

"참, 어머니 지금 저기, 불빛 뵈는 저 산마루에 절, 저기가 영익이 있는 데예요?"

나는 동편 산마루의 깜박이는 불빛을 가리키며 무심한 듯 물었다.

"아니다. 그건 승암사라구 중바위산 아니냐. 그 애 공부하는 덴 이 오른쪽이지…… 기린봉 중턱에 있는 절이야. 여기서는 잘 뵈지도 않는구나."

그러면서 어머니는 눈을 들어, 어두운 밤하늘에 뚜렷한 금을 긋고 있는 산줄기를 바라보셨다. 가족과 떨어져 지내는 중인 아들 영익을 생각하는 어머니 산은 검고 깊었다.

동생 영익이는 벌써 이 년째 그 산속의 절에서 사법 고시 준비를 하고 있었다.

그는 말이 없고 우울한 때가 많았다.

그리고 그저께 집에 내려와, 이사 날짜가 결정되었다는 말을 듣고는 아무 말도 없이 고개를 떨어뜨리더니

"내가……."

하고 무슨 말을 이으려다 말고 그냥 산으로 올라갔었다. 가족들의 이사 소식을 들은 뒤, 하고 싶은 말을 차마 하지 못하고 돌아간 영익

그때 영익이의 말끝에 맺힌 숨소리는 '흡' 하고 내 가슴에 얹혀 아직도 내려가지 않은 것만 같았다. 며칠 전 본 영익의 마지막 모습이 계속해서 마음에 걸리는 '나' 장면 02

우리가 이사하기로 된 집의 **구조**는 지극히 **천박**하였다. 이사 갈 집의 구조를 못마땅하게 여기는 '나'

우선 대문이 번화한 도로변으로 나 있는 데다가 오래되고 낡아서 녹이 슨 철제였다. 그것은 잘 닫히지도 않아 비긋하니 틀어

진 채 열려 있었다.

그리고 마당은 거의 없다는 편이 옳았다. 그나마 손바닥만한 것을 시멘트로 빈틈없이 발라 놓았고, 방들은 오밀조밀 붙어 있어 개수만 여럿일 뿐, 좁고 어두웠다.

그중에 한 방은 아예 전혀 **채광 통풍조차**도 되지 않았다.

그것도 원래는 **창문**이었는데, 아마 바로 옆에 가게를 이어 내느라고 **막아 버린** 모양이었다. 그 가게란 양품점으로, 레이스가 많이 달린 네글리제와 여자용 속옷, 스타킹 따위를 고무 인형에 입혀 세워 놓은 곳이었다.

뿐만 아니라 그 가게를 중심으로 앞뒤에 같은 양품점들이 늘어서 있고 그 옆에는 양장점, 제과소, 음식점, 식료품 잡화상들이 있었다.

여기저기서 들려오는 **불규칙한 마찰음**, 무엇이 부딪쳐 떨어지는 소리, 어느 악기점에선가 쿵, 쿵, 울려 오는 스피커 소리…… 끼익, 하며 숨넘어가는 자동차 소리.

한마디로 그 집은, 아스팔트의 바둑판, 환락과 유행과 흥정의 경박*한 거리에 금방이라도 쓸려 버릴 것처럼 위태해 보였다.

그리고 <mark>우리가 이제 이사 올 집이라고, 그 집 문간에 웅숭그리고 서서 철제 대문 사이로 안을 기웃거리며 들여다보는 우리들은 어쩐지 잘못 날아든 참새들 같기만 하였다.</mark> 이사 갈 집과 그 주변 환경이 지금 살고 있는 곳과는 너무나도 달라 낯설어하는 '나' 장면 03

– 최명희, 「쓰러지는 빛」 –

📑 전체 줄거리

이른 새벽 잠에서 깬 '나'는 창문 밖에 잠옷 차림의 낯선 남자가 서 있는 것을 보고 깜짝 놀란다. 남자는 이 집의 새 주인으로, '나'의 가족이 집을 판 뒤 아직 이사 나갈 준비를 하고 있는 상황에서 계약 날짜보다 앞당겨 이사를 들어왔다. 그 탓에 두 집은 며칠간 불편한 한집살이를 하게 된다. 새로 이사 온 사람들이 아버지의 서재로 쓰던 방에 임시로 짐을 푼 탓에 '나'와 어머니는 아버지의 서재부터 먼저 짐 정리를 시작한다. '나'와 어머니는 돌아가신 아버지에 대해 회상하며, 가족들의 오랜 추억이 깃든 이 집을 떠나고 싶지 않지만 떠나야만 한다는 사실에 슬픔을 느낀다. '나'는 슬퍼하는 어머니를 모시고 함께 천변으로 향하면서 어린 시절의 추억, 다리 건너 시장에 있던 아버지의 식료품 가게, 아버지께서 집 앞마당에 심으셨던 오동나무, 산속 절에서 홀로 공부 중인 동생 영익이, 그리고 며칠 뒤 이사 가게 될 집 등에 대해 생각한다. 어느 날, 새로 이사 온 남자가 마음대로 아버지의 이름이 적힌 문패를 떼어 내고 자신의 이름으로 된 문패를 대문에 건다. 또한 사람을 불러 마당의 오동나무에 열린 열매를 모조리 따서 팔아 버리고는, 그 나무마저 팔려는 의사를 드러낸다. 이에 충격을 받은 '나'는 아버지가 돌아가시던 날 밤, 어둠 속에서 홀로 우우– 하며 마치 곡소리를 내듯 울었던 오동나무를 떠올리고, 그것은 빛이 쓰러지는 소리였다고 생각한다.

✱ 1인칭 주인공 시점

이것만은 챙기자

*호사: 호화롭게 사치함. 또는 그런 사치.
*천변: 냇물의 주변.
*빈한하다: 살림이 가난하여 집안이 쓸쓸하다.
*경박: 언행이 신중하지 못하고 가벼움.

1. 윗글에 대한 이해로 가장 적절한 것은?

❤ 정답풀이

① '영익'은 가족의 상황을 알고서도 제 생각을 분명히 드러내지 않는다.

> 윗글에서 영익은 '그저께 집에 내려와, 이사 날짜가 결정되었다는 말을 듣고는 아무 말도 없이 고개를 떨어뜨리'고는 '무슨 말을 이으려다 말고 그냥 산으로 올라갔'다. 따라서 영익은 '천변'을 떠나 이사를 가게 된 가족의 상황을 알고서도 자신의 생각을 분명히 드러내지 않는다고 볼 수 있다.

❌ 오답풀이

② '어머니'는 아들이 출가하여 소식이 끊긴 뒤 그의 근황을 궁금해 한다.
  '동생 영익이는 벌써 이 년째 그 산속의 절에서 사법 고시 준비를 하고 있'다고 하였으나, '그저께 집에 내려와, 이사 날짜가 결정되었다는 말을' 들은 뒤에 돌아갔다고 했으므로, 출가 후 소식이 끊긴 상태인 것은 아니다.

③ '나'는 동생의 말을 듣고서 그가 현재 어디에 머무르고 있는지 알게 된다.
  '나'가 '참, 어머니 지금 저기, 불빛 뵈는 저 산마루에 절, 저기가 영익이 있는 데예요?'라고 묻자, 어머니는 '아니다. 그건 승암사라구 중바위산 아니냐. 그 애 공부하는 덴 이 오른쪽이지…… 기린봉 중턱에 있는 절이야.'라고 하였다. 즉 '나'는 어머니와의 대화를 통해 동생이 현재 어디에 머무르고 있는지 알게 된 것이지, 동생의 말을 듣고서 알게 된 것이 아니다.

④ '시장 안의 가게들'은 밤늦게 물건을 사기 위해 사람들이 모여드는 곳이다.
  '밤이 깊어지면, 시장 안의 가게들은 하나씩 문을 닫'는다고 했으므로, '시장 안의 가게들'은 밤늦게 물건을 사기 위해 사람들이 모여드는 공간이라고 볼 수 없다.

⑤ '천변'은 아버지와 어머니가 결혼할 때부터 사람들이 북적였던 번화한 동네이다.
  '아버지가 어머니와 혼인하시고~신행 후에 전주로 돌아와 맨 처음 터를 잡은 곳이 바로 이 천변'이라고 했는데, '나'는 이에 대해 '삼십 년 전 그때만 하여도, 부성 밖의 한적하고 빈한한 동네였을 것'이라고 짐작하고 있다. 따라서 '천변'이 아버지와 어머니가 결혼할 때부터 사람들이 북적였던 번화한 동네라고 보기는 어렵다.

2. [A]~[E]의 서술 방식에 대한 설명으로 적절하지 않은 것은?

❤ 정답풀이

⑤ [E]: 누가 한 말인지 명시하지 않은 것을 보면, 대화 상황에서 말하는 이와 서술자가 다르다는 사실을 알 수 있다.

> [E]의 '사흘 됐나? 그저께 아니었어요?'는 누가 한 말인지 명시되어 있지 않지만, 문맥상 '영익이 언제 다녀갔지?'라는 어머니의 물음에 대한 '나'의 대답으로 볼 수 있다. 윗글은 '그래서 나는 속으로 우리 동네를 벽오동촌이라고 별명 지었다.', '그 나무는 나보다 더 나이가 많았다.' 등에서 알 수 있듯 '나'가 서술자로 나타나고 있다. 즉 [E]의 대화 상황에서 말하는 이와 서술자는 모두 '나'로 동일하다.

❌ 오답풀이

① [A]: '이만큼에 서서'와 '바라보면'을 보면, 서술자가 대상을 지각할 수 있는 위치에서 서술하고 있음을 알 수 있다.
  [A]에서 서술자는 '버드나무 가지 사이로' 보이는 천변의 밤 풍경을 서술하고 있다. 따라서 '이만큼에 서서'와 '바라보면'을 통해 서술자가 대상을 지각할 수 있는 위치에서 서술하고 있음을 알 수 있다.

② [B]: 호명하는 말을 각각 하나의 문단에 서술하여, 그 호칭이 두드러져 보이는 효과가 나타난다.
  [B]에서 '벽오동집 아주머니'와 '오동나무 아주머니'는 모두 사람들이 어머니를 호명하는 말인데, 이를 각각 하나의 문단에 서술함으로써 해당 호칭이 두드러져 보이는 효과가 나타난다고 볼 수 있다.

③ [C]: '나'와 '우리' 같은 표현을 사용하여, 서술자가 자기 경험을 바탕으로 하는 이야기를 서술하면서 자신의 내면을 드러낸다.
  '우리 집에서 날아간 오동나무 씨앗이~심지 않은 오동나무가 저절로 자라나게 되었다.', '나는 속으로 우리 동네를 벽오동촌이라고 별명 지었다.'에서 서술자는 '나'와 '우리' 같은 표현을 사용하여 자신의 경험을 바탕으로 하는 이야기를 서술하고 있으며, '그것은 어쩌면 이 가난한 동네의 한 호사였는지도 모른다.'에서는 자신의 내면을 드러내고 있다.

④ [D]: '동네였을 것이다'를 보면, 서술자가 과거 상황에 대해 확정적으로 진술하지 않고 추측의 의미를 담아 서술하고 있음을 알 수 있다.
  '삼십 년 전 그때만 하여도, 부성 밖의 한적하고 빈한한 동네였을 것이다.'에서 서술자인 '나'는 자신이 직접 경험해 보지 못한 과거의 동네 상황에 대해 확정적으로 진술하지 않고 추측의 의미를 담아 서술하고 있다.

🌱 기틀잡기

> ② **호칭**: 이름 지어 부름. 또는 그 이름.
> ⑤ **명시**: 분명하게 드러내 보임.

3. 윗글의 '오동나무'에 대한 이해로 가장 적절한 것은?

⊙ 정답풀이

① '나'가 계절의 자연스러운 변화와 세월의 흐름을 느끼게 되는 경험적 대상이다.

> '해마다 더욱더 무성하게 자라는 오동나무'는 아버지가 '나를 낳으시던 해'에 앞마당에 심은 것으로, '나보다 더 나이가 많'다고 하였다. '나'가 '오동나무'에 대해 이야기하며 '해마다 이른 봄이면, 어린아이 손바닥만 하던 잎사귀가 어느 결에 손수건만 해지고,~그리고 가을에는 종이우산 만큼이나 넓어지는 것 같았다.'라고 한 것을 고려할 때, '오동나무'는 '나'가 계절의 자연스러운 변화와 함께 세월의 흐름을 느끼게 하는 경험적 대상임을 알 수 있다.

⊗ 오답풀이

② 가난한 마을이지만 사람들로 하여금 호사를 누릴 수 있게 하는 경제적 기반이다.

> '우리 집에서 날아간 오동나무 씨앗'으로 인해 이웃집에도 '심지 않은 오동나무가 저절로 자라나게' 되었고 '나'는 우리 동네를 '벽오동촌'이라 부르며 '그것은 어쩌면 이 가난한 동네의 한 호사였는지도 모른다.'라고 하였으나, 윗글에서 '오동나무'가 실제로 마을 사람들이 호사를 누릴 수 있게 해 주는 경제적 기반이었다는 내용은 찾을 수 없다.

③ '어머니'가 결혼 후에 심고 정성을 다해 키워 내어 무성해진 애착의 결실이다.

> 내가 태어난 해에 아버지가 앞마당에 '오동나무'를 심었다고 하였으나, 윗글에서 어머니가 이를 정성을 다해 키워 냈다는 내용은 찾을 수 없다.

④ 동네 사람들이 마을의 특징에 부합한 별명을 자기 마을에 붙일 때 적용한 단서이다.

> '우리 집에서 날아간 오동나무 씨앗'으로 인해 이웃집에도 '심지 않은 오동나무가 저절로 자라나게 되'자 '나는 속으로 우리 동네를 벽오동촌이라고 별명 지었다'고 하였다. 즉 윗글에서 마을의 특징에 부합한 별명을 지은 인물은 동네 사람들이 아닌 '나'이다.

⑤ '아버지'가 자식을 얻은 기쁨을 이웃과 나눌 생각에 마을 곳곳에 심은 상징적 기념물이다.

> '나를 낳으시던 해'에 아버지가 앞마당에 '오동나무'를 심은 뒤 '기념.'이라고 말하시며 웃으셨다고 했을 뿐, 윗글에서 아버지가 자식을 얻은 기쁨을 이웃과 나눌 생각에 마을 곳곳에 상징적 기념물로서 '오동나무'를 심었다는 내용은 찾을 수 없다.

4. 〈보기〉를 바탕으로 윗글을 감상한 내용으로 적절하지 <u>않은</u> 것은? [3점]

> 〈보기〉
>
> 집에 대한 정서적 반응은 집의 구조, 주변 환경, 거주 기간 등의 요인에 따라 다를 수 있다. 자신이 거주하는 집의 내·외부와 관계를 맺으며 충분한 시간 동안 쌓은 경험들은 현재 살고 있는 집에 대한 정서를 형성하는 데 영향을 주며, 다른 낯선 공간에 대한 정서적 반응에 영향을 주기도 한다. 「쓰러지는 빛」은 이사할 처지에 놓인 한 가족의 이야기를 통해 집에 대한 '나'의 정서적 반응을 보여 준다.

🔍 보기 분석

- 집에 대한 정서적 반응
  - 집의 구조, 주변 환경, 거주 기간 등에 따라 다름
  - 거주하는 집의 내·외부와의 관계 및 경험들 → 현재 살고 있는 집과 다른 낯선 공간에 대한 정서에 영향을 줌

⊙ 정답풀이

② '집을 고치'던 경험을 바탕으로 '구조'가 '천박'한 집의 여건을 살펴보는 것에서, 거주 환경의 변화에 적응하여 낯선 공간에 친숙해지고자 하는 '나'의 생각을 확인할 수 있겠군.

> '우리도 중간에 집을 고치고, 이어 내고, 울타리를 바꾸었으나'에서 '집을 고치'던 경험을 언급하였으나, 이를 바탕으로 앞으로 이사 가게 될 '구조'가 '천박'한 집의 여건을 살펴보고 있지는 않다. 또한 '나'는 이사 갈 '그 집 문간에 옹숭그리고 서서 철제 대문 사이로 안을 기웃거리며 들여다보는 우리들'을 '어쩐지 잘못 날아든 참새들 같기만 하'다고 느끼고 있을 뿐, 거주 환경의 변화에 적응하여 낯선 공간에 친숙해지고자 하는 생각을 드러낸다고 보기도 어렵다.

① '나'가 '천변' 집에 살면서 추억을 형성해 온 시간들은, 이사할 처지에 놓인 현재의 상황을 불편하게 여기는 요인이 될 수 있겠군.

〈보기〉에서 '자신이 거주하는 집의 내·외부와 관계를 맺으며 충분한 시간 동안 쌓은 경험들'은 '다른 낯선 공간에 대한 정서적 반응에 영향을 주기도 한'다고 하였다. 이를 참고할 때, '나'가 '천변' 집에 살면서 추억을 형성해 온 시간들은 '지극히 천박'한 구조를 가진 집으로 이사할 처지에 놓인 현재의 상황을 불편하게 여기는 요인이 된다고 볼 수 있다.

③ '서걱거리는 소리'와 '불규칙한 마찰음'에서 드러나는 집 주변 환경의 차이는, 두 집에 대해 '나'가 느끼는 친밀감의 차이를 유발할 수 있음을 예상할 수 있겠군.

〈보기〉에서 '집에 대한 정서적 반응'은 '주변 환경' 등의 요인에 따라 다를 수 있다고 하였다. 또한 윗글에서 '나'가 지금 살고 있는 집은 오동나무 잎사귀의 '서걱거리는 소리가 골목 어귀 천변에까지 들리는 성싶'은 곳이고, 이사를 가게 될 집은 여기저기서 '불규칙한 마찰음, 무엇이 부딪쳐 떨어지는 소리 ~끼익, 하며 숨넘어가는 자동차 소리.'가 들려오는 곳으로 두 집의 주변 환경이 서로 대비됨을 알 수 있다. 〈보기〉를 참고할 때, 이러한 집 주변의 환경 차이는 두 집에 대해 '나'가 느끼는 친밀감의 차이를 유발할 것임을 예상할 수 있다.

④ '창문'을 '막아 버린' 방은 '채광 통풍조차' 되지 않는 속성으로 인해, 지금 살고 있는 집에 대한 '나'의 정서적 반응과는 다른 정서적 반응을 일으키는 요인이 될 수 있겠군.

〈보기〉에서 '집에 대한 정서적 반응은 집의 구조' 등의 요인에 따라 다를 수 있다고 하였다. 이를 참고할 때, 이사 갈 집의 방 중 하나가 '바로 옆에 가게를 이어 내느라고' 창문을 막아 버린 탓에 구조상 '전혀 채광 통풍조차도 되지 않'는다는 점은, 지금 살고 있는 집에 애착을 가지고 있는 '나'의 정서적 반응과는 다른 정서적 반응을 일으키는 요인이 될 것임을 알 수 있다.

⑤ '우리들'의 상황이 '잘못 날아든 참새들 같'다고 한 것은, 변화될 거주 여건을 낯설어하는 심리를 비유적으로 드러낸 것이라 할 수 있겠군.

〈보기〉에서 윗글은 '이사할 처지에 놓인 한 가족의 이야기를 통해 집에 대한 '나'의 정서적 반응을 보여 준다.'라고 하였다. 이를 참고할 때, '나'가 이사 갈 집의 '문간에 웅숭그리고 서서 철제 대문 사이로 안을 기웃거리며 들여다보는 우리들'의 상황이 '잘못 날아든 참새들 같'다고 한 것은, 변화될 거주 여건을 낯설어하는 '나'의 심리를 비유적으로 드러낸 것이라고 볼 수 있다.

최인훈, 「크리스마스 캐럴 5」

[1~4] 다음 글을 읽고 물음에 답하시오.

그런 일이 있은 지 한 달쯤 지나니 내 겨드랑에 생긴 이변*의 전모*가 대강 드러났다. **파마늘**은 어김없이 밤 12시부터 새벽 4시 사이에 솟구친다는 것. **방**에 있으면 쑤시고 밖에 나가면 씻은 듯하다는 것. 까닭은 전혀 알 길이 없다는 것 등이었다. **의사**는 나에게 전혀 이상이 없다고 잘라 말했다. 그도 그럴 것이 그 시간에는 내 겨드랑은 멀쩡했기 때문이다. 그때부터 나의 괴로움은 비롯되었다. 겨드랑이 아픈 까닭을 알 길이 없어 괴로워하는 '나' 파마늘은 전혀 불규칙한 사이를 두고 튀어나왔다. 연이틀을 쑤시는가 하면 한 일주일 소식을 끊고 하는 것이었다. 하루 이틀이지 이렇게 줄곧 밖에서 새운다는 것은 못 할 일이었다. 나는 제집이면서 꼭 **도적놈**처럼 뜰의 어느 구석에 숨어서 밤을 지내야 했기 때문이다. 그런 생활이 두 달째에 접어들었을 때 나는 견디다 못해서 담을 넘어서 밖으로 나가 보았다. 그랬더니 참으로 이상한 일도 다 있었다. 뜰에 나와 있어도 가끔 뜨끔거리고 손을 대 보면 미열이 있던 것이 거리를 거닐게 되면서는 아주 깨끗이 편한 상태가 되었다. 이렇게 되면서 독자들은 곧 짐작이 갔겠지만, 문제가 생겼다. 내가 의료적인 이유로 산책을 강요당하게 되는 시간이 행정상의 **통행 제한**의 시간과 우연하게도 겹치는 점이었다. 고민했다. 나는 부르주아의 썩은 미덕을 가지고 있었다. 관청에서 정하는 규칙은 따라야 한다는 것이 그것이다. 12시부터 4시까지는 모든 **시민**은 밖에 나다니지 말기로 되어 있다. 모든 사람이 받아들이는 규칙이니까 **페어플레이**를 지키는 사람이면 이것은 소형(小型)의 도덕률일 수밖에 없다. 그러나 이 도덕률을 지키는 한 내 겨드랑은 요절이 나고 나는 죽을는지도 모른다. 겨드랑이 너무 아파 통행 제한이라는 규칙을 지키기 어렵다고 생각하는 '나' 장면 01

[중략 부분의 줄거리] '나'는 겨드랑이에 파마늘 같은 것이 돋으면 밤거리를 몰래 산책하곤 한다. '나'는 밤 산책 중 종종 다른 사람들과 마주친다.

오늘은 경관을 만났다. 나는 얼른 몸을 숨겼다. 그는 부산*하게 내 앞을 지나갔다. 그 순간 나는 내가 레닌*인 것을, 안중근인 것을, 김구인 것을, 아무튼 그런 인물임을 실감한 것이다. 통행 제한을 어기고 경관 몰래 밤 산책을 하며 혁명가와 같은 인물이 된 것처럼 느끼는 '나' 그가 지나간 다음에도 나는 ㉠은신처에서 나오지 않았다. 공화국의 시민이 어찌하여 그런 엄청난 변모를 할 수 있었는지 모를 일이다. 나는 정치적으로 백치*나 다름없는 감각을 가진 사람이다. 위에서 레닌과 김구를 같은 유(類)에 놓은 것만 가지고도 알 만할 것이다. 그런데 경관이 지나가는 순간에 내가 **혁명가**였다는 것도 분명한 사실이다. 혁명가라고 자꾸 하는 것이 안 좋으면 **간첩**이래도 좋다. 나는 그 순간 분명히 간첩이었던 것이다. 그런데 내가 간첩이 아닌 것은 역시 분명하였다. 도적놈이래도 그렇다.

나는 분명히 도적놈이었으나 분명히 도적놈은 아니었다. 나는 아주 희미하게나마 혁명가, 간첩, 도적놈 그런 사람들의 마음이 알 만해지는 듯싶었다. 이 맛을 못 잊는 것이구나 하고 나는 생각하였다. 나도 물론 처음에는 치료라는 순전히 **공리적인** 이유로 이 산책에 나섰다. 그러나 지금으로서는 반드시 그런 것만은 아니다. 설사 내 겨드랑의 달걀이 영원히 가 버린다 하더라도 이 금지된 산책을 그만둘 수 있을지는 심히 의심스럽다. 겨드랑이 낫더라도 금지된 산책을 계속하고 싶다고 생각하는 '나' 나의 산책의 성격은 **변질**되기 시작하였다. **누룩 반죽**처럼.

기적(奇蹟). 기적. 경악. 공포. 웃음. 오늘 세상에도 희한한 일이 내 몸에 일어났다. 한강 근처를 산책하고 있는데 겨드랑이 간질 간질해 왔다. 나는 속옷 사이로 더듬어 보았다. 털이 만져졌다. 그런데 닿임새가 심상치 않았다. 털이 괜히 빳빳하고 잘 묶여 있는 느낌이다. 빗자루처럼. 잘 만져 본다. 아무래도 보통이 아니다. 나는 ㉡바위틈에 몸을 숨기고 윗옷을 벗었다. 속옷은 벗지 않고 들치고는 겨드랑을 들여다보았다. 나는 실소*하고 말았다. 내 겨드랑에는 새끼 까마귀의 그것만 한 아주 치사하게 쬐끄만 **날개**가 돋아나 있었다. 다른 쪽 겨드랑을 또 들여다보았다. 나는 쿡 웃어 버렸다. 그쪽에도 장난감 몽당빗자루만 한 것이 달려 있는 것이었다. 겨드랑에 돋은 아주 작은 날개를 보고 실소하는 '나' 날개가 보통 새들의 것과 다른 점이 그 깃털이 곱슬곱슬한 고수머리라는 것뿐이었다. 흠. 이놈이 나오려는 아픔이었구나 하고 나는 생각했다. 나는 그 날개를 움직이려고 해 보았다. **귓바퀴**가 말을 안 듣는 것처럼 그놈도 움직이지 않았다. 나는 참말 부끄러워졌다. 겨드랑에 난 아주 작은 날개를 의지대로 움직일 수 없다는 점에 부끄러움을 느끼는 '나' 장면 02

– 최인훈, 「크리스마스 캐럴 5」 –

*레닌: 러시아의 혁명가.

>> **지문을 두 장면으로 나누고, 장면의 핵심 내용을 정리해 보세요.**

장면 01	'나'는 통행 제한 시간인 밤 12시부터 새벽 4시 사이에 **겨드랑**이 아픈 증상이 나타나는데, 담을 넘어 밖으로 나가면 편한 상태가 되어서 **통행** 제한 규칙을 지키기 어렵다고 느낌
장면 02	통행 제한 규칙을 어기고 몰래 밤 산책을 하며 '**혁명가**, 간첩, 도적놈'과 같은 기분을 느끼는 '나'의 겨드랑에는 아주 작은 **날개**가 돋아남

1. 윗글의 서술상 특징으로 가장 적절한 것은?

'나'는 밤 열두 시가 되면 겨드랑이가 아픈 것을 느낀다. 겨드랑이가 부어 오르면서 아파 오는 이 증상은 방에 있으면 나타나고 뜰에 나오면 잠 잠해지기 때문에 한밤중에 '나'는 뜰을 거닌다. '나'는 겨드랑이가 아픈 이 증상이 대개 밤 12시부터 새벽 4시 사이에 나타나며, 뜰에 있을 때 보다 담을 넘어 밖으로 나가면 씻은 듯이 없어진다는 사실을 알게 된다. 그 이후 '나'는 통행 제한을 어기고 밤 산책을 하며 자유로움을 느끼는데, 길에서 경관을 만나자 혁명가의 기분을 느끼기도 한다. 그러다가 '나'는 겨드랑이에 난 조그만 날개가 움직이지 않는 것을 보며 부끄러움을 느낀다. '나'는 어느 밤거리를 다니다가 어떤 집의 울타리를 넘어 들어 잔디를 구경 하게 되는데, 집주인인 외국인 남자로부터 도둑으로 몰리게 되자 자신이 밤에 시상을 얻는 시인이라고 하며 대화를 나누기도 한다. 4·19가 지나고 잠시 겨드랑이가 아픈 증상이 없어졌는데 곧 재발하며 '나'를 괴롭히고 날개 의 성미가 거칠어진다. 크리스마스 이브에 다시 겨드랑이에 증상이 나타나 밖으로 나가 보지만 많은 사람들 사이에서는 겨드랑이가 더 아파 온다는 사실을 알게 된다. 새해가 되어 다시 밤 산책을 하다가 학생들이 죽은 시체 를 들고 하는 '피에타 퍼포먼스'를 보게 되고, 이후 '나'는 군중들이 울고 있는 것을 보게 된다. 1961년 5월 16일 새벽 '나'는 한강 모래사장을 걷다가 총소리를 듣게 되고 통행 제한을 어긴 한 무리의 병력을 목격하는데, 그 집단 산책자들이 정권을 잡게 된다. 그러나 그들은 '나'의 기대와 달리 통행 제한을 없애지 않고 오히려 계엄령을 내려 '나'는 한동안 밤에 나가지 못 하게 된다. 통행 제한이 없어질 기미가 보이지 않자 '나'는 다시 밤 산책을 하기 시작하지만, 이것이 완전한 자유의 유희는 아님을 느끼고, 고통이 없어지려면 통행 제한이 없어져야 한다고 생각한다.

＊ 1인칭 주인공 시점

⑤ 사건에 대한 중심인물의 내적 반응을 중심인물 자신의 목소리를 통해 제시하고 있다.

> 윗글에는 '겨드랑에 생긴 이변'으로 인해 벌어진 사건과 관련하여 '그때 부터 나의 괴로움은 비롯되었다.', '이 도덕률을 지키는 한 내 겨드랑은 요절이 나고 나는 죽을는지도 모른다.' 등과 같은 내적 반응이 나타나는데, 이는 1인칭 주인공 '나'의 목소리를 통해 제시되고 있다.

① 시간의 순서를 뒤바꾸어 이야기의 인과 관계를 재구성하고 있다.
윗글에서는 '나'의 '겨드랑에 생긴 이변'으로 인한 사건이 순차적으로 나타 날 뿐, 순서를 뒤바꾸어 이야기의 인과 관계를 재구성하고 있지 않다.

② 유사한 사건을 반복해서 제시하며 서술의 초점을 분산시키고 있다.
윗글에서는 '겨드랑에 생긴 이변'으로 인한 사건들이 나타나고 있지만 유사한 사건이 반복적으로 제시되지 않는다. 한편 서술의 초점은 일관되게 '나'로 나타나고 있으므로, 서술의 초점을 분산시키고 있다고도 볼 수 없다.

③ 장면에 따라 서술자를 달리하여 사건의 의미를 입체적으로 조명 하고 있다.
윗글은 1인칭 주인공 시점으로 서술자는 일관되게 '나'로 나타나고 있다. 따라서 장면에 따라 서술자를 달리하여 사건의 의미를 입체적으로 조명하고 있다고 볼 수 없다.

④ 공간의 이동에 따른 인물의 경험을 다른 인물의 시선을 통해 서술 하고 있다.
윗글에는 '방', '뜰', '거리' 등과 같은 공간의 이동에 따른 '나'의 경험이 나타 나지만, 이러한 경험이 다른 인물의 시선을 통해 서술되고 있지는 않다.

＊**이변**: 예상하지 못한 사태나 괴이한 변고.
＊**전모**: 전체의 모습. 또는 전체의 내용.
＊**부산**: 급하게 서두르거나 시끄럽게 떠들어 어수선함.
＊**백치**: 뇌에 장애나 질환이 있어 지능이 아주 낮은 상태. 또는 그런 사람을 낮잡아 이르는 말.
＊**실소**: 어처구니가 없어 저도 모르게 웃음이 툭 터져 나옴. 또는 그 웃음.

① **인과 관계**: 어떤 행위와 그 후에 발생한 사실과의 사이에 원인과 결과의 관계가 있는 일.
③ **입체적**: 사물을 여러 각도에서 종합적으로 파악하는 것.

2. 윗글에 대한 이해로 적절하지 <u>않은</u> 것은?

✔ 정답풀이

④ '나'는 '시민'이 정한 규칙을 준수해야 하는 '페어플레이'를 지키지 못하게 되어 고민한다.

> '나'는 '의료적인 이유로 산책을 강요당하게 되는 시간이 행정상의 통행 제한의 시간과 우연하게도 겹치'면서 통행 제한 규칙을 지킬 수 없게 된다. 그런데 이때 통행 제한 규칙은 '관청에서 정하는 규칙'으로, 시민이 정한 것이라고 볼 수 없다.

✘ 오답풀이

① '의사'가 '나'의 증상을 진단하지 못한 것은 '나'의 증상이 '의사' 앞에서는 나타나지 않았기 때문이다.
'나'의 겨드랑이에 생긴 이변의 증상은 '밤 12시부터 새벽 4시 사이에 솟구'치고, 의사와 만나는 시간에 '나'의 '겨드랑은 멀쩡했기 때문'에 의사는 '나'의 증상을 진단하지 못했다.

② '나'는 자신의 집에서 '도적놈'과 비슷한 방식으로 행동하곤 했다.
'나'는 겨드랑이가 '방에 있으면 쑤시고 밖에 나가면 씻은 듯'했기 때문에 '제집이면서 꼭 도적놈처럼 뜰의 어느 구석에 숨어서 밤을 지내'는 행동을 했다.

③ '뜰'에서의 '나'의 고통은 '방'에서보다는 덜하지만 완전히 사라지지는 않는다.
'나'는 겨드랑이가 '방에 있으면 쑤시고 밖에 나가면 씻은 듯'하여 뜰에 나왔지만, '뜰에 나와 있어도 가끔 뜨끔거리고 손을 대 보면 미열이 있'었다고 했다.

⑤ '혁명가'와 '간첩'은 '나'가 자신의 행동을 이해하기 위해 자신과 비교해 보는 대상이다.
'나'는 밤 거리를 몰래 산책하다 경관을 만나자 '얼른 몸을 숨겼'는데, 그 순간 '나'는 자신이 '레닌인 것을, 안중근인 것을~아무튼 그런 인물임을 실감'하며 '경관이 지나가는 순간에 내가 혁명가였다는 것도 분명한 사실이다.~나는 그 순간 분명히 간첩이었던 것이다.'라고 자신을 혁명가, 간첩과 비교한다. 따라서 '혁명가'와 '간첩'은 '나'가 자신의 행동을 이해하기 위해 자신과 비교해 보는 대상이라 할 수 있다.

 문제적 문제 · 2-⑤번

학생들이 정답 이외에 가장 많이 고른 선지가 ⑤번이다. '나'가 '혁명가'와 '간첩'을 떠올린 것을 자신의 행동을 이해하기 위해서라고 생각하지 않았거나, '나'와의 비교 대상이라고 생각하지 않았을 가능성이 있다. 특히 '비교'의 의미를 둘 이상의 대상을 견주어 서로 간의 유사점과 차이점을 고찰하는 것으로 파악하지 않고, '차이점'에만 주목하여 생각했다면 오답을 선택했을 수 있다.

선지의 적절성을 정확히 판단하기 위해 '나'가 '혁명가, 간첩, 도적놈' 등을 떠올린 이유를 맥락적으로 살펴보자. '나'는 통행 제한을 어기고 몰래 밤 산책을 나왔다가 경관을 만나자 얼른 몸을 숨긴다. 그리고 '그(경관)가 지나간 다음에도 나는 은신처에서 나오지 않'고, '혁명가, 간첩, 도적놈 그런 사람들의 마음이 알 만'하다며 자신의 행동을 이해하고 있으므로, '혁명가'와 '간첩'을 '나'와 유사한 대상으로 여기며 비교하고 있다고 이해할 수 있다.

정답률 분석

	①	②	③	정답 ④	매력적 오답 ⑤
	2%	10%	13%	58%	17%

---

3. ㉠과 ㉡에 대한 이해로 가장 적절한 것은?

> ㉠: 은신처
> ㉡: 바위틈

✔ 정답풀이

③ ㉠은 ㉡과 달리, 타인의 출현으로 인해 몸을 감춘 공간이다.

> ㉠은 '나'가 몰래 밤 산책을 하다 경관을 만나자 '얼른 몸을 숨'긴 공간이라고 볼 수 있다. 그러나 ㉡은 '나'가 겨드랑이에 나타난 현상을 확인하기 위해 몸을 숨긴 공간으로, 타인의 출현으로 인해 몸을 감춘 공간이라고 볼 수 없다.

✘ 오답풀이

① ㉠은 정신적 안정을, ㉡은 신체적 회복을 위한 공간이다.
㉠은 '나'가 경관을 피해 몸을 숨긴 공간일 뿐, 정신적 안정을 위해 이 공간에 숨었다고 보기는 어렵다. 한편 ㉡은 '나'가 겨드랑이에 나타난 현상을 확인하기 위해 몸을 숨긴 공간일 뿐, 이를 신체적 회복을 위한 공간이라고 볼 수 없다.

② ㉠은 윤리적인, ㉡은 정치적인 이유로 몸을 숨기는 공간이다.
㉠은 '나'가 '통행 제한'을 어겼기 때문에 경관을 피해 몸을 숨긴 공간일 뿐, 사람으로서 마땅히 행하거나 지켜야 할 도리인 윤리적인 이유로 인해 ㉠에 숨었다고 볼 수 없다. 한편 ㉡은 '나'가 겨드랑이에 나타난 현상을 확인하기 위해 몸을 숨긴 공간일 뿐, 정치적인 이유로 몸을 숨기는 공간이라고 볼 수 없다.

④ ㉡은 ㉠과 달리, 반복적으로 사용하는 공간이다.
㉠, ㉡ 모두 반복적으로 사용하는 공간이라고 볼 수 없다.

⑤ ㉠과 ㉡은 모두, 과거의 자신을 긍정하는 공간이다.
㉠, ㉡ 모두 과거의 자신을 긍정하는 공간이라고 볼 수 없다.

4. 〈보기〉를 바탕으로 윗글을 감상한 내용으로 적절하지 <u>않은</u> 것은? [3점]

〈보기〉

「크리스마스 캐럴 5」는 자유가 억압된 시대적 상황에서 자유의 가능성과 한계를 묻는 작품이다. '나'의 겨드랑이에 돋은 정체불명의 파마늘이 주는 통증은 자유에 대한 요구를, 그로 인한 밤 '산책'은 자유를 위한 실천을 의미한다. 작품은 처음에는 명료하지 않고 미약했던 자유를 향한 의지가 밤 산책을 거듭하면서 심화되는 모습과 함께 그 과정에서 생기는 문제점을 드러낸다.

🔍 보기 분석

- 「크리스마스 캐럴 5」
  - 자유가 억압된 시대적 상황에서 자유의 가능성과 한계를 묻는 작품
  - '나'의 겨드랑이 통증: 자유에 대한 요구
  - 밤 '산책': 자유를 위한 실천
    → 자유를 향한 의지가 점차 심화됨 + 그 과정에서 생기는 문제점

✅ 정답풀이

③ '공리적인' 목적을 가지고 있었던 산책이 점차 '누룩 반죽'처럼 '변질'되었다는 표현은, 자유의 필요성이 망각되어 자유를 위한 실천의 목적이 훼손되는 문제점에 대한 비판이겠군.

윗글에서 '나'는 겨드랑이 '치료라는 순전히 공리적인 이유로' 밤 산책을 시작했지만, 겨드랑이 통증이 낫더라도 '이 금지된 산책을 그만둘 수 있을지' 의심스럽다고 하며 산책의 성격이 '누룩 반죽'처럼 변질되었다고 했다. 〈보기〉에서 '밤 '산책'은 자유를 위한 실천을 의미한다.'라고 했으므로, '산책'이 점차 '누룩 반죽'처럼 '변질'되었다는 표현은 치료라는 공리적인 목적을 위한 것에서 자유를 위한 실천으로 바뀌었음을 나타낸 것이라 할 수 있다. 이를 자유의 필요성이 망각되어 자유를 위한 실천의 목적이 훼손되는 문제점에 대한 비판이라고 볼 수는 없다.

❌ 오답풀이

① '통행 제한'으로 인해 산책의 자유가 제한된 상황은, 단순히 이동의 자유에 대한 억압만이 아니라 자유가 억압되는 시대적 상황 자체에 대한 문제 제기라고 할 수 있겠군.

〈보기〉에서 윗글은 '자유가 억압된 시대적 상황에서 자유의 가능성과 한계를 묻는 작품'이라고 했다. 이에 따르면 윗글에서 '통행 제한'으로 인해 산책의 자유가 제한된 상황을 설정한 것은 자유가 억압되는 시대적 상황 자체에 대한 문제 제기라고 할 수 있다.

② '파마늘'이 돋을 때의 극심한 통증은, 자유가 그만큼 절박하게 요구되었던 상황을 보여 주는 동시에 자유를 얻기 위해 필요한 고통을 암시하기도 하겠군.

〈보기〉에서 "나'의 겨드랑이에 돋은 정체불명의 파마늘이 주는 통증은 자유에 대한 요구'를 의미한다고 했다. 윗글에서 '나'는 '파마늘'로 인한 겨드랑이의 통증으로 인해 괴로워하는데, 〈보기〉에 따르면 이는 자유가 그만큼 절박하게 요구되었던 상황을 보여 줄 뿐만 아니라 자유를 얻기 위해 필요한 고통을 암시한다고 볼 수 있다.

④ 정체불명의 파마늘이 '날개'의 형상으로 바뀐 것은, 처음에는 명료하지 않았던 자유를 향한 의지가 산책을 통해 심화되었다는 것을 의미하겠군.

〈보기〉에서 '처음에는 명료하지 않고 미약했던 자유를 향한 의지가 밤 산책을 거듭하면서 심화되는 모습'이 나타난다고 했고, 윗글에서는 '파마늘'이 돋았던 '나'의 겨드랑이에 '날개'가 돋는다. 따라서 정체불명의 '파마늘'은 명료하지 않았던 자유를 향한 의지를, '날개'의 형상은 자유를 향한 의지가 심화된 모습을 의미한다고 볼 수 있다.

⑤ '날개'가 '귓바퀴' 같다는 점에 대해 '나'가 느낀 부끄러움은, 여러 차례의 산책에도 불구하고 자유를 의지대로 실현하기 어려웠던 한계에 대한 인식으로 볼 수 있겠군.

〈보기〉에서 윗글은 '자유가 억압된 시대적 상황에서 자유의 가능성과 한계를 묻는 작품'이라고 했고, '처음에는 명료하지 않고 미약했던 자유를 향한 의지가 밤 산책을 거듭하면서 심화되는 모습과 함께 그 과정에서 생기는 문제점을 드러낸다.'라고 했다. 이를 참고하면 윗글에서 겨드랑이에 돋은 '날개'가 '귓바퀴'와 같이 움직이지 않는 것에 대해 '나'가 부끄러움을 느끼는 것은 여러 차례의 산책으로 자유를 향한 의지가 심화되었지만 자유를 의지대로 실현하기 어려웠던 한계에 대한 인식이라고 볼 수 있다.

[1~4] 다음 글을 읽고 물음에 답하시오.

[앞부분의 줄거리] 해방 직후, 미군 소위의 통역을 맡아 부정 축재*를 일삼던 방삼복은 고향에서 온 백 주사를 집으로 초대한다.

"서 주사가 이거 두구 갑디다."

들고 올라온 각봉투 한 장을 남편에게 건네어 준다.

"어디?"

그러면서 받아 봉을 뜯는다. 소절수 한 장이 나온다. 액면 만 원짜리다.

미스터 방은 성을 벌컥 내면서

"겨우 둔 만 원야?"

하고 소절수를 다다미 바닥에다 홱 내던진다. 만 원을 두고 간 서 주사에게 성을 내는 방삼복(미스터 방)

"내가 알우?"

"우랄질 자식 어디 보자. 그래 전, 걸 십만 원에 불하 맡아다, 백만 원 하난 냉겨 먹을 테문서, 그래 겨우 둔 만 원야? 엠병헐 자식, ㉠내가 엠피*헌테 말 한마디문, 전 어느 지경 갈지 모를 줄 모르구서."

"정종으루 가져와요?"

"내 말 한마디에, 죽을 놈이 살아나구, 살 놈이 죽구 허는 줄은 모르구서. 흥, 이 자식 경 좀 쳐 봐라…… 자신의 위세를 드러내는 방삼복 증종 따근허게 데와. 날두 산산허구 허니."

새로이 안주가 오고, 따끈한 정종으로 술이 몇 잔 더 오락가락하고 나서였다.

백 주사는 마침내, 진작부터 벼르던 이야기를 꺼내었다. 방삼복이 자신의 부탁을 들어주기를 바라며 이야기를 꺼내는 백 주사 장면 01

백 주사의 아들 ㉡백선봉은, 순사 임명장을 받아 쥐면서부터 시작하여 8·15 그 전날까지 칠 년 동안, 세 곳 주재소와 두 곳 경찰서를 전근하여 다니면서, 이백 석 추수의 토지와, 만 원짜리 저금통장과, 만 원어치가 넘는 옷이며 비단과, 역시 만 원어치가 넘는 여편네의 패물을 장만하였다.

[A] 남들은 주린 창자를 졸라맬 때 그의 광에는 옥 같은 정백미가 몇 가마니씩 쌓였고, 반년 일 년을 남들은 구경도 못 하는 고기와 생선이 끼니마다 상에 오르지 않는 날이 없었다.

[B] ××경찰서의 경제계 주임으로 있던 마지막 이 년 동안은 더욱더 호화판이었다. 8·15 그날 밤, 군중이 그의 집을 습격하였을 때에 쏟아져 나온 물건이 쌀 말고도

광목 여섯 필 / 고무신 스물세 켤레

지카다비 여덟 켤레 / 빨랫비누 세 궤짝

양말 오십 타 / 정종 열세 병 / 설탕 한 부대

[C] 이렇게 있었더란다. 만 원어치 여편네의 패물과, 만 원어치의 옷감이며 비단과, 만 원짜리 저금통장은 고만두고 말이었다.

물건 하나 없이 죄다 빼앗기고, 집과 세간*은 조각도 못 쓰게 산산 다 부수고, 백선봉은 팔이 부러지고, 첩은 머리가 절반이나 뽑히고, 겨우겨우 목숨만 살아, 본집으로 도망해 왔다.

[D] 일변 고을에서는, 백 주사가, 자식이 그런 짓을 해서 산 토지를 가지고, 동네 사람한테 거만히 굴고, 작인들한테 팔할 가까운 도지*를 받고, 고리대금을 하고 하였대서, 백선봉이 도망해 와 눕는 그날 밤, 그의 본집인 백 주사네 집을 습격하였다. 그간 백 주사의 악독한 행동에 복수하기 위해 집을 습격한 동네 사람들

[E] 집과 세간 죄다 부수고, 백선봉이 보낸 통제 배급 물자 숱한 것 죄다 빼앗기고, 가족들은 죽을 매를 맞고, 백선봉은 처가로, 백 주사는 서울로 각기 피신하여 목숨만 우선 보전하였다.

백 주사는 비싼 여관 밥을 사 먹으면서, 울적히 거리를 오락가락, 세간이 부서지고 재물도 빼앗겨 우울해하는 백 주사 어떻게 하면 이 분풀이를 할까, ⓐ어떻게 하면 빼앗긴 돈과 물건을 도로 다 찾을까 하고 궁리를 하는 것이나, 아무런 묘책도 없었다. 장면 02

그러자 오늘은 우연히 이 미스터 방을 만났다. 종로를 지향없이 거니는데, 지나가던 자동차가 스르르 멈추면서, 서양 사람과 같이 탔던 신사 양반 하나가 내려서더니, 어쩌다 눈이 마주치자

"아, 백 주사 아니신가요?"

하고 반기는 것이었다. 길거리에서 백 주사를 보고 반가워하는 방삼복

자세히 보니, 무어 길바닥에서 신기료장수를 하던 코삐뚤이 삼복이가 분명하였다.

"자네가, 저, 저, 방, 방……." 신기료장수를 하던 방삼복이 신사 양반의 차림을 한 것을 보고 놀란 백 주사

"네, 삼복입니다."

"아, 건데, 자네가……."

"허, 살 때가 됐답니다."

그러고는 ⓑ내 집으루 갑시다, 하고 잡아끄는 대로 끌리어온 것이었다. 우쭐해하며 백 주사를 자기 집으로 이끄는 방삼복

의표하며, 집하며, 식모에 침모에 계집 하인까지 부리면서 사는 것하며, 신수*가 훤히 트여 가지고, 말도 제법 의젓하여진 것 같은 것이며, ⓒ진소위 개천에서 용이 났다고 할 것인지.

옛날의 영화가 꿈이 되고, 일조에 몰락하여 가뜩이나 초상집 개처럼 초라한 자기가, ⓓ또 한 번 어깨가 옴츠러듦을 느끼지 아니치 못하였다. 신수가 트인 방삼복과 대비되는 자신의 초라한 처지 때문에 어깨가 옴츠러드는 백 주사 그런 데다 이 녀석이, 언제 적 저라고 무엄*스럽게

굶어, 심히 불쾌하였고, 예전과 다르게 무례한 방삼복의 태도를 불쾌하게 여기는 백 주사 그래서 ⓔ엔간히 자리를 털고 일어설 생각이 몇 번이나 나지 아니한 것도 아니었다. 그러나 참았다.

보아하니 큰 세도*를 부리는 것이 분명하였다. 잘만 하면 그 힘을 빌려, 분풀이와, 빼앗긴 재물을 도로 찾을 여망이 있을 듯싶었다. 방삼복의 힘을 빌려 빼앗긴 재물을 찾고 복수를 하고 싶은 백 주사 장면 03

– 채만식, 「미스터 방」 –

*엠피(MP): 미군 헌병.

>> 지문을 세 장면으로 나누고, 장면의 핵심 내용을 정리해 보세요.

장면 01 미군의 위세에 기대어 권위를 뽐내는 방삼복이 백 주사를 초대해 함께 술을 마심

장면 02 백 주사는 일제 강점기 때 순사인 아들의 위세를 등에 업고 많은 재물을 쌓았으나, 광복 이후 사람들의 습격을 당해 목숨만 보전하여 서울로 올라옴

장면 03 백 주사는 신기료장수였던 방삼복의 달라진 처지에 놀라고, 방삼복의 무례한 태도를 참으며 그의 힘을 빌려 재물을 되찾고 복수를 하려 함

📄 전체 줄거리

해방 직후, 방삼복은 고향에서 온 백 주사를 집으로 초대하여 술을 마신다. 방삼복은 원래 머슴살이를 하던 무식쟁이였다. 십여 년 전에 돈 벌러 간다며 일본으로 떠난 방삼복은 칠팔 년 동안 돈 한 푼도 보내지 않더니, 어느 날은 중국 상해에 있다는 소식이 있다가 삼 년 후 다시 고향으로 돌아온다. 일 년간은 부모님에게 빌붙어 빈둥거리다가 처자식을 데리고 서울로 올라오고, 상해에서 익힌 기술로 구둣방에 다니다가 신기료장수로 나선다. 그러던 중 방삼복은 말이 통하지 않아 답답해하는 미군 병사를 보고, 의도적으로 마음씨 좋아 보이는 미군 소위를 따라가 통역을 해 준다. 방삼복은 S 소위의 통역이 되어 '미스터 방'이 되고, 큰 저택으로 집을 옮기고 부자가 되어 권세를 누린다. 사람들이 뇌물을 들고 찾아오는 삶을 살던 방삼복은 길에서 백 주사를 만나 알은체하고, 그를 자기 집으로 데려와 술을 마시며 이야기를 나눈다. 백 주사의 아들은 일제 때 순사로, 앞잡이 노릇을 통해 재산을 모았으며 백 주사 또한 아들의 재산으로 소작인을 착취하고 고리대금업을 하였다. 하지만 광복이 되던 날 밤, 사람들에게 재산을 빼앗겨 서울로 피신해 올라오게 된다. 백 주사는 무례한 방삼복에게 불쾌감을 느끼면서도 재물을 찾고 복수를 하기 위해 머리를 숙여 부탁한다. 백 주사의 부탁을 승낙한 방삼복은 냉수 한 모금으로 양치를 하고 노대(베란다) 밑으로 물을 뱉는데, 때마침 그를 찾아온 S 소위의 얼굴에 양치질한 물이 떨어져 S 소위에게 턱을 얻어맞게 된다.

✳ 전지적 작가 시점

| 인물의 특징 및 심리 파악 | 정답률 77

1. 윗글의 대화를 중심으로 '방삼복'을 이해한 것으로 가장 적절한 것은?

✓ 정답풀이

③ 눈앞에 없는 사람을 비난하고 위협함으로써 함께 있는 상대에게 자신의 위세를 드러내고 있다.

방삼복은 자신의 눈앞에 없는 '서 주사'가 '겨우 둔 만 원'을 두고 간 사실을 아내에게 들은 후 '우랄질 자식 어디 보자.'라고 비난하고 '내가 엠피헌테 말 한마디문, 전 어느 지경 갈지 모를 줄 모르구서.', '내 말 한마디에, 죽을 눔이 살아나구, 살 눔이 죽구 허는 줄은 모르구서.'라고 위협하면서 집으로 초대한 백 주사에게 자신의 위세를 드러내고 있다.

❌ 오답풀이

① 자신이 꾸미고 있는 일에 관심 없는 상대에게 자기 업무를 떠넘기는 뻔뻔함을 보이고 있다.
윗글에 방삼복이 일을 꾸미는 모습이나, 상대방에게 자신의 업무를 떠넘기는 모습은 드러나 있지 않다.

② 질문에 대꾸하지 않음으로써 상대가 같은 질문을 반복하도록 거드름을 피우고 있다.
윗글에서 방삼복은 아내의 '정종으루 가져와요?'라는 질문에 '증종 따근허게 데와.'라고 답하고 있다. 또한 방삼복이 상대가 같은 질문을 반복하도록 거드름을 피는 모습은 확인할 수 없다.

④ 차에서 내려 상대에게 먼저 알은체하며 동승자에게 자신의 인맥을 과시하고 있다.
방삼복은 차에서 내려 백 주사를 먼저 알은체하고 있지만, 동승자인 서양 사람에게 자신의 인맥을 과시하고 있지는 않다.

⑤ 상대가 이름을 제대로 말하기 전에 말을 가로채 상대에 대한 열등감을 감추고 있다.
방삼복은 백 주사가 '자네가, 저, 저, 방, 방'이라고 말을 더듬자 말을 가로채 '네, 삼복입니다.'라고 대답하지만, 이를 상대에 대한 열등감을 감추기 위한 것으로 보기는 어렵다. 방삼복이 '신수가 훤히 트'인 자신의 집으로 백 주사를 초대하는 것으로 볼 때, 오히려 자신의 상황에 대해 자부심을 느끼고 있다고 볼 수 있다.

2. ㉠과 ㉡에 대한 설명으로 가장 적절한 것은?

> ㉠: 내가 엠피헌테 말 한마디문, 전 어느 지경 갈지 모를 줄 모르구서.
>
> ㉡: 백선봉은, 순사 임명장을 받아 쥐면서부터 시작하여 8·15 그 전날까지 칠 년 동안, 세 곳 주재소와 두 곳 경찰서를 전근하여 다니면서, 이백 석 추수의 토지와, 만 원짜리 저금통장과, 만 원어치가 넘는 옷이며 비단과, 역시 만 원어치가 넘는 여편네의 패물과를 장만하였다.

✔ 정답풀이

① ㉠과 ㉡에는 모두 외세에 기대어 사익을 추구하는 인물의 부정적 모습이 드러난다.

> ㉠에는 방삼복이 '엠피'라는 외국의 세력에 기대어 사익을 추구하는 부정적 모습이, ㉡에는 백선봉이 '순사'로 활동하며 외세인 일본에 기대어 사익을 추구하는 부정적 모습이 드러난다.

✖ 오답풀이

② ㉠과 ㉡에는 모두 외세와 이를 돕는 인물 간의 권력 관계가 일시적으로 역전된 모습이 드러난다.

> ㉠과 ㉡에는 외세에 기대어 권력을 행사하는 인물의 모습이 드러날 뿐, 외세와 이를 돕는 인물 간의 권력 관계가 일시적으로 역전된 모습은 드러나지 않는다.

③ ㉠과 ㉡에는 모두 사회적 지위를 이용하여 타인의 권익을 침해하는 인물이 몰락하는 모습이 드러난다.

> ㉠과 ㉡에 '미군 소위의 통역', '순사'라는 사회적 지위를 이용하여 타인의 권익을 침해하는 인물이 나타난다고 볼 수 있지만, ㉠과 ㉡에 이러한 인물이 몰락하는 모습은 나타나지 않는다.

④ ㉠에는 권력을 향한 인물의 조바심이, ㉡에는 권력에 의한 인물의 좌절감이 드러난다.

> ㉠에는 권력을 가지고 협박하는 인물의 모습이 드러날 뿐, 권력을 향한 인물의 조바심이 드러난다고 보기는 어렵다. 또한 ㉡에는 권력을 행사하는 인물의 모습이 드러날 뿐, 권력에 의한 인물의 좌절감이 드러난다고 보기는 어렵다.

⑤ ㉠에는 자신의 권위에 대한 인물의 확신이, ㉡에는 추락한 권위를 회복할 수 있다는 인물의 자신감이 드러난다.

> ㉠에서 방삼복은 '내가 엠피헌테 말 한마디' 하면 '어느 지경 갈지 모'른다며 자신의 권위를 확신하고 있다. 그러나 ㉡에서 백선봉의 '순사'라는 권위는 추락하지 않았으므로, 이를 회복할 수 있다는 인물의 자신감이 드러난다고 볼 수 없다.

3. ⓐ~ⓔ에 대한 이해로 적절하지 <u>않은</u> 것은?

> ⓐ: 어떻게 하면 빼앗긴 돈과 물건을 도로 다 찾을까 하고 궁리를 하는 것이나, 아무런 묘책도 없었다.
>
> ⓑ: 내 집으루 갑시다, 하고 잡아끄는 대로 끌리어온 것이었었다.
>
> ⓒ: 진소위 개천에서 용이 났다고 할 것인지.
>
> ⓓ: 또 한 번 어깨가 옴츠러듦을 느끼지 아니치 못하였다.
>
> ⓔ: 엔간히 자리를 털고 일어설 생각이 몇 번이나 나지 아니한 것도 아니었었다. 그러나 참았다.

✔ 정답풀이

③ ⓒ: 신수가 좋고 재력이 대단해 보이는 방삼복의 모습에 고향 사람에 대한 자부심을 갖게 되었음을 보여 준다.

> ⓒ에서 백 주사는 '신수가 훤히 트'인 방삼복의 모습을 보며 '개천에서 용이 났다'고 할 것인지 생각한다. 이는 방삼복을 보고 놀란 심정을 드러내는 것으로, 뒤에서 백 주사는 방삼복과 달리 초라한 자신의 처지를 자각하며 부끄러워한다. 따라서 ⓒ에서 고향 사람에 대한 자부심을 갖게 되었음을 보여 준다고 볼 수는 없다.

✖ 오답풀이

① ⓐ: 스스로는 문제 해결이 불가능한 상태임을 강조하여 인물의 답답한 처지를 보여 준다.

> ⓐ에서는 '돈과 물건'을 빼앗긴 문제 상황을 해결하고 싶어 하지만, '아무런 묘책'도 없는 백 주사의 모습을 통해 인물의 답답한 처지를 보여 준다.

② ⓑ: 방삼복의 제안에 엉겁결에 따라가는 모습을 통해 인물이 얼떨떨한 상태임을 보여 준다.

> ⓑ에서는 '내 집'으로 가자는 방삼복의 제안에 '잡아끄는 대로 끌'려가는 백 주사의 모습을 통해 인물이 얼떨떨한 상태임을 보여 준다.

④ ⓓ: 자신의 처지를 방삼복과 비교하면서 주눅이 들었음을 보여 준다.

> ⓓ에서는 '일조에 몰락하여 가뜩이나 초상집 개처럼 초라'한 자신의 처지를 방삼복과 비교하면서 '또 한 번 어깨가 옴츠러'드는 백 주사의 모습을 통해 그가 주눅 들어 있음을 보여 준다.

⑤ ⓔ: 방삼복에게 도움을 받을 수 있다는 기대감과 그에 대한 반감이 뒤섞여 있음을 보여 준다.

> ⓔ에서 백 주사는 '자리를 털고 일어설 생각'을 '몇 번'이나 했지만 방삼복이 '큰 세도를 부리'는 것이 분명해 보여 참는다. 이는 백 주사가 방삼복에게 도움을 받을 수 있다는 기대감과 그에 대한 반감을 함께 가지고 있음을 보여 준다.

4. 〈보기〉를 참고하여 [A]~[E]를 감상한 내용으로 적절하지 않은 것은? [3점]

〈보기〉

'진작부터 벼르던 이야기'는 백 주사가 자신과 가족의 억울함을 하소연하는 부분이다. 그런데 서술자는 그 '이야기'를 서술자의 시선뿐 아니라 여러 인물들의 시선으로 초점화하여 서술함으로써 독자와 작중 인물 간의 거리를 조절한다. 또한 세부 항목을 하나씩 나열하여 장면의 분위기를 고조하고 정서를 확장하는 서술 방법으로 독자에게 현장감을 전해 준다. 이때 독자는 백 주사와 그의 가족에게 고통받았던 사람들의 입장에 서서 그들을 비판적으로 보게 된다.

🔍 **보기 분석**

- 진작부터 벼르던 이야기
  - '이야기'를 여러 인물들의 시선으로 초점화하여 서술: 독자와 작중 인물 간의 거리를 조절
  - 세부 항목을 하나씩 나열: 장면의 분위기를 고조하고 정서를 확장 → 독자에게 현장감 전달
  - 독자: 백 주사와 그의 가족에게 고통받았던 사람들의 입장에서 그들을 비판적으로 보게 됨

✅ **정답풀이**

⑤ [E]: 백 주사 '가족'의 몰락을 보여 주는 사건들을 백 주사의 시선으로 일관되게 초점화하여 그들에게 고통받았던 사람들의 편에 선 독자가 통쾌함을 느끼게 하고 있군.

〈보기〉에서 윗글은 '여러 인물들의 시선으로 초점화하여 서술'하여 독자로 하여금 '백 주사와 그의 가족에게 고통받았던 사람들의 입장에 서게 한다고 하였다. [E]에서는 백 주사 '가족'의 몰락을 보여 주는 사건들이 제시되어 독자들은 통쾌함을 느끼게 되지만, [E]가 백 주사의 시선으로 일관되게 초점화하여 서술하였다고 보기는 어렵다.

❌ **오답풀이**

① [A]: 백선봉의 풍요로운 생활을 '남들'의 굶주린 생활과 비교하여 서술함으로써 독사가 그를 비판적으로 보게 하고 있군.

〈보기〉에서 윗글의 '독자는 백 주사와 그의 가족에게 고통받았던 사람들의 입장에 서서 그들을 비판적으로 보게 된다.'라고 하였다. 이에 따르면 [A]에서 백선봉의 풍요로운 생활을 '남들'의 굶주린 생활과 비교하여 서술하는 것을 통해 독자는 백선봉을 비판적으로 바라볼 수 있다.

② [B]: 부정하게 모은 많은 물건들을 하나씩 나열하여 습격 당시 현장의 들뜬 분위기를 환기함으로써 '군중'의 놀람과 분노를 독자에게 전하려 하고 있군.

〈보기〉에서 윗글은 '세부 항목을 하나씩 나열하여 장면의 분위기를 고조하고 정서를 확장하는 서술 방법으로 독자에게 현장감을 전해 준다.'라고 하였다. 이에 따르면 [B]에서 부정하게 모은 많은 물건들을 하나씩 나열한 것은 백선봉의 집을 습격한 현장의 들뜬 분위기를 환기함으로써 군중들이 느꼈을 놀람과 분노를 현장감 있게 전달한다고 볼 수 있다.

③ [C]: '있었더란다'를 통해 누군가에게 들은 것처럼 전하면서도, 전하는 내용을 '군중'의 시선으로 초점화하여 독자가 '군중'의 입장에 서도록 유도하고 있군.

〈보기〉에서 윗글은 사건을 '여러 인물들의 시선으로 초점화하여 서술'하고 '백 주사와 그의 가족에게 고통받았던 사람들의 입장'에서 그들을 비판적으로 보게 한다고 하였다. 이에 따르면 [C]에서 '있었더란다.'는 누군가에게 들은 것처럼 전하면서도, 전하는 내용을 '군중'의 시선으로 초점화하여 독자가 '군중'의 입장에 서도록 유도한다고 볼 수 있다.

④ [D]: '동네 사람'의 시선으로 초점화하여 백 주사의 만행을 서술함으로써 백 주사가 습격의 빌미를 제공한 것처럼 독자가 느끼게 하고 있군.

〈보기〉에서 윗글은 사건을 '여러 인물들의 시선으로 초점화하여 서술'하고 '백 주사와 그의 가족에게 고통받았던 사람들의 입장'에서 그들을 비판적으로 보게 한다고 하였다. 이에 따르면 [D]에서 백 주사가 그동안 지어 온 악행을 '동네 사람'의 시선으로 초점화하여 서술한 것은 백 주사의 잘못이 습격의 빌미인 것처럼 느끼게 하여 독자가 '동네 사람'의 입장에서 백 주사를 비판적으로 보도록 한다고 볼 수 있다.

📋 **문제적 문제**　　　　　　　　　　　• 4–②, ⑤번

학생들이 정답 이외에 가장 많이 고른 선지가 ②번이다. 〈보기〉에서 제시한 '초점화'라는 개념이 익숙하지 않고, 〈보기〉에서 설명하는 내용을 제대로 이해하지 못해 선지를 판단하는 데에 어려움이 있었던 것으로 보인다. 〈보기〉를 참고하여 감상한 내용을 물어보는 문제에서는 〈보기〉의 내용을 잘 이해하고, 이를 지문의 내용과 대응해 보며 선지의 정오를 판단해야 한다.

②번의 경우, '부정하게 모은 많은 물건들을 하나씩 나열하여 습격 당시 현장의 들뜬 분위기를 환기'했다는 것은 〈보기〉에서 '세부 항목을 하나씩 나열하여 장면의 분위기를 고조하고 정서를 확장'하는 서술 방법에 대응된다. ②번을 고른 학생들은 '들뜬 분위기'를 기쁨 등의 긍정적 감정이 고조되는 분위기라고 생각했을 가능성이 있다. 그러나 '들뜬'은 '마음이나 분위기가 가라앉지 아니하고 조금 흥분되'이라는 의미로, [B]에서 군중이 백선봉의 집을 습격하였을 때 쏟아져 나오는 물건들을 보면서 느꼈을 흥분감과 분노 역시 들뜬 분위기와 관련된다고 볼 수 있다. 이러한 서술을 통해 백선봉의 집을 습격한 '군중'의 놀람과 분노를 독자에게 전하고 있으므로, ②번은 적절하다.

정답 선지인 ⑤번의 경우, 백 주사와 가족들의 몰락을 보여 주는 사건이 제시되고, '그들에게 고통받았던 사람들의 편에 선 독자가 통쾌함을 느끼게 하고 있'다는 설명은 적절하다고 볼 수 있으므로, 선지를 대강 훑고 넘어갔다면 적절하다고 생각했을 수도 있다. 하지만 [E]는 백 주사의 가족이 몰락하는 장면을 서술자의 시선에서 서술한 것으로, 특히 '백 주사는 서울로 각기 피신하여'에서 이러한 서술자의 시선이 잘 드러난다. 따라서 '백 주사의 시선으로 일관되게 초점화'했다는 설명은 적절하지 않다고 판단할 수 있다.

정답률 분석

	매력적 오답			정답
①	②	③	④	⑤
1%	30%	7%	14%	48%

윤흥길, 「매우 잘생긴 우산 하나」

[1~4] 다음 글을 읽고 물음에 답하시오.

　　김달채 씨는 퇴근하기 무섭게 뽀르르 집으로 달려가던 묵은 습관을 버리고 밤늦도록 하릴없이 길거리를 배회하면서 시간을 보내는 새로운 습관을 몸에 붙였다. 지하철이나 버스 혹은 공중변소나 포장마차 안에서, 백화점에서 사지도 않을 물건을 흥정하거나 정류장에서 토큰 아니면 올림픽복권을 사면서, 그리고 행인에게 담뱃불을 빌리거나 더욱 과감하게는 파출소에 들어가 경찰관에게 길을 묻는 시늉을 하는 사이에 마주치는 각계각층의 사람들을 상대로 달채 씨는 실수를 가장하기도 하고 때로는 또렷한 목적 의식을 드러내기도 해 가며 우산의 존재를 알리기 위해 갖가지 수단과 방법을 다 동원했다. 그런 다음 상대방의 눈에 과연 우산이 어떻게 비치는지, 그리하여 **상대방이 우산 임자인 자기를 어떻게 대우하는지 반응을 떠보는 작업을 일삼아 계속해 나갔다. 참으로 긴장과 전율이 넘치는 뻐근한 나날들이었다.** 밤늦도록 길거리를 배회하면서 각계각층의 사람들에게 우산을 보이고 그들의 반응을 확인하며 긴장과 전율을 느끼는 김달채 씨 구청 호적계장의 직위에 오르기까지 여태껏 전혀 몰랐던 세계가 구청과 자기 집구석 바깥에 따로 있음을 그는 우산을 통해서 비로소 실질적으로 체험할 수가 있었다. 그는 사람들의 반응을 종합해서 몇 가지 결론을 얻어내는 데 성공했다.

[A]

　　첫째는, 진짜 무전기에 익숙한 일부 극소수의 사람들을 제외한 거개의 서민들은 의외로 쉽사리 우산에 속아 넘어간다는 사실이었다.

　　둘째는, 상대방이 무전기를 지니고 있다고 알아차리는 그 순간부터 사람들의 태도가 확 달라진다는 사실이었다. 일껏 하던 이야기를 뚝 그치거나 얼렁뚱땅 말머리를 돌리는 등으로 **지은 죄도 없이 공연히 겁부터 집어먹고는 꾀죄죄한 몰골의 자기한테 갑자기 저자세로 구는** 것이었다. 우산을 무전기로 착각하고 김달채 씨에게 겁을 먹는 사람들 밤늦도록 수고가 많다면서 한사코* 술값을 받지 않으려 하던 어떤 포장마찻집 주인의 경우가 단적인 예였다.

　　셋째는, 노골적으로 손에 쥐고 보여 줄 때보다 그냥 뒤꽁무니에 꿰 찬 채 부주의한 몸가짐인 척하면서 웃옷 자락을 슬쩍 들어 ⊙케이스의 끝부분만 감칠나게 보여 주는 편이 오히려 사람들을 놀라게 하는 데 훨씬 더 효과적이고 반응도 민감하다는 사실이었다.

　　김달채 씨는 그러잖아도 짧은 머리를 더욱 짧게 깎았다. 옷차림도 낡은 양복에서 스포티한 잠바 스타일로 개비*했는가 하면 구청 밖에서는 항상 선글라스를 끼고 다녀 버릇했다. 달채 씨는 그처럼 달라진 모습으로 짬만 생기면 하릴없이 길거리를 나다니며 청명한 가을날에 우산을 이용해서 사람들을 떠보는 색다른 취미에 점점 깊숙이 빠져 들어가기 시작했다. 장면 01

(중략)

　　그리 멀지 않은 곳에서 뭔가 벌어지고 있는 중이라고 생각하자 **까닭 모를 흥분과 기대감이 그를 사로잡아 버렸다. 한 건 올리는 정도가 아니라 뭔가 이제껏 맛보지 못한 엄청난 보람을 느끼게 될 일대* 사건을 만날 듯싶은 예감 때문이었다.** 새로운 사건이 벌어질 듯한 예감을 느끼며 기대감에 부푼 김달채 씨 그는 다른 행인들이 종종걸음으로 달아나는 방향과는 정반대 편을 향해 정신없이 달려가기 시작했다.

　　예상했던 그대로의 살벌한 풍경이었다. 깨진 보도블록 조각이나 돌멩이들이 인도와 차도 가릴 것 없이 사방에 흩어져 나뒹굴고 있었다. 시커먼 그을음 연기를 피워 올리며 불타는 자동차와 창유리가 박살 난 건물도 보였다. 김달채 씨는 주체 못할 지경으로 쏟아지는 눈물 콧물도 돌볼 겨를 없이 여전히 선글라스를 착용한 채 최루 가스에 심하게 오염된 지역을 향해 가까이 접근했다. 중무장한 전경대에 의해 도로가 완전 차단되어 더 이상 접근이 불가능해지자 달채 씨는 구경꾼들 뒷전에서 작은 키를 한껏 발돋움하고는 시위 현장의 분위기를 살폈다. 어디선가 보이지 않는 저쪽 건물 모퉁이에서 어기찬 함성이 아직도 기세를 올리는 중이었다. 사복 경찰관들한테 붙잡혀 끌려오는 학생의 모습이 구경꾼들 어깨 너머로 내다보였다. 달채 씨는 저도 모르는 사이에 앞사람들 틈바귀를 비집고 전면으로 썩 나섰다.

　　"이봐요, 거기!"

　　김달채 씨는 창문마다 철망이 쳐진 버스 안으로 학생들을 마구 밀어 넣는 **사복들을 향해 느닷없이 목청을 높였다.**

　　"아직도 어린애야! 다치지 않게 살살 좀 다뤄!"

　　어디서 그런 용기가 솟아나는지 김달채 씨 자신도 깜짝 놀랄 지경이었다. 시위 현장에서 학생을 거칠게 끌고 가는 사복 경찰을 만류하는 자신의 용기에 놀란 김달채 씨

　　"당신 뭐야?"

　　옷깃에 비표*를 단 사복 차림의 청년 하나가 달려와서 김달채 씨의 가슴을 떼밀었다.

　　"나 이런 사람이오."

　　김달채 씨는 엉겁결에 잠바 자락 한끝을 슬쩍 들어 뒷주머니에 꿰 찬 우산 케이스를 내보였다. 하지만 상대방 청년은 그런 물건 따위는 애당초 거들떠볼 생심조차 하지 않았다.

　　"당신도 저 차에 같이 타고 싶어? 여러 소리 말고 빨리 집에나 들어가 봐요!" 김달채 씨를 무시하고 위협하는 사복 청년

　　이른바 닭장차에 어린 학생들과 함께 실리고 싶은 생각은 물론 털끝만큼도 없었다. 옷깃에 비표를 단 청년이 우산을 ⓒ우산

이상의 것으로 보아 주지 않는다면 그건 어쩔 도리 없는 노릇이었다. 김달채 씨는 남의 채마밭에서 무 뽑아 먹다 들킨 아이처럼 무르춤한 꼬락서니가 되어 맥없이 돌아설 수밖에 없었다. 상대가 우산 케이스를 무전기로 보아 주지 않자 물러서는 김달채 씨 장면 02

– 윤흥길, 「매우 잘생긴 우산 하나」 –

>> 지문을 **두 장면**으로 나누고, 장면의 핵심 내용을 정리해 보세요.

장면 01 김달채 씨는 **무전기**처럼 보이는 우산 **케이스**를 들고 다니며 사람들을 떠보는 취미 생활에 빠짐

장면 02 김달채 씨는 **시위** 현장에서 평소처럼 **우산**을 이용하여 상대방을 떠보려다 실패하고, 맥없이 돌아섬

전체 줄거리

김달채 씨는 동창인 조박사에게 까만 가죽으로 된 케이스에 담겨 있는 삼 단으로 접힌 우산을 선물로 받는다. 부슬비가 내리는 어느 가을밤 퇴근 후 김달채 씨는 약속 장소인 다방에서 종업원에게 불친절한 대우를 받는데, 탁자 위에 놓인 우산을 무전기로 착각한 종업원의 태도가 돌변하는 것을 보게 된다. 또한 김달채 씨는 골목에서 여러 남성들에게 둘러싸인 여성을 구해 주고 '경찰관님 감사합니다.'라는 인사를 듣는 사건을 경험한다. 우산으로 인해 평소와 다른 대우를 경험한 김달채 씨는 밤늦도록 길거리를 배회하며 여러 사람들에게 우산의 존재를 알리고, 그들의 반응을 관찰하는 작업을 하면서 전율을 느낀다. 어느 토요일, 오늘도 한 건 올리고 싶다는 마음으로 정처 없이 걷던 김달채 씨는 종로통을 지나가면서 재채기를 하는 사람들을 본다. 멀지 않은 곳에서 사건이 벌어지고 있다는 기대감을 가지고 달려간 김달채 씨는 시위 현장을 마주한다. 김달채 씨는 사복 경찰이 학생을 끌고 가는 것을 보고 느닷없이 용기를 내어 그를 만류하지만, 우산 케이스를 거들떠보지도 않는 사복 경찰의 위협에 돌아선다. 뒤로 밀린 시위 학생들이 화염병에 불을 댕기고 김달채 씨는 이를 말리려다 돌멩이에 맞아 길바닥에 우산을 떨어뜨린 채 끌려간다.

＊ 전지적 작가 시점

이것만은 챙기자

＊**한사코**: 죽기로 기를 쓰고.
＊**개비**: 있던 것을 갈아 내고 다시 장만함.
＊**일대**: 아주 굉장한.
＊**비표**: 남들은 모르고 자기들만 알 수 있도록 표시한 표지.

| 서술상의 특징 파악 | 정답률 96

1. [A]의 서술상 특징으로 가장 적절한 것은?

⊘ 정답풀이

④ 한 가지의 목적으로 수렴되는 인물의 의도적인 행위들을 나열하고 있다.

[A]에서 김달채 씨는 여러 수단과 방법을 동원하여 상대방에게 '우산의 존재를 알리'고, 그들에게 '우산이 어떻게 비치는지, 그리하여 상대방이 우산 임자인 자기를 어떻게 대우하는지 반응을 떠보는 작업'을 하고 있다. 이를 위해 김달채 씨는 '지하철이나 버스 혹은 공중변소나 포장마차', '백화점', '정류장', '파출소' 등에서 '각계각층의 사람들을 상대'로 의도적으로 우산을 보이고 있으므로 [A]에서 나열된 행위들은 상대방의 반응을 떠보기 위한 목적으로 수렴된다고 볼 수 있다.

⊗ 오답풀이

① 중심인물이 알지 못하는 사건을 제시해 긴장감을 조성하고 있다.
[A]에서 중심인물인 김달채 씨는 대부분의 서민들이 우산 케이스를 무전기로 착각한다는 사실을 알고, 이를 이용해 사람들의 반응을 떠보고 있다. 따라서 중심인물이 알지 못하는 사건을 제시했다고 볼 수 없다.

② 공간 이동에 따른 인물의 내면 변화를 회상을 통해 제시하고 있다.
[A]에서 김달채 씨는 '지하철이나 버스 혹은 공중변소나 포장마차', '백화점', '정류장', '파출소' 등의 공간에서 '각계각층의 사람들을 상대'로 반응을 떠보는 작업을 계속하며 긴장과 전율을 경험했을 뿐, 공간의 이동에 따라 내면 심리가 변화하고 있지는 않다.

③ 동시적 사건들의 병치로 사건에 대한 서로 다른 관점을 드러내고 있다.
[A]에는 김달채 씨가 '각계각층의 사람들을 상대'로 반응을 떠보는 작업을 진행하는 공간인 '지하철이나 버스 혹은 공중변소나 포장마차', '백화점', '정류장', '파출소' 등이 나열되어 있지만 이는 동시적 사건들의 병치로 볼 수 없으며, [A]에 사건에 대한 서로 다른 관점도 나타나 있지 않다.

⑤ 상대를 달리하여 벌이는 인물의 행동을 서술하여 점진적으로 심화되는 갈등을 묘사하고 있다.
[A]에서 김달채 씨는 '각계각층의 사람들'을 상대로 '물건을 흥정'하거나, 길을 물으며 '우산의 존재를 알리'는 작업을 하고 있으므로, 상대를 달리하여 벌이는 행동을 서술했다고 볼 수 있다. 그러나 김달채 씨와 사람들의 갈등은 확인할 수 없으므로, 점진적으로 심화되는 갈등이 묘사되었다고 볼 수는 없다.

기틀잡기

③ **병치**: 두 가지 이상의 것을 한곳에 나란히 제시함.

2. 윗글의 내용에 대한 이해로 가장 적절한 것은?

✅ **정답풀이**

③ 흥미를 느낄 만한 일이 벌어지고 있음을 짐작한 김달채는 달아나는
   행인들과 달리 시위 현장으로 향한다.

> 김달채는 '그리 멀지 않은 곳에서 뭔가 벌어지고 있는 중이라'는 생각에
> 흥분과 기대감에 사로잡혀 '다른 행인들이 종종걸음으로 달아나는 방향
> 과는 정반대 편을 향해 정신없이 달려'갔으며 그곳에서 '예상했던 그대로의
> 살벌한 풍경'인 시위 현장을 보게 된다.

❌ **오답풀이**

① 거리를 배회하며 새로운 습관을 익히려는 김달채는 생활의 활기를
   찾기 위해 비 오는 날을 기다린다.
   '달채 씨는 그처럼 달라진 모습으로 짬만 생기면 하릴없이 길거리를 나다니며
   청명한 가을날에 우산을 이용해서 사람들을 떠보는 색다른 취미에 점점 깊
   숙이 빠져' 들었다고 했으므로, 김달채가 비 오는 날을 기다린다고 볼 수는
   없다.

② 꾀죄죄한 몰골의 김달채는 사람들이 자신을 무시하는 태도를 변화
   시키기 위해 무전기를 보여 준다.
   '꾀죄죄한 몰골'의 김달채가 들고 다니는 우산을 무전기로 착각한 대부분
   의 서민들이 겁을 먹고 그에게 '갑자기 저자세로 구는 것'일 뿐, 김달채가 자
   신을 무시하는 사람들의 태도를 변화시키기 위해 실제 무전기를 보여 주는
   것은 아니다.

④ 시위 진압의 영향으로 고통 받던 김달채는 전경대의 위세에 압도
   되어 구경꾼들 뒤로 물러선다.
   김달채는 전경대의 위세에 압도되어 물러선 것이 아니라, 전경대에 의해 도로
   가 차단되어 시위 현장으로 접근이 어려워지자 '구경꾼들 뒷전에서' '시위
   현장의 분위기를 살폈'고 '사복 경찰관들한테 붙잡혀 끌려오는 학생의 모습'
   을 보고 전면에 나섰다.

⑤ 닭장차에 끌려가게 된 김달채는 건물 모퉁이에서 들려오는 함성에
   안도감을 느낀다.
   김달채는 '건물 모퉁이에서 어기찬 함성'이 울리는 것을 들은 후 '옷깃에 비
   표를 단 청년'의 행동을 말리지만, '당신도 저 차에 같이 타고 싶'냐고 위협
   받자 '이른바 닭장차에~실리고 싶은 생각은 물론 털끝만큼도 없었다.'라고
   생각하며 돌아섰다.

> **Q**: 김달채 씨가 여러 사람들에게 우산을 보여 주며 얻어 낸 두 번째 결론
> 에서 그들이 '꾀죄죄한 몰골의 자기한테 갑자기 저자세로' 군다고 했으
> 니까 ②번은 적절하지 않나요?
>
> **A**: 윗글에서 김달채 씨는 무전기처럼 생긴 우산(우산 케이스)을 사람들
> 에게 보여 주고 그들의 반응을 살피며 세 가지 결론을 얻어 냈다. 그
> 결론은 '진짜 무전기에 익숙한' 극소수의 사람들을 제외한 일반 시민
> 들은 실제 무전기와 김달채 씨의 우산(우산 케이스)을 구분하지 못했
> 으며, 김달채 씨가 슬쩍 보여 주는 케이스를 무전기로 착각한 후에는
> 갑자기 저자세로 군다는 것이었다. 하지만 윗글에서 사람들이 김달채
> 씨를 무시한다는 내용은 확인할 수 없고, 또 김달채 씨가 사람들에게
> 우산을 보여 준 것은 그들의 반응을 떠보고 그것을 관찰하는 것에 희
> 열을 느꼈기 때문일 뿐 자신을 대하는 사람들의 태도를 변화시키기
> 위함이었다고 볼 수 없다. 인물이 어떤 행동을 하는 원인, 동기는 지
> 문에 나온 내용, 사실 관계를 근거로 이해하는 것이 바람직하다.

---

3. ㉠, ㉡에 대한 이해로 적절하지 <u>않은</u> 것은?

> ㉠: 케이스
> ㉡: 우산 이상의 것

✅ **정답풀이**

⑤ '사복 차림의 청년'은 ㉡에 익숙하여 ㉠을 이용하려는 김달채의
   의도를 알아챈다.

> 김달채가 엉겁결에 '뒷주머니에 꿰 찬 우산 케이스'를 내보였음에도 '옷
> 깃에 비표를 단 사복 차림의 청년'은 '그런 물건 따위는 애당초 거들떠볼
> 생심조차 하지 않'는다. 즉 사복 차림의 청년은 ㉠을 ㉡처럼 이용하려는
> 김달채의 의도를 알아챈 것이 아니라, 김달채가 내보이는 ㉠ 자체에 관심
> 도 갖지 않은 것이다.

❌ **오답풀이**

① 김달채는 ㉠을 그 생김새로 인해 ㉡으로 인식하는 사람들이
   있다는 사실을 발견한다.
   김달채는 '진짜 무전기에 익숙한 일부 극소수의 사람들을 제외한 거개의 서민
   들은 의외로 쉽사리 우산에 속아 넘어간다는 사실', 즉 ㉠의 생김새가 무전기
   와 비슷해 이를 ㉡으로 인식하는 사람들이 있다는 사실을 알아낸다.

② 김달채는 사람들로부터 기대하는 반응을 효과적으로 이끌어 낼 수
   있는 ㉠의 사용법을 알게 된다.
   김달채는 사람들의 반응을 떠보는 작업을 통해 ㉠을 '노골적으로' 보여 줄
   때보다 '뒤꽁무니에 꿰 찬 채 부주의한 몸가짐인 척하면서' 슬쩍 '케이스(㉠)
   의 끝부분만 감질나게 보여 주는 편이' 민감한 반응을 이끌어 내는 데 효과적
   이라는 사용법을 알게 되었다.

③ '일부 극소수의 사람들'에게는 ⓛ을 가진 사람으로 보이려는 김달채의 의도가 실현되지 않는다.

김달채는 '진짜 무전기에 익숙한 일부 극소수의 사람들을 제외한 거개의 서민들은 의외로 쉽사리 우산에 속아 넘어간다는 사실'을 알아낸다. 즉 무전기가 익숙한 일부 극소수의 사람들에게는 우산 케이스로 ⓛ을 가진 것처럼 보이려 했던 김달채의 의도가 실현되지 않은 것이다.

④ 김달채는 ⓛ에 익숙하지 않은 '거개의 서민들'이 ㉠을 ⓛ으로 오인한다고 판단한다.

김달채는 '진짜 무전기에 익숙한 일부 극소수의 사람들을 제외한 거개의 서민들은 의외로 쉽사리 우산에 속아 넘어간다는 사실'을 알아낸다. 즉 김달채는 무전기에 익숙하지 않은 '거개의 서민들'은 평범한 ㉠을 ⓛ으로 오인한다고 판단한 것이다.

| 외적 준거에 따른 작품 감상 | 정답률 **92**

4. 〈보기〉를 바탕으로 윗글을 감상한 내용으로 적절하지 **않은** 것은? [3점]

─────────〈보기〉─────────

소시민은 자신의 기득권을 지키기 위해 권력관계에 민감하게 반응한다. 권력관계가 형성되기 위해서는 타인의 승인이 요구되며, 이로 인해 힘의 우열 관계가 발생한다. 이 작품은 허구적 권력 표지를 통해 타인의 승인을 얻음으로써 자신감을 갖게 된 인물이, 승인을 거부하는 타인 앞에서는 소시민적 면모를 드러내는 상황을 그려낸다. 이를 통해 상황 논리를 따르는 소시민의 타산적 태도를 비판하고 있다.

🔍 **보기 분석**

- 소시민과 권력관계
  - 소시민은 권력관계에 민감하게 반응함
  - 권력관계의 형성에는 타인의 승인이 요구됨 → 힘의 우열 관계 발생
- 윗글에 나타난 소시민과 권력관계
  - 허구적 권력 표지(우산) → 타인의 승인 → 자신감을 갖게 된 인물(김달채)
  - 승인을 거부하는 타인(비표를 단 청년) 앞에서는 소시민적 면모를 드러냄 → 상황 논리를 따르는 소시민(김달채)의 타산적 태도 비판

✅ **정답풀이**

⑤ 김달채가 비표를 단 청년 앞에서 돌아서는 것은, 학생들과 맺은 유대 관계를 단절하여 기득권을 지키려 한다는 점에서 상황 논리를 따르는 김달채의 타산적 태도를 드러내는군.

〈보기〉에서 윗글은 '허구적 권력 표지'의 '승인을 거부하는 타인 앞에서는 소시민적 면모를 드러내는 상황'을 그려내 '상황 논리를 따르는 소시민의 타산적 태도를 비판'한다고 했다. 윗글에서 김달채는 '옷깃에 비표를 단 청년'에게 우산 케이스를 내보였으나 상대가 '우산을 우산 이상의 것으로 보아 주지 않'자 맥없이 돌아서고 만다. 이는 우산이라는 허구적 권력 표지의 '승인을 거부'당한 후 '힘의 우열 관계'에서 밀리는 소시민의 모습을 보여 줌으로써 상황 논리를 따르는 타산적 태도를 드러낸다고 볼 수 있다. 그러나 윗글에서 김달채가 시위하는 학생들과 유대 관계를 맺거나, 이를 단절하는 모습은 나타나지 않는다.

❌ **오답풀이**

① 김달채가 각계각층 사람들의 반응을 떠보는 것은, 권력이 타인들에게 미치는 영향을 살핀다는 점에서 김달채가 권력관계를 의식하는 인물임을 드러내는군.

〈보기〉에서 소시민은 '권력관계에 민감하게 반응'한다고 했다. 윗글에서 김달채는 우산을 무전기로 착각한 이들이 '저자세로 구는' 것을 경험하면서 '무전기'라는 권력이 사람들에게 미치는 영향을 살핀다. 즉 김달채가 '무전기'를 가장한 '우산'을 이용해 '각계각층의 사람들을 상대로' 반응을 떠보는 것은 김달채가 권력관계를 민감하게 의식하는 인물임을 보여 준다고 할 수 있다.

② 김달채가 준 술값을 포장마찻집 주인이 받지 않으려는 것은, 권력에 대한 사람들의 태도를 나타낸다는 점에서 권력이 인물 간의 우열 관계를 형성하는 요인임을 보여 주는군.

〈보기〉에서 권력관계로 인해 '힘의 우열 관계가 발생'한다고 했다. 윗글에서 '포장마찻집 주인'은 김달채가 '무전기를 지니고 있다고 알아차'린 후 '한사코 술값을 받지 않으려' 했다. 즉 김달채가 '무전기'를 지니고 있다고 착각한 포장마찻집 주인은 김달채의 권력이 우월하다고 생각하여 저자세를 보이고 있는 것이므로, 이는 권력이 인물 간의 우열 관계를 형성하는 요인임을 보여 준다고 할 수 있다.

③ 김달채가 외양에 변화를 준 것은, 타인의 승인을 용이하게 받으려 한다는 점에서 허구적 권력 표지를 이용하는 데 더 적극적으로 나서려는 김달채의 의도를 나타내는군.

〈보기〉에서 윗글에는 '허구적 권력 표지를 통해 타인의 승인을 얻음으로써 자신감을 갖게 된 인물'이 그려졌다고 했다. 윗글에서 김달채는 '우산'에 대한 사람들의 반응을 통해 '결론을 얻어'낸 이후, '머리를 더욱 짧게 깎고 옷차림에 변화를 준 '달라진 모습으로' 길거리를 다니며 '사람들을 떠보는' 행동을 계속한다. 즉 김달채가 외양에 변화를 준 것은 타인에게 '무전기'를 든 권력자처럼 보이는 것을 강화하기 위해서이므로, '무전기'처럼 보이는 '우산'이라는 허구적 권력 표지를 더 적극적으로 이용하려는 의도를 나타낸다고 할 수 있다.

④ 김달채가 사복들에게 목청을 높이며 항의하는 것은, 자신도 모르게 용기를 드러냈다는 점에서 승인받은 경험들을 통해 얻게 된 김달채의 자신감을 보여 주는군.

〈보기〉에서 윗글에는 '허구적 권력 표지를 통해 타인의 승인을 얻음으로써 자신감을 갖게 된 인물'이 그려졌다고 했다. 윗글에서 김달채가 학생을 끌고 가는 사복 청년에게 목청을 높이며 항의한 것은, '거개의 서민들'이 '우산'에 속아 넘어간 것에서 자신감을 얻었기 때문에 자신도 모르는 사이에 앞에 나설 용기를 낸 것이므로, 서민들에게 승인받은 경험으로 얻은 자신감을 보여 준다고 할 수 있다.

[1~4] 다음 글을 읽고 물음에 답하시오.

[앞부분의 줄거리] 나는 기범이 죽기 전에 무슨 일이 있었는지 알기 위해, 그가 살았던 구천동을 찾아간다. 죽기 전 기범의 사연을 알고 싶어 하는 '나' 기범의 행적을 잘 알고 있는 '임 씨'를 만나 사연을 듣기 전에, 일규의 장례식 후에 있었던 기범과의 과거 일을 회상한다.

"네가 일규를 어떻게 아냐? 네깐 게 뭘 안다구 감히 일규를 입에 올리냐?"

기범은 순간 잔을 던지고 미친 듯이 웃기 시작했다. 일규에 대해 함부로 이야기하지 말라고 한 '나'의 말을 듣고 실성한 듯 웃는 기범 너무나 돌연한 웃음이어서 나는 그때 꽤나 놀랐다. 예상치 못한 기범의 웃음에 놀란 '나' 기범이 그처럼 미친듯이 웃는 것을 나는 그날 처음 보았다.

"그래, 네 말이 맞다. 나는 그놈을 입에 올릴 자격이 없다. 허지만 누가 그놈을 진심으로 사랑한 줄 아냐? 너희냐? 너희가 그놈을 사랑한 줄 아냐?"

㉠나는 긴장했다. 그의 눈에서 번쩍이는 눈물을 보았기 때문이다. 기범의 눈물을 보고 긴장하는 '나'

"너는 그놈이 아깝다구 했지만 나는 그놈이 죽어 세상 살맛이 없어졌다. 나는 살기가 울적할 때마다 허공에서 그놈의 쌍판을 찾았다. 나는 그놈을 통해서만 살아가는 재미와 기쁨을 느꼈다. 그러나 그놈 역시 사정은 나하구 똑같았다. 나를 발길로 걷어 찼지만 그놈은 나를 잊은 적이 없다. 우리는 서로 사랑했지만 사랑하는 방법이 달랐을 뿐이다." 일규와 자신은 서로를 통해서만 삶의 의미를 찾을 수 있었다고 말하는 기범 장면 01

(중략)

"원래 그 사람은 도회지에서 살던 사람인데 왜 그때 도시를 버리구 깊은 산골을 찾았는지 모르겠군." 그 사람(기범)이 왜 도시를 버리고 깊은 산골을 찾았는지 의아해하는 '나'

"처음엔 저두 많이 궁금하게 생각했습니다. 뭔가 세상에 죄를 짓구 숨어 사는 분이 아닌가 했습니다. 처음에는 기범이 죄를 짓고 시골로 숨어 들어온 사람일 거라 의심했던 임 씨 ㉡더구나 이리루 들어오시자 머리를 깎구 수염까지 기르셨거든요. 그러나 오래 뫼시구 살다 보니 저대루 차츰 납득이 갔습니다. 한마디로 말하기는 어렵지만 세상에 뭔가 실망을 느끼신 게 아닌가 싶습니다."

"본인이 그런 말을 한 적이 있소?"

"과거 얘기는 좀체 안 하시는 편이었는데 언젠가는 내게 그 비슷한 말씀을 하시더군요. 듣기에 따라서는 궤변* 같지만 그분은 남하구 다른 ⓐ묘한 철학을 지니구 계셨습니다."

"그걸 한번 들려줄 수 없소?" 기범이 지니고 있었다는 묘한 철학에 대해 듣고 싶어 하는 '나'

"그분은 세상이 어지럽구 더러울 때는 그것을 구하는 방법이 한 가지밖에 없다구 하셨습니다. 세상을 좀 더 썩게 해서 더 이상 그 세상에 썩을 것이 없도록 만들어야 한다는 것입니다. 세상이 어지럽고 더러울 때는 세상을 더 썩게 해야 한다고 생각했던 기범 그걸 썩지 않게 고치려구 했다가는 공연히 사람만 상하구 힘만 배루 든다는 것입니다. ㉢'모두 썩어라, 철저히 썩어라'가 그분이 세상을 보는 이상한 눈입니다. 제 나름의 어설픈 추측입니다만 그분은 사람만이 지닌 이상한 초능력을 믿으시는 것 같았습니다. 사람은 온갖 악행에도 불구하고 자기 스스로를 송두리째 포기하지는 않는다는 것입니다. 세상이 철저히 썩어서 더 썩을 것이 없게 되면 사람은 살아남기 위해 언젠가는 스스로 자구책을 쓴다는 것입니다. 당신은 바로 그걸 믿으셨구, 이러한 자기 생각을 부정(不正)의 미학이라는 묘한 말루 부르시기두 했습니다."

나는 순간 가슴 한구석에 뭔가가 미미하게 부딪쳐 오는 진동을 느꼈다. 진동의 진상은 확실치 않지만, 나는 그것이 기범을 이해하는 어떤 열쇠가 아닌가 생각했다. 그의 온갖 기행과 궤변들이 어지러운 혼란 속에서 그제야 언뜻 한 가닥의 질서 위에 어렴풋이 늘어서는 것이었다. 기범의 묘한 철학에 대해 듣고 나서 그의 온갖 기행과 궤변들을 이해하는 실마리를 찾게 된 '나'

"헌데 세상에 대해 그런 생각을 지닌 사람이 갑자기 왜 세상을 등지구 이런 산속에 박혀 사는 거요?"

"당신께서 아끼시던 친구 한 분이 갑자기 세상을 버리셨다구 하시더군요. 그때 아마 충격을 받으시구 이리루 들어오신 게 아닌가 싶습니다."

"누구랍니까, 그 친구가?"

"이름은 말씀 안 하시구 그분을 언제나 '미련한 놈'이라구만 부르셨습니다."

오일규다. 나는 그제야 오일규의 장례식 후에 기범이 격렬하게 지껄인 저 시끄럽던 요설*들이 생각났다. 어쩌면 기범은 그때 이미 세상을 등질 결심을 했는지도 알 수 없다. ㉣아니 그는 그 얼마 후에 내 앞에서 정말로 깨끗하게 사라져 버린 것이다.

"그래 그 친구가 죽은 후로 왜 세상을 등졌답디까?"

"세상 살 재미가 없어졌다구 하시더군요. 일규의 죽음 뒤 삶의 의미를 잃어버린 기범 아마 친구분을 꽤나 좋아하셨던 모양입니다. 그 미련한 놈이 죽어 버렸으니 자기도 앞으로는 미련하게 살밖에 없노라구 하셨습니다. ㉤당신이 미련하다고 말씀하는 건 우습게 들리시겠지만 착한 일을 뜻하시는 것이었습니다."

"그래서 이곳에 온 후 사람이 갑자기 달라진 거요?"

"전 그분의 과거를 몰라서 어떻게 달라졌는지는 잘 모릅니다. 허지만 이곳에 오신 후로는 그분은 거의 남을 위해서만 사셨습니다. 제가 생명을 구한 것두 순전히 그분의 덕입니다."

[A] 　　나는 다시 기범이 지껄였던 과거의 ⓑ요설들이 생각난다. 세상을 항상 역(逆)으로만 바라보던 그의 난해성이 또 한 번 나를 혼란 속에 빠뜨린다. 그는 어쩌면 이 세상을 역순(逆順)과 역행(逆行)에 의해 누구보다 열심으로 가장 솔직하게 살다 간 것 같다. 그에게 악과 선은 등과 배가 서로 맞붙은 동위(同位) 동질(同質)의 것이었는지도 알 수 없다. 그는 악과 선 중 아무것도 믿지 않았고 오직 믿은 것이라고는 세상에는 아무것도 믿을 것이 없다는 사실뿐이었다. 그와 오일규가 맞부딪쳤을 때 오일규가 해체되는 것은 너무나 당연하다. 그것은 가장 비열한 삶이 가장 올바른 삶을 해체시키는 역설적인 예인 것이다. 장면 02

－ 홍성원, 「무사와 악사」 －

이것만은 챙기자

*궤변: 상대편을 이론으로 이기기 위하여 상대편의 사고(思考)를 혼란시키거나 감정을 격앙시켜 거짓을 참인 것처럼 꾸며 대는 논법.
*요설: 쓸데없이 말을 많이 함.

>> 지문을 **두 장면**으로 나누고, 장면의 핵심 내용을 정리해 보세요.

장면 01 '나'는 **일규**의 장례식 후 기범과 만났던 과거 일을 회상함

장면 02 '나'는 구천동에서의 **기범**의 행적을 잘 알고 있는 임 씨와의 대화를 통해 기범이 가졌던 삶의 철학을 이해하기 시작함

전체 줄거리

　　'나'(정동근)는 손중호라는 사람으로부터 친구 기범이 죽었다는 소식을 듣는다. 고인의 인척이라도 찾아볼 수 있도록 도와 달라는 손중호의 부탁으로 '나'는 기범의 고향으로 향한다.
　　기범은 일본에서 법대를 나온 유학생 출신으로, 조선인 학생들을 위한 출정식에서 '조선 만세'를 부르자는 거사를 계획한 날, '조선 만세, 일본 만세, 대동아 만세'를 모두 부름으로써 거사를 계획한 동지들의 체면을 살리면서 감옥행을 막아 준다. 그는 해방 후 신문 기자로서 친일 행위자를 옹호하는 기사를 썼다가 테러를 당하기도 했는데, 친일 행위자들이 반민족적 행각을 하면서 마음의 고통이 심했을 것이니 인정상 무자비한 처단만이 능사가 아니라고 주장한다.
　　기범은 음모와 배반의 명수라는 혹평을 받아 따돌림을 당하기도 했는데, 친구 일규의 선거 참모로 활동하다 막판에 상대 진영에 합류해 버림으로써 일규에게 패배를 안겼기 때문이다. 이 일로 일규는 기범과 절교하게 된다. 그 후 일규가 교통사고로 세상을 뜨자, 기범은 일규의 장례식에 나타난다. 일규는 세상이 편안할 때면 칼을 뽑는 운 좋은 무사이고 자기는 그 무사를 칭송하면서 살아가는 악사였다는 이야기를 한 기범은 그 후 세상을 등지고 깊은 산골로 들어가 살았는데, 10년 뒤 서울로 올라왔다가 교통사고로 죽게 된 것이다.
　　'나'는 기범의 근거지였던 전라도 K군의 구천동이라는 화전마을에서 기범이 '황도인'이라는 호칭으로 마을 사람들의 존경을 받으며 남을 위해 헌신적으로 살았다는 이야기를 듣게 된다. 기범을 모시고 모든 것을 도맡아 처리해 오던 임 씨와의 대화를 통해 '나'는 기범의 삶에 대한 이해를 얻게 된다.

　　＊ 1인칭 관찰자 시점

| 서술상의 특징 파악 | 정답률 **90**

1. [A]의 서술상 특징으로 가장 적절한 것은?

✔ 정답풀이

② 이야기 내부의 서술자가 인물에 대한 평가를 관념적으로 서술하고 있다.

> [A]의 '나'는 이야기 내부에 위치한 1인칭 서술자로, 임 씨와의 대화를 통해 '기범이 지껄였던 과거의 요설들'을 다시 떠올리며 그의 삶에 대해 평가하고 있다. 이때 '그(기범)에게 악과 선은 등과 배가 서로 맞붙은 동위 동질의 것' 등은 기범에 대해 내린 '나'의 관념적인 평가로 볼 수 있다.

✖ 오답풀이

① 이야기 내부의 서술자가 인물의 행동을 객관적으로 서술하고 있다.
　　[A]의 '나'는 '기범이 지껄였던 과거의 요설들'을 다시 생각하며 기범의 행동에 대해 '어쩌면 이 세상을 역순과 역행에 의해 누구보다 열심으로 가장 솔직하게 살다 간 것 같다.'라고 하는 등 인물의 행동을 주관적으로 서술하고 있다.

③ 이야기 외부의 서술자가 인물의 체험을 바탕으로 사건의 배경을 실감나게 서술하고 있다.
　　[A]의 '나'는 이야기 내부에 위치한 서술자로, 기범에 대한 주관적인 평가를 서술하고 있을 뿐, 인물의 체험을 바탕으로 사건의 배경을 실감나게 서술하고 있지는 않다.

④ 이야기 외부의 서술자가 인물의 회상을 중심으로 사건의 전개를 지연시키며 서술하고 있다.
　　[A]의 '나'는 이야기 내부에 위치한 서술자로, '기범이 지껄였던 과거의 요설들'에 대한 생각을 중심으로 서술하고 있다.

⑤ 이야기 외부의 서술자가 인물의 내면을 묘사하여 인물 간의 갈등이 지속되고 있음을 서술하고 있다.
　　[A]의 '나'는 이야기 내부에 위치한 서술자로, 기범이 세상을 살았던 방식에 대해 말하고 있을 뿐, 인물 간의 갈등이 지속되고 있음을 서술하고 있지는 않다.

기틀잡기

② **관념적**: 구체적이지 않고 추상적인 생각에 의한 것.
④ **지연**: 무슨 일을 더디게 끌어 시간을 늦춤.

2. 서사의 흐름을 고려하여 ㉠~㉤에 대해 이해한 내용으로 적절하지 않은 것은?

> ㉠: 나는 긴장했다.
> ㉡: 더구나 이리루 들어오시자 머리를 깎구 수염까지 기르셨거든요.
> ㉢: '모두 썩어라, 철저히 썩어라'가 그분이 세상을 보는 이상한 눈입니다.
> ㉣: 아니 그는 그 얼마 후에 내 앞에서 정말로 깨끗하게 사라져 버린 것이다.
> ㉤: 당신이 미련하다고 말씀하는 건 우습게 들리시겠지만 착한 일을 뜻하시는 것이었습니다.

✅ 정답풀이

④ ㉣: 약속을 곧바로 실행에 옮긴 행위에 대한 놀라움을 드러낸 표현이다.

> '나'는 임 씨와의 대화를 통해 '오일규의 장례식 후' 기범을 만났던 과거를 떠올리며 '어쩌면 기범은 그때 이미 세상을 등질 결심을 했는지도 알 수 없다.'라고 생각한다. 이때 기범이 '세상을 등질' 약속을 누군가와 하지는 않았으므로, ㉣을 기범이 약속을 곧바로 실행에 옮긴 것에 대한 '나'의 반응으로 보기는 어렵다.

❌ 오답풀이

① ㉠: 돌연한 웃음을 보이다가 눈물을 보이는 식으로 갑작스러운 감정 변화를 보인 데 대한 반응이다.
'감히 일규를 입에 올리'지 말라는 말을 듣고 기범은 '미친 듯이 웃기 시작'하더니 다시 '눈물'을 보이며 말을 하고 있다. ㉠은 이러한 기범의 갑작스러운 감정 변화를 본 '나'의 반응이다.

② ㉡: 신원이 미심쩍다고 의심하는 상황에서 그 외모가 의심을 가중했다는 생각이 담긴 말이다.
임 씨는 '깊은 산골'을 찾은 기범을 보고 처음에는 '뭔가 세상에 죄를 짓구 숨어 사는 분이 아닌가' 의심했었다고 한다. ㉡은 임 씨가 산골로 들어온 기범의 신원을 미심쩍어 하던 상황에서 기범이 '머리를 깎구 수염까지 기르'는 바람에 그 의심이 가중되었음을 드러내는 말이다.

③ ㉢: 세상에 대한 관점이 상식적이지 않아 일반적으로는 수긍하기 어렵다는 생각을 드러낸 판단이다.
㉢은 임 씨가 기범의 '남하구 다른 묘한 철학'을 설명하는 말로, '세상을 보는' 기범의 눈이 상식적이지 않아 일반적으로는 수긍하기 어렵다는 임 씨의 판단이 담겨 있는 말이다.

⑤ ㉤: 말의 표면적인 뜻과 달리 그 속에 숨은 뜻을 파악한 우호적인 해석이다.
㉤은 일규의 죽음 이후 '자기도 앞으로는 미련하게 살밖에 없노라'는 기범의 말에서 '미련'함이 표면적인 뜻과는 달리 '착한 일'을 의미함을 파악한 임 씨의 해석으로, 기범에 대한 임 씨의 우호적인 태도가 담겨 있다.

3. ⓐ, ⓑ에 대한 설명으로 가장 적절한 것은?

> ⓐ: 묘한 철학
> ⓑ: 요설들

✅ 정답풀이

① ⓐ에 대한 '나'의 이해는 기범에 대한 '나'의 인식이 전환되는 데에 기여한다.

> ⓐ에 대한 이야기를 듣고 난 후 '나'는 '가슴 한구석에 뭔가가 미미하게 부딪쳐 오는 진동'을 느끼면서 그동안 기범의 '온갖 기행과 궤변들'을 이해하는 '어떤 열쇠'를 찾았다고 생각한다. 따라서 ⓐ에 대한 이해가 기범에 대한 '나'의 인식이 전환되는 데 기여했다고 볼 수 있다.

❌ 오답풀이

② ⓐ에 대한 얘기를 '나'가 꺼낸 것은 기범에 대한 '저'의 오해를 풀 목적에서이다.
ⓐ는 '나'가 아닌 '저'가 먼저 꺼낸 얘기로, '나'는 ⓐ에 대한 얘기를 들으며 기범에 대한 오해를 풀어 가고 있다.

③ '저'는 '나'가 기범에 대해 품은 의문이 ⓑ를 바탕으로 하고 있음을 알게 된다.
ⓑ는 '나'가 과거에 보았던 기범의 '온갖 기행과 궤변들'을 이르는 말로, '저'가 ⓑ에 대해 알게 되는 장면은 나타나지 않는다.

④ '저'가 ⓐ로 인해 기범을 오해한다면, '나'는 ⓑ에 의해 기범을 이해한다.
'저'는 '나'에게 기범이 지녔던 ⓐ에 대해 설명하고 있지, ⓐ로 인해 기범을 오해하고 있지는 않다. 또한 '나'는 '저'에게 ⓐ에 대해 듣고 난 뒤 ⓑ를 떠올리며 기범을 이해하게 된다.

⑤ '저'는 기범이 선행을 베풀며 보인 변화가 ⓑ에서 ⓐ로 변화된 과정과 일치함을 알고 있다.
'저'는 '깊은 산골을 찾은 기범이 보인 선행과 ⓐ에 대해 이야기하고 있지만, ⓑ에서 ⓐ로 변화된 과정에 대해서는 알고 있지 않다.

Q: '저'(임 씨)는 기범에 대해 '뭔가 세상에 죄를 짓구 숨어 사는 분'이라고 오해하고 있지 않았나요? '나'도 기범을 '온갖 기행과 궤변들'을 행한 부정적인 인물로 오해했다가 그를 이해하게 된 것 아닌가요?

A: '저'가 기범이 '도시를 버리구 깊은 산골'을 찾은 것에 대해 처음에는 '뭔가 세상에 죄를 짓구 숨어 사는 분'이 아닌가 오해한 것은 맞다. 이러한 '저'의 오해는 '깊은 산골'로 들어오자마자 '머리를 깎구 수염까지 기'른 기범의 외모로 인해 더욱 커지게 된다. 그러나 '저'는 기범을 '오래 뫼시구 살다 보니' 기범에 대해 '차츰 납득이 갔'다고 말한다. 즉 '저'가 기범을 오해한 것은 갑자기 '깊은 산골'로 찾아온 그의 행적과 외모로 인한 것이지 ⓐ로 인한 것은 아니다. ⓐ는 '저'가 기범을 오래 모시고 살면서 이해하게 된 기범이 지닌 삶의 철학에 해당한다. 또한 '나'는 ⓐ에 대한 '저'의 설명을 들은 뒤 '기범을 이해하는 어떤 열쇠'를 얻게 되었다고 했다. ⓑ는 기범이 과거에 '나'에게 보여 준 (이해하기 어려웠던) '온갖 기행과 궤변들'에 해당하는 것으로, '나'는 '저'와의 대화를 통해 기범의 ⓑ를 이해하게 된 것이다. 따라서 윗글에서 '저'가 기범을 오해하고, '나'가 기범을 이해하게 된 것은 맞으나, 이는 각각 ⓐ, ⓑ에 따른 결과가 아니므로 ④번은 적절하지 않다.

| 외적 준거에 따른 작품 감상 | 정답률 **87**

4. 〈보기〉의 관점에서 윗글을 감상한 내용으로 적절하지 **않은** 것은? [3점]

〈보기〉

　사람들은 존경하거나 사랑하는 사람을 닮아 가며 그와 자신을 동일시하려는 경향이 있다. 이를 통해 심리적 위안이나 성취감을 느끼기도 하지만 그 상대로부터 외면받거나 그가 부재한 상황에서는 마음에 상처를 입는다. 이때 동일시의 상대를 부정하거나, 외면당하지 않았다고 자신의 처지를 합리화한다. 또는 관심을 다른 데로 돌려 그 상황에서 아예 벗어나고자 한다. 「무사와 악사」에서 '기범'이 보이는 기행과 궤변은 '일규'를 동일시하려는 상대로 의식한 데서 비롯된 것으로도 볼 수 있다.

🔍 **보기 분석**

- 존경하거나 사랑하는 상대에 대한 동일시
  - 심리적 위안, 성취감 획득
  - 상대로부터 외면받거나 상대가 부재한 상황: 마음의 상처
    → 동일시의 상대를 부정 or 외면당한 사실을 부정 or 상황에서 아예 벗어나려 함
- 「무사와 악사」에서 기범의 기행과 궤변
  - 일규를 동일시하려는 상대로 인식한 것에서 비롯됨

✅ **정답풀이**

⑤ 기범이 일규를 '입에 올릴 자격이 없다'는 것이 동일시의 대상에 대한 존경심의 표현이라면, '사람만이 지닌 이상한 초능력'에 대한 기범의 믿음은 동일시를 통한 성취감에 해당되겠군.

> 〈보기〉에 따르면 '사람들은 존경'하는 사람과 '자신을 동일시하려는 경향이 있'는데, 윗글의 기범은 일규를 자신과 '동일시하려는 상대로 의식'한 인물이라고 하였다. 이를 참고하면, 기범이 자신은 일규를 '입에 올릴 자격이 없'다고 말한 것은 동일시의 대상인 일규에 대한 존경심의 표현이라고 볼 여지가 있다. 그러나 기범이 '사람만이 지닌 이상한 초능력'을 믿는다는 것은 기범에 대한 임 씨의 '어설픈 추측'에 해당하는 것으로, 일규와의 동일시를 통한 성취감에 해당한다고 보기 어렵다.

❌ **오답풀이**

① 일규의 죽음에 '충격을 받'고 '세상 살 재미가 없어졌다'는 기범의 말이 사실이라면, 동일시하려던 상대의 부재가 가져오는 심리적 영향이 컸다는 것이겠군.

　〈보기〉에 따르면 사람들은 동일시하려는 상대가 '부재한 상황에서는 마음에 상처를 입는다'고 하였다. 윗글에서 기범이 일규의 죽음에 '충격을 받'고 '세상 살 재미가 없어졌다'고 말한 것이 사실이라면, 이는 동일시하려던 대상인 일규의 부재가 기범에게 미친 심리적 영향이라고 볼 수 있다.

② 기범이 자신을 '발길로 걷어찼'던 일규로부터 외면받았다고 본다면, 일규와 '서로 사랑했'다고 믿는 기범의 진술은 외면당한 자신의 처지를 합리화하려는 의도에서 나온 것이겠군.

　〈보기〉에 따르면 사람들은 동일시하려는 '상대로부터 외면받'게 되면 '외면당하지 않았다고 자신의 처지를 합리화한다'고 하였다. 윗글에서 기범이 자신을 '발길로 걷어찼'던 일규로부터 외면받은 것으로 본다면, 기범이 일규와 자신은 '서로 사랑했'던 관계라고 이야기한 것은 외면당한 자신의 처지를 합리화하려는 것이라고 볼 수 있다.

③ '울적할 때마다' 일규를 떠올리며 삶의 '재미와 기쁨'을 얻었다는 기범의 고백을 동일시의 결과로 이해한다면, 일규를 통해 기범이 심리적 위안을 얻었음을 추측할 수 있겠군.

　〈보기〉에 따르면 사람들은 '존경하거나 사랑하는 사람'과 자신을 동일시하며 '심리적 위안'을 느낀다고 하였다. 윗글에서 기범이 '울적할 때마다' 일규를 떠올리며 삶의 '재미와 기쁨'을 얻었다고 고백한 것은 자신을 일규와 동일시한 결과로 심리적 위안을 얻은 것이라 짐작할 수 있다.

④ 일규의 죽음이 기범이 도시를 떠나 '깊은 산골'에 정착한 계기였다고 본다면, 이는 동일시하려던 상대가 사라진 상황에서 관심을 다른 데로 돌려 그 상황을 벗어나기 위해서였겠군.

　〈보기〉에 따르면 사람들은 동일시하려는 상대가 '부재한 상황'에서는 '관심을 다른 데로 돌려 그 상황에서 아예 벗어나고자 한다'고 하였다. 윗글에서 기범이 도시를 떠나 '깊은 산골'에 정착한 것은 자신과 동일시하려던 상대인 일규의 죽음으로 인해 관심을 다른 데로 돌려 그 상황을 벗어나기 위해서였다고 볼 수 있다.

[1~4] 다음 글을 읽고 물음에 답하시오.

나는 집에 도착한 그 첫 순간에 베일에 가린 듯이 ⓐ모든 사물, 모든 사람들로부터 차단된 나 자신을 느꼈다. 집에서 맞는 첫날 아침을 나는 이상한 비현실감 속에서 맞았다. 전선에서 돌아와 집에 도착한 첫 순간, 모든 사물과 사람들로부터 소외감을 느끼는 '나' "이런 전선에서 두부 장수 종소리, TV에서 흘러나오는 노랫소리, 수돗물이 넘치는 소리가 웬일일까?"라고 중얼거리며 주위를 둘러보았던 것이다. '이런 전선에서'란 느낌은 어떤 긴박한 위기에 대처한 생생한 의지였다. 그것은 아직도 내 몸에 밴 전쟁 냄새였다. 그런데 두부 장수 종소리, 유행가 소리 따위를 의식했을 때 나는 뭔가 맥이 탁 풀리는 것 같았다. 나의 안에 있는 긴박감에 비해서 밖은 너무도 무의미하고 태평스럽고 어쩌면 패덕스럽기까지 했다. 전쟁의 긴장감이 남아 있는 자신과는 달리 태평하게 돌아가는 일상에 허무감을 느끼는 '나' 나미도, 학교 공부도, 또 나로부터 그토록 수많은 밤을 앗아 갔던 아틀리에도 예외일 수는 없었다. 나는 그것들과의 관계를 다시 시작할 하등의 흥미도 관심도 없었다. 나날이 권태*스럽고 짜증스럽기만 했다. 일상으로 돌아온 후 극도의 무력감과 짜증스러움을 느끼는 '나' 이따금 나는 내 안의 긴장에 대해서, 적어도 숨김없는 그 진실에 대해서 누군가에게 말하려 애써 보았다. 전쟁의 경험으로 인한 내면의 긴장을 누군가에게 털어놓고 싶어 하는 '나' 그러나 이해하는 사람은 아무도 없었다.

장면 01

그렇다. 이제 생각이 난다. 며칠 전 다방에서의 일이. 실내엔 담배 연기가 꽉 차 있었고 선정적인 허스키로 어떤 여자가 느린 곡조로 노래를 들려주고 있었다. 어쩌다가 내가 나미에게 그 얘기를 들려주려고 했는지 알 수가 없다. 나는 다음과 같이 그 얘기를 시작했다.

나는 D 고지에서 전투 중인 ○○ 연대 근처까지 물을 실어다 주라는 명령을 받았어. 음료수가 떨어져서 전 연대원이 전투는 고사하고* 타는 듯한 갈증과 싸우고 있다는 소식이었어. T에서 거기까진 팔십 킬로 거리였다. 나와 한병장은 밤중에 급수차를 몰아 T를 떠났어. 한 치 앞도 가릴 수 없는 어둠과 정적. 목쉰 듯한 엔진 소리는 어둠과 정적의 벽에 부딪혀 바로 우리의 귓가에서 부서지고, 부챗살 모양으로 어둠이 지워진 헤드라이트의 반경 속에선 사물이 극도로 정밀해져 마치 입체 영화에서처럼 눈 속으로 뛰어들었지. 그 정밀함이란 길바닥에 뒹구는 돌에 묻은 티, 풀포기에 매달려 잠자는 벌레 따위의 미세한 것들까지도 죄다 눈에 잡히는 듯했어. 나는 온갖 사물들이 바로 내 심장에 맞닿아 있는 듯한 그런 느낌을 이전엔 한 번도 가져 보지 못했어. 전쟁의 위험한 상황에서 극도로 긴장하여 극대화된 감각을 체험하는 '나' 이따금씩 여우나 늑대 따위들이 길을 횡단하여 쏜살같이 사라지곤 했어. 어둠 속에서 한가로이 떠돌던 나방이 떼들은 갑작스런 불빛에 방향 감각을 잃고 윈도에 머리를 부딪혀 빗방울처럼 떨어져 죽었고.

나는 운전하고 있는 한병장의 팔을 건드리며 유리창을 가리켰지. 그는 겁에 질린 해쓱한 표정으로 나를 힐끔 곁눈질했을 뿐이야. 이동하는 도중 적에게 발견될까 두려움을 느끼는 한병장 그렇지, 혈관 속을 움직이는 피의 선회*마저 느낄 듯한 이 비상한 감각, 그리고 심연에서 샘처럼 솟아 오르는 넘칠 듯한 생동감이 없이는, 저 유리창에 부딪혀 죽는 나방이 따위야 아무것도 신기할 것이 없지, 라고 생각하며 나는 혼자서 빙긋 웃었어. 전쟁의 긴장감으로 인해 모든 감각이 생생해지는 상황에 웃음이 나는 '나'

[A]
한병장이 다시 얼굴을 힐끔 돌리며 잡아 늘이는 듯한 목소리로 말했어. "차일병은 무섭지 않나?" "아뇨, 전연." "대단하군. 여기선 적이 언제 어디서라도 나타날 수 있지." "저는 적보다 진정으로 무서운 건 무감각이라고 깨달았습니다." "나는 제대하면 곧장 결혼할 거야." "언젭니까, 제대가?" "석 달 남았지." "저는 지금까지 마치 꿈을 꾸다가 깨어난 것 같아요. 이곳에 온 뒤론 바로 생명의 한가운데를 관통하는 느낌입니다." 전쟁터에서 생동하는 감각을 느끼며 놀라워하는 '나' 그런데 중간에서 엔진이 고장났지. 몇 시간 지체하고 나니 벌써 동이 트더군. 이제부터 정말 위험이 시작된 것이라 싶더군. 왜냐하면 적의 정찰 비행에 발견되면 공중 사격을 받을 우려가 있는 데다 불볕 같은 폭염이 사정 없이 쏟아져 그도 또한 견디기 어려운 문제였지. 장면 02

(중략)

아까부터 나는 창 옆에서 노인이 나타나기를 기다리고 있었다. 오늘도 그가 그토록 진지한 얼굴로 잃어버린 물건을 계속 찾을 것인지. 대체로 그렇지 못할 것이라고 나는 믿고 있다. 그러나 만에 하나라도 노인이 어제와 같은 모습으로 내 앞에 나타난다면 무료한 가운데서도 어떤 안정성을 획득하고 있던 나의 생활은 송두리째 무너질지도 모른다. 그가 창밖에서 뭔가 열심히 찾고 있는 한 나는 계속 도전을 받는 셈이기에. 때문에 사실을 좀 더 명확하게 파악할 필요가 있다. 무료한 자신과는 달리 무언가에 열중하는 노인의 모습이 자신에 대한 도전이라 느끼며 사실을 파악하려는 '나' 노인이 찾고 있는 ⓑ물건의 정체가 무엇인지, 그런저런 것을 알아보노라면 노인의 그와 같은 숙연한 태도와 잃어버린 물건 사이의 상관관계도 알게 될 것이다. 아무튼 이제 나는 그와 한마디 얘기라도 나눠 보지 않으면 못 견딜 것 같은 심정이다. 노인이 찾는 물건의 정체와 노인이 숙연한 태도로 잃어버린 물건을 찾고 있는 이유에 대해 알고 싶은 '나'

[B]
드디어 자전거에 짐을 싣고 공터 안으로 들어오는 노인의 모습이 눈에 잡힌다. 그 곁엔 개가 종종걸음으로 따르고 있다. 어제와 거의 같은 장소에서 노인은 자전거를 멈추고 짐을 내린다. 비치파라솔·궤짝·연탄불 따위들이 착착

있을 곳에 놓여진다. 그런데 <mark>얼마 후에 나를 놀라게 하는 일이 벌어진다.</mark> 노인을 관찰하다가 놀라는 '나' 준비를 끝낸 노인은 이내 포장 안에서 빠져나와 개를 데리고 물웅덩이 쪽으로 가는 게 아닌가. 개는 하루 사이 아주 눈에 띄게 쇠약한 모습이고, 노인도 피곤하고 지친 모습이긴 하나 끈질긴 어떤 힘이 그의 전신에서 면면히 솟아 나오고 있는 듯하다. <mark>나는 완전히 안정을 잃고 방 안을 오락가락했다. 믿어지지 않는다. 거짓말이다.</mark> 어제와 같은 모습으로 무언가를 찾는 것에 열중하는 노인의 모습에 당황하는 '나' 무엇이 노인에게 저토록 소중하게 여겨진단 말인가. 아니, 노인은 무슨 실없는 망상을 하고 있는 걸까. <u>나는 방에서 뛰쳐나왔다.</u> 노인의 모습에 안정을 잃고 그를 직접 만나기 위해 뛰쳐나가는 '나' 장면 03

– 서영은, 「사막을 건너는 법」 –

>> 지문을 **세 장면**으로 나누고, 장면의 핵심 내용을 정리해 보세요.

장면 01 '나'는 **전선**에서 돌아와 삶에 대한 허무감과 무력감에 빠짐
장면 02 '나'는 며칠 전 **나미**에게 전쟁에서 겪은 죽음의 위험에 대해 이야기했던 일을 회상함
장면 03 '나'는 자신과 달리 무엇인가에 열중하는 **노인**의 모습을 자신에 대한 **도전**으로 느끼고 당황하게 됨

전체 줄거리

미술학도였던 '나'는 베트남전에 나가서 을지무공 훈장을 받고 돌아온다. 베트남에서 배를 타고 한국으로 돌아오던 길만 해도 '나'는 모든 걸 해낼 수 있으리라 생각했지만, 집에 돌아온 첫날부터 전쟁터에서와는 너무나도 다른 일상의 태평한 풍경으로 인해 모든 일에 의욕을 잃고 무기력하게 지낸다. '나미'는 베트남전에 나가기 전부터 사귀었던 연인으로, '나'는 전쟁 중에 있었던 가슴 아픈 경험들을 나미에게 털어놓았지만 공감하지 못하는 나미의 모습에 실망한다. 전쟁보다 견디기 힘든 극도의 무기력함에 빠져 살던 어느 날 '나'는 화실 창밖 공터에서 개를 끌고 무언가를 열중해서 찾는 노인을 발견하고, 이를 권태에서 빠져나오지 못한 자신에 대한 도전처럼 느껴 노인에게 접근하기 시작한다.

노인은 베트남전에서 전사한 아들이 남긴 손녀딸, 개와 함께 살고 있는데, 죽은 아들이 받은 훈장을 어떤 꼬마에게 보여 주었다가 꼬마가 잃어버려서 찾고 있는 중이라고 말한다. 희망을 가지고 훈장을 찾는 노인의 의욕을 꺾고 싶었던 '나'는 자신의 훈장을 물웅덩이에 숨겨 놓고 노인이 발견하기를 기다린다. 며칠이 지나도 노인이 훈장을 발견하지 못하자, '나'는 우연히 찾은 것처럼 노인에게 훈장을 건네는데, 노인은 오히려 화를 내며 사라진다. 이후 '나'는 노인이 아들의 훈장을 실수로 잃어버리게 된 것이 아니라 그 스스로 버렸다는 것과 손녀딸과 개에 대한 이야기도 모두 거짓이었다는 것을 알게 된다. '나'는 이를 통해 노인이 아들과 손녀가 죽은 상황에서 세상을 살아 내기 위해 스스로 거짓을 만든 것임을 깨닫고, 노인이 자신보다 먼저 세상의 허망과 무의미의 사막을 건너는 법을 깨달았음을 알게 된다.

＊ 1인칭 주인공 시점

이것만은 챙기자

＊**권태**: 어떤 일이나 상태에 시들해져서 생기는 게으름이나 싫증.
＊**고사하다**: 어떤 일이나 그에 대한 능력, 경험, 지불 따위를 배제하다. 앞에 오는 말의 내용이 불가능하여 뒤에 오는 말의 내용 역시 기대에 못 미침을 나타낸다.
＊**선회**: 둘레를 빙글빙글 돎.

1. [A]와 [B]의 서술상 특징에 대한 설명으로 가장 적절한 것은?

✓ 정답풀이

② [A]는 구어체를 활용하여 경험한 사실을, [B]는 현재형 시제를 활용하여 관찰하고 있는 사실을 생생하게 나타내고 있다.

> [A]는 '나'가 전쟁 중에 겪었던 이야기를 나미에게 들려주는 부분으로, '~말했어.', '~엔진이 고장났지.', '~동이 트더군.' 등과 같이 구어체를 활용하여 사건을 생생하게 전달하고 있다. 그리고 [B]는 '나'가 창밖의 노인을 관찰하는 부분으로, '~노인의 모습이 눈에 잡힌다.', '~노인은 자전거를 멈추고 짐을 내린다.' 등에서 현재형 시제를 활용하여 '나'가 관찰하고 있는 사실을 생생하게 나타내고 있다.

✗ 오답풀이

① [A]는 회상 장면을 삽입하여, [B]는 시간의 흐름에 따라 사건을 서술하여 인물들이 처한 상황을 객관적으로 전달하고 있다.
[A]는 전쟁 중에 '나'가 겪었던 사건을 회상한 장면을 삽입하였고, [B]는 시간의 순서대로 사건을 서술하고 있다. 그러나 [A]와 [B] 모두 인물들이 처한 상황을 객관적으로 전달하고 있지는 않다.

③ [A]는 공간 이동에 따라 일어나는 사건을 통해, [B]는 공간에 대한 묘사를 통해 인물들의 외적 갈등을 심화하고 있다.
[A]는 T를 떠나 D 고지로 물을 실어다 주러 가는 공간의 이동에 따라 사건이 일어난다고 볼 수 있으나, [B]는 공간에 대한 묘사가 나타나 있지 않다. 또한 [A]와 [B] 모두 인물들의 외적 갈등을 심화하고 있지는 않다.

④ [A]는 인물 간의 대화를 삽입하여, [B]는 인물들의 반복되는 행동을 제시하여 갈등 해소 과정을 보여 주고 있다.
[A]는 '나'와 한병장의 대화가 삽입되어 있으나, 인물 간의 갈등이나 갈등이 해소되는 과정을 보여 주고 있지는 않다. 또한 [B]는 '어제와 거의 같은 장소에' 노인과 개가 '어제와 같은 모습으로' 나타났다고 하며 반복되는 행동을 제시하고 있지만, 이를 통해 갈등 해소 과정을 보여 주고 있지는 않다.

⑤ [A]는 중심인물의 말을 제시하여, [B]는 주변 인물의 말을 제시하여 사건들의 인과 관계를 드러내고 있다.
[A]는 중심인물인 '나'의 말을 제시하고 있으나, [B]는 주변 인물의 말을 제시하고 있지 않다.

🌱 기틀잡기

① **회상:** 지난 일을 돌이켜 생각함. 또는 그런 생각.
② **구어체:** 글에서 쓰는 말투가 아닌, 일상적인 대화에서 주로 쓰는 말투.
④ **갈등의 해소:** 갈등을 일으키던 요인이 해결된 상태. 반드시 행복한 결말만을 말하지는 않으며, 어느 한쪽의 승리 혹은 비극적인 결말로 인한 갈등 상황의 종결 또한 갈등의 해소라 할 수 있음.

2. 윗글에 대한 이해로 가장 적절한 것은?

✓ 정답풀이

① '나'는 일상을 권태롭고 짜증스럽게 느끼는 상황에서 '나미'를 만나 전쟁의 경험담을 전한다.

> '나'는 전선에서 '집에 도착한' 이후 일상의 '모든 사물, 모든 사람들로부터 차단된' 느낌을 받고, '그것들과의 관계를 다시 시작할' 마음 없이 '나날이 권태'와 '짜증스'러움을 느낀다. 이러한 상황에서 '어쩌다가 내가 나미에게 그 얘기를 들려주려고 했는지 알 수가 없다. 나는 다음과 같이 그 얘기를 시작했다.'를 통해 '나'가 '며칠 전 다방에서' 나미를 만나 전쟁의 경험담을 전했음을 알 수 있다.

✗ 오답풀이

② '나'는 D 고지로 향하는 도중 음료수가 떨어져 곤란함이 가중된 상황에 처한다.
'나'는 'D 고지에서 전투 중인 ○○ 연대'에 '음료수가 떨어져서 전 연대원이 전투는 고사하고 타는 듯한 갈증과 싸우고 있다는 소식'으로 인해 '물을 실어다 주라는 명령을 받'게 된 것으로, D 고지로 향하는 도중 음료수가 떨어져 곤란함을 겪고 있지는 않다.

③ '나'와 '한병장'은 어둠을 밝히는 헤드라이트로 인해 적의 정찰 비행에 발견되어 공격을 받는다.
'나'는 '○○ 연대'에 '물을 실어다 주'는 임무를 수행하던 중 '중간에서 엔진이 고장'나 '몇 시간 지체하'게 된다. 이로 인해 D 고지에 도착하기도 전에 '동이 트'자 '적의 정찰 비행에 발견되'어 공격을 받을까 봐 우려하고 있는 것일 뿐, '나'와 한병장이 어둠을 밝히는 헤드라이트로 인해 적에게 발견되어 공격을 받지는 않았다.

④ '나'는 임무 수행 중에 결혼할 계획을 밝히며 귀환 후의 꿈 같은 생활에 대한 기대를 갖는다.
임무 수행 중에 결혼할 계획을 밝히는 것은 '나'가 아니라 한병장으로, 그는 '제대하면 곧장 결혼할' 것임을 '나'에게 말하고 있다.

⑤ '나'는 전장에서 귀환한 후 자신의 긴장감을 이해해 주는 사람들을 만난다는 사실에 생동감을 느낀다.
'나'는 자신의 '긴장에 대해서' '누군가에게 말하려 애써 보았'으나 '이해하는 사람은 아무도 없었다.'라고 하며 '무의미하고 태평스'러운 일상에 권태를 느끼고 있다.

3. ⓐ, ⓑ에 대한 이해로 적절하지 <u>않은</u> 것은?

ⓐ: 모든 사물
ⓑ: 물건

▼ **정답풀이**

① '나'는 '노인'의 변화된 모습을 통해 ⓑ를 찾는 '노인'의 행위가 중단될 것임을 예감한다.

'나'는 노인이 '어제와 같은 모습으로' ⓑ를 계속 찾지는 못할 것이라고 믿고 있다가, '어제와 거의 같은 장소에' 노인이 나타나 개를 데리고 물웅덩이 쪽으로 가는 것을 보자 '완전히 안정을 잃고' 놀라게 된다. 따라서 노인은 변화된 모습을 보이지 않았으며, ⓑ를 찾는 노인의 행위가 중단될 것이라는 '나'의 예감은 빗나가게 되었음을 알 수 있다.

✕ **오답풀이**

② '나'는 ⓑ의 정체와 '노인'이 ⓑ를 찾는 태도 사이의 상관관계를 알고 싶어한다.
'나'는 '노인이 찾고 있는' ⓑ의 정체와 노인이 ⓑ를 찾는 '숙연한 태도' 사이의 상관관계를 알고 싶어 하며, 노인과 '한마디 얘기라도 나눠 보지 않으면 못 견딜 것 같은 심정'을 느끼고 있다.

③ '나'는 '노인'이 ⓑ를 가치 있는 대상으로 여기고 있다고 판단한다.
'나'는 '어제와 같은 모습으로' 나타나 ⓑ를 찾으러 '물웅덩이 쪽으로 가는' 노인을 보고, '무엇이 노인에게 저토록 소중하게 여겨'지는 것인지 궁금해 하고 있다.

④ '나'는 자신과 ⓐ의 관계에 대해 타인들은 이해하지 못한다고 생각한다.
'나'는 ⓐ로부터 소외감을 느끼는데, 자신과는 달리 '밖은 너무도 무의미하고 태평스럽고 어쩌면 패덕스럽기까지' 하다고 느끼며, 그런 자신을 '이해하는 사람은 아무도 없'다고 생각한다.

⑤ '나'는 ⓐ로부터 소외된 상태에, '노인'은 ⓑ를 상실한 상태에 있다.
'나'는 ⓐ로부터 '차단된' 자기 자신을 느끼고, 노인은 '진지한 얼굴로 잃어버린' ⓑ를 찾고 있다.

4. 〈보기〉를 참고하여 윗글을 감상한 내용으로 적절하지 <u>않은</u> 것은? [3점]

〈보기〉

이 작품은 신체의 감각을 활용해 '나'의 체험을 다양하게 형상화한다. 청각을 통해 현실에 대한 타인과의 인식 차이를 나타내거나, 과거 경험을 후각화하여 상징적으로 표현한다. 시각을 통해서는 긴장 상태에서 극대화된 감각 체험을 보여 주는 한편 전쟁의 실상을 체험하면서 갖게 된, 현실에 대한 체념을 드러낸다. 또한 체념 상태를 흔드는 사건을 주시하면서 생기는 번민을, 행동을 통해 제시한다. 이는 '나'가 사막 같은 현실에 발을 내딛는 계기로 작용한다.

🔍 **보기 분석**

- 감각을 활용해 다양하게 형상화되는 '나'의 체험
  - 청각: 현실에 대한 타인과의 인식 차이
  - 후각: 과거 경험을 상징적으로 표현
  - 시각: 긴장 상태에서 극대화된 감각 체험, 현실에 대한 체념
  - 행동: 체념 상태를 흔드는 사건을 주시하며 생기는 번민
    → '나'가 현실에 발을 내딛는 계기

▼ **정답풀이**

④ '방향 감각'을 잃은 '나방이 떼들'이 차창에 '부딪혀' 죽는 것을 목격하는 데에서, '나'가 전쟁의 실상을 깨달음으로써 체념적 현실 인식을 갖게 된다는 것이 나타나고 있군.

〈보기〉에서 윗글은 '시각을 통해서는 긴장 상태에서 극대화된 감각 체험을 보여 주는 한편 전쟁의 실상을 체험하면서 갖게 된, 현실에 대한 체념을 드러낸'다고 하였다. 그런데 '나방이 떼들'이 '방향 감각을 잃고' 차창에 '부딪혀' 죽는 모습은 평상시라면 '유리창에 부딪혀 죽는 나방이 따위야 아무 것도 신기할 것이 없지'만, 전쟁이라는 상황 속에서 '나'가 극도의 긴장감을 느끼고 있기 때문에 집중해서 보게 된 것이다. 따라서 이는 '극대화된 감각 체험을 보여' 줄 뿐, 이를 통해 '나'가 전쟁의 실상을 깨닫고, 체념적 현실 인식을 갖게 되었음이 나타난다고 보기는 어렵다.

❌ 오답풀이

① '집에서 맞는 첫날 아침'의 느낌을 '나'가 '전선에서' 느끼는 '전쟁 냄새'라고 지각하는 데에서, 과거의 경험이 상징적 감각으로 표현 되고 있군.

〈보기〉에서 윗글은 '과거 경험을 후각화하여 상징적으로 표현한'다고 하였다. 따라서 전쟁터에서 집으로 돌아온 '첫날 아침'에 '나'가 자신의 '몸에 밴 전쟁 냄새'를 맡는 것은 과거 '전선에서'의 경험을 후각화하여 상징적으로 표현한 것이라고 볼 수 있다.

② '두부 장수 종소리, 유행가 소리'를 듣고 '밖'은 '무의미하고 태평 스럽'다고 생각하는 데에서, '나'의 현실 인식이 타인과 다르다는 것을 의식하고 있음이 드러나고 있군.

〈보기〉에서 윗글은 '청각을 통해 현실에 대한 타인과의 인식 차이를 나타'낸다고 하였다. 따라서 '나'가 '집에서 맞는 첫날 아침'에 '두부 장수 종소리, 유행가 소리'를 듣고 '맥이 탁 풀리'며 자신의 안에 있는 '긴박감에 비해서 밖은 너무도 무의미하고 태평스럽'다고 생각하는 것은, '나'의 현실에 대한 인식이 타인과 다름을 의식한 것으로 이해할 수 있다.

③ '돌', '벌레' 같은 것들을 '입체 영화'처럼 보며 '심장에 맞닿아 있는 듯' 체감하는 데에서, 전장의 긴장 속에서 '나'의 감각이 극대화되고 있음이 나타나고 있군.

〈보기〉에서 윗글은 '시각을 통해서' '긴장 상태에서 극대화된 감각 체험을 보여' 준다고 하였다. 따라서 '나'가 D 고지로 가는 길에 어둠 속 헤드라이트로 보이는 '사물이 극도로 정밀해져 마치 입체 영화에서처럼 눈 속으로 뛰어들었'다고 느끼는 것은, 전장의 긴장 속에서 극대화된 감각 체험을 하고 있는 것으로 이해할 수 있다.

⑤ '믿어지지' 않는 '노인'의 행위를 지켜보고 '방 안을 오락가락'하는 데에서, 현실 인식에 대한 '나'의 번민이 행동을 통해 제시되고 있군.

〈보기〉에서 윗글은 '체념 상태를 흔드는 사건을 주시하면서 생기는 번민을, 행동을 통해 제시한'다고 하였다. 따라서 '방 안을 오락가락'하는 '나'의 행동은 무기력한 자신과는 달리 무언가를 열정적으로 찾는 노인의 모습을 주시하면서 얻게 된 번민을 제시한 것으로 볼 수 있다.

✍ 모두의 질문   • 4-④번

Q: 전장에서 돌아온 '나'는 일상에 적응하지 못하고 세상은 '너무도 무 의미하고 태평스럽고 어쩌면 패덕스럽기까지' 하다고 느끼는데, '나'가 전쟁의 경험을 통해 현실에 대한 체념적 태도를 갖게 되었다고 볼 수는 없나요?

A: '나'는 전장에서 집으로 돌아왔으나 여전히 자신의 몸에 배어 있는 전쟁 냄새를 인식한다. '나'는 자기 안에 있는 긴박감과는 다르게 세상은 무의미하고 태평스럽게 흘러감을 목격하며 권태로움과 짜증 스러움을 느낀다. 이를 통해 전쟁에서의 기억과 상처로 인해 '나'가 무기력함과 허무함을 느끼고 있다고 볼 수 있다.

그러나 ④번은 '나'가 전쟁 중 D 고지로 물을 수송하려 가는데 '나방이 떼들'이 급수차 '불빛에 방향 감각을 잃고' 차창에 '부딪혀' 죽는 것을 목격하는 장면에서 전쟁의 실상을 깨닫고 체념적 태도를 갖게 되었 음이 드러난다는 진술이다. 그런데 윗글을 보면 '나'는 평상시였다면 '아무것도 신기할 것이 없'었을 텐데, 전쟁이라는 극한의 긴장감 속에서 모든 감각이 생생하게 극대화되었기에 '나방이'가 '유리창에 부딪혀 죽는' 것에 주목하고 '빙긋 웃'게 된 것이다. 즉 이는 긴장 상태에서 '나'의 감각이 극대화되고 있음을 보여 주는 것이지, 현실에 대한 체념적 인식을 보여 주는 것은 아니다.

[1~4] 다음 글을 읽고 물음에 답하시오.

[A] 안승학은 원래 이 고을 읍내에서 살았다. 지금부터 이십 년 전만 해도 그는 다 찌그러진 오막살이에서 **콩나물죽으로 연명***하던 처지였다. 그러던 사람이 오늘은 수백 석 추수를 하고 서울 사는 민판서 집 **사음***까지 얻어서 이 동리로 옮겨 앉은 것이다.

그것은 안승학의 **근본**을 아는 사람은 누구나 놀랄 만한 일이었다. 그는 **지체도 없**고 형세도 없이 타관에서 떠들어온 사람이었다. 그러므로 이 고을에는 그의 일가친척이라고는 면 서기를 다니는 아우 하나밖에 아무도 없다. 그의 부친은 경기도 죽산이라던가 어디서 호방 노릇을 하던 아전이었다는데 승학이가 성년 되기 전에 별세하고 그의 모친도 부친이 돌아간 지 삼 년 만에 마저 세상을 떠났다 한다. 그래서 거기서는 살 수가 없어서 아내와 어린 동생 하나를 데리고 이 고장으로 들어왔다. 이 고을 읍내에는 그의 처가가 사는 터이므로.

처가도 역시 가난하였으나 그래도 처가 끝으로 옹대가리나마 다시 장만해 놓고 살림이라고 떠벌였다. [장면 01]

그런데 그 **무렵**이 마침 **경부선이 개통**한 직후이다. 이 근처 사람들은 생전 처음 보는 기차와 정거장과 전봇대를 보고 경이*의 눈을 크게 떴다. 새로운 문물을 접하고 경이로움을 느끼는 마을 사람들

안승학은 지금도 그때 **목판차를 맨 처음으로** 먼저 타고 서울을 가 보았다는 것을 자랑삼아 말하였다. 마을 사람들 앞에서 근대 문물을 먼저 경험한 자신을 과시하는 안승학 그때 그는 어떤 **친구의 심부름**으로 혼수 흥정을 하러 따라간 것이었다.

[B] 그의 **자만(自慢)**은 그것뿐만 아니었다. 그는 경기도 출생이라고 이 지방에서는 제일 똑똑한 체를 하였다. 자신의 출생 지역을 근거로 마을 사람들을 무시하며 잘난 척하는 안승학

우편소가 새로 생긴 것을 보고 이웃 사람들은 그게 무엇인지 몰라서 겁을 잔뜩 집어먹고 있었다. 새로운 문물인 우편소로 인해 두려움을 느끼는 마을 사람들 장승같이 늘어선 전봇대에는 노상 잉-하는 소리가 들렸다. 그것은 전신줄을 감은 시기 안에다 귀신을 잡아넣어서 그런 소리가 무시로* 난다는 것이다. 그리고 우편소 안에는 무슨 이상한 기계를 해 앉히고 거기서는 무시로 괴상한 소리가 들렸다. 그래서 이웃 사람들은 그것도 무슨 귀신을 잡아넣어서 그런 소리가 들리는 것이라고 하였다.

그럴 때에 안승학은 마술사처럼 이 귀신을 부리는 재주를 그들 앞에서 시험해 보였다.

그는 엽서 한 장을 사서 자기 집 통호수와 자기 이름을 쓰고 편지 사연을 써서 우편통 안으로 집어넣었다. 그리고 그들에게 장담하기를 이것이 오늘 해전 안에 우리 집으로

들어갈 터이니 가 보자는 것이었다. 과연 그날 저녁때였다. 지옥사자 같은 누렁 옷을 입은 사람은 안승학의 집에 엽서 한 장을 던지고 갔다. 그것은 아까 써 넣던 그 엽서였다.

"참, 조홧속이다!"

하고 그들은 일시에 소리를 질렀다. 신문물에 무지한 자신들과는 달리 마술을 부리듯 우편소를 다루는 안승학을 보고 신기함을 느끼는 마을 사람들 [장면 02]

(중략)

안승학이는 사랑방에서 혼자 앉아서 금테 안경을 콧잔등에 걸고는 문서질을 하다가 인동이를 앞세우고 김선달 조첨지 수동이아버지 희준이 이렇게 다섯 사람이 일시에 달려드는 것을 보고 적이 마음에 불안을 느꼈다. 자신을 찾아온 다섯 사람으로 인해 불안감을 느끼는 안승학

그래 그는 붓을 놓고서 마당을 내려다보며

"무슨 일들인가? 식전 댓바람에 내 집에를 이렇게 찾아오거든 문간에서 주인을 찾고 들어와야지."

매우 **위엄스럽게** 하는 말이었다. 다섯 사람을 하대하며 꾸짖는 안승학

"아무도 없는데 누구보고 말하랍니까? 대문 기둥에다 대고 말씀하랍시오."

김선달이 받는 말이다.

저런 괘씸한 놈 말하는 것 좀 봐…… 그런데 행랑 놈은 어디를 갔기에 문간에 아무도 없었더람! 안승학은 속으로 분해했다.

그러나 **호령할 용기**는 생기지 않는다. 자신에게 비아냥거리는 김선달이 못마땅하지만 함부로 호령할 용기가 없는 안승학 희준이와 인동이와 김선달은 신발을 벗고 마루에 올라가 앉았다.

조첨지와 수동 아버지는 뜰아래서 올라갈까 말까 하는 눈치다.

"하여간 무슨 일들인가?"

안승학은 얼른 이야기나 들어보고 돌려보내자는 계획이다. 다섯 사람을 빨리 돌려보내고 싶은 안승학

"저희들이 이렇게 댁을 찾아왔을 때는 무슨 별다른 소관사가 있겠습니까…… 지난번에도 왔다가 코만 떼고 갔습니다만 대관절 어떻게 저희들의 요구 조건을 들어주시겠습니까?"

희준이가 정식으로 말을 꺼냈다. 안승학이 자신들의 요구 조건을 수락하기를 바라는 희준

"그따위 이야기를 할 작정으로 이렇게들 식전 아침에 왔어? 못 들어주겠어! 벌써 여러 번째 요구 조건은 들을 수 없다고 말했는데, 자꾸 조르기만 하면 될 줄 아는가? 어림없지…… 괜히 그러지들 말고 일찍이 **나락***을 베는 것이 당신들에게 유익할 것이야……." 다섯 사람의 요구 조건을 단칼에 거절하는 안승학

안승학이는 긴 장죽에 담배를 한 대 담아 가지고 불을 붙이기 위해서 성냥을 세 개비나 허비했건만 잘 붙지 아니하므로 그래 네 번째 불을 댕겨서는 쉴 새 없이 빠끔빠끔 빨다가 그만 입귀로 붉은 침을 주르르 흘리고서는 <mark>제 풀에 화가 나서 담뱃대를 탁 밀어 내던진다.</mark> 다섯 사람이 요구 조건의 수락을 지속적으로 요청하자 분이 나는 안승학

"괜스리 시간만 낭비하고 **피차*의 물질상 손해**만 더 나게 하지 말고 어서 돌아가서 잘들 의논해서 오늘부터라도 일을 시작하란 말이야! 나도 아침부터 바쁜 일이 있으니 어서들 가소."

"<mark>그래 정녕코 요구 조건을 못 들어주시겠다는 말씀이지요.</mark>"

"<mark>암!</mark>" 요구 조건의 수락을 둘러싸고 다섯 사람과 갈등하다가 끝까지 요구 조건을 들어줄 수 없다며 거절하는 안승학 장면 03

– 이기영, 「고향」 –

*사음: 마름. 지주를 대리하여 소작권을 관리하는 사람.

>> 지문을 **세 장면**으로 나누고, 장면의 핵심 내용을 정리해 보세요.

장면 01	과거 **안승학**은 지금과는 달리 가난하고 근본 없는 처지로 타관에서 마을로 들어옴
장면 02	새로운 문물에 무지하여 두려워하는 마을 사람들에게 안승학은 **우편소**를 다루는 모습을 보여 주며 자신을 과시함
장면 03	안승학은 **요구 조건**을 수락해 달라는 다섯 사람의 요청을 끝내 거절하고 돌려보냄

1920년대 말 일제 강점기, 동경 유학생이던 김희준은 학자금 문제로 학업을 중단하고 고향인 원터 마을에 돌아와 청년회 활동을 하며 마을 사람들을 이끌고자 한다. 희준의 부모님을 비롯한 고향 사람들은 서울에 사는 민판서 집 땅을 빌려 농사짓는 소작인들로 마름 안승학의 횡포에 시달린다. 희준을 중심으로 모인 소작인들은 힘을 모아 맞서기 시작한다.

악덕 마름 안승학은 부인을 서울로 보내 자식들을 교육시키도록 하고, 자신은 첩 숙자와 함께 산다. 안승학의 딸 갑숙은 서울에서 여자고등보통학교에 다니는데, 방학을 맞아 고향에 내려온다. 안승학은 본래 가난하고 근본 없던 처지로 마을에 들어왔다가 평생 농사만 짓고 신문물에는 무지한 마을 사람들에 비해 일찍 개화를 하여 출세하게 된 것이었다. 고향에 내려온 갑숙은 희준과 친해지게 되고, 안승학은 갑숙이 읍내 상인 권상필의 아들 경호와 연인 사이인 것을 알게 되자 앓아 누웠다가 분노로 갑숙에게 칼질까지 하게 된다. 집을 나온 갑숙은 희준의 소개로 공장에 취업하고 옥희라는 가명을 쓰며 일을 한다.

희준을 중심으로 마을 사람들은 단결하여 두레를 조직하고 야학을 통해 의식적으로 깨어나기 시작하는데, 마을에 물난리가 나서 집이 무너지고 농사를 망치게 되자 희준과 함께 안승학에게 소작료를 감면해 줄 것을 요구하지만, 안승학은 이를 거절한다. 안승학과 소작인들이 갈등하는 사이 생활고로 인해 투쟁에서 이탈하는 사람들이 생기고, 갑숙은 그들을 물질적으로 지원하며 힘을 보탠다. 동시에 공장에서는 갑숙을 중심으로 한 노동 쟁의가 벌어지고, 갑숙은 소작인을 착취하는 아버지 안승학에 반대하며 희준과 힘을 합치게 된다.

갑숙의 계책(갑숙과 경호의 관계를 소문내겠다고 안승학을 위협하는 것)으로 결국 희준과 농민들은 안승학의 양보를 얻어 내고, 희준과 갑숙은 따뜻한 동지애를 느끼게 된다.

✽ 전지적 작가 시점

✱**연명**: 목숨을 겨우 이어 살아감.
✱**경이**: 놀랍고 신기하게 여김. 또는 그럴 만한 일.
✱**무시로**: 특별히 정한 때가 없이 아무 때나.
✱**나락**: '벼'를 이르는 말.
✱**피차**: 이쪽과 저쪽의 양쪽.

1. [A]의 서술상 특징에 대한 설명으로 가장 적절한 것은?

✅ 정답풀이

⑤ 서술 대상에 대한 요약적 서술을 통해 서술 대상에 관한 정보가 개괄적으로 제시되고 있다.

> [A]에서는 서술 대상인 안승학이 현재와는 다르게 과거에 가난하고 근본도 없던 처지였다는 것과 그의 가족사, 이 동리로 옮겨 오게 된 사연에 대해 요약적으로 서술하며 인물에 관한 정보를 개괄적으로 제시하고 있다.

❌ 오답풀이

① 서술 대상에 대한 독백적 서술을 통해 서술 대상에 대한 정서적 반응이 제시되고 있다.
[A]에서는 서술 대상인 안승학의 과거가 작품 외부의 서술자를 통해 제시되고 있으며 작중 인물의 독백적 서술이 나타나지 않았다.

② 서술 대상에 대한 회고적 서술을 통해 서술 대상에 대한 성찰적 태도가 드러나고 있다.
[A]에서는 서술 대상인 안승학의 과거에 대해 언급하고 있으나 안승학이 자신의 과거를 직접 회상한 것은 아니며, 과거의 잘못을 반성하고 살피는 성찰적 태도도 드러나지 않았다.

③ 서술 대상에 대한 병렬적 서술을 통해 서술 대상에 관한 정보가 반복적으로 제시되고 있다.
[A]에서는 서술 대상인 안승학과 관련된 사건을 나란히 배치하는 병렬적 서술이 나타나지 않았다.

④ 서술 대상에 대한 묘사적 서술을 통해 서술 대상에 관한 정보가 단계적으로 제시되고 있다.
[A]에서는 서술 대상인 안승학의 외양이나 내면에 대해 그림을 그리듯이 자세하게 서술하는 묘사적 서술이 나타나지 않았다.

🌱 기틀잡기

③ **병렬적 서술:** 두 개 이상의 사건을 나란히 배치하여 서술함.
⑤ **요약적 서술:** 사건 전개를 서술할 때 대화나 행동을 보여 주거나 묘사하지 않고 이를 간략하게 요약하여 서술함.
  개괄적: 중요한 내용이나 줄거리를 대강 추려 내는 것.

2. [B]에 대한 이해로 적절하지 않은 것은?

✅ 정답풀이

② 새로운 문물이 실생활에 쓰이는 현장을 소개함으로써 사람들의 생활 방식이 변해야 함을 알려 주고 있다.

> [B]에서는 새로운 문물인 '우편소가 새로 생'기자 '그게 무엇인지 몰라서 겁을 잔뜩 집어먹'은 이웃 사람들과 달리 '마술사처럼' 우편소를 '부리는 재주를' 보이며 자만하는 안승학의 모습이 제시된다. 이를 통해 안승학의 과시적인 성격을 보여 주고 있을 뿐, 사람들의 생활 방식이 변해야 함을 알려 주고 있지는 않다.

❌ 오답풀이

① 새로운 문물의 도입이 사람들의 의식을 혼란스럽게 하는 상황이 나타나고 있다.
[B]에는 이웃 사람들이 '우편소가 새로 생'기자 '그게 무엇인지 몰라서 겁을 잔뜩 집어먹고', '장승같이 늘어선 전봇대'와 '우편소 안'에서 들리는 소리를 괴상하게 여겨 '귀신을 잡아넣'었다고 생각하며 혼란스러워하는 모습이 나타나 있다.

③ 새로운 문물의 이용 방법을 알고 있는 인물과 그렇지 못한 사람들 간에 문물에 대한 이해의 차이가 있음이 드러나고 있다.
[B]에서 안승학은 사람들 앞에서 '엽서 한 장을' 작성해서 '우편통 안으로 집어넣'으며 우편소를 '부리는 재주를' 보이는 반면, 이웃 사람들은 '안승학의 집에 엽서 한 장'이 배달된 것에 대해 신기해하고 있다. 이를 통해 안승학과 이웃 사람들 간에 새로운 문물에 대한 이해의 차이가 있음이 드러나고 있다.

④ 새로운 문물을 접한 사람들의 반응이 직접적으로 드러남으로써 새로운 세상의 도래에 대한 정서적 충격을 표현하고 있다.
[B]에서는 새로운 문물인 '우편소'를 접한 사람들이 '겁늘 산뜩 집어먹'고, 안승학이 '우편통 안으로 집어넣'은 엽서가 '안승학의 집에' 배달된 상황에 대해 '참, 조홧속이다!'라고 '일시에 소리를' 지른다. 이를 통해 새로운 세상의 도래에 대한 사람들의 정서적 충격을 직접적으로 나타내고 있다.

⑤ 새로운 문물에서 신이한 현상을 연상하는 사람들의 반응을 통해 낯선 문물이 도입될 당시의 문화적인 환경을 보여 주고 있다.
[B]에서는 '장승같이 늘어선 전봇대에'서 '노상 잉─하는 소리가 들'리는 것과 '우편소 안에'서 '무시로 괴상한 소리가 들'리는 것을 '무슨 귀신을 잡아넣어서 그런 소리가 들리는 것이라고' 생각하는 이웃 사람들의 반응을 통해 당시 새로운 문물을 접할 기회가 없던 농촌의 문화적인 환경을 보여 주고 있다.

3. 요구 조건을 중심으로 윗글을 이해한 내용으로 적절하지 않은 것은?

✔ 정답풀이

③ '요구 조건'의 불이행 때문에 벌어질 일을 경고하는 '희준'에 대해 '안승학'이 염려하고 있음이 암시되어 있다.

> 희준은 '저희들의 요구 조건을 들어주시겠습니까?'라고 물으며 안승학이 자신들의 요구 조건을 들어주기를 요청하고 있다. 이에 안승학은 화를 내며 끝내 요구 조건을 수락하지 않았으므로 요구 조건의 불이행의 결과에 대해 염려하고 있다고 보기 어려우며, 희준이 요구 조건의 불이행으로 인해 벌어질 일을 안승학에게 경고하는 모습도 나타나지 않는다.

✘ 오답풀이

① '요구 조건'을 관철시키러 온 '김선달'의 '안승학'에 대한 비아냥거리는 태도가 표출되고 있다.
  김선달은 집에 '찾아오거든 문간에서 주인을 찾고 들어와야지.'라고 '매우 위엄스럽게' 말하는 안승학을 향해 '아무도 없는데 누구보고 말하랍니까? 대문 기둥에다 대고 말씀하랍시오.'라고 말하며 비아냥거리고 있다.

② '요구 조건'의 이행을 요청하는 '희준'에 대해 '안승학'의 거부 의사가 직접적으로 표출되고 있다.
  안승학은 희준을 향해 '그따위 이야기를 할 작정으로 이렇게들 식전 아침에 왔어? 못 들어주겠어!'라고 말하며 거부 의사를 직접적으로 표출하고 있다.

④ '요구 조건'의 수락 여부를 둘러싸고 빚어진 '안승학'과 '다섯 사람' 간의 갈등 양상이 긴장된 분위기를 자아내고 있다.
  안승학은 '요구 조건'에 대한 말을 듣고 '그따위 이야기를 할 작정'이면 '괜스리 시간만 낭비하'지 말고 '어서 돌아가서' '일을 시작하'라며 다섯 사람의 요청을 거절하고 있다. 이에 희준은 '그래 정녕코 요구 조건을 못 들어주시겠다는 말씀이지요.'라고 말하며 다시 한번 안승학에게 수락을 요구하고 있다. 이러한 안승학과 희준의 대화 상황을 통해 '요구 조건'의 수락 여부를 둘러싼 이들(안승학과 다섯 사람)의 갈등 양상이 긴장된 분위기를 나타내고 있다.

⑤ '요구 조건'에 대한 확답을 받기 원하는 '다섯 사람'의 갑작스러운 방문에 대한 '안승학'의 심리적인 동요가 제시되고 있다.
  안승학은 '다섯 사람이 일시에 달려드는 것을 보고' '마음에 불안을 느'끼며 심리적으로 동요하는 모습을 보이고 있다.

4. 〈보기〉를 참고하여 윗글을 감상한 내용으로 적절하지 않은 것은? [3점]

> 〈보기〉
>
> 1930년대 리얼리즘 장편 소설에는 변화하는 사회적 환경 속에서 사회적 지위가 상승한 인물형이 등장한다. 이 유형의 인물들은 근대 문물에 발 빠르게 적응하면서도 소작제와 같은 전근대적 토지 제도에 편승하는 모습을 보인다. 이들은 근대 문물을 체험해 보지 못한 사람들에게 자신을 과시하지만 자신만의 이익을 추구하기 때문에 그 지위를 인정받지 못한다. 이러한 인물들을 통해 1930년대 농촌 사회에 등장한 속물적 인물형의 면모를 확인할 수 있다.

🔍 보기 분석

- 1930년대 리얼리즘 장편 소설에 나타나는 인물형
  - 변화하는 사회적 환경 속에서 사회적 지위가 상승함
  - 근대 문물에 빠르게 적응 + 전근대적 토지 제도에 편승
  - 사람들에게 자신을 과시하나 그 지위를 인정받지 못함
  - 농촌 사회에 등장한 속물적 인물형

✔ 정답풀이

④ '위엄스럽게' 하대하면서도 '호령할 용기'를 내지 못하는 인물의 심리는, 자신의 사회적 지위를 인정하지 않는 이들에게 반감을 드러내는 인물의 모습을 보여 주는군.

> 〈보기〉에서 '변화하는 사회적 환경 속에서 사회적 지위가 상승한 인물형이 등장'한다고 했다. 즉, 안승학은 다섯 사람의 '요구 조건'을 수락할 수 있는 '사음'이라는 사회적 위치에 오른 인물이다. 안승학은 자신의 사랑방에 '다섯 사람이 일시에 달려드는 것을 보고' '문간에서 주인을 찾고 들어'오지 않은 것에 대해 '매우 위엄스럽게' 말한다. 그러나 비아냥거리는 말투로 대꾸하는 김선달을 '괘씸'하게만 여길 뿐 '호령할 용기'를 갖지 못하는 것은 자신에게 반감을 가진 다섯 사람이 몰려온 것에 불안감을 느꼈기 때문이지 그들에게 반감을 드러내기 위해서는 아니다.

✘ 오답풀이

① '지체도 없'이 '콩나물죽으로 연명하'다가 '사음까지' 된 인물의 모습은, 소작제를 이용하여 지위가 변한 인물형을 보여 주는군.
  〈보기〉에서 '변화하는 사회적 환경 속에서 사회적 지위가 상승한 인물형'은 '소작제와 같은 전근대적 토지 제도에 편승하는 모습을 보인다.'라고 했다. 안승학은 과거에 '지체도 없고 형세도 없이' 살았으나 지금은 '서울 사는 민 판서 집 사음'을 얻어서 '수백 석 추수를 하'고 소작인들을 관리하고 있으므로 소작제를 이용하여 지위가 변한 인물형을 보여 준다고 할 수 있다.

② '경부선이 개통'할 '무렵'의 시대 변화에 적응하여 '근본'에서 벗어날 기회를 얻었던 인물의 모습은, 근대 문물이 유입되는 사회적 환경 속에서 변모해 갈 수 있었던 인물형을 보여 주는군.

〈보기〉에서 '변화하는 사회적 환경 속에서 사회적 지위가 상승한 인물형'은 '근대 문물에 발 빠르게 적응'한다고 했다. 안승학은 '우편소'나 '전봇대' 등 근대 문물이 유입되는 환경 속에서 마을 사람들과는 달리 시대 변화에 빠르게 적응하며 '지체도 없고 형세도 없'던 '근본'에서 벗어나 '사음'의 지위를 얻는 모습을 보여 주고 있다.

③ '친구의 심부름으로' '목판차를 맨 처음으로' 타 보고서 '자만'하는 인물의 행동은, 근대 문물을 경험했다는 점을 앞세워 자신을 과시하는 인물의 모습을 보여 주는군.

〈보기〉에서 '변화하는 사회적 환경 속에서 사회적 지위가 상승한 인물형'은 '근대 문물을 체험해 보지 못한 사람들에게 자신을 과시'한다고 했다. 안승학은 '목판차를 맨 처음으로 먼저 타고 서울을 가 보았다는' 경험을 앞세워 사람들에게 자랑삼아 말하고 있다.

⑤ '피차의 물질상 손해'를 강조하면서도 일방적으로 사람들에게 '나락을 베는 것'을 종용하는 인물의 모습은, 다른 사람의 이익보다 사적인 이익을 우선시하는 인물형을 보여 주는군.

〈보기〉에서 '변화하는 사회적 환경 속에서 사회적 지위가 상승한 인물형'은 '자신만의 이익을 추구'한다고 했다. 안승학은 자신들의 요구 조건을 수락해 달라고 찾아온 다섯 사람의 입장을 잠시도 생각하지 않고 곧바로 거절하며 '피차의 물질상 손해'를 '더 나게 하지 말고 어서 돌아'가서 '일을 시작'할 것을 종용하는 등 사적인 이익을 우선시하고 있다.

MEMO

[1~4] 다음 글을 읽고 물음에 답하시오.

[앞부분 줄거리] 황만근은 마을 사람들에게 바보 취급을 받지만, 외지 출신인 민 씨는 달리 생각한다. 어느 날, 밤늦게 집에 가던 황만근은 토끼 고개에서 거대한 토끼를 만난다.

"그기 뭔 소리라? 내가 내 집에 내 발로 가는데 니가 뭐라꼬 집에 못 간다 카나. 귀신이마 썩 물러가고 토끼마 착 엎디리라. 내가 너를 타고서라도 집에 갈란다." 집에 못 간다 하는 거대한 토끼를 향해 분개하는 황만근

거대한 토끼는 황만근이 한 번도 맡아 본 적이 없는 비린 냄새를 풍기면서 느릿하고 탁한 음성으로 다시 말했다.

"너는 ⓐ여기서 죽는다. 너는 여기서 죽는다. 너는 여기서 죽는다. 너는 집에 못 간다." 황만근을 향해 너는 여기서 죽을 거라며 주문을 외우듯 위협하는 거대한 토끼

황만근은 온몸에 소름이 돋고 털이란 털은 모두 위로 곤두섰다. 이 세상의 존재가 아닌 것같이 느껴지는 거대한 토끼로 인해 소름이 돋은 황만근 그래도 있는 힘을 다해 토끼를 밀치며 "비키라!" 하고 소리를 질렀다. 그런데 토끼를 밀친 황만근의 팔이 토끼의 털에 묻히는가 싶더니 진공청소기에 빨려 드는 파리처럼 쑤욱 안으로 빨려 들어가는 것이었다 ㉠(황만근이 한 말이 아니라 그 말을 들은 민 씨의 표현이다). 황만근은 한 팔로 옆에 있는 나무를 붙잡으면서 빨려 들어간 팔을 도로 빼려고 안간힘을 썼다. 황만근을 빨아들이려는 공간은 아무것도 잡히지 않을 정도로 넓었고 허전했고 또한 소름 끼치도록 차가웠다. 토끼는 토끼대로 쉽게 끌려 들어오지 않는 황만근을 마저 끌어들이기 위해 온몸을 떨면서 뒷발을 든 채 버티고 있었다. 토끼에게 빨려 들어간 팔을 도로 빼려는 황만근과 황만근을 마저 끌어들이기 위해 버티는 토끼 장면 01

그런 상태로 시간이 하염없이 흘렀다. 어느새 동쪽 하늘이 부옇게 밝아 오기 시작했다. 그러자 토끼는 황만근을 향해 "너는 이제 살았다. 너는 이제 살았다. 너는 이제 살았으니 나를 놓아라" 하고 말했다. 황만근은 오기*가 나서 "택도 없는 소리 말거라. 니를 탕으로 끓이서 어무이하고 나하고 마주 앉아서 먹어 치울 끼다. 니 가죽을 빗기서 어무이 목도리를 하고 내 토시를 하고 장갑을 할 끼다. 니는 인자 죽었다, 자슥아" 하고 소리쳤다. 오기가 나서 거대한 토끼를 위협하며 소리치는 황만근 토끼는 다급하게 물었다. 날이 밝아 오자 초조해진 거대한 토끼 "그럼 어떻게 하면 네 팔을 빼겠느냐." 황만근은 팔을 안 빼는 게 아니라 못 빼고 있는데 토끼가 그렇게 물어오자 할 말이 없었다. 그래서 되는 대로 "내 소원을 세 가지 들어주기 전에는 니까잇 거는 못 간다" 하고 말했다.

"네 소원이 뭐냐."

"우리 어무이가 팥죽 할마이겉이 오래오래 사는 거다."

㉡(팥죽 할마이란 팥죽을 파는 할머니, 혹은 늘 팥죽을 쑤고 있는 할머니 같은데 그 할머니가 누구인지, 어째서 오래 산다고 하는지 민 씨는 모른다.)

토끼는 ⓑ마을이 있는 서쪽으로 고개를 기울였다가 몸을 소스라치게 떨고 나서 힘겨운 목소리로 말했다.

"지금 들어주었다. 그 다음은?"

"여우 겉은 마누라가 생기는 거다."

"송편을 세 번 먹으면 네 집으로 올 거다. 다음은 무엇이냐?"

"떡두깨(떡두꺼비) 겉은 아들이다." 마누라가 생겨 아들을 낳고, 어머니와 오래 함께하고 싶은 황만근

"마누라가 들어오면 용왕이 와서 그렇게 해 준다. 이제 나를 놓아라."

"내가 언제 니를 잡았나. 니가 가 뿌리만 되지, 바보 자슥아."

그러자 토끼는 속았다는 걸 알았는지 얼굴을 무섭게 부풀리더니 황만근의 얼굴에 뜨겁고 매운 김을 내뿜었다. 황만근이 눈을 뜨지 못하고 쩔쩔매다가 간신히 떠 보니 어느새 자신의 팔이 돌아와 있는 것이었다. 황만근의 ⓒ주변에는 토끼털이 무수히 떨어져 바늘처럼 반짝이고 있었다. 장면 02 황만근은 제대로 숨 쉴 겨를도 없이 집으로 달려갔다. 동네 곳곳의 닭들이 횃대에서 소리쳐 울고 있었다. 황만근은 밖에서 "어무이, 어무이" 하고 소리치면서 ⓓ마당으로 뛰어 들어갔지만 방 안에서는 아무 기척이 없었다. 방 안에 들어가 보니 그의 어머니는 그가 나갔을 때의 모습 그대로, 얼굴이 백지장처럼 변해 앉아 있었다.

"어무이, 어무이!"

그가 어깨를 흔들자 젊은 어머니는 모로 쓰러져 버렸다. 그러면서 "카악!" 하고는 목에서 주먹밥 덩어리를 토해 냈다. 황만근이 어머니를 껴안고 통곡을 하다가 주먹밥이 목에 걸려 죽을 뻔한 어머니를 걱정하며 통곡하는 황만근 손발을 주무르고 온몸을 어루만지자 어머니는 눈을 떴다.

"니 와 인자 왔노?"

"밤새도록 토깨이 귀신하고 씨름을 하다 왔다. 니는 괜않나."

"니 기다리다가 아까 해 뜰 녘에 닭이 울길래 밥 한 딩이를 입에 넣었다가 목이 맥히서 죽을 뻔했다. 움직있다가는 더 맥힐 거 같애서 손가락 하나 까딱 모하고 이래 니가 오기 기다리고 있었니라. 이 문디 겉은 놈의 자슥아, 와 밥만 해 놓고 물은 안 떠다 놨나!"

황만근은 울다가 웃다가 덩실덩실 춤을 추었다. 죽을 고비를 넘긴 어머니가 괜찮아지자 안도감을 느끼는 황만근 그러고는 어머니에게 엉덩이를 채어 물을 뜨러 동네 ⓔ우물로 달려갔다. 장면 03

[A] 그날 우물가에서는 황만근의 기이한 체험이 여러 사람의 입으로 하루 종일 수십 번 되풀이되었고 종내 황만근이 우물가로 초청되어 입이 아프도록 같은 **이야기**를 늘어놓아야 했다.

[B] 송편을 세 번 빚을 만큼의 시간, 곧 세 해가 흐른 뒤에 토끼의 **말**대로 어떤 처녀가 그의 집으로 들어왔을 때 <mark>동네 사람들이 황만근을 보는 눈이 달라졌다.</mark> 바보 취급했던 황만근의 이야기가 사실이었다는 것을 알고 놀라는 마을 사람들 장면 04

– 성석제, 「황만근은 이렇게 말했다」 –

>> 지문을 **네 장면**으로 나누고, 장면의 핵심 내용을 정리해 보세요.

장면 01	토끼 고개에서 만난 거대한 **토끼**와 황만근이 서로 대립함
장면 02	날이 밝아 오자 토끼는 황만근의 세 가지 **소원**을 들어준 후 떠남
장면 03	밤새 혼자 있던 어머니는 **주먹밥**이 목에 걸려 죽을 뻔함
장면 04	황만근은 마을 사람들에게 자신이 겪은 이야기를 늘어놓았으며, **세 해**가 흐른 뒤 토끼의 말대로 황만근의 집에 한 처녀가 들어옴

📄 전체 줄거리

황만근이 갑자기 사라지는 일이 발생한다. 외지 사람 민 씨만 그를 진심으로 걱정할 뿐, 다른 마을 사람들은 대수롭지 않게 여긴다. 황만근의 실종 전날 농가 부채 해결을 위한 농민 총궐기대회가 있었는데, 이장의 권유로 황만근만 혼자 경운기를 끌고 약속 장소인 군청으로 갔고 다른 사람들은 모두 자가용을 타고 갔던 것이다. 평소 마을의 궂은일을 도맡아 했던 황만근이 궐기대회 이후 사라지자 마을 사람들은 불편함을 느낀다.

황만근의 아버지는 전쟁 때 세상을 떠났고 황만근은 유복자로 태어나 홀어머니 밑에서 자랐다. 어려서부터 지능이 모자라고 말투가 어눌하여 마을 사람들에게 놀림을 받아 왔으나, 누구보다도 성실한 사람이었다. 황만근이 군대 신체검사를 받으러 읍에 간 날, 돌아오는 길에 산에서 거대한 토끼를 만나 대결하게 된다. 싸움에서 이긴 황만근은 토끼에게 세 가지 소원을 말하고 토끼는 소원을 들어주며 황급히 사라진다. 그 후 황만근은 마을 저수지에서 자살을 하려던 처녀를 구하게 된 인연으로 아들을 얻지만, 처녀는 얼마 후 사라져 버린다.

궐기대회 전날 황만근은 민 씨와 함께 술을 마시고, 민 씨가 잠든 사이 경운기를 끌고 약속 장소인 군청으로 갔다 돌아오는 길에 사고를 당해 동사하게 된다. 실종된 지 일주일 만에 황만근의 아들은 그의 뼈가 담긴 항아리를 들고 돌아온다. 민 씨는 황만근을 긍정적으로 평가한 묘비명을 쓰고 다시 도시로 돌아가 버린다.

＊ 전지적 작가 시점

이것만은 챙기자

＊**오기**: 능력은 부족하면서도 남에게 지기 싫어하는 마음.

1. ㉠, ㉡의 서술 효과로 가장 적절한 것은?

㉠: (황만근이 한 말이 아니라 그 말을 들은 민 씨의 표현이다)

㉡: (팥죽 할마이란 팥죽을 파는 할머니, 혹은 늘 팥죽을 쑤고 있는 할머니 같은데 그 할머니가 누구인지, 어째서 오래 산다고 하는지 민 씨는 모른다.)

✅ 정답풀이

② ㉡을 통해 황만근의 말을 전하는 민 씨도 다른 인물들처럼 서술자의 서술 대상임을 알 수 있다.

> 황만근은 거대한 토끼에게 첫 번째 소원으로 '어무이가 팥죽 할마이겉이 오래오래 사는' 것을 말한다. 이에 대해 ㉡에서는 도대체 '그 할머니가 누구인지, 어째서 오래 산다고 하는지 민 씨는 모른다.'라고 말하고 있다. 이를 통해 서술자는 민 씨가 아니며 민 씨 역시 황만근이나 '거대한 토끼'와 같은 다른 인물들처럼 서술자의 서술 대상임을 알 수 있다. 만약 서술자가 민 씨였다면 '나는 모른다.'라고 서술하였을 것이다.

❌ 오답풀이

① ㉠을 통해 민 씨가 황만근에게 들은 말을 그대로 전하고 있음을 알 수 있다.

㉠에서 황만근이 토끼를 밀치자 '팔이 토끼의 털에 묻히는가~쑤욱 안으로 빨려 들어'갔다고 한 것은 황만근이 한 말이 아닌 민 씨의 표현임을 밝히고 있다. 즉 ㉠을 통해 민 씨가 황만근에게 들은 말을 그대로 전한 것이 아니라, 자신의 표현으로 바꾸어서 전했음을 알 수 있다.

③ ㉠과 ㉡을 삭제하면 황만근과 토끼의 대결 과정을 파악하기 어렵게 된다.

㉠과 ㉡은 황만근의 이야기를 듣고 전달한 민 씨와 관련하여 서술자가 부연 설명을 하는 부분이다. 이를 삭제한다고 해서 황만근과 토끼의 대결 과정을 파악하기 어렵게 된다고는 볼 수 없다.

④ ㉠과 ㉡은 황만근과 토끼의 대결 과정 자체에 더 몰입하여 읽도록 도와주는 기능을 한다.

㉠과 ㉡은 황만근의 이야기를 듣고 전달한 민 씨와 관련하여 서술자가 부연 설명을 하는 부분이다. 따라서 황만근과 토끼의 대결 과정 자체에 더 몰입할 수 있도록 도와주는 기능을 하고 있지는 않다.

⑤ ㉠과 ㉡을 통해 황만근이 민 씨로부터 전해 들은 이야기가 다시 서술되고 있음을 알 수 있다.

㉠에서는 '황만근의 팔이 토끼의~쑤욱 안으로 빨려 들어가는 것이었'다는 말이 황만근의 '말을 들은 민 씨의 표현'이라고 하였다. 또한 ㉡에서 황만근의 첫 번째 소원에 대해 전해 들은 민 씨는 '그 할머니가 누구인지, 어째서 오래 산다고 하는지' 모른다고 하였다. 따라서 황만근과 토끼의 대결은 민 씨가 황만근으로부터 전해 들은 이야기가 다시 서술되고 있는 것임을 알 수 있다.

2. ⓐ~ⓔ를 이해한 내용으로 적절하지 <u>않은</u> 것은?

ⓐ: 여기
ⓑ: 마을
ⓒ: 주변
ⓓ: 마당
ⓔ: 우물

✔ 정답풀이

⑤ ⓔ: 주인공이 어머니의 요청을 동네 사람들에게 전하러 간 공간

> ⓔ는 '주먹밥'을 먹다가 목에 걸려 죽을 뻔한 황만근의 어머니가 '와 밥만 해 놓고 물은 안 떠다 놨나!'라고 하며 황만근의 엉덩이를 채자 황만근이 '물을 뜨러' '달려'간 곳이다. 따라서 ⓔ는 어머니의 요청을 황만근 자신이 직접 수행하러 간 공간이지 동네 사람들에게 전하러 간 공간이라고 볼 수는 없다.

✘ 오답풀이

① ⓐ: 주인공이 기이한 체험을 하는 공간
ⓐ는 황만근이 거대한 토끼를 만나 대결하는 곳으로, 주인공이 기이한 체험을 하는 공간이라 볼 수 있다.

② ⓑ: 주인공이 복귀해야 할 일상적 공간
ⓑ는 황만근이 돌아가고자 하는 집이 있는 곳으로, 주인공이 복귀해야 할 일상적 공간이라 볼 수 있다.

③ ⓒ: 주인공의 지난밤 체험의 흔적이 남아 있는 공간
ⓒ는 날이 밝아 오자 거대한 토끼가 떠나고 토끼털만 무수히 떨어져 반짝이는 곳으로, 주인공의 지난밤 체험의 흔적이 남아 있는 공간이라 볼 수 있다.

④ ⓓ: 주인공이 어머니에 대한 불안을 감지하는 공간
ⓓ는 황만근이 밤새도록 거대한 토끼와 대결하느라 집에 돌아가지 못하였다가 어머니를 부르며 뛰어 들어가는 곳으로, 방 안에서 어머니의 기척이 없음을 느끼는 곳이다. 따라서 주인공이 어머니에 대한 불안을 감지하는 공간이라 볼 수 있다.

3. [A], [B]에 대한 설명으로 가장 적절한 것은?

✔ 정답풀이

④ [B]의 '말'은 [A]의 '이야기'의 일부로, '말'의 실현이 '이야기'의 신뢰성을 높이고 있음을 보여 준다.

> [B]의 '말'은 거대한 토끼가 황만근에게 '송편을 세 번 먹으면' '여우 겉은 마누라'가 '네 집으로 올 거'라고 한 것으로 [A]의 '이야기'의 일부이다. '토끼의 말대로' '송편을 세 번 빚을 만큼의 시간'이 흘러 '어떤 처녀가' 황만근의 '집으로 들어'오자, '동네 사람들이 황만근을 보는 눈이 달라'졌다는 것을 통해 '말'의 실현이 '이야기'의 신뢰성을 높이고 있다고 볼 수 있다.

✘ 오답풀이

① [A]는 마을 사람들이 '이야기'를 여러 차례 들었으나 여전히 흥미를 느끼지 못했음을 보여 준다.
[A]에서 마을 사람들은 '이야기'를 흥미롭게 여겼기 때문에 '여러 사람의 입으로 하루 종일 수십 번 되풀이'하고 나서도, 황만근을 '우물가로 초청'하여 '입이 아프도록 같은 이야기를 늘어놓'도록 한 것이다.

② [A]는 직접 경험한 사건이라도 반복적으로 전달되면서 '이야기'의 내용이 점차 달라지고 있음을 보여 준다.
[A]에서는 '이야기'가 '여러 사람의 입'과 황만근을 통해 반복적으로 전달되었다고 하였을 뿐, 그 내용이 점차 달라지고 있음을 보여 주지는 않았다.

③ [B]는 새로운 등장인물의 '말'에 따라 '말'을 처음 전한 존재에 대한 평가가 달라졌음을 보여 준다.
[B]에서 새로운 등장인물은 '어떤 처녀'인데 그의 '말'은 나타나지 않는다. 또한 [B]는 '토끼의 말'이 그대로 실현됨에 따라 '말'을 처음 전한 존재인 황만근에 대한 동네 사람들의 평가가 달라졌음을 보여 주는 것이다.

⑤ [B]는 [A]의 '이야기'가 삼 년 동안 전해질 수 있었던 이유가 '말'의 실현에 대한 공동체의 확신 때문임을 보여 준다.
[B]에서 '동네 사람들'은 '말'이 실현되자 '황만근을 보는 눈이 달라졌'다고 하였다. 이는 '말'이 실현된 것에 대해 공동체가 놀라워하는 것이므로, '말'의 실현에 대해 공동체가 확신하였다고 볼 수는 없다.

4. 〈보기〉를 참고하여 윗글을 감상한 내용으로 적절하지 <u>않은</u> 것은? [3점]

〈보기〉

윗글은 민담적 요소를 적극 활용한 현대 소설이다. 바보 취급을 받는 황만근이 신이한 존재와 대면했으나 위기를 극복하며 의외의 승리를 거둔다는 비현실적 이야기는 민담적 특징을 잘 보여 준다. 또한 반복적이거나 위협적인 어구 사용, 구성진 입담 등에는 언어의 주술성과 해학성이 잘 드러난다.

🔍 보기 분석

- '황만근은 이렇게 말했다'에 나타난 민담적 특징
  - 바보 취급을 받는 주인공이 신이한 존재와 대면 → 위기 극복
    → 의외의 승리를 거둠(비현실적 이야기)
  - 반복적, 위협적인 어구의 사용(언어의 주술성)
  - 구성진 입담(언어의 해학성)

⊘ 정답풀이

⑤ 어머니가 '주먹밥 덩어리'를 토해 내는 것은 황만근에게 속은 것을 깨달은 토끼의 주술적 복수라 할 수 있겠군.

황만근의 어머니는 '목에서 주먹밥 덩어리를 토해' 내어 살아난 후 '해 뜰 녁에 닭이 울길래 밥 한 딩이를 입에 넣었다가 목이 맥히서 죽을 뿐했다.'라고 말한다. 이는 날이 밝아 오자 다급해진 토끼가 황만근의 첫 번째 소원인 '우리 어무이가 팥죽 할마이겉이 오래오래 사는' 것을 들어준 결과라고 볼 수 있다. 〈보기〉에서 설명하는 '반복적이거나 위협적인 어구'를 사용한 '언어의 주술성'은 토끼가 황만근을 향해 '너는 여기서 죽는다.'를 반복하며 위협하고 있는 부분으로 볼 수 있다.

⊗ 오답풀이

① 황만근이 '거대한 토끼'와 겨루는 비현실적인 이야기 전개는 민담의 일반적 특성과 맞닿아 있는 것이겠군.

〈보기〉에서는 '황만근이 신이한 존재와 대면했으나 위기를 극복하며 의외의 승리를 거둔다는 비현실적 이야기'를 '민담적 특징'이라고 설명하였다. 이에 따라 황만근이 '거대한 토끼'와 겨루는 것은 비현실적인 이야기로 민담의 일반적 특성과 맞닿아 있다고 볼 수 있다.

② 토끼가 '너는 여기서 죽는다.'라는 말을 세 번 반복한 것은 언어의 주술적 특성을 드러내는 것이겠군.

〈보기〉에서는 '반복적이거나 위협적인 어구 사용'을 '언어의 주술성'이 잘 드러나는 민담의 특성이라고 설명하였다. 이에 따라 토끼가 '너는 여기서 죽는다.'라는 말을 세 번 반복하며 위협한 것은 언어의 주술적 특성을 드러내는 것으로 볼 수 있다.

③ 황만근이 '니는 인자 죽었다.'라고 발언하며 위협한 것은 의외의 결과를 가져와 토끼가 황만근의 소원을 들어주기로 하였겠군.

〈보기〉에서는 '바보 취급을 받는 황만근'이 '위기를 극복하며 의외의 승리를 거둔다'고 설명하였다. 황만근이 '니는 인자 죽었다.'라고 소리치며 위협하자, 날이 밝아 다급해진 토끼는 황만근이 '팔을 안 빼는 게 아니라 못 빼고 있는' 것을 알아차리지 못하고 황만근의 팔을 빼는 조건으로 소원을 들어주게 된다. 이는 황만근의 발언으로 인해 의외의 승리를 가져온 결과라고 이해할 수 있다.

④ '바보 자슥아'라는 말은 황만근에 대한 신이한 존재의 우위가 변했음을 보여 주는 것이겠군.

〈보기〉에서는 '바보 취급을 받는 황만근이 신이한 존재와 대면했으나 위기를 극복하며 의외의 승리를 거'두었다고 설명하였다. 황만근은 신이한 존재인 '거대한 토끼'를 만나 '온몸에 소름이 돋고' 팔이 붙잡힌 채 밤새도록 집으로 돌아가지 못하게 된다. 그러나 날이 밝아 오자 다급해진 토끼가 황만근의 팔을 빼기 위해 그의 소원을 들어주게 되는데, 이때 황만근이 토끼를 향해 '내가 언제 니를 잡았나. 니가 가 뿌리만 되지, 바보 자슥아.'라고 말한 것은 시간이 흘러 황만근과 토끼의 우위가 바뀌었음을 보여 주는 것으로 이해할 수 있다.

✒ 모두의 질문
• 4-④번

Q: 황만근이 거대한 토끼를 향해 '내가 내 집에 내 발로 가는데 니가 뭐라꼬 집에 못 간다 카나. 귀신이마 썩 물러가고 토끼마 착 엎디리라. 내가 너를 타고서라도 집에 갈란다.'라고 말하는 장면이 있는데, 이는 황만근이 처음부터 토끼와의 대결 구도에서 자신이 우위에 있다고 여기는 것 아닌가요?

A: 거대한 토끼는 '황만근이 한 번도 맡아 본 적이 없는 비린 냄새를 풍기'는 존재로 황만근은 이에 '온몸에 소름이 돋고 털이란 털은 모두 위로 곤두'서게 된다. 황만근은 이 세상에 속한 존재가 아닌 것 같은 거대한 토끼를 '그래도 있는 힘을 다해' 밀쳐 보지만, 자신의 팔이 토끼의 '안으로 빨려 들어가'게 된다. 이때 황만근은 토끼 안의 공간이 '넓었고 허전했고 또한 소름끼치도록 차가웠'음을 느끼게 된다. 황만근의 말투만 보면 자칫 그가 우위에 있었다고 생각할 수 있으나, 소름이 돋았다는 것은 거대한 토끼로 인해 황만근이 두려움을 느끼고 있었음을 의미한다고 볼 수 있다. 또한 황만근이 처음부터 우위에 있었다면 토끼와 밤새도록 대결할 필요 없이 집으로 돌아갈 수 있었을 것이다.

날이 밝아 오자 다급해진 토끼는 황만근의 소원을 들어주고, 황만근은 '내가 언제 니를 잡았나. 니가 가 뿌리만 되지, 바보 자슥아.'라며 토끼를 비웃는다. 이를 통해 토끼는 자신이 황만근에게 속았음을 깨닫게 되므로, '바보 자슥아'라는 말은 황만근에 대한 토끼의 우위가 변했음을 보여 준다고 할 수 있다.

PART 4

고전산문

[1~4] 다음 글을 읽고 물음에 답하시오.

상이 전라도 여산 고을로 간 원마다 죽고 고을이 황폐하여 인심이 궤란(憤亂)함*을 들으시고 깊이 근심하사 유예 불평하시더니, 이화란 장사 있어 일찍 무과 급제하여 오래 벼슬을 못하고 분울해하더니, 이 말을 듣고 상소하여 왈,

"신이 이제 급제하여 십여 년에 벼슬을 못 하옵고 성하에 무익하옵을 주야에 한이 깊삽더니, 이제 여산의 괴변이 고이하와 본국이 위태하오니, 신이 비록 재주 없사오나 한번 입거하와 사변을 제어하오리다." 벼슬을 하지 못한 자신의 사연을 말하며 상에게 여산 부사를 자청하는 이화

상이 서사를 보시고 대희하사 즉일 ㉠여산 부사를 제수*하시자, 이화 대희하여 사은하고 집에 돌아오자, 가족이 대경하고 부모 왈,

"여산 가는 원마다 죽는 자 삼십여 인이라. 네 구태여 자원하여 죽으려 함은 어찜이뇨. 달리 말고 가지 말라."

생이 대 왈,

"소자 듣자오니 사악한 기운이 바른 기운을 범하지 못한다 하오니 과려치 마소서."

인하여 즉시 하직코 발행 나흘에 여산에 이르러 도임*하니라.
장면 01

[중략 부분 줄거리] 이화는 아전 집의 자물쇠에 깃든 혼령인 여백에게 원을 죽인 정체가 누군지 물으나, 여백은 말하기 어렵다고 대답한다.

이화 매우 노하여 여백을 칼로 당당히 베고자 하니, 여백이 애걸하여 왈,

"네 나를 **베고자 하니**, 무릇 두 번 죽는 일이 없으나 불행히 너를 만나 괴로움을 당하는지라. 내 말하나 네가 처치를 잘못하면 나는 예 있지 아니하고 너는 목이 베어지리라."

이화 은근히 문 왈,

"**좋은 꾀를 가르치면 어찌 성치 못하리오.**" 좋은 꾀를 가르쳐 주면 문제가 없을 것이라고 여백을 꾀는 이화

여백 왈,

"저 은행나무 천여 년이나 묵은 여우 한 쌍이 있어 변화 무궁하니, 이 고을 원마다 죽여 그 피 빨아 먹으니 요술이 점점 더 신기한지라. 잡기를 착실히 할지니, 이 고을 백성에게 명하여 만군으로 겹겹이 진 쳐 사람마다 다 활과 총과 창검을 장전하라 하고, 대톱과 큰 도끼로 나무를 베면 처음에 피가 낭자할 것이니, 이는 잡귀라. 나무 끝에 백발 노옹과 노파 나올 것이니 억만 병으로 여우를 잡되 일시에 둘을 다 잡아내면 변이 없으리라."

이화 이 말을 듣고 기뻐서 왈,

"내가 착실히 할 것이니 염려 말라." 장면 02

하고 ㉡각 면에 하령하니, 그물을 맺어 둘러치고 억만 사람으로 겹겹이 둘러 진 치고 나무를 베어라 하니, 모든 관리와 백성이 일시에 말려 왈,

[A] ┌ "이 나무가 극히 영험하와 나무 위에 백발 노옹과 노파 때때로 나오니 이는 신선이라. 신기한 변화 무궁하니 이 나무 베시면 백성이 다 죽기 쉽사오니 성주께도 화 있사 └ 온가 하나이다." 나무를 베려는 이화를 말리는 백성들

원이 대소 왈,

"너희 무삼 지각이 있노라 감히 내 명을 거스르느뇨. 개의치 않으니 나무 속 요괴를 잡지 못하면 반드시 너희들이 창검으로 처벌하리라. 빨리 나무를 베어 착실히 다 잡으라."

하고 호령하니, 꾸짖는 소리에 산이 무너지고 고을이 터질 듯하니, 모든 군사 문득 두렵고 겁이 나서 일시에 달려들어 베니 과연 나무 속에 유혈이 낭자하니, 다 실색 창황*치 않을 수 없어 일시에 빌어 왈,

"이 나무 변이 이와 같사오니 덕분에 베지 마사이다."

원이 문득 고성으로 크게 꾸짖어 왈,

"너희 관원의 지휘를 받아 목숨이 비록 다해도 마치지 아니려든, 나무 재변이 이와 같으매 베는 바라. 너희 방자히 굴어 대사를 이렇듯이 그릇되게 하니 반드시 살리지 못하리라."

하고 호령이 추상 같으니, 제군이 마지못하여 일시에 베니라. 이화의 호령에 마지못해 나무를 베는 군사와 백성들

연하여 나무 위에 백발 노옹과 노파가 있어 '살리라' 벽력같이 소리 지르니, 문득 천지가 무너지는 듯 일광이 어둑해지고 음풍이 크게 일어나 진동하니, 성안의 제군이 다 거꾸러지고, 이화 겨우 정신을 차려 고성 왈,

"모든 군사는 창검을 발하여 저 요괴를 잡으라."

연이어 재촉하니 모든 군사와 백성이 겨우 정신을 차려 일시에 고함하고 나무를 베니, 요괴 둘이 땅에 떨어지매 길이 한 발이 되고 금빛 같은 여우라. 화살과 창검으로 ㉢그 짐승을 죽임에 이르니 그제야 정신을 차려 원에게 사례 왈,

[B] ┌ "이런 요괴가 읍중에 있어 종전 커다란 변란이 있사옵더니, 성주의 명공 신기 이와 같사오니 이제는 태평을 누릴 줄 어찌 알았으리오. 천신이 강림하여 여러 원님의 └ 원수를 갚으셨도다." 여우를 잡은 뒤 이화에게 감사함을 전하는 군사와 백성들

하더니, 문득 보고하여 왈,

"죽은 여우 수여우뿐이라."

이화 대경실색*하고 돌아오더라. 죽은 여우가 암수 한 쌍이 아니라 수여우뿐이라는 사실을 알고 충격을 받은 이화 장면 03

– 작자 미상, 「이화전」 –

>> 지문을 **세 장면**으로 나누고, 장면의 핵심 내용을 정리해 보세요.

장면 01	여산의 **괴변**을 해결하기 위해 이화가 부사로 부임함
장면 02	이화는 혼령 **여백**을 통해 괴변을 해결할 방도를 얻음
장면 03	군사와 백성들에게 명하여 은행나무를 베고 **수여우**를 죽였으나 암여우는 교묘히 도망침

📋 전체 줄거리

임진왜란 당시, 명나라 장수 이여백은 조선을 돕기 위해 파병되었다가 전사하고, 그 혼은 여산 고을의 자물쇠에 깃들게 된다. 이후 여산 고을에서는 부임하는 수령들마다 잇따라 이유 없이 죽는 괴이한 사건이 벌어지며 고을 전체가 두려움에 휩싸이고, 조정에서도 이를 심각하게 받아들인다.

이때 과거에 급제하고도 오랫동안 벼슬하지 못했던 선비 이화는 자신의 재능을 펼칠 기회를 얻기 위해 여산 부사직을 자청하여 부임하게 된다. 그는 밤마다 수상한 기운이 감도는 연못 주변을 살펴보다 연못에서 나온 자라의 원혼을 따라 간 끝에 어느 집 자물쇠에 깃들어 있는 이여백의 혼령과 만나게 된다. 이화는 이여백의 혼령으로부터 은행나무에 깃든 천 년 묵은 암수 요괴의 존재를 알게 되고, 군사를 이끌고 요괴를 처단하는 데 성공한다. 하지만 교묘히 도망친 암여우는 끝내 잡지 못하고, 이에 이여백의 혼령은 이화에게 암여우를 놓쳤으니 3년 안에 대국에서 죽게 될 것이라는 불길한 예언을 남기고 사라진다.

시간이 흘러 이화는 조선 조정에서 인정받아 승진하게 된다. 그러나 어느 날, 중국 황제의 애첩이 꾼 꿈에 이화가 위협적인 존재로 나타났다는 이유로 이화는 사신과 함께 중국으로 압송된다. 이화는 죽음을 예감한 채 중국에 도착해 옥에 갇힌다. 이때 이여백의 혼령이 다시 나타나 이화에게 '무고함을 밝히고 살아나려면 꿈에 나타난 혼이 암여우의 변신이라는 사실을 황제에게 직접 고하라'고 일러 준다. 이화는 조언에 따라 자신의 무고함을 밝히고, 황제는 이화의 지혜와 용맹에 깊이 감복하여 그를 후하게 대접하고 상을 내린다. 이후 이화는 조선으로 돌아와 자신을 구해 준 이여백의 은혜에 보답하기 위해 정성껏 제사를 올리고, 후손에게도 그 뜻을 전하며 살아간다.

😀 인물 관계도

```
                        상
                        ↑
         여산 부사를   │   여산 부사를
         제수함        │   자청함
                        ↓
                      원을 죽인 정체를 물음
          이화  ←───────────────→  여백
                      좋은 꾀를 알려 줌
         잡고자 하나
         암여우는 놓침
                        ↓
                    여우 한 쌍
```

🗂 이것만은 챙기자

* **궤란하다**: 마음이 어수선하고 뒤숭숭하다.
* **제수**: 추천의 절차를 밟지 않고 임금이 직접 벼슬을 내리던 일.
* **도임**: 지방의 관리가 근무지에 도착함.
* **창황**: 놀라거나 다급하여 어찌할 바를 모름.
* **대경실색**: 몹시 놀라 얼굴빛이 하얗게 질림.

| **작품의 내용 이해** | 정답률 **86**

1. 윗글의 내용에 대한 이해로 적절하지 **않은** 것은?

✅ 정답풀이

⑤ 이화는 백발 노옹과 노파가 지르는 소리를 듣고 고함을 치며 나무를 베었다.

> '백발 노옹과 노파'가 "살리라" 벽력같이 소리 지르'자 '성안의 제군이 다 거꾸러'졌으나 이화가 '정신을 차려 고성'으로 '창검을 발하여 저 요괴를 잡'을 것을 명령하자 '모든 군사와 백성이 겨우 정신을 차려 일시에 고함하고 나무를 베'었다고 하였다. 따라서 백발 노옹과 노파가 지르는 소리를 듣고 고함을 치며 나무를 벤 것은 이화가 아니라 군사와 백성이다.

❌ 오답풀이

① 이화는 사악한 기운이 바른 기운을 해칠 수 없다고 여기고 여산에 부임했다.
이화는 부모가 여산 부사로 가는 것을 말리자 '소자 듣자오니 사악한 기운이 바른 기운을 범하지 못한다 하오니 과려치 마소서.'라고 말한 뒤, '여산에 이르러 도임'하였다.

② 이화는 모든 관리와 백성이 자신의 명을 따르지 않는다고 나무라며 자신의 뜻을 고수했다.
'나무를 베'라는 명령을 들은 '모든 관리와 백성이 일시에 말'리자 이화는 '너희 무삼 지각이 있노라 감히 내 명을 거스르'냐며 자신의 명을 따르지 않는 관리와 백성을 나무라고, '개의치 않으니 나무 속 요괴를 잡'으라는 자신의 뜻을 고수하고 있다.

③ 모든 군사는 이화의 호령하는 소리에 두려움을 느끼고 이화가 요구하는 대로 행동했다.
이화가 '빨리 나무를 베어 착실히 다 잡으'라고 호령하자, '꾸짖는 소리에 산이 무너지고 고을이 터질 듯하니, 모든 군사 문득 두렵고 겁이 나서' 나무를 일시에 베고 있으므로, 모든 군사들이 이화의 호령하는 소리에 두려움을 느끼고 나무를 베라는 이화의 요구대로 행동하고 있음을 알 수 있다.

④ 모든 군사는 은행나무 속의 유혈을 보고 당황하여 이화에게 명령을 거둘 것을 요청했다.
모든 군사가 '일시에 달려들어' 나무를 '베니 과연 나무 속에 유혈이 낭자' 하였다. 이에 창황함을 느낀 군사들이 '일시에 빌'며 '이 나무 변이 이와 같사오니 덕분에 베지 마사이다.'라며 이화에게 명령을 거둘 것을 요청하고 있다.

2. ㉠~㉢에 대해 이해한 것으로 가장 적절한 것은?

> ㉠: 여산 부사를 제수
> ㉡: 각 면에 하령
> ㉢: 그 짐승을 죽임

✅ 정답풀이

① 이화는 벼슬을 못 했던 울분을 ㉠을 통해 해소하고, 당면한 문제의 해결을 ㉡을 통해 시도한다.

이화는 상에게 '급제하여 십여 년에 벼슬을 못 하옵고 성하에 무익하옴을 주야에 한이 깊'다고 벼슬을 하지 못한 울분을 표출하였으며, 상이 '서사를 보시고' ㉠을 하였으므로 ㉠을 통해 이화가 벼슬을 못 했던 울분을 해소한다고 할 수 있다. 또한, 이화는 '전라도 여산 고을로 간 원마다 죽고 고을이 황폐'한 문제를 해결하기 위해 여백의 말을 듣고 '그물을 맺어 둘러치고 억만 사람으로 겹겹이 둘러 진 치고 나무를' 베라며 ㉡을 하고 있다. 따라서 ㉡을 통해 당면한 문제를 해결하려고 시도했음을 알 수 있다.

❌ 오답풀이

② 상은 황폐한 인심을 수습하기 위한 방법으로 ㉠을 행하고, 이화는 자신에 대한 백성의 신임을 되찾고자 ㉡을 행한다.

상은 '전라도 여산 고을로 간 원마다 죽고 고을이 황폐'해지자 이를 '깊이 근심'하였다. 이때 이화가 '십여 년에 벼슬을 못 하옵고 성하에 무익하옴을 주야에 한이 깊'으니 자신이 '사변을 제어하'겠다고 청한다. 이에 상이 이화를 여산 부사로 제수한다. 이를 통해 상이 황폐한 인심을 수습하기 위한 방법으로 ㉠을 행했다고 볼 수 있다. 그러나 이화가 ㉡을 행한 것은 여산 고을의 사변을 제어하기 위함이지, 백성들의 신임을 되찾고자 함이 아니다. 오히려 백성은 ㉡을 행하려는 이화를 말리고 있다.

③ 이화의 부모에게 ㉠은 이화의 안위를 염려하게 되는 이유가 되고, 이화에게 ㉢은 상의 권위를 확인하게 되는 계기가 된다.

이화의 부모는 '여산 부사를 제수'받은 이화에게 '여산 가는 원마다 죽는 자삽십여 인'인데 '구태여 자원하여 죽으려 함은 어찜이뇨. 달리 말고 가지 말라.'라며 이화를 말리고 있다. 따라서 ㉠은 이화의 부모가 이화의 안위를 염려하게 되는 이유라고 할 수 있다. 이화는 ㉢을 행함으로써 군사와 백성에게 '이제는 태평'을 누릴 수 있게 되었다는 사례의 인사를 들었을 뿐, 이를 통해 상의 권위를 확인하게 되는 모습은 나타나지 않는다.

④ 군사들은 ㉡을 계기로 이화를 외면하게 되고, 백성은 ㉢을 근거로 하여 이화를 신뢰하게 된다.

㉢을 행한 뒤 '원에게 사례'를 한 것을 통해 백성이 이화를 신뢰하게 되었다고 볼 수 있다. 한편 ㉡을 들은 군사들은 '그물을 맺어 둘러치고 억만 사람으로 겹겹이 둘러 진 치고 나무를 베'기 위해 모인다. 이들은 이화를 말리기도 하지만 결국 이화의 명령을 들어 나무를 베었으므로 ㉡을 계기로 이화를 외면하게 된다고 보기는 어렵다.

⑤ 이화는 백성의 요청에 부응하기 위해 ㉡을 행하고, ㉢을 통해 관리들에 대한 반감을 표출한다.

이화는 여산의 '사변을 제어하'기 위해 여산 부사로 도임하여, 여백에게 '원을 죽인 정체'를 듣고 '여우를 잡'기 위해 ㉡을 행한다. 하지만 이를 백성들이 이화에게 직접 요청한 것이라고 볼 수는 없다. 또한, 이화가 ㉢을 통해 관리들에 대한 반감을 표출한다고 보기도 어렵다.

3. [A]와 [B]에 대한 설명으로 가장 적절한 것은?

✅ 정답풀이

② [A]에서는 상황을 가정하여 대상이 자신들과 상대방에게 미칠 수 있는 부정적인 영향을, [B]에서는 상대방으로 인해 변화된 상황이 자신들에게 미치는 긍정적인 영향을 언급하고 있다.

[A]에서 '모든 관리와 백성'은 '나무를 베'려는 이화를 말리며 '이 나무 베시면 백성이 다 죽기 쉽사오니 성주께도 화 있사온가 하나이다.'라며 상황을 가정하여 자신들과 이화에게 미칠 수 있는 부정적인 영향을 언급하고 있다. 또한, [B]에서는 이화의 명으로 '짐승을 죽'이게 됨으로써 '태평을 누릴' 수 있게 되었으며, '여러 원님의 원수를 갚'았다고 하여 자신들에게 미치는 긍정적인 영향을 언급하고 있으므로 적절하다.

❌ 오답풀이

① [A]에서는 자신들의 믿음이 사실과 일치함을 상대방에게 전하고 있고, [B]에서는 상대방에 대한 자신들의 믿음이 사실로 증명되었음을 밝히고 있다.

[A]에서는 '나무 베시면 백성이 다 죽'고 '성주께도 화 있'을 것이라고 말하고 있으나, 이는 자신들의 믿음을 이야기한 것일 뿐 자신들의 믿음이 사실과 일치한다고 말하는 것은 아니다. [B]에서는 나무를 베라는 이화의 명령에 반대하던 군사와 백성들이 나무에 깃든 대상의 정체를 파악하고 '이제는 태평을 누릴' 수 있게 되었다며 이화에게 감사를 표하고 있으므로, 상대에 대한 자신들의 믿음이 사실로 증명되었음을 밝히고 있다고 볼 수 없다.

③ [A]에서는 자신들이 목격한 상황을 토대로 대상에 대한 상대방의 인식 변화를, [B]에서는 자신들과 상대방이 공유한 경험을 토대로 대상에 대한 상대방의 행동 변화를 촉구하고 있다.

[A]에서 '이 나무가 극히 영험하와 나무 위에 백발 노옹과 노파 때때로 나'오므로 '이 나무 베시면 백성이 다 죽기 쉽'고 '성주께도 화 있사온가' 한다며 '나무를 베'려는 이화를 만류하고 있다. 따라서 [A]에서 자신들이 목격한 상황을 토대로 상대방의 인식 변화를 촉구하고 있다고 볼 수 있다. 반면, [B]에서는 '나무를 베'자 나온 '짐승을 죽'이고 난 뒤 '성주의 명공 신기 이와 같사오니 이제는 태평을 누릴 줄 어찌 알았으리오.'라고 하였다. 이는 자신들과 이화가 공유한 경험을 바탕으로 이화의 명령이 옳았음에 감사하고 있는 것일 뿐, 이화의 행동 변화를 촉구한 것은 아니다.

④ [A]와 [B]에서는 모두 과거와 현재의 상황을 대비하여 바람직한 상황을 가져온 상대방의 업적을 예찬하고 있다.

[A]에서는 '나무 베'면 백성과 이화에게 부정적인 상황이 닥칠 것이라고 말하고 있을 뿐, 과거와 현재의 상황을 대비하여 바람직한 상황을 가져온 상대방의 업적을 예찬하고 있지는 않다. 한편 [B]에서는 '종전 커다란 변란이 있'었던 과거와 '성주의 명공 신기' 덕분에 '태평을 누릴' 수 있게 된 현재의 상황을 대비하여 바람직한 상황을 가져온 이화의 업적을 예찬하고 있다.

⑤ [A]와 [B]에서는 모두 상대방의 지위를 언급하며 상대방이 스스로의 역할에 부합하는 결정을 내릴 것을 제안하고 있다.

[A]와 [B] 모두 '성주'라는 이화의 지위를 언급하고 있다. [A]에서는 '이 나무 베시면 백성이 다 죽기 쉽사오니 성주께도 화 있사온가 하나이다.'라며 상대방이 '성주'라는 지위에 있으므로 '백성'을 고려한 결정을 내릴 것을 제안하고 있다고 볼 수 있다. 반면 [B]에서는 이화가 내린 결정으로 인해 고을이 '태평'해졌음을 예찬할 뿐, 어떠한 결정을 내릴 것을 제안하고 있지는 않다.

② **가정:** 사실이 아니거나 또는 사실인지 아닌지 분명하지 않은 것을 임시로 인정함.
④ **대비:** 두 가지의 차이를 밝히기 위해 서로 맞대어 비교함.

| 외적 준거에 따른 작품 감상 | 정답률 84

4. 〈보기〉를 바탕으로 윗글을 감상한 내용으로 적절하지 **않은** 것은? [3점]

〈보기〉

「이화전」은 전기 소설과 영웅 소설의 면모를 동시에 보여 준다. 주인공이 초현실적 존재와 교섭하는 설정은 전기 소설의 면모를 보여 주며, 주인공이 위기 해결에 나서고 조력자의 도움으로 위기를 극복해 나가는 서사는 여타의 영웅 소설과 다르지 않다. 그러나 조력자가 직접 나서서 행동할 수 없는 혼령의 형태로 존재한다는 점, 조력자가 주인공의 위협과 회유에 의해 조언을 해 준다는 점, 주인공이 조언을 따르기만 할 뿐 조력자로부터 스스로 위기를 해결할 수 있는 능력까지는 전수받지 못한다는 점 등은 영웅 소설의 일반적인 조력자나 주인공과는 구별되는 특이성을 보여 준다.

🔍 **보기 분석**

• 「이화전」의 전기 소설로서의 면모
 – 주인공이 초현실적 존재와 교섭함
• 「이화전」의 영웅 소설로서의 면모
 – 일반 영웅 소설과 공통점: 조력자의 도움으로 위기를 극복
 – 일반 영웅 소설과 차이점:
  ① 조력자가 직접 나서서 행동할 수 없는 혼령임
  ② 조력자가 주인공의 위협과 회유에 의해 조언함
  ③ 주인공이 조력자에게 스스로 위기를 해결할 수 있는 능력을 전수받지는 못함

✔ **정답풀이**

⑤ 여백의 조언을 따른 결과 '수여우'가 죽은 것에서, 영웅 소설의 일반적 조력자와 달리 조력자가 혼령임에도 주인공이 위기에서 벗어날 수 있게 된 상황을 확인할 수 있군.

〈보기〉에서 윗글은 일반적인 영웅 소설과 달리 '조력자가 직접 나서서 행동할 수 없는 혼령의 형태로 존재'한다고 하였다. 여백은 이화에게 여우를 잡을 방안을 알려 주기 전에, '처치를 잘 못하면' '너는 목이 베어'질 것이라 한다. 이후 이화는 '이 고을 백성에게 명'하여, '일시에 둘을 다 잡아내면 변이 없을 것이라는 여백의 조언에 따라 여우를 잡게 된다. 하지만 '수여우' 한 마리만 잡았을 뿐이며, 이를 들은 이화가 '대경실색'하였다고 했으므로 주인공이 위기에서 완전히 벗어날 수 있게 되었다고 보기는 어렵다.

❌ **오답풀이**

① '본국'의 '사변을 제어하'겠다고 말하며 국가의 위기를 주도적으로 해결하고자 하는 이화의 모습에서, 영웅 소설의 주인공으로서의 면모를 확인할 수 있군.
 〈보기〉에서 윗글은 '주인공이 위기 해결에 나'선다는 점에서 영웅 소설의 면모를 지니고 있다고 하였다. 이화가 '여산의 괴변이 고이하와 본국이 위태하오니, 신이 비록 재주 없사오나 한번 입거하와 사변을 제어'하겠다고 상에게 고하는 모습을 통해 국가의 위기를 주도적으로 해결하려는 영웅 소설의 주인공으로서의 면모를 확인할 수 있다.

② 자신을 '베고자 하'는 이화에게 '좋은 꾀'를 알려 주는 여백의 모습에서, 영웅 소설의 일반적 조력자와 달리 주인공의 위협과 회유에 의해 조언을 제공하는 모습을 확인할 수 있군.
 〈보기〉에서 윗글은 '조력자가 주인공의 위협과 회유에 의해 조언을 해 준다는 점'에서 '영웅 소설의 일반적인 조력자나 주인공과는 구별되는 특이성'이 있다고 하였다. 이화가 '여백을 칼로 당당히 베'겠다며 위협하자, '여백이 애걸'하고 '여우 한 쌍'을 잡는 '좋은 꾀'를 알려 준다. 이를 통해 영웅 소설의 일반적인 조력자와 달리 주인공의 위협과 회유에 의해 조언을 제공하는 조력자의 모습을 확인할 수 있다.

③ '잡귀'를 잡는 것에 관해 이화가 여백과 대화하는 장면에서, 현실 세계에 속한 주인공이 초현실적 존재와 교섭하는 전기 소설로서의 특징을 확인할 수 있군.
 〈보기〉에서 윗글은 '주인공이 초현실적 존재와 교섭하는 설정'을 지녔다는 점에서 전기 소설로서의 면모를 보여 준다고 하였다. 현실 세계에 속한 주인공인 이화가 여백에게 위협과 회유를 하고, 이에 초현실적 존재인 여백이 '여우를 잡는 방법을 알려 주고 이화가 이를 실행하는 모습을 통해 전기 소설로서의 특징을 확인할 수 있다.

④ 여백에게 '여우를 잡'는 방법은 듣게 되나 스스로 위기를 해결할 수 있는 능력은 전수받지 못한 이화의 모습에서, 영웅 소설의 일반적 주인공과는 변별되는 특징을 확인할 수 있군.
 〈보기〉에서 윗글은 '주인공이 조언을 따르기만 할 뿐 조력자로부터 스스로 위기를 해결할 수 있는 능력까지는 전수받지 못한다'는 점에서 '영웅 소설의 일반적인 조력자나 주인공과는 구별되는 특이성'이 있다고 하였다. 이화는 여백에게 '여우를 잡'는 방법에 대해 듣게 되지만 위기를 스스로 해결할 수 있는 능력을 전수받지는 못했으므로 영웅 소설의 일반적 주인공과는 변별되는 특징을 지니고 있음을 알 수 있다.

✏ **모두의 질문** • 4–④번

Q: 여백이 이화에게 백성들로 진을 치라는 등 '여우를 잡'는 방법을 알려 주었으니 이화는 위기를 해결할 수 있는 능력을 전수받은 것이 아닌가요?

A: 여백은 이화에게 '천여 년이나 묵은 여우 한 쌍'이 '고을 원마다 죽여 그 피 빨아 먹'은 사실을 말해 주며, '고을 백성에게 명하여 만군으로 겹겹이 진 쳐 사람마다 다 활과 총과 창검을 장전하라 하고, 대톱과 큰 도끼로 나무를' 벤 다음, '백발 노옹과 노파'로 변신한 '여우를 잡'으라고 일러 준다. 따라서 여백이 이화에게 '여우를 잡'는 방법을 알려 주었다고 할 수는 있지만, 이화 스스로 위기를 해결할 수 있는 능력을 전수해 주었다고 보기는 어렵다.

[1~4] 다음 글을 읽고 물음에 답하시오.

[앞부분 줄거리] 진옥은 월국에 승전*한 일을 황제에게 전하고 돌아오다 문득 대풍*을 만나 외딴섬에 이르러 한 노인을 만난다.

　그 노인이 눈물을 흘리며 왈
　"사십 후에 한 자식을 두었다가 갑자년 난중에 잃었나이다."
　진옥이 왈
　"그 자식의 이름을 아시나이까?"
　노인이 답왈
　"내 자식의 이름은 김진옥이거니와 화초암에서 공부하다가 이별하였더니 지금 사생존망*을 모르나이다."
하거늘 원수가 그제야 부친인 줄 알고 그 노인을 붙들고 ㉠대성통곡 왈
　"소자의 이름이 진옥이로소이다."
하니 그 노인이 진옥이란 말을 듣고 ㉡대성통곡하고 기절하고 엎어지니 진옥이 눈물을 그치고 부친을 위로하며 전후사를 낱낱이 설화하더라. 갑자년에 헤어졌다가 외딴섬에서 눈물의 상봉을 하는 아버지와 진옥
　그런 뒤에 배를 타고 만경창파*에 떠서 고국으로 향하더니 한곳에 다다르니 바람결에 청아한 ⓐ옥피리 소리 들리거늘 살펴보니 일위 동자가 청의를 입고 머리에 화관을 쓰고 ⓑ일엽편주를 타고 살같이 오며 왈
　"김 원수는 배를 잠시 멈추소서."
하며 급히 불러 왈
　"수부 왕이 청하시니 가사이다."
하거늘 원수가 대왈
　"용왕은 수부 용신이요, 진옥은 진세지인이라. 용궁과 인세가 길이 다르니 어찌 서로 미치리오?"
　원수가 부친께 고하여 왈
　"어찌 하오리까?"
하니 그 부친이 왈
　"용왕이 청하시니 어찌 거역하리오. 아모케든 가리라."
하시니 원수가 동자를 따라 수부에 이르니 일월이 명랑하고 천지가 광활하고 주궁이 장려하고 위의가 거룩하더라. 수부 왕의 청으로 동자를 따라 수부로 가게 된 아버지와 진옥
　이때 용왕이 원수를 맞아 ㉢백옥상에 좌정*한 후 왈
　"원수의 존명을 들은 지 오래더니 오늘에서야 처음 보는도다."
　원수가 대왈
　"저는 인간 사람이라. 이다지 관대하시니 감사무지*로소이다."
　한참이나 자리를 즐기더니 한 신하가 아뢰어 왈
　"동곡 대병이 지경을 범하오니 대왕은 급히 막으소서."
하였더라.
　이때 용왕이 원수를 돌아보아 왈

　"과인이 김 원수를 청한 것은 다름 아니라 동곡 용왕이 지경을 침노하니 원수는 일신을 아끼지 말고 공을 이루라. 만일 적병을 소멸하면 수부의 영광이 될 것이요, 또 공을 표창하리다." 진옥에게 지경을 침노한 동곡 용왕을 무찔러 달라고 청하는 용왕
하니 원수가 대왈
　"저는 진세 사람이라 어찌 수부 용왕을 당하리오. 그러나 힘을 다하여 보겠나이다." 용왕의 청에 동곡 용왕을 무찌르기로 한 진옥
　용왕이 ㉣대희하여 즉시 정병 팔만을 조발하여 주거늘 동곡 용왕과 대진하니 천지가 진동하고 남해 용궁이 가득 찬 듯하더라. 원수 사은하고 물러 나오니 군영이 엄숙하고 위엄이 진동하는지라. 장면 01
　각설*, 이때 중국 대병이 회환하다가 일야 대풍에 원수 탄 배 표풍*하여 간 곳이 없는지라. 군중이 황황하여 두루 찾았으나 종적을 모르는지라. 삼 삭 만에 본국에 돌아와 황제께 아뢰길 '대원수 김진옥을 중도에 잃어버렸다.'라고 하니 황제가 그 말을 듣고 대경차탄하시고 다른 제장 군졸들은 무사 귀국함을 기꺼하시나 원수 표풍함을 슬퍼하시고 또한 이상하게 여기시더라. 진옥의 종적을 알 수 없다는 사실을 슬퍼하며 이상하게 여기는 황제
　이때 유 승상이 이 말을 듣고 ㉤대경실색하여 부인과 소저와 주야 근심하여 천만다행으로 살아 돌아옴을 두 손 모아 기도하더라. 진옥이 사라졌다는 소식을 듣고 걱정하는 가족들 이에 앞서 우양 공주가 김진옥이 파혼하매 형성군의 며느리 되었으니, 김진옥이 부마됨을 지극히 피함을 시기하여 항상 모해할 뜻을 두고 그윽이 틈을 엿보더니, 원수 표풍하여 사생 모름을 듣고 대희하여 병부상서 정동한 등으로 통하여 황제께 여쭈오되
　"갑자년 난중에 김진옥의 아비 시광도 오랑캐와 내응하다가 성사치 못함으로 월국으로 들어가더니 지금 진옥이 월국을 치는 체하다가 월국으로 도망하여 제 아비와 동심합력하여 중국을 해코자 하오니 그 처자를 어찌 살려 두리까? 황제는 앞날을 생각하소서." 파혼을 계기로 진옥에게 악감정을 가지게 되어 그를 모해하는 우양 공주
　황제 그 말을 듣고 그러할 듯한지라 즉시 유 승상을 삭탈관직*하고 진옥의 처 유 씨를 잡아다가 죽이려 하더라. 우양 공주의 말만 듣고 진옥의 가족들에게 징벌을 내리는 황제 장면 02

　　　　　　　(중략)

　각설, 이때 원수 수부에서 용궁 대병을 거느리고 일자 장사진을 쳐 제장을 호령하시니 선봉 장신갑이 아뢰어 왈
　"동곡 용왕은 유수진을 쳤거늘 원수께서는 어찌 일자 장사진을 쳤나니까?"

원수 웃으며 왈

"오행 중에 상극이 있으니 유수진을 치고 들면 어찌 살기를 바라리오."

제장이 서로 돌아보고 왈

"원수의 진법은 과연 명장이라."

하며 칭찬하더라.

이때 원수가 군법을 정제하고 싸움을 돋우더니 '동곡 용왕은 들어보라.' 하며 풍운조화를 부리니 동곡 용왕이 ㉤대로하여 비룡마를 타고 ⓓ청전검을 들고 달려들거늘 원수가 응하여 동서남북으로 충돌하다가 용왕의 머리를 베어 들고 만군 중에 횡행하니 수중 명장이 대경실색하더라.

이때 적진 군중에서 ⓔ항서를 써 올리거늘 원수가 받은 후에 군사를 몰아 돌아오니 용왕이 대희하여 원수와 그 부친을 좌상에 앉히고 원수 공덕을 무수히 치사하시더라. 그 부친으로 서해군을 봉하시고 원수로서 동해군을 봉하시니라. 진옥이 동곡 용왕과의 전투에서 승리하고 돌아오자 공덕을 치사하는 용왕 장면 03

– 작자 미상, 「김진옥전」 –

>> 지문을 세 장면으로 나누고, 장면의 핵심 내용을 정리해 보세요.

장면 01	진옥은 풍랑으로 인해 외딴섬에 떨어져 아버지와 재회한 후, 용왕에게 대접받고 동곡 용왕을 무찌르기로 함
장면 02	황제는 진옥이 사라졌다는 말에 슬퍼하는 한편, 우양 공주의 모해에 속아 진옥의 가족들을 처벌함
장면 03	진옥이 동곡 용왕을 무찌르고 돌아오자 대희한 용왕이 진옥과 그 부친에게 벼슬을 주며 공을 치하함

전체 줄거리

명나라 청주에 살던 김시광과 여 부인은 화주암에 발원을 올려 아들 진옥을 낳는다. 그러나 남 선우가 일으킨 전쟁으로 시광은 무인도에 버려지고, 여 부인은 중이 되며, 진옥은 부모와 생이별한다. 진옥은 화산 도사에게 학문과 무예를 익히고, 유 승상의 딸과 인연을 맺는다. 진옥은 과거에 급제하고, 이에 우양 공주와 결혼하라는 황제의 명을 거절하여 하옥된다. 진옥은 감옥에서 풀려난 뒤 유 씨와 혼인한다. 재침입한 남 선우와의 전쟁에서 승리한 진옥은 혼자 배를 타고 돌아오다 아버지와 재회하고, 용왕의 부탁으로 동곡 용왕을 물리친다. 한편, 우양 공주가 진옥을 모함하면서 유 씨는 죽을 위기에 처하고, 때마침 도착한 진옥이 용왕에게 받은 선물로 유 씨의 목숨을 구한다. 화산 도사의 도움으로 어머니와 재회한 진옥은 우양 공주가 태자 독살의 누명을 씌우면서 위기에 처하나, 화산 도사가 준 약으로 태자를 살리고 죄인들을 처단한다. 이후 진옥의 집안은 대대로 벼슬을 하며 행복하게 산다.

인물 관계도

이것만은 챙기자

*승전: 싸움에서 이김.
*대풍: 큰 바람. 또는 모진 바람.
*사생존망: 살아서 존재하는 것과 죽어서 없어지는 것.
*만경창파: 만 이랑의 푸른 물결이라는 뜻으로, 한없이 넓고 넓은 바다를 이르는 말.
*좌정: 자리 잡아 앉음. 남을 높일 때나 점잖게 이를 때에 쓴다.
*감사무지: 고마운 마음을 이루 다 표현할 길이 없음.
*각설: 주로 글 따위에서, 화제를 돌려 다른 이야기를 꺼낼 때, 앞서 이야기하던 내용을 그만둔다는 뜻으로 다음 이야기의 첫머리에 쓰는 말.
*표풍: 바람결에 떠 흘러감.
*삭탈관직: 죄를 지은 자의 벼슬과 품계를 빼앗고 벼슬아치의 명부에서 그 이름을 지우던 일.

1. ㉠~㉤에 대한 이해로 적절하지 <u>않은</u> 것은?

㉠: 대성통곡

㉡: 대성통곡

㉢: 대희

㉣: 대경실색

㉤: 대로

✔ 정답풀이

① ㉠: '노인'과 함께 전란을 극복했던 과거를 떠올린 '진옥'의 반응이며, '진옥'이 서러움을 토로하는 모습으로 이어지는군.

> 진옥은 '월국에 승전'한 후 '대풍을 만나 외딴섬에 이르러 한 노인을 만'났으며, 노인의 사연을 들은 뒤 '그제야 부친인 줄 알고 그 노인을 붙들고 대성통곡'했다. 즉 진옥이 ㉠과 같은 반응을 보인 것은 노인과 함께 전란을 극복한 과거를 떠올렸기 때문이 아니라 노인이 자신의 아버지임을 알았기 때문이며, 이는 서러움을 토로하는 모습이 아니라 '부친을 위로하며 전후사를 낱낱이 설화'하는 모습으로 이어지고 있다.

✘ 오답풀이

② ㉡: 자신이 알지 못했던 의외의 사실을 확인한 '노인'의 반응이며, '노인'이 격한 감정을 못 이기는 모습으로 이어지는군.
㉡은 '내 자식의 이름은 김진옥'이며, '갑자년 난중에 잃어버려' '지금 사생존망을 모'른다고 하는 노인에게 진옥이 '소자의 이름이 진옥'이라고 말하자 노인이 보인 반응이다. 이후 노인이 '기절하고 엎어지'는 것을 통해, 노인이 격한 감정을 못 이기고 실신하는 모습으로 이어짐을 알 수 있다.

③ ㉢: '진옥'의 태도에 만족한 '용왕'의 반응이며, '용왕'이 '진옥'에게 목표 달성을 위한 수단을 제공하는 행위로 이어지는군.
㉢은 '동곡 용왕이 지경을 침노'했으니 진옥이 '일신을 아끼지 말고 공을 이'뤄 주었으면 한다는 용왕의 부탁에 진옥이 '힘을 다하여 보겠'다며 응하자 그에 만족한 용왕이 보인 반응이며, 이후 용왕이 '즉시 정병 팔만을 조발하여 주었다'는 것을 통해 진옥에게 동곡 용왕을 무찌르기 위한 수단을 제공하는 행위로 이어짐을 알 수 있다.

④ ㉣: '진옥'의 실종 소식에 대한 '유 승상'의 반응이며, 가족들과 '유 승상'이 '진옥'의 생환을 비는 모습으로 이어지는군.
㉣은 '대원수 김진옥을 중도에 잃어버렸다'는 소식을 들은 유 승상이 충격을 받아 보인 반응이며, 이후 '부인과 소저와 주야 근심하여 천만다행으로 살아 돌아옴을 두 손 모아 기도'하였다는 것을 통해 유 승상이 가족들과 함께 진옥의 생환을 비는 모습으로 이어짐을 알 수 있다.

⑤ ㉤: 싸움을 걸며 조화를 부리는 '진옥'에 대한 '동곡 용왕'의 반응이며, '동곡 용왕'이 '진옥'을 제압하려는 행위로 이어지는군.
㉤은 진옥이 '군법을 정제하고 싸움을 돋우'더니 '풍운조화를 부리는' 모습을 보고 동곡 용왕이 화가 나 보이는 반응이며, 이후 동곡 용왕이 '비룡마를 타고 청전검을 들고 달려들'었다는 것을 통해 진옥을 제압하려는 행위로 이어짐을 알 수 있다.

2. ⓐ~ⓔ에 대한 설명으로 가장 적절한 것은?

ⓐ: 옥피리 소리

ⓑ: 일엽편주

ⓒ: 백옥상

ⓓ: 청전검

ⓔ: 항서

✔ 정답풀이

① ⓐ는 환상적 분위기를 조성하여, 새롭게 등장하는 존재에 대한 인물의 주의를 환기하는 소재이다.

> ⓐ는 '청의를 입고 머리에 화관을 쓰고 일엽편주'를 탄 동자가 나타날 때 들리는 '청아한' 소리이다. 동자는 진옥을 데려오라는 수부 왕의 명령을 듣고 나타난 인물로, 이때 ⓐ는 환상적인 분위기를 조성하여 새롭게 등장하는 동자라는 인물에 대한 진옥의 주의를 환기한다고 볼 수 있다.

✘ 오답풀이

② ⓑ는 인물들이 계획했던 항해가 무사히 지속될 수 있도록 안내하여, 당초 목적한 곳에 이를 수 있도록 하는 소재이다.
ⓑ는 동자가 진옥을 찾아오기 위해 타고 온 것이며, 동자는 '수부 왕이 청하시니 가사이다.'라며 진옥 부자를 '수부'로 데려가려고 하고 있다. 따라서 ⓑ는 인물들이 계획했던 '고국'이 아닌 '수부'로 데려가려고 하는, 즉 당초 목적한 곳이 아닌 새로운 공간에 이를 수 있도록 하는 소재라고 볼 수 있다.

③ ⓒ는 주변 풍광을 보여 주는 앞선 장면과 대비되어, 인물이 당면한 처지에 안절부절못함을 상징적으로 나타내는 소재이다.
ⓒ는 '용왕이 원수를 맞아' '좌정'하는 곳으로, 용왕의 위엄을 보여 주는 공간이라고 할 수 있다. 따라서 '일월이 명랑하고 천지가 광활하고 주궁이 장려하고 위의가 거룩'하다는 주변 풍광과 대비된다고 보기 어려우며, 인물이 당면한 처지에 안절부절못함을 상징적으로 나타내는 소재라고 볼 수도 없다.

④ ⓓ는 인물이 지닌 비범함을 돋보이게 하여, 직면한 공격에 상대가 미처 대응하지 못하게 도움을 주는 소재이다.
ⓓ는 '비룡마'를 탄 동곡 용왕이 진옥을 공격하기 위해 사용한 무기이며, 동곡 용왕이 달려들자 진옥은 이에 '응하여 동서남북으로 충돌하다가 용왕의 머리를 베'게 된다. 따라서 ⓓ가 동곡 용왕이 지닌 비범함을 돋보이게 해 준다고 보기 어려우며, 직면한 공격에 상대가 미처 대응하지 못하게 도움을 주는 소재라고 보기도 어렵다.

⑤ ⓔ는 갈등의 양상을 감추어, 건네받는 인물이 상대의 진의를 파악할 수 없도록 기능하는 소재이다.
ⓔ는 '적진 군중'에서 항복을 인정하여 쓴 것이자 진옥이 받아 온 것으로, 전투에서 승리한 것을 알게 된 용왕은 '대희'하며 진옥의 공덕을 '치사'한다. 따라서 ⓔ가 갈등의 양상을 감추어 이를 건네받은 진옥이 상대의 진의를 파악할 수 없도록 기능하는 소재라고 할 수 없다.

🌱 기틀잡기

① **환기**: 주의나 여론, 생각 따위를 불러일으킴.

④ **비범함**: 보통 수준보다 훨씬 뛰어남.

⑤ **진의**: 속에 품고 있는 참뜻. 또는 진짜 의도.

3. 다음은 학생이 윗글을 읽고 작성한 감상문의 일부이다.
⑦~⑩ 중 적절하지 <u>않은</u> 것은?

> 「김진옥전」에서는 진옥의 표류를 계기로 서로 다른 공간에서 가족의 상봉과 위기의 서사가 전개되었다. 진옥이 표류해 도착한 공간에서는 진옥이 부친과 상봉했는데, ⑦진옥과 부친이 이별하였을 때의 상황이 언급되었고, ⑭진옥이 부친과 함께 배를 타고 고국으로 출발하는 이야기가 이어졌다. 한편, 진옥이 부재한 공간에서는 진옥의 가족을 해치려는 시도가 이루어졌다. ⑭황제는 진옥이 귀환하지 못했다는 상황이 그러할 듯하다고 이해했지만, ⑭공주는 진옥의 부재를 기회로 삼아 계략을 꾸몄다. 그 후 ⑭진옥을 모함하는 말을 들은 황제에 의해 진옥의 가족은 위기에 처하게 되었다. 이렇듯 표류는 진옥과 가족의 만남을 돕거나 방해하면서 이야기를 입체적으로 만들고 있었다.

✅ 정답풀이

③ ⑭

> '대원수 김진옥을 중도에 잃어버렸다.'라는 군졸들의 말을 들은 황제는 '원수 표풍함을 슬퍼'하는 한편 이를 '이상하게 여'긴다. 따라서 황제가 진옥이 귀환하지 못한 상황을 그러할 듯하다고 이해했다는 감상은 적절하지 않다.

❌ 오답풀이

① ⑦

'대풍을 만나 외딴섬'에 이르러 자식을 잃은 노인을 만난 진옥은 노인이 '화초암에서 공부하다가 이별'하게 된 자식이 바로 자신임을 된다. 따라서 진옥이 표류해 도착한 공간인 외딴섬에서 진옥과 부친이 이별하였을 때의 상황이 언급되었음을 알 수 있다.

② ⑭

진옥은 부친에게 '전후사'를 '설화'한 뒤 '배를 타고 만경창파에 떠서 고국으로 향'한다. 따라서 진옥이 부친과 함께 배를 타고 고국으로 출발하였음을 알 수 있다.

④ ⑭

우양 공주는 진옥과 파혼한 뒤 '김진옥이 부마됨을 지극히 피함을 시기하여 항상 모해할 뜻을 두고' 틈을 엿보다가 진옥이 '표풍하여 사생 모름을 듣고 대희'하였으며, '병부상서 정동한 등으로 통하여' 황제에게 진옥이 '월국을 치는 체하다가 월국으로 도망'한 것이라고 모함한다. 따라서 우양 공주가 진옥의 부재를 기회로 삼아 진옥을 모함에 빠뜨릴 계략을 꾸몄음을 알 수 있다.

⑤ ⑭

황제는 '갑자년 난중'에 진옥의 부친인 '시광도 오랑캐와 내응'하여 '월국으로 들어'갔으며, 진옥도 '월국을 치는 체하다가 월국으로 도망하여 제 아비와 동심합력하여 중국을 해코자 하'는 것이라는 우양 공주의 말을 듣고 '유 승상을 삭탈관직하고 진옥의 처 유 씨를 잡아다가 죽이려' 한다. 따라서 진옥을 모함하는 말을 들은 황제가 진옥의 가족을 위기에 처하게 만들었음을 알 수 있다.

4. 〈보기〉를 참고하여 윗글을 감상한 내용으로 적절하지 <u>않은</u> 것은? [3점]

> 〈보기〉
>
> 「김진옥전」의 영웅 서사가 보여 주는 바다 세계에서의 모험담에서는 초월적 세계에 대한 변모된 서술 양상이 드러난다. 이 작품 속 초월적 세계는 다른 영웅소설에서처럼 인간 세계와의 간극을 지닌 곳으로 인식되지만, 인간 세계에나 있을 법한 갈등이 일어나는 곳으로도 그려진다. 주인공은 초월적 존재의 요청으로 초월적 세계의 문제를 대신 해결하는데, 이 과정에서 초월적 세계의 존재에게 우월한 능력을 인정받고, 약속된 보상을 받아 영웅의 자격을 증명한다.

🔍 보기 분석

- 「김진옥전」의 초월적 세계관의 특징
  - 인간 세계와의 간극을 지닌 곳이자 인간 세계와 같은 갈등이 일어나는 공간
  - 주인공이 초월적 존재의 요청으로 문제를 해결함
    → 능력을 인정받고, 보상을 받아 영웅의 자격을 증명함

✅ 정답풀이

② 용왕이 '공을 이루라'고 한 장면에서 '적병'의 처치를 진옥에게 요청한 것을 보면, 진옥으로 하여금 인간 세계와 초월적 세계 사이에서 생긴 문제를 대신 해결하게 하려 함을 알 수 있군.

> 〈보기〉에서 윗글의 '주인공은 초월적 존재의 요청으로 초월적 세계의 문제를 대신 해결'한다고 하였다. 그런데 용왕이 '동곡 용왕이 지경을 침노하니 원수는 일신을 아끼지 말고 공을 이루라.'라고 한 것은 초월적 존재인 용왕과 '동곡 용왕' 사이에서 생긴 문제를 진옥에게 대신 해결하게 한 것이지, 인간 세계와 초월적 세계 사이에서 생긴 문제를 대신 해결하게 한 것이 아니다.

❌ 오답풀이

① 진옥이 '청의'를 입은 '동자'와 이야기하는 장면에서 '용궁과 인세가 길이 다르'다고 하는 것을 보면, 진옥이 초월적 세계와의 간극을 인식하고 있음을 알 수 있군.

〈보기〉에 따르면 윗글에서 '초월적 세계'는 '인간 세계와의 간극을 지닌 곳으로 인식'된다. 진옥이 동자에게 '용왕은 수부 용신이요, 진옥은 진세지인'이며, '용궁과 인세가 길이 다르'다고 한 것은 진옥이 인간 세계와 초월적 세계의 간극을 인식하고 있음을 보여 준다고 할 수 있다.

③ 진옥이 '지경'을 침입한 적과 '대진'하는 장면에서 '남해 용궁'에서도 '중국'처럼 전란이 생기는 것을 보면, 초월적 세계에도 인간 세계에나 있을 법한 갈등이 나타남을 확인할 수 있군.

〈보기〉에 따르면 윗글에서 '초월적 세계'는 '인간 세계에나 있을 법한 갈등이 일어나는 곳으로도 그려진'다. 진옥은 '중국'의 원수로서 전장에 나아가 '월국에 승전'한 뒤 '고국'으로 향하던 중 '남해 용궁'의 용왕을 만나고 '지경을 침노'한 동곡 용왕의 '적병'들과 '대진'하게 된다. 이를 통해 '남해 용궁'이라는 초월적 세계에서도 '중국'이라는 인간 세계에서 있을 법한 갈등이 나타난다는 것을 확인할 수 있다.

④ 진옥이 '진법'을 펼치는 장면에서 용궁의 '제장'이 '명장'이라고 '칭찬'하는 것을 보면, 진옥이 초월적 세계의 존재에게 뛰어난 능력을 인정받고 있음을 확인할 수 있군.

〈보기〉에 따르면 윗글의 주인공은 '초월적 세계의 존재에게 우월한 능력을 인정'받는다. 초월적 세계의 존재인 제장에게 '원수의 진법은 과연 명장이라.'라고 칭찬을 받는 것을 통해, 진옥이 초월적 세계의 존재에게 뛰어난 능력을 인정받고 있음을 알 수 있다.

⑤ 용왕이 진옥을 '치사'하는 장면에서 진옥을 '동해군'으로 '봉하'며 '표창'하는 것을 보면, 진옥이 약속된 보상을 받아 영웅으로서의 자격을 증명하고 있음을 알 수 있군.

〈보기〉에 따르면 윗글의 주인공은 '초월적 세계의 존재에게 우월한 능력을 인정'받고, 약속된 보상을 받아 영웅의 자격을 증명'한다. 용왕은 '적진 군중'의 '항서'를 받은 진옥이 돌아오자 '원수 공덕을 무수히 치사'하며 '공을 표창하'겠다는 약속을 지켜 '그 부친으로 서해군을 봉하시고 원수로서 동해군을 봉'한다. 즉, 용왕이 진옥에게 '동해군'이라는 지위를 주는 것을 통해 진옥이 약속된 보상을 받아 영웅으로서의 자격을 증명하고 있음을 알 수 있다.

📋 문제적 문제
· 4-③번

학생들이 정답 외에 가장 많이 고른 선지는 ③번이다. 〈보기〉의 설명을 작품과 연결지어 의미를 파악하는 과정에서 '중국', '월국', '남해 용궁' 등 여러 장소가 등장하면서 이를 파악하는 데 어려움이 있었던 것으로 보인다.

〈보기〉에 따르면 윗글에서 드러나는 '초월적 세계'는 '인간 세계와의 간극을 지닌 곳'인 한편 '인간 세계에나 있을 법한 갈등이 일어나는 곳'이라고 하였다. 진옥은 '월국에 승전'하고 돌아오던 중 '대풍을 만나 외딴섬에 이르러' 부친과 재회하게 된다. 이후 동자의 인도에 따라 초월적 세계의 존재인 용왕을 만나게 되어, '지경을 침노'한 적인 동곡 용왕과 '대진'하였으며, 이로 인해 '천지가 진동하고 남해 용궁이 가득 찬 듯'하였다고 했다. 즉, 인간 세계인 '중국'에서 전투가 벌어진 것처럼 초월적 세계에서도 동곡 용왕과 전투가 벌어져 갈등이 일어나고 있는 것이다.

즉, '남해 용궁'과 '중국'에서 전란이 일어난 상황을 통해 초월적 세계에서도 인간 세계에서 생기는 갈등이 나타난다는 것을 확인할 수 있다.

정답률 분석

①	정답 ②	매력적 오답 ③	④	⑤
3%	76%	9%	6%	6%

[1~4] 다음 글을 읽고 물음에 답하시오.

[앞부분의 줄거리] 승상 정을선이 출정한 사이 정렬부인의 모략으로 충렬부인이 옥에 갇히자 시비 금섬이 충렬부인을 피신시키고 자진한다. 옥에서 얼굴이 상한 금섬의 시신이 발견되자 왕비는 월매를 문초*한다. 옥중 시신이 발견된 것에 관해 시비 월매를 문초하는 왕비 전장에서 정을선은 호첩이 전한 편지를 읽는다.

원수가 대경하여 호첩을 불러 연고를 물으시고 인하여 중군장에게 분부하시되 '나는 집에 변이 있어 먼저 가니 중군장은 차후에 인솔하여 오라.' 하고 밤낮 삼 일 만에 득달하니 충렬부인을 구하기 위해 전장에서 집으로 향하는 정을선 이때에 왕비의 시비 월매가 종시 토설*치 아니하매 매를 많이 맞고 여쭈오되

"어서 바삐 죽이시면 금섬의 뒤를 쫓아가겠나이다." 매를 맞으면서도 충렬부인에 대한 의리를 지키려는 월매

한데 왕비 크게 노하여 목을 베라 할 즈음에 이때 승상이 필마로 달려오다가 월매 죽이려 하는 거동을 보고 급히 소리를 지르며 말에서 내려 이를 구호하매 문왈

"충렬부인은 어디 계시냐?"

월매 인사를 모르다가 승상을 보고 방성통곡 왈

"승상은 바삐 충렬부인을 살리소서."

한데 승상이 급히 문왈

"어디 계시냐?"

한데 월매 울며 왈

"소인이 걷지 못하오니 어찌 가오리까?"

한데 급히 종을 불러 월매를 업히고 구덩이를 찾아가 보니 부인이 아기를 안고 있거늘 아기는 잠을 깊이 들었는지라. 승상이 통곡 왈 구덩이에서 참혹한 모습으로 아기를 안고 있는 충렬부인을 보고 슬퍼하는 정을선

"부인은 눈을 떠 나를 보소서."

한데 부인이 눈을 떠 보니 승상이 왔거늘 정신 아득하여 인사를 모르다가 겨우 인사를 차려 왈

"이것이 꿈인가 생시인가 구년지수의 해 같고 칠년대한의 빗발 같이 바라더니 지금 구덩이에서 만날 줄 알았으리까. 승상은 나의 누명을 씻겨 주소서." 남편에게 누명을 벗겨 달라고 요청하는 충렬부인

하며 인사를 모르는지라. 그 참혹한 형상을 어디에 비하리오. 슬픔에 매우 야위어 뼈가 드러나게 되었는지라. 장면 01 승상이 아기를 안아 월매를 주고 부인을 구한 후에 자리를 마련하여 옥석을 구별할새, 왕비전에 뵈온대 왕비 못내 반기시며 사연을 낱낱이 이르시되 충렬부인을 벌한 사연을 아들 정을선에게 말하는 왕비 승상 왈

㉠"이 일은 소자가 이미 아는 바이오니 염려 마옵소서."

하며 왈

㉡"처음에 그놈이 충렬부인 방에 간 줄 어찌 알으셨나이까?" 충렬부인을 모함한 이를 찾아 사건의 진실을 밝히려는 정을선

왕비 왈

"사촌 오라비가 이르기로 알았노라."

하신대 승상이 복록을 찾는데 벌써 제 죄를 알고 후원에 올라가 이미 죽었는지라. 충렬부인을 음해한 죄를 스스로 알고 목숨을 끊은 복록 하릴없어* 옥졸을 잡아들여 엄히 문왈

"너희는 어찌 충렬부인 아닌 줄 알았느냐? 바로 아뢰라."

하신대 옥졸이 급히 여쭈오되

"얼굴이 상하여 아모란 줄 모르오나 손길이 곱지 못하오매 소인 등 소견에 충렬부인이 천하일색이라 하더니 손이 곱지 아니하더라 하올 제 정렬부인의 시비 금연이 이를 듣고 묻기에 자세히 이르고 부디 다른 데 가서 이 말 말라 당부하옵더니, 필연 금연의 입을 통해 발설이 된가 하나이다."

한데 승상이 금연을 잡아들여 문왈

"이 말을 듣고 네게 국문하니 바른대로 고하라."

하는 소리가 벽력이 꼭두에 임한 듯하고 궁궐이 뒤집히는 듯하더라. 이때에 정렬부인이 승상의 호통 소리를 듣고 똥을 한 무더기를 싸고 자빠졌는지라. 사건을 조사하는 정을선의 호통 소리를 듣고 두려움에 떠는 정렬부인 금연이 하릴없어 바로 아뢰나니라 하고 정렬부인 하던 말이며 제가 남복을 하고 충렬부인 침소로 들어간 말이며 이불 속에 누웠다가 달아난 말이며 정렬부인이 앓는 체하고 누웠사오매 충렬부인이 약으로 구병하며 곁에 있으시매 침소로 가라 강권하여 침소로 마지못하여 가시매 복록이 왕비께 참소하던 연유를 낱낱이 아뢴대 왕비 곁에 있다가 앙천통곡하시며 왈

"내 밝지 못하여 악녀의 꾀에 빠져 충렬부인을 죽이려 하였나니 무슨 면목으로 충렬부인을 보리오."

하시며 자결코자 하거늘 정렬부인이 꾸민 일에 속아 죄 없는 충렬부인을 죽이려 했던 것을 자책하며 자결하려는 왕비 승상이 붙들고 울며 왈

"모친이 너무 과도히 하시면 소자가 먼저 죽으려 하나이다."

왕비 금침에 누워 일어나지 못하더라. 장면 02 승상이 정렬부인을 결박하여 땅에 꿇리고 크게 노하여 왈

"너는 무엇이 부족하여 충렬부인을 해코자 하느냐. 어찌 일시를 살리리오. 내 임의로는 죽이고 싶으나 황상께 아뢰고 죽게 하리라."

하고 상소하니 정렬부인을 벌하기 위해 정렬부인의 죄를 황제에게 알리는 정을선 그 글에 하였으되

"대사마 대도독 대원수 정을선은 돈수백배하고 아뢰나니 신이 서융을 쳐 사로잡고, 백성을 진무*하고 돌아오려 할 때, 집에서 급한 소식을 듣고 군사를 중군장에게 맡기옵고 필마로 올라와 본즉, 정렬부인이 이러이러한 변을 일으켰사오니 세상에 이러하온 일이 있사오닛가."

하고 금연이 흉계를 꾸민 일과 월매가 당하던 고초를 낱낱이 아뢰었다. 장면 03

– 작자 미상, 「정을선전」 –

>> 지문을 **세 장면**으로 나누고, 장면의 핵심 내용을 정리해 보세요.

장면 01 충렬부인 대신 시비 금섬이 죽은 일로 **왕비**는 월매를 문초하고, 전장에서 호첩이 전한 **편지**를 통해 사연을 알게 된 승상(정을선)이 달려와 충렬부인을 구함

장면 02 승상이 사건과 관계된 이들을 불러 조사하자 정렬부인의 시비 **금연**이 충렬부인을 모함했음을 자백하고, 사실을 알게 된 왕비는 자책하며 자결하려 하지만 **승상**이 만류함

장면 03 승상은 **정렬부인**의 죄를 묻기 위해 황상께 모든 사실을 아룀

전체 줄거리

중국 명나라 때, 정 승상은 혈육이 없어 근심하던 중 아들 을선을 얻게 된다. 또한 정 승상의 친구인 유 승상은 딸 춘연을 얻는다. 유 승상의 부인은 유춘연을 낳은 뒤 곧 죽고, 후실로 들어온 계모 노 씨는 전처의 딸인 춘연을 구박한다. 이후 유 승상의 회갑 때 만난 정을선과 유춘연은 사랑에 빠져 혼례를 올리게 된다. 하지만 이를 시기한 계모 노 씨는 사촌 오빠를 시켜 춘연을 모함한다. 결국 춘연에게 다른 사내가 있다고 의심한 을선은 떠나고, 춘연은 자신의 억울함을 혈서로 남긴 후 목숨을 끊는다. 이후 천지신명의 화를 산 계모 노 씨는 죽고, 억울하게 죽은 춘연의 혼령이 울면서 마을을 떠돌자 마을은 폐촌이 되고, 춘연의 유모만이 살아남는다.

한편 을선은 조왕의 딸 조 씨(정렬부인)와 혼인하여 승상의 자리에 오르게 되고, 이후 춘연의 유모에게서 그간의 사연을 듣게 된다. 을선은 춘연의 혼령을 만나 선인에게 구한 약으로 춘연을 회생시킨다. 마침내 춘연은 을선과 혼인하여 충렬부인에 봉해지고, 임신하게 된다. 정렬부인은 을선의 사랑을 받는 충렬부인을 매우 시기하는데, 마침 서융의 반란으로 을선이 대원수로 출전하게 되자, 정렬부인은 충렬부인을 함정에 빠뜨리고, 충렬부인이 부정을 저질렀다고 믿은 시어머니(왕비)는 충렬부인을 죽이려 한다. 충렬부인의 시비 금섬은 충렬부인을 옥에서 탈출시킨 뒤 충렬부인 대신 죽고, 금섬의 오라비인 호첩은 정을선에게 충렬부인의 편지를 전한다. 구덩이에 숨어 아들을 낳은 충렬부인은 오랫동안 굶주려 죽을 위기에 처한다. 편지를 읽고 집으로 돌아온 을선은 충렬부인을 구하고 정렬부인 조 씨를 처벌한다. 이후 을선과 충렬부인은 함께 행복하게 살다가 한날한시에 죽는다.

인물 관계도

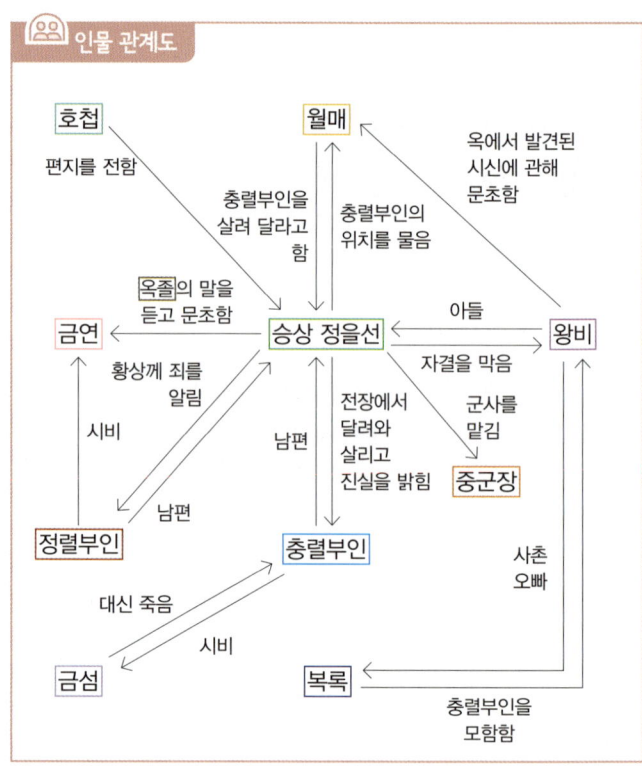

이것만은 챙기자

* **문초**: 죄나 잘못을 따져 물음.
* **토설**: 숨겼던 사실을 비로소 밝히어 말함.
* **하릴없다**: 달리 어떻게 할 도리가 없다.
* **진무**: 안정시키고 어루만져 달램.

1. ㉠, ㉡과 관련하여 윗글을 이해한 내용으로 적절하지 **않은** 것은?

> ㉠: "이 일은 소자가 이미 아는 바이오니 염려 마옵소서."
> ㉡: "처음에 그놈이 충렬부인 방에 간 줄 어찌 알으셨나이까?"

✔ 정답풀이

② ㉠을 보니, 승상이 황상에게 올린 '상소'에 들어 있는 내용은 '이미 아는 바'와 같겠군.

㉠에서 승상이 '이미 아는 바'라고 한 '이 일'은 충렬부인이 위기에 처했던 사건을 가리킨다. 승상은 집에 도착하여 어머니에게 '사연을 낱낱이' 듣기 전에 호첩이 전한 편지를 읽고 충렬부인이 모함을 당하여 옥에 갇힌 사건의 정황을 파악하고 있었기 때문에 '이 일'을 이미 알고 있다고 말하는 것이다. 뒤에 승상이 사건에 대해 조사하는 것을 볼 때 ㉠이 발화된 시점에서는 사건의 진상을 자세히 모르고 있었다고 볼 수 있다. 반면 승상이 황상에게 올린 '상소'에는 정렬부인이 충렬부인을 모함한 사건의 진상과 관련된 내용이 모두 담겨 있으므로, 승상이 말한 '이미 아는 바'와 승상이 황상에게 올린 '상소'의 내용이 같다고 할 수 없다.

✖ 오답풀이

① ㉠을 보니, 호첩에게 물은 '연고'의 내용은 왕비가 말한 '사연'의 내용과 관련이 있겠군.

승상(정을선)은 '호첩이 전한 편지를 읽'고 '대경하여 호첩을 불러 연고'를 묻는다. 이때 승상이 크게 놀란 것은 편지에 충렬부인이 위기에 처한 내용이 들어있기 때문이며, 이때 승상이 호첩에게 물은 '연고'의 내용 역시 이와 관련된 내용임을 짐작할 수 있다. 또한 왕비가 승상을 반기며 '낱낱이 이'른 '사연'은 충렬부인을 벌한 일에 대한 내용이라고 볼 수 있다. 따라서 승상이 호첩에게 물은 연고의 내용은 왕비가 말한 '사연'의 내용과 관련이 있다고 볼 수 있다.

③ ㉡을 보니, 승상은 '사연'의 진상을 밝히는 데에 왕비가 '그놈'의 행위를 알게 된 경위가 중요하다고 생각했겠군.

승상이 편지를 읽고 전장에서 서둘러 달려와 월매와 충렬부인을 구한 행동을 볼 때, 승상은 충렬부인의 결백함을 믿으며 '그놈이 충렬부인 방에' 갔다는 말이 거짓일 것이라고 생각한다고 볼 수 있다. 이런 점을 고려할 때, 승상이 왕비에게 '그놈이 충렬부인 방에 간 줄 어찌 알'았는지(㉡), 즉 그놈의 행위를 알게 된 경위를 묻는 것은 왕비가 거짓된 내용을 알게 된 경위를 추적하는 것을 통해 사연의 진상을 밝힐 수 있다고 생각했기 때문임을 추론할 수 있다.

④ ㉡에 대한 왕비의 대답을 보니, 왕비에게 '그놈'의 행위에 대해 제보한 사람이 있었군.

'그놈이 충렬부인 방에 간 줄 어찌 알'았느냐는 승상의 질문(㉡)에 왕비는 '사촌 오라비가 이르'는 말을 통해 알게 되었다고 답하고 있다. 따라서 왕비에게 사촌 오라비가 '그놈'의 행위에 대해 제보했음을 알 수 있다.

⑤ ㉡이 제시된 후에 드러난 복록의 상황을 보니, 복록은 자신이 지은 '죄'에 대하여 심리적 중압감을 느꼈겠군.

㉡에 대해 왕비가 사촌 오라비(복록)의 제보로 알았다고 대답하자, 승상은 복록을 찾는다. 이때 복록은 '벌써 제 죄를 알고 후원에 올라가 이미 죽'어 있었다. 이와 같은 상황을 고려할 때, 복록은 왕비에게 '그놈이 충렬부인 방에' 갔다는 거짓말을 한 죄에 대해 심리적 중압감을 느껴 스스로 목숨을 끊은 것임을 추론할 수 있다.

📋 문제적 문제
· 1─③번

학생들이 정답 외에 가장 많이 고른 선지는 ③번이다. "처음에 그놈이 충렬부인 방에 간 줄 어찌 알으셨나이까?"(㉡)라는 승상의 말의 의도와 왕비가 승상에게 말한 '사연'의 내용을 연결 짓는 데 어려움을 겪은 것으로 보인다.

㉡에서 승상이 말한 내용, 즉 '그놈'이 충렬부인의 방에 들어갔다는 사실은 ㉡ 이전에는 글에 나타나지 않은 내용이다. 따라서 이 말의 의도를 파악하기 위해서는 먼저 앞뒤의 내용을 통해 '그놈'이 누구인지, 승상이 왜 갑자기 '그놈'에 대한 말을 꺼내는지 추론해야 한다.

먼저 ㉡의 앞부분의 내용을 보면, 승상은 전장에서 '호첩이 전한 편지'를 읽고 '대경하여 호첩을 불러 연고'를 묻고, 중군장에게 군사들을 맡기고 '필마로 달려'와 왕비에게 문초를 당하고 있는 월매를 구하고, 그에게 충렬부인의 위치를 묻는다. 전장에서 바삐 달려온 승상이 충렬부인의 위치부터 묻는 것을 볼 때, 승상은 충렬부인이 위기에 처했다는 것을 알고 왔다고 볼 수 있다.

이때 왕비가 월매를 문초하던 이유는 벌하려고 옥에 가둔 충렬부인은 사라지고 '옥에서 얼굴이 상한 금섬의 시신이 발견'되었기 때문이다. 이를 통해 왕비가 승상을 만나 '낱낱이 이르'는 '사연'은 바로 충렬부인을 옥에 가둔 이유이며, 이는 뒷부분에서 금연이 밝힌 '제가 남복을 하고 충렬부인 침소로 들어간 말'이며 이불 속에 누웠다가 달아난 말' 등과 종합하여 볼 때, 충렬부인이 방에 외간 남자를 들였다는 오해와 관련된 것임을 알 수 있다.

그런데 승상이 '이 일'에 대해 '이미 아는 바'라고 답한 것과 승상이 구덩이에 있는 충렬부인의 모습을 보고 '통곡'하며 충렬부인을 구한 점을 고려하면, 승상은 왕비와 달리 충렬부인의 결백을 믿고 있었다고 볼 수 있다. 이러한 상황에서 승상이 ㉡과 같이 물은 것은 '사연'의 진상을 밝히기 위한, 즉 충렬부인이 외간 남자를 방에 들였다는 사실이 거짓임을 밝히기 위한 것이라고 할 수 있다. 그러므로 승상이 '사연'의 진상을 밝히는 데에 왕비가 '그놈'의 행위를 알게 된 경위가 중요하다고 생각했다는 추론은 적절하다.

이처럼 인물의 말에 담긴 의도와 심리를 정확히 파악하기 위해서는 인물 간의 관계와 앞뒤 정황을 종합적으로 살필 수 있어야 한다.

정답률 분석

	①	②	③	④	⑤
		정답	매력적 오답		
	6%	62%	20%	5%	7%

2. 누명과 관련한 설명으로 가장 적절한 것은?

✓ 정답풀이

④ 누명을 씌우기 위한 계략에는 누명을 쓰는 인물을 특정 장소로 가게 하는 것이 포함되어 있다.

> 승상에게 자신의 누명을 벗겨 달라 말한 이는 충렬부인이므로, 누명을 쓴 인물은 충렬부인이다. 이때 충렬부인이 쓴 누명은 왕비에게 승상이 한 질문을 통해 알 수 있는데, 방에 '그놈'이라고 지칭되는 외간 남자가 드나들었다는 것이 그 내용이다. 충렬부인에게 누명을 씌우기 위한 계략의 내용은 정렬부인의 시비 금연의 '제가 남복을 하고 충렬부인 침소로 들어간 말'과 '정렬부인이 앓는 체하고 누웠사오매 충렬부인이 약으로 구병하며 곁에 있으시매 침소로 가라 강권하여 침소로 마지못하여' 갔다는 말을 통해 알 수 있다. 이를 통해, 계략의 내용에는 충렬부인을 정렬부인의 곁으로 유인했다가 다시 충렬부인의 침소, 즉 특정 장소로 가게 하는 것이 포함되어 있음을 알 수 있다.

✗ 오답풀이

① 누명이 벗겨지면서, 누명을 썼던 인물은 자신의 어리석음을 탓하고 있다.
윗글에서 누명을 썼던 인물은 충렬부인이다. 누명이 벗겨진 이후, 이에 대한 충렬부인의 반응은 나타나지 않으며, 자신의 어리석음을 탓하는 인물은 왕비로 그는 '내 밝지 못하여 악녀의 꾀에 빠져 충렬부인을 죽이려 하였'다면서 자결하고자 한다.

② 누명을 쓴 인물의 요청으로 남주인공은 누명을 씌운 인물의 처벌을 유보한다.
윗글에서 누명을 쓴 인물은 충렬부인이다. 또한 남주인공은 충렬부인의 남편이자 사건을 해결하는 승상 정을선이며, 충렬부인에게 누명을 씌운 인물은 정렬부인으로 밝혀진다. 승상이 충렬부인에게 누명을 씌운 정렬부인의 처벌을 유보하기는 하지만, 이는 '황상께 아뢰고 죽게 하'기 위해서이며, 충렬부인의 요청 때문이 아니다. 윗글에서 충렬부인은 승상에게 '나의 누명을 씻겨' 달라고 부탁한 뒤에는 등장하지 않으며, 정렬부인의 처벌을 유보해달라고 요청한 적도 없다.

③ 누명의 내용은 누명을 쓴 인물이 남몰래 자신의 처소에서 벗어나 구덩이에 있다는 사실이다.
윗글에서 누명을 쓴 인물은 충렬부인이며, 충렬부인이 쓴 누명의 내용은 '그놈이 충렬부인 방에' 갔다는 것, 즉 외간 남자가 방에 드나든다는 것이다. 충렬부인이 구덩이에 있던 것은 이미 누명을 쓰고 죽을 위기에 처한 이후의 일이므로 충렬부인이 처소에서 벗어나 구덩이에 있다는 사실은 충렬부인이 쓴 누명의 내용이 아니다.

⑤ 누명이 벗겨지는 계기는 남주인공이 자신의 어머니가 극단적 선택을 하겠다는 것을 만류한 것이다.
윗글에서 남주인공 승상의 어머니인 왕비는 충렬부인의 누명이 벗겨진 후에 '내 밝지 못하여 악녀의 꾀에 빠져 충렬부인을 죽이려' 했다며 자결하려 한다. 이때 승상이 어머니를 만류한 것은 사실이나, 이것이 누명이 벗겨지는 계기는 아니다. 누명이 벗겨지는 계기는 승상이 전장에서 호첩이 전한 편지를 읽고 달려와 사건을 조사하였고, 결국 금연이 모든 사실을 고했기 때문이다.

---

3. 〈학습 활동〉을 수행한 결과로 적절하지 않은 것은?

> ─────〈학습 활동〉─────
>
> 「정을선전」은 모략을 중심으로 사건이 전개되므로 인물 간 소통 양상을 파악하는 것이 중요하다. 윗글을 바탕으로 인물 간에 나타난 소통의 내용을 정리해 보자.

✓ 정답풀이

	인물 A	인물 B	소통의 내용
①	원수	중군장	A가 B에게 군사를 이끌고 가 서융을 사로잡으라고 명령함.

> 원수(A)가 편지를 읽고 중군장(B)을 불러 한 명령은 '나는 집에 변이 있어 먼저 가니 중군장은 차후에 (군사들을) 인솔하여 오라.'라는 것이었다. 또한 원수(승상)가 윗글의 끝부분에 황제에게 상소한 내용에 따르면 원수는 '서융을 쳐 사로잡고, 백성을 진무하고 돌아오려 할 때, 집에서 급한 소식을 듣고 군사를 중군장에게 맡기'었다. 즉 원수는 중군장에게 명령을 내리기 전에 이미 서융을 무찔렀으므로, 중군장에게 서융을 사로잡으라는 명령을 내렸다고 볼 수 없다.

✗ 오답풀이

	인물 A	인물 B	소통의 내용
②	승상	월매	A가 B에게 충렬부인이 있는 곳이 어디인지 물음.

승상(A)은 편지를 보고 달려와 왕비가 월매(B)를 죽이려 하던 것을 멈추게 한 뒤 월매에게 충렬부인은 어디 계시냐고 묻는다.

	인물 A	인물 B	소통의 내용
③	옥졸	금연	B가 A로부터 옥중 시신의 정체와 관련한 정보를 얻음.

옥졸(A)의 말에 의하면 얼굴이 상한 옥중 시신이 충렬부인인 줄 알았는데, 시신의 손이 곱지 않기에 '충렬부인이 천하일색이라 하더니 손이 곱지 아니하더라 하올 제 정렬부인의 시비 금연(B)이 이를 듣고 묻기에 자세히' 일렀다고 말했다. 따라서 금연이 옥졸로부터 옥중 시신의 정체와 관련된 정보를 얻었음을 알 수 있다.

	인물 A	인물 B	소통의 내용
④	옥졸	승상	A가 B에게, 금연이 옥중 시신에 대하여 발설했을 것이라는 의혹을 제기함.

옥졸(A)은 승상(B)에게 옥중 시신에 대한 이야기를 금연에게 했다면서, '시비 금연이 이를 듣고 묻기에 자세히 이르고 부디 다른 데 가서 이 말 말라 당부하옵더니, 필연 금연의 입을 통해 발설이 된' 것 같다고 말한다.

	인물 A	인물 B	소통의 내용
⑤	금연	승상	B가 A로부터 정렬부인이 거짓으로 앓아 누웠다는 정보를 얻음.

승상(B)이 옥졸의 말을 듣고 금연(A)을 국문하자, 금연이 모든 사실을 밝히는데, 그 내용 중에 '정렬부인이 앓는 체하고 누웠사오매 충렬부인이 약으로 구병'했다는 정보가 나온다.

| 외적 준거에 따른 작품 감상 | 정답률 ⑤⑦

4. 〈보기〉를 참고하여 윗글을 이해한 내용으로 적절하지 **않은** 것은? [3점]

〈보기〉

「정을선전」은 영웅소설과 가정소설의 상투적인 면모가 혼재되어 나타난다. 이를테면, 가정 안팎의 서사는 남주인공을 매개로 연결되고, 사건이 선악 구도로 전개되며, 인물의 고난과 감정은 극대화된다. 이 과정에서 일부다처제에서 비롯되는 가정 내 갈등이 개인의 인성 문제로 축소된다. 그러면서도 상전의 수족에 불과한 하층의 시비가 능동적인 행위자로 등장하거나, 가정과 사회에서 상층인 인물이 희화화된다.

🔍 보기 분석

• 「정을선전」 = 영웅소설의 면모 + 가정소설의 면모
  – 남주인공을 매개로 가정 안팎의 서사 연결
  – 선악 구도의 사건 전개
  – 인물의 고난과 감정 극대화
  – 가정 내 갈등이 개인의 인성 문제로 축소
  – 하층의 시비가 능동적 행위자로 등장
  – 상층 인물의 희화화

✅ 정답풀이

④ 월매가 '매를' 맞는 장면에서, 월매는 자신이 모시는 주인에게 죽음을 각오하고 진실을 밝힘으로써 능동적인 행위자를 지향하고 있음을 알 수 있군.

윗글에 따르면 월매는 '왕비의 시비'이므로 월매가 모시는 주인은 왕비라고 할 수 있다. 그런데 왕비가 월매를 문초할 때, 월매는 '토설치 아니'하고, 이로 인해 '매를 많이 맞'게 된다. '토설'의 뜻을 고려할 때, 월매는 어떤 사실을 밝히지 않아서 매를 맞고 있음을 알 수 있다. '옥에서 얼굴이 상한 금섬의 시신이 발견되자 왕비는 월매를 문초'했다는 내용과 승상이 충렬부인을 구하러 온 뒤에야 월매가 승상에게 충렬부인의 위치를 알려 주었다는 점을 고려할 때, 왕비가 월매를 문초하여 얻고자 한 사실은 옥에서 충렬부인이 사라지게 된 경위나 충렬부인의 행방일 것이라고 추측할 수 있다. 그런데 월매는 충렬부인을 위해 죽음을 각오하고 왕비가 묻는 것을 숨기고 있으므로, 죽음을 각오하고 진실을 밝혔다는 것은 옳지 않다. 다만, 죽음을 각오하고 주인에게 진실을 숨기고 있다는 점에서 능동적인 행위자로 등장한다고 볼 수는 있다.

❌ 오답풀이

① 정을선이 황상에게 올린 상소에서, 대원수와 가장으로서의 모습이 드러나는 것으로 보아, 가정 안팎의 사건에 남주인공이 두루 관여하고 있음을 알 수 있군.

윗글에서 정을선이 황상에게 올린 상소에 따르면 '대사마 대도독 대원수 정을선'이 '서융을 쳐 사로잡고, 백성을 진무하고 돌아오려 할 때, 집에서 급한 소식을 듣고' 돌아와 보니, '정렬부인이 이러이러한 변을 일으켰다'고 되어 있다. '서융을 쳐 사로잡고 백성을 진무'하였다는 부분에서 대원수로서의 모습이, 정렬부인의 죄를 말하는 부분에서 가장으로서의 모습이 드러나고 있다. 이는 〈보기〉에서 '가정 안팎의 서사는 남주인공을 매개로 연결'된다고 한 것과 관련된다고 볼 수 있다.

② 승상이 충렬부인을 구출하는 장면에서, '슬픔에 매우 야위어 뼈가 드러'난 부인의 모습과 '통곡'하는 승상의 모습은 인물의 고난과 감정이 극대화된 형상임을 알 수 있군.

윗글에서 승상이 월매에게 물어 충렬부인을 구하러 가자 충렬부인은 구덩이에서 '아기를 안고' 있는데, '슬픔에 매우 야위어 뼈가 드러'난 모습이고, 이에 승상은 '통곡'하며 부인을 깨우고 있다. 슬픔에 야위었다는 표현이나 통곡하는 인물의 행동에서 고난과 감정의 극대화가 드러나며, 이러한 인물들의 모습은 〈보기〉에서 '인물의 고난과 감정은 극대화'된다고 한 것과 관련된다고 볼 수 있다.

③ 왕비가 '앙천통곡'하는 장면에서, 충렬부인의 수난이 '악녀'의 탓이라는 인식이 드러나면서 일부다처제의 문제가 개인의 인성 문제로 축소되고 있음을 알 수 있군.

윗글에서 금연의 말을 통해 모든 사실이 밝혀진 뒤, 왕비는 '앙천통곡'하며 '내 밝지 못하여 악녀의 꾀에 빠져 충렬부인을 죽이려' 했다고 말하고 있다. 이 말은 충렬부인의 모든 수난을 정렬부인이라는 한 악녀의 탓으로 돌리는 것으로 볼 수 있다. 이러한 인식으로 인해 남편의 총애를 두고 여러 부인이 서로 다투는 일부다처제의 구조적인 문제가 가려지고 있는데, 이는 〈보기〉에서 말한 '일부다처제에서 비롯되는 가정 내 갈등이 개인의 인성 문제로 축소'된다는 내용과 관련된다.

⑤ 정렬부인이 '승상의 호통 소리'에 반응하는 장면에서, 가정의 상층 인물이 자신의 위엄이 실추되는 행동을 보이면서 희화화되고 있음을 알 수 있군.

윗글에서 승상이 정렬부인의 시비 금연을 잡아들여 사건의 진상에 대해 묻는 소리가 '벼락이 꼭두에 임한 듯하고 궁궐이 뒤집히는 듯'하자, 정렬부인은 이러한 '승상의 호통 소리를 듣고 똥을 한 무더기를 싸고 자빠'지는 모습을 보이고 있다. 이는 왕비의 며느리이자 승상의 부인이라는 상층 인물의 위엄이 실추되는 행동이라고 볼 수 있으며, 〈보기〉에서 말한 '가정과 사회에서 상층인 인물이 희화화된'다는 내용과 관련된다.

[1~4] 다음 글을 읽고 물음에 답하시오.

제1회 봄놀이

오작교에선 선랑(仙郞)이 봄바람에 취하고
버드나무 언덕에선 가인(佳人)이 그네를 뛰네

[A] '광한루기'는 작품 전체의 제목이다. 광한루가 없었더라면 이도린이 놀러 가지 않았을 것이요, 이도린이 놀러 가지 않았더라면 춘향이 이도린을 만날 수 없었을 것이요, 춘향이 이도린을 만나지 못했더라면 8회로 구성된 한 편의 작품이 무엇을 바탕으로 탄생할 수 있었겠는가. 광한루 하나가 공중에 솟구쳐 있었기에 이도린이 놀러 갈 수밖에 없었고, 춘향이 이도린을 만날 수밖에 없었으며, 8회로 구성된 한 편의 작품이 만들어질 수밖에 없었다. 장면 01

(중략)

그네 뛰는 모습을 이도린이 보고 자기도 모르게 눈앞이 어질어질하여 김한에게 말했다.

"너는 저런 것을 본 적이 있느냐? 저것이 금이냐, 옥이냐? 아니면 귀신이냐? 그것도 아니면 선녀냐? 너는 저것을 아느냐?" 그네 뛰는 춘향의 모습을 보고 첫눈에 반한 이도린

김한이 대답했다.

"금도 아니고 옥도 아닙니다. 낙수(洛水)*에 빠져 죽은 이의 넋도 사라지고, 양대(陽臺)*에서 구름과 비를 만들었던 여인의 일도 이제 아득하기만 한데, 어떻게 귀신 같고 선녀 같은 아가씨가 요즘 세상에 나타났겠습니까?"

"그렇다면 누구란 말이냐?"

"이 사람은요…….."

"이 사람이 누구냐?"

"도련님께서는 교방 행수 기생 월매를 기억하시는지요?" (이게 무슨 말이야?)

"저렇게 젊고 아리따운 여인을 어떻게 반쯤은 쭈글쭈글해진 노파에다 비교할 수 있느냐?"

"저 사람은 월매의 딸 춘향입니다. 노래도 잘하고 춤도 잘 추며 글도 잘하고 바느질도 잘하며 그 용모와 자태는 정말 절색*입니다. 남원의 절색일 뿐 아니라 도내의 절색이요, 도내의 절색일 뿐 아니라 국내의 절색이라 해도 손색이 없습니다."

이도린이 매우 기뻐하며 말했다.

"풍류를 즐길 만한 인연이 정말이지 다른 데 있는 것이 아니구나. 네가 가서 불러 오거라." 김한에게 춘향의 이야기를 듣고 춘향을 만나고 싶어 하는 이도린

"도련님께서는 저 아이를 불러다가 무엇을 하시려고요?"

"고운 얼굴 한번 보려고 그런다." ㉠(어찌 그렇지 않을 수 있겠는가?)

"도련님께서 저 아이를 보시고 무엇 하시려고요?" (눈치 빠른 김한)

"내가 이 일을 하든 저 일을 하든 네가 알아서 뭣 하느냐?"

"부른다 해도 저 아이는 오지 않을 것입니다."

"오고 안 오고는 저 아이한테 달렸지 너한테 달리지 않았으니, 너는 그 새 주둥이 같은 입을 그만 닥치거라."

이에 김한이 머리를 떨구고 갔다. 이도린에게 꾸중을 듣고 춘향을 데리러 가는 김한

원래 춘향은 풍경을 즐기려는 옆집 여자 아이를 따라 나온 것이었다. 채색 줄로 만든 그네를 탔는데, 봄바람에 옷자락이 흐트러져 버드나무 가지를 꽉 잡은 채 그네를 멈추고 옷매무새를 바로잡으려 했다. 그때 갑자기 광한루 위에서 사람의 말소리가 들리자 (이게 누구지?) 춘향은 몸을 돌려 꽃그늘 속으로 들어가 숨고서는 주변을 둘러보았다. 이도린이 꽃무늬가 있는 작은 종이를 손에 쥐고 홀로 광한루 동쪽 난간에 기대어 있었는데, 그 모습이 티 없이 맑아 춘향은 은연중에 찬탄*하는 말을 내뱉었다. 광한루 난간에 기대어 있는 이도린을 보고 감탄하는 춘향 갑자기 김한이 바쁜 걸음으로 와서 불렀다.

"춘향 낭자 어디 있소?"

춘향이 다시 몸을 돌려 숨었기 때문에 아무 소리도 나지 않았다. 김한이 이리저리 찾아보다가 꽃그늘에까지 와서 춘향을 발견했다. 장면 02

(중략)

김한이 웃으며 말했다.

"춘향은 노여워 말고 내 말 한번 들어 보오. 어제 남문 밖 큰길에서 까치 같은 옷차림의 사령들이 쌍쌍이 앞에서 인도하고, 호랑이 무늬의 활집을 진 군관들이 대열을 이루며 뒤에서 호위한 채, 한 귀인이 구름 같은 가마에 앉아 아전들과 기생들 사이를 누비고 다녔는데, 낭자는 그 사람이 누군지 아오?"

"네가 또 쓸데없는 말을 하는구나. 내가 어찌 본관 사또를 몰라 보겠느냐?"

"내가 말한 귀인은 바로 사또 자제 도련님이오." (기특한 김한)

"사또 자제 도련님이 나와 무슨 상관이냐?"

"낭자, 우리 도련님을 한번 만나러 갑시다."

"도련님이 어떻게 춘향인지 추향인지 알겠느냐? 네가 춘향입네, 기생입네 하면서 농지거리해서 일을 벌였겠지. 나는 죽어도 못 간다, 죽어도 못 가." 이도린을 만나러 가자는 김한의 말에 가지 않겠다고 완강히 거절하는 춘향

"춘향 낭자, 그대는 현명하고 지혜로운 사람이면서 이다지도 사리를 분별하지 못하오? 속담에도 '까마귀 날자 배 떨어진

다.'라고 했듯이 도련님께서 춘흥이 발한 것이 우연히 오늘이며, 낭자가 그네 뛰며 논 것도 마침 이때이니, 이는 참으로 그렇게 하지 않았는데도 그렇게 된 것이오. 도련님께서 낭자를 보시고는 '귀신이냐? 선녀냐?'라고 물으시기에, '귀신도 아니고 선녀도 아닙니다.'라고 말했고, '그럼 누구냐?'라고 하시기에, '행수 기생의 딸입니다.'라고 말했소. ==젊은 사내가 어찌 한 번쯤 그 아름다움을 살피려 하지 않겠소? 춘향 낭자는 잘 헤아려서 처신*하시오. 갈 수 있으면 가는 것이고, 못 가겠다면 못 가는 것이지만, 화와 복이 눈앞에 놓여 있으니 낭자는 잘 생각하시오.==" <u>자신의 제안을 거절하는 춘향에게 잘 생각해 보라고 일러 주는 김한</u>

춘향이 한참 동안 잠자코 있다가 말했다.

"==네 말이 일리가 있다.==" <u>김한의 말에 설득당한 춘향</u> (장면 03)

　　　　　　　　　　　　　　　　　　– 수산, 「광한루기」 –

>> 지문을 **세 장면**으로 나누고, 장면의 핵심 내용을 정리해 보세요.

장면 01	이도린과 춘향이 **광한루**에서 만나게 되어 '광한루기'라는 작품이 탄생했음을 언급함
장면 02	그네 뛰기를 하는 춘향을 본 이도린이 **김한**에게 춘향을 데리고 오라고 말함
장면 03	김한이 춘향을 **이도린**에게 데려가려 하고, 거절하던 춘향이 김한의 회유에 수긍함

📄 **전체 줄거리**

　봄날 춘흥을 이기지 못한 이도린은 광한루로 놀러 나간다. <u>광한루에서 그네 뛰는 춘향의 모습을 본 이도린은 춘향에게 반하게 되고, 김한에게 춘향을 데려오라고 명령한다. 풍경을 즐기려는 옆집 여자 아이를 따라 나온 춘향은 처음에는 이도린을 만나라고 청하는 김한의 말을 거절하지만 결국 이도린을 만난다.</u> 이도린은 춘향을 다시 만나고 싶어 잠을 이루지 못하고 춘향의 집에 찾아가 담장을 넘는다. 이도린과 춘향은 자주 만나며 사랑에 빠지게 된다. 홍건적의 난이 일어나자 이도린의 부친은 해서(海西) 관찰사로 가게 되고, 이도린과 춘향은 이별하게 된다. 춘향은 남원 부사로 온 원숭의 수청을 거부한 대가로 곤장을 맞고 옥에 갇힌다. 원숭은 장철을 시켜 기생 부용에게 춘향을 설득하도록 하고, 부용은 춘향에게 원숭의 수청을 들라고 설득하지만 실패한다. 서울에 간 이도린은 다시 춘향을 만나기 위해 학업에 몰두하여 과거에 장원 급제한다. 이도린은 암행어사를 제수받고, 어사로 가던 도중 김한을 만나 춘향의 소식을 듣게 된다. 이도린은 원숭의 생일 잔치에 가서 원숭을 파직시키고, 춘향과 함께 서울로 올라간다.

👥 **인물 관계도**

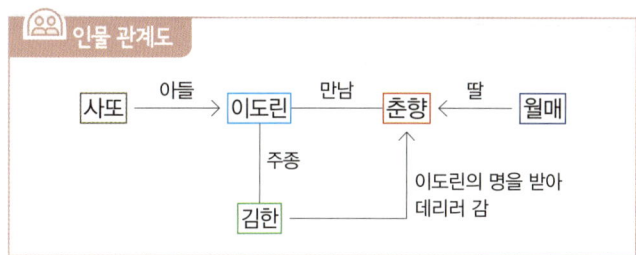

이것만은 챙기자

* **낙수**: 중국 신화 속 인물인 복희씨의 딸 복비가 빠져 죽은 강.
* **양대**: 중국 신화 속 인물인 무산신녀가 아침에 구름이 되고 저녁에는 비가 되어 머무는 곳.
* **절색**: 견줄 데 없이 빼어나게 아름다운 여자.
* **찬탄**: 칭찬하며 감탄함.
* **처신**: 세상을 살아가는 데 가져야 할 몸가짐이나 행동.

| 작품의 내용 이해 | 정답률 **90**

1. 윗글에 대한 이해로 가장 적절한 것은?

✅ **정답풀이**

① 이도린은 춘향이 자신에게 호감을 느꼈다는 사실을 알지 못했다.

> 춘향은 '이도린이 꽃무늬가 있는 작은 종이를 손에 쥐고 홀로 광한루 동쪽 난간에 기대어 있'는 모습을 보고 그의 '티 없이 맑'은 모습에 '은연중에 찬탄하는 말을 내뱉었'으므로 춘향이 이도린에게 호감을 느꼈음을 알 수 있다. 이때, 춘향은 '꽃그늘 속으로 들어가 숨'어서 이도린을 본 것이므로 이도린은 춘향이 자신에게 호감을 느꼈다는 사실을 알지 못했을 것이다.

❌ **오답풀이**

② 춘향은 그네를 타기 위해 나들이에 나섰지만 기대했던 바를 달성하지 못했다.

　춘향은 '풍경을 즐기려는 옆집 여자 아이를 따라 나'와 '그네를 탔'을 뿐, 그네를 타기 위해 나들이에 나섰는지 여부는 알 수 없다. 또한, 그네를 타기 위해 나들이에 나섰다고 해도 춘향이 '채색 줄로 만든 그네를 탔'으므로 기대했던 바를 달성하지 못했다고 보기 어렵다.

③ 이도린은 춘향을 부르면 이도린 자신을 만나러 올 것이라는 김한의 말을 믿었다.

　이도린은 김한에게 춘향을 '가서 불러 오'라고 하였으나, 김한은 '부른다 해도 저 아이는 오지 않을 것입니다.'라고 대답하였다. 따라서 김한은 이도린에게 춘향이 이도린을 만나러 오지 않을 것이라고 하였음을 알 수 있다.

④ 이도린은 월매가 춘향의 어머니라는 사실을 알고 있었지만 이를 모르는 척했다.

'교방 행수 기생 월매를 기억'하냐는 김한의 물음에 이도린은 '저렇게 젊고 아리따운 여인을 어떻게 반쯤은 쭈글쭈글해진 노파에다 비교할 수 있느냐?'라고 대답하였으며, 다시 김한이 춘향을 '월매의 딸'이라고 말하는 것을 통해 이도린이 월매가 춘향의 어머니라는 사실을 모르고 있었다는 것을 알 수 있다.

⑤ 옆집 여자 아이는 이도린을 만나기 위해 춘향과 함께 왔지만 풍경을 즐기는 것에 만족했다.

'춘향은 풍경을 즐기려는 옆집 여자 아이를 따라 나온 것'이라고 하였으므로 옆집 여자 아이는 이도린을 만나기 위해서가 아니라 풍경을 즐기기 위해 나온 것임을 알 수 있다.

🖊 모두의 질문 · 1—②번

Q: 춘향이 광한루 위에서 사람의 말소리가 들리자 숨는 모습을 보았을 때 그네 타기를 하지 못한 것이라고 볼 수 있지 않을까요?

A: 지문에서 춘향은 '풍경을 즐기려는 옆집 여자 아이를 따라 나'와 '그네를 탔'다고만 했으므로, 그네를 타기 위해 나들이에 나섰는지 여부는 알 수 없지만, 춘향이 그네를 타기 위해 나들이에 나섰다고 본다면 기대했던 바는 '그네 타기'라고 할 수 있다. 춘향이 '채색 줄로 만든 그네를' 타다가 봄바람에 흐트러진 옷매무새를 바로잡으려고 멈추었을 때, '광한루 위에서 사람의 말소리가 들'려 '꽃그늘 속으로 들어가 숨'었으므로, 춘향은 이미 '그네 타기'를 했음을 알 수 있다. 따라서 춘향이 그네를 타기 위해 나들이에 나섰다고 볼 경우, 기대했던 바를 달성했다고 판단할 수 있다. 이처럼 고전소설 영역은 세세한 사실 관계를 정확히 파악하여 선지의 옳고 그름을 판단해야 한다.

| 배경의 의미 및 기능 파악 | 정답률 **96**

2. 꽃그늘에 대한 이해로 가장 적절한 것은?

✅ 정답풀이

③ 춘향이 몸을 감추고 이도린을 바라보는 장소

> 춘향은 '광한루 위에서 사람의 말소리가' 나는 것을 듣고 '꽃그늘 속'에 숨어서 이도린이 '광한루 동쪽 난간에' 있는 것을 보았으므로 '꽃그늘'은 춘향이 몸을 감추고 이도린을 바라보는 장소라고 할 수 있다.

❌ 오답풀이

① 춘향이 그네를 타기 위해 기다리는 장소

춘향은 옆집 여자 아이를 따라 나와 광한루에서 '채색 줄로 만든 그네'를 탔다고 하였으므로 적절하지 않다.

② 춘향이 김한을 기다리며 머물고 있는 장소

춘향이 '몸을 돌려 숨었'는데, 김한이 '이리저리 찾아보다가 꽃그늘에까지 와서 춘향을 발견'했다고 하였다. 즉, 춘향이 김한을 '꽃그늘'에서 기다리고 있었던 것이 아니라 숨어 있는 춘향을 김한이 발견한 것이다.

④ 김한이 이도린을 만나서 대화를 나누는 장소

'꽃그늘'은 김한이 숨어 있던 춘향을 발견하고 이도린을 만나러 가자는 대화를 나누는 장소이지 김한이 이도린을 만나서 대화를 나누는 장소가 아니다.

⑤ 이도린이 춘향과 만나기 위해 미리 약속한 장소

이도린이 춘향을 보고 '이 사람이 누구'냐고 묻는 것을 보아 춘향을 처음 보았음을 알 수 있다. 또한 김한이 '우리 도련님을 한번 만나러 갑시다.'라고 말하는 것을 통해 이도린이 춘향과 만남을 미리 약속한 것이 아님을 알 수 있다.

| 인물의 특징 및 심리 파악 | 정답률 **88**

3. 윗글에서 '김한'의 역할을 이해한 것으로 가장 적절한 것은?

✅ 정답풀이

⑤ 춘향에게 이도린과의 만남은 거듭된 우연으로 이루어진 인연임을 알려 주어, 두 사람을 만나게 하는 매개자 역할을 한다.

> 김한은 '도련님께서 춘흥이 발한 것이 우연히 오늘이며, 낭자가 그네 뛰며 논 것도 마침 이때이니, 이는 참으로 그렇게 하지 않았는데도 그렇게 된 것이오.'라며 춘향과 이도린의 만남이 거듭된 우연으로 이루어진 인연임을 알려 준다. 또한, 김한은 이도린을 만나지 않겠다고 하는 춘향을 설득했으므로 두 사람을 만나게 하는 매개자 역할을 한다는 것을 알 수 있다.

❌ 오답풀이

① 이도린에게 눈앞에 보이는 것이 금과 옥이 아니라고 알려 주어, 이도린의 무지를 일깨우는 비판자 역할을 한다.

이도린의 '저것이 금이냐, 옥이냐?'라는 말은 모르는 것을 묻는 것이 아니라 춘향의 자태에 찬탄하는 것이다. '금도 아니고 옥도 아닙니다.'라는 김한의 답을 저것이 금과 옥이 아니라고 알려 주는 것이라고 본다고 하여도, 이때 김한이 이도린의 무지를 일깨우는 비판자 역할을 하는 것은 아니다.

② 이도린에게 춘향이 선녀 같은 아가씨라고 말하여, 이도린이 춘향의 고귀한 신분을 알게 하는 조력자 역할을 한다.
'귀신이냐? 그것도 아니면 선녀냐?'라는 이도린의 말에 '어떻게 귀신 같고 선녀 같은 아가씨가 요즘 세상에 나타났겠습니까?'라고 김한이 대답하였으므로 김한은 춘향이 '선녀 같은 아가씨'가 아님을 말하고 있다고 볼 수 있다. 또한, 춘향은 '교방 행수 기생 월매'의 딸이므로 춘향이 고귀한 신분을 가졌다고 볼 수도 없다.

③ 이도린에게 풍류를 즐길 만한 상대가 춘향이라고 이야기하여, 이도린이 춘향을 부르게 하는 중개자 역할을 한다.
'풍류를 즐길 만한 인연'이라고 말한 것은 김한이 아니라 이도린이므로, 김한이 이도린에게 풍류를 즐길 만한 상대가 춘향이라고 이야기했다고 볼 수 없다.

④ 춘향에게 춘향 자신이 지혜로운 사람임을 일깨워 주어, 춘향이 이도린을 만나지 못하도록 하는 방해자 역할을 한다.
'그대는 현명하고 지혜로운 사람이면서 이다지도 사리를 분별하지 못하오?'라는 김한의 말은 이도린을 만나는 것이 지혜로운 일이라는 뜻으로, 춘향이 이도린을 만나지 못하도록 하는 것이 아니다.

🌱 기틀잡기

② **조력자**: 도와주는 사람.
③ **중개자**: 제삼자로서 두 당사자 사이에 서서 일을 주선하는 사람.

| 외적 준거에 따른 작품 감상 | 정답률 **94**

4. 〈보기〉를 참고하여 [A], ㉠을 이해한 내용으로 적절하지 **않은** 것은? [3점]

㉠: (어찌 그렇지 않을 수 있겠는가?)

〈보기〉

「광한루기」는 '수산(水山)'이라는 호를 쓴 사람이 「춘향전」을 바탕으로 지은 한문 소설로, 총 8회로 이루어져 있다. 각 회의 앞부분에는 내용을 소개하는 시구와 해당 회에 대한 견해가 제시되어 있고, 본문 속에는 인물이나 사건 등에 대한 짤막한 평이나 감상이 작은 글씨로 제시되어 있다. 「광한루기」의 독자는 이와 같은 다양한 비평적 견해를 이야기와 함께 읽으면서 작품을 감상할 수 있다.

🔍 보기 분석

- 「광한루기」의 특징
  ① 각 회의 앞부분: 내용을 소개하는 시구, 해당 회에 대한 견해 제시
  ② 본문: 작은 글씨로 인물이나 사건 등에 대한 짤막한 평, 감상 제시
  – 독자는 다양한 비평적 견해와 이야기를 함께 읽으며 작품을 감상할 수 있음

✅ 정답풀이

⑤ [A]와 ㉠을 통해 독자에게 작품의 감상법을 다양하게 설명하여, 「광한루기」를 8회로 구성한 이유를 부각하고 있군.

[A]에서는 작품 전체의 제목과 작품이 8회로 구성되어 있음을 언급하고 있으나 그 이유를 부각하지는 않았으며, ㉠에서는 춘향을 가까이서 보고 싶어 하는 이도린에 대한 짤막한 평을 남기고 있을 뿐, 독자에게 작품의 감상법을 다양하게 설명하고 있지는 않다.

❌ 오답풀이

① [A]에서는 시구를 활용하여, '봄바람'과 '버드나무 언덕'이 어우러진 봄날의 분위기를 보여 주면서 해당 회의 배경을 드러내고 있군.
〈보기〉에서 윗글은 '각 회의 앞부분'에 '내용을 소개하는 시구'가 제시되어 있다고 하였다. 즉, [A]에서는 시구를 통해 '봄바람'과 '버드나무 언덕'이 어우러진 봄날의 정경과 낭만적인 분위기를 보여 주어 해당 회의 배경을 드러내고 있다.

② [A]를 통해 해당 회의 주요 공간인 '광한루'를 소개하여, 그 공간의 역할을 드러내고 있군.
[A]에서 '광한루가 없었더라면 이도린이 놀러 가지 않았을 것이요, 이도린이 놀러 가지 않았더라면 춘향이 이도린을 만날 수 없었을 것'이라고 해당 회의 주요 공간인 '광한루'를 소개하고 있으며, '광한루'가 이도린과 춘향이 만나게 되는 역할을 한다는 사실을 드러내고 있다.

③ [A]에서는 두 인물이 만나게 되는 계기를 서술하여, 서사 전개의 개연성을 보여 주고 있군.
[A]에서 '광한루 하나가 공중에 솟구쳐 있었기에 이도린이 놀러 갈 수밖에 없었고, 춘향이 이도린을 만날 수밖에 없었'다고 하였다. 즉, [A]에서 '광한루'라는 공간이 두 인물이 만나는 계기가 되었음을 서술하여, 이를 통해 서사 전개의 개연성을 보여 주고 있다.

④ ㉠은 인물의 말에 대한 평을 통하여, 독자에게 이도린의 반응이 당연하다는 점을 강조하여 보여 주고 있군.
〈보기〉에서 윗글은 '본문 속'에서 '인물이나 사건 등에 대한 짤막한 평'을 '작은 글씨로 제시'하고 있다고 하였다. 따라서 ㉠은 '고운 얼굴 한번 보려고 그런다.'라는 이도린의 말에 대한 서술자의 평으로, 이를 통해 독자에게 춘향을 보고 싶어 하는 이도린의 반응이 당연하다는 점을 강조하고 있다.

[1~4] 다음 글을 읽고 물음에 답하시오.

장 소저가 남복을 벗고 담장 소복*으로 여복을 개착하고 금로에 향을 사르며 시랑의 영위 먼저 차린 후 제문*을 읽으니, 이 시랑을 추모하는 글을 읽는 장 소저 ⓐ그 글에 하였으되,

'유세차* 기축 삼월 정묘 삭 십오 일에 기주 장 한림의 딸 애황은 감히 이부 시랑 이 공 영위 앞에 아뢰나이다. 오호 애재라! 소첩의 부친이 대인과 사귐이 깊사옵더니, 그 후에 대인은 귀자를 두시고 부친은 소첩을 얻으시니 피차에 동년 동일생이라. 부친이 신기한 꿈을 꾸고는 대인과 진진지연*을 깊이 맺었더니, 슬프다, 양가 시운이 불리하여 대인은 간신의 모해를 입어 외딴섬에 유배 가시고, 부친은 대인의 억울함과 소첩의 앞길이 그릇됨을 원통히 여겨 걱정과 분노가 병이 되어 중도에 세상을 버리시니, 모친 또한 부친의 뒤를 따라 별세하시니, 외롭고 연약한 소첩은 의지할 곳이 없더라. 간신의 모해로 이 시랑은 유배를 가고 자신의 부모는 이 일로 충격을 받아 죽게 되었다고 생각하는 장 소저 간적 왕희가 첩의 고독함을 업신여겨 혼인을 강제하옵기로 변복 도주하였다가, 남자로 행세하여 용문에 올라 남적을 멸하고 대공을 이룸은, 적자 왕희를 없이하여 원통함을 풀고 대인과 공자를 찾아 혼약을 이루기 위함이었는데, 사신의 말을 들으니 대인 부자가 형적이 없다 하니, 반드시 수중고혼*이 되신지라. 어찌 참통치 않으리잇고. 이에 한 잔 술을 바치옵나니 삼가 바라건대 존령은 흠향*하옵소서.' 간신 왕희에게 원수를 갚고 이 시랑과 대봉을 찾아 혼약을 이루기 위해 벼슬에 올랐지만, 이 시랑 부자의 행방을 알 수 없다는 소식을 듣고 슬퍼하는 장 소저

하였더라. 장면 01

(중략)

각설. 이 공자 대봉이 부친을 모시고 ㉠용궁을 떠나 여러 날 만에 ㉡황성에 올라 머물 곳을 정한 후, 흉노의 머리 벤 것을 봉하여 성상께 올릴새 상소를 지어 전후사연을 주달*하였거늘, 아버지인 이 시랑과 함께 황성에 와서 그간에 일어났던 사건의 경위를 담은 상소를 올리는 대봉 이때 성상이 이 시랑 부자의 생사를 알지 못하시고 장 소저의 앞길을 애련히 여기사 마음에 잊지 못하시더니, 또 장 소저의 상표가 이르렀거늘 상이 반기사 급히 열어 보시니 왈, 장 소저의 안위를 걱정하다가 장 소저가 올린 글을 보고 반가워하는 성상

'신첩 장애황은 일장 표를 용탑 하에 올리나이다. 신첩이 성상의 큰 은혜를 받자와 바닷가에서 제를 올려 고혼을 위로하오나, 이승과 저승이 판이하게 달라 영혼이 자취가 없사오니, 비록 앞에 와 흠향하온들 어찌 알 리 있사오리잇가. 아득한 경상과 슬픈 마음을 진정치 못하와 제를 지내며 통곡하옵더니, 천우신조*하와 삭발 승려를 만나오니 이 곧 시랑 이익의 처 양씨라. 비록 성혼 행례는 아니 하였사오나 어찌 시어머니

와 며느리 사이가 아니리잇가. 일비일희*하여 즐겁기 무궁하오니, 이는 다 성상의 넓으신 덕택으로 말미암음이라. 우연히 양씨와 재회한 일이 성상의 은혜라고 말하는 장 소저 그러나 왕희 부자는 국가를 혼란스럽게 한 간신이옵고 신첩의 원수라. 바라건대 폐하는 왕희 부자를 엄형 국문하사 국법을 밝히시고, 그 부자를 신첩에게 내어 주시면 남선우 베던 칼로 난신을 죽여 이익의 부자에게 제하여 영혼을 위로하리이다.' 성상께서 왕희 부자의 죄를 밝혀 주시면 이들 부자를 자신이 직접 처단하겠다고 하는 장 소저

하였더라. 장면 02

상이 다 보신 후 정히 처결코자 하시더니, 이때 또 하나의 표문이 올라오거늘, 상이 의괴하여 열어 보시니 ⓑ그 소에 하였으되,

'죄신 이대봉은 황공함과 두려운 마음으로 머리를 조아려 절을 올리며 한 장 표문을 황상 용탑 하에 바치옵나이다. 신의 부자가 간신 왕희의 모함을 입었사오나, 폐하의 성덕을 입사와 이 한목숨에 너그러움을 베풀어 ㉢해도에 내치신 덕택으로 유배지로 가옵더니, 도중을 향하와 배를 타고 대해 중에 행하옵더니, 뜻밖에 뱃사람들이 달려들어 아비를 결박하여 물에 던지거늘, 신의 아비 죽는 양을 보고 또한 뒤를 따라 수중에 빠지오매 거의 죽게 되었삽더니, 마침 서해 용왕의 구함을 입어 살아나 서역 천축국 ㉣백운암에 가 팔 년을 의탁하였나이다. 유배지로 가는 길에 물에 빠져 죽을 뻔했다가 서해 용왕의 도움으로 간신히 목숨을 구한 대봉 생각하옵건대 신의 부자가 국가의 죄인이라. 타처에 오래 있사옴이 옳지 않아 세상에 나와 수중에 빠진 아비 유골이나마 찾고 고국에 있는 어미를 찾아보고자 하와 중원으로 돌아가옵다가, 농서에서 한나라 장수 이릉의 영혼을 만나 갑옷과 투구를 얻고, 사평에서 오추마를 얻으며, 화용도에서 관 공의 영혼을 만나 칼을 얻어, 황성으로 향코자 하옵다가, 반적 흉노가 천자의 자리를 범하여 황성을 함몰하고 어가*가 ㉤금릉으로 행하셨다 함을 듣고, 분심을 이기지 못하와 전죄를 무릅쓰고 천 리를 달려와 금릉에 이르러 자칭 충의 장군이라 하옵고 필마단창*으로 적군을 파하고 적장 묵특남과 동돌수를 베어 성상의 급하심을 구하옵고, 흉노가 도망하는 것을 따라 서릉도에 들어가 흉노를 베었나이다. 초월적 존재 등의 조력으로 갑옷과 무기를 갖추어 흉노를 무찌른 대봉 돌아오는 길에 해중에서 풍랑을 만나 나흘 밤낮을 정처 없이 가다가 천우신조하옵고, 성상의 하해지덕으로 무인절도에 다다라 바람이 그치오며, 그 섬에 올라가 죽었던 아비를 만났사오니 황명을 기다리지 아니하고 감히 함께 와 대죄하옵나니, 무인도에서 재회한 아버지와 함께 황성에 돌아왔음을 성상께 알리는 대봉 신의 부자의 죄 만 번 죽어도 아까울 것이 없나이다. 그러하오나 왕희는 국가의

난신적자*요 신의 원수라. 뱃사람이 재물 없이 적소*로 가는 죄수를 무단히 살해하올 일은 만무하온즉, 이는 반드시 왕희의 사주를 받은 것으로, 의심할 바 없는지라 이 시랑 부자를 죽음의 위기로 몰아넣은 뱃사공이 간신 왕희의 사주를 받은 것이 분명하다고 주장하는 대봉 바라옵건대 성상은 엄형 국문하옵신 후 왕적을 내어 주시고 신의 죄를 다스리옵소서.'

하였더라. 장면 03

– 작자 미상, 「이대봉전」 –

*진진지연(秦晉之緣): 혼인의 인연.

>> 지문을 **세 장면**으로 나누고, 장면의 핵심 내용을 정리해 보세요.

장면 01 장 소저는 섬으로 **유배**를 간 이 시랑의 소식이 끊기자 이 시랑이 죽었다고 생각하고 제를 올림

장면 02 장 소저는 성상께 글을 올려, 이 시랑의 제를 올리러 갔다가 우연히 이 시랑의 처인 양씨를 만난 일을 전하고 간신인 **왕희** 부자를 벌해 달라는 뜻을 밝힘

장면 03 이대봉은 성상께 글을 올려, 황성을 침략한 **흉노**를 무찌른 사건과 이별했던 아버지와 재회한 사건을 전달하고 국가를 위기에 빠트린 왕희를 처벌해 달라는 요청을 함

전체 줄거리

중국 명나라에 사는 이 시랑과 장 한림은 같은 날에 각각 아들 대봉과 딸 애황을 낳고 신비한 꿈을 꾼 뒤 혼약을 맺는다. 간신 왕희가 국권을 휘둘러 나라가 위태로워지자 이 시랑은 직간하는 상소를 올렸다가 왕희에게 참소를 당해 섬으로 유배를 간다. 이 시랑 부자는 유배를 가던 중 왕희에게 매수당한 뱃사공에 의해 위기에 처하지만 서해 용왕의 도움으로 살아난다. 장 한림 부부는 이 시랑 부자의 변고를 듣고 충격을 받아 병을 얻어 죽고, 왕희는 혼자가 된 애황이 아름답다는 말을 듣고 애황을 며느리로 맞으려고 했지만 애황이 도주하여 실패한다. 남장을 하고 이름을 계운으로 바꾼 애황은 과거에 응시하여 장원 급제를 하고, 남방의 선우족이 중원을 침략하자 대원수로 출전하여 적을 무찌른다. 한편 백운암에서 수련하던 대봉은 북방의 흉노족이 황성을 침략하여 천자를 몰아냈다는 소식을 듣고 흉노를 격퇴하여 항복을 받아 낸다. 애황과 대봉은 황제에게 글을 올려 그간에 벌어진 사건과 두 가문의 고난이 왕희의 간계에 의한 일임을 밝힌다. 이후 다시 만나 혼인을 한 두 사람은 높은 벼슬을 하사받고 자손을 낳아 부귀영화를 누린다.

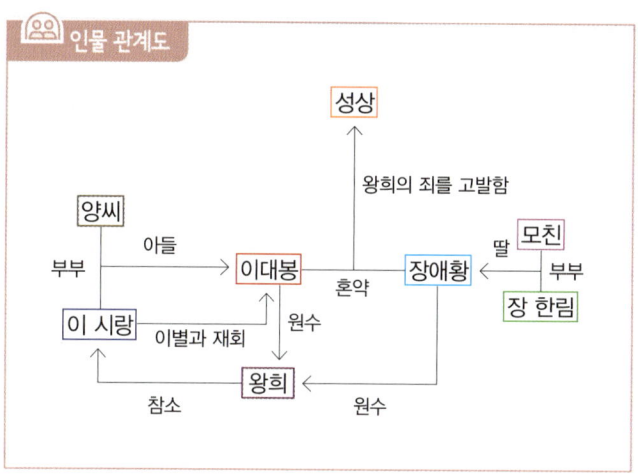

인물 관계도

성상

왕희의 죄를 고발함

양씨 ──부부── ──아들──▶ 이대봉 ──혼약── 장애황 ◀──딸── 모친
                                                              부부
이 시랑 ──이별과 재회── 원수   장 한림

이 시랑 ──참소── 왕희 ──원수── 장애황

이것만은 챙기자

*소복: 하얗게 차려입은 옷. 흔히 상복으로 입는다.
*제문: 죽은 사람에 대하여 애도의 뜻을 나타낸 글. 흔히 제물을 올리고 축문처럼 읽는다.
*유세차: '이해의 차례는'이라는 뜻으로, 제문(祭文)의 첫머리에 관용적으로 쓰는 말.
*수중고혼: 물에 빠져 죽은 사람의 외로운 넋.
*흠향: 신명(神明)이 제물을 받아서 먹음.
*주달: 임금에게 아뢰던 일.
*천우신조: 하늘이 돕고 신령이 도움. 또는 그런 일.
*일비일희: 한편으로는 기쁘고 한편으로는 슬퍼함. 또는 기쁨과 슬픔이 번갈아 일어남.
*어가: 임금이 타던 수레.
*필마단창: 한 필의 말과 한 자루의 창이라는 뜻으로, 혼자 간단한 무장을 하고 한 필의 말을 타고 감을 이르는 말. 또는 그렇게 하는 사람.
*난신적자: 나라를 어지럽히는 불충한 무리.
*적소: 귀양살이하는 곳.

1. ㉠~㉤에 대한 설명으로 가장 적절한 것은?

> ㉠: 용궁
> ㉡: 황성
> ㉢: 해도
> ㉣: 백운암
> ㉤: 금릉

✅ 정답풀이

④ ㉣은 이대봉이 중원으로 향하기 전에 머물던 공간이다.

> 아버지와 함께 유배를 가다가 '수중에 빠'져 죽을 위기에 처했던 이대봉은 '서해 용왕'에 의해 구출되어 ㉣에 '팔 년을 의탁'하여 머물다가 '아비 유골'을 찾고 '어미를 찾아보고자 하와 중원으로 돌아가'려고 했으므로, ㉣은 이대봉이 중원으로 향하기 전에 머물던 공간이라고 할 수 있다.

❌ 오답풀이

① ㉠은 이대봉이 이릉의 영혼을 만나 갑옷과 칼을 얻은 공간이다.
이대봉은 '농서에서 한나라 장수 이릉의 영혼을 만나 갑옷과 투구를 얻'었고, '화용도에서 관 공의 영혼을 만나 칼을 얻었다고 했으므로, ㉠에서 이릉의 영혼을 만나 갑옷과 칼을 얻었다고 볼 수 없다.

② ㉡은 흉노가 침범한 곳이자 이대봉이 흉노를 처단한 공간이다.
이대봉은 '반적 흉노가 천자의 자리를 범하여 황성을 함몰'했다는 소식을 듣고 '금릉에 이르러' '성상의 급하심'을 구하고 '흉노가 도망하는 것을 따라 서릉도에 들어가 흉노를 베었'다. 즉 ㉡은 흉노가 침범한 곳이 맞지만 이대봉이 흉노를 처단한 공간은 '서릉도'이다.

③ ㉢은 장 한림 부부가 간신의 모해로 유배 간 공간이다.
장 소저가 읽은 '제문'에 따르면, 장 소저의 아버지는 '대인의 억울함과 소첩의 앞길이 그릇됨을 원통히 여겨 걱정과 분노가 병이 되어 중도에 세상을 버'렸고, '모친 또한 부친의 뒤를 따라 별세'했다고 하였으므로, ㉢이 장 한림 부부가 간신의 모해로 인해 유배 간 공간이라고 볼 수 없다. 참고로 ㉢은 이대봉 부자가 간신의 모해로 유배를 간 공간이다.

⑤ ㉤은 동돌수가 이대봉을 피해 달아난 공간이다.
이대봉은 '반적 흉노가 천자의 자리를 범'했다는 소식을 듣고 '천 리를 달려와 금릉에 이르러' '동돌수를 베'었다고 했으므로, ㉤은 동돌수가 이대봉을 피해 달아난 공간이 아니라, 이대봉이 동돌수를 처단한 공간이다.

🌱 기틀잡기

> ② **처단하다:** 결단을 내려 처치하거나 처분하다.
> ③ **모해:** 꾀를 써서 남을 해침.

---

2. 장 소저 에 대한 이해로 적절하지 않은 것은?

✅ 정답풀이

③ 부친이 '세상을 버'린 까닭은 혼약이 어그러진 것과 이 시랑의 죽음에 대한 분노 때문이라고 여겼다.

> 장 소저가 이부 시랑 이 공의 영전에 올린 '제문'에 따르면 '양가 시운이 불리하여 대인은 간신의 모해를 입어 외딴섬에 유배 가시고, 부친은 대인의 억울함과 소첩의 앞길이 그릇됨을 원통히 여겨 걱정과 분노가 병이 되어 중도에 세상을 버'렸다고 했는데, 이때 '대인'은 이대봉의 아버지 이부 시랑 이 공을 가리킨다. 따라서 장 소저는 부친이 '세상을 버'린 까닭을 딸의 혼약이 어그러진 것과 사돈인 이 시랑의 억울한 유배에 대한 분노 때문이라고 여겼다고 할 수 있다. 참고로 윗글에서는 장 소저의 부친이 이 시랑의 사망 소식을 알고 있었는지 여부는 드러나지 않는다.

❌ 오답풀이

① 부친과 이 시랑이 '진진지연'을 맺은 데에는 신기한 꿈이 영향을 미쳤을 것이라고 알고 있다.
장 소저가 이부 시랑 이 공의 영전에 올린 '제문'에 따르면, '부친이 신기한 꿈을 꾸고는 대인과 진진지연을 깊이 맺었'다고 했으므로, 장 소저는 부친과 이 시랑이 서로 혼약을 맺은 것을 신기한 꿈의 영향 때문이라고 생각했음을 알 수 있다.

② 이 시랑이 '간신의 모해'를 입은 것은 시운이 좋지 않기 때문이라고 생각했다.
장 소저가 이부 시랑 이 공의 영전에 올린 '제문'에 따르면, 이 공과 장 한림의 집안은 혼약을 맺었는데, '양가 시운이 불리하여 대인은 간신의 모해를 입어 외딴섬에 유배 갔다고 했으므로, 그녀는 이 시랑이 '간신의 모해'를 입게 된 사건은 좋지 않은 시운의 영향을 받았기 때문이라고 생각했음을 알 수 있다.

④ 왕희가 '혼인을 강제하'는 것으로 판단하여 변복 도주했다.
장 소저는 이부 시랑 이 공의 영전에 올린 '제문'에서, '간적 왕희가 첩의 고독함을 업신여겨 혼인을 강제하옵기로 변복 도주하였'다고 했다.

⑤ '성혼 행례'는 하지 않았으나, 승려가 된 양씨를 시어머니로 대했다.
장 소저는 성상께 올린 '상표'에서, '바닷가에서 제를 올'리다가, '삭발 승려'가 된 시랑 이익의 처 양씨를 만났으며, 대봉과 '비록 성혼 행례는 아니 하였'지만 자신과 양씨의 관계를 이미 '시어머니와 며느리 사이'로 생각하여 양씨와의 만남이 '즐겁기 무궁'하다고 하였으므로 장 소저가 승려가 된 양씨를 시어머니로 대했음을 알 수 있다.

🌱 기틀잡기

> ④ **변복:** 남이 알아보지 못하도록 평소와 다르게 옷을 차려입음. 또는 그런 옷차림.
> ⑤ **성혼 행례:** 혼인을 하는 예식을 행함. 또는 그런 예식.

3. 〈보기〉의 [A]에 들어갈 말로 적절하지 <u>않은</u> 것은?

> ⓐ: 그 글
> ⓑ: 그 소

〈보기〉

선생님: 고전 소설에서는 제문, 표문 등과 같은 다양한 글이 활용되기도 해요. 윗글의 ⓐ와 ⓑ에서 글을 바치는 사람과 받는 상대가 누구인지 고려하여, 글의 특징이나 기능에 대해 말해 보세요.

학생: _____[A]_____

선생님: 네, 맞아요.

✅ 정답풀이

③ ⓐ와 달리 ⓑ에는 글을 바치는 사람이 스스로를 낮추는 표현이 사용되었어요.

> 장 소저는 '이부 시랑 이 공 영위'에 바치는 글인 ⓐ에서 '소첩'이라는 표현을 통해 자신을 낮추고 있고, 이대봉은 성상께 올린 글인 '표문'인 ⓑ에서 '죄신'이라는 표현을 통해 '죄를 지은 신하'라며 자신을 낮추고 있으므로, ⓐ와 ⓑ 모두 글을 바치는 사람이 스스로를 낮추는 표현을 사용하였다고 볼 수 있다.

❌ 오답풀이

① ⓐ는 망자에게 바치는 제문이고, ⓑ는 성상에게 바치는 표문이에요.
ⓐ는 '대인 부자가 형적이 없다'는 소식을 듣고 '수중고혼이 되'었다고 생각한 장 소저가 '소복'을 입고 '금로에 향을 사르'며 '이부 시랑 이 공 영위 앞'에서 읽은 '제문'이다. 한편 ⓑ는 이대봉이 '한 장 표문을 황상 용탑 하에 바'친다고 하였으므로 성상에게 바치는 '표문'으로 볼 수 있다.

② ⓐ는 상대의 원통함을 위로하기 위하여, ⓑ는 상대에게 사건 경과를 알려 특별한 조치를 요청하기 위하여 작성되었어요.
ⓐ는 장 소저가 '간신의 모해를 입어 외딴섬에 유배' 간 뒤에 '수중고혼'이 되었다고 생각한 이부 시랑 이 공에게 '한 잔 술을 바치'며 올린 글이므로, 상대의 원통함을 위로하기 위하여 작성된 글이라고 볼 수 있다. 한편 ⓑ는 유배지로 가다가 뱃사람에 의해 아버지를 잃었다고 생각한 이대봉이 흉노를 처단하고 아버지를 다시 만나게 된 사건의 경과를 언급하고, 사건의 배후인 왕희를 '엄형 국문'해 달라는 요청을 담고 있으므로, 상대에게 특별한 조치를 요청하기 위하여 작성된 글이라고 볼 수 있다.

④ ⓐ에서 글을 바치는 사람이 오해했던 사건의 실상이 ⓑ에서 드러나고 있어요.
ⓐ에서는 장 소저가 유배지로 떠났던 '대인 부자가 형적이 없'다는 소식을 전해 듣고 부자가 '수중고혼이 되'었다고 오해하고 있음이 드러나고 있다. 한편 유배지로 향하던 이 시랑과 이대봉이 물에 빠져 이별하였다가 무인절도에서 다시 만났다는 ⓑ의 설명을 통해 이대봉과 이 시랑 부자가 모두 살아있다는 실상이 드러나고 있다.

⑤ ⓐ와 ⓑ는 모두 글을 바치는 사람과 상대를 서두에서 밝히고 있어요.
ⓐ는 글의 가장 서두인 '유세차 기축 삼월 정묘 삭 십오 일에 기주 장 한림의 딸 애황은 감히 이부 시랑 이 공 영위 앞에 아뢰나이다.'에서 글을 바치는 사람이 애황이며, 상대가 이부 시랑 이 공임을 밝히고 있다. 한편 ⓑ는 글의 가장 서두인 '죄신 이대봉은 황공함과 두려운 마음으로 머리를 조아려 절을 올리며 한 장 표문을 황상 용탑 하에 바치옵나이다.'에서 글을 바치는 사람이 이대봉이며, 상대가 황상임을 밝히고 있다.

📋 문제적 문제
· 3-③, ④번

학생들이 정답 이외에 가장 많이 고른 선지가 ④번이다. ⓐ에서 글을 바치는 사람인 장 소저가 오해했던 사건이 무엇인지 판단하기 어려웠거나, ⓑ에서 해당 사건의 실상이 어떻게 드러나고 있는지 파악하기 어려웠을 가능성이 높다.

매력적 오답인 ④번의 경우, ⓐ에서 언급된 사건들은 대부분 장 소저가 직접 보거나 들은 일들인데, 시랑 부자의 사망은 소저가 사신의 전언을 바탕으로 그 경위를 추측한 사건이므로, 장 소저가 오해할 만한 일에 해당한다고 볼 수 있다. 한편 시랑 부자의 실종 및 사망 사건의 실상은 ⓑ에서 왕희의 간계로 물에 빠져 죽을 위기에 처한 이대봉이 서해 용왕에 의해 구조되고, '무인절도'를 표류하다 그곳에서 '죽었던 아비'를 만났다고 언급한 부분에서 확인할 수 있다.

정답인 ③번의 경우, 학생들이 상대방 앞에서 스스로를 낮추는 표현에 대해 정확히 알지 못했기 때문에 정답으로 확신하기 어려웠을 것이다. ⓐ에서 장 소저는 시랑에게 바치는 글에서 자신을 '소첩'이라고 낮추어 부르고 있고, ⓑ에서 이대봉은 성상께 바치는 글에서 자신을 '죄신'이라고 낮추어 표현하고 있다. 고전 소설에서는 한 인물을 여러 가지 명칭으로 달리 부르거나 발화자가 청자와의 관계를 고려하여 자신을 낮추거나 높이는 표현을 사용하는 경우가 많아 이러한 요소가 문제화되는 빈도가 높으므로, 임금이 신하 앞에서 자신을 표현하는 '경', 자식이나 며느리가 부모나 시부모 앞에서 자신을 낮추어 표현하는 '소자', '소녀', '소첩' 등의 표현은 그 의미와 쓰임을 충분히 익혀 두는 편이 좋다.

정답률 분석

		정답	매력적 오답	
①	②	③	④	⑤
4%	7%	63%	21%	5%

4. 〈보기〉를 참고하여 윗글을 감상한 내용으로 적절하지 **않은** 것은? [3점]

〈보기〉

「이대봉전」에서 주인공은 공적 가치와 사적 목표를 실현하기 위해 노력한다. 공적 가치는 국가 차원의 사건에 참여하는 당위로 제시되고, 사적 목표는 가문의 일원으로서 그 사건 해결에 가담하는 동력이 된다. 현실계나 비현실계의 존재들 또한 주인공의 이러한 문제 해결 과정에 조력한다. 공적 활약을 통해 공적 가치의 권위를 인정하는 이면에 사적 목표의 추구를 배치하는 이러한 구도는 영웅소설이 지향하는 '충'이라는 이념을 훼손하지 않으면서도 사적 목표의 추구를 정당화한다.

🔍 **보기 분석**

- 주인공: 공적 가치와 사적 목표를 실현하기 위해 노력함
  - 공적 가치: 국가 차원의 사건에 참여하는 당위로 제시됨
  - 사적 목표: 가문의 일원으로서 사건 해결에 가담하는 동력이 됨
- 조력자: 현실계/비현실계 존재들
- 「이대봉전」의 구도: 공적 활약을 통해 공적 가치의 권위를 인정하는 이면에 사적 목표의 추구를 배치함
  - '충' 이념을 훼손하지 않음
  - 사적 목표의 추구 정당화

✅ **정답풀이**

④ 표류하던 이대봉이 천우신조로 무인절도에서 이 시랑과 재회한 데에서, 비현실계의 존재가 이대봉의 공적 활약에 조력한 것을 확인할 수 있군.

〈보기〉에 따르면 윗글에서 '주인공은 공적 가치와 사적 목표를 실현하기 위해 노력'하는데, '현실계나 비현실계의 존재들'이 '주인공의 이러한 문제 해결 과정에 조력'한다. 그런데 윗글에서 '해중에서 풍랑을 만나' 떠돌던 이대봉이 '천우신조'로 '무인절도'에 도착하여 '죽었던 아비'인 이 시랑과 재회한 것은, 대봉이 비현실계의 존재의 조력을 받은 일이라고 보기 어렵다. 또한 이 시랑 부자의 재회는 공적 활약에 해당한다고 보기도 어렵다.

❌ **오답풀이**

① 장애황이 혼약을 이루기 위해 대공을 세웠다고 한 데에서, 혼약이 국가 차원의 사건에 참여하는 동력이 되었음을 알 수 있군.

〈보기〉에 따르면 윗글에서 주인공의 '사적 목표는 가문의 일원으로서 그 사건 해결에 가담하는 동력이 된'다. 윗글에서 장 소저가 '남자로 행세하여 용문에 올라 남적을 멸하고 대공을 이룸은, 적자 왕희를 없이하여 원통함을 풀고 대인과 공자를 찾아 혼약을 이루기 위함'이었다고 했으므로, 혼약은 남적의 침략에 대한 대항이라는 국가 차원의 사건에 참여하는 동력이 되었다고 볼 수 있다.

② 장애황이 난신 왕희를 국법으로 다스린 후 자신에게 내어 달라고 한 데에서, 공적 권위를 존중하되 사적 목표도 실현하고자 하는 마음을 알 수 있군.

〈보기〉에 따르면 윗글은 '공적 활약을 통해 공적 가치의 권위를 인정하는 이면에 사적 목표의 추구를 배치하는' 구도를 취한다고 했다. 윗글에서 장애황이 '성상'께 올린 '상표'에서 '국가를 혼란스럽게 한 간신'이며 '신첩의 원수'인 '왕희 부자를 엄형 국문하사 국법을 밝히시고, 그 부자를 신첩에게 내어 주시면' '난신을 죽'이겠다고 한 것은, 황제가 직접 죄인을 심문하고 죄를 다스리도록 함으로써 공적 권위를 존중하고 자신의 원수를 갚고자 하는 사적 목표 또한 실현하려는 마음을 드러낸 것이라고 할 수 있다.

③ 흉노의 침입으로 성상이 피신했다는 소식에 분노하여 이대봉이 출전한 데에서, 국가 차원의 문제 해결에 참여하는 당위성을 확인할 수 있군.

〈보기〉에 따르면 윗글에서 주인공이 실현하려는 '공적 가치는 국가 차원의 사건에 참여하는 당위로 제시'된다. 윗글에서 이대봉이 '반적 흉노가 천자의 자리를 범하여 황성을 함몰'했다는 소식에 분노하여 자신을 '충의장군'으로 칭하고 '필마단창으로 적군을 파'한 것은, 위기에 처한 성상을 구출하는 것이 자신이 마땅히 해야 할 일이라는 생각에 따라 행동한 것이므로, 국가 차원의 문제 해결에 참여하는 당위성을 부여한 것이라고 할 수 있다.

⑤ 이대봉이 흉노 제압을 공으로 드러낸 후 성상에게 왕희의 처벌을 요구한 데에서, 충의 이념을 훼손하지 않으면서도 사적 목표의 정당성을 확보하려는 인물의 의중을 확인할 수 있군.

〈보기〉에 따르면 윗글이 '공적 활약을 통해 공적 가치의 권위를 인정하는 이면에 사적 목표의 추구를 배치하는' 구도를 취한 것은 "충'이라는 이념을 훼손하지 않으면서도 사적 목표의 추구를 정당화'하기 위함이다. 윗글에서 이대봉이 흉노의 침략에서 황제를 구하기 위해 '적군을 파하고 적장 묵특남과 동돌수를 베'었음을 언급한 후 '국가의 난신적자요 신의 원수'인 왕희를 '엄형 국문'해 달라고 요구한 것은, 나라의 위기 상황에서 목숨을 바친 공을 언급하여 충의 이념을 훼손하지 않으면서도 가문의 복수라는 사적 목표의 정당성을 확보하려 한 이대봉의 의중을 담고 있다고 할 수 있다.

🌱 **모두의 질문**　　　　　　　　　　　　　　　• 4-④번

Q: 이대봉이 '천우신조하옵고, 성상의 하해지덕으로' 무인절도에서 '죽었던 아비를 만났'다고 했는데, 이때 '천우신조'의 사전적인 뜻이 '하늘이 돕고 신령이 도움.'이라는 의미이니까, 비현실계의 존재의 조력을 받아 아버지와 재회하게 되었다고 볼 수 있지 않나요?

A: 천우신조는 '힘든 상황에서 극적으로 벗어나는 경우'에 쓰는 표현이다. 이대봉이 아버지와 재회하게 된 경위를 밝히면서 '천우신조'를 언급하기는 했지만 구체적인 비현실계의 존재나 대상의 행위를 언급하지는 않았으므로, 해당 상황은 실제로 비현실적인 존재가 나타나 이대봉을 도왔다기보다는 마치 하늘이 도와준 것처럼 극적으로 아버지와 재회하게 되었음을 표현한 것이라고 보아야 한다.

[1~4] 다음 글을 읽고 물음에 답하시오.

황상과 만조백관이 어찌할 줄 모르더니 좌장군 서경태가 급히 입직군*을 동원하여 칼을 들고 내달아 크게 꾸짖길,

"이 몹쓸 흉악한 놈아, 어찌 이런 변을 짓느냐?"

하고 칼을 들어 치니 아귀가 몸을 기울여 피하고 입을 벌려 숨을 들이쉬니 서경태가 날리어 아귀 입으로 들어갔다. 상이 보시다가 크게 놀라,

"짐이 여러 번 전장을 지내었으되 이런 일은 보도 듣도 못하였으니 제신 중에 뉘 이 짐승을 잡아 짐의 한을 씻으리오."

정서장군 한세충이 나와 아뢰길,

"소장이 비록 재주 없으나 저것을 베어 황상께 바치리이다." 황상에게 충성심을 보이는 한세충

하고 황금 투구에 엄신갑을 입고 팔 척 장창을 들고 청룡

[A] 마를 내달아 외쳐 말하길,

"흉적은 목을 늘여 내 칼을 받으라."

아귀가 크게 웃고 말하길,

"아까는 내 숨을 들이쉬니 모기 같은 것도 삼켰으니 지금은 숨을 내쉴 것이니 네 눈을 부릅뜨고 자세히 보라."

하고 입을 벌려 숨을 내부니 황상과 만조백관이 오 리나 밀려 갔다. 압도적 무력으로 황상과 만조백관을 물리치는 아귀 아귀가 궁중이 텅 빈 것을 보고 세 공주를 등에 업고 돌아갔다. 장면 01

이때 황상이 제신과 함께 정신을 겨우 차려 환궁하시니 세 공주가 다 없었다. 상께 이 연고를 아뢰니 상이 크게 놀라하교*하시되,

"이런 해괴한 변이 천고에 없으니 경들의 소견이 어떠하뇨?"

하고 용루*를 흘리시니 조정에 모인 여러 신하가 감히 우러러보지 못하였다. 아귀에게 세 공주를 잃고 슬픔에 눈물을 흘리는 황상

이우영이 아뢰길,

"전 좌승상 김규가 지모 넉넉하오니 불러 문의하심이 마땅할까 하나이다."

상이 깨달아 조서를 내려 김규를 부르셨다. 장면 02

이때 승상이 원을 데리고 평안히 지내더니 천만의외에 사관이 조서를 가지고 왔거늘 받자와 본즉,

"전임 좌승상에게 부치나니 그사이 고향에서 무사한가. ⓐ짐은 불행하여 공주를 잃고 종적을 모르니 통한함을 어찌 측량하리오. 공주를 잃어 통한한 마음을 드러내는 황상 경에게 옛 벼슬을 다시 내리나니 바삐 올라와 고명한 소견으로 짐의 아득함을 깨닫게 하라."

하였다. 승상이 사관을 후대하고 ㉠국변을 물으니 아귀 작란*하던 일과 세 공주 잃은 말을 대강 고하니 승상이 못내 슬퍼하며 상경하여 사은숙배*하니, 조정에 등장한 아귀가 난을 일으키고 세 공주를 납치해 간 일에 슬퍼하는 승상 상이 보시고,

"경이 고향에 돌아감은 짐이 불명한 탓이로다. 국운이 불행하여 세 공주를 일시에 잃었으니 짐의 이 원을 어찌하리오? 사리에 어두운 자신을 탓하며 세 공주를 잃은 것을 한탄하는 황상 경의 소견으로 이 일을 도모하면 평생의 한을 풀리로다."

승상이 엎드려 아뢰길,

"소신이 자식이 있삽는데 창법 검술이 일세에 무쌍하와 매일 종적 없이 다니옵기 연고를 물으니 철마산에 가 무예를 익히다가 일일은 그 산에서 아귀라 하는 짐승을 만나 겨루고 그 뒤를 좇아 바위 구멍으로 들어감을 보았노라 하옵기 과연 허언이 아닌가 싶사오니 ⓑ자식을 불러 들으심이 마땅하올까 하나이다." 장면 03

[중략 부분의 줄거리] 원은 황상을 뵙고 원수가 되어 철마산 아귀의 소굴로 들어간다.

원수가 백계를 생각하다가 갑자기 깨달아 공주께 아뢰기를,

"독한 술을 많이 빚어 좋은 안주를 장만하여야 계교*를 베풀리이다." 독한 술을 이용하여 아귀에게 대항하려 하는 원수

하고, 약속을 정해 여러 여자를 청하여 여차여차하게 계교를 갖추고 기다리라고 하였다.

이때 아귀가 원의 칼에 상한 머리 거의 나으니 모든 시녀를 불러 말하기를,

ⓒ"내 병이 조금 나았으니 사오일 후 세상에 나가 남두성을 잡아 죽여 이 원한을 풀리라. 너희는 나를 위하여 마음을 위로하라."

여자들이 이 말을 듣고 크게 기뻐하여 각각 술과 성찬을 권하기를, 아귀를 속이기 위해 거짓으로 기뻐하며 술과 음식을 권하는 여자들

"대왕의 상처가 나으시면 첩 등의 복인가 하나이다. ⓓ수이 차도를 얻사오면 남두성 잡기야 어찌 근심하리오? 주찬을 대령하였사오니 다 드시어 첩 등의 우러르는 마음을 즐겁게 하소서."

아귀가 가져오라 하거늘, 여러 여자가 일시에 한 그릇씩 드리니 아홉 입으로 권하는 대로 먹으니 그 수를 알 수 없었다. 술이 취하매 여러 여자가 거짓으로 위로하여,

"장군은 잠깐 잠을 청하여 아픔을 잊으소서."

아귀가 듣고 잠을 자려 하거늘, 막내 공주가 곁에 앉아 말하길,

"보검을 놓고 주무소서. 취중에 보검을 한번 휘둘러 치면 잔명이 죄 없이 상할까 하나이다." 아귀의 손에서 칼을 놓게 하는 막내 공주

아귀가 말하기를,

"장수가 잠이 드나 칼을 어찌 손에서 놓으리오마는 혹 실수함이 있을까 하노니 머리맡에 세워 두라."

하고 주거늘, 공주가 받아 놓고 잠들기를 기다렸다. 아귀가 깊이 잠들었거늘, 비수를 가지고 협실로 나와 원수에게 잠들었음을

이르고 함께 후원에 이르러 큰 기둥을 가리키며,

"원수의 칼로 저 기둥을 쳐 보소서."

원수가 칼을 들어 기둥을 치니 반쯤 부러졌다. 공주가 크게 놀라 말하기를,

"만일 그 칼을 썼더라면 성사도 못하고 도리어 큰 화가 미칠 뻔하였습니다." 원수의 칼이 아귀를 해칠 수 없음을 확인하고 놀라는 공주 아귀가 쓰던 비수로 기둥을 치니 썩은 풀이 베어지는 듯하였다.

[장면 04]

– 작자 미상, 「김원전」 –

>> 지문을 네 장면으로 나누고, 장면의 핵심 내용을 정리해 보세요.

[장면 01] 아귀가 황상과 만조백관을 공격하고, 세 공주를 납치함
[장면 02] 전 좌승상 김규를 불러 세 공주를 구출하기 위한 방안을 얻고자 함
[장면 03] 황상의 부름을 받은 승상은 세 공주를 구출하기 위해 자식인 원을 조정으로 부르고자 함
[장면 04] 원이 공주에게 도움을 얻어 잠든 아귀를 해치울 계략을 세움

👥 인물 관계도

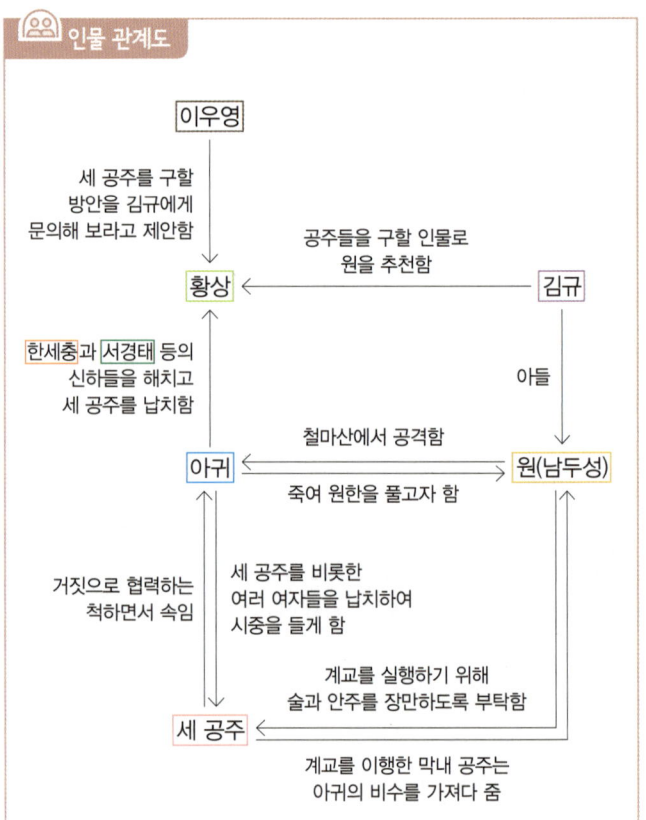

1. [A]의 서술상 특징에 대한 설명으로 가장 적절한 것은?

✓ 정답풀이

② 대화를 통해 인물 간의 위계나 관계를 보여 주고 있다.

> [A]에서는 조정에 아귀가 등장한 상황에서 황상이 '제신 중에 뉘 이 짐승을 잡아 짐의 한을 씻으리오.'라고 말하자 정서장군 한세충은 '소장이 비록 재주 없으나 저것을 베어 황상께 바치리이다.'라고 답하고 있다. 또한 아귀가 세 공주를 납치한 이후에 상이 크게 놀라며 '경들의 소견이 어떠하뇨?'라고 '여러 신하'에게 묻고 있다. 이러한 대화를 통해 군신 관계, 적대 관계라는 인물 간의 위계나 관계를 보여 주고 있다.

✗ 오답풀이

① 서술자가 개입하여 인물에 대한 평가를 제시하고 있다.
[A]에 서술자의 개입은 나타나 있지 않다.

③ 현재와 과거를 교차하여 장면의 전환을 보여 주고 있다.
[A]에 과거 상황은 나타나지 않으므로, 현재와 과거를 교차하거나 이를 통해 장면의 전환을 보여 주고 있다고 할 수 없다.

④ 인물의 회상을 통해 인물 간 갈등의 원인을 암시하고 있다.
[A]에 인물의 회상은 나타나지 않으므로, 회상을 통해 인물 간 갈등의 원인을 암시하고 있다고 볼 수 없다.

⑤ 상황에 대한 인물의 반응을 과장되게 서술하여 사건의 비극성을 완화하고 있다.
[A]에서 황상은 아귀를 상대하던 서경태가 '날리어 아귀 입으로 들어'간 것을 보고 '크게 놀라'고 있고, 환궁한 후 세 공주가 없어진 것을 알고 '크게 놀라하교'하며 '용루를 흘리'고 있다. 따라서 황상의 반응을 통해 사건의 비극성을 완화하고 있다고 할 수 없다.

2. ㉠과 관련하여 윗글을 이해한 내용으로 적절하지 <u>않은</u> 것은?

> ㉠: 국변

✓ 정답풀이

① 황상은 ㉠의 심각성을 이전의 '전장'과 비교하고, 그때의 경험에 근거하여 ㉠에 대한 대처 방안을 찾아낸다.

> 황상은 '여러 번 전장을 지내었으되 이런 일은 보도 듣도 못하였으니'라는 말을 통해 아귀가 조정을 침범한 ㉠의 심각성을 이전의 '전장'과 비교하고 있다. 그러나 이후 '이런 해괴한 변이 천고에 없으니 경들의 소견이 어떠하뇨?'라며 ㉠에 대한 대처 방안을 '여러 신하'들에게 물어 찾아내고 있으므로, 황상이 '전장'에서의 경험에 근거하여 대처 방안을 찾아낸다고 볼 수 없다.

✗ 오답풀이

② 이우영은 ㉠의 해결을 위해 '조정'에서 황상의 질문에 답하며 ㉠에 대처할 방안을 찾아 줄 지모 있는 인물을 거명한다.
이우영은 '조정'에서 '이런 해괴한 변이 천고에 없으니 경들의 소견이 어떠하뇨?'라며 ㉠에 대한 대처 방안을 묻는 황상에게 '전 좌승상 김규가 지모 넉넉하오니 불러 문의하심이 마땅할까 하나이다.'라며 ㉠에 대처할 방안을 찾아 줄 지모 있는 인물로 '김규'를 거명한다.

③ 황상은 ㉠의 여파가 미치지 않은 '고향'에서 편안히 지내던 승상에게 ㉠으로 인한 위기 상황을 알린다.
황상은 '고향'에서 ㉠의 여파가 미치지 않아 '평안히 지내'던 승상에게 조서를 보내 '불행하여 공주를 잃었다'며 ㉠으로 인한 위기 상황을 알린다.

④ 승상은 ㉠의 원흉인 아귀를 원이 '칠마산'에서 본 것을 황상에게 아뢰고, ㉠을 해결할 단서를 제공할 인물을 천거한다.
승상은 황상에게 원이 '칠마산'에서 ㉠의 원흉인 '아귀라 하는 짐승을 만나' 겨룬 일에 대해 아뢰고 '자식을 불러 들으심이 마땅하올까 하나이다.'라며 ㉠을 해결할 단서를 제공할 인물로 원을 천거한다.

⑤ 원은 ㉠의 해결 방안을 떠올리고, '협실'에서 공주를 만나 ㉠을 해결할 수 있는 기회가 왔음을 알게 된다.
철마산 아귀의 소굴로 들어간 원은 '백계를 생각하다가 갑자기 깨달아' ㉠을 해결할 '계교'를 떠올리고, '협실'에서 만난 공주로부터 아귀가 '깊이 잠들었'다는 사실을 전해 듣고 ㉠을 해결할 수 있는 기회가 왔음을 알게 된다.

🌱 가틀잡기

> ② **거명하다:** 어떤 사람의 이름을 입에 올려 말하다.

Q: 원이 떠올린 ㉠의 해결 방안은 무엇인가요? 그리고 '협실'에서 공주를 만나 ㉠을 해결할 수 있는 기회가 왔음을 알게 되었다는 것을 어떻게 알 수 있나요?

A: 세 공주를 구하기 위해 철마산 아귀의 소굴로 들어간 원(원수)은 ㉠(국변)을 해결할 방안을 생각해 내고는 공주에게 '독한 술을 많이 빚어 좋은 안주를 장만'하여 '계교'를 실행할 수 있도록 도와줄 것을 요청한다. 이후 아귀는 여러 여자가 권한 술을 마신 후에 취하여 잠들고 공주는 원수에게 아귀가 잠들었음을 알리는 것으로 보아, 원이 떠올린 ㉠의 해결 방안은 아귀가 잠든 틈을 타 처치하는 것임을 알 수 있다. 또한 원이 '협실'에서 만난 공주에게 아귀의 '비수'를 받아 '큰 기둥'을 쳐 보며 성능을 시험해 보는 모습을 통해 ㉠을 해결할 수 있는 기회가 왔다고 생각하게 되었음을 알 수 있다.

| 구절의 의미 및 기능 파악 | 정답률 **86**

3. ⓐ~ⓓ에 대한 설명으로 가장 적절한 것은?

ⓐ: 짐은 불행하여 공주를 잃고 종적을 모르니 통한함을 어찌 측량하리오.
ⓑ: 자식을 불러 들으심이 마땅하올까 하나이다.
ⓒ: 내 병이 조금 나았으니 사오일 후 세상에 나가 남두성을 잡아 죽여 이 원한을 풀리라. 너희는 나를 위하여 마음을 위로하라.
ⓓ: 수이 차도를 얻사오면 남두성 잡기야 어찌 근심하리오? 주찬을 대령하였사오니 다 드시어 첩 등의 우러르는 마음을 즐겁게 하소서.

✅ 정답풀이

③ ⓐ에서는 자신의 감정을 상대에게 드러내고, ⓓ에서는 자신들의 의도를 상대에게 숨기고 있다.

> 황상은 ⓐ에서 '공주를 잃고 종적을 모르니 통한'하다고 표현하여 자신의 감정을 승상에게 드러내고 있다. 한편 아귀에게 붙잡힌 여자들은 ⓓ에서 계교를 실현하고자 하는 의도를 숨기기 위해 '주찬을 대령하였사오니 다 드시어 첩 등의 우러르는 마음을 즐겁게 하소서.'라고 말하고 있다.

❌ 오답풀이

① ⓐ와 ⓑ에서는 상대에 대한 신뢰를 바탕으로, 숨겨 온 사실을 드러내고 있다.
ⓐ에서 황상이 '불행하여 공주를 잃고 종적을 모르니 통한'하다고 말한 것은 '지모 넉넉하'다고 판단되는 인물인 승상에게 자신의 감정을 토로하는 것일 뿐, 숨겨 온 사실을 드러내는 것이 아니다. 또한 ⓑ는 승상이 '경의 소견으로 이 일을 도모'해 달라는 황상의 부탁을 듣고 사건을 해결할 수 있는 인물로 아들인 원을 추천하는 것일 뿐, 숨겨 온 사실을 드러낸 것이라고 볼 수 없다.

② ⓑ와 ⓒ에서는 자신의 위세를 드러내어, 상대의 복종을 이끌어 내고 있다.
ⓑ는 승상이 '경의 소견으로 이 일을 도모'해 달라는 황상의 부탁을 듣고 사건을 해결할 수 있는 인물로 아들인 원을 추천하는 것이므로, 자신의 위세를 드러낸 것으로 볼 수 없다. 또한 황상과 승상의 관계로 보아 승상이 황상의 복종을 이끌어 내고 있다고 볼 수도 없으므로 적절하지 않다. 한편 ⓒ에서 아귀는 '남두성을 잡아 죽'이겠다고 말하며 자신의 위세를 드러내고 있고, '너희는 나를 위하여 마음을 위로하라.'라고 말하며 여자들(시녀)에게 강압적으로 복종을 이끌어 내고 있다.

④ ⓑ에서는 당위를 내세워 상대의 행위를 요구하고, ⓓ에서는 상대의 안위를 우려하여 자제를 요청하고 있다.
승상은 아들인 원이 '아귀라 하는 짐승을 만나 겨루'었다는 사실을 근거로 언급한 후, ⓑ에서 사건을 해결할 수 있는 인물로 아들인 원을 추천하고 있을 뿐, 황상에게 당위를 내세워 원을 부를 것을 요구하고 있지 않다. 또한 아귀에게 붙잡힌 여자들은 계교를 실현하고자 하는 의도를 숨기기 위해 ⓓ라고 말하고 있을 뿐, 아귀의 안위를 우려하여 자제를 요청하고 있지 않다.

⑤ ⓒ에서는 상대에게 자신의 목표를 위해 행동할 것을 촉구하고, ⓓ에서는 상대의 목표를 위해 행동할 것을 약속하고 있다.
ⓒ에서 아귀는 '남두성을 잡아 죽'이겠다며 자신의 목표를 밝히고, '너희는 나를 위하여 마음을 위로하라.'라고 말하며 여자들(시녀)에게 자신의 목표를 위해 행동할 것을 촉구하고 있다. 그러나 ⓓ에서 아귀에게 붙잡힌 여자들은 계교를 실현하기 위해 아귀를 속이고 있을 뿐, '남두성을 잡아 죽'이겠다는 아귀의 목표를 위해 행동할 것을 약속하고 있지 않다.

4. 〈보기〉를 참고하여 윗글을 감상한 내용으로 적절하지 않은 것은? [3점]

〈보기〉

「김원전」은 당대의 보편적 가치인 충군을 주제로, 초월적 능력을 지닌 주인공과 기이한 존재인 적대자의 필연적 대결 관계를 보여 준다. 특히 적대자의 압도적 무력에 맞서는 과정에서 인물에 따라, 혹은 인물이 처한 상황에 따라 다른 대응 방식을 보여 줌으로써 독자의 흥미를 자극한다.

🔍 보기 분석

- 「김원전」 특징
  - 당대의 보편적 가치인 충군을 주제로 함
- 「김원전」의 대결 구도
  - 필연적 대결 관계: 초월적 능력을 지닌 주인공(원) ↔ 기이한 존재인 적대자(아귀)
  - 적대자(아귀)의 압도적 무력에 맞서는 과정에서 인물 혹은 상황에 따라 다른 대응 방식을 보여 줌 → 독자의 흥미 자극

✔ 정답풀이

⑤ 일세에 무쌍한 무예를 갖춘 원수가 아귀의 비수로 기둥을 베어 보는 데서, 주인공이 적대자를 처치하기 위해 자신의 계획대로 초월적 능력을 시험하고 있음을 알 수 있군.

〈보기〉에서 윗글의 주인공은 '초월적 능력을 지닌' 존재라고 했다. 윗글에서 승상이 황상에게 원이 '창법 검술이 일세에 무쌍'하다고 말한 부분에서 주인공인 원수가 일세에 무쌍한 무예를 갖춘 인물임을 알 수 있다. 그러나 원수가 '아귀가 쓰던 비수로 기둥을 친' 것은 초월적 능력이 아니라 아귀의 비수가 가진 능력을 시험한 것이며, 이는 공주가 제안하여 한 행동이었으므로 자신의 계획에 따른 행위로 볼 수 없다.

❌ 오답풀이

① 서경태가 입직군을 동원해 아귀와 맞서고 원수가 계교를 마련해 아귀를 상대하는 데서, 압도적 무력을 지닌 적대자에 대응하는 양상이 서로 다름을 알 수 있군.

〈보기〉에서 윗글은 '적대자의 압도적 무력에 맞서는 과정에서 인물에 따라, 혹은 인물이 처한 상황에 따라 다른 대응 방식을 보여' 준다고 했다. 윗글에서 서경태는 '급히 입직군을 동원하여 칼을 들고 내달아' 아귀에게 맞서고 있고, 원수는 '백계를 생각하다가 갑자기 깨달아' 아귀를 상대하기 위한 '계교를 베풀' 것을 다짐하고 공주의 도움을 받아 아귀를 상대하고 있다. 이를 통해 압도적 무력을 지닌 적대자인 아귀에게 대응하는 양상이 서로 다름을 알 수 있다.

② 한세충이 황상의 한을 씻고자 아귀에게 대항하고 승상이 황상의 불행에 슬퍼하며 상경하는 데서, 인물들이 충군의 가치를 지키고 있음을 알 수 있군.

〈보기〉에서 윗글은 '당대의 보편적 가치인 충군을 주제'로 한다고 했다. 윗글에서 한세충은 '뉘 이 짐승을 잡아 짐의 한을 씻으리오.'라는 황상의 말을 듣고 '소장이 비록 재주 없으나 저것을 베어 황상께 바치리이다.'라며 황상의 한을 씻고자 아귀에게 대항하고 있다. 또한 승상은 황상의 조서를 보고 황상의 불행에 '못내 슬퍼하며 상경'한 후 황상을 만나고 있다. 이를 통해 인물들이 충군의 가치를 지키고 있음을 알 수 있다.

③ 원이 아귀의 머리를 상하게 한 것과 아귀가 남두성인 원에게 원한을 갚겠다고 다짐하는 데서, 주인공과 적대자의 대결이 피할 수 없는 것임을 알 수 있군.

〈보기〉에서 윗글은 '초월적 능력을 지닌 주인공과 기이한 존재인 적대자의 필연적 대결 관계를 보여' 준다고 했다. 윗글에서 '아귀가 원의 칼에 상한 머리 거의 나으니'라고 한 것과 '내 병이 조금 나았으니 사오일 후 세상에 나가 남두성을 잡아 죽'이겠다며 원한을 갚겠다고 다짐하는 아귀의 모습을 통해 주인공과 적대자의 대결이 피할 수 없는 것임을 알 수 있다.

④ 공주가 황상에게는 국운의 불행으로 잃은 대상이지만 원수에게는 약속대로 아귀를 잠들게 하는 인물인 데서, 여성 인물이 사건의 피해자이자 해결을 돕는 존재임을 알 수 있군.

〈보기〉에서 윗글은 '적대자의 압도적 무력에 맞서는 과정에서 인물에 따라, 혹은 인물이 처한 상황에 따라 다른 대응 방식을 보여' 준다고 했다. 윗글에서 황상은 '국운이 불행하여 세 공주를 일시에 잃었다'고 했으므로, 황상에게 공주는 국운의 불행으로 잃은 대상이라고 할 수 있다. 또한 '여차여차하게 계교를 갖추고 기다리라고' 한 원수의 요청을 공주가 이행하고 있으므로, 원수에게 공주는 약속대로 아귀를 '깊이 잠들'게 하는 인물이라고 할 수 있다. 이를 통해 여성 인물인 공주가 사건의 피해자이자 해결을 돕는 존재임을 알 수 있다.

[1~4] 다음 글을 읽고 물음에 답하시오.

선군이 한림원에 다녀온 후 편지 먼저 하는지라. 노복*이 주야로 내려와 상공께 편지를 드리니, 한 장은 부모님께, 한 장은 낭자에게 부친 편지거늘, 부모님께 올린 편지를 상공이 열어 보니,

[A]
"문안드립니다. 그사이 부모님께서는 평안하셨나이까? 저는 부모님 덕분에 무탈하옵니다. 또한 천은을 입어 금번에 장원 급제하여 한림학사로 입조하여 도문*하니, 일자는 금월 망일이오니 잔치는 알아서 준비해 주옵소서."

하였더라.

낭자에게 온 편지를 부인 정 씨 춘양에게 주며,

"ⓐ이 편지는 네 어미에게 부친 편지라. 네가 잘 간수하라."
춘양에게, 아비(선군)가 어미(숙영)에게 보낸 편지를 잘 간수하라고 당부하는 정 씨

하고 부인 통곡하니 춘양이 그 편지를 받고 울며 동춘을 안고 방에 들어가 어미 시신 흔들고 울며, 낭자의 죽음을 슬퍼하고 있는 부인 정 씨와 춘양 편지 열어 낯에 대고 통곡 왈,

"어머님 일어나소. 아버님 편지가 왔나이다. 일어나소. 아버님 장원 급제하여 내려오시나이다."

하며 편지로 낯을 덮으며,

"동춘은 연일 젖 먹자고 웁니다. 어머님 평시 글을 좋아하시더니 아버님 편지 왔사온데 어찌 반기지 아니하시나이까? 춘양은 글을 몰라 어머님 영전*에 읽어 드리지 못하나니 답답하나이다."

하고 할머님께 빌며,

"할머님께서 어머님 영전에 가 편지를 읽으시면 어머님 영혼이 감동할 듯하나이다."

하니 정 씨 마지못해 방에 들어가 울면서 편지를 읽는지라.

[B]
"낭자께 문안 전하니, 애정 담은 편지 한 장 올리나이다. 우리의 태산 같은 정이 천리에 가림에, 낭자의 얼굴을 보고 싶어도 볼 수 없고, 낭자를 생각하지 않아도 절로 생각이 납니다. 숙영을 만나고 싶지만 당장 그럴 수 없는 처지를 언급하며 안타까운 심정을 드러내는 선군 요사이 그대의 그림이 전과 빛이 달라 날로 변하나이다. 무슨 병이 들었는지 몰라 객창 등불 아래에서 수심으로 잠들지 못하니 답답합니다. 숙영을 걱정하는 마음을 드러내고 있는 선군 낭자의 지극한 정성으로 장원 급제하여 이 몸이 영화롭게 내려가니, 숙영의 지극한 정성으로 장원 급제를 한 것을 감사해하는 선군 어찌 낭자의 뜻을 맞추지 아니하였으리오? 날짜는 금월 모일이니 바라건대 낭자는 천금 같은 옥체를 보존하소서. 내려가 반갑게 만나사이다."

정 씨 보기를 다함에 더욱 슬픈 마음을 진정치 못하여 통곡하며,

"ⓑ슬프다, 춘양아! 가련타, 동춘아! 너희 어미 잃고 어찌 살라 하는가?" 어머니를 잃은 손주들의 이름을 부르며 안타까움을 표출하는 부인 정 씨

장면 01

[중략 줄거리] 선군은 숙영이 시아버지로부터 가문의 명예를 실추했다는 오해를 받고 자결한 것을 알게 된다. 숙영은 장례 중 부활해 선군과 집에 돌아온다.

상공과 정씨 부인 내달아 낭자를 붙들고 통곡하며,

"낭자는 어디를 갔다 왔느냐?"

하며 참혹한 마음을 이기지 못하더라. 숙영이 오해를 받아 억울하게 죽은 것을 알고 있기 때문에 부활한 숙영을 붙들고 통곡하며 참혹한 마음을 드러내는 상공 부부 낭자 상공과 정씨 부인 앞에 가 절하고 사뢰되,

"ⓒ첩은 천상의 죄 있으니 천명이 아닌 것이 없습니다. 너무 한탄치 마옵소서." 자신이 이렇게 된 것은 천상에서 지은 죄 때문이고, 자신의 운명은 하늘의 뜻이니 자결했던 일 때문에 너무 괴로워하지 말라고 하는 숙영

하며,

"ⓓ옥황상제님이 우리를 올라오라 하시니 천명을 거스르지 못하여 올라가옵나이다."

하니, 상공 부부 더욱 처량한 심사를 측량치 못할러라. 낭자 백학선과 약주 한 병을 드리며,

"ⓔ이 백학선은 몸이 추우면 더운 바람이 나오니 천하 유명한 보배이옵고, 약주는 기운 불편하시거든 드십시오. 백학선과 약주를 몸에 지니시오면 백세 무양하오리다." 백학선과 약주를 선물하며 상공 부부의 건강을 염려하는 숙영

하고,

"부모님 돌아가실 때 연화궁의 세계로 모셔 가오이다. 천상 선관이 연화궁에 자주 다니오니 극락 연화궁으로 오시면 반가이 만나 뵈오리다."

하고 선군더러,

"우리 올라갈 때가 급하였으니, 하직하고 **올라가사이다.**"

하니 선군이 부모지정을 잊지 못하여 새로이 슬퍼하니, 선군과 낭자 **부모를 위로하여 나아가 엎드려 고왈,**

"소자 등은 세상 연분이 다하였삽기로 오늘 하직하옵나이다."

하고 인하여 **하직**하며,

"부모님 내내 평안하옵소서."

하고 청사자 한 쌍을 몰아 한림은 동춘을 낭자는 춘양을 안고, 구름에 싸여 올라가는지라.

상공 부부 낭자와 선군이 천궁에 올라간 후로 망연해하며 **세간을 다 나누어 주고,** 백세를 살다가 한날한시에 별세하더라.

가족을 잃고 허망해하면서 재산을 다 나누어 준 상공 부부 장면 02

– 작자 미상, 「숙영낭자전」 –

*도문: 과거 급제하고 집에 오던 일.

>> 지문을 **두 장면**으로 나누고, 장면의 핵심 내용을 정리해 보세요.

| 장면 01 | 정씨 부인과 춘양이 장원 급제를 한 선군의 **편지**를 숙영의 영전에서 읽으며 슬퍼함 |

| 장면 02 | 숙영이 **장례** 중 부활하여 상공 부부에게 자신의 내력을 밝히고 **선군**과 함께 자식들을 데리고 승천함 |

📄 전체 줄거리

백상공과 부인 정 씨는 어렵게 외아들 선군을 얻는다. 부부는 아들의 배필을 얻기 위해 구혼을 하지만 마땅히 구할 수 없어 근심한다. 이때 선군의 꿈에 숙영이 나타나 자신과 선군이 천생연분임을 알리며 하늘이 정한 3년을 기다려야 한다고 말한다. 꿈에서 깬 선군은 숙영을 잊지 못해 상사병에 걸리게 된다. 선군의 목숨을 염려한 숙영은 꿈에 나타나 옥련동으로 오라고 말하고, 선군은 옥련동에서 숙영을 만난다. 결국 기한을 어기고 선군과 숙영은 혼인하여 8년의 세월을 보낸다. 백상공의 권유와 숙영의 설득으로 선군은 과거 길에 오른다. 그러나 선군은 몰래 집으로 되돌아와 아내와 함께 자고 간다. 백상공은 우연히 숙영의 방에서 선군의 목소리를 듣고 숙영이 외간 남자를 만난다는 오해를 하는데, 평소 숙영을 질투하던 시비 매월이 숙영에게 간통의 누명을 씌운다. 숙영은 수치스럽게 살 수 없다며 자결하는데, 시신이 움직이지 않아 장례를 치르지 못한다. 한편 선군은 부모님과 아내에게 장원급제에 벼슬을 제수받은 사실을 기별하기 위해 편지를 써 집으로 보낸다. 이후 선군은 숙영이 자결한 사실을 알게 되고, 사건의 전말을 밝힌다. 한편 숙영은 옥황상제의 은덕으로 부활하여 선군과 집에 돌아온다. 숙영을 본 상공 부부는 통곡하고 숙영은 상공 부부에게 백학선과 약주를 선물한 뒤, 선군과 함께 천명에 따라 승천한다. 이후 상공 부부는 세간을 다 나누어 주고 한날한시에 별세한다.

👥 인물 관계도

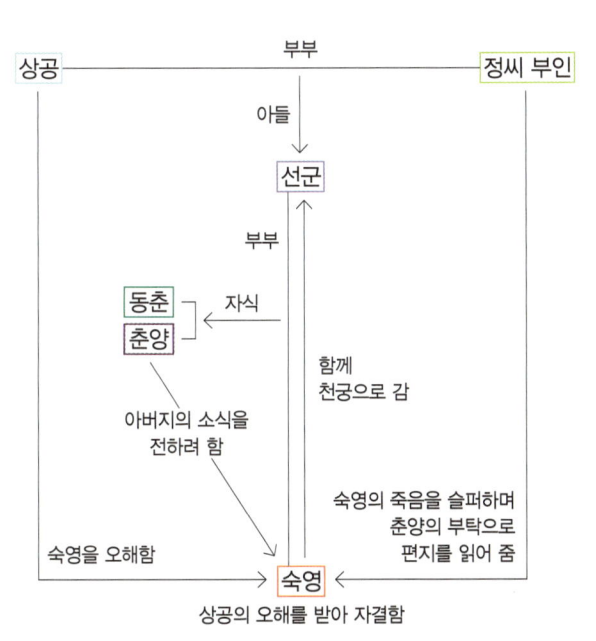

이것만은 챙기자

* **노복**: 종살이를 하는 남자.
* **영전**: 신이나 죽은 사람의 영혼을 모셔 놓은 자리의 앞.

| 인물의 특징 및 심리 파악 | 정답률 **90**

1. '춘양'에 대한 설명으로 가장 적절한 것은?

🔽 정답풀이

⑤ 아버지의 소식을 어머니에게 전하고 싶은 마음을 행동으로 표출한다.

> 춘양이 '동춘을 안고 방에 들어가 어미 시신 흔들고 울며, 편지 열어 낯에 대고 통곡'하면서 '어머님 일어나소. 아버님 편지가 왔나이다.'라고 말하는 것을 통해, 춘양이 아버지의 소식을 어머니에게 전하고 싶은 마음을 행동으로 표출하고 있음을 확인할 수 있다.

❌ 오답풀이

① 아버지를 보고 싶은 심정을 어머니 영전에서 언급한다.
춘양은 어머니의 영전에서 '어미 시신 흔들고 울'면서 '어머님 일어나소. 아버님 편지가 왔나이다.'라고 말함으로써 아버지의 소식이 당도했음을 언급하고 있을 뿐, 아버지를 보고 싶은 심정을 언급하고 있지 않다.

② 할머니로부터 아버지의 편지를 받아 어머니에게 읽어 준다.
할머니로부터 아버지의 편지를 받은 춘양은 '글을 몰라 어머니 영전에 읽어 드리지 못하나니 답답하나이다.'라고 말하고는 '할머님께서 어머님 영전에 가 편지를 읽'어 달라고 부탁하고 있다. 따라서 춘양이 어머니에게 아버지의 편지를 읽어 준다는 설명은 적절하지 않다.

③ 할머니와 함께 어머니 생전의 일화에 대해 이야기를 나눈다.
춘양은 할머니에게 편지를 읽어 달라고 요청할 뿐, 할머니와 함께 어머니 생전의 일화에 대해 이야기를 나누고 있지 않다.

④ 동생이 어머니가 살아 있는 줄 알고 찾아가려 하자 동생을 막아선다.
춘양이 '연일 젖 먹자고' 우는 어린 동생 동춘을 안고 죽은 어머니가 있는 방에 들어가는 모습은 나타나지만, 어머니가 살아 있는 줄 알고 찾아가는 동춘을 막아서는 모습은 제시되어 있지 않다.

2. [A], [B]에 대한 이해로 가장 적절한 것은?

✓ 정답풀이

② [B]에서는 받는 이를 만나고 싶지만 당장 그럴 수 없는 처지를 언급하며 안타까운 심정을 드러낸다.

> [B]는 '우리의 태산 같은 정이 천리에 가림에, 낭자의 얼굴을 보고 싶어도 볼 수 없고'에서 편지를 받는 이인 숙영을 만나고 싶지만 당장 그럴 수 없는 처지를 언급하며 안타까운 심정을 드러내고 있다.

✕ 오답풀이

① [A]에서는 자신의 안부를 전한 뒤 곧이어 받는 이의 안부를 묻는다.
[A]는 '그사이 부모님께서는 평안하셨나이까?'에서 받는 이인 상공 부부의 안부를 먼저 물어본 뒤, '저는 부모님 덕분에 무탈하옵니다.'라고 자신의 안부를 전하고 있다.

③ [B]에서는 받는 이의 건강에 문제가 있다는 소식을 듣고 걱정하는 마음을 드러낸다.
[B]는 '요사이 그대의 그림이 전과 빛이 달라 날로 변하나이다. 무슨 병이 들었는지 몰라 객창 등불 아래에서 수심으로 잠들지 못하니 답답합니다.'에서 그림의 상태가 변화함을 보고 받는 이인 숙영의 신변에 문제가 생긴 것이 아닌가 하여 걱정하는 마음을 드러내고 있을 뿐, 숙영의 건강에 문제가 있다는 소식을 듣고 걱정하는 마음을 드러내고 있지는 않다.

④ [A]와 [B]에서 모두 자신이 뜻한 바를 이루었음을 전하고, 받는 이에게 그 공을 돌리며 감사해한다.
[B]는 '낭자의 지극한 정성으로 장원 급제하여 이 몸이 영화롭게 내려가니, 어찌 낭자의 뜻을 맞추지 아니하였으리오?'에서 자신이 '장원 급제'를 하여 뜻한 바를 이루었음을 전하고, 받는 이인 숙영에게 그 공을 돌리며 감사해하고 있다. 그러나 [A]는 '천은을 입어 금번에 장원 급제하여 한림학사로 입조하여 도문하니'에서 자신이 뜻한 바를 '천은을 입어' 이루게 되었다고 말하고 있을 뿐, 그 공을 받는 이에게 돌리고 있지는 않다.

⑤ [A]와 [B] 모두 당부의 말을 전하는데, [A]에서는 받는 이가 글쓴 이의 노력을 알아주길 바라고, [B]에서는 받는 이가 스스로 잘 처신하기를 바란다.
[B]는 '날짜는 금월 모일이니 바라건대 낭자는 천금 같은 옥체를 보존하소서.'에서 숙영에게 건강하게 지내 달라는 당부의 말을 전함으로써 받는 이가 스스로 잘 처신하기를 바란다는 의사를 드러내고 있다. 그러나 [A]는 '일자는 금월 망일이오니 잔치는 알아서 준비해 주옵소서.'에서 상공 부부에게 당부의 말을 전하고 있으나, 받는 이가 글쓴이의 노력을 알아주길 바라는 마음을 드러내고 있지 않다.

📝 모두의 질문
• 2-④번

Q: [A]와 [B] 모두 자신이 뜻한 바(장원 급제)를 이루었음을 전하고, 받는 이에게 그 공을 돌리며 감사해하는 부분으로 볼 수 있지 않나요?

A: [A]는 '금번에 장원 급제하여', [B]는 '낭자의 지극한 정성으로 장원 급제하여'를 통해 모두 자신이 뜻한 바(장원 급제)를 이루었음을 전한 것은 맞다. 그러나 장원 급제를 한 공을 받는 이(낭자)에게 돌린 [B]와는 달리 [A]에서는 '저는 부모님 덕분에 무탈하옵니다.'라며 자신이 뜻한 바(장원 급제)가 아니라 자신이 무탈한 것을 받는 이의 공으로 돌리고 있다.

3. ⓐ~ⓔ를 이해한 내용으로 적절하지 않은 것은?

> ⓐ: 이 편지는 네 어미에게 부친 편지라. 네가 잘 간수하라.
> ⓑ: 슬프다. 춘양아! 가련타. 동춘아! 너희 어미 잃고 어찌 살라 하는가?
> ⓒ: 첩은 천상의 죄 있으니 천명이 아닌 것이 없습니다. 너무 한탄치 마 옵소서.
> ⓓ: 옥황상제님이 우리를 올라오라 하시니 천명을 거스르지 못하여 올라 가옵나이다.
> ⓔ: 이 백학선은 몸이 추우면 더운 바람이 나오니 천하 유명한 보배이옵고, 약주는 기운 불편하시거든 드십시오. 백학선과 약주를 몸에 지니시오면 백세 무양하오리다.

✅ 정답풀이

③ ⓒ: 자신의 운명은 하늘의 뜻이라고 함으로써 집에 온 자신을 책망 하지 말 것을 부탁하고 있다.

> ⓒ에서 숙영이 '첩은 천상의 죄 있으니 천명이 아닌 것이 없습니다.'라고 말한 것을 통해 자신의 운명은 하늘의 뜻이라고 생각하고 있음을 알 수 있다. 그러나 자신을 붙들고 통곡하는 상공과 정씨 부인에게 '너무 한탄치 마옵소서.'라고 말하는 것은 집에 돌아온 자신을 책망하지 말아 달라고 부탁하고 있는 것이 아니라, 상공의 오해로 인해 자신이 자결하게 된 일에 대해 너무 괴로워하지 말라는 뜻을 나타낸 것이다.

❌ 오답풀이

① ⓐ: 편지의 수신인이 누구인지 말해 주며 상대가 편지의 중요성을 인식하게 하고 있다.
> ⓐ에서 정 씨는 춘양에게 편지를 건네주면서 편지의 수신인이 '네 어미'임을 밝히고 '잘 간수하라.'라고 당부하여 상대가 편지의 중요성을 인식하게 하고 있다.

② ⓑ: 손주들을 호명하며 격해진 감정과 그들을 불쌍해하는 마음을 표출하고 있다.
> ⓑ에서 정 씨는 '슬픈 마음을 진정치 못하여 통곡'하면서 '슬프다, 춘양아! 가련타, 동춘아!'라고 말하고 있으므로, 손주들을 호명하며 격해진 감정을 표출한다고 할 수 있다. 또한 '너희 어미 잃고 어찌 살라 하는가?'라고 말하고 있으므로, 손주들을 불쌍해하는 마음도 표출하고 있다고 볼 수 있다.

④ ⓓ: 옥황상제의 부름을 거절할 수 없다고 말함으로써 이별이 예정 되어 있음을 언급하고 있다.
> ⓓ에서 숙영은 '우리를 올라오라'고 하는 옥황상제의 '천명을 거스르지 못하여 올라가옵나이다.'라고 말함으로써, 상공 부부와의 이별이 예정되어 있음을 언급하고 있다.

⑤ ⓔ: 백학선과 약주를 선물함으로써 상대를 걱정하는 마음을 드러 내고 있다.
> ⓔ에서 숙영은 부모가 건강하게 지낼 수 있도록 '몸이 추우면 더운 바람이 나오'는 '천하 유명한 보배'인 '백학선'과 '기운 불편'할 때 회복시켜 주는 '약주'를 선물함으로써 상대를 걱정하는 마음을 드러내고 있다.

4. 〈보기〉를 참고하여 윗글을 감상한 내용으로 적절하지 않은 것은? [3점]

> 〈보기〉
>
> 「숙영낭자전」에서 승천은 인간 세상의 명분에 구속받지 않는 가족 사랑을 모색한다는 의의를 갖는다. 작품에서는 상공의 잘 못이 개인적인 문제이기 이전에 가문이라는 명분을 중시하는 인간 세상의 구조적 문제라고 보았다. 그래서 숙영 부부는 가문 이라는 명분이 작동하지 않는 천상으로 보내고, 상공 부부는 가문의 무의미함을 깨닫게 하여 구조적 문제에 대응하는 한 방식 을 보여 주었다. 하지만 숙영 부부를 천상에 간 뒤에도 부모를 잘 섬기려는 모습으로 그려 낸 것은, 가족 사랑의 보편적 가치를 환기하기 위한 것이다.

🔍 보기 분석

> • 「숙영낭자전」에서 승천의 의의
> – 인간 세상의 명분에 구속받지 않는 가족 사랑을 모색함
> • 작품 속 인간 세상의 구조적 문제(가문이라는 명분을 중시) 대응 양상
> – 숙영 부부를 가문이라는 명분이 작동하지 않는 천상으로 보냄
> – 상공 부부는 가문의 무의미함을 깨닫게 함
> → 천상에 간 숙영 부부가 부모를 잘 섬기는 모습은 가족 사랑의 보편적 가치를 환기함

✅ 정답풀이

③ 숙영 부부가 '부모를 위로하여 나아가 엎드려 고'하는 데에서, 승천을 망설이는 모습을 보여 주어 숙영 부부를 부모를 잘 섬기는 인물로 그려 낸 것을 확인할 수 있군.

> 〈보기〉에 따르면 윗글에서는 숙영 부부를 '부모를 잘 섬기려는 모습으로 그려' 냈다고 했다. 그런데 윗글에서 숙영 부부가 자신들이 승천한 뒤에 부모의 안위를 걱정하는 등 부모를 잘 섬기는 모습으로 그려지고 있기는 하지만 '부모를 위로하여 나아가 엎드려 고'하는 것은 자식과 이별하고 슬퍼할 부모에게 마지막으로 하직 인사를 올리는 모습을 보여 주는 것이지, 승천을 망설이는 모습을 보여 주는 것은 아니다. 숙영 부부는 '옥황상 제님이 우리를 올라오라 하시니 천명을 거스르지 못하여 올라가옵나이 다.', '소자 등은 세상 연분이 다하였삽기로 오늘 하직하옵나이다.'라고 말한 후에 자식들을 안고 승천하고 있을 뿐, 승천을 망설이는 모습을 보이지 않는다.

① 숙영이 '부모님 돌아가실 때 연화궁'으로 모셔 가겠다고 하는 데에서, 연화궁에서 숙영과 부모를 만나게 하여 가족 사랑의 보편적 가치를 환기하려는 것을 확인할 수 있군.

〈보기〉에 따르면 윗글에서 '숙영 부부를 천상에 간 뒤에도 부모를 잘 섬기려는 모습으로 그려 낸 것은, 가족 사랑의 보편적 가치를 환기하기 위한 것'이라고 했다. 이를 고려할 때, 윗글에서 숙영이 '부모님 돌아가실 때 연화궁의 세계로 모셔 가'겠다고 말한 것은, 숙영 부부가 천상에 올라간 이후에도 부모를 잘 섬기려는 태도를 드러낸 것이다. 이를 통해 가족 사랑의 보편적 가치를 환기하려는 것을 확인할 수 있다.

② 숙영이 선군에게 천궁으로 '올라가사이다'라고 하는 데에서, 숙영 부부를 천상으로 보내 가문이라는 명분이 작동하지 않는 곳에서 살게 하려는 것을 확인할 수 있군.

〈보기〉에 따르면 윗글에서 '숙영 부부는 가문이라는 명분이 작동하지 않는 천상으로 보내'진다고 했다. 이를 고려할 때, 윗글에서 숙영이 선군에게 천궁으로 '올라갈 때가 급하였으니', '올라가사이다'라고 하는 것은, 숙영과 선군이 인간 세상에서 벗어나 승천하려 함을 보여 준다. 이를 통해 숙영 부부를 천상으로 보내 가문이라는 명분이 작동하지 않는 곳에서 살게 하려는 작품의 의도를 확인할 수 있다.

④ 숙영 부부가 부모에게 '하직' 인사를 하는 데에서, 숙영 부부로 하여금 부모를 떠나게 하여 인간 세상의 구조적 문제에 대응하는 양상을 보여 준 것을 확인할 수 있군.

〈보기〉에 따르면 윗글에서는 '숙영 부부는 가문이라는 명분이 작동하지 않는 천상으로 보내고, 상공 부부는 가문의 무의미함을 깨닫게 하여 구조적 문제에 대응하는 한 방식을 보여' 준다고 했다. 이를 고려할 때, 윗글에서 숙영 부부가 부모에게 '하직' 인사를 하고 부모를 떠나는 것은, 숙영 부부로 하여금 명분을 중시하는 부모를 떠나게 하여 인간 세상의 구조적 문제에 대응하는 양상을 보여 준 것이라고 이해할 수 있다.

⑤ '상공 부부'가 '세간을 다 나누어 주'는 데에서, 가족을 잃어 허망해하는 상공 부부의 모습을 보여 주어 가문의 무의미함을 깨닫게 한 것을 확인할 수 있군.

〈보기〉에 따르면 윗글에서 '상공 부부는 가문의 무의미함을 깨닫게' 된다고 했다. 윗글에서 상공 부부가 '낭자와 선군이 천궁에 올라간 후로 망연해하며 세간을 다 나누어 주'는 것에서, 가문을 중시하던 상공 부부가 아들과 며느리의 승천으로 가족을 잃고 난 뒤 허망해하며 가문의 무의미함을 깨닫게 되었음을 확인할 수 있다.

작자 미상, 「상사동기」

[1~4] 다음 글을 읽고 물음에 답하시오.

십여 일이 지날 무렵 노비 막동이 눈물을 흘리며 물었다.

"낭군께선 늘 언행이 호방하시고* 재주가 무리 중에 탁월해 거침없으시더니, 요즘에는 울적해 하시니 말 못할 근심이 있는 듯하옵니다. 사모하는 이라도 있으신지요?" 김생(낭군)이 평소와 다른 태도를 보이자 걱정하는 막동

김생이 슬퍼하며 느낀 바를 사실대로 말하니 막동이 한참 생각하고 말했다.

"소인이 낭군을 위해 마륵의 ㉠계책을 올릴 테니, 낭군께선 애태울 일이 없으십니다."

"그게 무엇이더냐?"

"낭군께선 급히 주효(酒肴)*를 성대히 마련하시고 바로 미인이 머문 집으로 가서서 손님을 전별(餞別)*하려는 듯 하십시오. 방 하나를 빌려 잔치를 벌이고 이놈을 불러 손님을 모셔 오라 하시면, 제가 명을 받들어 나갔다가 한 식경 후에 돌아와 '손님이 오십니다.'라 하지요. 낭군께서 다시 명하시면 제가 또 명을 받고 날이 저물 때쯤 돌아와, '손님께서 오늘은 송별 객이 많아 심히 취해 갈 수 없으니 내일 꼭 가겠노라 하셨습니다.'라 하지요. 이때 낭군께선 주인을 불러 앉으라 하시고 그 주효를 먹게 하고, 기색을 드러내지 말고 물러나십시오. 다음 날도 그렇게 하고 그다음 날도 그렇게 하시면, 처음엔 고맙게 여길 것이요, 두 번째는 은혜에 감격할 것이며, 세 번째는 필히 의문을 품을 것입니다. 은혜를 느끼면 보답을 생각할 것이고, 은혜에 감격하면 죽음으로써 보답하고자 생각할 것이며, 의문이 생기면 하시고 싶은 바를 물어볼 것입니다. 이때 흉금*을 털고 말하신다면 일은 거의 다 된 것이지요."

미인이 머물던 집의 주인을 포섭하여 주인이 김생과 미인의 만남을 주선하도록 하는 계책을 꾸미는 막동

생은 진정 그럴듯하다 여기고 기뻐하며 말했다.

"내 일이 잘 되겠구나!"

생은 그 계책에 따라 즉시 주효를 갖추어서 곧바로 그 집에 가 전별 자리를 마련하였다. 장면 01

(중략)

생이 사모하는 이가 필시 이곳에 없는 줄 알고 낯빛을 바꾸며 말했다.

"이 몸이 할멈에게 후의(厚意)*를 입었으니 어찌 사실대로 말하지 않겠나? 할멈의 집에 머물렀던 까닭이 사실은 연정을 품은 낭자와 재회하기 위함이었음을 실토하려는 김생 과연 모월 모일 모처에서 오다가 길에서 마침 한 낭자를 보았다네. 나이는 대략 십오륙 세에 푸른 적삼*에 붉은 치마를 입었고, 백릉버선에 자색 신을 신었지. 진주 비녀를 꽂고 새하얀 옥 반지를 끼고, 홍화문 앞길을 지나가고 있었다네. 내 마음이 화사해지고 춘정을 이기지 못해 뒤따랐는데, 마지막에 이른 곳이 곧 할멈의 집이었네. 그날 이후로 마음이 혼미하여 만사가 흐릿하며, 오로지 그 낭자만 생각했다네. 맑은 눈동자와 하얀 이가 자나 깨나 잊히지 않아 상심하며 애태우길 하루 이틀이 아니었네. 할멈이 나를 보고 낯빛이 파리하다* 했는데 왜 그랬겠나? 상사병에 걸릴 만큼 낭자를 향한 연정이 깊어진 김생 그래서 손님을 전별한다며 할멈을 번거롭게 한 것이네."

노파가 이 말을 듣고 몹시 애처로워했으나 김생의 사연을 듣고 안타까워하는 노파 생이 마음에 둔 사람이 누군지 몰랐다. 한동안 깊이 생각하다가 문득 깨닫고서 말했다.

"그런 애가 있습죠. 바로 죽은 제 언니의 딸이에요. 이름은 영영이고 자(字)는 난향이죠. 만약에 정말 그렇다면 참으로 어려운 일입니다. 참 어려운 일이에요!" 김생과 낭자(영영)의 재회가 어려운 일임을 강조하는 노파

"왜 그러한가?"

"이 애는 회산군 댁 시비예요. 궁에서 나고 자라 문 앞길도 밟지 못한 지 오래랍니다. 낭자(영영)가 바깥출입을 하지 못하는 궁녀 신분임을 알려 주는 노파 자색(姿色)*이 고운 것은 낭군께서 이미 보셨으니 굳이 말할 것 없지만 고운 마음이며 얌전한 몸가짐은 양반집 규수와 다를 게 없지요. 게다가 음률과 문장을 알아 나리께서 어여삐 여기시고 장차 소실(小室)*로 맞으려 하셨지만, 낭자가 외모가 아름다울 뿐만 아니라 재주도 뛰어나 회산군의 총애를 받고 있다고 말하는 노파 부인의 시샘이 하동의 사자후*보다 심하여 그렇게 못 하고 있을 뿐이옵니다. 지난번 그 애가 올 수 있었던 것은 한식 때를 맞아 그 애가 어미의 제사를 이곳에서 지내려고 부인께 말미*를 얻었기 때문이지요. 그리고 때마침 나리께서 외출하신 터에 올 수 있었지 그렇지 않았던들 낭군께서 어찌 얼굴을 볼 수 있었겠습니까? 김생이 낭자와 마주칠 수 있었던 이유를 밝히는 노파 아이고! 낭군께서 다시 만나시기는 참으로 어렵습죠. 참으로 어려워요!"

생이 하늘을 우러러 탄식하며 말했다.

"아, 끝난 것이로구나! 나는 필시 죽겠구나!"

노파가 안타까워 멍하니 서 있다가 다시 말했다.

"딱 한 가지 ㉡방법이 있습죠. 단오가 꼭 한 달 남았습니다. 그때 이 몸이 죽은 언니를 위해 제사상을 차리고 부인께 영영에게 반나절의 말미를 주도록 청한다면, 만에 하나 낭군의 뜻을 이룰 수 있을 것입니다. 낭군께선 돌아가시어 때를 기다렸다가 오시지요." 김생의 처지를 안타깝게 여겨 김생과 낭자의 만남을 주선하려는 노파 생이 기뻐하며 말했다.

"할멈 말대로 된다면야 인간의 5월 5일이 천상의 7월 7일이

되겠소!" 5월 5일(단오)에 성사될 낭자와의 만남을 7월 7일에 견우직녀가 재회하는 일에 빗대어 기대감을 드러내는 김생

생과 노파는 각각 만복을 기원하며 헤어졌다. 장면 02

- 작자 미상, 「상사동기」 -

>> 지문을 **두 장면**으로 나누고, 장면의 핵심 내용을 정리해 보세요.

장면 01 | **사모**하는 사람을 만날 수 없어 울적해 하는 김생을 위해서 **막동**이 계책을 마련함

장면 02 | 노파가 **김생**의 뜻을 이루어 주기 위해 낭자(영영)를 궁 밖으로 불러낼 구실을 마련함

📜 전체 줄거리

명나라 효종 때, 선비 김생은 용모가 빼어난 회산군의 궁녀 영영과 우연히 마주친 뒤 영영을 사모하는 마음이 깊어져 병이 든다. 하인 막동의 도움으로 영영이 머물던 집 노파에게 영영과의 만남을 주선해 달라는 청을 하고, 노파의 주선으로 영영과 인연을 맺게 되지만 만남이 지속되지 못해 이별한다. 이후에 과거 급제를 하고 회산군 댁을 지나던 김생은 꾀를 내어 회산군 댁에 들어가 영영을 만나 애정을 확인한다. 이후에 회산군 부인의 조카의 도움으로 영영과 해후한 김생은 공명을 포기하고 영영과 함께 여생을 보낸다.

😊 인물 관계도

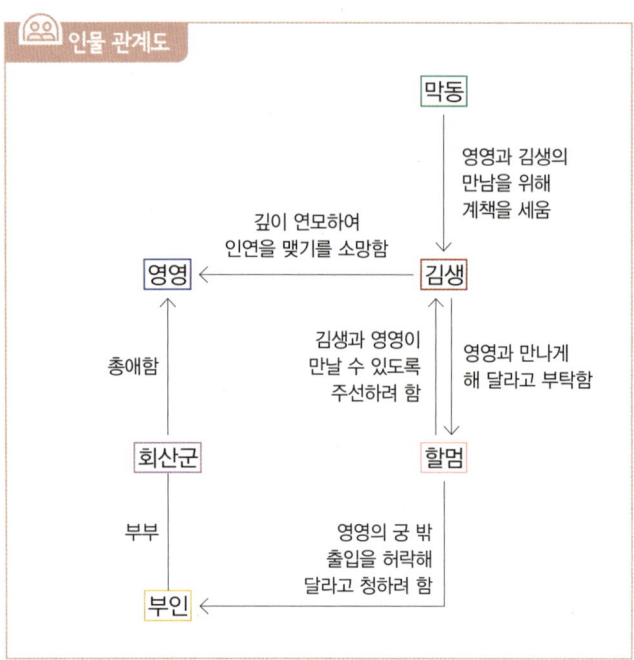

1. 윗글의 대화에 대한 설명으로 가장 적절한 것은?

⊘ 정답풀이

① 시간 표지를 활용하여 사건의 추이를 드러낸다.

> 막동과 김생의 대화에서 '한 식경 후', '날이 저물 때쯤', '오늘', '내일', '다음 날', 김생과 할멈의 대화에서 '그날 이후', '단오', '반나절' 등의 시간 표지를 활용하여 과거에 벌어진 사건 혹은 앞으로 벌어질 사건의 추이를 드러내고 있다.

⊗ 오답풀이

② 앞날의 일을 가정하여 인물 간 갈등의 심화를 암시한다.
　'다음 날도 그렇게 하고 그다음 날도 그렇게 하시면,~이때 흉금을 털고 말하신다면 일은 거의 다 된 것입지요.'와 '부인께 영영에게 반나절의 말미를 주도록 청한다면, 만에 하나 낭군의 뜻을 이룰 수 있을 것입니다.'에서 막동과 노파는 앞날의 일을 가정하고 있다. 하지만 이때 이들의 가정은 김생의 갈등을 해소할 방안에 해당하므로, 인물 간의 갈등 심화를 암시한다고 볼 수 없다.

③ 인물에 대한 논평을 활용하여 갈등의 해소 방안을 제시한다.
　'낭군께선 늘 언행이 호방하시고 재주가 무리 중에 탁월해 거침없으시더니'에서 김생에 대한 막동의 논평이, '자색이 고운 것은 낭군께서 이미 보셨으니 굳이 말할 것 없지만~얌전한 몸가짐은 양반집 규수와 다를 게 없지요.'에서 영영에 대한 할멈의 논평이 나타나고 있지만 이를 통해 인물의 특징이 제시될 뿐, 갈등의 해소 방안이 제시된 것은 아니다.

④ 인물의 내력을 요약적으로 제시하여 성격의 변화를 보여 준다.
　'궁에서 나고 자라 문 앞길도 밟지 못한 지 오래랍니다.', '지난번 그 애가 올 수 있었던 것은~어미의 제사를 이곳에서 지내려고 부인께 말미를 얻었기 때문이지요.'라는 할멈의 말에서 영영의 내력이 요약적으로 제시되고 있으나, 이를 통해 영영의 성격 변화를 보여 준 것은 아니다.

⑤ 인물의 성격을 고사에 빗대어 사건을 새로운 국면으로 전환한다.
　'부인의 시샘이 하동의 사자후보다 심하여'라는 할멈의 말은 인물의 성격을 고사에 빗댄 것으로 볼 수 있으나, 이를 통해 사건이 새로운 국면으로 전환된 것은 아니다.

🌱 기틀잡기

> ① **표지:** 표시나 특징으로 어떤 사물을 다른 것과 구별하게 함. 또는 그 표시나 특징.
> ③ **논평:** 어떤 글이나 말 또는 사건 따위의 내용에 대하여 논하여 비평함.
> ④ **내력:** 지금까지 지내온 경로나 경력.

✍ 모두의 질문

• 1-③번

Q: 주인에게 '주효를 먹게' 하고 '다음 날도 그렇게 하고 그다음 날도 그렇게 하시면' 주인이 '처음엔 고맙게 여길 것이요, 두 번째는 은혜에 감격할 것이며, 세 번째는 필히 의문을 품을 것입니다.~의문이 생기면 하시고 싶은 바를 물어볼 것입니다. 이때 흉금을 털고 말하신다면 일은 거의 다 된 것입지요.'라는 막동의 말은 인물에 대한 논평을 활용하여 갈등의 해소 방안을 제시한 것이라고 볼 수 없나요?

A: 인물에 대한 논평이란 막동이 김생에 대해 '언행이 호방하시고 재주가 무리 중에 탁월'하다고 한 것이나, 할멈이 영영에 대해 '자색'이 곱고 '얌전한 몸가짐은 양반집 규수와 다를 게 없'다고 한 것처럼 인물의 외모나 행동, 성품, 생애 등을 평가하는 것을 말한다. '주효를 먹게 하고 ~다 된 것입지요.'에 나타난 막동의 말은 김생의 갈등을 해소할 방안으로 볼 수 있지만, 인물이 보일 반응을 예상한 것이지 인물에 대해 논평한 것은 아니다.
　이와 같이 대화의 말하기 방식 혹은 서술상 특징을 파악하도록 요구하는 문제는 고전소설 지문에서 꾸준히 출제되는 유형이므로, '논평'과 같은 개념어의 정확한 의미를 알아 두어야 하고 개념어가 선지에서 활용되는 양상 또한 익혀 두어야 한다.

2. 윗글의 내용에 대한 이해로 적절하지 <u>않은</u> 것은?

✅ 정답풀이

② 생이 노파의 집에서 손님을 전별하는 일을 벌인 데 대해 노파는 번거로움을 호소하였다.

> 생이 노파(할멈)에게 '손님을 전별한다며 할멈을 번거롭게 한 것'에 대해 미안한 기색을 내비치고 있을 뿐, 노파가 자신의 집에서 손님을 전별하는 일을 벌인 생의 행동에 대해 번거로움을 호소하지는 않았다.

❌ 오답풀이

① 막동은 생의 근심이 사모하는 마음 때문일 것이라 추측했다.
막동은 '늘 언행이 호방하시고 재주가 무리 중에 탁월해 거침없으시'던 생이 '요즘에는 울적해 하'자, 생에게 '말 못할 근심이 있는 듯하'다며 '사모하는 이라도 있으신지요?'라고 묻는다. 따라서 막동은 생의 근심이 사모하는 마음 때문일 것이라고 추측했다고 볼 수 있다.

③ 노파는 생이 찾는 자색이 고운 여인이 죽은 언니의 딸인 것을 깨달았다.
노파는 생의 사연을 듣고 '생이 마음에 둔 사람이 누군지 몰'라 '한동안 깊이 생각하다가' '자색이 고운' 그 여인이 죽은 '언니의 딸'임을 '문득 깨닫'는다.

④ 노파는 생의 사연을 애처롭게 여기고 자신이 영영에 대해 아는 바를 알려 주었다.
노파는 영영을 만난 후 '마음이 혼미하여 만사가 흐릿하며, 오로지 그 낭자만 생각'하여 '상심하며 애태우'다가 '낯빛이 파리'해질 정도로 상사병이 깊어졌다는 생의 사연을 듣고 '몹시 애처로워'한다. 노파는 고통스러워하는 생을 위해 영영이 '회산군 댁 시비'이며, '고운 마음이며 얌전한 몸가짐은 양반집 규수와 다를 게 없고 '음률과 문장을 알'아 회산군의 총애를 받고 있다고 일러 준다.

⑤ 생은 천상의 일에 빗대어 영영을 만나는 일의 기쁨을 표현하였다.
생은 노파가 단오에 생과 영영의 만남을 주선하겠다고 하자 '할멈 말대로 된다면야 인간의 5월 5일이 천상의 7월 7일이 되겠소!'라고 말한다. 이는 자신과 영영의 만남을 천상의 일에 빗대어 기뻐하는 생의 심정을 드러낸 것이라고 볼 수 있다.

3. ㉠과 ㉡에 대한 설명으로 가장 적절한 것은?

> ㉠: 계책
> ㉡: 방법

✅ 정답풀이

④ ㉠이 이루어지면 생은 노파에게 속내를 드러낼 기회를 얻게 되고, ㉡이 이루어지면 생이 영영과 만날 기회를 얻게 된다.

> ㉠은 '미인이 머문 집' 노파에게 '주효를 먹게 하'는 '은혜'를 베풀어, 노파가 생의 '은혜'에 보답하기 위해 생의 사연에 귀를 기울이도록 유도하는 방안이므로, ㉠이 이루어지면 생은 노파에게 속내를 드러낼 기회를 얻게 된다고 볼 수 있다. 한편 ㉡은 노파가 회산군 부인에게 '영영에게 반나절의 말미를 주도록 청'하여 생과 영영이 인연을 맺을 자리를 마련하려는 방안이므로, ㉡이 이루어지면 생이 영영과 만날 기회를 얻게 된다고 볼 수 있다.

❌ 오답풀이

① ㉠과 ㉡은 모두 생에게 실현 가능성에 의구심을 갖게 한다.
㉠을 듣고 생은 '진정 그럴듯하다 여기고 기뻐'하며 '그 계책에 따라 즉시 주효를 갖추어서 곧바로 그 집에 가 전별 자리를 마련'하고 있다. 또한 ㉡을 듣고 난 후 생은 '기뻐하며' 자신과 영영의 만남을 견우직녀의 만남에 빗대어 표현함으로써 기대감을 드러내고 있다. 따라서 ㉠과 ㉡은 모두 생에게 실현 가능성에 의구심을 갖게 한다고 볼 수 없다.

② ㉠과 ㉡은 모두 생의 의도를 숨기기 위해 상황의 급박함을 부각하는 방식을 취한다.
㉠은 노파에게 접근하기 위한 생의 의도를 숨기기 위한 방안이며, ㉡도 영영과 만나려는 생의 의도를 숨기고 회산군 부인에게 허락을 구하려는 방안이다. ㉠과 ㉡은 모두 생의 의도를 숨기고 있다고 볼 수 있지만, 이를 위해 상황의 급박함을 부각하는 방식은 취하지 않았다.

③ ㉠은 막동의 제안을 생이 실행함으로써 이루어지고, ㉡은 생의 제안을 노파가 실행함으로써 이루어질 수 있다.
㉠은 생과 영영의 만남을 성사하기 위해 막동이 제안한 방안으로, 생이 노파에게 영영과의 만남을 주선해 달라고 부탁함으로써 이루어진다. 한편 ㉡은 생이 영영과 만날 기회를 마련해 주기 위해 노파가 제안한 방안이며, 노파가 실행함으로써 이루어질 수 있다.

⑤ ㉠에서 생은 노파에게 접근하기 위해 가상의 존재를 내세우고, ㉡에서 생은 영영과의 만남을 위해 권력자의 위세를 내세운다.
㉠에서 생은 노파에게 접근하기 위해 '잔치를 벌'여 '전별'하려는 '손님'이라는 가상의 존재를 내세우고 있으나, ㉡에서 생은 영영과의 만남을 위해 권력자인 회산군 부인을 속이겠다는 노파의 계책에 따르고 있을 뿐, 권력자의 위세를 내세우지 않았다.

🌱 기틀잡기

> ① 의구심: 믿지 못하고 두려워하는 마음.
> ④ 속내: 겉으로 드러나지 아니한 속마음이나 일의 내막.
> ⑤ 위세: 사람을 두렵게 하여 복종하게 하는 힘.

4. 〈보기〉를 바탕으로 윗글을 감상한 내용으로 적절하지 <u>않은</u> 것은? [3점]

〈보기〉

「상사동기」는 남녀가 결연의 어려움을 극복하고 애정을 추구하는 서사라는 점에서, 애정 전기 소설의 전통을 따르면서도 전대 소설보다 현실성이 강화되었다. 감정에 충실하여 애정을 우선시하는 주인공의 성격, 서사 진행에 적극 개입하는 보조적 인물의 등장, 환상성을 벗어나 일상에 밀착된 배경의 설정 등에서 이를 확인할 수 있다. 또한 신분적 한계를 지닌 여성과의 결연 과정에서 애정 성취를 가로막는 사회적 관습으로 인한 갈등이 드러난다는 점에서 소설사적 의의가 있다.

🔍 보기 분석

- 「상사동기」의 특징
  - 애정 전기 소설의 전통: 남녀의 결연 과정에서 일어나는 고난을 극복하고 애정을 추구하는 서사
  - 현실성 강화: ① 감정에 충실하여 애정을 우선시하는 주인공, ② 서사 진행에 개입하는 보조적 인물, ③ 일상적 공간을 배경으로 설정
  - 신분적 한계를 지닌 여성과의 결연 과정 → 애정 성취를 가로막는 사회적 관습으로 인한 갈등이 드러남

✓ 정답풀이

⑤ 회산군 부인의 허락을 구하려는 노파에게 생이 동조하는 것에서, 사회적 관습 안에서 현실적인 애정 성취 방법을 찾는 인물의 내적 갈등을 확인할 수 있군.

〈보기〉에 따르면 윗글에서는 '신분적 한계를 지닌 여성과의 결연 과정에서 애정 성취를 가로막는 사회적 관습으로 인한 갈등이 드러난다'고 하였다. 윗글에서 노파는 생과 영영의 만남을 주선하기 위해 영영이 어머니의 제사에 참석해야 한다는 구실을 내세워 '영영에게 반나절의 말미를 주도록' 회산군 부인에게 허락을 얻겠다는 계책을 내고 생은 동조한다. 이는 생이 궁녀가 궁 밖에 나가 주인 이외의 다른 남자와 인연을 맺을 수 없다는 사회적 관습을 어기고서라도 영영과의 애정을 성취하려는 것이므로, 사회적 관습 안에서 현실적인 애정 성취의 방법을 찾은 것이라고 볼 수 없다.

✗ 오답풀이

① 생이 첫눈에 반한 영영과의 애정 추구에 적극적으로 나서는 점에서, 감정에 충실한 인물의 성격을 확인할 수 있군.

〈보기〉에 따르면 윗글에서는 '감정에 충실하여 애정을 우선시하는 주인공의 성격'을 확인할 수 있다고 하였다. 윗글에서 주인공인 생이 우연히 만난 영영에게 반하여 그녀의 뒤를 쫓아 머물던 집을 알아내고, 그녀와 인연을 맺기 위해 주변 인물에게 접근하는 등 애정을 추구하기 위해 적극적으로 나서는 것에서, 감정에 충실한 인물의 성격을 확인할 수 있다.

② 막동과 노파가 생의 애정 성취를 돕기 위해 나서는 점에서, 사건에 적극 개입하는 보조적 인물의 등장을 확인할 수 있군.

〈보기〉에 따르면 윗글에서는 '서사 진행에 적극 개입하는 보조적 인물의 등장'을 확인할 수 있다고 하였다. 윗글에서 노비인 막동이 생의 근심을 해결해 주기 위해 영영의 주변 인물인 노파에게 접근할 계획을 세우고, 생의 안타까운 사정을 들은 노파가 생과 영영의 만남을 주선하기 위한 방법을 생각해 내어 생의 애정 성취를 돕는 것에서, 사건에 적극 개입하는 보조적 인물의 등장을 확인할 수 있다.

③ 생이 길을 가다 우연히 영영을 마주치고 노파의 집까지 뒤따르는 것에서, 사건 전개가 일상적 공간 속에서 이루어짐을 확인할 수 있군.

〈보기〉에 따르면 윗글은 '환상성을 벗어나 일상에 밀착된 배경'을 설정했다고 하였다. 윗글에서 생이 우연히 길을 가다가 '흥화문 앞길을 지나가는' 영영을 우연히 마주치고 '춘정을 이기지 못해' 그녀를 뒤따라가 '할멈의 집'에 도착하게 되는 것을 통해 사건 전개가 일상적 공간 속에서 이루어지고 있음을 확인할 수 있다.

④ 영영이 회산군 댁 시비인 까닭에 두 인물의 만남이 어려운 점에서, 여성 주인공의 신분적 한계로 인해 애정 성취에 곤란을 겪는 것을 확인할 수 있군.

〈보기〉에 따르면 윗글에서는 '신분적 한계를 지닌 여성과의 결연 과정에서 애정 성취를 가로막는 사회적 관습으로 인한 갈등이 드러난다'고 하였다. 윗글에서 생의 사연을 들은 노파는 생이 연모하는 영영이 '회산군 댁 시비'로, '궁에서 나고 자라 문 앞길도 밟지 못한 지 오래'이며 주인에게 허락을 얻어야만 궁 밖 출입을 할 수 있어 만나기 어렵다고 말한다. 이를 통해 궁녀인 영영의 신분적 한계로 인해 생이 애정을 성취하려는 과정에서 곤란을 겪는 것을 확인할 수 있다.

[1~4] 다음 글을 읽고 물음에 답하시오.

혼례를 마친 후 최척이 아내와 함께 장모를 모시고 집으로 돌아오매 하인들이 기뻐했다. 대청에 오르자 친척들이 축하하여 온 집안에 기쁨이 넘쳤고, 이들을 기리는 소리가 사방의 이웃으로 퍼졌다. 시집에 온 옥영은 소매를 걷고 머리를 빗어 올린 채 손수 물을 긷고 절구질을 했으며, 시아버지를 봉양하고 남편을 대할 때 효와 정성을 다하고, 윗사람을 받들고 아랫사람을 대할 때는 성의와 예의를 두루 갖췄다. 이웃 사람들이 이를 듣고는 모두 양홍의 처나 포선의 아내도 이보다 낫지 않을 것이라고 칭찬했다. 장면 01

최척은 결혼한 후 구하는 것이 뜻대로 되어 재산이 점차 넉넉히 불었으나, 다만 일찍이 자식이 없는 것이 걱정이었다. 최척 부부는 후사를 염려하여 결혼 이후 자식이 없는 것을 걱정한 최척 부부 ㉠매월 초하루가 되면 몸과 마음을 깨끗이 하고 함께 만복사에 올라 부처께 기도를 올렸다. 다음 해 갑오년 ㉡정월 초하루에도 만복사에 올라 기도를 했는데, 이날 밤 장육금불이 옥영의 꿈에 나타나 말했다.

"나는 만복사의 부처로다. 너희 정성이 가상해* 기이한 사내아이를 점지해 주니, 태어나면 반드시 특이한 징표가 있을 것이다."

옥영은 ㉢그달에 바로 잉태해 열 달 뒤 과연 아들을 낳았는데, 등에 어린아이 손바닥만 한 붉은 점이 있었다. 그래서 최척은 아들 이름을 몽석(夢釋)이라고 지었다. 장면 02

최척은 피리를 잘 불었으며, ㉣매양 꽃 피는 아침과 달 뜬 밤이 되면 아내 곁에서 피리를 불곤 했다. 일찍이 날씨가 맑은 ㉤어느 봄날 밤이었는데, 어둠이 깊어 갈 무렵 미풍이 잠깐 일며 밝은 달이 환하게 비췄으며, 바람에 날리던 꽃잎이 옷에 떨어져 그윽한 향기가 코끝에 스며들었다. 이에 최척은 옥영과 술을 따라 마신 후, 침상에 기대 피리를 부니 그 여음*이 하늘거리며 퍼져 나갔다. 옥영이 한동안 침묵하다 말했다.

"저는 평소 여인이 시 읊는 것을 좋게 여기지 않습니다. 그런데 이처럼 맑은 정경*을 대하니 도저히 참을 수가 없군요." 맑은 정경을 대하자 흥취를 이기지 못해 시를 읊고자 하는 옥영

옥영은 마침내 절구 한 수를 읊었다.

왕자진이 피리를 부니 달도 내려와 들으려는데,
바다처럼 푸른 하늘엔 이슬이 서늘하네.
때마침 날아가는 푸른 난새를 함께 타고서도,
안개와 노을이 가득해 봉도 가는 길 찾을 수 없네.

최척은 애초에 자기 아내가 이리 시를 잘 읊는 줄 모르고 있던 터라 놀라 감탄하였다. 옥영이 읊은 시를 듣고 놀라 감탄하는 최척 장면 03

[중략 줄거리] 전란으로 가족과 이별한 최척은 명나라 배를 타고 안남에 이르러 처량한 마음에 피리를 불었다.

최척은 동방이 밝아 오자, 강둑을 내려가 일본인 배에 이르러 조선말로 물었다.

"어젯밤 시를 읊던 사람은 조선 사람 아닙니까? 나도 조선 사람이어서 한번 만나 보았으면 합니다. 멀리 다른 나라를 떠도는 사람이 비슷하게 생긴 고국* 사람을 만나는 것이 어찌 그저 기쁘기만 한 일이겠습니까?" 지난밤 시를 읊은 조선 사람과 직접 만나고 싶어 하는 최척

옥영도 생각하기를 어젯밤 들은 피리 소리가 조선의 곡조인 데다, 평소 익히 들었던 것과 너무나 흡사했다. 그래서 남편 생각에 감회가 일어 절로 시를 읊게 되었던 것이다. 옥영은 자기를 찾는 사람의 목소리를 듣고는 황망히 뛰쳐나와 최척을 보았다. 둘은 서로 마주하고 놀라 소리를 지르며 끌어안고 백사장을 뒹굴었다. 목이 메고 기가 막혀 마음을 안정할 수 없었으며, 말도 할 수 없었다. 눈에서는 눈물이 다하자 피가 흘러내려 서로를 볼 수도 없을 지경이었다. 안남에서 재회한 뒤 기쁨과 슬픔에 눈물을 흘리는 최척과 옥영 양국의 뱃사람들이 저잣거리처럼 모여들어 구경했는데, 처음에는 친척이나 잘 아는 친구인 줄로만 알았다. 뒤에 그들이 부부 사이라는 것을 알고 서로 돌아보며 소리쳐 말했다.

"이상하고 기이한 일이로다! 최척과 옥영의 사정을 듣고 놀라며 감탄하는 뱃사람들 이것은 하늘의 뜻이요, 사람이 이룰 수 있는 일이 아니로다. 이런 일은 옛날에도 들어 보지 못하였다."

최척은 옥영에게 그간의 소식을 물었다.

"산속에서 붙들려 강가로 끌려갔다는데, 그때 아버지와 장모님은 어찌 되었소?"

옥영이 말했다.

"날이 어두워진 뒤 배에 오른 데다 정신이 없어 서로 잃어버렸으니, 제가 두 분의 안위를 어떻게 알겠습니까?"

두 사람이 손을 붙들고 통곡하자, 옆에서 지켜보던 사람들도 슬퍼하며 눈물을 닦지 않는 이가 없었다. 가족의 생사를 알지 못해 애통해하는 최척 부부와 이를 보며 슬퍼하는 사람들 장면 04

– 조위한, 「최척전」 –

>> 지문을 네 장면으로 나누고, 장면의 핵심 내용을 정리해 보세요.

장면 01	최척과 혼인한 옥영이 집안을 돌보는 일에 정성을 다함
장면 02	최척 부부가 자식을 얻고자 매달 만복사에서 기도를 올리자, 부처가 아들을 점지해 줌
장면 03	어느 봄날 밤에 최척은 옥영과 술을 마시며 피리를 불고, 이에 옥영은 시를 읊음
장면 04	최척의 피리 소리와 옥영의 시 읊기를 매개로 최척 부부가 재회함

📄 전체 줄거리

　남원에 사는 최척과 옥영은 사랑에 빠지고, 가족의 반대를 무릅쓰고 약혼한다. 이후 의병에 종군한 최척이 혼인 날짜가 지나도록 돌아오지 않자 옥영은 부잣집 아들과 혼인할 위기에 처한다. 하지만 기다림 끝에 결국 최척과 혼인하여 첫 아들을 낳는다. 이후 정유재란으로 가족이 뿔뿔이 흩어지면서 옥영은 왜병의 포로로 일본에 잡혀가고, 최척은 중국으로 건너가 살게 된다. 몇 년 뒤, 상선을 타고 떠돌던 최척은 우연히 안남(베트남)에서 옥영과 재회한다. 그리고 둘은 중국에 정착하여 행복하게 지낸다. 그러다 호족의 침입으로 최척은 가족과 다시 이별하고, 명나라 군사로 출전했다가 청의 포로가 된다. 그리고 포로수용소에서 정유재란 때 헤어진 맏아들과 만나 함께 수용소를 탈출한다. 한편 옥영은 천신만고 끝에 고국으로 돌아가고, 일가는 다시 재회하여 행복하게 산다.

👥 인물 관계도

```
  아버지                       장모님
    │                            │
  부자 관계      전란으로 이별한 뒤   모녀 관계
    │           안남에서 재회함        │
  최척   ←───────────────────→   옥영
    ↑                            │
최척과 옥영의         아들         정성으로
 사연을 듣고                      기도를 올려
놀라며 안타까워함                  사내아이를
    │              │            점지 받음
  뱃사람들         몽석          (만복사) 부처
```

이것만은 챙기자

* **가상하다:** 착하고 기특하다.
* **여음:** 소리가 그치거나 거의 사라진 뒤에도 아직 남아 있는 음향.
* **정경:** 정서를 자아내는 흥취와 경치.
* **고국:** 주로 남의 나라에 있는 사람이 자신의 조상 때부터 살던 나라를 이르는 말.

| 서술상의 특징 파악 | 정답률 92

1. 윗글에 대한 설명으로 가장 적절한 것은?

✅ 정답풀이

④ 감각적인 배경 묘사를 통해 인물의 행동이 전개되는 상황의 낭만적 분위기를 부각하고 있다.

> 윗글의 '어둠이 깊어 갈 무렵 미풍이 잠깐 일며 밝은 달이 환하게 비쳤으며, 바람에 날리던 꽃잎이 옷에 떨어져 그윽한 향기가 코끝에 스며'에서 '어느 봄날 밤'의 감각적인 배경을 묘사하고 있다. 이를 통해 최척이 피리를 불고, 옥영이 시를 읊는 상황의 낭만적인 분위기를 부각하고 있다.

❌ 오답풀이

① 시를 삽입하여 인물 간의 갈등 양상이 구체화되는 상황을 드러내고 있다.

윗글에는 옥영이 최척의 피리 소리에 맞추어 읊은 '절구 한 수'가 삽입되어 있다. 이러한 삽입시는 맑은 정경을 대하자 시 읊는 것을 참을 수 없었던 옥영의 흥취를 보여 줄 뿐, 인물 간의 갈등 양상을 드러내지 않는다.

② 인물의 행위가 연속적으로 나열된 장면을 통해 신분의 변화 과정을 드러내고 있다.

윗글의 '시집에 온 옥영은 소매를 걷고 머리를 빗어 올린 채 손수 물을 긷고 절구질을 했으며'에서 집안일을 돌보는 옥영의 행위를 나열하고 있다. 하지만 이를 통해 옥영의 신분 변화 과정을 확인할 수는 없다. 또한 '둘은 서로 마주하고 놀라 소리를 지르며 끌어안고 백사장을 뒹굴었다. 목이 메고 기가 막혀~말도 할 수 없었다.'에서도 인물의 행위가 연속적으로 나열되어 있지만, 이를 통해 신분 변화 과정을 드러내고 있지는 않다.

③ 주변 인물이 알고 있는 사례를 근거로 주요 인물에 대해 상반된 평가를 내리게 하고 있다.

윗글에서 옥영이 '시아버지를 봉양하고 남편을 대할 때 효와 정성을 다하고 ~예의를 두루 갖췄'다는 것을 들은 이웃 사람들은 옥영에 대해 긍정적 평가를 내리고 있다. 따라서 주변 인물인 이웃 사람들이 알고 있는 사례를 근거로 주요 인물인 옥영에 대해 상반된 평가를 내린다고 볼 수는 없다.

⑤ 인물 간 대화가 오가는 장면을 보여 주어 이전 사건에 따른 다른 인물들의 현재 행선지를 드러내고 있다.

윗글은 안남에서 재회한 최척과 옥영 사이에 가족의 안위를 확인하는 대화가 오가는 장면을 보여 주고 있다. 하지만 옥영은 '정신이 없어 서로 잃어버'려 '두 분(아버지와 장모님)의 안위'를 알 수 없다고 했으므로, 전란에 따른 다른 인물들의 현재 행선지를 드러내고 있다고 볼 수 없다.

Q: 최척이 '일본인 배에 이르러 조선말로 물'어보는 장면에서, 전란 이후 이별한 최척 부부의 현재 위치가 다른 나라라는 것을 알 수 있지 않나요?

A: 이 선지의 적절성을 판단할 때는 세 가지를 염두에 두었어야 했다. 첫째는 '인물 간 대화가 오가는 장면'이 어디에 있는지 확인하는 것이고 둘째는 '다른 인물들의 현재 행선지'가 나오는지 확인하는 것이며 셋째는 '인물 간의 대화'로 '다른 인물들의 현재 행선지'를 드러낸다고 볼 수 있는지였다.

'대화'란 '마주 대하여 이야기를 주고받음. 또는 그런 이야기.'를 의미한다. 전날 밤 처량한 마음에 피리를 분 최척이 다음 날 '일본인 배에 이르러 조선말'로 물어보자, 이 목소리를 들은 옥영은 뛰쳐나와 최척과 재회한다. 즉 최척이 조선말로 물어보는 장면에서는 대화가 오간다고 보기 어렵다. 대화가 오가는 부분은 지문의 끝부분에서 최척이 '아버지와 장모님'의 안위를 물어보고 이에 옥영이 '두 분의 안위'를 모른다고 답한 부분이다. 한편 '행선지'란 '떠나가는 목적지'를 뜻한다. 즉 ⑤번의 '다른 인물들'은 '아버지와 장모님'이고, 이들의 '현재 행선지'는 '현재의 목적지'라고 이해하는 것이 적절하다. 최척과 옥영의 대화를 통해 '아버지와 장모님'의 목적지는 알 수 없으므로, ⑤번은 적절하지 않은 선지라고 판단할 수 있다.

| 인물의 특징 및 심리 파악 | 정답률 ❼

2. 윗글의 인물에 대한 이해로 적절하지 않은 것은?

✓ 정답풀이

③ '최척'은 옥영의 시에 대한 재능을 결혼 전에 알고 있었지만, 옥영이 시를 읊기 전까지 이를 모른 척했다.

> 최척은 '애초에 사기 아내가 이리 시를 잘 읊는 줄 모르고 있'었기에 옥영이 읊은 시를 듣고 '놀라 감탄하였'다. 즉 최척은 옥영의 시에 대한 재능을 결혼 전에는 모르고 있었다고 보는 것이 적절하다.

✕ 오답풀이

① '뱃사람들'은 최척과 옥영의 관계가 자신들이 생각하던 것과 달라 놀라워했다.
　뱃사람들은 최척과 옥영이 서로 마주한 뒤 놀라 끌어안고 백사장을 뒹구는 것을 보며 '처음에는 친척이나 잘 아는 친구인 줄로만 알았'지만, '뒤에 그들이 부부 사이라는 것을 알고' 놀라며 '이상하고 기이한 일'이라고 생각했다.

② '최척'은 강둑을 내려가 자신을 '다른 나라를 떠도는 사람'이라 말하며 자신의 처지와 심정을 드러냈다.
　최척은 강둑을 내려가 일본인 배에 도착하여 '어젯밤 시를 읊던 사람'이 자신과 같이 고국을 떠난 '조선 사람'인 것 같으니 만나고 싶다는 뜻을 전하며 자신을 '멀리 다른 나라를 떠도는 사람'이라고 했다.

④ '옥영'은 가정의 구성원들을 정성스러운 마음으로 대했고, 옥영이 시집온 후 최척의 집안은 점차 부유해졌다.
　옥영은 시집온 이후 '시아버지를 봉양하고 남편을 대할 때 효와 정성'을 다했고, '윗사람을 받들고 아랫사람'에게는 예의를 갖추는 등 가정의 구성원들을 정성스러운 마음으로 대했다. 그리고 '최척은 결혼한 후 구하는 것이 뜻대로 되어 재산이 점차 넉넉히 불었'다는 것에서 옥영이 시집온 후 최척의 집안은 재산이 점차 넉넉해져 부유하게 되었음을 확인할 수 있다.

⑤ '친척들'은 최척의 결혼을 경사로 받아들였고, '이웃 사람들'은 옥영의 행실을 칭찬했다.
　친척들은 '혼례를 마친 후 최척이 아내와 함께' 돌아오자 축하하여 온 집안에 기쁨이 넘쳤다고 했다. 또한 이웃 사람들은 옥영이 집안 사람들을 정성스럽게 대한다는 소식을 듣고 '양홍의 처나 포선의 아내'보다 낫다고 칭찬했다.

 기틀잡기

⑤ **경사:** 축하할 만한 기쁜 일.

3. ㉠~㉤에 대한 이해로 가장 적절한 것은?

> ㉠: 매월 초하루
> ㉡: 정월 초하루
> ㉢: 그달
> ㉣: 매양 꽃 피는 아침과 달 뜬 밤
> ㉤: 어느 봄날 밤

✅ 정답풀이

③ ㉣은 인물의 행위가 반복적으로 일어나는, ㉤은 ㉣ 중 한 시점을 특정하는 시간의 표지이다.

> 최척은 ㉣이 되면 '아내 곁에서 피리를 불곤 했다.'라고 했으므로, 이는 인물의 행위가 반복적으로 일어나는 시간의 표지이다. 또한 ㉤은 '밝은 달이 환하게' 비춘 밤 최척이 '옥영과 술을 따라 마'시다가 '침상에 기대 피리를 부'는 시간이다. 즉 ㉤은 아내 곁에서 피리를 부는 최척의 행위가 반복적으로 일어나는 ㉣의 시간 중에서도 옥영이 시를 읊은 날 밤이라는 한 시점을 특정하는 시간의 표지라고 볼 수 있다.

❌ 오답풀이

① ㉠은 인물의 심리적 갈등이 발생하는, ㉡은 ㉠에서 발생한 갈등이 심화되는 시간의 표지이다.
　㉠은 자식이 없는 것을 염려한 최척 부부가 만복사에 올라 부처께 기도를 올리는 시간이다. ㉡은 최척 부부의 정성스러운 기도에 만복사의 부처가 점지해 준 사내아이가 태어난 시간이다. 즉 ㉠은 후사에 대한 걱정 때문에 기도를 올리는 시간이고 ㉡은 후사를 얻어 염려가 해소된 시간이므로, ㉡은 ㉠에서 발생한 갈등이 심화되는 시간의 표지라고 볼 수 없다.

② ㉢과 ㉤은 모두 과거의 행위를 통해 인물의 성격이 변화됨을 드러내는 시간의 표지이다.
　㉢은 최척 부부가 후사를 얻어 염려가 해소된 시간이고, ㉤은 이들이 봄의 흥취를 즐기다가 피리를 불고 시를 읊는 시간이다. 즉 ㉢, ㉤은 인물의 성격이 변화됨을 드러내는 시간의 표지로 볼 수 없다.

④ ㉡은 ㉠에서부터 이어진 행위를 알려 주는, ㉤은 그 행위가 완결된 순간을 지시하는 시간의 표지이다.
　㉠은 최척 부부가 평소에 후사에 대한 걱정 때문에 기도를 올리는 시간을 알려 주는 표지이고, ㉡은 그러한 행위가 '다음 해'에도 계속해서 이어졌음을 알려 주는 표지이다. 하지만 ㉤은 최척 부부가 봄의 흥취를 즐기며 피리를 불고 시를 읊은 어느 날을 가리키는 시간의 표지일 뿐, 기도를 올리는 행위가 완결된 순간을 지시하는 것과는 관련이 없다.

⑤ ㉡과 ㉢은 인물의 소망이 실현되어 가는 과정에 포함되는, ㉤은 인물의 소망이 좌절된 시간의 표지이다.
　㉡은 '장육금불이 옥영의 꿈에 나타나' 사내아이를 점지해 주기 이전에 기도를 올린 시간의 표지이며, ㉢은 옥영이 아들을 가진(잉태한) 시간을 알려 주는 표지이다. 따라서 ㉡과 ㉢은 인물의 소망이 실현되어 가는 과정에 포함되는 시간의 표지라고 볼 수 있다. 그러나 ㉤은 아들을 낳은 후 최척 부부가 피리를 불며 봄밤의 흥취를 즐기는 시간이므로 인물의 소망이 좌절된 시간의 표지라고 볼 수는 없다.

4. 〈보기〉를 바탕으로 윗글을 감상한 내용으로 적절하지 **않은** 것은? [3점]

> ───〈보기〉───
>
> 「최척전」에는 하나의 문제 상황이 해결되면 또 다른 문제가 확인되는 서사 구조가 나타나고 있다. 이 과정에서 도움을 주는 신이한 존재를 나타나게 하거나, 예언의 실현을 보여 주는 특이한 증거를 활용하거나, 문제 해결의 계기가 되는 소재를 제시하거나, 공간적 배경을 확장하여 다양한 국적의 사람들을 등장시키는 등의 서사적 장치들이 확인된다. 이러한 서사 구조와 다양한 서사적 장치는 독자가 이야기에 흥미를 가지고 그것을 자연스럽게 수용하는 데 기여한다.

🔍 보기 분석

- 「최척전」의 서사 구조: 문제 상황 해결 → 또 다른 문제 확인
  - 도움을 주는 신이한 존재 나타남
  - 예언의 실현을 보여 주는 특이한 증거 활용
  - 문제 해결의 계기가 되는 소재 제시
  - 공간적 배경 확장

✅ 정답풀이

⑤ 최척과 옥영이 '소리를 지르며 끌어안'는 것은 문제의 해결에 따른 기쁨과, '눈물이 다하자 피가 흘러내'리는 것은 또 다른 문제 확인에 따른 인물의 불안감과 관련이 있겠군.

> 〈보기〉에서 윗글에는 '문제 상황이 해결되면 또 다른 문제가 확인되는 서사 구조'가 나타난다고 했다. 윗글에서 최척과 옥영이 재회한 뒤 '소리를 지르며 끌어안고 백사장을 뒹굴'며 우는데 '눈물이 다하자 피가 흘러내'리는 것은 이별이라는 문제가 해결된 데에 따른 기쁨과 지난날의 서러움이 북받쳐 올랐기 때문으로 볼 수 있다. 이를 또 다른 문제 확인에 따른 인물의 불안감과 연관 지을 수는 없다.

❌ 오답풀이

① 옥영의 꿈에 나타난 '만복사의 부처'는, 옥영이 겪고 있는 현실적인 문제를 해결하는 데 도움을 주는 신이한 존재로서 역할을 한다고 볼 수 있겠군.
　〈보기〉에서 윗글은 '문제 상황이 해결되면 또 다른 문제가 확인되는 서사 구조'의 과정에서 '도움을 주는 신이한 존재를 나타나게' 한다고 했다. 윗글에서 옥영과 최척이 자식이 없다는 현실적인 문제 때문에 염려하고 있을 때 옥영의 꿈에 나타나 '사내아이를 점지'해 준 만복사의 부처는 옥영의 문제를 해결하는 데 도움을 주는 신이한 존재라고 볼 수 있다.

② 몽석의 몸에 나타난 '붉은 점'은, '사내아이'의 출생과 관련한 예언이 실제로 이루어졌음을 확인할 수 있는 특이한 증거로 활용된다고 볼 수 있겠군.

〈보기〉에서 윗글은 '문제 상황이 해결되면 또 다른 문제가 확인되는 서사 구조'의 과정에서 '예언의 실현을 보여 주는 특이한 증거를 활용'한다고 했다. 윗글에서 만복사 부처는 사내아이가 '태어나면 반드시 특이한 징표'가 있을 것이라고 했고, 이후 태어난 아이의 등에 '어린아이 손바닥만 한 붉은 점'이 있었다. 따라서 몽석의 몸에 나타난 '붉은 점'은 아이의 출생에 대한 만복사 부처의 예언이 이루어졌음을 확인할 수 있는 특이한 증거라고 볼 수 있다.

③ 최척이 '일본인 배에 이르러 조선말로 물'어보는 것과 '고국 사람을 만나'려 하는 것은, 서사 전개 과정에서 공간적 배경을 조선뿐 아니라 다른 나라로도 확장한 것과 관련이 있겠군.

〈보기〉에서 윗글은 '문제 상황이 해결되면 또 다른 문제가 확인되는 서사 구조'의 과정에서 '공간적 배경을 확장'해 다양한 국적의 사람들을 등장시킨다고 했다. 윗글에서 '안남'에 도착한 최척이 '일본인 배'에 가서 '고국 사람'을 만나려 하는 것은 서사 전개 과정에서 공간적 배경을 다른 나라로도 확장한 것과 관련이 있다고 볼 수 있다.

④ 옥영이 들은 '피리 소리'는, 옥영이 최척을 떠올리게 하여 이별의 상황을 해결하는 계기가 되는 소재로 작용하고 있다고 볼 수 있겠군.

〈보기〉에서 윗글은 '문제 상황이 해결되면 또 다른 문제가 확인되는 서사 구조'의 과정에서 '문제 해결의 계기가 되는 소재를 제시'한다고 했다. 윗글에서 옥영은 '어젯밤 들은 피리 소리가 조선의 곡조인데다. 평소 익히 들었던 것과 너무나 흡사'하여 남편 생각에 시를 읊었다. 즉 옥영이 들은 '피리 소리'는 최척을 떠올리게 하여 두 사람이 재회하는 계기를 제공하는 소재로 작용한다고 볼 수 있다.

MEMO

[1~4] 다음 글을 읽고 물음에 답하시오.

이때 예부 상서 진량을 황제 가장 총애하시니 진량이 의기양양하고 교만 방자한지라, 정 상서 일찍 진량이 소인인 줄 알고 황제께 간하되* 황제 종시 그렇지 않다 하심에, 진량이 이 일을 알고 정 상서를 해하려 하더라. 차시 황제의 탄생일이 되었는지라, ㉠마침 정 상서 병이 있어 상소하고 참석지 못하였더니 황제 만조백관더러 묻기를,

"정 상서의 병이 어떠하뇨?"

하시고 사관을 보내려 하시니 진량이 나아가 왈,

"정 상서는 간악*한 사람이라 그 병세를 신이 자세히 아옵니다. 상서가 요사이 황제께 조회하는 것이 다르옵고 신이 상서의 집에 가오니 상서의 말이 수상하옵더니 오늘 조회에 불참하오니 반드시 무슨 생각 있는 줄 아나이다."

황제 대경하여 처벌하려 하시거늘 진량의 말을 듣고 크게 놀라며 정 상서에게 분노하는 황제 중관이 아뢰길,

"정 상서의 죄 명백함이 없으니 어찌 벌로 다스리오리까?"

황제 듣지 않고 절강에 귀양을 정하시니 중관이 명을 듣고 정 상서의 집에 나아가 황명을 전하니, 상서 크게 울며,

"내 일찍 국은을 갚을까 하였더니 소인의 참언*을 입어 이제 귀양을 가니 어찌 애달프지 않으리오." 진량의 모함으로 인해 귀양을 가게 된 억울한 처지에 놓여 슬퍼하는 정 상서

하고 칼을 빼어 서안을 치며 말하기를,

"소인을 없애지 못하고 도리어 해를 입으니 누구를 원망하리오."

하며 눈물을 흘리니 자신을 탓하며 슬퍼하는 정 상서 부인은 애원 통도하고 친척 노복이 다 서러워하더라. 정 상서가 귀양을 가게 되자 슬퍼하는 부인과 친척, 노복

사관이 재촉 왈,

"㉡황명이 급하오니 수이 행장* 차리소서."

정 상서가 일변 행장을 준비하여 부인더러 이르기를,

"나는 천만 의외에 귀양 가거니와 부인은 여아를 데리고 조상 제사를 받들어 길이 무탈하소서."

하고 즉시 발행할새, 모녀 가슴이 막혀 아무 말도 못하더라. 귀양을 떠나는 정 상서의 말을 듣고 슬퍼하는 부인과 딸(수정) 정 상서 여러 날 만에 귀양지에 이르니 절강 만호가 관사를 깨끗이 하고 정 상서를 머물게 하더라. 장면 01

차설. 정 상서 적거*한 후로 슬픔을 머금고 세월을 보내더니 석 달 만에 홀연 득병하여 마침내 세상을 영결*하니 절강 만호 슬퍼 놀라 황제께 ⓐ장계로 보고하고 부인께 기별하니라. 이때 부인과 정수정이 정 상서를 이별하고 눈물로 세월을 보내더니 일일 문득 시비 고하되,

"절강에서 사람이 왔나이다."

하거늘 부인이 급히 불러 물으니 답하기를,

"㉢정 상서께서 지난달 보름께 별세하셨나이다."

하는지라. 부인과 정수정 이 말을 듣고 한마디 소리를 내며 혼절하니 시비 등이 창황망조하여 약물로 급히 구함에 오랜 후에야 숨을 내쉬며 눈물이 비 오듯 하더라. 정 상서의 별세 소식을 듣고 슬퍼하는 부인과 정수정 장면 02

[중략 부분의 줄거리] 남장을 한 정수정은 장원 급제한 뒤 북적을 물리친다. 이후 황제에게 자신이 여성임을 밝히고 정혼자인 장연과 혼인한다. 호왕이 침공하자 정수정은 대원수, 장연은 중군장으로 출전한다.

㉣대원수 호왕에 승리하여 황성으로 향할새 강서 지경에 이르러 한복더러 묻기를,

"진량의 귀양지가 여기서 얼마나 되는가?"

"수십 리는 되나이다."

대원수 분부하되 철기*를 거느려 결박하여 오라 하니 한복 등이 듣고 나는 듯이 가 바로 내실로 들어갈새 진량이 대경하여 연고를 묻거늘 한복이 칼을 들어 시종을 베고 군사를 호령하여 진량을 결박하여 본진으로 돌아와 대원수께 고하되, 대원수 이에 진량을 잡아들여 장하에 꿇리고 노기 대발하여 부친 모해하던 죄상을 문초하니 부친의 원수인 진량에게 죄를 물으며 분노하는 정수정 진량이 다만 살려 달라 빌거늘, 대원수 무사를 호령하여 빨리 베라 하니 이윽고 무사 진량의 머리를 드리거늘, 대원수 제상을 차려 부친께 제사 지내더라.

황제께 ⓑ첩서를 올려 승전을 알리고, 중군장 장연을 기주로 보내고 대군을 지휘하여 경사로 향하여 여러 날 만에 궐하에 이르니, 황제 백관을 거느려 대원수를 맞아 치하하시고 좌각로 평북후를 봉하시니 대원수 사은하고 청주로 가니라. 장면 03

차설. 장연이 기주에 이르러 모친 태부인 뵈옵고 전후사연을 고하되 태부인이 듣고 통분 왈,

"너를 길러 벼슬이 공후에 이르니 기쁨이 측량없던 차에 전쟁터에서 부인에게 욕을 보고 돌아올 줄 어찌 알았으리오." 장연에게 전쟁터에서 있었던 전후사연을 듣고 노여워하는 태부인

장연의 다른 부인들인 원 부인과 공주가 아뢰기를,

"정수정 벼슬이 높으니 능히 제어치 못할 것이요, 저 사람 또한 대의를 알아 삼가 화목할 것이니 이제는 노하지 마소서." 태부인을 설득하며 진정시키는 원 부인과 공주

태부인이 그렇게 여겨 원 부인과 공주의 말을 수용하는 태부인 이에 시녀를 정하여 서찰을 주어 청주로 보내니라. 이때 정수정은 전쟁에서 장연 징계한 일로 심사 답답하더니 장연을 징계한 일로 마음이 불편한 정수정 시비 문득 아뢰되 기주 시녀 왔다 하거늘 불러들여 ㉤서찰을 본즉 태부인의 서찰이라. 기뻐 즉시 회답하여 보내고 태부인의 서찰에 기뻐

하는 정수정 익일에 행장 차려 갈새, 홍군 취삼으로 봉관 적의에 명월패 차고 수십 시녀를 거느려 성 밖에 나오니, 한복이 정수정을 **호위**하여 기주에 이르러 **태부인**께 **예**하고 두 부인으로 더불어 예필 좌정함에, 태부인이 지난 일에 조금도 거리낌이 없으니, 정수정 또한 태부인을 지성으로 섬기더라. 거리낌 없이 정수정을 대하는

태부인과 태부인을 정성스럽게 섬기는 정수정 (장면 04)

– 작자 미상, 「정수정전」 –

>> 지문을 **네 장면**으로 나누고, 장면의 핵심 내용을 정리해 보세요.

장면 01 황제의 **탄생일**에 **진량**의 모함으로 인해 정 상서가 귀양을 가게 됨
장면 02 귀양을 간 정 상서는 병을 얻어 죽음을 맞이하고, **부인**과 정수정은 이 소식을 듣고 슬퍼함
장면 03 전쟁에서 승리한 **정수정**은 돌아오는 길에 진량의 목을 베어 부친께 제사를 지낸 후 황제에게 승전을 알리고, 장연을 기주로 보냄
장면 04 기주에서 장연과 만난 모친 태부인은 시녀를 보내 정수정에게 **서찰**을 전하고, 정수정도 이에 회답한 후 기주로 가 태부인을 섬김

전체 줄거리

송나라 병부상서 정국공은 혈연이 없어 근심하다가 뒤늦게 딸 하나를 낳고 이름을 수정이라 하였다. 정국공은 장승상의 아들 장연과 자신의 딸 수정의 혼약을 맺는다. 이후 정국공을 모함한 진량에 의해 정국공은 귀양을 가 죽음을 맞이하고, 그 부인도 숨을 거두게 된다. 혈혈단신이 된 수정은 남장을 하고 장원 급제해 한림학사가 되는데, 이미 과거에 급제해 한림학사가 된 장연을 만나고는 장연과 혼약했던 사람은 죽은 자기 누이라 속여 장연은 위 승상의 딸과 혼인한다. 이때 북방 오랑캐가 침범하니 정수정이 대원수가 되고 장연이 부원수가 되어 출정한다. 정수정이 적군을 물리치고 대승을 거두어 황성으로 회군한다. 크게 기뻐한 황제가 정수정과 장연을 각각 부마로 삼으려 하자 정수정은 황제를 속일 수 없어, 자신이 여자임을 고백한다. 이에 황제는 정수정을 청주후로 봉하고, 예부에 명해 장연을 정수정과 혼인시키고 공주와도 혼인시킨다. 정수정이 장연의 사랑을 받는 영춘의 방자함을 징계해 목을 베자 시어머니가 대로하고, 장연도 정수정을 냉랭하게 대한다. 이에 정수정은 청주로 돌아가 군사를 훈련하고 흉노족이 다시 침략하자 대원수가 되어 적을 물리친다. 이때 장연이 군량을 수송하는 과정에서 실수를 하자 정수정은 장연을 곤장으로 다스린다. 정수정은 황성으로 회군하던 도중 진량의 목을 베어 원한을 갚고 금의환향하고, 시어머니인 태부인과도 화해를 하고 다시 화목하게 지내다가 75세에 승천한다.

인물 관계도

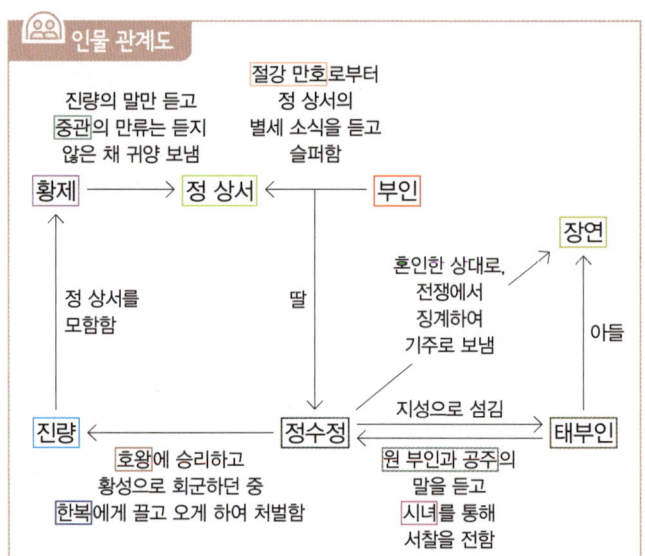

이것만은 챙기자

* **간하다**: 웃어른이나 임금에게 옳지 못하거나 잘못된 일을 고치도록 말하다.
* **간악**: 간사하고 악독함.
* **참언**: 거짓으로 꾸며서 남을 헐뜯어 윗사람에게 고하여 바침. 또는 그런 말.
* **행장**: 여행할 때 쓰는 물건과 차림.
* **적거**: 귀양살이를 하고 있음.
* **영결**: 죽은 사람과 산 사람이 서로 영원히 헤어짐.
* **철기**: 용맹한 기병.

1. 윗글의 인물에 대한 이해로 적절하지 <u>않은</u> 것은?

⊘ 정답풀이

④ '한복'은 대원수의 명령에 따라 진량의 귀양지로 가서 그의 죄를 묻고 처벌을 내린다.

> 한복은 진량을 결박하여 오라는 대원수의 명령에 따라 '군사를 호령하여 진량을 결박하여 본진으로 돌아'온다. 그러나 진량의 죄를 묻고 무사를 호령하여 처벌을 내린 것은 한복이 아니라 대원수이다.

⊗ 오답풀이

① '황제'는 자신이 총애하는 사람의 말을 듣고 정 상서를 처벌하기로 결심한다.

황제는 진량을 '가장 총애'했는데, 황제의 탄생일 조회에 정 상서가 불참하자, 그를 '간악한 사람'이라고 모함하는 진량의 말을 듣고 크게 놀라 정 상서를 처벌하려 한다.

② '중관'은 정 상서를 처벌하기에는 그 죄가 분명하지 않음을 황제에게 주장한다.

정 상서를 처벌하려는 황제에게 중관은 '정 상서의 죄 명백함이 없으니 어찌 벌로 다스리오리까?'라고 한다. 이는 중관이 정 상서를 처벌하기에는 그의 죄가 분명하지 않다고 주장한 것이라 할 수 있다.

③ '정 상서'는 자신이 소인의 참언 때문에 뜻하지 않게 귀양을 가게 되었다고 생각한다.

황제의 명을 전해 들은 정 상서는 '소인의 참언을 입어 이제 귀양을 가니 어찌 애달프지 않으리오.'라고 말한다. 이는 정 상서가 소인인 진량의 참언 때문에 뜻하지 않게 귀양을 가게 되었다고 생각하는 것으로 볼 수 있다.

⑤ '원 부인'과 '공주'는 정수정이 도리를 지켜 원만하게 지낼 것임을 내세워 태부인을 진정시킨다.

장연의 말을 듣고 노여워하는 태부인에게 원 부인과 공주는 '저 사람(정수정) 또한 대의를 알아 삼가 화목할 것이니 이제는 노하지' 말라고 하며 태부인을 진정시킨다.

✍ 모두의 질문   • 1–⑤번

> **Q:** 윗글의 '저 사람 또한 대의를 알아 삼가 화목할 것이니 이제는 노하지 마소서.'라는 원 부인과 공주의 말에서 '저 사람'이 정수정이라는 것을 어떻게 알 수 있나요?
>
> **A:** '정수정 벼슬이 높으니 능히 제어치 못할 것이요, 저 사람 또한 대의를 알아 삼가 화목할 것이니 이제는 노하지 마소서.'에서 <u>벼슬이 높은 정수정을 '능히 제어치 못'하는 인물은 맥락상 장연이라고 볼 수 있다. 그 후 '저 사람 또한' 대의(사람으로서 마땅히 지키고 행하여야 할 큰 도리)를 알 것이라고 하였으므로 이때 '저 사람'은 정수정으로 보는 것이 타당하다.</u> 고전산문에서는 동일 인물을 지칭하는 말이 지속적으로 바뀐다. 이를 명확하게 구분할 수 있도록 기출을 꾸준히 분석한다면 사소한 함정에 빠지지 않을 수 있을 것이다.

---

2. ㉠~㉤에 대한 이해로 적절하지 <u>않은</u> 것은?

> ㉠: 마침 정 상서 병이 있어 상소하고 참석지 못하였더니
>
> ㉡: 황명이 급하오니 수이 행장 차리소서.
>
> ㉢: 정 상서께서 지난달 보름께 별세하셨나이다.
>
> ㉣: 대원수 호왕에 승리하여
>
> ㉤: 서찰을 본즉 태부인의 서찰이라.

⊘ 정답풀이

② ㉡으로 정 상서는 비보가 전해질 것을 짐작하게 된다.

> 사관이 ㉡과 같이 말하며 정 상서를 재촉하기 전에 정 상서는 이미 중관에게 귀양이 정해졌다는 비보를 전해 들었다. 따라서 정 상서가 ㉡을 통해 비보가 전해질 것을 짐작하게 된다는 것은 적절하지 않다.

⊗ 오답풀이

① ㉠으로 진량에게는 정 상서를 모함할 기회가 생긴다.

진량은 정 상서가 황제의 탄생일 '조회에 불참'한 것에 대해 '반드시 무슨 생각 있는 줄' 안다며 모함한다. 따라서 ㉠으로 진량에게는 정 상서를 모함할 기회가 생긴 것이라 볼 수 있다.

③ ㉢으로 부인과 정수정은 충격을 받고 정신을 잃게 된다.

절강에서 온 사람에게 ㉢을 전해 들은 부인과 정수정은 충격을 받아 '한마디 소리를 내며 혼절'하게 된다.

④ ㉣로 정수정은 황제로부터 노고에 대한 보답을 받게 된다.

정수정이 황제에게 승전을 알리자 황제는 '대원수(정수정)를 맞아 치하'고 '좌각로 평북후를 봉'한다. 즉 ㉣로 인해 정수정이 황제로부터 노고에 대한 보답을 받게 된 것이라 할 수 있다.

⑤ ㉤으로 정수정은 걱정을 덜며 떠날 채비를 하게 된다.

'정수정은 전쟁에서 장연 징계한 일로' 마음이 답답했는데, 태부인의 서찰을 받게 되자 기뻐하며 '즉시 회답하여 보내고 익일에 행장'을 차린다. 따라서 ㉤으로 인해 정수정은 걱정을 덜며 떠날 채비를 하게 된다고 볼 수 있다.

🌱 기틀잡기

> ② **비보**: 슬픈 기별이나 소식.

3. ⓐ, ⓑ에 대한 이해로 가장 적절한 것은?

> ⓐ: 장계
> ⓑ: 첩서

✓ 정답풀이

③ ⓑ는 호왕과 벌인 전쟁의 결과를 보고할 목적으로 작성되었다.

> 정수정은 '호왕에 승리'하고, 황제에게 ⓑ를 올려 '승전'을 알린다. 따라서 ⓑ는 호왕과 벌인 전쟁의 결과를 보고할 목적으로 작성된 것임을 알 수 있다.

✗ 오답풀이

① ⓐ는 자신의 귀양살이를 보고할 목적으로 작성되었다.
   ⓐ는 정 상서가 귀양지인 절강에서 숨을 거두자, 절강 만호가 정 상서의 죽음을 황제에게 보고한 문서이다. 따라서 ⓐ가 자신의 귀양살이를 보고할 목적으로 작성되었다는 것은 적절하지 않다.

② ⓐ는 황제와의 갈등을 해결하기 위한 목적으로 작성되었다.
   ⓐ는 절강 만호가 정 상서의 죽음을 황제에게 보고하기 위해 작성한 것이므로, 황제와의 갈등을 해결하기 위한 목적으로 작성되었다고 볼 수 없다. 또한 절강 만호와 황제의 갈등은 윗글에 나타나지 않는다.

④ ⓑ는 황제를 직접 만나 보고하는 것을 피할 목적으로 작성되었다.
   정수정이 황제에게 ⓑ를 올려 승전을 알린 후, '대군을 지휘하여 경사로 향하여 여러 날 만에 궐하에' 도착하자 황제는 '대원수를 맞아 치하'한다. 즉 정수정은 황제가 먼 거리에 있기에 빠르게 소식을 전달하기 위해 ⓑ를 작성한 것이지, 황제를 직접 만나는 것에 거리낌이 있었던 것은 아니다. 따라서 ⓑ가 황제를 직접 만나 보고하는 것을 피할 목적으로 작성되었다고 볼 수 없다.

⑤ ⓐ와 ⓑ에 담긴 소식은 황제 외의 사람들에게는 알려지지 않았다.
   정 상서의 죽음을 알리는 ⓐ는 황제에게 보고된 것이지만, ⓐ에 담긴 소식은 정 상서의 부인과 정수정에게도 알려진다. 또한 전쟁에서의 승리를 알리는 ⓑ는 정수정이 황제에게 올린 것이지만, 황제가 백관을 거느려 정수정을 맞이하여 치하한 것을 통해 ⓑ에 담긴 소식이 여러 사람에게 알려졌음을 알 수 있다.

4. 〈보기〉를 참고하여 윗글을 감상한 내용으로 적절하지 않은 것은? [3점]

> ───────〈보기〉───────
>
> 정수정은 국가적 위기를 해결하는 영웅이자, 부친의 원수를 갚는 효녀이고, 부녀자로서의 덕목을 지녀야 하는 장씨 가문의 여성이다. 정수정은 주어진 상황과 조건에 따라 세 역할 사이에서 갈등하기도 하지만, 결과적으로는 모든 역할에 충실하며 다양한 능력과 덕목을 갖춘 인물로 형상화된다.

🔍 보기 분석

- 정수정의 역할
   - 국가적 위기를 해결하는 영웅
   - 부친의 원수를 갚는 효녀
   - 부녀자로서의 덕목을 지녀야 하는 장씨 가문의 여성
   → 세 역할 사이에서 갈등하지만 결과적으로 모든 역할에 충실, 다양한 능력과 덕목을 갖춘 인물로 형상화

✓ 정답풀이

④ '장연 징계한 일로 심사 답답'한 '정수정'의 모습에서, '정수정'은 군대를 통솔했던 국가적 영웅으로 돌아가고 싶어 함을 알 수 있군.

> 〈보기〉에서는 '국가적 위기를 해결하는 영웅이자, 부친의 원수를 갚는 효녀이고, 부녀자로서의 덕목을 지녀야 하는 장씨 가문의 여성'이라는 정수정의 세 역할을 제시하고, '정수정은 주어진 상황과 조건에 따라 세 역할 사이에서 갈등하기도' 한다고 했다. 이에 따르면 윗글에서 정수정이 '장연 징계한 일로 심사 답답'한 모습을 보인 것은 전쟁이라는 국가적 위기 상황에서 이를 해결하는 영웅의 역할과 부녀자로서의 덕목을 지녀야 하는 장씨 가문의 여성이라는 역할 사이에서 갈등하는 것으로 볼 수 있다. 그러나 윗글에서 정수정이 군대를 통솔했던 국가적 영웅으로 돌아가고 싶어 하는 내용은 찾아볼 수 없다.

① '진량의 귀양지가 여기서 얼마나 되는'지 묻는 '대원수'의 발언에서, '진량'을 찾아 부친의 한을 풀어 주려는 '정수정'의 효녀로서의 면모가 드러남을 알 수 있군.

윗글에서 정수정은 전쟁에서 승리하여 황성으로 향하다가 한복에게 '진량의 귀양지가 여기서 얼마나 되는'지 묻고 진량을 결박하여 오라고 한 후, 진량에게 '부친 모해하던 죄상을 문초'한다. 〈보기〉에서 정수정은 '부친의 원수를 갚는 효녀'라고 했으므로, 이에 따르면 '진량의 귀양지가 여기서 얼마나되는'지 묻는 것에서 부친의 한을 풀어 주려는 정수정의 효녀로서의 면모가 드러난다고 볼 수 있다.

② '제상을 차려 부친께 제사 지내'는 '대원수'의 모습에서, '정수정'은 부친의 원수를 갚는 효녀로서의 소임을 수행하여 죽은 부친의 넋을 위로하고 있음을 알 수 있군.

윗글에서 정수정은 무사에게 호령하여 진량의 머리를 베라고 한 후 '제상을 차려 부친께 제사'를 지낸다. 〈보기〉에서 정수정은 '부친의 원수를 갚는 효녀'라고 했으므로, 이에 따르면 정수정이 부친께 제사를 지내는 것은 부친의 원수를 갚는 효녀로서의 소임을 수행하여 죽은 부친의 넋을 위로한 것이라고 볼 수 있다.

③ '장연'이 '전쟁터에서 부인에게 욕을 보고 돌아'왔다며 통분하는 '태부인'의 모습에서, '태부인'은 '정수정'이 아내의 역할보다 대원수의 역할을 중시한 것에 대해 못마땅해함을 알 수 있군.

〈보기〉에서 '정수정은 국가적 위기를 해결하는 영웅이자, 부친의 원수를 갚는 효녀이고, 부녀자로서의 덕목을 지녀야 하는 장씨 가문의 여성'이라고 했다. 이에 따르면 태부인이 아들 장연의 말을 듣고 '전쟁터에서 부인에게 욕을 보고 돌아'왔다며 통분하는 모습에서 정수정이 '부녀자로서의 덕목을 지녀야 하는 장씨 가문의 여성', 즉 아내의 역할보다는 '국가적 위기를 해결하는 영웅', 즉 대원수의 역할을 중시하는 것에 대해 못마땅해하는 태부인의 심정이 드러난다고 볼 수 있다.

⑤ '한복'의 '호위'를 받으며 기주로 가서 '태부인께 예'하는 '정수정'의 모습에서, 국가적 영웅의 면모를 유지하는 '정수정'이 며느리로서의 역할도 수행함을 알 수 있군.

〈보기〉에서 '정수정은 국가적 위기를 해결하는 영웅이자, 부친의 원수를 갚는 효녀이고, 부녀자로서의 덕목을 지녀야 하는 장씨 가문의 여성'이라고 하며, '결과적으로는 모든 역할에 충실'하게 된다고 했다. 이에 따르면 한복의 호위를 받으며 기주로 가는 정수정의 모습은 국가적 영웅의 면모를 유지하는 것이라 볼 수 있고, 태부인에게 예를 갖추는 모습은 장씨 가문의 며느리로서의 역할도 수행함을 보여 준 것이라 할 수 있다.

[1~4] 다음 글을 읽고 물음에 답하시오.

상서의 셋째 부인 여씨는 둘째 부인 석씨의 행실과 마음 씀이 매사 뛰어남을 보고 마음속에 불평하여 생각하되, '이 사람이 있으면 내게 상서의 총애*가 오지 않으리라.' 하여 좋은 마음이 없더라. 석씨로 인해 자신에게 상서의 총애가 오지 않을까 봐 염려하는 여씨 날이 늦어져 모임이 흩어진 후 상서의 서모(庶母)* 석파가 청운당에 오니 여씨가 말하길,

"석 부인은 실로 적강선녀. 상공의 총애가 가볍지 않으리로다."

석파가 취해 실언*함을 깨닫지 못하고 왈,

"석 부인은 비단 얼굴뿐 아니라 덕행을 겸비하여 시모이신 양 부인이 더욱 사랑하시나이다."

이때 석씨가 석파를 청하자 석파가 벽운당에 이르러 웃고 왈,

"나를 불러 무엇 하려 하느뇨? 내 석 부인이 받는 총애를 여 부인에게 자랑하였나이다."

석씨가 내키지 않아 하며 당부하되,

"⊙후일은 그런 말을 마소서." 석파가 받는 총애를 여씨에게 자랑하였다는 석파의 말을 듣고, 석파의 경솔함을 염려하는 석씨

하니, 석파 웃더라. 장면 01

여씨의 거동이 점점 아름답지 않으나 양 부인과 상서는 내색하지 않더라. 여씨의 거동에 대해 내색하지 않는 양 부인과 상서 일일은 상서가 문안 후 청운당에 가니 여씨 없고, 녹운당에 이르니 희미한 달빛 아래 여씨가 난간에 엎드려 화씨의 방을 엿듣는지라, 도로 청운당에 와 시녀로 하여금 청하니 여씨가 급히 돌아오니 상서가 정색하고 문 왈,

"부인은 깊은 밤에 어디 갔더뇨?" 화씨의 방을 엿듣는 여씨를 본 후 여씨를 불러 어디에 갔었는지를 묻는 상서

여씨 답 왈,

"ⓒ문안 후 소 부인의 운취각에 갔더이다." 정색하고 묻는 상서에게 소 부인의 거처에 갔었다고 답하는 여씨

상서는 본래 사람을 지극한 도로 가르치는지라 책망*하며 왈,

"부인이 여자의 행실을 전혀 모르는지라. 무릇 여자의 행세 하나하나 몹시 어려운지라. 어찌 깊은 밤에 분주히 다니리오? 더욱이 다른 부인의 방을 엿들음은 **금수의 행동**이라 전일 말한 사람이 있어도 전혀 믿지 않았더니 내 눈에 세 번 뵈니 비로소 그 말이 사실임을 알지라. 부인은 다시 이 행동을 말고 과실을 고쳐 나와 함께 늙어갈 일을 생각할지어다." 여씨에게 잘못된 행동을 고치고 함께 늙어가자며 꾸짖는 상서

하며 기세 엄숙하니, 여씨가 크게 부끄러워하더라. 상서의 책망을 듣고 부끄러워하는 여씨 장면 02

이후 여씨 밤낮으로 생각하더니, 문득 옛날 강충이란 자가 저주로써 한 무제와 여 태자를 **이간**했던 일을 떠올리고, 저주의 말을

꾸며 취성전을 범하니 일이 치밀한지라 뉘 능히 알리오?

일일은 취성전에서 양 부인이 일찍 일어나 앉았으나 석씨가 마침 병이 나서 문안에 불참하매 시녀 계성에게 청소시키니, 계성이 짐짓* 침상 아래를 쓸다가 갑자기 **봉한 것**을 얻어 내며,

"알지 못하겠도다. 누가 잃은 것인고? 필연 동료 중 잃은 것이니 임자를 찾아 주리라."

하고 스스로 혼잣말 하거늘 청소를 하다가 누군가가 잃은 물건을 발견한 척 혼잣말을 하는 계성 부인이 수상히 여겨 가져오라 하여 풀어 보니, 그 글에 품은 한이 흉악하여 차마 보지 못할 바이러라. 필적이 산뜻하니 완연히 석씨의 것이라 크게 괴히 여겨 다시 보니 그 언사의 흉함이 차마 바로 보지 못할지라. 양 부인이 불을 가져다가 사르고 시녀들을 당부하여 왈,

"너희들이 이 일을 누설*한즉 죽을죄를 당하리라." 계성으로부터 건네받은 글을 불태워 없애고 시녀들에게 이 일을 누설하지 말 것을 당부하는 양 부인

좌우 시녀 듣고 송구하여* 입을 봉하되, 홀로 계성은 누설치 못함을 조급해하고 양 부인은 이후 석씨와 자녀를 보나 내색하지 않더라. 일이 계획대로 되지 않자 조급한 계성과 글에 대해 석씨에게 내색하지 않는 양 부인 장면 03

[중략 부분의 줄거리] 석씨가 쫓겨난 후, 첫째 부인 화씨를 모함하려고 여씨가 여의개용단을 먹고 화씨로 둔갑해 나타나자, 상서는 친누나 소씨, 의남매 윤씨, 석파를 불러 모아 함께 실상을 밝히려 여씨의 심복을 찾는다.

시녀가 여씨 심복 미양을 가리켜 아뢰니, 상서가 미양을 잡아내어 엄하게 조사하더라. 미양이 혼비백산하여 사실대로 고하고 두 가지 약을 내어 드리니, 소씨 등이 다투어 보고 웃되, 상서는 홀로 눈을 들어 보지 않으니 사악한 빛을 보지 않으려 함이라. 석파가 그중 **회면단**을 물에 풀어 두 화씨에게 나누어 주니 진짜 화씨 노기 가득하여 먹고 왈,

"약을 먹더라도 부모님 남긴 몸이 달리 되랴? 네 굳이 내 얼굴이 되고자 하니, 이 무슨 괴이한 생각으로 패악*을 떨려 하느뇨?" 회면단을 마신 진짜 화씨가 가짜 화씨(여씨)에게 화를 냄

상서 왈,

"어지럽게 굴지 말라."

진짜 화씨는 회면단을 마시되 용모 변치 않더라. 상서가 또 여씨에게 권하니, 여씨 먹지 않거늘 윤씨 웃고 왈,

"아니 먹는 죄 의심되도다." 회면단을 마시지 않는 여씨에게 죄가 의심된다고 말하는 윤씨

소씨 나아가 우김질로 들이붓더라. 여씨가 마지못하여 먹으니 화씨 변하여 여씨 되는지라. 어쩔 수 없이 회면단을 마시고 본래 모습으로 돌아온 여씨 좌우 사람들이 박장대소하더라. 상서 바야흐로 단정히 고쳐

앉으며 왈,

"군자 있는 곳에는 요사스러운 일이 없거늘 이 아우가 어질지 못하여 집안에 이런 변이 있으니 대장부 되어 아녀자를 거느리지 못하여 이런 행동거지 있으니 어찌 부끄럽지 않으리오. 석씨를 모함함도 여씨의 일이니 누님은 따져 물으소서." 아녀자를 잘 거느리지 못하였음을 부끄러워하면서 누님에게 석씨가 쫓겨난 사건의 진상도 따져 물으라고 하는 상서

석파가 먼저 나서며 미양을 붙들고 물으니 미양이 당초부터 여씨가 계교*를 꾸몄던 일들을 낱낱이 말하더라. 소씨, 윤씨 두 사람이 웃으며 왈,

"이제 보건대, 당초 우리 의심이 그르지 않았도다."

석파가 몹시 좋아해 뛰면서 기쁨을 이기지 못하고, 여씨는 부끄러움을 이기지 못하여 움직이지 못하고, 화씨는 꾸짖기를 마지 않더라. 날이 새어 취성전에 들어가 **어젯밤 일**을 일일이 아뢰더라. 양 부인이 놀라고 여씨를 불러 마루 아래에 꿇리고 벌주니 가장 엄숙하여 언어 명백하며 들음에 모골이 송연하더라. 이에 여씨를 내치고 계성과 미양 등을 엄히 다스리고 집안을 평정하더라. 여씨와 그 조력자들에게 벌을 내리는 양 부인 장면 04

– 작자 미상, 「소현성록」 –

>> 지문을 네 장면으로 나누고, 장면의 핵심 내용을 정리해 보세요.

장면 01	상서의 셋째 부인 여씨가 둘째 부인인 석씨를 시기함
장면 02	화씨의 방을 엿듣는 모습을 들킨 여씨가 상서에게 책망을 듣고 부끄러워함
장면 03	양 부인은 석씨의 필적으로 보이는 흉악한 내용의 글을 보았으나 이에 대해 함구함
장면 04	약을 먹은 여씨가 화씨로 둔갑하지만 실상이 밝혀져 여씨와 그 조력자들이 처벌을 받게 됨

📄 전체 줄거리

〈1대〉 송나라 태종 때 소광은 양 부인과의 사이에 자식이 없어 석씨, 이씨를 후실로 맞는다. 뒤늦게 잉태한 양 부인은 두 딸을 낳고 유복자 현성까지 낳는다. 화씨와 혼인한 현성은 석씨, 여씨와도 뒤이어 혼인을 하게 되는데, 여씨가 화씨와 석씨를 시기하고 모해하지만 결국 실상이 밝혀지는 등 이들 부부는 갈등을 빚기도 하고 이를 해결하기도 한다.

〈2대〉 위 소저와 혼인한 운경은 부부 사이를 모해하는 이로 인해 시련을 겪게 되며, 운성은 형 소저, 명현 공주, 소영과 혼인하는데 이들은 혼인의 과정, 그리고 혼인 이후에도 갈등을 겪게 된다.

〈3대〉 도적의 무리와 어울리며 역모를 일으킨 세 명을 운성이 죽인다.

👥 인물 관계도

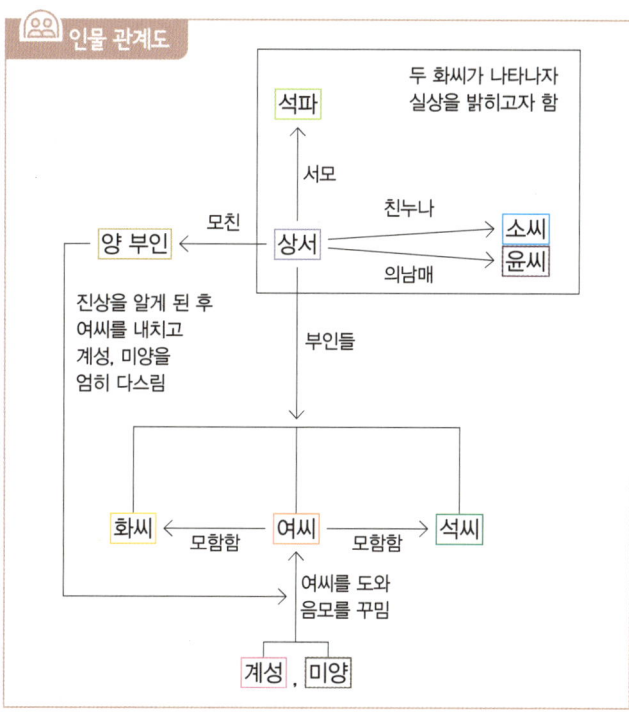

💡 이것만은 챙기자

＊**총애:** 남달리 귀여워하고 사랑함.
＊**서모:** 아버지의 첩.
＊**실언:** 실수로 잘못 말함. 또는 그렇게 한 말.
＊**책망:** 잘못을 꾸짖거나 나무라며 못마땅하게 여김.
＊**짐짓:** 마음으로는 그렇지 않으나 일부러 그렇게.
＊**누설:** 비밀이 새어 나감. 또는 그렇게 함.
＊**송구하다:** 두려워서 마음이 거북스럽다.
＊**패악:** 사람으로서 마땅히 하여야 할 도리에 어그러지고 흉악함.
＊**계교:** 요리조리 헤아려 보고 생각해 낸 꾀.

1. 윗글에 대한 설명으로 가장 적절한 것은?

⊙ 정답풀이

④ 한 인물과 다른 인물들 간의 다면적 갈등 관계를 제시하고 있다.

여씨는 '석씨의 행실과 마음 씀이 매사 뛰어남을 보고 마음속에 불평'하며 계성을 통해 양 부인과 석씨의 사이를 이간질하고자 한다. 또한 여씨는 '화씨의 방을 엿'들은 일로 인해 상서로부터 책망을 듣고, '화씨를 모함'하기 위해서 '여의개용단을 먹고 화씨로 둔갑'하는 등 다른 인물들과 다면적 갈등 관계를 형성하고 있다.

⊗ 오답풀이

① 배경 묘사를 통해 인물의 성격 변화를 암시하고 있다.
　윗글에서 배경 묘사를 통해 인물의 성격 변화를 암시하고 있는 부분은 없다.

② 독백을 반복하여 내적 갈등의 해결 과정을 드러내고 있다.
　윗글에서는 인물과 인물 사이의 갈등이 두드러지게 나타날 뿐, 독백을 반복하여 내적 갈등의 해결 과정을 드러내고 있다고 볼 수 없다.

③ 과거와 현재를 교차하여 사건을 입체적으로 전개하고 있다.
　윗글은 시간의 흐름에 따라 전개되고 있으므로, 과거와 현재를 교차하여 사건을 입체적으로 전개하고 있다고 볼 수 없다.

⑤ 두 공간에서 동시에 일어나는 사건을 병렬적으로 배치하고 있다.
　윗글에서는 상서의 집안에서 일어난 사건을 시간의 흐름에 따라 보여 주고 있을 뿐, 두 공간에서 동시에 일어나는 사건을 병렬적으로 배치하고 있지 않다.

기틀잡기

④ **다면적:** 여러 방면에 걸친.
⑤ **병렬적 서술:** 두 개 이상의 사건을 나란히 배치하여 서술함.

---

2. 윗글의 내용에 대한 이해로 적절하지 않은 것은?

⊙ 정답풀이

③ 여씨는 상서의 책망에도 부끄러워하지 않는다.

'여씨가 난간에 엎드려 화씨의 방을 엿듣는' 것을 본 상서는 여씨를 불러 '깊은 밤에 어디 갔'었는지를 '정색'하고 묻는데, 여씨가 '소 부인의 운취각에 갔'었다고 거짓말을 하자 여씨를 엄숙한 기세로 '책망'한다. 이에 '여씨가 크게 부끄러워'했다고 하였으므로, 여씨가 상서의 책망에도 부끄러워하지 않았다고 볼 수 없다.

⊗ 오답풀이

① 석파는 집안사람들과 교류하며 집안일에 관여한다.
　윗글에서 석파는 여씨 및 석씨와 이야기를 나누고 있다. 또한 두 화씨가 나타나자 상서가 소씨, 윤씨뿐만 아니라 석파도 불러 '함께 실상을 밝히'고자 하며, 석파가 여씨의 심복인 미양을 추궁하여 '여씨가 계교를 꾸몄던 일들'이 자세히 드러나게 되는 것 등을 통해 석파가 상서의 집안사람들과 교류하며 집안일에 관여하고 있음을 알 수 있다.

② 상서는 남의 말의 진위를 직접 확인하여 판단한다.
　'더욱이 다른 부인의 방을 엿들음은 금수의 행동이라 전일 말한 사람이 있어도 전혀 믿지 않았더니 내 눈에 세 번 뵈니 비로소 그 말이 사실임을 알지라.'를 통해 상서는 여씨에 대한 다른 사람의 말을 듣고도 믿지 않았지만, 자신의 눈으로 직접 '세 번'을 보고 비로소 그 말이 참이라고 판단 내리고 있음을 알 수 있다.

④ 양 부인은 권위를 지니고 가족과 시녀들을 통솔한다.
　양 부인은 계성이 건네준 글을 '불을 가져다가 사르고 시녀들'에게 '이 일을 누설한즉 죽을죄를 당'할 것이라고 '당부'하는데, 이에 '좌우 시녀 듣고 송구하여 입을 봉'한다. 또한 여씨가 화씨로 둔갑한 '어젯밤 일'을 알게 된 양 부인이 '여씨를 내치고 계성과 미양 등을 엄히 다스리고 집안을 평정'한 것을 통해 양 부인이 권위를 지니고 가족과 시녀들을 통솔하고 있음을 알 수 있다.

⑤ 소씨는 여씨를 압박하여 의혹을 해소하려 한다.
　석파는 '회면단을 물에 풀어 두 화씨에게 나누어 주'는데 '진짜 화씨는 회면단을 마'셨지만 '화씨로 둔갑'한 여씨는 상서가 권했음에도 이를 '먹지 않'았다. 이에 소씨가 '우김질로 들이붓'자 '여씨가 마지못하여 먹으니 화씨 변하여 여씨 되'었다는 것을 통해 소씨가 여씨를 압박하여 두 화씨가 나타난 사건에 대한 의혹을 해소하려 하였음을 알 수 있다.

기틀잡기

② **진위:** 참과 거짓 또는 진짜와 가짜를 통틀어 이르는 말.
④ **통솔:** 무리를 거느려 다스림.

3. 맥락을 고려하여 ㉠과 ㉡을 이해한 내용으로 가장 적절한 것은?

> ㉠: 후일은 그런 말을 마소서.
> ㉡: 문안 후 소 부인의 운취각에 갔더이다.

✅ 정답풀이

④ ㉠은 석파의 경솔함을 염려하는 말이고, ㉡은 상서의 의심을 피하기 위해 한 말이다.

> ㉠은 '석 부인(석씨)이 받는 총애를 여 부인에게 자랑하였'다는 석파의 말을 들은 석씨가 '내키지 않아 하며 당부'한 것으로, 석파가 경솔하게 발언하는 것을 걱정하는 말로 볼 수 있다. 한편 ㉡은 '깊은 밤에 어디 갔'었냐는 상서의 질문에 대해 여씨가 '화씨의 방을 엿'들은 것을 숨기고 상서의 의심을 피하기 위해 한 말이다.

❌ 오답풀이

① ㉠은 석파의 독선을 질책하는 말이고, ㉡은 상서의 오해를 증폭시키는 말이다.
　㉠에서 석씨가 석파의 독선을 질책했다고 볼 수는 없다. 또한 상서는 '화씨의 방을 엿듣는' 여씨의 모습을 본 후 '깊은 밤에 어디 갔'었냐고 물었을 뿐, 상서가 여씨에 대해 무언가를 오해하고 있다고 보기는 어렵다. 따라서 ㉡이 여씨에 대한 상서의 오해를 증폭시키는 말이라고 볼 수도 없다.

② ㉠은 석파의 안전을 도모하기 위한 말이고, ㉡은 상서를 위험에 빠뜨리기 위한 말이다.
　㉠은 석파의 말이 집안에 분란을 일으킬 수 있음을 염려한 말로, ㉠을 석씨가 석파의 안전을 도모하기 위해 한 말로 볼 수는 없다. 그리고 ㉡은 싱시를 속이기 위해 한 말로, ㉡도 상서를 위험에 빠뜨리기 위해 한 말로 볼 수는 없다.

③ ㉠은 석파에 대한 호의를 표현하는 말이고, ㉡은 상서에 대한 불신을 표현하는 말이다.
　석씨는 '석 부인이 받는 총애를 여 부인에게 자랑하였'다는 석파의 말을 '내키지 않아 하'였으므로 ㉠을 석파에 대한 호의를 표현하는 말로 보기는 어렵다. 그리고 ㉡은 여씨가 상서를 속이기 위해 한 말이므로 여씨가 상서에 대한 불만을 표현하는 말로 볼 수는 없다.

⑤ ㉠은 석파에게 얻은 정보를 불신하는 말이고, ㉡은 상서가 가진 정보를 몰라서 하는 말이다.
　㉡은 '여씨가 난간에 엎드려 화씨의 방을 엿듣는' 것을 상서가 보았다는 사실을 여씨가 알지 못하여 한 말로 볼 수 있다. 그러나 ㉠을 '석 부인이 받는 총애를 여 부인에게 자랑하였'다는 석파의 발언을 불신하는 말이라고 보기는 어렵다.

4. 〈보기〉를 참고하여 윗글을 감상한 내용으로 적절하지 않은 것은? [3점]

> 〈보기〉
>
> 　음모 모티프는 인물이 욕망을 실현하기 위해 음모를 실행하는 이야기 단위이다. 음모의 진행 과정에 환상적 요소가 사용되기도 하고 조력자가 등장해 음모자를 돕기도 한다. 음모가 실행되면서 서사적 긴장이 고조되는데, 음모자의 욕망 실현이 지연되면 서사적 긴장은 일시적으로 이완된다. 이때 음모자가 또 다른 음모를 꾸미나 결국 음모의 실체가 드러나며 죄상에 따라 처벌된다.

🔍 보기 분석

• 「소현성록」에서 확인할 수 있는 음모 모티프의 특징

〈보기〉 내용	지문과 대응하기
– 음모 모티프에서는 인물이 욕망을 실현하기 위해 음모를 실행하는 모습이 나타남	– 상서의 총애를 원하는 여씨가 석씨와 화씨를 모함하려고 계교를 꾸미는 모습이 나타남
– 음모의 진행 과정에서 환상적 요소, 음모를 돕는 조력자가 나타남	– 여씨가 여의개용단을 먹고 화씨로 둔갑하는 것에서 환상적 요소가 나타남 – 계성과 미양이 여씨의 계교를 돕는 조력자로 나타남
– 음모가 실행되면서 서사적 긴장이 고조되지만, 이에 따른 욕망 실현이 지연될 시 서사적 긴장이 이완됨	– 여씨가 석씨와 양 부인 사이를 이간질하기 위해 꾸민 음모로 서사적 긴장이 고조됨 – 양 부인이 글을 불사르고 시녀들을 단속함으로써 음모가 저지되어 서사적 긴장이 이완됨

✅ 정답풀이

⑤ 상서는 '금수의 행동'을 한 여씨를 교화하려 했지만 양 부인은 '어젯밤 일'로 여씨를 내친 데서, 처벌 방법을 두고 대립이 있음을 알 수 있군.

> 상서는 '다른 부인의 방을 엿'듣는 '금수의 행동'을 한 여씨를 '책망'하며 '다시 이 행동을 말고 과실을 고쳐 나와 함께 늙어갈 일을 생각'하라고 했으므로 여씨를 교화하려 했다고 볼 수 있다. 또한 양 부인은 '어젯밤 일'을 듣고 '여씨를 불러 마루 아래에 꿇리고 벌'을 준 후 '여씨를 내치고 계성과 미양 등을 엄히 다스'렸음을 알 수 있다. 그러나 이는 서로 다른 사건에 대한 대응으로, 윗글에서 상서와 양 부인이 여씨의 처벌 방법을 두고 대립하고 있지는 않다.

① 여씨가 자신을 석씨와 견주고 양 부인과 석씨를 '이간'하려는 데서, 석씨와의 경쟁 관계를 의식한 여씨의 욕망에서 음모가 비롯됨을 알 수 있군.

〈보기〉에 따르면 '음모 모티프는 인물이 욕망을 실현하기 위해 음모를 실행하는 이야기 단위'이다. 여씨가 자신을 석씨와 견주며 '이 사람이 있으면 내게 상서의 총애가 오지 않으리라.'라고 생각하고 계성을 통해 글을 건넴으로써 양 부인과 석씨를 '이간'하려는 데서, 상서의 총애를 두고 경쟁 관계를 의식한 여씨의 욕망에서 음모가 비롯됨을 알 수 있다.

② 여씨가 꾸민 '봉한 것'이 계성을 통해 양 부인에게 건네진 데서, 상하 관계에 있는 음모자와 조력자에 의해 서사적 긴장이 고조됨을 알 수 있군.

〈보기〉에 따르면 '음모의 진행 과정'에 '조력자가 등장해 음모자를 돕기도'하며 '음모가 실행되면서 서사적 긴장이 고조'된다고 하였다. '계성이 짐짓 침상 아래를 쓸다가 갑자기 봉한 것을 얻어 내'고 '스스로 혼잣말'을 하여 양 부인으로 하여금 '수상히 여겨 가져오라'고 하도록 하는 데에서, 여씨와 시녀 계성이라는 상하 관계에 있는 음모자와 조력자에 의해 음모가 실행되면서 서사적 긴장이 고조됨을 알 수 있다.

③ '그 글'이 불살라지고 시녀들의 누설이 금지된 데서, 양 부인에 의해 음모의 실행이 저지되어 서사적 긴장이 일시적으로 이완됨을 알 수 있군.

〈보기〉에 따르면 '음모자의 욕망 실현이 지연되면 서사적 긴장은 일시적으로 이완'된다고 하였다. 양 부인이 계성으로부터 건네받은 글을 보았지만 이를 '불을 가져다가 사르고 시녀들'에게 '이 일을 누설한즉 죽을죄를 당'할 것이라며 '당부'하는 것에서, 양 부인에 의해 음모의 실행이 저지되고 이를 통해 여씨의 욕망 실현이 지연되어 서사적 긴장이 일시적으로 이완됨을 알 수 있다.

④ '회면단'을 먹고 여씨가 본래 모습으로 돌아오는 데서, 음모자가 욕망의 실현을 위해 준비한 환상적 요소가 음모의 실체를 드러내는 도구로 작용함을 알 수 있군.

〈보기〉에 따르면 '음모의 진행 과정에 환상적 요소가 사용되기도' 한다. '여씨가 여의개용단을 먹고 화씨로 둔갑해' 두 화씨가 나타나게 되자 상서는 실상을 밝히기 위해 여씨의 심복인 '미양을 잡아 내어 엄하게 조사'하고, 미양은 '혼비백산하여 사실대로 고하고 두 가지 약을 내어' 주게 된다. 그리고 화씨로 둔갑한 여씨가 '그중 회면단'을 푼 물을 '마지못하여 먹으니 화씨 변하여 여씨'가 된 것을 통해 음모자인 여씨가 욕망의 실현을 위해 준비한 환상적 성격의 약이 음모의 실체를 드러내는 도구로 작용함을 알 수 있다.

 문제적 문제 · 4-②, ⑤번

학생들이 정답 외에 가장 많이 고른 선지는 ②번이다. 많은 학생들이 '봉한 것'이 계성을 통해 양 부인에게 건네졌다는 점은 어렵지 않게 파악했지만, '봉한 것'이 여씨가 꾸민 것이고 여씨와 계성이 '상하 관계에 있는 음모자와 조력자'라는 점을 판단하는 데 어려움을 겪은 것으로 보인다. 여씨가 '봉한 것'을 꾸미는 장면이나 계성으로 하여금 이를 양 부인에게 전달하도록 명령을 내리는 장면 등이 직접적으로 제시되지 않아서 ②번 선지의 정오를 판단하는 데 고민의 시간이 길어졌을 것이다.

하지만 윗글에서 상서에게 '책망'을 받은 여씨가 '옛날 강충이란 자'가 '이간했던 일'을 떠올리고, 저주의 말을 꾸며 취성전을 범하니 일이 치밀한지라 뉘 능히 알리오?'라고 한 것을 통해, 여씨가 양 부인이 머무는 '취성전'에서 누군가를 '이간'하고자 '치밀'하게 계교를 '꾸며' 내었음을 알 수 있다.

그리고 이 뒤에 바로 '취성전'에서 청소를 하던 '시녀' 계성이 '짐짓' 침상 아래를 쓸다가 '봉한 것을 얻어 내'고 '스스로 혼잣말'을 하는 장면이 제시되는데 이때 '짐짓'이 '마음으로는 그렇지 않으나 일부러 그렇게.'라는 뜻이라는 점과, 양 부인이 '그 글'을 보고도 '불을 가져다가 사르고' 시녀들에게 '누설한즉 죽을죄를 당'할 것이라고 하자 계성이 '누설치 못함을 조급해하는' 점을 통해 계성이 여씨를 도와 의도적으로 양 부인에게 '봉한 것'을 건네고자 하였음을 짐작할 수 있다.

또한 윗글의 마지막 부분에서 모든 음모의 실체가 드러난 후 양 부인이 여씨, 여씨의 '심복'인 미양과 함께 계성도 '엄히 다스'린 것 역시 계성이 여씨의 조력자임을 판단할 수 있게 해 주는 근거가 된다.

⑤번에 제시된 상서가 언급한 '금수의 행동'이란 여씨가 '다른 부인의 방을 엿듣'은 사건을 가리키며, 양 부인이 들은 '어젯밤 일'이란 이로부터 얼마간의 시간이 흘러 '여의개용단을 먹고 화씨로 둔갑해 나타'난 여씨에 관한 실상이 밝혀진 사건을 가리킨다. 이 둘은 별개의 사건이며 무엇보다 상서와 양 부인이 여씨의 처벌 방법을 두고 대립하는 모습은 윗글에 나타나지 않기 때문에 이 부분에서 확실하게 적절하지 않은 것이었다.

정답률 분석

	매력적 오답			정답
①	②	③	④	⑤
2%	18%	9%	8%	63%

[1~4] 다음 글을 읽고 물음에 답하시오.

이때 [태보] 궐문 밖으로 나오니 그제야 정신없어 기절하거늘 좌우 제신이며 일가 제족이 구완*하여 겨우 인사 차려 좌우를 돌아보며 왈,

"이 몸이 명재경각(命在頃刻)*이라. 어찌 살기를 바라리오. 군 등은 태보가 죽거든 죽기로써 간하여* [왕비]를 내치지 못하게 하옵소서."

한데 이때에 상소 중에 이름 올린 [제원(諸員)]이 모두 이로되,

[A] "그대는 죽기로써 간하다 어명을 입고 사경이 되었으나 우리도 역시 한 탓이로다. 막중한 충을 몰랐으니 무슨 낯이 있으리오. 일은 여럿이 참여하고 죄는 그대만 혼자 당하였으니 죄스럽고 민망하기 측량없노라." 혼자 책임을 지고 엄벌에 처해진 태보를 위로하며 슬퍼하는 신하들

무수히 위로하다가 형옥(刑獄)으로 전송하더라. 이튿날에 [형조 판서] 마지못하여 위계를 갖추고 대강 직계(直啓)로 올렸더니 [상(上)]이 보시고 다시 하교하사,

"금부로 가두라."

하시거늘 금부 옥졸이 옹위하여 **금부**에 이르니 만조백관*이며 장안 백성이 구름 뫼듯 하더라. 이때에 생가 친척이며 양가 제족이 애연* 돌탄*하거늘 임금께 간한 죄로 옥에 갇히는 태보를 보고 안타까워하는 사람들 태보 위로 왈,

[B] "인명이오면 재천이옵거늘 설마 무죄로 죽어 청춘 원혼이 되리오마는 나의 뜻은 정한 지 오래되었는지라. 하늘이 무너지고 땅이 꺼져도 변할 길이 없사오니 이 몸이 죽거든 영천수 흐르는 물에 훨훨 씻어 다른 곳에는 묻지 말고 남산하에 묻어 주오면 죽은 혼백이라도 궐내를 향하여 우리 [주상] 심하에 복지*하여 주야로 간하여 왕비를 다시 환궁하게 하올 것이니 아무리 죽은 사람의 말이라 하옵고 저버리지 마시며 부디 명심하소서." 죽어 땅에 묻혀서도 국가에 윤리적 책무를 다하기 위해 임금의 부당함을 간하겠다는 태보

금부에 수일 잡혀 갇혔더니, 상이 구태여 왕비는 내치시고 태보는 **진도**로 정배*하라 하시니라. 장면 01

[중략 부분의 줄거리] 박태보의 정배를 따라가려다 되돌아온 박태보의 [부인]은 꿈에서 남편을 만난다.

[한림]이 울어 왈,

"내 무죄하여 탕탕한 청천이 감동하사 사생풍진을 다 버리고 전고 충신을 따라 황성에로 구경 가나니, 슬프다! 부인은 기다리지 말고 만세 무양하옵소서*." 이별을 슬퍼하며 부인이 탈 없이 지내기를 바라는 태보

하되, 부인이 대경 왈,

"어디를 가시며 기다리지 말라 하시니까? 한림은 그다지 독하시오. [첩]도 한가지로 가사이다."

하며 한림의 소매를 잡고 못 가게 하니 한림이 왈,

"부인은 안심하소서. 구구한 사정을 어찌 잊으오리까? 일후 상봉할 날이 있으오리다."

하고 떨치고 나가거늘 부인 한림의 손을 잡고 따라가니 어떤 남자 십여 명이 의관을 정제하고 서 있거늘 겸연쩍어 방으로 들어앉으며 가만 보니 [학발의관(鶴髮衣冠)]을 갖춘 어린 제자 오륙 인이 분명하거늘 부인이 놀라 깨달으니 남가일몽이라. 태보를 따라간 곳에서 학발의관을 갖춘 제자들을 보고 깜짝 놀라 꿈에서 깬 부인 장면 02

부인이 몽사를 생각함에 심신이 산란하여* 명월을 대하여 내념*에

'분명 한림이 기사*하였도다.' 태보가 죽었을지도 모른다고 생각하는 부인

시비를 데리고 몽사를 설화하더니 이미 동방이 밝았거늘 [시부모] 당하에 문안차로 나가니, **이화촌**에 개 짖으며 문밖에 울음소리 들리거늘 부인이 놀라 문을 열어 보니 한림의 [하인 동일]이라 하는 사람이 한림의 편지를 드리거늘 [대감 부부]와 부인이 망극하야 서로 붙들고 통곡하다가 기절하거늘 태보의 죽음을 알리는 편지를 받고 통곡하다가 기절하는 대감 부부와 부인 비복 등이 급히 구완하여 겨우 인사를 분별하는지라.

이때에 원근 제족과 만조백관이 다 조문 후에 장안 백성이 뉘 아니 낙루하리오. 태보의 죽음을 슬퍼하는 사람들 이러구러 곡성이 진동하니 어찌 천신이 감동치 아니하리오. 그 편지를 떼어 보니 하였으되,

'불효자 태보는 두어 자 문안을 [부모] 전에 올리나이다. 천 리 원정에 가다가 **과천**의 관에서 신병과 심회가 울적하거늘 구천*에 들어가오니, 사람의 죄 삼천을 정하였으되 불효한 죄가 제일이라 하였으니 삼천 수죄(首罪) 지었으나 자신의 죽음으로 부모께 불효를 저지르게 된 것을 죄스러워 하는 태보 국은을 또한 갚지 못하옵고 임금을 설득하지 못하고 죽어 국은을 갚지 못했다고 여기는 태보 중로 고혼이 되어 구천에 돌아가는 자식을 생각지 마옵고 말년 귀체를 안보 하시다가 만세 후에 부자지정을 만분지일이나 바라나이다.' 부모님의 건강과 보전을 바라는 태보

하였더라.

이날 대감이 판서 노복 등을 거느리고 즉시 과천으로 행할새, 장안 백성이 다 애연하며 구름 뫼듯 하더라. 대감과 판서 애통함이 측량없더라. 초종례로 극진히 한 후에 채단으로 염습하고 도로 집으로 옮겨와 장사를 지내니 일문이 애통함을 차마 못 볼러라. 태보의 장사를 지내며 슬퍼하는 사람들 장면 03

각설, 이때에 상이 [민 중전]을 내치시고 태보를 정배 후, 자연

심신이 산란하여 ~~중전을 내치고 태보를 유배 보낸 뒤 심란한 임금~~ 밤이면 **성내 성외**를 미복으로 순행하시더니 일일은 **한 곳**에 다다르니 명월은 명랑한데 어떤 아이 오륙 인이 월색 희롱하며 노래하야 즐거워하거늘 상이 몸을 은신하시고 자세히 들으니 그 노래에 하였으되,

"저 달은 밝다마는 우리 주상은 불명하야 충신을 무슨 일로 천 리 원정에 내치시며, 무슨 일로 민 중전은 외관에 내치시고 군의신충 없었으니 이 부자자효 쓸데없다. 인심은 분명하건마는 국운이 말세 되어 백성도 못할 일을 국가에서 행하고 한심하고 가련하다. 사백 년 사직을 뉘라서 붙들랴. 이 애야, 저 애야. 흥망성쇠는 불관하다마는 당상 부모 모셨어라. **심산궁곡에 들어가 초목으로 붓을 적시고, 금수로 벗을 삼아 세월을 보내다가 성군을 기다리자.**" ~~현재의 왕에게 실망하여 심산궁곡에 들어가 성군을 기다리려는 백성들~~

서로 비기며 애연히 가거늘 상이 그 노래를 들으시매 **심신이 산란하여** ~~중전을 내치고 태보를 죽게 만든 자신의 행적을 비판하는 노래를 듣고 심란한 임금~~ 그 아이들 성명을 묻고자 하시니 아이들이 달아나는지라 못내 애연하시며 곧 환궁하시니라. 장면 04

– 작자 미상, 「박태보전」 –

▶▶ 지문을 **네 장면**으로 나누고, 장면의 핵심 내용을 정리해 보세요.

장면 01	임금께 간한 죄로 죽을 위기에 처한 태보는 **금부**에 갇혀서도 뜻을 꺾지 않고, 임금은 태보를 **진도**로 유배 보냄
장면 02	부인은 **꿈**에서 태보를 만나 작별의 인사를 나누고, 꿈속의 태보는 어린 **제자**들을 거느림
장면 03	태보의 **편지**를 통해 그의 죽음이 가족들에게 전해지고 가족들과 많은 백성들이 슬퍼함
장면 04	임금은 아이들이 부르는 **노래**를 듣고 심란한 기분을 느낌

📜 전체 줄거리

숙종 때 박세당이라는 선비에게는 두 아들이 있었다. 그런데 박세당의 아우에게는 아들이 없었기에 그는 형의 둘째 아들인 태보를 양자로 삼는다. 박태보는 18세에 혼인하고, 과거에 급제하여 벼슬이 응교(應敎)에 이른다. 이때 숙종은 후궁 장씨에 대한 은총이 과하여 중전 민씨를 폐하고자 한다. 숙종 16년 중전의 생일에 왕이 중전 폐위 전교를 내렸는데 많은 신하들이 이에 반대하는 상소를 올린다. 숙종이 크게 노하여 상소를 올린 사람을 잡아들이라 하자, 박태보가 모든 책임을 지고 들어간다. 숙종이 직접 신문하는 자리에서도 그는 신하된 도리로서 옳지 못한 일을 그냥 볼 수 없다고 하면서 중전 폐위의 부당함을 간언한다. 숙종이 노여움을 참지 못하여 중형을 가하라 명령했지만 그는 조금도 굽히지 않고 자신의 뜻을 밝히며 죽여 달라고 한다. 숙종은 끝내 박태보를 진도로 유배 보낸다. 떠나기 전에 그는 가족들에게 마지막 말을 전하는데 결국 형독이 나서 유배 도중에 죽음을 맞이한다. 이후 숙종은 박태보의 죽음을 슬퍼하며 민씨를 복위시켜 환궁하게 하고, 장씨를 폐위하여 사약을 내린다. 그리고 박태보의 자손에게 관직을 내린다.

👥 인물 관계도

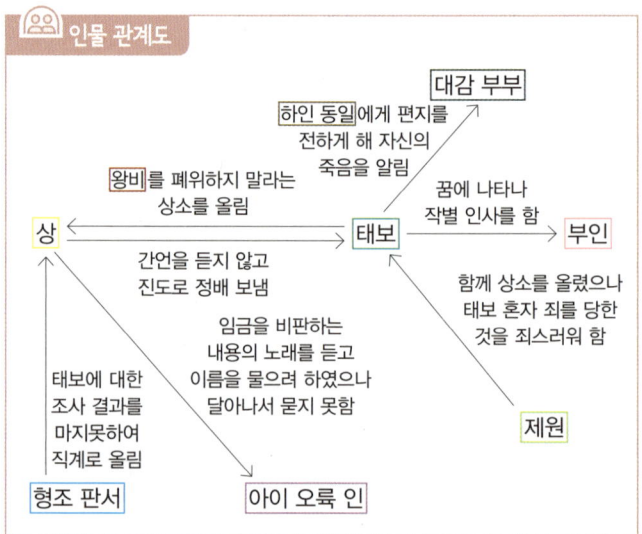

📣 이것만은 챙기자

* **구완**: 아픈 사람이나 해산한 사람을 간호함.
* **명재경각**: 거의 죽게 되어 곧 숨이 끊어질 지경에 이름.
* **간하다**: 웃어른이나 임금에게 옳지 못하거나 잘못된 일을 고치도록 말하다.
* **만조백관**: 조정의 모든 벼슬아치.
* **애연하다**: 슬픈 듯하다.
* **돌탄**: 혀를 차며 탄식함.
* **복지**: 땅에 엎드림.
* **정배**: 죄인을 지방이나 섬으로 보내 정해진 기간 동안 그 지역 내에서 감시를 받으며 생활하게 하던 일. 또는 그런 형벌.
* **무양하다**: 몸에 병이나 탈이 없다.
* **산란하다**: 어수선하고 뒤숭숭하다.
* **내념**: 마음속의 생각.
* **기사**: 거의 다 죽게 됨.
* **구천**: 땅속 깊은 밑바닥이란 뜻으로, 죽은 뒤에 넋이 돌아가는 곳을 이르는 말.

1. 윗글의 내용에 대한 이해로 적절한 것은?

정답풀이

② 부인은 꿈에서 학발의관을 갖춘 사람들을 보고 놀라 꿈을 깼다.

> 부인은 꿈에서 만난 한림을 따라간 방에서 '학발의관을 갖춘 어린 제자 오륙 인'을 보고 '놀라 깨달으니 남가일몽'이었다고 했다.

오답풀이

① 태보는 형옥에서 금부로 이송해 줄 것을 자청했다.

태보는 '금부로 가두라'는 상의 '하교'에 따라 이송되었을 뿐, 금부로 이송해 줄 것을 스스로 청하지는 않았다.

③ 대감은 아들의 주검을 집으로 데려와 초종례를 극진히 지냈다.

태보의 죽음을 알게 된 대감은 '판서 노복 등을 거느리고 즉시 과천으로 행'하여 '초종례로 극진히' 하고 '집으로 옮겨와 장사를 지내'므로 아들의 주검을 집으로 데려와 초종례를 지냈다고 할 수 없다.

④ 상은 노래의 내용을 알기 위해 아이들에게 이름이 무엇인지 물었다.

상은 '어떤 아이 오륙 인이 월색 희롱하며 노래하'는 것을 듣고 '그 아이들 성명을 묻고자 하'였으나 '아이들이 달아나는' 바람에 묻지 못하고 돌아간다.

⑤ 형조 판서는 상의 명령대로 태보에 대한 조사 결과를 자세히 보고했다.

'형조 판서 마지못하여 위계를 갖추고 대강 직계로 올렸다'고 하였으므로, 형조 판서가 태보에 대한 조사 결과를 자세히 보고했다고 할 수 없다.

2. 윗글에 제시된 공간에 대한 설명으로 적절하지 <u>않은</u> 것은?

정답풀이

① '금부'는 임금이 권위를 실현하는 공간이고, '한 곳'은 임금이 권위를 내세우는 공간이다.

> '금부로 가두라'는 상의 '하교'에 따라 태보가 금부에 갇히게 되므로, '금부'는 임금이 권위를 실현하는 공간이라고 볼 여지가 있다. 그런데 '한 곳'에서는 임금이 충신과 중전을 내친 자신을 비판하는 내용의 '노래'를 듣게 되므로, '한 곳'은 임금이 권위를 내세우는 공간이라고 볼 수 없다.

오답풀이

② '진도'는 임금에게 정배받은 태보가 향해야 하는 곳이고, '외관'은 임금에게 내쳐진 민 중전이 거처해야 하는 곳이다.

임금이 '태보는 진도로 정배하라 하'였다고 했으므로, '진도'는 임금에게 정배받은 태보가 향해야 하는 곳이다. 또 임금을 비판하는 아이들의 노래에서 '무슨 일로 민 중전은 외관에 내치시고'라고 하였으므로, '외관'은 임금에게 내쳐진 민 중전이 거처해야 하는 곳이다.

③ '이화촌'은 부인이 시부모에게 직접 문안하는 곳이자 태보가 하인을 보내 부모에게 문안하는 곳이다.

부인은 동방이 밝자 '시부모 당하에 문안차로 나가'는데 '이화촌'에서 한림의 하인이 가져온 '한림의 편지'를 받는다. 그리고 그 편지는 태보가 '두어 자 문안을 부모 전에 올'린 것이므로, '이화촌'은 부인이 시부모에게 직접 문안하는 곳이자, 태보가 하인을 보내 편지를 통해 부모에게 문안하는 곳이라고 볼 수 있다.

④ '과천'은 태보가 '진도'로 가는 경유지이자, 태보의 소식을 받은 대감이 '이화촌'을 떠나 향하는 지점이다.

태보는 임금의 명에 따라 '진도로 정배'를 가는 중에 '과천의 관에서 신병과 심회가 울적하'여 구천(죽은 뒤에 넋이 돌아가는 곳)에 들고 만다. 그리고 '이화촌'에서 태보가 죽었음을 알리는 편지를 받은 대감은 '즉시 과천으로 행'한다. 따라서 '과천'은 태보가 '진도'로 가는 경유지(거쳐 지나가는 곳)이자, 태보의 소식을 받은 대감이 '이화촌'을 떠나 향하는 곳으로 볼 수 있다.

⑤ '심산궁곡'은 '성내 성외'와 대비되어 임금을 피하려는 백성의 마음이 투영된 공간이다.

임금은 '심신이 산란하여 밤이면 성내 성외를 미복으로 순행'한다고 했다. 그리고 아이들이 부른 노래에서 '심산궁곡'은 백성들이 '군의신충'이 없는 임금을 피해 자연을 벗삼아 살며 '성군을 기다리'려는 공간으로 나타나고 있다. 따라서 '심산궁곡'은 임금이 돌아다니는 '성내 성외'와 대비되어 임금을 피하려는 백성의 마음이 투영된 공간으로 볼 수 있다.

3. [A]와 [B]에 대한 설명으로 가장 적절한 것은?

✔ **정답풀이**

③ [A]에서 제원들이 칭송하는 태보의 강직함은, [B]에서 소신을 지키겠다고 하는 태보의 다짐에서 확인된다.

> [A]에서 제원들은 태보가 충심으로 '죽기로써 간하다 어명을 입고 사경이 되었음'을 안타까워하며 '일은 여럿이 참여하고 죄는 그대만 혼자 당하'게 됨을 '죄스럽고 민망'해 한다. 그리고 [B]에서 태보는 '나의 뜻은 정한 지 오래되었고' '하늘이 무너지고 땅이 꺼져도 변'하지 않으니 죽어서도 '주야로 간하'겠다는 다짐을 드러낸다. 따라서 [A]에서 제원들이 칭송하는 태보의 강직함은, [B]에서 소신을 지키겠다고 하는 태보의 다짐을 통해 확인된다고 볼 수 있다.

❌ **오답풀이**

① [A]에서 태보의 위기에 대해 책임을 통감하는 제원들의 탄식은, [B]에서 그 책임을 자신에게 돌리는 태보의 자책과 대비된다.
　[A]에서 제원들은 태보가 '죽기로써 간하다 어명을 입고' 위기에 처한 일에 '우리도 역시 한 탓이'라고 하여 책임을 통감하고 있으나, [B]에서 태보가 그 책임을 자신에게 돌려 자책하고 있지는 않다.

② [A]에서 태보가 받은 제원들의 위로는, [B]에서 삶을 도모하여 무죄를 소명하겠다는 태보의 결심으로 이어진다.
　[A]에서 제원들은 '죄는 그대만 혼자 당하'여 '죄스럽고 민망하기 측량없'다며 태보를 위로하였으나, [B]에서 태보는 죽어서도 임금께 간하겠다는 다짐을 드러낼 뿐 삶을 도모하여 무죄를 밝히겠다는 결심을 드러내지는 않았다.

④ [A]에서 제원들 간의 갈등으로 인한 태보의 심리적 상처는, [B]에서 가족과의 만남을 통해 해소된다.
　[A]에서 제원들 간의 갈등은 드러나지 않으며, 태보의 심리적 상처가 [B]에서 해소되는 것도 아니다.

⑤ [A]에서 제원들의 말을 통해 드러난 태보의 후회는, [B]에서 가족들을 향한 태보의 말에서 반복된다.
　[A]에 제시된 제원들의 말에서 태보의 후회가 드러나는 부분은 찾을 수 없고, [B]에서도 태보는 죽어서도 '주야로 간하'겠다는 다짐을 드러낼 뿐 자신의 행동을 후회하지 않는다.

4. 〈보기〉를 참고하여 윗글을 감상한 내용으로 적절하지 <u>않은</u> 것은? [3점]

> 〈보기〉
>
> 「박태보전」은 숙종 대의 실존 인물 박태보의 삶을 소설화한 작품이다. 이 작품에서 박태보는 임금의 부당함으로 드러나는 부도덕한 세계와의 대결에서 패배하여 숭고한 뜻을 이루지 못한다. 그럼에도 그는 가족과 국가에 윤리적 책무를 다하는 인물로 인정받음으로써 도덕적 영웅으로 고양된다. 이때 다양한 서사 장치들은 사건의 입체적 전개에 기여한다.

🔍 **보기 분석**

> • 「박태보전」의 박태보
>   – 부도덕한 세계와의 대결에서 패배하여 숭고한 뜻을 이루지 못함
>   – 윤리적 책무를 다하는 인물로 인정받아 도덕적 영웅으로 고양됨

✔ **정답풀이**

⑤ 태보에 대한 민심을 편집자적 논평을 통해 반복적으로 나타내어, 태보가 기우는 국운을 회복한 영웅으로 추대되어 백성들의 지지를 받았음을 보여 주는군.

> '원근 제족과 만조백관이 다 조문 후에 장안 백성이 뉘 아니 낙루하리오.', '이러구러 곡성이 진동하니 어찌 천신이 감동치 아니하리오.', '일문이 애통함을 차마 못 볼러라.' 등에서 태보의 죽음을 안타까워하는 민심을 편집자적 논평을 통해 나타내고 있다. 그러나 〈보기〉에 따르면 태보가 영웅으로 추대되어 백성들의 지지를 받은 것은 '가족과 국가에 윤리적 책무를 다하는 인물로 인정받'았기 때문이지, 기우는 국운을 회복한 영웅이었기 때문은 아니다. 태보는 '임금의 부당함으로 드러나는 부도덕한 세계와의 대결에서 패배'하였으므로, 기우는 국운을 회복했다고 볼 수 없다.

❌ **오답풀이**

① 하늘이 태보를 무죄로 판명하여 전고 충신을 따르게 함을 몽사로 드러내어, 태보가 윤리적 명분 면에서 인정받은 도덕적 영웅임을 보여 주는군.
　〈보기〉에서 태보는 '윤리적 책무를 다하는 인물로 인정받음으로써 도덕적 영웅으로 고양된다.'라고 하였다. 윗글에서 부인은 태보가 '내 무죄하여 탕탕한 청천이 감동하'여 '전고 충신을 따라 황성에로 구경' 간다고 말하는 꿈을 꾼다. 이는 하늘이 태보의 무죄를 알아주고 전고 충신을 따르게 함을 꿈속의 일(몽사)을 통해 드러내어, 태보가 윤리적 명분 면에서 도덕적 영웅으로 인정받은 인물임을 보여 준다고 할 수 있다.

② 국은을 갚지 못하고 죽는다는 태보의 한탄을 편지로 제시하여, 태보가 임금을 올바른 길로 인도하려는 숭고한 뜻을 이루지 못하고 세계와의 대결에서 패배했음을 보여 주는군.
　〈보기〉에서 '박태보는 임금의 부당함으로 드러나는 부도덕한 세계와의 대결에서 패배하여 숭고한 뜻을 이루지 못한다.'라고 하였다. 이를 참고하면 태보가 편지에서 '국은을 또한 갚지 못하옵고 중로 고혼이 되어 구천에 돌아'간다고 한탄한 것은 그가 임금을 올바른 길로 인도하려는 뜻을 이루지 못하고 부도덕한 세계와의 대결에서 패배했음을 보여 준다고 할 수 있다.

③ 만세 후에도 부자지정을 바라는 태보의 염원을 편지로 제시하여,
태보가 죽음에 이른 상황에서조차 부모에 대한 윤리적 책임을
다하려 한 인물임을 보여 주는군.

〈보기〉에서 태보는 '가족과 국가에 윤리적 책무를 다하는 인물로 인정받음
으로써 도덕적 영웅으로 고양된다.'라고 하였다. 이를 참고하면 태보는 자
신의 죽음을 전하는 편지에서조차 부모님에게 '말년 귀체를 안보하시다가
만세 후에 부자지정을 만분지일이나 바'란다는 염원을 전하여 부모에 대한
윤리적 책임을 다하려는 모습을 보여 준다고 할 수 있다.

④ 주상이 밝은 달의 속성과 대비되는 불명한 인물임을 노래를 통해
제시하여, 백성들이 주상을 부도덕한 인물로 평가하여 신임하지
않았음을 보여 주는군.

〈보기〉에서 '박태보는 임금의 부당함으로 드러나는 부도덕한 세계와의 대결
에서 패배'한다고 하였다. 이를 참고하면 아이들이 부르는 노래에서 '저 달은
밝다마는 우리 주상은 불명하'다며 두 대상을 밝음과 밝지 않음(불명함)으로
대비한 것은 백성들이 임금을 부도덕한 인물로 평가하여 신임하지 않았음을
보여 준다고 할 수 있다.

🌱 **기틀잡기**

④ **대비**: 두 가지의 차이를 밝히기 위해 서로 맞대어 비교함.
⑤ **편집자적 논평**: 작품 밖 서술자가 자신의 존재를 드러내어 작품 속
인물이나 사건에 대해 직접 해석하고 평가하는 것.

[1~4] 다음 글을 읽고 물음에 답하시오.

[앞부분의 줄거리] 제주도에 간 배 비장은 애랑의 유혹에 넘어가, 사람들에게 조롱을 받는다. 창피를 당한 배 비장은 서울로 돌아가려고 한다.

이때 배 비장은 떠나는 배가 어디 있나 물어보려고 무서움을 억지로 참고,

"ⓐ여보게, 이 사람. 말씀 물어보세." 서울로 가는 배를 찾고자 하는 배 비장

그 계집이 한참 물끄러미 보다가 대답도 아니 하고 고개를 돌리니, 배 비장 그중에도 분해서 목소리를 돋우어 다시 책망* 겸 묻것다.

"ⓑ이 사람, 양반이 물으면 어찌하여 대답이 없노?" 자신의 물음에 대답하지 않는 계집 때문에 분함을 느끼며 책망하는 배 비장

"무슨 말이람나? 양반, 양반, 무슨 양반이야. 품행이 좋아야 양반이지. 양반이면 남녀유별 예의염치도 모르고 남의 여인네 발가벗고 일하는 데 와서 말이 무슨 말이며, 싸라기밥 먹고 병풍 뒤에서 낮잠 자다 왔습나? 초면에 반말이 무슨 반말이여? 참 듣기 싫군. 양반이라는 우월감에 초면에 반말하는 배 비장을 타박하는 계집 어서 가소. 오래지 아니하여 우리 집 남정네가 물속에서 전복 따 가지고 나오게 되면 큰 탈이 날 것이니, 어서 바삐 가시라구! 요사이 세력이 빨랫줄 같은 배 비장도 궤 속 귀신이 될 뻔한 일 못 들었습나?"

배 비장이 구식적 습관으로 지방이라고 한 손 놓고 하대를 하다가 그 말을 들어 보니, 부끄럽고 분한 마음이 앞서져서 혼잣말로 자탄*을 하것다.

"허허 내가 금년 신수 불길하다! 우리 부모 만류할 제 오지나 말았더면 좋을 것을, 고집을 세우고 예 왔다가 경향*에 유명한 웃음거리가 되고, 또 도처마다 망신을 당하니 섬이라는 데 참 사람 못 살 곳이로구!" 제주도에 와서 망신을 당하는 자신의 처지를 탄식하는 배 비장

하며, 분한 마음에 그 계집과 다시 말싸움을 하고 싶지 않건마는, 해는 점점 서산에 걸치고 앞길은 물을 사람이 없어 함경도 문자로 '붙은 데 붙으라' 하는 말과 같이 '사과나 하고 다시 물을 수밖에 없다.' 하여, 말싸움을 하고 싶지 않지만, 길을 물을 사람이 없어 사과를 하고 계집에게 다시 묻기로 하는 배 비장 말공대를 얼마쯤 올려 다시 수작*을 하것다.

"ⓒ여보시오, 내가 참 실수를 대단히 하였소. 이곳 풍속을 모르고."

"실수라 할 것이 왜 있사오리까? 그렇다 하는 말씀이지요. 그런데 당신은 어디로 가시는 양반이십니까?"

"네, 나는 지금 급한 일이 있어 서울을 갈 터인데, 어느 배가 서울로 가는지 그것을 좀 묻고자 그리하오."

"서울 양반이시면 무슨 일로 여기를 오셨으며, 또 성함은 뉘시오니까?"

"성명은 차차 아시오마는, 내가 이곳에 볼일이 있어서 왔다가, 부모 병환 기별을 듣고 급히 가는 길인데, 가는 배가 없어 이처럼 애절이오."

"그러하면 가이없습니다. 서울로 가는 배는 어제저녁에 다 떠나고, 인제는 다시 사오 일을 기다려야 있겠습니다."

"그러하면 이 노릇을 어찌하여야 좋소?"

"참 딱한 일이올시다." 배 비장이 부모 병환 기별을 듣고 급히 서울로 가는 줄 알고, 사오 일을 기다려야 배가 오는 상황을 딱하게 생각하는 계집

하더니,

"옳지! 가는 배 하나 있습니다. 그러나 그 배에서 행인을 잘 태우는지 모르겠소. 저기 저편 언덕 밑에 포장 치고 조그마한 돛대 세운 배에 가서 물어보시오. 그 배가 제주 성내에 사는 부인 한 분이 친정이 해남인데 급한 일이 있어 비싼 값을 주고 혼자 빌려 저녁 물에 떠난다더니, 참 떠나는지 알 수 없습니다."

배 비장이 그 말 듣고 좋아라고 허겁지겁 그 배로 뛰어가서 사공을 찾는다. 계집으로부터 저녁에 떠나는 배가 있다는 이야기를 듣고 좋아하는 배 비장 장면 01

"ⓓ어이, 뱃사공이 누구여?"

사공이 반말에 비위가 틀려, 배 비장의 반말을 듣고 기분이 상한 사공

"어! 사공은 왜 찾어?"

"말 좀 물어보면….'

"무슨 말?"

"그 배가 어디로 가는 배여?"

"물로 가는 배여."

원래 배 비장이 사공을 공손하게 대하기는 초라하고 '해라' 하자니 제 모양 보고 받는지 몰라, 어정쩡하게 말을 내놓다가 사공의 대답이 한층 더 올라가는 것을 보고, 한숨을 휘이 쉬며,

"허! 내가 그저 춘몽을 못 깨고 또 실수를 하였구나!" 사공에게 반말을 한 자신의 태도를 돌아보는 배 비장

어법을 고쳐 입맛이 썩 들어붙게,

"여보시오, ⓔ노형이 이 배 임자시오?"

사공은 목낭청*의 혼이 씌었던지 그대로 좇아가며,

"그렇습니다. 내가 이 배 임자올시다."

"들으니까 노형 배가 오늘 떠나 해남으로 간다지요?"

"예, 오늘 저녁 물에 떠납니다."

"그러면 내가 서울 사는데 지금 가는 길이니 좀 타고 가옵시다." 사공에게 저녁에 해남으로 떠나는 배를 타게 해 달라고 하는 배 비장

"좋은 말씀이올시다마는 이 배가 행객 싣는 배가 아니옵고,

해남으로 가시는 부인 한 분이 혼자 빌려 가시는 터인즉, **사공의 임의로 다른 행객을 태울 수가 없습니다.**" _{임의로 배 비장을 배에 태워}

_{줄 수 없다는 사공}

"그는 그러하겠소마는, 내가 부모 병환 급보를 듣고 급히 가는 길인데, 달리 가는 배는 없고 이 배가 간다 하니, 아무리 부인이 타신 터이라도 이러한 정세를 말씀하시고, 한편 이물* 구석에 종용히 끼어 가게 하여 주시면 그 아니 적선이오?" _{사공에게}

_{배의 앞부분 구석에 끼어 가게 해 달라고 사정하는 배 비장}

"당신 정경이 불쌍하오. 그러면 해 진 후에 다시 오시면, 부인 모르시게라도 슬며시 타고 가시게 하오리다." _{배 비장을 불쌍히 여겨}

_{부인 모르게라도 태워 주겠다는 사공} `장면 02`

– 작자 미상, 「배비장전」 –

*목낭청: 자기 주관 없이 응대하는 사람을 이르는 말.

>> 지문을 **두 장면**으로 나누고, 장면의 핵심 내용을 정리해 보세요.

`장면 01` 제주도에서 창피를 당한 배 비장은 **서울**로 돌아가기 위해 **계집**에게 배가 어디 있는지 물어보고 대답을 들음

`장면 02` 사공은 **부모** 병환 때문에 서울에 간다는 배 비장의 상황을 불쌍히 여겨 배를 빌린 **부인** 모르게라도 슬며시 태워 주겠다고 함

📜 전체 줄거리

　　예방의 임무를 맡은 배 비장은 새로 부임하는 제주 목사 김경을 따라 제주도에 도착한다. 배 비장은 정 비장이 기생 애랑과 이별하며 재물을 모두 주는 것도 모자라 이까지 뽑아 주는 것을 보고 정 비장을 비웃고, 자신은 기생에게 빠지지 않을 것이라고 방자와 내기까지 한다. 방자와의 내기 때문에 다른 비장들이 기생과 어울려 놀 때에도 배 비장은 홀로 고고한 척을 한다. 이를 들은 제주 목사는 애랑에게 배 비장을 유혹하게 한다. 한라산으로 봄놀이를 떠난 배 비장은 우연히 숲에서 목욕을 하는 애랑을 보고 마음을 빼앗기고, 애랑을 향한 상사로 시름하다 방자를 통해 애랑에게 편지를 전한다. 밤에 몰래 처소로 오라는 애랑의 답장을 전해 받은 배 비장은 방자의 말에 넘어가 이른바 '제주 복색'을 따르기 위해 개가죽 옷을 입고 개구멍을 통해 애랑의 방으로 들어간다. 그러던 중 방자가 남편 행세를 하며 들이닥치자 배 비장은 자루 속에 숨었다가 다시 나무 궤짝에 몸을 숨기고, 방자는 궤짝을 바다에 버리는 척하며 동헌(東軒) 마당에 놓고 물을 뿌리면서 배 비장을 희롱한다. 자신이 바다에 빠진 줄 안 배 비장은 눈을 감고 알몸으로 궤짝에서 빠져나와 허우적대고, 그 모습을 구경하던 사람들은 웃으며 배 비장을 조롱한다. 망신을 당한 배 비장은 서울로 가는 배를 타려 하는데 배에서 다시 애랑을 만나게 되고, 이후에는 제주도에 남아 정의현감이 되어 그 고을에서 선정을 베푼다.

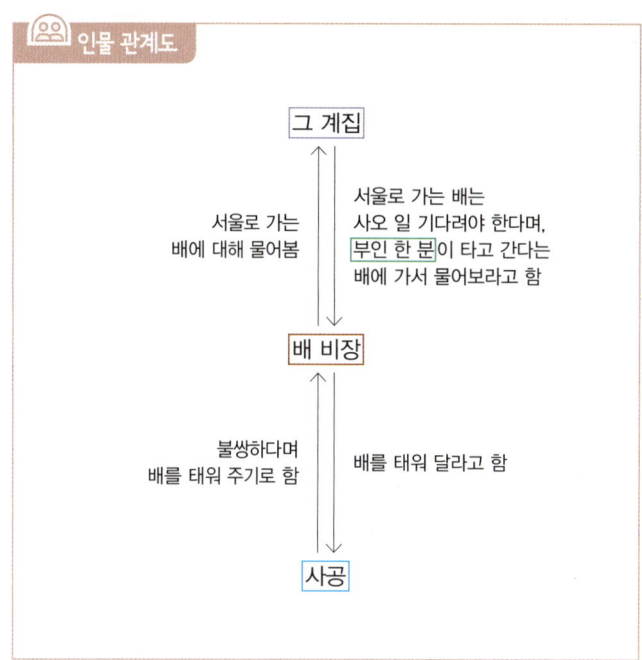

이것만은 챙기자

*책망: 잘못을 꾸짖거나 나무라며 못마땅하게 여김.
*자탄: 자기의 일에 대하여 탄식함.
*경향: 서울과 시골을 아울러 이르는 말.
*수작: 서로 말을 주고받음. 또는 서로 주고받는 말.
*이물: 배의 앞부분.

1. 윗글의 내용에 대한 이해로 적절하지 <u>않은</u> 것은?

정답풀이

④ '사공'은 '부인'의 허락 없이 임의로 다른 행객을 태울 수 없다고 말함으로써 낯선 이에 대한 경계심을 드러내고 있다.

> 사공은 '내가 서울 사는데 지금 가는 길이니 좀 타고 가옵시다.'라고 말하는 배 비장에게 '이 배가 행객 싣는 배가 아니옵고, 해남으로 가시는 부인 한 분이 혼자 빌려 가시는 터인즉, 사공의 임의로 다른 행객을 태울 수가 없습니다.'라고 답하지만, 이를 통해 배 비장에 대한 경계심을 드러내고 있지는 않다.

오답풀이

① '계집'은 '배 비장'의 문제점을 지적함으로써 양반답지 못한 태도에 대해 비판적 인식을 표출하고 있다.
계집은 배 비장에게 '품행이 좋아야 양반이지. 양반이면 남녀유별 예의염치도 모르고 남의 여인네 발가벗고 일하는 데 와서 말이 무슨 말이'냐며, 배 비장의 양반답지 못한 태도에 대해 비판적 인식을 드러내고 있다.

② '배 비장'은 자신에게 이름을 묻는 '계집'의 질문에 즉답을 피함으로써 자신의 정체를 숨기고 있다.
배 비장은 '성함은 뉘시오니까?'라고 묻는 계집에게 '성명은 차차 아시지오마는'이라고 즉답을 피함으로써 자신이 배 비장임을 숨기고 있다.

③ '계집'은 '배 비장'에게 배편이 있을 수도 있다는 말을 건넴으로써 그가 궁금해했던 정보를 제공하고 있다.
계집은 '참 떠나는지 알 수 없'지만 '저기 저편 언덕 밑에 포장 치고 조그마한 돛대 세운 배'가 '저녁 물에 떠난다더니' 거기에 가서 물어보라며 배 비장이 궁금해했던 '어느 배가 서울로 가는지'에 대한 정보를 제공하고 있다.

⑤ '사공'은 '배 비장'의 다급한 상황을 듣고 해결책을 알려 줌으로써 상대방에 대한 연민의 감정을 보여 주고 있다.
사공은 '부모 병환 급보를 듣고 급히 가는 길인데, 달리 가는 배는 없'다는 배 비장의 상황을 듣고 그를 '불쌍'히 여겨 '해 진 후에 다시 오시면, 부인 모르시게라도 슬며시 타고 가시게 하'겠다고 말하고 있다.

📝 모두의 질문   • 1-②번

Q: 배 비장이 자신의 이름을 묻는 계집의 질문에 즉답을 피한 것은 맞지만, 자신의 정체를 숨기고 있는 것은 아닌 것 같아요.

A: 배 비장은 '성함은 뉘시오니까?'라고 묻는 계집에게 '성명은 차차 아시지오마는'이라고 말하며 즉답(그 자리에서 당장 대답함)을 피한다. 이는 배 비장의 이름을 묻기 전 계집이 '요사이 세력이 빨랫줄 같은 배 비장도 궤 속 귀신이 될 뻔한 일 못 들었습나?'라고 말한 것을 고려할 때, 자신이 '애랑의 유혹에 넘어가, 사람들에게 조롱을 받'은 것을 알고 있는 계집에게 배 비장이 정체를 숨기고자 하는 것으로 볼 수 있다.

---

2. ⓐ~ⓔ 중 '배 비장'이 상대의 기분을 풀어 주기 위해 사용한 표현으로만 짝지어진 것은?

> ⓐ: 여보게
> ⓑ: 이 사람
> ⓒ: 여보시오
> ⓓ: 어이
> ⓔ: 노형

정답풀이

④ ⓒ, ⓔ

> '여보게(ⓐ), 이 사람. 말씀 물어보세.'와 '이 사람(ⓑ), 양반이 물으면 어찌하여 대답이 없노?'로 인해 기분이 상한 계집에게 '사과'를 하고 다시 '어느 배가 서울로 가는지'를 묻기 위해 배 비장은 '말공대를 얼마쯤 올려' ⓒ라고 부르며 '내가 참 실수를 대단히 하였소.'라고 한다. 따라서 ⓒ는 배 비장이 계집의 기분을 풀어 주기 위해 사용한 표현으로 볼 수 있다. 한편 배 비장은 '어이(ⓓ), 뱃사공이 누구여?'라는 '반말에 비위가 틀'린 사공을 보고 자신이 '춘몽을 못 깨고 또 실수를 하였'다며 '어법을 고쳐 입맛이 썩 들어붙게' 사공을 ⓔ라고 부르므로, ⓔ는 배 비장이 사공의 기분을 풀어 주기 위해 사용한 표현으로 볼 수 있다.

오답풀이

ⓐ, ⓑ
ⓐ를 들은 계집은 '대답도 아니 하고 고개를 돌리'고, 이에 배 비장이 다시 ⓑ라고 부르며 말을 걸자 '초면에 반말이 무슨 반말이여? 참 듣기 싫군.'이라고 말하는 것으로 보아, ⓐ와 ⓑ는 배 비장이 상대의 기분을 풀어 주기 위해 사용한 표현으로 볼 수 없다.

ⓓ
사공이 '어이(ⓓ), 뱃사공이 누구여?'라는 배 비장의 '반말에 비위가 틀려' 하는 것으로 보아, ⓓ는 배 비장이 상대의 기분을 풀어 주기 위해 사용한 표현으로 볼 수 없다.

3. 조그마한 돛대 세운 배 에 대한 이해로 가장 적절한 것은?

✓ 정답풀이

③ 주인공이 당일에 제주도를 떠나기 위해 타려는 대상이다.

> 배 비장은 계집으로부터 '제주 성내에 사는 부인 한 분'이 '조그마한 돛대 세운 배'를 타고 '저녁 물에 떠난다'는 말을 듣고, '그 배로 뛰어가서 사공'을 찾는다. 그리고 '오늘 저녁 물에 떠'난다는 사공에게 '내가 서울 사는데 지금 가는 길이니 좀 타고 가'자고 말한다. 따라서 '조그마한 돛대 세운 배'는 주인공인 배 비장이 당일에 제주도를 떠나기 위해 타려는 대상이다.

✗ 오답풀이

① 주인공이 부모의 병환 소식을 듣게 되는 공간이다.
배 비장은 계집과 사공에게 '부모 병환' 때문에 서울로 가는 길이라고 말하지만, [앞부분의 줄거리]에 따르면 '창피를 당'하고 떠나는 것이다. 또한 배 비장은 '조그마한 돛대 세운 배'에서 부모의 병환 소식을 듣고 있지도 않다.

② 주인공을 태우고 서울로 가기 위해 급히 준비되었다.
'조그마한 돛대 세운 배'는 '제주 성내에 사는 부인 한 분이 친정이 해남인데 급한 일이 있어 비싼 값을 주고 혼자 빌'린 것으로, 배 비장을 태우고 서울로 가기 위해 준비된 것이 아니다.

④ 주인공이 경제적 보상까지 내세우며 타고자 하는 것이다.
배 비장은 '아무리 부인이 타신 터이라도 이러한 정세를 말씀하시고, 한편 이물 구석에 종용히 끼어 가게 하여' 달라고 부탁할 뿐, '조그마한 돛대 세운 배'를 타기 위해 경제적 보상을 언급하고 있지는 않다.

⑤ 주인공이 행객들을 데리고 제주도를 떠나기 위해 타려 한다.
윗글에서 배 비장이 자신 외에 다른 행객들을 데리고 배를 타려는 것은 확인할 수 없다.

4. 〈보기〉를 참고하여 윗글을 감상한 내용으로 적절하지 않은 것은? [3점]

〈보기〉

「배비장전」에서 창피를 당해 제주도를 떠나려 했던 배 비장은 제주도에 남게 되고, 결말에 가서는 현감에 올라 사람들의 칭송을 받게 된다. 이와 같은 변화가 어떻게 가능했을까? 배 비장이 제주도를 떠나고자 할 때, 제주도 사람들의 도움을 받기 위해 자신이 서울 양반이라는 우월감을 버리고 그들을 존중하는 경험을 했기 때문이다. 이는 비록 불가피한 선택이었지만, 이 과정에서 그는 자신의 태도를 돌아보게 된다. 서울 양반의 경직된 관념에 변화가 일기 시작한 것이다.

🔍 보기 분석

• 배 비장의 경직된 관념의 변화
  – 우월감을 버리고 제주도 사람들을 존중하는 경험을 함
  – 자신의 태도를 돌아봄

✓ 정답풀이

④ '이 노릇을 어찌하여야' 좋겠냐고 묻는 배 비장의 모습에서, 그가 경직된 관념을 버리고 제주도 사람을 존중하는 방법을 고민하고 있음을 알 수 있군.

> '이 노릇을 어찌하여야 좋소?'는 '서울로 가는 배는 어제저녁에 다 떠나고, 인제는 다시 사오 일을 기다려야 있겠'다는 계집의 말을 들은 배 비장의 막막함을 드러낼 뿐, 배 비장이 제주도 사람을 존중하는 방법을 고민하고 있는 모습으로 볼 수는 없다.

✗ 오답풀이

① '양반이' 묻는데 '어찌하여 대답이' 없냐고 계집을 책망한 배 비장의 행위에서, 그가 자신의 신분에 대해 우월감을 갖고 있음을 알 수 있군.
〈보기〉에 따르면 배 비장은 '자신이 서울 양반이라는 우월감'을 가지고 있었는데, '양반이 물으면 어찌하여 대답이 없노?'라고 계집을 책망하는 것에서 이를 확인할 수 있다.

② '지방이라고 한 손 놓고 하대를' 한 배 비장의 태도에서, 그가 서울에서 온 양반이라는 이유로 제주도 사람을 얕보고 있음을 알 수 있군.
〈보기〉에 따르면 배 비장은 '자신이 서울 양반이라는 우월감'을 가지고 있었는데, '지방이라고 한 손 놓고 하대를' 한 것에서 그가 서울 양반이라는 우월감으로 인해 제주도 사람을 얕보고 있음을 확인할 수 있다.

③ '물을 사람이 없어' 계집에게 '사과나 하고 다시 물을 수밖에 없다'고 하는 배 비장의 생각에서, 그가 계집의 도움을 받기 위해 불가피한 선택을 했음을 알 수 있군.
〈보기〉에 따르면 배 비장은 '제주도 사람들의 도움을 받기 위해 자신이 서울 양반이라는 우월감을 버리고 그들을 존중'하는 '불가피한 선택'을 하게 되는데, '계집과 다시 말싸움을 하고 싶지 않건마는' '물을 사람이 없어', '사과나 하고 다시 물을 수밖에 없'다고 생각하는 것에서 이를 확인할 수 있다.

⑤ '어정쩡하게' 말하려다 '춘몽을 못 깨고 또 실수'했다고 한 배 비장의 발언에서, 그가 우월감을 가지고 있던 자신의 태도를 돌아보고 있음을 알 수 있군.
〈보기〉에 따르면 배 비장은 '제주도 사람들의 도움을 받기 위해 자신이 서울 양반이라는 우월감을 버리고 그들을 존중하는 경험'을 하며 이 과정에서 '자신의 태도를 돌아보게' 된다. 이를 참고할 때, 사공에게 '어정쩡하게 말을 내놓'은 것에 대해 자신이 '춘몽을 못 깨고 또 실수를 하였'다고 발언한 것에서 배 비장이 우월감을 가지고 있던 자신의 태도를 돌아보고 있음을 알 수 있다.

[1~4] 다음 글을 읽고 물음에 답하시오.

[앞부분의 줄거리] 김 진사의 딸 채봉은 선비 필성과 정혼하나, 우여곡절 끝에 스스로 기녀가 되어 송이로 이름을 바꾼다. 송이의 서화를 눈여겨본 감사가 송이를 데려와 관아에서 살게 한다.

송이는 감사가 있는 별당 건넌방에 가 홀로 살고 지내며 감사가 시키는 일을 처리하고 지내며 마음에 기생을 면함은 다행하나, 주야로 잊지 못하는 바는 부모의 소식과 장필성을 못 봄을 한하고 부모와 필성의 소식을 궁금해하며 그들을 보고 싶어 하는 송이(채봉) 이 감사가 보는 데는 감히 그 기색을 드러내지 못하니, 혼자 있을 때에는 주야 탄식으로 지내더라. 부모와 필성에 대한 그리움으로 인해 홀로 탄식하는 송이

장면 01

장필성이 이 소문을 듣고 또한 다행하나, 이때 감사는 송이 있는 별당은 외인 출입을 일절 엄금하니, 다시 만날 길이 없어 수심*으로 지내더니, 기생의 처지를 면한 송이의 소식에 다행스러워하면서도 송이를 만날 수 없어 근심하는 필성 한 계책을 생각하되,

"나도 감사 앞에서 거행하는 관속이 된다면 채봉을 만나기가 쉬우리라."

하고 여러 가지로 주선하더니, ㉠이때 마침 감사가 문필이 있는 이방을 구하는지라. 필성이 한 길을 얻어 이방이 되어 감사에게 현신*하니 감사가 일견 대희하여 칭찬하며 왈,

"가위 여옥기인(如玉其人)*이로다. 기뻐하며 필성을 칭찬하는 감사 필성아, 이방이라 하는 것은 승상접하(承上接下)*하는 책임이 중대하니, 아무쪼록 일심봉공(一心奉公)하여 민원(民怨)이 없도록 잘 거행하라."

필성이 국궁수명(鞠躬受命)*하고 차후로 공사 문첩(文牒)*을 가지고 매일 드나들며 송이의 소식을 알고자 하나 관아에 매일 드나들며 송이의 소식을 듣고자 하는 필성 별당이 깊고 깊어 지척이 천 리라 어찌 알리오.

차시 송이는 별당에 있어 이 감사가 들어와 공문을 쓰라면 쓰고 판결문을 내리면 내고 하더니, ㉡하루는 ⓐ공사 문첩 한 장을 본즉, 필성의 글씨가 완연한지라*, 속으로 생각하되,

'이상하다. 필법이 장 서방님 필적 같으니, 혹 공청에를 드나드나.'

하고 감사더러 묻는다.

"㉢요사이 공사 들어온 것을 보면 전과 글씨가 다르오니 이방이 갈리었습니까?"

"응, 전 이방은 갈고 장필성이란 사람으로 시켰다. 네 보아라. 글씨를 잘 쓰지 않느냐."

송이가 이 말을 듣고 속으로 암암이 기꺼하며*, 어떻게 하면 한번 만나 볼까, 그렇지 못하면 편지 왕복이라도 할까, 사람을 시키자니 만일 대감이 알면 무슨 죄벌이 내려올지 몰라 못 하고

무슨 기회를 기다리나 때를 타지 못하여 필성이나 송이나 서로 글씨만 보고 창연히* 지내기를 ㉣이미 반년이라. 필성이 이방이 되어 관아에 출입하고 있음을 알게 되지만 만날 수 없어 더욱 애가 타는 송이 자연 서로 상사병이 될 지경이더라. 장면 02

이때는 추구월(秋九月) 보름 때라. 월색은 명랑하여 남창에 비치었고, 공중에 외기러기 옹옹한 긴 소리로 짝을 찾아 날아가고, 동산의 송림 간에 두견이 슬피 울어 불여귀를 화답하니, 무심한 사람도 마음이 상하거든 독수공방에 눈물로 세월을 보내는 송이야 오죽할까. 필성과 재회하지 못하고 홀로 지내며 슬퍼하는 송이 송이가 모든 심사 잊어버리고 책상머리에 의지하여 잠깐 졸다가 기러기 소리에 놀라 눈을 뜨고 보니, 남창 밝은 달 발허리에 가득하고 쓸쓸한 낙엽성은 심회를 돕는지라. 잊었던 심사가 다시 가슴에 가득하여지며 눈물이 무심히 떨어진다. 달밤의 풍경과 새소리에 외로움을 느끼는 송이

[A] 송이가 남창을 가만히 열고 달빛을 내다보며 위연탄식하는데,

"달아, 너는 내 심사를 알리라. 작년 이때 뒷동산 명월 아래 우리 님을 만났더니, 달은 다시 보건마는 님은 어찌 못 보는고. 필성을 보고 싶어 하는 송이 그 옛날 심양강 거문고 뜯던 여인은 만고문장백낙천(萬古文章白樂天)을 달 아래 만날 적에 마음속에 맺힌 말을 세세히 풀었건만, 나는 어찌 박명*하여 명랑한 저 달 아래서 부득설진심 중사(不得說盡心中事)하니 가련하지 아니할까. 외로움과 슬픔을 토로할 상대가 없는 자신의 처지를 달에게 토로하는 송이 사람은 없어 말 못하나 차라리 심중사를 종이 위에나 그리리라." 자신의 심정을 종이 위에 그리려는 송이

하고 연상을 내어 먹을 흠씬 갈고 청황모 무심필을 덤벅 풀어 백릉화주지를 책상에 펼쳐 놓고 섬섬옥수로 붓대를 곱게 쥐고 장우단탄(長吁短歎)에 맥맥히 앉았다가 고개를 돌리어 벽공의 높은 달을 두세 번 우러러보더니, 서두에 '추풍감별곡(秋風感別曲)' 다섯 자를 쓰고, 상사가 생각 되고 생각이 노래 되고 노래가 글이 되어 붓끝을 따라 나오니 붓대가 쉴 새 없이 쓴다.

(중략)

아득한 정신은 기러기 소리를 따라 멀어지고 몸은 책상머리에 엎드렸더니, 잠시간에 잠이 들어 주사야몽(晝思夜夢) 꿈이 되어 장주(莊周)의 나비같이 두 날개를 떨치고 바람 좇아 중천에 떠다니며 사면을 살피니, 오매불망하던 장필성이 적막 공방에 혼자 몸이 전일의 답시(答詩)를 내놓고 보며 울고 울고 보며 전전반측 누웠거늘, 송이가 달려들어 마주 붙들고 울다가 꿈 가운데 우는

소리가 잠꼬대가 되어 아주 내처 울음이 되었더라. 그리워하던 필성을 꿈속에서 만나 울음을 터뜨리는 송이 장면 03

사람이 늙어지면 상하물론(上下勿論)하고 잠이 없는 법이라. ⓔ이때 이 감사는 연광도 팔십여 세뿐 아니라, 일도방백(一道方伯)이 되어 밤이나 낮이나 어떻게 하면 백성의 원성이 없을까, 어떻게 하면 국은(國恩)에 보답할까 하며 잠을 이루지 못하고 누웠더니, 백성을 걱정하며 잠에 들지 못하는 감사 홀연히 송이의 방에서 흐느껴 우는 소리가 들리거늘, 깜짝 놀라 송이의 울음소리를 듣고 놀란 감사 속으로 짐작하되,

'지금 송이가 나이 십팔 세라. 필연 무슨 사정이 있어 저리하나 보다.'

하고 가만히 나와 보니, 남창을 열고 책상머리에 누웠는데 불을 돋우어 놓고 책상 위에 무엇을 써서 펼쳐 놓았거늘, 마음에 괴이하여 가만히 들어가 ⓑ두루마리를 펼치고 본즉 '추풍감별곡'이라. 장면 04

– 작자 미상, 「채봉감별곡」 –

*국궁수명: 존경하는 뜻으로 몸을 굽히며 분부를 받음.
*공사 문첩: 관청에서 공무상 작성하는 문서.

>> 지문을 네 장면으로 나누고, 장면의 핵심 내용을 정리해 보세요.

장면 01	관아에서 감사가 시키는 일을 처리하며 지내는 송이는 부모와 필성을 그리워함
장면 02	필성은 송이를 만나기 위해 이방이 되고, 송이도 필성이 쓴 문서를 보고 이 사실을 알게 되지만, 두 사람은 서로 만나지 못함
장면 03	송이는 외로움과 그리움에 슬퍼하며 자신의 심정을 적어 내려가다 잠이 들고, 꿈에서 필성을 만나 울음을 터뜨림
장면 04	백성을 걱정하며 잠들지 못하던 감사는 송이의 울음소리에 놀라 찾아갔다가 송이가 쓴 글을 발견함

전체 줄거리

평양의 김 진사는 외동딸 채봉의 배필을 찾아 서울로 향한다. 그 사이 채봉은 시비 취향과 단풍 구경을 갔다가 우연히 장필성을 보고 그에게 마음이 끌린다. 채봉은 급히 집으로 돌아오면서 수건을 떨어뜨리게 되고, 필성은 채봉의 수건을 주워 백년해로를 기약하는 글귀를 적어서 돌려보낸다. 후원에서 달빛을 구경하던 채봉의 앞에 필성이 나타나고 채봉과 필성은 훗날을 기약하며 헤어진다. 한편, 서울로 간 김 진사는 그 기회에 자신의 벼슬자리도 구하고자 허 판서를 찾아간다. 허 판서는 김 진사에게 만 냥을 받는 대가로 과천 현감 자리를 주기로 하면서, 그의 딸 채봉을 자신의 첩으로 삼겠다고 요구한다. 김 진사는 권세가인 허 판서에게 딸을 보내기로 약속한다. 집으로 돌아온 김 진사는 채봉이 장필성과 혼인을 약속했음을 알게 되지만 벼슬이 욕심나 채봉을 데리고 서울로 올라간다. 하지만 서울로 올라가던 도중 채봉은 늦은 밤에 부모님 몰래 다시 평양으로 돌아가고, 그날 밤 주막에는 화적이 들어 김 진사 내외는 돈 오천 냥을 모두 잃고 딸의 생사도 모르는 채 허 판서를 찾아간다. 허 판서는 화를 내며 김 진사를 옥에 가두고, 이에 부인은 비녀를 팔아 노잣돈을 마련한 후 평양으로 돌아와서 만난 채봉에게 그간의 사연을 이야기한다. 채봉은 아버지를 구하기 위해 기생이 되어 육천 냥을 마련하고, 부인이 그 돈을 들고 허 판서를 찾아가나 허 판서는 채봉을 데려오라고 하며 김 진사를 풀어 주지 않는다. 한편 이름을 '송이'라 고친 채봉은 서화에 뛰어나고 인물 또한 아름답다고 소문이 나 많은 이들이 채봉을 만나기 위해 찾아온다. 채봉은 이전에 자신이 필성에게 써 주었던 시구를 문에다 붙이고서는, 이에 얽힌 사연을 맞히는 사람하고만 만나겠다고 한다. 그 소문이 필성에게까지 들어가 두 사람은 마침내 재회하게 된다. 이때 신임 평양 감사 이보국이 채봉의 글재주를 보고서는 그를 관아로 데려와 문서를 처리하는 일을 맡긴다. 필성도 송이를 만나기 위해 이방이 되어 관아로 들어가나, 두 사람은 서로 가까이에서 지내도 만나지는 못한다. 그러던 어느 날 밤 채봉은 필성을 그리워하는 마음에 '추풍감별곡'을 쓰고서 울다 잠이 들고 이 감사는 우연히 이를 보게 된다. 채봉에게 우는 연유를 묻고 그간의 일을 들은 이 감사는 채봉과 장필성이 만날 수 있게 해 준다. 이후 허 판서는 역모죄로 파면을 당하고, 김 진사는 부인과 함께 평양으로 돌아온다. 채봉과 필성은 마침내 혼례를 올린다.

인물 관계도

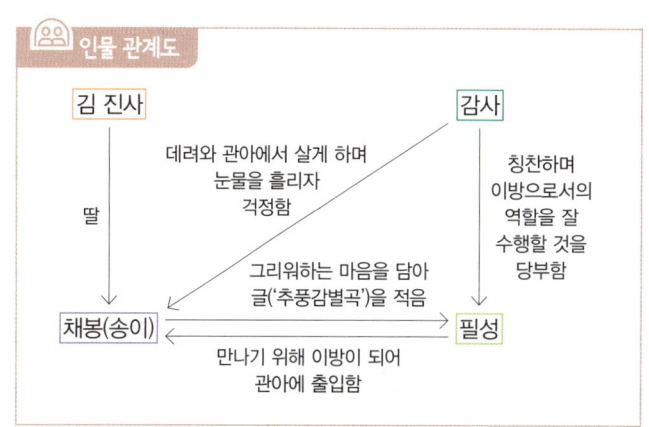

1. 윗글의 내용에 대한 이해로 적절하지 <u>않은</u> 것은?

✔ 정답풀이

① 송이는 부모의 소식으로 애태우다 감사의 걱정을 산다.

> '별당 건넌방에 가 홀로 살고 지내'는 송이는 '부모의 소식과 장필성을 못 봄을 한'스럽게 여겼으나 '이 감사가 보는 데는 감히 그 기색을 드러내지 못'했다고 하였다. 즉 송이가 부모의 소식을 알지 못해 애를 태웠음은 알 수 있지만, 이로 인해 감사의 걱정을 샀다고 볼 수는 없다.

❌ 오답풀이

② 송이는 필성이 이방이 되었음을 감사를 통해 알게 된다.
> 송이는 '공사 문첩 한 장'의 글씨가 필성의 필법과 같음을 보고 감사에게 '이방이 갈리었'냐고 묻는다. 이에 감사는 '전 이방은 갈고 장필성이란 사람으로 시켰다'고 답한다. 따라서 송이는 감사를 통해 필성이 이방이 되었음을 알게 되었다고 할 수 있다.

③ 감사는 필성의 문필 능력을 높이 평가하고 기대를 건다.
> 감사는 '문필이 있는 이방'을 구하였고, 이방이 된 필성을 두고 '대희하여 칭찬'한다. 또 필성에게 '이방이라 하는 것은 승상접하는 책임이 중대하'며 그 역할을 '잘 거행하라'고 이른다. 따라서 감사는 필성의 문필 능력을 높이 평가하고 이방으로서의 역할에 기대를 걸었다고 볼 수 있다.

④ 송이는 필성과 꿈속에서나마 일시적으로 만남을 이룬다.
> 밤중에 달을 보며 '추풍감별곡'을 써 내려가던 송이는 '잠이 들어 주사야몽 꿈이 되어 장주의 나비같이 두 날개를 떨치고 바람 좇아 중천에 떠다니'다가 '오매불망하던 장필성'을 만나 '마주 붙들고 울'음을 터뜨린다. 따라서 송이는 꿈속에서 필성과 일시적으로 만남을 이룬 것으로 볼 수 있다.

⑤ 필성은 송이를 그리워하는 마음을 감사에게 숨기고 있다.
> 필성은 '관속이 된다면 채봉을 만나기가 쉬'울 것이라 생각하고 이방이 되어 관아에 출입하게 되지만, 감사에게 자신의 마음을 드러내지는 않는다.

2. ⓐ와 ⓑ에 대한 설명으로 가장 적절한 것은?

> ⓐ: 공사 문첩 한 장
> ⓑ: 두루마리

✔ 정답풀이

③ ⓐ를 본 송이는 필성이 가까운 곳에 있음을 알게 되고, ⓑ에 필성을 만나지 못하는 마음을 풀어낸다.

> ⓐ를 본 송이는 감사에게 '이방이 갈리었'는지 묻고, 감사는 '장필성이란 사람'이 새로 이방이 되었다고 답한다. 이를 통해 송이는 필성이 가까운 곳에 있음을 알게 된다. 그러나 가까이에 있어도 만나지 못하는 그리움으로 인해 송이는 외로움과 슬픔에 잠기고, 그 마음을 ⓑ에 '추풍감별곡'이라는 제목으로 풀어낸다.

❌ 오답풀이

① ⓐ에 대해 대화하며 송이의 그리움을 눈치챈 감사는, ⓑ를 읽으며 그 대상이 필성임을 알게 된다.
> 송이가 ⓐ에 대해 언급하며 이방이 바뀌었는지 묻자, 감사는 '장필성이란 사람'에게 이방의 일을 맡겼음을 말할 뿐 송이의 그리움을 눈치채지는 못한다. 또한 장필성을 만나지 못하는 송이의 외로움과 그리움을 담은 ⓑ를 감사가 읽게 되지만 그 대상이 필성임을 알게 되었는지는 윗글을 통해 알 수 없다.

② ⓐ를 작성한 사람에 대한 궁금증을 갖게 된 송이는, ⓑ를 통해 자신의 궁금증을 필성에게 알린다.
> ⓐ를 본 송이는 그 글씨가 필성의 것임을 짐작하고 이방이 바뀌었는지 감사에게 물음으로써 필성이 이방이 되었음을 알게 된다. 그러나 ⓑ는 필성을 만나지 못하는 송이의 슬픔과 그리움을 담아낸 것으로, 필성에게 자신의 궁금증을 알리려고 적은 것은 아니다.

④ ⓐ를 감사로부터 전달받은 필성은 송이의 마음을 알게 되고, ⓑ를 쓰면서 송이에 대한 자신의 그리움을 드러낸다.
> ⓐ는 필성이 공무상 작성한 문서로, 감사가 이를 필성에게 전달하지는 않는다. 또한 ⓑ는 필성을 만나지 못하는 송이의 심정을 담아낸 것으로, 필성이 쓴 것이 아니다.

⑤ ⓐ를 보면서 필성이 자신을 찾고 있음을 알게 된 송이는, ⓑ를 쓰면서 필성과 재회하고자 하는 의지를 드러낸다.
> ⓐ를 본 송이는 그 글씨가 필성의 것임을 짐작하고 그것을 작성한 사람에 대해 감사에게 물음으로써 필성이 이방이 되었음을 알게 된다. 그러나 ⓐ를 통해 필성이 자신을 찾고 있음을 알게 되었는지는 윗글에서 확인할 수 없다. 또한 ⓑ는 필성을 만나지 못하는 송이의 슬픔과 그리움을 드러낸 것이지, 필성과 재회하고자 하는 의지를 드러냈다고 볼 수는 없다.

3. [A]의 '달'에 대한 이해로 적절하지 <u>않은</u> 것은?

✓ 정답풀이

① 송이가 필성의 안녕을 기원하는 마음을 의탁하는 대상이다.

[A]에서 송이는 달을 보며 '달은 다시 보건마는 님은 어찌 못 보는'지 한스러워할 뿐, 달에게 필성의 안녕을 기원하는 마음을 의탁하지는 않았다.

✗ 오답풀이

② 자연물의 다양한 소리와 어울려 송이의 외로움을 심화한다.
[A]에서는 '외기러기 옹옹한 긴 소리'와 '두견이 슬피' 우는 소리를 통해 애상적인 분위기가 조성된다. 이러한 자연물의 다양한 소리는 '달'과 어우러져 '독수공방에 눈물로 세월을 보내는 송이'의 외로움과 슬픔을 더욱 심화한다고 볼 수 있다.

③ 송이가 자신의 심사를 들추어내어 감정을 토로하는 인격화된 상대이다.
[A]에서 송이는 '달아, 너는 내 심사를 알리라.'라고 함으로써 달을 인격화하여 말을 건네고 있으며, 필성을 볼 수도 없고 마음에 맺힌 말을 털어놓을 상대도 없는 자신의 심사를 들추어내어 감정을 토로하고 있다.

④ 송이의 처지와 대조되는 옛 이야기를 환기시켜 송이가 스스로에 대한 연민을 표하게 한다.
[A]에서 송이는 달을 보며 '그 옛날 심양강 거문고 뜯던 여인'이 백낙천을 '달 아래 만날 적에 마음속에 맺힌 말을 세세히 풀었다'는 옛 이야기를 떠올리고 있으며, 이를 통해 누구에게도 진심을 털어놓을 수 없는 자신의 처지를 가련히 여기는 연민을 표현하고 있다.

⑤ 송이에게 필성과의 추억을 떠올리게 하면서 재회를 기약할 수 없는 현재 상황을 부각한다.
[A]에서 송이는 '작년 이때 뒷동산 명월 아래 우리 님을 만났'던 추억을 떠올리고 있으며, '달은 다시 보건마는 님은' 만날 수 없는 현재의 상황을 한탄하고 있다.

🌱 기틀잡기

③ **인격화:** 사람이 아닌 것에 인격을 부여하여 사람인 것처럼 표현하는 것.
④ **대조:** 둘 이상인 대상의 내용을 맞대어 같고 다름을 검토함. 서로 달라서 대비가 됨.

✎ 모두의 질문
• 3–④번

Q: 옛 이야기가 송이의 처지와 대조되는지 어떻게 알죠? 고사의 내용을 배경 지식으로 알고 있어야 하나요?

A: [A]에서 송이가 언급한 옛 이야기가 현재 송이의 처지와 대조된다는 것은 고사의 자세한 내용을 몰라도 충분히 판단할 수 있다. '만고문장 백낙천'이 무엇인지 몰랐다고 하더라도, 그 여인은 '맺힌 말을 세세히 풀었'지만 송이는 '사람은 없어 말 못하'고 있는 상황이라고 하였으므로 두 인물의 처지가 대조됨을 알 수 있는 것이다.
고전소설의 인물들은 자신이 주장하고자 하는 바를 강조하거나, 자신의 처지나 심정을 부각하기 위해 고사를 활용하는 경우가 많다. 자주 등장하는 유명한 고사의 경우 그 유래나 뜻을 알아 두는 것이 도움이 될 수 있겠지만, 대부분의 경우 고사의 유래를 몰라도 고사를 활용하여 인물이 하고자 하는 말이 무엇인지 정확히 파악하면 문제를 해결할 수 있다. 따라서 생소한 내용의 고사가 등장했을 때 그 뜻을 파악하는 데에 집중하기보다는, 고사를 통해 인물이 강조하고자 하는 바가 무엇인지 파악하는 것이 중요하다.

4. 〈보기〉를 참고하여 ㉠~㉤을 이해한 내용으로 적절하지 <u>않은</u> 것은? [3점]

> ㉠: 이때 마침
> ㉡: 하루는
> ㉢: 요사이
> ㉣: 이미 반년이라
> ㉤: 이때

〈보기〉

소설에서 시간 표지는 배경을 지시할 뿐 아니라, 우연하게 일어날 수 있는 사건들에 개연성을 부여하거나 사건의 전개나 장면의 전환 등에 관여된 서사적 정보를 제시하기도 한다. 또한 장면을 제시하는 것은 물론 서로 다른 장면을 연결하거나, 사건이 요약적으로 제시되었음을 가늠하게 하는 등 서사의 주요 요소들을 보조하는 기능을 한다.

🔍 보기 분석

- 소설에서 시간 표지의 기능
  - 배경을 지시함
  - 사건들에 개연성을 부여함
  - 사건 전개, 장면 전환에 관한 서사적 정보를 제시함
  - 장면을 제시함
  - 서로 다른 장면을 연결함
  - 사건이 요약적으로 제시되었음을 가늠하게 함

✅ 정답풀이

③ ㉢은 공청에서 일어난 최근의 변화에 송이가 주목하고 있음을 보여 주는 한편, 송이가 공청의 일을 돕게 되기까지의 과정이 요약적으로 제시되었음을 드러낸다.

송이는 '공사 문첩 한 장'에서 필성의 필법을 발견하고 '전과 글씨가 다르오니 이방이 갈리었'는지 감사에게 묻는다. 따라서 공청에서 일어난 최근의 변화에 송이가 주목했다고 볼 수는 있으나, ㉢을 통해 송이가 공청의 일을 돕게 되기까지의 과정이 제시되지는 않았다. 송이가 공청의 일을 돕게 되기까지의 과정은 [앞부분의 줄거리]를 통해 제시되어 있으며, ㉢은 그 이후의 시간을 나타낸다.

❌ 오답풀이

① ㉠은 우연으로 보이는 감사의 이방 선발이, 필성이 송이와 만나기 위해 애써 왔던 시간과 맞물려 있음을 드러냄으로써 필성의 관아 입성에 개연성을 부여한다.

〈보기〉에서 '시간 표지'는 '우연하게 일어날 수 있는 사건들에 개연성을 부여'하기도 한다고 하였다. 감사가 '문필이 있는 이방을 구하는' 일은 우연적 사건으로 보이나, ㉠을 통해 필성이 송이를 만나기 위해 '관속'이 되려 '여러 가지로 주선하'던 시간과 맞물려 필성이 관아에 들어가는 사건에 개연성을 부여한다고 볼 수 있다.

② ㉡은 평범한 일상을 지내던 송이와 감사의 대화를 통해 중요한 서사적 정보가 드러난 시간을 부각하여, 필성과 재회하고자 하는 송이의 바람을 심화하게 되는 서사적 전환에 관여한다.

〈보기〉에서 '시간 표지'는 '사건의 전개나 장면의 전환 등에 관여된 서사적 정보를 제시하기도 한'다고 하였다. ㉡은 '공문을 쓰라면 쓰고 판결문을 내라면 내'는 평범한 일상을 지내던 송이가 감사와의 대화를 통해 필성이 이방이 되어 관아에 출입하고 있다는 중요한 정보를 알게 된 시간을 나타내는 표지이다. 이후 송이는 '어떻게 하면 한번 만나 볼까' 고민하고 있으므로, ㉡은 평범한 일상을 지내던 송이가 필성과의 재회에 대한 바람을 심화하게 되는 서사적 전환에 관여한다고 볼 수 있다.

④ ㉣은 송이와 필성의 만남이 이루어지지 않은 상태에서 상당한 시간이 흘렀음을 드러내면서, 송이와 필성이 가진 그리움의 깊이를 함축한 서사적 정보로 기능한다.

〈보기〉에서 '시간 표지'는 '사건의 전개나 장면의 전환 등에 관여된 서사적 정보를 제시'하며 '사건이 요약적으로 제시되었음을 가늠하게 하는' 역할을 한다고 하였다. ㉣은 '필성이나 송이나 서로 글씨만 보고 창연히 지내'는 시간이 상당히 흘렀음을 드러내며, 그로 인해 서로를 향한 그리움이 더욱 심화되었음을 짐작하게 한다고 볼 수 있다.

⑤ ㉤은 감사의 사람됨과 감사가 잠을 이루지 못하는 이유를 관련짓게 하는 한편, 흐느껴 울던 송이를 감사가 발견하는 사건의 시간적 배경을 지시한다.

〈보기〉에서 '시간 표지'는 '배경을 지시할 뿐 아니라, 우연하게 일어날 수 있는 사건들에 개연성을 부여'하기도 한다고 하였다. ㉤은 백성을 걱정하고 어떻게 하면 국은에 보답할 수 있을지 걱정하는 감사의 사람됨과 늦은 시간까지 '잠을 이루지 못하고' 있는 이유를 관련짓게 하며, 꿈속에서 필성을 만나 흐느껴 울던 송이를 감사가 발견하게 되는 사건의 시간적 배경을 드러낸다고 볼 수 있다.

작자 미상, 「최고운전」

문제 P.140

[1~3] 다음 글을 읽고 물음에 답하시오.

승상 나업은 딸 하나가 있었다. 재예(才藝)*가 당대에 빼어났다. 아이는 이 말을 듣고 헌 옷으로 갈아입고 거울 고치는 장사라 속여 승상 집 앞에 가서 "거울 고치시오!"라 외쳤다. 소저는 이 말을 듣고 거울을 꺼내 유모에게 주어 보냈다. 소저는 유모 뒤를 따라 바깥문 안쪽까지 나가 문틈으로 엿보았다. 장사가 소저의 얼굴을 언뜻 보고 반해, 소저의 얼굴을 보고 반한 장사(아이) 손에 쥐었던 거울을 일부러 떨어뜨려 깨뜨렸다. 유모가 놀라 화내며 때리자 장사가 거울을 깨자 화가 난 유모 장사가 울며 말했다.

"거울이 이미 깨졌거늘 때려 무엇 하세요? 저를 노비로 삼아 거울 값을 갚게 해 주세요." 거울을 일부러 깨뜨리고 승상 집 노비로 들어가고자 하는 장사

유모가 들어가 이를 승상께 아뢰니 허락하였다. 승상은 그의 이름을 거울을 깨뜨린 노비라는 뜻으로 파경노(破鏡奴)라 짓고 말 먹이는 일을 시켰다. 말들은 저절로 살쪄 여윈 것이 하나도 없었다.

하루는 천상의 선관들이 구름처럼 몰려와 말 먹일 꼴*을 다투어 그에게 주었다. 이에 파경노는 말들을 풀어놓고 누워만 있었다. 날이 저물어 말들이 파경노가 누워 있는 곳에 와 그를 향해 머리를 숙이며 늘어서자 보는 자마다 모두 기이하게 여겼다. 파경노를 기이하게 여기는 사람들 승상 부인은 이 말을 듣고 승상에게 말했다.

"파경노는 용모가 기이하고 탄복할 일이 많으니 필시 비범한 사람일 것입니다. 파경노가 평범한 인물이 아니라고 생각하는 승상 부인 마부 일도, 천한 일도 맡기지 마세요."

승상이 옳게 여겨 그 말을 따랐다. 이전에 승상은 동산에 꽃과 나무를 많이 심었는데, 파경노에게 이를 기르게 했다. 이때부터 동산의 화초가 무성하며 조금도 시들지 않아, 봉황이 쌍쌍이 날아들어 꽃가지에 깃들었다. 장면 01

열흘이 지났다. 파경노는 소저가 동산의 꽃을 보고 싶으나 동산의 꽃을 보고 싶은 소저 파경노가 부끄러워 오지 못한다는 말을 들었다. 이에 파경노는 승상을 뵙고 말했다.

"제가 이곳에 온 지 여러 해 지났습니다. 한 번도 노모를 뵙지 못했으니, 노모를 뵙고 올 말미를 주십시오."

승상은 닷새를 주었다. 소저는 파경노가 귀향했다는 소식을 듣고 동산에 들어와 꽃을 보고,

"꽃이 난간 앞에서 웃는데 소리는 들리지 않네."라고 시를 지었다. 파경노는 꽃 사이에 숨어 있다가,

"새가 숲 아래서 우는데 눈물 보기 어렵네."라고 시로 화답* 했다. 소저가 부끄러워 얼굴을 붉히며 돌아갔다. 화답시를 듣고 부끄러워하는 소저 장면 02

[중략 부분 줄거리] 중국 황제는 신라 왕에게 석함을 보내, 그 안에 있는 물건을 알아내 시를 지어 올리라 명한다. 신라 왕은 이를 해결하지 못하고 나업에게 과업*을 넘긴다.

나업은 집으로 돌아와 석함을 안고 통곡했다. 과업으로 인해 슬퍼하는 승상 파경노는 이 말을 듣고 사람들에게 왜 우는지를 물었다. 사람들이 모두 말해 주자, 자못 기쁨을 띠며 꽃가지를 꺾어 외청으로 갔다. 승상이 우는 이유를 듣고 기뻐하는 파경노

소저가 슬피 울다가 문득 벽에 걸린 거울에 비친 그림자를 보았다. 속으로 놀라 아버지가 곤경에 처해 슬퍼하다가 문득 누군가가 지켜보고 있음을 깨닫고 놀란 소저 창틈으로 엿보니 파경노가 꽃을 들고 서 있었다. 소저가 이상히 여겨 묻자, 시치미를 떼며 말했다.

"그대가 이 꽃을 보고 싶다 하여 그대를 위해 가져 왔소. 시들기 전에 받아 보시오."

소저가 한숨을 크게 쉬니, 파경노가 위로하며 말했다.

"거울 속에 비친 이가 반드시 그대 근심을 없애 줄 것이오. 근심치 말고 꽃을 받으시오." 소저를 위로하고자 하는 파경노

소저가 꽃을 받고 부끄러워하며 안으로 들어갔다. 파경노가 준 꽃을 받고 부끄러워하는 소저 장면 03

얼마 뒤 소저는 파경노의 말을 괴이히 여겨 승상께 말했다.

"파경노가 비록 어리지만 재주가 남보다 뛰어나고, 신인(神人)의 기운이 있어 석함 속의 물건을 알아내어 시를 지을 수 있을 것입니다."

승상이 말했다.

"너는 어찌 쉽게 말하느냐? 만약 파경노가 할 수 있다면 나라의 이름난 선비 가운데 한 명도 시를 짓지 못해 이 석함을 나에게 맡겼겠느냐?" 파경노가 석함 속의 물건을 알아내어 시를 지을 수 있을 것이라고 생각하지 않는 승상

소저가 말했다.

"뱁새는 비록 작지만 큰 새매를 살린다 합니다. 그가 비록 노둔하나* 큰 재주를 지니고 있는지 어찌 알겠습니까?"

이어서 파경노가 걱정하지 말라고 했음을 고했다.

"만약 그가 시를 지을 수 없다면 어찌 그런 말을 냈겠습니까? 원컨대 그를 불러 시험 삼아 시를 짓게 하소서." 승상이 파경노를 불러 시를 짓게 시키기를 바라는 소저

승상이 파경노를 불러 구슬리며 말했다.

"만약 이 석함 속의 물건을 알아내 시를 짓는다면 후한 상을 줄 것이며, 마땅히 네 뜻을 이루어 주겠다." 파경노가 자신을 대신해 과업을 완수하기를 바라는 승상

파경노가 거절하며 말했다.

"비록 후한 상을 준다 한들 제가 어찌 시를 짓겠습니까?"

소저가 이 말을 듣고 승상에게 말했다.

"살고 싶고 죽기 싫은 것이 인지상정*입니다. 옛날에 어떤 이가 사형을 당하게 되었을 때, 그에게 '네가 만약 시를 짓는다면 내 마땅히 사면*해 주겠다.' 했습니다. 그 사람은 무식한 이였으나 그 명을 따랐습니다. ==하물며 파경노는 문학이 넉넉해 시를 지을 수 있지만 거짓으로 못하는 체하고 있습니다.== 파경노가 시를 못 짓는 체한다고 생각하는 소저 지금 ==아버님==께서 그를 겁박*하시면 어찌 삶을 좋아하고 죽음을 싫어하는 마음이 없어 복종치 않겠습니까?" 승상으로 하여금 파경노를 겁박하여 시를 짓도록 하라는 소저 승상이 그럴듯하다 여기고 파경노를 불렀다. 장면 04

– 작자 미상, 「최고운전」 –

>> 지문을 **네 장면**으로 나누고, 장면의 핵심 내용을 정리해 보세요.

> 장면 01 **말**을 먹이고 화초를 기르는 데에서 승상의 집 **노비**가 된 파경노의 신이한 능력이 드러남

> 장면 02 파경노는 기지를 발휘해 **소저**를 만난 뒤 화답시를 읊음

> 장면 03 승상은 **석함** 안의 물건을 알아내어 **시**를 지어야 하는 과업을 넘겨받고, 이에 슬퍼하는 소저를 파경노가 위로함

> 장면 04 파경노가 승상의 제안을 거절하자 소저는 승상에게 파경노를 **겁박**해서라도 시를 짓게 하라고 조언함

전체 줄거리

최충의 아내는 금돼지에게 납치되었지만 기지를 발휘해 금돼지를 죽이고 돌아와 최치원을 낳는다. 최충은 치원을 금돼지의 자식이라 여겨 버리지만, 선녀가 내려와 치원을 기르고 치원은 선인들의 가르침을 받아 문리를 깨치게 된다. 하루는 치원의 글 읽는 소리를 들은 중국 황제가 두 학사를 신라로 보내 치원과 겨루게 하지만 두 사람 모두 치원에게 패배하고 돌아간다. 황제는 석함에 달걀을 넣고 밀봉하여 신라에 보내며, 그 안에 든 물건을 알아내어 시를 지으라고 한다. 이때 치원은 나 승상의 집에서 노복으로 있었는데, 나 승상의 딸과 혼인하는 조건으로 시를 짓는다. 황제는 시를 지은 사람이 비범한 능력을 지녔음을 알아보고 중국에 위협이 될까 염려하여 중국으로 불러 재주를 시험하고자 한다. 중국으로 가는 길에 치원은 조력자를 만나 중국에서 겪을 난관을 극복할 방법을 알게 되어 황제의 간계를 물리치고 자신의 능력을 증명해 보인 뒤 후한 대접을 받는다. 이후 치원은 중국 과거 시험에서 장원으로 급제하고, 수년 후 황소의 난이 일어났을 때 격문을 지어 항복을 받아 내니 황제의 총애가 두터워진다. 이에 중국 신하들은 치원을 모함하여 유배를 가게 되지만 유배지에서의 위기를 극복하고 돌아온 치원은 신라로 돌아와 가야산에 들어가 신선이 된다.

인물 관계도

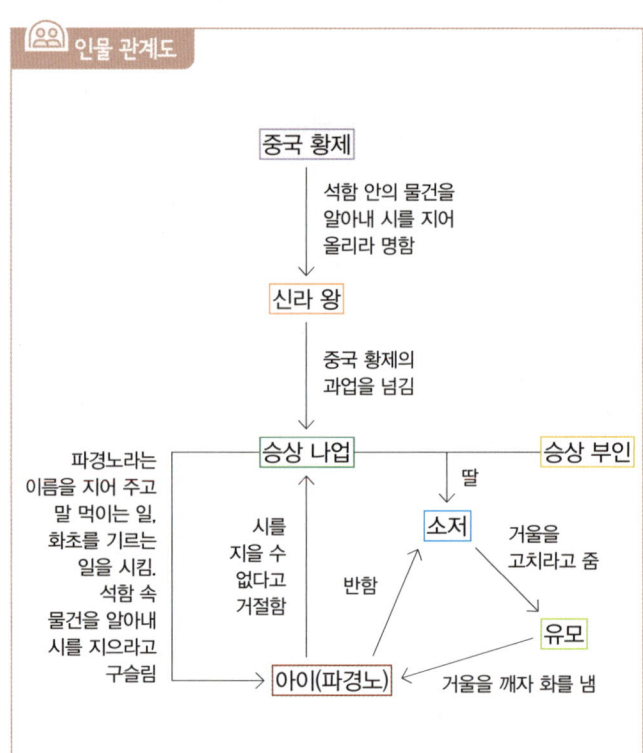

이것만은 챙기자

* **재예**: 재능과 기예를 아울러 이르는 말.
* **꼴**: 말이나 소에게 먹이는 풀.
* **화답**: 시나 노래에 응하여 대답함.
* **과업**: 꼭 하여야 할 일이나 임무.
* **노둔하다**: 둔하고 어리석어 미련하다.
* **인지상정**: 사람이면 누구나 가지는 보통의 마음.
* **사면**: 죄를 용서하여 형벌을 면제함.
* **겁박**: 으르고 협박함.

1. 윗글의 서술상 특징으로 가장 적절한 것은?

✅ 정답풀이

④ 인물 간의 대화를 통해 사건 해결의 방안을 제시하고 있다.

석함 안에 있는 물건을 알아내 시를 지어야 하는 상황에서 소저가 승상에게 파경노가 시를 지을 수 있을 것이라고 말하자 승상은 '너는 어찌 쉽게 말하느냐?~나에게 맡겼겠느냐?'라고 말한다. 하지만 소저는 파경노가 '비록 노둔하나 큰 재주를 지니고 있는지 어찌' 알며, 파경노가 걱정하지 말라고 했음을 고하며 승상을 설득한다. 이후 파경노가 시 짓기를 거절하자 소저는 승상에게 '그를 겁박하시면 어찌 삶을 좋아하고 죽음을 싫어하는 마음이 없어 복종치 않겠습니까?'라고 말하고, 승상이 이를 그럴듯하다 여겨 파경노를 부른다. 이러한 일련의 과정에서 인물 간의 대화가 사건 해결의 방안으로 제시되고 있음이 드러난다.

❌ 오답풀이

① 시간의 역전을 통해 사건의 진상을 밝히고 있다.
윗글은 시간의 순서에 따라 사건을 서술하고 있을 뿐, 시간의 역전은 나타나지 않는다.

② 서술자의 개입을 통해 사건의 전모를 밝히고 있다.
윗글에 서술자의 개입은 나타나 있지 않으므로, 이를 통해 사건의 전모를 밝힌다고 볼 수 없다.

③ 인물의 희화화를 통해 사건의 반전 효과를 나타내고 있다.
윗글에 희화화된 인물이 나타난다고 보기는 어려우므로, 이를 통해 사건의 반전 효과가 나타난다고 볼 수 없다.

⑤ 꿈과 현실의 교차를 통해 앞으로 일어날 사건을 암시하고 있다.
윗글에 꿈속 상황은 나타나지 않으므로, 꿈과 현실이 교차되거나 이러한 교차를 통해 앞으로 일어날 사건이 암시된다고 할 수 없다.

🌱 기틀잡기

① **시간의 역전**: 현재와 과거가 뒤바뀜.
　[참고] **역전적 시간 구성**: 작품 안에서 사건이 시간의 흐름에 따라 진행되지 않고 시간이 과거로 거슬러 올라가 사건이 진행되는 구성 방법.
② **서술자의 개입**: 서술자가 사건이나 인물에 대한 자기 생각이나 판단을 직접 독자에게 이야기하는 것.
③ **희화화**: 어떤 인물의 외모나 성격, 또는 사건이 의도적으로 우스꽝스럽게 묘사되거나 풍자됨.

2. 윗글의 내용에 대한 이해로 적절하지 <u>않은</u> 것은?

✅ 정답풀이

② 깨뜨린 '거울'은 아이가 파경노라는 이름을 얻고 승상의 집안으로 들어가는 계기가 되고, 파경노가 관리한 동산의 '화초'는 승상 부인으로부터 인정받는 계기로 작용한다.

아이는 거울을 일부러 깨뜨리고는 자신을 '노비로 삼아 거울 값을 갚게 해' 달라고 하고, 승상은 이를 허락하며 아이의 이름을 '파경노'라고 짓는다. 따라서 깨뜨린 '거울'은 아이가 파경노라는 이름을 얻고 승상의 집안으로 들어가는 계기가 된다고 할 수 있다. 그러나 동산의 '화초'는 말 먹이는 일을 하던 파경노의 이야기를 들은 승상 부인이 그에게 '마부 일도, 천한 일도 맡기지' 말라고 하면서 파경노가 맡게 된 것일 뿐, 승상 부인으로부터 인정받는 계기가 된다고 볼 수 없다.

❌ 오답풀이

① 유모에게 주어 보낸 '거울'은 아이가 소저의 얼굴을 보게 되는 계기를 만들고, 벽에 걸린 '거울'은 파경노가 소저에게 자신의 존재감을 드러내는 계기를 만든다.
'거울 고치는 장사'라고 속인 아이의 말을 듣고 소저는 거울을 '유모에게 주어 보'내고는 '유모 뒤를 따라' 나가 '문틈으로 엿보'는데, 이때 아이가 소저의 얼굴을 보고 반하므로, '거울'은 아이가 소저의 얼굴을 보게 되는 계기를 만든다고 할 수 있다. 한편 울던 소저가 '거울에 비친 그림자'를 보고 놀라 '창틈으로 엿보니 파경노가 꽃을 들고 서 있었'으므로, 벽에 걸린 '거울'은 파경노가 소저에게 자신의 존재감을 드러내는 계기를 만든다고 할 수 있다.

③ 동산의 '꽃'은 소저가 보고 싶었으나 파경노로 인해 접근하기 어렵게 된 대상이고, 파경노가 들고 서 있던 '꽃'은 소저에게 자신의 마음을 전달하기 위한 수단이다.
'파경노는 소저가 동산의 꽃을 보고 싶으나 파경노가 부끄러워 오지 못한다는 말을 들었다.'를 통해 동산의 '꽃'은 소저가 보고 싶었으나 파경노로 인해 접근하기 어렵게 된 대상임을 알 수 있다. 한편 '꽃을 들고 서 있'던 파경노는 소저에게 '그대가 이 꽃을 보고 싶다 하여 그대를 위해 가져 왔'다며, '근심을 없애 줄 것'이니 '근심치 말고 꽃을 받으'라고 하므로, 이때 '꽃'은 소저에게 파경노 자신의 마음을 전달하기 위한 수단이라고 할 수 있다.

④ 동산에서 화답한 '시'는 파경노가 소저와 교감하기 위해 읊은 것이고, 석함 속 물건에 대한 '시'는 파경노가 해결할 수 있다고 소저가 기대하는 과제이다.
동산에서 꽃을 보던 소저가 시를 짓자 파경노가 시로 화답하고, 이에 소저가 부끄러워하며 돌아가므로 파경노의 '시'는 소저와 교감하기 위해 읊은 것이라 할 수 있다. 한편 소저는 파경노가 '석함 속의 물건을 알아내어 시를 지을 수 있을 것'이라고 생각하므로, 이때 '시'는 파경노가 해결할 수 있다고 소저가 기대하는 과제라고 할 수 있다.

⑤ 석함 속 물건에 대한 '시'는 나업에게 슬픔을 유발하는 과업이지만, 파경노에게는 소저의 슬픔을 해소시켜 줄 수 있는 수단이다.
중국 황제는 신라 왕에게 석함 속 물건을 알아내 시를 지어 올리라 명하는데 신라 왕은 이를 해결하지 못하여 나업에게 넘기고, '나업은 집으로 돌아와 석함을 안고 통곡'한다. 파경노는 나업이 통곡하는 이유를 듣고 울고 있는 소저에게 찾아가 '그대 근심을 없애 줄 것'이라며 꽃을 주고 가므로 석함 속 물건에 대한 '시'는 나업에게 슬픔을 유발하는 과업이지만, 파경노에게는 소저의 슬픔을 해소시켜 줄 수 있는 수단이라고 할 수 있다.

• 2−②번

Q: 파경노가 '화초'를 관리하는 것이 승상 부인으로부터 인정받는 계기로 작용한 것이 아닌가요?

A: 파경노가 관리한 동산의 '화초'가 승상 부인으로부터 인정받는 계기로 작용했다는 선지가 적절하려면, 파경노가 동산의 화초를 관리하는 일이 시간상 먼저 벌어지고 이후 이를 계기로 승상 부인으로부터 인정을 받는 사건이 나타났어야 한다.

하지만 윗글에서 파경노는 승상 집 노비로 들어가 처음에 '말 먹이는 일'을 하게 된다. 그런데 파경노가 말 먹이는 일을 맡자 말들이 저절로 살찌고, 선관들이 몰려와 말 먹일 꼴을 주고, 날이 저물면 말들이 파경노가 있는 곳에 와 머리를 숙이고 늘어서는 등의 일이 벌어진다. 이러한 이야기를 들은 승상 부인이 승상에게 파경노로 하여금 '마부 일도, 천한 일도 맡기지 마세요.'라고 하였고 승상이 이를 받아들여 그때부터 파경노에게 '화초'를 기르도록 시켰으므로, 사건의 선후 관계를 고려할 때 파경노가 관리한 동산의 '화초'가 승상 부인으로부터 인정받는 계기로 작용하였다고 볼 수는 없다.

소재의 기능을 파악하도록 요구하는 문제는 소설 지문에서 꾸준히 출제되는 유형이지만, 이 문제의 경우 하나의 선지에서 소재 하나의 기능만을 물어본 것이 아니라 동일한 소재가 서로 다른 인물들에게 어떠한 의미를 갖는지, 혹은 동일한 소재가 서로 다른 상황에서 어떻게 다르게 활용되는지를 복합적으로 묻고 있다. 이와 같은 유형의 문제가 출제될 것에 대비하여 선지에서 언급한 소재가 어떤 장면에 등장하는 무엇인지를 먼저 정확히 파악하고, 선지의 내용에 대한 사실 관계를 꼼꼼하게 확인하는 훈련을 해 두어야 한다.

| 외적 준거에 따른 작품 감상 | 정답률 72

3. 〈보기〉를 참고하여 윗글을 감상한 내용으로 적절하지 <u>않은</u> 것은? [3점]

〈보기〉

「최고운전」은 비범한 인물로서의 최치원을 형상화했다. 주인공은 문제 해결의 국면에서 치밀함, 기지, 당당함을 보인다. 또한 초월적 존재의 도움을 받으면서도 이에 전적으로 의존하지 않고 자신이 지닌 신이한 능력을 발휘하여 개인의 문제와 국가의 과제를 직접 해결한다. 이는 당대 독자들이 원했던 새로운 영웅상을 최치원에 투영하여 작품 속에서 구현한 것이다.

🔍 보기 분석

• 당대 독자들이 소망한 새로운 영웅상을 최치원에 투영 → 비범한 인물로서의 최치원을 형상화함
  – 문제 해결의 국면에서 치밀함, 기지, 당당함
  – 초월적 존재의 도움 + 자신의 신이한 능력 발휘 → 개인의 문제 및 국가의 과제 직접 해결

✓ 정답풀이

⑤ 파경노가 승상의 제안을 거절하는 장면은 최치원이 보상을 추구하기보다 스스로 국가의 과제를 해결하려는 당당한 인물임을 보여 주는군.

> 파경노는 '석함 속의 물건을 알아내 시를 짓는다면 후한 상을 줄 것이며, 마땅히 네 뜻을 이루어 주겠다.'라는 승상의 제안에 '비록 후한 상을 준다 한들 제가 어찌 시를 짓겠습니까?'라고 말하며 거절했다. 그러나 이를 보상을 추구하기보다 스스로 국가의 과제를 해결하려 한 모습으로 보기는 어렵다.

✗ 오답풀이

① 아이가 헌 옷으로 바꾸어 입고 거울 고치는 장사라 속이는 장면은 최치원이 치밀한 면모를 지닌 인물임을 보여 주는군.
〈보기〉에서 윗글은 '비범한 인물로서의 최치원을 형상화'했으며, '주인공은 문제 해결의 국면에서 치밀함'을 보인다고 하였다. 이를 참고할 때 승상의 딸의 재예가 빼어나다는 말을 듣고 '헌 옷으로 갈아입고 거울 고치는 장사라 속'이는 아이의 모습은 최치원이 치밀한 면모를 지닌 인물임을 보여 주는 것이라 할 수 있다.

② 파경노에게 선관들이 몰려와 말먹이를 가져다주는 장면은 최치원이 초월적 존재에게 도움을 받는 인물임을 보여 주는군.
〈보기〉에서 윗글은 '비범한 인물로서의 최치원을 형상화'했으며, 주인공은 '초월적 존재의 도움을 받'기도 한다고 하였다. 이를 참고할 때 파경노에게 '천상의 선관들이 구름처럼 몰려와 말 먹일 꼴을 다투어' 주는 장면은 최치원이 초월적 존재에게 도움을 받는 인물임을 보여 주는 것이라 할 수 있다.

③ 파경노가 기른 뒤로 화초가 시들지 않아 봉황이 날아드는 장면은 최치원이 신이한 능력을 지닌 인물임을 보여 주는군.

〈보기〉에서 윗글은 '비범한 인물로서의 최치원을 형상화'했으며, 주인공은 '신이한 능력'을 지녔다고 하였다. 이를 참고할 때 파경노가 기르고부터 '동산의 화초가 무성하며 조금도 시들지 않아, 봉황이 쌍쌍이 날아들어 꽃가지에 깃들었다'는 장면은 최치원이 신이한 능력을 지닌 인물임을 보여 주는 것이라 할 수 있다.

④ 파경노가 노모를 핑계 삼아 말미를 얻는 장면은 최치원이 원하는 바를 얻기 위해 기지를 발휘하는 인물임을 보여 주는군.

〈보기〉에서 윗글은 '비범한 인물로서의 최치원을 형상화'했으며, '주인공은 문제 해결의 국면'에서 '기지'를 보인다고 하였다. 이를 참고할 때 '소저가 동산의 꽃을 보고 싶으나 파경노가 부끄러워 오지 못한다는 말'을 듣고 승상에게 '노모를 뵙고 올 말미'를 달라고 하고는, 실제로는 귀향하지 않고 동산의 꽃 사이에 숨어 소저가 오기를 기다린 파경노의 모습은 최치원이 원하는 바를 얻기 위해 기지를 발휘하는 인물임을 보여 주는 것이라 할 수 있다.

[1~3] 다음 글을 읽고 물음에 답하시오.

심청이 왈,

"나는 이 동네 사람이러니, 우리 부친 앞을 못 봐 '공양미 삼백 석을 지성으로 불공하면 눈을 떠 보리라.' 하되 가난하여 장만할 길이 전혀 없어 내 몸을 팔려 하니 어떠하뇨?" 공양미를

구하기 위해 자신의 몸을 팔고자 하는 심청

뱃사람들이 이 말을 듣고,

"효성이 지극하나 가련하다." 심청을 가엾게 여기는 뱃사람들

하며 허락하고, 즉시 쌀 삼백 석을 몽운사로 보내고,

"금년 삼월 십오 일에 배가 떠난다." 장면 01

하고 가거늘 심청이 부친께,

"공양미 삼백 석을 이미 보냈으니 이제는 근심치 마옵소서." 부친이 더 이상 근심하지 않기를 바라는 심청

심봉사 깜짝 놀라,

"너 그 말이 웬 말이냐?" 몽운사에 공양미를 보냈다는 심청의 말에 놀란 심봉사

심청같이 타고난 효녀가 어찌 부친을 속이랴마는 어찌할 수 없는 형편이라 잠깐 ⓐ거짓말로 속여 대답하길, 부친을 안심시키기

위해 거짓말을 하는 심청

"장승상댁 노부인이 일전에 저를 수양딸로 삼으려 하셨으나 차마 허락지 아니하였는데, 지금 공양미 삼백 석을 주선할 길이 전혀 없어 이 사연을 노부인께 여쭌즉 쌀 삼백 석을 내어 주시기에 수양딸로 가기로 했나이다."

하니 심봉사 물색* 모르고 이 말 반겨 듣고,

"그렇다면 고맙구나. 그 부인은 일국 재상의 부인이라 아마도 다르리라. 복이 많겠구나. 저러하기에 그 자제 삼 형제가 벼슬길에 나아갔으리라. 그러하나 양반의 자식으로 몸을 팔았단 말이 이상하다마는 장승상댁 수양딸로 팔린 거야 관계하랴. 언제 가느냐?"

"다음 달 보름에 데려간다 하더이다."

"어, 그 일 매우 잘 되었다." 심청이 장승상댁 수양딸로 가는 줄 알고 긍정

적으로 생각하는 심봉사 장면 02

심청이 그날부터 곰곰이 생각하니, 눈 어두운 백발 부친 영영 이별하고 죽을 일과 사람이 세상에 나서 십오 세에 죽을 일이 정신이 아득하고 일에도 뜻이 없어 식음을 전폐하고 근심으로 지내더니 부친과 이별하고, 십오 세에 죽게 된다는 생각에 근심하는 심청 다시금 생각하되,

'엎질러진 물이요, 쏘아 놓은 화살이다.' 이미 어찌할 수 없는 일이

라고 받아들이는 심청

날이 점점 가까워 오니,

'이러다간 안 되겠다. 내가 살았을 제 부친 의복 빨래나 하리 라.' 떠나기 전 부친의 의복 빨래를 하기로 하는 심청

하고 춘추 의복 상침 겹것, 하절 의복 한삼 고이 박아 지어 들여 놓고, 동절 의복 솜을 넣어 보에 싸서 농에 넣고, 청목으로 갓끈 접어 갓에 달아 벽에 걸고, 망건 꾸며 당줄 달아 걸어 두고, 행선 날을 세어 보니 하룻밤이 남은지라. 밤은 깊어 삼경*인데 은하수 기울어졌다. 촛불을 대하여 두 무릎 마주 꿇고 머리를 숙이고 한숨을 길게 쉬니, 아무리 효녀라도 마음이 온전할쏘냐.

'아버지 버선이나 마지막으로 지으리라.'

하고 바늘에 실을 꿰어 드니 가슴이 답답하고 두 눈이 침침, 정신이 아득하여 하염없는 울음이 간장으로조차 솟아나니, 부친이 깰까 하여 크게 울지 못하고 흐느끼며 얼굴도 대어 보고 손발도 만져 본다. 떠나야 하는 날이 가까워 오자 슬퍼하는 심청 장면 03

(중략)

황후 반기시사 가까이 입시*하라 하시니 반가워하며 누군가를

들어오게 하는 황후(심청) 상궁이 명을 받아 심봉사의 손을 끌어 별전으로 들어갈 새 심봉사 아무란 줄 모르고 겁을 내어

무슨 일인 줄 몰라 겁이 나는 심봉사 걸음을 못 이기어 별전에 들어가 계단 아래 섰으니 심 맹인의 얼굴은 몰라볼레라 백발은 소소하고 황후는 삼 년 용궁에서 지냈으니 부친의 얼굴이 가물가물하여 물으시길,

"처자* 있으신가?"

심봉사 땅에 엎드려 눈물을 흘리면서,

"아무 연분에 상처*하옵고 초칠일이 못 지나서 어미 잃은 딸 하나 있삽더니 눈 어두운 중에 어린 자식을 품에 품고 동냥젖을 얻어먹여 근근 길러 내어 점점 자라나니 효행이 출천하여 옛사람을 앞서더니 요망한 [A] 중이 와서 '공양미 삼백 석을 시주하오면 눈을 떠서 보리라.' 하니 신의 여식*이 듣고 '어찌 아비 눈 뜨란 말을 듣고 그저 있으리오.' 하고 달리 마련할 길이 전혀 없어 신도 모르게 남경 선인들에게 삼백 석에 몸을 팔아서 인당수에 제물이 되었으니 그때 십오 세라. 눈도 뜨지 못하고 자식만 잃었사오니 자식 팔아먹은 놈이 세상에 살아 쓸데없으니 죽여 주옵소서." 눈은 못 뜨고 자식만 잃은 상

황에 대해 자책하는 심봉사 황후 들으시고 슬피 눈물 흘리시며

부친의 말을 듣고 슬퍼하는 심청 그 말씀을 자세히 들으심에 정녕 부친인 줄은 아시되 부자간 천륜에 어찌 그 말씀이 그치기를 기다리랴마는 자연 말을 만들자 하니 그런 것이었다. 그 말씀을 마치자 황후 버선발로 뛰어 내려와서 부친을 안고,

"아버지, 제가 그 심청이어요."

심봉사 깜짝 놀라,

"이게 웬 말이냐?"

하더니 어찌나 반갑던지 **뜻밖에 두 눈에 딱지 떨어지는 소리가** 나면서 두 눈이 활짝 밝았으니, 황후가 심청이라는 말에 놀랍고 반가워 눈을 뜬 심봉사 그 자리 맹인들이 심봉사 눈 뜨는 소리에 일시에 눈들이 '희번덕, 짝짝' 까치 새끼 밥 먹이는 소리 같더니, 뭇 소경*이 천지 세상 보게 되니 맹인에게는 천지 개벽이라. 장면 04

– 작자 미상, 「심청전」 –

>> 지문을 **네 장면**으로 나누고, 장면의 핵심 내용을 정리해 보세요.

장면 01	심청이 **공양미 삼백 석**을 마련하기 위해 뱃사람들에게 자신의 몸을 팖
장면 02	심청이 부친에게는 장승상댁에 공양미를 받고, **수양딸**로 가기로 했다고 거짓말을 함
장면 03	심청은 떠날 생각에 근심하면서도 부친 **의복**을 챙겨 둠
장면 04	심봉사는 **황후**가 된 심청을 만나 눈을 뜸

📄 전체 줄거리

황주 도화동에 사는 심학규라는 봉사는 곽씨 부인과의 사이에서 심청을 얻지만, 곽씨 부인은 심청을 낳고 7일 만에 죽는다. 심봉사는 젖동냥을 하며 딸을 키우고, 심청은 효녀로 자라 심봉사를 봉양한다. 심청이 열다섯 살 때 심봉사는 공양미 삼백 석을 시주하면 눈을 뜰 수 있다는 몽운사 화주승의 말에 시주를 약속하고는 근심한다. 이를 알게 된 심청은 인신 공양으로 바칠 사람을 찾고 있는 남경 선인들에게 사신의 몸을 필아 공양미 삼백 석을 받고 인당수에 몸을 던진다.

심청은 용궁에서 후한 대접을 받고 광한전 옥진 부인이 된 어머니와 재회한다. 한편 심봉사는 슬픔 속에 지내다가 뺑덕 어미를 만난다. 그 후 심청은 연꽃에 싸여 인간 세상으로 돌아오게 되는데, 연꽃은 천자에게 바쳐지고 천자는 심청을 황후로 맞이한다. 황후가 된 심청은 부친을 만나고 싶은 마음에 맹인 잔치를 벌인다. 우여곡절 끝에 잔치에 도착한 심봉사는 황후가 된 심청을 만나 눈을 뜨게 된다.

👥 인물 관계도

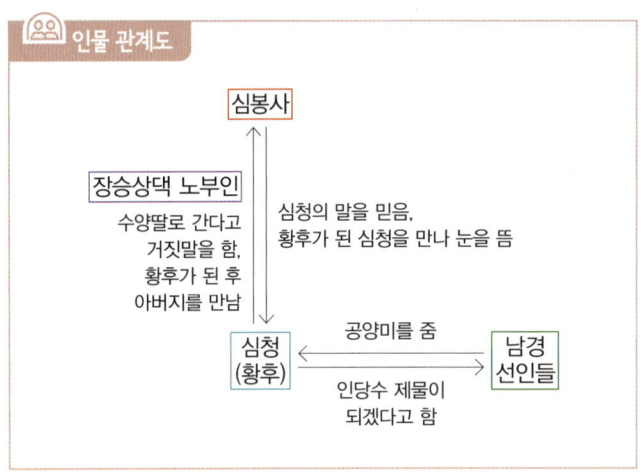

심봉사

장승상댁 노부인
수양딸로 간다고 거짓말을 함, 황후가 된 후 아버지를 만남

심청의 말을 믿음, 황후가 된 심청을 만나 눈을 뜸

심청 (황후)

공양미를 줌

남경 선인들

인당수 제물이 되겠다고 함

이것만은 챙기자

***물색:** 어떤 일의 까닭이나 형편.

***삼경:** 하룻밤을 오경(五更)으로 나눈 셋째 부분. 밤 열한 시에서 새벽 한 시 사이이다.

***입시:** 대궐에 들어가서 임금을 뵙던 일.

***처자:** 아내와 자식을 아울러 이르는 말.

***상처:** 아내의 죽음을 당함.

***여식:** 여자로 태어난 자식.

***소경:** '시각 장애인'을 낮잡아 이르는 말.

1. ㉠에 대한 이해로 적절하지 <u>않은</u> 것은?

> ㉠: 거짓말

✅ 정답풀이

⑤ '심봉사'가 ㉠을 듣고 한 말에서, ㉠이 '심청'과 '심봉사' 사이의 갈등을 해소하는 단초가 됨을 알 수 있다.

> (중략) 이전에서 심청과 심봉사 사이의 갈등이 드러난다고 보기는 어렵다. 따라서 '장승상댁 노부인'이 '쌀 삼백 석을 내어 주시기에 수양딸로 가기로 했'다는 ㉠이 심청과 심봉사 사이의 갈등을 해소하는 단초가 된다고 볼 수는 없다.

❌ 오답풀이

① '심청'과 '뱃사람'의 대화 속에서, ㉠으로 감추려고 한 사건을 확인할 수 있다.
'심청'과 뱃사람의 대화를 통해 심청이 '공양미 삼백 석'을 '장만할 길이 전혀 없어' 자신의 몸을 뱃사람들에게 팔고자 함을 알 수 있다. 그리고 심청은 ㉠을 통해 심봉사에게 이를 감추려고 한다.

② '심청'이 ㉠을 결심할 때 드러나는 생각에서, '심청'이 불가피하게 ㉠을 선택했음을 알 수 있다.
'심청같이 타고난 효녀가 어찌 부친을 속이랴마는 어찌할 수 없는 형편'이라 ㉠을 결심하게 되므로, 심청은 불가피하게 ㉠을 선택했다고 할 수 있다.

③ ㉠을 전후하여 진행된 '심청'과 '심봉사'의 대화에서, ㉠에 등장하는 인물이 '심봉사'에게 낯설지 않은 존재임을 알 수 있다.
'공양미 삼백 석을 이미 보냈'다는 심청의 말에 깜짝 놀란 심봉사가 '그 말이 웬 말이냐?'라고 묻자, 심청은 '장승상댁 노부인'이 '쌀 삼백 석을 내어 주시기에 수양딸로 가기로 했'다고 대답한다. 이에 심봉사가 '그 부인은 일국 재상의 부인이라 아마도 다르리라.~장승상댁 수양딸로 팔린 거야 관계하랴.'라고 하는 것에서, ㉠에 등장하는 '장승상댁 노부인'은 심봉사에게 낯설지 않은 존재임을 알 수 있다.

④ '심봉사'가 ㉠을 듣고 보인 반응에서, ㉠이 '심봉사'에게 의심 없이 받아들여졌음을 확인할 수 있다.
심봉사는 ㉠을 듣고 '그렇다면 고맙구나.~언제 가느냐?', '그 일 매우 잘 되었다.'라고 반응하므로, 심봉사가 의심 없이 ㉠을 받아들이고 있음을 알 수 있다.

🌱 기틀잡기

> ⑤ **단초**: 일이나 사건을 풀어 나갈 수 있는 첫머리.

Q: 심봉사가 '<u>양반의 자식으로 몸을 팔았단 말이 이상하다마는</u>'이라고 했으니, ㉠을 의심 없이 받아들였다고 할 수 없지 <u>않나요?</u>

A: ㉠(거짓말)은 심청이 '공양미 삼백 석을 주선할 길이 전혀 없어 이 사연을 노부인께 여쭌즉 쌀 삼백 석을 내어 주시기에 수양딸로 가기로 했'다는 내용이다. 따라서 ㉠에 대한 의심이 드러났다고 하려면, 심봉사가 심청에게 정말로 장승상댁에서 공양미를 주었으며 장승상댁 수양딸로 가는 것이 맞는지를 묻는 발언을 했었어야 한다. 하지만 심봉사는 ㉠을 '반겨 듣고' '고맙'게 여기며, '다음 달 보름에 데려간다'고 하니 '그 일 매우 잘 되었다.'라고 반응한다. 따라서 심봉사는 ㉠을 의심 없이 받아들이고 있다고 할 수 있다.
'양반의 자식으로 몸을 팔았단 말이 이상하다마는 장승상댁 수양딸로 팔린 거야 관계하랴.'라고 한 것은 ㉠에 대한 의심이 아니라, 그래도 양반의 자식인 심청이 공양미 삼백 석에 팔려 가도 되나 싶지만 장승상댁 수양딸로 팔려 가는 것이니 괜찮다는 의미이므로, 이를 심봉사가 ㉠에 대해 의심하는 것으로 볼 수는 없다.

2. [A]에 대한 설명으로 가장 적절한 것은?

✓ 정답풀이

② '심봉사'에게 가족에 관한 질문을 함으로써 '황후'가 '심봉사'의 정체를 확인할 수 있는 계기가 마련되고 있다.

> [A]에서 황후(심청)는 '부친의 얼굴이 가물가물하여' 심봉사에게 '처자 있으신가?'라고 묻는다. 이에 심봉사는 '아무 연분(일 년 중의 어떤 때)에 상처하옵고~자식 팔아먹은 놈이 세상에 살아 쓸데없으니 죽여 주옵소서.'라고 하고, 이 '말씀을 자세히 들으심에 정녕 부친인 줄'을 알게 된 심청은 자신이 심청임을 밝힌다. 따라서 [A]에서는 황후가 심봉사에게 가족에 관한 질문을 함으로써 심봉사의 정체를 확인할 수 있는 계기가 마련되고 있다고 할 수 있다.

✗ 오답풀이

① '황후'가 있는 별전에 '심봉사'가 들어가는 과정을 묘사함으로써 두 사람이 동일한 감정을 느끼고 있음을 보여 주고 있다.
　[A]의 '황후 반기시사 가까이 입시하라 하시니 상궁이 명을 받아 심봉사의 손을 끌어 별전으로 들어갈 새 심봉사 아무란 줄 모르고 겁을 내어 걸음을 못 이기어 별전에 들어가'에서 황후가 있는 별전에 심봉사가 들어가고 있음을 확인할 수 있지만, 두 사람이 동일한 감정을 느끼고 있음을 보여 주고 있지는 않다.

③ '심봉사'가 부인과 일찍 사별하게 된 이유를 눈물을 흘리며 언급함으로써 '심봉사'의 기구한 삶이 드러나고 있다.
　[A]에서 심봉사는 '눈물을 흘리'며 '아무 연분에 상처'하였다고만 언급할 뿐, 부인과 일찍 사별하게 된 이유를 언급하고 있지는 않다.

④ '심봉사'가 딸에게 그녀의 의지와는 **무관한** 선택을 강요함으로써 결국 영원히 이별하게 된 과정을 풀어내고 있다.
　[A]에서 심봉사는 심청이 '신도 모르게 남경 선인들에게 삼백 석에 몸을 팔아서 인당수에 제물이 되'었다고 하였으므로, 심봉사가 심청의 의지와는 무관한 선택을 강요했기 때문에 두 사람이 이별하게 되었다고 볼 수는 없다.

⑤ '심봉사'가 자신의 아버지임을 알아차린 '황후'가 '심봉사'의 발언이 끝나기 전에 자신이 딸임을 밝힘으로써 상봉의 기쁨을 강조하고 있다.
　[A]의 '부자간 천륜에 어찌 그 말씀이 그치기를 기다리랴마는 자연 말을 만들자 하니 그런 것이었다. 그 말씀을 마치자 황후 버선발로 뛰어 내려와서 부친을 안고, "아버지, 제가 그 심청이어요."'를 통해 황후는 심봉사가 자신의 아버지임을 알아차렸지만 심봉사의 발언이 끝난 후 자신이 딸임을 밝히고 있음을 알 수 있다.

🌱 기틀잡기

> ③ **기구하다**: (비유적으로) 세상살이가 순탄하지 못하고 가탈이 많다.

3. 〈보기〉를 참고하여 윗글을 감상한 내용으로 적절하지 <u>않은</u> 것은? [3점]

> **〈보기〉**
>
> 「심청전」은 효의 실현 과정에서 다양한 양상의 모순적 상황이 발생한다. 심청이 효를 실천하기 위해 자기희생을 선택함으로써 정작 부친 곁에 남아 있지 못하게 되는 것은 심청의 효행으로 인한 모순적 상황이다. 그리고 심청의 자기희생의 목적이었던 부친의 개안(開眼)이 뒤늦게 실현되는 것은 결말의 지연을 위해 설정된 모순적 상황이라 할 수 있다. 이러한 모순적 상황들로 인해 결말은 보다 극적인 양상을 띠게 되고 심청의 효녀로서의 면모가 더욱 강조된다.

🔍 보기 분석

> • 효의 실현 과정에서 발생하는 모순적 상황
> 　– 심청의 효행으로 인한 모순적 상황: 효 실천을 위한 자기희생으로 부친 곁에 남아 있지 못하게 됨
> 　– 결말의 지연을 위해 설정된 모순적 상황: 심청의 자기희생의 목적인 부친의 개안이 뒤늦게 실현됨
> → 극적인 결말, 심청의 효녀로서의 면모를 강조하는 효과

✓ 정답풀이

③ 심청이 '어찌 아비 눈 뜨리란 말을 듣고 그저 있으리오'라고 말했다는 것으로 보아, 심청은 효행 그 자체보다는 효행으로 인한 모순적 상황을 걱정하고 있음을 알 수 있군.

> 〈보기〉에 따르면 '심청의 효행으로 인한 모순적 상황'이란 '심청이 효를 실천하기 위해 자기희생을 선택함으로써 정작 부친 곁에 남아 있지 못하게 되는 것'을 뜻한다. 그런데 심청이 '어찌 아비 눈 뜨리란 말을 듣고 그저 있으리오.'라고 말한 것은 결과적으로 부친 곁에 남아 있지 못하게 되더라도 부친의 눈을 뜨게 하기 위해 자기희생을 하겠다는 뜻이므로, 심청이 효행 그 자체보다 효행으로 인한 모순적 상황을 걱정하고 있다고 할 수는 없다.

✗ 오답풀이

① 심청이 '눈 어두운 백발 부친'과의 '영영 이별'을 근심하면서도 이를 '다시금 생각'하는 것으로 보아, 심청은 자신의 효행으로 인한 모순적 상황을 염려하면서도 결국은 이를 수용하려 함을 알 수 있군.
　〈보기〉에 따르면 '심청의 효행으로 인한 모순적 상황'이란 '심청이 효를 실천하기 위해 자기희생을 선택함으로써 정작 부친 곁에 남아 있지 못하게 되는 것'을 뜻한다. 이를 참고할 때 심청이 '눈 어두운 백발 부친'과의 '영영 이별'을 근심하는 것은, 자신의 효행으로 인한 모순적 상황을 염려하는 것이며, '다시금 생각'하고 '엎질러진 물이요, 쏘아 놓은 화살'이라고 하는 것은 그럼에도 불구하고 이를 수용하려 하는 것으로 볼 수 있다.

② 심청이 '이러다간 안 되겠다'며 '내가 살았을 제' 할 일을 생각하는 것으로 보아, 심청은 자신의 효행으로 인한 모순적 상황을 걱정하며 이를 대비하고 있음을 알 수 있군.

〈보기〉에 따르면 '심청의 효행으로 인한 모순적 상황'이란 '심청이 효를 실천하기 위해 자기희생을 선택함으로써 정작 부친 곁에 남아 있지 못하게 되는 것'을 뜻한다. 이를 참고할 때 심청이 '이러다간 안 되겠다.'라며 '살았을 제 부친 의복 빨래'를 하겠다고 생각하는 것은, 자신이 부친 곁을 떠났을 때를 걱정하며 이를 대비하고 있는 것으로 볼 수 있다.

④ 심봉사가 '자식만 잃었사오니'라고 말하는 것으로 보아, 심봉사는 결말의 지연을 위해 설정된 모순적 상황에 직면하여 자책하고 있음을 알 수 있군.

〈보기〉에 따르면 '결말의 지연을 위해 설정된 모순적 상황'이란 '심청의 자기희생의 목적이었던 부친의 개안이 뒤늦게 실현되는 것'을 뜻한다. 이를 참고할 때 심봉사가 '눈도 뜨지 못하고 자식만 잃었'다고 말하는 것은, 결말의 지연을 위한 모순적 상황에 직면한 심봉사의 자책으로 볼 수 있다.

⑤ 심봉사가 심청과의 상봉으로 인해 '뜻밖에 두 눈'을 뜨게 되는 것으로 보아, 모순적 상황으로 인한 결말의 지연이 극적인 효과를 자아내고 있음을 알 수 있군.

〈보기〉에 따르면 '결말의 지연을 위해 설정된 모순적 상황'을 통해 '결말은 보다 극적인 양상을 띠게' 된다. 이를 참고할 때 심봉사가 심청과 상봉하여 '어찌나 반갑던지 뜻밖에 두 눈에 딱지 떨어지는 소리가 나면서 두 눈이 활짝 밝'아지는 것에서, 모순적 상황으로 인한 결말의 지연이 극적인 효과를 자아내고 있음을 확인할 수 있다.

MEMO

문제 책 페이지	해설 책 페이지	지문	문제 번호 & 정답					
P.146	P.270	❶ 박목월, 「경사」 / 이수익, 「달빛 체질」 / 채제공, 「용연사기」	1. ④	2. ③	3. ⑤	4. ③	5. ④	
P.150	P.276	❷ 홍정유, 「동유가」 / 이태준, 「해촌 일지」	1. ③	2. ③	3. ④	4. ②	5. ③	
P.154	P.282	❸ 장석남, 「배를 밀며」 / 허수경, 「혼자 가는 먼 집」 / 이광호, 「이젠 되도록 편지 안 드리겠습니다」	1. ④	2. ⑤	3. ②	4. ②	5. ①	6. ①
P.158	P.288	❹ 백석, 「북방에서―정현웅에게」 / 문태준, 「살얼음 아래 같은 데 2―생가」 / 유본예, 「이문원노종기」	1. ③	2. ①	3. ④	4. ④	5. ⑤	6. ③
P.162	P.294	❺ 작자 미상, 「우부가」 / 성현, 「타농설」	1. ①	2. ②	3. ⑤	4. ②	5. ⑤	
P.166	P.299	❻ 김종길, 「문」 / 정끝별, 「가지가 담을 넘을 때」 / 유한준, 「잊음을 논함」	1. ②	2. ①	3. ③	4. ③	5. ②	6. ⑤
P.170	P.306	❼ 박용래, 「월훈」 / 김영랑, 「연 1」 / 서영보, 「문의당기」	1. ②	2. ④	3. ④	4. ③	5. ②	6. ④
P.174	P.312	❽ 권호문, 「한거십팔곡」 / 김낙행, 「기취서행」	1. ⑤	2. ④	3. ①	4. ③	5. ④	
P.178	P.318	❾ 이황, 「도산십이곡」 / 김득연, 「지수정가」 / 김훈, 「겸재의 빛」	1. ①	2. ⑤	3. ③	4. ③	5. ④	
P.182	P.324	❿ 박두진, 「별 ― 금강산시 3」 / 신경림, 「길」 / 백석, 「편지」	1. ①	2. ④	3. ⑤	4. ⑤	5. ④	6. ③

PART 5

갈래 복합

[1~5] 다음 글을 읽고 물음에 답하시오.

(가)

> 유사한 통사 구조의 반복
> 「유자낢에 유자가 열리고 굴나무에는 굴이 열리는 이 지순한*
> 길은 바다로 기울었다.」

길에는 자갈이 빛났다. 건조한 가을길에 가뿐한 나의 신발(겨
우 과거를 힘겨웠다고 여김 「무거운 젊음의 젖은 구두」를 벗은……) 길은 바다로 기울고
발바닥에 느껴지는 이 신비스러운 경사감.

겨우 시야가 열리는 남색, 심오한, 잔잔한 세계. 하늘과 맞닿
을 즈음에 이 신비스러운 수평의 거리감.

> 유사한 통사 구조의 반복
> 「유자낢에 유자가 열리고, 굴나무에는 굴이 열리는 이 당연한
> 길은 바다로 기울고,」 가뿐한 나의 신발.

나의 뒤통수에는 황혼기의 아름다움 「해가 저물고, 설레는 구름과 바람. 저녁 햇살
속에 자갈이 빛나는 길은 바다로 기울고,」 나의 발바닥에 이 신비
스러운 경사감. 영탄 「오오 기우는 세계여.」

– 박목월, 「경사」 –

>> 지문의 핵심 내용을 정리해 보세요.

화자와 대상의 관계	바다로 향해 기울어진 길을 걸으며 노화에 대해 생각하는 '나'
상황?	유자나무와 굴나무에 과실이 열리는 길이 바다로 기울어짐 → 가뿐한 신발을 신고 신비스러운 경사감을 느끼며 걸어감 → 심오하고 잔잔하며 신비스러운 바다를 봄 → 가뿐한 신발을 신고 바다로 기울어진 길을 걸으며 경사감을 느낌

이것만은 챙기자

*지순하다: 더할 수 없이 순결하다.

(나)

내 조상은 뜨겁고 부신
태양 체질이 아니었다. 행간 걸침 「내 조상은
뒤안처럼 아늑하고」
조용한
달의 숭배자였다.

> 화자가 조상을 달의 숭배자로 여기는 이유
> 「그는 달빛 그림자를 밟고 뛰어놀았으며
> 밝은 달빛 머리에 받아 글을 읽고
> 자라서는, 먼 장터에서
> 달빛과 더불어 집으로 돌아왔다.」

> 낮과 밤에 대한 그(내 조상)의 인식
> 「낮은
> 이 포근한 그리움
> 이 크나큰 기쁨과 만나는
> 힘겨운 과정일 뿐이었다.」

일생이 달의 자장(磁場)* 속에
갇히기를 원했던 내 조상의 달빛 체질은
지금
내 몸 안에 피가 되어 돌고 있다.

밤하늘 떠오르는 달만 보면
왠지 가슴이 멍해져서
끝없이 야행(夜行)의 길을 더듬고 싶은 나는

> 영탄
> 「아,」 그것은 모체의 태반처럼 멀리서도
> 나를 끌고 있다는 생각이 든다.
> 마치
> '달의 자장'과 화자가 맺고 있는 관계
> 「보이지 않는 인력(引力)*이 바닷물을 끌듯이.」

– 이수익, 「달빛 체질」 –

>> 지문의 핵심 내용을 정리해 보세요.

화자와 대상의 관계	달의 숭배자였던 조상의 체질을 이어받아 달에게 이끌리는 '나'
상황?	'나'의 조상은 달의 숭배자였음 → 그(내 조상)는 낮을 힘겨워하고 달빛을 지향하며 생애를 보냄 → 조상에게서 달빛 체질을 이어받음 → '나'는 달에게 이끌림

*자장: 자석의 주위, 전류의 주위, 지구의 표면 따위와 같이 자기의 작용이 미치는 공간. 자기장.
*인력: 공간적으로 떨어져 있는 물체끼리 서로 끌어당기는 힘.

(다)

사물의 외적 형태는 정해져 있음

「천지 만물에는 큼이 있고 작음이 있다. 큼과 작음은 사물의 형태이다. ㉠형태가 처음 생겨나면 그 종류가 이미 구별되니, 누가 바꿀 수 있겠는가.」 하지만 작으면서도 크고 크면서도 작은 이치가 또한 없지 아니하다. 무엇보다 작은 것이 대나무 도시락의 밥과 한 그릇의 국인데, 그것에서 표정이 드러나는 사람이 있으니, 이는 사물은 작은데 사람이 그것을 보고 크게 여기는 것이다. 무엇보다 큰 것이 진나라와 초나라의 부유함인데, 성인(聖人)은 ㉡"내가 무슨 부족할 것이 있겠는가."라고 하였으니, 이것은 사물은 큰데 사람이 그것을 보고 작게 여기는 것이다. 사물의 크기는 사람의 마음이 그것을 어떻게 대하느냐에 달려 있음「그렇다면 사물에는 큼과 작음이 일찍이 없었던 것이고, 사람의 마음이 그것을 대처함이 어떠한지에 달린 것일 뿐이다.」 01

우 상사 사앙(禹上舍士仰)은 약봉의 아래에 자리를 잡고 산다. 집터가 몇 이랑도 되지 않고 띠로 지붕을 이었으니, 집 가운데서도 지극히 작은 경우이다. 그래도 사앙은 그 집을 편히 여기며, 자고 거처하는 집을 '용연사(容燕舍)'라고 명명하였다. 그 집이 제비 둥지를 겨우 수용할 수 있는 정도라는 의미이다. 사앙이 언젠가 ㉢나에게 집의 규모를 말한 적이 있었는데, 표정에 스스로 작다고 여기는 듯한 기색이 있었다. 그래서 나는 웃으며 말해 주었다.

"군(君)의 집은 정말 작네. 하지만 작다고 여기면 작은 것이고 크다고 여기면 큰 것이니, 군이 어떻게 여기느냐에 달렸을 뿐일세. 작은 집임에도 많은 것들을 수용함「저 집이 이미 군을 수용하고, 그 남은 공간에 다시 군의 처와 자식을 수용하며, 뜰에는 국화를 많이 심어 매년 가을이면 향기와 빛깔이 서로 한데 모이고, 처마 밖에는 종남산 일대가 아침저녁으로 푸르른 산 빛을 보내오네. 집이 이 모든 것을 사양하지 않고 다 수용하니, 군의 집은 수용하는 것이 많네. 하지만 이것은 모두 외면의 것이지 내면이 아니라네.」 ㉣군은 독서하는 사람이니 가까운 내면의 것을 시험 삼아 생각해 보게. 군에게 몸을 주재하는* 것은 마음이 아닌가. 마음의 자리는 사방 한 치일 뿐이니, 비록 지극히 작은 사물이라고 말해도 될 것이네. 하지만 한량이 없고 방향이 없는 마음으로서 의로운 행동을 쌓아 생기는 것을 병졸로 삼아 제대로 기르면 천지 사이에 가득하게 된다네. 그래서 소자(邵子)는 '베 이불로 몸을 따뜻하게 하고 명아주 국으로 배를 불리고 나서 흉중의 기를 토해 내니 우주에 가득하도다.'라고 하였지. 안락한 오두막 하나가 천지 사이의 커다란 구역이 된다는 것을 누가 알겠는가. 작은 집에서 마음을 수양하여 천지 사이에 가득한 내면의 것을 수용함㉤지금 군은 집으로 군의 몸을 수용하고, 몸으로 군의 마음을 수용하고, 마음으로 과연 능히 천지 사이에 가득한 것을 수용하였으니, 수용한 것의 근본을 바탕으로 정진한다면 집이 그것을 주인으로 삼지 않음이 없을 것이네." 02

– 채제공, 「용연사기」 –

>> 지문을 **두 부분**으로 나누고, 핵심 내용을 정리해 보세요.

> 01 만물의 크고 작음은 그것을 받아들이는 사람의 **마음**에 달려 있음

> 02 자신의 **집**을 작다고 여기는 사앙에게 안락한 **오두막**도 마음먹기에 따라 천지 사이의 큰 구역이 될 수 있다고 전함

이것만은 챙기자

*주재하다: 어떤 일을 중심이 되어 맡아 처리하다.

1. (가)~(다)에 대한 설명으로 가장 적절한 것은?

⊙ 정답풀이

④ (가)는 유사한 통사 구조를 반복하여, (나)는 동일한 시어를 반복하여 주제 의식을 부각하고 있다.

> (가)의 1연 '유자낡에 유자가 열리고 귤나무에는 귤이 열리는 이 지순한 길은 바다로 기울었다.'와 4연 '유자낡에 유자가 열리고, 귤나무에는 귤이 열리는 이 당연한 길은 바다로 기울고,'에서 유사한 통사 구조의 반복을 통해 노화라는 주제를 바다로 기울어진 길로 형상화하면서 그 의미를 부각하고 있다. 또한 (나)에서는 '내 조상', '달', '달빛' 등의 시어를 반복하여 '달의 숭배자'로 형상화된 '내 조상'의 '달빛 체질'이 '나'에게 대물림되었다는 주제 의식을 부각하고 있다.

⊗ 오답풀이

① (가)는 일부 시행을 명사로 종결하여, 바라는 바를 이루고자 하는 화자의 의지를 부각하고 있다.
  (가)는 '경사감.', '거리감.', '신발.'과 같은 명사로 일부 시행을 종결하였으나, 이를 통해 바라는 바를 이루고자 하는 화자의 의지가 부각되지는 않는다.

② (나)는 의인화된 대상을 활용하여, 대상이 가지는 의미의 변화를 드러내고 있다.
  (나)에서 대상을 의인화한 부분을 찾을 수 없으며, 대상이 가지는 의미가 변화하고 있지도 않다.

③ (다)는 서로 다른 관점을 대비하여, 글쓴이가 주목한 세태에 대한 냉소적 태도를 드러내고 있다.
  (다)에서는 자신의 집이 '제비 둥지를 겨우 수용할 수 있는 정도'라고 여기는 사앙과, 사앙의 집은 외적인 것과 내적인 것을 포함하여 '수용하는 것이 많'다고 여기는 글쓴이의 인식이 대비되어 나타난다고 볼 수 있다. 그러나 이를 통해 글쓴이가 주목한 세태에 대한 냉소적 태도가 드러난다고 보기는 어렵다.

⑤ (가), (나), (다)는 모두 감탄사를 활용하여, 대상에서 촉발된 정서의 변화를 부각하고 있다.
  (가)의 '오오 기우는 세계여.', (나)의 '아,'에서 감탄사를 활용하였으나 (다)에서는 감탄사를 활용한 부분을 찾을 수 없다. 또한 (가)~(다) 모두 대상에서 촉발된 정서가 변화하고 있지도 않다.

✿ 기틀잡기

> ② **의인화**: 사람이 아닌 것을 사람에 빗대어 표현함.
> ③ **냉소**: 쌀쌀한 태도로 비웃음.
> ⑤ **촉발**: 어떤 일을 당하여 감정, 충동 따위가 일어남. 또는 그렇게 되게 함.

2. (나)에 대한 이해로 적절하지 <u>않은</u> 것은?

✔ **정답풀이**

③ 6연을 통해, '그것'이 '멀리' 있음으로 인해 화자가 느끼는 아쉬움이 '모체의 태반'을 떠올리는 행위로 해소되고 있음을 알 수 있군.

> 6연에서 화자는 '그것'(달)이 '멀리서도 / 나를 끌고 있다는 생각이 든다.'라고 하였을 뿐, 달이 '멀리' 있음으로 인한 아쉬움을 드러내지는 않았다. 또한 '모체의 태반'은 달이 화자를 끌어당기고 있다는 인식에서 비롯된 비유적 표현일 뿐, 화자가 '모체의 태반'을 떠올림으로써 어떠한 정서가 해소되었다고 보기도 어렵다.

❌ **오답풀이**

① 2연과 4연을 통해, 1연에서 화자가 자신의 조상을 '달의 숭배자'라고 생각한 이유를 짐작할 수 있군.
  2연에서는 '달빛'과 함께 온 생애를 보낸 '그'(조상)의 모습이 묘사되었으며, 4연에서는 '그'가 '일생이 달의 자장 속에 / 갇히기를 원했다'고 하였다. 이를 통해 화자가 자신의 조상을 '달의 숭배자'라고 여긴 이유를 짐작할 수 있다.

② 4연을 통해, 화자의 '몸 안'에 '돌고 있'는 '피'의 속성은 '일생' 동안 '내 조상'이 '원했던' 것과 관련이 있음을 알 수 있군.
  4연에서 화자의 조상은 '일생' 동안 '달의 자장 속에 / 갇히기를 원했'으며, 그러한 '달빛 체질'이 화자의 '몸 안에 피가 되어 돌고 있'다고 하였다. 따라서 화자의 '몸 안'에 '돌고 있'는 '피'의 속성은 화자의 조상이 '일생' 동안 '원했던' 것과 관련이 있다고 할 수 있다.

④ 2연과 3연을 통해 알 수 있는, 함께하는 대상에 대한 '그'의 정서를 바탕으로, 6연에서 '나를 끌고 있다'고 생각되는 '그것'에 대한 화자의 인식을 짐작할 수 있군.
  2연에서는 '달빛'과 함께 온 생애를 보낸 '그'(조상)의 모습이 묘사되었으며, 3연에서는 달과 함께하는 것을 '크나큰 기쁨'으로 여기는 '그'의 인식이 드러난다. 이를 바탕으로 6연에서 '나를 끌고 있다'고 생각되는 '그것', 즉 '달'에 대한 화자의 긍정적 인식을 엿볼 수 있다.

⑤ 6연의 '바닷물'과 관련된 자연 현상을 통해, 4연의 '달의 자장'과 화자가 맺고 있는 관계의 특징을 알 수 있군.
  6연의 '보이지 않는 인력이 바닷물을 끌듯이'에서 '바닷물'과 관련된 자연 현상을 언급하고 있다. 이를 고려하면 4연의 '달의 자장 속에 / 갇히기를 원했던' 조상의 '달빛 체질'을 화자 역시 가지고 있다고 한 것에서 '달의 자장'과 화자가 맺고 있는 관계의 특징이 '인력이 바닷물을 끌듯이' 달이 화자를 끌고 화자도 달에게 이끌리는 것임을 확인할 수 있다.

3. 〈보기〉를 참고하여 (가), (나)를 감상한 내용으로 적절하지 <u>않은</u> 것은? [3점]

> ───────〈보기〉───────
>
> 시는 보조 관념을 통해 원관념을 드러내는데, 이때 추상적인 개념도 구체적인 이미지로 형상화될 수 있다. 시에서 형상화는 개념과 이미지 간의 유사성을 바탕으로 하는데, 이러한 유사성은 밝은 속성을 가진 대상은 긍정적으로, 어두운 속성을 가진 대상은 부정적으로 여기는 것처럼 보편적 인식에 바탕을 두는 것이 일반적이다. 하지만 개념과 이미지 간의 유사성이 화자 개인의 경험이나 인식에 기반해 개성적으로 나타나는 경우도 있다.

🔍 **보기 분석**

- 추상적 개념의 구체화
  - 개념과 이미지 간의 유사성을 바탕으로 함
  - 보편적 인식(밝음: 긍정적 ↔ 어두움: 부정적)에 바탕을 두는 것이 일반적이나 개성적(화자 개인의 경험이나 인식에 기반함)으로 나타나기도 함

✔ **정답풀이**

⑤ (가)에서 '길'에 놓인 '자갈'을 '빛나는' 것으로, (나)에서 '달빛'을 '밝은' 것으로 표현한 것은, 각각 눈이 부신 속성을 가졌다는 유사성을 바탕으로 연관 지어, 희망을 추구하는 화자의 내적 지향을 드러낸 것이겠군.

> 〈보기〉에 따르면 시에서는 보편적 인식을 바탕으로 '밝은 속성을 가진 대상은 긍정적으로' 형상화하기도 한다. (가)의 '길에는 자갈이 빛났다.', (나)의 '밝은 달빛'은 대상이 눈이 부신 속성을 지녔음을 나타낸다. 그런데 (가)에는 노화에 대한 화자의 인식이, (나)에는 '내 조상의 달빛 체질'을 긍정적으로 받아들이는 화자의 인식이 나타날 뿐이며, 밝게 빛나는 '자갈'이나 '달빛'의 속성이 희망을 추구하는 화자의 내적 지향을 드러낸다고 볼 수는 없다.

❌ **오답풀이**

① (가)에서는 '젊음'에 대한 화자의 인식과 '젖은 구두'를, 무거움이라는 유사성을 바탕으로 연관 지어, 과거를 힘겨웠다고 여기는 화자의 인식을 드러내고 있군.
  〈보기〉에 따르면 '시에서 형상화는 개념과 이미지 간의 유사성을 바탕으로' 한다. (가)의 '가뿐한 나의 신발(겨우 무거운 젊음의 젖은 구두를 벗은……)'에서 '젊음'이라는 추상적 개념을 '젖은 구두'라는 구체적 이미지로 나타냈으며, 이는 무거움이라는 유사성을 바탕으로 했음을 알 수 있다. 이를 통해 과거 젊었던 시절이 '젖은 구두'를 신고 걷는 것처럼 힘겨웠다고 여기는 화자의 인식이 드러난다.

② (가)에서는 '시야가 열리는' '바다'에 대한 인식과 '잔잔한' 모습을, 고요하고 평화롭다는 유사성을 바탕으로 연관 지어, 화자의 평온한 내면 상태를 드러내고 있군.

〈보기〉에 따르면 '시에서 형상화는 개념과 이미지 간의 유사성을 바탕으로' 한다. (가)의 '겨우 시야가 열리는 남색, 심오한, 잔잔한 세계.'에서는 화자가 본 '바다'의 모습과 '바다'에 대한 인식을 형상화하였으며 이를 통해 '잔잔한' '바다'와 같이 화자의 내면도 고요하고 평화로우며 평온한 상태임이 드러난다.

③ (나)에서 '태양 체질'을 '뜨겁'다는 것과, '달빛 체질'을 '뒤안'처럼 '아늑하'고 '조용한' 것과 연관 지어 표현한 것은, 추상적 개념을 감각적 이미지로 형상화한 것이겠군.

〈보기〉에 따르면 '시는 보조 관념을 통해 원관념을 드러내는데, 이때 추상적인 개념도 구체적인 이미지로 형상화될 수 있다'. (나)의 '뜨겁고 부신 / 태양 체질', '뒤안처럼 아늑하고 조용한' '달빛 체질'에서 '태양'을 지향하는 태도를 '뜨겁'다는 구체적 이미지로, '달'을 지향하는 태도를 '아늑하고 조용'하다는 구체적 이미지로 나타내고 있다. 이는 '태양' 또는 '달'을 좋아하고 지향한다는 추상적 개념을 촉각적 이미지와 시·청각적 이미지로 형상화한 것으로 볼 수 있다.

④ (가)에서 '해가 저물' 때의 심리를 '설레는 구름'과, (나)에서 밤에 느끼는 심리를 '크나큰 기쁨과 만나는' 상황과 연관 지어 표현한 것은, 모두 화자의 개성적 인식에 바탕을 둔 것이겠군.

〈보기〉에 따르면 '밝은 속성을 가진 대상은 긍정적으로, 어두운 속성을 가진 대상은 부정적으로 여기는 것'이 '보편적 인식'이지만 '화자 개인의 경험이나 인식에 기반해 개성적'인 표현이 나타나기도 한다. (가)에서는 '해가 저물' 때의 심리를 '설레는 구름'으로 표현하고, (나)에서는 밤에 '크나큰 기쁨'을 만날 수 있다고 표현하였다. 이러한 표현은 보편적 인식에서 벗어난 화자의 개성적 인식을 바탕으로 한 것으로 볼 수 있다.

📋 문제적 문제   • 3-④번

학생들이 정답 외에 가장 많이 고른 선지는 ④번이다. 〈보기〉에서 설명한 '보편적 인식에 바탕을' 둔 표현과 화자의 '개성적' 표현에 대해 명확히 이해하지 못한 것으로 보인다.

독서 지문에서와 마찬가지로 문학의 〈보기〉를 독해할 때도, 어떤 개념에 대해 설명하면서 사례를 동원한다면 출제자는 그 개념에 대한 정확한 이해를 요구한다고 보아야 한다. 〈보기〉에서는 문학에서의 추상적 개념의 구체화에 대해 설명하면서 '밝은 속성을 가진 대상은 긍정적으로, 어두운 속성을 가진 대상은 부정적으로 여기는 것'이라는 사례를 제시하여 '보편적 인식'에 바탕을 둔 표현과 화자의 '개성적' 표현에 대해 정확히 이해할 수 있도록 하였다. 이를 고려하면 ④번에서 언급한 (가)에서 '해가 저물' 때의 심리를 '설레는 구름'과, (나)에서 밤에 느끼는 심리를 '크나큰 기쁨과 만나는' 상황과 연관 지어 표현한 것은 보편적 인식과 달리 젊음과 밝음을 부정적으로, 나이 듦과 어두운 밤을 긍정적으로 여기는 화자의 인식을 드러낸다고 볼 수 있다. 즉 화자의 개인적 인식에 기반한 개성적 표현으로 보아야 하므로 ④번은 적절한 것이다.

〈보기〉를 참고하여 감상할 것을 요구하는 문제에서는 〈보기〉에서 설명한 개념에 대해 정확히 독해해야 하며, 특히 사례가 주어졌을 때는 개념과 연결하여 이해한 뒤 작품에 적용할 수 있어야 한다.

정답률 분석

	①	②	③	매력적 오답 ④	정답 ⑤
	4%	5%	4%	11%	76%

---

4. ⊙~⑩에 대해 이해한 내용으로 적절하지 <u>않은</u> 것은?

⊙: 형태가 처음 생겨나면 그 종류가 이미 구별되니, 누가 바꿀 수 있겠는가.

ⓛ: "내가 무슨 부족할 것이 있겠는가."라고 하였으니

ⓒ: 나에게 집의 규모를 말한 적이 있었는데, 표정에 스스로 작다고 여기는 듯한 기색이 있었다.

ⓓ: 군은 독서하는 사람이니 가까운 내면의 것을 시험 삼아 생각해 보게.

⑩: 지금 군은 집으로 군의 몸을 수용하고, 몸으로 군의 마음을 수용하고, 마음으로 과연 능히 천지 사이에 가득한 것을 수용하였으니

✅ 정답풀이

③ ⓒ: 경험을 상기하는 표현을 통해, 자기 집의 크기에 대한 '사양'의 인식이 변화하였음을 보여 주는 진술이다.

> ⓒ에서 글쓴이는 사양이 '나에게 집의 규모를 말한' 과거의 경험을 떠올렸다고 볼 수 있다. 그런데 이는 사양이 자신의 집을 '작다'고 여겼음을 드러낼 뿐, 기존에 자신의 집 크기가 '제비 둥지를 겨우 수용할 수 있는 정도'라고 여기며 집에 '용연사'라는 이름 붙였을 때와 달라졌음을 나타낸다고 보기 어렵다. 또한 해당 인식이 ⓒ의 시점에 변화했다고 볼 수도 없다.

❌ 오답풀이

① ⊙: 물음의 방식을 활용하여, 사물의 외적 형태에 대한 '나'의 생각을 드러내는 진술이다.

⊙은 물음의 방식을 활용하여 사물의 외적 형태는 '처음 생겨'날 때 이미 정해지므로 '바꿀 수' 없다는 '나'의 생각을 드러내는 설의적 표현으로 볼 수 있다.

② ⓛ: 인용의 방식을 활용하여, 사물의 크기에 대한 '나'의 관점을 뒷받침하는 진술이다.

ⓛ에서는 성인의 말을 인용하였으며, 이를 통해 사물의 크기는 '사람의 마음이 그것을 대처함이 어떠한지에 달'렸다고 보는 '나'의 관점을 뒷받침한다고 볼 수 있다.

④ ⓓ: 명령하는 표현을 통해, '나'의 생각을 이해하는 데 도움이 되는 방법을 '사양'에게 권유하는 진술이다.

ⓓ에서 글쓴이는 명령하는 표현을 통해 사양에게 '가까운 내면의 것을 시험 삼아 생각해 보'라고 권유하였으며, 이는 집의 외적인 크기는 작아도 내면의 것을 수용하면 작은 집도 '천지 사이의 커다란 구역이' 될 수 있다는 '나'의 생각을 이해하는 데 도움이 되는 방법을 제시한 것으로 볼 수 있다.

⑤ ⑩: 연쇄적 표현을 바탕으로, '나'가 중요하게 생각하는 바를 '사양'에게 적용하여 설명하는 진술이다.

⑩에서는 '집', '몸', '마음'을 연쇄적으로 나열하였으며, 이는 '집'의 외적인 크기보다 '마음'으로 내적인 가치를 수용하는 자세가 중요하다고 여기는 '나'의 생각을 사양에게 적용하여 설명하기 위한 것으로 볼 수 있다.

5. 다음에 따라 (가)와 (다)를 감상한 내용으로 가장 적절한 것은?

> **선생님:** 문학 작품을 통해 우리는 특정한 상황이나 대상에 대한 화자나 글쓴이의 인식을 확인할 수 있어요. (가)에서는 인생의 황혼기를 맞는 화자의 인식이, (다)에서는 사물의 형태와 주관적 판단의 관련성에 대한 글쓴이의 인식이 나타나 있지요.

🔍 보기 분석

(가)	(다)
인생의 황혼기를 맞는 화자의 인식이 나타남	사물의 형태와 주관적 판단의 관련성에 대한 글쓴이의 인식이 나타남

✔ 정답풀이

④ (가)에서 화자는 '저녁 햇살'이 비추는 대상을 통해 황혼기의 아름다움을, (다)에서 글쓴이는 '큼과 작음'을 통해 대상의 가치는 마음먹기에 따라 달라질 수 있음을 드러내고 있군.

> 선생님의 말에 따르면 (가)는 '인생의 황혼기'에 대한 화자의 인식을, (다)는 '사물의 형태와 주관적 판단의 관련성에 대한 글쓴이의 인식'을 드러낸다. (가)의 '저녁 햇살 속에 자갈이 빛나는 길은 바다로 기울고'에서는 나이가 들어 맞이한 인생의 황혼기를 기울어진 길로 형상화하며, 화자가 그러한 황혼기를 빛나고 아름다운 시기라고 여기고 있음을 드러낸다. 또한 (다)의 '사물에는 큼과 작음이 일찍이 없었던 것이고, 사람의 마음이 그것을 대처함이 어떠한지에 달린 깃일 뿐이다.'에서는 사물의 기치는 고정되는 것이 아니라 그것을 받아들이는 사람의 마음먹기에 따라 달라질 수 있음을 드러낸다.

✖ 오답풀이

① (가)에서 화자는 '유자낢에 유자가 열리'는 자연의 섭리에 주목해 나이 듦이 당연함을, (다)에서 글쓴이는 '사양하지 않는 집'에 주목해 이견을 포용하는 삶의 중요성을 부각하고 있군.

(가)의 화자는 '유자낢에 유자가 열리'는 자연의 섭리에 따라 길도 '바다로 기울었'다고 하여 나이 듦은 자연의 섭리에 따라 당연한 일임을 부각했다고 볼 수 있다. 그런데 (다)의 '집이 이 모든 것을 사양하지 않고 다 수용'한다는 것은 집의 외적인 크기가 중요하지 않다는 뜻일 뿐, 이를 통해 글쓴이가 이견을 포용하는 삶의 중요성을 나타냈다고 볼 수는 없다.

② (가)에서 화자는 '신비스러운 경사감'에 주목해 황혼기에 대한 기대감을, (다)에서 글쓴이는 '향기와 빛깔이 서로 한데 모이'는 '뜰'에 주목해 더불어 사는 삶의 가치를 드러내고 있군.

(가)의 화자는 '가뿐한' 신발로 '바다로 기울'어진 길을 걸으며 '신비스러운 경사감'을 느끼고 있으며, 이는 황혼기에 대한 긍정적 인식을 나타낸 것으로 볼 수 있다. 그런데 (다)의 '뜰에는 국화를 많이 심어 매년 가을이면 향기와 빛깔이 서로 한데 모'인다는 것은 집의 크기는 작아도 주변의 자연과 잘 어우러지는 공간이라는 인식을 드러낼 뿐, 이를 통해 글쓴이가 더불어 사는 삶의 가치를 드러냈다고 볼 수는 없다.

③ (가)에서 화자는 '하늘과 맞닿'아 있는 대상을 통해, (다)에서 글쓴이는 '푸르른 산 빛을 보내오'는 현상을 통해 자연으로부터 위로를 받고 있음을 드러내고 있군.

(가)에서 화자는 '바다'를 보며 '하늘과 맞닿을 즈음'의 '수평의 거리감'을 느낌으로써 나이 듦에 대한 긍정적 인식을 보여 줄 뿐, 자연으로부터 위로를 받는 모습은 나타나지 않는다. 한편 (다)에서 글쓴이는 '처마 밖에는 종남산 일대가 아침저녁으로 푸르른 산 빛을 보내'온다고 하여 사양의 집이 작지만 주변의 자연 풍경과 어우러져 아름답다는 긍정적 인식을 보여 줄 뿐, 글쓴이가 자연으로부터 위로를 받는 모습은 나타나지 않는다.

⑤ (가)에서 화자는 '기우는 세계'에 주목해 황혼기의 불완전함을, (다)에서 글쓴이는 '편히 여기며, 자고 거처하는 집'에 주목해 주어진 상황에 순응하는 삶의 중요성을 부각하고 있군.

(가)의 화자는 인생의 황혼기를 '바다로 기울'어진 길로 형상화하여 그 '경사감'에서 '신비스러'움을 느끼고 있을 뿐, 황혼기의 불완전함을 부각하지는 않았다. 한편 (다)의 글쓴이는 사양이 '편히 여기며, 자고 거처하는 집'에 주목해 집의 외적인 크기는 중요하지 않으며 주관적 판단에 따라 그 가치가 달라질 수 있다는 인식을 드러낼 뿐, 주어진 상황에 순응하는 삶의 중요성을 부각하지는 않았다.

[1~5] 다음 글을 읽고 물음에 답하시오.

(가)

화룡담의 모습에 주목함
「화룡담 깊은 못이 너럭바위 아래 있어

뿜으며 들썩이며 변화가 무궁하다」

사자봉 높은 돌이 용소(龍沼)*를 굽어보되

바위 중턱 파인 곳에 돌 하나 끼어 있다

중의 말이 황당하여 대강 걸러 들으니

사자봉 아래 돌에 대한 중의 이야기
「저 바위의 사자가 화룡더러 말하기를

이내 몸 육중하여 무너져 내려가면

너의 깊은 못이 터전도 없을 테니

네가 재주 많다 하니 내 발 조금 고여 다오

화룡이 옳게 여겨 건너편 산에 올라

저 돌을 빼다가 이 바위 괴었다 하네」

들으니 그럴듯해 건넛산 바라보니

과연 산 중턱에 돌 하나 빠진 틈이

이 돌 갖다 끼울 만큼 크기가 비슷하다

[A]

(중략)

한참을 구경하고 시간 순서에 따른 장소의 이동
「도로 내려 금강문에

남여* 타고 절에 와서 점심을 먹은 후에

만물초 가는 길이 온정을 지난다기에

극락고개 넘어서서 오 리 남짓 가니」

주막집 바로 곁에 우물집* 지었기에

문 열고 구경하니 상하탕(上下湯)이 늘어 놓여

넓적한 돌 네모지게 두 군데 똑같이 짜고

물빛이 흐릿하고 미지근하다 하네

보슬비 계속 내려 주점에서 머물고

여정의 경험을 일기 형식으로 표현
「이십일 일 조반」 후에 날 흐리고 안개 덮여

만물초 구경하려 준비하고 내려가니

여정 중의 만남에서 정보를 얻은 경험
「지로승(指路僧)과 주막 주인 붙들고 만류하되

ⓐ만물초 가는 길이 칠십 리 왕복이요

청명한 일기에도 구름 끼면 못 보는데

하물며 비 오는 날 지척을 분간하랴

미끄러운 돌사다리 천신만고* 들어가서

산 밑만 겨우 보면 분하지 않으리오」

들으니 그럴듯하고 일행들도 옳다 하여

봉래의 후약*을 만물초에 남겨 두고

행장을 다시 차려 총석으로 향할 제

금강 내외산을 이곳에서 작별하니

만 이천 봉 빛이 눈앞에 역력하다

        – 홍정유, 「동유가」 –

>> 지문의 핵심 내용을 정리해 보세요.

화자와 대상의 관계	금강 내외산을 유람하며 기억에 남는 경험을 기록하는 사람
상황?	화룡담 깊은 못과 사자봉을 보며 중의 말을 들음 → 금강문으로 내려와서 절에 가서 점심을 먹고 극락고개를 넘어 만물초로 가고자 함 → 비가 내려 주점에서 머뭄 → 지로승과 주막 주인의 만류로 만물초는 가지 않고 총석으로 향함

현대어 풀이

화룡담의 깊은 못이 너럭바위 아래에 있어

뿜으며 들썩이며 변화가 무궁하다

사자봉 높은 돌이 폭포 아래 못을 굽어보니

바위 중턱 파인 곳에 돌 하나가 끼어 있다

중의 말이 황당하여 대강 들어 보니

저 바위의 사자가 화룡에게 말하기를

이내 몸이 투박하고 무거워 무너져 내려가면

너의 깊은 못이 터전도 없을 테니

네가 재주 많다 하니 (돌로) 내 발을 조금 고여 다오

화룡이 (이를) 옳게 여겨 건너편 산에 올라

저 돌을 빼다가 이 바위에 괴었다 하네

들으니 그럴듯해 건넛산을 바라보니

과연 산 중턱에 돌 하나 빠진 틈이

이 돌 갖다 끼울 만큼 크기가 비슷하다

(중략)

한참을 구경하고 금강문에 도로 내려와서

남여를 타고 절에 와서 점심을 먹은 후에

만물초 가는 길이 온정을 지난다기에

극락고개 넘어서서 오 리 남짓 가니

주막집 바로 곁에 우물집을 지었기에

문을 열고 구경하니 상하탕이 놓였는데

두 군데 똑같이 넓적한 돌로 네모지게 만들었고

물빛은 흐릿하고 미지근하다 하네

보슬비가 계속 내려 주점에서 머물고

이십일 일 조반 후에 날 흐리고 안개 덮였는데

만물초 구경하려고 준비하고 내려가니

지로승과 주막 주인이 붙들고 만류하길

만물초 가는 길이 왕복 칠십 리이고

맑은 날에도 구름 끼면 못 보는데

하물며 비 오는 날은 가까운 거리인들 보이겠는가

미끄러운 돌사다리 천신만고 끝에 올라가서
산 밑만 겨우 보면 분하지 않겠는가
들어 보니 그럴듯하고 일행들도 그 말이 옳다고 하여
봉래산에 다시 올 약속을 만물초에 남겨 두고
짐을 다시 꾸려 총석으로 향할 때
금강 내외산을 이곳에서 작별하니
만 이천 봉우리가 눈앞에 또렷하다

이것만은 챙기자

*용소: 폭포수가 떨어지는 바로 밑에 있는 깊은 웅덩이.
*남여: 의자와 비슷하고 뚜껑이 없는 작은 가마.
*우물집: 빗물이 들어가지 아니하도록 우물 위에 지붕을 만든 것.
*천신만고: 천 가지 매운 것과 만 가지 쓴 것이라는 뜻으로, 온갖 어려운 고비를 다 겪으며 심하게 고생함을 이르는 말.
*후약: 뒷날에 하기로 한 약속.

(나)
여정의 경험을 날짜를 밝혀 일기 형식으로 표현함
「7월 3일(금)」

총석정은 다음날 와서 찾아가기로 하고 송전(松田)으로 오다. 송전처럼 좋은 데가 왜 아직 이름이 못 났을까. 왜 깨끗한 여관 하나, 세별장(貰別莊) 하나 없을까. 단 두 집의 여관, 모두 여인 숙급인데 하나는 이름이 없고 하나는 '동해여관'이라 대서(大書)하였다. 이름 있는 집으로 정하다.

고저(庫低)가 곳간 바닥 그대론 듯이 송전은 솔밭 그대로다. 거리도 반은 솔밭 속에 묻히었다. 해풍에 자란 솔들이라 통만 굵고 가지는 적은데 모두 아래로 드리워서 파라솔이라도 아주 요즘 유행형들이다. 그 밑에 돗자리나 깔아 놓으면 소나무 하나마다가 훌륭한 정자겠다.
솔에 대한 인상을 감각적으로 묘사함
「솔만 보면 봄인 듯하다. 그렇게 푸르기만 하지 않고 윤택하다. 땅만 보면 가을인 듯하다. 그렇게 모새*가 보드랍지만 않고 쨍쨍 소리가 날 듯 양명(陽明)하다.」 01
바다로 나가는 길의 아름다움
「거리에서 ⓑ바다로 나가는 길이 좋다. 넓고 양편에 소나무가 선 길은 송전 말고도 얼마든지 있을 게다. 그러나 이 길처럼 정하고 고운 길을 나는 일찍이 걸어 본 적이 없다. 혼례식장에서 이제 막 나오는 신랑 신부나 걸었으면 싶은 그런 길이다.」 이 길이 끝나면 천공(天空)*, 해활(海闊), 거기엔 떡 뻗치고 선 것이 하나 있으니 초현실파의 그림처럼 의외의 것이되 배경에 조화되어 버린 철봉이 하나, 나는 뛰어가 매달리어 턱걸이를 겨우 네 번을 하다.

바다는 물결이 세다. 뽀─얀 수말(水沫)은 눈보라처럼 해안을 올려 쏜다. 해당화가 잊어버리지 못할 정도로 군데군데서 나부낀다. 향기도 강하건만 파도 냄새에 묻혀 꺾어 들어야 코를 찌른다. 바다는 늘 보아도 젊어 있다. 02

밤에 창이 하 밝기에 주인에게 물으니 보름달이라 한다. 홑고의적삼이 추우리만치 산산하나* 다시 여관을 나섰다.

낮에도 텅─ 비었던 길, 밤에도 사람의 그림자는 하나도 없다. 달빛을 달의 물결로 인식함
「달빛만이 꽉─ 차 있었다. 한 걸음 한 걸음 내어 디딜 때마다 달의 물결이 쏴─ 쏴─ 하고 흩어지는 것 같다.」 길뿐이 아니라 솔밭 위에도, 철로 위에도, 으리으리한 바다 위에도, 달은 또한 큰 바다이다. 이 달의 바다 아래에선 물의 바다는 너무나 조그맣구나! 그리고 달의 바다는 너무나 성스럽구나!
달빛의 무한함에 대해 사색함
「새 한 마리 노래하지 않는 솔밭, 들창 하나 열리지 않은 빈 별장들, 누구를 위해 달은 이처럼 밝아 있는가? 사람이야 나와서 보건 말건, 정물(情物)이 아닌 파도만 치는 곳에 달은 이렇듯 밝아 있구나. 생각하면 우리 사람이 이르지 못하는 곳에 달은 얼마나 많이, 얼마나 널리 비치고 있는 것일까? 끝없는 사막, 끝없는 해양, 그리고 무인고도(無人孤島)*들, 높은 산봉우리들, 남북극지의 빙원들, 또 그리고 무수한 천공에 달린 별의 세계들, 참 달은 무섭도록 크고 무섭도록 무심하구나!」 사람이, 미물처럼 조그마한 사람이 제가 공연히 그에게 정을 두도다. 03

– 이태준, 「해촌 일지」 –

*모새: 가늘고 고운 모래.

>> 지문을 세 부분으로 나누고, 핵심 내용을 정리해 보세요.

01	송전으로 와 숙소를 정하고, 푸른 솔을 보며 감탄함
02	바다로 가는 길의 아름다움에 감탄하고, 바다가 젊다고 느낌
03	밤에 다시 길을 걸으며 달을 감상함

이것만은 챙기자

*천공: 끝없이 열린 하늘.
*산산하다: 시원한 느낌이 들 정도로 사늘하다.
*무인고도: 육지와 멀리 떨어져 있는, 사람이 살지 않는 외딴섬.

---

1. (가)와 (나)의 공통점으로 가장 적절한 것은?

◆ 정답풀이

③ 자연물의 모습에 주목하여 자연에 대한 친화적 태도를 드러내고 있다.

> (가)의 '금강 내외산을 이곳에서 작별하니 / 만 이천 봉 빛이 눈앞에 역력하다'에서 만 이천 봉으로 이루어진 '금강 내외산'의 모습에 주목하며, 이와 '작별'한다고 표현하여 친화적 태도를 드러내고 있다. (나)에서는 '달빛만이 꽉— 차 있'는 모습에 주목하여 '누구를 위해 달은 이처럼 밝아 있는가?~사람이, 미물처럼 조그마한 사람이 제가 공연히 그에게 정을 두도다.'라고 '달'의 끝없는 밝음에 감탄하며 달에게 '정을 두'었다는 말로 친화적 태도를 드러내고 있다.

✖ 오답풀이

① 자연물에서 덕성을 발견하여 사회적 차원으로 일반화하고 있다.
(나)의 '달의 바다는 너무나 성스럽구나!'와 '누구를 위해 달은 이처럼 밝아 있는가?~달은 무섭도록 크고 무섭도록 무심하구나!'에서 사물을 비춰 주는 달의 모습에서 무심함과 무한함이라는 덕성을 발견하고 있다고 볼 수 있으나 이를 사회적 차원으로 일반화하고 있지는 않다. (가)는 금강산의 아름다움을 발견하고 있으나 자연물에서 덕성을 발견하는 모습은 찾아볼 수 없다.

② 계절의 변화를 제시하여 삶에 대한 관조적 태도를 드러내고 있다.
(가)에서는 '보슬비 계속 내'린다고 날씨를 표현하고 있으나 계절의 변화를 제시하고 있지는 않다. (나)에서는 날짜를 표기하여 계절이 여름임을 알 수 있으나 계절의 변화를 제시한 부분은 나타나지 않는다.

④ 자연물 간의 조화로움에 빗대어 현실에서 겪는 삶의 문제를 제기하고 있다.
(가)는 '화룡담 깊은 못'과 '너럭바위', (나)는 '달'과 '바다' 등의 자연물이 어우러진 모습을 드러내고 있으나, (가)와 (나) 모두 현실에서 겪는 삶의 문제를 제기하고 있지 않다.

⑤ 자연의 극한적 상황을 제시하여 인간의 나약함을 극복하고자 하는 태도를 드러내고 있다.
(가)에서 '비 오는 날 지척을 분간'할 수 없어 '만물초'에 오르기 어려운 상황이 제시되고 있으나 이를 자연의 극한적 상황이라고 보기 어려우며, 이로 인해 '만물초'에 가는 것을 포기하고 있으므로 나약함을 극복하고자 하는 태도가 드러난다고 볼 수 없다. (나) 역시 자연의 극한적 상황을 제시하고 있지는 않다.

🌱 기틀잡기

① 일반화: 개별적인 것이나 특수한 것이 일반적인 것으로 됨. 또는 그렇게 만듦.
② 관조: 고요한 마음으로 사물이나 현상을 관찰하거나 비추어 봄.

2. ⓐ, ⓑ에 대한 이해로 가장 적절한 것은?

> ⓐ: 만물초 가는 길
>
> ⓑ: 바다로 나가는 길

✅ 정답풀이

③ ⓐ는 화자가 가려던 길이고, ⓑ는 글쓴이가 가고 있는 길이다.

> (가)에서 화자는 일행과 만물초에 가려고 했으나 '만물초 가는 길이 칠십 리 왕복이요~분하지 않으리오'라며 '지로승과 주막 주인'이 '붙들고 만류'하는 것을 옳다고 여겨 포기하고 있으므로 ⓐ는 화자가 가려던 길이라고 할 수 있다. 또한, (나)의 글쓴이는 ⓑ 위에서 '이 길처럼 정하고 고운 길을 나는 일찍이 걸어 본 적이 없다'고 감탄하고 있으며, '이 길이 끝나면' 하늘과 바다가 나온다고 하고 있으므로, ⓑ는 글쓴이가 바다로 가기 위해 가고 있는 길이라고 볼 수 있다.

❌ 오답풀이

① ⓐ는 화자가 날씨의 영향을 받지 않고 갈 수 있는 길이다.
(가)에서 '지로승과 주막 주인'이 '청명한 일기에도 구름 끼면 못 보는데~ 분하지 않으리오'라며 비 오는 날 '만물초'에 가는 것을 만류하자 화자는 만물초에 가지 않기로 하므로, ⓐ가 화자가 날씨의 영향을 받지 않고 갈 수 있는 길이라는 것은 적절하지 않다.

② ⓑ는 글쓴이가 걷는 도중에 많은 사람들을 마주치는 길이다.
(나)에서 글쓴이가 낮에 ⓑ를 걷고 온 뒤, 밤에 '다시 여관을 나'서며, '낮에도 텅— 비었던 길, 밤에도 사람의 그림자는 하나도 없다.'라고 하는 것을 통해 ⓑ에서 사람을 보지 못했음을 알 수 있다.

④ ⓐ는 화자가 일행을 찾아 떠나는 길이고, ⓑ는 글쓴이가 일행을 마중하러 나가는 길이다.
(가)에서 화자는 일행과 함께 ⓐ로 가고자 했으나 주막 주인 등이 이를 만류하고 '일행들도 옳다 하여' 만물초로 가는 것을 포기하고 있다. 따라서 ⓐ가 화자가 일행을 찾아 떠나는 길이라는 것은 적절하지 않다. 또한 (나)에서는 처음부터 끝까지 일행과 관련된 언급이 나타나지 않으므로, ⓑ가 일행을 마중하러 나가는 길이라는 것도 적절하지 않다.

⑤ ⓐ와 ⓑ는 각각 화자와 글쓴이가 걷기에 편한 길이다.
(나)에서는 ⓑ가 '좋다'며, 이를 '정하고 고운 길'로 묘사하고 있으므로 글쓴이가 걷기에 편한 길이라고 볼 수 있다. 반면 (가)의 ⓐ는 '미끄러운 돌사다리 천신만고 들어'간다는 표현을 고려했을 때, 화자가 걷기에 편한 길이라고 볼 수 없다.

3. [A]에 대한 설명으로 적절하지 <u>않은</u> 것은?

✅ 정답풀이

④ 화자는 '중'의 말을 듣고 자신이 '건너편 산'에 올라가 '사자봉'을 바라보는 상황을 제시하고 있다.

> [A]에서 화자가 중에게 들은 말에 따르면, '사자봉'의 사자가 '못'의 화룡에게 '건너편 산'의 '돌을 빼다가' 발 아래 고이게 했다고 한다. 화자는 이 말을 듣고 '그럴듯'하다고 여겨, '건넛산'을 '바라보'며 '과연 산 중턱에 돌하나 빠진 틈'과 사자봉 아래 바위의 크기가 비슷하다고 생각하고 있다. 따라서 화자가 직접 건너편 산에 올라갔다는 것은 적절하지 않다. 참고로 '건너편 산'에 오른 주체는 이야기 속의 화룡이다.

❌ 오답풀이

① 화자는 '용소' 위에 있는 '사자봉'의 중턱 파인 곳에 '돌 하나'가 끼어 있는 모습을 제시하고 있다.
[A]에서 화자는 '용소를 굽어보'는 '사자봉'의 '바위 중턱 파인 곳에 돌 하나 끼어 있'는 모습을 제시하며, 이에 대한 중의 이야기를 전하고 있다.

② 화자는 '중'에게 전해 들은 말을 통해 '사자봉' 중턱 파인 곳의 위치가 사자 형상의 발밑임을 제시하고 있다.
[A]에서 '사자봉' 중턱 파인 곳에 '돌 하나'가 끼어 있는데, 화자가 중에게 전해 들은 말에 따르면 이 돌은 사자가 화룡에게 '내 발 조금 고여' 달라고 부탁하여 화룡이 이를 들어준 결과라고 한다. 화자는 이 말을 '그럴듯'하다고 여기고 있으므로, 이를 통해 사자봉 중턱 파인 곳이 바위에 있는 사자 형상의 발밑에 있음을 유추할 수 있다.

③ 화자는 '중'에게 전해 들은 말을 통해 파인 곳에 끼어 있는 '돌 하나'는 '못'의 용이 재주를 부려 옮긴 것임을 제시하고 있다.
[A]에서 '사자봉' 중턱 파인 곳에 '돌 하나'가 끼어 있는데, 화자가 중에게 전해 들은 말에 따르면 이 돌은 사자가 화룡에게 '이내 몸 육중하여 무너져 내려가면 / 너의 깊은 못이 터전도 없을 테니' 발밑에 돌을 고여 달라고 부탁하여 못의 용인 화룡이 재주를 부려 건너편 산에서 '빼다가 이 바위 괴'어준 것이라고 한다.

⑤ 화자는 '중'의 말을 듣고 산 중턱의 '틈'과 '이 돌'을 견주면서 그 크기가 유사함을 제시하고 있다.
[A]에서 화자는 중의 말을 듣고 '들으니 그럴듯해 건넛산 바라보'며 '산 중턱에 돌 하나 빠진 틈'과 '이 돌'을 견주면서 그 '크기가 비슷'함을 제시하고 있다.

모두의 질문

· 3—②번

Q: [A]에서 중이 '사자봉' 중턱 파인 곳의 위치가 사자 형상의 발밑이라고 말했다는 내용은 나타나지 않으니, ②번이 적절하지 않은 게 아닌가요?

A: [A]에서는 '용소'를 내려다보는 '사자봉' '바위 중턱 파인 곳에' 끼어 있는 '돌 하나'에 대한 중의 말과, 그에 대한 화자의 반응이 나타나고 있다. 중의 말에 따르면, '사자봉'의 사자가 '화룡담 깊은 못'의 화룡에게 말하기를 '이내 몸 육중하여 무너져 내려가면 / 너의 깊은 못이 터전도 없을 테니' 재주 많은 '네(화룡)가' '내 발' 아래 돌을 '고여' 달라고 했고, 이를 '옳게 여'긴 화룡이 '건너편 산에 올라' 돌을 빼다가 이 바위(사자봉)를 괴었다고 한다. 이에 대해 화자가 '그럴듯'하다고 여기는 것으로 보아, 중의 이야기는 사자봉의 형태를 어느 정도 반영하고 있음을 알 수 있다. 따라서 중의 말을 통해 '사자봉' 사자 형상의 발밑에 돌이 있음을 알 수 있으며, 이때 돌이 '바위 중턱 파인 곳에' 끼어 있다고 했으므로 '사자봉' 중턱 파인 곳의 위치가 사자 형상의 발밑임을 유추할 수 있다. 따라서 ②번은 적절하다.

4. (나)에 대한 이해로 적절하지 **않은** 것은?

✓ 정답풀이

② '초현실파의 그림' 같은 공간에서 '뛰어가 매달리'는 행동을 하면서, '혼례식장'을 걷는 '신랑 신부'의 모습을 상상하고 있다.

> (나)에서 글쓴이는 '바다로 나가는 길'을 '혼례식장에서 이제 막 나오는 신랑 신부나 걸었으면 싶은 그런 길'로 서술하고 있다. 그 길이 끝나는 곳에 바다가 있고 그곳에 '철봉'이 있는데 글쓴이는 이를 '초현실파의 그림처럼 의외의 것으로' 여기며, '뛰어가 매달리'고 있다. 그런데 '초현실파의 그림'과 같은 '철봉'이 있는 공간은 '혼례식장에서 이제 막 나오는 신랑 신부나 걸었으면 싶은' 길에 대한 생각이 끝난 뒤 도착한 공간이므로 적절하지 않다.

✕ 오답풀이

① '솔'의 생김새에서 '파라솔'을 연상하면서, 쉴 수 있는 공간을 떠올리고 있다.

> (나)에서 글쓴이는 '해풍에 자란 솔들'을 보며 '통만 굵고 가지는 적은데 모두 아래로 드리워서 파라솔이라도 아주 요즘 유행형들'이라고 하며 '파라솔'을 연상하고 있다. 또한 '그 밑에 돗자리나 깔아 놓으면 소나무 하나마다가 훌륭한 정자'겠다며 이를 쉴 수 있는 공간인 '정자'에 비유하고 있다.

③ '뽀—얀' 물거품이 '눈보라처럼' 퍼지는 바닷가의 풍경을 바라보면서, 바다를 젊음과 연결하고 있다.

> (나)에서 글쓴이는 바다에 가서 '뽀—얀 수말(물거품)'은 눈보라처럼 해안을 올'린다며 물거품이 퍼지는 바닷가의 풍경을 묘사하고 있다. 또한 이렇게 센 파도와 물결을 보며 '바다는 늘 보아도 젊'다고 표현하고 있다.

④ 밤 풍경 위를 채운 '달빛'을 '달의 물결'로 인식하면서, 세상 곳곳을 비추는 달의 속성을 발견하고 있다.

> (나)에서 글쓴이는 달빛이 비추는 길의 모습을 '달빛만이 꽉— 차 있었다. 한 걸음 한 걸음 내어 디딜 때마다 달의 물결이 솨— 솨— 하고 흩어지는 것' 같다고 묘사하면서 '달빛'을 '달의 물결'로 인식하고 있다. 또한 달빛이 '길뿐이 아니라 솔밭 위에도, 철로 위에도, 으리으리한 바다 위에도' 비추고 있다고 하여, 세상 곳곳을 비추는 달의 속성을 발견하고 있다.

⑤ '끝없는 사막'과 '별의 세계'에 미치는 달빛을 '사람'의 미미함과 대비하면서, 달빛의 무한함에 대해 사색하고 있다.

> (나)에서 글쓴이는 달빛이 '끝없는 사막, 끝없는 해양, 그리고 무인고도들, 높은 산봉우리들, 남북극지의 빙원들, 또 그리고 무수한 천공에 달린 별의 세계들'에까지 미친다고 하여, '우리 사람이 이르지 못하는 곳에 달은 얼마나 많이, 얼마나 널리 비치고 있는 것일까?'라고 사람의 미미함과 대비하고 있다. 이는 사람이 이르지 못하는 곳까지 빛을 비추는 달빛의 무한함에 대해 사색한 결과로 볼 수 있다.

5. 〈보기〉를 참고하여 (가), (나)를 감상한 내용으로 적절하지 **않은** 것은? [3점]

〈보기〉

새로운 것에 대한 욕구를 충족하려는 기행 주체는 여행 장소의 풍경이나 풍속, 사람들과의 만남 등을 체험하면서 감흥을 얻는다. (가)와 (나)의 기행 주체는 여정에서 기억에 남는 경험을 일기 형식을 사용하여 기록하고 있다. (가)에는 여행 장소에서의 체험에 대한 사실적 정보를 관찰자의 입장에서 기록하려는, (나)에는 여행 장소에서 관심을 기울인 대상에 대한 인상을 감각적으로 묘사하려는 양상이 주로 나타난다.

🔍 **보기 분석**

- (가)와 (나)의 기행 주체는 여정의 경험을 일기 형식으로 기록
  - (가): 체험에 대한 사실적 정보를 관찰자의 입장에서 기록
  - (나): 관심 있는 대상에 대한 인상을 감각적으로 묘사

▼ **정답풀이**

③ (가)는 '우물집'을 '문 열고 구경하'는 데서, (나)는 '산산'함에도 '여관을 나섰다'는 데서, 동일한 장소를 다시 찾아가 감흥을 새로 얻고자 하는 욕구를 충족하려는 모습이 드러나는군.

〈보기〉에 따르면, 기행 주체는 '새로운 것에 대한 욕구를 충족'하고자 '여행 장소의 풍경이나 풍속, 사람들과의 만남 등을 체험하면서 감흥을 얻'는다. (나)의 글쓴이는 날씨가 '산산'함에도 '다시 여관을 나'서서 낮에 걸었던 길을 다시 걸어 바다로 가고 있으므로, 이는 동일한 장소를 다시 찾아가 감흥을 새로 얻고자 하는 욕구를 충족하려는 모습으로 볼 수 있다. 반면, (가)의 화자가 주막집 곁에 '우물집 지었기에 / 문 열고 구경하'는 것은 동일한 장소를 다시 찾아가는 모습으로 볼 수 없다.

❌ **오답풀이**

① (가)는 '점심을 먹은 후'에 '극락고개'를 넘어 '오 리 남짓' 가는 것으로 표현한 데서, 시간의 순서에 따른 장소의 이동을 사실적으로 기록하려는 양상이 드러나는군.

〈보기〉에 따르면, (가)의 기행 주체는 '여행 장소에서의 체험에 대한 사실적 정보를 관찰자의 입장에서 기록'한다. (가)의 '금강문에 / 남여 타고 절에 와서 점심을 먹은 후에 / 만물초 가는 길이 온정을 지난다기에 / 극락고개 넘어서서 오 리 남짓 가니'에서 화자는 시간의 순서에 따라 장소를 이동하는 모습을 사실적으로 기록하고 있다.

② (나)는 '솔'의 모습을 '푸르'고 '윤택하다'고 표현한 데서, 여행 장소에서 관심을 갖게 된 대상에 대한 인상을 감각적으로 묘사하려는 양상이 드러나는군.

〈보기〉에 따르면, (나)는 '여행 장소에서 관심을 기울인 대상에 대한 인상을 감각적으로 묘사'한다. (나)의 '솔만 보면 봄인 듯하다. 그렇게 푸르기만 하지 않고 윤택하다.'에서 글쓴이는 솔에 대한 인상을 푸르고 윤택하다며 시각적으로 묘사하고 있다.

④ (가)는 '조반' 먹은 것을 '이십일 일'로, (나)는 '동해여관'으로 숙소를 정한 것을 '7월 3일(금)'으로 날짜를 밝혀 기록한 데서, 여정의 경험을 일기 형식을 사용하여 표현했음이 드러나는군.

〈보기〉에 따르면, '(가)와 (나)의 기행 주체는 여정에서 기억에 남는 경험을 일기 형식으로 사용하여 기록'한다. (가)의 '이십일 일 조반 후에', (나)의 '7월 3일(금)~'동해여관'이라 대서하였다. 이름 있는 집으로 정하다.'에서 날짜를 밝혀 기록하며 여정의 경험을 일기 형식을 사용하여 표현하고 있다.

⑤ (가)는 '주막 주인'이 '만류'한 일을, (나)는 '주인'이 '보름달'이라 답한 일을 기록한 데서, 여정 중의 만남에서 정보를 얻은 경험을 기억할 만한 것으로 여기는 모습이 드러나는군.

〈보기〉에 따르면, (가)와 (나)의 기행 주체는 여행 중 '사람들과의 만남 등을 체험하면서 감흥을 얻'으며, '기억에 남는 경험'을 기록한다. (가)에서 화자는 여정 중에 만난 주막 주인이 만물초 구경을 만류한 사건을 기록하였고, (나)에서 글쓴이는 밤에 창이 밝자 이에 대해 '주인에게 물'어보고, '보름달이라 한다.'라며 주인의 답을 기록하고 있다. 이는 (가)와 (나)의 기행 주체가 여정 중의 만남에서 정보를 얻은 경험을 기억할 만한 것으로 여기고 기록한 것으로 볼 수 있다.

[1~6] 다음 글을 읽고 물음에 답하시오.

(가)

배를 민다

배를 밀어보는 것은 아주 드문 경험

희번덕이는 잔잔한 가을 바닷물 위에

배를 밀어넣고는

위태로움, 정서적 긴장감 고조
「온몸이 **아주 추락하지 않을 순간**의 한 허공에서

밀던 힘을 한껏 더해 밀어주고는

아슬아슬히 배에서 떨어진 손,」순간 환해진 손을

허공으로부터 거둔다

사랑을 떠나보내는 것을 배를 미는 행위에 비유
「**사랑**은 참 부드럽게도 **떠나지**」

뵈지도 않는 길을 부드럽게도

추상적 정서를 구체화
배를 한껏 세게 밀어내듯이 「**슬픔**도

그렇게 밀어내는 것이지」

배가 나가고 남은 빈 물 위의 **흉터**

잠시 머물다 가라앉고

시상의 전환   영탄법을 통해 상황에 대한 놀라움을 드러냄
「**그런데**」「오, **내** 안으로 들어오는 배여

아무 소리 없이 밀려들어오는 배여」

– 장석남, 「배를 밀며」 –

(나)

당신……, 당신이라는 말 참 좋지요, 그래서 불러봅니다 킥킥
거리며 한때 적요로움의 울음이 있었던 때, 「**한 슬픔**이 문을 닫
슬픔의 지속
으면 또 한 슬픔이 문을 여는 것을」 이만큼 살아옴의 **상처에 기대,**
웃음의 의성어
나 「**킥킥**」……, **당신을 부릅니다** 단풍의 손바닥, 은행의 두 갈
래 그리고 합침 저 개망초의 시름, 밟힌 풀의 흙으로 돌아감 당
신……, **킥킥거리며** 세월에 대해 혹은 **사랑과 상처,** 「상처의 몸
이 나에게 기대와 저를 부빌 때」 당신……, 그대라는 자연의 달
당신과의 이별이 화자에게 상처를 남김
과 별……, 킥킥거리며 당신이라고……, 금방 올 것 같은 사내
의 아름다움 그 아름다움에 기대 **마음의 무덤**에 나 벌초하러 진
설 음식도 없이 맨 술 한 병 차고 병자처럼, 그러나 ⓐ**치병***과
당신을 향한 사랑
환후*는 각각 따로인 것을 킥킥 「**당신 이쁜 당신**……, **당신이라**
상실로 인한 아픔의 지속
는 말 참 좋지요.」 내가 아니라서 「**끝내 버릴 수 없는, 무를 수**
도 없는 참혹……,」 그러나 킥킥 당신

– 허수경, 「혼자 가는 먼 집」 –

*치병: 병을 다스림.
*환후: 병을 정중하게 이르는 말.

≫ **지문의 핵심 내용을 정리해 보세요.**

화자와 대상의 관계	**배**를 밀며 사랑과 이별의 의미를 깨닫는 '나'
상황?	바닷물 위의 배를 힘껏 밀어 떠나보냄 → 배를 미는 것이 **사랑**을 떠나보내고 이별의 **슬픔**을 밀어내는 것과 같은 일임을 깨달음 → 배가 다시 소리 없이 밀려들어옴

≫ **지문의 핵심 내용을 정리해 보세요.**

화자와 대상의 관계	**당신**을 반복해서 부르며 상실로 인한 슬픔을 드러내는 '나'
상황?	슬픔을 느끼며 **당신**을 불러봄 → 부재하는 당신을 생각하며 상실의 상처를 느낌 → 음식도 없이 술 한 병 들고 마음의 **무덤**을 찾음 → 상실로 인한 아픔을 끝내 **버릴** 수 없음을 깨달으며 당신을 부름

(다)

　그녀에게 편지를 쓰는 것이 자신의 존재를 증명하던 시절이 있었다. 사랑하는 사람에게 보내는 편지만큼 표현의 욕구로 흘러넘치는 것도 없다. 무언가를 표현하지 않고는 견딜 수 없는 시간들이 편지를 쓰게 한다. 그는 그녀에게 자신의 사랑이 얼마나 어렵고 진정하며 운명적인가를 설명하고 싶었다. 편지는 사람을 설득하거나 매혹시키는 방편이 될지도 모른다. 「그러나 모든 사랑의 편지는 마지막 순간, **도구적**이지 못하다.」세상의 모든 글

<small>사랑의 편지는 제 역할을 수행하지 못함</small>

쓰기가 최후의 순간에는 **처음에 품었던 소소한 의도**를 배반하는 것처럼. 그 **통제할 수 없는 익명의 욕구**가 그 편지의 **현실적인 목표**를 잊어버리게 만들기 때문이다. 그런 이유로, 「모든 사랑의 편지에는 **아무 전언*도 들어 있지 않다.**」 ⓞ₁

<small>편지를 쓰는 이의 마음을 전하려 했던 본래의 의도를 잃었으므로</small>

거기에는 결정적인 정보나 주장이 들어 있지 않다. 다만 내 고백을 누군가가 들어준다는 충만한 느낌. 희미한 불빛 아래서 스스로 옷을 벗어야 할 때처럼, 주체할 수 없는 부끄러움 따위.

<small>상대를 향해 편지를 쓰지만 결국 편지를 쓰는 이의 자기 고백에 불과함</small>

「**고백이란 결국 2인칭을 경유하여 1인칭으로 돌아온다.**」그의 들끓는 고백의 언어들은 고스란히 자신에게 돌아왔다. 한동안 그는, 사랑하는 ○○에게로 시작되는 편지를 자주 썼다. 그녀는 그의 편지를 사랑했다. 정확하게 말하면 '**편지 속의 그**'를 그녀

<small>편지를 쓴 '그'와 '편지 속의 그'는 다른 존재임</small>

는 사랑했다. 「편지 속에는 그가 찾아낸 자신의 **또 다른 영혼**이 있었다.」또 다른 영혼의 '그'는 순수한 열정과 끝 모를 동경과 깊은 이해심을 가진 존재였다. 그도 역시 그녀처럼 자신의 편지 속 1인칭 화자에게 깊이 매료되었다. 하지만 너무 뻔해서 가혹했던 **지리멸렬***한 시간들 속에서 그는 편지 속의 1인칭 주체를 잊어버렸다. ⓞ₂

　편지조차 쓸 수 없는 시간들이 무심하게 지나가고, 다시 편지를 쓰고 싶었을 때, 그는 이미 '편지 속의 그'가 되지 못한다는

<small>실제 자신과 이상화된 자신 사이의 간극을 자각함</small>

것을 알았다. 「**그는 '편지 속의 그'를 연기하는 것이 부끄러웠고, 자신의 비루함*을 뼛속 깊이 실감했다.**」그는 '사랑하는 ○○에게'라는 편지를 쓰고 싶어 하는 자신 속의 어떤 늙지 않는 영혼을, 그 순수한 인격을 외면하고 싶었다. ⓑ누군가가 듣기를 바라는 모든 고백이란, 위선이 아니면 **위악***이다. ⓞ₃

– 이광호, 「이젠 되도록 편지 안 드리겠습니다」 –

>> 지문을 세 부분으로 나누고, 핵심 내용을 정리해 보세요.

> **01** 그는 그녀에게 **편지**를 써서 자신의 사랑을 표현하고 싶어 하지만, 사랑의 편지는 처음의 **의도**에서 벗어나 의미를 잃어버림

> **02** 편지에 담긴 고백은 2인칭을 거쳐 1인칭을 향하게 되며, 그와 그녀는 모두 편지 속 1인칭 화자에게 **매료**됨

> **03** 그는 자신이 '**편지 속의 그**'가 되지 못함을 실감하고, 편지를 쓰지 않으려 함

이것만은 챙기자

* **전언:** 말을 전함. 또는 그 말.
* **지리멸렬:** 이리저리 흩어지고 찢기어 갈피를 잡을 수 없음.
* **비루하다:** 행동이나 성질이 너절하고 더럽다.
* **위악:** 짐짓 악한 체함.

| 작품 간의 공통점 파악 | 정답률 **95**

1. (가)~(다)의 공통점으로 가장 적절한 것은?

✅ **정답풀이**

④ 특정한 행위를 중심으로 행위 주체와 대상의 관계를 드러낸다.

> (가)는 '배'를 미는 행위를 중심으로 화자가 대상과 이별하고 느끼는 슬픔에 대해 말하고 있다. (나)는 '당신'을 부르는 행위를 중심으로 대상인 '당신'을 상실한 화자의 슬픔에 대해 말하고 있다. (다)는 '사랑하는 사람에게' 편지를 쓰는 행위를 중심으로, 편지를 쓰는 '그'와 '그녀'의 관계, 또는 '그녀'와 '편지 속의 그'와 관계를 드러내고 있다. 따라서 (가)~(다) 모두 특정한 행위를 중심으로 행위의 주체와 대상의 관계를 드러낸 것으로 볼 수 있다.

❌ **오답풀이**

① 하강적 이미지를 활용하여 시간의 흐름을 보여 준다.
　(가)의 '잠시 머물다 가라앉고'에서 하강적 이미지가 나타나며, 이를 통해 시간의 흐름을 보여 준다고 할 수 있다. 그러나 (나), (다)에서는 하강적 이미지를 활용하여 시간의 흐름을 보여 준 부분을 찾을 수 없다.

② 자연물에 빗대어 부정적 현실의 극복 가능성을 암시한다.
　(가)는 사랑을 떠나보내는 것을 배를 미는 행위에 빗대고 있을 뿐, 부정적 현실의 극복 가능성을 자연물에 빗대어 표현하지는 않았다. (나)는 '단풍의 손바닥', '개망초의 시름', '그대라는 자연의 달과 별' 등에서 자연물에 빗대어 대상인 '당신'을 드러낼 뿐, 부정적 현실의 극복 가능성을 암시하지 않았다. (다) 역시 부정적 현실의 극복 가능성을 자연물에 빗대어 표현하지 않았다.

③ 동일한 구절의 반복과 변주를 통해 상황의 반전을 표현한다.
　(가)의 '그런데 오, 내 안으로 들어오는 배여 / 아무 소리 없이 밀려들어오는 배여'에서 '들어오는 배여'라는 구절을 반복, 변주하여 배를 떠나보냈지만 화자의 내면으로 다시 들어오는 반전된 상황을 표현하고 있다. 그런데 (나)는 '불러봅니다 킥킥거리며', '킥킥……, 당신을 부릅니다', '당신……, 킥킥거리며', '킥킥거리며 당신이라고…….' 등의 구절에서 '킥킥', '당신'이라는 시어를 반복, 변주하고 있지만 이를 통해 상황의 반전을 표현하지는 않았다. (다)에서는 동일한 구절의 반복과 변주가 나타나지 않으며, 상황의 반전도 드러나지 않는다.

⑤ 공간의 이동에 따라 내용을 전개하여 역동적 분위기를 강화한다.
　(가)~(다) 모두 공간의 이동에 따라 내용을 전개했다고 볼 수 없다. 또한 (가)의 '밀던 힘을 한껏 더해 밀어주고는', '한껏 세게 밀어내듯이' 등에서 역동적 이미지가 일부 나타나지만, (나)와 (다)에서는 역동적 분위기가 나타나지 않는다.

| 작품의 내용 이해 | 정답률 **95**

2. (가)에 대한 이해로 적절하지 <u>않은</u> 것은?

✔ 정답풀이

⑤ '밀려들어' 온 '배'는 '아무 소리 없이' 다시 돌아온 배라는 점에서, 대상과의 재회가 예상대로 이루어짐을 드러낸다.

> 화자는 1연~2연에서 배를 밀어내어 사랑을 떠나보낸 후, 3연에서 이별로 인한 슬픔을 밀어내고, 4연에서 배가 떠난 뒤 남은 빈 물 위의 흉터가 가라앉았다고 하였다. 즉 1연~4연에서는 배를 밀어내는 행위에 빗대어 대상과 이별하고 그 아픔을 극복하고 있을 뿐, 대상과의 재회를 예상하고 있지는 않다. 5연에서 '아무 소리 없이 밀려들어오는 배'를 본 화자는 '오'라는 영탄적 표현을 통해 놀라움을 드러내고 있으며, 이는 화자가 배가 다시 돌아올 것임을 예상하지 못했음을 보여 준다.

✖ 오답풀이

① '아주 추락하지 않을 순간'에 '배'를 밀던 '손'이 '아슬아슬히 배에서 떨어진'다는 것은 이별의 정서적 긴장감을 드러낸다.

  화자는 '온몸이 아주 추락하지 않을 순간'까지 '힘을 한껏 더해' 배를 밀었으며, '아슬아슬히 배에서 떨어진 손'을 허공에서 거둔다. 이는 배를 떠나보내는 순간, 즉 사랑하는 대상과 이별하는 순간의 정서적 긴장감을 드러낸다고 볼 수 있다.

② '뵈지도 않는 길'은 '사랑'이 '떠나'는 길이라는 점에서, 이별의 막막한 상황을 공간의 형상으로 드러낸다.

  배를 밀어 보낸 뒤 화자에게는 사랑이 떠나는 길이 '뵈지도 않'지만 사랑은 '참 부드럽게도 떠'난다. 이는 화자가 이별 직후의 상황을 막막하게 느끼고 있음을 보이지 않는 길이라는 공간의 모습으로 드러낸 것이라고 볼 수 있다.

③ '슬픔'을 '밀어내는 것'을 '배'를 밀듯 '한껏 세게 밀어'낸다고 한 것은 이별의 아픔을 떨쳐 내려는 화자의 태도를 드러낸다.

  배를 밀어 보낸 뒤 화자는 '슬픔도 '배를 한껏 세게 밀어내듯이' 밀어낸다. 이는 대상과 이별한 뒤의 아픔을 떨쳐 내려는 화자의 태도로 볼 수 있다.

④ '배가 나가'며 생긴 '흉터'가 '잠시 머물다 가라앉'는다는 것은 이별의 슬픔이 잦아든 상태에 있음을 드러낸다.

  '배가 나가고 남은 빈 물 위의 흉터'는 이별로 인한 상실감과 슬픔을 의미한다고 볼 수 있으며, 이것이 '잠시 머물다 가라앉'는다는 것은 이별의 슬픔이 잦아든 상태를 보여 준다고 할 수 있다.

3 (나)의 '당신'에 대한 설명으로 적절하지 <u>않은</u> 것은?

✓ 정답풀이

② 화자의 내면에 살고 있는 '병자'로서 연민의 대상이다.

> 화자는 '마음의 무덤'에 '벌초하러 진설 음식도 없이 맨 술 한 병 차고 병
> 자처럼' 왔다. 따라서 '병자'는 상실로 인한 상처가 치유되지 않은 화자를
> 빗댄 표현이지, '당신'을 지칭하는 표현이 아니다.

✕ 오답풀이

① 화자와 '한때'의 기억을 잇는 매개적 존재이다.
　화자는 '당신'을 불러 보며 '한때 적요로움의 울음이 있었던 때'를 떠올린다.
　즉 '당신'이 화자로 하여금 '한때'의 기억을 떠올리게 한 것이므로, '당신'은
　화자와 '한때'의 기억을 잇는 매개적 존재로 볼 수 있다.

③ 화자의 눈앞에 없지만 '부'름으로써 환기되는 대상이다.
　'단풍의 손바닥, 은행의 두 갈래 그리고 합침 저 개망초의 시름, 밟힌 풀의
　흙으로 돌아감 당신……,'이라는 구절을 통해 '당신'은 현재 화자의 눈앞에
　없는 존재임을 알 수 있다. 또한 화자는 '당신'을 부르며 떠올리고 있으므로,
　'당신'은 '부'르는 행위를 통해 환기되는 대상이라고 할 수 있다.

④ 화자가 '버릴 수 없'고 '무를 수도 없는' 숙명적 존재이다.
　화자는 '당신'을 재차 부르며 '내가 아니라서 끝내 버릴 수 없는, 무를 수도
　없는 참혹……,'이라고 표현한다. 즉 '당신'은 떠올리는 것이 '참혹'에 가까
　울 정도로 화자를 슬프게 하지만, 그럼에도 '당신'은 화자가 '버릴 수 없'고
　'무를 수도 없는' 숙명적 존재임을 보여 주는 것이다.

⑤ 화자에게 '사랑'과 '슬픔'을 경험하게 하는 이중적 존재이다.
　화자는 '당신'을 부르며 '한 슬픔이 문을 닫으면 또 한 슬픔이 문을 여는',
　즉 슬픔이 계속해서 밀려오는 삶을 살고 있음을 드러냈으며, '사랑과 상처'
　에 대해 생각하지만 '이쁜 당신……, 당신이라는 말 참 좋지요.'라는 구절을
　통해서는 '당신'을 향한 사랑을 드러낸다. 따라서 화자에게 '당신'은 '사랑'
　과 '슬픔'을 함께 경험하게 하는 이중적 존재라고 할 수 있다.

4. 〈보기〉를 참고하여 (나)를 감상한 내용으로 적절하지 <u>않은</u> 것은? [3점]

〈보기〉

　시는 표현하고자 하는 바를 어떤 심적 상태에 놓인 화자의
발화로써 형상화한다. (나)에 나타나 있는 독특한 발화 방식,
즉 끊어질 듯 이어지는 서술, 어휘의 반복적 출현, 맥락이 없
어 보이는 구절들의 배열, 수시로 등장하는 말줄임표와 쉼표
등은 사랑의 기억을 떠올리거나 상처를 치유하지 못한 화자
의 내면을 드러내는 시적 장치들이다. 이러한 장치들은 사랑
의 기억과 함께 상실의 고통을 안고 남은 생을 살아 내야 하
는 화자의 복합적인 내면을 생생하게 그려 내는 역할을 한다.

🔍 보기 분석

- (나)의 독특한 발화 방식

끊어질 듯 이어지는 서술	어휘의 반복적 출현
맥락이 없어 보이는 구절들의 배열	말줄임표와 쉼표의 사용

↓

사랑의 기억과 상실의 고통을 안고 살아 내야 하는
화자의 복합적 내면을 드러냄

✓ 정답풀이

② '상처에 기대, 나 킥킥……, 당신을 부릅니다'는 말줄임표와 쉼표를
　사용한 서술로서, 상실의 고통으로 인하여 사랑의 기억이 희미해
　지는 화자의 심적 상태를 보여 주는 표현이겠군.

> 〈보기〉를 통해 '말줄임표와 쉼표'는 '사랑의 기억과 함께 상실의 고통을
> 안고 남은 생을 살아 내야 하는 화자의 복합적인 내면'을 드러내는 장치
> 임을 알 수 있다. 따라서 '상처에 기대, 나 킥킥……, 당신을 부릅니다'는
> 말줄임표와 쉼표가 함께 사용되며 대상의 상실로 인해 다 표현하지 못하
> 는 화자의 복잡하고 깊은 감정을 보여 줄 뿐, 상실의 고통으로 인하여 사
> 랑의 기억이 희미해지는 상태를 보여 준다고 할 수는 없다. 화자는 사랑
> 의 기억과 상실의 고통을 모두 안고 살아 가고 있는 것이다.

✕ 오답풀이

① '킥킥'은 반복적으로 출현하는 웃음의 의성어로서, 사랑과 슬픔이
　내재된 화자의 복합적인 정서를 생생하게 드러내는 표현이겠군.
　〈보기〉를 통해 '어휘의 반복적 출현'은 '사랑의 기억과 함께 상실의 고통을
　안고 남은 생을 살아 내야 하는 화자의 복합적인 내면'을 드러내는 장치임
　을 알 수 있다. 따라서 '킥킥'이라는 웃음의 의성어를 반복한 것은 사랑과
　슬픔을 함께 지니고 있는 화자의 복합적인 내면을 생생하게 드러내는 장치
　라고 할 수 있다.

③ '킥킥거리며 세월에 대해 혹은 사랑과 상처,'는 맥락이 없어 보이는 표현들이 한데 이어진 서술로서, 감정들이 뒤섞인 화자의 내면을 보여 주는 표현이겠군.

〈보기〉를 통해 '맥락이 없어 보이는 구절들의 배열'은 '사랑의 기억과 함께 상실의 고통을 안고 남은 생을 살아 내야 하는 화자의 복합적인 내면'을 드러내는 장치임을 알 수 있다. 따라서 '킥킥거리며 세월에 대해 혹은 사랑과 상처,'와 같이 맥락이 없어 보이는 표현들이 이어진 서술은 사랑과 슬픔 등의 감정이 뒤섞인 화자의 복합적 내면을 보여 주는 표현이라고 할 수 있다.

④ '마음의 무덤'은 화자의 심적 상태를 형상화한 서술로서, 상실의 고통을 안고 생을 살아 내야 하는 화자의 내면을 비유한 표현이겠군.

〈보기〉를 통해 (나)에는 '사랑의 기억과 함께 상실의 고통을 안고 남은 생을 살아 내야 하는 화자의 복합적인 내면'이 드러남을 알 수 있다. 따라서 '마음의 무덤'은 대상을 상실한 화자의 내면을 형상화한 서술로, 상실의 고통을 안고 생을 살아 내야 하는 화자의 고통스러운 내면을 비유적으로 표현한 것으로 볼 수 있다.

⑤ '이쁜 당신……, 당신이라는 말 참 좋지요,'는 끊어질 듯 이어지는 서술로서, 대상에 대하여 사랑의 감정을 품고 있는 화자의 내면을 보여 주는 표현이겠군.

〈보기〉를 통해 '끊어질 듯 이어지는 서술'은 '사랑의 기억을 떠올리거나 상처를 치유하지 못한 화자의 내면을 드러내는 시적 장치'임을 알 수 있다. 따라서 '이쁜 당신……, 당신이라는 말 참 좋지요,'에서는 끊어질 듯 이어지는 서술을 통해 대상에 대한 사랑의 기억을 떠올리는 화자의 내면을 드러냈다고 볼 수 있다.

5. ⓐ, ⓑ에 대한 이해로 가장 적절한 것은?

> ⓐ: 치병과 환후는 각각 따로인 것
> ⓑ: 누군가가 듣기를 바라는 모든 고백이란, 위선이 아니면 위악이다.

✅ 정답풀이

① ⓐ는 치병의 노력으로도 환후가 사라지는 것은 아니라는 화자의 인식을 말한다.

ⓐ는 병을 다스리는 일과 병 자체는 별개의 문제라는 인식을 드러낸다. 여기에서 '병', 즉 '환후'는 사랑과 이별에서 생기는 기쁨과 상처, 또는 아픔과 슬픔으로 볼 수 있으며, '치병'은 슬픔을 이겨내려는 노력으로 볼 수 있다. 즉 치병을 위해 노력하더라도 환후가 사라지지 않을 수 있다는 것이다.

❌ 오답풀이

② ⓐ는 화자가 대상의 아름다움을 발견함으로써 자신의 환후를 의식하지 않게 되었음을 말한다.

(나)의 화자는 '마음의 무덤'을 찾은 자신을 '병자'에 비유하고 있으며 '당신'을 상실한 슬픔을 드러내고 있으므로, ⓐ의 '환후'는 상실의 아픔을 상징적으로 드러낸다고 볼 수 있다. '금방 울 것 같은 사내의 아름다움 그 아름다움에 기대'에서 대상의 아름다움을 발견하고 있지만, 화자가 대상의 아름다움을 발견했다고 해서 자신의 환후를 의식하지 않게 되었다고 볼 수는 없다. 오히려 '내가 아니라서 끝내 버릴 수 없는, 무를 수도 없는 참혹……,'에서 상실의 아픔을 계속해서 느낄 수밖에 없음을 인식하고 있다.

③ ⓑ는 사랑의 편지가 상대를 향한 표현일 때, 위선과 위악에서 벗어날 수 있음을 말한다.

ⓑ는 '사랑의 편지'란 누군가가 읽기를 기대하고 쓰는 것이므로, '위선이 아니면 위악'일 수밖에 없다는 인식을 드러낸다. 따라서 사랑의 편지가 상대를 향한 표현이라고 해서 위선과 위악에서 벗어날 수 있다고 보는 것은 적절하지 않다.

④ ⓑ는 더 나은 자신을 드러내려는 욕망이야말로 상대를 매혹하는 진정한 요인임을 말한다.

'편지 속 1인칭 화자'는 편지를 쓰는 '그'보다 더 매혹적일 수 있으므로, '사랑의 편지'를 쓰는 행위에는 더 나은 자신을 드러내려는 욕망이 작용한다고 볼 수 있다. 그러나 ⓑ는 '사랑의 편지'가 '위선' 혹은 '위악'일 수밖에 없음을 말할 뿐, 더 나은 자신을 드러내려는 욕망이 상대를 매혹하는 진정한 요인임을 말하고 있지는 않다.

⑤ ⓐ와 ⓑ는 모두, 아픔을 겪는 이나 고백을 하는 이가 그 아픔이나 고백의 실체를 지각하지 못함을 말한다.

ⓐ는 병을 다스리는 일과 병 자체는 별개의 문제라는 인식을 드러낼 뿐, 아픔을 겪는 이가 아픔의 실체를 지각하지 못한다는 것은 아니다. 또한 ⓑ는 '사랑의 편지'가 편지를 쓰는 이, 즉 '편지 속 1인칭 주체를 잊어버'리게 하고, 고백이 처음의 의도에서 벗어나 '위선' 혹은 '위악'으로 남게 됨을 말하는 것일 뿐, 고백을 하는 이가 그 고백의 실체를 지각하지 못함을 말한다고 보기는 어렵다.

6. 〈보기〉를 바탕으로 (다)를 이해한 내용으로 적절하지 <u>않은</u> 것은?

〈보기〉

(다)에서 편지는 받는 사람뿐만 아니라 쓰는 사람 자신을 향한 것이기도 하다. 상대에 대한 열망으로 사랑의 편지를 쓰지만 결국 그것은 자신을 표현하는 글이다. 자신을 이상화하려는 욕구에 빠져 있기에 편지는 '그녀'가 사랑할 만한 '그'로 채워진다. 사랑의 편지를 받은 '그녀'는 '편지 속의 그'를 사랑하고, 편지를 쓰는 '그'도 '편지 속의 그'에게 매료되어 있다. 그러나 이런 식의 자기 고백이 지속될 수 없는 까닭은 이 이상화된 '그'와 실제의 '그' 사이의 간극이 주는 부끄러움 때문이다.

🔍 보기 분석

- (다)에서 '편지'의 의미
  - 받는 사람뿐 아니라 쓰는 사람 자신을 향한 것이기도 하며, 결국 자신을 표현하는 글임
  - 자신을 이상화하려는 욕구가 반영됨
  - 편지를 받은 '그녀'는 '편지 속의 그'를 사랑하고 편지를 쓰는 '그'도 '편지 속의 그'에게 매료됨
  - 편지 속에서 이상화된 '그'와 실제의 '그' 사이에 간극이 생김

☑ 정답풀이

① '익명의 욕구'를 '통제할 수 없'다는 것은 상대를 향한 '그'의 사랑이 운명적인 것이어서 사랑을 멈출 수 없음을 말하는군.

〈보기〉를 통해 사랑의 편지를 쓰는 사람은 '자신을 이상화하려는 욕구'로 인해 편지를 "'그녀'가 사랑할 만한 '그'로 채"우게 됨을 알 수 있다. (다)에서는 '통제할 수 없는 익명의 욕구가 그 편지의 현실적인 목표를 잊어버리게 만'든다고 했는데, 이는 자신을 더 나은 사람으로 보이도록 편지를 쓰기 때문에 편지 속에서 이상화된 '그'와 실제의 '그' 사이에 간극이 생긴다는 것으로 이해할 수 있다. 따라서 '익명의 욕구'를 '통제할 수 없'다는 것을 상대를 향한 '그'의 사랑이 운명적인 것이어서 사랑을 멈출 수 없음을 의미한다고 볼 수 없다.

❌ 오답풀이

② '아무 전언도 들어 있지 않다'는 것은 '처음에 품었던 소소한 의도'를 잊음으로써, 상대를 향한 글쓰기의 '현실적인 목표'가 실패로 돌아갔음을 말하는군.

〈보기〉를 통해 편지를 쓰는 이는 '상대에 대한 열망으로 사랑의 편지를 쓰지만 결국 그것은 자신을 표현하는 글'이 되며 이는 '자신을 이상화하려는 욕구' 때문임을 알 수 있다. (다)에서 편지 쓰기가 '처음에 품었던 소소한 의도를 배반하'고 '편지의 현실적인 목표를 잊어버리게 만'들기 때문에 결국 '아무 전언도 들어 있지 않'게 된다고 하였다. 〈보기〉를 고려하면 이는 상대를 향해 마음을 전하기 위해 편지를 쓰지만 자신을 이상화하려는 욕구로 인해 원래의 의도에서 벗어나기 마련이므로, 편지의 '현실적인 목표'가 실패로 돌아갔음을 의미한다고 볼 수 있다.

③ '2인칭을 경유하여 1인칭으로 돌아온다'는 것은 편지가 상대를 향한 '도구적' 기능을 하지 못하고 자기 고백에 그치게 됨을 말하는군.

〈보기〉를 통해 편지를 쓰는 이는 '상대에 대한 열망으로 사랑의 편지를 쓰지만 결국 그것은 자신을 표현하는 글'이 됨을 알 수 있다. (다)에서 편지를 통한 '고백이란 결국 2인칭을 경유하여 1인칭으로 돌아온다.'라고 하였는데, 〈보기〉를 고려하면 이는 상대에 대한 열망으로 편지를 쓰지만 결국 편지를 받는 사람도 편지를 쓰는 사람도 '편지 속의 그'에게 매료되는 식의 자기 고백에 그치게 됨을 의미한다고 볼 수 있다. 즉 편지가 상대에 대한 마음을 전하려는 도구로서의 기능을 수행하지 못하게 되는 것이다.

④ "편지 속의 그'를 그녀는 사랑했다'는 것은 편지를 받은 그녀가 사랑한 상대는 편지 속의 '또 다른 영혼'임을 말하는군.

〈보기〉를 통해 편지를 쓰는 이는 '자신을 이상화하려는 욕구에 빠져 있기에 편지는 '그녀'가 사랑할 만한 '그'로 채워'지며, '사랑의 편지를 받은 '그녀'는 '편지 속의 그'를 사랑하'게 됨을 알 수 있다. (다)에서 편지를 받은 그녀는 '편지 속의 그'를 사랑했으며, '편지 속에는 그가 찾아낸 자신의 또 다른 영혼이 있었다.'라고 하였는데, 〈보기〉를 고려하면 이는 편지를 받은 그녀가 사랑한 상대는 편지를 쓴 '그'가 아니라 편지 속의 '또 다른 영혼'임을 말한다고 볼 수 있다.

⑤ '자신의 비루함을 뼛속 깊이 실감했다'는 것은 실제 자신과 이상화된 자신 사이의 간극을 자각한 '그'가 부끄러움에 빠져 있음을 말하는군.

〈보기〉를 통해 '자기 고백이 지속될 수 없는 까닭'은 편지를 통해 '이상화된 '그'와 실제의 '그' 사이의 간극이 주는 부끄러움 때문'임을 알 수 있다. (다)에서 '그는 '편지 속의 그'를 연기하는 것이 부끄러웠고, 자신의 비루함을 뼛속 깊이 실감했다.'라고 하였는데, 〈보기〉를 고려하면 이는 실제 자신과 편지 속에서 이상화된 자신 사이의 간극으로 인해 '그'가 부끄러움을 느끼게 됨을 말한다고 볼 수 있다.

✍ 모두의 질문
• 6-①번

Q: (다)에서 편지를 쓰는 그는 그녀에게 자신의 사랑이 얼마나 '운명적인가를 설명'하려고 했고, '통제할 수 없는 익명의 욕구'를 느낀다고도 했습니다. 선지에 쓰인 말들이 다 지문에 있는 것들이라 적절한 선지로 보입니다.

A: ①번에서는 (다)의 '통제할 수 없는 익명의 욕구'가 상대를 향한 사랑이 운명적이어서 그 사랑을 멈출 수 없다는 의미에서의 욕구인지를 묻고 있다. (다)의 편지를 쓰는 그가 '통제할 수 없는 익명의 욕구'를 느끼는 것은 맞지만, 〈보기〉를 고려하면 이때의 욕구는 '자신을 이상화하려는 욕구'를 의미한다고 봐야 한다. 즉 편지를 쓰는 이는 자신을 이상화하려는 욕구를 통제할 수 없다는 것이다. ①번은 지문에 쓰인 말들을 따와서 그럴듯하게 보이도록 만들어 낸 선지이다. 이렇게 선지의 특정 단어나 어구에 주목해 분석하다 보면 모든 요소들이 적절하다고 생각할 수 있다. 선지는 문장 단위로 읽으며 전체적인 의미를 고려해야만 정확한 정오를 판별할 수 있다는 점을 반드시 기억해 두도록 하자.

[1~6] 다음 글을 읽고 물음에 답하시오.

(가)

아득한 옛날에 나는 떠났다
⊙부여를 숙신을 발해를 여진을 요를 금을
홍안령을 음산을 아무우르를 숭가리를
범과 사슴과 너구리를 배반하고
송어와 메기와 개구리를 속이고 나는 떠났다

나는 그때
ⓛ자작나무와 이깔나무의 슬퍼하던 것을 기억한다
갈대와 장풍의 붙드던 말도 잊지 않았다
ⓒ오로촌이 멧돝을 잡아 나를 잔치해 보내던 것도
쏠론이 십릿길을 따라 나와 울던 것도 잊지 않았다

나는 그때
ⓐ아무 이기지 못할 슬픔도 시름도 없이
다만 게을리 먼 앞대로 떠나 나왔다
그리하여 따사한 햇귀에서 하이얀 옷을 입고 매끄러운 밥을
먹고 단 샘을 마시고 낮잠을 잤다
「밤에는 먼 개소리에 놀라나고
아침에는 지나가는 사람마다에게 절을 하면서도」
나는 나의 부끄러움을 알지 못했다

그동안 돌비는 깨어지고 많은 은금보화는 땅에 묻히고 가마귀
도 긴 족보를 이루었는데
이리하여 또 한 아득한 새 옛날이 비롯하는 때
ⓜ이제는 참으로 이기지 못할 슬픔과 시름에 쫓겨
나는 나의 옛 하늘로 땅으로 ─ 나의 태반으로 돌아왔으나

이미 해는 늙고 달은 파리하고* 바람은 미치고 보래구름만
혼자 넋 없이 떠도는데

ⓗ「아, 나의 조상은 형제는 일가친척은 정다운 이웃은 그리운
것은 사랑하는 것은 우러르는 것은 나의 자랑은 나의 힘은 없다」
바람과 물과 세월과 같이 지나가고 없다

                              - 백석, 「북방에서-정현웅에게」 -

>> 지문의 핵심 내용을 정리해 보세요.

화자와 대상의 관계	북방을 떠나 굴욕에도 부끄러움을 모르고 살다가, 다시 북방으로 돌아가 사라진 것들에 대한 상실감을 느끼는 '나'
상황?	오래 전 북방을 떠남 → 굴욕을 겪으면서도 부끄러움을 알지 못하고 편하게 지냄 → 시간이 흘러 다시 북방을 찾아옴 → 그립고 사랑하고 우러르는 대상들이 사라진 것에 대한 상실감과 비애를 느낌

이것만은 챙기자

*파리하다: 몸이 마르고 낯빛이나 살색이 핏기가 전혀 없다.

(나)

겨울 아침 언 길을 걸어

물가에 이르렀다

나와 물고기 사이

창이 하나 생겼다

물고기네 지붕을 튼 ⓐ살얼음의 창

「투명한 창」 아래 ← 얼음

물고기네 방이 한눈에 훤했다

나의 생가* 같았다

창으로 나를 보고

「생가의 식구들」이 ← 물고기들

나를 못 알아보고

사방 쪽방으로 흩어졌다

「젖을 갓 뗀 어린것들은 ← 유년 시절 화자가 생가에서 지내던 모습을 떠올림

찬 마루서 그냥저냥 그네끼리 놀고」

어미들은

물속 쌓인 돌과 돌 그 틈새로

그걸 깊은 데라고

그걸 가장 깊은 속이라고 떼로 들어가

나를 못 알아보고

무슨 급한 궁리를 하느라

그 비좁은 구석방에 빼곡히 서서

「마음아, 너도 아직 이 생가에 살고 있는가」 ← 성년이 되어서도 유년의 기억을 가지고 있음

시린 물속 시린 물고기의 눈을 달고

　　　　　– 문태준, 「살얼음 아래 같은 데 2 – 생가(生家)」 –

>> 지문의 핵심 내용을 정리해 보세요.

화자와 대상의 관계	살얼음 아래의 물고기들을 보며 생가에서의 기억을 떠올리는 '나'
상황?	살얼음 아래로 물고기들을 봄 → 유년 시절에 살던 생가를 떠올림 → 자신을 피해 흩어지는 물고기들을 봄 → 생가에서의 시린 기억을 간직하고 있음을 깨달음

이것만은 챙기자

*생가: 어떤 사람이 태어난 집.

(다)

← 인간과 상호 도움을 주고 받는 대상
「이문원 동쪽 늙은 나무」가 있는데 적어도 백여 년은 된 것 같다. 그 몸통은 울퉁불퉁 옹이가 졌고 가지는 구불구불 뻗어서 멀찍이서 보면 가파른 산등성이나 성난 파도 같았고 다가가서 보면 둥그스름한 큰 집채 같았다. ⓑ 기둥으로 나무를 받쳐 놓았 ← 대상이 인간의 도움을 받아 살아감
는데」 그 기둥이 모두 열두 개이다. 나무 옆에 누각이 있는데 바로 내가 이불을 들고 가서 숙직하는 장소이다. 좌우에 책을 쌓아 놓고 교정하느라 바쁘게 시간을 보내다가 이따금 나무 곁을 산책하였 다. 쏴쏴 불어오는 긴 바람 소리를 들으며 「널찍이 드리운 서늘한 ← 인간이 대상으로부터 얻는 이익
그늘」 아래를 거닐면 몸은 대궐 안 관청에 있어도 숲속의 소나 무와 바위 사이로 훌쩍 벗어나 있는 기분이 든다. ①

하루는 내가 동료에게 다음과 같이 말했다.

"이 나무는 정말 특이하군! 대체로 풀과 나무가 살아가려면 ← 혼자 힘으로 살 수 있는 생명체
「제각기 몸을 보전하는 계책」이 있기 마련일세. 풀명자나 배, 귤이나 유자, 사과나 석류 같은 나무들은 열매가 커도 가 지가 그 무게를 충분히 감당할 수 있다네. 하지만 질경이나 냉이, 강아지풀 같은 풀들은 살아가려면 땅바닥에 붙어 있어 야 하네. 그래야 말발굽이 짓밟거나 수레가 밟고 지나가도 더 손상을 입지 않지. 지금 저 늙은 나무는 줄기의 길이가 몸통 보다 갑절로 뻗어 사방에 드리워도 잘라 낼 줄 모르네. 만약 받쳐 주는 기둥이 없으면 부러지고야 말 걸세. 조물주가 이 나무에게는 사람의 손을 빌려 온전하도록 한 것인가?"

아! 내가 암소의 뿔을 보니 뿔이 구부려져 안쪽으로 향했는데 심한 것은 사람이 반드시 톱으로 잘라 내야만 광대뼈를 뚫는 걱정 을 모면하였다. 이제야 알겠구나, 늙은 나무를 가축에 견주자면 뿔을 잘라 내야 온전해질 수 있는 암소와 같다. 「가축이 인간에게 의지하여 살아가듯이 늙은 나무도 인간에게 의지하여 살아간다.」 ← 서로 다른 생명체들이 의지하며 사는 것에 대한 깨달음
나는 저 깊은 산중 인적 끊긴 골짜기에 이렇듯이 번성하게 자 란 늙은 나무를 아직까지 보지 못했다. ②

　　　　　– 유본예, 「이문원노종기(摛文院老樅記)」 –

>> 지문을 두 부분으로 나누고, 핵심 내용을 정리해 보세요.

①	글쓴이는 이따금 이문원 옆 나무 곁을 산책하며 훌쩍 벗어나 있는 기분을 느낌
②	보통의 풀과 나무가 제각기 몸을 보전하는 계책을 갖고 있지만, 이문원 옆 나무는 사람이 만든 기둥에 의지하여 살아간다는 점이 특이하다고 생각하며 나무도 사람의 도움으로 번성할 수 있음을 깨달음

1. (가)~(다)의 공통점으로 가장 적절한 것은?

✅ **정답풀이**

③ 빗대어 표현하는 방식으로 '나'의 인식을 드러내고 있다.

> (가)에서는 '자작나무와 이깔나무의 슬퍼하던 것', '갈대와 장풍의 붙들던 말'에서 의인법을 사용하여, '나무', '갈대' 등의 자연물을 감정이 있고 말을 할 수 있는 인간에 빗대어 이별의 상황에 대한 화자의 슬픔을 드러내고 있다. 또한 '바람과 물과 세월과 같이 지나가고 없다'에서는 '그리운 것'과 '사랑하는 것'들이 사라지고 없는 상황에 대한 상실감을 비유적으로 표현하고 있다. (나)에서는 '물고기네 방'이 '나의 생가 같았다'라고 빗대어 표현하여, 생가에서의 기억에 대한 화자의 인식을 드러내고 있다. (다)에서는 '늙은 나무를 가축에 견주자면 뿔을 잘라 내야 온전해질 수 있는 암소와 같다.'라고 늙은 나무를 암소에 빗대어 표현하여, 인간의 힘을 빌려 살아가는 늙은 나무에 대한 글쓴이의 인식을 드러내고 있다.

❌ **오답풀이**

① 비판적 태도로 현실의 부정적 측면을 부각하고 있다.
  (가)에서는 '먼 앞대로' 떠나와서 '밤에는 먼 개소리에 놀라'고 '아침에는 지나가는 사람마다에게 절을 하면서도' '부끄러움을 알지 못'하고 살아왔던 삶에 대한 문제 의식이 드러난다고 볼 여지가 있다. 그러나 (나), (다)에서는 현실의 부정적 측면을 비판적 태도로 바라보고 있지 않다.

② 역사적 상황을 묘사하여 비극적 현실을 부각하고 있다.
  (가)의 화자가 북방을 떠나 '먼 앞대로 떠나 나왔'다가 '이기지 못할 슬픔과 시름에 쫓겨' 다시 북방으로 가게 된 상황은 일제 강점기 우리 민족이 조국을 잃고 북쪽으로 유랑했던 역사적 상황을 묘사한 것으로 이해할 여지가 있다. 그러나 (나), (다)는 역사적 상황을 묘사하거나 비극적 현실을 부각했다고 볼 수 없다.

④ 영탄적 어조로 대상에 대한 '나'의 경외감을 드러내고 있다.
  (가)의 '아, 나의 조상은~나의 힘은 없다', (나)의 '마음아, 너도 아직 이 생가에 살고 있는가', (다)의 '이 나무는 정말 특이하군!', '아!~모면하였다.'에서 영탄적 어조가 나타났다고 볼 수 있으나, 이러한 구절들이 대상에 대한 '나'의 경외감을 드러내지는 않는다.

⑤ 향토적 소재를 활용하여 '나'의 과거에 대한 그리움을 드러내고 있다.
  (가)에서는 '오로촌이 멧돌을 잡아' '잔치'했다고 한 데에서 향토적 소재를 활용했다고 볼 여지가 있지만, 이는 북방을 떠나던 때를 묘사한 것으로, 과거에 대한 그리움을 드러냈다고 볼 수 없다. (나), (다)에서 향토적 소재를 활용하여 '나'의 과거에 대한 그리움을 드러낸 부분은 찾을 수 없다.

🌱 기틀잡기

> ④ **영탄:** 감정을 억누르지 않고 그대로 표출하는 표현 방법. 감탄사와 감탄 어미를 사용하거나 호칭어를 사용하고, 명령이나 권유, 설의의 형식을 취하는 것까지도 영탄법으로 볼 수 있음.
>   **경외감:** 공경하면서 두려워하는 감정.
> ⑤ **향토적:** 고향이나 시골의 정취가 담긴.

2. 태반과 생가에 대한 설명으로 가장 적절한 것은?

✅ **정답풀이**

① (가)의 화자는 태반에서 상실감을 느끼고 있고, (나)의 화자는 생가에서 서글픔을 느끼고 있다.

> (가)의 화자는 '태반으로 돌아왔으나 '나의 조상은 형제는 일가친척은 정다운 이웃은 그리운 것은 사랑하는 것은 우러르는 것은 나의 자랑은 나의 힘은 없다 바람과 물과 세월과 같이 지나가고 없다'에서 사라진 것들을 열거하며 상실감을 드러내고 있다. (나)의 화자는 '마음아, 너도 아직 이 생가에 살고 있는가'에서 내면에 생가에 대한 시린 기억이 여전히 자리 잡고 있음을 드러냈으며, 그러한 내면이 '시린 물속 시린 물고기의 눈을 달고' 있다고 비유하여 생가에서의 기억에 대한 서글픈 감정을 드러내고 있다.

❌ **오답풀이**

② (가)의 화자는 태반에서 소외감을 느끼고 있고, (나)의 화자는 생가에서 느꼈던 수치심을 떠올리고 있다.
  (가)의 화자는 '슬픔과 시름에 쫓겨' '태반으로 돌아'왔으나 '해는 늙고 달은 파리하고 바람은 미치고 보래구름만' 떠도는 모습을 보고 비애감과 상실감을 느낀다. 이때 화자가 어떤 집단에서 소외된 처지로 나타나지는 않으므로 소외감을 느낀다고 볼 수는 없다. (나)의 화자는 '생가'에 대한 기억을 시리다고 표현하여 서글픔을 드러낼 뿐, '생가'에서 수치심을 느꼈다고 볼 근거는 찾아볼 수 없다.

③ (가)에서 태반은 이별을 수용하는 공간이고, (나)에서 생가는 만남을 기약하는 공간이다.
  (가)의 화자는 '태반'에서 과거의 것들이 모두 사라진 현실을 인식하고 상실감을 느끼고 있지만, 이별을 수용하고 있다고 볼 수는 없다. 또한 (나)의 화자는 '생가'에서 만남을 기약하고 있지 않다.

④ (가)에서 태반은 화자의 희망이 드러나는 공간이고, (나)에서 생가는 화자의 절망이 드러나는 공간이다.
  (가)의 화자는 '태반'으로 돌아와 자신이 그리워하고 사랑했던 대상들이 모두 사라진 현실을 인식하고 있으므로 화자의 희망이 드러난다고 보기 어렵다. 한편 (나)의 화자는 '생가'에 대한 기억을 시리다고 표현하여 서글픔을 드러낼 뿐, '생가'에서 절망하고 있는 것은 아니다.

⑤ (가)에서 태반은 생명의 섭리를 지향하는 공간이고, (나)에서 생가는 생명의 섭리를 거부하는 공간이다.
  (가)의 화자는 '태반으로 돌아'와 '해는 늙고 달은 파리하고 바람은 미치고 보래구름만' 떠도는 모습을 보고 있는데, 이는 모든 것이 사라져 황폐해진 북방의 모습이므로, '태반'이 생명의 섭리를 지향하는 공간이라고 볼 수는 없다. 한편 (나)의 '생가'는 과거의 화자가 지냈던 곳으로 화자는 이를 '시린' 기억으로 간직하고 있을 뿐이므로, '생가'가 생명의 섭리를 거부하는 공간이라고 볼 수는 없다.

3. ㉠~㉂을 이해한 것으로 적절하지 <u>않은</u> 것은?

> ㉠: 부여를 숙신을 발해를 여진을 요를 금을 / 흥안령을 음산을 아무우르를 숭가리를
>
> ㉡: 자작나무와 이깔나무의 슬퍼하던 것을 기억한다 / 갈대와 장풍의 붙드던 말도 잊지 않았다
>
> ㉢: 오로촌이 멧돌을 잡아 나를 잔치해 보내던 것도 / 쏠론이 십릿길을 따라 나와 울던 것도 잊지 않았다
>
> ㉣: 아무 이기지 못할 슬픔도 시름도 없이
>
> ㉤: 이제는 참으로 이기지 못할 슬픔과 시름에 쫓겨
>
> ㉥: 아, 나의 조상은 형제는 일가친척은 정다운 이웃은 그리운 것은 사랑하는 것은 우러르는 것은 나의 자랑은 나의 힘은 없다

✔ 정답풀이

④ ㉣의 시구가 ㉤에서 반복, 변주되는 것을 통해, 상반된 상황이 시간의 추이에 따라 일치되는 과정을 드러내고 있다.

> ㉣에서는 '이기지 못할 슬픔도 시름도 없이' '먼 앞대로 떠나 나'온 화자의 모습이, ㉤에서는 '이기지 못할 슬픔과 시름에 쫓겨' '태반으로 돌아'온 화자의 모습이 나타난다. 따라서 ㉣의 시구가 ㉤에서 반복, 변주되면서 상반된 상황이 드러난다고 볼 수 있으나, 이러한 상황이 시간의 추이에 따라 일치되는 과정은 나타나지 않는다.

✖ 오답풀이

① ㉠에서는 여러 민족, 나라, 지명을 열거하여, 화자가 떠나온 공간을 북방으로 포괄되는 동질적 공간으로 표현하고 있다.
㉠의 '부여', '숙신', '발해', '여진', '요', '금'은 북방의 여러 민족과 나라이며, '흥안령', '음산', '아무우르', '숭가리'는 북방의 여러 지명이다. 화자는 자신이 이곳을 '배반하고' '떠났다'고 하여 열거를 통해 자신이 떠나온 공간을 북방으로 포괄되는 동질적 공간으로 표현하고 있다.

② ㉡에서는 의인화된 자연물을 제시하여, 화자가 북방을 떠나면서 느낀 슬픔을 드러내고 있다.
㉡에서 화자는 '자작나무와 이깔나무'가 자신과의 이별을 '슬퍼하'고 '갈대와 장풍'이 자신을 '붙드던 말'을 했다고 하여 자연물을 의인화하고 있다. 이는 화자가 북방을 떠나면서 느낀 슬픔을 자연물에 투영하여 드러낸 것으로 볼 수 있다.

③ ㉢에서는 이별하던 장면을 유사한 통사 구조로 제시하여, 화자가 북방에서의 기억을 여전히 간직하고 있음을 보여 주고 있다.
㉢에서는 '오로촌'과 '쏠론'이 자신을 배웅하는 장면을 '~이 ~을 ~ㄴ 것도'라는 유사한 통사 구조를 활용하여 제시하였으며, 화자는 이를 '잊지 않았다'고 반복하여 북방에서의 기억을 여전히 간직하고 있다는 것을 나타내고 있다.

⑤ ㉥에서 '없다'와 그 앞에 열거된 시어들을 통해, 화자가 가깝게 느끼고 가치를 부여했던 것들이 부재함을 표현하고 있다.
㉥에서는 '없다'라는 시어와 그 앞에 열거된 '조상', '형제', '일가친척', '정다운 이웃' 등의 시어를 통해 화자가 가깝게 느끼고 가치 있게 여겼던 대상들이 사라져 부재함을 표현하고 있다.

문제적 문제

• 3-②, ④번

학생들이 정답 외에 가장 많이 고른 선지는 ②번이다. (가)의 3연에서 화자가 '나는 그때 / 아무 이기지 못할 슬픔도 시름도 없이' 북방을 떠났다고 하였으니, 화자가 북방을 떠날 때 슬픔·시름의 감정이 없었다고 보고, 이에 따라 ㉡이 화자가 북방을 떠나면서 느낀 슬픔을 드러낸다는 설명은 적절하지 않다고 본 것이다. 그러나 문학 작품을 해석할 때는 시의 구절이 드러내는 표면적 의미 외에, <u>이면에 함축된 의미를 파악하는 것</u>도 중요하다.

㉡에서 화자는 '자작나무와 이깔나무'가 자신과의 이별을 '슬퍼하'였고, '갈대와 장풍'이 자신을 '붙드던 말'을 했다고 하여 자연물을 의인화하고 있다. 시인이 자연물이 슬픔을 느끼고 화자를 붙잡을 수 있는 존재인 것처럼 표현하여 얻으려 했던 효과가 무엇일지 생각해 보면 슬픔을 느낀 것은 자연물이 아니라 화자임을 알 수 있다. 실제로는 화자가 북방을 떠나면서 느낀 슬픔을 의인법을 통해 강조하여 나타낸 것이다.

그리고 정답인 ④번과 관련해서, '상반된 상황이 시간의 추이에 따라 일치되는 과정을 드러내고 있다.'라는 선지 뒷구절을 정확히 독해하기 어려웠을 수 있다. ④번이 적절한 선지가 되기 위해서는 서로 반대되는 시적 상황이 제시되고, 시간의 경과에 따라 서로 상반된 상황이 점차 일치되어 가는 과정이 나타나야 한다. 하지만 ㉣과 ㉤에 나타난 상반된 상황이 시간의 경과에 따라 서로 일치되는 과정은 나타나지 않는다.

정답률 분석

	매력적 오답		정답	
①	②	③	④	⑤
1%	20%	2%	76%	1%

4. 〈보기〉를 참고하여 (나)를 감상한 내용으로 적절하지 <u>않은</u> 것은? [3점]

〈보기〉

> 이 시에서 성년이 된 화자는 얼음 아래의 물고기를 보면서 유년 시절 자신의 생가를 회상한다. 화자는 물고기의 움직임을 지켜보면서 '물고기네'의 여기저기를 본다. 그리고 '물고기네'의 모습에 화자의 생가에 대한 기억이 겹쳐진다. 화자는 자신을 물고기에 투영하면서, 성년이 된 지금도 여전히 생가에서의 '시린' 기억을 간직하고 있는 자신을 발견한다.

🔍 **보기 분석**

- (나)의 시상 전개 양상
  - 얼음 아래의 물고기를 보고 유년 시절의 생가를 회상함
  - '물고기네'의 모습과 '생가'에 대한 기억이 동일시됨
  - 화자 자신을 물고기에 투영함
  - 생가에서의 '시린' 기억을 성년이 되어서도 간직하고 있음을 깨달음

✅ **정답풀이**

④ 화자는 '비좁은 구석방에'서 '급한 궁리를 하'는 물고기의 모습에 유년 시절 생가에서 외따로 지내야 했던 자신의 모습을 투영하고 있군.

> (나)에서 '급한 궁리를 하느라' '비좁은 구석방에 빼곡히' 서 있는 대상은 '물고기네'의 '어미들'로, 이는 물고기들이 화자를 보고 놀라 '물속 쌓인 돌과 돌 그 틈새로' 숨은 것을 묘사한 것이다. 따라서 어느 한 물고기가 혼자서 '돌과 돌 그 틈새로' 숨은 것이 아니며, (나)에서 과거에 화자가 생가에서 외따로 지냈는지에 대한 근거도 확인할 수 없다.

❌ **오답풀이**

① '투명한 창'을 통해 본 물고기의 생활 공간을 '물고기네 방'이라고 표현한 것을 보니, 화자는 얼음 아래 물고기의 공간과 자신의 생가를 겹쳐 보고 있군.

> 〈보기〉에서 (나)에서는 "물고기네'의 모습에 화자의 생가에 대한 기억이 겹쳐진다.'라고 하였다. 화자는 물가의 '투명한 창' 아래 물고기가 살고 있는 것을 보고 '물고기네 방'이라고 표현하고, 이를 다시 '나의 생가 같'다고 말하는데, 이는 물고기의 공간과 자신의 생가를 겹쳐 보고 있는 것으로 이해할 수 있다.

② '창으로 나를 보'고 '사방 쪽방으로 흩어'지는 물고기들의 움직임을, 화자는 '생가의 식구들'이 자신을 못 알아본 것으로 표현하였군.

> 〈보기〉에서 (나)의 '화자는 물고기의 움직임을 지켜보면서 '물고기네'의 여기저기를 본다.'라고 하였다. 화자는 자신을 보고 움직이는 물고기들을 보며 '생가의 식구들이 / 나를 못 알아보고 / 사방 쪽방으로 흩어졌'라고 표현한다. 즉, 화자가 물고기들을 '생가의 식구들'로 표현하여 물고기가 화자를 보고 놀라서 흩어지는 모습을 자신을 알아보지 못했다고 표현했음을 확인할 수 있다.

③ '젖을 갓 뗀 어린것들'이 '그네끼리 놀고'라고 표현한 것을 보니, 화자는 물고기들이 노는 모습을 통해 유년 시절 생가에서 지내던 아이들의 모습을 떠올리고 있군.

> 〈보기〉에서 (나)의 '화자는 얼음 아래의 물고기를 보면서 유년 시절 자신의 생가를 회상한다.'라고 하였다. 화자는 어린 물고기 여러 마리가 함께 움직이는 모습을 보고 '젖을 갓 뗀 어린것들'이 '그네끼리 놀고' 있다고 표현한다. 이러한 구절에서 화자가 물고기들이 노는 모습을 보고 유년 시절 생가에서 지내던 아이들의 모습을 떠올린 것을 확인할 수 있다.

⑤ 화자는 '마음아, 너도 아직' 생가에서 '살고 있는가'라고 하여, 성년인 자신의 마음속에 유년의 기억이 자리 잡고 있음을 드러내고 있군.

> 〈보기〉에서 (나)의 화자는 '성년이 된 지금도 여전히 생가에서의 '시린' 기억을 간직하고 있는 자신을 발견한다.'라고 하였다. 화자는 물고기들의 모습에서 생가에 살던 유년 시절을 떠올리는 자신을 발견하고는, '마음아, 너도 아직 이 생가에 살고 있는가'라고 자신의 내면에 질문을 던짐으로써, 자신의 마음속에 유년 시절 생가에 대한 기억이 자리 잡고 있음을 드러내고 있다.

5. ⓐ와 ⓑ에 대한 이해로 가장 적절한 것은?

> ⓐ: 살얼음의 창
> ⓑ: 기둥

✅ 정답풀이

⑤ ⓐ와 ⓑ는 모두 대상을 새롭게 주목하게 하는 계기를 마련하고 있다.

> (나)의 화자는 물가에 얼음이 언 모습을 ⓐ와 같이 표현하였으며, 이를 통해 살얼음 아래 물고기들에게 주목하여 자신의 유년 시절을 떠올리게 된다. 또한 (다)의 글쓴이는 '이문원 동쪽 늙은 나무'를 받치고 있는 ⓑ를 보고, 인간의 도움으로 살아가는 대상의 특성에 주목하게 된다. 따라서 ⓐ와 ⓑ는 모두 대상을 새롭게 주목하게 하는 계기를 마련한다고 볼 수 있다.

❌ 오답풀이

① ⓐ는 화자의 불안을 심화하는, ⓑ는 글쓴이의 의지를 북돋아 주는 역할을 한다.
ⓐ를 통해 (나)의 화자의 불안이 심화되는 양상은 나타나지 않는다. 또한 (다)의 글쓴이가 ⓑ를 통해 의지를 높이는 모습은 나타나지 않는다.

② ⓐ는 화자의 이상향을 형상화하는, ⓑ는 글쓴이의 태도를 전환하는 역할을 한다.
(나)의 화자는 ⓐ를 통해 물고기들에게 주목하여 유년 시절 생가에 대한 기억을 떠올릴 뿐, 이상향을 형상화하지는 않았다. (다)의 글쓴이는 ⓑ를 통해 대상의 특성에 주목해 깨달음을 얻을 뿐, 태도가 전환되는 모습은 나타나지 않는다.

③ ⓐ는 ⓑ와 달리, 화자에게 책임감을 떠올리게 하는 계기가 된다.
(나)의 화자가 ⓐ를 통해 책임감을 떠올리고 있지는 않다. (다)의 글쓴이 역시 ⓑ를 통해 책임감을 떠올리고 있지는 않다.

④ ⓑ는 ⓐ와 달리, 글쓴이가 처한 상황을 극복하게 하는 역할을 한다.
ⓐ와 ⓑ 모두 (나)의 화자와 (다)의 글쓴이가 처한 상황을 극복하게 하는 역할을 한다고 볼 수 없다.

6. 〈보기〉의 [A]에 들어갈 학생의 말로 적절하지 **않은** 것은?

> 〈보기〉
>
> **선생님:** 여러분, 「이문원노종기」는 이문원의 늙은 나무가 인간의 도움을 받아 오랫동안 무성하게 자라고 있는 점에 착안한 글입니다. <u>서로 다른 생명체가 각각 이익을 주거나 받는 현상을 중심으로</u>, 「이문원노종기」를 다시 읽어 보려고 해요. 이런 관점에서 이 작품을 감상해 볼까요?
> **학생:** _____[A]_____
> **선생님:** 네, 잘 말했습니다.

✅ 정답풀이

③ '풀과 나무'가 '몸을 보전하는 계책'이 있는 것은, '조물주'가 서로 다른 생명체가 이익을 주고받도록 해 준 경우에 해당합니다.

> 글쓴이는 '대체로 풀과 나무가 살아가려면 제각기 몸을 보전하는 계책이 있기 마련'이라며, 보통의 식물들은 다른 생명체의 도움 없이도 스스로 살아갈 방법을 가지고 있다고 하였다. 즉 '풀과 나무'가 가진 '몸을 보전하는 계책'은 혼자 힘으로 살아갈 방법을 뜻하는 것이지, 서로 다른 생명체가 이익을 주고받도록 한 것을 뜻하지 않는다.

❌ 오답풀이

① '이문원 동쪽 늙은 나무'가 '백여 년'을 살 수 있었던 것은, 인간이 나무를 보살펴 주었기 때문입니다.
글쓴이는 '이문원 동쪽 늙은 나무'가 '백여 년'을 살아 있는 모습에 주목하고, '만약 받쳐 주는 기둥이 없으면 부러지고야 말' 것이라고 말한다. 〈보기〉를 고려하면 이는 인간의 보살핌 덕분에 나무가 오랜 시간 살아 있는 것으로 이해할 수 있다.

② 글쓴이가 '널찍이 드리운 서늘한 그늘'로 인해 '훌쩍 벗어나 있는 기분'이 든 것은, '이문원 동쪽 늙은 나무'에게서 인간이 이익을 얻은 경우에 해당합니다.
글쓴이는 '바쁘게 시간을 보내다가 이따금 나무 곁을 산책하'며 '몸은 대궐 안 관청에 있어도 숲속의 소나무와 바위 사이로 훌쩍 벗어나 있는 기분'을 느낀다. 〈보기〉를 고려하면 이는 인간이 나무에게서 이익을 얻은 모습으로 이해할 수 있다.

④ '암소'의 '뿔이 구부러져 안쪽으로 향'하는 위험을 인간이 '톱으로 잘라'서 해결해 주는 것은, '가축'이 인간에게 의지하며 살아가는 경우에 해당합니다.
글쓴이는 '기둥'의 힘으로 '늙은 나무'가 살아 있는 모습을 보고 '암소의 뿔' 역시 심한 것은 '사람이 반드시 톱으로 잘라 내야만' 한다는 것을 떠올린다. 〈보기〉를 고려하면 이는 '가축'이 인간에게 의지하며 살아가는 모습으로 이해할 수 있다.

⑤ 글쓴이가 '이문원 동쪽 늙은 나무'가 '저 깊은 산중 인적 끊긴 골짜기'에서 자란 나무보다 번성하게 자랐다고 한 것은, 인간의 도움이 필요하다는 것을 말하기 위함입니다.
글쓴이는 '저 깊은 산중 인적 끊긴 골짜기에 이렇듯이 번성하게 자란 늙은 나무를 아직까지 보지 못했다.'라고 말한다. 〈보기〉를 고려하면 이는 인간의 도움을 받은 나무가 그렇지 못한 나무보다 번성하게 자랐다고 하여 나무에게 인간의 도움이 필요함을 말한 것으로 이해할 수 있다.

[1~5] 다음 글을 읽고 물음에 답하시오.

(가)

저 건너 ⓐ꽁생원은 팔자를 원망토다

제 아비 덕분으로 **돈천이나 가졌더니**

「술 한 잔 밥 한 술을 친구 대접 하였던가」
인색한 성정

주제넘게 아는 체로 ㉠음양술수(陰陽術數) 현혹되어

이장*도 자주 하며 이사도 힘을 쓰고

당대발복(當代發福)* 예 아니면 피란처가 여기로다

올 적 갈 적 행로상에 ㉡처자식을 흩어 놓고

유무(有無) 상관 아니하고 「공것을 바라도다」
요행을 바라는 태도

「기인취물(欺人取物) 하자 하니 두 번째는 아니 속고
이익을 위해 당대의 규범을 무시함

공납(公納) 범용 하자 하니 일가 중에 부자 없고

뜬재물을 경영하여 경향출입 싸다닐 제

재상가에 ㉢청질하다 봉변당해 물러서며

남의 고을 걸태 하다 혼금(閽禁)에 쫓겨 오기

혼인 중매 선채* **돈**에 창피당해 뺨 맞으며

가대* 흥정 구문 먹기 ㉣핀잔 듣고 자빠지고

불의행실(不義行實) 찌그렁이 위조문서 비리호송(非理好訟)

부자나 후려 볼까 ㉤감언이설* 꾀어 보자

언막이에 보막이며 은광이며 금광이라

큰길가에 색주가며 노름판에 푼돈 떼기

남북촌에 뚜쟁이로 인물 초인(招引) 하여 볼까

산진매 수진매로 사냥질로 놀아나기

혼인 핑계 어린 딸이 백 냥짜리 되었구나

대종손 양반 자랑 산소나 팔아 볼까」

아낙은 친정살이 자식은 머슴살이

「일가에게 인심 잃고 친구에게 손가락질」
주변으로부터 소외당한 꽁생원의 말로

부지거처(不知去處) 나간 후에 소문이나 들었던가

　　　　　　　　　　　　　　　　 – 작자 미상, 「우부가」 –

*선채(先綵): 혼례 전에 신랑 집에서 신부 집으로 보내는 비단.
*가대(家垈): 집이나 토지 등을 통틀어 이르는 말.

>> 지문의 핵심 내용을 정리해 보세요.

화자와 대상의 관계	재물을 탐내며 부도덕을 일삼는 **꽁생원**의 타락한 행태를 지적하는 사람
상황?	꽁생원은 아비 덕에 돈이 꽤 있었지만 주변에 인색하고 **음양**의 술수에 빠짐 → **처자식**을 버리고 남의 재물을 탐냄 → 이곳저곳을 떠돌며 부당한 이익을 취하려 하나 봉변을 당함 → 음주와 도박, 사냥에 빠져 가족들을 버리니 주변으로부터 비난을 받음

현대어 풀이

저 건너 꽁생원은 팔자를 원망하는구나

제 아버지 덕분에 돈이나 꽤 가졌더니

술 한 잔 밥 한 술 친구에게 대접이나 하였던가

주제넘게 아는 체하며 음양술수(점치는 일)에 현혹되어

이장도 자주 하며 이사에도 힘을 쓰고

당대에 복을 받을 못자리가 이곳이 아니면 피란처가 여기로다

오며 가며 다니는 길 위에 처자식을 흩어 놓고

있으나 없으나 상관하지 않고 공짜를 바라는구나

사람을 기만하여 재물을 얻고자 하니 두 번째는 속지 않고

나랏돈을 멋대로 쓰려 하니 일가 중에 부자 없고

허황된 재물을 쓰면서 서울과 시골을 오가며 돌아다닐 때

재상가에 청탁을 하려다 봉변당해 물러서며

남의 고을에 재물을 긁어모으러 갔다가 관아에 출입 금지를 당해 쫓겨 온다

혼인 중매 신부맞이 돈에 창피당해 뺨 맞으며

집이나 땅을 흥정하여 돈 받으려다 핀잔 듣고 자빠지고

의롭지 않은 행실로 억지로 떼를 쓰며 위조문서로 불합리한 송사를 제기한다

부자나 속여 볼까 감언이설로 꾀어 보자

언막이에 보막이며 은광이며 금광이라

대로변에 기생집 다니며 노름판 가서 푼돈 떼기

남촌과 북촌에 뚜쟁이로 인물 소개나 해 볼까

산진매와 수진매로 사냥하며 놀아나기

혼인 핑계로 어린 딸을 백 냥짜리로 팔았구나

대종손 양반가 자랑하여 산소나 팔아 볼까

아낙은 친정살이하고 자식은 머슴살이한다

일가에게 인심 잃고 친구에게 손가락질 당한다

거처를 알리지 않고 나간 후에 소문이나 들었던가

이것만은 챙기자

*이장: 무덤을 옮겨 씀.
*당대발복: 풍수지리에서, 부모를 좋은 묫자리에 장사 지낸 덕으로 그 아들 대에서 부귀를 누리게 됨.
*감언이설: 귀가 솔깃하도록 남의 비위를 맞추거나 이로운 조건을 내세워 꾀는 말.

(나)

경인년(庚寅年)에 「큰 가뭄이 들어 정월부터 가을 7월에 이르기까지 비가 내리지 않았다.」 봄에는 논밭을 갈지 못했고, 여름에는 김을 맬 수가 없었다. 들판에 있는 풀은 하나같이 누렇게 말랐고, 논밭의 곡식도 모두 시들었다.

〔가뭄에 대한 부지런한 농부의 태도(게으른 농부와 대비됨)〕

「부지런한 농부가 말하기를,

"김을 매도 죽을 것이고 김을 매지 않아도 죽을 것이다. 편안히 앉아 기다리는 것보다는 힘을 다하여 곡식을 살리는 게 나을 것이다. 만일 비가 내린다면 어찌 그동안 들인 노력이 모두 허사가 되겠는가."

라고 하였다. 그러므로 논밭은 이미 갈라졌으나 김매기를 그치지 아니하고 싹이 이미 시들었어도 **풀 뽑기를 쉬지 아니하여**, 한 해가 다 가도록 부지런히 일을 하면서 자신이 할 일에 최선을 다하였다.」

ⓑ게으른 농부는 말하기를,

"김을 매도 죽을 것이고 김을 매지 않아도 죽을 것이다. 바쁘게 일하면서 수고로운 것보다는 아무 일도 하지 않고 **그냥 쉬는 것이 나을 것**이다. 만일 비가 오지 않으면 이것 모두 무익하게 될 것이다."

라고 하였다. 그러므로 밭에서 일하는 농부들을 보고 비웃기를 그치지 않았고, 들밥*을 내가는 아녀자들을 보고 조롱하기를 그만두지 않으면서, 한 해가 다 가도록 물러나 앉아 천명*을 기다리고 있었다. **01**

나는 일찍이 가을걷이할 무렵 파산(坡山)의 들판에 가 보았다. 그 밭이 절반은 황폐하였고 절반은 곡식이 잘 가꾸어져 있었는데, 절반은 곡식이 성글게* 달렸고 절반은 빽빽하게 달려 있었다. 어떤 농부는 목을 뻣뻣이 세우고 하늘을 우러러보고, 또 어떤 농부는 술에 취해 잠이 들어 있었다. 마을 노인에게 이유를 물으니,

"저 황폐하고 성긴 곡식은 목을 뻣뻣이 세우고 하늘을 우러러 보는 자들이 무익하다고 여겨 김을 매지 않은 것이고, 잘 가꾸어져 빽빽한 곡식은 술에 취한 채 목이 메어 잠든 자들이 정성과 힘을 다하여 살린 것이다. 한때의 편안함을 탐내었다가 일 년 내내 굶주리게 되었고, 한때의 괴로움을 참아 일 년 내내 배불리 지낼 수 있게 되었다."

라고 하였다. **02**

〔경험에서 얻은 깨달음을 확장함〕

「아, 열심히 일하여 얻고, 편안하게 놀다가 잃는 것은 비단 농사일만이 아닐 것이다. 오늘날 시서(詩書)를 공부하여 벼슬길에 나아가기를 도모하는 사람들도 어찌 이와 다를 것인가?」

ⓒ선비들은 젊었을 때에 학문에 뜻을 두고 밤낮없이 부지런히 노력하여 육경(六經)과 온갖 사서(史書)를 탐구하지 않음이 없고 문장과 아름다운 글귀를 익히지 않음이 없다. 「저마다 재주를 품고 기이한 재주를 쌓아 과거 시험장에 나아가 솜씨를 겨루어,

〔학문을 하여 명성을 취하는 이들에게 닥친 현실적 한계〕

한 번에 뜻을 이루지 못하면 못마땅해하고, 두 번에 뜻을 얻지 못하면 마음이 흐려지고, 세 번에도 뜻을 얻지 못하면 스스로 낙심」하여 말하기를,

"공명*에는 분수가 있어서 학문으로 이룰 수 있는 것이 아니며, 부귀는 운명에 달려 있으니 역시 학문으로 이룰 수 있는 것이 아니다."

라고 한다. 그동안 배운 것을 버리고 아울러 이전에 쌓아 온 바를 버려서 어떤 이는 중도에 그만두기도 하고 또 어떤 이는 문(門)에 거의 다 이르렀다가 되돌아간다. 아홉 길 높이로 산을 쌓고도 한 삼태기의 힘을 마저 쏟지 않는 것과 같으니, 어찌 게을러서 김을 매지 않는 자들과 같지 않으리오.

〔글쓴이가 전달하고자 하는 교훈〕

「학문의 수고로움은 농부들이 봄, 여름, 가을의 세 계절을 고생하는 것에 비할 바가 아니나, 학문을 하여 얻는 공이 어찌 농사를 지어 얻는 이로움 정도뿐이겠는가. 농사를 지어 입과 배를 채우는 것은 그 이로움이 적으나, 학문을 하여 명성을 취하는 것은 그 이로움이 크다. 이로움이 작은 일도 오히려 부지런히 하지 않을 수 없는데, 하물며 **큰 일**을 하면서 **부지런하**지 않을 수 있겠는가. 마음을 수고롭게 하는 군자는 도리어 몸을 수고롭게 하는 소인이 끝까지 노력함을 알지 못한다. 그러므로 이 글을 지어 그들을 깨우치는 바이다.」 **03**

— 성현, 「타농설」 —

>> 지문을 **세 부분**으로 나누고, 핵심 내용을 정리해 보세요.

01 **가뭄**이 들었음에도 부지런한 농부는 나중을 위해 쉬지 않고 일하며 최선을 다했고, 게으른 농부는 아무 일도 하지 않았음
02 가을걷이할 무렵 부지런한 농부의 밭은 잘 가꾸어졌고, 게으른 농부의 밭은 **황폐**해짐
03 학문에 힘을 쏟아 **벼슬길**에 나아가는 일에 있어서도 수고로움을 감내하는 부지런한 태도가 중요함

이것만은 챙기자

*들밥: 들일을 하다가 들에서 먹는 밥.
*천명: 하늘의 명령.
*성글다: 물건의 사이가 뜨다.
*공명: 공을 세워서 자기의 이름을 널리 드러냄. 또는 그 이름.

1. (가)와 (나)에 대한 설명으로 가장 적절한 것은?

✔ 정답풀이

① (가)는 열거의 방식을, (나)는 대조의 방식을 활용하여 주제를 부각하고 있다.

> (가)의 '유무 상관 아니하고 공것을 바라도다~가대 흥정 구문 먹기 핀잔 듣고 자빠지고' 등에서 부도덕한 행동을 하다 봉변을 당하는 꽁생원의 행태를 열거하여 타락한 양반에 대한 비판적 시각을 드러내고 있다. (나)에서는 '부지런한 농부'와 '게으른 농부'를, 그리고 '군자'와 '소인'을 대조하여 한계를 극복하기 위해 노력하는 부지런한 태도가 중요함을 강조하고 있다.

✘ 오답풀이

② (가)는 (나)와 달리, 대구적 표현을 활용하여 인물에 대한 태도의 변화를 드러내고 있다.

(가)의 '기인취물 하자 하니 두 번째는 아니 속고 / 공납 범용 하자 하니 일가 중에 부자 없고' 등에서 대구적 표현을 활용하고 있으나 인물에 대한 태도 변화를 드러낸 부분은 찾을 수 없다.

③ (나)는 (가)와 달리, 반어적 표현을 활용하여 인물에 대한 기대감을 높이고 있다.

(가)와 (나) 모두에서 반어적 표현을 활용한 부분이나 인물에 대한 기대감을 드러낸 부분은 찾을 수 없다.

④ (가)와 (나)는 모두, 계절적 배경을 활용하여 향토적 분위기를 조성하고 있다.

(가)에서 계절적 배경을 활용하여 향토적 분위기를 조성한 부분은 찾을 수 없다. (나)에서는 '봄에는 논밭을 갈지 못했고, 여름에는 김을 맬 수가 없었다', '가을걷이할 무렵 파산의 들판에 가 보았다.' 등에서 계절적 배경을 드러내고 있지만 이를 통해 향토적 분위기를 조성하고 있지는 않다.

⑤ (가)와 (나)는 모두, 해학적 표현을 활용하여 인물 간의 우호적 관계를 드러내고 있다.

(가)에서는 남의 재물을 탐내며 바람직하지 못한 행동을 일삼는 꽁생원의 모습을 해학적으로 표현하고 있으나, 이를 통해 인물 간의 우호적 관계를 드러내지는 않는다. (나)에서는 해학적 표현을 활용한 부분을 찾을 수 없다.

🌱 기틀잡기

① **열거**: 여러 가지 예나 사실을 낱낱이 죽 늘어놓음.
   대조: 둘 이상인 대상의 내용을 맞대어 같고 다름을 검토함. 서로 달라서 대비가 됨.
② **대구**: 비슷한 어조나 구조를 가진 구절이나 문장 두 개를 짝지어 배치하는 표현 기법.
③ **반어**: 말하고자 하는 바와 반대로 표현하여 그 의미를 강화하는 것.
⑤ **해학**: 익살스러운 말이나 행동을 통해 웃음을 유발함.

2. ㉠~㉤을 이해한 내용으로 적절하지 않은 것은?

> ㉠: 음양술수(陰陽術數)
> ㉡: 처자식
> ㉢: 청질
> ㉣: 핀잔
> ㉤: 감언이설

✔ 정답풀이

② ㉡은 재물을 모은 꽁생원이 함께 풍요로운 삶을 누리고 싶은 대상이다.

> 꽁생원이 길 위에 '처자식을 흩어 놓고' 이곳저곳을 다니며 남의 재물을 탐내는 것을 볼 때, 꽁생원은 ㉡에게 관심이 없음을 알 수 있다. 또한 '아낙은 친정살이 자식은 머슴살이'를 통해 꽁생원의 가족들이 뿔뿔이 흩어져 힘들게 살아가고 있음이 드러나므로, 재물을 모은 꽁생원이 ㉡과 함께 풍요로운 삶을 누리고자 했다고 볼 수 없다.

✘ 오답풀이

① ㉠은 집터나 묏자리를 통해 길운을 바라는 꽁생원이 관심을 보이는 대상이다.

꽁생원은 '이장도 자주 하며 이사도 힘을 쓰'면서 '당대발복'을 바란다. 이처럼 복을 위해 명당을 찾아다니는 행동은 음양으로 길흉을 점치는 미신 행위로 볼 수 있으므로, ㉠은 요행을 통해 길운을 바라는 꽁생원이 관심을 보이는 대상이라고 할 수 있다.

③ ㉢은 재물을 경영하여 부를 증식하려는 꽁생원이 권력가의 권세를 이용하기 위한 방법이다.

꽁생원은 '뜬재물을 경영하여' 이곳저곳을 다니다가 권세 있는 '재상가'를 찾아가 청탁을 하려 한다. 따라서 ㉢은 부를 늘리려는 꽁생원이 권력가의 권세를 이용하기 위해 택한 방법으로 볼 수 있다.

④ ㉣은 집이나 땅을 중개하여 이문을 취하려는 꽁생원이 흥정 과정에서 겪은 부정적 반응이다.

꽁생원은 '가대 흥정 구문 먹기'를 시도했다가 '핀잔 듣고 자빠'진다. 이때 '가대 흥정 구문 먹기'는 집이나 땅을 중개하여 그 보수를 얻으려는 행위이므로, ㉣은 흥정 과정에서 꽁생원이 겪은 부정적 반응으로 볼 수 있다.

⑤ ㉤은 부자의 재산으로 이익을 얻으려는 꽁생원이 부자를 꾀는 수단이다.

꽁생원은 '부자나 후려 볼까'라는 생각에 ㉤으로 부자를 '꾀어 보'려 한다. 이는 남의 재산을 탐내는 꽁생원이 이익을 얻기 위해 ㉤을 수단으로 부자를 꾀어 보려 한 것이라 할 수 있다.

3. ⓐ~ⓒ에 대한 이해로 가장 적절한 것은?

> ⓐ: 꽁생원
> ⓑ: 게으른 농부
> ⓒ: 선비들

✅ 정답풀이

⑤ ⓑ는 김매기를 하여도 작물이 죽을 것이라고 생각하고, ⓒ는 학문에 힘을 쏟아도 부귀를 이루지 못할 수 있다고 생각한다.

> (나)에서 ⓑ는 '김을 매도 죽을 것이고 김을 매지 않아도 죽을 것'이라고 생각하여 '아무 일도 하지 않고 그냥 쉬는 것'을 택한다. 따라서 김매기를 해도 작물이 죽을 것이라 생각하여 농사일에 힘쓰지 않은 것으로 볼 수 있다. 또한 ⓒ는 '부귀는 운명에 달려 있으니 역시 학문으로 이룰 수 있는 것이 아니'라고 생각한다. 따라서 학문에 힘을 쏟아도 부귀를 이루지 못할 수 있다고 생각하고 있음을 알 수 있다.

❌ 오답풀이

① ⓐ는 도박과 음주에 빠져 있고, ⓑ는 파산의 들판에서 술에 취해 잠들어 있다.

(가)의 '큰길가에 색주가며 노름판에 푼돈 떼기'를 통해 ⓐ가 도박과 음주에 빠져 있음을 알 수 있다. 한편 (나)의 '잘 가꾸어져 빽빽한 곡식은 술에 취한 채 목이 메어 잠든 자들이 정성과 힘을 다하여 살린 것'이라는 말을 볼 때 '파산의 들판'에서 '술에 취해 잠이' 든 농부는 ⓑ가 아니라 '부지런한 농부'다.

② ⓐ는 부모의 혜택을 받지 못하여 팔자를 원망하고, ⓒ는 분수를 알아 자신의 배움에 한계가 있다고 생각한다.

(가)에서 ⓐ는 '제 아비 덕분으로 돈천이나 가졌'다고 하였으므로 부모의 혜택을 받지 못했다고 볼 수 없다. (나)에서 ⓒ는 '공명에는 분수가 있어서 학문으로 이룰 수 있는 것이 아니'라고 생각할 뿐, 자신의 배움에 한계가 있다고 생각한 것은 아니다. 오히려 아무리 학문에 힘써도 공명이나 부귀를 이루지 못할 수도 있다고 생각하고 있다.

③ ⓐ는 혼인을 중매하는 일에 성공하지 못하여 창피를 당하고, ⓒ는 과거 시험에서 뜻을 이루지 못하여 수치를 당한다.

(가)의 '혼인 중매 선채 돈에 창피당해 뺨 맞으며'를 통해 ⓐ가 재물을 바라고 혼인을 중매하였으나 성공하지 못하고 창피를 당했음을 알 수 있다. (나)의 ⓒ는 과거 시험에서 '한 번에 뜻을 이루지 못하면 못마땅해하고, 두 번에 뜻을 얻지 못하면 마음이 흐려지고, 세 번에도 뜻을 얻지 못하면 스스로 낙심'한다고 했을 뿐, 뜻을 이루지 못해 수치를 당하는 모습은 나타나지 않는다.

④ ⓑ는 가뭄에 김을 매지 않아 다른 농부들의 조롱을 받고, ⓒ는 한때의 괴로움을 참지 못하여 공명을 이루지 못한다.

(나)의 ⓑ가 다른 농부들의 조롱을 받는 모습은 나타나지 않는다. 오히려 ⓑ가 '밭에서 일하는 농부들'과 '들밥을 내가는 아녀자들'을 비웃고 조롱한다. 한편 ⓒ는 뜻을 이루지 못하면 낙심하여 '그동안 배운 것을 버리고 아울러 이전에 쌓아 온 바를 버'리거나 '중도에 그만두기도 하고' 또 '문에 거의 다 이르렀다가 되돌아'가기도 한다. 이는 한때의 괴로움을 참지 못하여 공명을 이루지 못하는 모습으로 볼 수 있다.

4. (나)에 대한 설명으로 적절하지 않은 것은?

✅ 정답풀이

② 글쓴이의 주장과 그에 대한 반박을 제시하여 화제에 대한 상반된 입장을 나타내고 있다.

> 글쓴이는 가뭄이 극심한 때에 부지런히 일한 농부와 게을리 지낸 농부의 일화를 소개한 뒤, 이를 학문에 힘써 공명에 이르는 일로 확장하여 자신의 깨달음을 나타내고 있다. 이때 '학문을 하여 명성을 취하는 것은 그 이로움이 크'므로 '큰 일을 하면서 부지런'해야 한다는 글쓴이의 주장은 나타나지만, 이에 대한 반박을 제시하지는 않았다.

❌ 오답풀이

① 인물들의 말을 인용하여 특정 상황에 대한 서로 다른 태도를 드러내고 있다.

'김을 매도 죽을 것이고~허사가 되겠는가.'라는 부지런한 농부의 말과 '김을 매도 죽을 것이고~무익하게 될 것이다.'라는 게으른 농부의 말을 인용하여 '큰 가뭄이 들어' '논밭의 곡식'이 모두 시든 상황에 대해 인물들이 서로 다른 태도를 보이고 있음을 드러내고 있다.

③ 물음에 답하는 인물을 통해 글쓴이가 관찰한 상황이 발생하게 된 이유를 제시하고 있다.

글쓴이는 '밭의 절반은 황폐하였고 절반은 곡식이 잘 가꾸어져 있'으며 '어떤 농부는 목을 뻣뻣이 세우고 하늘을 우러러보고, 또 어떤 농부는 술에 취해 잠이 들어 있'는 이유를 '마을 노인'에게 묻는다. 이에 노인은 '저 황폐하고 성긴 곡식은 목을 뻣뻣이 세우고 하늘을 우러러 보는 자들이 무익하다고 여겨 김을 매지 않은 것이고, 잘 가꾸어져 빽빽한 곡식은 술에 취한 채 목이 메어 잠든 자들이 정성과 힘을 다하여 살린 것'이라고 답하여 글쓴이가 관찰한 상황이 발생하게 된 이유를 제시하고 있다.

④ 다른 사람에게 교훈을 전달하고자 하는 글쓴이의 의도를 드러내며 글을 마무리하고 있다.

(나)의 마지막 부분에서 글쓴이는 '그러므로 이 글을 지어 그들을 깨우치는 바이다.'라고 하여 끝까지 노력해야 한다는 교훈을 전하려는 의도로 글을 지었음을 밝히고 있다.

⑤ 글쓴이의 경험을 통해 얻은 깨달음을 바탕으로 논의의 대상을 다른 상황으로 확장하고 있다.

글쓴이는 부지런한 농부와 게으른 농부가 같은 상황에서 다른 결과를 얻는 것을 본 경험을 통해 부지런한 태도의 중요성을 깨닫는다. 이를 바탕으로 '열심히 일하여 얻고, 편안하게 놀다가 잃는 것은 비단 농사일만이 아'니며 '공부하여 벼슬길에 나아가기를 도모하는 사람들'도 마찬가지라 하여 논의의 대상을 확장하고 있다.

5. 〈보기〉를 참고하여 (가), (나)를 감상한 내용으로 적절하지 않은 것은? [3점]

〈보기〉

당면한 현실에 대응하는 양상에 따라 삶에 대한 평가는 달라진다. 요행을 바라면서 책임감 없는 삶을 사는 경우에는 부정적으로, 현실적 한계를 극복하고자 노력하는 삶을 사는 경우에는 긍정적으로 평가된다. (가)에서는 당대 규범에서 벗어나 세속적 욕망을 추구하며 요행을 바라는 태도에 대한 경계가, (나)에서는 운명론적 태도에서 벗어나 삶의 주체로서 문제를 성실하게 해결하는 자세에 대한 권면이 나타나고 있다.

🔍 **보기 분석**

• 현실 대응 양상에 따른 삶에 대한 평가
 – 요행을 바라고 책임감 없는 삶은 부정적으로, 현실적 한계를 극복하고자 노력하는 삶은 긍정적으로 평가됨
 – (가): 당대 규범에서 벗어나 세속적 욕망을 추구하며 요행을 바라는 태도를 경계함
 – (나): 운명론적 태도에서 벗어나 삶의 주체로서 문제를 성실하게 해결하는 자세를 권면함

✅ **정답풀이**

⑤ (가)의 '일가'와 '친구'에게서 소외당한 꽁생원의 말로에서 무책임한 삶에 대한 경계가, (나)의 '큰 일을 하면서 부지런하'기를 촉구하는 데에서 게으른 농부에 대한 권면이 나타나는군.

〈보기〉에 따르면, (가)의 꽁생원은 '요행을 바라면서 책임감 없는 삶을 사는' 인물로, '일가에게 인심 잃고 친구에게 손가락질' 당하다가 '부지거처 나간 후에 소문'도 들을 수 없게 되었다고 하였다. 꽁생원의 이러한 말로를 통해 (가)는 무책임한 삶에 대한 경계를 나타냈다고 볼 수 있다. 한편 (나)의 글쓴이는 '큰 일을 하면서 부지런하'기를 촉구하고 있는데, 이를 '농사를 지어 입과 배를 채우는 것은 그 이로움이 적으나, 학문을 하여 명성을 취하는 것은 그 이로움이 크다.'와 연결지어 보면 '큰 일'은 '학문을 하여 명성을 취하는' 일을 뜻한다고 볼 수 있다. 따라서 이는 '학문을 하여 명성을 취하'려는 이들에 대한 권면일 뿐, 게으른 농부에 대한 권면으로 볼 수 없다.

❌ **오답풀이**

① (가)의 '공짓'과 '뜬재물'은 정당한 노력을 기울이지 않고 요행을 바라는 태도를 알 수 있는 소재이군.

〈보기〉에서 (가)에는 '세속적 욕망을 추구하며 요행을 바라는 태도에 대한 경계'가 나타난다고 하였다. (가)의 꽁생원은 부를 증식하기 위해 다양한 방법을 쓰고 있으나, 여기에 열심히 일을 하는 등의 정당한 노력은 포함되어 있지 않다. '공짓을 바라'고 '뜬재물을 경영하'는 행위도 이 중 하나이므로, '공짓'과 뜬재물'은 꽁생원이 정당한 노력 없이 요행을 바라고 있음을 보여 주는 소재로 볼 수 있다.

② (나)의 '비가 내리지 않'아 '김을 맬 수가 없'는 것을 보니, 농부들이 농경에 부적합한 환경이라는 문제 상황에 당면하게 된 것을 알 수 있군.

〈보기〉에 따르면, '당면한 현실에 대응하는 양상에 따라 삶에 대한 평가는 달라'지며, (나)에는 '삶의 주체로서 문제를 성실하게 해결하는 자세에 대한 권면이 나타'난다고 하였다. (나)에서 '큰 가뭄이 들어' '김을 맬 수가 없'는 상황이 제시되었는데, 이는 농경에 부적합한 환경으로 인해 농부들이 문제 상황에 당면했음을 보여 준다고 할 수 있다.

③ (가)의 '공납'을 유용하려는 것에서 이익을 위해 규범을 무시하는 태도를, (나)의 '그냥 쉬는 것이 나을 것'에서 불행한 결과를 예단하는 운명론적 태도를 확인할 수 있군.

〈보기〉에서 (가)에는 '당대 규범에서 벗어나 세속적 욕망을 추구하며 요행을 바라는 태도에 대한 경계'가, (나)에는 '운명론적 태도에서 벗어나 삶의 주체로서 문제를 성실하게 해결하는 자세에 대한 권면이 나타'난다고 하였다. (가)의 '공납'은 '국고로 들어가는 조세'를 의미하므로 꽁생원이 '공납 범용 하자' 한다는 데에서 이익을 위해 규범을 무시하는 태도를 확인할 수 있으며, (나)의 게으른 농부가 '비가 오지 않으면 이것 모두 무익하게 될 것이'니 '그냥 쉬는 것이 나을 것'이라 하는 데에서 불행한 결과를 예단하는 운명론적 태도를 확인할 수 있다.

④ (가)의 '돈천이나 가졌더니', '친구 대접 하였던가'에서 재물을 베푸는 데 인색한 물욕을, (나)의 '풀 뽑기를 쉬지 아니하여'에서 한계 상황을 극복하고자 하는 의지를 확인할 수 있군.

〈보기〉에서 (가)에는 '당대 규범에서 벗어나 세속적 욕망을 추구'하는 태도에 대한 경계가 나타나며, (나)에는 '삶의 주체로서 문제를 성실하게 해결하는 자세에 대한 권면이 나타'난다고 하였다. (가)에서 꽁생원은 '돈천이나 가졌'으나 '술 한 잔 밥 한 술을 친구 대접 하'지 않는 인색한 물욕을 가진 인물로 나타나며, (나)에서 부지런한 농부는 '풀 뽑기를 쉬지 아니하여' 가뭄이라는 한계 상황을 극복하고자 하는 의지를 드러내는 인물로 나타난다.

✒️ **모두의 질문** • 5–⑤번

Q: 〈보기〉나 선지에 나오는 말들이 너무 어려워요. '권면'이라는 어휘의 뜻을 몰랐는데, 어휘 공부를 어떻게 해야 할까요?

A: '권면'이라는 다소 어려운 어휘가 별도의 뜻풀이 없이 〈보기〉와 선지에 제시되었다. 학생들은 문제를 풀다가 잘 모르는 어휘가 등장하면 그때부터 당황하고 초조해하는 경향이 있다. 시험지에 제시될 어려운 어휘들을 미리 예측하여 학습하기는 어렵지만, 평가원 기출 문항에 제시되었던 어휘를 학습하면 어휘에 대한 막연한 어려움을 해소할 수 있다. 〈보기〉와 ⑤번 선지에 등장한 '권면'은 2023학년도 6월 모의평가 8번 문제의 〈보기〉에도 등장한 적이 있다.('역사란 선을 높이고 악을 낮추며 선을 권면하고 악을 징계하는 것이다.') 기출 분석을 성실히 해 왔다면 '권면'이 어떤 행위나 태도를 권장하는 것임을 어렴풋이나마 알 수 있었을 것이다. 기출을 분석하는 과정에서 뜻을 모르는 어휘가 등장하면 그 뜻을 꼭 찾아보는 습관을 기르는 것이 좋다.

[1~6] 다음 글을 읽고 물음에 답하시오.

(가)

인간의 역사
「흰 벽」에는 ──

어련히 해들 적마다 나뭇가지가 그림자 되어 떠오를 뿐이었다.
그러한 정밀*이 천년이나 머물렀다 한다.

단청은 연년(年年)이 빛을 잃어 두리기둥에는 틈이 생기고,
볕과 바람이 쓰라리게 스며들었다. 그러나 「험상궂어 가는 것이

인간의 역사가 자연의 변화를 수용함

서럽지 않았다.」

기왓장마다 푸른 이끼가 앉고 세월은 소리없이 쌓였으나 ㉠「문」

자신의 자리를 지켜 내는 것

은 상기 닫혀진 채 멀리 지나가는 바람 소리에 귀를 기울이는 밤
이 있었다.

주춧돌 놓인 자리에 가을풀은 우거졌어도 봄이면 돋아나는 푸른
싹이 살고, 그리고 한 그루 진분홍 꽃이 피는 나무가 자랐다.

유달리도 푸른 높은 하늘을 눈물과 함께 아득히 흘러간 별들
이 총총히 돌아오고 사납던 비바람이 걷힌 낡은 처마 끝에 찬란

다시 생성의 가능성을 보이는 인간의 역사

히 빛이 쏟아지는 새벽, 「오래 닫혀진 문은 산천을 울리며 열리
었다.」

── 그립던 깃발이 눈뿌리에 사무치는 푸른 하늘이었다.

– 김종길, 「문」 –

*정밀: 고요하고 편안함.

(나)

영역을 확장하는 주체

이를테면 수양의 늘어진 ㉡「가지」가 담을 넘을 때
그건 수양 가지만의 일은 아니었을 것이다
얼굴 한번 못 마주친 애먼* 뿌리와
잠시 살 붙였다 적막히 손을 터는 꽃과 잎이   [A]
혼연일체* 믿어주지 않았다면
가지 혼자서는 한없이 떨기만 했을 것이다

한 닷새 내리고 내리던 고집 센 비가 아니었으면
밤새 정분만 쌓던 도리 없는 폭설이 아니었으면
담을 넘는다는 게
가지에게는 그리 신명 나는 일이 아니었을 것이다
무엇보다 가지의 마음을 머뭇 세우고
담 밖을 가둬두는   [B]

담을 넘는 동기를 부여하는 것

저 「금단의 담」이 아니었으면
담의 몸을 가로지르고 담의 정수리를 타 넘어
담을 열 수 있다는 걸
수양의 늘어진 가지는 꿈도 꾸지 못했을 것이다

그러니까 목련 가지라든가 감나무 가지라든가
줄장미 줄기라든가 담쟁이 줄기라든가
가지가 담을 넘을 때 가지에게 담은   [C]

가지가 담을 넘은 행위의 가치

「무명에 획을 긋는」
도박이자 도반*이었을 것이다

– 정끝별, 「가지가 담을 넘을 때」 –

*도반: 함께 도를 닦는 벗.

>> 지문의 핵심 내용을 정리해 보세요.

화자와 대상의 관계	쇠락한 역사의 흔적이 자연과 어우러진 모습과 새로운 역사가 시작되는 상황에 대해 이야기하는 사람
상황?	흰 벽에 나뭇가지가 그림자 되어 떠오르는 것을 보며 천년을 머문 정밀을 인식함 → 단청과 두리기둥이 낡아가지만 서럽지 않음 → 닫힌 문이 낡아가면서도 지나가는 바람 소리에 귀를 기울임 → 주춧돌이 놓인 자리에 봄이면 싹이 돋고 나무가 자라남 → 새벽에 산천을 울리며 문이 열림 → 푸른 하늘에 그립던 깃발이 눈뿌리에 사무침

>> 지문의 핵심 내용을 정리해 보세요.

화자와 대상의 관계	수양 가지가 담을 넘는 의미를 성찰하는 사람
상황?	수양 가지가 뿌리, 꽃, 잎의 지지에 힘을 얻어 담을 넘음 → 가지가 비와 폭설을 견디어 내고 담을 넘음 → 담은 가지에게 극복해야 할 시련이자 동반자 같은 역할을 함

이것만은 챙기자

*애먼: 일의 결과가 다른 데로 돌아가 엉뚱하게 느껴지는.
*혼연일체: 생각, 행동, 의지 따위가 완전히 하나가 됨.

(다)

나는 이홍에게 이렇게 말했다.

"ⓐ너는 잊는 것이 병이라고 생각하느냐? 잊는 것은 병이 아니다. 너는 잊지 않기를 바라느냐? 잊지 않는 것이 병이 아닌 것은 아니다. ⓑ그렇다면 잊지 않는 것이 병이 되고, 잊는 것이 도리어 병이 아니라는 말은 무슨 근거로 할까? 잊어도 좋을 것을 잊지 못하는 데서 연유한다. 잊어도 좋을 것을 잊지 못하는 사람에게는 잊는 것이 병이라고 치자. 그렇다면 잊어서는 안 되는 것을 잊는 사람에게는 잊는 것이 병이 아니라고 말할 수 있다. ⓒ그 말이 옳을까? **01**

「천하의 걱정거리는 어디에서 나오겠느냐? 잊어도 좋을 것 _{잊음의 본질에 대한 사유}은 잊지 못하고 잊어서는 안 될 것은 잊는 데서 나온다.」눈은 아름다움을 잊지 못하고, 귀는 좋은 소리를 잊지 못하며, 입은 맛난 음식을 잊지 못하고, 사는 곳은 크고 화려한 집을 잊지 못한다. 천한 신분인데도 큰 세력을 얻으려는 생각을 잊지 못하고, 집안이 가난하건만 재물을 잊지 못하며, 고귀한데도 교만*한 짓을 잊지 못하고, 부유한데도 인색*한 짓을 잊지 못한다. 의롭지 않은 물건을 취하려는 마음을 잊지 못하고, 실상과 어긋난 이름을 얻으려는 마음을 잊지 못한다. **02**

그래서 잊어서는 안 될 것을 잊는 자가 되면, 「어버이에게는 효심을 잊어버리고, 임금에게는 충성심을 잊어버리며, 부모를 잃고서는 슬픔을 잊어버리고, 제사를 지내면서 정성스러운 마음을 잊어버린다. 물건을 주고받을 때 의로움을 잊고, 나아가고 물러날 때 예의를 잊으며, 낮은 지위에 있으면서 제 분수를 잊고, 이해의 갈림길에서 지켜야 할 도리를 잊는다.」 _{잊어서는 안 될 것=타인과의 관계에서 지켜야 할 자세}

ⓓ먼 것을 보고 나면 가까운 것을 잊고, 새것을 보고 나면 옛것을 잊는다. 입에서 말이 나올 때 가릴 줄을 잊고, 몸에서 행동이 나올 때 본받을 것을 잊는다. 내적인 것을 잊기 때문에 외적인 것을 잊을 수 없게 되고, 외적인 것을 잊을 수 없기 때문에 내적인 것을 더더욱 잊는다.

ⓔ그렇기 때문에 하늘이 잊지 못해 벌을 내리기도 하고, 남들이 잊지 못해 질시의 눈길을 보내며, 귀신이 잊지 못해 재앙을 내린다. 그러므로 「잊어도 좋을 것이 무엇인지를 알고 _{외적인 것이 아닌 내적인 것을 추구하는 삶에 대한 강조}잊어서는 안 되는 것이 무엇인지를 아는 사람은 내적인 것과 외적인 것을 서로 바꿀 능력이 있다. 내적인 것과 외적인 것을 서로 바꾸는 사람은, 다른 사람의 잊어도 좋을 것은 잊고 자신의 잊어서는 안 될 것은 잊지 않는다.」" **03**

– 유한준, 「잊음을 논함」 –

>> 지문을 **세 부분**으로 나누고, 핵심 내용을 정리해 보세요.

01	'나'가 **이홍**에게 '잊는 것'과 '잊지 않는 것'을 **병**이라고 생각하는지에 대해 질문함
02	모든 **걱정**과 근심이 잊어도 좋을 것을 잊지 못하고 잊어서는 안 될 것을 잊는 데서 나온다고 함
03	잊어도 좋을 것과 잊어서는 안 되는 것을 구별하여 **내적**인 것을 잊고 **외적**인 것을 잊지 못하는 태도를 경계해야 한다고 함

이것만은 챙기자

*교만: 잘난 체하며 뽐내고 건방짐.
*인색: 재물을 아끼는 태도가 몹시 지나침.

| 표현상의 특징 파악 | 정답률 **71**

1. (가)~(다)에 대한 설명으로 가장 적절한 것은?

✅ 정답풀이

② (가)는 동일한 색채어를, (나)는 유사한 문장 구조를 반복적으로 제시하며 시상을 전개한다.

> (가)는 '푸른 이끼', '푸른 싹', '푸른 높은 하늘' 등에서 '푸른'이라는 동일한 색채어를, (나)는 '~이(가) ~않았다면(아니었으면) ~을 것이다'라는 유사한 문장 구조를 반복적으로 제시하며 시상을 전개한다.

❌ 오답풀이

① (가)는 명시적 청자에게 말을 건네는 방식으로 화자의 감정을 드러낸다.
　(가)는 명시적인 청자를 설정하지 않았으며, 말을 건네는 방식이 아니라 독백체로 시상을 전개하고 있다.

③ (가)와 (나)는 모두, 사라져 가는 대상에 대한 화자의 안타까움을 드러낸다.
　(가)는 '단청은 연년이 빛을 잃어 두리기둥에는 틈이 생기고, 볕과 바람이 쓰라리게 스며들었다.' 등에서 대상의 본래 모습이 사라져 가고 있음을 조명하고 있으나, 이에 대한 화자의 안타까움을 드러내지는 않았다. 한편 (나)는 사라져 가는 대상을 제시하고 있지 않다.

④ (나)는 사물을 관조함으로써, (다)는 세태를 관망함으로써 주제 의식을 부각한다.
　(나)에서는 '수양의 늘어진 가지가 담을 넘을 때'의 상황을 가정하여 담을 넘을 수 있게 하는 힘의 의미를 부각하고 있을 뿐, 가지가 '담을 넘'는 모습을 직접 관찰하고 있지 않으므로, 사물을 관조(고요한 마음으로 사물이나 현상을 관찰하거나 비추어 봄)하고 있다고 보기 어렵다. (다)는 잊어야 할 것과 잊어서는 안 되는 것을 구분하는 지혜가 필요하다는 주제 의식을 드러내고 있을 뿐, 세태를 관망하고 있지 않다.

⑤ (가), (나), (다)는 모두, 대상과 소통하며 문제 해결 과정을 연쇄적으로 제시한다.

(다)는 글쓴이가 '이홍'에게 '너는 잊는 것이 병이라고 생각하느냐?'라고 말을 건넨 뒤에 잊어야 할 것과 잊어서는 안 되는 것에 대한 생각을 연쇄적으로 제시하여 자신이 제기한 질문에 대한 답을 도출하고 있으므로, 대상과 소통하며 문제를 해결하는 과정을 연쇄적으로 제시한다고 볼 여지가 있다. 그러나 (가)는 대상과의 소통이나 문제 해결 과정을 제시하지 않는다. 한편 (나)의 경우 '가지'가 '뿌리'와 '꽃과 잎'에게서 힘을 얻어 극복의 대상인 '담'을 넘는 모습이 대상에게 영향을 받아 문제를 해결하는 과정이라고 볼 여지가 있으나, 이와 같은 과정이 연쇄적으로 제시되고 있지는 않다.

| 외적 준거에 따른 작품 감상 | 정답률 **73**

2. 〈보기〉를 참고하여 (가)를 감상한 내용으로 적절하지 **않은** 것은?

〈보기〉

(가)에서 <u>순환하는 자연이 가진 변화의 힘</u>은 인간 역사의 <u>쇠락과 생성에 관여</u>한다. 인간의 역사는 쇠락의 과정에서도 생성의 기반을 잃지 않고, 자연과 어우러지며 자연의 힘을 탐색하거나 수용한다. 이를 통해 '<u>문</u>'은 새로운 역사를 생성할 가능성을 실현하게 되고, 인간의 역사는 '<u>깃발</u>'로 상징되는 <u>이상</u>을 향해 다시 나아갈 수 있게 된다.

🔍 보기 분석

• (가)에서 순환하는 자연이 가진 변화의 힘 → 인간 역사의 쇠락과 생성에 관여
  – 인간의 역사
    ① 쇠락하면서도 생성의 기반을 잃지 않음
    ② 자연과 어우러지면서 자연의 힘을 탐색하거나 수용함
  – '문'의 기능: 새로운 역사를 생성할 가능성을 실현함
  – '깃발'의 상징적 의미: 인간의 역사가 나아갈 이상

✅ 정답풀이

① '흰 벽'에 나뭇가지가 그림자로 나타나는 것은, 천년을 쇠락해 온 인간의 역사가 자연의 힘을 탐색하는 과정에서 자연의 모습에 영향을 미친 결과를 보여 주는군.

> 〈보기〉에 따르면 (가)에서 '인간의 역사는 쇠락의 과정에서도 생성의 기반을 잃지 않고, 자연과 어우러지며 자연의 힘을 탐색하거나 수용'한다. 이를 참고했을 때 '흰 벽'에 나뭇가지가 그림자로 나타나는 것은, 인간의 역사를 상징하는 '흰 벽'과 자연을 표상하는 나뭇가지가 '천년'의 세월 동안 어우러져 있었음을 보여 주는 것일 뿐, 인간의 역사가 자연의 모습에 영향을 미친 결과를 보여 주는 것이 아니다. 또한 〈보기〉에 따르면 (가)에서는 '순환하는 자연이 가진 변화의 힘'이 '인간 역사의 쇠락과 생성에 관여'한다고 했으므로, 인간의 역사가 자연의 모습에 영향을 미친다는 진술은 적절하지 않다.

❌ 오답풀이

② '두리기둥'의 틈에 볕과 바람이 쓰라리게 스며드는 것을 서럽지 않다고 한 것은, 쇠락해 가는 인간의 역사가 자연이 가진 변화의 힘을 수용함을 드러내는군.
〈보기〉에 따르면 (가)에서 '인간의 역사는 쇠락의 과정에서도 생성의 기반을 잃지 않고, 자연과 어우러지며 자연의 힘을 탐색하거나 수용'한다. 이를 참고했을 때, (가)에서 '두리기둥'의 틈에 볕과 바람이 쓰라리게 스며드는 것을 서럽지 않다고 한 것은, 쇠락해 가는 인간의 역사를 상징하는 '두리기둥'이 '볕과 바람' 즉 자연이 가진 변화의 힘을 받아들이고 있음을 나타낸다고 볼 수 있다.

③ '기왓장마다' 이끼와 세월이 덮여 감에도 멀리 있는 바람 소리에 귀를 기울이는 것은, 자연의 영향을 받으면서도 자연이 가진 변화의 힘에서 생성의 가능성을 찾는 모습이겠군.
〈보기〉에 따르면 (가)에서 '순환하는 자연이 가진 변화의 힘은 인간 역사의 쇠락과 생성에 관여'하며, '인간의 역사는 쇠락의 과정에서도 생성의 기반을 잃지 않고, 자연과 어우러지며 자연의 힘을 탐색하거나 수용'한다. 이를 참고했을 때, '기왓장마다' 이끼와 세월이 덮여 감에도 '문'이 멀리 있는 바람 소리에 귀를 기울이는 것은, 자연의 영향을 받아 쇠락해 가면서도 바람 소리, 즉 자연이 가진 변화의 힘에서 생성의 가능성을 모색하고 있음을 나타낸다고 볼 수 있다.

④ '주춧돌 놓인 자리'에 봄이면 푸른 싹이 돋고 나무가 자라는 것은, 생성의 기반을 잃지 않은 인간의 역사가 자연과 어우러져 생성의 힘을 수용하는 모습이겠군.
〈보기〉에 따르면 (가)에서 '인간의 역사는 쇠락의 과정에서도 생성의 기반을 잃지 않고, 자연과 어우러지며 자연의 힘을 탐색하거나 수용'한다. 이를 참고했을 때, '주춧돌 놓인 자리'에 봄이면 푸른 싹이 돋고 나무가 자라는 것은, 인간의 역사가 남긴 흔적인 '주춧돌 놓인 자리'가 폐허가 되지 않고 자연과 어우러져 자연이 지닌 생성의 힘을 얻는 모습을 보여 준다고 할 수 있다.

⑤ '닫혀진 문'이 별들이 돌아오고 낡은 처마 끝에 빛이 쏟아지는 새벽에 열리는 것은, 순환하는 자연 속에서 인간의 역사를 다시 생성할 가능성이 나타남을 보여 주는군.
〈보기〉에 따르면 (가)에서 '순환하는 자연이 가진 변화의 힘은 인간 역사의 쇠락과 생성에 관여'하며, '문'은 인간의 '새로운 역사를 생성할 가능성을 실현'한다. 이를 참고했을 때, '닫혀진 문'이 별들이 돌아오고 낡은 처마 끝에 빛이 쏟아지는 새벽에 열리는 것은, 쇠락했던 인간의 역사가 자연의 순환 속에서 다시 생성될 가능성이 나타남을 보여 준다고 할 수 있다.

3. (나)에 대한 이해로 가장 적절한 것은?

✅ **정답풀이**

③ [B]에서는 '가지의 마음을 머뭇 세우'는 대상을 '신명 나는 일'에 연결하여 '정수리를 타 넘'는 행위의 의미를 드러낸다.

> [B]에서 '가지의 마음을 머뭇 세우'는 대상은 '금단의 담'으로, 화자는 가지가 '금단의 담'을 넘는 일을 '신명 나는 일'이라고 표현하고 있다. 즉 담을 '신명 나는 일'에 연결하여 담의 '정수리를 타 넘'는 행위가 가지에게 있어 흥겹고 신이 나는 일이라는 의미를 드러낸다고 할 수 있다.

❌ **오답풀이**

① [A]에서는 '얼굴 한번 못 마주친' 상황과 '손을 터는' 행위가 '한없이' 떠는 가지의 마음으로 인한 것임을 드러낸다.
[A]에서 '얼굴 한번 못 마주친' 상황은 뿌리와 가지가 서로 멀리 떨어져 있음을, '잠시 살 붙였다 적막히 손을 터는' 행위는 '꽃과 잎'이 가지에 잠시 매달렸다가 떨어지는 것임을 나타낸다. 가지는 이런 상황에서도 '혼연일체 믿어주'는 '뿌리'와 '꽃과 잎'에 의해 혼자 '한없이 떨기만' 하지 않고 담을 넘는 시도를 할 수 있었다. 따라서 '얼굴 한번 못 마주친' 상황과 '손을 터는' 행위가 가지의 '한없이' 떠는 마음으로 인해 발생한 것이라고 볼 수 없다.

② [B]에서는 '고집 센'과 '도리 없는'을 통해 가지가 '꿈도 꾸지 못'하게 만든 두 대상의 성격을 부각한다.
[B]에서 '고집 센'과 '도리 없는'은 각각 '비'와 '폭설'의 성격을 나타낸 표현이다. 그러나 가지가 '꿈도 꾸지 못'하게 만든 대상은 '비'나 '폭설'이 아닌 '담'이므로, '고집 센'과 '도리 없는'을 통해 가지의 꿈을 좌절시키는 대상의 성격을 부각한다고 볼 수 없다.

④ [A]에서 '가지만의'와 '혼자서는'에 나타난 가지의 상황은, [B]에서 '담 밖'을 가두어 [C]에서 '획'을 긋는 가지의 모습으로 이어진다.
[A]에서 '가지만의', '혼자서는'은 가지가 '뿌리', '꽃', '잎'의 지지를 받지 못한 채 담을 넘어야 하는 상황을, [B]에서 '담 밖'을 가두어 두는 것은 가지가 담을 넘지 못하는 상황을 나타내므로, 이와 같은 상황들이 [C]에서 가지가 담을 넘어 '무명에 획을 긋는' 모습으로 이어진다고 할 수 없다. 또한 [B]에서 '담 밖'을 가두는 주체는 가지가 아닌 '금단의 담'이므로, '담 밖'을 가두는 것이 가지의 모습을 나타낸다고도 볼 수 없다.

⑤ [A]에서 '않았다면'과 [B]에서 '아니었으면'이 강조하는 대상들의 의미는, [C]에서 '목련'과 '감나무' 사이의 관계에서도 나타난다.
[A]에서 '않았다면'은 '뿌리', '꽃', '잎'이 가지가 담을 넘을 수 있도록 힘을 보태는 대상들임을 강조하고, [B]에서 '아니었으면'은 '비', '폭설', '금단의 담'이 가지가 담을 넘을 수 있도록 동기를 부여한 대상임을 강조한다. 그런데 [C]의 '목련'과 '감나무'는 '수양'처럼 담을 넘으려고 시도하는 대상들일 뿐, 서로에게 힘을 보태거나 동기를 부여하는 등의 영향을 주는 관계라고 볼 수 없다.

🖋 **모두의 질문**
• 3-④, ⑤번

Q: (나)에서 가지가 '무명에 획을 긋는'다는 표현은 어떤 의미인가요? 또한 '뿌리', '꽃과 잎'이 '믿어주지 않았다면' '비'와 '폭설'이 '아니었으면' 수양 가지가 담을 넘을 수 없었다고 했으니까, '뿌리', '꽃과 잎', '비'와 '폭설'의 의미는 수양 가지처럼 담을 넘으려고 시도하는 '목련'과 '감나무' 사이의 관계에서도 나타나지 않나요?

A: 가지가 '무명에 획을 긋는'다는 것은 '담 밖'의 세계를 알지 못하던 가지가 담을 넘은 것이 유의미한 행위로서 가치를 얻었다는 의미로 볼 수 있다. 한편 '뿌리', '꽃과 잎'은 수양 나무를 구성하는 일부분으로 가지가 담을 넘을 수 있도록 힘을 보태는 대상이고, '비'와 '폭설'은 가지에게 시련을 가함으로써 동기를 부여하는 대상이다. 따라서 이들의 의미는 '목련'과 '감나무' 사이의 관계가 아니라 '목련', '감나무'를 구성하는 각 부분들 간의 관계, 혹은 극복의 대상으로서 동기를 부여하는 외부 대상과 가지의 관계와 연관 지어 이해해야 한다.

4. ⓐ~ⓔ에 대한 설명으로 적절하지 <u>않은</u> 것은?

> ⓐ: 너는 잊는 것이 병이라고 생각하느냐?
>
> ⓑ: 그렇다면 잊지 않는 것이 병이 되고, 잊는 것이 도리어 병이 아니라는 말은 무슨 근거로 할까?
>
> ⓒ: 그 말이 옳을까?
>
> ⓓ: 먼 것을 보고 나면 가까운 것을 잊고, 새것을 보고 나면 옛것을 잊는다.
>
> ⓔ: 그렇기 때문에 하늘이 잊지 못해 벌을 내리기도 하고, 남들이 잊지 못해 질시의 눈길을 보내며, 귀신이 잊지 못해 재앙을 내린다.

정답풀이

③ ⓒ: 잊음에 대해 '나'가 제시한 가정적 상황이 틀리지 않았음을 강조하기 위한 물음이다.

> ⓒ는 '잊어도 좋을 것을 잊지 못하는 사람에게는 잊는 것이 병'이라고 가정한 상황과 '잊어서는 안 되는 것을 잊는 사람에게는 잊는 것이 병이 아니'라고 가정한 상황이 모두 부적절함을 강조하기 위한 물음이므로, '나'가 제시한 가정적 상황이 틀리지 않았음을 강조하기 위한 물음이라고 볼 수 없다.

오답풀이

① ⓐ: 잊는 것에 대한 '나'의 생각을 전개하기 위한 물음이다.
ⓐ는 '나'가 '잊는 것이 병'인가에 대한 깨달음을 이홍에게 전달하기 위해 화두를 던진 것이므로, '나'의 생각을 전개하기 위한 물음이라고 할 수 있다.

② ⓑ: 잊음에 대한 '나'의 생각이 어디에서 비롯된 것인지에 대한 답을 제시하기 위해 던지는 물음이다.
ⓑ는 '잊지 않는 것이 병이 되고, 잊는 것이 도리어 병이 아니라는' 말의 근거가 무엇인지 제시하기 위해 한 말이므로, 잊음에 대한 '나'의 생각이 어디에서 비롯된 것인지에 대한 답을 제시하기 위해 던지는 물음이라고 할 수 있다.

④ ⓓ: 잊지 못하는 것과 잊어버리는 것의 관계를 대비적 표현을 통해 제시하며 잊음에 대한 '나'의 생각을 드러내는 진술이다.
ⓓ는 잊지 못하는 것과 잊어버리는 것의 관계를 '먼 것'과 '가까운 것', '새것'과 '옛것'과 같은 대비적인 표현을 통해 제시하여, 대조적 관계를 지닌 대상 중에 하나를 선택하면 하나는 잊어버리게 된다는 '나'의 생각을 드러내고 있다.

⑤ ⓔ: 잊음의 대상을 제대로 구분하지 못할 때 일어날 수 있는 일을 열거하여 잊음에 대한 '나'의 생각이 옳음을 강조하는 진술이다.
ⓔ는 '잊어도 좋을 것'과 '잊어서는 안 되는 것'을 제대로 판단하지 못하면 하늘이 벌을 내리고 남들이 질시하며 귀신이 재앙을 내릴 것임을 언급한 진술로, 잊음의 대상을 제대로 구분하지 못할 때 일어날 수 있는 일을 열거하여 잊어야 할 것과 잊지 않아야 할 것을 분별하는 지혜가 중요하다는 '나'의 생각이 옳음을 강조하고 있다.

5. ㉠과 ㉡에 대한 이해로 가장 적절한 것은?

> ㉠: 문
> ㉡: 가지

정답풀이

② ㉠은 자신의 자리를 지켜 내는, ㉡은 자신의 영역을 확장하는 모습을 보인다.

> ㉠은 '소리없이 쌓'이는 '세월' 속에서도 '바람 소리에 귀를 기울이'며 자신의 자리를 지켜 내는 모습을 보인다고 할 수 있고, ㉡은 '담의 정수리를 타 넘'어 '담 밖'으로 나아가고 있으므로, 자신의 영역을 확장하는 모습을 보인다고 할 수 있다.

오답풀이

① ㉠은 주변 대상의 도움을 받으며 미래로 나아가고, ㉡은 주변 대상에게 도움을 주며 미래를 대비한다.
㉠은 닫혀 있다가 '흘러간 별들이 총총히 돌아오고 사납던 비바람이 걷'히는 자연의 순환 과정에서 열리고 있을 뿐이며, ㉡은 '뿌리', '꽃과 잎' 등의 주변 대상에 도움을 받아 목표를 달성할 뿐, 주변 대상에게 도움을 주며 미래를 대비한다고 볼 수 없다.

③ ㉠은 주변과 단절된 상황을 극복하려 하고, ㉡은 외부의 간섭을 최소화하려 한다.
㉠은 주변 대상과 단절되어 있다고 볼 수 없고, ㉡은 '뿌리', '꽃과 잎'으로부터 힘을 얻고 '비'와 '폭설'로부터 동기를 얻어 담을 넘고 있으므로, 외부의 간섭을 최소화하려 한다고 볼 수 없다.

④ ㉠과 ㉡은 외면의 변화를 통해 내면의 불안을 감추려 한다.
㉠은 외면의 변화를 통해 내면의 불안을 감추려는 모습을 나타내지 않고, ㉡은 담 밖으로 뻗어 나가는 모습을 보이므로 외면의 변화를 겪는다고 볼 여지가 있으나, 이를 통해 내면의 불안을 감추려는 모습을 나타내지는 않는다.

⑤ ㉠과 ㉡은 과거의 행위에 대해 반성하는 모습을 보인다.
㉠과 ㉡ 모두 과거의 행위를 반성하는 모습을 보이지 않는다.

6. <보기>를 참고하여 (나), (다)를 감상한 내용으로 적절하지 <u>않은</u> 것은? [3점]

<보기>

(나)와 (다)에는 <u>주체가 대상을 바라보고 사유하여 얻은 인식</u>이 드러난다. 이는 <u>대상에서 발견한 새로운 의미를 보여 주는 방식</u>이나, <u>대상의 속성에 주목하여 얻은 깨달음을 제시하는 방식</u>으로 나타난다.

보기 분석

(나)	(다)
• 주체가 대상을 바라보고 사유하여 얻은 인식이 드러남	
– 대상에서 발견한 새로운 의미를 보여 주는 방식으로 나타남	
– 대상의 속성에 주목하여 얻은 깨달음을 제시하는 방식으로 나타남	

정답풀이

⑤ (나)는 담의 의미를 사유하여 담이 '도박이자 도반'이라는, (다)는 '예의'나 '분수'를 잊지 않아야 함에 주목해 '잊지 않는 것이 병이 아닌 것은 아니'라는 깨달음을 드러내는군.

<보기>에서 '(나)와 (다)에는 주체가 대상을 바라보고 사유하여 얻은 인식'이 '깨달음을 제시하는 방식'으로 나타난다고 했다. (나)는 가지에게 있어 담은 성공이 불확실한 '도박'을 감행하게 하면서도 새로운 시도를 하도록 동기를 부여하는 '도반'의 역할을 한다는 깨달음을 드러낸다고 할 수 있다. 그러나 (다)는 '나아가고 물러날 때 예의를 잊는 것과 '낮은 지위에 있으면서 제 분수를 잊'는 부정적인 현상에 주목하여 '잊어서는 안 될 것을 잊는 자'가 되어서는 안 된다는 것, 즉 잊지 않는 것이 병이 아니라는 깨달음을 드러내고 있을 뿐, '잊지 않는 것이 병이 아닌 것은 아니'라는 깨달음을 드러낸 것이 아니다.

오답풀이

① (나)는 '수양'을 부분으로 나눠 살피고 부분들의 관계가 '혼연일체'라는 것을 발견해 수양이 하나의 통합된 대상이라는 인식을 드러내는군.

<보기>에서 (나)에는 '주체가 대상을 바라보고 사유하여 얻은 인식'이 '대상에서 발견한 새로운 의미를 보여 주는 방식'으로 나타난다고 했다. 이를 참고했을 때, (나)는 '수양' 나무를 '가지', '뿌리', '꽃과 잎'의 부분으로 나누어 살피고 이들이 '혼연일체'가 되어 담을 넘으려는 가지에게 힘을 주는 관계임을 발견함으로써 수양 나무가 하나의 통합된 대상이라는 인식을 드러낸다고 할 수 있다.

② (다)는 '잊어도 좋을 것'과 '잊어서는 안 될 것'에 대해 사유하여 타인과 자신의 관계 속에서 지켜야 할 자세에 대한 깨달음을 드러내는군.

<보기>에서 (다)에는 '주체가 대상을 바라보고 사유하여 얻은 인식'이 '깨달음을 제시하는 방식'으로 나타난다고 했다. 이를 참고했을 때, (다)는 '고귀한 데도 교만한 짓을 잊지 못하고, 부유한데도 인색한 짓을 잊지 못'하는 등 '잊어도 좋을 것'을 잊지 못하는 행동과, '어버이에게는 효심을 잊어버리고, 임금에게는 충성심을 잊어버리'는 등 '잊어서는 안 될 것'을 잊어버리는 행동에 대해 비판적으로 사유하여 타인과 자신의 관계 속에서 지켜야 할 자세에 대한 깨달음을 드러낸다고 할 수 있다.

③ (다)는 '내적인 것과 외적인 것을 서로 바꾸는 사람'의 특성에 주목해 잊음의 본질에 대한 깨달음이 바람직한 삶의 태도를 이끈다는 인식을 드러내는군.

<보기>에서 (다)에는 '주체가 대상을 바라보고 사유하여 얻은 인식'이 '대상의 속성에 주목하여 얻은 깨달음을 제시하는 방식'으로 나타난다고 했다. 이를 참고했을 때, (다)는 '내적인 것과 외적인 것을 서로 바꾸는 사람'이 '다른 사람의 잊어도 좋을 것은 잊고 자신의 잊어서는 안 될 것은 잊지 않는' 특성에 주목하여 '내적인 것을 잊'지 않아 잊음의 본질에 대한 깨달음을 얻은 사람은 바람직한 삶의 태도를 지닌다는 인식을 드러낸다고 할 수 있다.

④ (나)는 '담쟁이 줄기'의 속성에 주목해 담쟁이 줄기가 담을 넘을 수 있다는, (다)는 잊어서는 안 될 것을 잊는 데 주목해 '내적인 것'을 잊으면 '외적인 것'에 매몰된다는 인식을 드러내는군.

<보기>에서 '(나)와 (다)에는 주체가 대상을 바라보고 사유하여 얻은 인식'이 '대상의 속성에 주목하여 얻은 깨달음을 제시하는 방식'으로 나타난다고 했다. 이를 참고했을 때, (나)는 '담쟁이 줄기'가 담장을 타고 오르는 속성에 주목해 수양 가지처럼 담을 넘을 수 있다는 인식을 드러내고, (다)는 '잊어서는 안 될 것'을 '잊는 데서' '천하의 걱정거리'가 생겨나는 일에 주목하여 '의로움', '예의', '분수', '도리' 등의 '내적인' 가치를 추구하지 않으면 '아름다움', '좋은 소리', '맛난 음식', '화려한 집', '의롭지 못한 물건' 등 '외적인 것'에 매몰된다는 인식을 드러낸다고 볼 수 있다.

기틀잡기

② **사유:** 대상을 두루 생각하는 일.
④ **매몰:** 보이지 아니하게 파묻히거나 파묻음.

학생들이 정답 외에 가장 많이 고른 선지가 ④번이다. '내적인 것'을 잊으면 '외적인 것'에 매몰된다는 선지의 표현을 정확하게 이해하기 어려웠을 것으로 보인다.

이는 '효심'과 '충성심'과 같은 내적인 가치를 추구하지 않으면 '화려한 집'과 '재물'과 같은 외적인 대상에 빠져들게 된다는 의미이다. (다)에서 글쓴이는 '내적인 것을 잊기 때문에 외적인 것을 잊을 수 없게 되고, 외적인 것을 잊을 수 없기 때문에 내적인 것을 더더욱 잊는' 태도에 대해 비판적인 인식을 드러내고 있으므로, '내적인 것'을 '잊어서는 안 될 것'으로, '외적인 것'을 '잊어도 좋을 것'으로 판단한다고 볼 수 있다. 따라서 '내적인 것'을 잊어 '외적인 것'에 빠져드는 일을 경계하고 있다고 할 수 있다.

한편 ⑤번에서는 '잊지 않는 것이 병이 아닌 것은 아니'라는 선지 표현의 의미를 파악하는 과정에서 착오가 있었을 것으로 보인다. (다)의 글쓴이는 '예의'나 '분수'와 같은 '내적인 것'은 잊지 않아야 하는 대상이므로, 이와 같은 대상들은 잊지 않는 것이 병이 아니라고 주장하고 있다. 따라서 ⑤번에서 (다)에 관한 진술은 글쓴이의 주장에 부합하지 않는다. 이처럼 부정 표현이 반복되어 한 번에 의미 파악이 어려울 때는 시간을 조금 더 들이더라도 선지의 문장을 의미 단위로 분절하여 정확하게 뜻을 파악한 후에 정오를 판단해야 한다.

정답률 분석

	①	②	③	매력적 오답 ④	정답 ⑤
	9%	9%	7%	25%	50%

[1~6] 다음 글을 읽고 물음에 답하시오.

(가)

　첩첩산중에도 없는 마을이 여긴 있습니다. 잎 진 사잇길 저
모랫둑, 그 너머 강기슭에서도 보이진 않습니다. 허방다리* 들
어내면 보이는 마을.

　갱 속 같은 마을. ㉠꼴깍, 해가, 노루꼬리 해가 지면 집집마다
봉당에 불을 켜지요. 콩깍지, 콩깍지처럼 「후미진 외딴집」, 외
딴집에도 불빛은 앉아 이슥토록 창문은 모과빛입니다.
　　　　　　　　　　　　　　　　적막한 공간

　기인 밤입니다. 외딴집 노인은 홀로 잠이 깨어 출출한 나머지
무우를 깎기도 하고 고구마를 깎다, 문득 바람도 없는데 「시나
브로* 풀려 풀려 내리는 짚단, 짚오라기의 설레임을 듣습니다.
귀를 모으고 듣지요. ㉡후루룩 후루룩 처마 깃에 나래 묻는 이름
모를 새, 새들의 온기를 생각합니다.」 숨을 죽이고 생각하지요.
　낯설게 느껴지는 일상에 감각적으로 집중하는 노인의 모습

　참 오래오래, 노인의 자리맡에 밭은기침 소리도 없을 양이면
벽 속에서 겨울 「귀뚜라미」는 울지요.」 떼를 지어 웁니다, 벽이 무
　　　　　쓸쓸함의 고조
너지라고 웁니다.

　어느덧 밖에는 눈발이라도 치는지, 펄펄 「함박눈」이라도 흩
날리는지, 창호지 문살에 돋는 월훈(月暈). 　　외부와의 단절로 인한 고독감

　　　　　　　　　　　　　　　　　　　　　－ 박용래, 「월훈」 －

*허방다리: 짐승 따위를 잡기 위해 풀 등을 덮어 위장한 구덩이.

(나)

　내 어린 날! 　　　　　　어린 날을 빗댄 대상
아슬한 하늘에 뜬 「연」같이
바람에 깜박이는 연실같이
내 어린 날! 아슴풀하다*

하늘은 파랗고 끝없고
「편편한 연실은 조매롭고*」 　긴장감 고조 → 3연에서 연실의 끊어짐으로 이어짐
오! 흰 연 그새에 높이
㉢아실아실* 떠 놀다 내 어린 날!

「바람 일어 끊어지던 날 　　애상감 고조
엄마 아빠 부르고 울다」
㉣희끗희끗한 실낱이 서러워
아침저녁 나무 밑에 울다

오! 내 어린 날 하얀 옷 입고
외로이 자랐다 「하얀 넋」 담고 　어린 시절의 외로움과 슬픔
㉤조마조마 길가에 붉은 발자욱
자욱마다 눈물이 고이었었다

　　　　　　　　　　　　　－ 김영랑, 「연 1」 －

*아슴풀하다: '아슴푸레하다'의 방언.
*조매롭고: '조마롭다'의 방언. 보기에 마음이 초조하고 불안하다.
*아실아실: '아슬아슬'의 방언.

>> 지문의 핵심 내용을 정리해 보세요.

화자와 대상의 관계	적막한 산골 마을 외딴집에서 외롭게 지내는 노인을 관찰하는 사람
상황?	깊은 산중에 외딴 마을이 있음 → 이곳의 집들은 해가 지면 봉당에 불을 켬 → 노인이 잠을 이루지 못하고 작은 소리에 귀를 기울임 → 노인이 잠든 후 벽 속에서 겨울 귀뚜라미가 욺 → 창호지 문살에 달무리가 비침

이것만은 챙기자

*시나브로: 모르는 사이에 조금씩 조금씩.

>> 지문의 핵심 내용을 정리해 보세요.

화자와 대상의 관계	하늘에 뜬 연과 연실을 바라보며 어린 시절을 회상하는 '나'
상황?	하늘에 뜬 연을 보고 어린 시절을 떠올림 → 연을 날리다 연실이 끊어져 엄마 아빠를 부르며 울었던 과거를 회상함 → 외롭던 어린 시절을 회상하며 슬퍼함

(다)

ⓐ신위가 **자기 집** 이름을 '문의당'이라 하고 ⓑ나에게 편지를 보내 말했다.

"내 천성이 물을 좋아하는데, 도성 안이라 **볼만한 샘이나 못이** 없어 비록 **물을 보는 법**을 알고 있어도 **써 볼 데가 없는** 것이 늘 아쉬웠습니다. 그런데 **천하의 지도를 보고** 깨우친 점이 있었습니다.

넘실거리는 큰 바다 사이로 아홉 개 대륙, 일만 개 나라가 퍼져 있는데 큰 나라는 범선이 늘어선 듯하고, 작은 나라는 갈매기와 해오라기가 출몰하는 듯했습니다. 「천하만국에 두루 살고 있는 사람들은 모두 물 가운데 있는 존재일 뿐」입니다.
_{만물이 물 가운데 있음을 인식}
이것이 제 집의 이름을 '**문의(文漪)**'라고 한 까닭입니다. 그대는 저를 위해 이 집의 기문을 지어 주시기 바랍니다." **01**

나는 편지를 보고 웃으며 말했다.

"세상에는 본래 그 실물은 없으면서도 이름을 차지하는 경우가 있으니, 지금 그대가 집에 이름을 붙인 것이 바로 그 실물이 없는 것이라고 할 수 있겠소. 비록 그러하나 그대도 이에 대해 할 말이 있을 것이오. 지금 **바다의 섬 가운데 집을 짓고 사는 사람**이 있다면, 사람들은 반드시 **물에 산다고** 하지 산에 산다고 하지 않겠지요. 섬사람 중에는 담장을 두르고, 집을 짓고, 문을 닫고 **들어앉아 사는 사람**도 있게 마련이니, 그가 날마다 「파도와 깊은 물」을 가까이 접하지는 않는다고 하여, 물에 사는 게
_{물에 살면서 접하게 되는 환경}
아니라고 한다면 옳지 않겠지요. 이와 같은 이치를 **사람들이** 모두 그렇다고 인정하는데, 어찌 유독 그대의 말에만 의심을 품겠소? **02**
_{글쓴이도 신위의 발상이 타당하다고 생각함}
「**대지는 하나의 섬이고, 세상 사람들은 섬사람이라오.**」 비록 **배를 집으로 삼아** 물 위를 떠다니면서 날마다 **물과 더불어** 살아가는 사람이라 하더라도, 그 형편상 눈을 한곳에 두고 꼼짝하지 않을 수는 없을 것이고, 잠시 **눈길을 돌려서** 잠깐 동안이나마 물이 있다는 것을 생각하지 못할 때가 반드시 있을 것이오. 이때에는 겨우 반걸음을 움직인 것이나 천 리를 간 것이나 매한가지라 할 것이오." **03**

– 서영보, 「문의당기」 –

*문의: 물결무늬.

≫ 지문을 **세 부분**으로 나누고, 핵심 내용을 정리해 보세요.

01	신위가 자신의 집의 이름을 '**문의**'라고 지은 까닭을 밝히며, '나'에게 이 집의 **기문**을 지어 달라고 부탁함
02	'나'는 **섬사람**들이 날마다 물을 가까이 접하지 않더라도 물에 산다는 것은 분명하다고 함
03	세상 사람들은 모두 섬사람이며, 날마다 **물**과 더불어 살아가는 사람이라 하더라도 물이 있다는 것을 생각하지 못할 때가 있음

| **작품 간의 공통점 파악** | 정답률 **95**

1. (가)~(다)의 공통점으로 가장 적절한 것은?

◇ 정답풀이

② 묘사의 방식을 활용하여 대상의 특징을 구체화하고 있다.

> (가)는 '갱 속 같은 마을', '콩깍지처럼 후미진 외딴집' 등에서 노인이 사는 공간을 묘사하여 노인이 외부와 단절된 곳에서 살고 있음을 드러내고 있다. 또한 (나)는 '하늘은 파랗고 끝없고 / 편편한 연실은 조매롭고 / 오! 흰 연 그새에 높이 / 아실아실 떠 놀다 내 어린 날!'에서 하늘을 날고 있는 연의 모습을 묘사함으로써 위태롭게 날고 있는 연의 특징을 구체화하고 있다. (다)는 '넘실거리는 큰 바다 사이로 아홉 개 대륙, 일만 개 나라가 퍼져 있는데 큰 나라는 범선이 늘어선 듯하고, 작은 나라는 갈매기와 해오라기가 출몰하는 듯했습니다.'에서 '천하의 지도'를 묘사하여 물 가운데 있는 천하 만물의 특징을 구체화하고 있다.

✕ 오답풀이

① 설의적 표현을 사용하여 인물의 정서를 강조하고 있다.
  (다)는 '어찌 유독 그대의 말에만 의심을 품겠소?'에서 설의적 표현을 사용하여 신위의 관점이 타당하다고 여기는 글쓴이의 생각을 강조하고 있다. 그러나 (가)와 (나)는 설의적 표현을 사용하지 않았다.

③ 말을 건네는 방식을 사용하여 주제 의식을 심화하고 있다.
  (가)는 '-ㅂ니다'라는 경어체를 활용하여 이야기를 들려주는 듯한 방식을 사용하고 있다. (다)는 신위가 '나'에게 편지를 보내고 '나'가 이에 답하는 상황에서 상대에게 말을 건네는 방식을 사용하고 있다. 그러나 (나)는 말을 건네는 방식을 사용하지 않았다.

④ 과거의 장면을 회상하여 현재 상황에 대한 원인을 포착하고 있다.
  (나)에서는 화자가 자신의 유년 시절에 대해 '아슴풀하'게 회상하고 있으나, (가)와 (다)에서는 과거의 장면을 회상하는 상황이 제시되지 않았다.

⑤ 가상의 상황을 설정하여 현실에 대한 긍정적 인식을 이끌어 내고 있다.
  (다)는 '지금 바다의 섬 가운데 집을 짓고 사는 사람이 있다면'에서 가상의 상황을 설정하고 있지만, 이를 통해 현실에 대한 긍정적 인식을 이끌어 내고 있지는 않다. (가)와 (나)는 가상의 상황을 설정하여 현실에 대한 긍정적 인식을 이끌어 내고 있지 않다.

2. 〈보기〉를 참고하여 (가)를 감상한 내용으로 적절하지 <u>않은</u> 것은?

〈보기〉

(가)는 적막한 산골 마을을 배경으로 그곳에 사는 한 노인의 모습을 관찰하여 들려주는 시이다. 향토적인 정경 속에서 낯설게 느껴지는 일상에 감각적으로 집중하는 노인을 통해 점점 사라져 가는 것들에 대한 관심을 드러내고, 노인의 삶이 마주한 깊은 정적 속 울음소리를 통해 인간의 쓸쓸함을 고조하고 있다. 이러한 노인의 모습은 외딴집 창호지 문살에 비친 달무리의 이미지로 형상화되고 있다.

🔍 보기 분석

- 「월훈」의 특징
  - 향토적인 정경 속 낯설게 느껴지는 일상에 감각적으로 집중하는 노인의 모습 → 점점 사라져 가는 것들에 대한 관심을 드러냄
  - 노인의 삶이 마주한 깊은 정적 속 울음소리 → 인간의 쓸쓸함을 고조함
  - 노인의 모습을 외딴집 창호지 문살에 비친 달무리의 이미지로 형상화함

✅ 정답풀이

④ '짚오라기의 설레임'을 '귀를 모으고 듣'고 '새들의 온기'를 '숨을 죽이고 생각하'는 것은, 일상을 자연스럽게 받아들이는 노인의 감각을 부각한 것으로 볼 수 있겠군.

〈보기〉에서 (가)는 '향토적인 정경 속에서 낯설게 느껴지는 일상에 감각적으로 집중하는 노인을 통해 점점 사라져 가는 것들에 대한 관심을 드러'낸다고 했다. 이를 참고했을 때 '짚오라기의 설레임'을 '귀를 모으고 듣'고 '새들의 온기'를 '숨을 죽이고 생각하'는 것은 낯설게 느껴지는 일상에 감각적으로 집중하는 노인의 모습을 나타낸 것일 뿐, 일상을 자연스럽게 받아들이는 노인의 감각을 부각한 것이라고 볼 수는 없다.

❌ 오답풀이

① '첩첩산중에도 없는 마을'을 '여긴 있'다고 한 데서, 노인이 살아가는 곳은 쉽게 보기 어려울 것 같은 장소임을 짐작할 수 있겠군.

〈보기〉에서 (가)는 '적막한 산골 마을을 배경으로 그곳에 사는 한 노인의 모습을 관찰'한다고 했다. 이를 참고했을 때 '첩첩산중에도 없는 마을이 여긴 있'다고 한 것은, 깊은 산속에서도 찾아보기 어려울 만큼 외진 공간에 노인이 살고 있음을 나타낸다고 할 수 있다. 이를 통해 노인이 살아가는 공간이 쉽게 보기 어려울 것 같은 장소임을 짐작할 수 있다.

② '강기슭에서도 보이진 않'는 '후미진 외딴집'이라는 배경 설정에서, 적막한 공간의 분위기를 추측할 수 있겠군.

〈보기〉에서 (가)는 '적막한 산골 마을을 배경으로 그곳에 사는 한 노인의 모습을 관찰'한다고 했다. 이를 참고했을 때 '그 너머 강기슭에서도 보이진 않'는 '후미진 외딴집'이라는 배경 설정에서, 홀로 살아가는 노인의 집의 적막한 분위기를 추측할 수 있다.

③ '봉당에 불을 켜'는 분위기와 '콩깍지'의 이미지로 나타낸 향토적 정경에서, 사라져 가는 것들에 대한 관심을 유추할 수 있겠군.

〈보기〉에서 (가)는 '향토적인 정경 속에서 낯설게 느껴지는 일상에 감각적으로 집중하는 노인을 통해 점점 사라져 가는 것들에 대한 관심을 드러'낸다고 했다. 이를 참고했을 때 '봉당에 불을 켜'는 분위기와 '콩깍지'의 이미지로 나타낸 향토적 정경에서, 점점 사라져 보이지 않게 된 대상들에 대한 관심을 유추할 수 있다.

⑤ '밭은기침 소리도 없'는데 '겨울 귀뚜라미'가 우는 상황과 눈발이 치는 듯한 '밖'의 달무리 이미지가 어우러져, 노인의 고독을 형상화한 것으로 이해할 수 있겠군.

〈보기〉에서 (가)는 '노인의 삶이 마주한 깊은 정적 속 울음소리를 통해 인간의 쓸쓸함을 고조'하며 '이러한 노인의 모습은 외딴집 창호지 문살에 비친 달무리의 이미지로 형상화되고 있다.'라고 했다. 이를 참고했을 때 '밭은기침 소리도 없'는데 '겨울 귀뚜라미'가 우는 상황과 눈발이 치는 듯한 '밖'의 달무리 이미지가 어우러지는 모습은, 귀뚜라미 우는 소리가 매우 크게 들릴 만큼 적막한 곳에 사는 노인의 상황과 외딴집 창호지 문살에 비친 달의 이미지를 연결함으로써 노인의 고독을 형상화한 것이라고 이해할 수 있다.

🌱 기틀잡기

② **적막**: 고요하고 쓸쓸함.
③ **향토적**: 고향이나 시골의 정취가 담긴.
⑤ **형상화**: 형체로는 분명히 나타나 있지 않은 것을 어떤 방법이나 매체를 통하여 구체적이고 명확한 형상으로 나타냄.

📋 문제적 문제

• 2-③번

학생들이 정답 외에 가장 많이 고른 선지는 ③번이다. '봉당에 불을 켜'는 분위기와 '콩깍지'의 이미지가 시골의 정경, 즉 향토적인 정경과 관련이 없다고 생각하거나 또는 단어의 의미조차 파악하지 못했을 가능성이 높다.

〈보기〉에 따르면 (가)는 '향토적인 정경 속에서 낯설게 느껴지는 일상에 감각적으로 집중하는 노인을 통해 점점 사라져 가는 것들에 대한 관심을 드러'낸다고 했다. '봉당'은 안방과 건넌방 사이의 마루를 놓을 자리에 마루를 놓지 아니하고 흙바닥 그대로 둔 곳을 의미하고, '콩깍지'는 콩을 털어 내고 남은 껍질을 의미하므로 향토적인 이미지가 느껴진다고 볼 수 있다.

정답률 분석

		매력적 오답	정답	
①	②	③	④	⑤
1%	1%	31%	65%	2%

3. (나)에 대한 설명으로 적절하지 <u>않은</u> 것은?

✔ 정답풀이

④ 4연에서 '외로이 자랐다'와 이어진 '하얀 넋'은 '붉은 발자욱'에 함축된 정서와 상반되는 의미를 이끌어 내고 있다.

> (나)의 4연에서 '외로이 자랐다'라는 시구와 이어진 '하얀 넋'은 외롭게 자랐던 화자의 어린 시절에 대한 슬픔을 함축한다. 또한 '자욱마다 눈물이 고이었었'던 '붉은 발자욱'도 유년 시절 화자가 느낀 슬픔을 함축한다. 즉 '하얀 넋'과 '붉은 발자욱' 모두 외롭고 슬픈 정서와 연관되어 있으므로, '하얀 넋'이 '붉은 발자욱'에 함축된 정서와 상반되는 의미를 이끌어 낸다고 할 수는 없다.

❌ 오답풀이

① 1연에서 '연'과 '연실'의 모습에 빗대어 '내 어린 날'의 기억을 '아슴풀하다'라고 표현하고 있다.

(나)의 1연에서는 '내 어린 날'의 기억을 '아슬한 하늘에 뜬 연', '바람에 깜박이는 연실'에 빗대어 '아슴풀하다'라고 표현하고 있다.

② 2연에서 '조매롭고'로 표현된 '연실'의 긴장은 3연에서 연실이 '바람 일어 끊어지던 날'의 정서를 고조하고 있다.

(나)의 2연에서는 '팽팽한 연실은 조매롭고'에서 팽팽한 연실의 모습을 통해 긴장감을 드러내는데, 이는 3연에서 연실이 '바람 일어 끊어'져 '엄마 아빠 부르고 울'었던 날의 애상적인 정서를 고조하고 있다.

③ 3연에서 '울다'의 반복과 4연에서 '눈물이 고이었었다'를 통해 '내 어린 날'의 상황을 짐작할 수 있게 하고 있다.

(나) 3연의 '엄마 아빠 부르고 울다', '아침저녁 나무 밑에 울다'라는 구절에서 '울다'를 반복한 것과 4연의 '눈물이 고이었었다'라는 구절을 통해 '내 어린 날'의 상황이 슬프고 고통스러웠음을 짐작할 수 있다.

⑤ 1연과 4연의 '내 어린 날'은 2연의 '내 어린 날'의 기억을 통해 떠올린 유년 시절을 표상하는 의미를 지니고 있다.

(나)의 2연에서 화자는 '내 어린 날'의 기억을 통해 연을 날리던 유년 시절을 구체적으로 드러내고 있으며, 1연과 4연에서는 유년 시절에 대한 인상과 슬프고 외로웠던 정서를 드러내고 있다. 따라서 1연과 4연의 '내 어린 날'은 2연의 '내 어린 날'의 기억을 통해 떠올린 유년 시절을 표상하는 의미를 지니고 있다고 볼 수 있다.

4. ㉠~㉤에 대한 설명으로 적절하지 <u>않은</u> 것은?

> ㉠: 꼴깍
> ㉡: 후루룩 후루룩
> ㉢: 아실아실
> ㉣: 희끗희끗한
> ㉤: 조마조마

✔ 정답풀이

③ ㉢: 높이 날아오른 연을 동경하는 심리를 드러내고 있다.

> ㉢은 아슬아슬하게 높이 떠 오른 연을 보고 끊어지지는 않을까 걱정하는 마음을 표현한 것일 뿐, 높이 날아오른 연을 동경하는 심리를 표현한 것은 아니다.

❌ 오답풀이

① ㉠: 아주 짧은 순간에 해가 지는 모습을 나타낸 말로, 시간의 변화를 함축하고 있다.

㉠은 아주 짧은 순간에 해가 지는 모습을 나타낸 말로, 산속 마을에 해가 지고 밤이 찾아온 시간의 변화를 함축하고 있다.

② ㉡: 소리를 통해 연상되는 새의 모습을 감각적으로 형상화하고 있다.

㉡은 '처마 깃에 나래 묻는 이름 모를 새가 내는 소리를 표현한 것으로, 소리를 통해 연상되는 새의 모습을 감각적으로 형상화하고 있다.

④ ㉣: 서러움을 느끼게 하는 대상인 실낱의 모습을 표현하고 있다.

㉣은 흰 빛깔이 보일 듯 말 듯한 모양을 나타내는 말로, '바람 일어 끊어'져서 서러움을 느끼게 하는 대상인 실낱의 모습을 표현하고 있다.

⑤ ㉤: 외롭고 슬픈 어린 시절의 정서를 함께 담아내고 있다.

㉤은 초조하고 불안한 심리를 드러내는 표현으로, '외로이 자랐'던 어린 시절의 정서를 담아내고 있다고 볼 수 있다.

5. ⓐ, ⓑ에 대한 이해로 적절하지 **않은** 것은?

> ⓐ: 신위
> ⓑ: 나

✅ 정답풀이

② ⓐ가 '자기 집'을 '문의'라고 한 것에 ⓑ가 동의한 이유는 ⓐ의 상황이 '배를 집으로 삼아' 사는 사람의 상황보다 집에 '들어앉아 사는 사람'의 상황에 가깝다고 생각했기 때문이다.

> (다)에서 ⓐ는 '천하만국에 두루 살고 있는 사람들은 모두 물 가운데 있는 존재'임을 깨닫고 자기 집 이름을 '문의'라고 지었고 ⓑ도 ⓐ의 생각에 동의한다. 이때 ⓑ는 ⓐ의 상황이 '배를 집으로 삼아' 사는 사람들의 상황보다 집에 '들어앉아 사는 사람'의 상황과 가깝다고 생각했기 때문에 동의한 것이 아니라, '배를 집으로 삼아' 사는 사람의 상황과 집에 '들어앉아 사는 사람'의 상황 모두 결국 물 가운데 사는 것은 동일하다고 보았기 때문에 ⓐ의 생각에 동의한 것이다.

❌ 오답풀이

① ⓐ는 '볼만한 샘이나 못'이 없는 곳에 산다고 생각하다가, '천하의 지도를 보고' 깨달은 바에 따라 자신이 물 가운데 살고 있는 것이나 다름없다는 발상으로 사고를 전환한다.

> (다)에서 ⓐ는 자신이 '도성 안이라 볼만한 샘이나 못'이 없는 곳에 산다고 생각하고 아쉬워하다가, '천하의 지도를 보고' '천하만국에 두루 살고 있는 사람들은 모두 물 가운데 있는 존재'이므로 자신도 물 가운데 살고 있는 것과 다름없다는 발상으로 사고를 전환한다.

③ ⓑ는 '바다의 섬'에 '집을 짓고 사는 사람'의 삶에 주목하여, 바라보는 관점을 달리하면 세상 모든 사람들이 섬에 살고 있다는 논리가 성립한다고 생각한다.

> (다)에서 ⓑ는 '바다의 섬'에 '집을 짓고 사는 사람'의 삶에 주목하여, 이러한 사람들은 '날마다 파도와 깊은 물을 가까이 접하지' 않고 살아도 '물에 산다'고 할 수 있으므로 바라보는 관점을 달리하면 세상 모든 사람들이 섬에 살고 있다는 논리가 성립한다고 생각한다.

④ ⓑ가 ⓐ의 발상이 타당하다고 하는 이유는, '바다의 섬 가운데' 살더라도 그것을 가리켜 '물에 산다고' 보는 것이 ⓑ의 생각만이 아니라 '사람들'의 판단과도 일치하기 때문이다.

> (다)에서 ⓑ는 '바다의 섬 가운데' 살더라도 사람들이 '물에 산다고 하지 산에 산다고 하지 않겠지요.', '이와 같은 이치를 사람들이 모두 그렇다고 인정하는데, 어찌 유독 그대의 말에만 의심을 품겠소?'라고 말하며 ⓐ의 발상이 타당하다고 하였다.

⑤ ⓑ는 '물과 더불어' 사는 사람도 '눈길을 돌'리는 순간이 있는 것과 ⓐ가 '물을 보는 법'을 '써 볼 데가 없'다 하는 것은 물을 보지 못할 때가 있다는 점에서 유사하다고 생각한다.

> (다)에서 ⓑ는 '날마다 물과 더불어 살아가는 사람이라 하더라도' '잠깐 동안이나마 물이 있다는 것을 생각하지 못'하는 상황이나, ⓐ가 '도성 안이라 볼만한 샘이나 못이 없어 비록 물을 보는 법을 알고 있어도 써 볼 데가 없는' 상황이나 둘 다 물을 보지 못할 때가 있다는 점에서 유사한 상황이라고 본다. ⓑ가 앞서 언급한 두 경우에 대해 '겨우 반걸음을 움직인 것이나 천 리를 간 것이나 매한가지라 할 것'이라고 말한 것을 통해 이와 같은 ⓑ의 생각을 확인할 수 있다.

✒ 모두의 질문
• 5-⑤번

Q: '물과 더불어' 사는 사람도 '눈길을 돌'리는 순간이 있는 것과 '물을 보는 법'을 '써 볼 데가 없'다 하는 것은 서로 처한 상황이 달라 유사하다고 할 수 없지 않나요?

A: '물과 더불어' 사는 사람이 '눈길을 돌'리는 것이나, '신위'가 '물을 보는 법'을 '써 볼 데가 없'다고 하는 것 모두 물을 보지 못하는 상황이 있다는 점에서 유사하다. 날마다 '물과 더불어' 사는 사람이라 하더라도 물을 계속 보고만 있지는 않을 것이고, '눈길을 돌려서 잠깐 동안이나마 물이 있다는 것을 생각하지 못할 때가 반드시 있을 것'이기 때문이다. 그러므로 도성 안에서 볼만한 샘이나 못이 없어 '물을 보는 법'을 알고 있어도 '써 볼 데가 없'는 '신위'의 상황과 유사하다고 할 수 있다.

6. 〈보기〉를 바탕으로 (가), (다)를 이해한 내용으로 가장 적절한 것은? [3점]

〈보기〉

문학 작품 속의 소재들은 연관성 속에서 서로 유사 혹은 대립의 관계를 이룸으로써 의미를 생성하거나 그 특징을 부각하는 효과를 드러낸다.

🔍 **보기 분석**

- 문학 작품 속 소재들
  - 연관성 속에서 유사 혹은 대립 관계를 이룸 → 의미 생성 및 특징 부각

✅ **정답풀이**

④ (다)의 '파도'와 '깊은 물'은 바다의 형상이라는 유사성으로 관계를 맺으며 물에 사는 사람이 살면서 만나게 되는 환경이라는 의미를 생성하고 있군.

〈보기〉에서는 '문학 작품 속의 소재들은 연관성 속에서 서로 유사' 관계를 이룸으로써 '의미를 생성'한다고 했다. (다)의 '파도'와 '깊은 물'은 '섬사람'과 같이 물과 가까이 사는 사람들이 만나게 되는 바다의 형상이라는 유사성이 있다. '나'는 '날마다 파도와 깊은 물을 가까이 접하지는 않는다고 하여, 물에 사는 게 아니라고 한다면 옳지 않겠지요.'라고 말하며 물에 사는 사람들이 '파도'와 '깊은 물'을 매일 보지는 않지만 이들이 물에 살지 않는 것은 아니라고 주장하고 있으므로 적절하다.

❌ **오답풀이**

① (가)의 '허방다리 들어내면 보이는 마을', '갱 속 같은 마을'은 얕음과 깊음의 대비를 이루어 숨어 있는 두 공간의 차이를 부각하고 있군.

〈보기〉에서 '문학 작품 속의 소재들은 연관성 속'에서 서로 '대립의 관계를 이룸'으로써 '그 특징을 부각하는 효과'를 드러낸다고 하였다. (가)의 '허방다리 들어내면 보이는 마을'과 '갱 속 같은 마을'은 깊이 숨어 있어 쉽게 찾을 수 없는 공간이라는 유사성이 있으므로, 얕음과 깊음의 대비를 이루어 숨어 있는 두 공간의 차이를 부각하고 있다는 것은 적절하지 않다.

② (가)의 '무우'와 '고구마'는 차가움과 따뜻함의 대비를 이루어 밤에 출출함을 달래기 위해 먹는 다양한 음식의 속성을 부각하고 있군.

〈보기〉에서 '문학 작품 속의 소재들은 연관성 속'에서 서로 '대립의 관계를 이룸'으로써 '그 특징을 부각하는 효과'를 드러낸다고 하였다. (가)의 '무우'와 '고구마'는 노인이 출출함을 달래기 위해 먹는 음식이라는 유사한 속성을 지니고 있다. 따라서 차가움과 따뜻함의 대비를 이루어 다양한 음식의 속성을 부각하는 것과는 관련이 없다.

③ (다)의 '아홉 개 대륙'과 '일만 개 나라'는 바다 안의 육지라는 유사성으로 관계를 맺으며 '천하의 지도'라는 새로운 의미를 생성하고 있군.

〈보기〉에서는 '문학 작품 속의 소재들은 연관성 속에서 서로 유사' 관계를 이룸으로써 '의미를 생성'한다고 했다. (다)의 '아홉 개 대륙'과 '일만 개 나라'는 바다 안의 육지 즉, 물에 둘러싸인 공간이라는 유사성이 있으나 이들이 관계를 맺으며 '천하의 지도'라는 새로운 의미를 생성하고 있지는 않다.

⑤ (가)의 '창문은 모과빛'과 '기인 밤'은 밝음과 어둠의 대비를, (다)의 '갈매기'와 '해오라기'는 크고 작음의 대비를 이루어 각 소재가 가진 특징을 부각하고 있군.

〈보기〉에서 '문학 작품 속의 소재들은 연관성 속에서 서로 유사 혹은 대립의 관계를 이룸으로써 의미를 생성하거나 그 특징을 부각하는 효과를 드러낸다'고 했다. (가)의 '창문은 모과빛'과 '기인 밤'은 밝음과 어둠의 대비를 이루고 있다고 볼 수 있지만, (다)의 '갈매기'와 '해오라기'는 모두 '작은 나라'의 모습을 비유하는 데 활용되었으므로, 크고 작음의 대비 관계가 아니라 유사의 관계를 이루고 있다.

📋 **문제적 문제**   • 6-③번

학생들이 정답 이외에 가장 많이 고른 선지는 ③번이다. '천하의 지도'라는 키워드만 보고 주관적인 생각으로 새로운 의미를 생성했다고 착각했을 확률이 높다. 이러한 상황을 방지하기 위해서는 〈보기〉의 내용을 잘 이해하고, 이를 지문의 내용과 꼼꼼하게 대응해 보며 선지의 정오를 판단해야 한다.

③번의 경우, 신위가 '천하의 지도'를 보고 깨우친 것이지 '천하의 지도'라는 새로운 의미를 생성한 것이 아니다. (다)에서 신위는 '천하의 지도를 보고 깨우친 점이 있었다'고 하면서 '넘실거리는 큰 바다 사이로 아홉 개 대륙, 일만 개 나라가 퍼져 있'고, '천하만국에 두루 살고 있는 사람들은 모두 물 가운데 있는 존재'라고 하였다. 이는 '천하의 지도'를 통해 '아홉 개 대륙'과 '일만 개 나라'가 물에 둘러싸인 공간이라는 유사성을 지녔음을 깨달았다는 것일 뿐, '천하의 지도'라는 새로운 의미를 생성한 것으로 볼 수는 없다.

정답률 분석

	①	②	③ 매력적 오답	④ 정답	⑤
	4%	5%	38%	44%	9%

권호문, 「한거십팔곡」 / 김낙행, 「기취서행」

[1~5] 다음 글을 읽고 물음에 답하시오.

(가)

㉠평생에 원하느니 다만 충효뿐이로다
이 두 일 말면 금수(禽獸)*나 다르리야
벼슬길을 통해 충효를 이루고자 함
「마음에 하고자 하여」㉡십재 황황(十載遑遑)*하노라
〈제1수〉

비록 못 이뤄도 임천(林泉)*이 좋으니라 ⎤
무심 어조(魚鳥)*는 절로 한가하였나니　　　　　[A]
자연
조만간 세상일 잊고 「너」를 좇으려 하노라 ⎦
〈제3수〉

출(出)하면 치군택민* 처(處)하면 조월경운*
명철 군자*는 이것을 즐기나니
부귀를 추구하면 위기에 처할 수 있음
하물며 「부귀 위기라」 가난하게 살리로다
〈제8수〉

날이 저물거늘 도무지 할 일 없어 ⎤
소나무 문을 닫고 달 아래 누웠으니　　　　　[B]
세속적 가치
「세상」에 티끌 마음이 일호말(一毫末)도 없다 ⎦
〈제13수〉

삶의 형태. 출세 또는 자연을 지향하는 삶
성현의 가신 「길」이 ㉢만고(萬古)*에 한가지라 ⎤
은(隱)커나 현(見)커나 도(道)가 어찌 다르리　　[C]
한가지 길이오 다르지 않으니 아무 덴들 어떠리 ⎦
〈제17수〉

강가에 누워서 강물 보는 뜻은
세월이 빠르니 ㉣백세(百歲)인들 길겠느뇨
㉤십 년 전 진세(塵世)* 일념이 얼음 녹듯 한다
〈제19수〉
– 권호문, 「한거십팔곡」 –

*십재 황황: 십 년을 허둥지둥함.
*치군택민: 임금에게 충성하고 백성에게 혜택을 베풂.
*조월경운: 달 아래 고기 낚고 구름 속에서 밭을 갊.

>> 지문의 핵심 내용을 정리해 보세요.

화자와 대상의 관계	속세에서 공명을 이루는 삶과 자연에서 은거하는 삶에 대해 생각하는 사람
상황?	충효를 실천하기 위해 십 년을 허둥지둥함 → 공명을 이루지 못하더라도 자연에서 살고자 함 → 자연 속에서 은거하는 삶을 선택함 → 속세에 대한 미련을 버림 → '은'과 '현'의 도가 다르지 않음을 깨달음 → 진세 일념이 사라짐

현대어 풀이

평생에 원하는 것은 다만 충효뿐이로다
이 두 일을 하지 않는다면 짐승이나 다르겠는가
마음에 (충효를) 하고자 하여 십 년을 허둥지둥하였노라　〈제1수〉

비록 (공명을) 못 이뤄도 자연이 좋으니라
욕심이 없는 물고기와 새는 절로 한가하였나니
조만간 세상사를 잊고 너를 좇으려 하노라　〈제3수〉

벼슬하면 치군택민하고, 물러나면 조월경운하네
명철한 군자는 이것을 즐기나니
하물며 부귀는 위기라 가난하게 살리로다　〈제8수〉

날이 저물거든 도무지 할 일이 없어
소나무 문을 닫고 달 아래에 누웠으니
세상에 (나아가려는) 티끌 마음이 털끝만큼도 없다　〈제13수〉

성현의 가신 길이 만고에 한가지라
(자연에) 은거하거나 (세상에) 나아가는 것이 도가 어찌 다르리
한가지 길이오 다르지 않으니 아무 덴들 어떠리　〈제17수〉

강가에 누워서 강물 보는 뜻은
세월이 빠르니 백 년의 세월인들 길겠는가
십 년 전 속세의 공명을 구하던 마음이 얼음 녹듯 사라진다
〈제19수〉

이것만은 챙기자

*금수: 날짐승과 길짐승이라는 뜻으로, 모든 짐승을 이르는 말.
*임천: 세상을 버리고 은둔하기 알맞은 곳을 비유적으로 이르는 말.
*무심 어조: 욕심이 없는 물고기와 새.
*명철 군자: 총명하고 사리에 밝은 군자.
*만고: 아주 오랜 세월 동안.
*진세: 정신에 고통을 주는 복잡하고 어수선한 세상.

(나)

[D] 몇 칸의 집을 수선하려 함에, 아내가 취서사로 들어가 겨릅*을 구해 오길 권하였다. 유택은 안 된다고 하고, 유평은 해 보자고 하는데, 나도 스스로 생각해 보니, 절은 기와를 쓰기에 겨릅은 그다지 아끼는 것이 아니고, 다만 민간의 요구와 요청에 응하는 것이기에, 이를 요구하더라도 의리를 심히 해치지 않을 듯하였다. 그래서 다시 의견을 널리 구해 보지 않았다.

마침 처숙부 상사공이 약을 지으려고 취서사로 가게 되었는데, 내가 가고자 함을 알고 따르게 하였다. 대개 공 또한 안 된다고 생각하지는 않았기 때문이다.

이윽고 취서사에 도착하니 근방 마을에서 모여든 자가 거의 승려들 수와 맞먹었는데, 모두 겨릅 때문에 온 자들이었다.

<u>경제적 가치 때문에 의리를 잊은 행위</u>
「좌우에서 낚아채 가며 많이 가지려 다투고, **시끌벅적하게 뒤섞여 밟아 대어** 곧 시장판을 만들었으며, 가져감이 많고 적음은 그 힘의 강약에 따랐으나 승려들은 참견하는 바가 없었다. 그런데 늦게 도착하여 종도 없는 자는 승려들을 나무라며, 심지어 가혹한 일을 하기까지 했지만 또한 얻을 수 없었다.」 **01**

(중략)

나는 마음속으로 민망히 생각하였지만, 이미 그 속에 가 있었기에 의리를 이욕*에 빼앗겨서 초연히 **버리고 돌아오지 못하였다.** 상사공의 힘으로 수십 묶음을 얻어 햇빛에 말려 보관할 수 있었으니, 다 상사공의 도움 덕분이었다.

[E] 스스로 헛걸음하지 않은 것을 매우 다행스럽게 여겼는데, 집으로 돌아오자 멍하기가 마치 「술에서 막 깨어난 사람이 잔뜩 취했을 때를 되짚어 생각하는 듯」하였다.

<u>겨릅을 얻는 일에 마음을 빼앗겨 의리를 잊은 것을 돌아봄</u>
내 아내는 비록 원대한 식견이 있는 사람은 아니지만, 내가 항상 곤궁함 때문에 치욕을 입을까 걱정하였으니, 가령 이와 같을 줄 알았다면 반드시 나의 행차를 권하지 않았을 것이고, 유평도 또한 마땅히 찬동하지 않았을 것이다. **02**

상사공은 청렴하고 정직하여 주고받음이 구차하지 않다. 거처하는 집 아래채가 세 칸의 초가집이니, 마땅히 겨릅이 필요하였을 것이다. 그리고 막 삼계 서원 원장이 되었는데, 취서사가 바로 삼계 서원에 귀속*된 절이었다. 그때 서원의 노비가 개인적으로 취서사에 가서 머물고 있는 자가 서너 명 있었으니, 진실로 가지려고 하면 힘이 없을 걱정이 없었다. 그런데 담담하게 한 마디도 간섭함이 없었으니, 그 마음속으로 반드시 나를 비난하였을 것이다. 그런데도 애써 나를 위하여 저와 같이 마음과 힘을 써 주신 것은 다만 나의 곤궁함을 불쌍히 여겨서일 뿐이리라.

<u>유학자로서의 신념</u>
「맹자는 "궁해도 의(義)를 잃지 않는다." 하였고, 이극은 "궁할 때에 그 해서는 안 될 일을 살펴본다." 하였다.」 나는 「궁함 때문에 이미 스스로 의를 잃어서 평소에 하지 않던 행동을 했고, 또 어른에게까지 폐를 끼쳤으니 참으로 부끄러워할 일이다. 이미

뉘우칠 줄 알았으니, **이후에는 마땅히 조심해야겠기에**」이를 갖
<u>과오에 대한 성찰과 다짐</u>
추어 기록하고, 또 유택이 나를 아껴 약이 되는 유익한 말을 했음을 드러낸다. **03**

– 김낙행, 「기취서행」 –

*겨릅: 껍질을 벗긴 삼대.

〉〉 지문을 세 부분으로 나누고, 핵심 내용을 정리해 보세요.

01 취서사에 **겨릅**을 구하러 갔는데, 근방에서 몰려온 사람들이 겨릅을 더 많이 가져가기 위해 다투고 가혹한 일까지 벌임
02 상사공의 힘을 빌어 겨릅을 얻었으나, 집에 와서는 **의리**에 어긋나는 행동을 한 것을 반성함
03 글쓴이는 궁함 때문에 **의**를 잃은 것을 뉘우치고, **유택**이 자신을 만류했던 까닭이 글쓴이를 아껴 '의리'를 해치지 않기를 바랐기 때문이라고 봄

이것만은 챙기자

*이욕: 사사로운 이익을 탐내는 욕심.
*귀속: 재산이나 영토, 권리 따위가 특정 주체에 붙거나 딸림.

1. [A]~[E]의 표현상 특징에 대한 설명으로 가장 적절한 것은?

✓ 정답풀이

⑤ [E]는 비유적 표현을 통해 자신의 행동을 돌아보는 글쓴이의 상태를 부각하고 있다.

[E]에서는 '마치 술에서 막 깨어난 사람이 잔뜩 취했을 때를 되짚어 생각하는 듯하였다.'라는 비유적인 표현을 통해 겨릅을 얻어 오는 일에 마음을 빼앗겨 의리를 잊었던 자신의 행동을 돌아보는 글쓴이의 상태를 부각하고 있다.

✗ 오답풀이

① [A]는 자연물을 대상화하여 그 자연물에 역동성을 부여하고 있다.
[A]에서 '어조'라는 자연물을 대상화하고 있기는 하지만 이때의 '어조'는 무심하고 한가한 존재로 묘사되고 있으므로, 역동성을 부여하고 있다고 볼 수 없다.

② [B]는 근경에서 원경으로 시선을 이동하여 인간과 자연의 차이점을 강조하고 있다.
[B]에서는 가까운 거리에서 먼 거리로 시선을 이동하고 있지 않으며, '소나무 문을 닫고 달 아래 누워' '세상에 티끌 마음'을 잊어버린 모습을 제시하여 인간 세상을 등지고 자연에서 살고자 마음먹은 화자의 결심을 드러낼 뿐, 인간과 자연의 차이점을 강조하지 않았다.

③ [C]는 성현의 말을 인용함으로써 화자가 지닌 궁금증을 드러내고 있다.
[C]에서 화자는 '성현의 가신 길이 만고에 한가지라'라며 오랜 세월 동안 성현들이 '도'를 추구해 왔음을 언급하며 이를 따르고자 할 뿐, 성현의 말을 인용하거나 화자가 지닌 궁금증을 드러내지 않았다.

④ [D]는 점층적인 표현으로 앞으로 해야 할 일의 중요성을 환기하고 있다.
[D]에서는 '취서사'에서 '겨릅을 구해 오는' 일에 대한 주변 사람들의 반응과 글쓴이의 생각을 드러내고 있는데, 이때 점층적인 표현은 사용하지 않았다. 또한 [D]에서는 글쓴이가 '취서사'에 가기로 결심하게 된 배경을 드러내고 있을 뿐, 앞으로 해야 할 일의 중요성을 환기하고 있지는 않다.

🌱 기틀잡기

① **역동성**: 힘차고 활발하게 움직이는 성질.
④ **점층**: 뒤로 갈수록 의미가 강하게, 비중이 높게, 강도가 크게 되도록 표현하는 방법.
　환기: 주의나 여론, 생각 따위를 불러일으킴.

2. ㉠~㉤을 이해한 내용으로 적절하지 않은 것은?

㉠: 평생
㉡: 십재
㉢: 만고(萬古)
㉣: 백세(百歲)
㉤: 십 년 전

✓ 정답풀이

④ ㉣은 흘러간 시간이 길다는 의미를 드러낸다는 점에서 세월이 빨리 지나가는 것에 대한 화자의 안타까움을 강조한다.

(가)의 화자는 '세월이 빠르니 백세(백 년)인들 길겠느뇨'라며 세월이 빠르니 백 년도 길지 않다고 말하고 있다. 이는 자연을 즐기며 살고 있는 현재의 삶에 대한 만족감을 드러낸 것이다. 따라서 ㉣을 통해 흘러간 시간이 길다는 의미를 드러낸다고 볼 수 없으며, 세월이 빨리 지나가는 것에 대한 안타까움을 강조하고 있다고 보기도 어렵다.

✗ 오답풀이

① ㉠은 화자의 인생을 포괄한다는 점에서 충효를 중요하게 여겨 온 화자의 생각을 강조한다.
(가)의 ㉠은 화자가 추구하는 '충효'를 실천하기 위해 바치고자 하는 시간을 나타내는데, 이는 화자의 인생을 포괄한다는 점에서 충효를 중요하게 여겨 온 화자의 생각을 강조한다고 볼 수 있다.

② ㉡은 화자가 돌이켜 보는 삶의 기간을 가리킨다는 점에서 충효를 실현하려고 애쓴 세월을 나타낸다.
(가)의 '마음에 하고자 하여 십재 황황하노라'에서 충효를 지키고자 하는 마음으로 십 년을 허둥지둥하였다고 한 것을 고려하면, ㉡은 화자가 충효를 실현하기 위해 애쓴 세월을 나타낸 것으로 볼 수 있다.

③ ㉢은 유구한 세월이라는 의미를 드러낸다는 점에서 성현의 도는 예나 지금이나 변함없음을 강조한다.
(가)의 ㉢은 '성현'들이 유학적인 '도'를 추구해 온 유구한 세월을 의미하며, 이를 고려하면 '성현의 가신 길' 즉 성현이 추구해 온 가치가 예나 지금이나 변함없이 '한가지'임을 강조한다고 볼 수 있다.

⑤ ㉤은 과거의 한때를 가리킨다는 점에서 현재 자연에서 여유를 느끼는 상황과 대비되는 시절을 나타낸다.
(가)의 ㉤은 세속적 가치에 대한 일념을 가졌던 과거의 한때를 가리키며, 이와 같은 시기는 화자가 '강가에 누워서 강물'을 여유롭게 바라보는 현재와 대비된다고 볼 수 있다.

🌱 기틀잡기

③ **유구하다**: 아득하게 오래다.

3. 〈보기〉를 참고하여 (가)를 이해한 내용으로 가장 적절한 것은?

〈보기〉

권호문의 「한거십팔곡」은 지향하는 삶을 실천하는 태도의 변화 과정을 형상화한 연시조로, 〈제1수〉부터 〈제19수〉까지의 내용이 긴밀히 연결되어 있다.

🔍 **보기 분석**

- 권호문, 「한거십팔곡」
  - 지향하는 삶을 실천하는 태도의 변화 과정을 형상화
  - 〈제1수〉~〈제19수〉 내용 연결됨

✅ **정답풀이**

① 〈제3수〉의 '임천이 좋으니라'에는 〈제1수〉의 '마음에 하고자 하여'에 담긴 태도와는 다른 태도가 나타난다.

〈보기〉에서 (가)는 '지향하는 삶을 실천하는 태도의 변화 과정을 형상화'하였다고 했다. 〈제3수〉의 '임천이 좋으니라'는 자연에 묻혀 조화롭게 사는 삶을 추구하는 태도를, 〈제1수〉의 '마음에 하고자 하여'는 벼슬길에 나아가 충효를 추구하겠다는 태도를 나타낸다. 즉 〈제3수〉의 자연에 묻혀 사는 태도는 〈제1수〉에 드러난 속세로 나아가 벼슬길을 통해 충효를 추구하려는 것과는 다른 태도라고 볼 수 있다.

❌ **오답풀이**

② 〈제3수〉의 '너를 좇으려' 했던 태도는 〈제8수〉에서 '출'하는 모습으로 실현되어 나타난다.

〈보기〉에서 (가)는 '지향하는 삶을 실천하는 태도의 변화 과정을 형상화'하였다고 했다. 〈제3수〉의 '너를 좇으려' 했던 태도는 자연 속에서 '무심 어조'와 함께 살아가려는 태도를 의미한다. 한편 〈제8수〉에서 '출'하는 모습은 속세에서 벼슬길에 나아가는 모습이므로 '너를 좇으려' 했던 태도가 '출'하는 모습으로 실현되어 나타난다고 볼 수는 없다.

③ 〈제8수〉의 '이것을 즐기나니'에는 〈제1수〉의 '이 두 일'을 더 이상 추구하지 않겠다는 의도가 드러난다.

〈보기〉에서 (가)는 '지향하는 삶을 실천하는 태도의 변화 과정을 형상화'하였다고 했다. 〈제8수〉의 '이것'은 '출하면 치군택민 처하면 조월경운'하는 삶이다. 이때 '치군택민'은 임금에게는 몸을 바쳐 충성하고 백성에게는 혜택을 베푸는 모습이므로, '이것을 즐기나니'에 〈제1수〉의 '이 두 일' 즉 '충효'를 더 이상 추구하지 않겠다는 의도가 드러난다고 볼 수는 없다.

④ 〈제13수〉의 '달 아래 누'운 모습에는 〈제3수〉에서 '절로 한가하였'던 삶으로 되돌아가고 싶어 하는 태도가 나타난다.

〈보기〉에서 (가)는 '지향하는 삶을 실천하는 태도의 변화 과정을 형상화'하였다고 했다. 〈제13수〉의 '달 아래 누'운 모습은 자연 속에서 한가롭게 살아가는 화자의 삶을 보여 준다. 한편 〈제3수〉의 '절로 한가하였'던 것은 화자가 아니라 '무심 어조'의 모습이며 화자는 이를 동경하여 '조만간 세상일 잊고 너를 좇으려 하노라'라고 말하고 있다. 따라서 〈제13수〉의 '달 아래 누'운 모습은 〈제3수〉의 '절로 한가'한 '무심 어조'처럼 자연에서 살아가는 태도가 나타난 것이지, 자연에서 지내던 삶으로 되돌아가고 싶어 하는 태도가 나타난 것이라고 볼 수 없다.

⑤ 〈제17수〉에서 '아무 덴들' 상관없다고 하는 화자의 생각은 〈제19수〉에서 '일념'으로 바뀌어 나타난다.

〈보기〉에서 (가)는 '지향하는 삶을 실천하는 태도의 변화 과정을 형상화'하였다고 했다. 〈제17수〉에서 화자는 '아무 덴들' 상관없다고 말하고 있는데, 이는 벼슬길에 나아가든(출) 자연에 은거하든(처) 성현의 '도'를 추구할 수 있음을 나타낸다. 〈제19수〉의 '일념'은 속세를 지향하는 삶을 가리키는데, 화자는 '십 년 전 진세 일념이 얼음 녹듯 한'다는 표현을 통해 속세에 대한 미련을 모두 버렸음을 드러내고 있다. 따라서 〈제17수〉에서 '아무 덴들' 상관없다고 하는 화자의 생각이 〈제19수〉에서 '일념'으로 바뀌어 나타난다고 볼 수 없다.

🖋 **모두의 질문**   • 3-③번

Q: 〈제8수〉에서 가난하게 살겠다고 했으니 ③번은 적절하지 않나요?

A: 〈제1수〉의 '이 두 일'은 '충효'를 의미하는데, 이는 벼슬길에 나아갈 때 할 수 있는 일이다. 또한, 〈제8수〉에서 '이것을 즐기나니'의 '이것'은 초장인 '출하면 치군택민 처하면 조월경운'을 의미한다. 이는 벼슬길에 나아가서는 임금에게 충성하고 백성을 잘 다스리며, 자연에서는 자연을 즐기며 욕심 없이 살아간다는 뜻이다. 따라서 '이것을 즐기나니'의 '이것'에는 〈제1수〉의 '이 두 일', 즉 '충효'도 포함되어 있다고 볼 수 있으므로 ③번은 적절하지 않다.

4. 의리와 이욕을 중심으로 (나)를 이해한 내용으로 적절하지 않은 것은?

✅ 정답풀이

③ 글쓴이는 겨릅을 얻도록 상사공이 자신을 도와준 것은 글쓴이가 '의리'를 해칠 것을 걱정했기 때문이라고 본다.

> (나)의 글쓴이는 '청렴하고 정직하여 주고받음이 구차하지 않'은 상사공이 겨릅을 얻을 수 있도록 자신을 도와준 것은 '다만 나의 곤궁함을 불쌍히 여겨서일 뿐'이라고 생각하고 있다. 따라서 상사공이 자신을 도와준 것은 '의리'를 해칠 것을 걱정했기 때문이라고 보는 것은 적절하지 않다.

❌ 오답풀이

① 글쓴이는 겨릅을 얻은 것을 다행스럽게 여겼던 것은 자신이 '이욕'에 빠졌기 때문이라고 본다.
(나)의 글쓴이는 '스스로 헛걸음하지 않'고 겨릅을 얻어 오게 된 것을 '매우 다행스럽게 여겼'는데, 집에 돌아온 후에 이러한 자신의 행동이 '이욕'에 빠져 '의리'를 버린 것임을 깨닫고 '참으로 부끄러워'하고 있다.

② 글쓴이는 아내가 자신에게 취서사에 가길 권한 것은 글쓴이가 '이욕'에 빠지게 될 줄 몰랐기 때문이라고 본다.
(나)의 글쓴이는 자신의 아내가 '비록 원대한 식견이 있는 사람은 아니지만, 내가 항상 곤궁함 때문에 치욕을 입을까 걱정하'는 사람이라서 '이와 같을 줄 알았다면(겨릅을 두고 다른 이들과 경쟁할 줄 알았다면), 반드시 나의 행차를 권하지 않았을 것'이라고 생각한다. 즉 글쓴이는 아내가 자신이 '이욕'에 빠지게 될 줄 몰랐기 때문에 취서사에 가길 권한 것이라고 생각하고 있다.

④ 글쓴이는 취서사에 가는 것을 유택이 반대한 것은 글쓴이를 아껴 '의리'를 해치지 않기를 바랐기 때문이라고 본다.
(나)의 글쓴이는 '아내가 취서사로 들어가 겨릅을 구해 오길 권하였'는데 이에 대해 '유택은 안 된다고' 하였다고 했다. 이후 겨릅을 얻어 오는 과정에서 '의리'를 '이욕'에 빼앗긴 글쓴이는 '유택이 나를 아껴 약이 되는 유익한 말을 했음'을 깨닫는다. 따라서 글쓴이가 취서사에 가는 것을 유택이 반대한 것은, 그가 글쓴이를 아껴 '의리'를 해치지 않기를 바랐기 때문이라고 볼 수 있다.

⑤ 글쓴이는 겨릅을 구하러 가는 것에 유평이 동의한 것은 그 일이 '이욕'에 빠지는 것은 아니라고 생각했기 때문이라고 본다.
(나)의 글쓴이는 '아내가 취서사로 들어가 겨릅을 구해 오길 권하였'는데 유택과 달리 '유평은 해 보자'는 반응을 보였다고 했다. 유평이 동의한 이유는 겨릅을 얻어 오는 일이 '의리'를 심히 해치는 것이 아니므로 '이욕'에 빠지는 것이 아니라고 생각하였기 때문이라고 볼 수 있다.

5. 〈보기〉를 참고하여 (가), (나)를 감상한 내용으로 적절하지 않은 것은? [3점]

> ───── 〈보기〉 ─────
>
> (가)와 (나)에는 작가가 유학자로서의 신념을 바탕으로 자신이 선택한 가치를 추구하는 삶이 나타난다. (가)에는 출사와 은거 사이에서의 고민과 그 해소 과정이, (나)에는 경제적 문제로 인해 곤란을 겪은 상황에 대한 성찰이 나타난다. 한편 (나)는 세속적 가치를 떨치지 못해 과오를 저질렀던 상황이 나타난다는 점에서 (가)와 차이를 보인다.

🔍 보기 분석

- (가)와 (나)에는 작가가 유학자로서의 신념을 바탕으로 자신이 선택한 가치를 추구하는 삶이 나타남
  - (가): 출사와 은거 사이에서의 고민과 그 해소 과정이 나타남
  - (나): 경제적 문제로 인해 곤란을 겪은 상황에 대한 성찰이 나타남
    → 세속적 가치를 좇다가 과오를 저질렀던 상황이 나타난다는 점에서 (가)와 차이를 보임

✅ 정답풀이

④ (가)의 '도무지 할 일 없어'에서 출사하지 못한 것에 대해 고민하는 모습을, (나)의 '시끌벅적하게 뒤섞여 밟아 대'는 모습에서 경제적 문제로 곤란을 겪는 상황을 확인할 수 있군.

> 〈보기〉에 따르면 '(가)에는 출사와 은거 사이에서의 고민과 그 해소 과정이, (나)에는 경제적 문제로 인해 곤란을 겪은 상황에 대한 성찰'이 나타나는데, (가)의 '도무지 할 일 없어'는 화자가 자연에 은거하여 한가롭게 살아가는 모습을 보여 주는 것으로, 이를 출사하지 못한 것에 대해 고민하는 모습으로 볼 수는 없다. 또한 (나)의 '시끌벅적하게 뒤섞여 밟아 대'는 모습은 겨릅을 많이 가져가기 위해 다른 사람들이 다투는 상황을 보여 줄 뿐, 글쓴이가 경제적 문제로 곤란을 겪는 상황을 보여 주는 것은 아니다.

❌ 오답풀이

① (가)의 '부귀 위기라 가난하게 살리로다'에서 자신이 선택한 가치를 추구하려는 작가의 태도를 엿볼 수 있군.
〈보기〉에 따르면 (가)에는 '작가가 유학자로서의 신념을 바탕으로 자신이 선택한 가치를 추구하는 삶'이 나타난다. (가)의 '부귀 위기라 가난하게 살리로다'에서 화자는 부귀를 추구하면 위기에 처할 수 있다는 인식을 드러내고 있다. 이를 통해 속세의 부귀공명을 탐하지 않고 자연에 은거하며 청빈하게 사는 삶을 추구하려는 작가의 태도를 엿볼 수 있다.

② (나)의 '궁해도 의를 잃지 않는다.'에서 작가가 추구하는 유학자로서의 신념을 엿볼 수 있군.
〈보기〉에 따르면 (나)에는 '작가가 유학자로서의 신념을 바탕으로 자신이 선택한 가치를 추구하는 삶'이 나타난다. (나)에서 글쓴이는 '궁해도 의를 잃지 않는다.'라는 맹자의 말을 인용함으로써 '궁함 때문에 이미 스스로 의를 잃어서 평소에 하지 않던 행동'을 한 일에 대한 반성과 '이후에는 마땅히 조심'하겠다는 다짐을 강조하고 있다. 이를 통해 글쓴이가 '의'라는 유학자로서의 신념을 추구하고 있음을 엿볼 수 있다.

③ (가)의 '세상에 티끌 마음이 일호말도 없다'에서 세속적 가치에 구애되지 않은 모습을, (나)의 '버리고 돌아오지 못하였다'에서 세속적 가치를 떨치지 못한 모습을 엿볼 수 있군.

〈보기〉에 따르면 (가)와 달리 (나)는 '세속적 가치를 떨치지 못해 과오를 저질렀던 상황이 나타'난다. (가)의 화자는 '세상에 티끌 마음이 일호말도 없다'라고 하였는데, 이는 세속적인 욕망이 전혀 없어 세속적 가치에 구애되지 않음을 드러낸 것이다. 그리고 (나)의 글쓴이는 다른 이들과 경쟁하며 힘겹게 구해 온 겨릅을 '이욕에 빼앗겨서 초연히 버리고 돌아오지 못하였'는데 이를 통해 세속적 가치를 떨치지 못한 모습을 엿볼 수 있다.

⑤ (가)의 '도가 어찌 다르리'에서 출사와 은거 사이에서의 고민이 해소되었음을, (나)의 '의를 잃'은 것에 대해 '이후에는 마땅히 조심'하겠다는 다짐에서 성찰적 태도를 확인할 수 있군.

〈보기〉에 따르면 '(가)에는 출사와 은거 사이에서의 고민과 그 해소 과정이, (나)에는 경제적 문제로 인해 곤란을 겪은 상황에 대한 성찰'이 나타난다. (가)의 '은커나 현커나 도가 어찌 다르리'에서 성현의 도는 '출', '처'에 상관없이 추구할 수 있다는 화자의 인식을 나타낸 것이므로, 이를 통해 출사와 은거 사이의 고민이 해소되었음을 확인할 수 있다. 그리고 (나)에서는 글쓴이가 겨릅을 얻기 위해 다른 사람과 경쟁했던 일을 두고 '궁함 때문에 이미 스스로 의를 잃어서 평소에 하지 않던 행동'을 한 것이라고 반성하며 '이후에는 마땅히 조심'하겠다고 다짐한 것에서 성찰적 태도를 확인할 수 있다.

[1~5] 다음 글을 읽고 물음에 답하시오.

(가)

이런들 어떠하며 저런들 어떠하료
초야우생(草野愚生)이 이렇다 어떠하료
하물며 천석고황(泉石膏肓)*을 고쳐 므슴하료 〈제1수〉

자연 친화적 자세
「연하(烟霞)로 집을 삼고 풍월(風月)로 벗을 삼아」
태평성대에 병으로 늙어 가네
화자의 바람
이 중에 바라는 일은 「허물이나 없고자」 〈제2수〉

[A]

춘풍(春風)에 화만산(花滿山)하고 추야(秋夜)에 월만대(月滿臺)라
자연의 이치와 인간이 지향하는 이치가 같음
「사시 가흥(佳興)이 사람과 한가지라」
하물며 어약연비(魚躍鳶飛) 운영천광(雲影天光)이야 어느 끝이
있으리 〈제6수〉

– 이황, 「도산십이곡」 –

>> 지문의 핵심 내용을 정리해 보세요.

화자와 대상의 관계	자연 속에 묻혀 살며 끝없는 자연의 아름다움을 보는 사람 (초야우생)
상황?	자연에서 살고 싶은 마음이 깊음 → 자연에서 허물 없는 삶을 추구함 → 사계절의 흥취를 즐기며 자연의 아름다움을 생각함

이런들 어떠하며 저런들 어떠하리
시골에 묻혀 사는 어리석은 사람이 이렇게 산들(공명이나 시비를 떠나 살아간다고 한들) 어떠하리
하물며 자연 속에서 살고 싶은 마음을 고쳐서 무엇하겠는가
〈제1수〉

안개와 노을을 집으로 삼고 바람과 달을 친구로 삼아
태평스러운 세상에 병(자연 속에서 살고 싶은 마음)으로 늙어 가네
이 중에 바라는 일은 허물이나 없이 살았으면 하는 것이다
〈제2수〉

봄바람에 꽃은 산에 가득 피고 가을밤에는 달빛이 누대에 가득하구나
사계절의 좋은 흥취가 사람과 마찬가지로다
하물며 고기는 물에서 뛰놀고 솔개는 하늘을 날며 흐르는 구름은 그림자를 남기고 밝은 햇빛은 온 세상을 비추는 자연의 아름다움에 어찌 끝이 있겠는가
〈제6수〉

이것만은 챙기자

*천석고황: 자연의 아름다운 경치를 몹시 즐기고 사랑하는 마음.

(나)

산가(山家) 풍수설에 동구 못이 좋다 할새

십 년을 경영하여 한 땅을 얻으니

형세는 좁고 굵은 암석은 많고 많다

옛 길을 새로 내고 작은 연못 파서

활수*를 끌어 들여 가는 것을 머물게 하니 [B]

「맑은 거울 티 없어 산 그림자 잠겨 있다」
깨끗한 자연

천고(千古)*에 황무지를 아무도 모르더니

「일조(一朝)*에 진면목을 내 혼자 알았노라」
자연의 가치를 발견함

처음의 이 내 뜻은 물 머물게 할 뿐이더니

이제는 돌아보니 가지가지 다 좋구나

백석은 치치(齒齒)하여 은도로 새겨 있고

「벽류는 콸콸 흘러 옥 술잔을 때리는 듯」
자연의 아름다운 모습 인식

첩첩한 산들은 좌우의 병풍이요

빽빽한 소나무는 전후의 울타리로다

구곡 상하대는 층층이 둘러 있고

삼경(三逕) 송국죽(松菊竹)은 줄지어 벌여 있다

하물며 바위 벼랑 높은 위에 노송이 용이 되어 구부려 누웠거늘

운근(雲根)을 베어 내고 ㉠작은 정자 붙여 세워

「띠 풀로 지붕 이고 자르지 않으니 이것이 어떤 집인가」
소박하고 자연 친화적인 집을 지어 만족함

남양의 제갈려인가 무이의 와룡암인가*

다시금 살펴보니 필굉 위언의 그림의 것이로다

무릉도원을 예 듣고 못 봤더니

이제야 알겠구나 이 진짜 거기로다

　　　　　　　　　　　　　　　　　– 김득연, 「지수정가」 –

*활수: 흐르는 물.
*남양의 제갈려, 무이의 와룡암: 옛 현인이 은거한 거처.

>> 지문의 핵심 내용을 정리해 보세요.

화자와 대상의 관계	산에 작은 연못과 정자를 만든 뒤, 자연을 즐기며 만족감을 느끼는 '나'
상황?	산에 작은 연못을 파고 연못에 비치는 산 그림자를 봄 → 연못 주변의 자연 풍경을 즐김 → 작은 정자를 세운 뒤, 이를 무릉도원처럼 느낌

(다)

내 초로*의 어느 가을날, 나는 겸재가 동해안을 따라 내려가면서 동해 승경*을 화폭에 옮겼던 월송정, 망양정, 청간정, 성류굴을 일삼아 떠돌아다녔다. 망양정은 옛 기성면의 바닷가에서 지금의 근남면 산포리로 옮겨 세운 지가 140여 년이 넘어, 기성면의 ⓒ옛 망양정 자리는 도로 공사로 단애*의 허리가 잘리워 나가, 바닷물은 단애 끝으로부터 멀찌감치 쫓겨났고 그 사이는 시멘트 칠갑이 되어 있었다. 정자 터는 사방이 깎여져 나갔고 화폭 속의 소나무 숲도 베어져 버린 채, 그 언덕은 그저 무의미한 흙더미로 변해 있었다. 마을의 고로(古老)*들도 그곳에 들어서 있던 정자를 본 일은 없었고, 다만 그들의 증조나 고조로부터 전해 오는 구전에 의해 그 흙더미가 망양정 옛터였음을 옮길 뿐이었다. **01**

> 겸재의 그림에서 세계는 인간과의 관계 속에서 정립되기 때문
「겸재의 화폭을 마음속에 앞세우고 겸재 실경산수(實景山水)*의 자리를 찾을 적에 그곳에 옛 정자가 이미 오래전에 없어져 버린 그 허전한 사태는 그다지 허전하지 않았다.」 왜 그런가. 현실 속의 정자에 오르면 화폭 속의 정자는 보이지 않는다. 육신의 눈을 앞세워 정자를 찾아오는 자에게는 풍경 전체 속에서 인간세의 위치와 규모를 대표하는 상징으로서의 정자는 보이지 않는다. **02**

(중략)

> 겸재는 풍경을 재구성하여 그림을 그림
「먼 산을 그릴 때 그는 그 산과 인간 사이의 거리를 그리는 것이 아니라, 그 거리를 들여다보는 시선의 깊이를 그린다.」 먼 것들은 원근상의 거리에 의해 격리되는 것이 아니라, 깊이에 의해 자리 잡는다. 겸재의 화폭 속에서 풍경은 **가깝다는 이유만으로 사실성을 부여받지 않고** 또 멀다 [C] 는 이유만으로 사실성을 박탈당하지 않는다. 대체로 그의 그림 속에서는 **인간과 인간에 직접 관련된 것들**—정자, 집, 배, 나귀, 가마, 화분, 성곽 같은 것들이 **비교적 명료한 사실성을 띠고** 있지만, 그 사실성은 원근에 의해 정립되는 사실성이 아니라, 「**세계를 관찰하는 인간과의 관계 속에서** > 화가의 시선에 의해 풍경이 재구성될 때 진정한 그림의 요체가 드러남
정립되는 사실성」이다. **03**

– 김훈, 「겸재의 빛」 –

>> 지문을 세 부분으로 나누고, 핵심 내용을 정리해 보세요.

01 노년에 접어든 가을, 글쓴이는 **겸재**가 화폭에 담은 동해 승경을 떠돌아다니며 망양정의 옛터를 봄

02 겸재의 화폭 속에 있던 **정자**가 없어져 버렸으나 허전하지 않음

03 겸재의 화폭 속 풍경이 지닌 **사실성**은 세계를 관찰하는 **인간**과의 관계 속에서 정립되는 것이라고 생각함

│ 작품 간의 공통점 파악 │ 정답률 91

1. (가)~(다)의 공통점으로 가장 적절한 것은?

✓ 정답풀이

① 대상에 주목하여 대상과 관련된 가치를 추구하는 자세를 나타내고 있다.

> (가)는 '연하', '풍월' 등으로 표현된 대상에 주목하여 이를 '집', '벗'으로 삼아 허물 없이 살고자 하는 자연 친화적 자세를 나타내고 있다. (나)는 자연 속에 '작은 연못'을 파고 '정자'를 세운 뒤 이 풍경에 주목하여 이를 무릉도원 같은 이상적 공간으로 여기며 만족감을 느끼는 자연 친화적 자세를 나타내고 있다. (다)는 겸재의 그림에 주목하여 '원근상의 거리'가 아니라 '세계를 관찰하는 인간과의 관계 속에서 정립되는 사실성'에 따른 풍경을 화폭에 담은 겸재의 예술관에 동조하는 자세를 나타내고 있다.

✗ 오답풀이

② 부정적인 현실을 비판하며 좌절을 극복하려는 의지를 부각하고 있다.
> (가)~(다)에서 부정적인 현실에 대한 비판과 좌절을 극복하려는 의지는 확인할 수 없다. (다)에서 '옛 망양정 자리'가 훼손된 채 '무의미한 흙더미'로 변해 있으나, 글쓴이는 '그다지 허전하지 않았다.'라고 했으므로 이를 부정적인 현실로 볼 수는 없다.

③ 현실을 통찰하며 관용적 삶에 대한 지향을 보여 주고 있다.
> (가)~(나)에서 현실에 대한 통찰과 관용적 삶에 대한 지향은 확인할 수 없다. (다)의 글쓴이는 겸재의 화폭 속 풍경은 원근상의 거리에 따라 사실성을 부여받는 게 아니라, '세계를 관찰하는 인간과의 관계 속에서' 사실성이 정립된다고 하였다. 이를 겸재의 화폭에 대한 통찰이라고 볼 수는 있지만, 이를 통해 관용적 삶에 대한 지향을 보여 주고 있지는 않다.

④ 계절감을 활용하여 환경의 다양한 변화를 표현하고 있다.
> (가)의 〈제6수〉 '춘풍에 화만산하고 추야에 월만대라'에서 계절감을 활용해 봄에는 산에 꽃이 가득하고, 가을밤에는 누대에 달빛이 비치는 환경의 변화를 표현했다고 볼 수 있다. (나)의 '삼경 송국죽은 줄지어 벌여 있다'에서 국화가 핀 가을의 풍경을 표현했다고 볼 수도 있으나, 환경의 변화를 표현하지는 않았다. (다)에서 계절감을 활용해 환경의 변화를 표현한 부분은 확인할 수 없다.

⑤ 가상의 상황을 제시하여 환상적 분위기를 강화하고 있다.
> (가)~(다)에서 가상의 상황을 제시하고 있지 않으며, 환상적 분위기 또한 확인할 수 없다.

| 표현상의 특징 파악 | 정답률 **93**

2. [A], [B]에 대한 설명으로 적절하지 <u>않은</u> 것은?

✓ 정답풀이

⑤ [A]의 '허물이나 없고자'는 미래에 대한 화자의 바람을, [B]의 '티 없어'는 대상을 관찰하기 전에 나타난 화자의 심리를 표현하고 있다.

> [A]의 '허물이나 없고자'는 자연 속에서 허물 없이 살고자 하는 미래에 대한 화자의 바람을 표현했다고 볼 수 있다. [B]의 '티 없어'는 '작은 연못'을 파고 흐르는 물을 끌어 들인 이후 '맑은 거울'처럼 깨끗한 연못의 상태를 표현하고 있다. 따라서 '티 없어'는 대상을 관찰하기 전에 나타난 화자의 심리가 아니라, 대상을 관찰하는 화자의 인식을 표현한 것으로 볼 수 있다.

✗ 오답풀이

① [A]의 〈제1수〉 초장은 유사한 어휘의 반복을 통해 리듬감을 형성하고 있다.
[A]의 〈제1수〉 초장에서는 '이런들'과 '저런들', '어떠하며'와 '어떠하료' 같은 유사한 어휘를 반복하여 리듬감을 형성하고 있다.

② [A]의 〈제2수〉 초장은 〈제1수〉 종장이 시상을 이어받아 자연 친화적인 모습을 드러내고 있다.
[A]의 〈제1수〉 종장에서는 '천석고황'을 통해 자연의 아름다운 경치를 사랑하고 즐기는 마음을 드러냈고, 〈제2수〉의 초장에서는 이를 이어받아 안개와 노을을 집으로 삼고, 바람과 달을 친구로 삼고자 하는 자연 친화적인 모습을 드러내고 있다.

③ [B]에서는 '산 그림자'가 담긴 '작은 연못'의 경관을 묘사하여 깨끗한 자연의 형상을 보여 주고 있다.
[B]의 '맑은 거울 티 없어 산 그림자 잠겨 있다'에서 화자는 '산 그림자'가 담긴 '작은 연못'의 풍경이 깨끗함을 보여 주고 있다.

④ [A]의 '집을 삼고'와 '벗을 삼아'는 화자와 대상의 가까운 관계를, [B]의 '끌어 들여'와 '머물게 하니'는 화자가 대상을 가까이 하려는 행동을 제시하고 있다.
[A]의 '집을 삼고'와 '벗을 삼아'에서는 자연과 가까운 관계가 되고자 하는 화자의 친화적 자세를 제시하고 있다. [B]의 '끌어 들여'와 '머물게 하니'에서는 흐르는 물을 끌어 들이고, 흘러가는 것을 머물게 한 화자의 행동으로 대상을 가까이 하려는 의도를 제시하고 있다.

| 외적 준거에 따른 작품 감상 | 정답률 **94**

3. 〈보기〉를 바탕으로 (가), (나)를 이해한 내용으로 적절하지 <u>않은</u> 것은? [3점]

> **〈보기〉**
>
> 「도산십이곡」에서 강호는 자연의 이치와 인간이 지향하는 이치가 일치된 이상적 공간으로, 「지수정가」에서 강호는 자연에서 생활하면서 자연의 가치를 새롭게 발견할 수 있는 공간으로 나타난다. 「도산십이곡」에서는 조화로운 자연과 합일하는 화자가 등장하며, 「지수정가」에서는 자연의 구체적인 모습을 묘사하며 자연의 가치를 확인한 화자가 등장한다.

🔍 보기 분석

- 「도산십이곡」
  - 강호: 자연의 이치, 인간이 지향하는 이치가 일치된 이상적 공간
  - 화자: 조화로운 자연과 합일
- 「지수정가」
  - 강호: 생활하면서 자연의 가치를 새롭게 발견할 수 있는 공간
  - 화자: 자연의 구체적 모습 묘사, 자연의 가치 확인

✓ 정답풀이

③ (가)의 '천석고황'은 이상적 공간에 다다르지 못한 것에 대한 화자의 아쉬움이, (나)의 '무릉도원'은 현실적 공간을 이상적 공간으로 바라보는 화자의 인식이 나타난 말이겠군.

> 〈보기〉에서 (나)의 '강호'는 '생활하면서 자연의 가치를 새롭게 발견할 수 있는 공간'이라고 했다. (나)의 화자는 '작은 정자'를 세우고 이를 '무릉도원'처럼 여기고 있다. 즉 (나)의 '무릉도원'은 화자가 생활하는 자연을 이상적 공간으로 바라보는 인식을 드러낸다고 볼 수 있다. 한편 〈보기〉에서 (가)의 '강호'는 '자연의 이치와 인간이 지향하는 이치가 일치된 이상적 공간'이라고 했고, 화자는 '조화로운 자연과 합일'한다고 했다. (가)의 화자는 자연을 이상적 공간으로 여기며, '천석고황' 즉 자연의 아름다운 경치를 몹시 사랑하고 즐기는 마음을 고치지 않겠다고 하며 조화로운 자연과 합일되는 삶의 자세를 드러내고 있다. 따라서 (가)의 '천석고황'에 이상적 공간에 다다르지 못한 아쉬움이 나타나 있다고 볼 수 없다.

✗ 오답풀이

① (가)의 '초야우생'은 인간이 지향하는 이치와 자연의 이치가 일치된 공간에 존재하는 화자가 스스로를 이르는 말이겠군.
〈보기〉에서 (가)의 '강호'는 '자연의 이치와 인간이 지향하는 이치가 일치된 이상적 공간'이라고 했고, 화자는 '조화로운 자연과 합일'한다고 했다. (가)의 〈제1수〉에서 화자는 이상적인 공간인 자연 속에서 자연을 몹시 사랑하는 스스로를 '초야우생(시골에 묻혀 사는 어리석은 사람)'이라고 표현하고 있다.

② (나)의 '내 혼자 알았노라'는 자연에서 생활하면서 자연의 가치를 발견한 화자의 심정을 드러내는 말이겠군.
〈보기〉에서 (나)의 '강호'는 '생활하면서 자연의 가치를 새롭게 발견할 수 있는 공간'으로 화자는 그곳에서 '자연의 가치를 확인'했다고 했다. (나)의 화자가 오랜 시간 동안 아무도 몰랐던 '황무지'의 '진면목을 내 혼자 알았'다고 한 것에는 자연에서 생활하면서 그 가치를 발견한 심정이 드러났다고 볼 수 있다.

④ (가)의 '사람과 한가지라'는 자연의 이치와 인간이 지향하는 이치가 다르지 않음을 확인한 화자의 인식이, (나)의 '가지가지 다 좋구나'는 자연의 가치를 확인한 화자의 심정이 나타난 말이겠군.

〈보기〉에서 (가)의 '강호'는 '자연의 이치와 인간이 지향하는 이치가 일치된 이상적 공간'이라고 했다. 따라서 (가)의 '사시 가흥이 사람과 한가지라'에는 사계절의 흥취라는 자연의 이치와 인간이 지향하는 이치가 다르지 않음을 확인한 화자의 인식이 나타났다고 볼 수 있다. 〈보기〉에서 (나)의 화자는 '강호'에서 '자연의 가치를 확인'했다고 했다. (나)의 화자가 처음에는 '물 머물게' 하려고 할 뿐이었으나 '이제는 돌아보니 가지가지 다 좋'다고 말한 것에는 자연의 가치를 확인한 화자의 긍정적인 심정이 나타났다고 볼 수 있다.

⑤ (가)의 '춘풍에 화만산하고 추야에 월만대라'는 계절의 양상을 통해 조화로운 자연을, (나)의 '벽류는 콸콸 흘러 옥 술잔을 때리는 듯'은 화자가 발견한 자연의 아름다운 모습을 드러낸 말이겠군.

〈보기〉에서 (가)의 화자는 '조화로운 자연과 합일'한다고 했다. (가)의 '춘풍에 화만산하고 추야에 월만대라'에서 봄 산에 꽃이 가득하고 가을밤 누대에 달빛이 비치는 풍경을 제시한 것은 조화로운 자연의 아름다운 모습을 드러낸 것이다. 〈보기〉에서 (나)의 화자는 '자연의 구체적인 모습을 묘사하며 자연의 가치를 확인'한다고 했다. '벽류는 콸콸 흘러 옥 술잔을 때리는 듯'은 화자가 확인한 자연의 아름다운 모습을 구체적으로 묘사한 것으로 볼 수 있다.

| 소재의 의미 및 기능 파악 | 정답률 **86**

4. ㉠과 ㉡을 이해한 내용으로 가장 적절한 것은?

> ㉠: 작은 정자
> ㉡: 옛 망양정 자리

✔ 정답풀이

③ ㉠은 화자에게 만족하며 머무르는 삶에 대해, ㉡은 글쓴이에게 허전하지 않은 이유에 대해 생각하게 한다.

> (나)의 화자는 자연 속에 ㉠을 짓고 주변 풍경이 그림처럼 아름다운 그곳을 '무릉도원'이라고 생각하게 된다. 즉 화자는 자연을 이상향처럼 여기며 즐기고 있으므로 ㉠은 화자에게 자연 속에 만족하며 머무르는 삶에 대해 생각하게 한다고 볼 수 있다. 또한 (다)의 글쓴이는 '옛 정자가 이미 오래전에 없어져 버린' ㉡에서 허전함을 느끼지 않는다고 했는데, 그 이유를 겸재의 화폭 속에 담긴 '사실성'이 '인간과의 관계 속에서 정립'되었기 때문이라고 생각하고 있다.

✘ 오답풀이

① ㉠은 화자가 노력을 기울여 만든 인공물이고, ㉡은 글쓴이가 의도하지 않게 찾아낸 장소이다.

㉠은 (나)의 화자가 '운근을 베어 내고' '띠 풀로 지붕'을 얹어 세운 정자이므로 화자가 노력을 기울여 만든 인공물이라고 볼 수 있다. 한편 (다)의 글쓴이는 겸재가 '동해안을 따라 내려가면서 동해 승경을 화폭에 옮겼던 월송정, 망양정, 청간정, 성류굴'을 '일삼아' 다니는 과정에서 ㉡에 방문한다. 따라서 ㉡은 글쓴이가 의도하지 않게 찾아낸 장소가 아니다.

② ㉠은 현실에서 명예를 실현하려는 의지를, ㉡은 현실에서 편의를 실현한 결과를 보여 준다.

(다)의 글쓴이는 겸재가 화폭에 옮긴 동해 승경을 떠돌아다니다 ㉡을 발견한다. 망양정이 옮겨진 후 남은 ㉡은 '도로 공사'로 절벽의 중간이 잘리고, '시멘트 칠갑'이 되어 있는 모습이다. 따라서 ㉡은 현실에서 편의를 실현한 결과로 훼손된 모습을 보여 준다고 할 수 있다. 한편 (나)의 화자는 자연 속에서 ㉠을 짓고 주변 풍경을 보며 그곳을 '무릉도원'이라고 생각한다. 즉 ㉠은 현실에서 명예를 실현하려는 의지와 관련이 없다.

④ ㉠은 화자에게 일상적인 유용성을 상실한 공간이고, ㉡은 글쓴이에게 본래적인 유용성을 상실한 공간이다.

(나)의 화자는 ㉠에 머물고 있으므로 이를 일상적인 유용성을 상실한 공간이라고 볼 수는 없다. (다)의 글쓴이는 ㉡을 보며 '옛 정자가 이미 오래전에 없어져 버렸지만 허전하지 않은 이유에 대해 생각하고 있을 뿐, ㉡이 본래적인 유용성을 상실했다고 생각하지는 않는다.

⑤ ㉠은 화자에게 자신의 삶을 가다듬는 역할을 수행하고, ㉡은 글쓴이에게 자신의 삶을 비판하는 계기로 작용한다.

(나)의 화자는 ㉠을 세운 뒤 이곳이 마치 옛 현인이 은거한 거처 같다고 생각하며 이를 무릉도원으로 여기고 있을 뿐 ㉠을 통해 자신의 삶을 가다듬는다고 보기는 어렵다. (다)의 글쓴이는 ㉡에서 겸재의 화폭 속에 표현된 사실성에 대해 생각하고 있을 뿐, 자신의 삶을 비판하고 있지는 않다.

🖋 모두의 질문

· 4-②, ⑤번

Q: (나)의 화자는 '작은 정자'를 세워서 자연 친화를 추구하니까 '무욕의 정신'이라는 명예를 얻고자 했다고 볼 수 있지 않나요? 그리고 자신이 지은 정자를 현인의 거처 같다고 표현했으므로, 자신의 삶을 가다듬으려는 자세를 드러냈다고 볼 수 있지 않나요?

A: (나)의 화자는 '연못'을 판 후 백석(흰 돌), 벽류(시냇물) 등의 자연을 즐기다가 ㉠을 세운다. 그곳은 '남양의 제갈려'나 '무이의 와룡암'처럼 현인이 은거한 거처 같은 곳으로, 화자는 그곳에서 그림같이 펼쳐진 경치를 보며 '무릉도원'을 떠올리고 있다. ②번에 제시된 '현실에서 명예를 실현하려는 의지'는 '(정치) 현실에서 (높은 벼슬에 오르는) 명예를 실현하려는 의지'로 해석할 수 있다. 만약 이를 '(자연) 현실에서 (무욕이라는) 명예를 실현하려는 의지'로 해석했다고 하더라도, (나)에서 '의지'를 확인할 수는 없다. 이처럼 잘못된 해석을 하지 않기 위해 평소에 강호를 배경으로 한 자연 친화적인 자세를 담은 고전시가를 학습해 두는 것을 추천한다.

또한 (나)의 화자가 정자를 세운 뒤 그곳을 옛 현인이 은거한 거처처럼 느끼고 있는 것은 맞지만 제시된 지문만으로는 ⑤번에 제시된 것과 같이 ㉠이 화자의 '삶을 가다듬는 역할'을 했는지, 즉 화자가 정자를 통해 삶을 가다듬었는지는 확신할 수 없다. '현인을 따라 부끄럽지 않은 삶을 살겠다'고 말하지 않은 이상 '남양의 제갈려인가 무이의 와룡암인가'라는 구절만으로는 이 공간이 화자로 하여금 삶을 가다듬도록 했는지 확신할 수 없는 것이다. 지문에 제시되지 않은 사실을 자의적 판단으로 과도하게 상상하는 것은 금물이다.

5. 〈보기〉를 바탕으로 [C]를 읽은 독자의 반응으로 적절하지 <u>않은</u> 것은?

─── 〈보기〉 ───

겸재는 산을 그리면서도 뺄 건 빼고 과장할 것은 과장하면서 필요한 경우에는 자리를 옮겨 가면서까지 자신이 생각하는 <u>구도로 풍경을 재구성</u>하였다. 한 폭의 그림 속에서 물과 바다, 하늘과 땅, 그리고 정자와 인간을 포함한 <u>모든 대상</u>이 화가의 <u>시선</u>에 의해 <u>재구성</u>되어 회화의 구도상 의미를 지닌 자리에 놓일 때야말로 진정한 그림의 요체가 드러나기 때문에, 겸재의 그림은 <u>실물과 똑같이 그리는 것이 능사가 아니라는 점을 증명</u>하고 있다.

🔍 **보기 분석**

• 겸재의 그림
 – 자신이 생각하는 구도로 풍경을 재구성함
 – 모든 대상을 화가의 시선으로 재구성하여 배치
 – 실물과 똑같이 그리는 것이 능사가 아니라는 점 증명

🔽 **정답풀이**

④ '인간과 인간에 직접 관련된 것들'을 '비교적 명료한 사실성을 띠'도록 그린다는 뜻은, 대상을 회화의 구도상 의미를 지닌 자리로 옮겨 풍경의 원근감을 보이는 그대로 실현해야 한다는 의미이겠군.

〈보기〉에서 겸재의 그림은 '실물과 똑같이 그리는 것이 능사가 아니라는 점을 증명'한다고 했으므로 원근감을 보이는 그대로 실현하는 것과 관련이 없다. 또한 (다)의 글쓴이는 겸재의 그림에서 '인간과 인간에 직접 관련된 것들'은 '비교적 명료한 사실성을 띠'지만 그 사실성은 원근이 아니라 '세계를 관찰하는 인간과의 관계 속에서 정립되는 사실성'이라고 했다. 즉 (다)의 글쓴이는 '인간과 인간에 직접 관련된 것들'이 풍경의 원근감을 그대로 실현하는 사실성을 띠어야 한다고 보지 않았다.

❌ **오답풀이**

① '먼 산을 그릴 때' 그 거리에 집착하지 않는 까닭은, 실물과 똑같이 그리는 것이 능사가 아니기 때문이겠군.

(다)의 글쓴이가 겸재는 '먼 산을 그릴 때' 산과 인간의 원근상의 거리를 그리는 것이 아니라 '시선의 깊이'를 그린다고 했다. 이는 〈보기〉에서 겸재의 그림은 '실물과 똑같이 그리는 것이 능사가 아니라는 점을 증명'한다는 것과 관련이 있다. 즉 겸재가 '먼 산을 그릴 때' 거리에 집착하지 않은 것은 실물과 똑같이 그리는 것이 능사가 아니라고 생각했기 때문으로 볼 수 있다.

② '그 거리를 들여다보는 시선의 깊이를 그린다'는 뜻은, 화가가 자신의 시선으로 풍경을 재구성하는 작업이 중요하다는 의미이겠군.

(다)의 글쓴이가 겸재는 '먼 산을 그릴 때' '그 거리를 들여다보는 시선의 깊이'를 그렸다고 했다. 이는 〈보기〉에서 설명한 바와 같이 화가 겸재가 '자신이 생각하는 구도' 즉 자신의 시선으로 '풍경을 재구성'하는 작업을 중시했기 때문으로 볼 수 있다.

③ '가깝다는 이유만으로 사실성을 부여받지 않'는 까닭은, 대상을 표현할 때 뺄 건 빼고 과장할 것은 과장할 수 있다는 화가의 생각 때문이겠군.

(다)의 글쓴이는 '겸재의 화폭 속에서 풍경은 가깝다는 이유만으로 사실성을 부여받지 않고 또 멀다는 이유만으로 사실성을 박탈당하지 않는다.'라고 했다. 이는 〈보기〉에서 설명한 것처럼 겸재가 산을 그릴 때 '뺄 건 빼고 과장할 것은 과장'하는 등 풍경을 재구성할 수 있다고 생각했기 때문으로 볼 수 있다.

⑤ '세계를 관찰하는 인간과의 관계 속'에서 사실성이 '정립'되는 까닭은, 화가의 의도에 따라 풍경을 재구성하는 창작 작업을 통해 그림의 요체가 드러나기 때문이겠군.

(다)의 글쓴이는 겸재의 그림 속 사실성은 '세계를 관찰하는 인간과의 관계 속에서 정립'되는 것이라고 했다. 이는 〈보기〉에서 그림 속에 표현된 모든 대상은 '화가의 시선에 의해 재구성되어' '의미를 지닌 자리에 놓일 때' '진정한 그림의 요체가 드러'난다고 본 것과 관련된다고 볼 수 있다.

[1~6] 다음 글을 읽고 물음에 답하시오.

(가)

　아아 아득히 내 「첩첩한 산길」 왔더니라. 인기척 끊이고 새도
_{생각에 잠기어 금강산으로 가는 길}
짐승도 있지 않은 한낮 그 화안한 골 길을 다만 아득히 나는 머언
생각에 잠기어 왔더니라.

　백화(白樺) 앙상한 사이를 바람에 백화같이 불리우며 물소리에
흰 돌 되어 씻기우며 나는 총총히 외롬도 잊고 왔더니라

　살다가 「오래여 삭은 장목들 흰 팔 벌리고 서 있고 풍설(風雪)
_{자연의 유구함에서 오는 분위기}
에 깎이어 날선 봉우리」 훌 훌 훌 창천(蒼天)*에 흰 구름 날리며
섰더니라

　「쏴아 ― 한종일내 ― 쉬지 않고 부는 물소리 안은 바람소리」
_{생동감 있는 자연의 풍경}
…… 구월 고운 낙엽은 날리어 푸른 담(潭) 위에 호르르르 낙화
같이 지더니라.

　「어젯밤 잠자던 동해안 어촌 그 검푸른 밤하늘에 나는 장엄히
_{자연의 주관적 인상을 표현하여 자연과의 정서적 교감 드러냄}
뿌리어진 허다한 바다의 별들을 보았느니,」

　이제 나의 이 오늘밤 산장에도 얼어붙는 바람 속 우러르는
나의 하늘에 별들은 쓸리며 다시 「꽃과 같이 난만(爛漫)*하
_{별에 대한 긍정적 태도}
여라.」

– 박두진, 「별 – 금강산시 3」 –

(나)

사람들은 자기들이 길을 만든 줄 알지만　　　┐
　　　　　　　_{자신의 관점으로만 길을 보는 사람}　　[A]
길은 순순히 「사람들」의 뜻을 좇지는 않는다　┘

사람을 끌고 가다가 문득
_{길에 대한 생각이 자신의 관점에만 치우친 사람들을 일깨움}
「벼랑 앞에 세워 낭패시키는가 하면」

큰물에 우정 제 허리를 동강 내어　　　　　　┐
　　　　　　　　　　　　　　　　　　　　　　[B]
사람이 부득이 저를 버리게 만들기도 한다　　┘

사람들은 이것이 다 사람이 만든 길이　　　　┐
　　　　　　　　　　　　　　　　　　　　　　│
거꾸로 사람들한테 세상 사는　　　　　　　　[C]
　　　　　　　　　　　　　　　　　　　　　　│
슬기를 가르치는 거라고 말한다　　　　　　　┘

길이 사람을 밖으로 불러내어
온갖 곳 온갖 사람살이를 구경시키는 것도
세상 사는 이치를 가르치기 위해서라고 말한다

그래서 길의 뜻이 거기 있는 줄로만 알지　　　┐
　　　　_{길이 내적 성찰을 하게 함}　　　　　　│
「길이 사람을 밖에서 안으로 끌고 들어가　　　[D]
　　　　　　　　　　　　　　　　　　　　　　│
스스로를 깊이 들여다보게 한다는 것」은 모른다┘
　　　　　_{내면의 길}
「길」이 밖으로가 아니라 안으로 나 있다는 것을 ┐
　　　　　　　　　　　　　　　　　　　　　　[E]
아는 사람에게만 길은 고분고분해서　　　　　┘

꽃으로 제 몸을 수놓아 향기를 더하기도 하고
그늘을 드리워 사람들이 땀을 식히게도 한다
그것을 알고 나서야 「사람들」은 비로소　　　┐
　　　　　　　_{깨달음을 얻은 사람}　　　　　[F]
자기들이 길을 만들었다고 말하지 않는다　　┘

– 신경림, 「길」 –

≫ 지문의 핵심 내용을 정리해 보세요.

화자와 대상의 관계	금강산으로 가는 길에서 만난 자연을 바라보는 '나'
상황?	화자는 첩첩한 산길에 와 생각에 잠겨 있음 → 화자가 자연 (백화, 장목들, 바람, 별 등)과 정서적으로 교감함

≫ 지문의 핵심 내용을 정리해 보세요.

화자와 대상의 관계	길을 통해 인생에 대해 성찰하는 사람
상황?	사람들은 자신들이 길을 만들었으며 그 길이 사람들에게 슬기를 가르친다고 생각함 → 사람들의 생각과 달리 길은 안으로 나 있고, 이를 깨달은 사람에게만 길은 순응함

이것만은 챙기자

* 창천: 맑고 푸른 하늘.
* 난만: 꽃이 활짝 많이 피어 화려함.

(다)

고요하니 즐거운 이 밤 초롱초롱 맑게 고인 샘물 같은 눈으로 나는 지금 「**당신**」께서 보내 주신 맑고 고운 수선화 한 폭을 들여다봅니다. 들여다보노라니 그윽한 향기와 새파란 꿈이 안개같이 오르고 또 노란 슬픔이 연기같이 오릅니다. 나는 이제 이 긴긴 밤을 당신께 이 「**노란 슬픔의 이야기**」나 해서 보내도 좋겠습니까.

남쪽 바닷가 어떤 낡은 항구의 처녀 하나를 나는 좋아하였습니다. 머리가 까맣고 눈이 크고 코가 높고 목이 패고 키가 호리낭창하였습니다*.

(중략)

어느 해 유월이 저물게 **실비 오는 무더운 밤**에 처음으로 그를 안 나는 여러 아름다운 것에 그를 견주어 보았습니다 — 당신께서 좋아하시는 산새에도 해오라비에도 또 진달래에도 그리고 산호에도……. 그러나 나는 어리석어서 아름다움이 닮은 것을 골라낼 수 없었습니다.

총명한 내 친구 하나가 그를 비겨서 수선이라고 하였습니다. 그제는 나도 기뻐서 그를 비겨 수선이라고 하였습니다. 그러한 나의 수선이 시들어 갑니다. 그는 스물을 넘지 못하고 또 **가슴의 병**을 얻었습니다. 이 이야기는 이만하고 나의 노란 슬픔이 더 떠오르지 않게 나는 당신의 보내 주신 맑고 고운 수선화의 폭을 치워 놓아야 하겠습니다. 01

「**밤이 아직 샐 때가**」 멀고 또 복밥을 먹을 때도 아직 되지 않았습니다.」 이제 나는 어머니의 바느질 그릇이 있는 데로 가서 무새 헝겊이나 얻어다가 알룩달룩한 각시나 만들면서 **이 남은 밤**을 당신께서 좋아하실 내 「**시골 육보름*** **밤의 이야기**」나 해서 보내도 좋겠습니까.

육보름으로 넘어서는 밤은 집집이 안간으로 사랑으로 웃간에도 맛웃간에도 다락방에도 허텅에도 고방에도 부엌에도 대문간에도 외양간에도 모두 째듯하니 불을 켜 놓고 복을 맞이하는 밤입니다. 달 밝은 마을의 행길 어데로는 **복덩이가 돌아다닐 것도 같은 밤**입니다. 닭이 수잠을 자고 개가 밤물을 먹고 도야지 깃*을 들썩이는 밤입니다. **새악시 처녀들**은 새 옷을 입고 복물을 긷는다고 벌을 건너기도 하고 고개를 넘기도 하여 부잣집 우물로 가서 반동이에 옹패기에 찰락찰락 물을 길어 오며 별 같은 이야기를 **자깔자깔** 하는 밤입니다. 새악시 처녀들은 또 복을 가져 오노라고 달을 보고 웃어 가며 살쾡이같이 여우같이 **부잣집**으로 가서는 날쌔기도 하게 기왓골의 **기왓장을 벗겨 오**고 부엌의 솥뚜껑을 들어 오고 곱새담의 짚낟을 뽑아 오고……. 이렇게 「**허물없는 즐거움**」 속에 **끼득끼득** 하는 그들은 산에서 내린 무슨 암짐승이 되어 버리는 밤입니다. 02

— 백석, 「편지」 —

*육보름: 정월 대보름 다음날.

>> 지문을 **두 부분**으로 나누고, 핵심 내용을 정리해 보세요.

01 당신이 보낸 **수선화** 한 폭을 보며 좋아하던 남쪽 바닷가 낡은 항구의 **처녀**에 관한 슬픈 이야기를 떠올림

02 당신에게 고향의 육보름 **밤**의 즐거운 이야기를 전함

이것만은 챙기자

***호리낭창하다:** 키가 크고 날씬하여 맵시가 있다.
***깃:** 외양간, 마구간, 닭둥우리 따위에 깔아 주는 짚이나 마른풀.

| 작품 간의 공통점 파악 | 정답률 **91**

1. (가)~(다)의 공통점으로 가장 적절한 것은?

정답풀이

① 빗대어 표현하는 방식으로 대상의 속성을 드러내고 있다.

(가)에서는 '백화 앙상한 사이를 바람에 백화같이 불리우며', '낙엽은 날리어 ~낙화같이 지더니라.', '하늘에 별들은~꽃과 같이 난만하여라.' 등에서 비유적인 표현을 활용해 대상의 속성을 드러내고 있다. 또한 (나)에서는 '길'을 '순순히 사람들의 뜻을 좇지는 않'고 '사람을 끌고 가다가 문득 / 벼랑 앞에 세워 낭패시키'기도 하고 특정 사람들에게만 '고분고분해서 / 꽃으로 제 몸을 수놓아 향기를 더하기도 하'는 대상으로 의인화하여 그 속성을 드러내고 있다. (다)에서도 '맑게 고인 샘물 같은 눈으로', '그윽한 향기와 새파란 꿈이 안개같이 오르고 또 노란 슬픔이 연기같이 오릅니다.', '새악시 처녀들은~살쾡이같이 여우같이 부잣집으로 가서는' 등에서 빗대어 표현하는 방식으로 대상의 속성을 드러내고 있다.

오답풀이

② 과거를 회상하는 방식으로 현재의 의미를 나타내고 있다.
(가)의 '어젯밤 잠자던 동안에 어촌~바다의 별들을 보았느니.', '이제 나의 이 오늘밤~나의 하늘에 별들은 쓸리며 다시 꽃과 같이 난만하여라.'에서는 과거인 '어젯밤'을 회상하며 현재인 '오늘밤'의 의미를 나타낸다고 볼 여지가 있다. 또한 (다)에서도 '어느 해 유월이 저물게 실비 오는 무더운 밤', '내 시골 육보름 밤' 등의 과거를 회상하면서 각각 현재 느끼는 슬픔과 즐거움을 드러내고 있다. 그러나 (나)에서는 과거를 회상하는 방식이 사용되지 않았다.

③ 영탄적인 어조로 대상에서 촉발된 인상을 표현하고 있다.
(가)에서는 '아아'라는 감탄사를 통해 화자의 내면을 표현하고 있으나, (나)와 (다)에는 영탄적인 어조가 나타나지 않는다.

④ 예스러운 종결 표현으로 고풍스러운 느낌을 자아내고 있다.
(가)에서는 '-더니라'와 같은 예스러운 종결 어미를 활용하여 고풍스러운 느낌을 자아내고 있지만, (나)와 (다)에서는 이와 같은 예스러운 종결 표현이 나타나지 않는다.

⑤ 계절감을 드러내는 표현으로 시간의 경과를 보여 주고 있다.
(가)의 '풍설', '구월 고운 낙엽', (나)의 '꽃으로 제 몸을 수놓아', (다)의 '어느 해 유월', '육보름' 등에서 계절감이 드러난다고 볼 여지가 있지만, 이를 통해 시간의 경과를 보여 주고 있지는 않다.

기틀잡기

③ **영탄:** 감정을 억누르지 않고 그대로 표출하는 표현 방법. 감탄사와 감탄 어미를 사용하거나 호칭어를 사용하고, 명령이나 권유, 설의의 형식을 취하는 것까지도 영탄법으로 볼 수 있음.

④ **고풍스럽다:** 보기에 예스러운 데가 있다.

| 외적 준거에 따른 작품 감상 | 정답률 ⑧①

2. 〈보기〉를 참고하여 (가), (나)를 감상한 내용으로 적절하지 **않은** 것은? [3점]

〈보기〉

　(가)에서 화자는 금강산으로 가는 길에서 만난 자연의 모습을 자신의 내면에 투영하여 형상화하고 있다. 자연의 외적 모습을 바라보는 데 그치지 않고 주관적 대상으로 묘사하여, 화자와 자연의 정서적 교감을 드러낸다.

　(나)에서 화자는 길에 대한 사람들의 생각이 자신의 관점에만 치우쳐 있어서 내면의 길을 찾지 못하고 있음을 일깨우고 있다. '밖'과 '안'을 대비하여 내적 성찰의 중요성을 이끌어 내는 길의 상징적 의미를 진술함으로써, 길에 대해 사람들이 깨달음을 얻어 가는 과정을 보여 준다.

보기 분석

- (가): 자연의 모습을 화자의 내면에 투영 → 주관적 대상으로 묘사하고 정서적 교감을 드러냄
- (나): 길의 상징적 의미를 진술 → 사람들이 길에 대한 깨달음을 얻는 과정을 보여 줌

정답풀이

④ (나)는 '세상 사는 이치'에서, 내면의 길을 찾아내어 내적 성찰을 이끌어 낸 사람들의 생각을 담아내고 있군.

〈보기〉에서 (나)는 사람들이 '내면의 길을 찾지 못하고 있음을 일깨우고' "밖'과 '안'을 대비하여 내적 성찰의 중요성을 이끌어 내는 길의 상징적 의미를 진술'한다고 하였다. 그런데 '길이 사람을 밖으로 불러내어~세상 사는 이치를 가르치기 위해서라고 말한다'와 같이 생각하는 사람들은 '길이 사람을 밖에서 안으로 끌고 들어가 / 스스로를 깊이 들여다보게 한다는 것'을 모르는 사람들이다. 따라서 '세상 사는 이치'에 내면의 길을 찾고 내적 성찰을 이끌어 낸 사람들의 생각이 담겨 있다고 볼 수는 없다.

오답풀이

① (가)는 '화안한 골 길'과 '백화 앙상한 사이'를 통해, 화자가 여정 속에서 만난 자연의 모습을 묘사하고 있군.

〈보기〉에서 (가)의 화자는 '금강산으로 가는 길에서 만난' '자연의 외적 모습을 바라보는 데 그치지 않고 주관적 대상으로 묘사'한다고 하였다. 이를 참고하면 '화안한 골 길'과 '백화 앙상한 사이'는 화자가 금강산으로 가는 길에 지나온 자연의 모습을 묘사한 것으로 볼 수 있다.

② (가)는 '바다의 별들'과 '하늘에 별들'을 통해, 화자의 내면에 투영된 자연에 대한 주관적 인상을 형상화하고 있군.

〈보기〉에 따르면 (가)의 화자는 '자연의 모습을 자신의 내면에 투영하여 형상화'한다고 하였다. 이를 참고할 때 '장엄히 뿌리어진 허다한 바다의 별들', '꽃과 같이 난만'한 '하늘에 별들'에는 화자의 내면에 투영된 자연에 대한 주관적 인상이 형상화되었다고 볼 수 있다.

③ (나)는 '벼랑 앞에'서 '낭패'를 겪는 사람들의 상황을 보여 줌으로써, 자신의 관점으로만 길을 이해한 사람들을 일깨우려 하고 있군.

〈보기〉에 따르면 (나)의 화자는 '길에 대한 사람들의 생각이 자신의 관점에만 치우쳐 있어서 내면의 길을 찾지 못하고 있음을 일깨우'려고 한다. 이를 참고할 때 길이 '자기들이 길을 만든 줄' 아는 '사람을 끌고 가다가 문득 / 벼랑 앞에 세워 낭패시키는' 상황을 보여 준 것은 자신의 관점에만 치우쳐 길을 이해한 사람들을 일깨우려는 것으로 볼 수 있다.

⑤ (가)는 '꽃과 같이 난만하여라'에서, (나)는 '꽃으로 제 몸을 수놓아 향기를 더하기도 하고'에서, 대상에 대한 화자의 긍정적인 태도를 엿볼 수 있군.

(가)의 '얼어붙는 바람 속 우러르는 나의 하늘에 별들은 쏠리며 다시 꽃과 같이 난만하여라.'에서 화자는 '꽃과 같이 난만'한 별에 대해 긍정적 시선을 드러내고 있다. 또한 (나)에서 '길이 밖으로가 아니라 안으로 나 있다는 것을 / 아는 사람'들을 위해 '꽃으로 제 몸을 수놓아 향기를 더'한다는 것에서도 길에 대한 화자의 긍정적인 태도가 드러난다고 볼 수 있다.

3. (가), (다)에 대한 이해로 가장 적절한 것은?

◇ 정답풀이

⑤ (가)의 '인기척 끊'긴 '한낮'은 화자가 생각에 잠길 만한, (다)의 '아직 샐 때가' 먼 '이 남은 밤'은 글쓴이가 이야기를 계속할 만한 시간으로 볼 수 있다.

> (가)에서는 '인기척 끊'긴 '한낮'에 화자가 '머언 생각에 잠기어 왔더니라.'라고 하였으므로, '한낮'은 화자가 생각에 잠길 만한 시간으로 볼 수 있다. 그리고 (다)의 '아직 샐 때가' 먼 '이 남은 밤'에 글쓴이는 '당신께서 좋아하실 내 시골 육보름 밤의 이야기나 해서 보내도 좋겠'느냐고 하므로, '이 남은 밤'은 글쓴이가 이야기를 계속할 만한 시간으로 볼 수 있다.

✕ 오답풀이

① (가)의 '구월'은 화자의 고뇌가 심화되는 시간으로 볼 수 있다.
(가)의 '구월'은 화자가 '고운 낙엽'이 '푸른 담 위에 호르르르 낙화같이 지'는 모습을 바라보는 시간일 뿐, 화자의 고뇌가 심화되는 시간으로 볼 수는 없다.

② (다)의 '고요하니 즐거운 이 밤'은 '당신'과의 재회에 대한 기대감이 고조되는 시간으로 볼 수 있다.
(다)의 글쓴이는 '고요하니 즐거운 이 밤' '당신께서 보내 주신 맑고 고운 수선화 한 폭을 들여다'보며 '노란 슬픔의 이야기'를 하고 있을 뿐이다. '고요하니 즐거운 이 밤'을 '당신'과의 재회에 대한 기대감이 고조되는 시간으로 볼 수는 없다.

③ (가)의 '어젯밤'은 화자가, (다)의 '복덩이가 돌아다닐 것도 같은 밤'은 글쓴이가 고독감을 느끼는 시간으로 볼 수 있다.
(가)의 '어젯밤'은 화자가 '동해안 어촌 그 검푸른 밤하늘'에 '장엄히 뿌리어진 허다한 바다의 별들'을 본 시간이다. 즉 자연의 모습을 바라보던 시간일 뿐 화자가 고독감을 느끼는 시간으로 볼 수는 없다. 또한 (다)의 '복덩이가 돌아다닐 것도 같은 밤'은 '불을 켜 놓고 복을 맞이하는' '육보름으로 넘어서는 밤'으로 '즐거움'이 느껴지는 시간이지 글쓴이가 고독감을 느끼는 시간으로 볼 수 없다.

④ (가)의 '오늘밤'은 화자가 고향에 대한 기억을 되살리는, (다)의 '실비 오는 무더운 밤'은 글쓴이가 지난날을 후회하는 계기로 볼 수 있다.
(가)의 '오늘밤'은 화자가 '하늘에 별'을 우러러보는 시간일 뿐 고향에 대한 기억을 되살리는 계기로 볼 수는 없다. 또한 (다)의 '실비 오는 무더운 밤'은 글쓴이가 '처음으로 그(처녀)를 안' 때이지 지난날을 후회하는 계기로 볼 수 없다.

4. (가)에 대한 이해로 적절하지 <u>않은</u> 것은?

◇ 정답풀이

⑤ 5연의 '동해안'과 6연의 '산장'이라는 공간의 대조를 통해, 장소의 이동에 따른 화자의 태도 변화를 부각하고 있다.

> 5연과 6연에서 화자는 '어젯밤' '동해안'에서 '바다의 별들'을 보고 '오늘 밤 산장'에서 '하늘에 별들'을 보고 있으므로 '동해안'에서 '산장'으로의 장소 이동이 나타난다고 볼 수 있지만, '동해안'과 '산장'은 대조되는 공간이 아니며 장소 이동에 따라 화자의 태도가 변화하지도 않는다.

✕ 오답풀이

① 1연에서 '아득히', '왔더니라'를 반복하여, '첩첩한 산길'과 '머언 생각에 잠기'는 화자의 내면을 조응시키고 있다.
1연의 '아득히 내 첩첩한 산길 왔더니라.', '아득히 나는 머언 생각에 잠기어 왔더니라.'에서는 '아득히'와 '왔더니라'를 반복하여 '첩첩한 산길'과 '머언 생각에 잠기'는 화자의 내면을 조응시키고 있다.

② 2연의 '물소리에 흰 돌 되어 씻기우며'에서, 자연과의 관계에서 느끼는 화자의 정서를 드러내고 있다.
2연에서 화자는 '물소리'에 자신이 '흰 돌 되어 씻기우며' '외롬도 잊고 왔'다고 표현함으로써, 자연과의 관계에서 느끼는 정서를 드러내고 있다.

③ 3연의 '오래여 삭은 장목들'과 '풍설에 깎이어 날선 봉우리'를 통해, 자연의 유구함에서 풍기는 분위기를 표상하고 있다.
3연에서는 '살다가 오래여 삭은 장목들'과 '풍설에 깎이어 날선 봉우리'의 모습을 통해 아득하게 오래된 자연이 주는 분위기를 드러내고 있다.

④ 3연의 '훌 훌 훌', 4연의 '쏴아', '호르르르'와 같은 표현으로, 자연의 풍경을 생동감 있게 형상화하고 있다.
3연과 4연에서는 '흰 구름'이 '훌 훌 훌' 날리고, '쏴아' '물소리 안은 바람소리'가 나며, '낙엽'이 '호르르르 낙화같이' 진다고 표현함으로써 자연의 풍경을 생동감 있게 형상화하고 있다.

🌱 기틀잡기

> ① **조응**: 둘 이상의 사물이나 현상 또는 말과 글의 앞뒤 따위가 서로 일치하게 대응함.
> ③ **유구하다**: 아득하게 오래다.
>   **표상**: 추상적이거나 드러나지 아니한 것을 구체적인 형상으로 드러내어 나타냄.
> ④ **생동감**: 생기 있게 살아 움직이는 듯한 느낌.

5. [A]~[F]에 대한 이해로 적절하지 <u>않은</u> 것은?

✅ **정답풀이**

④ [E]와 같이 제 뜻을 굽혀 '사람'에게 복종하는 '길'의 모습은 [B]와 대비되고 있다.

> [E]에서는 '길이 밖으로가 아니라 안으로 나 있다는 것을 / 아는 사람에게만' '고분고분'하다고 하였다. 이는 길이 제 뜻을 아는 사람을 위해 '향기를 더하기도 하고' '땀을 식히게도' 하는 유익함을 준다는 것을 의미할 뿐, 길이 제 뜻을 굽혀 사람에게 복종하는 것으로 볼 수는 없으므로 이러한 길의 모습이 [B]와 대비된다고 할 수 없다.

❌ **오답풀이**

① [A]에서 '길'이 '사람들의 뜻'을 좇지 않는다는 진술의 구체적인 양상을 [B]에서 확인할 수 있다.
　[A]에서는 '길은 순순히 사람들의 뜻을 좇지는 않'음을 진술하는데, [B]에는 그 구체적인 양상으로 '큰물에 우정 제 허리를 동강 내어 / 사람이 부득이 저를 버리게 만들기도' 함을 제시하였다.

② [B]에서의 경험을 [C]에서 '사람들'이 어떻게 수용하는지를 밝히고 있다.
　[B]에서는 길이 '큰물에 우정 제 허리를 동강 내'면 사람들이 부득이하게 길을 버리게 됨을 언급하였는데, [C]에서는 사람들이 이러한 경험을 '다 사람이 만든 길이 / 거꾸로 사람들한테 세상 사는 / 슬기를 가르치는' 것이라고 받아들이고 있음을 밝히고 있다.

③ [C]의 '사람들'이 미처 깨닫지 못한 바가 무엇인지를 [D]에서 밝히고 있다.
　[C]의 사람들은 '사람이 만든 길이 / 거꾸로 사람들한테 세상 사는 / 슬기를 가르'친다고 생각한다. 그런데 [D]에서는 이 사람들이 '길이 사람을 밖에서 안으로 끌고 들어가 / 스스로를 깊이 들여다보게 한다는 것은 모'른다며, 미처 깨닫지 못한 바를 밝히고 있다.

⑤ [F]에서 깨달음을 얻은 '사람들'의 태도는 [A]의 '사람들'의 태도와 대비되고 있다.
　[F]에서 '길이 밖으로가 아니라 안으로 나 있다는 것을' '아는 사람에게만 길은 고분고분'하다는 것을 깨달은 사람들은 '자기들이 길을 만들었다고 말하지 않'는다고 했다. 이는 '자기들이 길을 만든 줄' 아는 [A]의 사람들과 대비되는 태도이다.

🌱 **기틀잡기**

> ④ **복종**: 남의 명령이나 의사를 그대로 따라서 좇음.

---

6. 〈보기〉를 참고하여 (다)를 감상한 내용으로 적절하지 <u>않은</u> 것은?

〈보기〉

> '당신'에게 쓰는 편지 형식의 이 수필에서 글쓴이는 개인적 경험과 공동체적 경험으로 대비되는 두 가지 이야기를 들려준다. 수선화에서 연상된 이야기가 글쓴이에게 슬픔을 환기하는 기억이라면, 고향의 풍속 이야기는 일탈이 용인되는 유쾌한 축제로 그려진다. 이를 통해 독자는 슬픔과 즐거움이라는 삶의 양면성을 경험하게 된다.

🔍 **보기 분석**

- 형식: '당신'에게 대비되는 두 가지 이야기를 들려주는 편지 형식
- 내용: ① 수선화에서 연상된 이야기(개인적 경험, 글쓴이의 슬픔 환기), ② 고향의 풍속 이야기(공동체적 경험, 유쾌한 축제)
  → 독자: 삶의 양면성 경험

✅ **정답풀이**

③ '육보름'에 대한 '당신'과 글쓴이의 경험을 대비한 것은 삶의 양면성을 보여 주려는 의도로 볼 수 있겠군.

> 〈보기〉에 따르면 (다)의 글쓴이는 "'당신'에게 쓰는 편지 형식"으로 자신의 '개인적 경험과 공동체적 경험으로 대비되는 두 가지 이야기를 들려'주는데, 이 중 '육보름 밤의 이야기'는 글쓴이의 '공동체적 경험'에 관한 것이다. 그러나 (다)에 '육보름'에 대한 '당신'의 경험은 나타나지 않으므로, (다)에서 '육보름'에 대한 '당신'과 글쓴이의 경험이 대비되었다고 볼 수는 없다.

❌ **오답풀이**

① 글쓴이가 '당신'에게 말하는 형식으로 되어 있어 독자는 자신이 편지의 수신인이 된 것처럼 친근함을 느낄 수 있겠군.
　〈보기〉에 따르면 (다)의 글쓴이는 "'당신'에게 쓰는 편지 형식"으로 자신의 '개인적 경험과 공동체적 경험'을 들려주는데, 이는 독자로 하여금 편지의 수신인이 된 듯한 친근함을 느끼게 할 수 있다.

② '노란 슬픔의 이야기'는 '가슴의 병'을 얻은 여인과 관련된 개인적 경험으로 볼 수 있겠군.
　〈보기〉에 따르면 (다)의 '노란 슬픔의 이야기'는 '수선화에서 연상된 이야기' 즉, '스물을 넘지 못하고 또 가슴의 병을 얻'은 여인에 관한 이야기로, 이는 '글쓴이에게 슬픔을 환기'하는 '개인적 경험'으로 볼 수 있다.

④ '부잣집'의 '기왓장을 벗겨 오'는 '새악시 처녀들'의 행동은 축제 같은 분위기 속에 일시적으로 용인된 것이겠군.
　〈보기〉에 따르면 (다)에서 '고향의 풍속 이야기는 일탈이 용인되는 유쾌한 축제로 그려'진다. 이를 참고하면 '새악시 처녀들'이 '부잣집'에서 '기왓장을 벗겨 오고 부엌의 솥뚜껑을 들어 오고 곱새담의 짚날을 뽑아 오'는 행동은 '유쾌한 축제'와 같은 '육보름 밤'의 분위기 속에 일시적으로 '일탈이 용인'된 것으로 볼 수 있다.

⑤ '자깔자깔', '끼득깨득'과 같은 음성 상징어에서 '새악시 처녀들'의
'허물없는 즐거움'과 쾌감을 느낄 수 있겠군.

〈보기〉에 따르면 (다)의 글쓴이는 '일탈이 용인되는 유쾌한 축제'인 '고향의
풍속 이야기'를 들려준다. 이를 참고하면 '별 같은 이야기를 자깔자깔 하'고
'허물없는 즐거움 속에 끼득깨득' 한다는 음성 상징어를 활용한 표현에서는
'새악시 처녀들'의 즐거움과 쾌감이 드러난다고 볼 수 있다.

 기틀잡기

① **수신인**: 우편이나 전보 따위의 통신이나 유선 또는 무선 통신에서
신호를 받는 사람.
④ **용인**: 너그러운 마음으로 참고 용서함.
⑤ **음성 상징어**: 의성어와 의태어를 통틀어 이르는 말.
　[참고] **의성어**: 사람이나 사물의 소리를 흉내 낸 말.
　　　　의태어: 사람이나 사물의 모양이나 움직임을 흉내 낸 말.

[1~6] 다음 글을 읽고 물음에 답하시오.

(가)

시간을 나타내는 표현으로 시상을 전개함

강호에 「봄이 드니」 이 몸이 일이 많다

나는 그물 깁고 아이는 밭을 가니

뒷 뫼에 엄기는 약을 **언제** 캐려 하나니　〈제1수〉

삿갓에 도롱이 입고 세우(細雨) 중에 호미 메고

산전을 흩매다가 「녹음에 누웠으니」
평온한 분위기

목동이 우양을 몰아다가 **잠든 나**를 깨와다　〈제2수〉

대추 볼 붉은 골에 **밤**은 어이 떨어지며

벼 벤 그루에 게는 어이 내리는고

익은 술에 대한 기대감, 풍류를 즐기는 삶
「술 익자 체 장수* 돌아가니 아니 먹고 어이리」　〈제3수〉

뫼에는 **새** 다 궂고 들에는 갈 이 없다

외로운 배에 삿갓 쓴 「저 늙은이」
작가 또는 작가가 투영된 인물

낚대에 맛이 깊도다 **눈** 깊은 줄 아는가　〈제4수〉

– 황희, 「사시가」 –

▶▶ 지문의 핵심 내용을 정리해 보세요.

화자와 대상의 관계	봄, 여름, 가을, 겨울 사계절에 따라 자연의 모습을 노래하고 풍류를 즐기는 '나'
상황?	봄에는 할 일이 많아 바쁘게 지냄 → 여름에는 밭일을 하고 녹음에 누워 쉬면서 보냄 → 가을에는 술을 마시며 풍요롭게 지냄 → 겨울에는 한적해진 자연 속에서 낚시를 하며 지냄

현대어 풀이

자연에 봄이 찾아오니 이 몸이 할 일이 많다

나는 그물을 깁고 아이는 밭을 가니

뒷산에 자라는 약초를 언제 캐려 하느냐　〈제1수〉

삿갓을 쓰고, 비옷을 입고, 가는 비가 내리는 중에 호미를 메고

산의 밭을 매다가 나무 그늘에 누워 있으니

목동이 소와 양을 몰아다가 잠든 나를 깨우는구나　〈제2수〉

대추가 붉게 익은 골짜기에 밤은 어찌 떨어지며

벼를 벤 그루터기에 게는 어찌 내려와 기어다니는가

술 익자 체 장수 돌아가니 (술을) 아니 먹고 어찌하겠는가　〈제3수〉

산에는 새 다 그치고 들에는 갈 사람이 없다

외로운 배에 삿갓을 쓴 저 늙은이

낚시를 즐기는 맛에 깊이 빠졌구나 눈 깊은 줄은 아는가　〈제4수〉

이것만은 챙기자

*체 장수: 술을 체로 걸러 주던 사람.

(나)

건곤*이 얼어붙어 삭풍*이 몹시 부니

하루 쬔다 한들 열흘 추위 어찌할꼬

은침을 빼내어 **오색실** 꿰어 놓고

임의 터진 옷을 깁고자 하건마는
임과 만날 가능성이 희박함
㉠「천문구중(天門九重)에 갈 길이 아득하니」

아녀자 깊은 정을 임이 **언제** 살피실꼬

㉡음력 섣달 거의로다 새봄이면 늦으리라

동짓날 자정이 지난밤에 **돌아오니**

만호천문(萬戶千門)이 차례로 연다 하되

자물쇠를 굳게 잠가 **동방(洞房)***을 닫았으니

눈 위에 서리는 얼마나 녹았으며

뜰 가의 매화는 몇 송이 피었는고
임에 대한 사무치는 그리움
㉢「간장이 다 썩어 넋조차 그쳤으니」

천 줄기 **원루(怨淚)**는 피 되어 솟아나고

반벽청등(半壁靑燈)은 빛조차 어두워라

황금이 많으면 매부(買賦)나 하련마는*
임이 무정하여 자신의 처지가 바뀔 가능성이 없음을 깨달음
㉣「백일(白日)이 무정하니 뒤집힌 동이에 비칠쏘냐」

평생에 쌓은 죄는 다 **나**의 탓이로되

언어에 공교 없고 눈치 몰라 다닌 일을

풀어서 헤여 보고 다시금 생각거든
현재 상황은 신의 처분으로 어쩔 수 없음
「조물주의 처분을 누구에게 물으리오」

사창 매화 달에 가는 **한숨** 다시 짓고

㉤은쟁(銀箏)을 꺼내어 원곡(怨曲)을 슬피 타니

주현(朱絃) 끊어져 다시 잇기 어려워라

차라리 죽어서 **자규**의 넋이 되어

밤마다 이화에 **피눈물** 울어 내어

오경에 잔월(殘月)을 섞어 **임의 잠**을 깨우리라

– 조우인, 「자도사」 –

>> 지문의 핵심 내용을 정리해 보세요.

화자와 대상의 관계	임과 이별하고 임에 대한 그리움과 이별의 슬픔을 토로하는 '나'
상황?	임의 터진 옷을 깁고자 하지만 임이 자신의 마음을 알아주지 않을 것을 걱정함 → 동방을 닫고 세상과 단절함 → 임을 그리워하며 원망함 → 임과 헤어진 상황은 조물주의 처분이니 어찌할 수 없음 → 죽어서라도 임의 곁에 가고 싶음

현대어 풀이

하늘과 땅이 얼어붙어 겨울 찬 바람이 몹시 부니
하루를 볕을 쬔들 열흘의 추위를 어찌할 것인가
은 바늘을 빼내어 오색실을 꿰어 놓고
임의 터진 옷을 깁고자 하건마는
임이 계신 하늘의 궁궐에 갈 길이 아득하니
아녀자의 깊은 정을 임이 언제 살피실 것인가
음력 섣달이 거의 다 지나간다 봄이 되면 (옷을 드리기에) 늦으리라
동짓날 자정이 지난밤에 돌아오니
집집마다 대문을 차례로 연다고 하여도
자물쇠를 굳게 잠가 침실을 닫았으니
눈 위의 서리는 얼마나 녹았으며
뜰 가의 매화는 몇 송이 피었는지 알 수가 없구나
(내) 마음이 다 썩어 넋조차 그쳤으니
천 줄기 원망의 눈물은 피가 되어 솟아나고
벽에 걸린 푸른 등은 빛조차 어둡구나
황금이 많으면 부를 살까 하련마는
밝은 해가 무정하니 뒤집힌 동이에 비치겠는가
평생에 쌓은 죄는 다 나의 탓이지만
언어에 재주가 없고 눈치 없이 다닌 일을
풀어서 헤아리고 다시 생각해 봐도
조물주의 처분을 누구에게 물으리오
창에 비친 매화, 달을 보며 가늘게 한숨을 다시 짓고
은쟁을 꺼내어 원망의 마음을 담은 곡조를 슬피 연주하니
거문고 줄이 끊어져 다시 잇기가 어렵구나
차라리 죽어서 두견새의 넋이 되어
밤나마 배꽃의 피눈물을 울어 내어
오경에 새벽달을 섞어 임의 잠을 깨우리라

이것만은 챙기자

*건곤: 하늘과 땅을 아울러 이르는 말.
*삭풍: 겨울철에 북쪽에서 불어오는 찬 바람.
*동방: 잠을 자는 방.
*황금이 많으면 매부나 하련마는: 중국 한나라 무제 때 황후 진아교가 당시의 문장가인 사마상여에게 황금을 주고 부를 짓게 하여 자신에게 무심했던 무제의 마음을 돌려 총애를 받게 된 일을 가리킴.

(다)

　그 집은 그 집 아이들에게 작은 우주였다. 그곳에는 많은 비밀이 있었다. 자연 속에는 눈에 보이는 것 말고도 「눈에 보이지 않는 무한한 비밀」이 감춰져 있었다. 그는 그 집에서 크면서 자연 속에 감춰진 비밀들을 깨달아 갔다.

　석양의 북새*, 혹은 낮게 깔리는 굴뚝 연기를 보고 그는 비설거지*를 했다. 그런 다음 날은 틀림없이 비가 올 것이므로. 비가 온 날 저녁에는 또 지렁이가 밤새 운다는 것을 그는 알고 있었다. 똑또르 똑또르 하는 지렁이 울음소리. 냄새와 소리와 맛과 색깔과 형태 들이 그 집에서는 선명했다. 모든 것들이 말이다. 왜냐하면 봄과 여름과 가을과 겨울과 아침과 낮과 저녁과 밤이 그 집에서는 뚜렷했으므로. 자연이 그러한 것처럼 사람들의 삶이 명료했다. **01**

　이제 그 집을 떠난 그에게는 모든 것이 불분명하다. 아침과 저녁이 불분명하고 사계절이 불분명하고 오감이 불분명하다. 병원에서 태어나 수십 군데 이사를 다니고 나서 겨우 장만한 아파트. 그 사각진 콘크리트 벽 속에 살고 있는 그의 아이는 여름에 긴팔 옷을 입고 겨울에 반팔 옷을 입는다.

　돈은 은행에서 나고 먹을 것은 슈퍼에서 나는 것으로 아는 아이는, 수박이 어느 계절의 과일인지 분간하지 못하는 「아이는 그래서 봄 여름 가을 겨울을 알지 못한다.」 아침 저녁의 냄새와 소리와 맛과 형태와 색깔이 어떻게 다른지 알지 못한다. **02**

　어머니의 부음*을 듣고 그는 그가 나고 성장한 그 노란 집으로 갔다. 팔 남매를 낳고 기르느라 조그마해질 대로 조그마해진 어머니는 바로 자신의 아이들을 낳았던 그 자리에 자신의 몸을 부려 놓고 있었다.

　그 집, 노란 그 집에 탄생과 죽음이 있었다. 그 집 안주인의 죽음 이후 그 집은 적막해졌다. 아무도 그 집에 들어와 살지 않을 것이며 누구도 아이를 그 집에서 낳지 않을 것이며 그러므로 죽음 또한 그 집에서는 일어나지 않을 것이다. 「그 집의 역사는 그렇게 끝이 난 것이다.」

　우리들의 어머니의 죽음과 함께 조왕신*과 성주신*이 살지 않는 우리들의 집은 이제 적막하다. 더 이상의 탄생과 죽음이 없는 우리들의 집은 쓸쓸하다.

　우리는 오늘 밤도 「쓸쓸한 집」으로 돌아들 간다. **03**

－ 공선옥, 「그 시절 우리들의 집」 －

>> 지문을 **세 부분**으로 나누고, 핵심 내용을 정리해 보세요.

01	그는 **그 집**에서 유년 시절을 보내며 자연의 섭리를 깨우치고 순리 대로 살았음
02	그 집을 떠나 도시의 **아파트**에 살게 되면서 자연의 섭리를 느끼지 못하고 살아감
03	**어머니**의 죽음 이후 그 집의 **역사**는 끝나고, 우리는 쓸쓸한 집(아파트) 으로 돌아감

이것만은 챙기자

* **북새**: '노을'의 방언.
* **비설거지**: 비가 오려고 하거나 올 때, 비에 맞으면 안 되는 물건을 치우 거나 덮는 일.
* **부음**: 사람이 죽었다는 것을 알리는 말이나 글.
* **조왕신**: 부엌을 맡는다는 신.
* **성주신**: 집을 다스린다는 신.

---

1. (가)~(다)의 공통점으로 가장 적절한 것은?

정답풀이

⑤ 시간을 나타내는 표현을 활용하여 내용을 전개하고 있다.

> (가)는 〈제1수〉의 '봄이 드니', 〈제4수〉의 '눈 깊은 줄' 등에서 시간을 나타 내는 표현을 활용해 시상을 전개하고 있다. (나)에서는 '음력 섣달 거의로다 새봄이면 늦으리라 / 동짓날 자정이 지난밤에 돌아오니'에서 시간을 나타 내는 표현을 활용하고 있다. (다)에서는 '석양', '비가 온 날 저녁', '봄과 여름과 가을과 겨울과 아침과 낮과 저녁과 밤' 등에서 시간을 나타내는 표현을 활용 하고 있다.

오답풀이

① 어조의 변화를 통해 긴장감을 조성하고 있다.
(가)~(다) 모두에서 어조의 변화나 긴장감을 조성하는 부분은 찾을 수 없다.

② 자연과 인간의 대비를 통해 세태를 비판하고 있다.
(다)는 시간과 계절이 명료한 자연과 달리 '아침과 저녁', '사계절', '오감'이 불분명한 삶을 사는 현대인의 모습을 제시하여 자연과 인간을 대비했다고 볼 수도 있다. 그러나 (가)에는 자연 속에서 풍류를 즐기는 인간의 모습이 나 타나고, (나)에서 화자는 '자규', '잔월' 등의 자연물을 통해 임에게 닿고 싶은 자신의 심정을 드러내고 있을 뿐 자연과 인간의 대비를 통해 세태를 비판했 다고 볼 수 없다.

③ 대상과의 문답을 통해 주제 의식을 부각하고 있다.
(가)의 '뒷 뫼에 엄기는 약을 언제 캐려 하나니', (나)의 '열흘 추위 어찌할꼬' 등에서 의문의 형식을 활용하여 물음을 던지고 있으나, 이는 답을 요구하지 않는 설의적 표현이므로 대상과의 문답이 나타났다고 볼 수 없다. (다)에서도 대상과의 문답은 나타나지 않는다.

④ 초월적 공간을 설정하여 고조된 감정을 드러내고 있다.
(가)의 '강호'는 화자가 머물고 있는 현실의 공간이므로 초월적 공간으로 볼 수 없다. (나)의 화자는 '천문구중'에 계신 임을 그리워하며 '동방'에 머물고 있는데, '천문구중'은 하늘의 궁궐을 말하므로 초월적 공간을 설정하여 화자의 고조된 감정을 드러냈다고 볼 수 있다. 한편 (다)의 글쓴이는 '탄생과 죽음이 있었던' '그 집'에 대해 말하면서 집의 전통적 의미에 주목할 뿐이므로, '그 집' 을 초월적 공간으로 볼 수는 없다.

기틀잡기

> ② **대비**: 두 가지의 차이를 밝히기 위해 서로 맞대어 비교함.
> ④ **초월적**: 어떠한 한계나 표준, 이해나 자연 따위를 뛰어넘거나 경험과 인식의 범위를 벗어나는.

2. (가)의 시상 전개에 대한 설명으로 가장 적절한 것은?

✅ **정답풀이**

② 〈제2수〉의 초장, 중장은 인물의 행위가 순차적으로 나열된 것이다.

> 〈제2수〉의 초장과 중장에서는 '삿갓'을 쓰고 '도롱이'를 입은 뒤 '호미'를 메고 '산전을 흩매'고 난 뒤 '녹음에 누워' 쉬는 인물의 행위를 순차적으로 나열하여 여름에 농사일을 하고 쉬는 화자의 모습을 나타내고 있다.

❌ **오답풀이**

① 〈제1수〉의 초장, 중장은 풍경 묘사이고, 종장은 이에 대한 감상의 표현이다.
　〈제1수〉의 초장과 중장은 각각 봄의 계절적 배경을 드러내고 인물의 행위를 나타낼 뿐, 풍경을 묘사하지는 않았다. 종장은 아직 할 일이 남아 있음을 말할 뿐, 풍경에 대한 감상을 표현한 것으로 볼 수 없다.

③ 〈제2수〉의 초장과 중장에 있는 인물의 행위는 〈제3수〉의 초장에서 그 결과로 나타난다.
　〈제2수〉의 초장과 중장에서 여름에 밭에서 농사일을 하고 그늘에서 휴식을 취하는 인물의 행위가 나타나는데, 그러한 행위의 결과가 〈제3수〉의 초장에서 나타나지는 않는다. 〈제3수〉의 초장은 '대추'가 익고 '밤'이 떨어진다고 하여 가을이 왔음을 말해 줄 뿐이다.

④ 〈제3수〉의 초장의 장면은 중장과 인과적 관계로 연결된다.
　〈제3수〉의 초장은 '대추'가 익고 '밤'이 떨어지는 등 가을이 왔음을 알리는 장면이고, 중장은 '벼 벤 그루에 게'가 지나간다고 하여 역시 가을이 되어 추수가 끝난 논의 모습을 보여 주는 장면으로 볼 수 있다. 즉 〈제3수〉의 초장과 중장은 모두 가을이라는 계절적 배경을 보여 주는 장면일 뿐, 두 장이 인과적으로 연결된 것은 아니다.

⑤ 〈제4수〉의 초장의 동적인 분위기는 중장의 정적인 분위기로 전환된다.
　〈제4수〉의 초장은 '뫼에는 새 다 긏고 들에는 갈 이 없다'고 하여 겨울이 오자 한적해진 자연의 모습을, 중장은 한적한 가운데 '삿갓 쓴 저 늙은이'가 배에 타고 있는 모습을 보여 주고 있다. 따라서 초장과 중장 모두 정적인 분위기가 나타난다고 볼 수 있다.

3. 〈보기〉에 따라 (나)의 ㉠~㉤을 이해한 내용으로 적절하지 않은 것은?

> ㉠: 천문구중(天門九重)에 갈 길이 아득하니
> ㉡: 음력 섣달 거의로다 새봄이면 늦으리라
> ㉢: 간장이 다 썩어 넋조차 그쳤으니
> ㉣: 백일(白日)이 무정하니 뒤집힌 동이에 비칠쏘냐
> ㉤: 은쟁(銀箏)을 꺼내어 원곡(怨曲)을 슬피 타니

〈보기〉

선생님: 이 작품의 제목에 쓰인 '자도(自悼)'는 '자신을 애도한다'는 뜻으로, 죽음에 견줄 만큼의 극단적인 슬픔을 드러낸 것입니다. 이 점에 주목하여 작품을 읽어 봅시다.

🔍 **보기 분석**

- 조우인, 「자도사」
  - 자도: 자신을 애도한다
  - 죽음에 견줄 만큼 극단적인 슬픔을 드러냄

✅ **정답풀이**

② ㉡을 통해, 새봄을 맞이하여 이별의 슬픔을 극복하기 위해 마음을 다잡으려 노력하고 있음을 알 수 있어요.

> ㉡에서 화자는 '음력 섣달'이 거의 지났는데 '새봄이면 늦으'므로 조급해하고 있는데, 이는 '임의 터진 옷을 깁고자 하'지만 추운 겨울이 지나고 봄이 오면 이러한 수고가 허사가 될까 봐 걱정하는 것으로 볼 수 있다. 이를 새봄을 맞이하여 이별의 슬픔을 극복하기 위해 마음을 다잡는 모습으로 볼 수는 없다.

❌ **오답풀이**

① ㉠을 통해, 임과 만날 가능성이 희박하다는 비관적 인식이 자신을 애도하게 만든 배경임을 알 수 있어요.
　㉠의 '천문구중'은 임이 계신 곳으로, 화자는 이곳까지 '갈 길이 아득하'다고 하여 임과 만날 가능성이 희박하다는 비관적 인식을 드러내고 있다. 화자는 이러한 인식 때문에 스스로를 애도하는 극단적인 슬픔을 드러낸 것으로 볼 수 있다.

③ ㉢을 통해, 임에 대한 사무치는 그리움이 너무나 커서 자신을 애도할 수밖에 없는 상황임을 알 수 있어요.
　㉢에서 화자는 임에 대한 그리움으로 인해 '간장이 다 썩어 넋조차 그쳤'다고 하여 죽음에 비견되는 슬픔을 느끼고 있음을 드러내어 스스로를 애도하고 있다.

④ ㉣을 통해, 무정한 임 때문에 자신의 처지가 바뀔 가능성이 없음을 깨닫고 좌절감을 느끼고 있음을 알 수 있어요.
　㉣에서 '백일이 무정'하여 '뒤집힌 동이'에 해가 비칠 리 없다는 화자의 인식은 임과 이별한 자신의 처지를 햇빛을 받을 수 없는 '뒤집힌 동이'에 비유하여 드러낸 것으로 볼 수 있다. 즉 화자는 무정한 임 때문에 자신의 처지가 바뀔 수 없으리라는 좌절감을 느끼는 것이다.

⑤ ⓐ을 통해, 임을 향한 원망의 마음을 음악으로 표현하여 내면의 슬픔을 토로하고 있음을 알 수 있어요.
　ⓐ에서 화자는 은쟁으로 '원곡을 슬피 타'며 임에 대한 원망의 마음을 음악으로 표현함으로써 자신의 극단적인 슬픔을 드러내고 있다.

| 시어·시구의 의미 및 기능 파악 | 정답률 89

4. (가)와 (나)의 시어에 대한 이해로 가장 적절한 것은?

✅ 정답풀이

① (가)의 '녹음'은 평온한 분위기의, (나)의 '동방'은 암울한 분위기의 장소이다.

> (가)의 화자는 여름에 농사일을 한 뒤 '녹음에 누워' 휴식을 취하고 있으므로, 이때 '녹음'은 평온한 분위기가 나타나는 장소로 볼 수 있다. 한편 (나)의 화자는 임과 이별한 뒤 '동방을 닫'고 슬픔을 느끼고 있으므로, 이때 '동방'은 암울한 분위기가 나타나는 장소로 볼 수 있다.

❌ 오답풀이

② (가)의 '언제'는 미래의 어느 시기를, (나)의 '언제'는 과거의 어느 시기를 가리킨다.
　(가)의 화자는 '뒷 뫼에 엄기는 약을 언제 캐려 하'냐고 물음으로써 해야 할 일이 남아 있음을 나타내므로, '언제'는 미래의 어느 시기를 가리킨다고 볼 수 있다. 한편 (나)의 화자는 '천문구중'의 먼 곳에 있는 임이 자신의 정을 '언제 살피'겠냐고 함으로써 임이 자신의 마음을 헤아려 주지 않음을 서러워하고 있으므로, '언제'는 과거가 아닌 미래의 어느 시기를 가리킨다고 볼 수 있다.

③ (가)의 '새'와 (나)의 '자규'는 모두 화자의 감정이 이입된 대상물이다.
　(나)의 화자는 임에 대한 그리움으로 인해 '차라리 죽어서 자규의 넋이 되어' 임의 잠을 깨우고 싶다고 하였으므로, '자규'에 자신의 감정을 이입했다고 볼 수 있다. 그러나 (가)에서는 '뫼에는 새 다' 그쳤다고 하며 겨울에 온 산에서 새를 찾아볼 수 없음을 드러낼 뿐, '새'에 화자의 감정을 이입했다고 볼 수 없다.

④ (가)의 '잠든 나'의 '잠'과 (나)의 '임의 잠'은 모두 꿈을 통해서라도 소망을 실현하기 위한 매개이다.
　(가)의 화자는 힘든 농사일 후에 '녹음에 누워' '잠든' 것이므로, 이때의 '잠'이 화자의 소망을 실현하기 위한 매개가 된다고 볼 수 없다. 또한 (나)의 화자는 '차라리 죽어서 자규의 넋이 되어' 울어 내어 '임의 잠'을 깨우고 싶다고 하였는데, 이러한 소망은 화자가 죽어 다른 존재가 됨으로써 이루어질 수 있는 것이지 '임의 잠'을 통해 이루어질 수 있는 것은 아니다.

⑤ (가)의 '돌아가니'와 (나)의 '돌아오니'는 모두 화자가 새로운 상황에 기대감을 갖는 계기이다.
　(가)의 화자는 '술 익자 체 장수 돌아'간다고 함으로써 새로 만든 술을 마실 수 있게 된 기대감을 드러낸다고 볼 수 있다. 그러나 (나)의 화자는 '동짓날 자정이 지난밤에 돌아'와도 '자물쇠를 굳게 잠가 동방을 닫'고 오지 않는 임을 그리워하므로, 새로운 상황에 대한 기대감을 갖게 된다고 볼 수 없다.

| 작품의 내용 이해 | 정답률 67

5. 비밀들을 중심으로 (다)를 이해한 내용으로 적절하지 않은 것은?

✅ 정답풀이

① '그 집'을 떠난 후 그의 오감이 불분명한 것은 비밀들이 그의 '아파트'에 감춰져 있기 때문이다.

> '그'가 '그 집'에서 깨닫게 된 '비밀들'은 '틀림없이 비가 올' 징조들이나 '비가 온 날 저녁에' '지렁이가 밤새 운다'는 것이나 계절과 시간의 '냄새와 소리와 맛과 색깔과 형태' 등이다. 즉 '그'는 '그 집'에 살면서 자연의 명료한 섭리를 느껴 왔던 것이다. 그런데 '그 집을 떠난 그'가 '모든 것이 불분명'하다고 느끼는 것은 그의 아파트에서는 자연의 섭리를 느낄 수 없기 때문이다. 따라서 '그 집'을 떠난 후 그의 오감이 불분명한 것은 '비밀들'이 그의 '아파트'에 감춰져 있기 때문이 아니라, '아파트'에서는 그러한 '비밀들'을 확인할 수 없기 때문이다.

❌ 오답풀이

② '그 집 아이들'은 '그 집'에서 '낮게 깔리는 굴뚝 연기'에 감춰진 '비'에 관한 비밀들을 깨달을 수 있었다.
　'그 집 아이들'은 '그 집에서 크면서 자연 속에 감춰진 비밀들을 깨달'았는데, 그것은 '낮게 깔리는 굴뚝 연기'를 보면 '다음 날은 틀림없이 비가' 온다는 것 등을 말한다.

③ '그의 아이'가 '여름에 긴팔 옷을 입고 겨울에 반팔 옷을 입는' 것은 비밀들을 모르고 살아가는 모습을 보여 준다.
　'그 집'이 아닌 '아파트'에 살고 있는 '그의 아이'는 '여름에 긴팔 옷을 입고 겨울에 반팔 옷을 입는' 등 자연의 섭리와 무관한 생활을 영위하고 있다. 이는 도시의 삶에서는 '비밀들'을 모르고 살아갈 수밖에 없음을 보여 준다고 할 수 있다.

④ '그 집'의 역사가 어머니의 죽음 후 끝났다고 한 것은 비밀들과 함께할 사람들의 '탄생과 죽음'이 사라졌기 때문이다.
　'그 집'에는 원래 '탄생과 죽음'이 있었으나 어머니의 죽음 이후 '그 집의 역사는 그렇게 끝'이 났다고 하였다. 이는 '그 집'에서 살면서 '비밀들'을 몸소 느끼고 함께할 사람들이 더 이상 그곳에서 살지도, 아이를 낳지도, 죽지도 않을 것이기 때문이다.

⑤ '그 사각진 콘크리트 벽 속'에 사는 '그의 아이'는 비밀들을 알아차릴 줄 아는 감각을 익히지 못해 삶이 불분명하다.
　'그 사각진 콘크리트 벽 속에 살고 있는 그의 아이는' 계절과 시간의 '냄새와 소리와 맛과 형태와 색깔이 어떻게 다른지 알지 못'한다. 이는 '그 집'을 떠나 아파트에 사는 '그'가 '사계절이 불분명하고 오감이 불분명'한 삶을 사는 것처럼 '그의 아이'도 자연의 비밀들을 알아차릴 줄 아는 감각을 익히지 못해 삶이 불분명할 것임을 표현한 것으로 볼 수 있다.

문제적 문제

• 5-④번

학생들이 정답 이외에 가장 많이 고른 선지가 ④번이다. (다) 작품이 낯설어서 '비밀들'과 '그 집'의 의미를 제대로 이해하지 못했을 수도 있고, 선지의 '비밀들과 함께할 사람들'이 누구인지 알 수 없어 정오 판단에 어려움을 느꼈을 수도 있다.

(다)에서 글쓴이는 '그 집'에서 '자연 속에 감춰진 비밀들을 깨달'을 수 있었다고 하였고, 2문단에서 자연의 비밀들이 무엇인지 설명했다. 그리고 5문단과 6문단에서는 '그 집'에서 '그'를 포함한 '팔 남매'와 '어머니'가 함께 살았고, 이제 어머니의 죽음 이후 '아무도 그 집에 들어와 살지'도, '아이를 그 집에서 낳지'도, '죽음'이 '그 집'에서 일어나지도 않을 것이라고 하였다. 즉 '그 집'은 가족들이 함께 지내며 자연 속에서 '비밀들'을 깨달을 수 있는 공간이었지만, 이제 어머니마저 돌아가시고 모두 '그 집'을 떠나게 되면 가족의 '탄생과 죽음'이 그곳에서 일어나지 않을 것이기에 '그 집'의 역사가 끝났다고 한 것이다. 이러한 분석을 통해 ④번이 적절한 내용임을 판단할 수 있었다.

정답률 분석

정답			매력적 오답	
①	②	③	④	⑤
67%	9%	4%	11%	9%

| 외적 준거에 따른 작품 감상 | 정답률 **77**

6. 〈보기〉를 참고하여 (가)~(다)를 감상한 내용으로 적절하지 **않은** 것은? [3점]

〈보기〉

　　시조, 가사, 수필에서 작가는 대개 1인칭으로 나타나므로 작가 정보를 활용하면 작품을 더 풍부하게 해석할 수 있다. 그런데 작가는 자신을 다른 인물로 상정하여 표현하기도 한다. 이 경우에도 작가를 그 인물에 투영해서 읽을 수 있다. (가)는 작가가 나이 들어 벼슬에서 물러나 전원에서 생활하며 지은 시조라는 점, (나)는 작가가 임금에게 충언하는 시를 쓴 죄로 옥에 갇혔을 때 지은 가사라는 점, (다)는 작가가 시골에서 성장한 경험을 반영하여 쓴 수필이라는 점을 고려하여 작품을 해석할 수 있다.

🔍 보기 분석

- 시조, 가사, 수필의 작가는 대개 1인칭으로 나타남
- 작가의 3인칭화: 작가를 '나'가 아닌 다른 인물로 상정하여 표현
  - (가): 나이 들어 벼슬에서 물러나 전원에서 생활하는 사람
  - (나): 임금에게 충언했다가 옥에 갇힌 사람
  - (다): 시골에서 성장한 사람

✅ 정답풀이

② (가)의 '저 늙은이'가 작가가 아니라면, 〈제4수〉는 '낚대'의 깊은 맛에 몰입하며 '나'와는 달리 한가롭게 지내는 인물에 대한 심리적 거리감을 드러낸 것이겠군.

> (가)의 '저 늙은이'를 작가가 아닌 별개의 인물로 본다고 하더라도, 화자가 '저 늙은이'에 대한 심리적 거리감을 드러냈다고 보기 어렵다. (가)의 화자는 자연에서 풍류를 즐기며 한가롭게 지내고 있으므로, 화자는 '저 늙은이'에 대해 심리적 거리감을 느끼는 것이 아니라, 그 역시 '낚대'의 깊은 맛에 몰입하며 자신과 마찬가지로 한가로움을 즐기고 있다고 볼 것이다.

❌ 오답풀이

① (가)의 '저 늙은이'가 작가라면, 전체적으로 이 작품은 연로한 작가가 느끼는 전원생활의 흥취를 드러낸 것이겠군.

〈보기〉에서 (가)의 작가는 '나이 들어 벼슬에서 물러나 전원에서 생활하'는 사람이라고 하였다. 따라서 (가)의 '저 늙은이'가 작가라면, (가)는 나이 든 작가가 전원생활을 영위하며 느끼는 흥취를 드러냈다고 볼 수 있다.

③ (나)의 '아녀자'가 작가라면, 이 작품은 '은침'과 '오색실'로 '임의 터진 옷'을 깁는 상황을 설정하여 임금에 대한 곧은 충심을 표현한 것이겠군.

〈보기〉에서 (나)는 '임금에게 충언하는 시를 쓴 죄로 옥에 갇혔을 때' 지었다고 하였다. 따라서 (나)의 '아녀자'가 작가라면, (나)는 '은침을 빼내어 오색실 꿰어 놓고 / 임의 터진 옷을 깁고자' 한다는 것에서 임금에 대한 충심을 드러냈다고 볼 수 있다.

④ (다)의 '그'가 작가라면, 이 작품은 '그 집'에서 성장하고 떠났던 자신의 경험을 타인의 것처럼 전달함으로써 개인적인 경험에 거리를 두고 객관화하여 표현한 것이겠군.

〈보기〉에서 (다)의 작가는 '시골에서 성장한 경험을 반영'했다고 하였다. 따라서 (다)의 '그'가 작가라면, '그 집에서 크면서 자연 속에 감춰진 비밀들을 깨달'았던 경험을 타인의 것처럼 전달함으로써 객관화하여 표현했다고 볼 수 있다.

⑤ (다)의 '우리들'에 작가 자신이 포함되므로, 이 작품은 작가 자신의 개인적 경험을 확장하여 유사한 경험을 가진 독자들의 공감을 이끌어 내려 한 것이겠군.

〈보기〉에서 (다)의 작가는 '시골에서 성장한 경험을 반영'했다고 하였다. 따라서 (다)의 '우리들의 집은 이제 적막하다.', '우리는 오늘 밤도 쓸쓸한 집으로 돌아들 간다.'와 같은 표현은 작가와 마찬가지로 시골에서 성장하였으나 도시에서 지내고 있는 경험을 가진 독자들의 공감을 이끌어 낸다고 볼 수 있다.

[1~6] 다음 글을 읽고 물음에 답하시오.

(가)

구겨진 하늘은 묵은 애기책을 편 듯
돌담 울이 고성같이 둘러싼 산기슭 　　[A]
어둡고 황폐한 고향의 분위기
「박쥐 나래 밑에 황혼이 묻혀 오면
초가 집집마다 호롱불이 켜지고
고향을 그린 묵화(墨畫) 한 폭 좀이 쳐.」

띄엄 띄엄 보이는 그림 조각은
낭만적인 봄의 풍경
「앞밭에 보리밭에 말매나물 캐러 간
가시내는 가시내와 종달새 소리에 반해」　　[B]

빈 바구니 차고 오긴 너무도 부끄러워
술레짠 두 뺨 위에 모매꽃이 피었고.

그넷줄에 비가 오면 풍년이 든다더니
앞내강에 씨레나무 밀려 나리면
악화되어 가는 고향의 현실
「젊은이는 젊은이와 뗏목을 타고　　[C]
돈 벌러 항구로 흘러간 몇 달에
서릿발 잎 져도 못 오면 바람이 분다.」

피로 가꾼 이삭이 참새로 날아가고
현실 너머의 세계
곰처럼 어린 놈이 「북극」을 꿈꾸는데　　[D]
늙은이는 늙은이와 싸우는 입김도

일제 강점기 고향의 삭막한 현실
벽에 서려 성에 끼는 「한겨울 밤」은
동리(洞里)의 밀고자*인 강물조차 얼붙는다.　　[E]

－ 이육사, 「초가」－

>> 지문의 핵심 내용을 정리해 보세요.

화자와 대상의 관계	산기슭에서 고향의 암담한 현실을 생각하는 사람
상황?	산기슭에서 고향을 떠올림 → 가시내들은 나물 캐러 갔다 빈 바구니로 돌아오고 젊은이들은 돈 벌러 떠났다가 돌아오지 않음 → 어린 아이는 북극을 꿈꾸고 늙은이들은 서로 싸움 → 마을이 얼어붙은 강물처럼 암담함

이것만은 챙기자

*밀고자: 남몰래 넌지시 일러바치는 사람.

(나)

오늘, 북창을 열어,
장거릴 등지고 산을 향하여 앉은 뜻은
사람은 맨날 변해 쌓지만
불변성을 지닌 산의 모습
「태고로부터 푸르러 온 산」이 아니냐.
고요하고 너그러워 수(壽)하는 데다가
보옥을 갖고도 자랑 않는 겸허한 산.
마음이 본시 산을 사랑해
평생 산을 보고 산을 배우네.
죽음 이후에도 산과 함께할 것을 드러냄
「그 품 안에서 자라나 거기에 가 또 묻히리니」
내 이승의 낮과 저승의 밤에
아아라히 뻗쳐 있어 다리 놓는 산.
근원적 고향으로서의 산
「네 품이 내 고향인 그리운 산」아
미역취 한 이파리 상긋한 산 내음새
산에서도 오히려 산을 그리며
꿈같은 산 정기(精氣)를 그리며 산다.

－ 김관식, 「거산호 2」－

>> 지문의 핵심 내용을 정리해 보세요.

화자와 대상의 관계	산을 보면서 산을 배우고 산 정기를 그리워하는 '나'
상황?	장거리를 등지고 산을 향하여 앉음 → 산에서 고요하고 너그럽고 겸허한 삶의 태도를 배움 → 산을 고향으로 인식함 → 산을 그리워함

(다)

　온갖 꽃들이 요란스럽게 일제히 터트려져 광채가 찬란하다. 이때에 바람이 살짝 불어오면 향기가 코를 스친다. 때마침 「꼴* 베는 자가 낫을 가지고 와서 손 가는 대로 베어 내는데, 아쉬워 돌아보거나 거리끼는 마음도 없다.」 나는 이에 한숨을 쉬며 탄
향기로운 꽃을 잡초로 인식하여 베어 버리는 인간의 모습
식하여 말하였다.

　"땅이 낳고 하늘이 기르는바, 만물이 무성히 자라며 모두가 광대한 은택을 입는구나. 이에 따스한 바람이 불어 갖가지 형상을 아로새기고 단비를 내려 온 둘레를 물들이니, 천기(天機)를 함께 타고나 형체를 부여받음에 각기 그 자질에 따라 고운 자태를 드러낸다. 모란의 진귀하고 귀중함을 해당화의 곱고 아름다움에

견주어 보면, 비록 크고 작은 차이는 있겠으나, 「어찌 공교함과 졸렬함에 다른 헤아림이 있었겠는가?」 **01**
하늘의 입장에서 만물은 가치의 우열을 가지지 않음

(중략)

그런데도 **귀함**이 저와 같고 **천함**이 이와 같아, 어떤 것은 **부호가의 깊은 장막 안**에서 눈앞의 봄바람을 지키고, 어떤 것은 짧은 낫을 든 어리석은 종의 손아귀에서 가을 서리처럼 변한다. 이 어찌 된 일인가? 뜨락은 사람 가까이에 있고 교외의 땅은 멀리 막혀 있어 가까운 것은 친하기 쉽고 멀리 있는 것은 저어하기* 때문이 아니겠는가? 아니면 요황과 위자*는 성씨가 존엄한데 범상한 화초는 이름이 없으며, 성씨가 존엄한 것은 곱게 빛나는데 이름 없는 것들은 먼 데서 이주해 온 백성 같은 존재이기 때문인가? 그도 아니면 뿌리가 깊은 것은 종족이 번성한데 **빽빽이** 늘어선 것들은 가늘고 작으며, 높고 큰 것은 높은 자리에 있고 가늘고 작은 것들은 들판에 있기 때문인가? **02**

아! 낳는 것은 하늘에 달려 있으나 **영화롭게*** 하는 것은 인간에 달려 있다. 「하늘은 사사로움이 없기에 그 **조화(造化)가 균일**
자연을 대하는 인간의 태도에 대한 성찰
하지만, 인간은 널리 베풀지 못하므로 **소원함**도 있고 **친함**도 있는 것이다.」 하늘이 이미 낳아 주었는데 또 어찌 사람이 영화롭게 하고 영화롭지 못하게 한다고 원망하겠는가? 나에게는 비록 감정이 있지만 풀에는 감정이 없으니, 그것이 「소의 목구멍을 채우는 것과 **나비**로 하여금 다투어 찾도록 하는 것」을 어찌 달리 보겠
하찮게 취급되는 풀과 귀하게 여겨지는 풀의 차이를 구체적 이미지로 드러냄
는가?" **03**

– 이옥, 「담초(談艸)」 –

*요황과 위자: 모란의 진귀한 품종을 일컫는 말.

>> 지문을 **세 부분**으로 나누고, 핵심 내용을 정리해 보세요.

01 잡초를 베는 것에 탄식하며, **만물**은 모두 각자의 타고난 아름다움을 가지고 있다고 말함

02 모두 아름다운 존재임에도 인간은 **귀함**과 천함을 따져 다르게 대함

03 인간에게는 감정이 있어 소원함과 친함에 따라 풀이 영화로운지의 여부를 가리지만, 풀에게는 **감정**이 없으므로 꼴이 되어 소에게 먹히는 것과 향기를 내어 나비를 찾아오게 하는 것이 다르지 않음

이것만은 챙기자

***꼴**: 말이나 소에게 먹이는 풀.
***저어하다**: 익숙하지 아니하여 서름서름하다.
***영화롭다**: 몸이 귀하게 되어 이름이 세상에 빛날 만하다.

---

1. (가)~(다)에 대한 설명으로 가장 적절한 것은?

✅ **정답풀이**

③ (다)에서는 자연과 인간의 관계를 살펴 자연을 바라보는 인간의 태도에 대한 성찰을 드러내고 있다.

> (다)의 글쓴이는 '(자연을) 낳는 것은 하늘에 달려 있으나 영화롭게 하는 것은 인간에 달려 있다.'라고 하여 자연과 인간의 관계에 대해 말하였으며, 사람에게는 '감정이 있'어 '소원함도 있고 친함도 있'기에 자연을 영화롭게 하거나 그렇지 않게 하지만, '풀에는 감정이 없'어 '소의 목구멍을 채우는 것과 나비로 하여금 다투어 찾도록 하는 것'을 '달리 보'지 않을 것이라 하여 자연을 바라보는 인간의 태도에 대해 성찰하고 있다.

❌ **오답풀이**

① (가)에서는 현실적인 문제 해결의 실마리로 조화로운 공동체의 모습을 제시하고 있다.
(가)의 화자는 '돈 벌러 항구로' 간 마을의 젊은이들이 돌아오지 못하고, '피로 가꾼 이삭이 참새로 날아가'는 부정적 상황을 현실적 문제로 인식하고 있으나, 이에 대한 해결의 실마리로 조화로운 공동체의 모습을 제시하지는 않았다.

② (나)에서는 현실에 대한 부정적 인식을 바탕으로 앞날에 대한 회의를 드러내고 있다.
(나)의 화자는 '장거릴 등지고 산을 향하여 앉았으므로 현실의 세속을 부정적으로 인식한다고 볼 수 있다. 그러나 화자는 '평생 산을 보고 산을 배'운다고 할 뿐, 앞날에 대한 회의를 드러내지는 않았다.

④ (가), (다)에서는 모두 자연물이 쇠락하는 과정을 제시하여 인생에 대한 무상감을 드러내고 있다.
(가)의 화자는 '돈 벌러 항구로' 간 마을의 젊은이들이 돌아오지 못하며 '피로 가꾼 이삭이 참새로 날아가'는 등 좀이 친 '묵화' 같이 암울하고 쇠락해 가는 고향 마을의 모습에 주목할 뿐, 자연물이 쇠락하는 과정을 제시하지 않았다. 또한 (다)의 글쓴이는 자연을 대하는 인간의 태도에 대해 성찰할 뿐, 자연물의 쇠락을 통해 인생에 대한 무상감을 드러내지는 않았다.

⑤ (가), (나), (다)에서는 모두 자연과의 교감을 통해 장소에 대한 낙관적 전망을 이끌어 내고 있다.
(나)의 화자는 '산'에게 '네 품이 내 고향'이라고 하며 그리움을 드러내고, '평생 산을 보고 산을 배우'며 '거기에 가 또 묻히'겠다고 하므로 자연과의 교감을 드러낸다고 볼 수 있으나 이를 통해 산에 대한 낙관적 전망을 이끌어 내고 있지는 않다. 한편 (가)의 화자는 자연과 교감하고 있지 않으며, 고향 마을이 쇠락해가는 모습에 주목할 뿐, 마을에 대한 낙관적 전망을 이끌어 내지는 않았다. 또한 (다)의 글쓴이는 자연을 대하는 인간의 태도에 대해 성찰할 뿐, 자연과의 교감을 통해 장소에 대한 낙관적 전망을 이끌어 내지 않았다.

🌱 기틀잡기

② **회의**: 의심을 품음. 또는 마음속에 품고 있는 의심.
④ **쇠락**: 쇠약하여 말라서 떨어짐.
　 인생무상: 인생이 알지 못하는 가운데 매우 빨리 지나가는 느낌. 인생에 보람이나 쓸모가 없어 헛되고 허전한 느낌.
⑤ **낙관**: 인생이나 사물을 밝고 희망적인 것으로 보는 것.

2. 〈보기〉를 참고할 때, [A]~[E]에 대한 이해로 적절하지 <u>않은</u> 것은?

<보기>

이육사는 「초가」를 발표하면서 '유폐된 지역에서'라고 창작 장소를 밝혔다. 이곳에서 그는 오래전 떠나온 고향을 떠올려 시로 형상화했다. 계절의 흐름에 따라 낭만적인 봄에서 비극 적인 겨울로 시상을 전개하여 악화되어 가는 일제 강점기의 현실을 묘사했다.

🔍 보기 분석

• 이육사, 「초가」
 – '유폐된 지역에서' 오래전 떠나온 고향을 떠올려 시를 창작함
 – 계절의 흐름에 따라 '낭만적인 봄 → 비극적인 겨울'로 시상 전개
 – 악화되어 가는 일제 강점기 현실을 묘사함

✔ 정답풀이

③ [C]: 고향 사람들이 기대하던 앞내강 정경을 묘사하여 화자의 소망이 이루어진 상황을 나타내고 있다.

'그넷줄에 비가 오면 풍년이 든다더니'에서 '풍년'은 고향 사람들이 기대 하던 일로 볼 수 있으나, '씨레나무 밀려 나'린 앞내강의 모습은 고향 사 람들이 기대하던 것이나 화자의 소망이 이루어진 상황으로 볼 수 없다. 참고로 '앞내강에 씨레나무 밀려 나리'는 것은 홍수가 나서 강물에 나무 가 떠내려가는 상황을 말한다.

❌ 오답풀이

① [A]: 돌담 울에 둘러싸인 산기슭을 묘사하여 화자가 고향을 회상 하는 장소의 분위기를 나타내고 있다.
〈보기〉에서 (가)의 작가는 '유폐된(아주 깊숙이 가두어져 놓인) 지역에서' (가)를 창작했다고 하였다. [A]에서 화자는 '돌담 울이 고성같이 둘러싼 산기슭' 에서 '고향을 그린 묵화'를 떠올리고 있으므로, 돌담 울에 둘러싸인 산기슭을 묘사하여 고향을 회상하는 장소의 분위기를 나타냈다고 볼 수 있다.

② [B]: 봄날의 보리밭 풍경을 제시하여 화자가 떠올리는 고향의 모습을 형상화하고 있다.
〈보기〉에서 (가)의 작가는 '고향을 떠올려 시로 형상화'하면서 '낭만적인 봄' 의 모습을 나타냈다고 하였다. [B]에서 화자는 '보리밭에 말매나물 캐러 간 / 가시내'가 '종달새 소리'에 반한 모습을 통해 낭만적인 봄의 풍경을 보여 줌 으로써 고향의 모습을 형상화하고 있다.

④ [D]: 풍족한 결실을 거두지 못한 상황에서 자신이 처한 현실 너머의 세계를 꿈꾸는 소년의 모습을 보여 주고 있다.
〈보기〉에서 (가)는 '낭만적인 봄에서 비극적인 겨울로 시상을 전개하여 악화 되어 가는 일제 강점기의 현실을 묘사했다.'라고 하였다. [D]에서는 '피로 가꾼 이삭이 참새로 날아'간 궁핍한 상황에서도 '곰처럼 어린 놈이 북극을 꿈'꾸는 모습을 통해 자신이 처한 현실 너머의 세계를 꿈꾸는 소년의 모습을 보여 주고 있다.

⑤ [E]: 강물이 얼어붙는 삭막한 겨울의 이미지로 일제 강점기의 가혹한 현실 상황을 드러내고 있다.
〈보기〉에서 (가)는 '낭만적인 봄에서 비극적인 겨울로 시상을 전개하여 악화 되어 가는 일제 강점기의 현실을 묘사했다.'라고 하였다. 이를 고려하면 [E] 에서 화자가 '한겨울 밤은 / 동리의 밀고자인 강물조차 얼붙는다.'라고 한 것은 차갑게 얼어붙은 강물의 모습을 통해 일제 강점기의 가혹한 현실을 형상화한 것으로 볼 수 있다.

3. '산'에 대한 화자의 태도를 중심으로 (나)를 감상한 내용으로 적절하지 <u>않은</u> 것은?

✔ 정답풀이

② '산'을 인간의 덕성을 표면화하는 데 집중하는 적극적 의지를 지닌 존재로 여기는군.

'고요하고 너그러워 수하는 데다가 / 보옥을 갖고도 자랑 않는 겸허한 산.' 에서 화자가 '산'을 너그럽고 겸허한 인간의 덕성을 가진 존재로 보고 있 음을 알 수 있다. 하지만, 화자가 '산'을 인간의 덕성을 표면화하는 데 집 중하는 적극적 의지를 지닌 존재로 여기는 것은 아니다.

❌ 오답풀이

① '산'을 수시로 변하는 인간과 달리 태고로부터 본질을 잃지 않는 불변성을 지닌 것으로 인식하는군.
'사람은 맨날 변해 쌓지만 / 태고로부터 푸르러 온 산이 아니냐.'를 통해 화자가 인간은 수시로 변하지만 산은 본질을 잃지 않는 불변성을 지닌 대상 으로 인식하고 있음을 알 수 있다.

③ '산'을 삶과 죽음을 이어 줌으로써 죽음 이후에도 함께할 대상으로 여기는군.
'내 이승의 낮과 저승의 밤에 / 아라히 뻗쳐 있어 다리 놓는 산.'에서 '산'은 삶과 죽음을 이어주는 존재로 볼 수 있으며, 화자는 '거기에 가 또 묻히리니' 라고 하여 죽음 이후에도 '산'과 함께할 것임을 드러내고 있다.

④ '산'을 근원적 고향으로 인식함으로써 그리움의 대상으로 바라 보는군.
'네 품이 내 고향인 그리운 산아'를 통해 화자는 '산'을 근원적 고향으로 인식 함으로써 그리움의 대상으로 여기고 있음을 알 수 있다.

⑤ '산'을 현재 함께하는 존재로 여기면서도 지속적으로 지향해야 할 궁극적인 존재로 인식하는군.
'산에서도 오히려 산을 그리며 / 꿈같은 산 정기를 그리며 산다.'에서 화자는 현재 '산'에 있으면서도 동시에 '산'을 그리워하고 있다. 즉 화자는 '산'을 현재 함께하는 존재로 여기면서도 지속적으로 지향해야 할 존재로 인식한다고 볼 수 있다.

4. (다)의 '나'에 대한 이해로 가장 적절한 것은?

✔ 정답풀이

④ 하늘의 입장에서 보면 모든 풀은 '조화가 균일'한 존재로서 가치의 우열을 가지지 않는다고 생각한다.

> 글쓴이는 '하늘은 사사로움이 없기에 그 조화가 균일하지만, 인간은 널리 베풀지 못하므로 소원함도 있고 친함도 있는 것이다.'라고 하여 자연을 대하는 인간과 하늘의 태도에 차이가 있음을 말하고 있다. 이는 자연에 대해 감정적으로 멀고 가까움을 느껴 가치의 우열을 따지는 인간과 달리, 하늘은 모든 풀을 '조화가 균일'한 존재로 여기고 가치의 우열을 따지지 않는다는 것으로 이해할 수 있다.

✘ 오답풀이

① 꽃의 '공교함과 졸렬함'을 판단할 때는 꽃의 형체보다는 쓰임새에 기준을 두어야 함을 강조한다.

글쓴이는 '모란의 진귀하고 귀중함을 해당화의 곱고 아름다움에 견주'었을 때 '어찌 공교함과 졸렬함에 다른 헤아림이 있었겠'냐고 하여 우위를 가릴 수 없음을 말하고 있다. 따라서 꽃의 가치를 판단할 때 형체보다 쓰임새에 기준을 두어야 함을 강조했다고 볼 수 없으며, 기준이 무엇이든 꽃의 '공교함과 졸렬함'을 헤아릴 수 없음을 말하고 있다.

② 화초의 '귀함'과 '천함'에 대한 평가는 그 본성에 맞게 이름이 부여되었느냐에 달려 있다고 믿는다.

글쓴이는 풀이 '귀함'과 '천함'으로 나누어지는 이유는 '인간은 널리 베풀지 못하므로 소원함도 있고 친함도 있'기 때문이라고 보았다. 따라서 화초에 대한 평가가 본성에 맞게 이름이 부여되었느냐에 달렸다고 보지는 않을 것이다.

③ 풀을 '영화롭게' 만드는 주체는 인간이 아니라 하늘이어야 한다는 깨달음을 드러낸다.

글쓴이는 '낳는 것은 하늘에 달려 있으나 영화롭게 하는 것은 인간에 달려 있'고, 이는 '하늘은 사사로움이 없기에 그 조화가 균일하지만, 인간은 널리 베풀지 못하므로 소원함도 있고 친함도 있'기 때문이라고 하였다. 이는 인간과 달리 하늘은 풀의 가치의 우열을 따지지 않는다는 것일 뿐, 하늘이 풀을 영화롭게 만들어야 한다는 깨달음을 드러낸 것은 아니다.

⑤ 인간의 감정에는 '소원함'과 '친함'이 모두 있으므로 사사로움을 넘어 균형을 도모할 수 있다고 본다.

글쓴이는 '하늘은 사사로움이 없기에 그 조화가 균일하지만, 인간은 널리 베풀지 못하므로 소원함도 있고 친함도 있는 것이다.'라고 하였다. 즉 인간의 감정에 '소원함'과 '친함'이 모두 있어서 사사로움이 없는 하늘과 달리 대상에 대한 균형을 도모하기 어렵다고 본 것이다.

5. 묵화 와 북창 을 중심으로 (가)와 (나)를 비교한 내용으로 가장 적절한 것은?

✔ 정답풀이

① (가)에서는 '묵화'와 '박쥐 나래'의 이미지를 연결하여 고향의 어두운 분위기를, (나)에서는 '북창'에서 바라본 산의 '품'에 주목하여 산이 주는 아늑한 분위기를 드러낸다.

> (가)의 화자는 '박쥐 나래 밑에 황혼이 묻혀 오'는 모습을 통해 어둠이 찾아온 시간적 배경을 설정하고, '고향을 그린 묵화 한 폭 좀이' 쳤다고 하여 퇴락하고 황폐한 고향의 모습을 나타냈다. 따라서 '묵화'와 '박쥐 나래'의 이미지를 연결하여 고향의 어둡고 음산한 분위기를 드러냈다고 볼 수 있다. 한편 (나)의 화자는 '북창'을 열고 '산을 향하여 앉'아 바라본 '그 품'에 주목하고 있다. 따라서 '북창'에서 바라본 산의 '품'을 통해 아늑한 분위기를 자아냈다고 볼 수 있다.

✘ 오답풀이

② (가)에서 '묵화'는 '황혼'이 상징하는 현실적 상황에, (나)에서 '북창'은 '저승의 밤'이 의미하는 절망적 상황에 대응된다.

(가)의 '묵화'는 고향을 그린 것으로, 이때 고향을 '황혼'이 묻은 대상으로 묘사하고 있는 것으로 보아 '묵화'는 '황혼'이 상징하는 어두운 현실 상황에 대응된다고 볼 수 있다. 한편 (나)의 '북창'은 화자가 '산'을 마주할 수 있게 하는 매개물일 뿐, 절망적 상황에 대응되지는 않는다. 또한 '저승의 밤'은 죽음을 의미하지만, (나)의 화자가 죽음을 절망적 상황으로 인식하고 있지는 않다.

③ (가)에서 '묵화'에 '좀이 쳐'라고 한 것은 화자가 고향에 대해 느끼는 세월의 깊이를, (나)에서 '북창'을 '오늘' 열었다고 한 것은 산을 대하는 화자의 인식이 변화된 시점을 드러낸다.

(가)의 '묵화'에 '좀이' 친 것은 좀이 칠 만큼 시간이 흘렀음을 나타내므로 화자가 고향에 대해 느끼는 세월의 깊이를 나타낸다고 볼 여지가 있으나, (나)의 화자는 '마음이 본시 산을 사랑해 / 평생 산을 보고 산을 배'운다고 하였으므로, 산을 대하는 화자의 인식이 '오늘' 변화되었다고 볼 수는 없다.

④ (가)에서 '묵화'를 '그림 조각'이라고 한 것은 고향의 분절된 이미지를, (나)에서 '북창'을 '열어' 산을 보고 있다는 것은 선망하는 세계와 분리된 이미지를 나타낸다.

(가)의 화자는 '묵화'를 통해 고향의 전반적인 이미지를 형상화한 뒤, '그림 조각'을 통해 '말매나물 캐러 간 / 가시내'의 모습, '앞내강에 씨레나무 밀려 나리'던 모습, '늙은이는 늙은이와 싸우는' 모습 등 고향의 단편적인 장면들을 형상화하고 있다. 한편 (나)의 화자는 '북창'을 '열어' '산'을 향하여 앉'아 있으므로, '산'은 화자가 선망하는 세계로 볼 수 있다. 그런데 화자는 산의 '품 안에서 자라나' '평생 산을 보고 산을 배'운다고 했으므로 선망하는 세계와 분리되었다고 볼 수 없다.

⑤ (가)에서는 '묵화'에 그려진 '모매꽃'에 부끄러움의 정서를, (나)에서는 '북창'을 통해 본 '보옥'에 안타까움의 정서를 담아낸다.

(가)의 화자는 '빈 바구니 차고 오'는 것이 '부끄러'운 '가시내'의 '뺨 위에 모매꽃이 피었'다고 하였으므로 '모매꽃'에 부끄러움의 정서를 담아냈다고 할 수 있다. 한편 (나)의 화자는 '북창'을 통해 '산'을 보고 있으며, 그 '산'은 '보옥을 갖고도 자랑 않는 겸허'함을 지녔다고 하였다. 따라서 '보옥'에 안타까움의 정서를 담아냈다고 볼 수 없다.

6. 〈보기〉를 참고하여 (가)~(다)를 감상한 내용으로 적절하지 않은 것은? [3점]

〈보기〉

문학적 표현에는 표현 대상을 그와 연관된 다른 관념이나 사물로 대신하여 나타내는 방법이 있다. 여기에는 사물의 속성으로 실체를 대신하거나 대상의 한 부분으로 전체를 대신하는 것 등이 포함된다. 이러한 방법들은 서로 혼재되기도 하면서 구체적이고 생생한 이미지와 분위기를 환기한다.

🔍 **보기 분석**

• 대상을 다른 관념이나 사물로 대신하여 나타내는 문학적 표현
  – 사물의 속성으로 실체를 대신하기
  – 대상의 한 부분으로 전체를 대신하기
  → 여러 방법이 혼재되기도 하며 구체적이고 생생한 이미지와 분위기를 환기함

✅ **정답풀이**

④ (다)에서 귀한 대우를 받는 삶을 그러한 속성을 가진 '부호가의 깊은 장막 안'으로 나타냄으로써, 인간과 가까운 공간의 적막한 분위기를 환기하는군.

(다)의 글쓴이는 '어떤 것은 부호가의 깊은 장막 안에서 눈앞의 봄바람을 지키고, 어떤 것은 짧은 낫을 든 어리석은 종의 손아귀에서 가을 서리처럼 변한다.'라고 하여 어떤 풀은 귀하게 여겨져 대접을 받고, 어떤 풀은 소에게 먹일 잡초로 여겨져 베이는 것을 말하고 있다. 즉 '부호가의 깊은 장막 안'은 인간에게 가치 있는 존재로 인정받는 풀이 위치하는 곳을 의미할 뿐, 공간의 적막한 분위기를 환기하지는 않는다.

❌ **오답풀이**

① (가)에서 저녁이 오는 시간을 그와 연관된 사물인 '호롱불'이 켜진다는 것으로 나타냄으로써, 산골 마을의 저녁 풍경을 시각적 이미지로 보여 주는군.

(가)에서는 '박쥐 나래 밑에 황혼이 묻혀 오면 / 초가 집집마다 호롱불이 켜'진다고 하여, 저녁이 찾아온 마을의 풍경을 시각적 이미지로 형상화하고 있다.

② (가)에서 고향에 머무르지 못하고 객지로 떠나는 현실을 '뗏목'을 타고 흘러가는 것과 연관 지어 나타냄으로써, 삶의 불안정함을 구체적 이미지로 보여 주는군.

(가)는 '젊은이'가 '뗏목을 타고 / 돈 벌러 항구로 흘러간'다고 하여, 고향을 떠나 객지로 향해야 하는 불안한 현실을 구체적으로 형상화하고 있다.

③ (나)에서 세속적인 삶의 공간 전체를 이해관계가 얽혀 있는 '장거리'의 속성을 활용하여 나타냄으로써, 인심이 쉽게 변하는 세속 공간의 분위기를 환기하는군.

(나)의 화자는 '장거릴 등지고 산을 향하여 앉'았다고 하여, 장이 서는 곳인 장거리의 속성을 활용해 세속적 공간 전체를 형상화하였다. 이때 '사람은 맨날 변해 쌓'는다고 하여 인심이 쉽게 변하는 세속적 공간의 분위기를 환기하고 있다.

⑤ (다)에서 풀의 가치를 '소'와 '나비'의 행위와 연관 지어 나타냄으로써, 하찮게 취급되는 풀과 귀하게 여겨지는 풀의 차이를 구체적 이미지로 보여 주는군.

(다)에서는 '소의 목구멍을 채우는 것과 나비로 하여금 다투어 찾도록 하는 것'이라고 하여, 소에게 먹이로 주기 위해 베이는 하찮은 풀과 베이지 않고 향기를 내어 나비가 찾아올 수 있게 하는 귀한 풀의 차이를 구체적 이미지로 드러내고 있다.

📋 **문제적 문제**   • 6-⑤번

학생들이 정답 외에 가장 많이 고른 선지는 ⑤번이다. (다)의 '풀에는 감정이 없으니, 그것이 소의 목구멍을 채우는 것과 나비로 하여금 다투어 찾도록 하는 것을 어찌 달리 보겠는가?'에 나타난 문학적 표현 관계를 명확히 파악하지 못한 것으로 보인다.

이 부분에서 글쓴이가 하고자 하는 말은, 인간이 하찮게 여기는 것과 귀하게 여기는 것을 풀은 다르게 보지 않는다는 것이다. 즉, 인간이 하찮게 여기는 것을 '소의 목구멍을 채우는 것'으로, 인간이 귀하게 여기는 것을 '나비로 하여금 다투어 찾도록 하는 것'으로 나타내고 있다. 이는 인간이 하찮게 여기는 풀과 귀하게 여기는 풀의 차이를 각각 소가 먹는 행위와 나비가 찾는 행위와 연관 지어 나타낸 것으로 볼 수 있다.

(다)에서 풀에는 감정이 없어 이를 '달리 보'지 않을 것이라 했기 때문에 ⑤번을 잘못된 진술이라고 생각했을 수도 있다. 그런데 선지에서는 '대상을 그와 연관된 다른 관념이나 사물로 대신하여 나타내는' 문학적 표현 방법과 관련하여 '풀의 가치'를 소와 나비의 행위와 연관 지어 구체적 이미지로 드러냈는지를 묻고 있다. 문제를 풀 때 문제가 요구하는 것과 〈보기〉가 제시하는 내용, 그리고 선지가 가리키는 것을 모두 고려하여 문제를 푼다면, 이러한 오류를 범하지 않을 수 있다.

정답률 분석

			정답	매력적 오답
①	②	③	④	⑤
2%	4%	7%	49%	38%

[1~6] 다음 글을 읽고 물음에 답하시오.

(가)

대부분의 사내들이 고기잡이로 떠난 갯마을에는 늙은이들이 어린 손자나 데리고 뱃그늘이나 바위 옆에 앉아 무연히 바다를 바라보고, 아낙네들이 썰물에 조개나 캘 뿐 한가하다.

사흘 째 되던 날, 윤 노인은 아무래도 수상해서 박 노인을 찾아 갔다. 바다에 수상한 기운이 느껴지자, 이를 확인하고 싶어 박 노인을 찾아간 윤 노인 박 노인도 막 물가로 나오는 참이었다. 두 노인은 바위 옆 모래 톱에 도사리고 앉았다. 윤 노인이 먼저 입을 뗐다.

"저 구름발 좀 보라니?" / "음!"

구름발은 동남간으로 해서 검은 불꽃처럼 서북을 향해 뻗어 오르고 있었다.

윤 노인이 또,

"하하아 저 물빛 봐!"

박 노인은 보라기 전에 벌써 짐작이 갔다. ⓐ아무래도 변의 징조였다. 바다에 변이 일어날 징조를 눈치챈 박 노인

파도 아닌 크고 느린 너울*이 왔다. 그럴 때마다 매운 갯냄새 가 풍겼다. 틀림없었다.

이번에는 박 노인이 뻔히 알면서도,

"대마도 쪽으로 갔지?"

"고기 떼를 찾아갔는데 울릉도 쪽이면 못 갈라고…."

두 노인은 더 말이 없었다. 그새 구름은 해를 덮었다. 바람도 딱 그쳤다. 너울이 점점 커 왔다. 큰 너울이 올 적마다 물컥 갯 냄새가 코를 찔렀다. 두 노인은 말없이 일어나 말없이 헤어졌다. ⓐ그들의 경험에는 틀림이 없었다. 올 것은 기어코 오고야 말았다. 무서운 밤이었다. 깜깜한 칠야, ⓑ비를 몰아치는 바람과 바다의 아우성, 보이는 것은 하늘로 부풀어 오른 파도뿐이었다. 그것은 마치 바다의 참고 참았던 분노가 한꺼번에 터져 흰 이빨로 뭍을 마구 물어뜯는 것과도 같았다. 파도는 이미 모래톱을 넘어 돌각 담을 삼키고 몇몇 집을 휩쓸었다. ⓒ마을 사람들은 뒤 언덕배기 당집으로 모여들었다. 이러는 동안에 날이 샜다. 날이 새자부터 바람이 멎어 가고 파도도 낮아 갔다. 샌 날에 보는 ⓓ마을은 그야 말로 난장판이었다. 성난 파도가 몇몇 집을 휩쓸자 언덕배기 당집으로 모여들어 혼란스러워하는 마을 사람들 장면01

[A]
이날 밤 한 사람의 희생이 있었다. 윤 노인이었다. 그의 며느리 말에 의하면 돌각 담이 무너지고 파도가 축담 밑까지 들이밀자 윤 노인은 며느리와 손자를 앞세우고 담 밖까지 나오다가 무슨 일로선지 며느리는 먼저 가라고 하고 윤 노 인은 다시 들어갔다고 한다. 그러고는 아무것도 모른다는 것이다.

ⓔ바다는 언제 그런 일이 있었던가 하듯 잔물결이 안으로 굽은

모래톱을 찰싹대고, 볕은 한결 뜨거웠고, 하늘은 남빛으로 더욱 짙었다.

─ 그러나 고등어 배는 돌아오지 않았다. 마을은 더 큰 어 두운 수심에 잠겼다. 마을 사내들이 탄 고등어 배가 돌아오지 않자 수심 에 잠긴 마을 사람들 장면02 이틀 뒤에 후리막 주인이 신문을 한 장 가지고 와서, 출어한 많은 어선들이 행방불명이 됐다 는 기사를 읽어 주었다. 마을은 다시 수라장이 됐다. 집집 마다 울음소리가 그치지 않았다. 출어했던 많은 어선들이 풍랑에 행 방불명 되었다는 기사를 듣고 슬퍼하는 마을 사람들 장면03 이틀이 지났 다. 울음에도 지쳤다. 울어서 해결될 문제가 아니었다.

─ 설마 죽었으랴고. ─

이런 한 가닥 희망을 가지고 아낙네들은 다시 바다로 나
[B] 갔다. 사내들이 죽지 않았을 것이란 희망을 품는 아낙네들 살아야 했다. 살아남고자 하는 아낙네들 바다에서 죽고 바다로 해서 산다. 해순 이는 성구가 돌아올 것을 누구보다도 믿었다. 성구가 돌아오리라 믿는 해순 그동안 세 식구가 먹고살아야 했다. 해순이도 물옷을 입고 바다로 나갔다.

해조를 따고, 조개를 캐다가도 문득 이마에 손을 하고 수평선을 바라보곤 아련한 돛배만 지나가도 괜히 가슴을 두근거리는 아낙네들이었다. 고등어 배가 돌아오기를 기다리며 가슴을 두근거리는 아낙네들 멸치 철이건만 후리*도 없었다. 후리막은 집 뚜껑을 송두리째 날려 버린 그대로 손볼 엄두를 내지 ─ 않았다. 장면04

─ 오영수, 「갯마을」 ─

*후리: 그물의 한 종류.

▶▶ 지문을 네 장면으로 나누고, 장면의 핵심 내용을 정리해 보세요.

장면01 대부분의 사내들이 고기잡이를 하러 떠난 사이, 성난 바다의 파도가 갯마을을 침범함

장면02 윤 노인이 파도에 희생되고, 바다는 잔잔해졌지만 마을의 사내들이 타고 나간 고등어 배는 돌아오지 않음

장면03 출어한 어선들의 행방불명 소식을 듣고, 고등어 배에 탄 사람들의 생존을 걱정하며 집집마다 울음소리가 그치지 않음

장면04 마을의 아낙네들은 고등어 배가 돌아오리란 희망을 품고 물질을 하며 살아남고자 함

　동해안의 H라는 조그만 갯마을에 사는 해순은 나이 스물셋의 젊은 과부이다. 해순은 뜨내기 뱃사람과 해녀 사이에서 태어나 바다와 함께 자란 여성으로, 열아홉 살에 뱃사람인 성구와 결혼하자 해순의 어머니는 자신의 고향인 제주도로 떠난다. 해순은 남편 성구가 고등어잡이를 나갔다가 풍랑에 돌아오지 않게 되자, 물옷을 입고 바다로 나가 시어머니와 시동생을 부양하며 생계를 유지한다.

　어느 날 물질로 지쳐 잠이 든 해순의 방에 상수가 몰래 침입하여 해순을 겁탈한다. 상수는 2년 전 아내를 잃고 고향을 떠나 떠도는 처지였는데, 상수와 해순의 소문이 갯마을에 돌게 된다. 아무리 기다려도 바다로 나간 성구가 돌아오지 않자, 해순의 시어머니는 성구의 제사를 지내기 시작하고 해순을 상수와 개가시킨다. 해순은 상수를 따라 갯마을을 떠났으나 상수가 징용으로 끌려간 뒤 산골에서 혼자 견디다 못해 다시 갯마을로 돌아온다. 또다시 과부가 된 해순은 갯마을에서 물질을 하며 생계를 이어 간다.

✷ 전지적 작가 시점

이것만은 챙기자

*너울: 바다의 크고 사나운 물결.

(나)

S#14. 축항*

　시멘트로 만든 축항./윤 노인과 박 노인이 꼬니*를 두고 있다.

윤 노인: 거 왜 을축년 바람 때만 해도 그랬지… 용왕님만 노하시면 속절없는 거야.

박 노인: 암 여부가 없지…. (수평선을 보며) 여봐 저 구름 좀 보라니….

윤 노인: (침통하게) 음…. 심상치 않은 구름을 보며 침통함을 느끼는 윤 노인

박 노인: 아무래도 심상치 않아… 저 물빛도 좀 보라니까…. 바람이 점점 세어진다. 장면 01

S#15. 노목

　성황당 뒤에 서 있는 노목이 불어오는 바람을 가누지 못하고 몹시 흔들린다.

S#16. 바위

　점점 커 가는 파도가 바위에 부딪쳐 부서진다.

S#17. 축항

　밀려온 파도는 축항을 뒤엎을 듯이 노한다.

S#18. 몽타주*

　문을 열고, 하늘을 보는 가족들.
　뛰어나와 바다를 보는 사람들.
　분주하게 움직이는 아낙들.

S#19. 하늘

　검은 구름이 몰려온다./번쩍이는 번개./천지를 진동하는 천둥.

S#20. 들판

　폭풍우에 휩쓸리는 나무./무서운 비바람에 흔들리는 나무./벼락이 떨어지며 고목 하나에 불이 붙는다./쏟아지는 비! 비!/몰아치는 바람.

S#21. 길(밤)

　돌각 담으로 된 골목길을 달리는 해순.
　숨은 하늘에 치닿고/옷은 비에 젖어 나신이나 다름없고…./넘어지며 달린다./번개! 천둥….

S#22. 성황당(밤-비)

　비틀거리는 해순이가 올라와서/당목* 앞에 꿇어앉으며 원망스러운 눈초리로

해순: 서낭님예… 서낭님예…. 폭풍우에 풍랑이 거센 바다를 걱정하며 서낭님께 비는 해순

　몇 번 부르더니 쏟아지는 빗속에서 몇 번이고 절을 한다./잠시 후 순임이가 올라와서 해순이와 같이 절을 한다.

S#23. 하늘(밤-비)

　먹장 같은 구름에 뒤덮여 검기만 하다./파도 소리와 바람 소리뿐이다./크게 번개가 친다.

S#24. 노한 밤바다

　노도* 속에서 비바람과 싸우는 선원들./처절한 성구의 얼굴./무엇인가 소리치지만 들리지 않는다./선미의 키를 잡으며 이를 악무는 성칠./분주한 선원들의 모습. 풍랑 속에서 살아남기 위해 비바람과 싸우는 선원들 /더욱더 거센 파도./흔들리는 뱃사람들…./파도에 쓰러지고/흔들림에 넘어지고…./이윽고 배는 나뭇잎처럼 덜렁들렸다가 넘어간다.

S#25. 성황당(밤-비)

　해순이와 순임이 외에도 몇몇 아낙이 모였다./제정신이 아닌 모습으로 절을 하는 아낙들. 고기잡이를 하러 떠난 사내들을 걱정하며 무사 귀환을 비는 아낙들 장면 02

S#26. 윤 노인의 집 앞(밤-비)

　윤 노인이 나온다./순임이 따라 나오며

순임: 아버지예. 이 빗속에 어디로 나가신다는 김니꺼…. 비가 세차게 오는 와중에 집을 나서는 윤 노인을 걱정하는 순임

윤 노인: 마 퍼뜩 다녀올 끼다….

순임: 내일 아침에 가시면 안 될까요….

상수: (가며) 앙이다. 거참 아무래도 무슨 일 내겠다….

　　나간다.

S#27. 축항(밤-비)

　파도가 휘몰아치는 축항을 위험스럽게 걸어온다./빈 배에 걸려 있는 그물을 벗기려는 순간 윤 노인은 파도에 빨려 축항 밖으로 떨어진다./잠깐 허우적거리는 듯하더니 노도에 휩쓸려 버린다.

S#28. 성황당(밤-비)

　더욱더 거센 비바람./아우성치듯 흔들거리는 당목. 가지가 꺾어진다./O. L. 　장면 03

S#29. 아침 바다

　어젯밤의 폭풍우는 어디로 갔는지 자취도 없고 바다는 잔잔하다./모래밭을 적시는 잔잔한 파도. 　장면 04

　　　　　　　　　– 오영수 원작, 신봉승 각색, 「갯마을」 –

　*몽타주: 따로따로 촬영된 장면을 결합하여 새로운 의미를 나타내는 편집 방식.

>> **지문을 네 장면으로 나누고, 장면의 핵심 내용을 정리해 보세요.**

장면 01	윤 노인과 박 노인은 꼬니를 두며 바다의 기상 상태가 심상치 **않음**을 감지함
장면 02	**비바람**이 몰아치고 마을 사람들과 선원들이 분주하게 움직이는 가운데, 해순과 순임을 비롯한 아낙들은 **성황당**에서 서낭님에게 마을 사람들의 안전을 기원함
장면 03	빗속에서 **그물**을 벗기던 윤 노인은 파도에 휩쓸림
장면 04	아침이 오고 **바다**가 잔잔해짐

📄 전체 줄거리

　남해안의 이천리라는 평화로운 갯마을에는 어부인 성구와 그의 아내 해순이 살고 있다. 어느 날 마을 사람들과 성구를 태워 고기잡이를 나간 배가 풍랑으로 돌아오지 않는 바람에 해순은 젊은 과부가 되어 혼자 시어머니를 부양한다. 그러던 중 해순은 산에서 숯을 굽는 상수를 만나 인연을 맺게 된다. 바다 출신이 아닌 외지 사람인 상수를 따라 해순은 마을을 떠나 산에서 살게 되지만 늘 바다를 그리워한다. 그러던 중 상수가 산에서 실족사하고, 해순은 다시 혼자가 된다. 해순은 할 수 없이 다시 갯마을로 돌아오게 되고, 성구와 상수를 그리워하며 해녀로 살아간다.

이것만은 챙기자

* **축항:** 항구를 구축함. 또는 그 항구.
* **꼬니:** '고누(땅이나 종이 위에 말밭을 그려 놓고 다투는 놀이)'의 방언.
* **당목:** 마을의 수호신으로 모셔 제사를 지내 주는 나무.
* **노도:** 무섭게 밀려오는 큰 파도.

| 서술상의 특징 파악 | 정답률 **96**

1. [A]의 서술 방식에 대한 설명으로 가장 적절한 것은?

✓ 정답풀이

① 간접 인용을 통해 인물의 행적을 서술하고 있다.

> [A]의 '그의 며느리 말에 의하면~윤 노인은 다시 들어갔다고 한다. 그러고는 아무것도 모른다는 것이다.'에서 서술자는 윤 노인의 며느리가 한 말을 간접 인용하여 폭우가 쏟아지던 밤 윤 노인의 행적을 서술하고 있다.

✗ 오답풀이

② 이야기 내부 인물이 자신의 내면을 진술하고 있다.
　[A]는 이야기 외부에 위치한 전지적 서술자가 '이날 밤' 있었던 사건을 서술한 것이다. 이야기 내부 인물이 자신의 내면을 직접 진술하고 있지는 않다.

③ 과거 회상을 통해 인물 간의 갈등을 심화하고 있다.
　[A]는 '이날 밤'에 벌어진 윤 노인의 희생에 대해 서술하고 있다. 작품 내부의 서술자가 직접 과거를 회상하는 장면이 나타나지는 않으며, 인물 간의 갈등이 그로 인해 심화되었다고 보기도 어렵다.

④ 인물의 외양 묘사를 통해 개성적 면모를 부각하고 있다.
　[A]에서 인물의 외양을 묘사한 부분을 찾을 수 없다.

⑤ 공간 변화에 따라 서술자를 달리하여 사건에 대한 다양한 관점을 제시하고 있다.
　[A]에서 서술자는 바뀌지 않았으므로 그에 따라 사건에 대한 다양한 관점을 제시하고 있다고 보기 어렵다.

2. ㉠에 대한 이해로 가장 적절한 것은?

> ㉠: 그들의 경험

✅ 정답풀이

② '두 노인'은 자연 현상을 지각함으로써 ㉠을 환기한다.

> 윤 노인과 박 노인은 '바위 옆 모래톱'에 앉아 '구름발'과 '물빛'을 보며
> '변의 징조'를 느낀다. 그리고 ㉠에 따라 '틀림이 없'이 큰 파도가 찾아
> 오리라 짐작한다. 따라서 두 노인은 자연 현상을 지각하며 ㉠을 환기하였
> 다고 볼 수 있다.

❌ 오답풀이

① '두 노인'은 우연히 만나 ㉠에 대해 대화를 나눈다.
　윤 노인은 바다의 상태가 '아무래도 수상해서 박 노인을 찾아갔'으므로, 두
　노인이 우연히 만났다고 보기 어렵다.

③ '두 노인'은 ㉠으로 인해 서로 다른 대처 방안을 제시한다.
　두 노인은 ㉠을 떠올리며 바다에 변이 일어날 것임을 짐작하고는 '말없이
　일어나 말없이 헤어졌'을 뿐, 서로 다른 대처 방안을 제시하지는 않았다.

④ '두 노인'은 예측이 빗나감에 따라 ㉠에 대해 회의감을 갖는다.
　두 노인은 자연 현상을 바라보며 바다에 변이 일어날 것임을 짐작하고, ㉠에
　따르면 틀림없다고 여긴다. 그리고 두 노인의 예상대로 큰 파도가 일어 마을
　은 위험에 처하게 된다.

⑤ '두 노인'은 ㉠으로 인해 고깃배의 행선지에 대하여 무관심한 태도를
　보인다.
　박 노인은 '뻔히 알면서도' 고깃배가 '대마도 쪽으로 갔'는지를 묻는다. 이는
　㉠으로 인해 고깃배를 걱정하는 마음이 담긴 것으로, 고깃배의 행선지에 대해
　무관심한 태도를 보이는 것은 아니다.

3. 〈보기〉를 참고하여 [B]를 감상한 내용으로 적절하지 <u>않은</u> 것은?

> ─────────〈보기〉─────────
>
> 「갯마을」은 시련이 연속되는 삶의 터전에서 그에 맞서는
> 인물들의 삶을 다룬다. 갯마을 사람들의 일상을 구성하는
> 사물, 장소, 일 등은 인물들의 시련과 이를 극복하려는 노력을
> 나타내는 서사적 장치로 활용된다. 이를 통해 「갯마을」은
> 삶을 지켜 나가려는 의지와 희망을 형상화하고 있다.

🔍 보기 분석

> • 「갯마을」
> 　– 시련이 연속되는 삶에 맞서는 인물들의 삶을 보여 줌
> 　– 사람들의 일상은 시련과 극복 노력을 나타내는 서사적 장치로
> 　　활용됨 → 삶을 지키려는 의지, 희망 형상화

✅ 정답풀이

⑤ '돛배'는 아낙네들에게 자신들의 희망이 실현될 것이라는 확신을
　제공하는 대상이군.

> 〈보기〉에서 「갯마을」은 '일상을 구성하는 사물'을 통해 '삶을 지켜 나가려는
> 의지와 희망을 형상화'한다고 하였다. 이를 참고하면 '돛배'는 갯마을의
> 일상에서 볼 수 있는 사물로, '돛배만 지나가도 괜히 가슴을 두근거리는
> 아낙네들'을 통해 시련 속에서도 고등어 배가 언젠간 돌아오리라는 희망을
> 품고 살아가는 태도를 엿볼 수 있다. 그러나 '돛배'가 아낙네들에게 자신
> 들의 희망이 실현될 것이라는 확신까지 제공하고 있지는 않다.

❌ 오답풀이

① '고등어 배'가 돌아오지 않은 일은 마을 사람들이 겪게 되는 시련에
　해당하는군.
　〈보기〉에서 '갯마을 사람들의 일상을 구성하는 사물, 장소, 일 등은 인물들의
　시련'을 나타낸다고 하였다. 이를 참고하면 배가 바다로 나가는 것은 갯마
　을 사람들의 일상을 구성하는 일로, '고등어 배'가 돌아오지 않은 일은 마을
　사람들이 겪게 되는 시련에 해당한다고 볼 수 있다.

② '신문'은 마을 사람들이 상황을 더욱 심각하게 여기게 하는 매개
　물이군.
　〈보기〉에서 '갯마을 사람들의 일상을 구성하는 사물, 장소, 일 등은 인물들의
　시련'을 나타낸다고 하였다. 이를 참고하면 '후리막 주인'이 읽어 준 '출어한
　많은 어선들이 행방불명이 됐다'는 내용의 '신문'으로 인해 '집집마다 울음
　소리가 그치지 않게 되고 마을 사람들은 상황을 더욱 심각하게 여기며 괴로워
　하게 되었다고 볼 수 있다.

③ '바다'는 아낙네들에게 시련을 주지만 생활의 방편도 제공한다는 점에서 이중적인 의미를 지니는군.

〈보기〉에서 '갯마을 사람들의 일상을 구성하는 사물, 장소, 일 등은 인물들의 시련과 이를 극복하려는 노력'을 나타낸다고 하였다. 이를 참고하면 '바다'는 '출어한 많은 어선들이 행방불명' 되는 등 사람들의 목숨을 앗아가는 시련을 주는 공간이면서 동시에 살기 위해 다시 바다로 나가는 아낙네들에게 '해조를 따고, 조개를 캐'는 생활의 방편도 제공한다는 점에서 이중적인 의미를 지닌다고 볼 수 있다.

④ '물옷'을 입고 바다로 나가는 것은 삶을 지켜 나가려는 해순의 의지를 보여 주는 행동이군.

〈보기〉에서 "갯마을」은 삶을 지켜 나가려는 의지와 희망을 형상화'한다고 하였다. 이를 참고하면 '물옷을 입고 바다로 나'가 '세 식구'를 먹여 살리려는 해순의 모습은 삶을 지켜 나가려는 의지를 보여 주는 것이다.

| 인물의 특징 및 심리 파악 | 정답률 94

4. (나)의 인물에 대한 설명으로 가장 적절한 것은?

✔ 정답풀이

① S#21에서 '해순'이 달려가는 행위는 기상 악화로 인해 다급해진 속내를 보여 준다.

S#21 이전 장면에서 기상 악화로 번개와 천둥이 치고 폭우가 쏟아지는 모습이 나타난다. 따라서 S#21에서 해순이 옷이 비에 젖고 넘어지면서도 '골목길을 달리는' 모습은 기상 악화로 인해 다급해진 속내를 보여 준다고 할 수 있다.

✖ 오답풀이

② S#22에서 '해순'이 비틀거리면서도 성황당에 오르는 것은 당목을 지키려는 의무감을 나타낸다.

S#22에서 해순이 성황당으로 다급하게 뛰어와 '당목 앞에 꿇어앉'은 것은 빗속에서 서낭님에게 절을 하며 빌기 위함이지, 당목을 지키려는 의무감 때문이라고 보기 어렵다.

③ S#22에서 '순임'의 등장은 '해순'이 서낭님에게 기원하던 것을 멈추는 계기가 된다.

S#22에서 해순은 '쏟아지는 빗속에서 몇 번이고 절'을 하다가 '순임이가 올라'오자 '같이 절'을 하였으므로, 순임의 등장으로 서낭님에게 기원하던 것을 멈추지는 않았다.

④ S#25에서 '해순'과 '순임'은 성황당에 모인 다른 아낙들과 갈등 관계를 형성한다.

S#25에서 해순과 순임은 모여든 몇몇 아낙과 같이 절을 하고 있을 뿐, 갈등 관계를 형성하고 있지는 않다.

⑤ S#26에서 '순임'은 '윤 노인'이 집을 나가는 이유를 제공한다.

S#26에서 순임은 윤 노인을 향해 '이 빗속에 어디로 나가'는지 물으며 만류할 뿐, 윤 노인이 집을 나가는 이유를 제공하고 있지는 않다.

| 배경의 의미 및 기능 파악 | 정답률 95

5. (나)의 S#18과 S#24에 대한 이해로 적절하지 <u>않은</u> 것은?

✔ 정답풀이

② S#18은 여러 장소에서 벌어지는 사건들을 각각 보여 주어, 제시된 사건들이 갖는 상반된 의미를 나타내고 있다.

S#18은 기상 악화로 마을의 분위기가 심상치 않다는 것을 여러 장소에서 벌어진 인물들의 행동을 통해 보여 주고 있을 뿐, 각 사건들이 갖는 상반된 의미를 나타내고 있지는 않다.

✖ 오답풀이

① S#18은 인물들의 행동을 보여 주는 장면들을 연결하여, 마을의 어수선한 분위기를 보여 주고 있다.

S#18에서는 각 인물들의 행동을 담은 장면들을 연결하여 기상 악화로 인한 마을의 분주하고 어수선한 분위기를 보여 주고 있다.

③ S#24는 말소리가 들리지 않는 장면을 제시하여, 성구의 절박한 상황을 부각하고 있다.

S#24에서는 처절한 얼굴로 '무엇인가 소리치지만 들리지 않는' 장면을 보여 주어 위험에 처한 성구의 절박한 상황을 부각하고 있다.

④ S#24는 행위와 표정을 하나의 장면으로 제시하여, 비바람에 맞서는 성칠의 모습을 보여 주고 있다.

S#24에서는 '선미의 키를 잡'는 행위와 '이를 악무'는 표정을 하나의 장면으로 제시하여, 비바람에 맞서는 성칠의 모습을 효과적으로 보여 주고 있다.

⑤ S#24는 선원들의 위태로운 모습을 반복적으로 제시하여, 배 안의 급박한 상황을 드러내고 있다.

S#24에서는 성구와 성칠, 분주한 선원들의 모습 등을 반복적으로 제시하며 노한 밤바다 위에서 비바람과 싸우는 배 안의 급박한 상황을 드러내고 있다.

6. 다음은 (가)와 (나)에 대한 〈학습 활동〉이다. 과제를 수행한 결과로 적절하지 않은 것은? [3점]

ⓐ: 아무래도 변의 징조였다.

ⓑ: 비를 몰아치는 바람과 바다의 아우성

ⓒ: 마을 사람들은 뒤 언덕배기 당집으로 모여들었다.

ⓓ: 마을은 그야말로 난장판이었다.

ⓔ: 바다는 언제 그런 일이 있었던가 하듯 잔물결이 안으로 굽은 모래톱을 찰싹대고

〈학습 활동〉

○ **과제:** (나)는 (가)를 영상화하기 위해 변형한 시나리오이다. (가)의 ⓐ~ⓔ를 다음과 같이 변형하여 각색했다고 할 때, 그 결과를 탐구해 보자.

(가)		(나)	(가)에서 (나)로의 각색 방향
ⓐ	⇒	S#14	인물의 심리를 구체적으로 제시하기
ⓑ	⇒	S#15~S#17	비유적 표현을 시각적으로 나타내기
ⓒ	⇒	S#22, S#25	하나의 사건을 여러 장면으로 제시하기
ⓓ	⇒	S#28	사건의 결과를 상징적으로 보여 주기
ⓔ	⇒	S#28, S#29	하나의 상황을 O.L.(오버랩)을 활용하여 제시하기

③ ⓒ에서 성황당으로 마을 사람들이 모여드는 모습을 등장인물의 수가 다른 장면들로 나누어 구현하고 있다.

ⓒ는 S#22에서 해순과 순임이, S#25에서 해순과 순임 외에 몇몇 아낙이 모여드는 장면으로 나뉘어 구현되고 있다.

⑤ ⓔ에 나타난, 폭풍우가 물러간 상황을 효과적으로 드러내기 위해, 비바람이 거센 전날 밤과 파도가 잔잔해진 아침을 연결하여 제시하고 있다.

ⓔ는 S#28에서 거센 비바람으로 성황당의 당목이 꺾이는 장면과 S#29에서 다음날 아침 파도가 잔잔해진 장면을 오버랩으로 연결하는 방식으로 제시되고 있다.

✅ 정답풀이

④ ⓓ를 당목이 꺾이는 장면으로 변형하여 인물들 간의 믿음이 무너진 마을을 상징적으로 보여 주고 있다.

> ⓓ는 S#28에서 더욱 거세진 비바람으로 인해 성황당 당목의 가지가 꺾이는 장면으로 변형되었지만, 꺾인 당목이 인물들 간의 믿음이 무너진 마을의 모습을 상징적으로 보여 주고 있지는 않다.

❌ 오답풀이

① ⓐ를 대화 상황에서의 "아무래도 심상치 않아…"라는 대사로 바꾸어 인물이 느끼는 위기감을 드러내고 있다.

ⓐ는 박 노인이 S#14에서 구름과 물빛을 보며 "아무래도 심상치 않아…"라고 한 대사로 바뀌어 인물이 느끼는 위기감과 불길함을 구체적으로 드러내고 있다.

② ⓑ를 갯마을과 바다에서 발생하는 상황으로 제시하여 자연의 위력을 부각하고 있다.

ⓑ는 S#15~S#17에서 풍랑이 몰아치는 갯마을과 바다의 상황을 시각적으로 나타내어 자연의 위력을 부각하고 있다.

김시습, 「유객」 / 김광욱, 「율리유곡」 / 김용준, 「조어삼매」

[1~6] 다음 글을 읽고 물음에 답하시오.

(가)

청평사의 나그네
계절적 배경을 나타내는 시어로 자연의 모습 구체화

봄 산을 마음대로 노니네
고요하고 아름다운 자연

고요한 외로운 탑에 산새 지저귀고

흐르는 작은 내에 꽃잎 떨어지네

좋은 나물은 때 알아 돋아나고

향기로운 버섯은 비 맞아 부드럽네

시 읊조리며 신선 골짝 들어서니
화자가 지향하는 공간

나의 백 년 근심 사라지네
속세에서의 근심

有客清平寺

春山任意遊

鳥啼孤塔靜

花落小溪流

佳菜知時秀

香菌過雨柔

行吟入仙洞

消我百年愁

– 김시습, 「유객(有客)」 –

▶▶ 지문의 핵심 내용을 정리해 보세요.

화자와 대상의 관계	봄 산에서 노닐며 근심을 잊은 '나(청평사의 나그네)'
상황?	청평사에서 봄 산의 흥취를 즐김 → 고요하고 아름다운 봄 산의 경치를 봄 → 아름다운 봄 산에서 속세의 근심을 정화함

(나)

도연명(陶淵明) 죽은 후에 또 연명(淵明)이 나다니

밤마을 옛 이름이 때마침 같을시고

돌아와 수졸전원(守拙田園)*이야 그와 내가 다르랴 〈제1곡〉
전원에서 분수를 지키며 소박하게 살아가는 태도를 지향함

삼공(三公)이 귀하다 한들 이 강산과 바꿀쏘냐
자연의 가치 부각

조각배에 달을 싣고 낚싯대 흩던질 때

이 몸이 이 청흥(淸興) 가지고 만호후*인들 부러우랴 〈제8곡〉

어지럽고 시끄런 문서 다 주어 내던지고

필마(匹馬) 추풍에 채를 쳐 돌아오니

아무리 매인 새 놓였다고 이대도록 시원하랴 〈제10곡〉
속세를 벗어나 자연을 즐기는 삶에 만족함

세버들 가지 꺾어 낚은 고기 꿰어 들고

주가(酒家)를 찾으려 낡은 다리 건너가니

온 골에 살구꽃 져 쌓이니 갈 길 몰라 하노라 〈제15곡〉

최 행수 쑥달임 하세 조 동갑 꽃달임 하세
최 행수, 조 동갑과 즐거움을 함께하고자 함

닭찜 게찜 올벼 점심은 날 시키소

매일에 이렇게 지내면 무슨 시름 있으랴 〈제17곡〉

– 김광욱, 「율리유곡(栗里遺曲)」 –

*수졸전원: 전원에서 분수를 지키며 소박하게 살아감.
*만호후: 재력과 권력을 겸비한 세도가.

▶▶ 지문의 핵심 내용을 정리해 보세요.

화자와 대상의 관계	속세의 근심을 잊고 전원에서 소박하게 살아가는 '나'
상황?	전원에서의 삶이 도연명과 다르지 않다고 여김 → 강산에서 낚시하며 흥취를 즐김 → 전원으로 돌아온 삶을 만족스럽게 여김 → 살구꽃이 쌓인 고을을 보며 즐거워함 → 최 행수, 조 동갑과 어울려 시름 없이 지냄

현대어 풀이

도연명이 죽은 후에 또 연명이 나타났다니

밤마을 옛 이름이 때마침 (도연명이 은거했다는 마을 이름과) 같구나

돌아와 전원에서 분수를 지기며 소박하게 살아가는 태도야 그 (도연명)와 내가 다르겠는가 〈제1곡〉

삼공(영의정, 좌의정, 우의정 같은 높은 벼슬)이 귀하다고 한들 이 강산과 바꾸겠는가

조각배에 달을 싣고 낚싯대를 던질 때에

이 몸이 이 맑은 흥취를 가지고 세도가를 부러워하겠는가 〈제8곡〉

어지럽고 시끄러운 문서는 다 주어 내던지고

한 필의 말을 타고 가을 바람에 채찍을 쳐 (고향에) 돌아오니

아무리 매인 새가 놓였다고 한들 이것보다 시원하겠는가 〈제10곡〉

가는 버들 가지를 꺾어 낚은 물고기를 꿰어 들고

술집을 찾으려 낡은 다리를 건너가니

모든 고을에 살구꽃이 떨어져 쌓이니 갈 길을 찾을 수 없구나 〈제15곡〉

최 행수여 쑥달임 하세 조 동갑이여 꽃달임 하세

닭찜 게찜과 올벼로 점심 짓는 일은 나를 시키소

매일 이렇게 지내면 무슨 시름이 있겠는가 〈제17곡〉

(다)

오십이 넘은 「판교(板橋)」는 마음에 맞지 않는 관직을 버리고 거리낌 없는 자유로운 심경에서 여생*을 보냈다. ［자유롭게 여생을 보낸 인물로 글쓴이가 행적을 따르고자 함］

"청수(淸瘦)한* 한 폭 대를 그리어 추풍강상(秋風江上)에 낚대나 만들까 보다."

㉠「궁핍을 면할 양으로 본의 아닌 생활을 계속하느니보다 모든 속사(俗事)를 버리고 표연히* 강상(江上)의 어객(漁客)이 되는 것이 운치 있는 생활이기도 하려니와 얼마나 자유를 사랑하는 청고(淸高)한* 마음이냐.」 고기를 낚는 취미도 실로 삼매경*에 몰입할 수 있는 좋은 놀음이다. ⑴ ［생계를 유지하기 위한 생활과 대비되는 낚시의 의의］

푸른 물이 그득히 담긴 못가에서 흐느적거리는 낚싯대를 척 휘어잡고 바늘에 미끼를 물린다. 가장자리에는 물이끼들이 꽉 엉겼을 뿐 아니라 고기도 송사리 떼밖에 오지 않는지라, 팔 힘 자라는 대로 낚싯줄이 허(許)하는 대로 되도록 멀리 낚시를 던져 조금이라도 큰 고기를 잡을 양으로 한껏 내던져도 본다. 풍당 물결이 여울처럼 흔들리고 나면 거울 같은 수면에 찌만이 외롭고 슬프게 곧추서 있다.

㉡「한 점 찌는 객이 되고 나는 주인」이 되어 알력*과 모략*과 시기와 저주로 꽉 찬 이 풍진(風塵)* 세상을 등 뒤로 두고 서로 무언의 우정을 교환한다. ［낚시 도구와의 관계 설정 → 낚시에 몰입하는 태도를 표현함］

내 모든 정열을 오로지 외로이 떠 있는 한 점 찌에 기울이고 있노라면, 가다가 ㉢별안간 이 한 점 찌는 술 취한 놈처럼 까딱까딱 흔들리기 시작한다.

'고기가 왔구나!'

다음 순간, 찌는 물속으로 자꾸 딸려 들어간다.

'옳다, 큰 놈이 물린 게로군.'

[A] 잡아당길 때 무거울 것을 생각하면서 배꼽에 힘을 잔뜩 주고 행여나 낚대를 놓칠세라 두 손으로 꽉 붙잡고 번쩍 치켜 올리면, 허허 이런 기막힌 일도 있을까. 큰 고기는커녕 어떤 때는 방게란 놈이 달려 나오고, 어떤 때는 개구리란 놈이 발버둥을 치는 수가 많다. 하면 되는 줄만 알았던 낚시질도 간대로 우리 따위까지 단번에 되란 법은 없나 보다.

[B] 세상일이란 모조리 그러한 것이리랴마는 아무리 내 재주가 서툴다기로서니 개구리나 방게란 놈들도 염치가 있지, 속어에 이르기를 숭어가 뛰니 망둥이도 뛴다는 셈으로 나는 나대로 제법 강상의 어객인 양하고 나섰는 판에, 그래도 그럴 듯 미끈한 잉어까지야 못 물린다손 치더라도 고기도 체면은 알 법한지라, 하다못해 붕어 새끼쯤이야 안 물리랴 하는 판에, 「얼토당토않은 구역질 나는 놈들이 제가 젠체하고 가다듬은 내 마음을 더럽힐 줄 어찌 알았으랴.」 ⑵ ［개구리 따위나 낚아 체면을 깎이고 마음이 어지럽게 된 것에 대한 한탄］

㉣세상이 하 뒤숭숭하니 고요히 서재나 지키어 한묵(翰墨)*의 유희(遊戱)로 푹 박혀 있자는 것도 말처럼 쉽사리 되는 것은 아니라, 그렇다고 거리로 나가 성격 파산자처럼 공연스레 왔다 갔다 하기도 부질없고, 보이는 것 들리는 것이 모조리 심사

틀리는 소식밖엔 없어 그래도 죄 없는 곳은 내 서재나라 하여 며칠만 틀어박혀 있으면 그만 속에서 울화가 터져 나온다.

위진(魏晉) 간에 심산벽촌(深山僻村)에 은거하여 청담(淸談)*이나 일삼던 그네의 심경을 한때는 욕을 한 적도 있었으나, ㉤막상 나 자신이 그런 심경에 처해 있고 보니 「고인(古人)의 불우한 그 심정을 넉넉히 동감하게 된다.」 ⑶ ［심산벽촌에 은거하던 이들의 마음에 공감함］

– 김용준, 「조어삼매(釣魚三昧)」 –

*한묵: 글을 짓거나 쓰는 것을 이르는 말.

>> 지문을 세 부분으로 나누고, 핵심 내용을 정리해 보세요.

⑴	낚시는 삼매경에 몰입할 수 있는 운치 있는 생활 방편임
⑵	세상일이 그러하듯 고기 잡는 일이 내 마음대로 되지 않아 마음이 어지러움
⑶	한때는 깊은 산 궁벽한 마을에 은거하던 이들의 심경을 욕했으나 세상이 뒤숭숭하여 이제는 동감하게 됨

이것만은 챙기자

*여생: 앞으로 남은 인생.
*청수하다: 얼굴이나 모습 따위가 깨끗하고 빼어나다.
*표연히: 훌쩍 나타나거나 떠나는 모양이 거침없이.
*청고하다: 맑고 고결하다.
*삼매경: 잡념을 떠나서 오직 하나의 대상에만 정신을 집중하는 경지.
*알력: 수레바퀴가 삐걱거린다는 뜻으로, 서로 의견이 맞지 아니하여 사이가 안 좋거나 충돌하는 것을 이르는 말.
*모략: 사실을 왜곡하거나 속임수를 써 남을 해롭게 함. 또는 그런 일.
*풍진: 세상에서 일어나는 어지러운 일이나 시련.
*청담: 명리(명예와 이익)를 떠난, 맑고 고상한 이야기.

1. (가)와 (나)의 공통점으로 가장 적절한 것은?

✓ 정답풀이

⑤ 계절을 드러내는 시어를 사용하여 시기에 부합하는 자연의 모습을 구체화하고 있다.

> (가)에서는 '봄 산'이라는 계절을 드러내는 시어를 사용하여 '산새'가 지저 귀고 '꽃잎'이 떨어지며, '좋은 나물'이 때를 알아 '돋아나'는 봄이라는 시기 에 부합하는 자연의 모습을 구체화하고 있다. (나)에서는 '살구꽃'이라는 계절을 드러내는 시어를 사용하여 '살구꽃 져 쌓이'는 봄이라는 시기에 부합하는 자연 풍경을 구체화하고 있다.

✗ 오답풀이

① 자연물의 속성에 주목하여 교훈적 의미를 전달하고 있다.
  (가)와 (나) 모두 자연물을 제시하고 있으나, 자연물의 속성을 통해 교훈적 의미를 전달하고 있지는 않다.

② 설의적 표현을 통해 추구하고자 하는 삶의 태도를 제시하고 있다.
  (나)에서는 〈제1곡〉의 '다르랴', 〈제8곡〉의 '바꿀쏘냐', '부러우랴', 〈제10곡〉의 '시원하랴', 〈제17곡〉의 '무슨 시름 있으랴'에서 설의적 표현을 통해 자연에서 흥을 즐기며 살아가고자 하는 삶의 태도를 제시하고 있다. 그러나 (가)에서 설의적 표현을 통해 삶의 태도를 제시하는 부분은 확인할 수 없다.

③ 먼 경치에서부터 가까운 곳으로 시선을 옮기며 심리의 변화를 드러 내고 있다.
  (가)는 '봄 산'을 노니는 '청평사의 나그네'의 모습을 제시하고 '신선 골짝'에 들어선 후 근심을 잊는 '나'의 모습을 제시하고 있으므로 먼 경치에서 가까운 곳으로 시선을 옮긴다고 볼 수 없으며 명확한 심리의 변화가 드러나지도 않는다. 또한 (나)는 전원에서 분수를 지키며 소박하게 살아가는 'ㅏ'이 모습과 생각을 제시하고 있을 뿐, 먼 경치에서 가까운 곳으로 시선을 옮기고 있지 않으며, 그에 따른 심리의 변화도 드러나지 않는다.

④ 화자가 자신을 객관화하는 표현을 내세워 내적 갈등에 대한 공감을 유도하고 있다.
  (가)에서 화자가 '청평사의 나그네'를 통해 자기 자신을 객관화하는 표현을 사용했다고 볼 수 있으나, 내적으로 갈등하는 모습을 제시하고 있지는 않다. (나)의 화자는 자연에서 소박하게 살아가는 것에 만족하고 있을 뿐, 자신을 객관화한 표현을 사용하지 않았고, 이를 통해 자연에서의 삶과 속세에서의 삶 사이에서 내적으로 갈등하는 모습도 제시하고 있지 않다.

• 1-①번

✎ 모두의 질문

> **Q:** 자연물의 속성에 주목하면 교훈적 의미도 전달되는 것 아닌가요?
>
> **A:** (가)는 '봄 산'의 '산새', '꽃잎', '좋은 나물', '향기로운 버섯' 같은 자연물 에 주목하고 있다. 하지만 이를 통해 아름다운 봄 산의 풍경과 그곳 에서 '백 년 근심'이 정화되는 것을 표현하고 있을 뿐, 충성심, 효심, 절개 등과 같은 교훈적 의미를 전달하고 있지는 않다. 또한 (나)는 율 리의 '강산', '달', '살구꽃' 등의 자연물에 주목하고 있지만, 이를 통해 자연 친화적인 삶의 자세를 표현하고 있을 뿐 교훈적 의미를 전달하고 있지는 않다.
> 선지에서 '교훈적 의미'를 전달하는지를 묻는다면 작품 속에 충, 효, 열 등과 같은 교훈적인 주제 의식이 드러나 있는지 정확하게 확인하고 넘어가야 한다.

2. (나)에 대한 이해로 적절하지 않은 것은?

✓ 정답풀이

③ 〈제10곡〉에서는 화자의 현재 상황에 대한 만족감을 바탕으로 자연물에 대한 연민을 드러내고 있다.

> 〈제10곡〉에서 화자는 '어지럽고 시끄런 문서'를 내던지고 전원으로 돌아온 것이 매여 있던 '새'가 놓인 것보다 시원하다고 표현하며 만족감을 드러 내고 있다. 즉 화자가 자연으로 돌아온 상황에 만족하는 것은 맞지만, '매인 새'에 대한 연민을 드러내는 것은 아니다.

✗ 오답풀이

① 〈제1곡〉에서는 지명에 주목하여 화자의 지향을 드러내고 있다.
  〈제1곡〉의 '밤마을 옛 이름이 때마침 같을시고'에서 화자는 '밤마을(율리)' 이라는 지명에 주목하여 도연명처럼 전원에서 분수를 지키며 소박하게 살아 가겠다는 '수졸전원'을 지향하는 모습을 드러내고 있다.

② 〈제8곡〉에서는 자연의 가치를 부각하여 화자가 즐기는 흥취를 강조하고 있다.
  〈제8곡〉의 '이 청흥 가지고 만호후인들 부러우랴'에서 화자는 자연에서 '이 청흥'을 가지고 살아가는 것이 재력과 권력을 겸비한 세도가로 사는 것보다 가치 있다고 말하며 자연에서 즐기는 흥취를 강조하고 있다.

④ 〈제15곡〉에서는 다양한 행위를 연속적으로 나열하여 화자가 누리는 생활의 일면을 제시하고 있다.
  〈제15곡〉에서 화자는 가는 버들 가지를 '꺾'고, 낚은 물고기를 '꿰어 들고', 술을 파는 집을 찾기 위해 낡은 다리를 '건너가'는 행위를 나열함으로써 전원 에서 누리는 생활의 모습을 제시하고 있다.

⑤ 〈제17곡〉에서는 청자를 호명하며 즐거움을 함께하려는 화자의 마음을 전달하고 있다.
  〈제17곡〉에서 화자는 청자인 최 행수와 조 동갑을 부르며 전원에서 '쑥달임', '꽃달임' 등을 하자고 하며 즐거움을 함께하려는 마음을 전달하고 있다.

3. 문맥을 고려하여 ㉠~㉤에 대해 이해한 내용으로 적절하지 않은 것은?

> ㉠: 궁핍을 면할 양으로 본의 아닌 생활을 계속하느니보다 모든 속사(俗事)를 버리고 표연히 강상(江上)의 어객(漁客)이 되는 것이 운치 있는 생활이기도 하려니와 얼마나 자유를 사랑하는 청고(淸高)한 마음이냐.
>
> ㉡: 한 점 찌는 객이 되고 나는 주인이 되어 알력과 모략과 시기와 저주로 꽉 찬 이 풍진(風塵) 세상을 등 뒤로 두고 서로 무언의 우정을 교환한다.
>
> ㉢: 별안간 이 한 점 찌는 술 취한 놈처럼 까딱까딱 흔들리기 시작한다.
>
> ㉣: 세상이 하 뒤숭숭하니 고요히 서재나 지키어 한묵(翰墨)의 유희(遊戲)로 푹 박혀 있자는 것
>
> ㉤: 막상 나 자신이 그런 심경에 처해 있고 보니 고인(古人)의 불우한 그 심정을 넉넉히 동감하게 된다.

✅ 정답풀이

④ ㉣: 낚시의 대안으로 선택한 것으로서, 글쓴이에게 마음의 안정을 찾게 해 준 방법으로 제시되고 있다.

> '나'는 큰 고기를 잡을 것을 기대하며 낚시를 했지만 방게, 개구리처럼 얼토당토않은 것들을 잡아 실망하였다. 한편 '나'는 이전에 '위진 간에 심산벽촌에 은거하여 청담이나 일삼던 그네의 심경을' 욕하기도 했지만, 고기잡는 일이 마음대로 되지 않는 경험을 통해 세상일이 마음대로 되지 않아 은거하던 이들의 심경에 동감하게 되었다. 즉 ㉣은 낚시 경험 이후에 떠올린 일이므로 낚시의 대안으로 선택된 것이 아니며 글쓴이는 ㉣로 인해 '그만 속에서 울화가 터져 나온다'고 했으므로 마음의 안정을 찾게 해 준 방법이라고 볼 수도 없다.

❌ 오답풀이

① ㉠: 생계를 유지하기 위한 생활과 대비되는 낚시의 의의를 드러내고 있다.

'궁핍을 면할 양으로 본의 아닌 생활을 계속하'는 것은 생계를 유지하기 위한 생활이며, '모든 속사를 버리고 표연히 강상의 어객이 되는' 것은 세속의 잡다한 일을 놓아두고 낚시를 하는 것이다. ㉠에서는 이 둘을 대비하여 '운치 있는 생활'이며 '자유를 사랑하는 청고한 마음'이라는 낚시의 의의를 드러내고 있다.

② ㉡: 낚시 도구와 글쓴이의 관계를 설정하여 낚시에 몰입하는 태도를 표현하고 있다.

㉡에서는 낚시 도구인 '한 점 찌'가 '객'이 되고, '나'는 '주인'이 되어 어지러운 세상 속에서 '우정을 교환'한다는 관계 설정을 통해 낚시에 몰입하는 태도를 표현하고 있다.

③ ㉢: 낚시에 집중했던 글쓴이의 기다림과 기대에 부응하는 순간을 부각하고 있다.

글쓴이는 '내 모든 정열을 오로지 외로이 떠 있는 한 점 찌에 기울이고 있'다며 낚시에 집중하였다. ㉢에서 '한 점 찌'가 '까딱까딱 흔들리기 시작'하는 모습은 낚시에 집중했던 글쓴이의 기대에 부응하여 고기가 잡히려는 상황을 표현한 것이다.

⑤ ㉤: 낚시를 해 본 후 달라진 글쓴이의 마음가짐으로서, 은거했던 옛사람들에 기대어 자신의 심정을 드러내고 있다.

'나'는 낚시에서 '개구리나 방게란 놈들'을 낚는 경험을 통해 '얼토당토않은 구역질 나는 놈들이' 자신의 마음을 더럽힘을 느낀다. 이를 통해 '막상 나 자신이 그런 심경에 처해 있고 보니' '심산벽촌에 은거하여 청담이나 일삼던 그네'의 '불우한 그 심정을 넉넉히 동감하게 된다.'라고 하였다. 따라서 ㉤은 낚시를 해 본 후, 은거했던 옛사람들의 심정에 동감하게 되었다는 글쓴이의 마음가짐을 드러내는 것으로 볼 수 있다.

4. (나)와 (다)를 비교하여 이해한 내용으로 가장 적절한 것은?

✔ 정답풀이

① (나)의 '도연명'과 (다)의 '판교'는 각각 화자와 글쓴이가 행적을 따르고자 하는 인물이다.

> (나)의 화자는 전원에서 분수를 지키며 소박하게 살아가는 삶에 있어 도연명과 자신이 다르지 않다고 보고 있기 때문에 도연명은 화자가 행적을 따르고자 하는 인물이라고 볼 수 있다. 또한 (다)의 판교는 마음에 맞지 않는 관직을 버리고 '자유로운 심경에서 여생'을 보낸 인물로, 글쓴이는 '강상의 어객이 되는 것이 운치 있는 생활'이라고 하였다. 따라서 판교는 글쓴이가 행적을 따르고자 하는 인물로 볼 수 있다.

✘ 오답풀이

② (나)의 '삼공'과 (다)의 '성격 파산자'는 모두 세속에서 높은 지위를 차지하고 있는 이들을 가리킨다.

> (나)의 '삼공(삼정승)'은 귀하지만 '만호후'와 마찬가지로 화자가 부러워하지는 않는 대상으로 세속에서 높은 지위를 차지한 이들을 가리킨다. 한편 (다)에서 부질없이 '거리로 나가' '공연스레 왔다 갔다 하'는 '성격 파산자'가 세속에서 높은 지위를 차지한 이들을 가리킨다고 보기는 어렵다.

③ (나)의 '세버들 가지'와 (다)의 '청수한 한 폭 대'는 각각 화자와 글쓴이가 자신과 동일시하는 대상이다.

> (나)의 화자는 '세버들 가지'를 꺾어 자신이 낚은 물고기를 '꿰어 들고' 주가를 찾으러 가고 있을 뿐, '세버들 가지'를 자신과 동일시하고 있지는 않다. 또한 (다)의 '청수한 한 폭 대'는 '추풍강상에 낚대'를 만드는 데에 사용되는 대상으로 글쓴이가 자신과 동일시한 대상은 아니다.

④ (나)의 '고기'와 (다)의 '송사리'는 각각 화자와 글쓴이가 자신을 보잘것없는 존재로 비유한 표현이다.

> (나)에서 '고기'는 화자가 '낚은' 물고기일 뿐 자신을 보잘것없는 존재로 표현한 것이라고 볼 수 없다. (다)에서 '송사리'는 글쓴이의 기대를 충족시켜 주지 못하는 존재일 뿐 글쓴이가 자신을 보잘것없는 존재로 표현한 것이라고 볼 수 없다.

⑤ (나)의 '시름'과 (다)의 '욕'은 각각 화자와 글쓴이가 자신을 억압하는 존재를 염두에 둔 표현이다.

> (나)의 화자는 전원에서 '매일에 이렇게 지내면' 시름이 없을 것이라고 한다. 즉 전원에서 지내는 화자에게 '시름'이 어지러운 속세의 것임을 고려하면 '시름'은 속세를 염두에 둔 표현이라고 볼 수도 있다. 한편 (다)의 글쓴이는 한때 '심산벽촌에 은거하여 청담이나 일삼던 그네의 심경'을 '욕'하기도 했지만 이제는 '고인의 불우한 그 심정'에 동감하고 있다. '그네'들이 글쓴이를 억압하는 존재라고 보기는 어려우므로 '욕'이 글쓴이를 억압하는 존재를 염두에 둔 표현이라고 볼 수 없다.

5. [A]와 [B]에 대한 이해로 가장 적절한 것은?

✔ 정답풀이

③ [A]에 나타난 글쓴이의 실망감은 [B]에서 자신의 손상된 체면에 대한 한탄으로 이어진다.

> (다)의 '나'는 '큰 놈이 물린' 것이라고 생각하고 [A]에서 '큰 고기'를 기대한 채 낚대를 치켜 올렸지만 큰 고기는커녕 '방게란 놈'이나 '개구리란 놈'이 올라와 '기막힌 일'이라 여기며 실망한다. 이 실망감은 [B]에서 '체면'을 잃고 자신의 '마음을 더럽'혔다는 한탄으로 이어지고 있다.

✘ 오답풀이

① [A]에 나타난 글쓴이의 경이감은 [B]에서 인생에 대한 낙관적 기대로 확장된다.

> (다)의 [A]에서 '나'는 큰 고기는커녕 '방게란 놈'이나 '개구리란 놈'이 올라와 실망했으므로 경이감을 느꼈다고 볼 수 없다. 또한 [B]에서 '나'는 '체면'을 잃고 자신의 '마음을 더럽'혔다고 했으므로 인생에 대해 낙관적 기대를 가졌다고 볼 수 없다.

② [A]에 나타난 글쓴이의 무력감은 [B]에서 과거의 삶에 대한 동경을 통해 해소된다.

> (다)의 [A]에서 '나'는 기대했던 낚시질이 단번에 되지 않아 실망했기 때문에 무력감(스스로 힘이 없음을 알았을 때 드는 허탈하고 맥 빠진 듯한 느낌)을 느꼈다고 볼 수도 있다. 그러나 [B]에서 '나'는 '체면'을 잃고 자신의 '마음을 더럽'혔다고 한탄하고 있으므로 과거의 삶을 동경했다고 볼 수 없다.

④ [A]에 나타난 글쓴이의 상실감은 [B]에서 새로운 이상을 품도록 만드는 계기로 작용한다.

> (다)의 [A]에서 '나'는 '큰 고기'를 기대했다가 '빙게린 놈'이나 '개구리린 놈'이 올라와 실망했을 뿐, 상실감(무엇인가를 잃어버린 후의 느낌)을 느꼈다고 보기는 어렵다. 또한 [B]에서 '나'는 '체면'을 잃고 자신의 '마음을 더럽'혔다고 한탄하고 있으므로 새로운 이상을 품게 되었다고 볼 수 없다.

⑤ [A]에 나타난 글쓴이의 혐오감은 [B]에서 자신의 능력에 대한 겸손한 반성으로 전환된다.

> (다)의 [A]에서 '방게란 놈'이나 '개구리란 놈'이 올라오자 '나'는 [B]에서 '염치가 있', '얼토당토않은 구역질 나는 놈들'이라며 혐오감을 보이고 있다. 한편 [B]의 '아무리 내 재주가 서툴다기로서니' '붕어 새끼쯤이야 안 물리랴'에서 '나'가 실력이 없어도 기대한 바가 있음을 알 수 있기 때문에 자신의 능력에 대해 겸손하게 반성했다고 볼 수 없다.

6. 〈보기〉를 바탕으로 (가)~(다)를 감상한 내용으로 적절하지 <u>않은</u> 것은? [3점]

─────────────〈보기〉─────────────

<u>문학 작품에서 공간에 대한 인식을 형상화하는 방식은 다양하다.</u> 공간에 대한 인식을 직접적으로 드러내는 표현을 사용하거나, 공간 내 특정 대상의 속성으로써 그 대상이 포함된 공간 전체를 표상하기도 한다. 또한 이러한 인식은 공간 간의 관계를 통해 표현되기도 한다. 이때 <u>관계를 이루는 공간에는 작품에 명시된 공간은 물론 그 이면에 전제된 공간도 포함된다.</u>

──────────────────────────

> 🔍 **보기 분석**

- 문학 작품에서 공간 인식의 형상화 방식
  - 공간에 대한 인식을 직접적으로 드러내는 표현 사용
  - 공간 내 특정 대상의 속성으로 공간 전체를 표상
  - 공간 간의 관계를 통해 표현: 작품에 명시된 공간 외에 이면에 전제된 공간도 포함

> ✅ **정답풀이**

② (나)의 '낡은 다리'는 '주가'와 '온 골'이라는 대비되는 속성을 지닌 두 공간의 경계를 표현하여, 양쪽 모두에 미련을 버리지 못한 화자의 상황을 상징하고 있겠군.

〈보기〉에서 '특정 대상의 속성'과 '공간 간의 관계'를 통해 '공간에 대한 인식'을 표현할 수 있다고 했다. (나)의 '낡은 다리'는 화자가 '주가'를 찾아 건너갈 때 지나친 곳으로, '주가'는 화자가 머물고 있는 '온 골', 즉 전원 속 장소라는 점에서 서로 대비되는 속성을 지녔다고 볼 수 없다. 한편 화자가 '낡은 다리'를 건너가 '온 골에 살구꽃 져 쌓여 있는 풍경을 감상하고 있으므로 '낡은 다리'가 미련을 버리지 못한 화자의 상황을 상징한다고 보기 어렵다.

> ❌ **오답풀이**

① (가)의 '신선 골짝'은 화자가 지향하는 공간으로서, 이에 대립되는 곳으로 '백 년 근심'이 유발된 공간이 이면에 전제된 것이라 할 수 있겠군.

〈보기〉에서 '공간 간의 관계'를 통해 '공간에 대한 인식'을 표현할 수 있으며, 이때 공간에는 '작품에 명시된 공간' 외에 '이면에 전제된 공간'도 포함된다고 했다. (가)의 '신선 골짝'은 화자인 '나'가 들어서자 '백 년 근심'이 사라진다는 점에서 화자가 지향하는 공간이라고 볼 수 있다. 한편 '신선 골짝'에 들어서자 '백 년 근심'이 사라진다는 인식 속에는 근심을 유발한 공간이 전제되었다고 볼 수 있다.

③ (나)에서 화자가 돌아온 곳은 '어지럽고 시끄런 문서'로 표상되는 공간과 대비되는 공간으로서, '이대도록 시원하랴'와 같은 반응을 자연스럽게 이끌어낸 것이겠군.

〈보기〉에서 '공간에 대한 인식을 직접적으로 드러내는 표현'을 통해 '공간에 대한 인식'을 표현할 수 있다고 했다. (나)의 화자는 '어지럽고 시끄런 문서'를 내던지고 전원으로 돌아왔으므로 '어지럽고 시끄런 문서'가 표상하는 공간인 속세와 전원은 대비된다고 볼 수 있으며 화자는 속세에서 벗어나 전원으로 돌아왔기에 '이대도록 시원하랴'와 같은 반응이 자연스럽게 도출되었다고 볼 수 있다.

④ (다)에서 '푸른 물이 그득히 담긴 못가'는 글쓴이가 '삼매경'에 빠지기를 기대하는 곳으로, 글쓴이가 자신의 지향과 직결되는 공간을 직접적으로 드러낸 것이겠군.

〈보기〉에서 '특정 대상의 속성'을 통해 '공간에 대한 인식'을 표현할 수 있다고 했다. (다)에서 '푸른 물이 그득히 담긴 못가'는 '고기를 낚는 취미'를 통해 '삼매경에 몰입할 수 있는' 속성을 지닌 공간이므로 글쓴이의 지향과 직결되는 공간을 직접 드러낸 것이라 볼 수 있다.

⑤ (다)에서 '내 서재'는 '심사 틀리는 소식'을 피하기 위한 곳임에도 불구하고 '속에서 울화가 터져 나온다'고 언급되었다는 점에서, 그 이면에는 새로운 공간에 대한 지향이 있음을 알 수 있겠군.

〈보기〉에서 '공간 간의 관계'를 통해 '공간에 대한 인식'을 표현할 수 있으며, 이때 공간에는 '이면에 전제된 공간'도 포함된다고 했다. (다)의 '내 서재'는 '심사 틀리는 소식'이 들리는 공간을 피해 틀어박힌 공간이지만, 여기에서도 '속에서 울화가 터져 나온'다고 하였다. 이를 고려할 때 그 이면에는 '심사 틀리는 소식'과 '울화'에서 벗어나기 위한 새로운 공간에 대한 지향이 내포되어 있다고 볼 수 있다.

[1~5] 다음 글을 읽고 물음에 답하시오.

(가)

이 몸 삼기실* 제 님을 조차 삼기시니
혼싱 연분(緣分)*이며 하놀 모롤 일이런가
나 ᄒ나 졈어 잇고 님 ᄒ나 날 괴시니*
이 ᄆᆞᆷ 이 ᄉᆞ랑 견졸 ᄃᆡ 노여 업다
평싱(平生)애 원(願)ᄒ요ᄃᆡ ᄒᆞᆫ ᄃᆡ 녜쟈 ᄒᆞ얏더니
늙거야 므스 일로 외오 두고 그리ᄂᆞᆫ고
엇그제 님을 뫼셔 광한뎐(廣寒殿)*의 올낫더니
그 더디 엇디ᄒᆞ야 하계(下界)*예 ᄂᆞ려오니
「올 저긔 비슨 머리 헛틀언 디 삼 년일쇠」
임과 이별한 후 달라진 화자의 외양
연지분(臙脂粉) 잇니마ᄂᆞᆫ 눌 위ᄒᆞ야 고이 홀고
ᄆᆞᄋᆞᆷ의 미친 실음 텹텹(疊疊)이 ᄡᅡ혀 이셔
짓ᄂᆞ니 한숨이오 디ᄂᆞ니 눈믈이라
인싱(人生)은 유ᄒᆞᆫ(有限)ᄒᆞᆫ디 시름도 그지업다
임과 이별한 후에 지나가 버린 시간
「무심(無心)ᄒᆞᆫ 셰월(歲月)」은 믈 흐르ᄃᆞᆺ ᄒᆞᄂᆞᆫ고야
염냥(炎凉)*이 ᄣᅢ룰 아라 가ᄂᆞᆫ ᄃᆞᆺ 고텨 오니
듯거니 보거니 늣길 일도 하도 할샤
동풍이 건듯 부러 젹셜(積雪)을 헤텨 내니
창(窓) 밧긔 심근 미화(梅花) 두세 가지 픠여셰라
ᄀᆞ득 닝담(冷淡)ᄒᆞᆫ디 암향(暗香)*은 므스 일고
임을 떠올리게 하는 대상
「황혼의 ᄃᆞᆯ」이 조차 벼마ᄐᆡ 빗최니
늣기ᄂᆞᆫ ᄃᆞᆺ 빈기ᄂᆞᆫ ᄃᆞᆺ 님이신가 아니신가
뎌 미화 것거 내여 님 겨신 ᄃᆡ 보내오져
님이 「너」룰 보고 엇더타 너기실고
매화

– 정철, 「사미인곡」 –

>> 지문의 핵심 내용을 정리해 보세요.

화자와 대상의 관계	헤어진 님(임)을 생각하며 간절한 그리움을 드러내는 '나'
상황?	임과 이별한 후, 임을 생각하며 간절하게 그리워함 → 봄에 피어난 매화를 봄 → 임에게 매화를 보내고 싶어 하며, 임이 이를 본다면 어떻게 생각할지 궁금해함

(조물주께서) 이 몸을 만드실 때, 임을 좇아서 만드셨으니,
한평생 (함께 살아갈) 인연임을 하늘이 (어찌) 모를 일이겠는가
나 하나 젊어 있고 임은 오직 나를 사랑하시니
이 마음과 이 사랑을 비교하여 견줄 데가 전혀 없다
평생에 원하기를 (임과) 함께 살고자 하였더니
늙어서야 무슨 일로 (임을) 외따로 두고 그리워하게 되었는가
엊그제까지는 임을 모시고 광한전(달나라 궁전. 여기서는 임금이 있는 서울의 궁궐)에 오르곤 했는데
그 사이에 어찌하여 인간 세계에 내려오게 되니
(임을) 떠나올 때 빗은 머리가 헝클어진 지(임과 헤어지게 된 지) 삼 년이구나
연지분(화장품)이 있지만 누구를 위하여 곱게 (단장) 할까
마음에 맺힌 시름이 겹겹이 쌓여 있어서
짓는 것은 한숨이요 떨어지는 것은 눈물이구나
인생은 끝이 있는데 근심은 끝도 없다
(임과 이별하고 보내는) 무심한 세월은 물 흐르듯 지나가는구나
더위와 서늘함이 때를 알아 지나갔다가 다시 돌아오니
듣거나 보거나 하는 중에 복받칠 일도 많기도 많구나
봄바람이 문득 불어 쌓인 눈을 헤쳐 내니
창밖에 심은 매화(임에 대한 마음)가 두세 가지 피었구나
가득이나 (날이) 쌀쌀한데 (매화의) 그윽한 향기는 무슨 일인가
황혼(저녁 무렵)에 달이 좇아와 내 베갯머리에 비치니
흐느끼는 듯도 하고 반기는 듯도 하니 (이 달이) 임이신가 아니신가
저 매화를 꺾어 내어 임 계신 곳에 보내고 싶구나
(그러면) 임께서 너(매화)를 보고 어떻게 생각하실까

* 삼기다: 생기다.
* 연분: 하늘이 베푼 인연.
* 괴다: 특별히 귀여워하고 사랑하다.
* 광한뎐: 달 속에 있다는, 전설 속의 선녀가 사는 가상의 궁전.
* 하계: 천상계에 상대하여 사람이 사는 이 세상을 이르는 말.
* 염냥: 더위와 서늘함.
* 암향: 그윽이 풍기는 향기. 흔히 매화의 향기를 이른다.

(나)

창 밧긔 워석버석 「님이신가」 니러 보니

혜란(蕙蘭) 혜경(蹊徑)*에 「낙엽」은 므스 일고

어즈버 「유한(有限)혼 간장(肝腸)」이 다 그츨가 ᄒ노라

　　　　　　　　　　　　　　　　　　　　　　　　– 신흠 –

화자의 기대감
임이 오는 소리로 착각하게 만드는 대상
화자의 간절한 마음

*혜란 혜경: 난초 핀 지름길.

>> 지문의 핵심 내용을 정리해 보세요.

화자와 대상의 관계	님(임)을 기다리는 간절한 마음을 이야기하는 사람
상황?	창밖에서 들린 낙엽 소리를 임이 오는 소리로 착각함 → 임을 향한 그리움으로 탄식함

현대어 풀이

창밖에 부스러지는 소리에 임이신가 일어나 보니

난초 핀 길에 낙엽은 무슨 일인가

아아 한스러운 간장(마음)이 다 끊어질까 하노라

(다)

　나는 예전에 장흥방의 길갓집에 살았다. 그 집은 저잣거리에 제법 가까워서 소란스러웠다. 문 옆에 한 칸짜리 초당이 있어 볏짚으로 덮고 흙을 쌓았더니 그윽하고 조용해서 살 만했다. 그러나 초당이 동쪽으로 치우쳐 햇볕을 받았기에 여름이면 너무 더웠다. 그래서 '고요함이 더위를 이긴다[靜勝熱]'는 말을 당호(堂號)*로 정해 문설주에 편액*을 해 걸어 두고 위안을 삼았다.

　대저 「고요함에는 두 가지가 있으니 하나는 몸의 고요함이요, 다른 하나는 마음의 고요함이다.」 몸이 고요한 사람은, 앉고 눕고 일어나고 서는 등 모든 행동에 있어 편안함을 취할 뿐이다. 마음이 고요한 사람은, 천하만사가 마치 촛불로 비춰 보고 거북이로 점을 치는 듯하니 시원한 날씨와 더운 날씨가 무슨 상관이 있겠는가? 그러므로 '고요함이 이긴다'고 한 지금의 말은 「마음의 고요함」을 가리킨다. 01

고요함에 대한 통찰
글쓴이가 지향하고자 하는 태도: 내적 고요를 추구함

　그 집에서 이십 년을 살고 이사하였다. 그로부터 삼 년이 흐른 뒤 「옛집」을 찾아가 보았다. 그새 주인이 바뀐 지 여러 번이지만 집은 옛 모습 그대로였다.

그리움을 불러일으키는 대상

　은은하게 처마에 들어오는 산빛, 괄괄괄 담을 따라 도는 골짜기 물, 밀랍으로 발라 번들번들한 살창, 쪽빛으로 물들여 놓은 늘어진 천막. 02

(중략)

　내가 여기에 살던 시절은 집안이 번성하던 때였다. 선친*께서 승명전에 봉직하실 때라, 퇴근하신 밤이면 우리 형제들이 모시고 앉아 학문과 예술을 담론하고 옛일을 기록하거나, 시를 읽거나 거문고를 들었으니 유중영의 옛일*과 비슷하였다. 그 즐거움을 잊을 수는 없건마는 다시 되찾을 수는 없다!

　『서경』에 '그릇은 새것을 찾고, 사람은 옛 사람을 찾는다.'라고 했다. 집 역시 그릇과 같이 무언가를 담는 부류이긴 하나, 사람은 집이 아니면 몸을 붙여 머물 데가 없고 집보다 더 거처를 많이 하는 것은 없으므로, 집은 그릇보다는 사람에 가깝다 하겠다. 그러니 어찌 그리워하지 않을 수 있으랴! 03

　그렇지만 「인간사가 벌써 바뀌어, 사물에 닿을 때마다 슬픔만 더하므로 이 집에 다시 살고 싶지는 않다.」 마땅히 임원(林園)*에 집터를 보아 집을 지어서 옛 이름의 편액을 걸어 옛집에서 지냈던 뜻을 잊지 않으려 한다.

내적 고요를 이루기 어려운 옛집

　누군가는 '임원이 이미 고요하거늘, 지금 다시 '고요함이 이긴다'고 하면 또한 군더더기가 아닌가?'라고 말할 수 있으리라. 「나는 답하리라. '고요한데 또 고요하니, 이것이야말로 고요함이라네.'라고.」 04

외적 고요와 내적 고요를 함께 추구함

　　　　　　　　　　– 유본학, 「옛집 정승초당을 둘러보고 쓰다」 –

*당호: 집에 붙이는 이름.
*유중영의 옛일: 당나라 때 문신 유중영이 늘 책을 가까이하며 자식들을 가르치던 일.
*임원: 산림.

>> 지문을 네 부분으로 나누고, 핵심 내용을 정리해 보세요.

01	'(마음의) 고요함이 더위를 이긴다'는 말을 당호로 정해 문설주에 편액을 해 걸어 둠
02	시간이 지나 다시 찾은 옛집은 고요하고 아름다운 옛 모습을 그대로 유지하고 있었음
03	집은 그릇보다는 사람에 가깝기에, '사람은 옛 사람을 찾는다.'라는 말처럼 옛집 역시 그리워하지 않을 수 없음
04	변화하는 인간사로 인해, 옛집에서 다시 살기보다는 임원에 새집을 짓고 살면서 고요함에 대한 뜻을 되새기고자 함

이것만은 챙기자

*편액: 종이, 비단, 널빤지 따위에 그림을 그리거나 글씨를 써서 방 안이나 문 위에 걸어 놓는 액자.
*선친: 남에게 돌아가신 자기 아버지를 이르는 말.

1. (가)와 (나)에 대한 설명으로 가장 적절한 것은?

✓ 정답풀이

⑤ (가)의 '님이신가'와 (나)의 '님이신가'는 모두 임을 만나고 싶은 간절함을 독백적 어조로 드러낸 것이다.

> (가)의 화자는 저녁 무렵 베개에 비친 달빛을 보면서 임을 떠올리고 있고, (나)의 화자는 창밖에서 나는 낙엽 소리를 듣고 임이 오는 소리인 줄 착각하고 있다. 따라서 (가)와 (나)의 '님이신가'는 모두 임을 만나고 싶은 화자의 간절함을 독백적 어조로 드러낸 것이라 할 수 있다.

✗ 오답풀이

① (가)의 '노여'와 (나)의 '다'라는 수식어는 모두 임에 대한 원망의 정서를 강조하기 위해 사용된 것이다.

(가)의 '노여'는 임과 함께한 행복했던 시절에 서로를 생각하고 사랑하는 마음이 어디에도 비교할 수 없을 만큼 컸다는 점을 말하는 맥락에서 사용된 수식어이므로, 임에 대한 원망의 정서를 강조한다고 볼 수 없다. 한편 (나)의 '다'는 임에 대한 그리움으로 간장이 모두 끊어질 것같이 몹시 애가 타고 슬픈 심정을 강조하기 위해 사용된 표현이다.

② (가)의 'ᄒᆞᄂᆞ고야'와 (나)의 'ᄒᆞ노라'는 모두 화자의 의지를 단정적인 종결형으로 나타낸 것이다.

(가)의 'ᄒᆞᄂᆞ고야'는 임과 이별한 상황에서 보내는 세월이 물 흐르듯 빠르게 지나간다는 점을 말하는 맥락에서 사용된 표현이며, (나)의 'ᄒᆞ노라'는 임에 대한 간절한 그리움으로 인해 마치 간장이 다 끊어지는 듯한 슬픔을 느끼고 있음을 말하는 맥락에서 사용된 표현이므로, 모두 화자의 의지를 나타낸 표현이라고 보기 어렵다.

③ (가)의 '미화'와 (나)의 '혜란'은 모두 화자와 동일시되는 자연물을 의인화하여 나타낸 것이다.

(가)의 '미화'는 화자가 임에게 보내고 싶어 하는 대상으로, 이를 '너'라고 칭하며 임이 '미화'를 본다면 어떻게 생각하실까를 궁금해하고 있다는 점에서 화자와 동일시되는 자연물을 의인화한 것이라 볼 여지가 있다. 하지만 (나)의 '혜란'은 낙엽 소리가 들려온 길 위에 피어 있던 난초로, 화자와 동일시되는 자연물을 의인화하여 나타낸 것으로 보기 어렵다.

④ (가)의 'ᄆᆞ스 일고'와 (나)의 'ᄆᆞ스 일고'는 모두 뜻밖의 대상과 마주하게 된 반가움을 영탄적 어조로 표현한 것이다.

(가)의 'ᄆᆞ스 일고'는 쌀쌀한 날씨 속에서도 꽃을 피워 낸 매화를 보고 반가움을 드러낸 표현이라고 볼 여지가 있다. 하지만 (나)의 'ᄆᆞ스 일고'는 창 밖에서 들린 소리가 임이 오는 소리가 아닌 낙엽 소리임을 깨달은 화자의 반응을 보여 주는 표현으로, 뜻밖의 대상과 마주하게 된 반가움과는 관련이 없다.

기틀잡기

> ③ **의인**: 사람이 아닌 것에 인격을 부여하여 사람인 것처럼 표현하는 것.
> ④ **영탄**: 감정을 억누르지 않고 그대로 표출하는 표현 방법. 감탄사와 감탄 어미를 사용하거나 호칭어를 사용하고, 명령이나 권유, 설의 형식을 취하는 것까지도 영탄법으로 볼 수 있음.
> ⑤ **독백적 어조**: 화자 혼자 중얼거리는 식의 말투.

2. 〈보기〉를 바탕으로 (가)를 감상한 내용으로 적절하지 <u>않은</u> 것은?

> ─── 〈보기〉 ───
>
> (가)에는 천상의 시간과 지상의 시간이 모두 나타난다. 천상에서는 지상과 달리 생로병사의 과정 없이 끝없는 사랑이 지속된다. 이러한 시간적 질서는 지상에 내려온 화자를 힘겹게 하는데, 이 과정에서 화자는 지상의 물리적 시간을 심리적으로 변형하여 자신의 심경을 드러낸다.

🔍 보기 분석

> • (가)에 공존하는 천상과 지상의 시간
> – 천상: 생로병사의 과정 X, 끝없는 사랑의 지속 O
> – 지상: 생로병사의 과정 O, 끝없는 사랑의 지속 X
> → 지상의 물리적 시간을 심리적으로 변형하여 화자의 심경 표현

✓ 정답풀이

⑤ '염냥'이 '가ᄂᆞᆫ ᄃᆞᆺ 고텨' 온다는 인식에서, 임과의 관계 단절에 따른 절망감으로 인해 지상의 물리적 시간이 심리적으로 지연되어 나타나고 있음을 알 수 있겠어.

> 〈보기〉에서 천상과는 다른 지상의 시간적 질서로 인해 힘겨움을 느끼는 (가)의 화자는 '지상의 물리적 시간을 심리적으로 변형'함으로써 자신의 심경을 드러낸다고 하였다. 이때 '염냥'이 '가ᄂᆞᆫ ᄃᆞᆺ 고텨' 온다는 것은 임과 이별한 상황에서 보내는 시간이 빠르게 흘러가고 있음을 표현한 것이므로, 임과의 관계 단절에 따른 절망감으로 인해 지상의 물리적 시간이 심리적으로 지연되어 나타난 것이라 보기는 어렵다.

✗ 오답풀이

① 임과의 '연분'을 '하ᄂᆞᆯ'과 연결 짓는 것은, 임과의 사랑이 천상의 시간 질서처럼 끝없이 이어지기를 바라는 마음이 반영된 것이라 볼 수 있겠어.

〈보기〉에서 (가)의 천상은 '끝없는 사랑'의 지속이 가능한 공간이라고 하였다. 이를 참고할 때 화자가 임과의 '연분'에 대해 '하ᄂᆞᆯ 모롤 일이런가'라고 표현한 것에는 임과의 사랑이 천상의 시간 질서처럼 끝없이 이어지기를 바라는 마음이 반영된 것으로 볼 수 있다.

② '졈어 잇고'와 '늙거야'를 통해 화자가 천상의 시간에서 벗어나 지상의 시간으로 편입되었음을 알 수 있겠어.

〈보기〉에서 (가)의 천상은 '생로병사의 과정'이 없는 공간이라고 하였다. '졈어 잇고'는 화자가 '광한뎐'에서 임과 행복한 시간을 보내던 때이므로 '천상의 시간'에 해당한다. 그러나 '늙거야'는 임과 헤어진 화자가 '하계예 ᄂᆞ려'와 외로이 '지상의 시간'을 보내고 있음을 드러낸다. 이를 통해 화자가 천상의 시간에서 벗어나 생로병사의 과정이 있는 지상의 시간으로 편입되었음을 보여 준다고 할 수 있다.

③ '삼 년' 전을 '엇그제'로 인식하는 것에서, 임과 함께한 기억이 아직도 선명하게 남아 있어 지상의 물리적 시간이 심리적으로 압축되어 나타나고 있음을 알 수 있겠어.

〈보기〉에서 (가)의 화자는 '지상의 물리적 시간을 심리적으로 변형하여 자신의 심경을 드러낸다.'라고 하였다. 이를 참고할 때 '하계'에 내려온(임과 헤어진) 이후 '삼 년'이라는 세월이 흘렀음에도 광한전에서 임을 모시던 때(임과 사랑하던 때)의 일을 '엇그제'의 일처럼 인식하는 것은, 임과 함께한 기억이 아직 선명히 남아 있는 화자가 지상의 물리적 시간을 심리적으로 압축하여 드러낸 것이라 볼 수 있다.

④ '인싱은 유훈'과 '무심훈 셰월'을 통해 지상의 시간적 질서에 따라 소망을 이룰 수 있는 시간이 줄고 있는 것에 대한 불안한 마음을 엿볼 수 있겠어.

〈보기〉에서 (가)의 천상은 '끝없는 사랑'의 지속이 가능한 공간이지만, 지상은 그렇지 않아 '지상에 내려온 화자를 힘겹게' 한다고 하였다. 이를 참고할 때 '인싱은 유훈'한데 임과 이별한 상황에서 보내는 '무심훈 셰월'이 빠르게 흘러만 간다는 것에서, 지상의 시간적 질서에 따라 임과 평생을 함께 살고자 했던 소망을 이룰 수 있는 시간이 줄고 있는 것에 대한 화자의 불안한 마음을 엿볼 수 있다.

• 2-④번

모두의 질문

Q: '인싱은 유훈'과 '무심훈 셰월'은 단순히 임과 이별한 화자가 자신이 느끼는 슬프고 허망한 심정을 드러내는 것과 관련된 표현 아닌가요? 소망을 이룰 수 있는 시간이 줄고 있는 것에 대한 불안한 마음을 어떻게 확인할 수 있나요?

A: 〈보기〉에 따르면 (가)의 '천상'은 '지상과 달리 생로병사의 과정 없이 끝없는 사랑이 지속'되는 공간이라고 하였다. 이를 통해 지상은 생로병사의 과정이 있기 때문에 끝없는 사랑의 지속이 가능하지 않은 공간임을 알 수 있다. 이는 (가)의 화자가 '인싱은 유훈'하다는 점을 인식하고 있는 것과 연결하여 생각할 수 있다.

생로병사의 과정이 있는 지상에서는 사람의 인생에 끝이 존재할 수밖에 없는데, 화자는 현재 임과 이별한 상태에서 홀로 시간을 보내고 있다. 이때 '평싱애 원후요딘 흔디 녜쟈 호얏더니'에서 알 수 있듯 화자가 임과 평생을 함께 살기를 원했다는 점을 고려하면, 물 흐르듯 빠르게 흘러가고 있는 '무심'한 세월은 그러한 화자의 소망이 실현될 수 있는 시간이 줄어드는 것을 의미한다고 볼 수 있다. 따라서 '인싱은 유훈'과 '무심훈 셰월'이라는 지상의 시간적 질서에 대한 인식에서 화자의 불안한 마음을 읽어낼 수 있는 것이다.

3. 〈보기〉를 바탕으로 (나), (다)를 감상한 내용으로 적절하지 않은 것은? [3점]

〈보기〉

고요함은 소리나 움직임이 없이 잠잠한 상태인 외적 고요와 마음이 평온한 상태인 내적 고요로 구분할 수도 있다. 이에 주목하여 (나)를 감상할 때, 화자가 처한 상황과 그에 따른 심리는 고요함의 측면에서 이해될 수 있다. 또한 (다)에서 필자는 고요함에 대한 통찰을 통해 자신이 처한 공간에서 내적 고요를 추구하려 하는데, 이를 통해 삶에서 느끼는 불편이나 슬픔을 이겨 내는 동력을 얻고 있다.

🔍 보기 분석

- 고요함
  - 외적 고요: 소리나 움직임이 없이 잠잠한 상태
  - 내적 고요: 마음이 평온한 상태
- 고요함의 측면에서 본 작품 이해
  - (나): 고요함은 (부재하는 임을 기다리는) 화자의 상황 및 심리 상태 이해와 관련됨
  - (다): 고요함에 대한 통찰로 내적 고요를 추구 → 고요함은 삶의 불편이나 슬픔을 이겨 내는 동력으로 작용

✅ 정답풀이

⑤ (다)에서 '누군가'가 '고요함이 이긴다'는 당호를 '군더더기'로 본다는 것은 외적 고요만으로는 삶에서 느끼는 불편이나 슬픔을 이겨 내기 어렵다고 여겼기 때문이겠군.

(다)의 '누군가'는 '임원이 이미 고요'하기 때문에 그곳에 새로 지은 집에 '고요함이 이긴다'는 당호를 붙이는 것은 '군더더기'라고 여긴 것이라 볼 수 있다. 즉 당호를 '군더더기'로 보는 인식은 임원이 '외적 고요'를 이룬 상태라는 생각에서 비롯된 것이므로, '누군가'가 외적 고요만으로는 삶에서 느끼는 불편이나 슬픔을 이겨 내기 어렵다고 여겼을 것이라고 볼 수는 없다.

① (나)에서 '낙엽' 소리가 창 안에서도 들린다는 것은 화자가 외적 고요의 상태에 있었다는 것을 의미하겠군.

〈보기〉에서 '외적 고요'는 '소리나 움직임이 없이 잠잠한 상태'를 말한다고 하였다. (나)의 화자가 창 밖에서 들려오는 '낙엽' 소리를 들을 수 있었던 것은 그만큼 화자가 위치한 공간이 외적 고요의 상태에 있었기 때문일 것으로 볼 수 있다.

② (나)에서 '낙엽' 소리를 임이 오는 소리로 착각했다는 것은 화자의 심리가 내적 고요의 상태에 있지 못했기 때문이겠군.

〈보기〉에서 '내적 고요'는 '마음이 평온한 상태'를 말한다고 하였다. (나)의 화자가 '낙엽' 소리를 임이 오는 소리로 착각한 것은, 그만큼 임을 향한 화자의 그리움이 간절하여 내적 고요를 이루지 못하고 있었기 때문일 것으로 볼 수 있다.

③ (다)에서 '사물에 닿을 때마다 슬픔만 더'한다는 것은 옛집을 돌아본 경험이 필자로 하여금 내적 고요를 이루기 어렵게 만들었다는 인식이 반영된 것이겠군.

〈보기〉에서 '내적 고요'는 '마음이 평온한 상태'로, (다)의 필자는 '내적 고요를 추구'하여 삶에서 느끼는 '슬픔을 이겨내는 동력'을 얻는다고 하였다. (다)에서 옛집을 다시 찾은 필자는 변함없는 옛집과는 달리 변해 버린 인간사로 인해 옛집의 '사물에 닿을 때마다 슬픔만 더'한다고 하였다. 이는 옛집을 돌아본 경험이 필자의 마음속에 슬픔이라는 감정을 계속해서 불러일으켜 내적 고요를 이루기 어렵게 만들었다는 인식이 반영된 표현인 것으로 볼 수 있다.

④ (다)에서 '옛집'의 '초당'에 붙였던 당호를 '임원'의 새집에서도 사용하겠다는 것은 필자가 외적 고요에 더해 내적 고요를 추구하고 있음을 보여 주는 것이겠군.

〈보기〉에서 (다)의 필자는 '자신이 처한 공간에서 내적 고요를 추구하려' 한다고 했다. (다)의 필자가 옛집의 '초당'에 붙였던 당호는 마음의 고요, 즉 '내적 고요'와 관련된 의미를 지닌 것이었다. 이를 '이미 고요'한 임원에 지을 새집에도 사용하겠다는 것은 필자가 '외적 고요'와 '내적 고요'를 함께 추구하고 있음을 보여 주는 것이라 할 수 있다.

 문제적 문제

• 3-①, ③, ④, ⑤번

학생들이 정답 이외에 가장 많이 고른 선지는 ①번, ③번, ④번이다. 해당 선지들의 선택 비율이 비슷한 것으로 보아, 〈보기〉의 내용을 적용하여 선지 진술의 적절성을 판단하는 데에 있어 전반적으로 어려움이 있었던 것으로 보인다.

〈보기〉에서는 고요함을 외적 고요와 내적 고요로 나누어 설명하며, 이러한 고요함의 측면에서 (나)와 (다) 두 작품의 내용을 감상할 것을 요구하고 있다. 이때 (다)와 관련하여서는, 필자가 '내적 고요를 추구'하고 있으며 이를 통해 '삶에서 느끼는 불편이나 슬픔을 이겨 내는 동력을 얻고 있'다는 점을 제시하였다. 정답인 ⑤번은 〈보기〉의 진술을 활용하기는 했으나 인용한 내용과 부합하는 진술은 아니었다.

만약 ⑤번을 적절한 내용으로 판단했다면, (다)의 필자가 '내적 고요를 추구'함으로써 불편이나 슬픔을 이겨 내는 동력을 얻었다는 〈보기〉의 진술과 '외적인 고요만으로는 삶에서 느끼는 불편이나 슬픔을 이겨 내기 어렵다고 여겼다'는 선지의 진술을 서로 연결지어 생각했을 가능성이 크다. 하지만 주의할 것은 ⑤번에서 그러한 생각을 한 주체로 제시된 것은 (다)의 필자가 아닌 '누군가'였다는 점이다. 또한 (다)의 내용을 토대로 하면, '고요함이 이긴다'는 당호는 내적 고요에 대한 지향을 담고 있다. 따라서 이를 '군더더기'로 여기는 이가 그러한 생각을 한 이유에 대해 '외적 고요'가 지닌 한계와 연결지어 서술한 것도 맥락상 자연스럽다고 보기는 어렵다.

이와 비교하여, 매력적인 오답인 ①번은 〈보기〉에서 '외적 고요'가 '소리나 움직임이 없이 잠잠한 상태'를 말한다고 한 것을 고려할 때, 화자가 외적 고요의 상태에 있었기에 '창 밖'에서 난 소리임에도 '창 안'에서도 들을 수 있었던 것이라 판단하는 것이 가능하였다. 또한 ③번은 〈보기〉에서 '내적 고요'가 '마음이 평온한 상태'를 말한다고 했는데, '사물에 닿을 때마다 슬픔'이라는 감정이 더함을 느끼는 화자가 평온한 마음 상태라고 보기는 어렵다는 점에서 정오 판단을 할 수 있었다. 마지막으로 ④번은 〈보기〉에서 (다)의 필자가 '내적 고요를 추구'한다고 언급한 점과, 지문에서 필자가 '임원'에 새집을 짓겠다고 한 것, 사람들이 임원을 '고요'한 곳으로 인식하고 있다는 점을 고려했을 때 적절한 내용이라고 판단할 수 있었다.

〈보기〉 문제는 이처럼 선지의 진술을 꼼꼼히 확인하면서, 지문—선지 간, 〈보기〉—선지 간의 내용 일치 여부를 판단하고 마지막으로 선지의 전반적인 내용 맥락이 적절하다고 볼 수 있는지까지 종합적으로 판단하는 것이 필요하다.

정답률 분석

매력적 오답		매력적 오답	매력적 오답	정답
①	②	③	④	⑤
12%	5%	13%	12%	58%

4. (가)와 (다)를 비교하여 이해한 내용으로 가장 적절한 것은?

◆ 정답풀이

③ (가)와 (다) 모두 자신이 있는 공간에서 그 공간에 부재하는 대상을 떠올리는 상황이 나타나 있다.

> (가)의 화자는 임에 대한 그리움을 드러내고 있는데, 매화를 보며 이를 꺾어 임 계신 곳에 보내고 싶다고 한 것을 고려하면, 화자가 자신의 곁에 부재한 임을 떠올리고 있는 상황임을 알 수 있다. 또한 (다)의 글쓴이는 '옛집을 찾아가' 둘러보고 있는데, 그곳에 살던 시절 '선친', '형제들'과 함께했던 추억을 떠올리는 것에서 해당 공간에 부재하는 대상을 떠올리는 상황을 확인할 수 있다.

⊗ 오답풀이

① (가)와 (다) 모두 인간의 외양이 변화하는 상황에 대한 안타까움이 나타나 있다.
(가)의 '올 저긔 비슨 머리 헛틀언 디 삼 년일쇠'에서는 임과 이별한 이후 달라진 외양을 언급했다고 볼 수 있다. 하지만 (다)에서는 변해버린 '인간사'에 대해서 말하고 있을 뿐, 인간의 외양이 변화하는 상황에 대한 안타까움을 드러내고 있지는 않다.

② (가)와 (다) 모두 오래된 것보다는 새로운 것을 더 중시하는 삶의 자세가 나타나 있다.
(가)와 (다) 모두 오래된 것보다 새로운 것을 더 중시하는 삶의 자세는 드러나지 않는다. (가)는 임과의 이별에 따른 슬픔과 그리움의 심정을 말하고 있을 뿐이며, (다)에서는 오히려 그리움을 불러일으키는 옛집에 대해 이야기하고 있다.

④ (가)에는 인생의 허무함에 대한 순응적 태도가, (다)에는 인생의 허무함에 대한 극복 의지가 나타나 있다.
(가)는 임과의 이별에 따른 슬픔과 그리움의 심정을 드러내고 있을 뿐, 인생의 허무함에 대한 순응적 태도를 나타내고 있지는 않다. (다) 역시 옛집에 얽힌 추억과 마음의 고요함을 지향하고자 하는 태도가 드러날 뿐, 인생의 허무함과 이에 대한 극복 의지는 나타나지 않는다.

⑤ (가)에는 과거와 달라진 타인의 마음에 대한, (다)에는 과거와 달라진 자신의 마음가짐에 대한 아쉬움이 나타나 있다.
(가)에서는 '님 호나 날 괴시'던 때와는 달리 임과 이별하여 슬픔을 느끼고 있는 화자의 현재 상황이 드러나므로, 과거와 달라진 타인의 마음에 대한 아쉬움이 드러나 있다고 볼 여지가 있다. 하지만 (다)에서 과거와 달라진 자신의 마음가짐이나 이에 대한 아쉬움을 드러내고 있지는 않으며, 오히려 '옛 이름의 편액을 걸어' '옛집에서 지녔던 뜻을 잊지 않으려' 하고 있다.

🌱 기틀잡기

> ④ **순응:** 환경이나 변화에 적응하여 익숙하여지거나 체계, 명령 따위에 적응하여 따름.
> **극복 의지:** 부정적 상황을 이겨내고자 하는 마음가짐.

5. (다)에 대한 이해로 적절하지 <u>않은</u> 것은?

◆ 정답풀이

③ 새집에 붙이고자 하는 당호의 의미를 통해 옛집에서 다시 살고 싶어하는 마음을 표현하고 있다.

> (다)의 글쓴이는 '사물에 닿을 때마다 슬픔만 더하므로' 옛집에 '다시 살고 싶지는 않'으며, 대신 '임원'에 새집을 지어 '옛 이름의 편액을 걸어 옛집에서 지녔던 뜻을 잊지 않으려 한'다고 했다. 따라서 새집에 붙이고자 하는 당호의 의미를 통해 옛집에서 다시 살고 싶어하는 마음을 표현했다고 볼 수는 없다.

⊗ 오답풀이

① 여름에 더웠던 경험을 바탕으로 옛집 초당의 당호를 정하게 된 내력을 서술하고 있다.
옛집의 초당은 '그윽하고 조용해서 살 만했'지만 '동쪽으로 치우쳐 햇볕을 받았기에 여름이면 너무 더웠'으므로 '고요함이 더위를 이긴다'는 말을 당호로 정하게 되었다고 하며 그 내력을 서술하였다.

② 과거 인물의 행적에 비추어, 다시 찾은 옛집에서 떠올린 기억에 대한 감회를 드러내고 있다.
옛집을 다시 찾은 글쓴이는 그곳에 살던 당시 형제들과 함께 선친을 '모시고 앉아 학문과 예술을 담론하고 옛일을 기록하거나' 했던 때의 기억을 떠올리고 있으며, '그 즐거움을 잊을 수는 없건마는 다시 되찾을 수는 없다!'라고 하여 이에 대한 감회를 드러내고 있다.

④ 변함없는 옛집의 외양과 달리, 변해 버린 인간사로 인해 새집을 지으려는 마음을 갖게 되었음을 밝히고 있다.
'삼 년이 흐른 뒤' 다시 찾은 옛집은 '옛 모습 그대로'라고 하였는데, 이와는 달리 '인간사'는 그 사이에 '벌써 바뀌어' 글쓴이로 하여금 옛집의 '사물에 닿을 때마다 슬픔만 더'하게 만들었다고 하였다. 이에 '임원에 집터를 보아 집을 지'으려는 마음을 갖게 되었음을 밝히고 있다.

⑤ 집이 그릇과 같은 부류이지만 사람을 담고 있는 존재라는 점에 주목하여 옛집에 대한 그리움을 부각하고 있다.
(다)의 글쓴이는 '집 역시 그릇과 같이 무언가를 담는 부류이긴 하'지만 집은 오히려 '그릇보다는 사람에 가깝'다고 하였다. 때문에 '사람은 옛 사람을 찾는다.'라는 옛말에서와 같이 옛집 역시 '그리워하지 않을 수' 없다고 하였다.

🌱 기틀잡기

> ① **내력:** 일정한 과정을 거치면서 이루어진 까닭.
> ② **감회:** 지난 일을 돌이켜 볼 때 느껴지는 회포.

[1~5] 다음 글을 읽고 물음에 답하시오.

✏️ 사고의 흐름

(가)

세 가지 양상을 차례로 설명할 테니 각각의 내용을 잘 정리해 두도록 하자!

ⓐ문학 작품의 의미가 생성되는 양상은 <u>세 가지로</u> 나누어 볼 수 있다. 첫째는 자기의 경험은 물론 자기 내면의 정서나 의식 등을 대상에 투영*하여, 외부 세계에 새로운 의미를 부여하는 경우이다. 둘째는 외부 세계의 일반적 삶의 방식이나 가치관, 이념 등을 자기 내면으로 수용*하여, 자신을 새롭게 해석함으로써 의미를 만들어 내는 경우이다. 셋째는 자기와 외부 세계를 상호적으로 대비하여 양자에 대한 새로운 해석을 통해 의미를 생성하는 경우이다.

문학적 의미 생성의 이러한 세 가지 양상은 문학 작품에서 자기와 외부 세계의 관계를 파악할 때 적용할 수 있다. 첫째와 둘째의 경우, 자기와 외부 세계와의 거리는 가까워지고 친화적 관계가 형성된다. 셋째의 경우는 자기가 외부 세계를 바라보는 관점에 따라 둘 사이의 거리가 가까워져 친화적 관계가 형성되기도 하고, 그 거리가 드러나 소원*한 관계가 유지되기도 한다.

앞선 두 양상과 달리 세 번째 양상에서는 세계를 바라보는 관점에 따라 자신과 세계와의 관계의 거리가 드러나 소원한 관계가 유지될 수도 있구나!

>> 지문의 핵심 내용을 정리해 보세요.

- 문학 작품의 의미가 생성되는 양상
  (1) 자기의 경험과 **내면**이 정서를 외부 대상에 **투영**
  (2) 외부 세계의 가치관 등을 내면에 수용
  (3) 자기와 외부 세계의 **상호적** 대비
    → (1)과 (2)는 자기와 외부 세계와의 거리가 가까워지고 친화적 관계 형성
    (3)은 외부를 바라보는 **관점**에 따라 자기와 외부 세계의 거리, 관계가 달라지기도 함

이것만은 챙기자

*투영: 어떤 일을 다른 일에 반영하여 나타냄을 비유적으로 이르는 말.
*수용: 어떠한 것을 받아들임.
*소원: 지내는 사이가 두텁지 아니하고 거리가 있어서 서먹서먹함.

(나)

화자가 살아가는 삶의 공간
「산슈 간(山水間) 바회 아래 **뛰집**」을 짓노라 ᄒᆞ니
그 모론 ᄂᆞᆷ들은 운는다 혼다마ᄂᆞᆫ
ⓒ어리고 하얌*의 뜻의ᄂᆞᆫ 내 분(分)인가 ᄒᆞ노라　　〈제1수〉

소박한 음식
「보리밥 픗ᄂᆞ 물」을 알마초 머근 후(後)에
바횟 ᄀᆞᆺ 믉ᄀᆞ의 슬크지* 노니노라
그 나믄 녀나믄 일이야 부롤 줄이 이시랴　　〈제2수〉

님에 대한 반가움보다 더한 감흥을 불러일으키는 대상
잔 들고 혼자 안자 먼 「뫼」흘 ᄇᆞ라보니
그리던 **님**이 오다 **반가옴**이 이리ᄒᆞ랴
말ᄉᆞᆷ도 우움도 아녀도 몯내 됴하ᄒᆞ노라　　〈제3수〉

누고셔 삼공(三公)*도곤 낫다 ᄒᆞ더니 만승(萬乘)*이 이만ᄒᆞ랴
이제로 헤어든 소부(巢父) 허유(許由)* ㅣ 냑돗더라
아마도 「님쳔 한흥(林泉閑興)」을 비길 곳이 업세라　　〈제4수〉
자연 속에서의 삶에 대한 자부심을 투영함

내 셩이 게으르더니 하ᄂᆞᆯ히 아르실샤
인간 만ᄉᆞ(人間萬事)를 ᄒᆞᆫ 일도 아니 맛뎌
다만당 ᄃᆞ토리 업슨 **강산(江山)**을 딕희라 ᄒᆞ시도다　　〈제5수〉

강산이 됴타 ᄒᆞᆫ들 내 분(分)으로 누읻ᄂᆞ냐
자기와 외부 세계(임금) 사이의 친화적 관계 형성
「님군 은혜(恩惠)를 이제 더옥 아노이다」
아므리 갑고쟈 ᄒᆞ야도 ᄒᆡ올 일이 업세라　　〈제6수〉

– 윤선도, 「만흥(漫興)」 –

>> 지문의 핵심 내용을 정리해 보세요.

화자와 **대상**의 관계	자연 속에서의 삶에 만족감을 느끼며 임금의 **은혜**에 감사하는 '나'
상황?	자연에서 살아가는 소박한 삶에 만족함 → 산을 바라보며 **반가움**을 느낌 → 자연에서의 삶이 속세의 삶보다 가치 있다고 여김 → 자연에서의 삶이 자신의 천성에 맞음 → 임금의 은혜에 감사함

산수 사이 바위 아래 초가집을 짓는다고 하니
그것(화자의 생각)을 모르는 사람들은 비웃지만
시골에 사는 견문이 좁고 어리석은 사람의 뜻에는 (이러한 것이)
나의 분수인가 하노라 〈제1수〉

보리밥 풋나물을 알맞게 먹은 후에
바위 끝 물가에서 실컷 노니노라
그 밖에 남은 일이야 부러워할 줄이 있겠는가 〈제2수〉

잔 들고 혼자 앉아 먼 산을 바라보니
그리워하던 임이 온다고 한들 반가움이 이만할까
(산이) 말씀도 웃음도 아니하여도 못내 좋아하노라 〈제3수〉

누가 (자연에서의 삶) 삼공보다 낫다고 하더니 만승이 이만하겠
는가
지금 생각해 보니 소부 허유가 영리했구나
아마도 자연에서 느끼는 한가로움을 비교할 곳이 없도다 〈제4수〉

내 천성이 게으르더니 하늘이 아시어
인간 만사의 일 가운데 하나도 아니 맡겨
다만 다툴 사람 없는 강산을 지키라고 하셨도다 〈제5수〉

강산이 좋다고 한들 내 분수로 누웠겠느냐
임금의 은혜를 이제 더욱 알게 되었도다
아무리 갚고자 하여도 할 수 있는 일이 없구나 〈제6수〉

이것만은 챙기자

*햐암: 향암. 시골에서 지내 온갖 사리에 어둡고 어리석음. 또는 그런 사람.
*슬ㅋ지: 실컷.
*삼공: 삼정승(영의정, 우의정, 좌의정)을 이르는 말. 높은 벼슬.
*만승: 만 대의 병거(전쟁할 때에 쓰는 수레)라는 뜻으로, 천자 또는 천자의 자리를 이르는 말.
*소부 허유: 속세를 등지고 자연에 묻혀 살았던 인물들.

(다)
어디에 사느냐와 어디에 마음을 두느냐를 고려하여 삶의 유형을 나눔
「산림(山林)에 살면서 명리(名利)*에 마음을 두는 것은 큰 부끄러움[大恥]이다. 시정(市井)*에 살면서 명리에 마음을 두는 것은 작은 부끄러움[小恥]이다. 산림에 살면서 은거(隱居)*에 마음을 두는 것은 큰 즐거움[大樂]이다. 시정에 살면서 은거에 마음을 두는 것은 작은 즐거움[小樂]이다.」 01

작은 즐거움이든 큰 즐거움이든 나에게는 그것이 다 즐거움이며, 작은 부끄러움이든 큰 부끄러움이든 나에게는 그것이 다 부끄러움이다. 그런데 큰 부끄러움을 안고 사는 자는 백(百)에 반이요, 작은 부끄러움을 안고 사는 자는 백에 백이며, 큰 즐거움을 누리는 자는 백에 서넛쯤 되고, 자기 삶의 가치를 새롭게 해석함「작은 즐거움을 누리는 자는 백에 하나 있거나 아주 없거나 하니, 참으로 가장 높은 것은 작은 즐거움을 누리는 자이다.」 02

나는 시정에 살면서 은거에 마음을 두는 자이니, 그렇다면 이 작은 즐거움을 가장 높은 것으로 말한 ⓒ「삶에 대한 자부심을 우회적으로 표현함 나의 이 말은 대부분의 사람들의 생각과는 거리가 먼, 물정 모르는 소리일지도 모른다.」 03

– 이덕무, 「우언(迂言)」 –

>> 지문을 세 부분으로 나누고, 핵심 내용을 정리해 보세요.

01	사는 곳과 마음을 두는 것에 따른 삶의 유형을 제시함
02	작은 즐거움을 누리는 삶을 가장 가치 있는 것으로 봄
03	작은 즐거움을 누리며 사는 자신의 삶에 대한 자부심을 드러냄

이것만은 챙기자

*명리: 명예와 이익을 아울러 이르는 말.
*시정: 인가가 모인 곳.
*은거: 세상을 피하여 숨어서 삶.

1. (나)의 시상 전개에 대한 설명으로 가장 적절한 것은?

✅ 정답풀이

① 〈제1수〉에서는 경험적 성격과 연결된 공간으로부터, 〈제6수〉에서는 관념적 성격과 연결된 공간으로부터 시상이 전개된다.

> 〈제1수〉에서 '산슈 간 바회 아래'에 지은 '뛰집'은 화자가 살아가는 삶의 공간이다. 이렇듯 〈제1수〉는 경험적 성격과 연결된 공간으로부터 시상이 전개되며, 자연 속에서의 삶을 자신의 분수로 여기는 화자의 만족감과 자부심이 드러나고 있다. 그리고 〈제6수〉의 '강산'은 속세와 대비되는 자연을 상징하는 공간으로 볼 수 있다. 이렇듯 〈제6수〉는 관념적인 성격과 연결된 공간으로부터 시상이 전개되며 자연에서 누리는 즐거움을 임금의 은혜 덕분이라고 생각하는 화자의 인식을 드러내고 있다.

❌ 오답풀이

② 〈제2수〉에서는 구체성이 드러나는 소재로, 〈제3수〉에서는 추상성이 강화된 소재로 시상이 시작된다.
〈제2수〉의 '보리밥 픗ᄂᆞ물'은 구체성이 드러나는 소재로 볼 수 있으나, 〈제3수〉의 '잔'이나 화자가 바라보고 있는 대상인 '뫼'를 추상성이 강화된 소재로 보기는 어렵다.

③ 〈제2수〉에서 설의적 표현으로 제기된 의문이 〈제5수〉에서 해소되었음이 영탄적 표현으로 드러난다.
〈제2수〉의 '그 나믄 녀나믄 일이야 부룰 줄이 이시랴'는 자연 속에서의 삶에 대한 만족감을 드러내는 설의적 표현일 뿐, 화자가 이를 통해 어떤 의문을 제기하고 있는 것은 아니다. 따라서 그러한 의문이 〈제5수〉를 통해 해소되었다고 볼 수도 없다.

④ 〈제3수〉에서의 현재에 대한 긍정이 〈제4수〉에서의 역사에 대한 부정으로 바뀌며 시상이 전환된다.
〈제3수〉에서는 화자가 산을 바라보며 반가움과 만족감을 느끼는 모습이 나타나므로 현재에 대한 긍정이 드러난다고 볼 수 있다. 그러나 〈제4수〉에서는 자연 속에서의 삶에 대한 자부심이 드러나고 있을 뿐, 역사에 대한 부정이 나타나지 않는다.

⑤ 〈제3수〉에 나타난 정서적 반응이 〈제6수〉에서 감각적 표현을 통해 구체화된다.
〈제3수〉에서는 산을 바라보며 반가움을 드러내는 화자의 모습이, 〈제6수〉에서는 자연 속에서 누리는 즐거움이 모두 임금의 은혜 덕분임을 생각하며 감사함을 드러내는 화자의 모습이 나타난다. 하지만 〈제6수〉에서 감각적 표현이 사용된 부분은 찾을 수 없으므로 이를 통해 정서적 반응이 구체화된다고 볼 수는 없다.

🌱 기틀잡기

> ③ **설의:** 이미 답이 분명한 내용을 일부러 의문문의 형식으로 표현하여 독자가 스스로 판단하게 하는 방법.
> **영탄:** 감정을 억누르지 않고 그대로 표출하는 표현 방법. 감탄사와 감탄 어미를 사용하거나 호칭어를 사용하고, 명령이나 권유, 설의의 형식을 취하는 것까지도 영탄법으로 볼 수 있음.
> ④ **시상의 전환:** 시에서 화자의 정서나 분위기, 내용 등이 바뀌는 것.

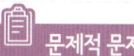 문제적 문제

• 1 - ①, ②번

학생들이 정답 이외에 가장 많이 고른 선지는 ②번이다. 구체성이 드러나는 소재, 추상성이 강화된 소재로 시상이 '시작'되고 있는지를 묻는 선지의 의도를 정확하게 파악하지 못하였기 때문으로 보인다. 또한 정답 선지인 ①번에서 〈제6수〉의 '강산'을 관념적 성격과 연결된 공간으로 볼 수 있는지를 판단하는 데에서도 어려움이 있어, 매력적인 오답인 ②번 외에도 나머지 오답 선지들의 선택 비율이 전반적으로 비슷하게 나타난 것으로 보인다.

먼저 정답인 ①번의 경우, (나)의 화자는 자연 속에 묻혀 사는 삶의 즐거움에 대해 이야기하고 있으므로, 〈제6수〉의 '강산'도 화자의 그러한 경험적 삶과 연결된 공간으로 판단했을 수 있다. 하지만 이때의 '강산'은 화자가 '님군 은혜' 덕분에 지금의 한가롭고 만족스러운 삶을 살 수 있음을 이야기하는 대목에서 등장하는 시어로, 흔히 속세와 대비되는 차원에서의 '자연'이라는 관념적 세계를 상징하는 시어로 판단해야 한다. 즉 실제로 화자가 자연 속에서 거처하고 있는 생활 공간을 의미하는 '산슈 간 바회 아래 뛰집'과는 차이가 있다는 점을 정확히 구분했다면, 어렵지 않게 ①번을 정답 선지로 고를 수 있었을 것이다.

한편 매력적인 오답인 ②번의 경우, '시상이 시작된다.'라는 진술에 주목하여 〈제2수〉의 '보리밥 픗ᄂᆞ물', 〈제3수〉의 '잔'이 쓰인 시구의 구체적인 의미를 차분하게 확인했다면 적절하지 않은 내용임을 명확하게 판단할 수 있었다. 시상 전개 방식에 대해 묻는 문제에서는 이렇듯 선지의 진술을 꼼꼼하게 확인하여 지문과 비교하는 과정이 요구되므로, 선지의 의도를 잘못 이해하여 실수하는 일이 없도록 유의해야 할 것이다.

정답률 분석

정답	매력적 오답			
①	②	③	④	⑤
47%	21%	12%	5%	15%

2. (가)를 참고하여 (나)를 감상한 내용으로 적절하지 <u>않은</u> 것은?

✔ **정답풀이**

③ '님'에 대한 '반가옴'보다 더한 감흥을 불러일으키는 '뫼'의 의미를 부각하여 화자와 '님' 사이의 거리가 드러남으로써, 자기와 외부 세계 사이의 소원한 관계가 유지된다.

〈제3수〉에서 화자는 '먼 뫼'를 바라보고 있는데, '그리던 님이 오다 반가 옴이 이리ᄒᆞ랴'라며 그리워하던 임이 온다고 하더라도 그 반가움이 산을 바라보며 느끼는 반가움에는 미치지 못할 것이라고 생각하고 있다. (가)를 참고하면 이는 '자기 내면의 정서나 의식 등을 대상에 투영하여, 외부 세 계에 새로운 의미를 부여하는 경우'에 해당한다. 화자는 자연에 대한 긍 정적 인식을 외부 세계인 '뫼'에 투영하여 새로운 의미를 부여하고 있다. (가)에 따르면 이러한 경우에는 '자기와 외부 세계와의 거리가 가까워지 고 친화적 관계가 형성'된다고 했으므로, 화자와 '뫼' 사이의 거리가 가까 워짐으로써, 자기와 외부 세계 사이의 친화적 관계가 형성된다. 따라서 화자가 '님'에 대한 '반가옴'보다 더한 감흥을 불러일으키는 '뫼'의 의미를 부각한 것을 통해 화자와 '님' 사이의 거리가 드러난다고 볼 수는 없으며, 자기와 외부 세계 사이의 소원한 관계가 유지된다고 보기도 어렵다.

❌ **오답풀이**

① '산슈 간'에서 살고자 하는 마음과 이에 공감하지 못하는 '놈들'의 생각을 병치하여 화자와 '놈들' 사이의 거리가 드러남으로써, 자기와 외부 세계 사이의 소원한 관계가 유지된다.

〈제1수〉에서 화자는 '산슈 간 바회 아래 뛰집을 짓'고 사는 삶을 자신의 분수 로 여기고 있으나, 그 뜻을 모르는 '놈들'은 화자를 보고 '욷는다'고 하였다. (가)를 참고하면 이는 '자기와 외부 세계를 상호적으로 대비하여 양자에 대한 새로운 해석을 통해 의미를 생성'하는 경우에 해당한다. 자연 속에서의 삶 에 대한 화자와 '놈들'의 생각을 대비하여 화자와 '놈들' 사이의 거리가 드러 나고 있으며, 이를 통해 자기와 외부 세계 사이의 소원한 관계가 유지되고 있다.

② '바횟 긋 묽ᄀᆞ'에서 즐거움을 누리는 삶과 '녀나믄 일'을 대비하여 세상일과 거리를 두려는 화자의 태도가 드러남으로써, 자기와 외부 세계 사이의 소원한 관계가 유지된다.

〈제2수〉에서 화자는 '바횟 긋 묽ᄀᆞ'에서 실컷 노닐면서 그러한 즐거움 외에 '녀나믄 일'은 부러워할 일이 없다고 하였다. (가)를 참고하면 이는 '자기와 외부 세계를 상호적으로 대비하여 양자에 대한 새로운 해석을 통해 의미를 생성'하는 경우에 해당한다. 자연 속에서 즐거움을 누리는 삶과 '녀나믄 일'을 대비함으로써 세상일과 거리를 두려는 화자의 태도가 드러나며, 이를 통해 자기와 외부 세계 사이의 소원한 관계가 유지되고 있다.

④ '님쳔'에서의 '한흥'이 '삼공'이나 '만승'보다 더한 가치를 지닌다고 강조하여 화자와 '님쳔' 사이의 거리가 가까워짐으로써, 자기와 외부 세계 사이의 친화적 관계가 형성된다.

〈제4수〉에서 화자는 '님쳔'에서 '한흥'을 즐기는 삶이 '삼공'이나 '만승'의 지위 를 누리며 사는 삶보다 더 큰 가치를 지닌다는 점을 강조하고 있다. (가)를 참고하면 이는 '자기 내면의 정서나 의식 등을 대상에 투영하여, 외부 세계에 새로운 의미를 부여하는 경우'에 해당한다. 화자는 자연에 사는 삶에 대한 만족감을 외부 세계인 '님쳔'에 투영하여 긍정적 가치를 부여하고 있는데, 이를 통해 화자와 '님쳔' 사이의 거리가 가까워짐으로써 자기와 외부 세계 사이의 친화적 관계가 형성되고 있다.

⑤ '강산' 속에서의 삶이 '님군'의 '은혜' 덕택임을 제시하여 화자와 '님군' 사이의 거리가 가까워짐으로써, 자기와 외부 세계 사이의 친화적 관계가 형성된다.

〈제6수〉에서 화자는 자신이 '강산'에서 즐거움을 누리며 사는 삶이 모두 '님 군 은혜' 덕분이라는 생각을 드러내고 있다. (가)를 참고하면 이는 '자기 내 면의 정서나 의식 등을 대상에 투영하여, 외부 세계에 새로운 의미를 부여 하는 경우'에 해당한다. 화자는 자연에서 누리는 삶에 대한 감사함을 외부 세계인 '님군'에 투영하여 새로운 의미를 부여하고 있는데, 이를 통해 화자와 '님군' 사이의 거리가 가까워짐으로써, 자기와 외부 세계 사이의 친화적 관 계가 형성되고 있다.

📋 **문제적 문제** • 2–③, ④번

학생들이 정답 이외에 가장 많이 고른 선지는 ④번이다. (나)의 〈제4수〉 에서는 '삼공', '만승'과의 비교를 통해 '님쳔'에서 즐기는 한가로운 흥취를 부각하여 이에 대한 만족감을 드러내고 있는데, 이를 (가)에서 설명한 '문학적 의미' 및 '외부 세계'와의 관계와 연결하여 이해하는 데에 어려움 이 있었던 것으로 보인다. 우선 (가)를 보면, '문학 작품의 의미가 생성되 는 양상' 중 하나로 '자기의 경험은 물론 자기 내면의 정서나 의식 등을 대상에 투영'하는 경우를 설명하였다. 그리고 해당 양상에서 '자기와 외 부 세계와의 거리는 가까워지고 친화적 관계가 형성'된다고 하였다. 이를 참고하면, (나)의 화자는 〈제4수〉에서 '님쳔 한흥을 비길 곳이 업세라'라 고 하며 '님쳔'이라는 대상에 자신의 내면 정서와 의식을 투영한 것으로 볼 수 있다. 이에 따라 외부 세계인 '님쳔'과 화자 사이의 거리는 가까워 지고 친화적 관계가 형성된다고 이해할 수 있다.

정답 선지인 ③번 역시 (나)의 화자가 〈제3수〉에서 '뫼'에 대해 '말솜도 우움도 아녀도 몯내 됴하ᄒᆞ노라'라고 하며 자신의 내면 정서를 투영하고 있으므로, 이에 따라 화자와 '님' 사이가 아닌, 화자와 '뫼' 사이의 거리가 가까워진다는 점이 드러난다고 볼 수 있다. 즉 자기와 외부 세계 사이의 친화적 관계가 드러나는 부분인 것이다.

이처럼 대상들 간의 관계를 묻거나 비교하는 선지가 주어질 경우, 각 대상들이 설명하는 내용에 해당하는지 정확히 파악해야 한다. 최근 수능 문학 문제는 세세한 부분에서 함정을 만들어 출제하는 경향이 있기 때문 에, 이와 같은 문제를 풀 때, 근거를 바탕으로 선지의 예시와 설명이 부합 하는지 하나하나 꼼꼼히 따질 필요가 있다.

정답률 분석

		정답	매력적 오답	
①	②	③	④	⑤
4%	6%	61%	21%	8%

3. (다)를 이해한 내용으로 적절하지 <u>않은</u> 것은?

✔ 정답풀이

① '부끄러움'과 '즐거움'을 조화시킴으로써 더 나은 삶의 방식을 결정할 수 있다.

> (다)의 글쓴이는 '산림'과 '시정' 중 어디에 살고 있는지, 그곳에서 '명리'와 '은거' 중 어디에 마음을 두고 있는지에 따라 삶의 유형을 나누어 제시하고 있다. 그리고 그중 '시정에 살면서 은거에 마음을 두는' 것, 즉 '작은 즐거움을 누리는' 삶이 '가장 높은 것'이라고 말하고 있으므로, 이를 '부끄러움'과 '즐거움'을 조화시킴으로써 더 나은 삶의 방식을 결정할 수 있다는 내용으로 이해하는 것은 적절하지 않다.

✖ 오답풀이

② '나'는 어디에 사느냐와 어디에 마음을 두느냐를 고려하여 삶의 유형을 나누고 있다.
> (다)의 글쓴이는 '산림'과 '시정' 중 어디에 살고 있는지, 그곳에서 '명리'와 '은거' 중 어디에 마음을 두고 있는지에 따라 '큰 부끄러움'과 '작은 부끄러움', '큰 즐거움'과 '작은 즐거움'으로 삶의 유형을 나누어 제시하고 있다.

③ '산림'에 사는 사람들 중에는 '즐거움'을 누리는 경우보다 '부끄러움'을 가진 경우가 더 많다.
> (다)에서 '산림에 살면서 명리에 마음을 두는 것은 큰 부끄러움'인데, '큰 부끄러움을 안고 사는 자는 백에 반'이라고 하였다. 한편 '산림에 살면서 은거에 마음을 두는 것은 큰 즐거움'으로 이러한 '큰 즐거움을 누리는 자는 백에 서넛쯤' 된다고 하였으므로, '산림'에 사는 사람들 중에는 '즐거움'을 누리는 경우보다 '부끄러움'을 가진 경우가 더 많음을 알 수 있다.

④ '큰 부끄러움'과 '작은 즐거움'은 어디에 사느냐와 어디에 마음을 두느냐가 모두 서로 다르다.
> (다)에서 '큰 부끄러움'은 '산림에 살면서 명리에 마음을 두는 것'이고, '작은 즐거움'은 '시정에 살면서 은거에 마음을 두는 것'이라고 하였다. 이를 통해 '큰 부끄러움'과 '작은 즐거움'은 각각 어디에 사느냐와 어디에 마음을 두느냐가 모두 서로 다름을 알 수 있다.

⑤ '명리'를 '부끄러움'에, '은거'를 '즐거움'에 대응시킨 것으로 보아 '나'는 '은거'의 가치를 '명리'의 가치보다 높이 두고 있음을 알 수 있다.
> (다)에서는 '산림'과 '시정' 중 어디에 살고 있는가와는 무관하게 '명리에 마음을 두는 것'은 모두 크고 작은 '부끄러움'으로, '은거에 마음을 두는 것'은 크고 작은 '즐거움'으로 분류하고 있다. 따라서 (다)의 글쓴이는 '은거'의 가치를 '명리'의 가치보다 더 높이 두었다고 볼 수 있다.

4. ㉠, ㉡에 대한 설명으로 가장 적절한 것은?

> ㉠: 어리고 햐암의 뜻의눈 내 분(分)인가 ᄒ노라
> ㉡: 나의 이 말은 대부분의 사람들의 생각과는 거리가 먼, 물정 모르는 소리일지도 모른다.

✔ 정답풀이

⑤ ㉠과 ㉡은 모두, 자신이 말하고자 하는 바를 우회하여 표현함으로써 자신의 삶에 대한 자부심을 드러내고 있다.

> (나)의 ㉠에서 화자는 자신을 '어리고 햐암'이라고 표현하였으나, 〈제1수〉를 비롯해 작품 전반에 걸쳐 자연에서의 삶에 대한 만족감과 자부심을 드러내고 있다. 또한 (다)의 ㉡에서 글쓴이는 자신의 말이 '대부분의 사람들의 생각과는 거리가 먼, 물정 모르는 소리'일 수도 있다고 하였지만, 삶의 유형에 대한 분류를 통해 '시정에 살면서 은거에 마음을 두'고 있는 자신의 삶이 '참으로 가장 높은 것'이라는 생각을 드러내고 있다. 즉 ㉠과 ㉡은 모두 자신이 말하고자 하는 바를 우회하여 표현함으로써 자신의 삶에 대한 자부심을 드러내고자 한 구절로 볼 수 있다.

✖ 오답풀이

① ㉠은 자신의 처지를 남의 일을 말하듯이 표현함으로써 자신의 문제를 회피하고 있다.
> (나)의 화자는 ㉠에서 자연 속에서의 삶이 자신의 분수에 맞다고 말하며 자부심을 드러내고 있을 뿐, 자신의 문제를 회피하려는 태도를 드러내고 있지는 않다.

② ㉡은 자신의 행동을 냉철하게 성찰함으로써 자신의 과오를 인정하고 있다.
> (다)의 글쓴이는 ㉡에서 다른 사람들이 자신의 말에 공감하지 않을 수도 있지만, 자신은 시정에 살면서 은거에 마음을 두는 자신의 삶을 '가장 높은 것'으로 여긴다는 뜻을 드러내고 있을 뿐, 자신의 과오를 인정하고 있지는 않다.

③ ㉠은 ㉡과 달리, 자신의 처지를 자문자답 형식으로 말함으로써 자신의 생각을 일반화하고 있다.
> ㉠에서 자문자답의 형식을 통해 자신의 생각을 일반화하는 부분은 찾을 수 없다.

④ ㉡은 ㉠과 달리, 자신의 생각을 남의 말을 인용하여 표현함으로써 자신의 신념을 객관화하고 있다.
> ㉡에서 남의 말을 인용하여 자신의 신념을 객관화하는 부분은 찾을 수 없다.

5. ⓐ를 바탕으로 (나), (다)를 이해한 내용으로 적절하지 <u>않은</u> 것은? [3점]

> ⓐ: 문학 작품의 의미가 생성되는 양상

✅ 정답풀이

④ (나)에서는 선인들의 삶의 태도를 자기 내면으로 수용하는 과정을 거쳐, (다)에서는 대다수 사람들의 뜻을 자기 내면으로 수용하는 과정을 거쳐 새로운 의미를 생성한다고 볼 수 있다.

> ⓐ에서 '수용'과 관련된 것은 둘째 양상인 '외부 세계의 일반적 삶의 방식이나 가치관, 이념 등을 자기 내면으로 수용하여, 자신을 새롭게 해석함으로써 의미를 만들어 내는 경우'이다. 먼저 (나)의 〈제4수〉에서 화자는 자연에서 지내는 삶에 대한 만족감을 강조하기 위해 외부 세계에서 일반적으로 바람직한 가치를 지닌 인물로 여겨지는 '소부 허유'에 대해 언급하였으며, 이는 그들이 보여 준 삶의 태도를 긍정하고 수용한 것으로 볼 여지가 있다. 그러나 (다)의 글쓴이는 자신의 말이 '대부분의 사람들의 생각과는 거리가 먼' 것이라고 했으므로, 대다수 사람들의 뜻을 자기 내면으로 수용했다고 보기 어렵다.

❌ 오답풀이

① (나)에서 무정물인 대상에 대해 호감을 표현한 것은 자신의 정서를 대상에 투영한 것이라고 볼 수 있다.

ⓐ에서 첫째 양상으로 '자기의 경험은 물론 자기 내면의 정서나 의식 등을 대상에 투영하여, 외부 세계에 새로운 의미를 부여하는 경우'를 설명하였다. 이를 참고하면, (나)의 화자가 〈제3수〉에서 무정물인 '뫼'에 대해 호감을 표현한 것은 자신의 정서를 대상에 투영한 경우로 이해할 수 있다.

② (다)에서 자연에 의미를 부여하는 것은 자신의 생각을 대상에 투영하여 세계를 해석하는 것이라고 볼 수 있다.

ⓐ에서 첫째 양상으로 '자기의 경험은 물론 자기 내면의 정서나 의식 등을 대상에 투영하여, 외부 세계에 새로운 의미를 부여하는 경우'를 설명하였다. 이를 참고하면, (다)의 글쓴이가 '산림에 살면서 명리에 마음을 두는 것은 큰 부끄러움'이고, '산림에 살면서 은거에 마음을 두는 것은 큰 즐거움'이라고 한 것 등과 같이 자연에 의미를 부여한 것은 자신의 생각을 대상에 투영하여 세계를 해석한 경우로 이해할 수 있다.

③ (다)에서 삶의 방식을 상대적 기준에 따라 나누어 평가한 것은 자신의 가치관과 세상 사람들의 생각을 비교하여 세계의 의미를 새롭게 파악한 것이라고 할 수 있다.

ⓐ에서 셋째 양상으로 '자기와 외부 세계를 상호적으로 대비하여 양자에 대한 새로운 해석을 통해 의미를 생성하는 경우'를 설명하였다. 이를 참고하면, (다)의 글쓴이가 상대적 기준에 따라 삶의 방식을 나누어 '큰 부끄러움', '작은 부끄러움', '큰 즐거움', '작은 즐거움'으로 평가하고 이를 세상 사람들의 생각과 비교한 것은, 자신의 가치관과 외부 세계를 비교함으로써 양자에 대한 의미를 새롭게 파악한 것이라 이해할 수 있다.

⑤ (나)에서 자기 본성을 하늘의 뜻에 연관 지은 것과, (다)에서 자기 삶의 방식을 일반적인 삶의 방식과 견준 것은 자기 삶의 가치를 새롭게 해석하여 의미를 만들어 낸 것이라고 할 수 있다.

(나)의 화자는 〈제5수〉에서 자기 본성을 하늘의 뜻과 연관 지어, '하늘'이 자신에게 '강산'을 지키라고 했다고 말한다. 이는 ⓐ의 둘째 양상인 '외부 세계의 일반적 삶의 방식이나 가치관, 이념 등을 자기 내면으로 수용하여, 자신을 새롭게 해석함으로써 의미를 만들어 내는 경우'로, (나)의 화자는 '하늘의 뜻'에 해당하는 자연 속에서 만족하며 사는 삶의 방식을 자기 내면으로 수용하여 자기 삶에 대한 새로운 의미를 만들어 낸 것이라 할 수 있다. 한편 (다)의 글쓴이는 자기 삶의 방식을 일반적인 삶의 방식과 견주어 '작은 즐거움을 누리는' 삶을 '가장 높은 것'이라고 생각한다. 이는 ⓐ의 셋째 양상인 '자기와 외부 세계를 상호적으로 대비하여 양자에 대한 새로운 해석을 통해 의미를 생성하는 경우'로, '작은 즐거움을 누리는' 자신의 삶의 가치를 새롭게 해석하여 의미를 만들어 낸 것이라 이해할 수 있다.

[1~5] 다음 글을 읽고 물음에 답하시오.

(가)

[앞부분 줄거리] 전우치는 구미호로부터 천서를 빼앗아 술법을 배웠으나 구미호가 전우치를 속여 천서의 일부를 가져간다.

우치 대노 왈, 구미호가 자신을 속이고 천서의 일부를 가져가 화가 난 전우치

"흉악한 요물이 나를 업수이 여겨 이같이 속이니 내 이제 여우 굴에 가 책을 찾고 요괴를 소멸하리라." 천서를 찾고 구미호를 없애고자 하는 전우치

하고 방망이와 송곳을 가지고 여우 굴로 가니, 산천이 깊고 길이 아득하여 찾을 수 없어 도로 돌아와 생각하되, '이 요괴 변화가 예측하기 어려우니 가히 이곳에 오래 머물지 못하리라.' 하고 서책을 수습하여 돌아오니, 대저 천서 상권은 부적을 붙인 까닭에 빼앗아 가지 못함이러라. 장면 01

우치 집에 돌아와 천서를 보아 못 할 술법이 없으매, 과거에 뜻이 없어 스스로 생각하되, '내 벼슬하여 모친을 봉양하려 하면 자연히 더디리라.' 하고 이에 한 계교를 생각하여 과거를 보지 않고 모친을 봉양하기 위한 계교를 찾는 전우치 몸을 흔들어 변하여 선관이 되어 오색구름을 타고 하늘에 올라 바로 궐내로 들어가 대명전에 자리하니 서기가 공중에 어리었으니 궁중이 황홀했다. 이에 조정의 신하들이 당황하여 갈팡질팡하고 임금께 아뢰기를,

"고금에 드문 괴변이라."

하니, 왕이 대경하사 공중에 어린 서기에 당황하고 놀란 왕과 신하들 여러 신하를 모아 의논하시더니, 우치가 운무 중에 서고 청의동자가 외쳐 왈,

"고려국 왕은 옥황상제 전교를 들으라."

[A] 하거늘, 왕이 명하사 바닥에 깔 자리와 향로를 올려놓은 상을 갖춰 놓게 하고 나아가 보니 한 선관이 금관 홍포로 동자를 좌우에 세우고 오색구름 중에 싸여 단정히 섰거늘, 왕이 네 번 절한 후 땅에 엎드리시니, 우치 왈,

"하늘의 궁궐이 오래되어 낡고 헐었기에 이제 수리하고자 하여 인간 여러 나라에 뜻을 전하여 모든 물건을 다 바쳤으나 다만 황금 들보 하나가 없는지라. 옥황상제께서 그대 나라에 황금이 유족함을 아시고 이제 뜻을 전하사 칠 월 칠 일 오시에 상량하리니, 그날 미쳐 대령하되 길이 십 척 오 촌이요, 너비 삼 척 이 촌, 만일 그날 미치지 못하면 큰 변을 내리우시리라." 선관으로 변해 임금에게 황금 들보를 바치라고 하는 전우치

하고 말을 마치자 선악 소리 은은하며 오색구름이 남녘으로 향하여 가더라. 장면 02

(중략)

우치 무안하여 달아나고자 하더니 화담이 알고 변신하여 삵이 되어 달려드니, 우치가 보라매 되어 날려 한 즉, 화담으로부터 달아나고자 하는 전우치 화담이 또한 청사자가 되어 우치를 물어 쓰러뜨리고 크게 꾸짖어 왈,

"너 같은 요술이 임금을 속이고 세상을 희롱하니 어찌 죽이지 아니하리오?" 전우치를 죽이고자 하는 화담

우치 애걸 왈,

"선생의 도술이 높으심을 모르고 존엄을 범하였으니 죄당만사(罪當萬死)이오나, 소생에게 노모가 있사오니 원컨대 선생은 잔명*을 빌리소서." 화담에게 살려 달라고 비는 전우치

화담 왈,

"내 이번은 살리거니와 다시 그런 버릇없는 일을 행치 말고 그대 모친을 봉양하다가 그대 모친이 돌아가신 후에 나와 영주산에 들어가 선도(仙道)를 닦음이 어떠하뇨?" 전우치를 살려 주되, 후에 함께 선도를 닦자고 하는 화담

우치 왈,

"선생의 교훈대로 봉행*하리이다." 장면 03

하고 인하여 하직한 후에 집에 돌아와 요술을 행치 아니하고 모친을 봉양하더니, 세월이 여류하여 우치 모부인이 졸*하니 우치 예를 갖추어 선산에 안장하고 삼 년을 받들더니, 하루는 화담이 왔거늘, 우치가 황망히 나와 맞아 인사를 마치고 자리에 앉은 후에 화남 왈,

"그대와 약속한 일이 있으매 그대 상중에 있는 것을 알고 왔거늘, 이제 그 산에 있는 구미호를 잡아 돌상자에 가두고 그 굴에 불 지름이 어떠하뇨?" 전우치에게 약속을 지키고 구미호를 잡자고 하는 화담

우치 왈,

"이제 선생이 그 여우를 없이하시면 진실로 온 나라의 아주 다행스러운 일이 아닐까 하나이다."

화담 왈,

"내 이제 그대를 데려가려 하나니, 행장을 꾸리거라."

하거늘, 우치 크게 기뻐하며 화담과 함께 가는 것을 기뻐하는 전우치 재산을 흩어 노복을 주며 왈,

"나는 이제 영원히 이별하려 하니, 너희들은 탈 없이 있어 나의 조상의 제사를 받들라." 노복들에게 재산을 나눠 주며 화담과 함께 떠나는 전우치

하고 조상의 무덤에 하직한 후에 화담을 모시고 구름을 타고 영주산으로 향하니, 그 뒷일은 알지 못하니라. 장면 04

– 작자 미상, 「전우치전」 –

>> 지문을 **네 장면**으로 나누고, 장면의 핵심 내용을 정리해 보세요.

장면 01	전우치는 천서를 찾고 구미호를 소멸하기 위해 **여우 굴**에 갔지만 구미호를 찾지 못하고 돌아옴
장면 02	**선관**으로 변한 전우치가 임금에게 황금 들보를 바치라고 함
장면 03	화담의 꾸짖음으로 전우치는 요술을 행하지 않고 훗날 화담과 함께 **선도**를 닦기로 기약함
장면 04	화담과의 약속을 지킨 전우치는 선도를 닦으러 화담과 함께 영주산으로 향함

전체 줄거리

신묘한 재주를 지닌 인물인 전우치는 도적들의 거듭된 약탈과 흉년에 시달리는 빈민을 보고 세상에 나갈 것을 결심한다. 하늘의 선관으로 가장하여 임금에게 황금 들보를 바치라 명하고, 이를 팔아 빈민에게 곡식을 나누어 준다. 이를 알게 된 임금이 격노하며 전우치를 잡아들였으나, 전우치는 신묘한 도술로 탈출하여 사방으로 다니며 어진 일을 행한다.

그러다 자수하면 벼슬을 주겠다는 방을 보고 조정에 들어간 전우치는 반란을 평정하는 공을 세운다. 그러나 전우치는 간신들에 의해 역적으로 몰리게 되고, 도술을 써서 도망친 후 세상을 어지럽히고 다닌다. 이후 전우치는 도학이 높다는 서화담에게 곤욕을 당하고, 그의 제자가 되어 도를 닦는다.

인물 관계도

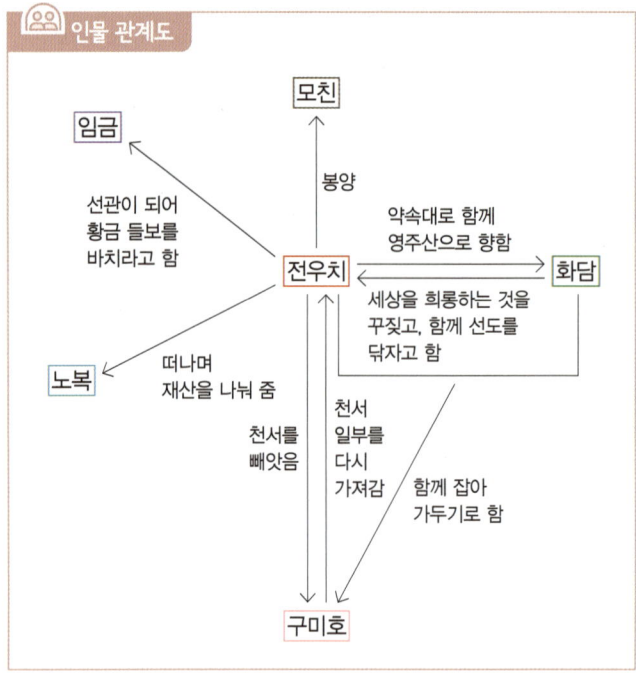

이것만은 챙기자

* **봉양**: 부모나 조부모와 같은 웃어른을 받들어 모심.
* **계교**: 요리조리 헤아려 보고 생각해 낸 꾀.
* **서기**: 상서로운 기운.
* **대경**: 크게 놀람.
* **유족하다**: 여유 있게 풍족하다.
* **잔명**: 얼마 남지 아니한 쇠잔한 목숨.
* **봉행**: 뜻을 받들어 행함.
* **졸**: '죽음'을 완곡하게 이르는 말.

(나)

S#1. 궁궐. 낮.

궁궐을 향해 날아 내려가는 오색구름. ㉠선녀와 천군 호위 속에 전우치가 지상을 내려 본다.

왕: **옥황상제의 아드님**께서 오신다. 예를 갖춰라. 옥황상제의 아들에게 예를 갖추고자 하는 왕

왕이 손짓하자, 궁중 악사들이 정악을 연주한다. 지상으로 내려온 구름. 전우치가 입을 연다. 쩌렁쩌렁한 목소리에 왕이 고개를 더 낮춘다.

전우치: 지상의 왕은 내가 시킨 대로 황금 1만 냥을 함경도 기근 지역에 보냈느냐?

왕: 그제 제 꿈에 나타나 하명하신 대로 한 치 틀림없이 그리 했습니다.

전우치: 하늘에서 그대의 덕을 높이 사 그대가 하늘로 돌아올 때 7배 70배 700배로 갚아 줄 것이다.

왕: 황공하옵니다. 왕가의 보물을 보자시길래 그것 역시 준비했습니다.

전우치: 지상의 왕이 보기보다 아주 똘똘하구나. 근데… 에이 가락이 맘에 안 드는구나. 궁중 악사들이 연주하는 음악이 마음에 들지 않는 전우치

전우치가 손짓하자, 궁중 악사들이 무엇에 홀린 듯 다른 음악을 연주한다. 맘에 안 드는지, 전우치가 손가락을 튕기자, 악사들은 음악을 바꾼다. 그제서야 맘에 든 전우치. 머리를 흔들어 박자를 느끼며, 보물이 늘어선 곳으로 걷는다. 보물을 발로 툭 쳐 보고, 도자기는 관심 없어 깨고, 보고, 던지고, 보고, 깨는데,

장면 01

(중략)

거울을 연신* 깨던 전우치. ㉡한 거울에 눈이 멈춘다. 어떤 거울에 관심을 갖는 전우치 작고 투박하다. 앞면은 청동이라 탁하고 뒷면

366 도서출판 홀수 ∞ 박광일

은 자개로 덮여 있다. 전우치가 슬쩍 주머니에 넣는다.

전우치: 왕은 고개를 들라.

왕: 예?

전우치: 내 본시 그림 그리기를 즐겨 해 나무를 그리면 나무가 점점 자라고 짐승을 그리면 그림에서 튀어나오니 내 재주가 아까워 그런데…

전우치가 품에서 두루마리를 꺼내 펼친다. 산수화. 궁녀 2 손에 들게 한다.

전우치: 어떤가?

왕: 지상의 풍경이 아닌 듯 살아 움직이는 것 같습니다. 소인이 과문*하여 묻는데 주인 없는 빈 말은 무엇을 상징하는 것입니까?
자신을 낮추며 전우치가 그린 그림에 대해 공손히 묻는 왕

전우치: 이 도사 전우치가 타고 갈 말이니라.

왕: … 전우치? 망나니 전우치?

전우치가 대동하고 왔던 천군들을 보면, ⓒ그저 허수아비에 불과하다.

전우치: 나를 아는가? 유명하면 아무리 이름을 숨긴다고 숨겨지는 것도 아니고 거 참.

왕: 감히 도사 놈이 주상을 능멸*해. 여봐라 이놈을 잡아라.
전우치에게 속았다는 사실을 깨닫고 화가 난 왕

궁중 무관들이 들이닥치는데, 전우치는 태평하게 한 잔 더 걸치고는, *무관들이 들이닥쳐도 태평한 전우치* 손가락을 튕겨 음악을 바꾼다. 음악은 점점 흥겨워진다. 진땀나는 궁중 악사들.

전우치: 도사 놈이라? 에… 도사는 무엇이냐? ⓒ도사는 바람을 다스리고 (바람이 분다) 마른 하늘에 비를 내리고 (순식간에 장대비가 내린다) 땅을 접어 달리고 (술상을 향해 축지법으로 갔다가 돌아온다) 날카로운 검을 바람보다도 빨리 휘두르고 (검이 쉭— 하는 소리와 함께 허공을 가르고) 그 검을 꽃처럼 다룰 줄 아니 (검이 왕 얼굴 앞에서 꽃으로 변한다) 가련한 사람들을 돕는 게 바로 도사의 일이다. 무릇 생선은 대가리부터 썩는 법! 왕과 대신들이 기근*에 시달리는 백성을 보살피지 않아 이 도사 전우치가 친히 백성들 심부름을 하고자 왔으니 공치사* 받을 일도 아니고. *백성을 보살피지 않는 왕과 신하들을 비판하는 전우치*

전우치를 에워싸는 궁중 무관들. 섣불리 접근하지 못하는데, 전우치 천천히 붉은 붓을 들어 술병 모가지 테두리를 둘러 원을 그린다. 서로를 바라보다 자신의 목을 보는 무관들. 모두의 목에

붉은 테두리가 그려져 있다.

전우치: 내가 이 병 목을 치면 너희들은 어떻게 될 거 같으냐?

무관들, 술렁거리며 주춤한다. *전우치의 말에 놀라 멈칫하는 무관들*

왕: 저놈을 잡는 자에게 황금 2천 냥을 주겠다.

전우치: 하하하… 돈을 막 쓰는구나. 하하하…

전우치가 그림 속으로 들어가 말을 타고 사라진다. ⓜ웃음소리는 오래도록 왕을 언짢게 한다. 장면 02

                   – 최동훈, 「전우치」 –

>> 지문을 두 장면으로 나누고, 장면의 핵심 내용을 정리해 보세요.

> **장면 01** 왕은 전우치가 옥황상제의 아들인 줄 알고 예우를 갖춰 대함

> **장면 02** 왕이 정체를 드러낸 전우치를 잡으라고 명하나 전우치는 그림 속으로 사라짐

📄 전체 줄거리

조선 시대, 요괴들이 세상을 어지럽히자 신선들은 천관대사와 화담에게 요괴를 봉인하게 하고 전설의 피리인 '만파식적'을 둘로 나누어 맡긴다. 천관대사의 제자인 전우치는 임금을 속이고 세상에 소동을 일으킨다. 이에 신선들은 화담과 함께 천관대사를 찾아가지만 이미 천관대사는 살해당하고 피리의 반쪽은 사라졌다. 전우치는 천관대사를 죽인 것이 화담임을 알아내지만, 범인이라는 누명을 쓰고 그림 족자에 봉인된다.

500년 후인 2009년 서울, 요괴들이 다시 세상을 어지럽히자 신선들은 요괴를 잡는 조건으로 전우치를 봉인에서 풀어 준다. 요괴 사냥은 뒷전이고 세상 구경에 바쁘던 전우치는 결국 화담을 찾아 스승의 복수를 하고 화담으로부터 피리를 지켜 낸다.

👥 인물 관계도

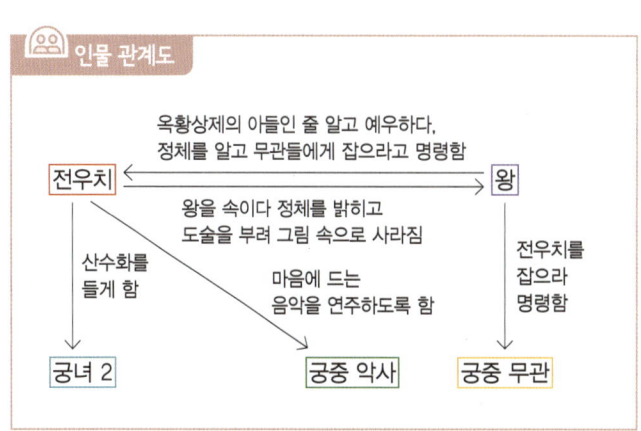

| 인물의 특징 및 심리 파악 | 정답률 ❸❷

1. (가)의 화담에 대한 이해로 가장 적절한 것은?

✅ 정답풀이

① 전우치가 요술로 세상을 어지럽히지 않도록 이끈다.

> 화담은 전우치에게 '너 같은 요술이 임금을 속이고 세상을 희롱하니 어찌 죽이지 아니하'겠냐며 꾸짖는다. 이에 전우치가 '잔명을 빌리소서.'라고 애걸하자 살려 주며 '다시 그런 버릇없는 일을 행치 말고 그대 모친을 봉양하다가 그대 모친이 돌아가신 후에 나와 영주산에 들어가 선도를 닦'자고 한다. 이후 약속대로 전우치는 '요술을 행치 아니하고' 살다 '화담을 모시고 구름을 타고 영주산으로 향'하므로 화담은 전우치가 요술로 세상을 어지럽히지 않도록 이끈 인물이라고 할 수 있다.

❌ 오답풀이

② 전우치의 요청에 따라 선도를 닦기 위해 함께 간다.
　화담이 전우치에게 '영주산에 들어가 선도를 닦'자고 하여 전우치가 '화담을 모시고 구름을 타고 영주산으로 향'한 것이지, 전우치의 요청에 따라 화담이 선도를 닦기 위해 함께 간 것이 아니다.

③ 전우치의 공격을 받으나 도술로 전우치를 제압한다.
　'우치 무안하여 달아나고자 하더니 화담이 알고 변신하여 삵이 되어 달려드니, 우치가 보라매 되어 날려 한 즉, 화담이 또한 청사자가 되어 우치를 물어 쓰러뜨리고'를 참고하면 화담이 도술로 전우치를 제압한 것은 맞지만, (가)에서 화담이 전우치의 공격을 받는 장면은 나타나지 않는다.

④ 전우치와 함께 구미호를 퇴치하여 나라를 안정시킨다.
　화담은 '구미호를 잡아 돌상자에 가두고 그 굴에 불 지름이 어떠하'냐고 했고, 전우치는 이에 '이제 선생이 그 여우를 없이하시면 진실로 온 나라의 아주 다행스러운 일이 아닐까' 한다고 했을 뿐, (가)에서 화담과 전우치가 함께 구미호를 퇴치한 장면은 나타나지 않는다.

⑤ 전우치와의 약속을 지키지 않고 영주산에 갈 것을 재촉한다.
　화담은 전우치를 살려 주며 '그대 모친이 돌아가신 후에 나와 영주산에 들어가 선도를 닦'자고 하였으며, 이후 약속대로 '우치 모부인이 졸'한 뒤 함께 '영주산으로 향'하였으므로 화담이 전우치와의 약속을 지키지 않았다고 할 수 없다.

| 외적 준거에 따른 작품 감상 | 정답률 ❻❶

2. 〈보기〉는 선생님의 안내에 따라 학생들이 (가)를 이해한 내용이다. ⓐ~ⓔ 중 적절하지 않은 것은? [3점]

> 〈보기〉
>
> **선생님:** 일반적으로 영웅 소설에서 주인공은 고난을 겪지만 조력자를 만나 병서나 무기 등을 얻어 탁월한 능력을 갖게 됩니다. 이후 주인공이 위기에 처한 나라를 구하는 공을 세워 이름을 떨치며 부귀영화를 누리는 것으로 마무리됩니다. 이때 주인공은 유교적 이념을 존중하는 인물입니다. 이와 같은 전형적인 영웅 소설과 「전우치전」이 어떻게 유사하고 다른지 이야기해 봅시다.
>
> **학생 1:** 전우치가 천서를 익혀 뛰어난 능력을 얻게 된 것은 병서를 익혀 탁월한 능력을 갖게 된 일반적인 영웅 소설과 비슷해요. ·························· ⓐ
>
> **학생 2:** 전우치가 충을 다함으로써 효를 실천하는 것은 충효라는 유교적 이념을 중시하는 일반적인 영웅 소설과 비슷해요. ·························· ⓑ
>
> **학생 3:** 전우치가 입신양명의 길을 선택하지 않은 것은 나라에 공을 세워 이름을 널리 떨치는 일반적인 영웅 소설과는 달라요. ·························· ⓒ
>
> **학생 4:** 전우치가 옥황상제의 권위를 이용하여 나라의 재산을 취하려 한 것은 위기에 처한 나라를 구하는 일반적인 영웅 소설과는 달라요. ·························· ⓓ
>
> **학생 5:** 전우치가 재산을 흩어 노복에게 주고 떠나는 것으로 마무리되는 것은 부귀영화를 누리게 되는 일반적인 영웅 소설과는 달라요. ·························· ⓔ

🔍 **보기 분석**

일반적인 영웅 소설	「전우치전」
병서를 익혀 탁월한 능력을 갖게 됨	= 천서를 익혀 뛰어난 능력을 얻게 됨
공을 세워 이름을 널리 떨침	≠입신양명의 길을 선택하지 않음
위기에 처한 나라를 구함	≠ 나라의 재산을 취하려 함
부귀영화를 누리며 마무리됨	≠ 노복에게 재산을 주고 떠남

✅ 정답풀이

② ⓑ

> 전우치는 '모친을 봉양'하기 위해 '선관'으로 변하여 '옥황상제 전교'라고 속여 왕에게 '황금 들보'를 바치도록 한다. 또한 (중략) 이후에 화담이 '임금을 속이고 세상을 희롱'한다며 전우치를 꾸짖는 것을 고려하면, 전우치가 충을 다함으로써 효를 실천한다고 볼 수 없다.

① ⓐ

전우치는 구미호로부터 빼앗은 '천서를 보아 못 할 술법이 없'었다고 했다. 이는 '병서를 익혀 탁월한 능력을 갖게 된 일반적인 영웅 소설'과 유사한 점이라고 할 수 있다.

③ ⓒ

전우치는 '과거에 뜻이 없'고 '내 벼슬하여 모친을 봉양하려 하면 자연히 더디리라.'라고 생각하며 입신양명의 길을 선택하지 않는다. 이는 '나라에 공을 세워 이름을 널리 떨치는 일반적인 영웅 소설'과 다른 점이라고 할 수 있다.

④ ⓓ

전우치는 '옥황상제 전교'라고 속여 왕에게 '황금 들보'를 바칠 것을 명한다. 전우치가 이처럼 옥황상제의 권위를 이용해 나라의 재산을 취하려고 하는 것은 '위기에 처한 나라를 구하는 일반적인 영웅 소설'과 다른 점이라고 할 수 있다.

⑤ ⓔ

전우치는 '재산을 흩어 노복을 주'고 떠난다. 이는 '부귀영화를 누리'는 것으로 마무리되는 '일반적인 영웅 소설'과는 다른 점이라고 할 수 있다.

---

3. (가)를 토대로 (나)가 창작되었다고 할 때, [A]와 (나)에 대한 비교로 적절하지 <u>않은</u> 것은?

✔ 정답풀이

④ 전우치가 왕과의 만남을 끝내는 모습이 [A]에서는 구름을 타고 남쪽으로 가는 것으로, (나)에서는 돌아올 것을 예고하며 말을 타고 산수화 속으로 들어가는 것으로 나타났다.

> [A]에서 '선관'으로 변한 전우치가 말을 마치자 타고 왔던 '오색구름이 남녘으로 향하여' 갔으므로, [A]에서 전우치가 왕과의 만남을 끝내는 모습이 구름을 타고 남쪽으로 가는 것으로 나타난 것은 맞다. 하지만 (나)에서 전우치는 '그림 속으로 들어가 말을 타고 사라'지며 이때 돌아올 것을 예고하지도 않는다.

⊗ 오답풀이

① 전우치가 왕에게 말하는 태도는 [A]에서는 근엄하였으나, (나)에서는 거드름을 피우는 것으로 변화하였다.
[A]에서 전우치는 '옥황상제께서 그대 나라에 황금이 유족함을 아시고 이제 뜻을 전하사' 등 점잖고 엄숙한 태도로 말을 하지만, (나)에서는 '내 본시 그림 그리기를 즐겨 해~내 재주가 아까워', '유명하면 아무리 이름을 숨긴다고 숨겨지는 것도 아니고 거 참.' 등 거만스러운 태도로 말을 하고 있다.

② 전우치가 왕에게 황금을 요구한 까닭은 [A]에서는 모친 봉양을 위한 것이었으나, (나)에서는 백성을 보살피는 것으로 바뀌었다.
[A]에서 전우치는 '모친을 봉양'할 계교를 생각하고 '선관'으로 변하여 왕을 찾아가 '황금 들보'를 바치라 명하므로, 전우치가 모친 봉양을 위해 황금을 요구한 것이라 할 수 있다. 하지만 (나)에서는 왕에게 '황금 1만 냥을 함경도 기근 지역에 보'내라고 한 것을 통해 백성을 보살피기 위해 황금을 요구했음을 알 수 있다.

③ 전우치가 자신의 요구 실현에 대해 취한 조치는 [A]에서는 실행하지 않을 경우 변을 당하리라 위협하는 것으로, (나)에서는 실행한 것에 대해 보상을 약속하는 것으로 표현되었다.
[A]에서 전우치는 '칠 월 칠 일 오시에 상량'할 것이니 '황금 들보'를 '그날 미쳐 대령하되 길이 십 척 오 촌이요, 너비 삼 척 이 촌. 만일 그날 미치지 못하면 큰 변을 내리우시리라.'라며 요구를 실행하지 않으면 변을 당할 것이라고 위협한다. 반면 (나)에서 전우치는 자신의 명대로 '황금 1만 냥을 함경도 기근 지역에 보'낸 왕에게 '그대가 하늘로 돌아올 때 7배 70배 700배로 갚아 줄 것'이라며 보상을 약속하고 있다.

⑤ 전우치가 왕에게 자신의 요구를 전하는 장면은 [A]에서는 왕에게 요구하는 모습이 자세히 서술되었으나, (나)에서는 꿈에 나타나 하명하였다는 왕의 대사로 간략히 처리되었다.
[A]에서는 '하늘의 궁궐이 오래되어~큰 변을 내리우시리라.'에서 전우치가 왕에게 요구를 하는 모습이 구체적으로 서술되어 있으나, (나)에서는 '그제 제(왕) 꿈에 나타나 하명하신 대로'라는 왕의 대사를 통해 전우치가 왕에게 요구를 전하는 장면을 간략하게 처리하고 있다.

4. (나)에 나타난 갈등 양상에 대한 이해로 적절하지 <u>않은</u> 것은?

✔ 정답풀이

⑤ 왕과 전우치의 주문에 따라 연주되는 음악이 계속 바뀜으로써 왕과 전우치 간의 대결이 우열을 가리기 힘든 상황임이 드러난다.

> 왕은 전우치가 '옥황상제의 아드님'인 줄 알고 '예를 갖추'며 '궁중 악사들이 정악을 연주'하도록 손짓한다. 하지만 전우치는 '가락이 맘에 안 드는구나.' 라며 '손짓'을 하고 다시 '손가락을 튕기'며 음악을 바꾼다. 따라서 왕의 주문에 따라 연주된 음악이 이후 전우치의 주문에 따라 계속 바뀌고 있을 뿐이며, 이를 통해 왕과 전우치 간의 대결 양상이 드러나지는 않는다.

✖ 오답풀이

① 전우치가 자신의 정체를 드러낸 것을 계기로 왕과의 갈등이 표출되어 상황이 새로운 국면으로 전환된다.
  왕은 전우치가 '옥황상제의 아드님'인 줄 알고 '예를 갖춰' 대우하다가 정체를 알게 되자 '감히 도사 놈이 주상을 능멸해. 여봐라 이놈을 잡아라.'라며 적대감을 드러낸다. 따라서 전우치가 자신의 정체를 드러낸 것을 계기로 왕과의 갈등이 표출되어 상황이 새로운 국면으로 전환된다고 할 수 있다.

② 전우치가 '생선은 대가리부터 썩는 법'이라고 말함으로써 왕과의 갈등이 부패한 지배층에 대한 비판으로 확장된다.
  전우치는 '생선은 대가리부터 썩는 법'이라며 '기근에 시달리는 백성을 보살피지 않'는 '왕과 대신들'을 비판한다. 이를 통해 전우치와 왕과의 갈등은 부패한 지배층에 대한 비판으로 확장된 것으로 이해할 수 있다.

③ 왕이 전우치에게 속아 그를 최고의 예우로 대하는 것은 장차 전우치의 정체가 밝혀질 때 갈등이 증폭되는 요인이 된다.
  왕은 전우치가 '옥황상제의 아드님'인 줄 알고 '궁중 악사들이 정악을 연주'하도록 하고 '왕가의 보물을 보자시길래 그것 역시 준비'하는 등 그를 최고의 예우로 대한다. 이는 전우치의 정체가 밝혀지면서 '감히 도사 놈이 주상을 능멸'했다며 갈등이 증폭되는 요인으로 작용한다.

④ 왕이 전우치를 '옥황상제의 아드님'에서 '도사 놈'으로 바꿔 부르는 것에서 전우치를 향한 왕의 적대적인 인식이 드러난다.
  왕이 전우치를 '옥황상제의 아드님'이라며 극진하게 대우하던 것에서 '도사 놈'이라고 바꿔 부르며 잡으라고 명령하는 것을 통해 전우치를 향한 왕의 적대적인 인식을 확인할 수 있다.

📘 기틀잡기

① 국면: 어떤 일이 벌어진 장면이나 형편.
④ 적대적: 적으로 대하거나 적과 같이 대하는 것.
⑤ 우열: 나음과 못함.

5. (나)를 영화로 제작한다고 할 때, ㉠~㉤에 대한 연출 계획으로 적절하지 <u>않은</u> 것은?

> ㉠: 선녀와 천군 호위 속에 전우치가 지상을 내려 본다.
> ㉡: 한 거울에 눈이 멈춘다.
> ㉢: 그저 허수아비에 불과하다.
> ㉣: 도사는 바람을 다스리고 (바람이 분다) 마른 하늘에 비를 내리고 (순식간에 장대비가 내린다) 땅을 접어 달리고 (술상을 향해 축지법으로 갔다가 돌아온다)
> ㉤: 웃음소리는 오래도록 왕을 언짢게 한다.

✔ 정답풀이

④ ㉣: 전우치가 도사로서 가진 출중한 능력을 입체적으로 전달하려면, 여러 공간에서 동시에 일어나는 각각의 장면을 번갈아 보여 주어야겠군.

> ㉣에서 전우치가 도술을 부려 '바람'이 불게 하고, '장대비'가 내리도록 하고, '술상을 향해 축지법으로 갔다가 돌아'오는 것은 여러 공간에서 동시에 일어나는 사건이 아니라 같은 공간에서 순차적으로 일어나는 사건으로 볼 수 있다.

✖ 오답풀이

① ㉠: 전우치의 권위와 위엄이 느껴지게 하려면, 지상을 내려다보는 전우치를 올려다보며 촬영해야겠군.
  '선녀와 천군 호위 속에' '지상을 내려'다 보는 전우치를 아래에서 올려다보며 촬영하면 권위와 위엄이 느껴지도록 할 수 있다.

② ㉡: 전우치가 거울에 관심을 갖고 있음을 강조하려면, 전우치의 얼굴이나 눈동자를 화면에 가득 담아야겠군.
  '거울에 눈이 멈춘' 전우치의 얼굴이나 눈동자를 화면에 가득 담아 크게 보여 줌으로써 전우치가 거울에 관심을 갖고 있음을 강조할 수 있다.

③ ㉢: 천군들의 정체로 인한 왕의 당혹감을 표현하려면, 천군이 있던 자리에 놓인 허수아비를 왕의 시점으로 보여 주어야겠군.
  천군들이 '그저 허수아비에 불과'함을 왕의 시점으로 보여 주면 왕의 당혹감을 효과적으로 표현할 수 있다.

⑤ ㉤: 왕이 전우치로 인해 불쾌감을 지속적으로 느끼고 있음을 감각적으로 표현하려면, 언짢아하는 왕의 표정을 보여 주며 전우치가 남긴 웃음소리를 효과음으로 길게 끌어야겠군.
  '언짢'은 왕의 표정과 함께 전우치의 '웃음소리'를 길게 들려주면 전우치가 '그림 속으로 들어가 말을 타고 사라'졌지만 불쾌감이 지속되는 왕의 심리를 효과적으로 전달할 수 있다.

📘 기틀잡기

③ 당혹감: 무슨 일을 당하여 어찌할 바를 모르는 감정.
④ 입체적: 사물을 여러 각도에서 종합적으로 파악하는 것.

문제적 문제 · 5-②, ④번

학생들이 정답 이외에 가장 많이 고른 선지가 ②번이다.

시나리오는 영화를 만들기 위한 대본이기 때문에 시나리오가 지문으로 제시되는 경우 영상화와 관련한 문제가 출제되는 경우가 많다. 따라서 지문을 읽을 때 주어진 장면이 화면에 어떻게 보일지를 생각해 가며 읽는 것이 필요하고, 이를 위해서는 기본적인 시나리오 용어도 미리 공부해 두는 것이 좋다.

②번의 경우 어떤 대상이나 인물을 화면에 크게 나타나도록 촬영하는 클로즈업(C.U.)을 통해 '거울에 눈이 멈춘' 모습을 보여 줌으로써 '도자기는 관심 없어 깨고, 보고, 던지고, 보고, 깨'고 거울도 '연신 깨던' 전우치가 '작고 투박'한 '앞면은 청동이라 탁하고 뒷면은 자개로 덮여 있'는 거울에 관심이 생겼음을 강조하여 보여 줄 수 있으므로 적절하다.

한편 ④번의 경우 ⓔ에서 전우치의 도사로서의 출중한 능력이 입체적으로 전달된다고 할 수는 있지만, 전우치가 '바람'을 불게 하는 것부터 '검이 왕 얼굴 앞에서 꽃으로 변'하도록 하는 것까지는 모두 왕 앞에서 전우치가 자신의 능력을 연달아 보여 주는 것이므로 이를 여러 공간에서 동시에 일어나는 각각의 장면을 번갈아 보여 주는 것으로 연출하는 것은 적절하지 않다.

정답률 분석

	매력적 오답		정답	
①	②	③	④	⑤
6%	20%	16%	55%	3%

홀수 기출 평가원 최신 [문학]

1판 1쇄 발행일 2025년 12월 17일

발행인 박광일
발행처 주식회사 도서출판 홀수
출판사 신고번호 제374-2014-0100051호
ISBN 979-11-94350-39-2

홈페이지 www.holsoo.com